1781

Stephen King

Alpträume

Nightmares and Dreamscapes

Aus dem Amerikanischen von
Joachim Körber

Hoffmann und Campe

Die amerikanische Originalausgabe
erschien 1993 unter dem Titel »Nightmares and Dreamscapes«
im Verlag Viking, New York, N.Y., USA

Die Deutsche Bibliothek – CIP-Einheitsaufnahme

King, Stephen:
Alpträume: Erzählungen / Stephen King.
Aus dem Amerikan. von Joachim Körber.
1. Aufl. – Hamburg: Hoffmann und Campe, 1993
ISBN 3-455-03741-0

Schutzumschlag- und Einbandgestaltung: Werner Rebhuhn
Gesetzt aus der Garamond von Stempel
Satz: Dörlemann-Satz, Lemförde
Druck- und Bindearbeiten: Mohndruck, Gütersloh
Printed in Germany

Zur Erinnerung an
THOMAS WILLIAMS (1926–1991),
den Dichter, Romancier und
großen amerikanischen Erzähler

Inhalt

Vorwort

Mythen, Glauben, Überzeugung
und *Ripley's Believe It Or Not!*

Als ich ein Kind war, glaubte ich alles, was mir gesagt wurde, was ich las, und jede Ausgeburt meiner übersteigerten Phantasie. Das genügte zwar für mehr als nur ein paar schlaflose Nächte, aber es erfüllte die Welt, in der ich lebte, mit Farben und Formen, die ich nicht für ein ganzes Leben voll geruhsamer Nächte eingetauscht hätte. Sehen Sie, ich wußte schon damals, daß es Menschen auf der Welt gab – sogar zu viele –, deren Phantasie entweder verkümmert oder abgestorben war, die in einem geistigen Zustand lebten, der völliger Farbenblindheit nahekam. Sie taten mir immer leid; ich hätte mir nie träumen lassen (jedenfalls damals nicht), daß viele dieser phantasielosen Typen mich entweder bemitleideten oder verächtlich auf mich herabsahen – nicht nur, weil ich unter einer Vielzahl irrationaler Ängste litt, sondern auch, weil ich in fast jeder Hinsicht zutiefst und rückhaltlos leichtgläubig war. »Das ist ein Junge«, müssen einige von ihnen gedacht haben (von meiner Mutter weiß ich es ganz sicher), »der die Brooklyn Bridge nicht nur einmal kaufen wird, sondern immer wieder, sein ganzes Leben lang.«

Das traf damals sicher zu, schätze ich, und wenn ich ganz ehrlich sein will, dann ist auch heute noch etwas Wahres daran. Meine Frau erzählt den Leuten noch heute mit größtem Vergnügen, daß ihr Mann im zarten Alter von einundzwanzig Jahren bei seiner ersten Präsidentschaftswahl für Richard Nixon gestimmt habe. »Nixon sagte, er hätte einen Plan, wie wir uns aus Vietnam zurückziehen können«, sagt sie, gewöhnlich mit einem vergnügten Funkeln in den Augen, *»und Steve hat ihm geglaubt!«*

Das stimmt; Steve hat ihm geglaubt. Und das ist längst nicht alles, was Steve im Verlauf seiner manchmal exzentrischen fünfundvierzig Lebensjahre geglaubt hat. Beispielsweise war ich der letzte Junge in unserem Viertel, der sich zu der Auffassung bekehren ließ, die vielen Nikoläuse an jeder Straßenecke bedeuteten nur, daß es keinen *echten* Nikolaus gab (ich zweifle immer noch an der Logik dieses Gedankengangs; es ist, als sagte man, eine Million Schüler seien der Beweis dafür, daß es keinen Lehrer gibt). Ich zweifelte nie an der Behauptung meines Onkels Oren, daß man den Schatten eines Menschen mit einem stählernen Zelthering abtrennen konnte (das heißt, wenn man genau am Mittag hineinstach), oder an der

Theorie seiner Frau, daß jedesmal, wenn man fröstelte, eine Gans über die Stelle lief, an der man einmal sein Grab haben würde. Wenn ich dabei an *mein* Leben denke, so heißt das, daß es mein Schicksal ist, hinter Tante Rhodys Scheune draußen in Goose Wallow, Wyoming, begraben zu werden.

Außerdem glaubte ich alles, was mir auf dem Schulhof erzählt wurde; ich schluckte kleine Fische genau so arglos wie Brocken, so groß wie Wale. Ein Junge erzählte mir einmal im Brustton der Überzeugung, wenn man ein Zehncentstück auf die Eisenbahnschienen legte, würde der nächste Zug darauf entgleisen. Ein anderer Junge brachte mir bei, wenn man ein Zehncentstück auf die Eisenbahnschienen legte, würde es vom nächsten Zug, der des Weges kam, total plattgedrückt werden, und wenn der Zug vorbei war, könnte man eine flexible und beinahe durchsichtige Münze von der Schiene nehmen, so groß wie ein Silberdollar. Ich war der Meinung, daß beides zutraf: die Zehncentstücke wurden auf den Schienen total plattgequetscht, bevor sie die Züge zum Entgleisen brachten, die das Plattquetschen besorgt hatten.

Andere faszinierende Schulhoftatsachen, die ich in den Jahren an der Center School in Stratford, Connecticut, und der Durham Elementary School in Durham, Maine, in mich aufnahm, betrafen so grundverschiedene Dinge wie Golfbälle (innen giftig und ätzend), Fehlgeburten (die manchmal lebend, als mißgebildete Monster, zur Welt kamen und von medizinischen Angestellten, die geheimnisvoll als »spezielle Krankenpfleger« bezeichnet wurden, getötet werden mußten), schwarze Katzen (wenn einem eine über den Weg lief, mußte man sofort das Zeichen gegen den bösen Blick machen, andernfalls riskierte man den fast sicheren Tod vor Sonnenuntergang) und Risse auf dem Gehsteig. Ich denke, ich muß nicht ausdrücklich erklären, welche gefährlichen Zusammenhänge zwischen letzteren und den Wirbelsäulen vollkommen unschuldiger Mütter bestehen.

Eine der Hauptquellen für wunderbare und erstaunliche Tatsachen waren damals die Taschenbuchausgaben von *Ripley's Believe It Or Not*, die Pocket Books herausbrachte. Durch *Ripley's* fand ich heraus, daß man einen starken Sprengstoff herstellen konnte, indem man das Zelluloid von den Rückseiten von Spielkarten schabte und das Zeug dann in ein Stück Rohr steckte; daß man sich ein Loch in den Kopf bohren und dann eine Kerze hineinstecken konnte, wodurch man zu einer Art menschlichem Nachttischlicht wurde (die Frage, warum jemand so etwas machen sollte, kam mir erst Jahre später); daß es wirklich Riesen gab (ein Mann war über zwei Meter vierzig groß), wirklich Elfen (eine Frau war kaum größer als fünfunddreißig Zentimeter) und UNGEHEUER, SO SCHRECKLICH, DASS MAN SIE NICHT BESCHREIBEN KONNTE . . ., aber in *Ripley's* wurden sie alle beschrieben, genüßlich, in allen Einzelheiten, und gewöhnlich sogar mit Bild (selbst wenn ich hundert Jahre alt werden sollte, werde ich nie das von dem Mann vergessen, der eine Kerze mitten in seinem rasierten Schädel stecken hatte).

Diese Taschenbuchreihe war – jedenfalls für mich – die wunderbarste Kuriositätenschau der Welt, die ich in der Gesäßtasche herumtragen und mit der ich mich an Regentagen beschäftigen konnte, wenn keine Baseballspiele stattfanden und alle von Monopoly die Nase voll hatten. Gab es all die sagenhaften Kuriositäten und menschlichen Monster von *Ripley's* wirklich? Das scheint in diesem Zusammenhang kaum wichtig zu sein. Für *mich* gab es sie, und das ist wahrscheinlich das Entscheidende – in den Jahren von sechs bis elf, in denen die menschliche Phantasie weitgehend geformt wird, gab es sie *tatsächlich.* Ich glaubte daran, so wie ich glaubte, daß man mit einem Zehncentstück einen Zug entgleisen lassen konnte und daß einem der weiche Glibber in der Mitte eines Golfballs die Hand vom Arm ätzen würde, wenn man unachtsam war und etwas davon abbekam. Durch *Ripley's believe It or Not* sah ich zum erstenmal, wie schmal die Grenze zwischen dem Sagenhaften und dem Schwindel manchmal sein konnte, und mir wurde klar, daß der Vergleich von beidem ebensosehr dazu beitrug, die gewöhnlichen Aspekte des Lebens wie die gelegentlichen Ausbrüche des Unheimlichen zu erhellen. Vergessen Sie nicht, wir sprechen hier vom *Glauben*, und Glauben ist die Wiege von Mythen. Was ist mit der Wirklichkeit, fragen Sie? Nun, soweit es mich betrifft, kann die Wirklichkeit sich einpökeln lassen. Ich habe nie auch nur einen Dreck auf die Wirklichkeit gegeben, zumindest in meinen Büchern nicht. Sie ist für die Phantasie nicht selten das, was Pfähle für Vampire sind.

Ich glaube, Mythen und Phantasie sind in Wirklichkeit fast austauschbare Konzepte, und Glaube ist der Ursprung von beiden. Glaube woran? Ich finde, das spielt eigentlich keine besonders wichtige Rolle, um die Wahrheit zu sagen. An einen Gott oder viele. Oder daran, daß ein Zehncentstück einen Güterzug entgleisen lassen kann.

Meine Gutgläubigkeit hatte nichts mit religiösem Glauben zu tun; das jedenfalls sollte eindeutig klar sein. Ich wurde methodistisch erzogen und halte mich noch so weit an die fundamentalistischen Lehren meiner Kindheit, daß ich glaube, ein solcher Anspruch wäre bestenfalls anmaßend und schlimmstenfalls regelrecht blasphemisch. Ich glaubte diese ganzen unheimlichen Geschichten, weil ich *dazu geschaffen* war, sie zu glauben. Manche Menschen gewinnen Rennen, weil sie geschaffen wurden, schnell zu laufen; oder sie spielen Basketball, weil Gott sie einen Meter neunzig groß geschaffen hat; oder sie lösen lange, komplizierte Gleichungen an der Wandtafel, weil sie geschaffen wurden, die Stellen zu sehen, wo die Zahlen zusammenpassen.

Und doch kommt auch der Glaube an irgendeiner Stelle ins Spiel, und ich glaube, diese Stelle hat etwas damit zu tun, daß man immer und immer wieder dasselbe macht, obwohl man im Grunde seines Herzens der Überzeugung ist, man kann es nie besser machen, als es schon ist, und wenn man unbedingt weiterdrängt, kann es eigentlich nur bergab gehen. Wenn man seinen ersten Versuch an der *Piñata* unternimmt, hat man eigentlich nichts zu verlieren, aber beim zweiten (und dritten ... und vierten ... und vierunddreißigsten) riskiert man Versagen, Depressionen und im Falle eines Geschichtenerzählers, der innerhalb eines fest umrissenen Genres arbeitet, Selbstparodie. Aber wir machen weiter, die meisten jedenfalls, und es wird immer schwieriger. Ich selbst hätte das vor zwanzig Jahren nicht geglaubt, nicht einmal vor zehn, aber es stimmt. Es wird schwieriger. An manchen Tagen denke ich, daß dieser alte Wang-Textcomputer vor fünf Jahren aufgehört hat, elektrischen Strom zu verbrauchen; daß er von *Stark – The Dark Half* an nur noch mit Glauben läuft. Aber das ist schließlich egal, wenn nur die Worte auf dem Bildschirm erscheinen, richtig?

Der Einfall zu jeder einzelnen Geschichte in diesem Buch kam mir in einem Augenblick des Glaubens, und sie wurden in einer Aufwallung von Glauben, Glücksgefühl und Optimismus geschrieben. Freilich haben diese positiven Empfindungen ihre dunklen Kehrseiten, und die Angst vor dem Versagen ist bei weitem nicht die schlimmste. Die schlimmste – jedenfalls für mich – ist die nagende Spekulation, ich könnte schon alles gesagt haben, was ich zu sagen hatte, und daß ich dem Quaken meiner eigenen Stimme nur noch zuhöre, weil die Stille, wenn sie verstummt, zu unheimlich ist.

Der Glaubenssprung, der erforderlich ist, um Geschichten zustande zu bringen, ist mir in den letzten Jahren immer besonders schwergefallen; heutzutage kommt es mir vor, als wollte alles ein Roman werden, und jeder Roman schätzungsweise viertausend Seiten lang. Darauf haben eine Menge Kritiker hingewiesen, gewöhnlich nicht wohlwollend. In Kritiken jedes langen Romans, den ich geschrieben habe, von *The Stand* bis zu *In einer kleinen Stadt*, wurde mir vorgeworfen, ich schriebe zu ausufernd. In manchen Fällen ist die Kritik berechtigt; in anderen Fällen handelt es sich nur um das übellaunige Gekläff von Männern und Frauen, die die literarische Appetitlositkeit der letzten dreißig Jahre mit einem (für meine Begriffe) erstaunlichen Mangel von Diskussion und Widerspruch akzeptiert haben. Diese selbsternannten Kirchenvorsteher der amerikanischen Literatur der Letzten Tage scheinen Großzügigkeit mit Argwohn, Stil mit Widerwillen und jeden größeren literarischen Treffer mit regelrechtem Haß zu betrachten. Die Folge ist ein seltsames und unfruchtbares literarisches Klima, in dem eine harmlose Fingerübung wie Nicholson Bakers

Vox zum Gegenstand faszinierter Debatten und Analysen wird, während man einen wahrhaft ambitionierten amerikanischen Roman wie Greg Matthews *Heart of the Country* dagegen praktisch ignoriert.

Aber das alles ist müßig; es geht nicht nur am Thema vorbei, sondern klingt auch ein bißchen weinerlich. Hat es je einen Schriftsteller oder eine Schriftstellerin gegeben, die nicht geglaubt hätten, von den Kritikern schlecht behandelt zu werden? Bevor ich mich zu dieser Abschweifung verführen ließ, wollte ich eigentlich nur sagen, daß der Akt des Glaubens, der einen Augenblick der Gutgläubigkeit in einen echten Gegenstand verwandelt – z. B. eine Erzählung, die die Leute tatsächlich lesen wollen –, für mich in den letzten Jahren immer ein bißchen schwerer aufzubringen war.

»Nun, dann schreib eben keine mehr«, könnte jetzt jemand sagen (zumeist ist es eine Stimme, die ich in meinem eigenen Kopf höre, wie Jessie Burlingame in *Das Spiel*). »Das Geld, das sie dir einbringen, brauchst du doch sowieso nicht mehr.«

Das ist schon richtig. Die Zeiten, in denen der Scheck für ein rund viertausend Worte langes Wunder dazu verwendet wurde, Penicillin für die Ohrentzündung eines der Kinder oder die Miete zu bezahlen, sind längst vorbei. Aber die Logik ist mehr als falsch, sie ist gefährlich. Denn sehen Sie, das Geld, das die *Romane* einbringen, brauche ich eigentlich auch nicht mehr. Wenn es nur um Geld ginge, könnte ich das Trikot an den Nagel hängen und duschen gehen ... oder den Rest meines Lebens auf einer Karibikinsel verbringen, Sonne tanken und herausfinden, wie lang ich meine Fingernägel wachsen lassen kann.

Aber es geht *nicht* um das Geld, was die Regenbogenpresse auch immer schreiben mag, und auch nicht um den Ausverkauf, wie die arroganteren Kritiker tatsachlich zu glauben scheinen. Das Grundsätzliche gilt immer noch, obwohl die Zeit vergeht, und für mich hat sich das Thema nicht geändert. Die Aufgabe besteht nach wie vor darin, zu *Ihnen* durchzudringen, mein Dauerleser, Sie an den kurzen Haaren zu packen und, hoffentlich, so sehr zu ängstigen, daß Sie nicht schlafen können, wenn im Badezimmer kein Licht brennt. Es geht immer noch darum, erstmals das Unmögliche zu sehen ... und es sogar auszusprechen. Es geht immer noch darum, Sie glauben zu machen, was ich glaube, zumindest für eine Weile.

Ich spreche nicht oft darüber, weil es mir peinlich ist und weil es anmaßend klingt, aber ich sehe in Erzählungen immer noch etwas Hervorragendes, etwas, das das Leben nicht nur verbessert, sondern tatsächlich rettet. Und ich meine das auch nicht im übertragenen Sinn. Gute Literatur – gute *Stories* – sind der Schlagbolzen der Phantasie, und der Zweck der Phantasie ist es, glaube ich, uns Trost und Zuflucht vor Situationen und Lebensabschnitten zu bieten, die sich andernfalls als unerträglich erweisen würden. Natürlich kann ich da nur aus eigener Erfahrung sprechen, aber mir hat die Phantasie, die mich als Kind so oft wach und in Angst und Schrecken gehalten hat, als Erwachsenen durch eine Vielzahl von schrecklichen Anfällen tobsüchtiger Wirklichkeit hindurchgeholfen. Wenn die Geschichten, die dieser Phantasie entspringen, dasselbe bei einigen Leuten bewirken, die sie gelesen haben, dann bin ich vollauf zufrieden und rundum glücklich – Empfindungen, die man meines Wissens weder mit noch so üppigen Filmgeschäften noch mit Multi-Millionen-Dollar-Buchverträgen kaufen kann.

Nichtsdestoweniger ist die Erzählung eine schwierige und herausfordernde literarische Form, und gerade deshalb war ich so erfreut – und so überrascht –, daß ich genug für einen dritten Geschichtenband beisammen hatte. Er kommt überdies zu einem günstigen Zeitpunkt: denn etwas, woran ich als Kind felsenfest glaubte (wahrscheinlich habe ich es auch in *Ripley's Believe It or Not!* aufgeschnappt), ist, daß sich die Menschen alle sieben Jahre vollkommen erneuern: jedes Gewebe, jedes Organ, jeder Muskel wird von völlig neuen Zellen ersetzt. Ich habe *Alpträume* im Sommer des Jahres 1992 zusammengestellt, sieben Jahre nach der Veröffentlichung von *Blut*, meiner letzten Geschichtensammlung, und *Blut* wurde sieben Jahre nach *Nachtschicht* veröffentlicht, meinem ersten Storyband. Das schönste daran ist die Gewißheit, daß ich es immer noch kann, auch wenn es schwerer geworden ist, den notwendigen Glaubenssprung auszuführen, der einen Einfall in etwas Reales umsetzt (wissen Sie, die Sprungmuskeln werden jeden Tag ein bißchen älter). Und das zweitschönste ist die Gewißheit, daß sie immer noch jemand lesen will – das sind Sie, Dauerleser, ob Sie es glauben oder nicht.

Die älteste dieser Geschichten (meine Version der tödlichen Golfballfüllung oder der mißgestalteten Fehlgeburten, wenn Sie so wollen) ist »Es wächst einem über den Kopf«, die ursprünglich in einer Literaturzeitschrift der University of Maine unter dem Titel *Marshroots* erschienen ist; allerdings habe ich sie für die Buchausgabe gründlich überarbeitet, damit sie das werden konnte, was sie offenbar schon immer sein wollte – ein letzter Rückblick auf die todgeweihte kleine Stadt Castle Rock. Die jüngste, »Die Zehn-Uhr-Leute«, wurde innerhalb von drei fiebrigen Tagen im Sommer des Jahres 1992 geschrieben.

Es gibt hier auch einige echte Kuriositäten – eine Sherlock-Holmes-Geschichte, in der Dr. Watson das Heft in die Hand nimmt und den Fall löst; eine Geschichte zum »Cthulhu«-Mythos, die in einem Vorort von London angesiedelt ist, wo Peter Straub wohnte, als ich ihn kennenlernte; und die leicht veränderte Fassung einer Geschichte mit dem Titel »Mein hübsches Pony«, die ursprünglich als limitierte Ausgabe des Whitney Museums mit Illustrationen von Barbara Kruger erschienen ist.

Nach gründlichem Nachdenken habe ich mich auch entschieden, einen längeren Artikel mit aufzunehmen, »Kopf runter«, in dem es um Kinder und Baseball geht. Er erschien ursprünglich in *The New Yorker*, und ich habe wahrscheinlich härter daran gearbeitet als an allem, was ich in den letzten fünfzehn Jahren geschrieben habe. Das macht ihn selbstverständlich nicht automatisch gut, aber ich weiß, ihn zu schreiben hat mir eine ungeheure Befriedigung verschafft, und aus diesem Grund gebe ich ihn weiter. Eigentlich paßt er nicht in eine Sammlung von Geschichten, die sich überwiegend mit Spannung und dem Übernatürlichen beschäftigen; aber irgendwie paßt er doch. Lesen Sie selbst, ob es nicht stimmt.

Die allergrößte Mühe habe ich mir gegeben, mich von überholten Dingen fernzuhalten, den Stories aus der Truhe, dem Schubladenmaterial. Etwa seit 1980 behaupten einige Kritiker, ich könnte meine Wäscheliste veröffentlichen und würde eine Million Exemplare davon verkaufen, aber das sind überwiegend Kritiker, die glauben, daß ich sowieso nichts anderes mache. Die Leute, die meine Bücher zum Vergnügen lesen, sind da offensichtlich anderer Meinung, und ich habe beim Zusammenstellen dieses Buches in erster Linie an die Leser gedacht, nicht an die Kritiker. Das Ergebnis ist, wie ich finde, ein Buch, das eine Trilogie vollendet, deren erste Bände *Nachtschicht* und *Blut* sind. Jetzt liegen alle guten Geschichten gesammelt in Buchform vor; die schlechten habe ich, soweit ich konnte, unter den Teppich gekehrt, und da sollen sie auch bleiben. Sollte es je einen neuen Erzählungenband geben, so wird er ausschließlich aus Geschichten bestehen, die bis jetzt weder geschrieben noch ausgedacht sind, und ich glaube, er wird erst in einem Jahr das Licht der Welt erblicken, das mit einer Zwei anfängt.

Bis dahin haben wir hier diese rund zwanzig zum Teil *sehr* sonderbaren Geschichten. Jede enthält etwas, woran ich eine Zeitlang geglaubt habe. Ich weiß, einiges davon – der Finger, der aus dem Ausguß ragt, die menschenfressenden Kröten, die hungrigen Zähne – ist ein wenig furchteinflößend, aber ich denke, wenn wir zusammenbleiben, wird uns nichts geschehen. Wiederholen Sie vorher noch den Katechismus mit mir:

Ich glaube, daß ein Zehncentstück einen Güterzug zum Entgleisen bringen kann.

Ich glaube, daß im Abwassersystem der Stadt New York Alligatoren hausen, ganz zu schweigen von Ratten, so groß wie Shetlandponies.

Ich glaube, daß man jemandem mit einem stählernen Zelthering den Schatten abreißen kann.

Ich glaube, daß es wirklich einen Nikolaus gibt, und daß all die Typen in roten Anzügen, die man um die Weihnachtszeit sieht, nur seine Gehilfen sind.

Ich glaube, daß es eine unsichtbare Welt um uns herum gibt.

Ich glaube, daß Tennisbälle voller Giftgas sind, und wenn man einen aufschneidet und einatmet, was herauskommt, bringt es einen um.

Vor allem aber *glaube* ich an Gespenster, ich *glaube* an Gespenster, ich *glaube* an Gespenster.

Okay? Fertig? Fein. Hier, nehmen Sie meine Hand. Wir gehen jetzt. Ich kenne den Weg. Sie müssen sich nur gut festhalten – und *glauben.*

6. November 1992 — Bangor, Maine

Dolans Cadillac

Rache ist ein Gericht,
das man am besten kalt genießt.

Spanisches Sprichwort

Ich wartete und beobachtete sieben Jahre lang. Ich sah ihn kommen und gehen – Dolan. Ich sah ihn teure Restaurants betreten, stets im Smoking, stets mit einer anderen Frau am Arm, stets von zwei Leibwächtern behütet. Ich sah, wie sich sein Haar von Stahlgrau zu einem modischen Silberfarbton wandelte, während meines über der Stirn zurückwich, bis ich kahl wurde. Ich sah, wie er Las Vegas zu seinen regelmäßigen Pilgerfahrten an die Westküste verließ; ich sah ihn zurückkehren. Bei zwei oder drei Anlässen beobachtete ich aus einer Seitenstraße, wie sein Sedan DeVille, der dieselbe Farbe hatte wie sein Haar, auf der Route 71 nach Los Angeles vorbeibrauste. Und bei einigen seltenen Gelegenheiten sah ich, wie er seine Villa in den Hollywood Hills im selben grauen Cadillac verließ und nach Las Vegas zurückkehrte – aber nicht oft. Ich bin Lehrer. Lehrer und schwerreiche Ganoven haben nicht dieselbe Bewegungsfreiheit; das ist eine wirtschaftliche Tatsache des Lebens.

Er wußte nicht, daß ich ihn beobachtete – ich kam ihm nie so nahe, daß er es hätte bemerken können. Ich war vorsichtig.

Er hat meine Frau umgebracht oder umbringen lassen; das läuft so oder so auf dasselbe hinaus. Wollen Sie die Einzelheiten wissen? Sie werden sie von mir nicht erfahren. Wenn Sie sie wissen wollen, dann schlagen Sie sie in alten Ausgaben der Zeitungen nach. Sie hieß Elizabeth. Sie unterrichtete an derselben Schule, an der ich unterrichtete und noch unterrichte. Sie unterrichtete die Erstkläßler. Die liebten sie, und ich glaube, manche haben ihre Liebe bis heute nicht vergessen, obwohl sie inzwischen schon Teenager sind. *Ich* habe sie auf jeden Fall geliebt und liebe sie noch. Sie war keine Schönheit, aber sie war hübsch. Sie war still, aber sie konnte lachen. Ich träume von ihr. Von ihren braunen Augen. Für mich hat es keine andere Frau mehr gegeben. Und es wird keine mehr geben.

Er machte einen Fehler – Dolan. Mehr brauchen Sie nicht zu wissen. Und Elizabeth war zur falschen Zeit am falschen Ort und sah den Fehler. Sie wurde zur Polizei geschickt, die Polizei schickte sie zum FBI, dort wurde sie verhört, und sie sagte ja, sie würde aussagen. Sie versprachen, sie zu beschützen, aber sie machten entweder einen Fehler oder unterschätzten Dolan. Vielleicht beides. Wie auch immer, sie stieg eines Abends in ihr

Auto, und das Dynamit, das mit dem Zündschloß verbunden war, machte mich zum Witwer. *Er* machte mich zum Witwer – Dolan.

Da es keine Zeugin mehr gab, wurde er freigesprochen.

Er kehrte in seine Welt zurück, ich in meine. Er in sein Penthouseapartment in Vegas, ich in das leere Reihenhaus. Für ihn wunderschöne Frauen in Pelzmänteln und paillettenbesetzten Abendkleidern, eine nach der anderen, für mich das Schweigen. Die grauen Cadillacs, vier im Lauf der Jahre, für ihn, für mich den rostenden Buick Riviera. Sein Haar wurde silbern, meines ging einfach aus.

Aber ich beobachtete ihn.

Ich war vorsichtig – o ja! Sehr vorsichtig. Ich wußte, was er war, was er fertigbringen konnte. Er konnte mich zertreten wie einen Käfer, wenn er sah oder spürte, was ich für ihn bedeutete. Deshalb war ich vorsichtig.

Vor drei Jahren folgte ich ihm in den Sommerferien (in sicherer Entfernung) nach Los Angeles, wo er sich des öfteren aufhielt. Er wohnte in seiner Villa und gab Parties (ich verfolgte das Kommen und Gehen aus einem sicheren Schatten am Ende des Blocks und zog mich zurück, wenn ein Polizeiauto seine regelmäßige Patrouille fuhr). Ich wohnte in einem billigen Hotel, wo die Leute die Radios zu laut stellten und Neonlicht von der Oben-ohne-Bar gegenüber zum Fenster hereinschien. In jenen Nächten schlief ich ein und träumte von Elizabeths braunen Augen, ich träumte, daß alles nie passiert wäre und wachte manchmal auf, während die Tränen noch auf meinem Gesicht trockneten.

Ich war drauf und dran, die Hoffnung aufzugeben.

Sie müssen wissen, er wurde ausgezeichnet bewacht. Er ging nie aus, ohne daß ihn die beiden schwerbewaffneten Gorillas begleitet hätten, und der Cadillac war schußfest gepanzert. Die großen Reifen, auf denen er fuhr, waren von der Machart, wie sie Diktatoren in kleinen, unruhigen Ländern bevorzugen.

Dann, beim letzten Mal, sah ich, wie es bewerkstelligt werden konnte – aber ich sah es erst, nachdem ich einen gehörigen Schrecken eingejagt bekommen hatte.

Ich folgte ihm nach Las Vegas zurück, wobei ich immer eine Meile zwischen uns ließ, manchmal zwei, manchmal drei. Während wir durch die Wüste fuhren, war sein Auto manchmal nicht mehr als eine Sonnenspiegelung am Horizont, und ich mußte an Elizabeth denken und wie sich die Sonne in ihrem Haar gespiegelt hatte.

Bei der Gelegenheit lag ich weit hinter ihm. Es war Mitte der Woche, kaum Verkehr, und wenn kaum Verkehr herrscht, wird es gefährlich, jemanden zu verfolgen – das weiß selbst ein Grundschullehrer. Ich kam an einem orangefarbenen Schild mit der Aufschrift UMLEITUNG 5 MEILEN vorbei und blieb noch weiter zurück. In der Wüste zwingen Umleitungen den Verkehr zum Schrittempo, und ich wollte das Risiko nicht eingehen, plötzlich unmittelbar hinter dem grauen Cadillac zu fahren, während der Chauffeur ihn über eine holprige Nebenstraße lenkte.

UMLEITUNG 3 MEILEN stand auf dem nächsten Schild, und darunter: SPRENGZONE VORAUS – BITTE FUNKGERÄTE AUSSCHALTEN.

Ich mußte an einen Film denken, den ich vor Jahren gesehen hatte. In diesem Film hatte eine Bande bewaffneter Verbrecher einen Panzerwagen in die Wüste gelockt, indem sie falsche Umleitungsschilder aufstellten. Als der Fahrer auf den Trick hereingefallen und auf eine abgelegene Schotterstraße in der Wüste abgebogen war (davon gibt es Tausende in der Wüste, Viehwege und Ranchwege und alte Regierungswege, die ins Nichts führen), hatten die Diebe die Schilder wieder entfernt und damit gewährleistet, daß sie ungestört blieben. Dann hatten sie den Panzerwagen einfach belagert, bis die Wachen ausgestiegen waren.

Sie töteten die Wachen.

Daran kann ich mich noch erinnern.

Sie töteten die Wachen.

Ich kam zu der Umleitung und bog ab. Die Straße war so schlecht, wie ich es mir vorgestellt hatte – festgefahrener Sand, zwei Fahrspuren breit, voller Schlaglöcher, in denen mein alter Buick schwankte und ächzte. Der Buick brauchte neue Stoßdämpfer, aber Stoßdämpfer verursachen Kosten, die ein Schullehrer manchmal einfach aufschieben muß, selbst wenn es sich um einen Witwer ohne Kinder und ohne Hobbies handelt, abgesehen von seinem Traum von der Rache.

Während der Buick dahinholperte und schwankte, kam mir eine Idee. Wenn Dolans Cadillac das nächste Mal von Vegas nach L. A. oder von L. A. nach Vegas startete, würde ich ihm nicht folgen, sondern ihn stattdessen überholen – ihm vorausfahren. Ich würde eine falsche Umleitung aufstellen, wie in diesem Film, und ihn auf diese Weise in die Wüste locken, die stumm und von Bergen umgeben westlich von Las Vegas liegt. Dann würde ich die Schilder entfernen, wie die Diebe in dem Film . . .

Ich kehrte unvermittelt in die Wirklichkeit zurück. Dolans Cadillac stand vor mir, *direkt vor mir*, an der Seite des staubigen Weges. Einer der Reifen hatte einen Platten. Nein – nicht nur das. Er war halb von der Felge gerissen. Ursache dafür war wahrscheinlich ein scharfkantiger Felsbrocken, der im festgefahrenen Sand steckte wie eine winzige Panzerfalle. Einer der beiden Leibwächter klemmte gerade einen Wagenheber unter das vordere Ende. Der zweite – ein Troll mit Schweinsgesicht, dem der Schweiß unter dem Bürstenhaarschnitt hervorlief – stand schützend neben Dolan selbst. Sie sehen, selbst in der Wüste gingen sie kein Risiko ein.

Dolan stand an der Seite, schlank, in offenem Hemd und dunkler

Hose, und der Wüstenwind wehte ihm das silberne Haar um den Kopf. Er rauchte eine Zigarette und sah den beiden Männern zu, als befände er sich anderswo, in einem Restaurant oder einem Ballsaal oder möglicherweise im Wohnzimmer seiner Villa.

Er sah mir durch die Windschutzscheibe hindurch direkt in die Augen, doch dann wandte er sich ab, ohne mich zu erkennen, obwohl er mich schon einmal vor sieben Jahren (als ich noch Haare hatte!) bei einer Vorverhandlung gesehen hatte, wie ich neben meiner Frau saß.

Mein Erschrecken, daß ich den Cadillac eingeholt hatte, wich rasender Wut.

Ich überlegte mir, ob ich mich zur Seite beugen, das Beifahrerfenster herunterkurbeln und hinausschreien sollte: *Wie kannst du es wagen, mich zu vergessen? Wie kannst du es wagen, mich zu übersehen?* Aber das wäre die Tat eines Wahnsinnigen gewesen. Es war *gut*, daß er mich vergessen hatte, es war *ausgezeichnet*, daß er mich nicht erkannte. Lieber eine Maus hinter der Sockelleiste sein, die an den Leitungen nagte. Lieber eine Spinne hoch droben unter dem Giebel, die ihr Netz spann.

Der Mann, der sich schwitzend mit dem Wagenheber abmühte, winkte mir zu, aber Dolan war nicht der einzige, der jemanden übersehen konnte. Ich sah gleichgültig an dem Winkenden vorbei und wünschte ihm einen Herzinfarkt oder einen Schlaganfall oder am besten beides zusammen. Ich fuhr weiter – aber mein Kopf pulsierte und pochte, und einen Augenblick lang schienen sich die Berge am Horizont zu verdoppeln und sogar zu verdreifachen.

Wenn ich eine Waffe hätte! dachte ich. *Wenn ich doch nur eine Waffe hätte! Ich hätte seinem elenden Leben gleich hier und jetzt ein Ende machen können, wenn ich nur eine Waffe hätte!*

Meilen später kam ich wieder zur Vernunft. Wenn ich eine Waffe gehabt hätte, dann hätte ich mit ziemlicher Sicherheit nur eines geschafft: nämlich selbst umgebracht zu werden. Wenn ich eine Waffe gehabt hätte, hätte ich an den Straßenrand fahren können, als der Mann mit dem Wagenheber mir zugewinkt hatte, hätte aussteigen und wie ein Wilder Kugeln in die Wüstenlandschaft ballern können. Möglicherweise hätte ich jemanden verwundet. Dann hätten sie mich getötet und in einem flachen Grab verscharrt, und Dolan hätte auch weiterhin wunderschöne Frauen begleitet und mit seinem silbernen Cadillac Pilgerfahrten zwischen Las Vegas und Los Angeles unternommen, während die Tiere der Wüste meine Gebeine ausgegraben und unter dem kalten Mond um meine Knochen gekämpft hätten. Es hätte keine Rache für Elizabeth gegeben – überhaupt keine.

Die Männer, die mit ihm reisten, waren fürs Töten ausgebildet. Ich war ausgebildet, Drittkläßler zu unterrichten.

Dies war kein Film, führte ich mir vor Augen, als ich auf den Highway zurückkehrte und an dem Schild mit der Aufschrift ENDE DER BAUSTELLE – DER STAAT NEVADA DANKT IHNEN! vorbeifuhr. Und wenn ich jemals den Fehler beging, die Wirklichkeit mit einem Film zu verwechseln, wenn ich mich der Täuschung hingab, ein kahler, kurzsichtiger Drittkläßlerlehrer könnte anderswo als in seinen eigenen Tagträumen Dirty Harry sein, würde es keine Rache geben, niemals.

Aber *konnte* es je Rache geben? *Konnte* es sie geben?

Mein Einfall, eine falsche Umleitung aufzustellen, war so romantisch und unrealistisch wie die Vorstellung, ich könnte aus meinem alten Buick springen und die drei mit Kugeln niedermähen – ich, der seit meinem sechzehnten Lebensjahr kein Gewehr mehr abgefeuert hatte, und noch nie eine Faustfeuerwaffe.

So etwas wäre ohne eine ganze Gruppe von Mittätern gar nicht möglich – das hatte selbst der Film, den ich gesehen hatte, deutlich gemacht, so romantisch er auch gewesen war. Es waren acht oder neun in zwei verschiedenen Gruppen gewesen, die mittels Walkie-Talkies miteinander in Verbindung standen. Ein Mann kreiste sogar in einem Flugzeug über dem Highway und stellte sicher, daß der Panzerwagen hinreichend isoliert war, als er sich der vereinbarten Stelle auf dem Highway näherte.

Eine Handlung, die sich zweifellos ein übergewichtiger Drehbuchautor ausgedacht hatte, der mit einer Piña Colada in der einen und einem Kugelschreiber Marke Pentel in der anderen Hand am Swimmingpool saß. Und selbst dieser Bursche hatte eine kleine Armee gebraucht, um seinen Einfall in die Tat umzusetzen. Ich war allein.

Es würde nicht klappen. Wieder ein vorübergehender falscher Schein, wie viele andere im Lauf der Jahre – etwa der Einfall, eine Art Giftgas in Dolans Lüftungssystem einströmen zu lassen, eine Bombe in seinem Haus in Los Angeles zu verstecken oder vielleicht eine richtig tödliche Waffe zu kaufen – sagen wir einmal eine Bazooka – und damit seinen verfluchten silbernen Cadillac in einen Feuerball zu verwandeln, wenn er auf dem 71 in Richtung Osten nach Vegas oder in Richtung Westen nach L. A. raste.

Am besten, ich vergaß es wieder.

Aber ich konnte es nicht vergessen.

Isoliere ihn, flüsterte die Stimme in mir, die für Elizabeth sprach. *Isoliere ihn, wie ein erfahrener Schäferhund ein Mutterschaf aus der Herde isoliert, wenn sein Herr darauf deutet. Leite ihn in die Einsamkeit um und töte ihn. Töte sie alle.*

Es würde nicht klappen. Auch wenn ich keinen Sachverhalt gelten lassen wollte, einem konnte ich mich nicht entziehen: wenn jemand so lange am Leben blieb wie Dolan, mußte er über einen ausgeprägten Überlebensinstinkt verfügen – möglicherweise bis zum Punkt der Paranoia ausgeprägt. Er und seine Männer würden den Umleitungstrick auf Anhieb durchschauen.

Aber sie sind heute dieser Umleitung gefolgt, antwortete die Stimme, die für Elizabeth sprach. *Sie haben nicht einmal gezögert. Sie sind ihr gefolgt wie Marys kleines Lamm.*

Doch ich wußte – ja, irgendwie wußte ich es! –, daß Männer wie Dolan, Männer, die mehr Ähnlichkeit mit Wölfen als mit Menschen haben, eine Art sechsten Sinn entwickeln, wenn es um Gefahr geht. Ich könnte echte Umleitungsschilder aus einem Schuppen der Straßenwacht stehlen und an den richtigen Stellen postieren; ich könnte sogar fluoreszierende Kegel und einige leere Öltonnen aufstellen. Das alles könnte ich tun, aber Dolan würde trotzdem den nervösen Schweiß meiner Hände an den Kulissen riechen. Er würde ihn durch die kugelsicheren Fenster riechen. Er würde die Augen zumachen und Elizabeths Namen tief unten in der Schlangengrube hören, die sein Verstand ist.

Die Stimme, die für Elizabeth sprach, verstummte wieder, und ich dachte schon, sie hätte für heute aufgegeben. Doch dann, als Vegas tatsächlich schon in Sicht kam – blau und dunstig und wabernd am fernen Rand der Wüste –, meldete sie sich erneut zu Wort.

Dann versuch erst gar nicht, ihn mit einer falschen Umleitung zu täuschen, flüsterte sie. *Täusche ihn mit einer* richtigen.

Ich steuerte den Buick an den Straßenrand und kam schlingernd, mit beiden Füßen auf der Bremse, zum Stehen. Ich sah mir im Rückspiegel selbst in die aufgerissenen, verblüfften Augen.

In meinem Inneren fing die Stimme, die für Elizabeth sprach, an zu lachen. Es war ein wildes, irres Lachen, aber einige Augenblicke später lachte ich mit ihr.

Die anderen Lehrer lachten über mich, als ich dem Ninth Street Health Club beitrat. Einer von ihnen wollte wissen, ob mir jemand Sand ins Gesicht gekickt hätte. Ich lachte mit ihnen. Die Leute betrachten einen Mann wie mich nicht mit Mißtrauen, solange er mit ihnen lacht. Und warum sollte ich nicht lachen? Meine Frau war seit sieben Jahren tot, oder nicht? Sie bestand nur noch aus Staub und Haar und ein paar Knochen in ihrem Sarg. Also warum sollte ich nicht lachen? Erst wenn ein Mann wie ich aufhört zu lachen, fragen sich die Leute, ob etwas mit ihm nicht stimmt.

Ich lachte mit ihnen, obwohl meine Muskeln den ganzen Herbst und Winter lang wehtaten. Ich lachte, obwohl ich ständig Hunger hatte – keinen Nachschlag mehr, keine Mitternachtssnacks, kein Bier, kein Gin Tonic mehr vor dem Essen. Aber jede Menge rotes Fleisch und Gemüse, Gemüse, Gemüse.

Ich schenkte mir einen Heimtrainer zu Weihnachten.

Nein – das stimmt nicht ganz. *Elizabeth* schenkte mir einen Heimtrainer zu Weihnachten.

Ich sah Dolan nicht mehr so häufig; ich war zu sehr damit beschäftigt zu trainieren, meinen Schmerbauch loszuwerden, meine Arme und Beine und die Brust zu härten. Aber es gab Zeiten, da war mir, als könnte ich nicht weitermachen, als wäre es mir unmöglich, so etwas wie körperliche Fitneß wiederzuerlangen, als könnte ich ohne Nachschlag oder Kuchen oder ab und zu einem Schlag Sahne in meinem Kaffee nicht leben. In solchen Augenblicken parkte ich gegenüber einem seiner Lieblingsrestaurants oder besuchte einen Club, den er bevorzugte, und wartete dort, bis er sich sehen ließ, bis er mit einer arroganten, eiskalten Blondine oder einer lachenden Rothaarigen am Arm aus dem nebelgrauen Cadillac stieg. Da war er dann, der Mann, der meine Elizabeth getötet hatte, da war er, und die goldene Rolex an seinem Handgelenk funkelte im Licht des Nachtclubs. Wenn ich müde und mutlos war, ging ich zu Dolan wie ein Mann mit schrecklichem Durst, der in der Wüste eine Oase sucht. Ich trank sein vergiftetes Wasser und war erfrischt.

Im Februar fing ich an, täglich zu laufen, und die anderen Lehrer lachten über meinen kahlen Kopf, der sich schälte und rosa wurde und sich wieder schälte und wieder rosa wurde, soviel Sonnenmilch ich auch daraufschmierte. Ich lachte von Herzen mit ihnen, als wäre ich nicht zweimal fast ohnmächtig geworden und hätte am Ende meiner Läufe nicht lange, zitternde Minuten mit Krämpfen in den Beinmuskeln verbracht.

Im Sommer bewarb ich mich um einen Job beim Highway Department von Nevada. Der städtische Bedienstete stempelte die Genehmigung meines Antrags nur zögernd ab und schickte mich zu einem Bezirksvorarbeiter namens Harvey Blocker. Blocker war ein großer Mann, den die Sonne von Nevada fast schwarz gebrannt hatte. Er trug Jeans, staubige Arbeiterstiefel und ein blaues T-Shirt mit abgeschnittenen Ärmeln. BAD ATTITUDE – SCHLECHTES BENEHMEN – verkündete das T-Shirt. Seine Muskeln waren gewaltige, rollende Wülste unter der Haut. Er las mein Stellengesuch. Dann sah er mich an und lachte. Das zusammengerollte Antragsformular sah in seiner riesigen Faust winzig aus.

»Das muß ein Witz sein, mein Freund. Also wirklich! Wir haben es hier mit Wüstensonne und Wüstenhitze zu tun – nicht mit dieser Solariumsscheiße für Yuppies. Was sind Sie in Wirklichkeit, mein Junge, Buchhalter?«

»Lehrer«, sagte ich. »Dritte Klasse.«

»Oh, *Süßer*«, sagte er und lachte wieder. »Verschwinden Sie aus meinem Blickfeld, okay?«

Ich besaß eine Taschenuhr – Erbstück von meinem Urgroßvater, der am letzten Abschnitt der großen transkontinentalen Eisenbahn mitgearbeitet hatte. Der Familienlegende zufolge war er dabei, als sie den goldenen Bolzen hineinschlugen. Ich holte die Uhr heraus und ließ sie an der Kette vor Blockers Gesicht baumeln.

»Sehen Sie die?« sagte ich. »Die ist sechs-, vielleicht siebenhundert Dollar wert.«

»Soll das ein Bestechungsversuch sein?« Blocker lachte wieder. Was war er doch für ein Scherzbold. »Mann, ich habe schon gehört, daß Leute Geschäfte mit dem Teufel machen, aber Sie sind meines Wissens der erste, der durch Bestechung in die Hölle hinein will.« Jetzt sah er mich mit so etwas wie Mitgefühl an. »Sie *glauben* vielleicht zu wissen, auf was Sie sich da einlassen, aber ich muß Ihnen sagen, Sie haben nicht die geringste Ahnung. Im Juli hatten wir hier draußen, westlich von Indian Springs, schon siebenundvierzig Grad. Da weinen selbst die stärksten Männer. Und Sie sind keiner von den stärksten, Väterchen. Ich muß Sie nicht ohne Hemd sehen, um zu wissen, daß Sie nichts am Leib haben außer ein paar Yuppie-Fitneßstudio-Muskeln, und die nützen Ihnen in der Großen Leere gar nichts.«

Ich sagte: »An dem Tag, an dem Sie entscheiden, daß ich Schluß machen muß, lasse ich den Job sausen. Sie behalten die Uhr. Kein Streit.«

»Sie sind ein verdammter Lügner.«

Ich sah ihn an. Er erwiderte den Blick eine Zeitlang.

»Sie sind *kein* verdammter Lügner.« Er sagte es in einem erstaunten Tonfall.

»Nein.«

»Würden Sie Tinker die Uhr zur Verwahrung geben?« Er deutete mit dem Daumen auf einen hünenhaften Farbigen in Batikhemd, der in der Nähe in der Kabine einer Planierraupe saß, einen Obstkuchen von McDonalds aß und zuhörte.

»Ist er vertrauenswürdig?«

»Darauf können Sie Gift nehmen.«

»Er kann sie nehmen, bis Sie mir sagen, ich soll verduften, oder bis ich im September wieder in die Schule muß.«

»Und was setze *ich* dagegen?«

Ich deutete auf das Antragsformular in seiner Faust. »Sie unterschreiben das«, sagte ich. »Das setzen Sie dagegen.«

»Sie sind verrückt.«

Ich dachte an Dolan und Elizabeth und sagte nichts.

»Sie müßten mit der Scheißarbeit anfangen«, warnte mich Blocker. »Heißen Asphalt vom Laster in Schlaglöcher schaufeln. Nicht weil ich Ihre verfluchte Uhr will – obwohl ich sie selbstverständlich mit dem größten Vergnügen nehmen würde –, sondern weil alle damit anfangen.«

»Einverstanden.«

»Wenn Sie nur wissen, was Sie tun.«

»Weiß ich.«

»Nein«, sagte Blocker. »Sie wissen es nicht. Aber Sie werden es erfahren.«

Und damit hatte er recht.

An die ersten zwei Wochen kann ich mich so gut wie überhaupt nicht erinnern – ich weiß nur noch, daß ich heißen Asphaltsplitt schaufelte, feststampfte und mit gesenktem Kopf hinter dem Lastwagen hertrottete, bis dieser am nächsten Schlagloch hielt. Manchmal arbeiteten wir auf dem Strip; ich konnte in den Spielcasinos die Jackpot-Glocken läuten hören. Manchmal denke ich, daß ich mir die Glocken nur eingebildet habe. Wenn ich aufschaute, sah ich Harvey Blocker, der mich mit einem seltsam mitfühlenden Blick musterte; sein Gesicht flimmerte in der Hitze, die von der Straße aufstieg. Und manchmal sah ich Tinker, der unter dem Segeltuchbaldachin saß, mit dem die Kabine seiner Planierraupe abgedeckt war, die Uhr meines Urgroßvaters an der Kette hochhielt und sie schwingen ließ, so daß Sonnenstrahlen darauf blitzten.

Die größte Anstrengung bestand darin, nicht ohnmächtig zu werden, bei Bewußtsein zu bleiben, koste es, was es wolle. Ich hielt den ganzen Juni und die erste Juliwoche durch, dann setzte sich Blocker in der Mittagspause neben mich, während ich mit zitternden Händen ein Sandwich aß. Manchmal zitterte ich bis zehn Uhr nachts. Wegen der Hitze. Entweder zittern oder ohnmächtig werden; doch wenn ich an Dolan dachte, gelang es mir irgendwie, weiterzuzittern.

»Sie sind immer noch nicht kräftig, stimmt's«, sagte er.

»Nein«, sagte ich. »Aber Sie hätten einmal sehen sollen, womit ich angefangen habe.«

»Ich rechne immer damit, daß ich mich einmal umdrehe und Sie bewußtlos auf der Straße liegen sehe, und Sie tun mir den Gefallen nicht. Aber Sie werden.«

»Nein.«

»O doch. Wenn Sie weiter mit der Schaufel hinter dem Laster hertraben, werden Sie.«

»Nein.«

»Der heißeste Teil des Sommers liegt noch vor uns, ist das klar? Tink nennt es Treibhauswetter.«

»Ich komme zurecht.«

Er zog etwas aus der Tasche. Es war die Uhr meines Urgroßvaters. Er warf sie mir in den Schoß. »Nehmen Sie das Scheißding«, sagte er voll Widerwillen. »Ich will es nicht.«

»Sie haben eine Vereinbarung mit mir getroffen.«

»Ich widerrufe sie.«

»Wenn Sie mich feuern, gehe ich mit Ihnen vors Arbeitsgericht«, sagte ich. »Sie haben mein Gesuch unterschrieben. Sie ...«

»Ich werde Sie nicht feuern«, sagte er und wandte sich ab. »Ich werde dafür sorgen, daß Tink Ihnen beibringt, wie man einen Frontlader fährt.«

Ich sah ihn lange an und wußte nicht, was ich sagen sollte. Mein Schulzimmer der dritten Klasse, so kühl und angenehm, schien nie weiter entfernt zu sein. Und ich hatte immer noch keine Ahnung, wie ein Mann wie Blocker dachte oder was er meinte, wenn er etwas sagte. Ich wußte, er bewunderte und verachtete mich gleichzeitig, hatte aber keine Ahnung, warum er so empfand. *Und das kann dir auch egal sein*, meldete sich Elizabeth plötzlich in meinem Kopf zu Wort. *Dolan ist dein Ziel. Vergiß Dolan nicht.*

»Warum sollten Sie das tun?« fragte ich schließlich.

Da sah er mich an, und ich stellte fest, daß er wütend und erheitert zugleich war. Aber ich glaube, die Wut überwog. »Was ist los mit Ihnen, Junge? Wofür halten Sie mich?«

»Ich weiß nicht ...«

»Glauben Sie, ich will Sie wegen Ihrer Scheißuhr umbringen? Denken Sie das von mir?«

»Tut mir leid.«

»Ja. Sie sind der mitleidigste kleine Pisser, den *ich* je gesehen habe.«

Ich steckte die Uhr meines Urgroßvaters ein.

»Sie werden *nie* kräftig werden, mein Alter. Manche Menschen und Pflanzen gedeihen in der Sonne. Manche verdorren und sterben. Sie sterben. Das wissen Sie, und trotzdem wollen Sie nicht in den Schatten. Warum tun Sie Ihrem Körper das an?«

»Ich habe meine Gründe.«

»Klar, jede Wette. Und Gott stehe jedem bei, der sich Ihnen in den Weg stellt.«

Er stand auf und ging weg.

Tink kam grinsend herüber.

»Glauben Sie, Sie können einen Frontlader fahren?«

»Ich denke, ja«, sagte ich.

»Glaube ich auch«, sagte er. »Old Blockhead mag Sie – er weiß nur nicht, wie er es sagen soll.«

»Ist mir auch schon aufgefallen.«

Tink lachte. »Sie sind ein zäher kleiner Kerl, was?«

»Ich hoffe es«, sagte ich.

Den Rest des Sommers fuhr ich den Frontlader, und als ich im Herbst zur Schule zurückkehrte, fast so schwarz wie Tink, hörten die anderen Lehrer auf, über mich zu lachen. Manchmal sahen sie mir aus den Augenwinkeln nach, wenn ich vorbeigegangen war, aber sie hörten auf zu lachen.

Ich habe meine Gründe. Das hatte ich zu ihm gesagt. Und so war es. Ich verbrachte diesen Sommer nicht nur aus einer Laune heraus in der Hölle. Sehen Sie, ich mußte mich in Form bringen. Vielleicht sind nicht unbedingt so drastische Vorarbeiten nötig, um ein Grab für einen Mann oder eine Frau zu schaufeln, aber ich dachte nicht nur an einen Mann oder eine Frau.

Ich wollte diesen verdammten Cadillac begraben.

Im April des folgenden Jahres war ich im Postverteiler der *State Highway Commission.* Ich bekam jeden Monat ein Mitteilungsblatt mit dem Titel *Nevada Road Signs.* Den größten Teil des Materials überblätterte ich einfach, da es meist nur um anstehende Gesetzesvorschläge zur Verbesserung der Highways, gekaufte und verkaufte Straßenbaumaschinen und Aktivitäten der staatlichen Legislative auf Gebieten wie Sanddünenkontrolle und neuen Antierosionstechniken ging. Was mich interessierte, stand immer auf der letzten oder vorletzten Seite. In diesem Teil mit dem schlichten Titel »Kalender« wurden Datum und Ort von Straßenbauprojekten des kommenden Monats aufgelistet, gefolgt von einer einfachen Abkürzung: NEAS. Das bedeutete Neuasphaltierung, und meine Erfahrungen bei Harvey Blockers Bautrupp hatten mir gezeigt, daß diese Ausbesserungen am häufigsten Umleitungen erforderlich machten. Aber nicht *immer* – wahrlich nicht. Einen Straßenabschnitt zu sperren ist ein Schritt, den die Highway Commission nur unternimmt, wenn es gar keine andere Möglichkeit mehr gibt. Aber früher oder später, dachte ich mir, würden diese vier Buchstaben Dolans Ende besiegeln. Nur vier Buchstaben, aber es gab Zeiten, da sah ich sie in meinen Träumen. NEAS.

Nicht, daß es leicht wäre oder gar bald soweit sein würde – ich wußte, möglicherweise würde ich Jahre warten müssen, und bis dahin erledigte vielleicht ein anderer Dolan. Er war ein böser Mensch, und böse Menschen leben gefährlich. Vier Bedingungen, die in lockerem Zusammenhang standen, mußten zusammentreffen wie eine seltene Planetenkonstellation: Dolan mußte reisen, ich mußte Ferien haben, es mußte ein nationaler Feiertag sein, und wir mußten ein verlängertes Wochenende haben.

Möglicherweise Jahre. Vielleicht nie. Aber ich verspürte eine Art Gewißheit – eine Überzeugung, *daß* es passieren würde, und wenn, dann würde ich vorbereitet sein. Und schließlich passierte es auch. Nicht in diesem Sommer, nicht im Herbst und nicht im darauffolgenden Frühling.

Aber im Juni letzten Jahres schlug ich *Nevada Road Signs* auf und sah folgenden Eintrag im Kalender:

1. JULI–22. JULI (VORAUSS.): U. S. 71 MI 440–472 (WESTL. RCHTG.) NEAS

Mit zitternden Händen schlug ich im Terminkalender auf meinem Schreibtisch den Juli auf und sah, daß der 4. Juli auf einen Montag fiel.

Damit hatte ich drei meiner vier Bedingungen, denn im Verlauf einer derart umfangreichen Ausbesserungsarbeit würde es mit Sicherheit einmal eine Umleitung geben.

Aber Dolan ... was war mit Dolan? Was war mit der vierten Bedingung?

Ich wußte noch, daß er früher dreimal in der Woche des 4. Juli nach L. A. gefahren war – eine Woche, die zu den wenigen ruhigen in Vegas gehört. Dreimal, auch das wußte ich, fuhr er anderswohin – einmal nach New York, einmal nach Miami, einmal sogar nach London –, und ein viertes Mal war er schlicht und einfach in Vegas geblieben.

Wenn er fuhr ...

Gab es eine Möglichkeit, das herauszufinden?

Ich dachte lange und gründlich darüber nach, aber zwei Visionen drängten sich immer wieder dazwischen. In der ersten sah ich Dolans Cadillac in der Dämmerung auf der U. S. 71 nach L. A. rasen, wobei er einen langen Schatten warf. Ich sah ihn an Schildern mit der Aufschrift UMLEITUNG vorbeifahren, deren letztes CB-Funker ermahnte, ihre Geräte abzuschalten. Ich sah ihn an reglosen Straßenbaumaschinen vorbeifahren – Planierraupen, Motorwalzen, Schaufelbaggern. Reglos – nicht nur, weil Feierabend war, sondern auch wegen des Wochenendes, des verlängerten Wochenendes.

In der zweiten Vision war alles genau so, nur die UMLEITUNG-Schilder waren nicht mehr da.

Sie waren nicht mehr da, weil ich sie weggenommen hatte.

Am letzten Schultag wurde mir plötzlich klar, wie ich es herausfinden konnte. Ich wäre beinahe eingedöst, mein Verstand war eine Million Meilen von der Schule und von Dolan entfernt, als ich plötzlich senkrecht emporschnellte und dabei eine Vase (voll hübscher Wüstenblumen, die mir meine Schüler zum letzten Schultag geschenkt hatten) von meinem Pult herunterwarf, so daß sie auf dem Boden zerschellte. Einige meiner Schüler, die *auch* am Dösen gewesen waren, schnellten ebenfalls in die Höhe, und möglicherweise machte mein Gesichtsausdruck ihnen angst, denn ein kleiner Junge namens Timothy Urich brach in Tränen aus; ich mußte ihn beruhigen.

Laken, dachte ich, während ich Timmy tröstete. *Laken und Kissenbezüge und Bettwäsche und Tafelsilber; die Teppiche; der Garten. Alles muß »einfach so« aussehen. Er will, daß alles »einfach so« aussieht.*

Natürlich. Daß alles »einfach so« war, gehörte ebenso zu Dolan wie sein Cadillac.

Ich fing an zu lächeln, und Timmy Urich lächelte zurück, aber ich lächelte nicht Timmy zu.

Ich lächelte Elizabeth zu.

In diesem Jahr war die Schule am 10. Juni zu Ende. Zwölf Tage später flog ich nach Los Angeles. Ich mietete ein Auto und nahm ein Zimmer im gleichen billigen Hotel, das ich schon bei anderen Anlässen besucht hatte. An den drei darauffolgenden Tagen fuhr ich regelmäßig in die Hollywood Hills und beobachtete Dolans Haus. Ich konnte es nicht *ständig* beobachten; das wäre aufgefallen. Die Reichen stellen Leute ein, die auf Herumtreiber achten, weil die sich allzu häufig als gefährlich erweisen.

Wie ich.

Zuerst sah ich nichts. Das Haus war nicht vernagelt, der Rasen nicht zu hoch gewachsen – Gott behüte! –, das Wasser im Pool zweifellos sauber und chloriert. Dennoch sah es aus, als wäre es unbewohnt und leer – Jalousien heruntergezogen, keine Autos in der Einfahrt, niemand schwamm im Pool, den ein junger Mann mit Mozartzopf jeden Morgen reinigte.

Ich kam zur Überzeugung, daß es vergebliche Liebesmüh war. Dennoch blieb ich und hoffte auf die letzte Bedingung.

Am 29. Juni, als ich mich fast damit abgefunden hatte, daß ich noch ein Jahr beobachten und warten und trainieren und im Sommer für Harvey Blocker den Frontlader fahren mußte (das heißt, wenn er mich wieder einstellen würde), fuhr ein blaues Auto mit der Aufschrift LOS ANGELES SECURITY SERVICE vor das Tor von Dolans Haus. Ein Mann in Uniform stieg aus und öffnete mit einem Schlüssel das Tor. Er fuhr mit dem Auto hinein und um die Ecke. Einen Augenblick später kam er zu Fuß zurück, machte das Tor zu und schloß es wieder ab.

Das war immerhin eine Unterbrechung der Routine. Ich verspürte einen vagen Funken Hoffnung.

Ich fuhr weg und schaffte es, mich fast zwei Stunden von dem Anwesen fernzuhalten. Dann kehrte ich zurück und parkte am Anfang des Blocks statt am Ende. Fünfzehn Minuten später hielt ein blauer Lieferwagen vor Dolans Grundstück. Auf der Seite stand der Schriftzug BIG JOE'S PUTZKOLONNE. Mein Herz schlug schneller. Ich sah in den Rückspiegel, und ich weiß noch, wie sich meine Hände um das Lenkrad des Mietwagens krampften.

Vier Frauen stiegen aus dem Wagen, zwei Weiße, eine Schwarze und eine Chicana. Sie waren weiß gekleidet, wie Kellnerinnen, aber sie waren selbstverständlich keine Kellnerinnen; sie waren Putzfrauen.

Als eine von ihnen am Tor läutete, erschien der Wachmann und schloß es auf. Die fünf unterhielten sich miteinander und lachten. Der Wachmann versuchte, eine der Frauen zu kneifen, aber sie schlug seine Hand lachend weg.

Eine der Frauen kehrte zum Lieferwagen zurück und fuhr ihn auf die Einfahrt. Die anderen folgten zu Fuß und schwatzten miteinander, während der Wachmann das Tor zumachte und wieder abschloß.

Schweiß lief mir übers Gesicht; er fühlte sich an wie Schmieröl. Mein Herz pochte wie ein Preßlufthammer.

Sie verschwanden aus dem Bereich, den ich mit dem Rückspiegel einsehen konnte. Ich ging das Risiko ein und drehte mich um.

Ich sah, wie die Hecktüren des Lieferwagens nach außen schwangen.

Eine trug einen Stapel Laken hinein; eine andere hatte Handtücher; wieder eine schleppte zwei Staubsauger.

Sie drängten sich vor der Tür, und der Wachmann ließ sie hinein.

Ich fuhr weg und schlotterte so sehr, daß ich kaum das Auto lenken konnte.

Sie bereiteten das Haus vor. Er kam.

Dolan wechselte seinen Cadillac nicht jedes Jahr, nicht einmal alle zwei Jahre – der graue Sedan DeVille, den er fuhr, als dieser Juni dem Ende entgegenging, war drei Jahre alt. Ich kannte seine Abmessungen genau. Ich hatte an General Motors geschrieben und vorgegeben, ich wäre Wissenschaftsjournalist. Sie hatten mir die Bedienungsanleitung und die technischen Daten des betreffenden Modells geschickt. Sie schickten sogar den adressierten, frankierten Umschlag mit zurück, den ich beigelegt hatte. Große Firmen wahren augenscheinlich die Höflichkeit auch dann, wenn sie in den roten Zahlen sind.

Dann hatte ich drei Zahlen zusammengestellt – die Breite des Cadillac an seiner breitesten Stelle, die Höhe an seiner höchsten und die Länge an der längsten, und war damit zu einem Freund gegangen, der an der Las Vegas High School Physik unterrichtet.

Ich schilderte ihm das Problem als rein hypothetisch. Ich sagte ihm, ich hätte vor, eine Science Fiction-Story zu schreiben, und ich wollte die Zahlen genau richtig haben. Ich dachte mir sogar ein paar plausible Handlungsbruchstücke aus – mein Erfindungsreichtum setzte selbst mich in Erstaunen.

Mein Freund wollte wissen, wie schnell mein außerirdisches Aufklärungsfahrzeug fahren würde. Das war eine Frage, mit der ich nicht gerechnet hatte; ich fragte ihn, ob das eine Rolle spielte.

»Selbstverständlich spielt das eine Rolle«, sagte er. »Es spielt eine große Rolle. Wenn du willst, daß das Erkundungsfahrzeug in deiner Geschichte direkt *in* die Falle fällt, muß die Falle genau die richtige Größe haben. Die Zahl, die du mir genannt hast, beträgt fünf Meter zehn mal einen Meter achtzig.«

Ich machte den Mund auf, um ihm zu sagen, daß das nicht ganz stimmte, aber er hielt schon die Hand hoch.

»Nur eine Schätzung«, sagte er. »Das macht es leichter, die Fallkurve auszurechnen.«

»Die was?«

»Die Fallkurve«, wiederholte er. Das war ein Ausdruck, in den ein auf Rache versessener Mann sich verlieben konnte. Er hörte sich dunkel und unheilschwanger an. *Die Fallkurve.*

Ich war davon ausgegangen, wenn ich die Grube so tief ausheben würde, daß der Cadillac hineinpaßte, dann *würde* er hineinpassen. Mein Freund legte mir dar, daß sie, bevor sie als Grab dienen konnte, erst einmal als Falle dienen mußte.

Auch die Form war wichtig, sagte er. Die rechteckige Grube, an die ich gedacht hätte, funktionierte vielleicht gar nicht. Tatsächlich waren die Chancen, daß es schiefgehen würde, größer als die, daß es klappen konnte. »Wenn das Fahrzeug nicht haargenau den Anfang der Grube erwischt«, sagte er, »dann fällt es vielleicht überhaupt nicht ganz hinein. Es könnte schräg daran entlangschlittern, und wenn es stehenbliebe, könnten deine Außerirdischen zur Beifahrertür herausklettern und deinen Helden mit Strahlenwaffen abmurksen.« Die Lösung, sagte er, bestand darin, das Eingangsende breiter zu machen und dem Ganzen die Form eines Trichters zu geben.

Dann war da das Problem der Geschwindigkeit.

Wenn Dolans Cadillac zu schnell fuhr und das Loch zu klein war, würde er darüber hinwegfliegen und dabei ein wenig sinken, und die Reifen oder der Rahmen würden auf der gegenüberliegenden Seite aufprallen. Er würde sich überschlagen und auf dem Dach landen – aber ohne in das Loch zu fallen. Fuhr der Cadillac dagegen zu langsam und das Loch war zu lang, dann landete er vielleicht mit dem Kühler auf dem Boden statt mit den Reifen, und das ging nicht. Man kann einen Cadillac nicht zuschaufeln, wenn die letzten sechzig Zentimeter und die Heckstoßstange herausragen – ebensowenig, wie man einen Mann begraben könnte, dessen Beine über das Grab vorstehen.

»Also, wie schnell soll dein Aufklärungsfahrzeug fahren?«

Ich rechnete hastig nach. Auf der freien Landstraße fuhr Dolans Fahrer zwischen sechzig und fünfundsiebzig Meilen. An der Stelle, wo ich zuschlagen wollte, würde er wahrscheinlich etwas langsamer fahren. Ich konnte die Umleitungsschilder entfernen, aber ich konnte weder die Baumaschinen noch die Spuren der Ausbesserungsarbeiten verschwinden lassen.

»Etwa zwanzig Rull«, sagte ich.

Er lächelte. »Übersetzt, bitte?«

»Sagen wir, fünfzig Erdenmeilen die Stunde.«

»Ah-ha.« Er machte sich sofort mit dem Rechenschieber an die Arbeit, während ich neben ihm saß, mit glänzenden Augen strahlte und an diese wunderbare Formel denken mußte. *Die Fallkurve.*

Er sah unvermittelt auf. »Weißt du«, sagte er, »du solltest darüber nachdenken, die Dimensionen des Fahrzeugs zu ändern.«

»Ach? Warum sagst du das?«

»Fünf Meter zehn mal einen Meter achtzig ist ziemlich groß für ein Aufklärungsfahrzeug.« Er lachte. »Das ist fast so groß wie ein Lincoln Mark IV.«

Ich lachte auch. Wir lachten beide.

Nachdem ich beobachtet hatte, wie die Frauen mit Laken und Handtüchern ins Haus gegangen waren, flog ich nach Las Vegas zurück.

Ich sperrte mein Haus auf, ging ins Wohnzimmer und griff zum Telefon. Meine Hand zitterte ein wenig. Sieben Jahre hatte ich gewartet wie eine Spinne im Giebel oder eine Maus hinter der Fußleiste. Ich hatte Dolan nie merken lassen, daß sich Elizabeths Mann immer noch für ihn interessierte – der nichtssagende Blick, mit dem er mich betrachtete, als ich auf dem Rückweg nach Vegas an seinem liegengebliebenen Cadillac vorbeifuhr, so wütend er mich damals gemacht hatte, war meine gerechte Belohnung.

Aber jetzt mußte ich ein Risiko eingehen. Ich mußte es eingehen, weil ich nicht an zwei Orten gleichzeitig sein konnte, und ich mußte unbedingt wissen, *ob* Dolan kommen würde und *wann* ich die Umleitung vorübergehend verschwinden lassen mußte.

Während ich im Flugzeug nach Hause flog, hatte ich einen Plan entworfen. Ich dachte, daß er funktionieren würde. Ich würde *dafür sorgen*, daß er funktionierte.

Ich rief die Auskunft von Los Angeles an und bat um die Nummer von Big Joe's Putzkolonne. Ich bekam sie und rief dort an.

»Hier spricht Bill von Rennies Partyservice«, sagte ich. »Wir haben am Samstagabend eine große Party im Aster Drive 1121 in Hollywood Hills. Ich wollte nur wissen, ob eines Ihrer Mädchen im Schrank über dem Herd nach Mr. Dolans großer Bowle sehen könnte. Könnten Sie das für mich tun?«

Ich wurde gebeten zu warten, was ich auch tat, aber mit jeder Sekunde wuchs meine Überzeugung, daß er den Braten gerochen hatte und auf einer anderen Leitung die Telefongesellschaft anrief, während er mich warten ließ.

Nach einer Weile – einer langen, *langen* Weile – meldete er sich wieder. Er hörte sich verärgert an, aber das machte nichts. Ich wollte ja, daß er sich so anhörte.

»*Samstag* abend?«

»Ja, ganz recht. Aber ich komme an keine Bowle heran, die so groß ist, wie sie sie wollen; ich müßte in der ganzen Stadt herumtelefonieren, und ich glaube mich zu erinnern, daß er selber eine besitzt. Ich wollte mich nur vergewissern.«

»Hören Sie, Mister, auf meinem Terminplan steht, daß Mr. Dolan erst am *Sonntag*nachmittag um fünfzehn Uhr zurückerwartet wird. Ich lasse gerne eines meiner Mädchen nach der Bowle sehen, aber vorher möchte ich das hier klären. Mr. Dolan gehört nicht zu den Typen, die man verscheißert, wenn Sie meine Ausdrucksweise verzeihen wollen ...«

»Ich bin voll und ganz Ihrer Meinung«, sagte ich.

»... und wenn er einen Tag früher hier aufkreuzt, muß ich sofort noch ein paar Mädchen hinschicken.«

»Lassen Sie mich noch einmal nachsehen«, sagte ich. Das Lesebuch für die dritte Klasse, mit dem ich arbeite, *Roads to Everywhere*, lag neben mir auf dem Tisch. Ich nahm es und blätterte ein paar Seiten dicht neben dem Telefon durch.

»O Mann«, sagte ich. »Das war mein Fehler. Er hat die Leute auf *Sonntag*abend eingeladen. Es tut mir wirklich leid. Verpfeifen Sie mich?«

»Natürlich nicht. Hören Sie, bleiben Sie noch mal dran – ich hol eines der Mädchen und laß sie nach der ...«

»Wenn es sich um den *Sonntag* handelt, ist das nicht mehr nötig«, sagte ich. »Unsere große Bowle kommt am Sonntagvormittag von einem Hochzeitsempfang in Glendale zurück.«

»Okay. Keine Panik.« Gemütlich. Arglos. Die Stimme eines Mannes, der sich nicht unnötig Gedanken machen würde.

Hoffte ich.

Ich legte auf, blieb still sitzen und dachte nach, so gründlich ich konnte. Wenn er um drei in L. A. sein wollte, mußte er Vegas gegen zehn Uhr am Sonntagvormittag verlassen. Und er würde zwischen elf Uhr fünfzehn und elf Uhr dreißig in der Gegend der Umleitung auftauchen, wenn ohnehin praktisch kein Verkehr herrschte.

Ich beschloß, daß es Zeit wurde, mit dem Träumen aufzuhoren und mit dem Handeln anzufangen.

Ich studierte die Kleinanzeigen, telefonierte ein wenig herum und sah mir dann fünf Gebrauchtwagen an, die im Rahmen meiner finanziellen Möglichkeiten lagen. Ich entschied mich für einen klapprigen Ford-Lieferwagen, der in dem Jahr vom Band gerollt war, als Elizabeth ermordet wurde. Ich zahlte bar. Danach blieben mir nur noch zweihundertsiebenundfünfzig Dollar auf dem Sparkonto, aber das kümmerte mich nicht im geringsten. Auf dem Heimweg fuhr ich an einem Maschinenverleih vorbei und mietete einen tragbaren Kompressor, wobei ich meine MasterCard als Zahlungsmittel bemühte.

Freitag am Spätnachmittag belud ich den Lieferwagen: Hacken, Schaufeln, Kompressor, Hammer, Werkzeugkasten, Fernglas und ein geliehener Preßlufthammer des Highway Department mit einer Anzahl pfeilförmiger Meißel, um Asphalt aufzureißen. Ein großes Stück sandfarbenen Segeltuchs, dazu eine lange Rolle Segeltuch sowie einundzwanzig dünne Dachlatten, jede zwei Meter lang. Und nicht zuletzt eine große Industrieheftmaschine.

Am Rand der Wüste hielt ich vor einem Einkaufszentrum, stahl ein Paar Nummernschilder und brachte sie an meinem Lieferwagen an.

Sechsundsiebzig Meilen westlich von Vegas sah ich das erste orangefarbene Schild: BAUSTELLE – WEITERFAHREN AUF EIGENE GEFAHR. Dann, etwa eine Meile weiter, sah ich das Schild, auf das ich gewartet hatte, seit ... nun, seit Elizabeth gestorben war, nehme ich an, auch wenn ich es nicht immer gewußt hatte.

UMLEITUNG 6 MEILEN.

Die Dämmerung ging in Dunkelheit über, als ich eintraf und die Situation begutachtete. Es hätte besser sein können, wenn ich es geplant hätte, aber nicht viel.

Die Umleitung führte zwischen zwei Hügelkuppen nach rechts. Sie sah wie ein alter Feldweg aus, den das Highway Department geglättet und verbreitert hatte, damit er vorübergehend Raum für den dichten Verkehr bot. Sie wurde von einem blinkenden Pfeil markiert, gespeist von einer summenden Batterie in einer Stahlkiste mit Vorhängeschloß.

Hinter der Umleitung, wo die Straße zur Kuppe des zweiten Hügels anstieg, war die Straße mit einer doppelten Reihe Kegel abgesperrt. Dahinter (falls man so unwahrscheinlich dumm war, erstens den blinkenden Pfeil zu übersehen und zweitens über die zwei Reihen Kegel hinwegzufahren, ohne es zu merken – was meiner Meinung nach auf einige Autofahrer durchaus zutreffen konnte) stand ein orangefarbenes Schild, fast so groß wie eine Reklametafel, auf der stand: STRASSE GESPERRT – BENUTZEN SIE DIE UMLEITUNG.

Aber der Anlaß für die Umleitung war von hier aus nicht zu erkennen, und das war gut. Ich wollte nicht, daß Dolan auch nur die geringste Chance hatte, die Falle zu riechen, bevor er hineintappte.

Ich sputete mich, weil ich nicht gesehen werden wollte, stieg aus dem Lieferwagen, sammelte hastig ein Dutzend der Kegel ein und schuf so eine Durchfahrt, die für den Lieferwagen breit genug war. Ich zog das STRASSE GESPERRT-Schild nach rechts, rannte zum Lieferwagen zurück, stieg ein und fuhr durch die Lücke.

Und dann hörte ich näherkommenden Motorenlärm.

Ich ergriff die Kegel wieder und stellte sie so schnell ich konnte auf. Zwei rutschten mir aus den Händen und rollten in den Graben. Ich lief ihnen keuchend nach. In der Dunkelheit stolperte ich über einen Stein, fiel hin, stand schnell wieder auf und hatte Staub im Gesicht und Blut an einer Handfläche. Das Auto war jetzt näher; gleich würde es über den letzten Hügel vor der Umleitung kommen, und dann würde der Fahrer im Licht der Scheinwerfer einen Mann in Jeans und T-Shirt sehen, der versuchte, Kegel wieder aufzustellen, während sein Lieferwagen im Leerlauf in einem Sperrbereich parkte, wo kein Fahrzeug etwas zu suchen hatte, das nicht dem Highway Department des Staates Nevada gehörte. Ich stellte den letzten Kegel auf und rannte zu dem Schild zurück. Ich zog zu heftig. Es schwankte und wäre um ein Haar umgekippt.

Als die Scheinwerfer des näherkommenden Fahrzeugs die Kuppe im Osten beleuchteten, war ich plötzlich überzeugt, daß es sich um einen Polizisten, einen Nevada State Trooper, handeln mußte.

Das Schild stand wieder dort, wo es gestanden hatte – und wenn nicht, doch immerhin nahe genug. Ich sprintete zum Lieferwagen, stieg ein und fuhr zur nächsten Kuppe. Als ich gerade darüber hinwegfuhr, schienen die Scheinwerfer über die Anhöhe hinter mir.

Hatte er mich ohne Licht in der Dunkelheit gesehen?

Ich glaubte es nicht.

Ich lehnte mich mit geschlossenen Augen an den Sitz und wartete, bis mein Herz wieder langsamer schlug. Was erst geschah, als das Auto sich rumpelnd und holpernd auf der Umleitung entfernte.

Ich war da – wohlbehalten hinter dem Umleitungsschild.

Es wurde Zeit, mit der Arbeit anzufangen.

Jenseits der Anhöhe fiel die Straße zu einer langgestreckten, flachen Ebene hin ab. Nach zwei Dritteln des Weges auf diesem flachen Abschnitt hörte die Straße einfach auf zu existieren – sie wurde ersetzt von Sandbergen und einem langen, breiten Schotterstreifen.

Würden sie das sehen und anhalten? Umkehren? Oder würden sie weiterfahren und sich darauf verlassen, daß es einen gangbaren Weg geben mußte, weil sie keine Umleitungsschilder gesehen hatten?

Jetzt war es zu spät, sich darüber Gedanken zu machen.

Ich entschied mich für eine Stelle etwa zwanzig Meter im Inneren der

Ebene, aber immer noch rund eine Viertelmeile vor der Stelle, an der die Straße aufhörte. Ich fuhr an den Straßenrand, zwängte mich in den hinteren Teil des Lieferwagens und machte die Hecktüren auf. Ich legte zwei Dielen hinauf und schaffte die Ausrüstung hinaus. Dann ruhte ich mich aus und sah zu den kalten Sternen der Wüste hinauf.

»Jetzt geht es los, Elizabeth«, flüsterte ich ihnen zu.

Mir war, als spürte ich eine kalte Hand, die mir über den Nacken strich.

Der Kompressor gab einen gräßlichen Lärm von sich, und der Preßlufthammer war noch viel schlimmer, aber daran ließ sich nichts ändern – ich konnte nur hoffen, daß ich bis Mitternacht den ersten Teil der Arbeit hinter mir hatte. Sollte es länger dauern, würde ich sowieso Probleme bekommen. Ich hatte nur eine begrenzte Menge Benzin für den Kompressor.

Vergiß es. Denk nicht daran, wer dich hören und sich fragen könnte, welcher Idiot mitten in der Nacht mit einem Preßlufthammer arbeitet; denk an Dolan. Denk an den grauen Sedan DeVille.

Denk an die Fallkurve.

Ich zeichnete zuerst die Abmessungen des Grabes auf, wobei ich weiße Kreide, das Maßband aus dem Werkzeugkasten und die Zahlen benutzte, die mir mein Physiker ausgerechnet hatte. Als ich fertig war, zeichnete sich ein ungefähres Rechteck, nicht ganz zwei Meter breit und zwölf Meter lang, in der Dunkelheit ab, das sich zum vorderen Ende verbreiterte. In der Düsternis sah diese Verbreiterung nicht wie ein Trichter aus, wie ihn mein Freund, der Mathematiker, auf das Millimeterpapier gezeichnet hatte. In der Düsternis sah er aus wie ein klaffendes Maul. *Damit ich dich besser fressen kann*, dachte ich und lächelte in der Dunkelheit.

Ich zog noch zwanzig Linien über die Fläche und schuf so rund sechzig Zentimeter breite Längsstreifen. Zuletzt zog ich eine Querlinie in der Mitte, wodurch ein Gitter mit zweiundvierzig fast rechteckigen Feldern entstand. Das dreiundvierzigste Segment bildete der schaufelförmige Trichter am vorderen Ende.

Dann krempelte ich die Ärmel hoch, ließ den Kompressor an und machte mich an die Arbeit.

Die Arbeit ging zügiger vonstatten, als ich hoffen durfte, aber nicht so schnell, wie ich es mir gewünscht hätte – ist es je anders? Es wäre besser gegangen, hätte ich das schwere Gerät benutzen können, aber das kam später. Als erstes mußtes ich den Asphaltbeton aufbrechen. Ich war um Mitternacht noch nicht fertig, und um drei Uhr morgens auch noch nicht, als das Benzin für den Kompressor ausging. Ich hatte vorausgesehen, daß das passieren würde, und einen Siphon für den Benzintank des Lastwagens mitgebracht. Ich schaffte es gerade noch, den Tankdeckel aufzuschrauben, aber als mir der Benzingestank entgegenschlug, schraubte ich ihn einfach wieder fest und legte mich flach auf die Ladefläche des Lastwagens.

Heute nacht nichts mehr. Ich konnte nicht. Obwohl ich Arbeitshandschuhe getragen hatte, waren meine Hände von Wasserblasen übersät, von denen viele schon näßten. Mein ganzer Körper schien im unerbittlichen Rhythmus des Preßlufthammers zu vibrieren, und meine Arme fühlten sich an wie amoklaufende Stimmgabeln. Ich hatte Kopfschmerzen. Die *Zähne* taten mir weh. Mein Rücken peinigte mich; die Wirbelsäule schien mit Glassplittern gefüllt zu sein.

Ich hatte achtundzwanzig Rechtecke herausgeschnitten.

Achtundzwanzig.

Blieben noch vierzehn.

Und das war erst der Anfang.

Niemals, dachte ich. *Es ist unmöglich. Ich schaffe es nicht.*

Wieder die kalte Hand.

Doch, Liebste. Doch.

Das Klingeln in meinen Ohren ließ ein wenig nach; ab und zu hörte ich einen Automotor, der näher kam ... und sich dann wieder entfernte, der Umleitung folgend, der Schleife, die das Highway Department angelegt hatte, um die Baustelle zu umgehen.

Morgen war Samstag ... Entschuldigung, heute. *Heute* war Samstag. Dolan kam am Sonntag. Nicht genügend Zeit.

Doch, Liebste.

Die Explosion hatte sie in Stücke gerissen.

Sie war in Stücke gerissen worden, weil sie der Polizei die Wahrheit über das gesagt hatte, was sie sah, weil sie sich nicht einschüchtern ließ, weil sie tapfer war. Und Dolan fuhr immer noch in seinem Cadillac herum und trank zwanzig Jahre alten Scotch, während seine Rolex am Handgelenk funkelte.

Ich werde es versuchen, dachte ich. Dann fiel ich in einen traumlosen Schlaf, der dem Tod gleichkam.

Als ich erwachte, schien mir die Sonne ins Gesicht, schon um acht Uhr sengend heiß. Ich setzte mich auf und schrie, dann griff ich mit schmerzenden Händen an den Rücken. Arbeiten? Noch vierzehn Stücke herausschneiden? Ich konnte nicht einmal *gehen*.

Aber ich konnte gehen, und ich ging.

Ich bewegte mich wie ein uralter Mann auf dem Weg zu einem Boulespiel, als ich zum Handschuhfach ging und es öffnete. Dort hatte ich eine Packung Empirin für den Morgen danach bereit gelegt.

Hatte ich geglaubt, ich wäre in Form? *Allen Ernstes?* Nun! Wirklich komisch, oder etwa nicht?

Ich nahm vier Empirin mit Wasser, wartete fünfzehn Minuten, damit sie sich in meinem Magen auflösen konnten, dann schlang ich ein Frühstück aus Dörrobst und kalten Pop-Tarts hinunter.

Ich sah zu Kompressor und Preßlufthammer, die auf mich warteten. Die gelbe Verkleidung des Kompressors schien in der Morgensonne zu dampfen.

Ich wollte nicht dorthin gehen und den Preßlufthammer aufheben. Ich mußte an Harvey Blocker denken, wie er gesagt hatte: *Sie werden* nie *kräftig werden. Manche Menschen und Pflanzen gedeihen in der Sonne. Manche verdorren und sterben. Sie werden sterben ... Warum tun Sie Ihrem Körper das an?*

»Sie wurde in Stücke gerissen«, krächzte ich. »Ich habe sie geliebt, und sie wurde in Stücke gerissen.«

Als Ansporn konnte das nie »Los, Bears!« oder »Laß knacken!« ersetzen, aber mich rüttelte es auf. Ich saugte Benzin aus dem Tank des Lieferwagens, würgte bei dem Geschmack und Gestank und hielt mein Frühstück nur durch reine Willenskraft unten. Ich fragte mich kurz, was ich tun würde, sollten die Leute vom Straßenbautrupp den Dieselkraftstoff aus den Tanks der Maschinen abgelassen haben, bevor sie ins verlängerte Wochenende aufbrachen, verdrängte den Gedanken aber rasch aus meinem Kopf. Es war sinnlos, mir über etwas den Kopf zu zerbrechen, auf das ich keinen Einfluß hatte. Ich kam mir immer mehr wie ein Mann vor, der mit einem Regenschirm in der Hand statt mit einem Fallschirm auf dem Rücken aus einer B-52 gesprungen ist.

Ich trug den Benzinkanister zum Kompressor und füllte den Tank. Dabei mußte ich mit der linken Hand die Finger der rechten um den Griff des Starterkabels am Kompressor krümmen. Als ich daran zog, platzten weitere Wasserblasen auf; als der Kompressor ansprang, sah ich dickflüssigen Eiter aus meiner Faust tropfen.

Ich werde es nie schaffen.

Bitte, Liebste.

Ich ging zum Preßlufthammer und ließ ihn wieder an.

Die erste Stunde war die schlimmste, dann schien das konstante Rütteln des Preßlufthammers in Verbindung mit dem Empirin alles zu betäuben – meinen Rücken, meine Hände, meinen Kopf. Um elf hatte ich den letzten Asphaltblock herausgeschnitten. Nun wurde es Zeit, festzustellen, wieviel ich noch von Tinkers Lektionen wußte, wie man Straßenbaumaschinen kurzschloß.

Ich ging stolpernd und schwankend zum Lieferwagen zurück und fuhr eineinhalb Meilen die Straße entlang bis zu der Stelle, an der die Maschinen standen. Ich sah meine Maschine fast auf der Stelle: einen großen Bagger von Case-Jordan mit Grabschaufel und Greifarm am Heck. Ein fahrbarer Untersatz für hundertfünfunddreißigtausend Dollar. Für Blokker hatte ich ein kleineres Gerät gefahren; aber das hier dürfte weitgehend dasselbe sein.

Hoffte ich.

Ich kletterte ins Führerhaus und studierte den Plan auf dem Knauf des Schalthebels. Der sah genau so aus wie der meines Frontladers. Ich ging das Schema einmal oder zweimal durch. Anfangs bemerkte ich etwas Widerstand, weil Staub ins Getriebegehäuse gelangt war – der Bursche, der dieses Baby fuhr, hatte die Sandklappen nicht heruntergelassen, und sein Vorarbeiter hatte es nicht überprüft. Blocker hätte es überprüft. Und dem Fahrer fünf Dollars abgeknöpft, langes Wochenende oder nicht.

Einerlei. Dies war nicht der Augenblick, an Harvey Blocker zu denken; dies war der Augenblick, an Elizabeth zu denken. Und an Dolan.

Eine Sisalmatte lag auf dem Boden. Ich hob sie hoch und suchte nach dem Zündschlüssel. Selbstverständlich lag kein Zündschlüssel da.

Tinks Stimme in meinem Kopf: *Scheiße, ein kleines Kind könnte eines dieser Babies kurzschließen, Bleichgesicht. Ist doch nichts dabei. Jedes Auto hat ein Zündschloß. Sieh her. Nein, nicht dahin, wo der Schlüssel hingehört, du hast keinen Schlüssel, warum solltest du nachsehen, wo der Schlüssel hingehört? Schau hier unten. Siehst du, wo diese Drähte runterhängen?*

Jetzt schaute ich nach unten und sah die Kabel herunterhängen, genau wie damals, als Tinker sie mir gezeigt hatte: rot, blau, gelb und grün. Ich löste einen Zentimeter der Isolierung an jedem, dann holte ich ein Stück Kupferdraht aus der Gesäßtasche.

Okay, Bleichgesicht, hör jetzt gut zu, weil's später vielleicht mal das A und O ist, kapiert? Du schließt den Roten und den Grünen kurz. Sollteste nich' vergessen, weil's wie Weihnachten ist. Damit ist deine Zündung versorgt.

Ich benutzte meinen Draht, um die freigelegten Kabel der Zündung des Case-Jordan zusammenzuhalten. Der Wüstenwind heulte dünn, als bliese jemand über den Rand einer Mineralwasserflasche. Schweiß rann mir am Hals hinunter ins Hemd, wo er aufgehalten wurde und kitzelte.

Jetzt hast du nur noch den Blauen und den Gelben. Die mußt du nicht verbinden, nur zusammenhalten und zusehn, daß du dabei keinen blanken Draht berührst, wenn du dir nicht elektrisch geheiztes Wasser in die Unterhose machen willst, Mann. Der Blaue und der Gelbe sind für den Anlasser. Und los gehts. Wenn du meinst, du bist lange genug rumgefahren, ziehst du einfach den roten und den grünen Draht auseinander. Als würdest du den Schlüssel rumdrehen, den du nicht hast.

Ich hielt den blauen und den gelben Draht zusammen. Ein großer gelber Funke sprang über, ich zuckte zurück und schlug mir den Kopf an einer Metallstrebe in der Kabine an. Dann beugte ich mich nach vorne und hielt sie wieder gegeneinander. Der Motor sprang an und stotterte, der

Bagger machte einen krampfhaften Satz nach vorne. Ich wurde gegen das Armaturenbrett geschleudert und stieß mir das Gesicht am Steuer an. Ich hatte vergessen, das Scheißgetriebe auf Leerlauf zu stellen und deswegen beinahe ein Auge verloren. Ich konnte Tink förmlich lachen hören.

Ich erledigte es und hielt die Kabel noch einmal zusammen. Der Motor drehte durch, immerzu. Einmal hustete er und blies eine schmutzigbraune Rauchwolke in die Luft, die vom Wind verweht wurde, dann röchelte der Motor einfach weiter. Ich redete mir ein, daß die Maschine nur in schlechtem Zustand war – schließlich konnte ein Mann, der vergaß, die Sandklappen herunterzulassen, auch alles andere vergessen –, aber ich kam mehr und mehr zur Überzeugung, daß sie den Dieseltank geleert hatten, wie befürchtet.

Und dann, als ich gerade aufgeben und nach etwas suchen wollte, womit ich den Inhalt des Treibstofftanks des Baggers messen konnte *(damit ich die schlechten Nachrichten besser lesen kann)*, erwachte der Motor ratternd zum Leben.

Ich ließ die Kabel los – die blanke Stelle am blauen rauchte – und gab Gas. Als der Motor gleichmäßig lief, legte ich den ersten ein, wendete und fuhr zu dem langen braunen Rechteck, das ich fein säuberlich aus der Spur des Highway herausgeschnitten hatte.

Der Rest des Tages war eine einzige Hölle aus dröhnendem Motor und sengender Sonne. Der Fahrer des Case-Jordan hatte vergessen, die Sandklappen herunterzulassen; aber er hatte daran gedacht, seinen Sonnenschirm mitzunehmen. Nun, ich schätze, manchmal lachen die alten Götter eben doch. Ohne Grund. Einfach so. Und ich glaube, die alten Götter haben einen besonderen Sinn für Humor.

Es war fast zwei Uhr, bis ich alle Asphaltblöcke im Straßengraben hatte; mit dem Greifer umzugehen wollte gelernt sein. Und das trichterförmige Stück am Anfang mußte ich in zwei Teile schneiden und jedes Stück dann von Hand in den Straßengraben schleppen. Ich hatte Angst, wenn ich den Greifer benutzen würde, würde ich ihn kaputt machen.

Als alle herausgebrochenen Stücke im Straßengraben lagen, fuhr ich den Bagger zu den anderen Baumaschinen zurück. Der Treibstoff wurde knapp. Ich ging zum Lastwagen, nahm den Schlauch . . . und betrachtete fasziniert den großen Wasserkanister. Ich ließ den Siphon vorerst liegen und kroch ins Heck des Lastwagens. Ich schüttete mir Wasser auf Gesicht und Hals und jauchzte vor Lust. Ich wußte, wenn ich trank, würde ich mich erbrechen, aber ich mußte trinken. Also trank ich und erbrach mich, wobei ich nicht einmal aufstand, sondern einfach nur den Kopf zur Seite drehte und danach wie eine Krabbe so weit von der Schweinerei wegkroch, wie ich konnte.

Dann schlief ich wieder, und als ich aufwachte, stand die Dämmerung kurz bevor, und irgendwo heulte ein Wolf den Neumond an, der am purpurfarbenen Himmel aufging.

Im kargen Licht sah die Vertiefung, die ich geschaffen hatte, wirklich wie ein Grab aus – das Grab eines mythischen Trolls. Möglicherweise Goliaths.

Niemals, sagte ich zu dem langen Loch im Asphalt.

Bitte, flüsterte Elizabeth zurück. *Bitte . . . für mich.*

Ich holte vier Empirin aus dem Handschuhfach und schluckte sie.

»Für dich«, sagte ich.

Ich parkte den Case-Jordan so, daß sich der Treibstofftank dicht neben dem Tank der Planierraupe befand, und brach mit einem Stemmeisen die Tankdeckel von beiden herunter. Ein Raupenfahrer kam vielleicht ungeschoren davon, wenn er vergaß, die Sandklappen herunterzulassen; aber wenn er vergaß, den Tankdeckel abzuschließen, wo Diesel heutzutage einen Dollar fünf kostete? Niemals.

Ich ließ den Treibstoff von der Planierraupe in den Bagger laufen und wartete, während ich versuchte, nicht zu denken, und zusah, wie der Mond immer höher und höher stieg. Nach einer Weile fuhr ich zu der Lücke im Asphalt zurück und fing an zu graben.

Bei Mondschein mit dem Bagger zu arbeiten war einfacher als mit dem Preßlufthammer unter der sengenden Wüstensonne, aber die Arbeit ging dennoch langsam vonstatten, weil ich entschlossen war, dem Boden meiner Grube genau die richtige Schräge zu geben. Deshalb benutzte ich häufig die Wasserwaage. Das hieß, ich mußte den Bagger anhalten, hinuntersteigen, Maß nehmen und wieder auf den Fahrersitz hinaufklettern. Normalerweise kein Problem, aber um Mitternacht war mein ganzer Körper steif, und jede Bewegung erzeugte stechende Schmerzen in Knochen und Muskeln. Am Rücken war es am schlimmsten; ich fürchtete allmählich, daß ich mir einen schwerwiegenden Schaden zugezogen hatte.

Aber darum konnte ich mich – wie um alles andere – später kümmern.

Wäre ein Loch erforderlich gewesen, das nicht nur einen Meter achtzig breit und zwölf Meter lang, sondern obendrein noch einen Meter achtzig tief gewesen wäre, dann wäre es selbstverständlich *wirklich* unmöglich gewesen, Bagger hin oder her – ich hätte genausogut versuchen können, ihn ins Weltall zu schießen oder das Taj Mahal auf ihn fallen zu lassen. Bei diesen Abmessungen hätte ich weit über achtundzwanzig Kubikmeter Erde bewegen müssen.

»Du mußt einen Trichter bilden, der deine bösen Außerirdischen einsaugt«, hatte mein Physiker gesagt, »und dann mußt du eine schiefe

Ebene konstruieren, die im großen und ganzen der Fallkurve entspricht.«

Er zeichnete eine auf ein anderes Stück Millimeterpapier.

»Das bedeutet, deine intergalaktischen Rebellen, oder was immer sie sind, müssen nur *halb* soviel Erde bewegen, wie die Zahlen eigentlich andeuten. In diesem Fall . . .« Er kritzelte etwas auf ein Schmierblatt und strahlte. »Vierzehneinhalb Kubikmeter. Kinderleicht. Das könnte ein Mann allein schaffen.«

Das hatte ich auch einmal geglaubt, aber ich hatte die Hitze . . . die Blasen . . . die Erschöpfung . . . die konstanten Rückenschmerzen nicht mit eingerechnet.

Mach einen Moment Pause, aber nicht zu lange. Miß die Schräge der Grube aus.

Es ist gar nicht so schlimm, wie du gedacht hast, oder, Liebling? Zumindest ist es Straßenbett und kein festgewalzter Wüstensand . . .

Ich bewegte mich langsamer an der Länge des Grabens entlang, als das Loch tiefer wurde. Meine Hände, mit denen ich die Kontrollen bediente, bluteten mittlerweile. Ich drückte den Baggerhebel ganz nach vorn, bis die Schaufel auf dem Boden aufsetzte. Dann zog ich den Baggerhebel zurück und drückte den, der die Armatur mit hydraulischem Heulen ausfuhr. Ich sah zu, wie das glänzende, geölte Metall aus dem schmutzigen orangefarbenen Gehäuse herauskroch und die Schaufel in den Sand grub. Ab und zu flogen Funken, wenn die Schaufel über einen Granitbrocken strich. Dann hob ich die Schaufel, drehte sie, ein dunkler, länglicher Umriß vor den Sternen (versuch, nicht auf die konstanten, pochenden Schmerzen im Hals zu achten, so wie du nicht auf das schlimmere Pochen der Schmerzen im Rücken achtest) und ließ den Sand in den Straßengraben fallen, wo er die Asphaltbrocken zudeckte, die dort lagen.

Laß gut sein – du kannst die Hände verbinden, wenn es vorbei ist. Wenn er *erledigt ist.*

»Sie wurde in Stücke gerissen«, krächzte ich und brachte die Schaufel wieder an Ort und Stelle, damit sie wieder zweihundert Pfund Sand und Kies aus Dolans Grab schaufeln konnte.

Wie doch die Zeit vergeht, wenn man sich amüsiert.

Augenblicke nachdem ich das erste schwache Leuchten im Osten gesehen hatte, ging ich nach unten und maß die Schräge der Grube noch einmal mit der Wasserwaage. Es ging tatsächlich dem Ende entgegen; langsam glaubte ich, daß ich es schaffen könnte. Ich kniete nieder, und dabei spürte ich, wie in meinem Rücken etwas riß. Es riß mit einem dumpfen, kurzen Schnappen.

Ich stieß einen kehligen Laut aus, brach auf dem schmalen, schrägen

Boden der Grube zusammen, rollte mich auf die Seite, fletschte die Zähne und drückte die Hände auf den verlängerten Rücken.

Mit der Zeit ließen die schlimmsten Schmerzen nach, und ich konnte wieder aufstehen.

Na gut, dachte ich. *Das war's. Es ist vorbei. Guter Versuch, aber es ist vorbei.*

Bitte, Liebling, flüsterte Elizabeth zurück – früher wäre es mir unmöglich gewesen, so etwas auch nur für möglich zu halten, aber diese Stimme bekam langsam einen häßlichen Unterton in meinem Denken: sie hatte etwas monströs Unerbittliches an sich. *Bitte gib nicht auf. Bitte mach weiter.*

Weitermachen? Ich weiß nicht einmal, ob ich gehen *kann!*

Aber es ist nur noch so wenig zu tun! wimmerte die Stimme – es war nicht mehr nur die Stimme, die für Elizabeth *sprach*, wenn sie das je gewesen war; es *war* Elizabeth. *Nur noch so wenig zu tun, Liebling!*

Ich betrachtete in der zunehmenden Helligkeit meine Aushebung und nickte langsam. Sie hatte recht. Der Bagger war nur noch anderthalb Meter vom Ende entfernt; höchstens zwei. Aber es waren selbstverständlich die *tiefsten anderthalb oder zwei Meter; die mit dem meisten Sand.*

Du kannst es, Liebling – ich weiß es. Sanft aufmunternd.

Aber im Grund genommen war es nicht ihre Stimme, die mich veranlaßte, weiterzumachen. Der eigentliche Auslöser war, daß ich mir Dolan vorstellte, wie er in seinem Penthaus schlief, während ich mit zerfetzten und zerschundenen Händen neben einem stinkenden, scheppernden Schaufelbagger in diesem Loch stand. Wie Dolan in der Hose seines Seidenpyjamas schlief, neben sich eine seiner Blondinen, die nur das Oberteil anhatte.

Unten, in der verglasten Chefsektion der Tiefgarage, stand der Cadillac, bereits mit Gepäck beladen und fahrbereit.

»Nun gut«, sagte ich. Ich kletterte langsam wieder auf den Sitz des Baggers und legte den Gang ein.

Ich machte weiter bis neun Uhr, dann hörte ich auf – es blieb noch viel zu tun, und meine Zeit wurde knapp. Mein schräges Loch war elfeinhalb Meter lang. Das mußte genügen.

Ich fuhr den Bagger wieder an seine ursprüngliche Stelle. Ich würde ihn noch einmal brauchen, was bedeutete, noch einmal Diesel nachzufüllen, aber dafür war jetzt keine Zeit. Ich wollte mehr Empirin, aber es waren nicht mehr viele in der Flasche, und die würde ich später dringender brauchen. Und morgen. O ja, morgen – Montag, der ruhmreiche vierte Juli.

Statt Empirin ruhte ich mich fünfzehn Minuten aus. Ich konnte mir den Zeitverlust kaum leisten, zwang mich aber dennoch dazu. Ich lag mit verkrampften und zuckenden Muskeln im Lastwagen auf dem Rücken und dachte an Dolan.

Gerade eben würde er gewiß in letzter Minute einige Sachen für die Reise in eine Tasche packen – einige Dokumente, die er durchsehen wollte, einen Kulturbeutel, vielleicht ein Taschenbuch oder ein Kartenspiel.

Und wenn er dieses Mal fliegt? flüsterte eine heimtückische Stimme tief in meinem Inneren, und ich konnte nicht anders – ein Stöhnen entrang sich mir. Er war bisher noch nie nach L. A. geflogen – stets mit dem Cadillac gefahren. Ich dachte mir, daß er vielleicht nicht *gerne* flog. Aber manchmal flog er doch – er war einmal nach London geflogen –, und so blieb mir der Gedanke im Gedächtnis, pochend und juckend wie ein Stück schuppiger Haut.

Es war halb zehn, als ich die Segeltuchrolle und den großen Industrietakker und die Dachlatten auspackte. Der Tag war verhangen und etwas kühler – manchmal hat Gott eben doch ein Einsehen. Bisher hatte ich wegen schlimmerer Schmerzen meinen kahlen Kopf vergessen, aber als ich jetzt mit den Fingern darüberstrich, zog ich sie mit einem Zischen des Schmerzes wieder weg. Ich betrachtete die Glatze im Seitenspiegel der Beifahrerseite und stellte fest, daß sie dunkelrot war – fast eine Farbe wie Pflaumen.

In Las Vegas würde Dolan jetzt seine allerletzten Telefonate erledigen. Sein Fahrer würde mit dem Cadillac vorfahren. Nur noch siebenundfünfzig Meilen lagen zwischen mir und dem Wagen, und der Cadillac würde diese Strecke mit einer Geschwindigkeit von sechzig Meilen die Stunde überbrücken. Ich hatte keine Zeit, herumzustehen und wegen Sonnenbrand auf der Glatze zu jammern.

Ich liebe deine Glatze auch mit Sonnenbrand, sagte Elizabeth neben mir.

»Danke, Beth«, sagte ich und schleppte die Dachlatten zu dem Loch.

Verglichen mit dem Ausheben, ging die Arbeit leicht vonstatten, und die fast unerträglichen Schmerzen in meinem Rücken wurden zu einem schwachen Pochen.

Aber was ist später? fragte die einschmeichelnde Stimme. *Was wird später, ja?*

Um das Später würde ich mich später kümmern, so einfach war das. Es sah aus, als wäre die Falle tatsächlich bereit; und das war das Entscheidende.

Die Latten überspannten das Loch und standen auf beiden Seiten gerade so weit über, daß ich sie fest an den Seiten des Asphalts verankern konnte, der die oberste Schicht meiner Aushebung bildete. Das wäre nachts schwieriger gewesen, wenn der Asphalt hart war, aber jetzt, vormittags, war er zäh und formbar; es war, als bohrte ich Bleistifte in abkühlende Karamelcreme.

Als ich sämtliche Latten festgesteckt hatte, sah das Loch aus wie meine ursprüngliche Kreidezeichnung, ohne die Strebe in der Mitte. Ich legte die schwere Segeltuchrolle vor das flache Ende der Grube und nahm die Seile ab, mit denen sie zusammengebunden war.

Dann rollte ich zwölf Meter der Route 71 aus.

Aus der Nähe war die Illusion nicht perfekt – so, wie Bühnenschminke und Kulissen von den ersten drei Reihen aus nie perfekt wirken. Aber schon aus einer Entfernung von wenigen Schritten merkte man praktisch keinen Unterschied. Es handelte sich um einen dunkelgrauen Streifen, der haargenau der Oberfläche der Route 71 entsprach.

Ich rollte die Segeltuchplane über das Lattengitter, dann schritt ich langsam daran entlang und heftete die Plane mit dem Tacker an den Latten fest. Meine Hände wollten die Arbeit nicht tun, aber ich zwang sie dazu.

Als ich die Plane gesichert hatte, ging ich zum Lastwagen zurück, setzte mich ans Lenkrad (das Hinsetzen bewirkte wieder einen kurzen, aber schmerzhaften Muskelkrampf) und fuhr zur Kuppe der Anhöhe zurück. Dort saß ich eine volle Minute und betrachtete die wunden, offenen Hände in meinem Schoß. Dann stieg ich aus und sah fast beiläufig die Route 71 entlang. Ich wollte mich nicht auf etwas Bestimmtes konzentrieren; ich wollte das ganze Bild in mich aufnehmen. Ich wollte die Szene so sehen, wie sie sich Dolan und dessen Männern darbieten würde, wenn sie über die Anhöhe kamen.

Was ich sah, machte einen besseren Eindruck, als ich zu hoffen gewagt hatte.

Die Straßenbaumaschinen am Ende der geraden Strecke rechtfertigten die Erdhaufen, die von meiner Ausgrabung stammten. Die Asphaltstücke im Graben waren weitgehend zugedeckt. Manche waren noch zu sehen – der Wind nahm zu und wehte den Sand fort –, aber sie sahen aus wie die Überreste einer alten Asphaltierung. Der Kompressor, den ich im Lastwagen hergebracht hatte, unterschied sich nicht vom Gerätepark des Highway Department.

Und von hier aus war die Illusion der Segeltuchplane perfekt – die Route 71 schien da unten vollkommen unberührt zu sein.

Am Freitag hatte dichter Verkehr geherrscht, und am Sonntag war er auch noch vergleichsweise dicht gewesen – fast unablässig war das Dröhnen von Motoren zu hören gewesen, die der Umleitung folgten. Heute morgen dagegen herrschte so gut wie überhaupt kein Verkehr; die meisten Leute waren schon dort, wo sie den vierten zu verbringen gedachten, oder sie fuhren auf der vierzig Meilen südlich gelegenen Interstate dorthin. Mir war das nur recht.

Ich parkte den Lastwagen hinter der Hügelkuppe, so daß er nicht zu sehen war, und blieb bis Viertel vor elf auf dem Rücken liegen. Dann, nachdem ein großer Milchlieferwagen langsam die Umleitung entlanggetuckert war, setzte ich mit dem Laster zurück, machte das Heck auf und warf sämtliche Kegel hinein.

Der blinkende Pfeil war eine kniffligere Angelegenheit – zuerst wußte ich nicht, wie ich ihn von der verschlossenen Batteriekiste lösen sollte, ohne einen Stromschlag zu bekommen. Dann sah ich den Stecker. Er war zum größten Teil von einem Vollgummiring an der Seite des Schildergehäuses verborgen – eine kleine Rückversicherung gegen Vandalen und Scherzbolde, die es witzig fanden, den Stecker eines Warnzeichens herauszuziehen, vermutete ich.

Ich fand Hammer und Meißel in meinem Werkzeugkasten; vier feste Schläge reichten aus, den Vollgummiring zu sprengen. Ich riß ihn mit einer Zange herunter und legte das Kabel frei. Der Pfeil hörte auf zu blinken. Ich stieß die Batteriekiste in den Straßengraben und vergrub sie. Es war seltsam, dazustehen und sie unter dem Sand summen zu hören. Aber ich mußte dabei an Dolan denken, und das brachte mich zum Lachen.

Ich glaubte nicht, daß Dolan summen würde.

Er *schrie* vielleicht, aber daß er *summen* würde, glaubte ich nicht.

Vier Schrauben hielten den Pfeil an einem niederen Stahlrohrgerüst. Ich schraubte sie, so schnell ich konnte, auf und spitzte die Ohren, ob ich noch einen Motor hören konnte. Es wurde Zeit für einen – aber sicher noch nicht für den von Dolan.

Das rief wieder den inneren Pessimisten auf den Plan.

Und wenn er geflogen ist?

Er fliegt nicht gerne.

Und wenn er fährt, aber einen anderen Weg nimmt? Wenn er zum Beispiel die Interstate benutzt? Heute scheinen alle anderen dort unterwegs zu sein . . .

Er fährt immer auf der 71.

Ja, aber wenn . . .

»Sei still«, zischte ich. »Sei still, verdammt, *sei einfach still!*«

Ruhig, Liebste – ruhig! Alles wird gut.

Ich verstaute den Pfeil im hinteren Teil des Lastwagens. Dort stieß er gegen die Seitenwand; einige Glühbirnen zerplatzten. Noch mehr zerschellten, als ich das Gestänge hinterherwarf.

Nachdem das erledigt war, fuhr ich zu der Anhöhe zurück, stoppte oben und drehte mich um. Ich hatte die Kegel und den blinkenden Pfeil weggeräumt. Blieb nur noch das große orangefarbene Schild: STRASSE GESPERRT – BENUTZEN SIE DIE UMLEITUNG.

Ein großes Auto kam näher. Ich überlegte mir, wenn Dolan früher kam, wäre alles umsonst gewesen – der Ganove am Steuer würde einfach der Umleitung folgen und mich hier draußen in der Wüste wahnsinnig werden lassen.

Es war ein Chevrolet.

Mein Herzschlag wurde wieder langsamer. Ich hatte keine Zeit für Nervenzusammenbrüche.

Ich fuhr zu der Stelle, wo ich geparkt hatte, um meine Tarnung zu betrachten, und parkte wieder dort. Ich griff in das Durcheinander auf der Ladefläche und holte den Wagenheber hervor. Dann pumpte ich das Heck des Wagens hoch, wobei ich meine Rückenschmerzen verbissen ignorierte, lockerte die Schrauben des Hinterreifens, den sie sehen würden, wenn

(falls)

sie kamen, und warf den Reifen auf die Ladefläche. Noch mehr Glühbirnen zerbrachen, und ich konnte nur hoffen, daß der Reifen keinen Schaden genommen hatte. Ich hatte keinen Ersatzreifen dabei.

Ich holte das alte Fernglas aus dem Führerhaus und ging zu Fuß zur Umleitung zurück. Ich wanderte, so schnell ich konnte, daran vorbei auf die Kuppe der nächsten Anhöhe – zu dem Zeitpunkt schaffte ich allerdings nur noch ein hinkendes Schlurfen.

Auf der Kuppe richtete ich das Fernglas nach Osten.

Mein Sehbereich betrug drei Meilen, und darüber hinaus konnte ich noch bis zu zwei Meilen östlich Ausschnitte der Straße einsehen. Sechs Fahrzeuge waren momentan unterwegs, gleich wahllosen Perlen auf einer langen Schnur. Das erste war ein Datsun oder Subaru, glaube ich, keine Meile entfernt. Danach kam ein Pritschenwagen, und hinter dem Pritschenwagen einer, der wie ein Mustang aussah. Die anderen bestanden vorerst nur aus Wüstensonne, die sich auf Glas und Chrom spiegelte.

Als das erste Auto näher kam – es war ein Subaru –, stand ich auf und hielt den Daumen hoch. Wie ich aussah, rechnete ich nicht damit, daß ich mitgenommen werden würde, und ich wurde nicht enttäuscht. Die Frau mit der übertrieben toupierten Frisur am Steuer warf mir einen entsetzten Blick zu, dann wurde ihr Gesicht so verschlossen wie eine Gefängnistür. Sie fuhr bergab und folgte der Umleitung.

»Nimm erst mal ein Bad, Kumpel!« rief mir der Fahrer des Lastwagens eine halbe Minute später zu.

Der Mustang entpuppte sich als Escort. Ihm folgte ein Plymouth, dem Plymouth ein Winnebago, der sich anhörte, als wäre er vollgestopft mit Kindern, die eine Kissenschlacht veranstalteten.

Keine Spur von Dolan.

Ich sah auf die Uhr. 11:25. Wenn er kam, mußte er bald auftauchen. Es wurde höchste Zeit.

Die Zeiger meiner Uhr rückten langsam auf 11:40 vor, und immer noch war keine Spur von ihm zu sehen. Nur ein altmodischer Ford und ein Leichenwagen, schwarz wie eine Regenwolke.

Er kommt nicht. Er fährt über die Interstate. Oder er fliegt.

Nein. Er wird kommen.

Auf keinen Fall. Du hast Angst gehabt, er würde die Falle riechen, und das hat er. Deshalb ist er von seiner Gewohnheit abgewichen.

Wieder war in der Ferne ein Funkeln von Sonnenlicht auf Chrom zu sehen. Ein großer Wagen. Groß genug für einen Cadillac.

Ich lag auf dem Bauch, stützte die Ellbogen in den Staub der Kuppe und hielt das Fernglas an die Augen. Der Wagen verschwand hinter einer Steigung ... tauchte wieder auf ... fuhr um eine Kurve ... kam wieder zum Vorschein.

Es war ein Cadillac, schon richtig, aber er war nicht grau – seine Farbe war ein dunkles Mintgrün.

Es folgten die quälendsten dreißig Sekunden meines Lebens; dreißig Sekunden, die dreißig Jahre zu dauern schienen. Ein Teil von mir kam auf der Stelle ohne Zweifel und unumstößlich zu der Überzeugung, daß Dolan seinen alten Cadillac gegen einen neuen eingetauscht hatte. Das wäre nicht das erste Mal gewesen; auch wenn er noch nie einen grünen genommen hatte, gab es kein Gesetz dagegen.

Die andere Hälfte sprach sich nachdrücklich dafür aus, daß Cadillacs mit Sicherheit dutzendweise auf den Highways und Nebenstraßen zwischen Las Vegas und L. A. unterwegs sein würden, und die Chancen, daß es sich bei dem grünen Caddy um Dolans Wagen handelte, hundert zu eins standen.

Schweiß lief mir in die Augen, meine Sicht verschwamm, ich nahm das Fernglas weg. Es würde mir sowieso nicht helfen, dieses Dilemma zu lösen. Bis ich die Insassen sehen konnte, würde es zu spät sein.

Es ist jetzt schon fast zu spät! Geh runter und nimm das Umleitungsschild weg! Du wirst ihn verpassen!

Ich will dir sagen, was du in deiner Falle fangen wirst, wenn du das Schild jetzt wegnimmst: zwei reiche alte Leute auf dem Weg nach L. A., um ihre Kinder zu besuchen und die Enkel nach Disneyland zu bringen.

Los doch! Er ist es! Noch eine Chance wirst du nicht bekommen!

Ganz recht. Die einzige Chance. Also vermassle sie nicht, indem du die falschen Leute fängst.

Es ist Dolan!

Er ist es nicht!

»Aufhören!« stöhnte ich und hielt mir den Kopf. »Aufhören, aufhören!«

Jetzt konnte ich den Motor hören.

Dolan.

Die alten Leute.
Die Dame.
Der Tiger.
Dolan.
Die alten . . .
»Elizabeth, hilf mir!« stöhnte ich.

Liebling, der Mann hat in seinem ganzen Leben noch keinen grünen Cadillac besessen. Er würde sich nie einen zulegen. Selbstverständlich *ist er es nicht.*

Meine Kopfschmerzen verzogen sich. Ich konnte aufstehen und den Daumen hochhalten.

Es waren keine alten Leute, und es war auch nicht Dolan. Es sah aus, als drängten sich im Inneren zwölf Tingeltangelmädchen aus Vegas mit einem ältlichen Mann, der den größten Cowboyhut und die dunkelste Foster-Grant-Brille trug, die ich je gesehen hatte. Eines der Tingeltangelmädchen zeigte mir den Vogel, als der Cadillac auf die Umleitung schwenkte.

Langsam und vollkommen ausgelaugt hob ich das Fernglas wieder.

Und sah ihn kommen.

Diesen Cadillac, der am gegenüberliegenden Ende des uneingeschränkt einsichtigen Straßenabschnitts um die Kurve kam, konnte man nicht verwechseln – er war so grau wie der Himmel droben, hob sich aber erstaunlich deutlich vor den dunkelbraunen Hügeln im Osten ab.

Er war es – Dolan. Die vielen Momente des Zweifels und der Unentschlossenheit schienen binnen eines Augenblicks weit entfernt und albern zu sein. Es war Dolan, und ich brauchte den grauen Cadillac nicht zu sehen, um das zu wissen.

Ich wußte nicht, ob er mich riechen konnte, aber *ich* konnte *ihn* riechen.

Als ich wußte, daß er kam, fiel es mir leichter, die schmerzenden Beine in Bewegung zu setzen und zu laufen.

Ich rannte zu dem großen Schild UMLEITUNG zurück und stieß es mit der Rückseite nach oben in den Straßengraben; ich deckte ein sandfarbenes Stück Segeltuch darüber, dann häufte ich Sand um die Stützen. Die Wirkung war nicht ganz so gut wie bei dem getarnten Straßenabschnitt, aber ich dachte, es würde genügen.

Dann lief ich zur zweiten Anhöhe, wo ich den Lastwagen abgestellt hatte, der sich jetzt nahtlos ins Bild einfügte – ein Fahrzeug, das vorübergehend von seinem Besitzer im Stich gelassen worden war, während dieser anderswo einen neuen Reifen suchte oder einen alten flicken ließ.

Ich stieg in den Wagen und streckte mich mit klopfendem Herzen auf dem Sitz aus.

Wieder schien sich die Zeit zu dehnen. Ich lag da und horchte nach dem Motorenlärm, aber dieser Lärm kam und kam und kam nicht näher.

Sie sind abgebogen. Er hat Wind von der Sache bekommen ... ihm oder einem seiner Männer kam etwas faul vor ... und sie sind abgebogen.

Ich lag auf dem Sitz, mein Rücken pochte in langen, langsamen Wogen, und kniff die Augen fest zu, als könnte mir das irgendwie helfen, besser zu hören.

War das ein Motor?

Nein, nur der Wind, der jetzt so stark wehte, daß gelegentlich Sand gegen die Seite des Lieferwagens prasselte.

Er kommt nicht. Ist abgebogen oder umgekehrt.

Nur der Wind.

Ist abgebogen oder umg...

Nein, es war *nicht* nur der Wind. Es war ein Motor, dessen Geräusch langsam lauter wurde, und Sekunden später brauste ein Fahrzeug – ein einziges Fahrzeug – an mir vorbei.

Ich richtete mich auf und umklammerte das Lenkrad – ich mußte *etwas* umklammern – und sah durch die Windschutzscheibe hinaus, wobei mir die Augen aus den Höhlen quollen und ich mit den Zähnen auf die Zunge biß.

Der graue Cadillac schwebte mit fünfzig oder etwas mehr den Hügel hinab zu der ebenen Strecke. Die Bremsleuchten flackerten nicht einmal auf. Nicht einmal am Ende. Sie sahen es nicht; sie hatten nicht die geringste Ahnung.

Folgendes geschah: der Cadillac schien mit einemmal *durch* die Straße zu fahren statt *auf* ihr. Die Illusion war so überzeugend, daß ich vorübergehend ein Schwindelgefühl verspürte, obwohl ich die Illusion selbst geschaffen hatte. Dolans Cadillac verschwand bis zu den Radkappen in der Route 71, dann bis zur Türkante. Mir kam ein bizarrer Gedanke: wenn General Motors Luxusunterseeboote bauen würde, dann würden sie beim Abtauchen so aussehen.

Ich konnte leise, knirschende Laute hören, als die Dachlatten, die die Plane trugen, unter der Last des Wagens brachen. Ich konnte das Segeltuch flattern und reißen hören.

Alles spielte sich binnen dreier Sekunden ab, aber es waren drei Sekunden, die ich in meinem ganzen Leben nicht vergessen werde.

Ich hatte den Eindruck, als führe der Cadillac weiter, während nur noch das Dach und die letzten zehn Zentimeter der getönten Scheiben zu sehen waren. Dann waren ein gewaltiger Aufprall und das Klirren von splitterndem Glas zu hören. Eine große Staubwolke stieg in die Luft, aber der Wind verwehte sie.

Ich wollte hingehen – wollte sofort hingehen –, aber vorher mußte ich die Umleitung wieder herstellen. Ich wollte ja nicht, daß wir gestört wurden.

Ich stieg aus dem Lastwagen, lief nach hinten, holte den Reifen heraus, hob ihn auf die Radnabe und schraubte nur mit den Fingern die sechs Schrauben, so schnell ich konnte, fest. Später konnte ich es gründlicher nachholen; vorerst mußte ich den Wagen ja nur bis zu der Stelle zurücksetzen, wo die Umleitung vom Highway 71 abzweigte.

Ich ließ den Wagenheber herunter und hinkte zum Fahrerhaus. Dort hielt ich einen Moment inne und lauschte.

Ich konnte den Wind hören.

Und aus dem langen, rechteckigen Loch in der Straße konnte ich jemanden rufen hören ... oder möglicherweise schreien.

Grinsend stieg ich in den Wagen.

Ich setzte rasch auf der Straße zurück, wobei der Wagen wie betrunken hin und her schwankte. Ich stieg aus, öffnete die Heckklappe und stellte die Kegel wieder auf. Ich spitzte die Ohren, ob ich weiteren Verkehrslärm hören konnte, aber der Wind war so stark geworden, daß es sich nicht lohnte. Bis ich ein näherkommendes Fahrzeug hören würde, wäre es praktisch schon bei mir.

Ich stieg in den Graben, rutschte aus, landete auf der Kehrseite und schlitterte hinunter. Ich schlug das sandfarbene Stück Segeltuch beiseite und zerrte das Umleitungsschild wieder hoch. Als ich es aufgestellt hatte, ging ich zum Wagen und schlug die Hecktür zu. Ich hatte nicht die Absicht, den blinkenden Pfeil wieder aufzustellen.

Ich fuhr über die nächste Anhöhe, hielt an der alten Stelle, die von der Umleitung aus nicht zu sehen war, stieg aus und zog die Schrauben an der Radnabe des Lastwagens fest, diesmal mit dem Kreuzschlüssel. Das Rufen hatte aufgehört, aber am Schreien konnte kein Zweifel mehr bestehen; es war jetzt viel lauter.

Ich ließ mir Zeit beim Festziehen der Schrauben. Ich machte mir keine Sorgen, daß sie herauskommen und entweder über mich herfallen oder in die Wüste flüchten würden. Sie konnten nicht heraus. Die Falle hatte perfekt funktioniert. Der Cadillac stand jetzt am hinteren Ende der Grube auf den Reifen, auf beiden Seiten waren kaum zehn Zentimeter Zwischenraum. Die drei Männer im Inneren konnten die Tür nur so weit öffnen, daß sie bestenfalls einen Fuß herausbekamen – wenn überhaupt. Die Fenster konnten sie nicht öffnen, weil sie batteriebetrieben waren, und die Batterie dürfte mittlerweile nur noch aus Plastik- und Metalltrümmern und Säure irgendwo unter der zerquetschten Motorhaube bestehen.

Fahrer und Beifahrer waren möglicherweise ebenfalls zerquetscht worden, aber das bekümmerte mich nicht; ich wußte, daß *irgendjemand* da drinnen noch am Leben war, und ich wußte auch, daß Dolan immer auf dem Rücksitz fuhr und wie jeder anständige Bürger stets den Sicherheitsgurt anlegte.

Nachdem ich die Schrauben festgezogen hatte, fuhr ich den Lieferwagen zum breiten, flachen Ende der Falle und stieg aus.

Die meisten Latten waren verschwunden, aber ich konnte die zersplitterten Enden von einigen sehen, die noch aus dem Teer ragten. Die »Segeltuchstraße« lag zerrissen und zusammengeknüllt auf dem Boden. Sie sah aus wie eine abgestreifte Schlangenhaut.

Ich schritt zum tiefen Ende, und da war Dolans Cadillac.

Das vordere Ende war völlig eingedrückt. Die Haube hatte es wie einen zerfetzten Fächer nach oben gefaltet. Das Motorgehäuse bestand aus einem Durcheinander von Metall und Gummi und Schläuchen, alles von Sand und Erde bedeckt, die nach dem Aufprall hinabgestürzt waren. Ein Zischen war zu hören, und ich konnte irgendwo da unten Flüssigkeit tropfen und blubbern hören. Der Geruch von Alkohol und Frostschutzmittel hing durchdringend in der Luft.

Ich hatte mir Sorgen wegen der Windschutzscheibe gemacht. Es war möglich, daß sie nach innen platzte und Dolan so eine Möglichkeit bot, sich herauszuwinden. Aber allzu großes Kopfzerbrechen hatte mir das nicht bereitet; ich hatte ja schon immer gewußt, daß Dolans Cadillac nach Maßgaben gesichert war, wie sie für Diktatoren von Bananenrepubliken und despotischen Militärbefehlshabern galten. Das Glas durfte nicht brechen, und es war nicht gebrochen.

Die Heckscheibe des Caddy war noch stabiler, weil nicht so groß. Dolan konnte sie nicht einschlagen – jedenfalls nicht in der Zeit, die *ich* ihm lassen würde, und er würde es nicht wagen, sie zu zerschießen. Wenn man aus nächster Nähe auf eine kugelsichere Scheibe schießt, ist das eine andere Form von russischem Roulette. Die Kugel würde nur einen kleinen weißen Fleck auf der Scheibe hinterlassen und dann als Querschläger durch das Auto schwirren.

Ich bin sicher, er hätte einen Weg gefunden, sich zu befreien, wenn ich ihm Zeit genug gelassen hätte, aber jetzt war ich da und würde ihm keins von beiden geben.

Ich kickte einen Geröllhagel auf das Dach des Cadillac.

Die Reaktion erfolgte augenblicklich.

»Wir brauchen Hilfe, bitte. Wir sitzen hier fest.«

Dolans Stimme. Er klang unverletzt und auf unheimliche Weise ruhig. Aber ich spürte die Angst dahinter, die eisern in Schach gehalten wurde, und da tat er mir so leid, wie es mir nur eben möglich war. Ich konnte mir vorstellen, wie er auf dem Rücksitz des eingedrückten Cadillac saß, einer seiner Männer verletzt und stöhnend, wahrscheinlich vom Motorblock eingeklemmt, der andere entweder tot oder bewußtlos.

Ich stellte mir die Szene vor und verspürte einen kribbeligen Augenblick lang etwas, das ich nur als mitfühlende Klaustrophobie bezeichnen kann. Ein Druck auf die Scheibenöffner – nichts. Ein Versuch an den Türen, obwohl man sehen kann, daß diese sich bestenfalls einige Zentimeter öffnen lassen.

Dann hörte ich auf, mir Gedanken zu machen. Schließlich hatte er es ja so gewollt, oder nicht? Ja. Er hatte es gewollt und nicht anders verdient.

»Wer ist da?«

»Ich«, sagte ich, »aber ich bin nicht die Hilfe, auf die Sie warten, Dolan.«

Ich kickte noch einen Hagel Sand und Kiesel auf das Dach des grauen Cadillac. Als die Ladung Geröll über das Dach schlitterte, legte der Schreihals wieder los.

»Meine Beine! Jim, meine Beine!«

Dolans Stimme klang plötzlich argwöhnisch. Der Mann draußen, der Mann über ihm, kannte seinen Namen. Was bedeutete, er befand sich in einer außerordentlich gefährlichen Situation.

»Jimmy, ich kann die Knochen in meinen Beinen sehen!«

»Halt den Mund«, sagte Dolan kalt. Es war unheimlich, ihre Stimmen von unten heraufdringen zu hören. Ich nehme an, ich hätte auf die Kofferraumhaube des Cadillac klettern und durch die Heckscheibe sehen können, aber ich hätte nicht viel gesehen, selbst wenn ich das Gesicht direkt dagegengepreßt hätte. Das Glas war getönt, wie ich vielleicht schon gesagt habe.

Außerdem wollte ich ihn nicht sehen. Ich wußte, wie er aussah. Weshalb sollte ich ihn sehen wollen? Um festzustellen, ob er seine Rolex und die Designerjeans trug?

»Wer sind Sie, Kumpel?« fragte er.

»Ich bin niemand«, sagte ich. »Nur ein Niemand, der guten Grund hatte, Sie in die Lage zu bringen, in der Sie sich jetzt befinden.«

Dann sagte Dolan beängstigend und unheimlich plötzlich: »Heißen Sie Robinson?«

Mir war, als hätte mir jemand in den Magen geschlagen. Er hatte die Verbindung so schnell herstellen können, indem er alle halbvergessenen Gesichter und Namen durchgegangen war und exakt den richtigen gefunden hatte. Hatte ich ihn für ein Tier mit den Instinkten eines Tieres gehalten? Ich hatte die Wahrheit nicht einmal annähernd getroffen; und das war gut so, denn wenn ich es geahnt hätte, hätte ich nie den Mut aufgebracht, mein Vorhaben in die Tat umzusetzen.

Ich sagte: »Mein Name tut nichts zur Sache. Aber Sie wissen, was jetzt passiert, oder nicht?«

Der Schreihals legte wieder los – lautstarke, blubbernde, verschleimte Laute.

»Bring mich hier raus, Jimmy! Bring mich hier raus! Beim barmherzigen Gott! Meine Beine sind gebrochen!«

»Sei still«, sagte Dolan. Und dann zu mir: »Ich kann Sie nicht hören, Mann, so wie der schreit.«

Ich ließ mich auf Hände und Knie nieder und beugte mich nach unten. »Ich sagte, Sie wissen, was ...«

Plötzlich sah ich ein Bild des Wolfs vor mir, der sich als Großmutter verkleidet hatte und zu Rotkäppchen sagte: *Damit ich dich besser hören kann ... komm ein wenig näher.* Ich schnellte zurück, und gerade noch rechtzeitig. Die Schüsse waren schon aus meiner Warte laut, im Wageninneren müssen sie ohrenbetäubend gewesen sein. Vier schwarze Augen taten sich im Dach von Dolans Cadillac auf, und ich spürte, wie etwas Zentimeter von meiner Stirn entfernt durch die Luft schwirrte.

»Habe ich dich erwischt, Wichser?« fragte Dolan.

»Nein«, sagte ich.

Der Schreihals war zur Heulsuse geworden. Er saß auf dem Vordersitz. Ich sah seine Hände, bleich wie die Hände eines Ertrunkenen, die kraftlos gegen die Windschutzscheibe klatschten, und ich sah den Leichnam an seiner Seite. Jimmy mußte ihn hier rausschaffen, er verblutete, die Schmerzen waren schlimm, die Schmerzen waren *schrecklich*, die Schmerzen waren mehr, als er ertragen konnte, beim barmherzigen Gott, es tat ihm leid, er bereute seine Sünden von ganzem Herzen, aber dies war mehr als er ...

Es folgten zwei weitere Schüsse. Der Mann auf dem Vordersitz hörte auf zu schreien. Die Hände verschwanden von der Windschutzscheibe.

»So«, sagte Dolan mit einer fast gleichgültigen Stimme. »Jetzt hat er keine Schmerzen mehr, und wir können hören, was wir einander zu sagen haben.«

Ich sagte nichts. Plötzlich fühlte ich mich benommen und unwirklich. Er hatte gerade eben einen Menschen getötet. *Getötet.* Wieder stellte sich bei mir das Gefühl ein, daß ich ihn unterschätzt hatte und von Glück sagen konnte, daß ich noch am Leben war.

»Ich will Ihnen einen Vorschlag machen«, sagte Dolan.

Ich blieb ganz ruhig ...

»Mein Freund?«

... und blieb es noch etwas länger.

»He! Sie da!« Seine Stimme zitterte unmerklich. »Wenn Sie noch da oben sind, sprechen Sie mit mir! Was kann das schaden?«

»Ich bin hier«, sagte ich. »Ich habe mir gerade überlegt, daß Sie sechsmal geschossen haben. Ich dachte mir, vielleicht wünschen Sie sich früher oder später, Sie hätten eine für sich selbst aufgehoben. Aber vielleicht sind ja acht Schuß im Magazin. Oder Sie können nachladen.«

Jetzt war es an ihm, zu schweigen. Dann:

»Was haben Sie vor?«

»Ich glaube, das haben Sie schon erraten«, sagte ich. »Ich habe die letzten sechsunddreißig Stunden damit verbracht, das längste Grab der Welt zu schaufeln, und jetzt werde ich Sie in Ihrem verfluchten Cadillac begraben.«

Die Angst in seiner Stimme war immer noch beherrscht. Ich wollte, daß diese Beherrschung zerbrach.

»Möchten Sie vorher meinen Vorschlag hören?«

»Ich werde ihn anhören. In ein paar Augenblicken. Vorher muß ich noch etwas holen.«

Ich ging zum Lastwagen zurück und holte meine Schaufel.

Als ich zurückkam, sagte er: »Robinson? Robinson? Robinson?« – wie ein Mann, der in die tote Leitung eines Telefons spricht.

»Ich bin hier«, sagte ich. »Reden Sie. Ich höre zu. Und wenn Sie fertig sind, mache ich Ihnen einen Gegenvorschlag.«

Als er weitersprach, klang er zuversichtlicher. Da ich von einem Gegenvorschlag redete, war ich zu einer Abmachung bereit. Und wenn ich zu einer Abmachung bereit war, war er schon so gut wie draußen.

»Ich biete Ihnen eine Million Dollar, wenn Sie mich hier rauslassen. Aber ebenso wichtig ...«

Ich warf eine Schaufel Geröll auf das Heck des Cadillac. Kieselsteine prallten klirrend auf die Heckscheibe. Sand rieselte in den Spalt des Kofferraumdeckels.

»Was machen Sie da?« Seine Stimme klang schneidend vor Schrecken.

»Müßiggang ist aller Laster Anfang«, sagte ich. »Ich dachte mir, ich beschäftige mich ein bißchen beim Zuhören.«

Ich stieß wieder ins Erdreich und warf noch eine Schaufel hinunter.

Jetzt sprach Dolan schneller, mit drängender Stimme.

»Eine Million Dollar und meine persönliche Garantie, daß keiner Ihnen je etwas anhaben wird – ich nicht, meine Männer nicht, und auch sonst niemand.«

Meine Hände taten nicht mehr weh. Erstaunlich. Ich schaufelte weiter, und nach kaum fünf Minuten war das Heck des Cadillac tief im Sand vergraben. Auffüllen, und sei es mit der Hand, war entschieden leichter als Ausheben.

Ich machte eine Pause und stützte mich einen Moment auf die Schaufel.

»Sprechen Sie weiter.«

»Hören Sie, das ist Wahnsinn«, sagte er, und jetzt konnte ich schrille

Untertöne der Panik in seiner Stimme hören. »Im völligen Ernst, *Wahnsinn.*«

»*Da* haben Sie recht«, sagte ich und schaufelte weiter.

Er hielt länger durch, als ich es bei einem Menschen für möglich gehalten hätte, redete, argumentierte, beschwor – aber es wurde immer zusammenhangloser, je höher der Sand das Heckfenster bedeckte; er wiederholte sich, verhaspelte sich, fing an zu stottern. Einmal ging die Tür auf, so weit es ging, und wurde gegen die Wand der Grube gerammt. Ich sah eine Hand mit schwarzen Haaren auf den Knöcheln und einem großen Rubinring am Mittelfinger. Rasch warf ich einige Schaufeln Sand in die Öffnung. Er kreischte Flüche und schlug die Tür wieder zu.

Wenig später brach er zusammen. Ich glaube, das Geräusch des fallenden Sandes hat ihn schließlich fertiggemacht. Mit Sicherheit. Im Inneren des Cadillac muß das Geräusch sehr laut gewesen sein. Sand und Steine, die auf das Dach polterten und an den Scheiben hinabrieselten. Zuletzt muß ihm klar geworden sein, daß er in einem gepolsterten Sarg mit Achtzylinder-Einspritzmotor saß.

»Lassen Sie mich raus!« kreischte er. *»Bitte! Ich halte das nicht aus! Lassen Sie mich raus!«*

»Sind Sie bereit für den Gegenvorschlag?« fragte ich.

»Ja! Ja! Herrgott! Ja! Ja! Ja!«

»Schreien Sie. Das ist mein Gegenvorschlag. Das will ich. Schreien Sie für mich. Wenn Sie laut genug schreien, lasse ich Sie raus.«

Er schrie gellend.

»Das war *gut*!« sagte ich und meinte es ernst. »Aber längst nicht gut genug.«

Ich fing wieder an zu schaufeln und warf eine Ladung nach der anderen über das Dach des Cadillac. Zerbröselnde Klumpen rutschten an der Windschutzscheibe hinab und füllten den Schlitz der Scheibenwischer.

Er schrie noch einmal, noch lauter, und ich fragte mich, ob es möglich war, daß man sich beim Schreien den Kehlkopf zerreißen konnte.

»Nicht schlecht«, sagte ich und verdoppelte meine Anstrengungen. Ich lächelte trotz meines schmerzenden Rückens. »Sie schaffen es vielleicht, Dolan – doch, im Ernst.«

»Fünf Millionen.« Das waren seine letzten zusammenhängenden Worte.

»Ich glaube nicht«, entgegnete ich, lehnte mich auf die Schaufel und wischte mir mit dem schmutzigen Handrücken das Gesicht ab. Die Erde bedeckte das Dach des Wagens inzwischen fast von einer Seite zur anderen. Sie sah wie ein Stern aus oder wie eine riesige braune Hand, die Dolans Cadillac umklammerte. »Aber wenn Sie es schaffen, einen Schrei von sich zu geben, der so laut ist wie, sagen wir, acht Stangen Dynamit, die an das Zündschloß eines 1968er Chevrolet angeschlossen sind, dann lasse ich Sie raus, darauf können Sie sich verlassen.«

Also schrie er, und ich schaufelte weiter Erde auf den Cadillac. Eine Zeitlang schrie er tatsächlich sehr laut, aber ich würde doch sagen, er schrie nie lauter als zwei Stangen Dynamit, die an das Zündschloß eines 1968er Chevrolet angeschlossen sind. Höchstens drei. Und als die letzten Chromleisten des Cadillac bedeckt waren und ich ausruhte und auf den Hügel hinabsah, brachte er nicht mehr als eine Reihe heiserer, abgehackter Grunzlaute zustande.

Ich sah auf die Uhr. Ein paar Minuten nach eins. Meine Hände bluteten wieder, der Stiel der Schaufel war schlüpfrig. Körniger Sand flog mir ins Gesicht, ich schreckte zurück. Starker Wind in der Wüste erzeugt ein besonders unangenehmes Geräusch – ein langes, konstantes Heulen, das nie aufhört. Wie die Stimme eines schwachsinnigen Gespensts.

Ich beugte mich über das Loch. »Dolan?«

Keine Antwort.

»Schreien Sie, Dolan.«

Zuerst keine Antwort – dann eine Reihe heiserer Beller.

Wie gut!

Ich ging zum Lieferwagen zurück, ließ ihn an und fuhr die anderthalb Meilen zur Baustelle zurück. Unterwegs stellte ich den Sender WKXR Las Vegas ein, den einzigen, den ich mit dem Radio des Wagens empfangen konnte. Barry Manilow verriet mir, daß er Songs schriebe, die die ganze Welt zum Singen brachten, eine Behauptung, die ich mit einiger Skepsis zur Kenntnis nahm; dann kam der Wetterbericht. Sturm wurde vorhergesagt; auf allen Hauptstraßen zwischen Vegas und Kalifornien waren Hinweisschilder aufgestellt worden. Wegen Flugsand sollte es zu Sichtbehinderungen kommen, sagte der Discjockey, aber besonders aufpassen sollte man wegen der Windböen. Ich wußte, was er meinte, weil ich spüren konnte, wie der Wind am Lieferwagen zerrte.

Da stand mein Schaufelbagger von Case-Jordan; ich betrachtete ihn schon als meinen eigenen. Ich stieg ein, wobei ich die Melodie von Barry Manilow summte, und hielt die blauen und gelben Kabel aneinander. Der Bagger sprang problemlos an. Dieses Mal hatte ich daran gedacht, den Gang rauszunehmen. *Nicht schlecht, Bleichgesicht*, konnte ich Tink im Geiste sagen hören. *Du lernst dazu.*

Ja. Ich lernte ständig.

Ich saß eine ganze Minute da, sah mir an, wie Sandschleier über die Wüste geweht wurden, lauschte dem Rumoren des Baggermotors und fragte mich, was Dolan wohl treiben würde. Immerhin war dies seine große Chance. Vielleicht versuchte er, die Heckscheibe einzuschlagen, oder er kroch auf den Vordersitz und versuchte sein Glück an der Windschutzscheibe. Ich hatte mehrere Schaufeln Sand über beide geschüttet, dennoch wäre es möglich gewesen. Es kam ganz darauf an, wie verrückt er mittlerweile war, und das konnte ich unmöglich wissen; deshalb machte ich mir darüber auch keine nennenswerten Gedanken. Es gab Wichtigeres.

Ich legte den Gang des Baggers ein und fuhr auf der Straße zurück zur Grube. Dort angekommen, stapfte ich vorsichtig hin, sah hinab und rechnete fast damit, ein mannsgroßes Maulwurfsloch zu sehen, wo Dolan eine Scheibe eingeschlagen hatte und herausgeklettert war.

Mein aufgeschütteter Sand war unberührt.

»Dolan«, sagte ich meiner Meinung nach hinreichend fröhlich.

Ich bekam keine Antwort.

»Dolan!«

Keine Antwort.

Er hat sich umgebracht, dachte ich und verspürte bittere Enttäuschung. *Hat sich irgendwie umgebracht oder ist vor Angst gestorben.*

»Dolan?«

Gelächter drang aus dem Loch herauf; ein schrilles, unbeherrschtes, durch und durch aufrichtiges Gelächter. Ich spürte, wie es mir eiskalt über den Rücken lief. Es war das Gelächter eines Mannes, der den Verstand verloren hat.

Er lachte mit seiner heiseren Stimme immer weiter. Dann schrie er; dann lachte er wieder. Zuletzt machte er beides zusammen.

Eine Zeitlang lachte ich mit ihm, oder schrie, oder was auch immer, und der Wind kreischte und lachte mit uns beiden.

Dann ging ich zum Case-Jordan zurück, ließ die Schaufel herunter und fing an, ihn richtig zu begraben.

Nach vier Minuten war nicht einmal mehr der Umriß des Cadillac zu sehen. Nur eine Grube, die mit Sand aufgefüllt wurde.

Ich bildete mir ein, ich könnte etwas hören, aber durch den Lärm des Windes und das konstante Brummen des Baggermotors war es schwer zu sagen. Ich ließ mich auf die Knie nieder; dann legte ich mich in ganzer Länge hin und ließ den Kopf in die Grube hängen.

Tief unten, unter dem Sand, lachte Dolan immer noch. Die Geräusche, die er von sich gab, erinnerten mich an Comics: *Hi-hi-hi, aah-ha-ha-ha.* Möglicherweise noch ein paar Worte dazu. Es war schwer zu sagen. Aber ich lächelte und nickte.

»Schrei«, flüsterte ich. »Schrei, soviel du willst.« Aber das gedämpfte Gelächter ging einfach weiter und drang durch den Sand herauf wie giftige Dämpfe.

Plötzlich überkam mich schwarzes Entsetzen – Dolan stand hinter mir! Ja, irgendwie war Dolan hinter mich gekommen! Und bevor ich mich umdrehen konnte, würde er *mich* in das Loch stoßen und . . .

Ich sprang auf, wirbelte herum und ballte die zerschundenen Hände ansatzweise zu Fäusten.

Windgepeitschter Sand wehte mir ins Gesicht.

Sonst war nichts da.

Ich wischte mir mit meinem schmutzigen Taschentuch das Gesicht ab, stieg wieder ins Führerhaus des Baggers und fuhr mit der Arbeit fort.

Ich hatte das Loch schon lange vor Einbruch der Dunkelheit gefüllt. Obwohl der Wind viel fortgeweht hatte, blieb Sand übrig, weil der Cadillac soviel Platz einnahm. Es ging schnell – so schnell.

Meine Gedankengänge waren argwöhnisch, verwirrt und halb im Fieberwahn, als ich den Bagger auf der Straße zurückfuhr, genau über die Stelle, wo Dolan begraben lag.

Ich parkte ihn an der ursprünglichen Stelle, zog das Hemd aus und rieb das gesamte Innere damit ab, um Fingerabdrücke zu entfernen. Ich kann nicht genau sagen, warum ich das getan habe, bis auf den heutigen Tag nicht; schließlich mußte ich an hundert anderen Stellen welche hinterlassen haben. Dann machte ich mich in der stürmischen Dämmerung auf den Weg zum Laster.

Ich machte eine der Hecktüren auf, sah Dolan im Inneren kauern, schrie auf, stolperte rückwärts und schützte das Gesicht mit einer Hand. Ich hatte das Gefühl, als müßte mir das Herz in der Brust zerspringen.

Nichts – niemand – kam aus dem Lastwagen. Die Tür schwang und polterte im Wind wie der letzte Laden eines Spukhauses. Schließlich schlich ich mit klopfendem Herzen zurück und sah hinein. Da war nichts, abgesehen vom Durcheinander der Ausrüstung, die ich dort verstaut hatte – der Pfeil mit den zerbrochenen Glühbirnen, der Wagenheber, mein Werkzeugkasten.

»Du mußt dich zusammenreißen«, sagte ich leise. »Reiß dich zusammen.«

Ich wartete darauf, daß Elizabeth sagen würde: *Alles wird gut, Liebling* . . . oder etwas Ähnliches, aber ich hörte nur den Wind.

Ich ging zum Lastwagen zurück, ließ ihn an und fuhr halb zur Grube zurück. Weiter schaffte ich es nicht. Ich wußte, es war vollkommen närrisch, aber ich kam mehr und mehr zu der Überzeugung, daß Dolan im Lastwagen lauerte. Ich sah immer wieder in den Rückspiegel und versuchte, seinen Schatten zu erkennen.

Der Wind wehte heftiger denn je und schaukelte den Laster auf seiner Federung. Im Licht der Scheinwerfer sah der Staub, der von der Wüste aufgewirbelt und verweht wurde, wie Rauch aus.

Schließlich fuhr ich an den Straßenrand, stieg aus und verschloß sämtliche Türen. Ich wußte, es war Irrsinn, im Freien zu schlafen, aber ich brachte es nicht über mich, da drinnen auszuruhen. Ich konnte es einfach nicht. Ich kroch mit meinem Schlafsack unter den Lastwagen.

Fünf Minuten nachdem ich den Reißverschluß zugezogen hatte, war ich eingeschlafen.

Als ich aus einem Alptraum erwachte, an den ich mich nicht erinnern kann – es waren Hände darin vorgekommen, die nach meinem Hals griffen –, stellte ich fest, daß *ich* lebendig begraben worden war. Ich hatte Sand in der Nase, Sand in den Ohren. Er war in meinem Hals und würgte mich.

Ich schrie und quälte mich hoch, anfangs überzeugt, daß es sich bei dem hinderlichen Schlafsack um Erdboden handelte. Dann stieß ich mir den Kopf am rostigen Getriebegestänge des Lastwagens und sah Rostflocken herabrieseln.

Ich rollte darunter hervor in eine Dämmerung von der Farbe beschlagenen Zinns. Mein Schlafsack wurde in dem Augenblick, als mein Gewicht nicht mehr darauf ruhte, fortgeweht wie verdorrtes Unkraut. Ich stieß einen überraschten Schrei aus und lief ihm zwanzig Schritte nach, aber dann wurde mir klar, daß das der schlimmste Fehler der Welt gewesen wäre. Die Sicht betrug nicht mehr als zwanzig Meter, wahrscheinlich weniger. An manchen Stellen war die Straße überhaupt nicht mehr zu sehen. Ich schaute zum Lastwagen zurück – er sah verwaschen aus, halb verschwunden, die gebräunte Fotografie der Ruinen einer Geisterstadt.

Ich stolperte zu ihm zurück, fand die Schlüssel und stieg ein. Ich spuckte immer noch Sand und hustete trocken. Nachdem ich den Motor angelassen hatte, fuhr ich langsam in die Richtung zurück, aus der ich gekommen war. Es war nicht nötig, auf einen Wetterbericht zu warten; heute morgen redete der Rundfunksprecher von nichts anderem. Der schlimmste Sandsturm in der Geschichte von Nevada. Sämtliche Straßen gesperrt. Bleiben Sie zu Hause, wenn Sie nicht unbedingt raus müssen, und selbst dann bleiben Sie besser daheim.

Der ruhmreiche Vierte.

Bleib drinnen. Du müßtest verrückt sein, da rauszugehen. Du wirst sandblind werden.

Das Risiko würde ich eingehen. Dies war eine goldene Gelegenheit, ein für allemal aufzuräumen – in meinen kühnsten Träumen hätte ich nicht damit gerechnet, daß ich so eine Chance bekommen würde, aber sie war da, und ich nutzte sie.

Ich hatte drei oder vier zusätzliche Decken mitgebracht. Aus einer riß ich einen langen, breiten Streifen heraus und band ihn mir um den Kopf. So, angetan wie ein verrückter Beduine, stieg ich aus.

Ich verbrachte den ganzen Vormittag damit, Asphaltstücke vom Straßengraben zu schleppen und wieder auf die Grube zu legen, wobei ich mich bemühte, so genau wie ein Maurer vorzugehen, der eine Mauer baut oder eine Nische hochzieht. Die Stücke zu holen und zu tragen war nicht übertrieben schwer, auch wenn ich die meisten Asphaltstücke freilegen mußte wie ein Archäologe, der nach Kunstgegenständen sucht, und etwa alle zwanzig Minuten zum Lastwagen zurückschlurfte, um aus dem Sandsturm herauszukommen und meinen brennenden Augen etwas Ruhe zu verschaffen.

Ich arbeitete mich langsam vom flachen Ende der Grube nach Westen vor, und Viertel nach zwölf – ich hatte um sechs Uhr angefangen – hatte ich noch rund viereinhalb Meter vor mir. Inzwischen hatte der Wind nachgelassen, und ich konnte vereinzelte Stellen blauen Himmels über mir erkennen.

Ich schleppte und legte ab, schleppte und legte ab. Jetzt befand ich mich über der Stelle, wo Dolan sein mußte. War er schon tot? Wieviel Kubikmeter Luft faßte ein Cadillac? Wann würde der enge Raum kein Leben mehr ermöglichen, vorausgesetzt, daß keiner von Dolans beiden Begleitern mehr atmete?

Ich kniete auf der bloßen Erde. Der Wind hatte die Spuren des Case-Jordan verweht, aber nicht völlig ausradiert; irgendwo unter diesen schwachen Abdrücken befand sich ein Mann, der eine Rolex trug.

»Dolan«, sagte ich kumpelhaft, »ich hab es mir anders überlegt und werde Sie rauslassen.«

Nichts. Kein Laut. Jetzt war er wirklich tot.

Ich ging zurück und holte wieder ein Stück Asphalt. Ich legte es hin, und als ich mich gerade aufrichtete, hörte ich leises, gackerndes Gelächter durch den Sand heraufdringen.

Ich ließ mich in kauernde Haltung sinken, beugte den Kopf nach vorne – hätte ich noch Haare gehabt, wären sie mir ins Gesicht gehangen – und blieb eine Zeitlang in dieser Haltung, während ich zuhörte, wie er lachte. Das Lachen klang schwach und ohne Timbre.

Als es aufhörte, ging ich das nächste Stück Asphalt holen. Auf ihm befand sich ein Stuck der gelben Linie. Ich kniete mich damit nieder.

»Beim barmherzigen Gott!« kreischte er. »Beim barmherzigen Gott, Robinson!«

»Ja«, sagte ich. »Beim barmherzigen Gott.«

Ich plazierte das Stück Asphalt säuberlich neben seinem Nachbarn, und obwohl ich angestrengt lauschte, hörte ich nichts mehr.

Ich kam in der Nacht um elf in meine Wohnung in Vegas zurück. Ich schlief sechzehn Stunden, stand auf, ging in die Küche, um Kaffee zu machen, und brach zuckend auf dem Flur zusammen; ein ungeheurer Rückenkrampf schüttelte mich. Ich rieb mir mit einer Hand den verlängerten Rücken und biß auf die andere, um nicht zu schreien.

Nach einer Weile kroch ich ins Bad – ich versuchte einmal aufzustehen, aber das führte nur zu einem erneuten Krampf – und zog mich am Waschbecken so weit in die Höhe, daß ich an das zweite Fläschchen Empirin im Arzneischränkchen gelangen konnte.

Ich schluckte drei und ließ Badewasser ein. Während ich darauf wartete, daß sich die Wanne füllte, lag ich auf dem Boden. Als es soweit war, wand ich mich aus meinem Pyjama und schaffte es, in die Wanne zu kriechen. Dort lag ich fünf Stunden, zumeist dösend. Als ich herausstieg, konnte ich wieder gehen.

Ein bißchen.

Ich ging zu einem Chiropraktiker. Der verriet mir, daß ich drei verrutschte Bandscheiben und eine schwerwiegende Verschiebung der unteren Wirbelsäule erlitten hatte. Er wollte wissen, ob ich beschlossen hatte, mich als Kraftmax im Zirkus zu betätigen.

Ich sagte ihm, ich hätte im Garten umgegraben.

Er sagte mir, ich müßte nach Kansas City.

Ich ging.

Sie operierten.

Als der Anästhesist mir die Gummischale aufs Gesicht drückte, hörte ich Dolan lachen und wußte, daß ich sterben würde.

Das Aufwachzimmer war hellgrün gekachelt.

»Bin ich noch am Leben?« krächzte ich.

Ein Pfleger lachte. »O ja.« Seine Hand berührte meine Stirn – meine Stirn, die um den ganzen Kopf herumreichte. »Was Sie für einen Sonnenbrand haben! Mein Gott! Hat das weh getan, oder sind Sie noch zu sehr mit Schmerzmitteln vollgepumpt?«

»Zu vollgepumpt«, sagte ich. »Habe ich geredet, während ich weg war?«

»Ja«, sagte er.

Mir wurde durch und durch kalt. Kalt bis auf die Knochen.

»Was habe ich gesagt?«

»Sie haben gesagt: ›Es ist dunkel hier drinnen. Laßt mich raus!‹« Und er lachte wieder.

»Ach«, sagte ich.

Sie haben ihn nie gefunden – Dolan.

Es lag am Sturm. Dem gottgesandten Sturm. Ich bin ziemlich sicher, daß ich weiß, was sich zugetragen hat; aber Sie haben sicher Verständnis dafür, wenn ich Ihnen sage, daß ich mich nie sehr nachdrücklich darum gekümmert habe.

NEAS – wissen Sie noch? Sie haben neu asphaltiert. Der Sturm hatte den Abschnitt der 71, den die Umleitung gesperrt hatte, fast zugedeckt. Als sie wieder zu arbeiten anfingen, machten sie sich nicht die Mühe, die neuen Dünen wegzuschaufeln – warum auch? Sie brauchten sich ja nicht um den Verkehr zu kümmern. Also pflügten sie den Sand beiseite und rissen gleichzeitig den alten Belag auf. Und falls dem Raupenfahrer auffiel, daß ein Abschnitt des sandverkrusteten Asphalts an einer Stelle – einer etwa zwölf Meter langen Stelle – vor der Schaufel seiner Planierraupe in nahezu geometrische Rechtecke zerbrach, erzählte er es keinem. Vielleicht war er high. Oder vielleicht träumte er nur davon, am Abend mit seiner Puppe zu schlafen.

Dann kamen die Kipplaster mit ihren frischen Geröllmassen, gefolgt von den Walzen. Denen folgten die Tankwagen mit ihren Sprühvorrichtungen und dem Geruch nach heißem Teer, der so große Ähnlichkeit mit dem von schmelzendem Schuhleder hatte. Und als der frische Asphalt erstarrt war, kam die Markiermaschine, deren Fahrer unter dem Segeltuchbaldachin dann und wann zurückschaute, damit die gelbe Linie auch wirklich gerade wurde. Wie sollte er wissen, daß er über einen nebelgrauen Cadillac mit drei Männern fuhr, und daß da unten in der Dunkelheit ein Rubinring und eine goldene Rolex warteten, die wahrscheinlich immer noch die Stunden maß?

Einen normalen Cadillac hätte eines dieser Fahrzeuge mit Sicherheit zerquetscht; es hätte einen Einsturz gegeben, ein Knirschen, und dann hätten einige Männer nachgesehen, was – oder wen – sie gefunden hatten. Aber im Grunde genommen war Dolans Wagen *tatsächlich* mehr ein Panzer als ein Auto, und so war es seiner Vorsicht zuzuschreiben, daß ihn bisher niemand gefunden hatte.

Früher oder später wird der Cadillac selbstverständlich einmal zusammenbrechen, wahrscheinlich unter dem Gewicht eines vorbeifahrenden Lasters. Das nächste Fahrzeug wird eine tiefe Delle in der westlichen Fahrspur sehen, das Highway Department wird verständigt werden, und es wird wieder eine NEAS geben. Aber wenn keine Arbeiter des Highway Department dabeistehen, wenn es passiert, und selbst beobachten können, wie das Gewicht des Lasters einen hohlen Gegenstand unter dem Straßenbelag zerdrückt, werden sie wahrscheinlich davon ausgehen, daß das »Wetterloch« (so nennen sie das) entweder durch Frost oder eine eingestürzte Salzkuppel verursacht wurde oder möglicherweise auch durch ein Wüstenbeben. Sie werden es ausbessern, und das Leben wird weitergehen.

Er wurde als vermißt gemeldet – Dolan.

Ein paar Tränen wurden vergossen.

Ein Reporter der *Las Vegas Sun* äußerte die Vermutung, daß Dolan wahrscheinlich irgendwo mit Jimmy Hoffa Domino oder Pool spielte.

Vielleicht ist das gar nicht so weit von der Wahrheit entfernt.

Mir geht es gut.

Mein Rücken ist soweit wiederhergestellt. Ich habe strenge Anweisung, nichts ohne fremde Hilfe zu heben, das mehr als dreißig Pfund wiegt, aber ich habe dieses Jahr eine wunderbare Drittkläßlerschar und mehr Hilfe, als ich brauchen kann.

Ich bin mit meinem neuen Accord mehrmals über den bewußten Straßenabschnitt gefahren. Einmal hielt ich an, stieg aus, vergewisserte mich, daß die Straße in beiden Richtungen frei war, und pißte auf die Stelle, die ich für die richtige hielt. Aber ich bekam keinen ordentlichen Strahl zusammen, obwohl sich meine Blase voll anfühlte, und als ich weiterfuhr, sah ich dauernd in den Rückspiegel – wissen Sie, ich hatte das komische Gefühl, daß er sich vom Rücksitz erheben würde, die Haut zimtfarben verfärbt und über den Schädel gespannt wie die einer Mumie, das Haar voll Sand, Augen und Rolex funkelnd.

Das war in der Tat das *letzte Mal*, daß ich auf der 71 gefahren bin. Heute nehme ich die Interstate, wenn ich nach Westen fahren muß.

Und Elizabeth? Sie ist verstummt, wie Dolan. Ich finde, das ist eine Erleichterung.

Das Ende des ganzen Schlamassels

Ich möchte Ihnen vom Ende des Krieges, vom Niedergang der Menschheit und vom Tod des Messias erzählen – eine epische Geschichte, die Tausende von Seiten und ein ganzes Regal voller Bücher verdient hätte; aber Sie (falls Sie später überhaupt noch existieren und dies lesen können) müssen sich mit der gefriergetrockneten Version begnügen. Die Injektion wirkt äußerst schnell. Ich schätze, ich habe zwischen fünfundvierzig Minuten und zwei Stunden; das kommt auf meine Blutgruppe an. Ich glaube, sie ist A, was mir etwas mehr Zeit lassen dürfte, aber der Teufel soll mich holen, wenn ich mich noch genau daran erinnern kann. Sollte es sich doch um Null handeln, können Sie sich auf eine Menge leerer Seiten gefaßt machen, mein hypothetischer Freund.

Ich denke, ich rechne in jedem Fall mit dem Schlimmsten und arbeite, so schnell ich kann.

Ich benutze die elektrische Schreibmaschine – Bobbys Textcomputer ist schneller, aber der Generator unterliegt selbst mit einem Frequenzunterdrücker solchen Schwankungen, daß man sich nicht drauf verlassen kann. Ich habe hierbei nur einen einzigen Versuch und darf nicht riskieren, den größten Teil aufzuschreiben und dann mit ansehen zu müssen, wie alles wegen eines oHm-Abfalls im Datenhimmel verschwindet.

Ich heiße Howard Fornoy. Ich war freier Schriftsteller. Robert Fornoy, mein Bruder, war der Messias. Ich habe ihn vor vier Stunden getötet, indem ich ihm einen Schuß seiner eigenen Erfindung verpaßte. Er nannte sie »Pazifin«. Ich finde, »Schwerwiegender Fehler« wäre ein besserer Name gewesen. Aber was geschehen ist, kann nicht mehr ungeschehen gemacht werden, wie die Iren schon seit Jahrhunderten sagen – was *beweist*, was für Arschlöcher sie sind.

Scheiße, solche Abschweifungen kann ich mir nicht leisten.

Nach Bobbys Tod deckte ich ihn mit einer Decke zu. Dann saß ich etwa drei Stunden am Wohnzimmerfenster der Blockhütte und sah in den Wald hinaus. Früher konnte man das orangefarbene Leuchten der Natriumdampflampen von North Conway sehen; jetzt nicht mehr. Jetzt gibt es nur noch die White Mountains, wie dunkle Dreiecke aus Kreppapier, die ein Kind ausgeschnitten hat, und die sinnlosen Sterne.

Ich schaltete das Funkgerät ein, ließ vier Kanäle durchlaufen, fand nur einen einzigen Irren und schaltete wieder ab. Dann saß ich da und überlegte mir eine Möglichkeit, diese Geschichte zu erzählen. Meine Gedanken kreisten immer wieder um diesen meilenweiten dunklen Pinienwald, dieses endlose Nichts. Schließlich wurde mir klar, ich mußte aufhören zu trödeln und mir den Schuß setzen. Scheiße. Ich *konnte* nie ohne einen festen Termin arbeiten.

Und jetzt habe ich bei Gott einen.

Unsere Eltern hatten keinen Grund, etwas anderes zu erwarten, als sie bekamen: kluge Kinder. Dad war Historiker und bekam eine Professur an der Hofstra, als er dreißig war. Zehn Jahre später war er einer von zehn Vizeadministratoren der National Archives in Washington, D. C., und stand in der Schlange für die Spitzenposition. Außerdem war er ein dufter Typ – besaß jede Platte, die Chuck Berry je aufgenommen hatte, und spielte selbst eine verdammt geile Bluesgitarre. Dad archivierte tagsüber und rockte nachts.

Mom machte ihren Abschluß magna cum laude an der Drew. Sie bekam einen Schlüssel von Phi Beta Kappa, den sie manchmal an ihrem exzentrischen Hut trug. Sie wurde eine erfolgreiche CPA in D. C., lernte meinen Dad kennen, heiratete ihn und strich die Segel, als sie mit meiner Wenigkeit schwanger wurde. Ich kam 1980 daher. 1984 machte sie die Steuern für einige Kollegen meines Dad – das nannte sie ihr »kleines Hobby«. Als Bobby 1987 zur Welt kam, kümmerte sie sich um Steuern, Aktienpakete und Immobilien von einem Dutzend mächtiger Männer. Ich könnte ihre Namen aufzählen, aber wen juckt das schon? Sie sind inzwischen entweder tot oder sabbernde Idioten.

Ich glaube, sie hat mit ihrem »kleinen Hobby« im Jahr mehr gescheffelt als mein Dad mit seinem Job, aber das war nie wichtig – sie waren glücklich mit dem, was sie für sich selbst und füreinander waren. Ich habe oft gesehen, wie sie sich gekabbelt haben, aber nie, daß sie sich stritten. Als ich größer wurde, fiel mir nur ein Unterschied zwischen meiner Mom und den Moms meiner Freunde auf, nämlich daß deren Moms lasen oder bügelten oder nähten oder telefonierten, während Seifenopern auf dem Bildschirm liefen, wogegen meine Mom am Taschenrechner arbeitete und Zahlenkolonnen auf große grüne Blätter schrieb, während Seifenopern auf dem Bildschirm liefen.

Ich war keine Enttäuschung für ein Paar mit Mensa Gold Cards in den Brieftaschen. Während meiner ganzen Zeit an öffentlichen Schulen (die Möglichkeit, daß ich oder mein Bruder eine Privatschule besuchen könnten, wurde meines Wissens nie angesprochen) bekam ich immer nur Einsen und Zweien. Außerdem lernte ich früh und mühelos schreiben.

Meinen ersten Magazinbeitrag verkaufte ich mit zwanzig – er handelte von dem Winterlager der Continental Army in Valley Forge. Ich verkaufte ihn für hundertfünfzig Dollar an das Magazin einer Fluggesellschaft. Mein Dad, den ich von ganzem Herzen lieb hatte, fragte mich, ob er mir den Scheck abkaufen könnte. Er gab mir einen Scheck von sich und hängte den des Airline-Magazins eingerahmt über seinen Schreibtisch. Ein romantisches Genie, wenn Sie so wollen. Ein romantisches Genie, *das den Blues spielte*, wenn Sie so wollen. Wirklich, einem Kind hätte es weitaus schlechter gehen können. Selbstverständlich haben meine Eltern getobt und sich in die Hosen gepißt, als sie letztes Jahr starben, wie fast alle auf dieser unserer großen, runden Welt, aber ich habe sie trotzdem immer geliebt.

Ich war genau das Kind, mit dem sie rechnen durften – ein guter Junge mit hellem Verstand, ein begabter Junge, dessen Begabung in einer Atmosphäre der Liebe und des Vertrauens bis in die Pubertät hinein wuchs, ein verläßlicher Junge, der seine Eltern respektierte.

Bobby war anders. *Niemand*, nicht einmal Mensa-Typen wie unsere alten Leute, rechnet *jemals* mit einem Jungen wie Bobby. *Niemals.*

Ich konnte ganze zwei Jahre früher als Bobby aufs Töpfchen gehen, und das ist das einzige, worin ich ihn jemals schlagen konnte. Aber ich war nie eifersüchtig auf ihn; das wäre auf dasselbe hinausgelaufen, als wäre ein mittelprächtiger Werfer der American League auf Nolyn Ryan oder Roger Clemens eifersüchtig gewesen. Nach einer gewissen Zeit hören die Vergleiche, die Eifersucht erzeugen, einfach auf. Ich habe es mitgemacht und kann Ihnen sagen: nach einer Weile tritt man einfach in den Hintergrund und schirmt die Augen vor den Blitzlichtern ab.

Bobby konnte mit zwei Jahren lesen und verfaßte mit dreien kurze Aufsätze (»Unser Hund«, »Ein Ausflug mit Mutter nach Boston«). Seine Handschrift zeigte die krakeligen, bemühten, eckigen Schnörkel eines Sechsjährigen, was an sich schon bemerkenswert genug gewesen wäre; aber wenn man die Sachen abschrieb, so daß seine noch nicht voll entwickelte motorische Kontrolle ihn nicht verriet, hätte man glauben können, man lese das Werk eines klugen, wenn auch extrem naiven Fünftkläßlers. Er entwickelte sich mit schwindelerregender Schnelligkeit von einfachen Sätzen zu komplexen Sätzen zu Schachtelsätzen und begriff Satzteile, Nebensätze und Parenthesen mit einer Intuition, die unheimlich war. Manchmal war seine Syntax durcheinander und seine eingeschobenen Sätze an der falschen Stelle, aber im Alter von fünf Jahren hatte er solche Schwierigkeiten – die die meisten Schriftsteller ihr ganzes Leben lang plagen – so ziemlich unter Kontrolle.

Er bekam Kopfschmerzen. Meine Eltern fürchteten ein medizinisches

Problem – womöglich einen Gehirntumor – und brachten ihn zu einem Arzt, der ihn gründlich untersuchte und meinen Eltern dann eröffnete, daß Bobby keine Probleme hatte – außer Streß: er befand sich in einem Zustand außerordentlicher Frustration, weil seine Schreibhand nicht so schnell funktionierte wie sein Gehirn.

»Sie haben ein Kind, das versucht, einen geistigen Nierenstein zu vermeiden«, sagte der Arzt. »Ich könnte ihm etwas gegen die Kopfschmerzen verschreiben, aber ich glaube, das Mittel, das er wirklich braucht, ist eine Schreibmaschine.« Und so schenkten Mom und Dad Bobby eine IBM. Ein Jahr später schenkten sie ihm einen Commodore 64 mit WordStar zu Weihnachten, und Bobbys Kopfschmerzen hörten auf. Bevor ich mich anderen Themen zuwende, möchte ich nur sagen, daß er noch drei Jahre danach glaubte, Santa Claus hätte ihm den Textcomputer unter den Baum gelegt. Jetzt glaube ich, daß ich ihn in noch einem Punkt geschlagen habe: Ich war früher von Santa Claus entwöhnt.

Ich könnte Ihnen so vieles über die ersten Jahre erzählen, und ich glaube, ich sollte es eigentlich auch, aber ich muß mich sputen und kurz fassen. Der Termin. Ah, der Termin. Ich habe einmal eine komische Story mit dem Titel »*Vom Winde verweht* kurz gefaßt« gelesen, die ungefähr folgendermaßen ging:

»›Ein Krieg?‹ lachte Scarlett. ›Oh, fiddle-di- dii!‹

Bumm! Ashley zog in den Krieg. Atlanta brannte! Rhett kam und ging wieder!

›Fiddle-di-dii‹, sagte Scarlett unter Tränen. ›Morgen will ich über all das nachdenken. Schließlich, morgen ist auch ein Tag.‹«

Als ich das damals las, lachte ich herzlich darüber; jetzt, da ich etwas Ähnliches machen muß, wirkt es nicht mehr so komisch. Aber jetzt los:

»Ein Kind mit einem IQ, der durch keinen bekannten Test gemessen werden kann?« sagte India Fornoy lächelnd zu ihrem Ehemann Richard. »Fiddle-di-dii! Wir sorgen für eine Atmosphäre, in der sich sein Intellekt – ganz zu schweigen von dem seines nicht gerade dummen älteren Bruders – entwickeln kann. Und wir ziehen beide als ganz normale amerikanische Jungen auf, was sie ja auch sind.«

Bumm! Die Brüder Fornoy wuchsen auf. Howard besuchte die University of Virginia, machte seinen Abschluß cum laude *und begann eine Laufbahn als freier Schriftsteller. Verdiente sich einen ansehnlichen Lebensunterhalt. Ging mit vielen Frauen aus und mit nicht wenigen davon auch ins Bett. Schaffte es, sexuellen wie pharmakologischen sozialen Krankheiten aus dem Weg zu gehen. Kaufte sich eine Stereoanlage von Mitsubishi. Schrieb mindestens einmal pro Woche nach Hause. Veröffentlichte zwei Romane, die sich nicht schlecht verkauften. »Fiddle-di-dii«, sagte Howard, »das ist mein Leben!«*

Und so war es, jedenfalls bis zu dem Tag, an dem Bobby unerwartet (ganz in der Tradition eines verrückten Wissenschaftlers) mit seinen beiden Glaskästen, in einem ein Bienenstock, im anderen ein Wespennest, bekleidet mit einem T- Shirt mit der Aufschrift Mumford Phys Ed zur Tür hereinspazierte, im Begriff, die menschliche Intelligenz zu zerstören, und sich so wohlfühlte wie eine Miesmuschel bei Flut.

Typen wie mein Bruder Bobby kommen, glaube ich, nur alle zwei oder drei Generationen einmal vor – Typen wie Leonardo da Vinci, Newton, Einstein, vielleicht auch Edison. Sie scheinen eines gemeinsam zu haben: sie sind wie riesige Kompasse, die lange Zeit rastlos hin und her schwingen und nach einem Nordpol suchen, auf den sie sich dann mit erschreckender Heftigkeit einpendeln. Bis das passiert, geraten solche Typen meistens einmal bis zum Hals in die Scheiße. Bobby war da keine Ausnahme.

Als er acht und ich fünfzehn war, kam er einmal zu mir und sagte, er hätte ein Flugzeug erfunden. Ich kannte Bobby schon so gut, daß ich ihn nicht einfach mit einem Fußtritt aus dem Zimmer beförderte und »Blödsinn« sagte. Ich ging mit ihm in die Garage, wo dieser komische Sperrholzapparat auf dem roten American Flyer stand. Sah ein bißchen wie ein Kampfflugzeug aus, aber die Tragflächen waren nach vorne gekrümmt statt nach hinten. In der Mitte hatte er mit zwei Bolzen den Sattel seines Schaukelpferds festgeschraubt. An der Seite befand sich ein Hebel. Einen Motor gab es nicht. Er sagte, es wäre ein Segelflieger. Er wollte, daß ich ihn Carrigan's Hill hinab anschieben sollte. Das war der steilste Hügel im Grant Park in D. C., mit einem betonierten Weg für die alten Leute in der Mitte. Das, sagte Bobby, würde seine Startbahn sein.

»Bobby«, sagte ich, »du hast bei diesem Ding die Flügel falsch angeschraubt.«

»Nein«, sagte er. »Sie sollen so sein. Ich habe in *Im Reich der wilden Tiere* etwas über Falken gesehen. Die stoßen auf ihre Beute hinab, und wenn sie wieder steigen, kehren sie die Flügel um. Sie haben doppelte Gelenke, kapiert? Auf die Weise bekommt man einen besseren Start.«

»Und warum baut die Air Force sie dann nicht so?« fragte ich und wußte naturlich nicht, daß sowohl die amerikanische wie die sowjetische Luftwaffe Pläne für Kampfflugzeuge mit solchen nach vorne gerichteten Tragflächen auf den Reißbrettern hatten.

Bobby zuckte nur die Achseln. Er wußte es auch nicht, und es war ihm auch egal.

Wir gingen zu Carrigan's Hill, wo er auf den Schaukelpferdsattel kletterte und den Hebel ergriff. »Gib mir einen *ganz festen* Schubs«, sagte er. In seinen Augen tanzte das irre Licht, das ich so gut kannte – du lieber Gott, so hatten seine Augen manchmal schon in der Wiege geleuchtet.

Aber ich schwöre bei Gott, ich hätte ihn nie so fest den Hügel hinuntergeschoben, wenn ich geglaubt hätte, daß das Ding tatsächlich funktionieren würde.

Aber ich wußte es *nicht*, und darum gab ich ihm einen Wahnsinnsschubs. Er sauste den Hügel hinab und johlte dabei wie ein Cowboy, der gerade von einem Viehtreck zurückkommt und auf dem Weg in die Stadt ist, um ein paar kalte Biere zu trinken. Eine alte Dame mußte ihm aus dem Weg springen, und einen Tattergreis, der sich auf einen Krückstock stützte, verfehlte er nur knapp. Auf halbem Weg zog er an dem Hebel, und ich sah mit großen Augen und blöd vor Angst und Staunen, wie sich das splittrige Sperrholzflugzeug von dem American Flyer löste. Zuerst schwebte es nur Zentimeter darüber, und einen Moment sah es aus, als würde es zurücksinken. Dann kam eine Windbö, und Bobbys Flugzeug hob ab, als zöge es jemand an einem unsichtbaren Kabel. Der American Flyer rollte vom Weg ins Gebüsch. Plötzlich war Bobby drei Meter hoch in der Luft, dann sechs, dann fünfzehn. Er schwebte mit seinem Flugzeug, das konstant höher stieg, über den Grant Park und johlte fröhlich.

Ich rannte hinter ihm her und schrie zu ihm hinauf, er solle herunterkommen; ich sah schon erschreckend deutlich vor mir, wie er von diesem dummen Schaukelpferdsattel rutschte und sich auf einem Baum oder einer der zahlreichen Statuen im Park pfählte. Ich stellte mir die Beerdigung meines Bruders nicht nur vor; ehrlich gesagt: *ich war dabei. »BOBBY!«* kreischte ich. *»KOMM RUNTER!«*

»JUCHEEEEEEE!« schrie Bobby mit schwacher, aber eindeutig ekstatischer Stimme zurück. Erschrockene Schachspieler, Frisbeewerfer, Bücherwürmer, Liebespärchen und Jogger hielten samt und sonders in ihrem Treiben inne und sahen zu.

»BOBBY, DAS SCHEISSDING HAT KEINEN SICHERHEITSGURT!« kreischte ich. Soweit ich mich erinnern kann, war das das erste Mal, daß ich das schlimme Wort in den Mund nahm.

»Alles ooooo-keeeeeh . . .« Er schrie, so laut er konnte; aber ich stellte zu meinem Entsetzen fest, daß ich ihn kaum verstand. Ich rannte Carrigan's Hill hinunter und kreischte dabei die ganze Zeit. Ich weiß nicht mehr, was ich gekreischt habe, aber am nächsten Tag konnte ich nur noch flüstern. Aber an einen jungen Mann im konservativen dreiteiligen Anzug, der am Fuß des Hügels neben der Statue von Eleanor Roosevelt stand, *kann* ich mich erinnern. Er sah mich an und sagte im Plauderton: »Ich will dir was sagen, mein Freund, ich hab einen teuflischen Acid-Flashback.«

Ich sehe noch den seltsam ungeschlachten Schatten vor mir, der über den grünen Rasen des Parks glitt und sich verzog und verzerrte, wenn er Parkbänke, Abfalleimer und die staunenden Gesichter der Zuschauer streifte. Ich weiß noch, wie ich ihn verfolgt habe. Ich weiß noch, wie die

Gesichtszüge meiner Mutter entgleisten und sie zu weinen anfing, als ich ihr erzählte, wie Bobbys Flugzeug, das von vornherein überhaupt nicht hätte fliegen dürfen, sich in einer plötzlichen Windbö drehte und Bobby seine kurze, aber brillante Laufbahn auf dem Pflaster der D-Street beendete.

Aus heutiger Sicht wäre es für alle besser gewesen, wenn es sich tatsächlich so ergeben hätte: aber leider war es nicht so.

Statt dessen schwenkte Bobby wieder in Richtung Carrigan's Hill; er hielt sich nonchalant am Heck seines Flugzeugs fest, damit er nicht von dem verdammten Ding runterfiel, und steuerte es auf den kleinen Teich in der Mitte des Grant Park zu. Er sauste anderthalb Meter darüber durch die Luft, dann einen Meter zwanzig ... und dann glitt er mit den Turnschuhen auf der Wasseroberfläche entlang, so daß er einen Doppelstreifen Kielwasser hinter sich herzog, scheuchte die verdrossen quakenden, gewöhnlich abgeklärten (und überfütterten) Enten vor sich her und meckerte sein fröhliches Lachen. Er landete auf der gegenüberliegenden Seite, genau zwischen zwei Parkbänken, die die Tragflächen seines Flugzeugs abrissen. Er flog aus dem Sattel, stieß sich den Kopf und fing an zu plärren.

So war das Leben mit Bobby.

Nicht alles war so spektakulär – tatsächlich glaube ich, daß *nichts* es war –, zumindest bis zum Pazifin. Ich habe Ihnen diese Geschichte trotzdem erzählt, weil ich zumindest in diesem Fall glaube, daß die Ausnahme die Regel bestätigt: das Leben mit Bobby war ein ständiger Gehirnfick. Mit neun Jahren besuchte er an der Georgetown University Vorlesungen über Quantenphysik und höhere Mathematik. Eines Tages legte er jedes Radio und Fernsehgerät in unserer Straße – und den umliegenden vier Blocks – mit seiner eigenen Stimme lahm; er hatte einen alten tragbaren Fernseher auf dem Dachboden gefunden und ihn in einen Breitband-Radiosender umgebaut. Ein alter Schwarzweißfernseher von Zenith, viereinhalb Meter Hifi-Kabel, ein Kleiderbügel, den er auf dem Giebel unseres Hauses befestigte, und presto! Ungefähr zwei Stunden lang konnten vier Blocks in Georgetown nur WBOB empfangen, wobei es sich um meinen Bruder handelte, der einige meiner Kurzgeschichten las, idiotische Witze erzählte und erklärte, daß der hohe Schwefelgehalt in gebackenen Bohnen der Grund dafür war, daß unser Dad sonntagmorgens in der Kirche so oft furzte. »Aber die meisten kann er ziemlich leise ziehen lassen«, erzählte Bobby seiner aus rund dreitausend Menschen bestehenden ergriffenen Zuhörerschaft, »und die richtigen Dröhner hält er zurück, bis der Psalm gesungen wird.«

Mein Dad, der darüber alles andere als selig war, mußte fünfundsiebzig

Dollar FCC-Strafe bezahlen, die er Bobby im Lauf des folgenden Jahres vom Taschengeld abzog.

Das Leben mit Bobby ... und jetzt sehen Sie, ich muß weinen. Ich frage mich, ist das aufrichtige Rührung oder der Anfang? Ersteres, glaube ich – Gott allein weiß, wie gern ich ihn gehabt habe. Aber ich glaube, ich sollte mich trotzdem ein bißchen beeilen.

Bobby hatte praktisch mit zehn Jahren die High School abgeschlossen, aber er bekam nie ein Diplom, ganz zu schweigen von einem Doktortitel. Das lag an dem großen, mächtigen Kompaß in seinem Kopf, der sich hin und her drehte und nach einem Nordpol suchte.

Er machte eine Physikperiode durch, eine kürzere Zeit, in der er ganz verrückt nach Chemie war; aber letzten Endes hatte er so wenig Geduld mit der Mathematik, daß keines der beiden Gebiete ihn halten konnte. Er beherrschte sie, aber im Grunde langweilten sie ihn – wie alle sogenannten exakten Wissenschaften.

Als er fünfzehn war, war Archäologie angesagt – er durchstreifte die Vorgebirge der White Mountains rings um unser Sommerhaus in North Conway und rekonstruierte die Geschichte der Indianer, die dort gelebt hatten, anhand von Pfeilspitzen, Feuersteinen und sogar von Kohlemustern längst erloschener Lagerfeuer in den mesolithischen Höhlen des mittleren New Hampshire.

Aber auch das verging, und er fing an, sich in Geschichte und Anthropologie zu vertiefen. Als er sechzehn war, gaben mein Vater und meine Mutter widerwillig ihre Erlaubnis, als Bobby darum bat, eine Gruppe Anthropologen aus Neu England bei einer Expedition nach Südamerika begleiten zu dürfen.

Fünf Monate später kehrte er zurück, zum erstenmal in seinem Leben richtig braungebrannt; außerdem war er zwei Zentimeter größer, fünfzehn Pfund leichter und viel ruhiger. Er war immer noch fröhlich, aber die Überschwenglichkeit des kleinen Jungen, manchmal ansteckend, manchmal nervtötend, aber stets gegenwärtig, war verschwunden. Er war erwachsen geworden. Und ich weiß noch, daß er damals zum erstenmal von den Nachrichten sprach – ich meine, wie schlimm es in der Welt aussah. Das war 2003, das Jahr, in dem eine Splittergruppe der PLO mit Namen *Söhne des Dschihad* (ein Name, der sich, wie ich fand, so anhörte wie der einer Gruppe katholischer Gemeindediener im westlichen Pennsylvania) eine Minibombe in London zündete, die Stadt zu sechzig Prozent verseuchte und den Rest außerordentlich ungesund für Leute werden ließ, die Kinder haben oder älter als fünfzig werden wollten. Im gleichen Jahr hatten wir versucht, die Philippinen abzuriegeln, nachdem die Regierung Cedeño eine »kleine Gruppe« rotchinesischer Berater (rund fünfzehntausend nach den Ermittlungen unserer Nachrichtensatelliten), ins Land gelassen hatte, und zogen uns erst zurück, als außer Zweifel stand, daß a) die Rotchinesen aus allen Rohren feuern würden, wenn wir uns nicht zurückzogen, und b) das amerikanische Volk sich als nicht gerade versessen darauf erwies, um der Philippinen willen Massenselbstmord zu begehen. Es war auch das Jahr, als eine andere Gruppe irrer Wichser – ich glaube, es waren Albanier – versuchten, das AIDS-Virus über Berlin auszusprühen.

Solche Sachen deprimierten alle, aber Bobby deprimierten sie tödlich.

»Warum sind die Menschen so gottverdammt böse?« fragte er mich eines Tages. Wir waren in unserem Sommerhaus in New Hampshire, es war Ende August, und unsere Sachen waren zum größten Teil in Kartons und Koffern verstaut. Die Blockhütte hatte das traurige, verlassene Aussehen wie immer, wenn wir kurz davor standen, wieder unserer getrennten Wege zu gehen. Für mich hieß das zurück nach New York, und für Bobby hieß es zurück nach – ausgerechnet – Waco, Texas. Er hatte den ganzen Sommer über Bücher über Soziologie und Geologie gelesen – ist das nicht total abgefahren? – und sagte, er wolle da unten einige Experimente durchführen. Er sagte es auf eine beiläufige, nebensächliche Art, aber mir war aufgefallen, daß meine Mutter ihn während der letzten gemeinsamen Wochen, die wir verbrachten, besonders eindringlich beobachtet hatte. Weder Dad noch ich ahnten etwas, aber ich glaube, meine Mom wußte, daß Bobbys Kompaßnadel endlich aufgehört hatte, ziellos herumzuwirbeln, und daß sie auf etwas zu deuten begann.

»Warum sie so böse sind?« fragte ich. »Soll ich dir darauf eine Antwort geben?«

»*Irgendwer* sollte mir eine geben«, sagte er. »Und zwar möglichst bald, so, wie die Lage sich entwickelt.«

»Sie entwickelt sich wie immer«, sagte ich, »und ich glaube, das ist so, weil die Menschen geschaffen wurden, um böse zu sein. Wenn du jemandem die Schuld geben willst, dann Gott.«

»Blödsinn. Glaube ich nicht. Schließlich hat sich sogar die Scheiße mit dem Doppel-X-Chromosom als Unfug erwiesen. Und erzähl mir nicht, daß es sich nur um wirtschaftliche Zwänge handelt, um den Konflikt zwischen Besitzenden und Besitzlosen. Das erklärt auch nicht alles.«

»Erbsünde«, sagte ich. »Für mich klingt das plausibel – es hat einen guten Klang, nach dem man tanzen kann.«

»Nun«, sagte Bobby, »vielleicht *ist* es die Erbsünde. Aber was ist das Instrument, großer Bruder? Hast du dich das je gefragt?«

»Instrument? Was für ein Instrument? Ich kann dir nicht folgen.«

»Ich glaube, es ist das Wasser«, sagte Bobby nachdenklich.

»*Was* hast du gesagt?«

»Das Wasser. Etwas im Wasser.«

Er sah mich an.

»Oder etwas, das *nicht* darin ist.«

Am nächsten Tag brach Bobby nach Waco auf. Ich sah ihn erst wieder, als er vor meiner Wohnungstür stand, das Mumford-T-Shirt verkehrt herum am Leibe und eine große Papiertüte in den Armen. Das war drei Jahre später.

»Hallo, Howie«, sagte er, trat ein und versetzte mir einen kumpelhaften Schlag auf den Rücken, als wären erst drei Tage vergangen.

»Bobby!« schrie ich, riß die Arme hoch und umarmte ihn wie ein Bär. Scharfe Kanten schnitten mir in die Brust, und ich hörte ein wütendes Summen.

»Ich freue mich auch, dich zu sehen«, sagte Bobby, »aber du solltest lieber vorsichtig sein. Du machst die Eingeborenen wütend.«

Ich trat hastig zurück. Bobby stellte die große Papiertüte ab und nahm die Umhängetasche von der Schulter. Dann holte er behutsam zwei Glasboxen aus der Papiertüte. In einer befand sich ein Bienenstock, in der anderen ein Wespennest. Die Bienen beruhigten sich schon wieder und gingen den Dingen nach, denen Bienen eben nachgehen; die Wespen dagegen waren eindeutig nicht gerade zufrieden mit ihrer Lage.

»Okay, Bobby«, sagte ich. Ich sah ihn an und grinste. Es schien, als könnte ich gar nicht aufhören zu grinsen. »Was führst du diesmal im Schilde?«

Er machte den Reißverschluß der Umhängetasche auf und holte ein Mayonnaiseglas heraus, das halb mit einer klaren Flüssigkeit gefüllt war.

»Siehst du das?« sagte er.

»Klar. Sieht wie Wasser aus. Oder wie Feuerwasser.«

»Eigentlich ist es beides, ob du es glaubst oder nicht. Stammt aus einem artesischen Brunnen bei La Plata, einer kleinen Ortschaft vierzig Meilen östlich von Waco, und bevor ich es in diese konzentrierte Form brachte, waren es zwanzig Liter. Ich habe eine regelrechte kleine Destillerie da unten laufen, Howie, aber ich glaube nicht, daß mich die Regierung deswegen jemals einsperren wird.« Er grinste, und jetzt wurde das Grinsen noch breiter. »Es ist nur Wasser, und trotzdem ist es der größte Hammer, den die menschliche Rasse je gesehen hat.«

»Ich habe nicht die geringste Ahnung, wovon du sprichst.«

»Das weiß ich. Aber du wirst es schon noch verstehen. Weißt du was, Howie?«

»Was?«

»Wenn diese dumme Menschheit es schafft, noch sechs Monate durchzuhalten, dann hält sie für alle Zeiten durch.«

Er hob das Mayonnaiseglas hoch, dann sah mich ein vergrößertes

Bobbyauge durch das Glas hindurch ernst an. »Das ist der Knüller«, sagte er. »Das Heilmittel für die schlimmste Krankheit, die den *Homo sapiens* heimsucht.«

»Krebs?«

»Nein«, sagte Bobby. »Krieg. Kneipenschlägereien. Schießereien. Der ganze Schlamassel. Wo ist denn dein Bad, Howie?«

Als er wieder herauskam, hatte er nicht nur das T-Shirt mit der Aufschrift Mumford richtig herum angezogen, er hatte sich auch das Haar gekämmt – und die Art, in der er das tat, hatte sich, wie ich sah, auch nicht geändert. Bobby hielt den Kopf einfach eine Weile unter den Wasserhahn, dann strich er das Haar mit den Fingern zurück.

Er betrachtete die beiden Glasboxen und verkündete, daß Bienen und Wespen wieder normal wären. »Nicht, daß ein Wespennest sich jemals in einem Zustand befindet, den man auch nur im entferntesten als ›normal‹ bezeichnen könnte, Howie. Wespen sind soziale Insekten, wie Bienen und Ameisen, aber im Gegensatz zu Bienen, die immer normal sind, und Ameisen, die gelegentlich Anfälle von Schizophrenie entwickeln, sind Wespen totale Irre.« Er lächelte. »Genau wie wir guten alten *Homo saps.*« Er nahm den Deckel der Glasbox mit dem Bienenstock ab.

»Ich will dir was sagen, Bobby«, sagte ich. Ich lächelte, aber das Lächeln kam mir viel zu breit vor. »Mach den Deckel wieder zu und *erzähl* es mir einfach, was meinst du dazu? Heb dir die Vorführung für später auf. Ich meine, mein Vermieter ist ein ziemlich dufter Typ, aber die Hausmeisterin ist eine echte Kanone von einer Lesbe, die Odie-Perode-Zigarren raucht und dreißig Pfund schwerer ist als ich. Sie . . .«

»Es wird dir gefallen«, sagte Bobby, als hätte ich überhaupt nichts gesagt – eine Gewohnheit, die mir so gut bekannt ist wie seine Art, die Haare mit zehn Fingern zu kämmen. Er war nie unhöflich, aber häufig völlig gedankenverloren. Hätte ich ihn aufhalten können? Nein, Herrgott nochmal. Es war schön, ihn wieder bei mir zu haben. Ich meine, ich habe, glaube ich, schon damals geahnt, daß etwas durch und durch schiefgehen würde, aber wenn ich länger als fünf Minuten mit Bobby zusammen war, hypnotisierte er mich. Er war Lucy, die einen Football hielt und diesmal *ernstlich* versprach, ihn festzuhalten, und ich war Charlie Brown, der über das Spielfeld rannte, um ihn zu kicken. »Wahrscheinlich hast du es sogar schon einmal gesehen – sie zeigen ab und zu Bilder davon in Zeitschriften oder in Tiersendungen im Fernsehen. Es ist eigentlich gar nichts Besonderes, aber es sieht gigantisch *aus*, weil die Leute Bienen gegenüber völlig irrationale Vorurteile haben.«

Und das Unheimliche war, er hatte recht – ich *hatte* es schon einmal gesehen.

Er steckte die Hand zwischen Stock und Glas in das Kästchen. In weniger als fünfzehn Sekunden war seine Hand von einem lebenden schwarzgelben Handschuh bedeckt. Das rief mir einen Moment lang eine Erinnerung ins Gedächtnis zurück: ich saß vor dem Fernseher, trug einen Strampelanzug, drückte meinen Paddington-Bären an mich, es war eine halbe Stunde vor dem Schlafengehen (und bestimmt Jahre bevor Bobby geboren wurde), und verfolgte mit einer Mischung von Grausen, Ekel und Faszination, wie ein Imker duldete, daß die Bienen sein gesamtes Gesicht zudeckten. Anfangs bildeten sie eine Art Henkerskapuze, und dann strich er sie zu einem grotesken lebenden Bart zusammen.

Plötzlich zuckte Bobby zusammen, dann grinste er.

»Eine hat mich gestochen«, sagte er. »Sie sind noch ein wenig durcheinander von der Reise. Ich bin mit der Versicherungslady von La Plata nach Waco geflogen – sie besitzt eine alte Piper Cub – und von dort mit einer kleinen Charterfluggesellschaft, Air Asshole oder so ähnlich, bis nach New Orleans. Mußte schätzungsweise vierzigmal umsteigen, aber ich schwöre bei Gott, die Taxifahrt von LaGarbage hat sie wütend gemacht. Die Second Avenue hat immer noch mehr Schlaglöcher als die Bergstraße nach der deutschen Kapitulation.«

»Weißt du, ich finde wirklich, du solltest die Hand da rausnehmen, Bob«, sagte ich. Ich wartete darauf, daß welche herausfliegen würden – ich konnte mir lebhaft vorstellen, wie ich sie stundenlang mit einer zusammengerollten Zeitschrift jagte und eine nach der anderen zur Strecke brachte wie Ausbrecher in einem alten Zuchthausfilm. Aber keine war entkommen – jedenfalls bis jetzt nicht.

»Entspann dich, Howie. Hast du je gesehen, daß eine Biene eine Blume gestochen hätte? Oder auch nur davon gehört, was das betrifft?«

»Du siehst nicht wie eine Blume aus.«

Er lachte. »Scheiße, glaubst du etwa, *Bienen* wissen, wie eine Blume aussieht? Auf keinen Fall, Mann! Die wissen so wenig, wie eine Blume aussieht, wie du und ich wissen, wie sich eine Wolke anhört. Sie wissen, daß ich süß bin, weil ich mit meinem Schweiß Sucrose-Dioxin aussondere – zusammen mit siebenunddreißig anderen Dioxinen, und das sind nur die, von denen wir wissen.«

Er machte eine nachdenkliche Pause.

»Allerdings muß ich gestehen, daß ich heute abend absichtlich besonders süß bin. Ich habe im Flugzeug eine ganze Packung Schokokirschen gegessen . . .«

»O Bobby, mein Gott!«

». . . und ein paar MallowCremes im Taxi auf dem Weg hierher.«

Er streckte die andere Hand aus und strich die Bienen langsam und sorgfältig weg. Kurz bevor er die letzte entfernt hatte, sah ich ihn noch einmal zusammenzucken, und dann verringerte er meine Nervosität erheblich, indem er die Box wieder sorgfältig verschloß. Ich sah rote Schwellungen an seinen beiden Händen: eine in der linken Handfläche, die andere weit oben an der rechten, in der Nähe der Stelle, die Handleser als Glückslinie bezeichnen. Er war gestochen worden, aber ich begriff dennoch, was er mir vorführen wollte. Mindestens vierhundert Bienen hatten ihn untersucht. Nur zwei hatten gestochen.

Er holte eine Pinzette aus der Tasche seiner Jeans, kam zu meinem Schreibtisch, schob den Manuskriptstapel neben dem Wang Micro, den ich damals benutzte, beiseite und richtete meine Schreibtischlampe auf die Stelle, an der der Stapel gelegen hatte – wobei er sich so lange daran zu schaffen machte, bis ein greller Spot auf das Kirschholz gerichtet war.

»Was Gutes geschrieben, Bow-Wow?« fragte er beiläufig, und ich konnte spüren, wie sich meine Nackenhärchen aufrichteten. Wann hatte er mich zum letztenmal Bow Wow genannt? Als er vier war? Sechs? Scheiße, Mann, keine Ahnung. Er bearbeitete seine linke Hand behutsam mit der Pinzette. Ich konnte sehen, daß er ein winziges Etwas, das wie ein Nasenhaar aussah, herauszog und in meinen Aschenbecher fallen ließ.

»Etwas über Kunstfälschung für *Vanity Fair*«, sagte ich. »Bobby, verdammt, was heckst du jetzt wieder aus?«

»Könntest du mir den anderen rausziehen?« fragte er und streckte mir freundlich lächelnd die Pinzette und die rechte Hand hin. »Ich denke mir immer, wenn ich schon so verdammt schlau bin, müßte ich eigentlich auch beidhändig sein, aber meine linke Hand hat immer noch einen IQ von etwa sechs.«

Der gute alte Bobby.

Ich setzte mich neben ihn, nahm die Pinzette und zog den Bienenstachel aus der roten Schwellung neben den Linien, die man in seinem Fall Linien des Untergangs hätte nennen sollen. Dabei erzählte er mir von den Unterschieden zwischen Bienen und Wespen, dem Unterschied zwischen dem Wasser in La Plata und dem Wasser in New York, und wie alles mit seinem Wasser und meiner Hilfe gut werden würde.

Und Scheiße, am Ende rannte ich natürlich auf den Football zu, während mein lachender, hochintelligenter Bruder ihn ein letztes Mal hielt.

»Bienen stechen nur, wenn es sich gar nicht vermeiden läßt; sie sterben nämlich dabei«, sagte Bobby sachlich. »Weißt du noch, damals in North Conway, als du gesagt hast, daß wir uns wegen der Erbsünde gegenseitig umbringen?«

»Ja. Halt still.«

»Nun, *wenn* es so etwas gibt, wenn es einen Gott gibt, der uns so liebt, daß er seinen eingeborenen Sohn für uns am Kreuz opfert, uns aber gleichzeitig mit dem Raketenschlitten in die Hölle schickt, nur weil eine gewisse Dame in den falschen Apfel gebissen hat, dann sieht der Fluch einfach folgendermaßen aus: Er hat uns wie Wespen statt wie Bienen gemacht. Verdammt, Howie, was machst du denn da?«

»Halt still«, sagte ich, »dann kriege ich ihn raus. Wenn du noch weiter rumfuchteln möchtest, warte ich.«

»Okay«, sagte er, und danach hielt er vergleichsweise still, während ich den Stachel herauszog. »Bienen sind die Kamikazepiloten der Natur, Bow-Wow. Schau in die Glasbox, dann siehst du die beiden, die mich gestochen haben, tot am Boden liegen. Ihre Stachel haben Widerhaken, wie Angelhaken. Sie bohren sich mühelos rein. Aber wenn sie sie wieder herausziehen, weiden sie sich selbst aus.«

»Toll«, sagte ich und ließ den zweiten Stachel in den Aschenbecher fallen. Ich konnte die Widerhaken nicht sehen, aber ich hatte auch kein Mikroskop.

»Das bestimmt natürlich ihr Verhalten«, sagte er.

»Kann ich mir denken.«

»Wespen dagegen haben glatte Stachel. Sie können dich so oft stechen, wie sie wollen. Nach dem dritten oder vierten Stich haben sie das Gift verbraucht, aber Löcher machen können sie trotzdem noch, was sie gewöhnlich auch tun. Besonders Mauerwespen, wie ich sie hier habe. Man muß sie betäuben. Das Mittel heißt Noxon. Offenbar kriegen sie einen Scheißkater davon, denn wenn sie aufwachen, sind sie wütender denn je.«

Er sah mich ernst an, und ich bemerkte zum erstenmal die dunkelbraunen Ränder der Müdigkeit unter seinen Augen und stellte fest, daß mein kleiner Bruder erschöpfter war, als ich ihn je erlebt hatte.

»*Darum* kämpfen die Menschen, Bow-Wow. Immer und immer wieder. Wir haben glatte Stachel. Und jetzt paß auf.«

Er stand auf, ging zu seiner Umhängetasche, kramte darin und holte eine Tropfpipette heraus. Er schraubte das Mayonnaiseglas auf, tauchte die Pipette ein und zog einen winzigen Tropfen seines destillierten Wassers aus Texas hoch.

Als er ihn zu der Glasbox mit dem Wespennest trug, fiel mir auf, daß der Deckel davon anders war – er war mit einem kleinen Plastikschieber versehen. Er brauchte es mir nicht zu erklären: Bei den Bienen war er bereit, den Deckel zu öffnen. Bei den Wespen ging er kein Risiko ein.

Er drückte auf den schwarzen Gummiball. Zwei Tropfen fielen in das Nest und erzeugten einen flüchtigen dunklen Fleck, der fast sofort wieder verschwand. »Es dauert etwa drei Minuten«, sagte er.

»Was ...«

»Keine Fragen«, sagte er. »Wirst schon sehen. Drei Minuten.«

In dieser Zeit las er meinen Artikel über Kunstfälschung, obwohl er fast zwanzig Seiten lang war.

»Okay«, sagte er und legte die Seiten weg. »Ziemlich gut, Mann. Du solltest noch ein bißchen darüber nachlesen, wie Jay Gould den Salonwagen seines Privatzugs mit gefälschten Manets bestückt hat – das ist ein Heuler.« Während er das sagte, nahm er den Deckel der Glasbox mit dem Wespennest ab.

»Gütiger Himmel, Bobby, hör auf mit dem Scheiß!« schrie ich.

»Immer noch der alte Hasenfuß«, lachte Bobby und zog das Nest, das dunkelgrau war und ungefähr so groß wie eine Bowlingkugel, aus der Box. Er hielt es in den Händen. Wespen flogen heraus und ließen sich auf seinen Armen, seinen Wangen und der Stirn nieder. Eine kam zu mir herüber und landete auf meinem Unterarm. Ich schlug darauf, sie fiel tot auf den Teppich. Ich hatte Angst – ich meine richtig Angst. Mein Körper war mit Adrenalin vollgepumpt, und ich spürte, wie mir die Augen aus den Höhlen quollen.

»Nicht töten«, sagte Bobby. »Ebensogut könntest du Babies umbringen, die könnten dir auch nicht mehr Schaden zufügen. *Darum* geht es ja gerade.« Er warf das Nest von einer Hand in die andere, als wäre es ein zu groß geratener Softball. Er wirbelte es in die Luft. Ich sah entsetzt zu, wie die Wespen durch mein Wohnzimmer schossen wie Kampfflugzeuge auf Patrouille.

Bobby ließ das Nest behutsam wieder in die Box sinken und setzte sich auf mein Sofa. Er klopfte auf den Platz neben sich, und ich ging fast hypnotisiert hin. Sie waren überall; auf dem Teppich, an der Decke, auf den Vorhängen. Ein halbes Dutzend kroch über die Mattscheibe meines Großbildfernsehers.

Bevor ich mich setzen konnte, strich er ein paar beiseite, die auf dem Sofakissen saßen. Sie flogen rasch weg. Sie flogen *alle* problemlos, krabbelten problemlos und bewegten sich schnell. Ihr Verhalten hatte nichts Drogenumnebeltes an sich. Während Bobby erzählte, fanden sie alle den Weg zu ihrem Papier-und-Spucke-Haus zurück, wuselten darauf herum und verschwanden schließlich wieder im Inneren.

»Ich war nicht der erste, der sich für Waco interessierte«, sagte er. »Es war einfach nur die größte Stadt in dieser komischen kleinen gewaltfreien Gegend des ansonsten gewalttätigsten Staates der Union. Die Texaner *lieben* es, einander abzuknallen, Howie – echt, wie ein staatenweites Hobby. Die Hälfte der männlichen Bevölkerung läuft bewaffnet herum. Samstagabend in den Bars von Fort Worth ist wie auf einem Schießstand, wo man auf Betrunkene statt auf Tontauben ballert. Es gibt dort mehr Leute mit Waffenschein als Methodisten. Nicht, daß Texas der einzige Ort wäre, wo die Leute sich erschießen, einander mit Rasiermessern aufschlitzen oder die Kinder in den Herd stecken, wenn sie zu lange schreien, damit wir uns da nicht falsch verstehen, aber sie stehen dort eindeutig auf Schußwaffen.«

»Außer in Waco«, sagte ich.

»Oh, die mögen sie dort auch«, sagte er. »Es ist nur so, daß sie sie längst nicht so oft benutzen.«

Herrgott. Ich habe gerade auf die Uhr gesehen und festgestellt, wie spät es ist. Mir ist, als hätte ich erst fünfzehn Minuten geschrieben, aber in Wahrheit ist es schon über eine Stunde. Das passiert mir manchmal, wenn ich mit Volldampf arbeite. Aber ich darf nicht zulassen, daß ich mich so sehr in Einzelheiten verzettle. Ich fühle mich so gut wie eh und je – kein nennenswertes Austrocknen der Schleimhäute im Hals, keine verzweifelte Suche nach Worten, und wenn ich überfliege, was ich geschrieben habe, finde ich nur die üblichen Tippfehler und Auslassungen. Aber ich darf mir nichts vormachen. Ich muß mich beeilen. »Fiddle-di-dii«, sagte Scarlett, und so weiter.

Die Atmosphäre der Gewaltlosigkeit in Waco war schon früher aufgefallen und untersucht worden. Überwiegend von Soziologen. Bobby sagte, wenn man ausreichend statistische Daten über Waco und vergleichbare Gebiete in einen Computer eingab – Bevölkerungsdichte, Durchschnittsalter, durchschnittlicher Vermögensstand, durchschnittliche Bildung und Dutzende weiterer Faktoren –, bekam man eine höchst auffällige Anomalie. Wissenschaftliche Artikel sind selten humorvoll, aber dennoch tauchte in mehreren der über fünfzig, die Bobby gelesen hatte, die ironische Andeutung auf, es könnte an »etwas im Wasser« liegen.

»Ich habe mir überlegt, daß es vielleicht Zeit wurde, den Witz ernst zu nehmen«, sagte Bobby. »Immerhin befindet sich an vielen Orten etwas im Wasser, das Karies verhindert. Man nennt es Fluorid.«

Er war in Begleitung eines Trios von Forschungsassistenten nach Waco gegangen: zwei Soziologiestudenten und einem Professor der Geologie, der zufällig beurlaubt und abenteuerlustig war. Innerhalb von sechs Monaten hatten Bobby und die Soziologen ein Computerprogramm erstellt, das darzustellen vermochte, was mein Bruder als das einzige »Sanftmutsbeben« der Welt bezeichnete. Er hatte einen zerknitterten Ausdruck davon in der Umhängetasche. Den gab er mir. Ich sah eine Reihe von vierzig konzentrischen Kreisen. Waco lag im achten, neunten und zehnten.

»Und jetzt sieh dir das an«, sagte er und legte eine transparente Folie über den Ausdruck. Noch mehr Kreise; aber in jedem stand eine Zahl. Vierzigster Kreis: 471. Neununddreißigster: 420. Achtunddreißigster: 418. Und so weiter. An manchen Stellen gingen die Zahlen rauf statt runter, aber nur an manchen (und auch nur in unerheblichem Ausmaß).

»Was ist das?«

»Jede Zahl gibt die Häufigkeit von Kapitalverbrechen in jedem Kreis an«, sagte Bobby. »Mord, Vergewaltigung, Tätlichkeiten und Schlägereien, sogar Vandalismus. Der Computer weist eine Zahl nach einer Formel zu, die auch die Bevölkerungsdichte mit einbezieht.« Er deutete mit dem Finger auf den siebenundzwanzigsten Kreis, in dem die Zahl 204 stand. »In dieser Gegend zum Beispiel wohnen nicht einmal neunhundert Menschen. Die Zahl steht für drei oder vier Fälle von Mißhandlung eines Ehegatten, ein paar Kneipenschlägereien, einen Fall von Grausamkeit gegenüber Tieren – ein seniler Farmer war sauer auf ein Schwein und hat ihm, soweit ich weiß, eine Ladung Steinsalz reingeballert – und einen nichtvorsätzlichen Totschlag.«

Ich sah, daß die Zahlen in den innersten Kreisen drastisch fielen: 85, 81, 70, 63, 40, 21, 5. Im Epizentrum von Bobbys Sanftmutsbeben lag die Stadt La Plata. Man könnte sie als verschlafenes kleines Nest bezeichnen.

Die Zahl, die La Plata zugeteilt worden war, war Null.

»Da haben wir ihn, Bow-Wow«, sagte Bobby, beugte sich nach vorne und rieb nervös die langen Hände aneinander, »meinen Kandidaten für den Garten Eden. Hier haben wir eine Gemeinschaft von fünfzehntausend Leuten, vierundzwanzig Prozent davon Mischlinge, gemeinhin Indios genannt. Es gibt eine Mokassinfabrik, ein paar kleine Autowerkstätten, ein paar Farmen. Soviel zur Beschäftigungslage. Zum Vergnügen hätten wir vier Bars, zwei Tanzpaläste, wo man jede Musik hören kann, die man will, solange sie nach George Jones klingt, zwei Autokinos und eine Bowlingbahn.« Nach einer Pause fügte er hinzu: »Und eine Destille. Ich wußte nicht, daß jemand außerhalb von Tennessee so guten Whiskey herstellen kann.«

Kurz gesagt (und eine andere Möglichkeit bleibt mir jetzt nicht mehr), die Stadt La Plata hätte ein fruchtbarer Nährboden für jene Art von beiläufiger Brutalität sein müssen, über die man tagtäglich unter der Rubrik »Die Polizei berichtet« in der Lokalzeitung lesen kann. Sie hätte es sein müssen, war es aber nicht. In den fünf Jahren vor der Ankunft meines Bruders war in La Plata nur ein einziger Mord vorgekommen, zwei Körperverletzungen, keine Vergewaltigungen, keine bekannten Fälle von Kindesmißhandlung. Vier bewaffnete Raubüberfälle, aber die wurden, wie sich herausstellte, allesamt von Durchreisenden begangen; der Mord und eine der Körperverletzungen übrigens auch. Der dortige Sheriff war ein fetter Republikaner, eine passable Imitation von Rodney Dangerfield. Es war bekannt, daß er manchmal ganze Tage im dortigen Imbiß verbrachte, mit seiner Krawatte hantierte und die Leute bat, doch bitte seine Frau mitzunehmen. Dabei handelte es sich, wie mein Bruder sagte, nicht so sehr um kläglichen Humor als mit ziemlicher Sicherheit um ein

Frühstadium der Alzheimerschen Krankheit. Sein einziger Deputy war sein Neffe, der, wie Bobby erzählte, eine schlagende Ähnlichkeit mit Junior Samples in der alten *Hee-Haw*-Serie aufwies.

»Würde man die beiden Typen in eine vergleichbare Stadt in Pennsylvania stecken, abgesehen von der geographischen Lage, dann hätten sie schon vor fünfzehn Jahren einen Tritt in den Hintern bekommen. Aber in La Plata bleiben sie im Amt, bis sie sterben – was wahrscheinlich im Schlaf geschieht.«

»Was hast du gemacht?« fragte ich. »Wie bist du vorgegangen?«

»Nun, in der ersten Woche, nachdem wir die statistische Scheiße beisammen hatten, saßen wir nur herum und starrten einander an«, sagte Bobby. »Ich meine, wir waren auf *etwas* vorbereitet, aber nicht auf etwas Derartiges. Nicht einmal Waco kann einen auf La Plata vorbereiten.« Bobby rutschte rastlos hin und her und ließ nervös die Knöchel knacken.

»Herrgott, es stinkt mir, wenn du das machst«, sagte ich.

Er lächelte. »Entschuldige, Bow-Wow. Wie dem auch sei, wir fingen mit geologischen Tests an, dann Mikroskopanalysen des Wassers. Ich erwartete nicht besonders viel; alle in der Gegend haben einen Brunnen, normalerweise einen ziemlich tiefen, und sie lassen ihr Wasser regelmäßig untersuchen, um sicherzustellen, daß sie kein Borax oder sowas trinken. Wenn es etwas Offensichtliches gegeben hätte, würde man es schon vor langer Zeit gefunden haben. Also begaben wir uns auf die submikroskopische Ebene, und da fanden wir ein paar sehr merkwürdige Dinge.«

»Was für merkwürdige Dinge?«

»Brüche in Atomketten, subdynamische elektrische Ströme und eine Art unidentifiziertes Protein. Wasser ist so gut wie nie reines H_2O, weißt du – nicht wenn man Sulfide und Eisenerze und all das dazurechnet, was im Grundwasser einer bestimmten Region enthalten ist. Und dem Wasser von La Plata müßte man eine ebensolange Buchstabenkette zuweisen wie dem Namen eines Professor emeritus.« Seine Augen strahlten. »Aber das Protein war das Interessanteste, Bow-Wow. Soweit wir wissen, findet man es sonst nur noch an *einer* anderen Stelle: im menschlichen Gehirn.«

Oh-ooh.

Jetzt hat es angefangen, zwischen einem Schlucken und dem nächsten: trockener Hals. Noch nicht besonders schlimm, aber schlimm genug, daß ich eine Pause machen und mir ein Glas Eiswasser holen mußte. Ich habe noch etwa fünfundvierzig Minuten. O Gott, dabei habe ich doch noch soviel zu erzählen! Von dem Wespennest, das sie gefunden hatten, mit Wespen, die nicht stachen, von dem Blechschaden, den Bobby und einer seiner Assistenten sahen, bei dem die beiden Fahrer – beide Männer, beide betrunken, beide Mitte Zwanzig (soziologisch gesehen sozusagen Kampfstiere) – ausstiegen, sich die Hände schüttelten und liebenswürdig ihre Versicherungsnummern austauschten, bevor sie in die nächste Bar gingen, um gemeinsam noch einen zu trinken.

Bobby redete stundenlang – länger, als ich jetzt Zeit habe. Das Ergebnis jedenfalls war, schlicht und einfach, das Zeug in dem Mayonnaiseglas.

»Heute haben wir unsere eigene Anlage in La Plata«, sagte er. »Und da brauen wir dieses Zeug, Howie: Pazifistenfeuerwasser. Die Wasserader unter diesem Gebiet von Texas ist tief, aber erstaunlich groß; es ist, als hätte das poröse Sedimentgestein den ganzen Viktoriasee in sich aufgenommen. Das Wasser ist wirksam, aber wir haben das Zeug, das ich auf die Wespen geträufelt habe, noch mehr anreichern können. Wir haben inzwischen an die zwanzigtausend Liter in großen Stahltanks. Ende des Jahres werden wir zweiundvierzigtausend haben, im nächsten Juni hundertzwanzigtausend. Aber das reicht nicht. Wir brauchen mehr, wir brauchen es schneller – und dann müssen wir es transportieren können.«

»Wohin transportieren?« fragte ich ihn.

»Nach Borneo, für den Anfang.«

Ich dachte, ich hätte entweder den Verstand verloren oder mich verhört. Wirklich.

»Paß auf, Bow-Wow ... entschuldige, Howie.« Er kramte wieder in seiner Umhängetasche und holte eine Handvoll Luftaufnahmen heraus, die er mir gab. »Siehst du?« fragte er, während ich sie durchblätterte. »Siehst du, wie scheißperfekt das alles ist? Es ist, als hätte sich Gott persönlich in unser alltägliches Programm eingeschaltet: ›Und jetzt bringen wir eine Sondermeldung! Dies ist eure letzte Chance, Arschlöcher! Und nun wieder zurück zu *Days of our Lives.*‹«

»Ich verstehe dich nicht«, sagte ich. »Und ich weiß wirklich nicht, was ich mir da ansehe.« Selbstverständlich wußte ich es; es war eine Insel – nicht Borneo selbst, sondern eine Insel, die westlich von Borneo lag und Gulandio hieß – mit einem Berg in der Mitte und einer Menge schlammiger kleiner Ortschaften an den unteren Hängen. Den Berg konnte man wegen der Wolkendecke kaum erkennen. Ich hatte gemeint, ich wußte nicht, *wonach* ich sehen sollte.

»Der Berg hat denselben Namen wie die Insel«, sagte er. »Gulandio. Im regionalen Dialekt bedeutet das *Gnade* oder *Schicksal* oder *Bestimmung*, wie du willst. Aber Duke Rogers sagt, es handelt sich um die größte Zeitbombe der Welt. Und der Zünder ist so eingestellt, daß er nächstes Jahr im Oktober losgeht. Möglicherweise schon früher.«

Das Verrückte ist, die Geschichte hört sich nur verrückt an, wenn man versucht, sie im Geschwindigkeitsrausch zu erzählen, so wie ich es gerade tue. Bobby wollte, daß ich ihm half, zwischen sechshunderttausend und anderthalb Millionen Dollar für folgendes aufzubringen: erstens, um zweihundert- bis dreihunderttausend Liter der Substanz zu synthetisieren, die er »Pazifin« nannte; zweitens, um dieses Wasser nach Borneo zu fliegen, wo es Landemöglichkeiten gab (auf Gulandio konnte man mit einem Drachenflieger landen, aber das war auch schon alles); drittens, um sie auf diese Insel namens *Gnade* oder *Schicksal* oder *Bestimmung* zu schaffen; viertens, um sie per Lastwagen auf den Vulkan hinaufzubefördern (der, abgesehen von einigen Rauchwölkchen im Jahre 1938, seit 1804 nicht mehr aktiv gewesen war) und sie dort in die schlammige Röhre des Vulkankraters zu schütten. Bei Duke Rogers handelte es sich übrigens um den Geologieprofessor John Paul Rogers. Er behauptete, der Gulandio würde in absehbarer Zeit nicht nur ausbrechen – er würde explodieren wie der Krakatau im neunzehnten Jahrhundert und dabei einen Rumms lassen, gegen den sich die Minibombe, die London vergiftet hatte, wie ein Knallfrosch ausnehmen würde.

Der Schutt vom Ausbruch des Krakatau, erzählte mir Bobby, hatte buchstäblich die ganze Welt umkreist; die beobachteten Folgeerscheinungen bildeten einen wichtigen Bestandteil von Sagans Theorie über den nuklearen Winter. Drei Monate später waren Sonnenauf- und -untergänge als Folge der Asche im Jetstrom und in den Van Allen-Strömungen, die vierzig Meilen unter dem Van-Allen-Gürtel liegen, einen halben Erdball entfernt noch grotesk bunt. Es hatte globale Klimaveränderungen gegeben, die fünf Jahre dauerten; Nipapalmen, die vorher nur in Ostafrika und Mikronesien gewachsen waren, wurden plötzlich in Nord- und Südamerika entdeckt.

»Die Nipas in Nordamerika starben alle vor 1900 wieder aus«, sagte Bobby, »aber südlich vom Äquator wachsen und gedeihen sie. Der Krakatau hat sie dort verteilt und gesät, Howie. Genau so, wie ich das Wasser von La Plata auf der ganzen Erde verteilen möchte. Ich möchte, daß die Leute im Wasser von La Plata spazieren gehen, wenn es regnet – und nach dem großen Knall des Gulandio wird es häufig regnen. Ich möchte, daß sie das Wasser von La Plata trinken, das in ihre Reservoirs fällt; ich möchte, daß sie sich die Haare damit waschen, darin baden, ihre Kontaktlinsen darin spülen. Ich möchte, daß Huren sich damit *duschen*.«

»Bobby«, sagte ich, obwohl ich wußte, daß es nicht stimmte, »du bist verrückt.«

Er schenkte mir ein schiefes, resigniertes Grinsen. »Ich bin nicht verrückt«, sagte er. »Möchtest du die Verrückten sehen? Dann schalt CNN ein, Howie. Da kannst du die Verrückten in Farbe sehen.«

Aber ich brauchte die Nachrichten im Kabelfernsehen (die ein Freund von mir nur noch als »Leierkasten des Untergangs« bezeichnete) nicht einzuschalten, um zu wissen, wovon Bobby sprach. Die Inder und Pakistanis standen Gewehr bei Fuß. Dito die Chinesen und Afghanen. Halb Afrika verhungerte, die andere Hälfte ging an AIDS zugrunde. In den letzten fünf Jahren war es an der Grenze zwischen Texas und Mexiko immer wieder zu Schießereien gekommen, und die Leute bezeichneten den Grenzübergang bei Tijuana in Kalifornien schon als Klein-Berlin – wegen der Mauer. Das Säbelrasseln hatte sich zum ohrenbetäubenden Lärm gesteigert. Am letzten Tag des alten Jahres hatten die Scientists for Nuclear Responsibility ihre schwarze Uhr auf fünfzehn Sekunden vor Mitternacht gestellt.

»Bobby, nehmen wir einmal an, daß es sich bewerkstelligen läßt, und daß alles nach Plan geht«, sagte ich. »Wahrscheinlich ist das nicht, aber gehen wir einmal davon aus. Du hast keine Ahnung, wie die Spätfolgen aussehen könnten.«

Er wollte etwas sagen, aber ich winkte ab.

»Tu nicht so, als wüßtest du es; du weißt es nicht! Du hast Zeit gehabt, dein Sanftmutsbeben zu finden und die Ursache dafür zu isolieren, das will ich dir zugestehen. Aber hast du je von Contergan gehört? Dem netten kleinen Beruhigungsmittel, das bei Schwangeren schwere Mißbildungen der Leibesfrucht auslöste? Erinnerst du dich an das AIDS-Serum von 1997?«

»Howie?«

»*Das* hat die Krankheit wirklich geheilt, aber es hat alle Testpersonen in unheilbare Epileptiker verwandelt, die innerhalb von achtzehn Monaten starben.«

»Howie?«

»Und dann war da . . .«

»Howie?«

Ich verstummte und sah ihn an.

»Die Welt«, sagte Bobby und verstummte. Sein Hals bebte. Ich sah, daß er mit Tränen kämpfte. »Die Welt braucht heroische Maßnahmen, Mann. Ich weiß nichts von Spätfolgen, und wir haben keine Zeit mehr, sie zu studieren. Vielleicht könnten wir den ganzen Schlamassel heilen. Oder vielleicht . . .«

Er zuckte die Achseln, versuchte zu lächeln und sah mich mit glänzenden Augen an, aus denen langsam zwei Tränen herabrollten.

»Oder vielleicht geben wir einem Patienten mit unheilbarem Krebs Heroin. Wie auch immer, es wird beenden, was jetzt gerade läuft. Es wird das Leid der Welt beenden.« Er breitete die Hände aus, Handflächen nach oben, so daß ich die Stiche sehen konnte. »Hilf mir, Bow-Wow. Bitte hilf mir.«

Und so half ich ihm.

Und wir haben es versaut. Man könnte sogar sagen, wir haben es durch und durch versaut. Und wollen Sie die Wahrheit wissen? Es ist mir scheißegal. Wir haben alle Pflanzen abgetötet, aber wir konnten das Treibhaus retten. Eines Tages wird hier wieder etwas wachsen. Hoffe ich.

Lesen Sie das hier?

Meine grauen Zellen werden ein bißchen träge. Ich muß zum ersten Mal seit Jahren nachdenken, was ich tue. Die motorischen Bewegungen des Schreibens. Hätte mich zu Anfang etwas mehr beeilen sollen.

Vergessen Sie's. Es ist zu spät, noch etwas daran zu ändern.

Natürlich haben wir es getan: das Wasser destilliert, es hingeflogen, nach Gulandio transportiert, einen primitiven Lift – halb Seilwinde und halb Bergbahn – am Hang des Vulkans gebaut und über zwölftausend Zwanzig-Liter-Kanister mit Wasser von La Plata in die rauchigen Tiefen des Vulkankraters geschüttet. Das alles haben wir in nur acht Monaten bewerkstelligt. Es kostete weder sechshunderttausend Dollar noch anderthalb Millionen; es kostete über vier Millionen, was immer noch nur ein Sechzehntel dessen ist, was Amerika in diesem Jahr für die Rüstung ausgegeben hat. Wollen Sie wissen, wie wir das zusammengebracht haben? Ich würde es Ihnen sagen, wenn ich mehr Zeiht hätte, aber mein Kopf ist im Eimer, ist ja auch egal. Ich hab den größten Teil selb aufgebracht, falls Sie das intressiert. Zusammengekrazt wo es ging. Um die Wahrheit zu sagen, wußte selbst nicht, daß ichs kann, bis ichs gemacht hab. Aber wir haben es gemacht und irgendwie hat die Welt durchgehalten und dieser Vulkan – ich weis nicht mehr wie er heißt, kann mich nicht mehr erinnen und hab keine Zeid mehr, das hier durchzulesen – ist genau dann hochgegangen, als er sollte.

Moment

Okay. Bißchen besser. Digitalin. Gehörte Bobby. Das Herz schlägt wie verrückt, aber ich kann wieder denken.

Der Vulkan – Mount Grace haben wir ihn genannt – ist genau zu der Zeit hochgegangen, wie Doc Rogers es vorhergesagt hat. Alles flog in die Luft und eine Zeihtlang dachte alle Weld nur an den Himmel. Und bimmel-di-dii, sagte Strapless!

Alles ging zimlich schnell wie Sex und Schecks und Spezialeffex und alle wurden wieder gesund. Ich meine

Moment

Lieber Gott hilf mir das fertigzubringen.

Ich meine daß alle abgehalftert haben. Alle wurden ein bißchen ruhiger. Die Welt wurde wie die Wespen in Bobbys Nest das er mir gezeigt hat wo sie nicht gestochen haben. Drei Jare wie ein Indianersommer. Die Leute versönten sich wie in dem alten Song von weis nicht mehr, wies alle Hippies gewolt haben, Sie wissen schon, Piß und Laff und

wt

Digitalin große Dosis. Mir ist, als käme mir das Herz zu den Ohren raus. Aber wenn ich jedes Bißchen meiner Willenskraft konzentriere, meine *Konzentration* . . .

Es war wie ein Indianersommer, das wollte ich sagen, wie drei Jahre lang Indianersommer. Bobby hat mit sein Forschungen weiter gemacht. La Plata. Soziologischer Hintergrund usw. Erinnern Sie sich noch an den Sheriff dort? Fetter alter Republikaner mit guter Rodney Dangerfield Imitation? Wie Bobby sagte er wäre im Frühstadion der Rodneyschen Krankheit?

konzentrier dich, Arschloch

War nicht nur er; stellte sich raus, daß das in dem Teil von Texas verbreitet war. Altheiners Krankheit, meine ich. Drei Jare waren Bobby und ich da unten. Haben ein neues Programm gemacht. Neuen Ausdruck mit Kreisen. Ich sah was los war und kam hier her. Bobby und seine Asistenten sind geblieben. Einer hat sich erschossen hat Bobby gesagt als er hier gewesen ist.

Moment noch ein Schuß

Also gut. Letztes Mal. Herz schlägt so schnell daß ich kaum admen kan. Der neue Ausdruck, der *letzte* Ausdruck, machte einen schon fertig, wenn man ihn über das Diagramm des Sanftmutsbebens legte. Das Diagramm des Sanftmutsbebens zeigte ein Abnehmen der Gewalt wenn man sich La Plata in der Mitte näherte; das Alzheimerdiagram zeigte eine *Zunahme* verfrühter Ssenilität wenn man sich La Plata näherte. Die Leute dort wurden ziemlich jung ziemlich dumm.

Ich und Bobo waren die nächsten drei Jahre so vorsichtig wie wir konnten, tranken nur *aqua dest* und trugen große weite Gummimäntel im Regen, also kein krieg aber alle wurden senil nur wir nicht und ich kam hieher – mein Bruder ich kann mich nicht an sein namen errinern

Bobby

Als er heute abend herkam weinte er und ich sagte Bobby ich hab dich lieb Bobby zagte tut mir leid Bowwow tut mir leid daß ich die ganze welt voller dummköpfe und schwachsinniger gemacht hab und ich sagte lieber domkröpfe und schachsinnige als ein großer schwarzer schlackenhaufn im all und er weinte und ich weinte und er sagte gib mirn schuß von dem Spezialwasser und er sagte schreib alles auf und ich sagte ja aber ich kann mich nicht richtig erinnern ich sehe wörter aber ich weis nicht was sie bedeuten

Ich hab einen Bobby der heißt bruder und siet so aus als wär ich mit schreiben fertig und ich hab ein box wo ichs reintun soll bobby sagt ist lufticht wird ein milion jare halten also lepwoll alle zusamm lepwoll bobby

ich hab dich lib es war niht deine schuld ich hab dich lib

verzei dir
hab dich lib

gesündigt (für di welt)

Bow

Kinderschreck

Miss Sidley war ihr Name, und Lehrerin war ihr Beruf. Sie war eine kleine Frau, die sich strecken mußte, um am oberen Rand der Tafel schreiben zu können, was sie gerade tat. Keines der Kinder hinter ihr kicherte oder tuschelte oder mampfte heimlich in hohlen Händen versteckte Süßigkeiten. Sie kannten Miss Sidleys tödliche Instinkte zu gut. Miss Sidley wußte immer, wer im hinteren Teil des Zimmers Kaugummi kaute, wer eine Krampenschleuder in der Tasche hatte, und wer auf die Toilette wollte, um Baseballkarten zu tauschen statt aufs Klo zu gehen. Sie schien, wie Gott, stets alles gleichzeitig zu wissen.

Ihr Haar wurde grau, und das Stützkorsett, das sie trug, um ihren gebrechlichen Rücken zu halten, zeichnete sich deutlich unter dem bedruckten Kleid ab. Eine kleine, stets kränkelnde Frau mit stechendem Blick. Aber sie hatten Angst vor ihr. Ihre Zunge war eine Legende des Schulhofs. Wenn sie den Blick auf jemanden richtete, der gekichert oder geflüstert hatte, wurden die kräftigsten Knie weich.

Während sie die Liste der zu buchstabierenden Wörter an die Tafel schrieb, überlegte sie, daß man den Erfolg ihrer langen Laufbahn als Lehrerin in dieser einen alltäglichen Verrichtung zusammenfassen konnte: sie konnte den Schülern unbesorgt den Rücken zukehren.

»Ferien«, sagte sie und sprach das Wort ebenso aus, wie sie es mit ihrer festen, unerbittlichen Handschrift hinschrieb. »Edward, bitte gebrauche das Wort *Ferien* in einem Satz.«

»Ich war in den Ferien in New York City«, flötete Edward. Dann wiederholte er das Wort, wie Miss Sidley es ihnen beigebracht hatte. »Fe-ri-en.«

»Sehr gut, Edward.« Sie begann mit dem nächsten Wort.

Natürlich hatte sie ihre kleinen Tricks; Erfolg, das war ihre feste Überzeugung, hing ebensosehr von kleinen wie von großen Dingen ab. Dieses Prinzip wandte sie ständig im Klassenzimmer an, und es funktionierte immer.

»Jane«, sagte sie leise.

Jane, die verstohlen in ihrem Lesebuch geblättert hatte, sah schuldbewußt auf.

»Du wirst das Buch auf der Stelle zuklappen.« Das Buch wurde zugeschlagen; Jane sah mit blassen, haßerfüllten Augen auf Miss Sidleys Rücken. »Und du wirst noch fünfzehn Minuten an deinem Platz bleiben, wenn es geläutet hat.«

Janes Lippen bebten. »Ja, Miss Sidley.«

Einer ihrer Tricks war der gezielte Einsatz ihrer Brille. Die ganze Klasse spiegelte sich in den dicken Gläsern, und ihre schuldbewußten, furchtsamen Gesichter, wenn sie sie bei ihren garstigen kleinen Streichen ertappte, hatten sie stets amüsiert. Jetzt sah sie einen geisterhaften, verzerrten Robert in der ersten Reihe, der die Nase rümpfte. Sie sagte nichts. Noch nicht. Robert würde schon noch in die Falle gehen, wenn sie ihm genügend Zeit ließ.

»Morgen«, sprach sie deutlich aus. »Robert, würdest du bitte das Wort *Morgen* in einem Satz verwenden.«

Robert runzelte die Stirn über diesem Problem. Das Klassenzimmer lag stumm und verschlafen in der Septembersonne. Die elektrische Uhr über der Tür verkündete Gerüchte vom Ende des Unterrichts um fünfzehn Uhr, in einer halben Stunde, und einzig und allein die stumme Drohung von Miss Sidleys Rücken verhinderte, daß die kleinen Köpfe über den Sprachbüchern einnickten.

»Ich warte, Robert.«

»Morgen wird etwas Schreckliches passieren«, sagte Robert. Die Worte waren vollkommen arglos, aber Miss Sidley, die über den sechsten Sinn aller strengen Lehrer verfügte, gefielen sie ganz und gar nicht. »Mor-gen«, beendete Robert. Er hatte die Hände ordentlich auf dem Tisch gefaltet und rümpfte wieder die Nase. Außerdem hatte er ein verstohlenes, schiefes Lächeln in den Mundwinkeln. Miss Sidley war plötzlich davon überzeugt, daß Robert ihren kleinen Trick mit der Brille durchschaut hatte.

Nun gut; sei es drum.

Sie schrieb das nächste Wort, ohne Robert zurechtzuweisen, und ließ ihre starre Körperhaltung für sich sprechen. Sie beobachtete alles genauestens mit einem Auge. Bald würde Robert die Zunge herausstrecken oder diese abscheuliche Geste mit dem Finger machen, die sie alle kannten (selbst die Mädchen schienen sie heutzutage zu kennen), nur um zu sehen, ob sie tatsächlich alles mitbekam. Dann würde er bestraft werden.

Das Spiegelbild war klein, geisterhaft und verzerrt. Und sie sah das Wort, das sie schrieb, nur aus dem Augenwinkel.

Robert veränderte sich.

Sie sah es nur einen Sekundenbruchteil, fast nur eine Andeutung, wie sich Roberts Gesicht in etwas – anderes verwandelte.

Sie wirbelte mit weißem Gesicht herum und bemerkte die protestierenden Schmerzen im Rücken kaum.

Robert sah sie offen und fragend an. Die Hände hatte er ordentlich gefaltet. Die ersten Spuren einer widerspenstigen nachmittäglichen Locke kräuselten sich an seinem Hinterkopf. Er machte keinen ängstlichen Eindruck.

Ich habe es mir eingebildet, dachte sie. *Ich habe nach etwas gesucht, und weil ich nichts gefunden habe, hat sich mein Gehirn eben etwas ausgedacht. Ausgesprochen willfährig von meinem Gehirn. Aber . . .*

»Robert?« Sie wollte autoritär klingen; ihre Stimme sollte zu einem Geständnis auffordern. Aber das Wort kam nicht so heraus.

»Ja, Miss Sidley?« Seine Augen waren dunkelbraun wie der Schlamm auf dem Grund eines langsam fließenden Bachs.

»Nichts.«

Sie drehte sich wieder zur Tafel um. Ein leises Raunen lief durch die Klasse.

»Seid still!« schnappte sie und drehte sich wieder zu ihnen um. »Noch ein Laut, und wir bleiben nach der Schule alle zusammen mit Jane hier!« Sie sprach die ganze Klasse an, musterte dabei aber nur Robert. Er erwiderte den Blick mit kindlicher Unschuld: *Wer, ich?* Ich *doch nicht, Miss Sidley.*

Sie drehte sich zur Tafel um und fing an zu schreiben, ohne aus den Augenwinkeln durch die Brille zu sehen. Die letzte halbe Stunde zog sich endlos dahin, und es schien, als hätte Robert ihr beim Hinausgehen einen seltsamen Blick zugeworfen. Einen Blick, der zu sagen schien: *Wir haben ein Geheimnis, oder nicht?*

Dieser Blick ging ihr nicht aus dem Sinn. Er setzte sich darin fest wie eine winzige Faser Roastbeef zwischen zwei Backenzähnen – etwas Winziges, das sich wie ein Backstein anfühlt.

Als sie sich um fünf zu ihrem einsamen Abendessen hinsetzte (pochierte Eier auf Toast), dachte sie immer noch darüber nach. Sie wußte, sie wurde älter, und dieses Wissen akzeptierte sie gelassen. Sie hatte nicht vor, eine dieser altjüngferlichen Schulmamsellen zu werden, die am Tag ihrer Pensionierung um sich schlagend und kreischend aus ihrem Klassenzimmer gezerrt werden mußten. Die erinnerten sie an Spieler, die nicht von den Tischen aufstehen konnten, auch wenn sie verloren. Aber *sie* verlor nicht. Sie hatte stets zu den Gewinnern gehört.

Sie sah auf ihre pochierten Eier.

Oder nicht?

Sie dachte an die sauber geschrubbten Gesichter in ihrem Zimmer der dritten Klasse. Roberts Gesicht trat besonders deutlich hervor.

Sie stand auf und schaltete noch ein Licht an.

Später, bevor sie einschlief, schwebte Roberts Gesicht vor ihr und lächelte unangenehm in der Dunkelheit hinter ihren Lidern. Das Gesicht verwandelte sich langsam . . .

Aber bevor sie deutlich sehen konnte, in was es sich verwandelte, überkam sie die Dunkelheit.

Miss Sidley verbrachte eine unruhige Nacht und war am nächsten Tag entsprechend gereizt. Sie wartete und hoffte fast auf einen Flüsterer, einen Kicherer, vielleicht sogar einen Spickzettelschreiber. Aber die Klasse war ruhig – ausnehmend ruhig. Alle sahen sie teilnahmslos an, und ihr war, als spürte sie die Last ihrer Blicke auf sich wie blinde, krabbelnde Ameisen.

Hör auf damit! ermahnte sie sich streng. *Du benimmst dich wie eine nervöse Suse, die das Lehrerkolleg gerade abgeschlossen hat!*

Wieder schien sich der Tag hinzuziehen, und als die Schlußglocke läutete, fühlte sie sich erleichterter als die Kinder. Die Kinder stellten sich in ordentlichen Reihen auf, Jungen und Mädchen der Größe nach, und hielten sich brav an den Händen.

»Ihr dürft gehen«, sagte sie und lauschte mißfällig, wie sie kreischend den Flur entlang ins grelle Sonnenlicht stoben.

Was habe ich gesehen, als er sich verwandelte? Etwas Kugelförmiges. Etwas Glänzendes. Etwas, das mich angestarrt hat, ja, angestarrt, und es hat gegrinst, und es war überhaupt kein Kind. Es war alt und es war böse und . . .

»Miss Sidley?«

Sie hob ruckartig den Kopf, und ein leises *Oh!* entrang sich ihr wie ein Schluckauf.

Es war Mr. Hanning. Er lächelte schuldbewußt. »Ich wollte Sie nicht erschrecken.«

»Schon gut«, sagte sie schroffer als beabsichtigt. Was hatte sie nur gedacht? Was stimmte nicht mit ihr?

»Würden Sie bitte im Waschraum der Mädchen nach den Papierhandtüchern sehen?«

»Aber gern.« Sie stand auf und drückte die Hände auf den verlängerten Rücken. Mr. Hanning sah sie mitfühlend an. *Spar dir das, dachte sie. Die alte Jungfer ist nicht amüsiert. Nicht einmal interessiert.*

Sie drängte sich an Mr. Hanning vorbei und ging den Flur entlang zur Mädchentoilette. Eine Schar Jungen in abgenutzter und zerschrammter Baseballausrüstung verstummte bei ihrem Anblick und schlich schuldbewußt zur Tür hinaus, wo ihr Gejohle wieder einsetzte.

Miss Sidley sah ihnen stirnrunzelnd nach. Sie dachte daran, daß die Kinder zu ihrer Zeit anders gewesen waren. Nicht höflicher – dafür hatten Kinder noch nie Zeit gehabt – und auch nicht unbedingt respektvoller Älteren gegenüber; es war eine Art Scheinheiligkeit, die sie früher nie bemerkt hatte. Eine lächelnde Stille in Gegenwart von Erwachsenen, die es früher nie gegeben hatte. Eine Art stummer Verachtung, die beunruhigend und nervtötend war. Als würden sie . . .

Sich hinter Masken verstecken? Ist es das?

Sie verdrängte den Gedanken und betrat den Waschraum. Es war ein schmaler, L-förmiger Raum mit Milchglasfenstern. Die Toiletten reihten sich an der einen Seite des längeren Balkens, die Waschbecken auf beiden Seiten des kürzeren.

Als sie die Behälter der Papierhandtücher überprüfte, sah sie ihr Gesicht in einem der Spiegel und erschrak so sehr, daß sie stehenblieb, um es eingehender zu betrachten. Ihr gefiel nicht, was sie da sah – nicht im geringsten. Da war ein Ausdruck, der vor zwei Tagen noch nicht dagewesen war, ein furchtsamer, argwöhnischer Ausdruck. Von plötzlicher Betroffenheit erfüllt, stellte sie fest, daß Roberts blasses, respektvolles Gesicht in ihr Innerstes eingedrungen war und dort schwärte.

Die Tür ging auf, sie hörte zwei Mädchen hereinkommen, die heimlich über etwas kicherten. Sie wollte gerade um die Ecke herum an ihnen vorbeigehen, als sie ihren eigenen Namen hörte. Sie beugte sich wieder über die Waschbecken und überprüfte die Handtuchspender nochmals.

»Und dann hat er . . .«

Leises Kichern.

»Sie weiß es, aber . . .«

Wieder Kichern, leise und klebrig wie schmelzende Seife.

»Miss Sidley ist . . .«

Aufhören! Hört auf zu kichern!

Sie bewegte sich ein wenig, und nun konnte sie ihre Schatten sehen, verschwommen und unscharf im diffusen Licht, das durch die Milchglasscheiben hereinfiel.

Ein anderer Gedanke ging ihr durch den Kopf.

Sie wußten, daß sie hier war.

Ja. Sie wußten es. Die kleinen Flittchen wußten es.

Sie würde sie schütteln. Schütteln, bis ihre Zähne klapperten und ihr Kichern zu Wimmern wurde, sie würde ihre Köpfe gegen die Fliesen schlagen und sie zwingen, einzugestehen, daß sie es wußten.

Die Schatten veränderten sich. Sie schienen länger zu werden, zu zerfließen wie schmelzendes Fett, und nahmen seltsam bucklige Umrisse an, bei deren Anblick Miss Sidley sich an die Porzellanwaschbecken drückte und glaubte, das Herz müßte ihr zerspringen.

Aber sie kicherten einfach weiter.

Die Stimmen veränderten sich ebenfalls, sie waren plötzlich nicht mehr mädchenhaft, sondern geschlechts- und seelenlos und sehr, sehr böse. Langsame, träge Laute hirnloser Heiterkeit, die wie Brackwasser um die Ecke zu ihr herumflossen.

Sie betrachtete die buckligen Schatten, und plötzlich schrie sie sie an. Der Schrei wollte nicht mehr aufhören, er schwoll in ihrem Kopf, bis ein

Unterton von Irrsinn darin mitschwang. Und dann verlor sie das Bewußtsein. Das Kichern folgte ihr, wie das Gelächter von Dämonen, hinab in die Dunkelheit.

Natürlich konnte sie ihnen nicht die Wahrheit sagen.

Miss Sidley wußte es, noch während sie die Augen aufschlug und in die ängstlichen Gesichter von Mr. Hanning und Mrs. Crossen blickte. Mrs. Crossen hielt ihr das Fläschchen Riechsalz aus dem Erste-Hilfe-Kasten der Turnhalle unter die Nase. Mr. Hanning drehte sich um und bat die beiden Mädchen, die Miss Sidley neugierig betrachteten, doch jetzt bitte nach Hause zu gehen.

Beide lächelten ihr zu – ein laszives Wir-haben-ein-Geheimnis-Lächeln – und gingen hinaus.

Also gut, sie würde ihr Geheimnis bewahren. Eine Weile. Sie würde nicht zulassen, daß die Leute sie für verrückt hielten oder daß die ersten Fühler der Senilität sich vorzeitig nach ihr ausstreckten. Sie würde ihr Spiel mitspielen. Bis sie ihre Verderbtheit bloßstellen und mit der Wurzel ausrotten konnte.

»Ich fürchte, ich bin ausgerutscht«, sagte sie und richtete sich auf, ohne die gräßlichen Schmerzen im Rücken zu beachten. »Ein nasser Fleck.«

»Es ist schrecklich«, sagte Mr. Hanning. »Furchtbar. Sind Sie ...«

»Haben Sie sich beim Sturz am Rücken weh getan, Emily?« unterbrach ihn Mrs. Crossen. Mr. Hanning sah sie dankbar an.

Miss Sidley stand auf. Ihre Wirbelsäule brannte wie Feuer.

»Nein«, sagte sie. »Der Sturz scheint sogar ein kleines chiropraktisches Wunder ausgelöst zu haben. Mein Rücken hat sich seit Jahren nicht mehr so gut angefühlt.«

»Wir können einen Arzt holen lassen ...«, begann Mr. Hanning.

»Nicht nötig.« Miss Sidley lächelte ihn kühl an.

»Ich rufe Ihnen im Büro ein Taxi.«

»Das werden Sie schön bleiben lassen«, sagte Miss Sidley, ging zur Tür der Mädchentoilette und machte sie auf. »Ich nehme immer den Bus.«

Mr. Hanning seufzte und sah Mrs. Crossen an. Mrs. Crossen verdrehte die Augen und sagte nichts.

Am nächsten Tag ließ Miss Sidley Robert nachsitzen. Er hatte nichts getan, das die Strafe gerechtfertigt hätte, daher schob sie einfach eine falsche Anschuldigung vor. Sie verspürte keine Gewissensbisse; er war ein Monster, kein kleiner Junge. Sie mußte ihn dazu bringen, es einzugestehen.

Ihr Rücken tat weh. Ihr wurde klar, daß Robert das wußte; er ging davon aus, es würde ihm helfen. Aber er täuschte sich. Auch das war einer ihrer kleinen Vorteile. Ihr Rücken schmerzte in den letzten zwölf Jahren konstant, und es war schon häufig so schlimm gewesen – nun, *fast* so schlimm.

Sie machte die Tür zu, so daß sie beide unter sich waren.

Einen Augenblick stand sie still und richtete den Blick auf Robert. Sie wartete darauf, daß er die Augen niederschlagen würde. Was er nicht tat. Er sah sie auch an, und schließlich umspielte die Andeutung eines Lächelns seine Mundwinkel.

»Warum lächelst du, Robert?« fragte sie leise.

»Ich weiß nicht«, sagte Robert und lächelte weiter.

»Bitte sag es mir.«

Robert sagte nichts.

Und lächelte wieder.

Der Lärm der spielenden Kinder draußen klang fern, verträumt. Nur das hypnotische Summen der Uhr an der Wand war real.

»Wir sind ziemlich viele«, sagte Robert plötzlich, als machte er eine Bemerkung über das Wetter.

Nun schwieg Miss Sidley.

»Elf allein an dieser Schule.«

Recht böse, dachte sie erstaunt. *Sehr, unglaublich böse.*

»Kleine Jungen, die Lügen verbreiten, kommen in die Hölle«, sagte sie deutlich. »Ich kenne viele Eltern, die ihre ... ihre *Brut* ... nicht mehr auf diese Tatsache hinweisen, aber ich versichere dir, daß es *wahr* ist, Robert. Kleine Jungen, die Lügen verbreiten, kommen in die Hölle. Kleine Mädchen auch, was das betrifft.«

Roberts Lächeln wurde noch breiter; es wurde wölfisch. »Möchten Sie sehen, wie ich mich verwandle, Miss Sidley? Möchten Sie es wirklich sehen?«

Miss Sidley spürte, wie es ihr kalt über den Rücken lief. »Geh«, sagte sie schroff. »Und bring morgen deine Mutter und deinen Vater mit in die Schule. Wir werden diese Sache aufklären.« Da. Wieder auf festem Boden. Sie wartete darauf, daß sein Gesicht sich verziehen würde, wartete auf die Tränen.

Statt dessen wurde Roberts Lächeln noch breiter – so breit, daß seine Zähne zu sehen waren. »Das wird wie bei ›Show and Tell‹ sein, oder nicht, Miss Sidley? Robert – der *andere* Robert –, der mochte ›Show and Tell‹. Er versteckt sich immer noch in meinem Kopf.« Das Lächeln kräuselte sich in den Mundwinkeln wie verkohltes Papier. »Manchmal läuft er herum ... das juckt. Er möchte, daß ich ihn rauslasse.«

»Geh weg«, sagte Miss Sidley wie betaubt. Die Uhr summte ungewöhnlich laut.

Robert verwandelte sich.

Sein Gesicht zerfloß plötzlich wie schmelzendes Wachs, die Augen wurden flach und breiteten sich aus wie angeschnittene Eidotter, die Nase wurde platt und klaffend, der Mund verschwand. Der Kopf zog sich in die Länge, das Haar war mit einemmal kein Haar mehr, sondern ein zukkendes, schlängelndes Gewächs.

Robert fing an zu kichern.

Das träge, hallende Geräusch kam aus seiner ehemaligen Nase, aber diese Nase fraß sich gerade in die untere Gesichtshälfte, die Nasenlöcher vereinten sich zu einer einzigen Schwärze wie ein riesiger, schreiender Mund.

Robert stand immer noch kichernd auf, und hinter seiner Maske konnte sie die letzten zerfetzten Überbleibsel des anderen Robert erkennen, des echten kleinen Jungen, den dieses fremde Ding übernommen hatte, der in manischem Entsetzen heulte und kreischte, er wolle hinausgelassen werden.

Sie flüchtete.

Sie flüchtete schreiend den Flur entlang, und die wenigen verspäteten Schüler sahen sie mit großen, verständnislosen Augen an. Mr. Hanning riß die Tür seines Zimmers auf und sah, wie sie gerade zu der breiten Glastür hinausstürzte, eine panisch fuchtelnde Vogelscheuche, deren Silhouette sich vor dem hellen Septemberhimmel abzeichnete.

Er lief mit hüpfendem Adamsapfel hinter ihr her. »Miss Sidley! *Miss Sidley!*«

Robert kam aus dem Klassenzimmer und verfolgte alles mit seltsamem Blick.

Miss Sidley hörte und sah ihn nicht. Sie rannte die Stufen hinunter, über den Gehweg und auf die Straße, und ihre Schreie hallten hinter ihr her. Eine laute, plärrende Hupe ertönte, dann ragte der Bus über ihr auf, und das Gesicht des Busfahrers war eine verzerrte Maske der Angst. Druckluftbremsen zischten und knirschten wie wütende Drachen.

Miss Sidley fiel hin, und die riesigen Reifen kamen qualmend nur fünfzehn Zentimeter vor ihrem zerbrechlichen, korsettgepanzerten Körper zum Stillstand. Sie lag schlotternd auf dem Asphalt und hörte, wie sich die Menge um sie herum versammelte.

Sie drehte sich um, und die Kinder sahen auf sie herab. Sie standen in einem engen Kreis, wie Trauernde um ein offenes Grab. Und am Kopfende des Grabes stand Robert, ein kleiner, ernster Totengräber, bereit, die erste Schaufel Erde auf ihr Gesicht zu schütten.

Aus weiter Ferne das schockierte Brabbeln des Busfahrers: ». . . verrückt oder was . . . mein Gott, noch fünfzehn Zentimeter . . .«

Miss Sidley sah die Kinder an. Ihre Schatten fielen über sie. Ihre Gesichter waren gleichgültig. Manche lächelten heimlich in sich hinein, und Miss Sidley wußte, daß sie gleich wieder zu schreien anfangen würde.

Dann drängte sich Mr. Hanning in den engen Kreis, scheuchte sie fort, und Miss Sidley fing leise an zu schluchzen.

Sie kehrte einen Monat lang nicht in ihre dritte Klasse zurück. Sie sagte Mr. Hanning ruhig, sie wäre nicht sie selbst gewesen, und Mr. Hanning schlug ihr vor, einen angesehenen Arzt aufzusuchen und sich mit ihm über das Problem zu unterhalten. Miss Sidley stimmte zu, daß das die einzig vernünftige und logische Möglichkeit wäre. Sie sagte auch, wenn der Schulrat ihre Kündigung wollte, würde sie sie unverzüglich einreichen, auch wenn es ihr sehr weh tun würde. Mr. Hanning, der unbehaglich dreinsah, entgegnete, das würde wahrscheinlich nicht nötig sein. Schließlich lief alles darauf hinaus, daß Miss Sidley Ende Oktober wieder zurückkam und das Spiel erneut spielen mußte, aber jetzt wußte sie, wie sie es spielen mußte.

In der ersten Woche ließ sie alles laufen wie gehabt. Es schien, als musterte die ganze Klasse sie jetzt mit feindseligen, fast blicklosen Augen. Robert lächelte ihr von seinem Platz in der ersten Reihe distanziert zu, und sie brachte nicht den Mut auf, ihn dranzunehmen.

Einmal, als sie die Schulhofaufsicht hatte, kam Robert zu ihr; er hielt einen Prellball und lächelte. »Inzwischen sind wir so viele, das können Sie sich gar nicht vorstellen«, sagte er. »Und auch kein anderer.« Er verblüffte sie, indem er ihr verschlagen zublinzelte. »Sie wissen schon – wenn Sie versuchen würden, es ihnen zu sagen.«

Ein Mädchen auf der Schaukel sah über den Spielplatz direkt in Miss Sidleys Augen und lachte ihr zu.

Miss Sidley lächelte nachsichtig auf Robert hinab. »Aber Robert, was meinst du denn?«

Aber Robert lächelte nur weiter und kehrte zu seinem Spiel zurück.

Miss Sidley brachte die Waffe in der Handtasche mit in die Schule. Sie hatte ihrem Bruder gehört; er hatte sie kurz nach Beginn der Ardennenoffensive einem gefallenen Deutschen abgenommen. Jim war inzwischen schon zehn Jahre tot. Die Schachtel mit der Waffe hatte sie seit mindestens fünf Jahren nicht mehr aufgemacht, aber sie war immer noch da, matt glänzend. Auch die Munition war noch da, und sie lud die Waffe mit aller Sorgfalt, so, wie Jim es ihr gezeigt hatte.

Miss Sidley lächelte ihrer Klasse freundlich zu; besonders Robert. Robert lächelte zurück, und sie konnte die trübe Fremdartigkeit unter seiner Haut wabern sehen, schmutzig, voller Dreck.

Sie hatte keine Ahnung, was jetzt unter Roberts Haut lebte, und es war ihr auch einerlei; sie hoffte nur, daß der echte kleine Junge inzwischen nicht mehr in ihm steckte. Sie wollte keine Mörderin sein. Sie kam zu dem Schluß, daß der wahre Robert gestorben oder wahnsinnig geworden sein mußte, weil er in diesem schmutzigen, kriechenden Ding leben mußte, das im Klassenzimmer über sie gekichert und sie schreiend auf die Straße gejagt hatte. Selbst wenn er noch am Leben war, wäre es ein Akt der Barmherzigkeit, ihn aus diesem Elend zu erlösen.

»Heute machen wir einen Test«, sagte Miss Sidley.

Die Klasse stöhnte nicht, regte sich nicht abweisend auf den Stühlen; sie sahen sie nur an. Sie konnte ihre Blicke wie Gewichte auf sich spüren. Schwer; erdrückend.

»Einen ganz besonderen Test. Ich werde euch nacheinander ins Kopierzimmer bitten und ihn euch dort geben. Dann bekommt ihr eine Süßigkeit und dürft für den Rest des Tages nach Hause gehen. Ist das nicht schön?«

Sie lächelten leer und sagten nichts.

»Robert, würdest du als erster mitkommen?«

Robert stand auf und lächelte sein verhaltenes Lächeln. Er sah sie unverhohlen naserümpfend an. »Ja, Miss Sidley.«

Miss Sidley nahm ihre Handtasche, dann gingen sie gemeinsam den verlassenen, hallenden Flur entlang, am verschlafenen Murmeln der Klassen vorbei, die hinter geschlossenen Türen lagen. Das Kopierzimmer befand sich am Ende des Flurs, hinter den Toiletten. Er war vor zwei Jahren schalldicht isoliert worden; die große Hektographiermaschine war sehr alt und sehr laut.

Miss Sidley machte die Tür hinter ihnen zu und sperrte sie ab.

»Niemand kann dich hören«, sagte sie gelassen. Sie holte die Waffe aus der Handtasche. »Dich oder das hier.«

Robert lächelte unschuldig. »Aber wir sind viele. Viel mehr als hier.« Er legte eine kleine, sauber geschrubbte Hand auf die Papierablage der Hektographiermaschine. »Möchten Sie noch einmal sehen, wie ich mich verwandle?«

Bevor sie etwas sagen konnte, zerfloß Roberts Gesicht zu dem grotesken Ding darunter, und Miss Sidley schoß auf ihn. Einmal. In den Kopf. Er fiel gegen die Regale mit dem Papier und glitt daran zu Boden, ein kleiner toter Junge mit einem runden schwarzen Loch über dem rechten Auge.

Er sah ausgesprochen bemitleidenswert aus.

Miss Sidley stand keuchend über ihm. Ihre Wangen waren blaß.

Es war ein Mensch.

Es war Robert.

Nein!

Du hast dir alles nur eingebildet, Emily. Alles nur eingebildet.

Nein! Nein, nein, *nein*!

Sie ging ins Klassenzimmer zurück und führte sie nacheinander her. Sie tötete zwölf und hätte alle getötet, wäre Mrs. Crossen nicht gekommen, um eine Packung Schreibpapier zu holen.

Mrs. Crossens Augen wurden sehr groß; sie schlug eine Hand vor den Mund. Dann fing sie an zu schreien und schrie immer noch, als Miss Sidley zu ihr trat und ihr eine Hand auf die Schulter legte. »Es mußte sein, Margaret«, sagte sie zu der schreienden Mrs. Crossen. »Es ist schrecklich, aber es mußte sein. Sie sind alle Monster.«

Mrs. Crossen betrachtete die buntgekleideten kleinen Leichen im Kopierzimmer und schrie weiter. Das kleine Mädchen, dessen Hand Miss Sidley hielt, fing unablässig und monoton an zu weinen: *»Wääh ... wääh ... wääh.«*

»Verwandle dich«, sagte Miss Sidley. »Verwandle dich für Mrs. Crossen. »Zeig ihr, daß es sein mußte.«

Das Mädchen weinte weiter, verständnislos.

»Verdammt, *verwandle dich*!« kreischte Miss Sidley. »Elendes Flittchen, elendes kriechendes, schmutziges, unnatürliches *Flittchen*! Verwandle dich! Gottverdammt, *verwandle dich*!« Sie hob die Waffe. Das kleine Mädchen zuckte zusammen, und dann sprang Mrs. Crossen sie an wie eine Katze, und ihr Rücken versagte den Dienst.

Kein Prozeß.

Die Zeitungen schrien danach, trauernde Eltern stießen hysterische Verwünschungen gegen Miss Sidley aus, und die Stadt war gelähmt wie im Schock, aber schließlich behielten vernünftige Stimmen die Oberhand, und es gab keine Gerichtsverhandlung. Die staatliche Legislative verlangte strengere Eignungsprüfungen für Lehrer, die Summer Street School blieb eine Woche wegen Trauer geschlossen, und Miss Sidley wurde in aller Stille nach Juniper Hill in Augusta gebracht. Dort unterzog man sie einer Analyse, verabreichte ihr die modernsten Medikamente und teilte sie zu täglichen Arbeitstherapiesitzungen ein. Ein Jahr später verordnete man Miss Sidley eine experimentelle Begegnungstherapie unter streng kontrollierten Bedingungen.

Buddy Jenkins war sein Name, und Psychiater war sein Beruf.

Er saß hinter einem einseitig durchsichtigen Spiegel, hielt einen Notizblock in der Hand und sah in ein Zimmer, das als Kinderzimmer eingerichtet war. An der gegenüberliegenden Wand sprang eine Kuh über den Mond, und eine Maus lief an der Standuhr hinauf. Miss Sidley saß im Rollstuhl und hatte ein Märchenbuch aufgeschlagen, umgeben von einer

Gruppe vertrauensseliger, sabbernder, lächelnder, geistig behinderter Kinder. Sie lächelten ihr zu und sabberten und stupsten sie mit nassen Fingern an. Im Nebenzimmer warteten Pfleger auf die ersten Anzeichen aggressiven Verhaltens.

Eine Zeitlang fand Buddy, daß sie gut reagierte. Sie las laut vor, strich einem Mädchen über den Kopf und tröstete einen kleinen Jungen, der über einen Bauklotz gestolpert war. Dann schien sie etwas zu sehen, das sie beunruhigte; sie runzelte die Stirn und wandte sich von den Kindern ab.

»Bitte bringen Sie mich weg«, sagte Miss Sidley leise und tonlos in den Raum.

Und so brachten sie sie weg. Buddy Jenkins beobachtete die Kinder, die ihr mit großen, leeren, aber irgendwie unergründlichen Augen nachsahen. Eines lächelte, ein anderes steckte den Finger in den Mund. Zwei kleine Mädchen klammerten sich kichernd aneinander.

In dieser Nacht schnitt sich Miss Sidley mit der Scherbe eines zertrümmerten Spiegels die Kehle durch, und von da an beobachtete Buddy Jenkins die Kinder immer eingehender. Zuletzt konnte er sie kaum noch aus den Augen lassen.

Der Nachtflieger

1

Obwohl er selbst eine Fluglizenz besaß, erwachte Dees' Interesse erst nach den Morden auf dem Flughafen von Maryland – dem dritten und vierten Mord der Serie. Erst dann roch er die spezielle Mischung von Blut und Eingeweiden, auf die die Leserschaft von *Inside View* ständig wartete. Verbunden mit einem guten Groschenkrimi wie diesem hier verhieß dieser Drift wahrscheinlich einen explosionsartigen Anstieg der Auflage, und bei der Regenbogenpresse war ein Anstieg der Auflage mehr als nur das Klassenziel; er war der Heilige Gral.

Für Dees freilich hielten sich gute und schlechte Nachrichten die Waage. Die gute Nachricht war, daß er vor dem Rest der Meute auf die Story gekommen war; er war immer noch unbesiegt, immer noch Champion, immer noch der Preiseber im Koben. Die schlechte Nachricht war, daß der Lorbeer in Wirklichkeit Morrison zukam ... bisher jedenfalls. Morrison, der frischgebackene Redakteur, war der verdammten Sache noch nachgegangen, nachdem Dees, der Reporterveteran, ihm versichert hatte, daß dabei außer Schall und Rauch nichts herauskommen würde. Der Gedanke, daß Morrison als erster Blut gerochen hatte, gefiel Dees überhaupt nicht – er stank ihm sogar gewaltig –, und darum war er von dem verständlichen Wunsch beseelt, dem Mann eins reinzuwürgen. Und er wußte genau, wie er das anstellen konnte.

»Duffrey, Maryland, hm?«

Morrison nickte.

»Hat sich schon jemand von der seriösen Presse darüber hergemacht?« fragte Dees und stellte erfreut fest, daß Morrison schlagartig der Hut hochging.

»Wenn Sie damit meinen, ob jemand angedeutet hat, die Morde könnten zusammenhängen, ist die Antwort ›nein‹«, sagte er steif.

Aber das wird nicht mehr lange dauern, dachte Dees.

»Aber das wird nicht mehr lange dauern«, sagte Morrison. »Wenn es noch einen gibt ...«

»Geben Sie mir den Vorgang«, sagte Dees und deutete auf den fleischfarbenen Hefter, der auf Morrisons unnatürlich aufgeräumtem Schreibtisch lag.

Der Redakteur mit dem schütteren Haar legte statt dessen die Hand darauf, und da wurde Dees zweierlei klar: Morrison *würde* ihm den Hefter geben, aber erst, nachdem er ihn seiner anfänglichen Ungläubigkeit wegen eine Weile zappeln gelassen hatte . . . und weil er ihm gegenüber den überheblichen Veteranen herausgekehrt hatte. Aber das schadete nichts. Möglicherweise mußte man selbst dem Preiseber ab und zu das Ringelschwänzchen langziehen, um ihn daran zu erinnern, welchen Stellenwert er im großen Plan des Lebens innehatte.

»Ich dachte, Sie wollten heute zum Naturkundemuseum rübergehen und mit diesem Pinguintypen reden«, sagte Morrison. Er verzog die Mundwinkel zu einem vagen, aber unbestreitbar gehässigen Lächeln. »Er glaubt, daß sie klüger wären als Menschen *und* Delphine.«

Dees deutete auf den einzigen anderen Gegenstand auf Morrisons Schreibtisch, abgesehen von dem Hefter und dem Bild von Morrisons nett aussehender Frau und seinen drei nett aussehenden Kindern; einen großen Drahtkorb mit der Aufschrift TÄGLICHES BROT. Darin lagen im Augenblick nur ein dünnes Manuskript, sechs oder acht Seiten, mit einer von Dees' eigenen knallroten Büroklammern zusammengehalten, und ein Umschlag mit der Aufschrift KONTAKTABZÜGE – NICHT KNICKEN.

Morrison nahm die Hand von dem Hefter (und sah aus, als wäre er bereit, sie sofort wieder daraufzulegen, sollte Dees auch nur andeutungsweise danach greifen), machte den Umschlag auf und schüttelte zwei Blätter mit Schwarzweißfotos heraus, nicht größer als Briefmarken. Jedes Foto zeigte eine lange Reihe von Pinguinen, die den Betrachter stumm ansahen. Sie hatten etwas unbestreitbar Unheimliches an sich – Merton Morrison fand, daß sie wie George-Romero-Zombies im Frack aussahen. Er nickte und ließ sie wieder in dem Umschlag verschwinden. Dees hegte aus Prinzip eine Abneigung gegen alle Redakteure, aber er mußte zugeben, daß Morrison immerhin Ehre gewährte, wem Ehre gebührte. Das war eine seltene Gabe, die dem Mann, vermutete Dees, später einmal alle möglichen medizinischen Probleme bescheren würde. Möglicherweise hatte das Problem auch schon angefangen. Da saß er, mit Sicherheit noch keine fünfunddreißig, und mindestens siebzig Prozent seiner Kopfhaut waren haarlos.

»Nicht schlecht«, sagte Morrison. »Wer hat sie gemacht?«

»Ich«, sagte Dees. »Ich mache die Bilder zu meinen Artikeln *immer* selbst. Sehen Sie sich denn nie die Fotorechte an?«

»Normalerweise nicht«, sagte Morrison und studierte die Schlagzeile, die Dees über seinen Pinguin-Artikel geschrieben hatte. Libby Grannit vom Layout würde selbstverständlich eine schlagkräftigere, buntere einfallen – immerhin war das ihr Job –, aber Dees' Instinkte funktionierten auch, wenn es um Schlagzeilen ging, und gewöhnlich fand er den richtigen Dreh. AUSSERIRDISCHE INTELLIGENZ AM NORDPOL lautete diese. Pinguine waren selbstverständlich nicht AUSSERIRDISCH, und Morrison glaubte sich zu erinnern, daß sie in Wahrheit am *Südpol* lebten, aber das spielte im Grunde keine Rolle. Die Leser von *Inside View* waren gierig auf das Außerirdische wie auf Intelligenz (wahrscheinlich weil die Mehrheit von ihnen sich wie erstere fühlte und einen ausgeprägten Mangel an letzterem verspürte), und *das* spielte eine Rolle.

»Die Schlagzeile ist ein bißchen lahm«, begann Morrison, »aber . . .«

». . . dafür ist Libby zuständig«, führte Dees weiter aus. »Also . . .«

»Also?« fragte Morrison. Die Augen hinter seiner Nickelbrille waren groß und blau und unschuldig. Er legte die Hand wieder auf den Hefter, sah Dees an und wartete.

»Also, was wollen Sie von mir hören? Daß ich mich geirrt habe?«

Morrisons Lächeln wurde einen Millimeter oder zwei breiter. »Nur, daß Sie sich geirrt haben *könnten*. Das würde genügen, denke ich – Sie wissen ja, wie feinfühlig ich bin.«

»Klar, wem sagen Sie das«, meinte Dees, war aber erleichtert. Ein bißchen Demütigung konnte er ertragen. Was er nicht ausstehen konnte, war, wenn er zu Kreuze kriechen mußte.

Morrison saß da, sah ihn an und ließ die rechte Hand auf dem Hefter liegen.

»Okay, ich könnte mich geirrt haben.«

»Wie großherzig, daß Sie das zugeben«, sagte Morrison und reichte ihm den Hefter.

Dees schnappte ihn gierig, trug ihn zu dem Stuhl am Fenster und schlug ihn auf. Was er las – nicht mehr als eine zusammenhanglose Sammlung von Agenturmeldungen und Ausschnitten aus kleinen ländlichen Wochenzeitungen –, verschlug ihm die Sprache.

Das habe ich vorher nicht gesehen, dachte er, und gleich darauf: *Warum habe ich es nicht gesehen?*

Er wußte es nicht, aber er wußte, er mußte seine Selbsteinschätzung in Frage stellen, wenn er noch mehr Stories wie diese übersah. Und er wußte noch etwas: wenn seine und Morrisons Positionen vertauscht gewesen wären (und er hatte den Chefredakteurssessel von *Inside View* in den letzten sieben Jahren nicht einmal, sondern zweimal abgelehnt), hätte er Morrison auf dem Bauch kriechen lassen wie eine Schlange, bevor er ihm den Hefter gegeben hätte.

Scheiß drauf, sagte er zu sich. Du hättest ihn mit einem Tritt zur Tür hinausbefördert.

Der Gedanke, daß er am Ausbrennen war, ging ihm durch den Sinn. In diesem Geschäft war die Ausbrennrate ziemlich hoch, das wußte er. Man konnte nur eine gewisse Zeit über fliegende Untertassen schreiben, die ganze brasilianische Dörfer verschleppten (Geschichten, die häufig mit unscharf eingestellten Glühbirnen, die an Fäden vor einem schwarzen Samthintergrund hingen, illustriert wurden), über Hunde, die Taschenrechner bedienen konnten, oder über arbeitslose Väter, die ihre Kinder wie Anmachholz zerhackten. Und eines Tages drehte man dann einfach durch. So wie Dottie Walsh, die eines Abends nach Hause gegangen war, sich einen Plastikbeutel über den Kopf gezogen und dann ein Bad genommen hatte.

Sei nicht albern, sagte er sich, aber mulmig war ihm dennoch zumute. Die Story war da, groß wie das Leben und doppelt so häßlich. Wie um alles in der Welt hatte er sie nur übersehen können?

Er sah zu Morrison auf, der in seinem Stuhl lehnte, die Hände auf dem Bauch verschränkt hatte und ihn ansah. »Nun?« fragte Morrison.

»Ja«, sagte er. »Könnte ein Knüller werden. Und das ist noch nicht alles. Ich glaube, es ist der wahre Jakob.«

»Mir egal, ob es der wahre Jakob ist oder nicht«, sagte Morrison, »so lange es hilft, Zeitungen zu verkaufen. Und wir werden *eine Menge* Zeitungen damit verkaufen. Ist es nicht so, Richard?«

»Ja.« Er stand auf, klemmte den Hefter unter den Arm. »Ich werde der Spur dieses Burschen folgen, angefangen vom ersten Mord, von dem wir wissen, droben in Maine.«

»Richard?«

Er drehte sich unter der Tür um und sah, daß Morrison sich wieder über die Kontaktabzüge beugte. Er lächelte.

»Was halten Sie davon, wenn wir die besten davon neben einem Foto von Danny DeVito in diesem Batman-Film bringen?«

»Mir recht«, sagte Dees und ging hinaus. Plötzlich waren Fragen und Selbstzweifel vergessen; er hatte wieder den alten Geruch von Blut in der Nase, kräftig und auf bittere Weise anziehend, und im Augenblick wollte er nur ihm folgen, ganz bis zum Ende. Das Ende kam eine Woche später, aber nicht in Maine, nicht in Maryland, sondern weiter südlich, in North Carolina.

2

Es war Sommer; das Leben hätte gut und die Baumwolle hoch sein sollen, aber für Richard Dees lief nichts gut, während sich der lange Tag dem Abend entgegendehnte.

Das Hauptproblem – jedenfalls bis jetzt – war, daß er auf dem kleinen Flugplatz von Wilmington, der lediglich von einer größeren Linie, ein paar Pendlerflugzeugen und jeder Menge Privatflugzeugen angeflogen wurde, nicht landen konnte. In der Gegend herrschten schwere Gewitter, und Dees kreiste neunzig Meilen vom Flughafen entfernt, wurde von Turbulenzen durchgeschüttelt, sah auf die Uhr und fluchte. Es wurde 19:45 Uhr, bis er endlich Landeerlaubnis erhielt – ungefähr vierzig Minuten vor dem offiziellen Sonnenuntergang. Er wußte nicht, ob sich der Nachtflieger an die traditionellen Regeln hielt, aber selbst wenn er es tat, würde es verdammt knapp werden.

Und der Nachtflieger *war* da; Dees war ganz sicher. Er hatte den richtigen Platz, die richtige Cessna Skymaster gefunden. Der Mann, den er jagte, hätte sich für Virginia Beach, Charlotte, Birmingham oder einen Punkt noch weiter südlich entscheiden können, aber das hatte er nicht getan. Dees hatte keine Ahnung, wo er sich zwischen dem Start von Duffrey, Maryland, und der Ankunft hier versteckt gehalten hatte, und es war ihm auch einerlei. Es genügte ihm zu wissen, daß seine Eingebung richtig gewesen war. Er hatte eine Menge Zeit darauf verschwendet, alle Flugplätze südlich von Duffrey anzurufen, die für die Maschine des Fliegers in Frage kamen, hatte die Route immer wieder nachgezeichnet, hatte das Tastentelefon in seinem Zimmer im Days Inn Motel strapaziert, bis sein Finger wund war und seine Gesprächspartner ihre Gereiztheit angesichts seiner Hartnäckigkeit zum Ausdruck brachten. Doch letztendlich hatte sich Hartnäckigkeit ausgezahlt, wie so oft.

Privatflugzeuge waren in der Nacht zuvor auf allen in Frage kommenden Flugplätzen gelandet, und Maschinen vom Typ Cessna Skymaster 337 auf allen. Das überraschte nicht, waren sie doch die Toyotas der privaten Luftfahrt. Aber die Cessna 337, die letzte Nacht in Wilmington gelandet war, war diejenige, nach der er suchte; kein Zweifel. Er war dem Burschen auf den Fersen.

Dicht auf den Fersen.

»N 471 B, Vektor ILS Landebahn 34«, sagte die Stimme in seinem Kopfhörer. »Fliegen Sie Kurs 160. Gehen Sie runter und halten Sie 3000.«

»Kurs 160. Verlasse 6 auf 3000. Roger.«

»Und denken Sie daran, daß wir hier unten immer noch scheußliches Wetter haben.«

»Roger«, sagte Dees und dachte, daß der alte Farmer John da unten in dem Bierfaß, das in Wilmington als Kontrolltower diente, doch eindeutig ein verdammter Sportskerl war, ihm das zu sagen. Er *wußte*, daß in der Gegend scheußliches Wetter herrschte; er konnte die Gewitterzellen sehen, in einigen flackerten noch Blitze wie ein gigantisches Feuerwerk, und er hatte die letzten vierzig Minuten oder so mit Kreisen verbracht und das Gefühl gehabt, als säße er in einem Küchenmixer statt in einer zweimotorigen Beechcraft.

Er schaltete den Autopiloten ab, der ihn schon viel zu lange immer über demselben dummen Jetzt-siehst-du-ihn-dann-wieder-nicht-Flecken von Farmland in North Carolina gehalten hatte, und packte den Steuerknüppel mit den Händen. Da unten war keine Baumwolle zu sehen, weder hoch noch sonstwie. Nur ein paar verbrauchte Tabakfelder, von Raps überwuchert. Dees war froh, daß er jetzt Kurs auf Wilmington nehmen und den Landeanflug beginnen konnte, der vom Piloten, von ATC und vom Tower überwacht wurde.

Er griff zum Mikrofon und überlegte, ob er dem alten Farmer John einen Anruf reindrücken und ihn fragen sollte, ob da unten was Unheimliches vor sich ging – möglicherweise eine »In-dunkler-stürmischer-Nacht-Story«, wie sie die Leser von *Inside View* liebten –, doch dann hakte er das Mikro wieder ein. Es dauerte noch eine Weile bis Sonnenuntergang; er hatte die offizielle Wilmingtoner Zeit auf dem Weg von Washington National hierher abgeglichen. Nein, dachte er, vorerst behielt er seine Fragen besser für sich.

Dees glaubte ungefähr so sehr daran, daß der Nachtflieger ein echter Vampir war, wie er glaubte, daß es tatsächlich die Zahnfee gewesen war, die ihm als Kind die Vierteldollarstücke unter das Kissen geschoben hatte, aber wenn der Bursche glaubte, daß er ein Vampir war – und das glaubte der Bursche, davon war Dees überzeugt –, würde das vielleicht ausreichen, daß er sich an die Regeln hielt.

Schließlich imitiert das Leben die Kunst.

Graf Dracula mit privater Fluglizenz.

Man mußte zugeben, dachte Dees, das war eindeutig besser als Killerpinguine, die eine Verschwörung zum Sturz der menschlichen Rasse planten.

Die Beech sackte durch, als sie auf ihrem steten Abwärtskurs durch eine dicke Membran von Kumuluswolken stieß. Dees fluchte und fing das Flugzeug ab, das über das Wetter immer unglücklicher zu sein schien.

Wir beide, Baby, du und ich, dachte Dees.

Als er wieder in klare Luft kam, konnte er die Lichter von Wilmington und Wrightsville Beach deutlich erkennen.

Ja, Sir, die Dickerchen, die im 7-Eleven einkaufen, werden diese Story lieben, dachte er, während an der Backbordseite Donner grollte. *Sie werden schätzungsweise siebzig Zillionen Exemplare dieses Babys mitnehmen, wenn sie ihre abendlichen Rationen Twinkies und Bier einkaufen gehen.*

Aber es war mehr daran, das wußte er.

Dies hier konnte . . . nun . . . so verdammt gut werden.

Dies konnte *legitim* sein.

Es gab eine Zeit, da wäre dir so ein Wort nie in den Sinn gekommen, alter Freund, dachte er. Vielleicht brennst du *doch* aus.

Nichtsdestoweniger tanzten balkengroße Schlagzeilen wie kandierte Früchte in seinem Kopf: REPORTER VON *INSIDE VIEW* STELLT WAHNSINNIGEN NACHTFLIEGER. EXKLUSIVBEREICHT, WIE DER BLUTTRINKENDE NACHTFLIEGER GEFASST WURDE. »ICH BRAUCHTE ES«, BEHAUPTET DER TÖDLICHE DRACULA.

Nicht gerade Große Oper – das mußte Dees zugeben –, aber er war dennoch der Meinung, daß es sang. Er fand, es sang wie eine Sirene.

Schließlich nahm er doch das Mikro und drückte den Knopf. Er wußte, sein Freund von der Blutzunft war noch da unten, aber er wußte auch, er würde erst beruhigt sein, wenn er sich absolut vergewissert hatte.

»Wilmington, dies ist N 471 B. Haben Sie noch eine Skymaster 337 aus Maryland da unten auf dem Vorfeld?«

Unter Störgeräuschen: »Sieht so aus, altes Haus. Kann jetzt nicht reden. Hab' Luftverkehr.«

»Hat sie ein rotes Leitwerk?« beharrte Dees.

Einen Augenblick dachte er, er würde keine Antwort erhalten, dann: »Rotes Leitwerk, Roger. Schluß jetzt, N 471 B, wenn Sie nicht wollen, daß ich nachsehe, ob ich 'ne FCC-Strafe für euch alle bekommen kann. Ich hab heut nacht zu viele Fische zu braten und nicht genug Pfannen.«

»Danke, Wilmington«, sagte Dees in seinem höflichsten Tonfall. Er hängte das Mikro weg und zeigte ihm den Mittelfinger, aber er grinste und ignorierte die Turbulenzen, als er durch eine weitere Wolkenschicht flog. Skymaster, rotes Leitwerk; wenn der Trottel im Tower nicht so beschäftigt gewesen wäre, hätte er ihm auch noch die Hecknummer bestätigen können: N 101 BL.

Eine Woche, bei Gott, eine winzige Woche. Mehr war nicht nötig gewesen. Er hatte den Nachtflieger gefunden, und es war noch nicht dunkel, und so unmöglich es schien, es war keine Polizei am Schauplatz. *Wenn* die Bullen dagewesen wären, und *wenn* sie wegen der Cessna dagewesen wären, dann hätte Farmer John das sicherlich gesagt, dichter Flugverkehr und schlechtes Wetter hin oder her. Es gab Sachen, die waren einfach zu gut, um nicht darüber zu tratschen.

Ich will dein Bild, Dreckskerl, dachte Dees. Jetzt konnte er die Anfluglichter blendendweiß in der Dämmerung erkennen. *Mit der Zeit kriege ich deine Geschichte, aber erst das Bild. Nur eins, aber das muß ich haben.*

Ja, denn nur das Bild ließ alles wirklich werden. Keine verwackelten, unscharfen Glühbirnen; keine »künstlerischen Freiheiten«; ein solides, eindeutiges Foto in lebensechtem Schwarzweiß. Er drückte steiler hinab und achtete nicht auf den Piepton der Landeanzeige. Sein Gesicht war blaß und verkniffen. Seine Lippen, ein wenig zurückgezogen, entblößten kleine, blendendweiße Zähne.

Im vereinten Licht von Dämmerung und Armaturenbrett sah Richard Dees selbst ein wenig wie ein Vampir aus.

3

Es gab vieles, was *Inside View* nicht war – literarisch, zum Beispiel, oder um die Nuancen der Stories bekümmert, die es brachte –, aber eines war unbestreitbar: es war hervorragend auf das Grauenhafte eingestimmt. Merton Morrison *war* ein kleines Arschloch (wenngleich kein so großes, wie Dees anfangs geglaubt hatte, als er ihm zum erstenmal seine dumme, beschissene Pfeife hatte rauchen sehen), aber Dees mußte ihm eines lassen – er dachte an die beiden Dinge, die *Inside View* so erfolgreich gemacht hatten: Eimer voll Blut und Hände voll Eingeweide.

Oh, es gab immer Bilder niedlicher Babys und jede Menge an hellseherischen Vorhersagen und Diäten mit so ungewöhnlichen Zutaten wie Bier, Schokolade und Kartoffelchips, aber Morrison hatte den Wandel des Zeitgeistes bemerkt und nie an der Richtung gezweifelt, die das Blatt unter seiner Ägide nehmen sollte. Dees vermutete, daß Morrison nur dieses Selbstvertrauens wegen schon so lange dabei war, trotz seiner Pfeife und seiner Tweedjacken von Asshole Brothers in London. Morrison wußte, daß die Blumenkinder der sechziger Jahre zu den Kannibalen der neunziger geworden waren. Zärtlichkeitstherapie, politische Korrektheit und »die Sprache der Gefühle« mochten bei der intellektuellen Oberschicht angesagt sein, aber der kleine Mann auf der Straße interessierte sich immer noch mehr für Massenmorde und verheimlichte Skandale im Leben der Stars und dafür, wie Magic Johnson an AIDS gekommen war.

Dees zweifelte nicht daran, daß es immer noch ein Publikum für das *Schöne und Strahlende* gab, aber das Publikum für *Blut und Scheiße* war wieder im Wachstum begriffen, seit die Woodstock-Generation graue Strähnen im Haar und Falten in den Winkeln ihrer selbstgefälligen Schmollmünder entdeckt hatte. Merton Morrison, in dem Dees mittlerweile eine Art intuitives Genie sah, hatte seinen Standpunkt in einer legendären Hausmitteilung an alle Abteilungen und Mitarbeiter festgelegt, noch bevor er sich und seine Pfeife für eine Woche in dem Eckbüro einquartiert hatte. Halten Sie auf dem Weg zur Arbeit getrost an, und riechen Sie an den Rosen, so lautete die Botschaft dieser Hausmitteilung, aber wenn Sie angekommen sind, dann sperren Sie die Nasenlöcher weit auf und fangen an, nach Blut und Eingeweiden zu schnuppern.

Dees, der dazu *geschaffen* war, Blut und Eingeweide zu riechen, war entzückt gewesen. Und seine Spürnase war der Grund dafür, daß er hier war und nach Wilmington flog. Da unten wartete ein menschliches Monster, ein Mann, der sich für einen Vampir hielt. Dees hatte ihm schon einen Namen gegeben; einen Namen, der ihm auf den Nägeln brannte wie eine wertvolle Münze in der Tasche eines Mannes. Bald würde er die Münze herausholen und ausgeben. Wenn es soweit war, würde dieser Name vom Zeitschriftenregal eines jeden Supermarkts in Amerika strahlen und die Kundschaft in einer unübersehbaren Sechzehn-Punkt-Schrift auf sich aufmerksam machen.

Paßt auf, Ladys und Sensationslüsterne, dachte Dees. Ihr wißt es noch nicht, aber ein sehr böser Mann kommt auf euch zu. Ihr werdet seinen wirklichen Namen lesen und vergessen, aber das macht nichts. Ihr werdet euch an den Namen erinnern, den *ich* ihm gegeben habe, den Namen, der ihn mit Jack the Ripper und dem Cleveland-Torso-Mörder und der Black Dahlia auf eine Stufe stellen wird. Ihr werdet euch an den Nachtflieger erinnern, der bald zu einer Supermarktkasse in eurer Nähe kommen wird. Der Exklusivbericht, das Exklusivinterview ... aber was ich vor allem haben will, ist das *Exklusivbild.*

Er sah wieder auf die Uhr und entspannte sich ein ganz klein wenig (und *mehr konnte* Richard Dees sich auch nicht entspannen). Er hatte immer noch fast eine halbe Stunde Zeit bis zum Einbruch der Dunkelheit, und er würde in nicht einmal fünfzehn Minuten direkt neben der weißen Skymaster mit dem roten Leitwerk (und N 101 BL im selben Rot am Rumpfheck) parken.

Schlief der Flieger in der Stadt oder in einem Motel am Weg in die Stadt? Das glaubte Dees nicht. Einer der Gründe für die Popularität der Skymaster 337, abgesehen von ihrem vergleichsweise günstigen Preis, war der, daß sie als einziges Flugzeug ihrer Größenordnung einen Kofferraum hatte. Er war nicht viel großer als der Kofferraum eines alten VW-Käfers, das stimmte, aber geräumig genug für drei große Koffer oder fünf kleine – und sicher groß genug für einen Menschen, der schlief oder sich versteckte, vorausgesetzt, er hatte nicht die Größe eines Profi-Basketballspielers. Der Nachtflieger konnte im Kofferraum der Cessna sein, vorausgesetzt, daß er a) in der Haltung eines Embryos schlief, die Knie bis zum Kinn hochgezogen, oder b) verrückt genug war, sich für einen echten Vampir zu halten, oder c) beides zusammen.

Dees setzte sein Geld auf c).

Nun, während sein Höhenmesser von viertausend auf dreitausend Fuß sank, dachte Dees: Für dich kein Hotel oder Motel, mein Freund, habe ich recht? Wenn *du* Vampir spielst, dann bist du wie Frank Sinatra – du machst es auf deine Weise. Weißt du, was ich meine? Ich glaube, wenn sich die Luke dieses Flugzeugs öffnet, werde ich als erstes einen Schwall von Friedhofserde sehen (und wenn nicht, kannst du deine Fangzähne darauf verwetten, daß es so sein *wird*, wenn die Story erscheint). Und was ich dann als zweites sehen werde, wird ein Beinpaar in Frackhosen sein, denn du wirst dich *fein* gemacht haben, nicht? Mein guter Mann, ich glaube, du wirst sogar *herausgeputzt* sein, zum Töten herausgeputzt, könnte man sagen – *dressed to kill* –, und der Auslöser meiner Kamera ist schon gespannt, wenn ich das Cape im Wind flattern sehe ...

Doch da hörte seine Gedankenkette auf; hörte so sauber auf wie ein frisch abgebrochener Zweig. Denn in diesem Augenblick gingen die grellen weißen Lichter an beiden Landebahnen dort unten aus.

4

Ich werde der Spur dieses Burschen folgen, hatte er zu Merton Morrison gesagt, *angefangen vom ersten Mord, von dem wir wissen, droben in Maine.*

Keine vier Stunden später war er auf dem Cumberland County Airport und unterhielt sich mit einem Mechaniker namens Ezra Hannon. Mr. Hannon schien gerade erst aus einer Ginflasche herausgekrochen zu sein, und Dees hätte ihn nicht auf Rufweite an sein eigenes Flugzeug herangelassen, aber er schenkte dem Burschen dennoch seine ungeteilte und höfliche Aufmerksamkeit. Ezra Hannon war das erste Glied einer Kette, die für Dees immer wichtiger wurde.

Cumberland County Airport war ein würdevoller Name für einen Hinterwäldlerflugplatz, der aus zwei Nissenhütten und zwei sich überkreuzenden Rollbahnen bestand. Eine der Rollbahnen war sogar asphaltiert. Weil Dees noch nie auf einer festgestampften Landebahn gelandet war, hatte er die asphaltierte verlangt. Das Hüpfen seiner Beech 55 (um derentwillen er bis zu den Augenbrauen und darüber hinaus verschuldet war) bei der Landung brachte ihn zu dem Entschluß, es beim Start mit der gestampften zu versuchen, und er hatte erstaunt und entzückt festgestellt, daß sie so glatt war wie die Brust einer Studentin. Der Flugplatz verfügte selbstverständlich auch über einen Windsack, und selbstverständlich war er geflickt wie eine von Papas alten Unterhosen. Anlagen wie der CCA hatten *immer* einen Windsack. Das gehörte zu ihrem zweifelhaften Charme, genau wie der alte Doppeldecker, der stets vor dem einzigen Hangar parkte.

Cumberland County war der bevölkerungsreichste Landstrich in Maine, aber darauf wäre man nie gekommen, wenn man seinen Flughafen sah, überlegte Dees – oder Ezra den Erstaunlichen Ginsuff-Mechaniker, was das anbetraf. Wenn Ezra grinste und seine sämtlichen sechs Zähne sehen ließ, sah er aus wie ein Statist aus der Verfilmung von James Dickies *Deliverance*.

Der Flugplatz lag im Bereich der weitaus wohlhabenderen Stadt Falmouth und existierte weitgehend von den Landegebühren der reichen Sommergäste. Claire Bowie, das erste Opfer des Nachtfliegers, war Flugkontrolleur der Nachtschicht des CCA gewesen, ihm gehörte auch ein Viertel der Aktien des Flugplatzes. Außer ihm waren noch zwei Mechaniker angestellt und ein zweiter Bodenkontrolleur (die Kontrolleure verkauften nebenbei Chips, Zigaretten und alkoholfreie Getränke; des weiteren, hatte Dees herausgefunden, hatte der Ermordete einen ziemlich genießbaren Cheeseburger machen können).

Mechaniker und Kontrolleure waren gleichzeitig als Klempner und Hausmeister tätig. Es war nicht ungewöhnlich, daß der Flugkontrolleur aus dem Waschraum hasten mußte, wo er Kloschüsseln geputzt hatte, um Landeerlaubnis zu erteilen und eine Landebahn aus dem Labyrinth von zweien zu vergeben, die ihm zur Verfügung standen. Die Arbeit war dermaßen stressig, daß der Nachtkontrolleur des CCA zwischen Mitternacht und sieben Uhr morgens manchmal nur sechs Stunden Schlaf bekam.

Claire Bowie war fast einen Monat vor Dees' Besuch getötet worden, und das Bild, das der Reporter zusammenfügte, bestand aus den Meldungen in Morrisons dünnem Hefter und den weitaus farbenfroheren Ausführungen von Ezra dem Erstaunlichen Ginsuff-Mechaniker. Doch selbst wenn er Zugeständnisse machen mußte, was seine wichtigste Informationsquelle anbetraf, war Dees sicher, daß sich Anfang Juli auf diesem kleinen Fliegenschiß von einem Flughafen etwas ausgesprochen Merkwürdiges zugetragen hatte.

Die Cessna 337, Hecknummer N 101 BL, hatte sich am Morgen des neunten Juli kurz vor Dämmerung über Funk gemeldet und Landeerlaubnis erbeten. Claire Bowie, der die Nachtschicht des Flugplatzes seit 1954 machte, als Piloten den Anflug manchmal noch unterbrechen mußten (ein Manöver, das damals einfach »hochziehen« hieß), weil auf der damals einzigen Landebahn Kühe herumwanderten, nahm den Funkruf um 4:32 Uhr entgegen. Als Zeitpunkt der Landung trug er 4:49 Uhr ein; er notierte den Namen des Piloten als Dwight Renfield und den Herkunftsort von N 101 BL als Bangor, Maine. Die Zeitangaben waren zweifellos korrekt. Der Rest war Bockmist (Dees hatte Bangor überprüft und war nicht überrascht gewesen, daß man dort nie von N 101 BL gehört hatte), aber selbst wenn Bowie *gewußt* hätte, daß es Bockmist war, hätte ihn das wahrscheinlich nicht weiter gekümmert; im CCA herrschte eine lockere Atmosphäre, und eine Landegebühr war eine Landegebühr.

Der Name, den der Pilot genannt hatte, war ein bizarrer Witz. Dwight war zufällig der Vorname eines Schauspielers namens Dwight Frye, und Dwight Frye hatte zufällig, neben einer Vielzahl anderer Rollen, die Rolle des Renfield gespielt, eines sabbernden Idioten, dessen Idol der berühmteste Vampir aller Zeiten gewesen war. Doch selbst in einem verschlafenen Nest wie diesem hätte es Argwohn erregt, bei UNICOM über Funk Landeerlaubnis im Namen des Grafen Dracula zu erbitten, vermutete Dees.

Hätte – sicher war Dees da nicht. Schließlich war eine Landegebühr eine Landegebühr, und »Dwight Renfield« hatte sie unverzüglich und bar bezahlt, wie er auch die Füllung seiner Tanks bezahlt hatte – das Geld war anderntags in der Registrierkasse gefunden worden, zusammen mit einem Durchschlag der Quittung, die Bowie ausgestellt hatte.

Dees wußte, wie sorglos und unbekümmert der private Flugverkehr in den fünziger und sechziger Jahren auf den kleinen Flugplätzen gehandhabt worden war. Dennoch überraschte ihn die beiläufige Behandlung, die N 101 BL auf dem CCA erfahren hatte. Immerhin war es die Zeit der Drogenparanoia, und der größte Teil des Scheißzeugs, zu dem man einfach nein sagen sollte, kam mit kleinen Booten in kleinen Häfen oder mit kleinen Flugzeugen in kleinen Flughäfen an – Flugzeugen wie der Cessna Skymaster von »Dwight Renfield«. Sicher, eine Landegebühr war eine Landegebühr, aber Dees hätte damit gerechnet, daß Bowie wegen des fehlenden Flugplans einen Funkspruch nach Bangor absetzen würde, und sei es nur, um seinen eigenen Arsch zu decken. Aber er hatte es nicht getan. Da kam Dees zum erstenmal der Gedanke an ein Schmiergeld, aber sein gingetränkter Informant behauptete, daß Claire Bowie so ehrlich gewesen wäre, wie der Tag lang ist, und die beiden Polizisten aus Falmouth, mit denen Dees später redete, bestätigten Hannons Einschätzung.

Nachlässigkeit schien die wahrscheinlichste Lösung zu sein. Doch im Grunde spielte das überhaupt keine Rolle; die Leser von *Inside View* interessierten sich nicht für so esoterische Fragen, wie oder warum etwas passierte. Die Leser von *Inside View* begnügten sich damit, zu erfahren, *was* passiert war, wie lange es gedauert hatte, und ob die fragliche Person noch Zeit gehabt hatte zu schreien. Und natürlich für Bilder. Sie wollten Bilder. Große, fette, detaillierte Schwarzweißbilder, wenn möglich – von der Art, die wie ein Schwarm von Rasterpunkten von der Seite zu springen und sich einem ins Gehirn zu bohren schienen.

Ezra, der Erstaunliche Ginsuff-Mechaniker, sah überrascht und nachdenklich aus, als Dees fragte, wohin Renfield seines Erachtens nach der Landung gegangen sein konnte.

»Kein' Schimmer«, sagte er. »Muß'n Taxi genommen haben, schätz' ich.«

»Sie sind um – was haben Sie gesagt? Um sieben Uhr an diesem Morgen gekommen. Am neunten Juli?«

»Hm-hmm. Kurz bevor Claire nach Hause gegangen ist.«

»Und die Cessna Skymaster war geparkt und vertäut und verlassen?«

»Sicher. Stand genau da, wo Ihre jetzt steht.« Ezra deutete mit dem Finger, worauf Dees ein wenig zurückwich. Der Mechaniker roch nach sehr altem Roquefort, in Gilbey's Gin mariniert.

»Hat Claire gesagt, ob er dem Piloten ein Taxi gerufen hat? Damit es ihn zu einem Motel bringen könnte? Es scheint keine in der Gegend zu geben, die man bequem zu Fuß erreichen könnte.«

»Gibt's auch nicht«, stimmte Ezra zu. »Das nächste wäre das *Sea Breeze*, und das ist zwei Meilen weit weg. Vielleicht mehr.« Er kratzte sich das struppige Kinn. »Aber ich kann mich nicht erinnern, daß Claire was von einem Taxi für den Kerl gesagt hat.«

Dees nickte und nahm sich vor, trotzdem die Taxifirmen in der Umgebung anzurufen. Zu dem Zeitpunkt ging er noch von einer eigentlich durchaus vernünftigen Annahme aus: daß der Bursche, den er suchte, in einem Bett schlief, wie alle anderen auch.

»Was ist mit einem Leihwagen?«

»Nee«, sagte Ezra überzeugter. »Claire hat nichts von einem Leihwagen verlauten lassen, und *das* hätte er gesagt.«

Dees nickte abermals und beschloß, auch die Leihwagenfirmen anzurufen. Außerdem wollte er den Rest des Personals befragen, aber er rechnete nicht mit einer Erleuchtung; der alte Fuselbruder war so ziemlich alles, was da war. Er hatte mit Claire eine Tasse Kaffee getrunken, bevor Claire gegangen war, und eine weitere, als Claire am Abend wieder zum Dienst erschienen war, und es sah so aus, als wäre das das Ende vom Lied. Abgesehen vom Nachtflieger selbst schien Ezra der letzte Mensch gewesen zu sein, der Claire Bowie lebend gesehen hatte.

Der Gegenstand dieser Gedankengänge sah verschlagen in die Ferne, kratzte sich die Wülste unter dem Kinn und richtete dann den Blick seiner blutunterlaufenen Augen wieder auf Dees. »Claire hat nichts von einem Taxi oder einem Leihwagen gesagt, aber er hat *was anderes* gesagt.«

»Tatsächlich?«

»Woll«, sagte Ezra. Er machte den Reißverschluß der linken Tasche seines ölverschmierten Overalls auf, holte eine Packung Chesterfield heraus, zündete sich eine an und stieß das widerliche Husten eines alten Mannes aus. Er sah Dees durch den Rauch hindurch mit einem Ausdruck halbausgegorener Verschlagenheit an. »Muß nichts heißen, aber vielleicht doch. Claire kam auf jeden Fall was komisch vor. Muß daran liegen, daß er normalerweise nicht Scheiße sagte, wenn er 'n Mund davon voll hatte.«

»Was hat er denn gesagt?«

»Kann mich nicht genau erinnern«, sagte Ezra. »Wissen Sie, wenn ich was vergesse, dann frischt ein Bild von Alexander Hamilton mein Gedächtnis manchmal ein bißchen auf.«

»Wie wäre es mit einem von Abe Lincoln?« fragte Dees trocken.

Nach einem Augenblick des Nachdenkens – einem *kurzen* Augenblick – stimmte Hannon zu, daß Lincoln den Trick manchmal auch bewirkte, worauf als Folge ein Porträt dieses Herrn von Dees Brieftasche in Hannons leicht zitternde Hand hinüberwechselte. Dees glaubte, daß ein Porträt von George Washington den Trick *wahrscheinlich* auch bewerkstelligt haben würde, aber er wollte sicher sein, daß der Mann rückhaltlos auf seiner Seite stand. Außerdem ging sowieso alles auf das Spesenkonto.

»Schießen Sie los.«

»Claire sagte, der Kerl hat ausgesehen, als ginge er zu 'ner verdammt heißen Party«, sagte Ezra.

»Ach? Warum das denn?« Dees dachte, daß George Washington es vielleicht doch getan hätte.

»Sagte, der Bursche hätte ausgesehen, als käme er gerade aus der Orchestergarderobe. Smoking, Seidenkrawatte und so weiter.« Ezra machte eine Pause. »Claire sagte, der Kerl hätte sogar ein großes Cape umgehabt. Innen rot wie 'n Feuerwehrauto, außen schwarz wie das Arschloch von 'nem Waldmurmeltier. Hat gesagt, wenn es hinter ihm herwehte, hätte es wie 'n gottverdammter Fledermausflügel ausgesehen.«

Plötzlich leuchtete in Dees' Verstand ein einziges Wort in grellroten Neonbuchstaben auf, und dieses Wort hieß BINGO.

Du weißt es nicht, mein gingetränkter Freund, dachte Dees, *aber du hast möglicherweise gerade die Worte ausgesprochen, die dich berühmt machen werden.*

»Soviel Fragen über Claire«, sagte Ezra, »und Sie wollen nicht einmal wissen, ob *ich* was Komisches gesehen hab.«

»Haben Sie?«

»Zufällig ja.«

»Und was war das, mein Freund?«

Ezra kratzte sich mit langen, gelben Fingernägeln am Kinn, sah Dees aus den Winkeln seiner blutunterlaufenen Augen listig an und zog wieder an seiner Zigarette.

»Auf ein neues«, sagte Dees, während er noch ein Porträt von Abe Lincoln aus der Tasche zog und sorgfältig darauf achtete, den liebenswürdigen Gesichtsausdruck und die nette Stimme nicht zu verlieren. Seine Instinkte waren mittlerweile hellwach, und sie sagten ihm, daß Mr. Saufaus nicht völlig ausgepreßt war. Jedenfalls noch nicht.

»Irgendwie kommt's mir so vor, als wär das nicht genug für alles, was ich Ihnen erzähle«, sagte Ezra vorwurfsvoll. »Ein reicher Kerl aus der Stadt wie Sie sollte eigentlich mehr locker machen können als zehn Mäuse.«

Dees sah auf die Uhr. »Herrje!« sagte er. »Sehen Sie nur, wie spät es schon geworden ist! Und ich habe noch nicht einmal mit der Polizei von Falmouth gesprochen!«

Bevor er auch nur so tun konnte, als wollte er aufstehen, war der Fünfer zwischen seinen Fingern verschwunden und hatte sich zu seinem Kumpan in der Tasche von Hannons Overall gesellt.

»Nun gut, wenn Sie noch was zu erzählen haben, dann raus damit«, sagte Dees. Jetzt war die Liebenswürdigkeit verschwunden. »Ich muß noch anderswohin, mit anderen Leuten reden.«

Der Mechaniker dachte darüber nach, kratzte seine Wülste und verströmte den Geruch von angegammeltem Käse. Dann sagte er fast widerwillig: »Hab 'n großen Haufen Erde unter dieser Skymaster gesehen. Genau unter dem Kofferraum.«

»Tatsächlich?«

»A-hm. Hab mit 'm Stiefel reingekickt.«

Dees wartete. Das konnte er gut.

»Widerliches Zeug. Voller Würmer.«

Dees wartete. Das waren gute, nützliche Informationen, aber er glaubte nicht, daß der alte Mann schon völlig ausgewrungen war.

»Und Maden«, sagte Ezra. »Da waren auch Maden. Als wär was gestorben.«

Dees blieb in dieser Nacht im Sea Breeze Motel und machte sich anderntags um acht Uhr morgens auf den Weg nach Alderton im Staat New York.

5

Was Dees am Vorgehen seines Opfers nicht verstand, was ihn am meisten überraschte, war die Tatsache, wie *leichtsinnig* der Flieger gewesen war. In Maine und Maryland hatte er sich wahrhaftig *aufgehalten*, bevor er zugeschlagen hatte. Sein einziger Aufenthalt, der nur eine Nacht dauerte, war in Alderton, das er zwei Wochen, nachdem er Claire Bowie umbrachte, besucht hatte.

Der Lakeview Airport in Alderton war noch kleiner als der CCA – eine einzige festgestampfte Landebahn und eine kombinierte Ops/UNICOM-Anlage, die freilich nur aus einem frisch gestrichenen Schuppen bestand. Es gab keine Möglichkeit, nach Instrumenten zu landen, aber es gab eine große Satellitenschüssel, damit keiner der fliegenden Farmer, die hier arbeiteten, *Murphy Brown* oder *Glücksrad* oder etwas ähnlich Wichtiges verpassen mußte.

Eines allerdings gefiel Dees ausgezeichnet: die nichtasphaltierte Landebahn war ebenso spiegelglatt, wie es die in Maine gewesen war. Daran könnte ich mich gewöhnen, dachte Dees, als er die Beech sauber aufsetzte und mit dem Bremsmanöver begann. Kein Holpern über Asphaltblasen, keine Schlaglöcher, in denen man bei der Landung steckenbleibt ... ja, daran könnte ich mich mühelos gewöhnen.

In Alderton hatte niemand nach Bildern von Präsidenten oder Freunden von Präsidenten gefragt. In Alderton war die ganze Stadt – eine Gemeinde von knapp unter tausend Seelen – im Schock; nicht nur ein paar Teilzeitkräfte, die den winzigen Flugplatz zusammen mit dem verstorbenen Buck Kendall gewissermaßen aus Barmherzigkeit geführt hatten (und mit Sicherheit in die roten Zahlen). Und es gab niemanden, mit dem man reden konnte, nicht einmal ein Zeuge vom Kaliber Ezra Hannon. Hannon war vulgär gewesen, überlegte Dees, aber man konnte ihn wenigstens zitieren.

»Muß ein kräftiger Mann gewesen sein«, sagte einer der Teilzeitangestellten zu Dees. »Der alte Buck wog zwo-zwanzig und war meistens friedlich, aber *wenn* man ihn reizte, dann sorgte er dafür, daß es einem leid tat. Hab' gesehn, wie er einen Burschen aufgemischt hat, der vor zwei Jahren mit 'ner Jahrmarktsshow durch P'keepsie kam. Natürlich sind solche Kämpfe nicht legal, aber Buck war mit den Raten für seine kleine Piper Cub hintendran, deshalb hat er den Jahrmarktskämpfer auf die Matte gelegt. Er nahm seine zweihundert Dollar und schickte sie der Firma, etwa zwei Tage bevor sie jemanden schickten, um's einzutreiben, schätz' ich.«

Der Teilzeitmann schüttelte aufrichtig betroffen den Kopf, und Dees wünschte sich, er hätte daran gedacht, die Kamera mitzunehmen. Die Leser von *Inside View* hätten dieses lange, gramzerfurchte, trauernde Gesicht verschlungen. Dees beschloß herauszufinden, ob der verstorbene Buck Kendall einen Hund gehabt hatte. Die Leser von *Inside View* verschlangen auch Bilder der Hunde von Toten. Man ließ ihn auf der Veranda vor dem Haus des Verschiedenen Sitz machen und schrieb eine Legende wie BUFFYS LANGES WARTEN HAT BEGONNEN darunter, oder sowas.

»Wirklich schlimm«, sagte Dees mitfühlend.

Der Teilzeitmann seufzte und nickte. »Der Kerl muß ihn von hinten abserviert haben. Anders kann ich's mir nicht erklären.«

Dees wußte nicht, aus welcher Richtung Gerald »Buck« Kendall abserviert worden war, aber er wußte, daß man dem Opfer dieses Mal nicht die Kehle aufgeschlitzt hatte. Dieses Mal waren Löcher da, Löcher, durch die

»Dwight Renfield« wahrscheinlich seinem Opfer das Blut ausgesaugt hatte. Aber wie aus dem Gutachten des Gerichtsmediziners hervorging, befanden sich die Einstiche auf entgegengesetzten Seiten des Halses, einer in der Schlagader, der andere in der Drosselader. Das waren weder die diskreten Bißspuren der Bela-Lugosi-Ära noch die etwas blutrünstigeren der Christopher-Lee-Filme. Das Gutachten des Gerichtsmediziners sprach in trockenen Zentimeterangaben, aber Dees konnte hinreichend gut übersetzen, und Morrison hatte die unermüdliche Libby Grannit, die ihm erklären konnte, was die trockene Sprache des Leichenbeschauers nur teilweise preisgab: der Killer hatte entweder Zähne, wie sie der von *Inside View* so heißgeliebte Bigfoot hatte, oder aber er hatte die Löcher in Kendalls Hals auf eine wesentlich prosaischere Weise zustandegebracht: mit Hammer und Nagel.

MÖRDERISCHER NACHTFLIEGER DURCHBOHRTE OPFER UND TRANK IHR BLUT, dachten beide Männer am selben Tag an verschiedenen Orten. *Nicht schlecht.*

Der Nachtflieger hatte kurz nach 22:30 Uhr am Abend des dreiundzwanzigsten Juli um Landeerlaubnis auf dem Lakeview Airport gebeten. Kendall hatte die Erlaubnis erteilt und die Nummer aufgeschrieben, die Dees zu dem Zeitpunkt schon fast auswendig kannte: N 101 BL. Bei »Name des Piloten« hatte Kendall »Dwite Renfield« eingetragen, und bei »Marke und Flugzeugtyp« dann »Cessna Skymaster 337«. Das rote Leitwerk und das wallende Fledermauscape, innen rot wie ein Feuerwehrauto und außen schwarz wie das Arschloch eines Waldmurmeltiers, hatte er selbstverständlich nicht erwähnt, aber Dees war dennoch überzeugt, daß beides übereinstimmte.

Der Nachtflieger war kurz nach halb elf in Alderton gelandet, hatte den Kraftkerl Buck Kendall getötet, sein Blut getrunken und war irgendwann, bevor Jenna Kendall um fünf Uhr morgens gekommen war, um ihrem Mann eine frische Waffel zu bringen, und dabei seinen blutleeren Leichnam gefunden hatte, wieder mit seiner Cessna weitergeflogen.

Als Dees vor dem baufälligen Hangar/Tower des Lakeview stand und über alles nachdachte, kam ihm eine Idee. Wenn man Blut *spendete*, bekam man lediglich ein Glas Orangensaft und ein Dankeschön. Aber wenn man es nahm – speziell, wenn man es *aussaugte*, um präzise zu sein –, bekam man Schlagzeilen. Als er den Rest einer gräßlichen Tasse Kaffee auf den Boden schüttete und zu seinem Flugzeug ging, um nach Süden, nach Maryland, zu fliegen, überlegte sich Richard Dees, ob Gottes Hand nicht vielleicht ein wenig gezittert haben mochte, als Er die angebliche Krone seiner Schöpfung erschuf.

6

Jetzt, zwei böse Stunden, nachdem er in Washington National gelandet war, war die Lage noch viel schlimmer geworden, und zwar erschreckend plötzlich. Die Lichter der Landebahn waren erloschen, aber jetzt sah Dees, daß sie nicht allein erloschen waren – halb Wilmington und ganz Wrightsville Beach waren ebenfalls dunkel. ILS war immer noch da, aber als Dees das Mikro packte und schrie: »Was ist passiert? *Meldet* euch, Wilmington!«, erhielt er als Antwort nichts weiter als Störgeräusche, in denen ein paar Stimmen wie ferne Geister nuschelten.

Er knallte das Mikro zurück und verfehlte die Gabel. Es fiel auf den Cockpitboden, und Dees vergaß es. Es war reiner Piloteninstinkt gewesen, daß er es gepackt und geschrien hatte, nichts weiter. Er wußte so sicher, wie er wußte, daß die Sonne im Westen unterging – und das würde sie jetzt bald tun –, was geschehen war. Ein Blitz mußte eine Umspannstation in der Nähe des Flughafens getroffen haben. Die Frage war, ob er trotzdem landen sollte oder nicht.

»Du hattest Landeerlaubnis«, sagte eine Stimme. Eine andere erwiderte auf der Stelle (und zutreffend), daß das eine beschissene Ausflucht war. Du hast gelernt, was du in einer solchen Situation zu tun hast, als du noch das Äquivalent eines Fahrschülers warst. Die Logik und das Lehrbuch sagen dir, daß du zum nächsten Flughafen ausweichen und die ATC benachrichten sollst. Jetzt zu landen, unter gefährlichen Umständen, konnte ihn eine Strafe und ein sattes Bußgeld kosten.

Andererseits, *nicht* zu landen – jetzt *gleich* – konnte bedeuten, daß er den Nachtflieger verlor. Außerdem konnte es jemanden (oder mehrere) das Leben kosten; aber das kalkulierte Dees praktisch nicht ein – bis eine Idee wie ein Blitzlicht in seinem Verstand aufleuchtete, eine Inspiration, die, wie die meisten seiner Inspirationen, als gewaltige Schlagzeile vor ihm auftauchte:

HEROISCHER REPORTER RETTET (hier eine so große Zahl wie möglich einsetzen; sie würde sehr groß sein, wenn man die erstaunlich dehnbaren Grenzen der menschlichen Glaubwürdigkeit betrachtete) VOR WAHNSINNIGEM NACHTFLIEGER.

Nimm *das*, Farmer John, dachte Dees und setzte seinen Anflug auf Landebahn 34 fort.

Plötzlich leuchteten die Landebahnlichter, wie um seinen Entschluß zu billigen, wieder auf, erloschen dann wieder und hinterließen blaue Geisterbilder auf seinen Netzhäuten, die Sekunden später das kranke Grün verdorbener Avocados annahmen. Dann klärten sich die unheimlichen Geräusche aus dem Lautsprecher, und Farmer Johns Stimme kreischte: *»Backbord, N 471 B! Piedmont: nach Steuerbord! Herrgott, o gütiger Gott, eine Kollision, ich glaube, wir haben eine Kollision . . .«*

Dees' Selbsterhaltungsinstinkte waren ebenso ausgeprägt wie diejenigen, die Blut im Gebüsch rochen. Er sah die Positionslichter der Piedmont Airlines 727 nicht einmal. Er war zu sehr damit beschäftigt, so eng nach Backbord zu fliegen, wie es nur irgend ging – und das war so eng wie eine Jungfrauenpflaume, wie er mit Freuden bezeugt hätte, wenn er nur bei lebendigem Leib aus dieser Scheiße herauskam –, noch bevor Farmer John seine Warnung zu Ende gesprochen hatte. Er sah (oder spürte) einen Augenblick etwas, das nur Zentimeter über ihm zu sein schien, etwas Großes wie die Schwingen eines prähistorischen Vogels – und dann bekam die Beech 55 einen Stoß, der ihn die bisherigen Turbulenzen glatt vergessen ließ. Seine Zigaretten flogen ihm aus der Brusttasche und wurden überall verstreut. Die halbdunkle Silhouette von Wilmington war aberwitzig geneigt. Er fühlte sich, als versuchte sein Magen, sein Herz durch den Hals in den Mund zu drängen. Spucke lief ihm über die Wange wie ein Kind, das eine geseifte Rutschbahn herunterschlittert. Karten flogen wie Vögel durcheinander. Draußen hallte die Luft vom Donner der Schubdüsen. Eines der Fenster der viersitzigen Passagierkabine implodierte, ein asthmatischer Wind heulte herein, der alles, was nicht befestigt war, in einen wahren Wirbelsturm riß.

»Gehen Sie wieder auf Ihre bisherige Flughöhe, N 471 B!« schrie Farmer John. Dees war sich bewußt, daß er gerade ein Paar Hosen für zweihundert Dollar ruiniert hatte, indem er ungefähr einen Liter heiße Pisse hinein abdrückte, doch ihn tröstete das sichere Gefühl, daß der alte Farmer John seine Jockey-Shorts gerade mit einer Wagenladung frischer Mars-Riegel vollgeladen hatte. Jedenfalls hörte er sich so an.

Dees hatte ein Schweizer Offiziersmesser bei sich. Er holte es aus der rechten Hosentasche, hielt den Steuerknüppel mit der linken Hand fest und schnitt über dem linken Ellbogen durch sein Hemd, bis Blut kam. Dann brachte er sich einen weiteren Schnitt bei, nicht tief, direkt über dem linken Auge. Er klappte das Messer zu und schob es in die dehnbare Kartenklappe an der Pilotentür. Muß ich später saubermachen, dachte er; wenn ich es vergesse, könnte ich tief in der Scheiße sitzen. Aber er wußte, er würde es nicht vergessen, und wenn man in Betracht zog, womit der Nachtflieger durchgekommen war, würde ihm wahrscheinlich nichts passieren.

Die Lichter der Landebahn gingen wieder an, diesmal auf Dauer, hoffte er, aber ihr Pulsieren verriet ihm, daß sie von einem Generator gespeist wurden. Er lenkte die Beech wieder auf Landebahn 34. Blut rann ihm an der linken Wange bis zum Mundwinkel herab. Er saugte etwas davon ein, dann spie er eine rosa Mischung aus Blut und Spucke auf das IVSI. Nie einen Trick auslassen, sich einfach auf die alten Instinkte verlassen – die retteten einem immer wieder Kopf und Kragen.

Er sah auf die Uhr. Nur noch vierzehn Minuten bis Sonnenuntergang. Die ganze Sache wurde langsam knapp.

»Hochziehen, Beech!« kreischte Farmer John. *»Sind Sie taub?«*

Dees griff nach der verwickelten Leitung des Mikros, ohne die Landebahnlichter aus den Augen zu lassen. Er zog die Leitung durch die Finger, bis er das Mikro selbst zu fassen bekam. Er preßte es in die Handfläche und drückte den Sendeknopf.

»Hören Sie mir gut zu, Sie Arschloch«, sagte er, und dabei hatte er die Lippen bis zum Zahnfleischansatz zurückgezogen. »Ich werde von dieser 727 beinahe zu Erdbeermarmelade zerquetscht, weil Ihr Scheißgenerator nicht angesprungen ist, als er anspringen sollte; infolgedessen hatte ich kein ATC. Ich weiß nicht, wie viele Passagiere in dieser *Linienmaschine* eben beinahe zu Erdbeermarmelade zerquetscht worden wären, aber ich wette, *Sie* wissen es, und die Cockpit-Crew weiß es auch. Wenn die Leute da drüben noch am Leben sind, so nur, weil der Captain schlau genug war, scharf nach rechts zu ziehen, und weil ich schlau genug war, das auch zu tun. Aber ich habe ernste technische und körperliche Schäden davongetragen. Wenn Sie mir nicht auf der Stelle Landeerlaubnis geben, werde ich trotzdem landen. Und wenn ich ohne Erlaubnis landen muß, werde ich Sie vor eine FAA-Anhörung zerren. Aber vorher werde ich persönlich dafür sorgen, daß Ihr Kopf und Ihr Arschloch die Plätze tauschen. Haben Sie das verstanden, *Boß*?«

Ein langes, von Störgeräuschen erfülltes Schweigen. Dann eine sehr leise Stimme, ganz anders als Farmer Johns bisherige kernige Ansprache, die sagte: »Sie haben Erlaubnis, auf Bahn 34 zu landen, N 471 B.«

Dees lächelte und peilte die Landebahn an.

Er drückte den Mikroknopf und sagte: »Ich wurde wütend und habe geschrien. Tut mir leid. Kommt nur vor, wenn ich fast ums Leben komme.«

Keine Antwort vom Boden.

»Na gut, dann eben nicht«, sagte Dees. Dann setzte er zur Landung an und widerstand dem Impuls, rasch noch einmal auf die Uhr zu sehen.

7

Dees war abgehärtet und stolz darauf, aber es hatte keinen Zweck, sich selbst etwas vorzumachen; was er in Duffrey fand, machte ihn fertig. Die Cessna des Nachtfliegers hatte einen ganzen Tag – den einunddreißigsten Juli – auf dem Vorfeld gestanden, aber damit fing das Unheimliche erst an.

Natürlich würde die Leser von *Inside View* nur das Blut interessieren, und genau so sollte es auch sein, Welt ohne Ende, amen, amen, aber Dees begriff mit zunehmender Deutlichkeit, daß Blut (oder im Fall von Ray und Ellen Sarch das *Fehlen* von Blut) erst der Anfang der Story war. Unter diesem Blut lagen dunkle und seltsame Höhlen.

Dees traf am 8. August in Duffrey ein, mittlerweile fast eine Woche nach dem Nachtflieger. Er fragte sich noch einmal, wo sich sein Fledermausfreund zwischen den Morden herumtrieb. Disney World? Busch Gardens? Möglicherweise in Atlanta, um sich die Braves anzusehen? Solche Dinge waren im Augenblick von ziemlich geringer Bedeutung, weil die Jagd noch im Gange war, aber später konnten sie wichtig sein. Sie würden die Reste der Geschichte vom Nachtflieger über ein paar weitere Ausgaben strecken, damit die Leser noch ein bißchen nachschmecken konnten, wenn die größten Brocken rohen Fleisches schon verschlungen waren.

Immer noch *gab* es dunkle Stellen in dieser Geschichte – Höhlen, in die man fallen und in denen man für immer verschwinden konnte. Das hörte sich verrückt an und kitschig zugleich, aber als Dees allmählich begriff, was sich in Duffrey abgespielt hatte, fing er tatsächlich an, es selbst zu glauben, was bedeutete, daß *dieser* Teil der Story nie gedruckt werden würde, und nicht nur, weil er persönlich war. Er verletzte Dees' einzige eiserne Grundregel: Glaube niemals, was du veröffentlichst, und veröffentliche niemals, was du glaubst. Das hatte ihm im Laufe der Jahre ermöglicht, bei Verstand zu bleiben, während alle anderen um ihn herum den ihren verloren.

Er war auf dem Washington National gelandet – zur Abwechslung einmal ein *richtiger* Flughafen – und hatte ein Auto gemietet, um die sechzig Meilen bis Duffrey zu fahren, denn ohne Ray Sarch und seine Frau Ellen *gab* es keinen Flugplatz in Duffrey. Abgesehen von Ellens Schwester Raylene, die ganz gut mit dem Schraubenschlüssel umgehen konnte, waren die beiden das ganze Personal gewesen. Es gab eine einzige gestampfte und geölte Landebahn (geölt, um den Staub zu binden und das Wachstum von Unkraut zu verhindern) und einen Kontrollraum, nicht viel größer als ein Schrank, neben dem Jet Aire-Wohnwagen, in dem das Ehepaar Sarch hauste. Sie waren beide pensioniert, beide, wie man hörte, hart wie Stahl, beide waren Flieger, und sie liebten einander auch nach fast fünf Jahrzehnten Ehe noch heiß und innig.

Außerdem fand Dees heraus, daß die Sarches den privaten Verkehr auf ihrem Flughafen mit Argusaugen beobachteten; der Kampf gegen die Drogen hatte für sie persönliche Hintergründe. Ihr einziger Sohn war in den Everglades in Florida gestorben, als er versuchte, mit mehr als einer Tonne Acapulco-Gold in einer gestohlenen Beech 18 auf einer anscheinend freien Wasserfläche zu landen. Das Wasser *war* frei – mit Ausnahme eines einzigen Baumstumpfs. Die Beech 18 prallte dagegen, überschlug sich und explodierte. Doug Sarch war herausgeschleudert worden, aber wahrscheinlich noch am Leben, so wenig seine trauernden Eltern das glauben wollten. Er war von Alligatoren gefressen worden, und als die DEA-Leute ihn eine Woche später fanden, waren nur noch ein zerstükkeltes Skelett, ein paar von Maden wimmelnde Fleischfetzen, ein verkohltes Paar Calvin-Klein-Jeans und eine Sportjacke von Paul Stuart in New York von ihm übrig. In einer Tasche der Sportjacke befanden sich fast zwanzigtausend Dollar in bar; eine andere enthielt knapp sechzig Gramm fast reines peruanisches Kokain.

»Die Drogen und die Drecksäcke, die damit handeln, haben meinen Sohn umgebracht«, sagte Ray Sarch bei mehreren Anlässen, und Ellen Sarch war bereit, das doppelt und dreifach zu bekräftigen. Ihr Haß auf Drogen und Drogendealer, so wurde Dees mehrfach versichert (über die fast einhellige Meinung in Duffrey, der Mord an den ältlichen Sarches sei eine »Bandenrache« gewesen, konnte er nur lächeln), wurde nur noch von dem Kummer und der Bestürzung übertroffen, daß ihr einziger Sohn sich von eben diesen Leuten hatte verführen lassen.

Nach dem Tod ihres Sohnes hatten die Sarches jeden und alles im Auge behalten, was auch nur im entferntesten wie ein Drogentransport ausgesehen hatte. Sie hatten die Polizei von Maryland viermal umsonst auf den Flugplatz gerufen, aber das war den Staatspolypen einerlei gewesen, denn die Sarches hatten auch drei kleinere und zwei ziemlich große Lieferungen auffliegen lassen. Die letzte bestand aus siebenundzwanzig Pfund reinstem bolivianischem Kokain. Solche Knüller ließen einen ein paar falsche Alarme vergessen, denn das waren die Knüller, die Beförderungen brachten.

Am späten Abend des 30. Juli kommt also nun diese Cessna Skymaster, deren Nummer und Beschreibung an jedem Flugplatz in Amerika vorlag, einschließlich dem in Duffrey; eine Cessna, deren Pilot sich als Dwight Renfield ausgewiesen hatte, Startflughafen Bayshore Airport, Delaware, ein Flugplatz, der noch nie etwas von »Renfield« oder einer Skymaster mit der Hecknummer N 101 BL gehört hatte; das Flugzeug eines Mannes, der mit fast völliger Sicherheit ein Mörder war.

»Wenn er hier gelandet wäre, dann säße er jetzt im Knast«, hatte einer der Flugleiter in Bayshore Dees am Telefon gesagt, aber Dees hatte Zweifel. Ja. Wirklich große Zweifel.

Der Nachtflieger war um 23:27 Uhr in Duffrey gelandet, und »Dwight Renfield« hatte nicht nur das Logbuch der Sarches unterschrieben, sondern auch Rays Einladung angenommen, mit in den Wohnwagen zu kommen, ein Bier zu trinken und die Wiederholung einer Folge von *Rauchende Colts* auf TNT anzusehen. Das alles hatte Ellen Sarch am darauffolgenden Tag der Inhaberin des Beauty-Shop von Duffrey erzählt. Diese Frau, Selida McCammon, hatte sich gegenüber Dees als eine der engsten Freundinnen von Ellen Sarch bezeichnet.

Als Dees gefragt hatte, welchen Eindruck Ellen gemacht hatte, hatte Selida überlegt und dann gesagt: »Irgendwie verträumt. Wie ein High-School-Mädchen, das sich verknallt hat, siebzig Jahre hin oder her. Sie hatte eine so kräftige Gesichtsfarbe, daß ich es zuerst für Make-up hielt, bis ich mit ihrer Dauerwelle anfing. Dann sah ich, sie war nur ... Sie wissen schon ...« Selida McCammon zuckte die Achseln. Sie wußte, was sie meinte, konnte es aber nicht in Worte fassen.

»Aufgekratzt«, schlug Dees vor, worauf Selida McCammon lachte und in die Hände klatschte.

»Aufgekratzt! Das ist es! Sie sind tatsächlich ein Schriftsteller!«

»Oh, ich schreibe, wie man eben schreibt«, sagte Dees und spendete ihr ein Lächeln, das, wie er hoffte, herzlich und humorvoll wirkte. Das war ein Gesichtsausdruck, den er einst fast ununterbrochen geübt hatte und den er immer noch regelmäßig vor dem Schlafzimmerspiegel seines New Yorker Apartments übte, wie auch vor den Spiegeln der Hotels und Motels, die *wirklich* sein Zuhause waren. Es schien zu funktionieren – Selida McCammon erwiderte das Lächeln mehr als bereitwillig –, aber in Wahrheit hatte sich Richard Dees in seinem ganzen Leben noch nicht herzlich und humorvoll gefühlt. Als Kind und Teenager hatte er geglaubt, daß diese Gefühle überhaupt nicht existierten, daß sie nur eine große Maskerade waren, eine gesellschaftliche Konvention. Später kam er zum Ergebnis, daß er sich damit geirrt hatte; die meisten Empfindungen, die er stets als »*Reader's Digest*-Emotionen« bezeichnet hatte, waren durchaus real, zumindest für die meisten Menschen. Möglicherweise war sogar die Liebe real. Daß er selbst diese Gefühle nicht empfinden konnte, war zwar jammerschade, aber gewiß nicht das Ende der Welt. Da draußen gab es immerhin Leute mit Krebs und AIDS und Leute mit dem Erinnerungsvermögen von hirngeschädigten Wellensittichen. Wenn man es so sah, wurde einem ziemlich schnell klar, daß das Fehlen einiger Herzschmerzemotionen dagegen ziemlich belanglos war. Wenn man die Gesichtsmuskeln ab und zu in die richtige Richtung verziehen konnte, kam man durch. Es tat nicht weh, und es war leicht; wenn man daran denken konnte, den Reißverschluß wieder hochzuziehen, nachdem man gepinkelt hatte, konnte man auch daran denken, zu lächeln und mitfühlend auszusehen, wenn es von einem erwartet wurde. Und ein verständnisvolles Lächeln, hatte er im Lauf der Jahre herausgefunden, war manchmal das beste Hilfsmittel bei einem Interview. Ab und zu fragte ihn eine innere Stimme, was es mit *seinem eigenen* Blick nach innen auf sich hätte, aber Dees *wollte* keinen Blick nach innen. Er wollte nur Schreiben und Fotos machen. Beim Schreiben war er besser, das war immer so und würde immer so sein, was er auch wußte, aber Fotos zu machen gefiel ihm trotzdem besser. Er berührte sie gern. Er sah es gern, wenn die Menschen der ganzen Welt ihre wahren Gesichter zeigten oder ihre Masken so deutlich wurden, daß sie sie nicht leugnen konnten. Ihm gefiel, wie die Menschen auf den besten Fotos immer überrascht und entsetzt aussahen. Wie sie ertappt aussahen.

Auf Drängen hin hätte er geantwortet, daß die Fotos den einzigen Blick nach innen boten, den er brauchte, und das Thema wäre hier sowieso unwichtig. Wichtig war nur der Nachtflieger, sein kleiner Fledermausfreund, und wie er vor einer Woche ins Leben von Ray und Ellen Sarch getreten war.

Der Flieger war also aus seiner Maschine ausgestiegen und in ein Büro gegangen, in dem eine rot umrandete FAA-Meldung hing, eine Meldung, derzufolge draußen ein gefährlicher Bursche mit einer Cessna Skymaster, Hecknummer N 101 BL, herumflog, der möglicherweise zwei Menschen ermordet hatte. Dieser Mann, sagte die Meldung weiter, nannte sich möglicherweise Dwight Renfield. Das Flugzeug war gelandet, Dwight Renfield hatte sich eingetragen und mit ziemlicher Sicherheit den ganzen darauffolgenden Tag im Kofferraum seines Flugzeugs verbracht. Und was war mit den Sarches, den beiden wachsamen alten Leutchen?

Die Sarches hatten nichts gesagt; die Sarches hatten nichts *getan.*

Aber das traf nicht ganz zu, wie Dees herausgefunden hatte. Ray Sarch hatte eindeutig etwas getan: er hatte den Nachtflieger eingeladen, mit ihm und seiner Frau eine alte Folge von *Rauchende Colts* anzusehen und ein Bier zu trinken. Sie hatten ihn wie einen alten Freund behandelt. Und am nächsten Tag hatte sich Ellen Sarch einen Termin in der Beauty Bar geben lassen, was Selida McCammon überraschte; normalerweise kamen Ellens Besuche so pünktlich wie ein Uhrwerk, und diesmal kam sie, fast zwei Wochen bevor Selida sie wieder erwartet hätte. Ihre Anweisungen waren ungewöhnlich präzise gewesen; sie hatte nicht nur den üblichen Haarschnitt gewollt, sondern eine Dauerwelle – und außerdem eine Tönung.

»Sie wollte jünger aussehen«, hatte Selida McCammon zu Dees gesagt und sich dann mit dem Handrücken eine Träne von der Wange gewischt.

Aber Ellen Sarchs Verhalten war harmlos, verglichen mit dem ihres Mannes. Der hatte die FAA im Washington National angerufen und gebeten, eine NOTAM-Meldung herauszugeben und Duffrey von der Liste der betriebsbereiten Flugplätze zu streichen, jedenfalls vorläufig. Mit anderen Worten: er hatte die Rollos runtergelassen und den Laden dichtgemacht.

Auf dem Nachhauseweg hatte er an der Texaco-Tankstelle von Duffrey gehalten und Norm Wilson, dem Besitzer, gesagt, er glaube, er habe sich eine Erkältung geholt. Norm erzählte Dees, daß Ray damit wahrscheinlich recht gehabt hatte – er hatte blaß und kränklich und plötzlich älter ausgesehen, als er tatsächlich war.

Und in dieser Nacht waren die beiden wachsamen Feuerwächter ums Leben gekommen. Ray Sarch war in dem kleinen Kontrollraum gefunden worden. Sein Kopf war abgerissen und in die gegenüberliegende Ecke geschleudert worden, wo er auf seinem zerfetzten Halsstumpf gelegen und mit aufgerissenen, glasigen Augen in die Ecke gestarrt hatte, als gäbe es dort etwas zu sehen.

Seine Frau war im Schlafzimmer des Wohnwagens der Sarches gefunden worden – im Bett. Sie hatte ein Nachthemd an, so neu, daß es wahrscheinlich vor dieser Nacht überhaupt noch nicht getragen worden war. Sie war alt, hatte ein Deputy Dees verraten (mit fünfundzwanzig Dollar war er ein kostspieligerer Informant gewesen als Ezra der Erstaunliche Ginsuff-Mechaniker, aber dennoch sein Geld wert), aber ein Blick hatte genügt, einem zu zeigen, daß sich die Frau fürs Bett zurechtgemacht hatte. Diese Sex-Dreingabe gefiel Dees so gut, daß er sie in seinem Notizbuch festhielt. Von den gewaltigen Löchern an ihrem Hals hatte eines die Drosselader getroffen, das andere die Halsschlagader. Ihr Gesicht war gefaßt gewesen, die Augen geschlossen, die Hände auf der Brust.

Obwohl sie fast jeden Tropfen Blut in ihrem Körper verloren hatte, waren auf dem Kissen unter ihr nur ein paar Flecken zu sehen und ein paar mehr auf dem Buch, das offen auf ihrem Bauch lag: *Der Fürst der Finsternis* von Anne Rice.

Und der Nachtflieger?

Der war irgendwann kurz vor Mitternacht des 31. Juli oder in den frühen Morgenstunden des 1. August einfach weggeflogen.

Wie eine Fledermaus.

8

Dees landete sieben Minuten vor dem offiziellen Sonnenuntergang in Wilmington. Während er das Gas wegnahm und immer noch Blut von dem Schnitt unter dem Auge aus dem Mund spie, sah er einen Blitz herunterfahren, dessen blauweißes Feuer ihn fast blendete. Diesem Blitz folgte der ohrenbetäubendste Donnerschlag, den er je gehört hatte; seine subjektive Meinung über diesen Schlag wurde bestätigt, als ein weiteres Fenster der Kabine, durch den Beinahe-Zusammenstoß mit der Piedmont 727 in Mitleidenschaft gezogen, einen Regen falscher Diamanten ins Cockpit spie.

In dem gleißenden Aufleuchten sah er ein flaches, würfelförmiges

Bauwerk an der Backbordseite von Landebahn 34, in das der Blitz einschlug. Es explodierte und schleuderte eine Feuersäule zum Himmel empor, die zwar ebenfalls gleißend war, aber nicht annähernd die Helligkeit des Blitzes erreichte, der sie ausgelöst hatte.

Als wollte man eine Dynamitstange mit einer Atombombe zünden, dachte Dees verwirrt, und dann: der Generator. Das war der Generator.

Die Lichter – alle miteinander, die weißen Lichter, die den Rand der Landebahnen markierten, und die leuchtendroten, die ihr Ende kennzeichneten – waren plötzlich verschwunden, als wären sie nicht mehr als Kerzen gewesen, die ein starker Windstoß ausgeblasen hatte. Mit einemmal raste Dees mit mehr als achtzig Meilen pro Stunde aus der Dunkelheit in die Dunkelheit.

Die Druckwelle der Explosion rammte die Beech wie eine Faust – rammte sie nicht nur, sondern schlug auf sie ein wie ein Hammer. Die Beech, die noch kaum wußte, daß sie wieder zu einem Landlebewesen geworden war, schlitterte erschrocken nach Steuerbord, hob ab und kam wieder herunter, wobei der rechte Reifen über etwas – *vieles* – holperte, das Dees vage als Landelichter identifizierte.

Backbord! kreischte sein Verstand. Nach Backbord, du Arschloch!

Er hätte es fast getan, doch sein Verstand gewann die Oberhand. Wenn er den Knüppel bei dieser Geschwindigkeit nach Backbord riß, würde er sich mit ziemlicher Sicherheit überschlagen. Wahrscheinlich nicht explodieren, wenn man bedachte, wie wenig Treibstoff noch in den Tanks war; aber es wäre möglich. Oder die Beech würde einfach auseinanderbrechen, und der Richard Dees von den Eingeweiden an abwärts würde sich auf seinem Sitz winden und zappeln, während der Richard Dees von den Eingeweiden an aufwärts sich in eine andere Richtung bewegen, seine abgetrennten Gedärme wie Girlanden hinter sich herziehen und Nieren fallen lassen würde wie übergroße Haufen Vogelscheiße.

Ausrollen lassen! schrie er sich selbst an. Ausrollen lassen, du Hurensohn, ausrollen lassen!

Da explodierte wieder etwas – die Reservetanks des Generators, überlegte er, als er Zeit zum Überlegen hatte – und hämmerte die Beech noch weiter nach Steuerbord, aber das machte nichts, es brachte ihn von den verdammten Landelichtern herunter, und plötzlich rollte er wieder vergleichsweise glatt, der Backbordreifen auf dem Rand von Landebahn 34, der Steuerbordreifen auf dem unheimlichen Streifen zwischen den Lichtern und dem Graben, den er rechts von der Landebahn gesehen hatte. Die Beech holperte immer noch, aber nicht mehr so schlimm, und ihm wurde klar, daß er mit einem Platten fuhr; der Steuerbordreifen war von den Landelichtern, die er zertrümmert hatte, in Fetzen gerissen worden.

Aber er wurde langsamer, nur das zählte, die Beech begriff allmählich, daß sie ein anderes Wesen geworden war, ein Wesen, das wieder dem Boden gehörte. Dees entspannte sich gerade etwas, als er einen großen Lear Jet vor sich sah, wie ihn die Piloten als Fat Albert bezeichneten, der wahnsinnigerweise quer auf der Landebahn stand, wo der Pilot auf dem Weg zur Startbahn 5 angehalten hatte.

Dees raste darauf zu, sah erleuchtete Fenster, sah Gesichter, die ihn wie Idioten in einem Irrenhaus anstarrten, die ein Zauberkunststück vorgeführt bekommen, dann riß er das Ruder, ohne nachzudenken, voll nach rechts, steuerte die Beech von der Landebahn herunter in den Graben und verfehlte das Heck des Lear schätzungsweise um anderthalb Zentimeter. Er hörte leise Schreie, aber seine Aufmerksamkeit galt nur dem *Jetzt*, als die Beech erneut versuchte, wieder zu einem Geschöpf der Lüfte zu werden – was ihr freilich mit den ausgefahrenen Landeklappen und gedrosselten Motoren nicht gelang, sie aber nicht daran hinderte, es trotzdem zu versuchen. Im sterbenden Licht der zweiten Explosion machte sie einen krampfhaften Sprung und schlitterte über einen Rollweg; und dann sah Dees den General Aviation Terminal, dessen Ecken von batteriebetriebener Notbeleuchtung erhellt wurden, und die geparkten Flugzeuge – eines davon mit ziemlicher Sicherheit die Skymaster des Nachtfliegers – als dunkle Kreppapiersilhouetten vor dem unheilvollen orangefarbenen Licht des Sonnenuntergangs, das nun zwischen den aufreißenden Gewitterwolken durchschien.

Ich werde umkippen! schrie er sich selbst zu, und die Beech versuchte *tatsächlich* zu kippen, die Backbordtragfläche schlug Funken am Rollweg neben dem Terminal, die Spitze brach ab und wirbelte ins Gebüsch davon, wo die Reibungshitze in dem feuchten Gestrüpp ein schwaches Feuer entfachte.

Dann kam die Beech zum Stillstand, die einzigen Laute waren das knisternde Rauschen der Störgeräusche aus dem Funkgerät, das Klappern zerbrochener Flaschen, deren Inhalt auf den Boden der Passagierkabine tropfte und gurgelte, und das wahnsinnige Hämmern von Dees' Herz. Noch bevor er ganz sicher war, daß er noch lebte, hatte er den Sicherheitsgurt geöffnet und nach dem Verschluß der Luke gegriffen.

Was später geschah, daran erinnerte er sich mit visionärer Klarheit; aber von dem Augenblick an, als die Beech mit dem Heck zum Lear und auf eine Seite gekippt auf dem Rollweg zum Halten kam, bis zu dem Augenblick, als er die ersten Schreie aus dem Terminal hörte, war ihm nur erinnerlich, daß er sich umgedreht hatte, um nach seiner Kamera zu suchen. Er konnte das Flugzeug nicht ohne seine Kamera verlassen, die Nikon war für ihn so etwas wie eine Ehefrau. Er hatte sie mit siebzehn in einem Geschäft in Toledo erstanden und seither immer bei sich gehabt. Er hatte neue Objektive dazugekauft, aber das Gehäuse war noch immer dasselbe wie damals, der einzige Unterschied waren die zahlreichen Kratzer und Dellen, die der Job mit sich brachte. Die Nikon befand sich in der elastischen Tasche hinter seinem Sitz. Er zog sie heraus, sah nach, ob sie unversehrt war, und stellte fest, daß sie es war. Er schlang sich den Tragriemen um den Hals und beugte sich über die Luke.

Er kippte den Griff, sprang hinunter, stolperte, stürzte beinahe und fing seine Kamera auf, bevor sie auf den Beton des Rollwegs aufprallen konnte. Erneutes Donnergrollen ertönte, diesmal wirklich *nur* ein Grollen, fern und ungefährlich. Wind wehte ihm entgegen, im Gesicht wie die zärtliche Berührung einer Hand, aber eiskalt unterhalb der Gürtellinie. Dees verzog das Gesicht. Daß er sich in die Hose gepißt hatte, als seine Beech und die Piedmont einander um Haaresbreite verfehlt hatten, würde auch nicht in seinem Artikel stehen.

Dann ertönte ein schriller, dünner Schrei aus dem General Aviation Terminal – ein Schrei, in dem sich Schmerz und Entsetzen vermischten. Es war, als hätte jemand Dees ins Gesicht geschlagen. Er kam wieder zu sich. Er konzentrierte sich auf sein Ziel. Er sah auf die Uhr. Sie funktionierte nicht. Entweder war sie bei der Landung zu Bruch gegangen, oder sie war stehengeblieben. Es handelte sich um eine jener Antiquitäten, die man aufziehen mußte, und er wußte nicht mehr, wann er das zum letzten Mal getan hatte.

War es Sonnenuntergang? Es war scheißdunkel hier draußen, ja, aber bei den vielen Gewitterwolken über dem Flughafen konnte man schwer abschätzen, ob das etwas zu sagen hatte. *War* es Sonnenuntergang?

Ein weiterer Schrei ertönte – nein, kein Schrei, ein Kreischen – gefolgt vom Klirren berstenden Glases.

Dees entschied, daß ihm der Sonnenuntergang einerlei war.

Er lief und bekam am Rande mit, daß die Ersatztanks des Generators immer noch brannten. Benzindunst lag in der Luft. Er versuchte, noch schneller zu laufen, aber es schien, als liefe er in nassem Beton. Der Terminal kam näher, aber nicht besonders schnell. Nicht schnell genug.

»Bitte, nein! Bitte, nein! BITTE NEIN! OH BITTE NEIN!«

Der Schrei schwoll wie eine Spirale immer schriller an und ging plötzlich in ein schreckliches, unmenschliches Heulen über. Und dennoch *hatte* es etwas Menschliches, und das war das allerschlimmste daran. Im trügerischen Licht der Notbeleuchtung an den Ecken des Terminals sah Dees etwas Dunkles, Ruderndes, das an der den Parkplätzen des Terminals zugekehrten Wand Glas zertrümmerte – die Wand bestand fast vollständig aus Glas – und dann herausgeflogen kam. Es landete mit einem feuchten Plumps auf der Rampe, rollte herum, und Dees sah, daß es ein toter Mann war.

Der Sturm zog weiter, aber es wetterleuchtete noch, und als Dees auf das Parkgelände lief, inzwischen keuchend, sah er endlich das Flugzeug des Nachtfliegers; N 101 BL war kühn auf das Heck gemalt. In diesem Licht sahen die Buchstaben und Ziffern schwarz aus; er wußte, daß sie rot waren, doch das spielte so oder so keine Rolle mehr. Die Kamera war ohnehin nur mit einem Schwarzweißfilm bestückt und mit einem Blitz ausgestattet, der nur dann blitzte, wenn das Licht nicht für die Empfindlichkeit des Films ausreichte.

Die Luke der Skymaster hing auf wie der Mund eines Leichnams. Darunter lag ein großer Erdhaufen, in dem sich Gewürm wand und krümmte. Dees sah es und kam schlitternd zum Stillstand. Jetzt erfüllte nicht mehr nur Angst sein Herz, sondern ein unbändiges, klopfendes Glücksgefühl. Wie gut, daß sich alles so zusammengefügt hatte!

Ja, dachte er, aber nenne es nicht Glück – *wage* es nicht und nenne es Glück. Nenne es nicht einmal eine Eingebung.

Korrekt. Es war kein Glück, daß er sich in dem beschissenen kleinen Motelzimmer mit der scheppernden Klimaanlage herumgedrückt hatte, keine Eingebung – jedenfalls nicht *genau* eine Eingebung – die ihn Stunde um Stunde ans Telefon gefesselt hatte, wo er winzige Flughäfen angerufen und immer wieder die Hecknummer des Nachtfliegers durchgegeben hatte. Das war der reine Reporterinstinkt gewesen, und der zahlte sich nun aus. Nur handelte es sich hier nicht um ein gewöhnliches Auszahlen; dies war der Jackpot, El Dorado, die ganz große Sache.

Er blieb schlitternd vor der klaffenden Luke stehen und versuchte die Kamera hochzubringen. Erdrosselte sich beinahe mit dem Tragriemen. Fluchte. Löste den Riemen. Zielte.

Aus dem Terminal ertönte ein weiterer Schrei – der Schrei einer Frau oder eines Kindes. Dees bemerkte es kaum. Dem Gedanken, daß dort drinnen ein Gemetzel stattfand, folgte der Gedanke, daß Bilder von dem Gemetzel die Story nur noch fetter machen würden, aber beide Gedanken waren vergessen, als er rasch drei Aufnahmen von der Cessna machte und dabei darauf achtete, daß er die klaffende Kofferraumluke und die Nummer auf dem Heck deutlich draufbekam. Der automatische Filmtransport summte.

Dees lief weiter. Noch mehr Glas barst. Ein weiterer dumpfer Aufprall, als ein zweiter Leichnam wie eine Flickenpuppe auf den Beton geschleudert wurde. Dees schaute hin, sah verwirrende Bewegungen, das Aufbauschen von etwas, das ein Cape sein konnte. Doch er war noch zu weit entfernt, um das mit Sicherheit sagen zu können. Er drehte sich um. Schoß zwei weitere Aufnahmen des Flugzeugs, diesmal von vorne. Gedruckt würden die klaffende Luke und der Erdhaufen deutlich und unübersehbar sein.

Dann wirbelte er herum und rannte zum Terminal. Die Tatsache, daß er nur mit einer alten Nikon bewaffnet war, wurde ihm überhaupt nicht bewußt.

Zehn Meter entfernt blieb er stehen. Drei Leichen hier draußen, zwei Erwachsene beiderlei Geschlechts, dazu entweder eine kleinwüchsige Frau oder ein Kind von ungefähr dreizehn Jahren. Es war schwer zu sagen, weil der Kopf fehlte.

Dees hob die Kamera und machte schnell sechs Aufnahmen, wobei das Blitzlicht seine eigenen weißen Blitze erzeugte und der automatische Transport ein zufriedenes Knirschen von sich gab.

Sein Verstand verlor nie den Überblick. Er hatte sechsunddreißig Bilder. Elf hatte er verschossen. Blieben fünfundzwanzig. Ein weiterer Film steckte in den tiefen Taschen seiner Hose, und das war großartig – wenn er die Möglichkeit hatte, ihn einzulegen. Darauf konnte man sich allerdings nie verlassen; bei solchen Fotos mußte man zuschlagen, solange man zuschlagen konnte. Ein reines Schnellimbißbankett.

Dees erreichte den Terminal und riß die Tür auf.

9

Er dachte, er hätte alles gesehen, was es zu sehen gab, aber so etwas hatte er noch *niemals* gesehen. *Niemals.*

Wie viele? jammerte sein Verstand. Wie viele hast du hier? Sechs? Acht? Vielleicht ein Dutzend?

Er konnte es nicht sagen. Der Nachtflieger hatte den kleinen Privatterminal in ein Schlachthaus verwandelt. Überall Leichen und Leichenteile. Dees sah einen Fuß in einem schwarzen Turnschuh Marke Converse; er machte eine Aufnahme. Einen zerfetzten Torso; er machte eine Aufnahme. Hier lag ein Mann im ölverschmierten Overall eines Mechanikers, der noch lebte, und einen unheimlichen Augenblick lang dachte er, es wäre Ezra der Erstaunliche Ginsuff-Mechaniker vom Cumberland County Airport, aber der Bursche hier wurde nicht erst kahl, er war es bereits. Sein Gesicht war von der Stirn bis zum Kinn aufgeschlitzt worden. Die Nase war in zwei Hälften gespalten, wobei Dees aus einem irren Grund an ein gegrilltes Würstchen denken mußte, das aufgeplatzt und bereit für das Brötchen war.

Dees machte eine Aufnahme.

Und plötzlich, einfach so, rebellierte etwas in ihm und schrie mit einer herrischen Stimme, die man unmöglich überhören und der man sich nicht widersetzen konnte: *Aufhören!*

Aufhören, nichts mehr, es ist vorbei!

Er sah einen Pfeil, der an die Wand gemalt war, darunter die Worte ZU DEN WASCHRÄUMEN. Dees lief mit schlenkernder Kamera in die Richtung, in die der Pfeil zeigte.

Die erste Tür, die er fand, war die der Herrentoilette, aber Dees hätte es auch nichts ausgemacht, wenn es die Außerirdischentoilette gewesen wäre. Er weinte mit langgezogenen, abgehackten, heiseren Schluchzlauten; doch daß sie von ihm stammten, nahm er kaum zur Kenntnis. Es war Jahre her, seit er zum letztenmal geweint hatte. Damals war er noch ein Kind gewesen.

Er stürzte durch die Tür, schlitterte wie ein Skiläufer in den Raum und hielt sich am Rand des zweiten Waschbeckens in der Reihe fest.

Er beugte sich darüber, und alles kam in einer vollen, stinkenden Flut heraus. Etwas davon spritzte ihm ins Gesicht, etwas landete in braunen Flecken auf dem Spiegel. Er roch das Chicken Creole zum Mitnehmen, das er im Motelzimmer, über das Telefon gebeugt, zu Mittag gegessen hatte; das war, kurz bevor er die Goldader gefunden hatte und zu seinem Flugzeug gerannt war. Und er würgte erneut, wobei er ein lautes, ächzendes Geräusch von sich gab wie eine überlastete Maschine kurz vor dem Auseinanderbrechen.

Mein Gott, dachte er, o mein Gott, das ist kein Mensch, das kann kein Mensch sein . . .

Und dann hörte er das Geräusch.

Es war ein Geräusch, das er schon mindestens tausendmal gehört hatte, ein Geräusch, das jedem amerikanischen Mann vertraut war – aber jetzt erfüllte es ihn mit Grauen und einem schleichenden Entsetzen, jenseits seiner sämtlichen Erfahrungen und Überzeugungen.

Es war das Geräusch eines Mannes, der ein Pissoir benutzt.

Doch obwohl er alle drei Pissoirs im Spiegel sehen konnte, sah er niemanden, der davor stand.

Dees dachte: Vampire haben kein Spiegelb. . .

Dann sah er die rötliche Flüssigkeit, die sich über das Porzellan des mittleren Pissoirs ergoß, sah sie an dem Porzellan hinabrinnen, sah sie in den Abflußlöchern verschwinden.

Er sah keinen Strahl in der Luft, er sah es erst, wenn es auf das tote Porzellan traf.

Dees war erstarrt. Er stand da, stützte sich mit den Händen auf das Becken, in Mund und Hals und Nase und Stirnhöhlen den Geschmack und Geruch von Chicken Creole, und beobachtete den unglaublichen und doch prosaischen Vorgang, der sich hinter ihm abspielte.

Ich sehe, dachte er benommen, einen Vampir beim Pissen.

Irgendwo heulten Sirenen, die näherkamen.

Es schien ewig zu dauern – der blutige Urin spritzte auf das Porzellan, wurde sichtbar und verschwand im Abfluß. Dees stand da, stützte die Hände auf die Ränder des Beckens, in das er sich übergeben hatte, sah das Bild im Spiegel und kam sich vor wie ein festgefressenes Zahnrad in einer gigantischen Maschine.

Ich bin mit ziemlicher Sicherheit tot, dachte er.

Im Spiegel sah er, wie der Chromgriff ganz von selbst herunterging. Wasser gurgelte.

Dees hörte ein Rascheln und ein Flattern und wußte, daß es ein Cape war. Und er wußte auch, daß er das »mit ziemlicher Sicherheit« aus seinem letzten Gedanken streichen konnte, wenn er sich umdrehte. Er blieb stehen, wo er war, und umklammerte mit beiden Händen den Rand des Waschbeckens.

Eine leise Stimme unbestimmbaren Alters ertönte unmittelbar hinter ihm. Der Besitzer dieser Stimme war so nahe, daß Dees seinen kalten Atem im Nacken spüren konnte.

»Sie sind mir gefolgt«, sagte die Stimme unbestimmbaren Alters.

Dees stöhnte.

»Doch«, sagte die Stimme unbestimmbaren Alters, als hätte Dees widersprochen. »Wissen Sie, ich kenne Sie. Ich weiß alles über Sie. Und jetzt hören Sie mir gut zu, mein neugieriger Freund, weil ich es nur einmal sage. Folgen Sie mir nicht mehr.«

Dees stöhnte wieder, ein hündischer Laut, und noch mehr Wasser floß in seine Hosen.

»Machen Sie Ihre Kamera auf«, sagte die Stimme unbestimmbaren Alters.

Mein Film! schrie ein Teil von Dees. *Mein Film! Alles, was ich habe! Alles, was ich habe! Meine Bilder!*

Ein weiteres trockenes, fledermausähnliches Flattern des Capes. Obwohl Dees nichts sehen konnte, spürte er, daß der Nachtflieger näher gekommen war.

»Sofort.«

Sein Film war *nicht* alles, was er hatte.

Er hatte sein Leben.

Wie es war.

Er stellte sich vor, daß er herumwirbelte und sah, was ihm der Spiegel nicht zeigen konnte, zeigen wollte; er stellte sich vor, wie er den Nachtflieger sah, seinen Fledermausfreund, ein groteskes, mit Blut und Fleischfetzen und Haarbüscheln bespritztes Ding; er stellte sich vor, wie er eine Aufnahme nach der anderen machte, während der automatische Filmtransport knirschte – aber es würde nichts zu sehen sein.

Gar nichts.

Weil man sie auch nicht fotografieren konnte.

»Sie sind wirklich«, krächzte er, ohne sich zu bewegen – seine Hände schienen am Beckenrand festgeschweißt zu sein.

»Das sind Sie auch«, rasselte die Stimme unbestimmbaren Alters, und jetzt roch Dees in dem Atem den Duft von Grüften und versiegelten Gräbern. »Zumindest im Augenblick. Dies ist Ihre letzte Chance, mein wißbegieriger Möchtegernbiograph. Machen Sie die Kamera auf – sonst tue ich es.«

Dees öffnete die Nikon mit Händen, die völlig taub zu sein schienen.

Luft strich an seinem kalten Gesicht vorbei; sie fühlte sich wie bewegliche Rasierklingen an. Für einen Augenblick sah er eine lange weiße, blutverschmierte Hand; sah rissige, schmutzige Fingernägel.

Dann nahm sein Film Abschied und spulte sich rückgratlos aus der Kamera.

Noch ein trockenes Flattern. Noch ein stinkender Atemzug. Einen Augenblick dachte er, der Nachtflieger würde ihn trotzdem töten. Dann sah er im Spiegel, wie sich die Tür der Herrentoilette von selbst öffnete.

Er braucht mich nicht, dachte Dees. *Er muß für heute abend satt sein.* Er übergab sich sofort wieder, diesmal direkt auf das Spiegelbild seines eigenen fassungslosen Gesichts.

Die Tür schloß sich quietschend an ihrem pneumatischen Ellbogen.

Dees blieb für die nächsten drei Minuten stehen, wo er war; blieb stehen, bis die Sirenen den Terminal fast erreicht hatten; blieb stehen, bis er das Stottern und Dröhnen eines Flugzeugmotors hörte.

Des Motors einer Cessna Skymaster 337, fast ohne jeden Zweifel.

Dann verließ er die Toilette auf Beinen wie Stelzen, taumelte gegen die gegenüberliegende Wand des Flurs draußen, prallte ab und ging ins Terminalgebäude zurück. Er rutschte in einer Blutlache aus und wäre beinahe gestürzt.

»Stehenbleiben, Mister!« schrie ein Polizist hinter ihm. *»Bleiben Sie sofort stehen! Eine Bewegung, und Sie sind tot!«*

Dees drehte sich nicht einmal um.

»Presse, Pißkopf«, sagte er und hielt mit der einen Hand die Kamera und mit der anderen seinen Presseausweis hoch. Er ging zu einem der zertrümmerten Fenster, wobei sein Film wie eine lange braune Luftschlange aus der Kamera baumelte, blieb dort stehen und sah der Cessna nach, die auf Startbahn 5 beschleunigte. Einen Augenblick war sie ein schwarzer Schatten vor dem wabernden Feuer des Generators und der Ersatztanks – ein Schatten, der große Ähnlichkeit mit einer Fledermaus hatte. Dann stieg sie auf, war fort, und der Polizist stieß Dees so heftig gegen die Wand, daß seine Nase blutete, aber das war ihm egal, alles war ihm egal, und als das Schluchzen wieder in seiner Brust aufstieg, machte er die Augen zu, aber sah immer noch den blutigen Urin des Nachtfliegers, der auf das Porzellan spritzte, sichtbar wurde und in dem Abfluß verschwand.

Er glaubte, daß er das für alle Zeiten sehen würde.

Popsy

Sheridan fuhr langsam an der langen, einförmigen Fassade des Einkaufszentrums entlang, als er das Kind sah, das unter dem Leuchtschild mit der Aufschrift COUSINTOWN aus dem Haupteingang herauskam. Es war ein Junge, möglicherweise drei und groß für sein Alter, aber auf keinen Fall älter als fünf. Sein Gesicht war zu einem Ausdruck verzogen, den Sheridan mittlerweile zu deuten gelernt hatte. Er bemühte sich, nicht zu weinen, würde es aber trotzdem bald tun.

Sheridan hielt einen Moment an und verspürte den vertrauten Anflug von Abscheu ... aber jedesmal, wenn er ein Kind aufgriff, wurde das Gefühl etwas erträglicher. Beim ersten Mal hatte er eine ganze Woche nicht schlafen können. Er mußte an den großen, schmierigen Türken denken, der sich Mr. Wizard nannte, und fragte sich, was er mit den Kindern anstellen würde.

»Sie machen eine Bootsfahrt, Mr. Sheridan«, hatte der Türke ihm gesagt, nur hatte es sich bei ihm wie *Zie maken ein' Botzfarrt, Missta Sherrdann* angehört. Der Türke lächelte. *Und wenn du weißt, was gut für dich ist, stellst du besser keine Fragen mehr*, hatte dieses Lächeln gesagt, und zwar unmißverständlich, ohne Akzent.

Sheridan *hatte* keine Fragen mehr gestellt, was aber nicht hieß, daß er sich keine Gedanken machte. Besonders hinterher, wenn er sich im Bett wälzte und sich wünschte, er könnte die Sache noch einmal von vorn anfangen und anders machen, der Versuchung widerstehen. Beim zweiten Mal war es fast ebenso schlimm gewesen ... beim dritten Mal ein bißchen weniger ... und nach dem vierten Mal hörte er fast auf, sich wegen der *Botzfarrt* und dem, was die Kinder an ihrem Ende erwarten mochte, Gedanken zu machen.

Sheridan fuhr den Transporter auf einen der Behindertenparkplätze unmittelbar vor dem Einkaufszentrum. Am Heck des Transporters hatte er eines der speziellen Nummernschilder, die der Staat an Behinderte vergab. Dieses Nummernschild war nicht mit Gold aufzuwiegen, weil es verhinderte, daß die Wachmänner des Supermarkts mißtrauisch wurden, und die Parkplätze lagen günstig und waren fast immer frei.

Du tust immer so, als dächtest du nicht daran, dich auf die Suche zu begeben, aber einen oder zwei Tage vorher beschaffst du dir immer das Behindertennummernschild.

Aber dieser ganze Mist war ihm egal; er steckte in der Klemme, und der Junge dort konnte die Lösung für einige schwerwiegende Probleme sein.

Er stieg aus und ging auf den Jungen zu, der sich in zunehmender Panik umsah. Ja, dachte Sheridan, er war fünf, möglicherweise sogar sechs – nur sehr zierlich. Im grellen Licht der Neonröhren, das zu den Glastüren herausfiel, wirkte der Junge kalkweiß, nicht nur ängstlich, sondern regelrecht krank. Doch Sheridan vermutete, daß er nur zu Tode verängstigt war. Sheridan kannte diesen Ausdruck, wenn er ihn sah; er hatte in den letzten rund eineinhalb Jahren selbst jede Menge Angst gesehen, wenn er in den Spiegel schaute.

Der Junge sah hoffnungsvoll zu den Leuten auf, die ihn umdrängten. Menschen, die das Einkaufszentrum betraten und mit Waren beladen wieder herauskamen – ihre Gesichter benommen, fast wie im Drogenrausch, von einem Gefühl gezeichnet, das sie selbst wahrscheinlich für Befriedigung hielten.

Der Junge, der Tuffskin-Jeans und ein T-Shirt der Pittsburgh Penguins trug, suchte nach Hilfe; er wartete darauf, daß jemand ihn sehen und spüren würde, daß etwas nicht in Ordnung war; er wartete auf jemanden, der die richtige Frage stellte *Hast du deinen Dad verloren, Junge?* würde schon genügen; er suchte nach einem Freund.

Hier bin ich, dachte Sheridan und ging auf ihn zu. *Hier bin ich, Kleiner – ich bin dein Freund.*

Er war fast bei dem Jungen, als er einen Mann vom Wachdienst des Einkaufszentrums langsam durch die Vorhalle zum Eingang schlendern sah. Der Mann griff gerade in die Tasche, wahrscheinlich um eine Schachtel Zigaretten herauszuholen. Er würde herauskommen, den Jungen sehen und damit Sheridans todsichere Chance zunichte machen.

Scheiße, dachte er. Er durfte nicht gesehen werden, wie er mit dem Jungen sprach, wenn der Wachmann herauskam. Das wäre noch schlimmer gewesen.

Sheridan wich ein wenig zurück und kramte übertrieben in den eigenen Taschen, als müßte er unbedingt feststellen, daß er seine Schlüssel noch hatte. Sein Blick wanderte von dem Jungen zum Wachmann und wieder zu dem Jungen zurück. Der Junge hatte angefangen zu weinen. Kein richtiggehendes Plärren, noch nicht, aber große Kullertränen, die im Licht des roten COUSINTOWN-Schildes rosa über seine glatten Wangen hinabflossen.

Das Mädchen an der Information winkte dem Wachmann und sagte etwas zu ihm. Sie war hübsch, dunkelhaarig, um die fünfundzwanzig; er war strohblond und trug einen Schnurrbart. Als der Wachmann sich auf die Ellbogen stützte und ihr zulächelte, fand Sheridan, daß sie wie die Zigarettenwerbung aussahen, die man manchmal auf der Rückseite von Zeitschriften fand. *Salem Spirit. Light My Lucky.* Er starb hier draußen tausend Tode, und die da drinnen hielten ein Schwätzchen – was machst du denn nach der Arbeit, möchtest du in dem neuen Restaurant was trinken gehn, blah-blah-blah. Jetzt verdrehte sie auch noch die Augen nach ihm. Wie niedlich.

Sheridan beschloß unvermittelt, das Risiko einzugehen. Die Brust des Jungen hob und senkte sich, und sobald er zu plärren anfing, würde ihn jemand bemerken. Es gefiel Sheridan nicht, zu handeln, während ein Wachmann keine zwanzig Meter entfernt war, aber wenn er seine Schulden bei Mr. Reggie nicht binnen der nächsten vierundzwanzig Stunden beglich, würden ihm wahrscheinlich zwei ausgesprochen große Männer einen Besuch abstatten, Stegreifchirurgie an ihm verüben und seine Arme mit ein paar neuen Ellbogengelenken versehen.

Er ging rasch zu dem Jungen, ein großer Mann in einem unauffälligen Van-Heusen-Hemd und Khakihosen, ein Mann mit einem breiten, durchschnittlichen Gesicht, das auf den ersten Blick freundlich wirkte. Er beugte sich über den kleinen Jungen, stützte die Hände oberhalb der Knie auf die Beine, und der Junge wandte das blasse, ängstliche Gesicht zu ihm empor. Seine Augen waren grün wie Smaragde, und die blanken Tränen, die sie füllten, betonten die Farbe noch.

»Hast du deinen Dad verloren, Junge?« fragte Sheridan.

»Meinen *Popsy*«, sagte der Junge und rieb sich die Augen. »Ich ... ich kann meinen P-P-Popsy nicht finden!«

Jetzt fing der Junge *tatsächlich* an zu schluchzen, und eine Frau, die das Zentrum betreten wollte, drehte sich besorgt um.

»Schon gut«, sagte Sheridan zu ihr, worauf sie weiterging. Sheridan legte dem Jungen tröstend einen Arm um die Schultern und zog ihn ein Stück nach rechts – auf den Transporter zu. Dann sah er wieder nach drinnen.

Der Wachmann und das Mädchen steckten inzwischen die Köpfe zusammen. Sah so aus, als würde sich heute nacht noch etwas abspielen. Sheridan entspannte sich. Im Augenblick könnte die Bank am Ende der Eingangshalle überfallen werden, und der Wachmann würde es nicht bemerken. Sah ganz so aus, als würde es wieder ein Kinderspiel werden.

»Ich will zu meinem Popsy!« weinte der Junge.

»Aber sicher doch«, sagte Sheridan. »Und wir werden ihn finden. Hab keine Angst.«

Er zog ihn ein Stück weiter nach rechts.

Der Junge sah plötzlich voller Hoffnung zu ihm auf.

»Können Sie das? Können Sie das, Mister?«

»Na klar!« sagte Sheridan und grinste herzlich. »Verschwundene Popsys zu finden ist – nun, man könnte sagen, das ist eine Art Spezialität von mir.«

»Wirklich?« Jetzt lächelte der Junge tatsächlich ein wenig, obwohl seine Augen immer noch tränten.

»Aber sicher«, sagte Sheridan und sah wieder nach drinnen, um sich zu vergewissern, daß der Wachmann, den er jetzt kaum noch sehen konnte (und der auch Sheridan nicht mehr sehen würde, sollte er zufällig herüberblicken), immer noch beschäftigt war. Er war es. »Was hat dein Popsy denn angehabt, Junge?«

»Er hat seinen Anzug angehabt«, sagte der Junge. »Er hat fast immer seinen Anzug an. Ich habe ihn nur einmal in Jeans gesehen.« Er sagte es, als müßte Sheridan diese Einzelheiten über seinen Popsy samt und sonders wissen.

»Ich wette, es war ein schwarzer Anzug«, sagte Sheridan.

Die Augen des Jungen strahlten. »Sie haben ihn *gesehen*! Wo?«

Er strebte voller Eifer wieder zum Eingang hinüber und hatte die Tränen vergessen, und Sheridan mußte sich zusammenreißen, daß er den blassen kleinen Balg nicht auf der Stelle am Kragen packte. So etwas wäre nicht gut. Er durfte keine Szene machen. Durfte nichts tun, woran sich die Leute später erinnern konnten. Mußte ihn dazu bringen, in den Transporter einzusteigen. Die Scheiben des Transporters bestanden – außer der Windschutzscheibe – aus getöntem Glas; man konnte nur ins Innere sehen, wenn man sich das Gesicht daran plattdrückte.

Als erstes mußte er ihn ins Auto bringen.

Er berührte den Jungen am Arm. »Ich habe ihn nicht da drinnen gesehen, Junge. Ich habe ihn da drüben gesehen.«

Er deutete über den riesigen Parkplatz mit seinen endlosen Autoreihen. Am gegenüberliegenden Ende gab es eine Einfahrt, und dahinter den gelben Doppelbogen eines McDonalds.

»Was hat Popsy denn *da* verloren?« fragte der Junge, als hätte entweder Sheridan oder Popsy – oder womöglich beide – völlig den Verstand verloren.

»Ich weiß nicht«, sagte Sheridan. Sein Verstand arbeitete auf Hochtouren und sauste dahin wie ein D-Zug, wie immer, wenn es zu dem Punkt kam, an dem man aufhören mußte, herumzualbern – in dem man es entweder richtig machte oder mit Pauken und Trompeten vermasselte. Popsy. Nicht Dad oder Daddy, sondern Popsy. Was das betraf, hatte der Junge ihn verbessert. Vielleicht bedeutete Popsy Großvater, überlegte Sheridan. »Aber ich bin ganz sicher, daß er es war. Älterer Mann im schwarzen Anzug. Weißes Haar ... grüne Krawatte ...«

»Popsy hatte seine blaue Krawatte an«, sagte der Junge. »Er weiß, daß mir die am besten gefällt.«

»Ja, sie könnte auch blau gewesen sein«, sagte Sheridan. »Wer kann das bei diesem Licht schon sagen? Komm schon, hüpf in den Wagen, ich fahr dich rüber zu ihm.«

»Sind Sie *sicher*, daß es Popsy gewesen ist? Ich weiß nämlich nicht, was Popsy da drüben machen sollte, wo sie ...«

Sheridan zuckte die Achseln. »Hör zu, Junge, wenn du sicher bist, daß er es nicht war, solltest du vielleicht allein nach ihm suchen. Vielleicht findest du ihn sogar.« Damit entfernte er sich brüsk und ging zum Transporter zurück.

Der Junge biß nicht an. Sheridan überlegte sich, ob er zurückgehen und es noch einmal versuchen sollte, aber es hatte ohnedies schon zu lange gedauert – entweder reduzierte man den Kontakt unter den Augen der Öffentlichkeit auf ein Minimum, oder man bettelte förmlich um zwanzig Jahre im Zuchthaus Hammerton Bay. Er sollte sein Glück besser in einem anderen Einkaufszentrum versuchen. Vielleicht Scoterville. Oder ...

»Warten Sie, Mister!« Es war der Junge, mit panischer Stimme. Das leise Tappen laufender Turnschuhe war zu hören. »Warten Sie! Ich habe ihm gesagt, daß ich Durst habe, und da hat er vielleicht gedacht, er muß da rübergehen, um mir was zu trinken zu holen. Warten Sie!«

Sheridan drehte sich lächelnd um. »Ich wollte dich in Wirklichkeit gar nicht allein lassen, Junge.«

Er führte den Jungen zu dem vier Jahre alten, unauffällig blau lackierten Transporter. Er hielt die Tür auf und lächelte dem Jungen zu, der zweifelnd zu ihm aufsah. Seine grünen Augen schienen in dem blassen kleinen Gesicht zu schwimmen; sie wirkten so riesig wie die Augen eines verirrten Kindes auf einem Ölgemälde von der Art, wie sie in billigen Boulevardzeitungen wie dem *National Enquirer* oder *Inside View* angepriesen wurden.

»Hinein in die gute Stube«, sagte Sheridan und brachte ein Grinsen zustande, das fast völlig natürlich aussah. Im Grunde genommen war es schon beangstigend, wie gut er darin geworden war.

Der Junge gehorchte, und auch wenn er es nicht wußte, gehörte er in dem Augenblick, als die Beifahrertür zugeschlagen wurde, mit Leib und Seele Briggs Sheridan.

Es gab nur ein Problem in seinem Leben. Weiber waren es nicht, obwohl er natürlich wie jeder Mann gerne das Rascheln eines Rocks hörte oder die rauchige Glätte einer Seidenhose spürte. Es war auch nicht der Fusel, obwohl er bekanntermaßen abends gerne einen oder drei kippte. Sheridans Problem – man könnte sogar von einer fatalen Neigung sprechen – waren die Karten. Jedwede Karten, wenn es sich nur um ein Spiel mit Einsätzen handelte. Er hatte Jobs, seine Kreditkarten und das Haus verloren, das ihm seine Mutter hinterlassen hatte. Er war noch nie im Gefängnis gewesen, jedenfalls bis jetzt noch nicht. Aber als er das erste Mal Ärger mit Mr. Reggie bekam, da dachte er, daß das Gefängnis im Vergleich dazu ein Zuckerschlecken sein würde.

In der Nacht war er ein bißchen durchgedreht. Es war besser, hatte er festgestellt, wenn man von vornherein verlor. Wenn man von vornherein verlor, verlor man den Mut, ging nach Hause, sah sich Letterman im Fernsehen an und schlief ein. Aber wenn man zu Anfang ein bißchen gewann, bekam man das Fieber. Sheridan hatte in der Nacht das Fieber bekommen und siebzehntausend Dollar verloren. Er konnte es kaum glauben; er fuhr benommen, fast erdrückt von der gewaltigen Summe nach Hause. Unterwegs sagte er sich immer wieder, daß er Mr. Reggie nicht siebenhundert, nicht sieben*tausend*, sondern *siebzehntausend* Mäuse schuldete. Jedesmal, wenn er darüber nachdachte, kicherte er und drehte das Radio noch lauter.

Aber am nächsten Tag kicherte er nicht mehr, als die beiden Gorillas – die dafür sorgen würden, daß seine Arme alle erdenklichen neuen und interessanten Gelenke erhielten, falls er nicht zahlte – ihn in Mr. Reggies Büro brachten.

»Ich bezahle«, stammelte Sheridan sofort los. »Ich bezahle, hören Sie, kein Problem, ein paar Tage, höchstens eine Woche, allerhöchstens zwei Wochen . . .«

»Sie langweilen mich, Sheridan«, sagte Mr. Reggie.

»Ich . . .«

»Halten Sie den Mund. Wenn ich Ihnen eine Woche Zeit ließe, glauben Sie, ich weiß nicht, was Sie dann tun würden? Sie würden einen Freund um zweihundert anpumpen, wenn Sie noch einen Freund haben, den Sie anpumpen können. Und wenn Sie keinen Freund finden, überfallen Sie einen Spirituosenladen – wenn Sie genügend Mumm dazu aufbringen. Ich bezweifle es, aber man hat schon Pferde kotzen sehen.« Mr. Reggie beugte sich nach vorn, stützte das Kinn auf die Hände und lächelte. Er roch nach Kölnisch von Red Lapidus. »Und wenn Sie zweihundert zusammenbekämen, was würden Sie damit machen?«

»Ihnen geben«, stammelte Sheridan. Inzwischen war er den Tränen verdächtig nahe. »Ich würde sie Ihnen sofort geben.«

»Nein, das würden Sie nicht«, sagte Mr. Reggie. »Sie würden sich an den Spieltisch setzen und versuchen, mehr daraus zu machen. Für mich hätten Sie nur ein paar faule Ausreden übrig. Dieses Mal stecken Sie bis über die Ohren in der Scheiße, mein Freund. Bis über beide Ohren.«

Da konnte Sheridan die Tränen nicht mehr zurückhalten. Er fing an zu blubbern.

»Diese Burschen da könnten Sie für lange Zeit ins Krankenhaus bringen«, sagte Mr. Reggie nachdenklich. »Mit einem Tropf in jedem Arm und einem Schlauch, der aus Ihrer Nase herauskommt.«

Sheridan blubberte noch lauter.

»Eine Chance will ich Ihnen noch geben«, sagte Mr. Reggie und schob Sheridan ein zusammengefaltetes Blatt Papier über den Schreibtisch hinweg zu. »Vielleicht können Sie sich mit diesem Mann einigen. Er nennt sich Mr. Wizard, aber er ist ein Dreckskerl wie Sie. Und nun verschwinden Sie. In einer Woche sind Sie wieder hier, und dann werde ich Ihre Schuldscheine auf dem Tisch liegen haben. Entweder kaufen Sie sie zurück, oder meine Freunde nehmen Sie in die Mangel. Und wie Booker T. sagt, wenn sie erstmal angefangen haben, hören sie erst auf, wenn sie völlig zufriedengestellt sind.«

Auf dem gefalteten Blatt Papier stand der richtige Name des Türken. Sheridan ging zu ihm und erfuhr von den Kindern und den Botzfarrten. Mr. Wizard nannte auch eine Summe, die deutlich höher war als die auf den Schuldscheinen von Mr. Reggie. Und so fing Sheridan an, durch die Einkaufszentren zu ziehen.

Er verließ den Hauptparkplatz des Einkaufszentrums Cousintown, achtete auf den Verkehr und fuhr dann über die Straße zur Einfahrt von McDonalds. Der Junge saß ganz vorne auf dem Beifahrersitz, hatte die Hände auf die Knie seiner Tuffskin-Hose gestützt und sah sich mit beängstigend hellen Augen um. Sheridan fuhr auf das Gebäude zu, machte einen Bogen um die Einfahrt herum und fuhr weiter.

»Warum fahren Sie nach hinten?« fragte der Junge.

»Man muß zur anderen Tür rein«, sagte Sheridan. »Bleib auf dem Teppich, Junge. Ich glaube, ich habe ihn da drinnen gesehen.«

»Echt? Haben Sie ihn echt gesehen?«

»Ja, ich bin ziemlich sicher.«

Das Gesicht des Jungen drückte grenzenlose Erleichterung aus, und einen Augenblick tat er Sheridan leid – verdammt, er war kein Monster oder ein Irrer, Herrgott nochmal. Aber seine Schuldscheine stiegen jedesmal ein bißchen im Wert, und dieser Dreckskerl Mr. Reggie hatte nicht die Absicht, ihn vom Haken zu lassen. Diesmal ging es nicht um siebzehntausend oder zwanzigtausend oder gar fünfundzwanzigtausend. Diesmal waren es fünfunddreißigtausend Mäuse, ein ganzer Haufen Kohle, wenn er nächsten Sonntag kein neues Paar Ellbogen wollte.

Er hielt hinten neben der Müllpresse. Niemand sonst parkte hier. Gut. An der Tür war eine elastische Tasche für Karten und dergleichen. Sheridan griff mit der linken Hand hinein und holte ein paar Edelstahlhandschellen Marke Kreig heraus. Die Schellen waren offen.

»Warum halten wir hier, Mister?« fragte der Junge. Seine Stimme hatte wieder einen ängstlichen Unterton, aber diesmal schwang ein neuer Ausdruck darin mit. Plötzlich war ihm klar geworden: daß er im Einkaufszentrum seinen Popsy verloren hatte, war möglicherweise nicht das Schlimmste, das ihm zustoßen konnte.

»Eigentlich halten wir hier nicht, jedenfalls nicht richtig«, sagte Sheridan unbekümmert. Schon beim zweiten Mal hatte er erfahren müssen, daß man nicht einmal einen Sechsjährigen unterschätzen durfte, wenn er in Panik geriet. Der zweite Junge hatte ihm in die Eier getreten und wäre um ein Haar entkommen. »Ich merke nur gerade, daß ich vergessen habe, meine Brille aufzusetzen, als ich losgefahren bin. Dafür könnte ich den Führerschein verlieren. Sie ist in dem Brillenetui da auf dem Boden, auf deiner Seite. Würdest du es mir bitte geben?«

Der Junge bückte sich nach dem Brillenetui, das leer war. Sheridan beugte sich hinüber und legte eine Handschelle um das Handgelenk des Jungen. Und dann ging der Ärger los. Hatte er nicht gerade noch daran gedacht, daß es ein schwerer Fehler war, einen Sechsjährigen zu unterschätzen? Der Balg kämpfte wie ein Wolfsjunges und bot eine Muskelkraft auf, die Sheridan nie für möglich gehalten hätte, hätte er sie nicht am eigenen Leib verspürt. Der Junge wand sich und schlug um sich, hechtete zur Tür, keuchte und stieß unheimliche, vogelähnliche Schreie aus. Er bekam den Griff zu fassen. Die Tür schwang auf, aber das Deckenlicht ging nicht an – bei jenem zweiten Erlebnis hatte Sheridan es zerbrochen.

Sheridan packte den Jungen am Kragen seines Penguins-T-Shirts und zerrte ihn wieder herein. Er versuchte, den anderen Bügel der Handschelle um die Strebe neben dem Beifahrersitz zu schließen, verfehlte sie aber. Der Junge biß ihn zweimal so tief in die Hand, daß Blut floß. Herrgott, er hatte Zähne wie Rasiermesser. Der Schmerz schoß wie eine Stahlnadel Sheridans ganzen Arm hinauf. Er schlug dem Jungen auf den Mund. Der Junge fiel benommen in den Sitz zurück; Sheridans Blut tropfte von seinem Kinn auf den gerippten Halsausschnitt des T-Shirts. Sheridan schloß die andere Schelle um die Strebe; dann ließ er sich in den Sitz sinken und saugte am rechten Handrücken.

Die Schmerzen waren wirklich schlimm. Er nahm die Hand vom Mund und betrachtete sie im schwachen Licht des Armaturenbretts. Zwei flache, unregelmäßige Risse, jeder etwa fünf Zentimeter lang, verliefen von unterhalb der Knöchel bis zum Handgelenk. Blut quoll daraus hervor. Dennoch verspürte er nicht den Wunsch, den Jungen noch einmal zu schlagen. Das hatte nichts damit zu tun, daß er die Ware des Türken beschädigt hätte, auch wenn ihn der Türke auf seine unklare Weise davor gewarnt hatte – *bescheddige die Ware und du minderst den Werrt*, hatte der Türke mit seinem schmierigen Akzent gesagt.

Nein, er machte dem Kind keinen Vorwurf, daß es sich wehrte – er selbst hätte nicht anders gehandelt. Aber er würde die Wunde so bald wie möglich desinfizieren müssen; eventuell mußte er sogar eine Spritze bekommen; irgendwo hatte er gelesen, daß Bisse von Menschen die gefährlichsten waren. Dennoch bewunderte er den Mut des Jungen, er konnte nicht anders.

Er legte den Gang ein, fuhr um das Hamburgerrestaurant herum, am Autoschalter vorbei und wieder auf die Einfahrt zurück. Dort bog er links ab. Der Türke besaß ein großes Ranchhaus in Taluda Heights am Stadtrand. Sheridan würde auf Nebenstraßen dorthin fahren, um ganz sicher zu gehen. Dreißig Meilen. Vielleicht fünfundvierzig Minuten, vielleicht eine Stunde.

Er passierte das Schild mit der Aufschrift DANKE FÜR IHREN EINKAUF IM WUNDERSCHÖNEN COUSINTOWN-ZENTRUM, bot wieder links ab und beschleunigte den Transporter auf die zulässigen vierzig Meilen. Er fischte ein Taschentuch aus der Gesäßtasche, wickelte es um seine Hand und konzentrierte sich darauf, immer dem Licht der Scheinwerfer nach zu den vierzig Riesen zu fahren, die ihm der Türke für einen Jungen versprochen hatte.

»Das wird Ihnen noch leid tun«, sagte der Junge.

Sheridan drehte sich ungeduldig um. Der Junge hatte ihn aus einem Tagtraum gerissen, in dem er zwanzig Spiele hintereinander gewonnen hatte und Mr. Reggie sich zur Abwechslung einmal zu *seinen* Füßen wand, Sturzbäche schwitzte und ihn anflehte aufzuhören, was er damit bezweckte, ihn zu ruinieren?

Der Junge weinte wieder, und seine Tränen hatten immer noch diese seltsam rötliche Farbe, obwohl sie das grelle Licht des Einkaufszentrums längst hinter sich gelassen hatten. Sheridan fragte sich zum ersten Mal, ob der Junge vielleicht eine ansteckende Krankheit haben könnte. Dann dachte er sich, daß es wahrscheinlich zu spät war, sich darüber aufzuregen, daher verdrängte er den Gedanken.

»Wenn mein *Popsy* Sie findet, wird es Ihnen leid tun«, bekräftigte der Junge.

»Klar«, sagte Sheridan und zündete sich eine Zigarette an. Er bog von der State Road 28 auf einen namenlosen zweispurigen Weg ab. Links streckte sich ein ausgedehntes Sumpfgebiet, rechts ununterbrochener Wald.

Der Junge zerrte an den Handschellen und gab ein Schluchzen von sich.

»Hör auf. Es nützt dir doch nichts.«

Dennoch zerrte der Junge weiter. Und diesmal gab es ein stöhnendes, protestierendes Geräusch, das Sheridan *ganz und gar nicht* gefiel. Er drehte sich um und sah zu seiner Verblüffung, daß die Metallstrebe neben dem Sitz – eine Strebe, die er selbst angeschweißt hatte – verbogen war. *Scheiße*, dachte er. *Er hat rasiermesserscharfe Zähne, und jetzt stelle ich auch noch fest, daß er kräftig ist wie ein verfluchter Stier. Wenn er in krankem Zustand schon so ist, kann ich von Glück sagen, daß ich ihn nicht an einem Tag erwischt habe, an dem er sich wohl fühlt.*

Er fuhr an den Straßenrand und sagte: »Hör auf!«

»Ich *denk* nicht dran!«

Der Junge zerrte wieder an der Handschelle, und Sheridan sah, daß die Metallstrebe sich noch ein wenig weiter bog. Herrgott, wie konnte ein *Kind* das schaffen?

Panik, beantwortete er seine eigene Frage. *Nur deshalb kann er es.*

Aber keines der anderen Kinder hatte das gekonnt, und die meisten waren in diesem Stadium des Spiels weitaus verängstigter gewesen als dieser Junge.

Er öffnete das Handschuhfach in der Mitte des Armaturenbretts und holte eine Spritze heraus. Der Türke hatte sie ihm gegeben, ihn aber ermahnt, sie nur zu benutzen, wenn es sich auf keine Art vermeiden ließ. Drogen, hatte der Türke gesagt, könnten die Ware *bescheddigen.*

»Siehst du das?«

Der Junge betrachtete die Spritze mit einem tränenfeuchten Blick und nickte.

»Möchtest du sie zu spüren bekommen?«

Der Junge schüttelte hastig den Kopf. Bärenkräfte hin oder her, er hatte wie alle Kinder Angst vor der Spritze, wie Sheridan mit Freuden feststellte.

»Das ist sehr klug. Würde dir das Licht auspusten.« Er verstummte. Er wollte es nicht sagen – verdammt, er war ein netter Kerl, wirklich, wenn er nicht in der Scheiße saß –, aber er mußte es sagen. »Vielleicht wäre es sogar dein Tod.«

Der Junge sah ihn mit bebenden Lippen und vor Angst aschfahlen Wangen an.

»Du hörst auf, an den Handschellen zu ziehen, und ich leg die Spritze weg. Abgemacht?«

»Abgemacht«, flüsterte der Junge.

»Versprochen?«

»Ja.« Der Junge fletschte die Lippen und entblößte weiße Zähne. Einer war mit Sheridans Blut verschmiert.

»Versprichst du es beim Namen deiner Mutter?«

»Ich hab nie eine Mutter gehabt.«

»Scheiße«, sagte Sheridan verdrossen und setzte den Transporter wieder in Bewegung. Er fuhr jetzt ein wenig schneller, aber nicht nur, weil er die Hauptstraße hinter sich gelassen hatte. Der Junge war ihm unheimlich. Sheridan wollte ihn dem Türken übergeben, sein Geld kassieren und verduften.

»Mein Popsy ist echt stark, Mister.«

»Ach ja?« sagte Sheridan und dachte: *Jede Wette, Junge. Der einzige Typ im Altersheim, der sein Bruchband selbst plätten kann, richtig?*

»Er wird mich finden.«

»Aha.«

»Er kann mich riechen.«

Das glaubte Sheridan aufs Wort. Auch *er* konnte den Jungen riechen. Daß Angst einen Geruch besaß, hatte er schon bei seinen früheren Fischzügen festgestellt, aber dies war unwirklich – der Junge roch wie eine Mischung aus Schweiß, Schlamm und langsam köchelnder Batteriesäure. Sheridan kam immer mehr zu der Überzeugung, daß mit dem Jungen etwas ganz und gar nicht stimmte. Aber das würde bald Mr. Wizards Problem sein, nicht seines, und *caveat emptor*, wie die alten Römer schon zu sagen pflegten; *caveat* scheiß *emptor.*

Sheridan kurbelte sein Fenster einen Spalt auf. Links streckte sich endlos das Sumpfgebiet. Mondlicht spiegelte sich auf den stehenden Pfützen.

»Popsy kann fliegen.«

»Klar«, sagte Sheridan, »ich weiß, nach ein paar Flaschen *Night Train* fliegt er wie ein Scheißadler.«

»Popsy ...«

»Hör jetzt auf mit deinem Popsy, Junge – okay?«

Der Junge verstummte.

Vier Meilen weiter verbreiterte sich das Sumpfgebiet zu einem weiten, stillen See. Sheridan bot auf einen festgefahrenen Sandweg ab, der am Nordufer des Sees entlangführte. Fünf Meilen westlich von hier würde er nach rechts auf den Highway 41 abbiegen, und von dort schnurgerade nach Taluda Heights.

Er sah zum See, einer flaschen, silbernen Scheibe im Mondlicht. Und dann war das Mondlicht plötzlich verschwunden, verdunkelt.

Über ihnen war ein Flattern zu hören, wie von großen Wäschestücken auf einer Wäscheleine.

»Popsy!« schrie der Junge.

»Sei still. Es war nur ein Vogel.«

Aber plötzlich gruselte es ihn, sogar sehr. Er betrachtete den Jungen. Der Junge hatte wieder die Lippen gefletscht. Seine Zähne waren sehr weiß, sehr groß.

Nein – nicht groß. Groß war nicht das richtige Wort. *Lang* war das richtige Wort. Besonders die beiden an den Seiten. Die – wie nannte man sie noch gleich? Fangzähne.

Plötzlich verselbständigten sich seine Gedanken wieder und rasten dahin, als wäre er auf Speed.

Ich habe ihm gesagt, daß ich Durst habe.

Ich weiß nämlich nicht, was Popsy da drüben machen sollte, wo sie ...

(essen? hatte er essen sagen wollen?)

Er wird mich finden.

Er kann mich riechen.

Popsy kann fliegen.

Etwas landete mit einem schweren, unbeholfenen Plumps auf dem Dach des Transporters.

»Popsy!« schrie der Junge wieder fast im Delirium, und plötzlich konnte Sheridan die Straße nicht mehr sehen – ein riesiger, membranartiger Flügel, in dem Adern pulsierten, bedeckte die Windschutzscheibe von einer Seite zur anderen.

Popsy kann fliegen.

Sheridan schrie, stieg auf die Bremse und hoffte, das Ding auf dem Dach vornüber abwerfen zu können. Rechts von ihm ertönte wieder das protestierende Geräusch von überstrapaziertem Metall, dieses Mal gefolgt von einem kurzen, bitteren Schnapplaut. Einen Augenblick später gruben sich die Finger des Jungen in sein Gesicht und rissen ihm die Wange auf.

»*Er hat mich entführt, Popsy!*« schrie der Junge mit seiner Vogelstimme zum Dach des Transporters hinauf. »*Er hat mich entführt, er hat mich entführt, der böse Mann hat mich entführt!*«

Du verstehst das nicht, Junge, dachte Sheridan. Er tastete nach der Spritze und fand sie. *Ich bin kein böser Mensch, ich sitze nur in der Klemme.*

Dann bohrte sich eine Hand, die mehr Klaue als Hand war, durch das Seitenfenster und riß Sheridan die Spritze aus der Hand – zusammen mit zwei Fingern. Einen Augenblick später riß Popsy die ganze Fahrertür aus dem Rahmen, die Scharniere wurden zu nutzlosen, verbogenen Metallfetzen. Sheridan sah ein gebauschtes Cape, außen schwarz, innen mit roter Seide gefüttert, und die Krawatte der Kreatur ... und obwohl es sich eigentlich um ein Plastron handelte, war sie tatsächlich blau – wie der Junge gesagt hatte.

Popsy riß Sheridan aus dem Wagen und grub ihm die Krallen durch Jackett und Hemd tief ins Fleisch der Schultern; Popsys grüne Augen wurden plötzlich blutrot wie Rosen.

»Wir sind ins Einkaufszentrum gegangen, weil mein Enkel Transformer-Figuren wollte«, flüsterte Popsy, dessen Atem nach verfaultem Fleisch stank. »Wie sie sie immer im Fernsehen zeigen. Alle Kinder wollen sie haben. Sie hätten ihn in Ruhe lassen sollen. Sie hätten *uns* in Ruhe lassen sollen.«

Sheridan wurde durchgeschüttelt wie eine Flickenpuppe. Er schrie und wurde wieder geschüttelt. Er hörte Popsy höflich fragen, ob der Junge immer noch Durst hätte; hörte den Jungen ja sagen, sehr, der böse Mann hätte ihm Angst gemacht, und sein Hals wäre so trocken. Er sah Popsys Daumennagel nur einen Sekundenbruchteil, bevor er unter dem Sims seines Kinns verschwand, einen dicken, unregelmäßigen Daumennagel. Ehe er wußte, wie ihm geschah, schlitzte ihm dieser Daumennagel die Kehle auf, und als letztes, bevor sein Sehbereich schwarz wurde, sah er den Jungen, der die hohlen Hände ausstreckte, um die Flut aufzufangen – so, wie Sheridan selbst als Kind an heißen Sommertagen die hohlen Hände unter den Brunnen im Garten gehalten hatte –, und Popsy, der das Haar des Jungen zärtlich und voll großväterlicher Zuneigung streichelte.

Es wächst einem über den Kopf

Herbst in Neuengland, und an manchen Stellen kann man bereits die dünne Krume zwischen Kreuzkraut und Goldrute erkennen, die auf den Schnee wartet, den es erst in vier Wochen geben wird. Die Rinnsteine sind mit Laub verstopft, der Himmel von immerwährender grauer Farbe, und die Maisstauden stehen in gebeugten Reihen wie Soldaten, die eine fantastische Möglichkeit gefunden haben, im Stehen zu sterben. Kürbisse, faulig eingesunken, liegen aufgeschichtet an dämmerigen Schuppen und riechen wie der Atem kränklicher alter Frauen. Um diese Jahreszeit gibt es weder Hitze noch Kälte, nur schwüle Luft, die nie zur Ruhe kommt und unter weißen Himmeln über die kahlen Felder streift, wo Vögel in Pfeilformation nach Süden fliegen. Der Wind weht Staub von den weichen Böschungen der Nebenstraßen empor wie tanzende Derwische, furcht die abgeernteten Felder wie ein Kamm das Haar und schnuppert in Autowracks auf Hinterhöfen.

Vom Newall-Haus an der Town Road 3 hat man Ausblick auf den Teil von Castle Rock, der als »The Bend« bekannt ist. Irgendwie ist es unmöglich, etwas Gutes an diesem Haus zu spüren. Es sieht irgendwie abgestorben aus, was sich nur teilweise durch den fehlenden Anstrich erklären läßt. Der Vorgarten besteht aus einer Masse vertrockneter Hecken, die der Frost in Kürze zu noch groteskeren Formen erstarren lassen wird. Dünner Rauch kräuselt sich über Brownie's Store am Fuß des Hügels. The Bend war einmal ein wichtiger Teil von Castle Rock, aber das änderte sich ungefähr zu der Zeit, als es in Korea zu Ende ging. Auf dem alten Musikpavillon auf der anderen Straßenseite, gegenüber von Brownie's, schieben zwei kleine Kinder ein rotes Feuerwehrauto zwischen sich. Ihre Gesichter sind müde und ausgelaugt, fast schon die Gesichter von alten Leuten. Ihre Hände scheinen durch die Luft zu schneiden, während sie den Wagen zwischen sich rollen und nur ab und zu einmal stehen bleiben, um sich die ewig tropfenden Nasen abzuwischen.

In dem Laden führt Harley McKissick, korpulent und rot im Gesicht, den Vorsitz, während der alte John Clutterbuck und Lenny Partridge mit hochgelegten Füßen am Ofen sitzen. Paul Corliss lehnt am Tresen. Ein uralter Geruch durchzieht den Laden – der Geruch von Salami und Fliegenpapier und Kaffee und Tabak; von Schweiß und dunkelbraunem Coca-Cola; von Pfeffer und Gewürznelken und O'Dell-Pomade, die wie Sperma aussieht und das Haar zu einer Skulptur erstarren läßt. Ein von Fliegen besudeltes Plakat, das für ein Bohnenessen im Jahre 1986 wirbt, steht immer noch im Schaufenster neben einem anderen, das den Auftritt von »Country« Ken Corriveau anläßlich der Castle County Fair des Jahres 1984 ankündigt. Licht und Hitze von fast zehn Sommern sind über dieses Plakat hinweggegangen, und Ken Corriveau (der seit mindestens fünf Jahren nicht mehr im Country-Music-Geschäft ist und heute in Chamberlain Fords verkauft) sieht verblaßt und gegrillt zugleich aus. Im hinteren Teil des Ladens steht ein großer Glasgefrierschrank, der 1933 von New York hierhergebracht wurde, und über allem hängt der vage, aber durchdringende Geruch von Kaffeebohnen.

Die alten Männer beobachten die Kinder und unterhalten sich leise und planlos. John Clutterbuck, dessen Enkel Andy diesen Herbst damit beschäftigt ist, sich zu Tode zu saufen, hat von der städtischen Müllkippe gesprochen. Im Sommer stinkt sie wie die Pest, sagt er. Niemand widerspricht ihm – es stimmt –, aber es interessiert sich auch niemand dafür – es ist *nicht* Sommer, es ist Herbst, und der große Ölofen verströmt eine Affenhitze. Das Winston-Thermometer hinter dem Tresen zeigt 26 Grad. Clutterbucks Stirn weist über der linken Augenbraue eine tiefe Delle auf, wo er sich 1963 den Kopf bei einem Autounfall gestoßen hat. Kleine Kinder fragen manchmal, ob sie sie anfassen dürfen. Old Clut hat schon eine Menge Geld von Sommergästen gewonnen, die nicht glauben wollten, daß die Delle in seinem Kopf den Inhalt eines mittleren Wasserglases aufnehmen kann.

»Paulson«, sagt Harley McKissick leise.

Hinter Lenny Partridges Diesel ist ein alter Chevrolet aufgefahren. An der Seite des Wagens klebt ein Pappschild: GARY PAULSON / KORBSTÜHLE / ANTIQUITÄTEN AN- UND VERKAUF steht auf dem Schild, und darunter die Telefonnummer, die man anrufen soll. Gary Paulson steigt langsam aus dem Wagen, ein alter Mann in verblichener grüner Hose mit einem großen Lederflicken auf dem Hosenboden. Er zieht einen knorrigen Gehstock hinter sich heraus und hält sich am Türrahmen fest, bis er den Stock richtig aufgestützt hat. Über die dunkle Spitze des Gehstocks ist der weiße Plastikhandgriff von der Lenkstange eines Kinderfahrrads gezogen wie ein Kondom. Er hinterläßt kleine Kreise im leblosen Staub, als Paulson seinen vorsichtigen Fußmarsch vom Auto zur Tür von Brownie's beginnt.

Die Kinder auf dem Pavillon sehen zu ihm auf, dann folgen sie seinem Blick (furchtsam, wie es scheint) zu der windschiefen, baufälligen Ruine des Newall Hauses auf der Anhöhe über ihnen. Danach wenden sie sich wieder ihrem Feuerwehrauto zu.

Joe Newall war 1904 nach Castle Rock gekommen und hatte Landbesitz bis 1929, aber sein Vermögen machte er in der nahegelegenen Industriestadt Gates Falls. Er war ein hagerer Mann mit einem wütenden, hektischen Gesicht und Augen mit gelber Hornhaut. Er kaufte ein großes Stück Land in The Bend – als es sich noch um ein aufstrebendes Dorf mit einem Sägewerk nebst angeschlossener Möbelfabrik handelte – von der First National Bank of Oxford. Die Bank hatte es von Phil Budreau anläßlich einer von County Sheriff Nickerson Campbell veranlaßten Zwangsvollstreckung erworben. Phil Budreau, der bei seinen Nachbarn beliebt war, aber als Einfaltspinsel betrachtet wurde, machte sich nach Kittery davon und verbrachte die nächsten zwölf Jahre damit, Autos und Motorräder zu reparieren. Dann ging er nach Frankreich, um gegen die Heinis zu kämpfen, fiel während eines Aufklärungseinsatzes aus dem Flugzeug (so will es jedenfalls die Legende) und kam ums Leben.

Den größten Teil dieser Jahre lag das Budreau-Grundstück einsam und verlassen brach, während Joe Newall in Gates Falls in einem Mietshaus wohnte und zusah, wie sein Vermögen wuchs. Bekannt wurde er nicht etwa, weil er eine Fabrik, die 1902, als er sie für ein Butterbrot kaufte, am Rande des Bankrotts gestanden hatte, wieder hochpäppelte, sondern wegen seines Umgangs mit den Angestellten. Die Fabrikarbeiter nannten ihn Rausschmeißer-Joe; wer auch nur eine einzige Schicht versäumte, wurde in die Wüste geschickt; Entschuldigungen wurden weder akzeptiert noch überhaupt nur angehört.

1914 heiratete er Cora Leonard, die Nichte von Carl Stowe. Diese Ehe hatte einen großen Wert – zumindest in Joe Newalls Augen –, weil Cora Carls einzige lebende Verwandte war und ohne jeden Zweifel ein ansehnliches Bündel erben würde, wenn Carl dahinschied (das heißt, solange sich Joe gut mit ihm stellte, aber der dachte natürlich nicht daran, es mit dem alten Burschen zu verderben, der zu seiner Zeit »verdammt gerissen« gewesen war, aber in späten Jahren als »ziemlich schlapp« betrachtet wurde). Es gab noch andere Fabriken in der Gegend, die man für ein Butterbrot kaufen und wieder hochpäppeln konnte – will sagen, wenn man über ein bißchen Kapital als Starthilfe verfügte. Joe verfügte bald über die erforderliche Starthilfe; der reiche Onkel seiner Frau starb binnen eines Jahres nach der Hochzeit.

Die Ehe hatte also einen großen Wert – o ja, kein Zweifel. Cora selbst indessen besaß keinen Wert. Sie war ein Sandsack von einer Frau, mit unglaublich breiten Hüften, einem unglaublich dicken Hintern, aber dafür mit einer Brust, so flach wie die eines Knaben, und einem absurd dünnen Pfeifenreiniger von einem Hals, auf dem ihr übergroßer Kopf nickte wie eine seltsame bleiche Sonnenblume. Ihre Wangen hingen wie Teig herab; ihre Lippen glichen Streifen roher Leber; ihr Gesicht war so nichtssagend wie der Vollmond in einer Winternacht. Sie schwitzte selbst im Februar große dunkle Flecken in die Achselhöhlen ihrer Kleider und war stets von einem feuchten Schweißgeruch umgeben.

Joe begann 1915 mit dem Bau eines Hauses für seine Frau auf dem Budreau-Grundstück, und ein Jahr später schien es fertig zu sein. Es wurde weiß gestrichen, hatte zwölf Zimmer und war auf eine seltsame Art verwinkelt. Joe Newall war nicht beliebt in Castle Rock, was zum Teil daran lag, daß er sein Geld außerhalb der Stadt verdiente, und zum Teil daran, daß Budreau, sein Vorgänger, so ein rundherum netter Kerl gewesen war, aber überwiegend lag es daran, daß er sein verdammtes Haus mit ortsfremden Arbeitskräften baute. Kurz bevor Regenrinnen und Abflußrohre angebracht wurden, wurde mit hellgelber Kreide eine obszöne Zeichnung, begleitet von einem zweisilbigen Schimpfwort, an die verglaste Eingangstür gekritzelt.

1920 war Joe Newall ein reicher Mann. Seine drei Fabriken in Gates Falls gingen wie die Feuerwehr; sie waren mit den Profiten eines Weltkriegs gepolstert und gediehen mit den Aufträgen einer neu entstandenen (oder entstehenden) Mittelschicht. Er baute einen neuen Flügel an sein Haus an. Die meisten Leute in der Stadt hielten das für unnötig – schließlich lebten nur die beiden da oben –, und fast alle waren sich darin einig, daß es ein Haus nur noch häßlicher machte, das ohnehin schon alle als unbeschreiblich häßlich empfanden. Dieser neue Flügel ragte ein Stockwerk über dem Hauptgebäude auf und blickte blind den Hang hinab, der damals noch mit Krüppelfichten bestanden war.

Die Neuigkeit, daß »nur die beiden« bald »nur die drei« werden würden, kam aus Gates Falls. Die Quelle war mit ziemlicher Sicherheit Doris Gingercroft, damals noch Dr. Robertsons Krankenschwester. Daher schien es, als wäre der neue Flügel eine Art Dankopfer. Nach sechs Jahren ehelicher Wonnen und vier Jahren in dem Haus in The Bend, in denen sie nur aus der Ferne gesehen worden war, wie sie über die Schwelle trat oder gelegentlich auf dem Feld vor dem Haus Blumen pflückte – Krokusse, wilde Rosen, wilde Möhren, Frauenschuh, Kastilea –, nach all der Zeit hatte sich bei Cora Leonard Newall endlich eine Empfängnis eingestellt.

Sie ging nie bei Brownie's einkaufen. Cora erledigte ihre Einkäufe jeden Donnerstagnachmittag im Kitty-Korner-Store im Gates Center.

Im Januar 1921 gebar Cora ein Monster ohne Arme und, wie man behauptete, einem winzigen Bündel perfekter Finger, die aus einer Augenhöhle herausragten. Es starb knapp sechs Stunden nachdem hirnlose Kontraktionen sein rotes, ungestaltes Gesicht ans Tageslicht befördert hatten. Siebzehn Monate später baute Joe Newall eine neue Kuppel an den Flügel an, im späten Frühling des Jahres 1922 (im westlichen Maine gibt es keinen zeitigen Frühling; nur einen späten Frühling und den Winter davor). Er kaufte weiterhin außerhalb des Ortes ein und wollte mit Bill »Brownie« McKissicks Laden nichts zu tun haben. Außerdem setzte er nie auch nur einen Fuß über die Schwelle der Methodistenkirche von The Bend. Das mißgebildete Kind, das dem Schoß seiner Frau entsprungen war, wurde in der Grabstelle der Newalls in Gates beigesetzt statt in Homeland. Die Inschrift auf dem winzigen Grabstein lautete:

SARAH TAMSON TABITHA FRANCINE NEWALL
14. JANUAR 1921
GOTT LASSE SIE IN FRIEDEN RUHEN

Im Laden redeten sie über Joe Newall und Joes Frau und Joes Haus, während Harley, Brownies Junge, noch nicht alt genug, sich zu rasieren, aber alt genug, Gemüse zu stapeln und Kartoffelsäcke zum Stand am Straßenrand zu schleppen, wenn es von ihm verlangt wurde, danebenstand und zuhörte. Meist sprachen sie von dem Haus; es galt als Affront wider die Vernunft und als Beleidigung für das Auge. »Es wächst einem über den Kopf«, pflegte Clayton Clutterbuck manchmal zu sagen. Darauf gab es nie eine Antwort. Es war eine vollkommen sinnlose Bemerkung – und gleichzeitig eine festgeschriebene Tatsache. Wenn man bei Brownie's im Hof stand, möglicherweise nur, um Beeren für den besten Korb auszusuchen, wenn Beerenzeit war, stellte man fest, daß der Blick früher oder später zu dem Haus auf dem Hügel gelenkt wurde, so wie eine Wetterfahne sich vor einem Märzschneesturm nach Nordost dreht. Früher oder später mußte man hinsehen, und im Lauf der Zeit wurde es bei den meisten Leuten früher. Denn, wie Clayt Clutterbuck sagte, es wuchs einem über den Kopf.

1924 fiel Cora die Treppe zwischen der Kuppel und dem neuen Flügel herunter und brach sich Genick und Rücken. Ein Gerücht ging durch die Stadt (das seinen Ursprung wahrscheinlich im Wohltätigkeitsbasar der Frauen hatte), daß sie zu dem Zeitpunkt splitterfasernackt gewesen wäre. Sie wurde neben ihrer mißgebildeten, kurzlebigen Tochter beerdigt.

Joe Newall – der, wie die meisten Leute inzwischen übereinstimmten, eine Nase für Geschäfte hatte – scheffelte weiter mit vollen Händen Geld. Er baute zwei Schuppen und eine Scheune oben auf dem Hügel, die alle über den neuen Flügel mit dem Haupthaus verbunden waren. Die Scheune wurde 1927 fertiggestellt, und ihr Zweck wurde fast auf der Stelle deutlich – Joe hatte offenbar beschlossen, Gentleman-Farmer zu werden. Er kaufte sechzehn Küche von einem Mann in Mechanic Falls. Von demselben Burschen kaufte er eine funkelnde neue Melkmaschine. Diejenigen, die auf die Ladefläche des Lieferwagens sahen, als der Fahrer auf ein kaltes

Bier bei Brownie's einkehrte, bevor er weiter bergauf fuhr, fanden, sie sähe aus wie ein Oktopus aus Metall.

Nachdem Kühe und Melkmaschine untergebracht waren, stellte Joe einen Halbidioten aus Motton ein, der sich um seine Investition kümmern sollte. Wie dieser angeblich rauhbeinige und harte Fabrikbesitzer dazu kam, war für alle ein Rätsel, die sich mit der Frage beschäftigten – die einzige Antwort schien zu sein, daß Newall den Verstand verlor –, aber er tat es. Und natürlich gingen die Kühe alle ein.

Der Amtsveterinär des County kam, um sich die Kühe anzusehen, und Joe zeigte ihm eine unterschriebene Bestätigung eines Tierarztes (eines Tierarztes aus *Gates Falls*, betonten die Leute später immer wieder und zogen dabei vielsagend die Brauen hoch), die besagte, daß die Tiere an Rindermeningitis krepiert waren.

»Auf Englisch heißt das Pech«, sagte Joe.

»Soll das ein Witz sein?«

»Das können Sie halten, wie Sie wollen«, sagte Joe. »Mir egal.«

»Warum sagen Sie dem Idioten nicht, daß er aufhören soll?« sagte der Amtsveterinär. Er sah die Einfahrt entlang zu dem Schwachsinnigen, der an der R. F. D.-Box der Newalls lehnte und heulte. Tränen rannen an seinen schmutzigen Pausbacken hinab. Ab und zu zuckte er zurück und klebte sich selbst eine Saftige, als wüßte er, daß alles seine Schuld war.

»Mit dem ist auch alles in Ordnung.«

»Ich finde, hier ist nichts in Ordnung«, sagte der Amtsveterinär. »Am allerwenigsten die sechzehn Kühe, die auf dem Rücken liegen und die Beine hochstrecken wie Zaunlatten. Ich kann sie von hier aus sehen.«

»Gut«, sagte Joe Newall, »näher kommen Sie nämlich nicht ran.«

Der Amtsveterinär warf die Papiere des Tierarztes aus Gates Falls auf den Boden und trat mit einem Stiefel darauf. Er sah Joe Newall an, und sein Gesicht war so rot, daß das Netz der geplatzten Äderchen auf seiner Nase sich purpurn abzeichnete. »Ich will diese Kühe sehen. Schleppen Sie eine her. Das zumindest muß sein.«

»Nein.«

»Sie sind nicht der Herr der Welt, Newall – ich werde einen Gerichtsbeschluß erwirken.«

»Mal sehen, ob Sie das schaffen.«

Der Amtsveterinär fuhr weg. Joe sah ihm nach. Am Ende der Einfahrt lehnte der Halbidiot in einem dungbespritzten Overall aus dem Versandkatalog von Sears und Roebuck immer noch an der Newallschen R. F. D.-Box und heulte. Dort blieb er den ganzen heißen Augusttag lang, heulte, was die Lungen hergaben, und richtete das flache mongoloide Gesicht zum gelben Himmel hinauf. »Hat geblökt wie ein Kalb bei Mondschein«, drückte Gary Paulson es aus

Amtsveterinär war damals Clem Upshaw aus Sirois Hill. Er hätte die Sache vielleicht auf sich beruhen lassen, nachdem sich sein Thermostat wieder etwas abgekühlt hatte, aber Brownie McKissick, der ihn bei der Wahl zu seinem Amt unterstützt hatte (und der ihn eine ansehnliche Menge Bier zapfen ließ), bedrängte ihn, es nicht zu tun. Harley McKissicks Dad gehörte nicht zu den Männern, die normalerweise Handlanger benutzten – oder darauf angewiesen waren –, aber er wollte Joe Newall einen Denkzettel in Sachen Privatbesitz verpassen. Er wollte Joe Newall klarmachen, daß Privatbesitz etwas Tolles ist, ja, etwas *Amerikanisches*, aber dennoch ist Privatbesitz mit der Stadt verwurzelt, und in Castle Rock glaubten die Leute immer noch, daß die Gemeinde an erster Stelle kam. Und das galt selbst für reiche Leute, die neue Anbauten an ihre Häuser machen konnten, wann immer sie Lust dazu verspürten. Und so fuhr Clem Upshaw nach Lackery, wo sich damals der Sitz der Countyverwaltung befand, und beschaffte sich den Beschluß.

Während er ihn besorgte, fuhr ein großer Lastwagen an dem heulenden Idioten vorbei zur Scheune. Als Clem Upshaw mit seinem Gerichtsbeschluß zurückkehrte, war nur noch eine Kuh da, die ihn mit toten, unter dem Film von Heustaub eingetrübten Augen ansah. Clem bestätigte, daß zumindest diese Kuh an Rindermeningitis verreckt war, dann fuhr er weg. Als er fort war, kam der Lastwagen der Abdeckerei und holte auch die letzte Kuh ab.

1928 begann Joe einen neuen Flügel. Da waren sich die Männer, die sich bei Brownie's versammelten, darin einig, daß der Mann verrückt geworden war. Schlau, ja, aber verrückt. Benny Ellis behauptete, Joe habe seiner Tochter ein Auge ausgestochen, das er in einem Glas voll, wie Benny sich ausdrückte, »Fummaldehyd« auf dem Küchentisch aufbewahrte, zusammen mit den amputierten Fingern, die bei der Geburt des Kindes aus dem anderen Auge herausgeschaut hätten. Benny war ein treuer Leser von Horrorgroschenheften, Magazinen, deren Umschläge nackte Damen zeigten, die von Riesenameisen verschleppt wurden, und ähnlichen Alpträumen, und seine Geschichte über Joe Newalls Glas war eindeutig von seiner Lieblingslektüre beeinflußt. Doch als Folge davon gab es bald in ganz Castle Rock Leute – nicht nur in The Bend –, die behaupteten, daß jedes Wort der Wahrheit entsprach. Manche behaupteten, daß Joe sogar noch unaussprechlichere Dinge in dem Glas aufbewahrte.

Der neue Flügel wurde im August 1929 fertiggestellt, und zwei Nächte später raste eine alte Kiste mit großen Natriumdampflampen heulend durch Joe Newalls Einfahrt, und der stinkende, halbverweste Kadaver eines großen Skunk wurde auf den neuen Flügel geworfen. Der Kadaver zerplatzte an einer der Fensterscheiben und hinterließ einen Blutklecks, der fast an ein chinesisches Schriftzeichen erinnerte.

Im September desselben Jahres verwüstete ein Feuer den Maschinenraum von Joe Newalls Flaggschiff-Fabrik und richtete einen Schaden von fünfzigtausend Dollar an. Im Oktober kam es zum Börsenkrach. Im November erhängte sich Joe Newall an einem Balken in einem der noch nicht fertiggestellten Zimmer – das wahrscheinlich ein Schlafzimmer hätte werden sollen – des neuesten Flügels. Der Harzgeruch des neuen Holzes war noch sehr stark. Er wurde von Cleveland Torbutt gefunden, dem stellvertretenden Direktor von Gates Mills und Joes Partner (munkelte man jedenfalls) bei einer Reihe von Investitionen an der Wall Street, die jetzt nicht mehr die Kotze eines tuberkulösen Cockerspaniels wert waren. Der Leichenbeschauer des County, Clem Upshaws Bruder Noble, schnitt den Leichnam herunter.

Joe wurde am letzten Tag des November neben seiner Frau und seinem Kind begraben. Es war ein strahlender, sonniger Tag, und der einzige aus Castle Rock, der zu der Beerdigung kam, war Alvin Coy, der den Leichenwagen von Hay & Peabody fuhr. Alvin berichtete, eine der Anwesenden sei eine junge, wohlgeformte Dame in Waschbärmantel und einem schwarzen Schleierhut gewesen. Alvin, der im Brownie's saß und eine eingelegte Gurke direkt aus dem Glas aß, lächelte wissend und erzählte seinen Kumpanen, daß sie ein Jazz Baby sein mußte, wenn er je eines gesehen hatte. Sie hatte kein bißchen Ähnlichkeit mit Cora Leonard Newalls Zweig der Familie, und sie hatte beim Gebet die Augen nicht niedergeschlagen.

Gary Paulson betritt den Laden übertrieben langsam und macht die Tür hinter sich zu.

»Tag«, sagt Harley McKissick so nebenbei.

»Hab gehört, hast am letzten Tag im Grange den Truthahn gewonnen«, sagt Old Clut und schickt sich an, seine Pfeife anzuzünden.

»A-hm«, sagt Gary. Er ist vierundachtzig und kann sich wie die anderen an die Zeit erinnern, zu der es in The Bend um einiges lebhafter zuging als heute. Er hat zwei Söhne in zwei Kriegen verloren – den beiden vor der Katastrophe in Vietnam –, und das waren schwere Schicksalsschläge. Sein dritter, ein guter Junge, starb bei einem Zusammenstoß mit einem Holzlaster in der Nähe von Presque Isle – 1973 ist das gewesen. Irgendwie war das leichter zu verkraften, weiß Gott warum. Gary sabbert manchmal aus den Mundwinkeln und gibt ab und zu Schmatzlaute von sich, wenn er versucht, die Spucke wieder in den Mund zu saugen, bevor sie sich selbständig macht und an seinem Kinn hinabtropft. In letzter Zeit weiß er nicht mehr besonders viel, aber eines weiß er, nämlich daß Altwerden eine beschissene Art und Weise ist, die letzten Jahre seines Lebens zu verbringen.

»Kaffee?« fragt Harley.

»Glaub nicht.«

Lenny Partridge, der sich wahrscheinlich nicht mehr von den Rippenbrüchen erholen wird, die er im Herbst vor zwei Jahren bei einem seltsamen Autounfall erlitt, zieht die Füße zurück, damit der ältere Mann an ihm vorbeigehen und sich vorsichtig auf den Stuhl in der Ecke sinken lassen kann (Gary hat den Sitz dieses Stuhls damals, '82, selbst geflochten). Er schmatzt mit den Lippen, saugt Spucke zurück und faltet die knotigen Hände über dem Griff seines Stocks. Er sieht müde und ausgezehrt aus.

»Wird'n bißchen regnen«, sagt er schließlich. »Hab solche Schmerzen.«

»Schlimmer Herbst«, sagt Paul Corliss.

Dann herrscht Schweigen. Die Hitze des Ofens wärmt den Laden, der schließen wird, wenn Harley stirbt, möglicherweise schon bevor er stirbt, wenn es nach der jüngsten Tochter geht; die Hitze durchdringt den Laden und die Mäntel und Knochen der alten Männer, versucht es jedenfalls, und schnuppert an den schmutzigen Fensterscheiben mit Ausblick auf den Hof, wo Zapfsäulen standen, bis Mobil sie 1977 abgebaut hat. Es sind alte Männer, die zum größten Teil gesehen haben, wie ihre Kinder zu anderen, lohnenderen Orten weggezogen sind. Der Laden macht keinen nennenswerten Umsatz mehr, abgesehen von einigen Einheimischen und vereinzelten Sommertouristen auf der Durchreise, die finden, daß alte Männer, die selbst im Juli in Angoraunterwäsche neben dem Ofen sitzen, nicht mehr ganz beisammen sind. Old Clut hat immer behauptet, daß einmal junge Leute in diesen Teil von Castle Rock ziehen werden, aber in den letzten beiden Jahren war es schlimmer denn je – es scheint, als läge die ganze verdammte Stadt im Sterben.

»Wer baut eigentlich den neuen Flügel an diesem verdammten Newall-Haus?« fragt Gary schließlich.

Sie drehen sich zu ihm um. Einen Augenblick schwebt das Streichholz, das Old Clut gerade angerissen hat, wie durch Zauber über der Pfeife, verbrennt das Holz und färbt es schwarz. Das Schwefelhäubchen am Ende wird grau und krümmt sich. Schließlich hält Clut das Streichholz in die Pfeife und pafft.

»Neuer Flügel?« fragt Jarley.

»Ja.«

Ein blaues Rauchwölkchen aus Old Cluts Pfeife kräuselt sich über dem Ofen und breitet sich dort aus wie ein feines Fischernetz. Lenny Partridge hebt das Kinn und strafft die Wülste seines Halses, dann streicht er mit der Hand langsam an der Kehle hinab, ein trockenes Schaben.

»Niemand, den *ich* kenne«, sagt Harley und deutet mit seinem Tonfall irgendwie an, daß das alle nennenswerten Leute einschließt, zumindest in diesem Teil der Welt.

»Sie hatten seit neunzehnhunderteinundachtzig keinen Käufer mehr dafür«, sagte Old Clut. Wenn Old Clut *sie* sagt, dann meint er damit die Southern Maine Weaving und die Bank of Southern Maine, aber er meint noch mehr: er meint die Massachusetts-Itaker. Southern Maine Weaving kaufte Joes drei Fabriken – und Joes Haus auf dem Hügel – etwa ein Jahr nach Joes Selbstmord, aber für die Männer, die sich bei Brownie's um den Ofen versammelt haben, ist dieser Name nur eine Tarnung. Manchmal sprechen sie auch vom »Gesetz«, etwa: *Sie hat eine einstweilige Verfügung gegen ihn erwirkt, und jetzt kann er nicht mal mehr seine eigenen Kinder sehen – wegen dem »Gesetz«.* Diese Männer hassen das »Gesetz« und den Einfluß, den es auf ihr Leben und das Leben ihrer Freunde nimmt, aber es fasziniert sie endlos, wenn sie darüber nachdenken, wie manche Menschen es ausnutzen, nur um ihre eigenen niederträchtigen Geldgeschäfte voranzubringen.

Southern Maine Weaving (oder die Bank of Southern Maine) haben lange und profitable Geschäfte mit den Fabriken gemacht, die Joe Newall vor dem Bankrott gerettet hat; doch daß es ihnen nicht gelungen ist, das Haus an den Mann zu bringen, das fasziniert die alten Männer, die ihre Tage bei Brownie's verbringen. »Es ist wie ein Rotzklumpen, den man nicht vom Finger schnippen kann«, hat Lenny Partridge einmal gesagt, worauf sie alle genickt haben. »Nicht einmal diese Spaghettifresser aus Malden und Revere können sich *diesen* Mühlstein vom Hals schaffen.«

Old Clut und sein Enkel Andy haben sich entzweit, und daran sind die Besitzverhältnisse von Joe Newalls häßlichem Haus schuld – auch wenn es zweifellos andere, persönlichere Gründe gibt, unter der Oberfläche, wie immer. Das Thema kam eines Abends zur Sprache, nachdem Großvater und Enkel – inzwischen beide Witwer – ein recht gutes Spaghettiessen im Haus des jungen Clut in der Stadt hinter sich gebracht hatten.

Der junge Andy, der seinen Job bei der städtischen Polizei noch nicht verloren hatte, versuchte (reichlich überheblich) seinem Großvater zu erklären, daß Southern Maine Weaving seit Jahren nichts mehr mit dem ehemaligen Anwesen der Newalls zu tun hätte; der tatsächliche Besitzer des Hauses sei die Bank of Southern Maine, und die beiden Unternehmen hätten nichts miteinander zu tun. Der alte John sagte Andy, er wäre ein Narr, wenn er das wirklich glaubte; alle wüßten doch, sagte er weiter, daß sowohl die Bank wie die Textilfabrik nur Tarnfirmen der Massachusetts-Itaker wären – die Unterschiede zwischen ihnen wären reiner Formelkram. Sie versteckten die offensichtlichen Zusammenhänge lediglich hinter einem Berg von Papier, erklärte der alte Clut – mit anderen Worten: das »Gesetz«.

Der junge Clut hatte die Stirn, darüber zu lachen. Old Clut wurde rot, warf die Serviette auf den Teller und stand auf. *Lach nur*, sagte er. *Lach nur weiter. Warum auch nicht? Ein Säufer kann nur eines besser, als über etwas lachen, das er nicht versteht, nämlich über etwas weinen, das er nicht weiß.* Das machte Andy wütend, und er sagte, es läge an Melissa, daß er tränke. Daraufhin fragte John seinen Enkel, wie lange er der toten Frau noch die Schuld an seiner Trunksucht in die Schuhe schieben wollte. Andy wurde kalkweiß, als der alte Mann das gesagt hatte, und fuhr ihn an, er solle aus seinem Haus verschwinden. Was John auch tat; seither ist er nicht mehr dort gewesen. Und er will auch nicht hin. Selbst wenn er die bösen Worte vergessen könnte, kann er es nicht ertragen, mit anzusehen, wie Andy langsam vor die Hunde geht.

Spekulationen hin oder her, soviel steht fest: das Haus auf dem Berg steht jetzt seit fast elf Jahren leer, niemand hat jemals lange dort gewohnt, und die Bank of Southern Maine ist für gewöhnlich die Organisation, die versucht, es über eine der hiesigen Maklerfirmen loszuwerden.

»Die letzten, die es gekauft haben, kamen aus New York, oder nicht?« fragt Paul Corliss; er ergreift so selten das Wort, daß sich alle zu ihm umdrehen. Sogar Gary.

»Yessir«, sagt Lenny. »Das war ein nettes Paar. Der Mann wollte die Scheune rot streichen und eine Art Antiquitätenladen daraus machen, richtig?«

»Ja«, sagt der alte Clut. »Und dann bekam ihr Junge das Gewehr in die Finger, das ...«

»Die Leute sind so verdammt *leichtsinnig* ...« wirft Harley ein.

»Ist er gestorben?« fragt Lenny. »Der Junge?«

Auf diese Frage folgt Schweigen. Offenbar weiß es keiner. Schließlich meldet sich – fast widerwillig – Gary zu Wort. »Nein«, sagt er. »Aber er ist blind geworden. Sie sind nach Auburn gezogen. Oder möglicherweise war es Leeds.«

»Das waren tüchtige Leute«, sagt Lenny. »Ich hätte wirklich gedacht, daß sie was draus machen. Aber sie hatten sich nun einmal auf das Haus versteift und glaubten, alle wollten sie auf den Arm nehmen, wenn sie sagten, es brächte Unglück, weil sie von auswärts gekommen sind.« Er macht eine nachdenkliche Pause. »Vielleicht denken sie inzwischen anders – wo sie auch sein mögen.«

Es herrscht Schweigen, während die alten Männer über die Leute aus New York nachdenken oder vielleicht auch über ihre eigenen abgenutzten Organe und Sinne. Im Halbdunkel hinter dem Ofen blubbert Öl. Irgendwo dahinter klappert ein Laden lautstark in der unruhigen Herbstluft.

»Da wird tatsächlich ein neuer Flügel gebaut«, sagt Gary. Er spricht leise, aber nachdrücklich, als hätte einer der anderen seiner Behauptung widersprochen. »Ich hab's gesehen, als ich neulich die River Road entlanggefahren bin. Die Stützbalken stehen zum größten Teil schon. Das verdammte Ding sieht aus, als sollte es dreißig Meter lang und zehn Meter breit werden. Ist mir vorher nie aufgefallen. Sieht nach gutem Ahornholz aus. Woher bekommt man heutzutage so gutes Ahornholz?«

Niemand antwortet. Niemand weiß es.

Schließlich sagt Paul Corliss zögernd: »Du denkst doch nicht etwa an ein anderes Haus, Gary? Könnte doch sein, daß du ...«

»Von wegen, könnte sein«, sagt Gary ebenso leise, aber noch nachdrücklicher. »Es ist das *Newall*-Haus, ein *neuer Flügel* am Newall-Haus, das Gerüst steht schon, und wenn ihr es immer noch nicht glaubt, dann geht einfach raus und seht selber nach.«

Als das gesagt ist, gibt es nichts mehr zu sagen – sie glauben ihm. Aber weder Paul noch sonstjemand geht hinaus, um zu dem neuen Flügel hinaufzuspähen, der am Newall-Haus angebaut wird. Für sie ist es eine bedeutsame Sache – also etwas, das man nicht überstürzen sollte. Noch mehr Zeit vergeht – Harley McKissick hat schon mehr als einmal gedacht, wenn Zeit Brennholz wäre, dann wären sie alle reich. Paul geht zu der alten wassergekühlten Truhe mit den alkoholfreien Getränken und holt sich einen Orange Crush. Er gibt Harley sechs Cent, und Harley läßt die Registrierkasse klingeln. Als er die Schublade der Kasse wieder zustößt, fällt ihm auf, daß sich die Atmosphäre im Laden irgendwie verändert hat. Es gibt andere Dinge zu diskutieren.

Lenny Partridge hustet, verzieht das Gesicht, drückt die Hände behutsam auf die Stelle, wo die gebrochenen Rippen nie richtig verheilt sind, und fragt Gary, wann die Beerdigung von Dana Roy stattfindet.

»Morgen«, sagt Gary. »Unten in Gorham. Da liegt seine Frau begraben.«

Lucy Roy ist 1968 gestorben; Dana, der bis 1979 Elektriker bei U. S. Gypsum in Gates Falls war, starb vor zwei Tagen an Darmkrebs. Er hatte sein ganzes Leben in Castle Rock verbracht und erzählte den Leuten gern, daß er Maine in seinem achtzigjährigen Leben nur dreimal verlassen hätte – einmal, um eine Tante in Connecticut zu besuchen, einmal, um die Boston Red Sox im Fenway Park spielen zu sehen (»Und sie haben verloren, die Flaschen«, fügte er an der Stelle stets hinzu), und einmal, um an einer Elektrikerversammlung in Portsmouth, New Hampshire, teilzunehmen. »Verdammte Zeitverschwendung«, sagte er immer über diese Versammlung. »Nix als Suff und Weiber, und keine von den Weibern hat auch nur das Anschauen gelohnt, von dem anderen ganz zu schweigen.« Er war ein Busenfreund dieser Männer, und nach seinem Dahinscheiden verspüren sie eine seltsame Mischung aus Trauer und Triumph.

»Sie haben einen Meter von seinen Innereien rausgenommen«, berichtet Gary den anderen Männern. »Hat nichts genutzt. War überall in ihm.«

»Er hat Joe Newall noch gekannt«, sagt Lenny plötzlich. »Er war mit seinem Dad da oben, als sein Dad bei Joe die Kabel verlegt hat – kann nicht älter als sechs oder acht gewesen sein, würde ich sagen. Ich weiß noch, er sagte einmal, Joe hätte ihm einen Lutscher gegeben, aber auf der Heimfahrt hätte er ihn aus dem Wagen geworfen. Hat gesagt, er schmeckte sauer und komisch. Und später, als sie wieder alle Fabriken am Laufen hatten – muß Ende der dreißiger Jahre gewesen sein –, hat er alle Kabel neu verlegt. Weißt du das noch, Harley?«

»Weiß ich.«

Nachdem das Gespräch über Dana Roy wieder auf Joe Newall gekommen ist, sitzen die Männer schweigend da und versuchen sich an Anekdoten über die beiden zu erinnern. Doch als Old Clut schließlich das Wort ergreift, sagt er etwas Erstaunliches.

»Es war Will, Dana Roys großer Bruder, der damals das Stinktier an die Hauswand geworfen hat. Ich bin ziemlich sicher, daß er es war.«

»Will?« Lenny zieht die Brauen hoch. »Will Roy war zu vernünftig, sowas zu tun, das ist meine Meinung.«

Gary Paulson sagt sehr leise: »Tatsächlich, es *war* Will.«

Alle sehen ihn an.

»Und es war die Frau, die Dana einen Lutscher gegeben hat, als er mit seinem Dad dort war«, sagt Gary. »Cora, nicht Joe. Und Dana war auch nicht sechs oder acht. Die Sache mit dem Skunk geschah ungefähr zur Zeit des Börsenkrachs, und da war Cora schon tot. Nein, Dana hat sich vielleicht an einen Teil davon erinnert, aber er kann nicht älter als zwei gewesen sein. War um 1916, als er den Lutscher bekommen hat; 1916 hat Eddie die Leitungen im Haus verlegt, seither war er nie wieder da oben. *Frank* – der mittlere Junge, der jetzt seit zehn oder zwölf Jahren tot ist –, *der* muß damals sechs oder acht gewesen sein. Frank hat gesehen, was Cora mit dem Kleinen gemacht hat, soviel weiß ich, aber ich weiß nicht, wann er es Will erzählt hat. Ist auch egal. Schließlich beschloß Will, was dagegen zu unternehmen. Da war die Frau schon tot, also hat Will es an dem Haus ausgelassen, das Joe für sie gebaut hatte.«

»Laß das doch jetzt«, sagt Harley fasziniert. »Was hat sie mit Dana gemacht? Das möchte *ich* wissen.«

Gary spricht ruhig weiter, fast träge. »Frank hat mir eines Nachts, als er ein paar zuviel gehabt hat, erzählt, daß die Frau ihm den Lutscher mit einer Hand gegeben und ihm mit der anderen in die Hose gegriffen hat. Vor dem älteren Jungen.«

»Ist nicht wahr!« sagt Old Clut schockiert.

Gary sieht ihn nur mit seinen alten gelben Augen an und sagt nichts.

Wieder Schweigen, abgesehen vom Wind und dem klappernden Laden. Die Kinder auf dem Musikpavillon haben ihr Feuerwehrauto genommen und sind damit anderswohin gegangen. Und die Untiefen des Nachmittags dehnen sich, das Licht ist wie auf einem Gemälde von Andrew Wyeth, weiß und dennoch voll idiotischer Bedeutungen. Der Boden hat seine karge Frucht aufgegeben und wartet nutzlos auf den Schnee.

Gary würde ihnen gern von dem Krankenzimmer im Memorial Hospital von Cumberland erzählen, wo Dana Roy im Sterben lag, die Nasenlöcher von schwarzem Rotz verklebt, stinkend wie ein Fisch, der in der Sonne gelegen hat. Er würde ihnen gern von den kalten blauen Fliesen erzählen und von Schwestern, die die Haare in einem Netz zurückgesteckt haben, größtenteils junge Dinger mit hübschen Beinen und straffen jungen Brüsten, die keine Ahnung haben, daß 1923 ein echtes Jahr gewesen ist, so echt wie die Schmerzen, die die Knochen alter Männer quälen. Er spürt, daß er gern eine Predigt über das Böse der Zeit halten würde, möglicherweise sogar über das Böse gewisser Orte, und daß er erklären möchte, weshalb Castle Rock heute wie ein schwarzer Zahn ist, der kurz davor ist, auszufallen. Am liebsten möchte er ihnen aber erzählen, daß sich Dana Roy angehört hat, als hätte ihm jemand die Brust mit Heu ausgestopft, und daß er versuchte, durch dieses Heu zu atmen, und daß er aussah, als hätte er schon angefangen zu verwesen. Aber das alles kann er nicht sagen, weil er nicht weiß, wie er es anstellen soll, und so saugt er nur die Spucke zurück und sagt nichts.

»Niemand hat den alten Joe besonders gut leiden mögen«, sagt Old Clut – und dann strahlt er plötzlich über das ganze Gesicht. »Aber bei Gott, er wuchs einem über den Kopf!«

Die anderen antworten nicht.

Neunzehn Tage später, eine Woche bevor der erste Schnee auf den nutzlosen Boden fällt, hat Gary Paulson einen sexuellen Traum; eigentlich ist es mehr eine Erinnerung.

Am 14. August 1923, als er mit dem Lieferwagen seines Vaters am Haus der Newalls vorbeifährt, sah der dreizehnjährige Gary Martin Paulson plötzlich Cora Leonard Newall, die sich am Ende der Einfahrt von ihrem Briefkasten abwandte. Sie hielt die Zeitung in einer Hand. Als sie Gary sah, griff sie mit der freien Hand nach unten an den Saum ihres Hauskleides. Sie lächelte nicht. Der gewaltige Mond ihres Gesichts war blaß und ausdruckslos, als sie das Kleid hochzog und ihr Geschlecht vor ihm entblößte – es war das erste Mal, daß er dieses Geheimnis sah, über das alle Jungen, die er kannte, so aufgeregt redeten. Sie lächelte immer noch nicht, sondern sah ihn nur ernst an, während sie die Hüften in Richtung seines gaffenden, fassungslosen Gesichts reckte, als er an ihr vorbeifuhr. Im Vorbeifahren ließ er die Hand in den Schoß sinken, und Augenblicke später ejakulierte er in seine Flanellhose.

Es war sein erster Orgasmus. In all den Jahren, die seitdem vergangen sind, hat er mit zahlreichen Frauen Sex gehabt, angefangen mit Sally Oulette unter der Tin Bridge, damals, 1926, und jedesmal, wenn er sich dem Augenblick des Orgasmus näherte – jedes einzelne Mal –, hat er Cora Leonard Newall vor sich gesehen: hat sie unter einem heißen, metallgrauen Himmel neben dem Briefkasten stehen sehen, hat sie das Kleid hochheben und ein fast nicht vorhandenes Büschel ingwerfarbenen Haars unter der sahnigen Wölbung ihres Bauchs entblößen sehen, hat den Schlitz, gleich einem Ausrufungszeichen, mit den roten Schamlippen gesehen, deren Farbton zu einem, wie er weiß, überaus verlockenden, delikaten korallenfarbenen

(Cora)

Rosa wechseln würde. Aber nicht der Anblick der Vagina unter der konturlosen Rundung des Bauchs hat ihn all die Jahre verfolgt, so daß jede Frau im Augenblick der Erleichterung zu Cora wurde; jedenfalls nicht *nur*. Was ihn jedesmal verrückt machte, wenn er sich erinnerte (und wenn er Sex machte, konnte er nicht anders), war die Art und Weise, wie sie ihm die Hüften entgegengereckt hatte – einmal, zweimal, dreimal. Das und ihr ausdrucksloses Gesicht, eine so durchdringende Ausdruckslosigkeit, daß sie an Schwachsinn grenzte, als wäre sie die Summe allen begrenzten sexuellen Wissens und Begehrens eines jungen Mannes – eine enge und lockende Dunkelheit, nichts weiter, ein begrenztes Eden, das Cora-rosa glühte.

Sein ganzes Sexualleben wurde durch diese Erfahrung freigesetzt und entfesselt – ein fruchtbares Erlebnis, wenn es je eines gab –, aber er hat nie darüber gesprochen, auch wenn er mehr als einmal in Versuchung kam, wenn er zu tief ins Glas geschaut hatte. Er hat es für sich behalten. Und von diesem Erlebnis träumt er jetzt, während sein Penis zum ersten Mal seit fast neun Jahren völlig erigiert ist, als ein dünnes Äderchen in seinem Kleinhirn platzt und ein Gerinnsel bildet, das ihn lautlos tötet und ihm so umsichtigerweise vier Wochen oder vier Monate der Lähmung, Kanülen in den Armen, den Katheder und die lautlosen Schwestern mit den Haarnetzen und den straffen, hohen Brüsten erspart. Er stirbt im Schlaf, sein Penis erschlafft, der Traum verblaßt wie das Nachglühen eines Fernsehbildes, wenn das Gerät im Dunkeln abgeschaltet wird. Seine Freunde allerdings wären verblüfft, wenn sie dabeigewesen wären und die beiden letzten Worte gehört hätten, die er spricht – hinausstöhnt, aber doch deutlich genug:

»Der Mond!«

An dem Tag, nachdem er in Homeland zur letzten Ruhe gebettet wird, entsteht auf dem neuen Flügel des Newall-Hauses eine neue Kuppel.

Klapperzähne

Als er in den Schaukasten sah, war ihm zumute, als sähe er durch eine schmutzige Glasscheibe ins mittlere Drittel seiner Kindheit, die Jahre zwischen sieben und vierzehn, als ihn solche Sachen fasziniert hatten. Hogan beugte sich näher hin und vergaß das zunehmende Heulen des Windes draußen ebenso wie das knirschende *Spick-Spack* des Sandes, der gegen das Fenster prasselte. Der Schaukasten war vollgestopft mit unglaublichem Plunder, zweifellos zum größten Teil in Taiwan und Korea hergestellt, aber am Prunkstück der Sammlung konnte nicht der geringste Zweifel bestehen. Es waren die größten Klapperzähne, die ihm jemals unter die Augen gekommen waren. Außerdem waren es die einzigen mit Füßen, die er je gesehen hatte – große, orangefarbene Trickfilmschuhe mit weißen Gamaschen. Ein echter Heuler.

Hogan blickte zu der dicken Frau hinter dem Tresen hinüber. Sie trug ein T-Shirt mit der Aufschrift NEVADA IST GOTTES LAND (die Worte wölbten sich über ihrem enormen Busen) und etwa zwei Hektar Jeans. Sie verkaufte einem blassen jungen Mann, der das lange blonde Haar mit einem Schnürsenkel zu einem Pferdeschwanz gebunden hatte, gerade eine Packung Zigaretten. Der junge Mann, der das Gesicht einer intelligenten Ratte hatte, bezahlte mit Kleingeld, das er umständlich aus der schmutzigen Hand abzählte.

»Verzeihung, Ma'am?« sagte Hogan.

Sie sah kurz zu ihm herüber, dann wurde die Hintertür mit einem Ruck aufgestoßen. Ein schlaksiger Mann mit einem Taschentuch über Mund und Nase kam herein. Der Wind wirbelte Wüstenstaub um ihn herum auf wie eine Windhose und schüttelte die Pin-up-Schöne auf dem Valvoline-Kalender, der mit Reißzwecken an der Wand befestigt war. Der Neuankömmling zog einen Handkarren, auf dem drei Drahtkäfige gestapelt waren. Im obersten saß eine Tarantel. In den beiden Käfigen darunter befanden sich Klapperschlangen. Sie wanden sich hektisch hin und her und ließen aufgeregt ihre Klappern ertönen.

»Mach die Scheißtür zu, Scooter, oder bist du in 'ner Scheune zur Welt gekommen?« bellte die Frau hinter dem Tresen.

Er sah kurz mit vom Sand gereizten und roten Augen zu ihr auf.

»Wart's ab, Frau! Siehst du nicht, daß ich alle Hände voll zu tun habe? Hast du keine *Augen* im Kopf? Herrgott!« Er griff über den Karren und schlug die Tür zu. Der tanzende Sand stürzte tot zu Boden, dann zog der Mann immer noch brummelnd den Karren zum Lagerraum hinüber.

»Sind das alle?« fragte die Frau.

»Alle bis auf Wolf.« Er sprach es wie *Woof* aus. »Den steck' ich in den Schuppen hinter den Zapfsäulen.«

»Von wegen!« erwiderte die dicke Frau. »Wolf ist unsere Hauptattraktion, falls du das vergessen hast. Du bringst ihn hier rein. Im Radio sagen sie, daß es noch schlimmer wird. Viel schlimmer.«

»Was meinst du, wen du damit verarschen kannst?« Der schlaksige Mann (ihr Ehemann, vermutete Hogan) stand da und sah sie mit in die Hüften gestemmten Händen und einer Art resigniertem Trotz an. »Der verdammte Köter ist nichts weiter als ein Koyotenmischling aus Minnesota, wie jeder erkennen kann, der ihn genauer ansieht.«

Der Wind wehte, heulte um die Ecken von Scooter's Lebensmittelladen & Zoo und schleuderte Schwaden trockenen Sandes gegen die Fensterscheiben. Es wurde *tatsächlich* schlimmer, und Hogan konnte nur hoffen, daß es ihm noch gelingen würde, dem Unwetter davonzufahren. Er hatte Lita und Jack versprochen, daß er bis sieben zu Hause sein würde, spätestens acht, und er gehörte zu den Leuten, die ihre Versprechen gern halten.

»Kümmere dich um ihn«, sagte die dicke Frau und drehte sich gereizt wieder zu dem Jungen mit dem Rattengesicht um.

»Ma'am?« sagte Hogan wieder.

»Noch'n Augenblick Geduld, bitte«, sagte Mrs. Scooter. Sie sagte es in einem Tonfall, als ertränke sie förmlich in ungeduldigen Kunden, obwohl in Wahrheit Hogan und der Junge mit dem Rattengesicht die einzigen waren.

»Da fehlen zehn Cent, Sonnyboy«, sagte sie zu dem blonden Jungen nach einem raschen Blick auf die Münzen auf dem Tresen.

Der Junge sah sie mit großen, unschuldigen Augen an. »Ich dachte, Sie würden sie mir anschreiben?«

»Ich glaube nicht, daß der Papst Marlboro raucht, aber wenn, würde ich sie *ihm* nicht anschreiben.«

Der unschuldige Blick verschwand aus den großen Augen. Der Junge mit dem Rattengesicht sah sie einen Moment mit einem mürrischen Ausdruck an (Hogan fand, daß dieser Ausdruck weit besser zum Gesicht des Jungen paßte) und kramte dann noch einmal durch seine Taschen.

Vergiß es einfach und verschwinde von hier, dachte Hogan. *Du schaffst es nie bis acht nach L. A., wenn du dich nicht auf den Weg machst, Sturm oder nicht Sturm. Hier kennen sie nur zwei Geschwindigkeiten – langsam und stop. Du hast dein Benzin, und du hast dafür bezahlt. Also denk einfach, daß du alles erledigt hast, und mach dich auf den Weg, bevor der Sturm noch schlimmer wird.*

Er wäre dem guten Rat seiner linken Gehirnhälfte fast gefolgt – aber dann betrachtete er wieder die Klapperzähne in dem Schaukasten, und die Klapperzähne standen auf ihren großen orangefarbenen Trickfilmschuhen da. Mit weißen Gamaschen. Sie waren ein echter Knüller. *Jack würden sie gefallen*, redete ihm seine rechte Gehirnhälfte ein. *Und um ganz ehrlich zu sein, Bill, alter Kumpel; wenn sich herausstellt, daß Jack sie nicht will*, du *willst sie auf jeden Fall. Irgendwann in deinem Leben siehst du vielleicht wieder einmal solche Jumbo-Klapperzähne, möglich ist alles – aber welche, die in großen orangefarbenen Schuhen herumspazieren? Nn-nein. Das bezweifle ich wirklich.*

Diesmal hörte er auf seine rechte Gehirnhälfte – und so nahm alles seinen Lauf.

Der Junge mit dem Pferdeschwanz kramte immer noch in seinen Taschen; sein mürrischer Gesichtsausdruck wurde jedesmal noch mürrischer, wenn er nichts fand. Hogan hielt nichts vom Rauchen – sein Vater, Kettenraucher mit zwei Schachteln pro Tag, war an Lungenkrebs gestorben –, aber er stellte sich vor, daß er in einer Stunde noch darauf warten würde, bedient zu werden. »He! Junge!«

Der Junge drehte sich um, und Hogan warf ihm einen Vierteldollar zu.

»Hey! Danke, Mann!«

»Nichts zu danken.«

Der Junge beendete seine Transaktion mit der voluminösen Mrs. Scooter, steckte die Zigaretten in eine Tasche und ließ die verbliebenen fünfzig Cent in einer anderen verschwinden. Er bot Hogan nicht an, das Wechselgeld zurückzugeben, aber Hogan hatte auch nicht damit gerechnet. Jungen und Mädchen wie dieser waren heutzutage Legion – sie lungerten von einer Küste zur anderen auf den Gehwegen herum und ließen sich herumwehen wie Steppenhexen. Möglicherweise waren sie schon immer dagewesen, aber Hogan fand, daß die gegenwärtige Abart unangenehm und ein wenig furchteinflößend war, wie die Klapperschlangen, die Scooter gerade im Hinterzimmer verstaute.

Die Schlangen in den schäbigen kleinen Zoos am Straßenrand konnten einen nicht töten; ihr Gift wurde zweimal die Woche abgemolken und an Kliniken verkauft, die Medikamente daraus herstellten. Darauf konnte man sich verlassen, wie man sich darauf verlassen konnte, daß Penner sich jeden Dienstag und Donnerstag beim Roten Kreuz sehen ließen, um gegen Bargeld Blut zu spenden. Dennoch konnten einem die Schlangen schmerzhafte Bißwunden zufügen, wenn man ihnen zu nahe kam und sie reizte. Das, überlegte sich Hogan, hatten die heutigen Straßenkinder mit ihnen gemeinsam.

Mrs. Scooter kam am Tresen entlang, und die Worte auf ihrem T-Shirt wabbelten auf und ab und von einer Seite zur anderen. »Was woll'n Sie?« fragte sie. Ihr Tonfall war nach wie vor verdrossen. Der Westen stand immer noch im Ruf besonderer Freundlichkeit, und in den zwanzig Jahren, die Hogan schon hier als Vertreter arbeitete, hatte er die Erfahrung gemacht, daß dieser Ruf in den meisten Fällen gerechtfertigt war; aber die Frau hier war so freundlich wie ein Ladenbesitzer in Brooklyn, der in den letzten zwei Wochen dreimal ausgeraubt worden war. Hogan vermutete, daß Leute ihres Schlages im Westen allmählich ebenso zum Alltag gehörten wie die Straßenkinder. Traurig, aber wahr.

»Wieviel kostet das?« fragte Hogan und deutete durch das schmutzige Glas auf den Gegenstand, den das Etikett als JUMBO-KLAPPERZÄHNE – SIE LAUFEN! bezeichnete. Der ganze Schaukasten war voll von Scherzartikeln – chinesische Fingerzieher, Pferdekaugummi, Dr. Wackys Niespulver, Zigarettenkracher (zum Totlachen! laut Verpakkung – Hogan vermutete aber, daß sie wahrscheinlich eine tolle Methode waren, sich die Zähne ausschlagen zu lassen), Röntgenbrillen, Plastikkotze (*so realistisch!*), Furzblasen.

»Keine Ahnung«, sagte Mrs. Scooter. »Ich weiß nicht, wo die Verpakkung geblieben ist.«

Die Zähne waren das einzige Stück in dem Schaukasten, das nicht verpackt war, aber Jumbo waren sie *eindeutig*, dachte Hogan – sogar *superjumbo*, fünfmal so groß wie die aufziehbaren Gebisse, die ihm als Kind in Maine soviel Spaß gemacht hatten. Wenn man die komischen Füße wegnahm, würden sie wie die Zähne eines biblischen Giganten aussehen – die Mahlzähne waren große weiße Klötze, und die Fangzähne ragten wie Zeltheringe aus dem unwahrscheinlich rosa Plastikzahnfleisch. Die Zähne wurden von einem dicken Gummiband zusammengehalten.

Mrs. Scooter blies den Staub von den Klapperzähnen, dann drehte sie sie um und suchte auf den Sohlen der orangefarbenen Schuhe nach einem Preisschild. Sie fand keines. »*Ich* weiß es nicht«, sagte sie und sah Hogan böse an, als hätte der den Aufkleber selbst entfernt. »So einen Mist kann nur Scooter gekauft haben. Steht schon hier rum, seit Noah aus der Arche ausgestiegen ist. Ich muß ihn fragen.«

Plötzlich hatte Hogan die Frau und Scooter's Lebensmittelladen & Zoo satt. Es waren tolle Klapperzähne, die Jack ohne jeden Zweifel gefallen würden, aber er hatte es versprochen – spätestens um acht.

»Vergessen Sie's«, sagte er. »Es war nur ein . . .«

»Die Zähne sollten fünfzehn fünfundneunzig kosten, wenn Sie sich das vorstellen können«, sagte Scooter hinter ihnen. »Sie sind nicht nur aus

Plastik – das sind weiß bemalte Metallzähne. Wenn sie funktionieren würden, könnten sie Sie teuflisch beißen. Aber sie hat sie vor zwei, drei Jahren beim Abstauben auf den Boden fallen lassen, und jetzt sind sie kaputt.«

»Oh«, sagte Hogan enttäuscht. »Das ist schade. Wissen Sie, ich habe noch nie welche mit Füßen gesehen.«

»Heute gibt es jede Menge davon«, sagte Scooter. »Sie verkaufen sie in Scherzartikelläden in Vegas und Dry Springs. Aber so große wie die hier habe ich auch noch nie gesehen. War teuflisch komisch, sie auf dem Boden laufen und wie ein Krokodil schnappen zu sehen. Ein Jammer, daß die Alte sie fallen gelassen hat.«

Scooter sah zu ihr, aber die Frau schaute in den wehenden Sand hinaus. Hogan wußte nicht, wie er ihren Gesichtsausdruck deuten sollte – war es Trauer oder Abscheu oder beides?

Scooter sah wieder Hogan an. »Ich könnte sie für drei fünfzig abgeben, wenn Sie sie wollen. Wir machen sowieso Ausverkauf bei den Scherzartikeln. Wir brauchen den Schaukasten für Leihvideos.« Er machte die Tür des Lagerraums zu. Das Taschentuch hatte er jetzt heruntergezogen, es hing über dem schmutzigen Vorderteil seines Hemdes. Das Gesicht war kantig und zu schmal. Unter seiner Wüstenbräune sah Hogan den Schatten einer möglicherweise ernsten Krankheit.

»Das kannst du nicht machen, Scooter!« schnappte die Frau und drehte sich zu ihm um – stürzte sich fast *auf* ihn.

»Halt die Klappe«, antwortete Scooter. »Meine Plomben tun weh, wenn du so kreischst.«

»Ich hab dir gesagt, hol Wolf . . .«

»Myra, wenn du ihn da hinten im Lagerraum haben willst, dann geh ihn doch selber holen.« Er ging auf sie zu, und Hogan war überrascht – sogar fast wie vom Donner gerührt –, als sie nachgab. »Ist sowieso nichts anderes als ein Koyotenmischling aus Minnesota. Drei Dollar glatt, mein Freund, und diese Klapperzähne gehören Ihnen. Und wenn Sie noch einen drauflegen, können Sie auch Myras Woof mitnehmen. Und für fünf verpachte ich Ihnen die ganze Bude. Seit sie die Umgehungsstraße gebaut haben, ist sie sowieso keinen Hundefurz mehr wert.«

Der langhaarige Junge stand neben der Tür, riß das Zellophan der Zigarettenschachtel auf, die er mit Hogans Hilfe gekauft hatte, und verfolgte die kleine komische Oper mit einem Ausdruck boshafter Heiterkeit. Seine winzigen graugrünen Augen funkelten.

»Hol dich der Teufel«, sagte Myra grantig, und Hogan sah, daß sie den Tränen nahe war. »Wenn du mein Baby nicht holst, dann hol' ich es eben.« Sie drängte sich an ihm vorbei und hätte ihn fast mit einer kürbisgroßen Brust umgestoßen. Hogan stellte sich vor, daß sie den kleinen Mann zu Boden geschmettert hätte, hätte sie getroffen.

»Hören Sie«, sagte Hogan, »ich glaube, ich mache mich einfach auf die Socken.«

»Na gut«, sagte Scooter. »Stören Sie sich nicht an Myra. Ich hab Krebs, und sie ist in den Wechseljahren, und es ist nicht meine Schuld, daß sie nicht damit leben kann. Nehmen Sie die verdammten Zähne. Wette, Sie haben einen Jungen, dem sie gefallen könnten. Außerdem ist wahrscheinlich nur ein Zahnrad verbogen. Ich glaube, ein Mann mit etwas handwerklichem Geschick könnte sie wieder zum Laufen und Schnappen bringen.«

Er drehte sich mit hilflosem und nachdenklichem Ausdruck um. Der Wind draußen schwoll zu einem kurzen, dünnen Kreischen an, als der Junge die Tür öffnete und hinausschlüpfte. Offenbar war er zu dem Ergebnis gekommen, daß die Vorstellung vorbei war. Eine Wolke feiner Staub wirbelte den Mittelgang entlang, zwischen Konservendosen und Hundefutter.

»Früher hätte ich das wahrscheinlich selber geschafft«, weihte Scooter ihn ein.

Hogan antwortete eine ganze Weile nicht. Ihm fiel nichts ein – buchstäblich überhaupt nichts –, das er hätte sagen können. Er sah auf die Jumbo-Klapperzähne, die in dem zerkratzten und verstaubten Schaukasten standen, und suchte verzweifelt nach etwas, um das Schweigen zu unterbrechen (jetzt, da Scooter direkt vor ihm stand, konnte er sehen, daß die Augen des Mannes riesig und dunkel waren und vor Schmerzen und einem starken Schmerzmittel glänzten ... Darvon, möglicherweise Morphin), und so sagte er das erste, das ihm in den Sinn kam: »Nun, sie sehen gar nicht kaputt aus.«

Er nahm die Zähne hoch. Sie bestanden tatsächlich aus Metall – für alles andere waren sie zu schwer –, und als er in den leicht geöffneten Kiefer sah, stellte er erstaunt fest, wie groß die Sprungfeder war, die das Ding betrieb. Er vermutete, daß so eine große erforderlich war, um die Zähne nicht nur zum Zuschnappen, sondern auch noch zum Laufen zu bringen. Was hatte Scooter gesagt? *Wenn sie funktionieren würden, könnten sie Sie teuflisch beißen.* Hogan zupfte einmal versuchsweise an dem breiten Gummiband, dann zog er es ab. Er studierte immer noch die Zähne, um nicht in Scooters dunkle, schmerzumflorte Augen sehen zu müssen. Er griff nach dem Schlüssel, und dann endlich wagte er aufzusehen. Erleichtert stellte er fest, daß der hagere Mann verhalten lächelte.

»Was dagegen?« fragte Hogan.

»Ich nicht, Pilger – lassen Sie's knacken.«

Hogan grinste und drehte den Schlüssel um. Zuerst schien alles in Ordnung zu sein; eine Reihe ratschender Klicklaute ertönte, und er konnte sehen, wie die Hauptfeder aufgezogen wurde. Dann, nach der dritten Umdrehung, kam ein *sponk!* von innen, und der Schlüssel drehte sich ohne zu greifen im Loch.

»Sehen Sie?«

»Ja«, sagte Hogan. Er stellte die Zähne auf den Tresen. Da standen sie auf ihren grotesken orangefarbenen Füßen und rührten sich nicht.

Scooter stieß die zusammengebissenen Backenzähne der linken Seite mit einem hornhautüberzogenen Finger an. Die Kiefer klappten auseinander. Ein orangefarbener Fuß hob sich und machte einen verträumten halben Schritt vorwärts. Dann blieben die Zähne stehen, und das ganze Gebilde kippte auf die Seite. Die Klapperzähne blieben auf dem Schlüssel liegen, ein schiefes, körperloses Grinsen, mitten im Niemandsland. Nach einigen Augenblicken klappten die Zähne mit einem langsamen Klick wieder zusammen. Das war alles.

Hogan, der in seinem ganzen Leben noch keine Zwangsvorstellung gehabt hatte, war plötzlich von einer deutlichen Gewißheit erfüllt, die unheimlich und ekelerregend zugleich war. *In einem Jahr wird dieser Mann seit acht Monaten im Grab liegen, und wenn jemand seinen Sarg ausgraben und den Deckel aufbrechen würde, dann würde er Zähne wie diese sehen, die wie eine emaillierte Falle aus dem vertrockneten toten Gesicht ragen.*

Er sah in Scooters Augen, die glänzten wie dunkle Edelsteine in beschlagenen Fassungen, und plötzlich war nicht mehr die Frage, ob er hier weg *wollte*; er *mußte* hier weg.

»Nun«, sagte er (und hoffte panisch, Scooter würde ihm nicht zum Abschied die Hand reichen), »ich muß los. Viel Glück, Sir.«

Scooter streckte *doch* die Hand aus, aber nicht zum Abschied. Statt dessen legte er das Gummiband wieder um die Klapperzähne (Hogan hatte keine Ahnung, warum, da sie ohnedies nicht funktionierten), stellte sie auf ihre komischen Trickfilmfüße und schob sie über die zerkratzte Oberfläche des Tresens. »Herzlichen Dank«, sagte er. »Und nehmen Sie die Zähne. Kostenlos.«

»Oh ... danke, aber – ich kann doch nicht ...«

»Klar können Sie«, sagte Scooter. »Nehmen Sie sie mit, und geben Sie sie Ihrem Jungen. Wird ihm gefallen, wenn sie in seinem Zimmer auf dem Regal stehen, auch wenn sie nicht funktionieren. Ich kenne mich ein bißchen mit Jungen aus. Hab selbst drei großgezogen.«

»Woher wissen Sie, daß ich einen Sohn habe?« fragte Hogan.

Scooter blinzelte. Die Geste war furchterregend und erbarmenswert zugleich. »Sehe ich Ihrem Gesicht an«, sagte er. »Los doch, nehmen Sie sie.«

Der Wind schwoll wieder an, dieses Mal so heftig, daß die Bretterwände des Hauses ächzten. Der Sand, der gegen die Fenster prasselte, hörte sich an wie feiner Schnee. Hogan hob die Zähne an den Plastikfüßen hoch und stellte wieder überrascht fest, wie schwer sie waren.

»Hier.« Scooter zog eine Papiertüte, die an den Kanten fast so runzlig und zerknittert war wie sein eigenes Gesicht, unter dem Tresen hervor. »Tun Sie es da rein. Sie haben einen echt schönen Mantel an. Wenn Sie die Beißerchen in der Tasche tragen, beulen Sie sie aus.«

Er stellte die Tüte auf den Tresen, als verstünde er, wie ungern Hogen ihn berühren wollte.

»Danke«, sagte Hogan. Er verstaute die Klapperzähne in der Tüte und knüllte das obere Ende zusammen. »Jack dankt Ihnen auch – das ist mein Sohn.«

Scooter lächelte und entblößte dabei Zähne, die ebenso falsch (wenn auch nicht annähernd so groß) waren wie die in der Papiertüte. »War mir ein Vergnügen, Mister. Fahren Sie vorsichtig, bis Sie den Sturm hinter sich gelassen haben. Wenn Sie erst die Vorgebirge erreicht haben, kann Ihnen nichts mehr passieren.«

»Ich weiß.« Hogan räusperte sich. »Nochmals danke. Ich hoffe, daß es Ihnen ... äh ... bald wieder besser geht.«

»Das wäre schön«, sagte Scooter gelassen, »aber ich glaube nicht, daß das für mich in den Sternen steht. Sie?«

»Äh. Nun.« Hogan stellte verdrossen fest, daß er keine Ahnung hatte, wie er diese Begegnung beenden sollte. »Geben Sie auf sich acht.«

Scooter nickte. »Sie auch.«

Hogan wich zur Tür zurück, machte sie auf und mußte sie festhalten – der Wind versuchte, sie ihm aus der Hand zu reißen und gegen die Wand zu schlagen. Feiner Sand prasselte ihm ins Gesicht, er mußte die Augen schließen.

Er ging hinaus, machte die Tür hinter sich zu und zog den Kragen seines echt schönen Mantels über Mund und Nase, als er die Veranda überquerte und zu seinem Dodge-Campingwagen hastete, der gleich hinter den Zapfsäulen parkte. Der Wind zerzauste ihm das Haar, Sand prasselte schmerzhaft gegen seine Wangen. Er ging gerade zur Fahrertür, als ihn jemand am Ärmel zupfte.

»Mister! He, Mister!«

Hogan drehte sich um. Es war der blonde Junge mit dem blassen Rattengesicht. Er duckte sich nur in seinem T-Shirt und den verwaschenen 501-Jeans gegen Wind und Flugsand. Hinter ihm zerrte Mrs. Scooter einen abgemagerten Köter an einem Würgehalsband zur Hintertür des Ladens. Wolf, der Koyotenmischling aus Minnesota, sah wie der halbverhungerte Welpe eines deutschen Schäferhunds aus – und obendrein noch wie der Kümmerling des Wurfs.

»Was?« brüllte Hogan, der genau wußte, was auf ihn zukam.

»Kann ich mitfahren?« schrie der Junge über den Wind hinweg zurück.

Normalerweise nahm Hogan keine Anhalter mit – seit jenem Nachmittag vor fünf Jahren. Da hatte ihn am Stadtrand von Tonopah ein junges Mädchen angehalten. Das Mädchen, das am Straßenrand stand, hatte ausgesehen wie eines dieser traurigen, heimatlosen Geschöpfe auf UNICEF-Plakaten, ein Kind, das aussah, als wären seine Mutter und sein Freund beide letzte Woche beim gleichen Hausbrand ums Leben gekommen. Aber als sie im Auto saß, hatte Hogan die unreine Haut und den irren Blick einer seit langer Zeit Drogensüchtigen erkannt. Da war es freilich schon zu spät. Sie hatte ihm eine Pistole vors Gesicht gehalten und wollte seine Brieftasche. Die Pistole war alt und rostig, der Griff mit zerrissenem Isolierband umwickelt. Hogan hatte bezweifelt, ob sie überhaupt geladen war, und wenn, ob sie losgehen würde. Aber er hatte Frau und Kind in L. A., und selbst wenn er Single gewesen wäre, lohnte es sich, wegen hundertvierzig Dollar sein Leben zu riskieren? Daran hatte er damals schon nicht gedacht, als er gerade in seinem neuen Metier Fuß faßte und hundertvierzig Dollar viel mehr Geld waren als heutzutage. Er gab dem Mädchen seine Brieftasche. Inzwischen hielt auch schon ihr Freund in einem schmutzigen blauen Chevy Nova neben seinem Wagen (damals war es noch ein Ford Econoline, längst nicht so toll wie der umgebaute Dodge XRT). Hogan hatte gefragt, ob das Mädchen ihm den Führerschein und die Bilder von Lita und Jack lassen würde. »Leck mich, Süßer«, sagte sie und schlug ihm mit seiner eigenen Brieftasche brutal ins Gesicht, bevor sie ausstieg und zu dem blauen Auto rannte.

Anhalter bedeuteten Ärger.

Aber der Sturm wurde immer schlimmer, und der Junge hatte nicht einmal eine Jacke. Was sollte er ihm sagen? Leck mich, Süßer, kriech mit den anderen Schlangen unter einen Felsen, bis der Sturm nachläßt?

»Okay«, sagte Hogan.

»Danke, Mann! Vielen Dank!«

Der Junge lief zur Beifahrertür, zog am Griff, stellte fest, daß abgeschlossen war, und wartete einfach mit eingezogenen Schultern, bis er einsteigen durfte. Der Wind bauschte sein Hemd wie ein Segel und gab den Blick auf seinen schmalen, pickligen Rücken frei.

Hogan sah noch einmal zu Scooter's Lebensmittelladen & Zoo und ging zur Fahrertür. Scooter stand am Fenster und sah zu ihm heraus. Er hob ernst die Hand, Handfläche nach außen. Hogan grüßte zurück, dann steckte er den Schlüssel ins Schloß und drehte ihn herum. Er machte die Tür auf, drückte die Entriegelung neben dem automatischen Fensteröffner und winkte den Jungen herein.

Der gehorchte, und dann mußte er die Tür mit beiden Händen wieder zuziehen. Der Wind heulte um den Wagen herum und schüttelte ihn sogar ein wenig.

»*Mann*!« keuchte der Junge und strich sich mit den Fingern heftig durch das Haar (er hatte den Schnürsenkel verloren, das Haar hing ihm strähnig auf die Schultern). »Schöner Sturm, was? Kann sich sehen lassen.«

»Ja«, sagte Hogan. Zwischen den beiden Vordersitzen – Sitzen, wie sie in den Prospekten gern als »Kapitänssessel« bezeichnet werden – befand sich eine Konsole, und Hogan legte die Papiertüte in einen der Dosenhalter. Dann drehte er den Zündschlüssel. Der Motor sprang sofort mit gutmütigem Brummen an.

Der Junge drehte sich auf seinem Sitz herum und sah bewundernd ins Heck des Wagens. Dort gab es ein Bett (das jetzt zu einer Couch zusammengeklappt war), einen kleinen Gasofen, mehrere Staufächer, in denen Hogan seine verschiedenen Muster aufbewahrte, und ganz hinten eine Toilettenzelle.

»Gar nicht so bescheiden, Mann!« sagte der Junge. »Mit allem Komfort.« Er sah wieder zu Hogan. »Wohin fahren Sie?«

»Los Angeles.«

Der Junge grinste. »He, toll! Ich auch!« Er holte das gerade erst erstandene Päckchen Marlboro aus der Tasche und klopfte eine heraus.

Hogan hatte die Scheinwerfer eingeschaltet und den Gang eingelegt. Jetzt schob er den Schalthebel wieder auf Leerlauf und drehte sich zu dem Jungen um. »Eines wollen wir gleich mal klarstellen«, sagte er.

Der Junge sah Hogan mit großen, unschuldigen Augen an. »Klar, Amigo – kein Problem.«

»Erstens, ich nehme normalerweise keine Anhalter mit. Ich hatte vor Jahren ein schlimmes Erlebnis mit einer. Bin ein gebranntes Kind, könnte man sagen. Ich nehme dich mit durch die Santa-Clara-Vorgebirge, aber das ist auch schon alles. Auf der anderen Seite liegt eine Raststätte – Sammy's, nahe an der Autobahn. Da trennen sich unsere Wege. Okay?«

»Okay. Klar. Wie Sie wünschen.« Immer noch mit den großen Augen.

»Zweitens, wenn du unbedingt rauchen mußt, trennen sich unsere Wege gleich hier. Ist *das* auch okay?«

Einen Moment sah Hogan das andere Gesicht des Jungen (und selbst nach der kurzen Bekanntschaft wäre Hogan jede Wette eingegangen, daß der Junge nur zwei drauf hatte), diesen gemeinen, argwöhnischen Ausdruck. Doch dann war er sofort wieder die großäugige Unschuld, ein harmloser Flüchtling aus Wayne's World. Er steckte die Zigarette hinters Ohr und zeigte Hogan die leeren Hände. Als er sie hob, sah Hogan eine handgeschriebene Tätowierung auf dem linken Bizeps des Jungen: DEF LEPPARD 4-EVER.

»Keine Fluppen«, sagte der Junge. »Kapiert.«

»Prima. Bill Hogan.« Er streckte die Hand aus.

»Bryan Adams«, sagte der Junge und schüttelte kurz Hogans Hand.

Hogan legte den Gang wieder ein und rollte langsam der Route 46 entgegen. Dabei fiel sein Blick kurz auf die Cassette auf dem Armaturenbrett. Es war *Reckless* von Bryan Adams.

Klar, dachte er. *Du bist Bryan Adams, und ich bin in Wirklichkeit Don Henley. Wir haben nur bei Scooter's Lebensmittelladen & Zoo Rast gemacht, um ein bißchen Material für unsere nächsten Platten zu sammeln, richtig?*

Als er auf den Highway einbog, wo er sich bereits anstrengen mußte, um durch den Flugsand sehen zu können, mußte er wieder an das Mädchen denken, das ihn am Stadtrand von Tonopah mit seiner eigenen Brieftasche ins Gesicht geschlagen hatte, bevor sie abgehauen war. Allmählich wurde ihm ungeheuer mulmig zumute.

Dann versuchte eine starke Windbö ihn auf die Fahrspur nach Osten zu drängen, und er konzentrierte sich auf das Fahren.

Sie fuhren eine Weile schweigend weiter. Als Hogan einmal nach rechts sah, stellte er fest, daß der Junge sich mit geschlossenen Augen zurückgelehnt hatte – möglicherweise schlief er, möglicherweise döste er, vielleicht tat er aber auch nur so, weil er sich nicht unterhalten wollte. Das machte nichts; Hogan wollte sich auch nicht unterhalten. Zunächst einmal wußte er nicht, was er mit Mr. Bryan Adams aus Nirgendwo, USA, reden sollte. Jammerschade, daß der junge Mr. Adams nicht in der Branche Etiketten und Lesegeräte für universelle Preiscodes tätig war, denn das war Hogans Beruf. Zum anderen wurde es zunehmend zur Herausforderung, den Wagen auf der Straße zu halten.

Der Sturm nahm zu, wie Mr. Scooter vorhergesagt hatte. Die Straße war ein vages Phantom, in unregelmäßigen Abständen von braunen Sandschleiern bedeckt. Die Verwehungen wirkten wie Bremskuppen und zwangen Hogan, mit höchstens fünfundzwanzig dahinzukriechen. Aber damit konnte er leben. An einer Stelle jedoch hatte sich der Sand völlig glatt über den Straßenbelag ausgebreitet; die Straße war nicht mehr zu sehen, und Hogan mußte auf fünfzehn Stundenmeilen heruntergehen; er orientierte sich nur noch nach dem schwachen Licht seiner Scheinwerfer, das von Katzenaugen am Straßenrand reflektiert wurde.

Ab und zu tauchte ein entgegenkommender Wagen aus dem wehenden Sand auf wie ein prähistorischer Schemen mit runden, blitzenden Augen. Einer davon, ein alter Lincoln Mark IV, so groß wie ein Kabinenkreuzer, fuhr genau auf der Mitte der Straße. Hogan drückte auf die Hupe und schwenkte nach rechts, spürte den Sog des Sandes an den Reifen und spürte, wie er hilflos die Zähne fletschte. Als er schon überzeugt war, das entgegenkommende Fahrzeug würde ihn in den Straßengraben drängen, schwenkte der Lincoln gerade so weit auf seine eigene Fahrbahn zurück, daß Hogan daran vorbeikam. Er glaubte, ein metallisches Schaben zu hören, als seine Heckstoßstange die des Mark IV zum Abschied küßte, aber beim konstanten Heulen des Windes bildete er sich das mit ziemlicher Sicherheit nur ein. Aber den Fahrer, *den* konnte er ganz kurz erkennen – einen alten, kahlen Mann, der stocksteif hinter dem Lenkrad saß und mit einem konzentrierten Blick, der schon ans Manische grenzte, in den Flugsand starrte. Hogan schüttelte die Faust nach ihm, aber der alte Tattergreis sah nicht einmal her. *Hat wahrscheinlich nicht einmal bemerkt, daß ich da war*, dachte Hogan, *geschweige denn, wie nahe er dran war, mich zu rammen.*

Für einige Sekundenbruchteile sah es dennoch verdächtig so aus, als würde er trotzdem von der Straße abkommen. Er merkte, wie der Sand noch heftiger an den rechten Reifen zerrte, und wie der Wagen zu schlingern drohte. Er wollte das Lenkrad instinktiv nach links reißen. Statt dessen gab er Gas und lenkte den Wagen geradeaus, während er spürte, wie Schweiß sein letztes gutes Hemd unter den Achseln tränkte. Schließlich ließ der Sog an den Reifen nach, und er hatte wieder die Kontrolle über das Fahrzeug. Hogan atmete lange und seufzend aus.

»Echt gut gefahren, Mann.«

Er hatte sich so sehr konzentriert, daß er seinen Beifahrer ganz vergessen hatte, und verriß in seiner Überraschung das Lenkrad fast ganz nach links, was sie wieder in Schwierigkeiten gebracht hätte. Er drehte sich um und stellte fest, daß der blonde Junge ihn beobachtete. Seine graugrünen Augen leuchteten beunruhigend; sie machten ganz und gar keinen verschlafenen Eindruck.

»War nur Glück«, sagte Hogan. »Wenn es eine Stelle gäbe, wo man rechts ranfahren kann, würde ich es tun, aber ich kenne die Strecke. Entweder wir halten bei Sammy's oder gar nicht. Wenn wir das Vorgebirge erreicht haben, wird es besser.«

Er verkniff sich die Bemerkung, daß sie wahrscheinlich drei Stunden brauchen würden, um die siebzig Meilen von hier bis zu Sammy's zurückzulegen.

»Sie sind Geschäftsmann, richtig?«

»Stimmt.«

Er wünschte sich, der Junge würde nicht reden. Er mußte sich aufs Fahren konzentrieren. Weiter vorn tauchten Nebelscheinwerfer wie gelbe Gespenster in der Düsternis auf. Ihnen folgte ein Iroc Z mit einem Nummernschild aus Kalifornien. Der Dodge und der Z krochen aneinander vorbei wie alte Damen auf dem Flur eines Altersheims. Aus dem Augenwinkel sah Hogan, wie der Junge die Zigarette hinter dem Ohr hervorholte und anfing, damit herumzuspielen. Bryan Adams, also wirklich! Warum hatte ihm der Junge einen falschen Namen genannt? Das war wie in einem der alten Filme, die man manchmal noch in der Spätvorstellung sehen konnte, ein Krimi in Schwarzweiß, in dem der Handelsvertreter (wahrscheinlich von Ray Milland gespielt) den harten jungen Burschen mitnimmt (sagen wir, von Nick Adams gespielt), der gerade in Gabbs oder Death oder sonstwo aus dem Gefängnis ausgebrochen ist . . .

»Was verkaufen Sie denn, Amigo?«

»Etiketten.«

»Etiketten?«

»Ganz recht. Mit dem universellen Preiscode. Das ist ein kleines Kästchen mit einer bestimmten Anzahl von schwarzen Strichen darauf.«

Der Junge überraschte Hogan, indem er nickte. »Klar – die ziehen sie dann im Supermarkt über ein elektronisches Auge, und dann erscheint der Preis wie durch Zauberei in der Registrierkasse, richtig?«

»Ja. Aber es ist keine Zauberei und kein elektronisches Auge. Es handelt sich um ein Laser-Lesegerät. Die verkaufe ich auch. Die großen und die tragbaren.«

»Tolles Geschäft, Amigo-Schatz.« Der sarkastische Unterton in der Stimme des Jungen war verhalten – aber er war da.

»Bryan?«

»Ja?«

»Mein Name ist Bill, nicht Mann, nicht Amigo und schon gar nicht Amigo-Schatz.«

Er wünschte sich immer mehr, er könnte die Zeit zurückdrehen und auf dem Parkplatz von Scooter's einfach nein sagen, wenn ihn der Junge fragte, ob er mitfahren dürfte. Die Scooters waren keine schlechten Menschen; sie hätten den Jungen bei sich behalten, bis der Sturm zu Ende war. Vielleicht hätte Mrs. Scooter ihm sogar fünf Scheinchen gegeben, damit er auf die Tarantel, die Klapperschlangen und Wolf aufpaßte, den »sensationellen Koyotenmischling aus Minnesota«. Hogan gefielen die graugrünen Augen immer weniger. Er spürte ihr Gewicht auf seinem Gesicht wie kleine Steine.

»Klar – Bill. Bill der Etiketten-Amigo.«

Bill antwortete nicht. Der Junge verschränkte die Finger ineinander und ließ die Knöchel knacken.

»Nun, wie meine alte Mama zu sagen pflegte – ist vielleicht nichts Besonderes, aber man kann davon leben. Richtig, Etiketten-Amigo?«

Hogan grunzte etwas Unverbindliches und konzentrierte sich aufs Fahren. Das Gefühl, einen Fehler gemacht zu haben, war zur Gewißheit geworden. Als er damals das Mädchen mitgenommen hatte, hatte Gott ihn verschont. *Bitte*, betete er. *Noch einmal, okay, lieber Gott? Noch besser – mach doch, daß ich mich in diesem Jungen täusche – bitte mach, daß es nur Paranoia ist, hervorgerufen vom niederen Luftdruck, vom Sturm und vom Zufall eines Namens, der vielleicht gar nicht so ungewöhnlich ist.*

Aus der anderen Richtung kam ein riesiger Truck von Mack, dessen silberne Dogge auf dem Kühler in den Flugsand zu spähen schien. Hogan scherte nach rechts aus, bis er spürte, wie der Sand am Straßenrand wieder gierig an seinen Reifen saugte. Der lange silberne Hänger des Mack verdeckte alles auf Hogans linker Seite. Er war nur fünfzehn Zentimeter entfernt – vielleicht noch weniger – und schien endlos lang zu sein.

Als er schließlich vorbei war, fragte der blonde Junge: »Sieht so aus, als würden Sie nicht schlecht verdienen, Bill – eine Kiste wie die muß Sie mindestens dreißig Riesen gekostet haben. Also warum ...«

»Soviel war es gar nicht.« Hogan wußte nicht, ob »Bryan Adams« den nervösen Unterton in seiner Stimme hören konnte, aber er, *Hogan*, konnte es eindeutig. »Ich habe viel selbst gemacht.«

»Trotzdem machen Sie nicht den Eindruck, als liefen sie hungrig herum. Also warum fliegen Sie nicht und ersparen sich die ganze Scheiße hier unten?«

Das war eine Frage, die sich Hogan manchmal selbst auf den langen, einsamen Strecken zwischen Tempe und Tucson oder Las Vegas und Los Angeles stellte, eine Frage, die man sich stellen *mußte*, wenn man im Radio nichts außer beschissenem Synthipop oder fadenscheinige Oldies finden konnte, wenn man die letzte Cassette des aktuellen Bestsellers von Recorded Books gehört hatte, und wenn es nichts zu sehen gab, außer meilenweit Wüsten und Brachland, die samt und sonders Onkel Sam gehörten.

Er konnte sagen, daß er ein besseres Gefühl für seine Kunden bekam, wenn er durch das Land fuhr, in dem sie lebten und ihre Waren verkauften. Das stimmte zwar, aber es war nicht der Grund. Er konnte sagen, daß die Überprüfung seiner Musterboxen, die so unhandlich waren, daß sie nicht unter einen Flugzeugsitz paßten, ein Ärgernis war. Und darauf zu warten, daß sie am Zielort vom Gepäckförderband rollten, war stets ein Abenteuer (einmal war eine Kiste mit fünftausend Etiketten für alkoholfreie Getränke in Hilo, Hawaii, statt in Hillside, Arizona, ausgeladen worden). Auch *das* stimmte, aber auch das war nicht der Grund.

Der Grund war, daß er sich 1982 an Bord eines Linienflugzeugs der Western Pride befunden hatte, das im Hochland, siebzehn Meilen von Reno entfernt, abgestürzt war. Sechs der neunzehn Passagiere und die beiden Besatzungsmitglieder waren ums Leben gekommen. Hogan selbst hatte einen Wirbelbruch erlitten. Er hatte vier Monate im Bett und weitere zehn in einem schweren Gips verbringen müssen, den seine Frau Lita als Eiserne Jungfrau bezeichnete. Sie (wer immer *sie* sein mochten) behaupteten ja, wenn man von einem Pferd abgeworfen wurde, sollte man sofort wieder aufsteigen. William I. Hogan hielt das für Blödsinn, und abgesehen davon, daß er ein einziges Mal mit zwei Valium im Leibe und mit weißen

Knöcheln zur Hochzeit seines Bruders nach Oakland geflogen war, hatte er nie wieder ein Flugzeug betreten.

Er erwachte ruckartig aus diesen Gedanken und stellte zweierlei fest: seit der Mack vorbei war, hatte er die Straße wieder für sich, und der Junge sah ihn immer noch mit diesen beunruhigenden Augen an und wartete darauf, daß er die Frage beantwortete.

»Ich hatte einmal ein schlimmes Erlebnis auf einem Linienflug«, sagte er. »Seitdem halte ich mich an Verkehrsmittel, wo man auf die Standspur gehen kann, wenn der Motor aussetzt.«

»Sie haben wirklich eine Menge schlimme Erlebnisse gehabt, Amigo Bill«, sagte der Junge. Seine Stimme nahm einen gespielten Tonfall des Bedauerns an. »Und es tut mir echt leid, aber jetzt werden Sie wieder eins haben.« Ein schneidendes metallisches Klicken – Hogan drehte sich zur Seite und stellte, ohne überrascht zu sein, fest, daß der Junge ein Klappmesser mit einer funkelnden, zwanzig Zentimeter langen Klinge in der Hand hielt.

O Scheiße, dachte Hogan. Jetzt, da es tatsächlich passiert war, hatte er keine große Angst. Er fühlte sich nur müde. *O Scheiße, und nur vierhundert Meilen von zuhause entfernt. Verdammt.*

»Fahr rechts ran, Amigo Bill. Und schön langsam.«

»Was willst du?«

»Wenn Sie die Antwort darauf nicht wissen, sind Sie noch dümmer, als Sie aussehen.« Ein verhaltenes Lächeln umspielte die Mundwinkel des Jungen. Die selbstgemachte Tätowierung auf dem Arm des Jungen wakkelte, als sich die Muskeln darunter bewegten. »Ich will Ihre Knete, und ich schätze, ich will auch Ihr fahrbares Hurenhaus, jedenfalls für eine Weile. Aber machen Sie sich keine Sorgen – nicht weit von hier liegt eine kleine Raststätte. Sammy's. Nahe am Highway. Irgendwer wird Sie mitnehmen. Die Leute, die nicht anhalten, werden Sie natürlich ansehen, als hätten Sie Hundescheiße an den Füßen, und wahrscheinlich werden Sie ein bißchen betteln müssen, aber ich bin sicher, schließlich nimmt Sie doch jemand mit. Und jetzt *fahren Sie rechts ran.*«

Hogan stellte ein wenig überrascht fest, daß er nicht nur Müdigkeit, sondern auch Zorn verspürte. War er auch damals zornig gewesen, als ihm das Straßenmädchen die Brieftasche abgenommen hatte? Er konnte sich wirklich nicht mehr erinnern.

»Komm mir nicht mit der Scheiße«, sagte er und drehte sich zu dem Jungen um. »Ich habe dich mitgenommen, als du darauf angewiesen warst, und ich hab dich nicht betteln lassen. Wenn ich nicht wäre, würdest du immer noch mit ausgestrecktem Daumen Sand schlucken. Also steck das Ding weg. Wir . . .«

Plötzlich stieß der Junge mit dem Messer zu, und Hogan verspürte sengende Schmerzen in der rechten Hand. Der Wagen scherte aus und kam ins Schlingern, als er wieder über eine der Bremskuppen aus Sand fuhr.

»*Rechts ran* hab ich gesagt. Entweder gehst du zu Fuß, Etiketten-Amigo, oder du liegst mit durchgeschnittener Kehle und einem deiner Etikettenleser im Arsch im nächsten Straßengraben. Und willst du noch was wissen? Ich werde von hier bis Los Angeles kettenrauchen, und jedesmal, wenn ich mit einer Zigarette fertig bin, drücke ich sie auf deinem Scheißarmaturenbrett aus.«

Howard betrachtete seine Hand und sah eine diagonale blutige Linie, die sich vom Knöchel des kleinen Fingers bis zum Daumenansatz zog. Und da war wieder der Zorn – aber jetzt war es regelrechte Wut, und falls die Müdigkeit auch noch da war, war sie irgendwo in der Mitte dieses irrationalen roten Auges verborgen. Er versuchte, im Geiste ein Bild von Lita und Jack zu beschwören, bevor ihn dieses Gefühl überwältigte und er etwas Verrücktes tat, aber die Bilder blieben verschwommen und unscharf. Er *hatte* ein klares Bild vor Augen, aber das war das falsche – es war das Gesicht des Mädchens am Stadtrand von Tonopah, des Mädchens mit dem höhnischen Mund unter den traurigen Waisenaugen, des Mädchens, das *Leck mich, Süßer* gesagt hatte, bevor sie ihm mit seiner eigenen Brieftasche ins Gesicht schlug.

Er trat auf das Gaspedal, und der Wagen beschleunigte. Die rote Nadel stieg auf dreißig.

Der Junge sah überrascht aus, dann verwirrt, dann wütend. »Was machst du da? Ich hab gesagt, du sollst rechts ranfahren! Willst du deine Eingeweide auf dem Schoß sehen, oder was?«

»Weiß nicht«, sagte Hogan. Er ließ den Fuß auf dem Gas. Inzwischen zitterte die Nadel dicht über vierzig. Der Wagen rollte über einige Sandverwehungen und schlotterte wie ein Hund mit Fieber. »Was willst *du* denn, Junge? Wie wäre es mit einem gebrochenen Genick? Dazu brauche ich nur das Lenkrad zu drehen. Ich habe *meinen* Sicherheitsgurt angelegt. Wie ich sehe, hast du das vergessen.«

Die graugrünen Augen des Jungen waren jetzt riesig, eine Mischung aus Angst und Wut glitzerte darin. Du sollst rechts ranfahren, sagten diese Augen. So läuft das, wenn ich ein Messer habe – *weißt* du das denn nicht?

»Sie werden uns nicht von der Straße steuern«, sagte der Junge, aber Hogan fand, er versuchte, sich selbst zu überzeugen.

»Warum nicht?« Hogan drehte sich wieder zu dem Jungen um. »Schließlich bin ich ziemlich sicher, daß mir nichts passieren wird, und der Wagen ist versichert. Du machst einen Abgang, Arschloch. Wie findest du das?«

»Du . . .«, begann der Junge, aber dann riß er die Augen auf und verlor das Interesse an Hogan. »*Paß auf!*« schrie er.

Hogan riß den Kopf herum und sah vier Scheinwerfer, die durch die Staubschleier auf ihn zugerast kamen. Ein Tanklaster, wahrscheinlich voll Benzin oder Propan. Die Hupe plärrte durch die Luft wie eine gigantische, wütende Gans: WONK! WONK! WOOOONK!

Der Wagen war ins Schleudern geraten, während Hogan sich mit dem Jungen beschäftigt hatte, und befand sich jetzt halb auf der Gegenfahrbahn. Er riß das Lenkrad fest nach rechts, obwohl er wußte, es würde nichts nützen, es war schon zu spät. Aber der entgegenkommende Laster wich ebenfalls aus, genau so, wie Hogan ausgewichen war, um den Mark IV durchzulassen. Die beiden Fahrzeuge tanzten durch den wirbelnden Sand, und nicht einmal eine Handbreit Platz war mehr zwischen ihnen. Hogan spürte, wie die rechten Reifen wieder in den Sand gerieten, und wußte, dieses Mal hatte er nicht die geringste Chance, den Wagen auf der Straße zu halten – nicht bei über vierzig Meilen. Als die vage Form des großen Edelstahltanks (CARTERS FARMBEDARF & KUNSTDÜNGER stand auf der Seite) passiert war, spürte er, wie das Lenkrad sich in seinen Händen verselbständigte und weiter nach rechts zog. Und aus dem Augenwinkel sah er, wie sich der Junge mit dem Messer nach vorne beugte.

Was ist los mit dir, bist du verrückt? wollte er den Jungen anschreien, aber das wäre eine dumme Frage gewesen, selbst wenn er Zeit gehabt hätte, sie auszusprechen. Klar war der Junge verrückt – man brauchte nur einen Blick in diese graugrünen Augen zu werfen, um das zu wissen. Hogan selbst mußte verrückt gewesen sein, daß er den Jungen überhaupt mitgenommen hatte. Aber das alles spielte jetzt keine Rolle mehr; er mußte hier mit einer Situation fertig werden, und wenn er sich den Luxus gönnte zu glauben, dies alles könnte ihm nicht zustoßen – wenn er auch nur eine Sekunde zuließ, daß er das dachte –, dann würde man ihn wahrscheinlich morgen oder übermorgen mit durchgeschnittener Kehle und von Bussarden ausgepickten Augen finden. Dies stieß ihm tatsächlich zu; es war die Wirklichkeit.

Der Junge gab sich größte Mühe, Hogan die Klinge in den Hals zu stoßen, aber da kippte der Wagen schon und geriet immer tiefer in den sandgefüllten Graben. Hogan wich der Klinge aus, ließ das Lenkrad ganz los und glaubte, er wäre dem Messer entkommen, bis er spürte, wie die nasse Wärme von Blut seinen Hals tränkte. Das Messer hatte ihm die rechte Wange von der Schläfe bis zum Kiefer aufgeschlitzt. Er fuchtelte mit der rechten Hand und versuchte, das Handgelenk des Jungen zu fassen zu bekommen, und dann prallte der linke Vorderreifen auf einen Felsen, so groß wie eine Telefonzelle, und der Wagen wurde hochgeschleudert wie ein Stuntfahrzeug in einem Film, der diesem entwurzelten Jugendlichen zweifellos gut gefallen hätte. Er flog durch die Luft, alle vier

Räder drehten sich und fuhren laut Tacho immer noch vierzig Meilen. Hogan spürte, wie ihm der Sicherheitsgurt schmerzhaft Brust und Bauch einschnürte. Es war, als müßte er den Flugzeugabsturz noch einmal durchleben – und heute wie damals bekam er nicht in den Kopf, daß es tatsächlich passierte.

Der Junge, der noch das Messer hielt, wurde hoch- und vorwärtsgeschleudert. Er stieß sich den Kopf am Wagendach, als Boden und Decke die Plätze tauschten. Hogan sah ihn hektisch mit der linken Hand rudern und stellte zu seiner Verblüffung fest, daß der Junge *immer noch* versuchte, nach ihm zu stechen. Er war wirklich eine Klapperschlange, da hatte Hogan schon recht gehabt, aber niemand hatte ihm die Giftdrüsen gemolken.

Dann prallte der Wagen auf den Wüstenboden, der Dachgepäckträger wurde abgerissen und der Kopf des Jungen stieß wieder gegen das Dach, dieses Mal viel härter. Das Messer fiel ihm aus der Hand. Der Schrank im hinteren Teil des Wagens klappte auf, Musteretiketten und Laserlesegeräte flogen durch den Innenraum. Hogan bekam das unmenschliche Kreischen am Rande mit – das langgezogene, schrille Knirschen, als das Dach des XRT auf der anderen Seite des Straßengrabens über den körnigen Wüstensand rutschte – und dachte: *So muß es sein, wenn man sich in einer Konservendose befindet und jemand den elektrischen Dosenöffner ansetzt.*

Die Windschutzscheibe zerschellte und brach wie ein bröckelndes Schild mit einer Million zickzackförmiger Risse nach innen. Hogan kniff die Augen zu und hob die Hände, um sein Gesicht zu schützen, während der Wagen sich nochmals überschlug und gerade lange genug auf Hogans Seite aufsetzte, daß auch das Seitenfenster barst und ein Hagel Kies und Sand hereingeschleudert wurden, bevor das Fahrzeug sich wieder aufrichtete. Es schwankte, als wollte es nach der Seite des Jungen umkippen – und dann blieb es liegen.

Hogan blieb etwa fünf Sekunden reglos, wo er war, hatte die Augen aufgerissen, umklammerte mit den Händen die Armlehnen seines Sitzes und kam sich vor wie Captain Kirk nach einem Angriff der Klingonen. Er war sich bewußt, daß er eine Menge Sand und Glasscherben im Schoß liegen hatte, und noch etwas, aber was dieses Etwas war, wußte er nicht. Er merkte auch, daß der Wind noch mehr Sand durch die zerschellten Fenster hereinwehte.

Dann raubte ihm kurz ein schneller Gegenstand die Sicht. Bei diesem Gegenstand handelte es sich um fleckige weiße Haut, braunen Sand, aufgeschürfte Knöchel und rotes Blut. Es war eine Faust, die Hogan genau auf die Nase traf. Der Schmerz stellte sich augenblicklich und intensiv ein, als hätte ihm jemand eine Leuchtkugel direkt ins Gehirn geschossen. Einen Moment war sein Sehvermögen völlig dahin, von einem weißen

Blitz verschluckt. Es stellte sich gerade wieder ein, als die Hand des Jungen sich plötzlich um seinen Hals krallte und er nicht mehr atmen konnte.

Der Junge, Mr. Bryan Adams aus Nirgendwo, USA, beugte sich über die Konsole zwischen den Vordersitzen. Blut aus einem runden halben Dutzend Kopfverletzungen war ihm über Wangen und Stirn und Nase geflossen wie eine Kriegsbemalung. Die graugrünen Augen sahen Hogan voll starrer, irrer Wut an.

»*Sieh nur, was du getan hast, du Arsch!*« schrie der Junge. »*Sieh dir an, was du mit mir gemacht hast!*«

Hogan versuchte zurückzuweichen und bekam halb Luft, als der Griff des Jungen sich für einen Moment lockerte, aber da der Sicherheitsgurt noch geschlossen war – und noch eingerastet, wie es schien –, konnte er nicht ausweichen. Die Hände des Jungen griffen wieder zu, und diesmal lagen die Daumen auf Hogans Luftröhre und drückten sie zu.

Hogan versuchte, selbst die Hände zu heben, aber die Arme des Jungen waren starr wie Gitterstäbe und hinderten ihn. Er versuchte, die Arme des Jungen wegzuschlagen, aber sie gaben nicht nach. Jetzt konnte er noch einen Wind hören – einen schrillen, heulenden Wind in seinem eigenen Kopf.

»*Sieh nur, was du angerichtet hast, du blödes Arschloch! Ich blute!*«

Die Stimme des Jungen, aber weiter entfernt als vorher.

Er bringt mich um, dachte Hogan, und eine Stimme antwortete: *Ganz recht – leck mich, Süßer.*

Das brachte die Wut zurück. Er tastete im Schoß nach dem, was da lag, außer Sand und Glas. Es war eine Papiertüte mit einem unhandlichen Gegenstand darin – Hogan konnte sich nicht genau erinnern, was es war. Hogan schloß die Hand darum und rammte die Faust senkrecht auf den Kiefer des Jungen. Er traf ihn mit einem dumpfen Laut. Der Junge schrie vor Schmerz und Überraschung, und der Druck um Hogans Hals verschwand plötzlich, als er nach hinten kippte.

Hogan holte tief und krampfhaft Luft und hörte ein Geräusch wie einen Teekessel, der auf der Herdplatte pfeift. *Bin ich das, der dieses Geräusch macht? Mein Gott, bin ich das?*

Er holte noch einmal Luft. Sie war voller Flugsand, tat ihm im Hals weh und brachte ihn zum Husten, aber sie kam ihm dennoch vor wie der Himmel. Er blickte auf seine Hände hinab und sah die Umrisse der Klapperzähne deutlich in der braunen Papiertüre.

Und plötzlich spürte er, wie sie sich *bewegten.*

Diese Bewegung hatte etwas so erschreckend Menschliches an sich, daß Hogan aufschrie und die Tüte fallen ließ; es war, als hätte er einen menschlichen Kieferknochen angefaßt, der versuchte, mit seiner Hand zu sprechen.

Die Tüte fiel auf den Rücken des Jungen und polterte dann auf den Teppichboden des Wagens, während »Bryan Adams« sich benommen auf die Knie aufrichtete. Hogan hörte das Gummiband reißen – und dann das unmißverständliche Klicken und Scheppern der Zähne selbst, die auf- und zuklappten.

Außerdem ist wahrscheinlich nur ein Zahnrad verbogen, hatte Scooter gesagt. *Ich glaube, ein Mann mit etwas handwerklichem Geschick könnte sie wieder zum Laufen und Schnappen bringen.*

Möglicherweise reicht auch nur ein kräftiger Stoß aus, dachte Hogan. *Wenn ich dies überlebe und jemals dorthin zurückkehre, muß ich Scooter sagen, daß man nur sein Auto in den Straßengraben fahren und die Klapperzähne dann benutzen muß, um einen psychopathischen Anhalter damit zu schlagen, der versucht, einen zu erwürgen, damit sie wieder funktionieren; so einfach ist das, selbst ein Kind würde es fertigbringen.*

Die Zähne klapperten und klickten in der zerrissenen braunen Tüte, deren Seiten flatterten, so daß sie aussah wie eine amputierte Lunge, die sich weigerte zu sterben. Der Junge kroch von der Tüte weg, ohne sie auch nur anzusehen. Er kroch in den rückwärtigen Teil des Lieferwagens und schüttelte den Kopf von einer Seite auf die andere, um ihn zu klären. Winzige Blutströpfchen regneten aus seinem verfilzten Haar.

Hogan tastete nach dem Verschluß des Sicherheitsgurts und drückte darauf. Nichts tat sich. Das Quadrat in der Mitte der Schnalle gab keinen Millimeter nach; der Gurt war immer noch fest zugeschnürt wie verkrampft, schnitt in den altersbedingten Rettungsring über dem Hosenbund und zog ihm eine harte Diagonale über die Brust. Er versuchte, sich auf dem Sitz hin und her zu wiegen und hoffte, das würde den Gurt lösen. Der Blutstrom von seinem Gesicht nahm zu, und er spürte, wie seine Wange hin und her klatschte wie ein Streifen abgerissener Tapete; aber das war auch alles. Er spürte Panik, die durch die Fassungslosigkeit seines Schocks dringen wollte, und drehte den Kopf über die rechte Schulter, um festzustellen, was der Junge im Schilde führte.

Wie sich herausstellte, nichts Gutes. Er hatte sein Messer im hinteren Teil des Wagens erspäht, wo es auf einem Haufen von Gebrauchsanweisungen und Broschüren lag. Er ergriff es, schüttelte das Haar aus dem Gesicht und sah seinerseits über die Schulter zu Hogan. Er grinste, und dieses Grinsen hatte etwas an sich, bei dem sich Hogans Eier gleichzeitig zusammenzogen und verschrumpelten, bis es schien, als hätte ihm jemand zwei Pfirsichkerne in die Unterhose gesteckt.

Ah, da haben wir es ja! sagte das Grinsen des Jungen. *Einen oder zwei Augenblicke habe ich mir Sorgen gemacht – richtig Sorgen –, aber jetzt wird doch noch alles gut. Eine Zeitlang haben wir ein bißchen improvisiert, aber jetzt halten wir uns wieder genau ans Drehbuch.*

»Sitzt du fest, Etiketten-Amigo?« fragte der Junge über das konstante Heulen des Windes hinweg. »So ist es, richtig? Ein Glück, daß du dich angeschnallt hattest, richtig? Glück für mich.«

Der Junge versuchte aufzustehen; er hätte es beinahe geschafft, doch dann gaben seine Knie nach. Ein Ausdruck so übertriebener Überraschung, daß er unter anderen Umständen komisch gewirkt hätte, huschte über sein Gesicht. Dann schüttelte er sich wieder das blutige, fettige Haar aus dem Gesicht und kroch auf Hogan zu, mit der linken Hand den imitierten Beingriff des Messers umklammernd. Seine Tätowierung waberte bei jeder Bewegung seines kümmerlichen Bizeps und erinnerte Hogan daran, wie die Worte auf Myras T-Shirt – NEVADA IST GOTTES LAND – geschaukelt hatten, wenn sie sich bewegte.

Hogan packte die Schnalle des Sicherheitsgurts mit beiden Händen und drückte die Daumen so enthusiastisch auf den Druckknopf wie der Junge ihm seine auf die Luftrühre gedrückt hatte. Absolut keine Reaktion. Der Gurt saß fest. Hogan drehte wieder den Kopf und sah zu dem Jungen.

Der Junge war bis zu dem Klappbett gekommen, dort hielt er inne. Der komisch übertriebene, überraschte Ausdruck stand ihm wieder ins Gesicht geschrieben. Er sah starr geradeaus, was bedeutete, er betrachtete etwas auf dem Boden, und Hogan fielen plötzlich wieder die Zähne ein. Sie klapperten immer noch auf dem Boden.

Er sah selbst hin und bekam gerade noch mit, wie die Jumbo-Klapperzähne auf ihren komischen orangefarbenen Schuhen aus der Papiertüte marschierten. Die Backenzähne und Fangzähne und Schneidezähne zuckten hektisch auf und ab und erzeugten ein Geräusch wie Eis in einem Cocktailshaker. Die Schuhe mit ihren blütenweißen Gamaschen schienen förmlich auf dem Boden zu *hüpfen*. Hogan mußte an Fred Astaire denken, der auf der Bühne steppte, Fred Astaire mit einem Stock unter dem Arm und einem keck schräg über ein Auge gezogenen Strohhut.

»O Scheiße!« sagte der Junge halb lachend. »Hast du da hinten *darum* gefeilscht, Etiketten-Amigo? O Mann! Wenn ich dich plattmache, tu ich der Welt einen Gefallen!«

Der Schlüssel, dachte Hogan. *Der Schlüssel an den Zähnen, mit dem man sie aufzieht – der dreht sich nicht!*

Und dann hatte er wieder eine dieser hellseherischen Vorahnungen: er wußte genau, was passieren würde. Der Junge würde danach greifen.

Die Zähne hörten unvermittelt auf zu laufen und zu klappern. Sie standen einfach auf dem leicht schrägen Boden des Wagens, und die Kiefer klafften ein Stück auseinander. Obwohl sie keine Augen hatten, schienen sie fragend zu dem Jungen aufzuschauen.

»Klapperzähne«, sagte Mr. Bryan Adams aus Nirgendwo, USA, staunend. Er streckte den Arm aus und legte die rechte Hand darum, wie Hogan es vorhergesehen hatte.

»Beiß ihn!« kreischte Hogan. »Beiß ihm seine Scheißfinger *ab*!«

Der Junge hob ruckartig den Kopf und sah mit verblüfften graugrünen Augen auf. Er schaute Hogan einen Augenblick fassungslos an – mit dem übertriebenen Ausdruck völliger, ungläubiger Überraschung – und dann fing er an zu lachen. Sein Lachen klang hoch und schrill, ein perfekter Gegensatz zum Wind, der durch den Wagen heulte und die Vorhänge bauschte wie lange Geisterfinger.

»Beiß mich! *Beiß* mich! *Beiß* mich!« sang er, als wäre das die Pointe des komischsten Witzes, den er je gehört hatte. »He, Etiketten-Amigo, ich hab gedacht, *ich* wäre es, der sich den Kopf gestoßen hat!«

Der Junge klemmte den Griff des Klappmessers zwischen seine eigenen Zähne und steckte den Zeigefinger der linken Hand zwischen die Jumbo-Klapperzähne. »*Eiß ich!*« sagte er um das Messer herum. Er kicherte und bewegte den Finger zwischen den zu groß geratenen Kiefern. »*Eiß ich! Los doch, eiß ich!*«

Die Zähne bewegten sich nicht. Ebensowenig die orangefarbenen Füße. Hogans Vorahnung löste sich in Luft auf wie Träume beim Erwachen. Der Junge bewegte noch einmal den Finger zwischen den Klapperzähnen, zog ihn heraus . . . und dann schrie er, was die Lungen hergaben. »*O Scheiße! SCHEISSE! Elendes MISTSTÜCK!*«

Einen Augenblick schlug Hogans Herz in der Brust schneller, aber dann wurde ihm klar, der Junge schrie zwar, aber in Wirklichkeit *lachte* er. Lachte ihn aus. Die Zähne waren die ganze Zeit vollkommen reglos geblieben.

Der Junge hob die Zähne hoch, um sie eingehender zu betrachten, während er das Messer wieder ergriff. Er wedelte mit der Klinge vor den Zähnen wie ein Lehrer mit dem Zeigestock vor einem ungezogenen Schüler. »Ihr sollt nicht beißen«, sagte er. »Das ist nicht die feine . . .«

Einer der orangefarbenen Füße machte plötzlich auf der schmutzigen Handfläche des Jungen einen Schritt vorwärts. Gleichzeitig klappten die Kiefer auf, und bevor Hogan richtig mitbekam, was da vor sich ging, hatten die Zähne in die Nase des Jungen gebissen.

Dieses Mal war der Schrei von Bryan Adams echt – ein Schrei des Schmerzes und unvorstellbarer Überraschung. Er schlug mit der rechten Hand nach den Zähnen und wollte sie abschütteln, aber sie hatten sich so fest um die Nase des Jungen geschlossen wie der Sicherheitsgurt um Hogans Leibesmitte. Blut und Stränge zerfetzten Knorpels platzten zwischen den Schneidezähnen hervor. Der Junge schnellte wie ein Klappmesser rückwärts, und einen Augenblick konnte Hogan nur seinen stürzenden Körper, rudernde Arme und zappelnde Füße erkennen. Dann sah er das Messer funkeln.

Der Junge schrie wieder und schnellte in eine sitzende Haltung. Das lange Haar war ihm wie ein Vorhang vors Gesicht gefallen; die zusammengebissenen Zähne ragten daraus hervor wie das Ruder eines seltsamen Bootes. Dem Jungen war es irgendwie gelungen, das Messer zwischen die Zähne und die Überreste seiner Nase zu zwängen.

»Töte ihn!« schrie Hogan heiser. Er hatte den Verstand verloren; auf einer Ebene war ihm klar, daß er den Verstand verloren haben *mußte*, aber vorerst spielte das gar keine Rolle. »*Los doch. Töte ihn!*«

Der Junge kreischte – ein langgezogener, schriller Laut – und drehte das Messer. Die Klinge brach, aber zuvor gelang es ihr, die körperlosen Kiefer zumindest teilweise auseinanderzudrücken. Die Zähne fielen vom Gesicht in seinen Schoß. Der größte Teil seiner Nase fiel mit ihnen ab.

Der Junge schüttelte das Haar zurück. Die graugrünen Augen schielten und versuchten, den verstümmelten Stumpf in seinem Gesicht zu sehen. Der Mund war zu einer Grimasse des Schmerzes verzerrt; die Sehnen am Hals standen wie Taue vor.

Der Junge griff nach den Zähnen. Die Zähne wichen behende auf ihren orangefarbenen Trickfilmfüßen zurück. Sie stapften auf und ab, marschierten auf der Stelle und grinsten zu dem Jungen auf, der jetzt mit dem Hintern auf den Waden hockte. Blut tränkte die Vorderseite seines T-Shirts.

Der Junge sagte etwas, das Hogan in seiner Überzeugung bestärkte, daß er, Hogan, den Verstand verloren hatte; nur in einem Alptraum konnten solche Worte gesprochen werden.

»Gib me de *Nache* zurück, du Michtvieh!«

Der Junge griff wieder nach den Zähnen, aber dieses Mal liefen sie unter seiner Hand *vorwärts* und zwischen seine gespreizten Beine, und dann war ein fleischiges *mampf!* zu hören, als sie sich in der Wölbung der verwaschenen Jeans gleich unterhalb des Reißverschlusses verbissen.

Bryan Adams riß die Augen weit auf. Ebenso den Mund. Er hob die Hände bis zur Höhe der Schultern und breitete sie weit aus, so daß er einen Moment wie eine seltsame Imitation von Al Jolson aussah, die sich anschickte, »Mammy« zu singen. Das Klappmesser flog über seine Schulter ins Heck des Wagens.

»*Herrgott! Herrgott! Heeaaaa* . . .«

Die orangefarbenen Füße tappten rapide, als tanzten sie einen Highland Fling. Die rosa Kiefer der Jumbo-Klapperzähne nickten emsig auf und ab, als wollten sie *ja! ja! ja!* sagen, und dann schüttelten sie sich ebenso emsig hin und her, als wollten sie *nein! nein! nein!* sagen.

». . . *aaaaa*AAAAAA . . .«

Als der Hosenstoff des Jungen riß – und wie es sich anhörte, war das nicht das einzige, das riß –, verlor Hogan das Bewußtsein.

Er kam zweimal zu sich. Das erste Mal mußte nur kurze Zeit später gewesen sein, weil der Sturm immer noch durch den Wagen heulte und das Licht fast unverändert war. Er wollte sich umdrehen, aber unerträgliche Schmerzen schossen ihm durch den Hals. Schnittwunde, natürlich, und wahrscheinlich nicht so schlimm, wie sie hätte werden können – oder morgen sein würde, was das betraf.

Immer vorausgesetzt, er lebte morgen noch.

Der Junge. Ich muß mich vergewissern, daß er tot ist.

Nein, das mußt du nicht. Natürlich ist er tot. Wenn er es nicht wäre, wärst du es.

Dann hörte er ein neues Geräusch hinter sich – das unablässige Klakker-Klicker-Klacker der Zähne.

Sie kommen mich holen. Sie sind mit dem Jungen fertig, aber sie haben noch Hunger, und darum kommen sie mich holen.

Er drückte mit den Händen wieder auf die Schnalle des Sicherheitsgurts, aber der Verschluß klemmte immer noch hoffnungslos, und er hatte ohnehin keine Kraft mehr in den Händen.

Die Zähne kamen immer näher – wie es sich anhörte, waren sie inzwischen direkt hinter dem Sitz angekommen –, und Hogans verwirrter Verstand las einen Reim in ihr unermüdliches Klappern hinein: *Klacker-di-li, klacker-di-la, wir sind die Zähne, und wir sind wieder da! Sieh uns kauen, schau uns zu, wir haben ihn gefressen, und jetzt kommst du!*

Hogan machte die Augen zu.

Das Klappern verstummte.

Jetzt waren nur noch das unablässige Heulen des Windes und das *Spick-spack* des Sands zu hören, der gegen die verbeulte Seite des Wagens prasselte.

Hogan wartete. Nach einer langen, langen Zeit hörte er ein einzelnes Klick, gefolgt vom leisen Geräusch reißender Fasern. Eine Pause, dann wiederholte sich das Klick und das Reißen.

Was machen sie nur?

Als er das Klicken und Reißen zum dritten Mal hörte, spürte er, wie sich die Rückenlehne seines Sitzes ein wenig bewegte, und da begriff er. Die Zähne zogen sich zu ihm hoch.

Hogan dachte daran, wie die Zähne in den Wulst unter dem Reißverschluß der Jeans des Jungen gebissen hatten, und wollte wieder bewußtlos werden. Durch die zertrümmerte Windschutzscheibe wehte Sand herein und kitzelte ihn an Wangen und Stirn.

Klick . . . risch. Klick . . . risch. Klick . . . risch.

Das letzte Mal sehr nahe. Hogan wollte nicht nach unten sehen, aber er konnte nicht anders. Und neben seiner rechten Hüfte, wo das Sitzkissen in die Lehne überging, sah er ein breites, weißes Grinsen. Es bewegte sich quälend langsam nach oben und drückte mit den noch unsichtbaren orangefarbenen Füßen, während es eine kleine Falte grauen Bezugs zwischen den Schneidezähnen zermalmte ... dann ließ der Kiefer los, und die Zähne rückten krampfhaft ein Stück höher.

Danach verbissen sich die Zähne in die Tasche von Hogans Hose, und da verlor er wieder das Bewußtsein.

Als er zum zweiten Mal zu sich kam, hatte der Wind nachgelassen, und es war fast dunkel; ein unheimlicher purpurner Schimmer hing über der Wüste, den Hogan noch nie vorher gesehen hatte. Die Sandwirbel, die jenseits der eingesunkenen Windschutzscheibe durch die Wüste tanzten, sahen aus wie fliehende Geisterkinder.

Einen Augenblick wußte er überhaupt nicht, was vorgefallen war, daß er gestrandet hier lag; seine letzte klare Erinnerung war, daß er auf die Benzinanzeige geschaut hatte, und daß sie auf ein Achtel gesunken war, und dann blickte er auf und sah ein Schild am Straßenrand, auf dem stand: SCOOTER'S LEBENSMITTELLADEN & ZOO – BENZIN / SNACKS / GEKÜHLTES BIER / SEHEN SIE *LEBENDE* KLAPPERSCHLANGEN!

Er begriff, daß er sich eine Zeitlang an diese Amnesie klammern konnte, wenn er wollte; mit der Zeit würde es seinem Unterbewußtsein vielleicht sogar gelingen, gewisse gefährliche Erinnerungen auf Dauer zu verdrängen. Aber es konnte auch gefährlich sein, sich *nicht* zu erinnern. *Sehr* gefährlich. Weil ...

Der Wind heulte. Sand prasselte gegen die übel eingedrückte Fahrerseite des Wagens. Es hörte sich fast an wie

(Zähne! Zähne! Zähne!)

Die zerbrechliche Oberfläche der Amnesie zerplatzte, und jegliche Wärme verschwand von der Oberfläche von Hogans Haut. Er stieß ein rostiges Krächzen aus, als er sich an das Geräusch erinnerte,

(mampf!)

das die Klapperzähne von sich gegeben hatten, als sie sich um die Hoden des Jungen schlossen, und da hielt er die Hände über den eigenen Schritt und verdrehte die Augen furchtsam in den Höhlen, während er nach dem amoklaufenden Gebiß Ausschau hielt.

Er sah es nicht, aber die Mühelosigkeit, mit der seine Schultern der Bewegung der Hände folgten, war neu. Er sah in den Schoß hinab und nahm langsam die Hände vom Schritt. Der Sicherheitsgurt hielt ihn nicht mehr gefangen. Er lag in zwei Teilen auf dem grauen Teppich. Die Metallzunge der Halterung steckte noch in der Schnalle, aber danach kam nur noch zerfetzter Stoff. Der Gurt war nicht durchgeschnitten worden; er war durchgebissen.

Er sah in den Rückspiegel und stellte noch etwas fest: die Hecktüren des Wagens standen offen, und auf dem grauen Bodenbelag, wo der Junge gelegen hatte, war nur noch ein vager roter Umriß zu sehen. Mr. Bryan Adams aus Nirgendwo, USA, war fort.

Ebenso wie die Klapperzähne.

Hogan stieg langsam aus dem Wagen wie ein alter Mann mit schlimmer Arthritis. Wenn er den Kopf kerzengerade hielt, war es nicht so schlimm – aber wenn er das vergaß und ihn in irgendeine Richtung drehte, fuhren glühende Bolzen durch seinen Hals, die Schultern und die obere Rückenpartie. Selbst der Gedanke, den Kopf einfach zurückzulegen, war unerträglich.

Er ging langsam zum hinteren Ende des Wagens, strich mit der Hand behutsam über die verbeulte Oberfläche und die abblätternde Farbe und hörte und spürte das Glas, das unter seinen Füßen knirschte. Er blieb lange Zeit am hinteren Ende der Fahrerseite stehen. Er hatte Angst, um die Ecke zu gehen. Wenn er es tat, würde er den Jungen vor sich sehen, der auf den Hacken kauerte, das Messer in der linken Hand und dieses leere Grinsen im Gesicht. Aber er konnte nicht einfach stehenbleiben und den Kopf auf dem verkrampften Hals halten wie eine große Flasche Nitroglyzerin, während es um ihn herum dunkel wurde, und so ging Hogan schließlich doch weiter.

Niemand. Der Junge war tatsächlich fort. So schien es jedenfalls auf den ersten Blick. Der Wind schwoll noch einmal böig auf und wehte Hogan das Haar um das wunde Gesicht, dann ließ er nach. Als das geschah, hörte er ein schabendes Geräusch, etwa zwanzig Meter hinter dem Wagen. Er sah hin und erblickte die Sohlen der Turnschuhe des Jungen, die gerade über die Kuppe einer Düne verschwanden. Die Turnschuhe bildeten ein schlaffes V. Sie hörten einen Moment auf, sich zu bewegen, als müßte das, was die Leiche des Jungen zog, etwas ausruhen und neue Kräfte sammeln; dann setzten sie sich wieder in Bewegung.

Plötzlich sah Hogan ein Bild von erschreckender, unerträglicher Klarheit vor seinem geistigen Auge. Er sah die Jumbo-Klapperzähne, die unmittelbar hinter der Düne auf ihren komischen orangefarbenen Füßen standen; in ihren Gamaschen, die so *cool* wirkten, daß die *coolsten* der California Raisins dagegen wie Hinterwäldler aus Fargo, North Dakota, aussahen – in diesem elektrisierenden, purpurnen Licht, das über dem verlassenen Land westlich von Las Vegas lag. Sie hatten sich in eine dicke Strähne vom blonden Haar des Jungen verbissen.

Die Klapperzähne räumten auf.

Die Klapperzähne zerrten Mr. Bryan Adams nach Nirgendwo, USA. Hogan drehte sich in die andere Richtung und ging langsam zur Straße, wobei er seinen Nitrokopf starr und gerade auf dem Hals hielt. Er brauchte fünfzehn Minuten, bis er den Straßengraben überwunden hatte, und weitere fünfzehn, bis er jemanden fand, der ihn mitnahm; aber schließlich schaffte er beides. Und während der ganzen Zeit sah er nicht ein einziges Mal zurück.

Neun Monate später, an einem klaren, heißen Sommertag im Juni, kam Bill Hogan zufällig wieder an Scooter's Lebensmittelladen & Zoo vorbei – nur hieß es jetzt »Myra's Raststätte«, und auf dem Schild stand BENZIN / GEKÜHLTES BIER / VIDEOS. Unter dem Schild hing ein Bild von Wolf – oder auch nur Woof –, der den Mond anheulte. Wolf selbst, der erstaunliche Koyotenmischling aus Minnesota, lag in einem Käfig im Schatten der Verandaüberdachung. Er hatte die Hinterbeine weit abgespreizt, und seine Schnauze lag auf den Pfoten. Als Hogan zum Tanken aus dem Wagen stieg, stand er nicht auf. Von den Klapperschlangen und der Tarantel war nichts mehr zu sehen.

»Hi, Woof«, sagte er, als er die Treppe hinaufging. Der Bewohner des Käfigs drehte sich auf den Rücken und ließ die lange rote Zunge lasziv aus dem Maul hängen, während er zu Hogan aufsah.

Im Inneren des Ladens sah es größer und sauberer aus. Zum Teil mochte das daran liegen, daß der Tag draußen nicht so bedrohlich wirkte. Aber das war nicht der einzige Grund. Zunächst einmal waren die Fenster geputzt, und das machte schon viel aus. Die Bretter waren durch Pinienpaneele ersetzt worden, die noch frisch und harzig rochen. Eine Snackbar mit fünf Hockern war hinten angebaut worden. Der Schaukasten war noch da, aber die Scherzartikel, die Knallzigaretten und Dr. Wackys Niespulver waren fort. Der Kasten war mit Videocassetten gefüllt. Auf einem handgeschriebenen Schild stand: FILME FÜR ERWACHSENE IM HINTERZIMMER. »18 JAHRE SONST KEINE WARE.«

Die Frau an der Registrierkasse wandte Hogan das Profil zu, sah auf einen Taschenrechner hinunter und rechnete etwas damit aus. Einen Augenblick war Hogan überzeugt, daß es sich um die Tochter von Mr. und Mrs. Scooter handelte – die weibliche Ergänzung zu den drei Jungen, von denen Mr. Scooter gesprochen hatte. Dann hob sie den Kopf, und Hogan sah, daß es Mrs. Scooter selbst war. Es fiel schwer zu glauben, daß dies die Frau sein könnte, deren Mammutbusen fast die Nähte ihres T-Shirts mit der Aufschrift NEVADA IST GOTTES LAND gesprengt hatte, aber sie war es. Mrs. Scooter hatte fünfzig Pfund abgenommen und sich die Haare glänzend walnußbraun gefärbt. Nur die Sonnenfältchen um Mund und Augen waren dieselben.

»Haben Sie getankt?« fragte sie.

»Hab ich. Für fünfzehn Dollar.« Er gab ihr einen Zwanziger, und sie ließ die Kasse klingeln. »Hat sich viel verändert, seit ich das letzte Mal hier war.«

»Richtig, eine Menge Veränderungen, seit Scooter gestorben ist«, stimmte sie zu und zog einen Fünfer aus der Kasse. Sie hielt ihn ihm hin, sah ihn zum ersten Mal richtig an und zögerte. »Sagen Sie – sind Sie nicht der Mann, der fast ermordet worden wäre, als wir letztes Jahr den Sturm hatten?«

Er nickte und hielt ihr die Hand hin. »Bill Hogan.«

Sie zögerte nicht, sondern griff einfach über den Tresen und schüttelte seine Hand. Der Tod ihres Mannes schien ihre Verfassung verbessert zu haben. Vielleicht lag es aber auch nur daran, daß sie nicht mehr darauf warten mußte.

»Tut mir leid mit Ihrem Mann. Er schien ein anständiger Kerl zu sein.«

»Scoot? Ja, der war'n guter Mann, bevor er krank wurde«, stimmte sie zu. »Und was ist mit Ihnen? Wieder ganz gesund?«

Hogan nickte. »Ich mußte etwa sechs Wochen eine Halskrause tragen – und das nicht zum ersten Mal –, aber jetzt geht es mir wieder gut.«

Sie betrachtete die Narbe auf seiner rechten Wange. »War er das? Der Junge?«

»Ja.«

»Hat sie übel zugerichtet.«

»Ja.«

»Ich habe gehört, er wurde bei dem Unfall schwer verletzt und hätte sich zum Sterben in die Wüste geschleppt.« Sie sah Hogan listig an. »Ist das so richtig?«

Hogan lächelte verhalten. »Kommt hin, schätze ich.«

»J. T. – das ist der Staatspolizist hier – hat gesagt, die Tiere hätten ihn übel zugerichtet. Wüstenratten sind nun mal schrecklich unhöflich.«

»Davon verstehe ich nicht besonders viel.«

»J. T. hat gesagt, die Mutter des Jungen würd' ihn nicht wiedererkannt haben.« Sie legte eine Hand auf ihren geschrumpften Busen und sah ihn aufrichtig an. »Ich will umfallen, wenn ich lüge.«

Hogan lachte laut. In den Wochen und Monaten nach dem Sturm tat er das immer öfter. Seit jenem Tag hatte er eine andere Vereinbarung mit dem Leben getroffen.

»Ein Glück, daß er Sie nicht umgebracht hat«, sagte Mrs. Scooter. »Sie sind verdammt knapp davongekommen. Gott muß Sie mögen.«

»Scheint so«, stimmte Hogan zu. Er sah zum Videoschaukasten. »Wie ich sehe, führen Sie keine Scherzartikel mehr.«

»Die scheußlichen alten Dinger? Bewahre! Das war das erste, nachdem ...« Plötzlich wurden ihre Augen groß. »Ach, du liebe Zeit! Ich hab was, das Ihnen gehört. Ich schätze, wenn ich das vergesse, kommt Scooter aus dem Grab und spukt bei mir!«

Hogan runzelte verwirrt die Stirn, aber die Frau verschwand bereits hinter dem Tresen. Sie stellte sich auf Zehenspitzen und holte etwas von einem hohen Regal über dem Zigarettenfach. Es waren, wie Hogan ohne eine Spur von Überraschung feststellte, die Jumbo-Klapperzähne. Die Frau stellte sie neben die Registrierkasse.

Hogan betrachtete das starre, unbekümmerte Grinsen mit einem umfassenden Gefühl von *déjà vu.* Da standen sie, die größten Klapperzähne der Welt, standen auf ihren komischen orangefarbenen Füßen neben der Slim Jim Box, *cool* wie eine Gebirgsbrise, und grinsten zu ihm auf, als wollten sie sagen: *Hallo, du da! Hast du mich vergessen? Ich hab DICH nicht vergessen, mein Freund. Ganz und gar nicht.*

»Ich hab sie am Tag nach dem Sturm auf der Veranda gefunden«, sagte Mrs. Scooter. Sie lachte. »Sieht dem alten Scoot ähnlich, Ihnen was zu schenken und es dann in eine Tüte zu stecken, die ein Loch hat. Ich wollte es wegwerfen, aber er hat gesagt, er hätte es Ihnen geschenkt und ich sollte es irgendwo aufbewahren. Er hat gesagt, ein Handelsvertreter wie Sie würde wahrscheinlich wieder mal hier vorbeikommen. Und da sind Sie.«

»Ja«, stimmte Hogan zu. »Da bin ich.«

Er nahm die Klapperzähne und streckte den Finger zwischen die leicht geöffneten Kiefer. Er strich mit der Fingerkuppe über die Backenzähne und hörte im Geiste den Jungen, Mr. Bryan Adams aus Nirgendwo, USA, singen: *Beiß mich! Beiß mich! Beiß mich!*

Waren die hinteren Zähne immer noch mit dem dunklen Blut des Jungen verschmiert? Hogan glaubte, ganz hinten *etwas* zu sehen, aber möglicherweise war es nur ein Schatten.

»Ich habe es aufgehoben, weil Scooter sagte, Sie hätten einen Jungen.«

Hogan nickte. »Stimmt.« *Und,* dachte er, *dieser Junge hat noch einen Vater. Den Grund dafür halte ich hier in der Hand. Die Frage ist, sind die Zähne auf ihren kleinen Füßen bis hierher zurückgewandert, weil hier ihr Zuhause ist – oder weil sie irgendwie wußten, was auch Scooter wußte? Daß ein Handelsvertreter früher oder später immer wieder dahin zurückkehrt, wo er einmal gewesen ist, so wie ein Mörder angeblich immer wieder den Ort seiner Tat aufsucht?*

»Nun, wenn Sie sie immer noch haben wollen, gehören sie Ihnen«, sagte sie. Einen Augenblick sah sie ernst drein, dann lachte sie. »Scheiße, ich hätte sie wahrscheinlich sowieso weggeworfen, aber ich hab sie vergessen gehabt. Natürlich sind sie immer noch kaputt.«

Hogan drehte den Schlüssel, der aus dem Zahnfleisch ragte. Er drehte sich zweimal und gab das leise Klicken des Aufziehens von sich, dann drehte er sich einfach nutzlos im Loch. Kaputt. Natürlich waren sie kaputt. Und sie würden es bleiben, bis ihnen einfiel, es eine Zeitlang *nicht* zu sein. Und die Frage war nicht, *wie* sie hierher zurückgelangt waren, und die Frage war nicht, *warum* – das war einfach. Sie hatten auf ihn gewartet, auf Mr. William I. Hogan. Sie hatten auf den Etiketten-Amigo gewartet.

Die Frage war: was wollten sie?

Er steckte den Finger noch einmal in das weiße Stahlgrinsen und flüsterte: »Beiß mich – oder willst du nicht?«

Die Zähne standen nur mit ihren supercoolen orangefarbenen Füßen da und grinsten.

»Scheint so, als wollten sie nicht reden«, sagte Mrs. Scooter.

»Nein«, sagte Hogan, der plötzlich an den Jungen denken mußte. Mr. Bryan Adams aus Nirgendwo, USA. Heute gab es eine Menge Kinder wie ihn. Und eine Menge Erwachsene, die ständig bereit waren, einem die Brieftasche zu rauben. *Leck mich, Süßer* zu sagen und wegzulaufen. Man konnte aufhören, Anhalter mitzunehmen (wie er), man konnte sich eine Alarmanlage ins Haus einbauen (wie er), aber es war dennoch eine grausame Welt, in der Flugzeuge vom Himmel stürzten und die Irren jederzeit überall auftauchen konnten und immer Bedarf für eine kleine Rückversicherung bestand. Immerhin hatte er eine Frau.

Und einen Sohn.

Es wäre schön, wenn Jack die Jumbo-Klapperzähne auf seinem Schreibtisch stehen haben würde. Nur falls etwas passierte.

Für alle Fälle.

»Danke, daß Sie sie aufgehoben haben«, sagte er und hob die Klapperzähne vorsichtig an den Füßen hoch. »Ich glaube, sie werden meinem Jungen gefallen, auch wenn sie kaputt sind.«

»Danken Sie Scoot, nicht mir. Möchten Sie eine Tüte?« Sie grinste. »Ich hab eine aus Plastik. Garantiert ohne Loch.«

Hogan schüttelte den Kopf und steckte die Klapperzähne in die Tasche seines Sportmantels. »Ich nehm sie so mit«, sagte er und grinste zurück. »So habe ich sie griffbereit.«

»Wie Sie wollen.« Als er zur Tür ging, rief sie hinter ihm her: »Schauen Sie mal wieder rein. Ich mache ein verdammt gutes Geflügelsalatsandwich!«

»Das glaube ich Ihnen, und ich komme wieder«, sagte Hogan. Er ging hinaus, die Treppe hinunter und blieb einen Moment lächelnd in der heißen Wüstensonne stehen. Er fühlte sich prächtig. In letzter Zeit fühlte er sich häufig prächtig. Er war zur Überzeugung gekommen, daß man sich genau so fühlen sollte.

Links von ihm stand Woof, der erstaunliche Koyotenmischling aus Minnesota, auf, streckte die Schnauze durch das Gitter seines Käfigs und bellte. In Hogans Tasche klickten die Klapperzähne einmal aufeinander. Das Geräusch war leise, aber Hogan hörte es und spürte die Bewegung. Er strich über die Tasche. »Ruhig, Großer«, sagte er zärtlich.

Er ging rasch über den Hof, setzte sich ans Steuer seines neuen Chevrolet-Transporters und fuhr in Richtung Los Angeles. Er hatte Lita und Jack versprochen, um sieben zuhause zu sein, spätestens um acht, und er gehörte zu den Leuten, die ihre Versprechen gern halten.

Zueignung

Um die Ecke, abseits von den Türstehern, Limousinen, Taxis und Drehtüren am Eingang des Le Palais, eines der ältesten und renommiertesten Hotels in New York, gibt es eine weitere Tür; sie ist klein, unauffällig und – in der Regel – unbeachtet.

Martha Rosewall näherte sich ihr eines Morgens um viertel vor sieben; sie trug ihre blaue Jeanstasche in einer Hand und hatte ein Lächeln im Gesicht. Die Tasche war ungewöhnlich, das Lächeln sah man noch seltener. Sie war mit ihrer Arbeit nicht unzufrieden – Chefin des Zimmerservice in Stock zehn bis zwölf des Le Palais zu sein, war für manche sicher kein wichtiger oder lohnender Job, aber für eine Frau, die als Mädchen in Babylon, Alabama, aus Reis- und Mehlsäcken genähte Kleider getragen hatte, war er durchaus wichtig und lohnend. Doch welchen Job man auch immer ausübt, Mechaniker oder Filmstar, an einem gewöhnlichen Morgen erscheint man mit einem gewöhnlichen Gesichtsausdruck zur Arbeit; einem Ausdruck, der sagt: *Der größte Teil von mir schläft noch,* und nicht viel mehr. Aber für Martha Rosewall war es kein gewöhnlicher Morgen.

Seit sie gestern um halb vier von der Arbeit nach Hause gekommen war und das Päckchen vorfand, das ihr Sohn aus Ohio geschickt hatte, war für Martha nichts mehr gewöhnlich gewesen. Das Langerwartete und Langersehnte war endlich eingetroffen. Sie hatte gestern nacht kaum geschlafen – sie hatte immer wieder aufstehen und sich vergewissern müssen, daß das Ding, das er geschickt hatte, kein Traum und immer noch da war. Schließlich hatte sie es zum Schlafen unter ihr Kissen gelegt, wie eine Brautjungfer ein Stück Hochzeitstorte.

Sie schloß die kleine Tür abseits vom Haupteingang des Hotels mit ihrem Schlüssel auf und ging drei Stufen in einen langen, blaßgrün gestrichenen und mit Dandux-Wäschewagen gesäumten Flur hinab. Die Wagen waren mit frisch gewaschenen und gebügelten Bettlaken vollgestapelt. Der Flur war von ihrem sauberen Geruch erfüllt, einem Geruch, den Martha irgendwie stets mit dem Geruch von frischgebackenem Brot in Verbindung brachte. Aus der Halle wehte leise Musik herüber, aber die hörte Martha ebensowenig wie das Summen des Lastenfahrstuhls oder das Klirren des Porzellans in der Küche.

Etwa in der Mitte des Flurs befand sich eine Tür mit der Aufschrift CHEFS DES ZIMMERSERVICE. Sie trat ein, hängte den Mantel auf und ging in das Zimmer, in dem die Chefinnen – es waren insgesamt elf – ihre Kaffeepausen machten, Probleme des täglichen Bedarfs besprachen und versuchten, den endlosen Papierkram zu bewältigen. Hinter diesem Zimmer mit dem riesigen Schreibtisch, dem schwarzen Brett, das über eine ganze Wand reichte, und den ständig überquellenden Aschenbechern lag ein Umkleideraum mit grün getünchten Wänden. Darin standen Bänke, Spinde und zwei lange Stahlrohre mit den befestigten Kleiderbügeln, die man nicht stehlen konnte.

Am gegenüberliegenden Ende der Umkleidekabine führte eine Tür zur Dusche und zum Waschraum. Die Tür ging jetzt auf, und Darcy Sagamore kam herein, in einen flauschigen Bademantel des Le Palais und eine warme Dampfwolke gehüllt. Sie sah Martha nur einmal in das strahlende Gesicht und kam lachend und mit ausgebreiteten Armen auf sie zu. »Es ist gekommen, richtig?« rief sie. »Du hast es bekommen! Es steht dir deutlich im Gesicht geschrieben! Ja, Sir, und ja, Ma'am.«

Martha wußte nicht, daß sie weinen würde, bis die Tränen flossen. Sie umarmte Darcy und preßte das Gesicht in Darcys feuchtes schwarzes Haar.

»Schon gut, Liebste«, sagte Darcy. »Nur zu, laß alles raus.«

»Es ist nur, weil ich so stolz auf ihn bin, Darcy – so *verdammt* stolz.«

»Logisch bist du das. Darum weinst du, und das macht nichts. Ich will es sehen, sobald du aufgehört hast.« Dann grinste sie. »Aber du mußt es selbst halten. ich glaube, wenn ich auf das gute Stück tropfe, kratzt du mir die Augen aus.«

Und so zog Martha mit der Ehrfurcht, die man heiligen Gegenständen entgegenbringt (was es für Martha Rosewall auch war), den ersten Roman ihres Sohnes aus der blauen Jeanstasche. Sie hatte das Buch sorgfältig in Seidenpapier eingeschlagen und unter ihre braune Nylonuniform gelegt. Jetzt entfernte sie das Seidenpapier vorsichtig, damit Darcy ihren Schatz besichtigen konnte.

Darcy betrachtete den Schutzumschlag. Er zeigte drei Marineinfanteristen, einen davon mit Kopfverband, die einen Hügel hinaufstürmten. *Blaze of Glory,* in rot-orangefarbenen Buchstaben gedruckt, war der Titel. Und unter dem Bild stand: *Roman von Peter Rosewall.*

«Gut, schön, das ist wirklich wunderbar, aber jetzt zeig mir das andere!« Darcy sprach im Tonfall einer Frau, die etwas hinter sich bringen will, das nur interessant ist und vor dem Wesentlichen erledigt werden muß.

Martha nickte und blätterte zögernd zur Widmungsseite weiter, wo Darcy las: *»Dieses Buch ist meiner Mutter MARTHA ROSEWALL zugeeig-*

net. Mom, ohne dich hätte ich es nicht geschafft.« Unter der gedruckten Widmung war mit einer dünnen, geschwungenen und irgendwie altmodischen Handschrift hinzugefügt worden: *»Und das ist nicht gelogen. Ich liebe dich, Mom! Pete.«*

»Also, ist das nicht allerliebst?« sagte Darcy und strich sich mit dem Handrücken über die Augen.

»Es ist mehr als allerliebst«, sagte Martha. Sie schlug das Buch wieder in das Seidenpapier ein. »Es ist wahr.« Sie lächelte, und in diesem Lächeln sah ihre Freundin Darcy Sagamore mehr als nur Liebe. Sie sah Triumph.

Nach Feierabend, um fünfzehn Uhr, gingen Martha und Darcy ab und zu in die Cafeteria des Hotels, *La Pâtisserie.* Bei selteneren Anlässen besuchten sie auch *Le Cinq,* die kleine Bar abseits der Halle, um etwas Stärkeres zu sich zu nehmen; und dieser Tag bot einen Anlaß für *Le Cinq,* wenn es je einen gegeben hatte. Darcy suchte ihrer Freundin einen angenehmen Platz in einer Nische und ließ sie dort vor einem Körbchen voll Crackers sitzen, während sie kurz mit Ray sprach, der an diesem Nachmittag Barkeeper war. Martha sah, wie er Darcy angrinste, nickte und mit Daumen und Zeigefinger einen Kreis machte. Dann kam Darcy mit zufriedener Miene zur Nische zurück und schlüpfte hinein. Martha musterte sie argwöhnisch.

»Was sollte *das* denn?«

»Wirst schon sehen.«

Ein paar Minuten später kam Ray mit einem silbernen Eiskübel herüber und stellte ihn neben sie. Er enthielt eine Flasche Perrier-Jouet und zwei gekühlte Gläser.

»Was denn!« sagte Martha mit einer Stimme, die halb erschrocken und halb erheitert klang. Sie sah Darcy verblüfft an.

»Psst«, sagte Darcy, und Martha gehorchte.

Ray machte die Flasche auf, legte den Kork neben Darcy und schenkte ihr einen Probeschluck ein. Darcy winkte ab und blinzelte Ray zu.

»Zum Wohl, Ladies«, sagte Ray und warf Martha eine Kußhand zu. »Und gratulieren Sie Ihrem Jungen von mir.« Er entfernte sich, bevor die immer noch fassungslose Martha etwas sagen konnte.

Darcy schenkte beide Gläser voll und hob ihres. Martha folgte ihrem Beispiel. Die Gläser klirrten sanft. »Auf den Anfang der Karriere deines Jungen«, sagte Darcy, und sie tranken. Darcy stieß den Rand ihres Glases ein zweites Mal gegen den von Marthas Glas. »Und auf deinen Jungen selbst«, sagte sie. Sie tranken noch einmal, und Darcy stieß ein drittes Mal mit den Gläsern an, bevor Martha ihres abstellen konnte. »Und auf die Liebe einer Mutter.«

»Amen«, sagte Martha; ihr Mund lächelte, aber ihre Augen nicht –

nicht ganz. Nach den ersten beiden Trinksprüchen hatte sie jedesmal nur an dem Champagner genippt. Jetzt trank sie das Glas leer.

Darcy hatte die Flasche Champagner bestellt, um mit ihrer besten Freundin Peter Rosewalls Durchbruch in angemessenem Stil zu feiern; aber das war nicht der einzige Grund. Sie war neugierig, weil Martha gesagt hatte: *Es ist mehr als allerliebst, es ist wahr.* Und sie wollte wissen, was der Ausdruck von Triumph in Marthas Augen bedeutete.

Sie wartete, bis Martha das dritte Glas Champagner getrunken hatte, dann sagte sie: »Was hast du zu der Widmung gemeint, Martha?«

»Was?«

»Du hast gesagt, es wäre mehr als allerliebst, es wäre wahr.«

Martha sah sie so lange schweigend an, daß Darcy schon glaubte, sie würde überhaupt nicht antworten. Dann stieß sie ein so verbittertes Lachen aus, daß es schockierend wirkte – jedenfalls für Darcy. Sie hatte nie geahnt, daß die fröhliche kleine Martha Rosewall derart verbittert sein konnte, trotz des harten Lebens, das sie geführt hatte. Aber dieser Ausdruck des Triumphs war immer noch dabei, ein beunruhigender Kontrapunkt.

»Sein Buch wird ein Bestseller, und die Kritiker werden es schlürfen wie Eiscreme«, sagte Martha. »Davon bin ich überzeugt; nicht nur, weil Pete es sagt – was er selbstverständlich tut. Ich glaube es, weil es bei *ihm* auch so war.«

»Bei wem?«

»Petes Vater«, sagte Martha. Sie faltete die Hände auf dem Tisch und sah Darcy gelassen an.

»Aber . . .«, begann Darcy und verstummte wieder. Johnny Rosewall hatte in seinem ganzen Leben kein Buch geschrieben. Ab und zu ein mit Spraydosen an Mauern gekritzeltes *Ich habe deine Mutter gefickt* entsprach mehr Johnnys Stil. Es war fast, als wollte Martha sagen . . .

Vergiß das Drumherumgerede, dachte Darcy. *Du weißt genau, was sie sagen will. Sie war vielleicht mit Johnny verheiratet, als sie mit Pete schwanger wurde, aber für den Jungen war ein etwas intellektuellerer Geist zuständig.*

Aber das paßte nicht zusammen. Darcy hatte Johnny nie persönlich kennengelernt, aber sie hatte ein halbes Dutzend Fotos von ihm in Marthas Alben gesehen, und sie kannte Pete gut – so gut, daß sie ihn während seiner letzten beiden Jahre an der High School und den beiden ersten im College fast wie ihren eigenen Sohn betrachtet hatte. Und die Ähnlichkeit des Jungen, der soviel Zeit in ihrer Küche verbracht hatte, mit dem Mann in den Fotoalben . . .

»Nun, Johnny war Petes *biologischer* Vater«, sagte Martha, als hätte sie ihre Gedanken gelesen. »Man muß nur seine Nase und Augen betrachten, um *das* zu sehen. Aber er war nicht sein *natürlicher* Vater ... Hast du noch mehr davon, Liebste? Geht wirklich runter wie Öl.« Inzwischen war sie beschwipst, und der Süden stahl sich wieder in Marthas Tonfall wie ein Kind, das aus einem Versteck hervorkriecht.

Darcy schenkte fast den ganzen Rest Champagner in Marthas Glas. Martha hielt es am Stiel hoch, sah durch die Flüssigkeit und freute sich daran, wie sie das gedämpfte Nachmittagslicht im *Le Cinq* in Gold verwandelte. Dann trank sie einen Schluck, stellte das Glas ab und lachte wieder dieses verbitterte, abgehackte Lachen.

»Du hast nicht die geringste Ahnung, wovon ich rede, oder?«

»Nein, Liebste, ich habe keine ...«

»Gut, ich erzähl es dir«, sagte Martha. »Nach all den Jahren muß ich es jemandem erzählen – und jetzt, wo er den Durchbruch geschafft und sein erstes Buch veröffentlicht hat, worauf er so lange warten mußte, mehr denn je. Weiß Gott, *ihm* kann ich es nicht erzählen – ihm am allerwenigsten. Glückliche Söhne wissen nie, wie sehr ihre Mütter sie lieben und welche Opfer sie bringen, oder?«

»Wahrscheinlich nicht«, sagte Darcy. »Martha, Liebste, vielleicht solltest du noch mal darüber nachdenken, ob du mir wirklich erzählen willst, was ...«

»Nein, sie haben keine Ahnung«, sagte Martha, und Darcy begriff, daß ihre Freundin keines ihrer Worte gehört hatte. Martha Rosewall lebte in einer eigenen Welt. Als ihr Blick wieder auf Darcy fiel, umspielte ein eigenwilliges kleines Lächeln – das Darcy nicht besonders gefiel – ihre Mundwinkel. »Keine Ahnung«, wiederholte sie. »Wenn du wissen willst, was das Wort *Zueignung* wirklich bedeutet, mußt du eine Mutter fragen. Was meinst *du* dazu, Darcy?«

Aber Darcy konnte nur den Kopf schütteln; sie wußte nicht, was sie sagen sollte. Martha nickte trotzdem, als hätte Darcy ihr rückhaltlos zugestimmt, und dann fing sie an zu erzählen.

Es war nicht nötig, die grundlegenden Sachverhalte anzusprechen. Die beiden Frauen arbeiteten seit elf Jahren im Le Palais zusammen und waren die meiste Zeit eng befreundet gewesen.

Der grundlegendste dieser grundlegenden Sachverhalte, hätte Darcy gesagt (jedenfalls bis zu diesem Tag im *Le Cinq* hätte sie es gesagt), war der, daß Martha einen Mann geheiratet hatte, der nicht viel taugte, der sich weitaus mehr für seinen Fusel und seinen Stoff interessierte – ganz zu schweigen von jeder Frau, die einen Hüftschwung in seine Richtung machte – als für die Frau, die er geheiratet hatte.

Martha war erst wenige Wochen in New York, als sie ihn kennenlernte, eine Unschuld vom Lande, und sie war im zweiten Monat schwanger, als sie *ja* sagte. Schwanger hin oder her, hatte sie Darcy mehr als einmal erzählt, sie hatte es sich gründlich überlegt, bevor sie Johnny heiratete. Sie war dankbar dafür, daß er bei ihr bleiben wollte (schon damals war sie klug genug, um zu wissen, daß sich viele Männer fünf Minuten nachdem der Mund der kleinen Lady die Worte »Ich bin schwanger« ausgesprochen hatte, aus dem Staub gemacht hätten), aber sie war nicht blind gegenüber seinen Unzulänglichkeiten. Sie konnte sich gut vorstellen, was ihre Mutter und ihr Vater – besonders ihr Vater – von Johnny Rosewall gehalten hätten; Johnny mit seinem schwarzen T-Bird und seinen spitzen, zweifarbigen Schuhen, die er sich nur gekauft hatte, weil er einmal Memphis Slim gesehen hatte, der genau so ein Paar trug, als er im Apollo auftrat.

Dieses erste Kind hatte Martha im dritten Monat verloren. Nach weiteren fünf Monaten hatte sie beschlossen, Plus und Minus ihrer Ehe aufzurechnen – überwiegend Minus. Es waren zuviel lange Nächte, zuviel halbherzige Ausflüchte, zuviel blaugeschlagene Augen. Johnny, sagte sie, verliebte sich in seine Fäuste, wenn er betrunken war.

»Er hat immer gut ausgesehen«, hatte sie einmal zu Darcy gesagt, »aber ein gutaussehender Dreckskerl ist trotzdem ein Dreckskerl.«

Bevor sie ihre Sachen packen konnte, stellte Martha fest, daß sie wieder schwanger war. Johnny reagierte auf diese Eröffnung sofort und bösartig: Er schlug ihr mit einem Besenstiel in den Magen, damit sie eine Fehlgeburt haben sollte. Zwei Nächte später hatten er und zwei Freunde – Männer, die Johnnys Vorliebe für bunte Kleidung und zweifarbige Schuhe teilten – versucht, ein Spirituosengeschäft in der East 116th Street auszurauben. Der Inhaber hatte eine Schrotflinte unter dem Tresen. Er holte sie heraus. Johnny Rosewall zog einen vernickelten .32er, den er sich Gott weiß wo beschafft hatte. Er richtete ihn auf den Inhaber, drückte ab, und der Revolver explodierte. Ein Splitter der Trommel drang durch das rechte Auge in Johnnys Gehirn und tötete ihn auf der Stelle.

Martha hatte bis zum siebten Monat im Le Palais gearbeitet (das war natürlich lange vor Darcy Sagamores Zeit gewesen); dann hatte Mrs. Proulx, die damalige Chefin des Zimmerservice, zu ihr gesagt, sie solle nach Hause gehen, bevor sie das Kind auf dem Flur des zehnten Stocks oder womöglich im Personallift zur Welt brächte. Sie sind eine tüchtige Arbeiterin und können ihren Job später wiederhaben, hatte Roberta Proulx zu ihr gesagt, aber vorerst gehen Sie nach Hause, Mädchen.

Martha gehorchte und brachte zwei Monate später einen sieben Pfund schweren Jungen zur Welt, den sie Peter nannte. Und Peter hatte zu gegebener Zeit einen Roman mit dem Titel *Blaze of Glory* geschrieben, den jeder – darunter auch der Book-of-the Month-Club und Universal Pictures – für geeignet hielt, Ruhm und ein Vermögen einzubringen.

Das alles hatte Darcy schon gehört. Den Rest – den *unglaublichen* Rest – hörte sie an diesem Nachmittag und Abend, angefangen im *Le Cinq*, als Champagnergläser vor ihnen standen und ein Vorausexemplar von Petes Roman in der Jeanstasche neben Martha Rosewalls Füßen steckte.

»Wir wohnten natürlich in der Innenstadt«, sagte Martha und drehte ihr Champagnerglas zwischen den Fingern. »In der Stanton Street, beim Station Park. Ich war seither noch einmal dort. Es ist schlimmer denn je – viel schlimmer –, aber es war schon damals nicht gerade ein idyllisches Fleckchen Erde.

Am Station-Park-Ende der Stanton Street wohnte eine unheimliche alte Frau – alle nannten sie nur Mama Delorme, und jeder schwor, daß sie eine *Bruja*-Frau war. Ich selbst glaubte nicht an sowas, und einmal habe ich Octavia Kinsolving gefragt, die im selben Haus wohnte wie Johnny und ich, wie die Leute denn in einem Zeitalter, in dem Satelliten um die Erde kreisten und es für praktisch jede Krankheit unter der Sonne ein Heilmittel gibt, noch an einen solchen Unsinn glauben konnten. Tavia war eine gebildete Frau – sie hatte die Juilliard besucht – und wohnte nur am armseligen Ende der 110th, weil sie ihre Mutter und drei jüngere Brüder versorgen mußte. Ich dachte, sie würde mit mir übereinstimmen, aber sie lachte nur und schüttelte den Kopf.

›Willst du mir sagen, du glaubst an *Bruja?*‹ fragte ich sie.

›Nein‹, sagte sie, ›aber ich glaube an *sie*. Sie ist anders. Auf tausend – oder zehntausend, oder eine Million – Frauen, die behaupten, eine Hexe zu sein, kommt eine, die es wirklich ist. Wenn das stimmt, dann ist Mama Delorme diese Frau.‹

Ich habe nur gelacht. Menschen, die *Bruja* nicht brauchen, können darüber lachen, so wie Menschen, die nicht beten müssen, darüber lachen können. Du darfst nicht vergessen, ich spreche vom Anfang meiner Ehe, und damals dachte ich noch, ich könnte Johnny ändern. Verstehst du das?«

Darcy nickte.

»Dann hatte ich die Fehlgeburt. Johnny war der Hauptgrund dafür, daß ich sie hatte, schätze ich, obwohl ich das damals nicht einmal mir selber eingestehen wollte. Er hat mich fast ununterbrochen geschlagen und *ununterbrochen* getrunken. Er nahm das Geld, das ich ihm gab, und dann holte er noch mehr aus dem Geldbeutel. Wenn ich ihm sagte, er solle aufhören, mir Geld aus der Tasche zu stibitzen, tat er beleidigt und behauptete, das hätte er nie getan. Das heißt, wenn er nüchtern war. Wenn er betrunken war, hat er nur gelacht.

Ich habe meiner Momma daheim geschrieben – es tat mir weh, diesen

Brief zu schreiben, ich schämte mich und habe geweint, als ich ihn schrieb –, aber ich mußte wissen, was sie dachte. Sie schrieb mir, ich sollte abhauen, sofort verschwinden, bevor er mich ins Krankenhaus brächte oder noch Schlimmeres. Meine ältere Schwester Cassandra (wir haben sie immer Kissy genannt) machte es noch besser. Sie schickte mir eine Busfahrkarte für den Greyhound und schrieb nur zwei Worte mit rosa Lippenstift auf den Umschlag – FAHR SOFORT, stand da.«

Martha trank noch einen winzigen Schluck Champagner.

»Nun, ich bin nicht gefahren. Ich wiegte mich gern in dem Gedanken, ich hätte zuviel Würde. Ich schätze, es war nichts weiter als alberner Stolz. Wie auch immer, es lief auf dasselbe hinaus. Ich blieb. Dann, nachdem ich das Baby verloren hatte, wurde ich wieder schwanger – nur wußte ich es zuerst nicht. Weißt du, mir wurde morgens nicht einmal übel – aber das war beim ersten Mal auch nicht der Fall gewesen.«

»Du bist doch nicht zu dieser Mama Delorme gegangen, weil du schwanger warst?« fragte Darcy. Sie nahm an, daß Martha gedacht hätte, die Hexe könnte ihr etwas geben, das eine Fehlgeburt bewirkte. Oder daß sie sich für eine regelrechte Abtreibung entschieden hätte.

»Nein«, sagte Martha. »Ich ging zu ihr, weil Tavia mir sagte, Mama Delorme könne mir mit Sicherheit sagen, was das Zeug war, das ich in Johnnys Tasche gefunden hatte. Weißes Pulver in einer kleinen Glasflasche.«

»Oh-oh«, sagte Darcy.

Martha lächelte humorlos. »Möchtest du wissen, wie schlimm es werden kann?« fragte sie. »Wahrscheinlich nicht, aber ich sage es dir trotzdem. Schlimm ist, wenn dein Mann trinkt und keine regelmäßige Arbeit hat. *Wirklich* schlimm ist, wenn er trinkt, keinen Job hat und dich verprügelt. Aber noch schlimmer ist es, wenn du in seine Manteltasche greifst und hoffst, du findest einen Dollar, damit du im Sunland Market Toilettenpapier kaufen kannst, und statt dessen eine kleine Glasflasche mit einem Löffel darin findest. Und weißt du, was das allerschlimmste ist? Wenn du dieses kleine Fläschchen ansiehst und nur hoffst, daß es Koks und kein Heroin ist.«

»Du hast es zu Mama Delorme gebracht?«

Martha lachte mitleidig.

»Die *ganze* Flasche? Nein, Sir, *Ma'am*. Das Leben war kein Zuckerschlecken für mich, aber *sterben* wollte ich nicht. Wenn er nach Hause gekommen wäre, wo immer er auch gesteckt haben mochte, und festgestellt hätte, daß das Fläschchen mit zwei Gramm fehlt, dann hätte er mich umgepflügt wie ein Erbsenbeet. Ich habe nur ein bißchen genommen und in das Zellophan einer Zigarettenpackung gewickelt. Dann ging ich zu Tavia, und Tavia riet mir, zu Mama Delorme zu gehen, und das habe ich getan.«

»Wie war sie?«

Martha schüttelte den Kopf, weil sie ihrer Freundin nicht genau schildern konnte, wie Mama Delorme gewesen war, wie seltsam die halbe Stunde in der Wohnung der Frau im dritten Stock gewesen war, und wie sie die aberwitzig verdrehte Treppe beinahe hinuntergerannt war, weil sie meinte, die Frau würde ihr folgen. Die Wohnung war dunkel und stickig gewesen, vom Geruch von Kerzen und alten Tapeten und Zimt und sauer gewordenen Duftkissen erfüllt. An einer Wand hing ein Bild von Christus, an einer anderen eins von Nostradamus.

»Sie war eine merkwürdige Heilige, wenn ich je eine gesehen habe«, sagte Martha schließlich. »Ich habe bis heute keine Ahnung, wie alt sie war; sie hätte siebzig, neunzig oder hundertzehn sein können. Eine rosaweiße Narbe verlief an einer Seite ihrer Nase entlang über die Stirn und bis in den Haaransatz. Hat wie eine Verbrennung ausgesehen. Und das rechte Augenlid hing ein wenig herunter, daß es wie ein Blinzeln aussah. Sie saß in einem Schaukelstuhl und hatte ein Strickzeug im Schoß. Ich trat ein, und sie sagte: ›Ich muß dir dreierlei sagen, kleine Lady. Erstens, du glaubst nicht an mich. Zweitens, die Flasche, die du in der Tasche deines Mannes gefunden hast, ist voll mit Heroin White Angel. Drittens, du bist in der dritten Woche mit einem Jungen schwanger, den du nach seinem natürlichen Vater taufen wirst.‹ «

Martha sah sich um und vergewisserte sich, daß niemand an einem der benachbarten Tische Platz genommen hatte, stellte zufrieden fest, daß sie noch allein waren, und beugte sich dann zu Darcy, die sie stumm und fasziniert ansah.

»Später, als ich wieder klar denken konnte, sagte ich mir, daß sie, was die ersten beiden Fragen betraf, nichts getan hatte, was ein guter Bühnenzauberer nicht auch gekonnt hätte – oder einer von diesen Gedankenlesern im weißen Turban. Wenn Tavia Kinsolving die alte Frau angerufen und gesagt hatte, daß ich kommen würde, hatte sie ihr vielleicht auch verraten, *warum* ich kam. Siehst du, wie einfach es hätte sein können? Aber im Grunde ist es einerlei, wie es dazu gekommen war. Und für eine Frau wie Mama Delorme wären solche kleinen Effekte wichtig gewesen, denn wenn man als *Bruja*-Frau *bekannt* werden will, muß man auch wie eine *Bruja*-Frau *handeln.*«

»Das wird wohl so sein«, sagte Darcy.

»Und daß sie mir sagte, ich sei schwanger, das war vielleicht nur eine glückliche Vermutung. Oder ... nun ... manche Frauen *wissen* sowas einfach.«

Darcy nickte. »Ich hatte eine Tante, die war verdammt gut darin, zu wissen, wann eine Frau schwanger war. Manchmal wußte sie es, bevor die

Frau selbst es wußte, und manchmal, bevor die Frau *rechtens* schwanger werden konnte, wenn du verstehst, was ich meine.«

Martha lachte und nickte.

»Sie sagte, ihr Geruch veränderte sich«, fuhr Darcy fort, »und manchmal könnte man diesen neuen Geruch schon einen Tag, nachdem die betreffende Frau geschwängert worden war, bemerken, wenn man eine feine Nase hatte.«

»Ja, ja«, sagte Martha. »So etwas habe ich auch schon gehört, aber in meinem Fall traf das alles nicht zu. Sie *wußte* es einfach, und in meinem tiefsten Inneren, unter dem Teil von mir, der glauben wollte, daß alles nur Hokuspokus war, wußte ich auch, daß sie es wußte. Wenn man bei ihr war, glaubte man an *Bruja* – jedenfalls an ihr *Bruja*. Und es verschwand nicht, dieses Gefühl, so wie ein Traum verschwindet, wenn man aufwacht, oder das Vertrauen zu einem guten Schwindler, wenn man nicht mehr unter seinem Einfluß steht.«

»Was hast du gemacht?«

»Nun, gleich neben der Tür stand ein alter Sessel mit durchgesessenem Polster, und ich schätze, das war mein Glück. Denn als sie das sagte, wurde die Welt irgendwie grau für mich, und meine Knie gaben nach. Ich hätte mich so oder so gesetzt, und wenn der Sessel nicht dagewesen wäre, dann eben auf den Boden.

Sie wartete einfach, bis ich meine fünf Sinne wieder beisammen hatte, und strickte derweil. Es war, als hätte sie das alles schon hundertmal vorher erlebt. Hatte sie wohl auch.

Als mein Herz schließlich wieder langsamer schlug, machte ich den Mund auf und sagte: ›Ich verlasse meinen Mann.‹

›Nein‹, antwortete sie sofort, ›er verläßt *dich*. Du wirst ihn gehen sehen, so ist das. Bleib hier, Frau. Wirst etwas Geld bekommen. Du wirst denken, er hat das Baby weggemacht, aber das hat er nicht.‹

›Wie‹, sagte ich, und es schien, als *könnte* ich nicht mehr sagen, daher wiederholte ich es einfach. ›Wie-wie-wie...‹, wie John Lee Hooker auf einer alten Bluesplatte. Selbst heute noch, sechsunddreißig Jahre später, spüre ich den Geruch von alten, abgebrannten Kerzen und Petroleum aus der Küche und den sauren Muff von trockenen Tapeten, wie alter Käse. Ich kann sie sehen, alt und zerbrechlich in ihrem blauen Kleid mit den Tupfen, die einmal weiß gewesen waren, damals aber schon so gelb wie alte Zeitungen. Sie war so *klein*, aber es strömte eine Aura der Macht von ihr aus, wie ein helles, helles Licht ...«

Martha stand auf, ging zur Bar, sprach mit Ray und kam mit einem großen Glas Wasser zurück. Sie trank es fast mit einem Zug leer.

»Besser?« fragte Darcy.

»Ja, etwas.« Martha zuckte die Achseln, dann lächelte sie. »Hat wohl keinen Zweck, weiter darüber zu sprechen, schätze ich. Wenn du da gewesen wärst, hättest du es gespürt. Hättest *sie* gespürt.

›Wie ich etwas mache oder warum du diesen Scheißkerl vom Land geheiratet hast, ist jetzt beides nicht wichtig‹, sagte Mama Delorme zu mir. ›Wichtig ist jetzt nur, daß du den natürlichen Vater deines Kindes findest.‹

Wenn jemand zugehört hätte, hätte er vielleicht denken können, sie wollte damit sagen, ich hätte hinter dem Rücken meines Mannes rumgevögelt. Aber ich kam gar nicht auf den Gedanken, wütend auf sie zu sein; ich war zu verwirrt, um wütend zu werden. ›Was meinen Sie damit?‹ sagte ich. ›*Johnny* ist der natürliche Vater des Kindes.‹

Sie schnaubte nur und winkte mit der Hand ab. ›An *dem* Mann ist nichts natürlich‹, sagte sie.

Dann beugte sie sich näher zu mir, und ich bekam ein wenig Angst. Sie hatte soviel *Wissen* in sich, und ich hatte nicht den Eindruck, als wäre vieles davon gut.

›Jedes Kind, was eine Frau bekommt, schießt der Mann aus dem Pimmel, Mädchen‹, sagte sie. ›Das weißt du doch, oder nicht?‹

In medizinischen Fachbüchern hätten sie das wahrscheinlich anders ausgedrückt, aber ich spürte, wie ich trotzdem mit dem Kopf nickte, als hätte sie mit Händen, die ich nicht sehen konnte, nach meinem Kopf gegriffen und ihn von sich aus bewegt.

›Ganz recht‹, sagte sie und nickte bei sich. ›So hat Gott es gewollt . . . wie eine Schaukel. Ein Mann schießt Kinder aus seinem Pimmel, also sind die Kinder seine. Aber eine Frau trägt sie aus und gebärt sie und zieht sie groß, also sind die Kinder *ihre*. Das ist der Lauf der Welt, aber es gibt zu jeder Regel eine Ausnahme, die die Regel *bestätigt*. Der Mann, der dir das Kind macht, ist nicht der natürliche Vater von dem Kind. Er würde es hassen und wahrscheinlich noch vor seinem vierten Geburtstag zu Tode prügeln, weil er riechen würde, daß es nicht seins ist. Ein Mann kann das nicht immer riechen oder sehen, aber er kann es, wenn das Kind anders ist als er . . . Und dein Kind wird sich so sehr von dem dummen kleinen Johnny Rosewall unterscheiden wie der Tag von der Nacht. Und jetzt sag mir eins, Mädchen: Wer *ist* der natürliche Vater des Kindes?‹ Und sie beugte sich zu mir.

Ich konnte nur den Kopf schütteln und sagen, daß ich nicht wußte, wovon sie sprach. Aber ich glaube, ein Teil von mir – der Teil vom Verstand, der nur in unseren Träumen die Chance bekommt, richtig zu denken –, ich glaube, dieser Teil wußte es. Vielleicht bilde ich mir das nur ein, weil ich heute alles weiß, aber das glaube ich nicht. Ich glaube, einen Augenblick oder zwei flackerte *sein* Name tatsächlich durch meinen Kopf.

Ich sagte: ›Ich weiß nicht, was Sie mir sagen wollen – ich weiß nichts über natürliche Väter oder unnatürliche Väter. Ich weiß nicht einmal sicher, ob ich schwanger bin, aber wenn, dann *muß* es von Johnny sein, weil er der einzige Mann ist, mit dem ich geschlafen habe!‹

Nun, sie lehnte sich einen Moment zurück, und dann lächelte sie. Ihr Lächeln war wie Sonnenschein und beruhigte mich ein bißchen. ›Ich wollte dir keine Angst machen, Kleines‹, sagte sie. ›Das hatte ich überhaupt nicht vor. Es ist nur so, daß ich das Zweite Gesicht habe, und manchmal ist es stark. Ich mache uns eine Tasse Tee, die wird dich beruhigen. Der wird dir schmecken. Meine Spezialmischung.‹

Ich wollte ihr sagen, daß ich keinen Tee wollte, aber mir war, als könnte ich es nicht. Es schien eine zu große Anstrengung zu sein, den Mund aufzumachen, und meine ganze Kraft war zu den Beinen hinaus entwichen.

Sie hatte eine fettige kleine Kochnische, in der es fast so dunkel war wie in einer Höhle. Ich saß im Sessel neben der Tür und sah ihr zu, wie sie mit einem Löffel offenen Tee in eine alte, angestoßene Keramikkanne füllte und einen Kessel auf den Gasherd stellte. Ich saß da und dachte nur, daß ich nichts von ihr wollte, das ihre *Spezialmischung* war, und schon gar nichts aus dieser fettigen dunklen Küche. Ich dachte mir, ich würde nur einen kleinen Schluck trinken, um nicht unhöflich zu sein, und dann so schnell wie möglich hinausgehen und nie mehr zurückkommen.

Aber dann brachte sie zwei Porzellantassen, die so sauber wie Schnee waren, und ein Tablett mit Zucker und Sahne und frischgebackenen Brötchen. Sie schenkte den Tee ein, und er roch gut und war heiß und stark. Er weckte mich irgendwie, und ehe ich mich versah, hatte ich zwei Tassen getrunken und auch eines der Brötchen gegessen.

Sie trank eine Tasse und aß ein Brötchen, und wir unterhielten uns über normalere Dinge – wen in der Straße wir kannten; Orte in Alabama, von wo ich kam; wo ich gerne einkaufen ging, und so weiter. Dann sah ich auf die Uhr und stellte fest, daß über anderthalb Stunden vergangen waren. Ich stand auf, aber mir wurde schwindlig, und ich sank einfach wieder auf den Sessel zurück.«

Darcy sah sie mit aufgerissenen Augen an.

» ›Sie haben mir Drogen gegeben‹, sagte ich zu ihr und hatte Angst, aber der ängstliche Teil von mir war ganz tief drinnen.

›Mädchen, ich will dir nur helfen‹, sagte sie, ›aber du willst nicht sagen, was ich wissen muß, und ich weiß verdammt genau, daß du nicht tun wirst, was getan werden muß, selbst *wenn* du es gesagt hast – nicht ohne kräftige Schützenhilfe. Deshalb habe ich mich darum bekümmert. Du wirst ein kleines Schläfchen halten, mehr nicht, aber vorher wirst du mir den Namen des natürlichen Vaters deines Babys verraten.‹

Und während ich da auf dem Sessel mit dem durchgesessenen Polster saß und die ganze Stadt draußen vor ihrem Wohnzimmerfenster rumoren hörte, sah ich ihn so deutlich, wie ich dich jetzt vor mir sehe, Darcy. Sein Name war Peter Jefferies, und er war so weiß, wie ich schwarz bin, so groß, wie ich klein bin, so gebildet, wie ich dumm bin. Wir waren so unterschiedlich, wie zwei Menschen es nur sein können – mit einer Ausnahme: wir stammen beide aus Alabama, ich aus Babylon an der Grenze zu Florida, er aus Birmingham. Er wußte nicht einmal, daß es mich gab – ich war nur die Niggerfrau, die die Suite im elften Stock saubermachte, wo er immer wohnte. Und was mich betrifft, ich ging ihm, so gut ich konnte, aus dem Weg, weil ich ihn reden gehört und handeln gesehen hatte und genau wußte, was für ein Mann er war. Nicht nur, daß er ein Glas, aus dem ein Schwarzer getrunken hatte, nur dann benutzte, wenn es ausgespült war; das hatte ich so oft gesehen, daß es mich nicht mehr störte. Es war einfach so, wenn man einen bestimmten Punkt im Charakter dieses Mannes hinter sich gelassen hatte, hatten Schwarz und Weiß nichts mehr damit zu tun, was er war. Er gehörte zum Stamm der Dreckskerle, und bei denen gibt es alle Hautfarben.

Weißt du was? Er war in vieler Hinsicht wie Johnny, oder so, wie Johnny gewesen wäre, wenn er klug gewesen wäre und eine Ausbildung gehabt hätte und Gott daran gedacht hätte, ihm eine große Scheibe Talent mitzugeben, statt nur eine Vorliebe für Stoff und einen Riecher für feuchte Muschis.

Ich dachte nie an ihn, außer, ihm aus dem Weg zu gehen; sonst nichts. Aber als Mama Delorme sich über mich beugte, so nahe, daß ich glaubte, ihr Zimtgeruch, der direkt aus ihren Poren zu kommen schien, würde mich ersticken, da nannte ich seinen Namen, ohne zu zögern. ›Peter Jefferies‹, sagte ich. ›Peter Jefferies, der Mann, der in 1163 wohnt, wenn er nicht unten in Alabama seine Bücher schreibt. Er ist der natürliche Vater. Aber er ist *weiß!*‹

Sie beugte sich dichter zu mir und sagte: ›Nein, das ist er nicht, Süße. Im Inneren, wo das Leben steckt, ist jeder Mann schwarz. Du glaubst mir nicht, aber es stimmt. Im Inneren eines Mannes ist zu jeder Stunde von Gottes Tag schwarze Mitternacht. Aber ein Mann kann die Nacht zum Licht machen, und darum ist das weiß, was aus einem Mann in die Frau kommt, um ein Baby zu machen. Das Natürliche hat nichts mit der Hautfarbe zu tun. Und nun machst du die Augen zu, Kleines, weil du müde bist – *so* müde. Jetzt! Sofort! Jetzt! Wehr dich nicht dagegen! Mama Delorme wird dir nichts tun, Kindchen. Ich hab nur was, das ich dir in die Hand geben muß. Jetzt – nein, nicht hinsehen, einfach die Hand darum schließen.‹ Ich gehorchte und spürte etwas Eckiges. Fühlte sich wie Glas oder Plastik an.

›Wirst dich an alles erinnern, wenn es Zeit ist, daß du dich daran erinnerst. Und jetzt schlaf. Psssst ... schlaf ... pssst ...‹

Und genau das habe ich getan«, sagte Martha. »Als nächstes erinnere ich mich, daß ich die Treppe hinunterlief, als wäre der Teufel hinter mir her. Ich wußte nicht, vor was ich weglief, aber das war einerlei; ich lief trotzdem. Und danach bin ich nur noch einmal dort gewesen, aber da habe ich sie nicht gesehen.«

Martha verstummte, und sie sahen sich beide um wie Frauen, die gerade aus einem gemeinsamen Traum aufgewacht sind. Das *Le Cinq* füllte sich allmählich – es war fast fünf Uhr; Angestellte kamen auf ihre Drinks nach Feierabend herein. Obwohl keine es laut aussprach, wollten beide plötzlich anderswo sein. Sie hatten zwar ihre Uniformen nicht mehr an, aber sie spürten beide, daß sie nicht zu diesen Männern mit ihren Anzügen, Aktentaschen und ihren Unterhaltungen über Aktien, Anlagen und Obligationen gehörten.

»Ich habe zuhause eine Kasserolle und einen Sechserpack Bier«, sagte Martha plötzlich schüchtern. »Ich könnte das eine aufwärmen und das andere kaltstellen ... wenn du den Rest hören möchtest.«

»Liebes, ich glaube, ich *muß* den Rest hören«, sagte Darcy und lachte ein wenig nervös.

»Und ich glaube, ich muß ihn erzählen«, antwortete Martha, aber sie lachte nicht. Sie lächelte nicht einmal.

»Laß mich nur meinen Mann anrufen. Ihm sagen, daß ich später komme.«

»Tu das«, sagte Martha, und während Darcy telefonierte, sah Martha noch einmal in ihre Jeanstasche und vergewisserte sich, daß das kostbare Buch immer noch da war.

Die Kasserolle war aufgegessen – soweit die beiden sie geschafft hatten –, und sie hatten beide ein Bier getrunken. Martha fragte Darcy noch einmal, ob sie sicher war, daß sie den Rest hören wollte. Darcy bejahte.

»Weil vieles nicht besonders schön ist. Das muß ich dir ehrlich sagen. Manches ist schlimmer als die Art von Magazinen, die alleinstehende Männer zurücklassen, wenn sie abreisen.«

Darcy wußte, was für Magazine sie meinte, konnte sich aber ihre saubere kleine Freundin nicht in Verbindung mit den Sachen vorstellen, die darin abgebildet waren. Sie holte für beide ein frisches Bier, dann erzählte Martha weiter.

»Ich war schon wieder zu Hause, als ich richtig wach wurde, und weil ich mich kaum erinnern konnte, was in der Wohnung von Mama Delorme vorgefallen war, beschloß ich, daß es das beste – das sicherste – wäre, alles für einen Traum zu halten. Aber das Pulver, das ich aus Johnnys Fläschchen genommen hatte, war kein Traum. Es steckte immer noch, in das Zellophan der Zigarettenschachtel eingewickelt, in der Tasche meines Kleides. Ich wollte es nur loswerden, alles *Bruja* der Welt hin oder her. Vielleicht war es nicht meine Angewohnheit, Johnnys Taschen zu durchsuchen, aber es war ganz sicher seine Angewohnheit, meine zu durchsuchen, falls ich einen Dollar oder zwei behalten wollte, die er gerade brauchte.

Aber das war nicht das einzige, das ich in meiner Tasche fand – da war noch etwas anderes. Ich holte es heraus und betrachtete es, und da wußte ich ganz sicher, daß ich sie besucht hatte, auch wenn ich mich kaum noch an das erinnern konnte, was sich zwischen uns abgespielt hatte.

Es war ein kleines Plastikkästchen mit einem Deckel, durch den man durchsehen und den man aufmachen konnte. Im Inneren lag nur ein getrockneter, verstümmelter Pilz – und nach allem, was Tavia über die Frau gesagt hatte, dachte ich mir, es könnte vielleicht ein Giftpilz sein, möglicherweise einer, der einem so ein Bauchgrimmen verschafft, daß man sich wünscht, er hätte einen gleich umgebracht, wie das manche tun.

Ich beschloß, ihn sofort im Klo runterzuspülen, zusammen mit dem Pulver, das Johnny in die Nase schnupfte, aber als es so weit war, konnte ich es nicht. Ich hatte das Gefühl, als stünde sie neben mir im Zimmer und sagte mir, es nicht zu tun. Ich hatte Angst, in den kleinen Spiegel zu schauen, weil ich dachte, ich würde sie hinter mir stehen sehen.

Nun, letzten Endes schüttete ich das winzige bißchen Pulver, das ich genommen hatte, in die Spüle in der Küche und stellte das Kästchen in den Schrank über der Spüle. Ich stellte mich auf Zehenspitzen und schob es so weit zurück, wie ich konnte – bis ganz nach hinten, glaube ich. Und da vergaß ich es.«

Sie schwieg einen Augenblick, trommelte mit den Fingern unruhig auf den Tisch und sagte dann: »Ich glaube, ich sollte dir noch etwas mehr über Peter Jefferies erzählen. Das Buch von *meinem* Peter handelt von Vietnam und dem, was er aus eigener Sicht von der Armee wußte; Peter Jefferies' Bücher handelten von dem Krieg, den er immer Big Two nannte, wenn er betrunken war und mit seinen Freunden Parties feierte. Das erste schrieb er, als er noch beim Militär war, es wurde 1946 veröffentlicht. Es hatte den Titel *Blaze of Heaven.*«

Darcy sah sie lange wortlos an, schließlich sagte sie: »Tatsächlich?«

»Ja. Vielleicht siehst du schon, worauf ich hinauswill. Vielleicht verstehst du etwas besser, was ich mit natürlichen Vätern meine. *Blaze of Heaven – Blaze of Glory.*«

»Aber wenn dein Peter das Buch dieses Mr. Jefferies gelesen hat, wäre es da nicht möglich, daß ...«

»Natürlich wäre es *möglich*«, sagte Martha und machte die Pah-Geste dieses Mal selbst, »aber es *war* nicht so. Ich werde nicht versuchen, dich davon zu überzeugen. Entweder bist du überzeugt, wenn ich fertig bin, oder nicht. Ich wollte dir nur ein wenig über den Mann erzählen.«

»Dann weiter«, sagte Darcy.

»Ich sah ihn ziemlich oft zwischen 1957, als ich anfing, im Le Palais zu arbeiten, bis 1968, als er Probleme mit dem Herzen und der Leber bekam. So wie der Mann trank und sich aufgeführt hat, war es ein Wunder, daß er nicht schon früher Ärger bekommen hat. 1969 war er nur ein halbdutzend Mal da, und ich weiß noch, wie schlecht er aussah – er war nie dick gewesen, aber da hatte er soviel Gewicht verloren, daß er nur noch ein Strich in der Landschaft war. Trank aber immer weiter, gelbes Gesicht hin oder her. Ich hörte ihn im Bad husten und kotzen und manchmal vor Schmerzen aufschreien, und ich dachte mir: *Gut, das war's; das reicht; er wird einsehen, was er sich selbst antut; jetzt wird er aufhören.* Aber er hat nie aufgehört. 1970 war er nur zweimal da. Hatte einen Mann bei sich, auf den er sich stützte und der sich um ihn kümmerte. Er trank immer noch, obwohl man auf den ersten Blick wußte, er sollte es besser bleiben lassen.

Im Februar 1971 kam er zum letzten Mal. Er hatte einen anderen Mann bei sich; ich nehme an, der erste hatte gekündigt. Da saß er schon im Rollstuhl. Als ich zum Saubermachen ins Zimmer kam, sah ich auch, was im Bad zum Trocknen aufgehängt war – Gummihosen. Er war ein stattlicher Mann gewesen, aber die Zeiten waren längst vorbei. Die letzten Male, als ich ihm begegnete, sah er einfach ... *verfallen* aus. Verstehst du, wovon ich spreche?«

Darcy nickte. Sie wußte es. Man sah solche Kreaturen manchmal auf der Straße, mit braunen Papiertüten unter dem Arm oder in ihren schäbigen alten Mänteln.

»Er nahm immer Suite 1163, eine der Ecksuiten mit Blick auf das Chrysler Building, und ich habe immer das Zimmer gemacht. Nach einer Weile redete er mich sogar mit meinem Namen an, aber das hatte nichts zu sagen – ich trug ein Namensschild, und er konnte lesen, das war alles. Ich glaube nicht, daß er mich jemals wirklich *gesehen* hat. Bis 1960 ließ er immer zwei Dollar auf dem Fernseher liegen, wenn er abreiste. Dann, bis 1964, waren es drei. Und danach, bis zum Ende, fünf. Für damalige Verhältnisse waren das gute Trinkgelder, aber er gab das Trinkgeld eigentlich nicht mir; er folgte einfach einer Gewohnheit. Gewohnheiten sind wichtig für Leute wie ihn. Er gab aus demselben Grund Trinkgeld, wie er einer Dame die Tür aufgehalten hätte oder wie er als Kind seine Milchzähne unter das Kopfkissen gelegt hat. Der einzige Unterschied bestand darin, daß ich die Reinmachefee war, nicht die Zahnfee.

Er kam, um mit seinen Verlegern zu sprechen, manchmal mit Leuten von Film oder Fernsehen; oder er rief seine Freunde an – manche waren auch in der Verlagsbranche tätig, andere waren Agenten oder Schriftsteller wie er – und feierte eine Party. Immer eine Party. Ich sah es immer an der Schweinerei, die ich am nächsten Tag saubermachen mußte: Dutzende leerer Flaschen (hauptsächlich Jack Daniels), Millionen Zigarettenstummel, nasse Handtücher in den Waschbecken und in der Badewanne, überall Überreste von dem, was der Zimmerkellner serviert hatte; einmal fand ich eine ganze Platte Shrimps, die ins Klo gekippt worden war. Überall Ränder von Gläsern, und häufig schnarchten Leute auf den Sofas oder auf dem Boden.

So war es meistens, aber manchmal waren die Parties noch im Gange, wenn ich um halb elf vormittags anfing aufzuräumen. Er ließ mich ein, und ich putzte irgendwie um sie herum. Bei diesen Parties gab es keine Frauen, es waren reine Männerrunden, und sie tranken und redeten über den Krieg. Wie sie in den Krieg gekommen waren. Wen sie im Krieg gekannt hatten. Wohin sie im Krieg gegangen waren. Wer im Krieg gefallen war. Was sie im Krieg gesehen hatten, das sie ihren Frauen niemals erzählen konnten (aber es machte nichts aus, wenn ein schwarzes Zimmermädchen etwas davon mitbekam). Manchmal – nicht allzu oft – pokerten sie um hohe Einsätze, aber sie redeten sogar über den Krieg, während sie setzten und erhöhten und blufften und ausstiegen. Fünf oder sechs Männer, deren Gesichter allesamt gerötet waren, wie die Gesichter von Weißen immer werden, wenn sie richtig einen draufmachen, saßen mit offenen Hemden und heruntergelassenen Krawatten um einen Glastisch, und auf dem Tisch lag mehr Geld, als eine Frau wie ich in ihrem ganzen Leben verdient. Und wie sie über ihren Krieg redeten! Sie redeten darüber, wie junge Frauen über ihre Liebhaber und Freunde reden.«

Darcy fand es erstaunlich, daß die Direktion Jefferies nicht einfach hinausgeworfen hatte, berühmter Schriftsteller oder nicht – sie waren heute ziemlich streng, was solche Vorkommnisse anbelangte, und vor ein paar Jahren waren sie noch strenger gewesen, hatte sie jedenfalls gehört.

»Nein, nein, nein«, sagte Martha und lächelte ein wenig. »Du hast einen falschen Eindruck bekommen. Du glaubst, der Mann und seine Freunde hätten sich aufgeführt wie diese Rockgruppen, die Hotelsuiten zertrümmern und Sofas aus dem Fenster schmeißen. Jefferies war kein gewöhnliches Frontschwein wie mein Pete; er war in West Point gewesen, als Lieutenant in den Krieg gegangen und als Major zurückgekehrt. Er hatte *Stil* und entstammte einer der alten Familien aus dem Süden mit großen Häusern voll alter Bilder, auf denen die Leute reiten und nobel aussehen. Er konnte vier verschiedene Krawattenknoten binden und wußte, wie man sich über die Hand einer Dame beugt. Er hatte *Stil*, das kann ich dir sagen.«

Martha verzog ein wenig den Mund, als sie das Wort aussprach; ihr Lächeln war bitter und spöttisch zugleich.

»Ich meine, er und seine Freunde wurden manchmal etwas laut, aber sie wurden selten rüpelhaft – das ist ein Unterschied, auch wenn er schwer zu erklären ist –, und sie verloren *nie* die Kontrolle. Wenn sich jemand im Nachbarzimmer beschwerte – das war immer nur eines, weil er stets die Ecksuite nahm – und jemand von der Rezeption Mr. Jefferies' Zimmer anrufen und ihn und seine Gäste bitten mußte, etwas leiser zu sein, dann wurden sie immer leise. Verstehst du?«

»Ja.«

»Und das ist nicht alles. Ein erstklassiges Hotel kann *für* Leute wie Mr. Jefferies arbeiten. Es kann sie beschützen. Sie können Parties feiern und es sich gutgehen lassen mit ihrem Fusel und ihren Karten und möglicherweise ihren Drogen.«

»Hat er Drogen genommen?«

»Verdammt, ich weiß es nicht. Er hatte am Ende jede Menge Tabletten, weiß Gott, aber sie waren alle vom Arzt verschrieben. Ich will eigentlich nur sagen, daß Stil – und ich spreche jetzt von der Vorstellung, die ein weißer Südstaatengentleman von Stil hat, vergiß das nicht – eben Stil anzieht. Er kam lange Zeit ins Le Palais, und du denkst vielleicht, es war wichtig für die Direktion, daß er ein berühmter Schriftsteller war, aber das denkst du nur, weil du noch nicht so lange im Le Palais arbeitest wie ich. Es *war* wichtig für sie, daß er berühmt war, aber das war nur der Zuckerguß auf dem Kuchen. Noch wichtiger war, daß er schon lange hierher kam, und daß sein Vater, ein Großgrundbesitzer aus Porterville, vor ihm Stammgast gewesen war. Die Leute, die damals das Hotel führten, gaben viel auf Tradition. Oh, ich weiß, die es heute führen, *sagen* das auch, und sie meinen es vielleicht sogar ernst, wenn es ihnen paßt, aber damals gaben sie *wirklich* viel darauf. Wenn sie wußten, daß Mr. Jefferies mit dem Southern Flyer von Birmingham nach New York kam, wurde das Zimmer neben der Ecksuite geräumt, wenn das Hotel nicht gerade bis unters Dach ausgebucht war. Sie haben ihm das leere Zimmer nie berechnet; sie haben nur versucht, ihm die Peinlichkeit zu ersparen, seinen Freunden sagen zu müssen, sie sollten leiser sein.«

Darcy schüttelte langsam den Kopf. »Das ist erstaunlich.«

»Glaubst du es nicht, Liebste?«

»O doch – ich glaube es, aber es ist trotzdem erstaunlich.«

Das verbitterte, spöttische Lächeln erschien wieder auf Martha Rosewalls Gesicht. »Für *Stil* ist nichts zuviel ... für diesen ›Robert E. Lee-Stars'n Stripes‹-*Charme* ... jedenfalls war das früher so. Verdammt, sogar mir war klar, daß er Stil hatte, er gehörte nicht zu der Art von Männern, die *Yee-haw* zum Fenster hinausbrüllen oder ihren Freunden Niggerwitze von Rastus P. Coon erzählen.

Er haßte Schwarze trotzdem, glaub nicht, es wäre anders gewesen. Weißt du noch, wie ich gesagt habe, daß er zum Stamm der Dreckskerle gehörte? Tatsache war, wenn es um Haß ging, war der Mann für Gleichberechtigung. Als John Kennedy starb, war Jefferies zufällig in der Stadt und gab eine Party. Seine sämtlichen Freunde waren da, und sie feierten bis in den nächsten Tag hinein. Ich konnte es kaum ertragen, im Zimmer zu sein, was sie alles sagten – daß die Sache erst perfekt wäre, wenn noch jemand seinen Bruder umlegte, der erst zufrieden sein würde, wenn jedes anständige weiße Kind im Lande Bettgymnastik trieb, während die Beatles über Stereo spielten und die Farbigen (so haben sie Schwarze meistens genannt, ›die Farbigen‹, und ich haßte diesen feigen, zimperlichen Ausdruck, der soviel aussagte) mit einem Fernseher unter jedem Arm wild durch die Straßen zogen.

Es wurde so schlimm, daß ich wußte, ich würde ihn anschreien. Ich sagte mir immer, sei still und mach deine Arbeit und verschwinde, so schnell du kannst; ich ermahnte mich, nicht zu vergessen, daß der Mann der natürliche Vater meines Pete war; ich sagte mir, daß Pete erst drei Jahre alt war, und daß ich diesen Job brauchte und ihn verlieren würde, wenn ich nicht den Mund hielt.

Dann sagte einer von ihnen: ›Und wenn wir Bobby haben, dann schnappen wir uns seinen verdammten kleinen Bruder.‹ Und einer der anderen sagte: ›Und dann schnappen wir uns alle männlichen Kinder und feiern *wirklich* eine Party!‹

›Ganz recht‹, sagte Mr. Jefferies. ›Und wenn wir den letzten Kopf auf der letzten Burgmauer aufgespießt haben, feiern wir so eine große Party, daß ich den Madison Square Garden mieten muß!‹

Da mußte ich gehen. Ich hatte Kopfschmerzen und Magenkrämpfe, so sehr hatte ich mich bemüht, den Mund zu halten. Ich hatte das Zimmer nur halb aufgeräumt, das habe ich weder vorher noch nachher jemals getan; aber manchmal hat es auch seine Vorteile, schwarz zu sein; er bemerkte nicht, daß ich da war, und er bemerkte mit Sicherheit nicht, daß ich weg war. Keiner von ihnen hat es gemerkt.«

Sie hatte wieder das bittere, spöttische Lächeln auf den Lippen.

»Ich begreife nicht, wie du sagen kannst, daß so ein Mann Stil hat«, sagte Darcy, »oder daß du ihn den natürlichen Vater deines Kindes nennen kannst, wie die Umstände auch gewesen sein mögen. Mir scheint, er war ein Tier.«

»Nein«, sagte Martha scharf. »Er *war* kein Tier. Er war ein Mensch. In mancher Hinsicht – in *vieler* Hinsicht – war er ein böser Mensch, aber trotzdem ein Mensch. Und er hatte dieses Etwas, das man ohne ein Grinsen im Gesicht *Stil* nennen kann, auch wenn man es nur in seinen Büchern richtig merkte.«

»Aha!« Darcy sah Martha unter zusammengezogenen Brauen mißfällig an. »Du hast eines von seinen Büchern gelesen, richtig?«

»Liebes, ich habe *alle* gelesen«, sagte Martha. »Als ich Ende '59 mit dem weißen Pulver bei Mama Delorme war, hatte er erst drei geschrieben, aber ich hatte schon zwei davon gelesen. Mit der Zeit holte ich auf, weil er noch langsamer schrieb als ich las.« Sie grinste. »Und das ist ziemlich langsam!«

Darcy sah zweifelnd auf Marthas Bücherregal. Dort standen Bücher von Alice Walker, Rita Mae Brown, *Linden Hills* von Gloria Naylor und *Yellow Back Radio Broke-Down* von Ishmael Reed, aber sonst beherrschten auf den drei Brettern Liebesromane und Krimis von Agatha Christie das Feld.

»Geschichten über den Krieg scheinen kaum deine Sache zu sein, Martha, wenn du weißt, was ich meine.«

»Natürlich weiß ich das«, sagte Martha. Sie stand auf und brachte frisches Bier. »Ich verrate dir etwas Komisches, Dee: Wäre er ein netter Mensch gewesen, hätte ich wahrscheinlich nicht einmal eins davon gelesen. Und ich verrate dir noch etwas Komischeres: Wenn er ein netter Mensch gewesen wäre, wären sie wahrscheinlich gar nicht so gut, wie sie sind.«

»Wovon redest du bloß?«

»Ich weiß es nicht genau. Hör einfach zu, einverstanden?«

»Einverstanden.«

»Nun, ich brauchte nicht bis zur Ermordung Kennedys, um herauszufinden, was für ein Mensch er war. Das wußte ich schon im Sommer '58. Bis dahin hatte ich erfahren, was er von der Menschheit im allgemeinen hielt – nicht von seinen Freunden, für die wäre er gestorben, aber von allen anderen. Alle beteten nur den Mammon an – diesen Ausdruck hat er dauernd gebraucht. Den Mammon anbeten, den Mammon anbeten. Alle wollten nur den Mammon anbeten. Es schien, als wären er und seine Freunde der Meinung, es wäre ziemlich schlimm, den Mammon anzubeten, es sei denn, sie spielten Poker und hatten jede Menge davon vor sich aufgestapelt. Dann schien mir, als beteten sie selber den Mammon an. Mir schien, als beteten sie den Mammon *gehörig* an, er eingeschlossen.

Er hatte viel Häßliches unter der obersten Schicht des Südstaatengentleman – er fand, daß Menschen, die sich bemühnten, die Welt zu verbessern, so ziemlich der größte Lachschlager waren, er haßte Schwarze und Juden und war der Überzeugung, wir sollten die Russen mit H-Bomben aus der Welt befördern, bevor sie es mit uns taten. Warum nicht? sagte er. Sie waren Teil dessen, was er als ›Untermenschentum‹ bezeichnete. Dazu gehörten Juden, Schwarze, Italiener, Indianer und überhaupt alle, deren Familien den Sommer nicht auf den Outer Banks verbrachten.

Ich hörte mir an, wie er diese Dummheiten und den hochtrabenden Mist verbreitete, und fragte mich natürlich, *warum* er ein berühmter Schriftsteller war – wie er ein berühmter Schriftsteller *sein* konnte. Ich wollte wissen, was die Kritiker in ihm sahen, aber viel mehr interessierte mich, was kleine Leute wie ich in ihm sahen – die Leute, die seine Bücher zu Bestsellern machten, sobald sie herauskamen. Schließlich beschloß ich, mich selbst davon zu überzeugen. Ich ging in die öffentliche Bibliothek und holte mir sein erstes Buch, *Blaze of Heaven.*

Ich rechnete damit, es würde so etwas sein wie die Geschichte von des Kaisers neuen Kleidern, aber es war ganz und gar anders. Das Buch handelte von fünf Männern und von dem, was sie im Krieg erlebt hatten. Und von dem, was ihren Frauen und Freundinnen gleichzeitig daheim zustieß. Als ich auf dem Umschlag las, daß es vom Krieg handelte, habe ich die Augen verdreht und gedacht, es wäre wie eine der langweiligen Geschichten, die sie sich gegenseitig erzählten.«

»Nicht?«

»Ich habe die ersten zehn oder zwanzig Seiten gelesen und dachte mir: *Das ist nicht gut. Es ist nicht so schlecht, wie ich erwartet habe, aber es passiert nichts.* Dann las ich noch dreißig Seiten und habe mich irgendwie . . . nun, irgendwie festgelesen. Als ich das nächste Mal aufsah, war es Mitternacht, und ich hatte zweihundert Seiten verschlungen. Ich dachte mir: *Du mußt ins Bett, Martha. Du mußt gleich ins Bett, denn es ist bald halb sechs.* Aber ich habe trotz meiner schweren Lider noch dreißig Seiten gelesen, und es war Viertel vor eins, bis ich endlich dazu kam, mir die Zähne zu putzen.«

Martha hielt inne; sie sah zum dunklen Fenster hinüber und in die meilenweite Nacht hinaus; in ihren Augen spiegelten sich Erinnerungen, und ihre Lippen wurden schmal. Sie schüttelte unmerklich den Kopf.

»Ich konnte mir nicht vorstellen, wie ein Mann, der so langweilig war, wenn man ihm zuhörte, so schreiben konnte, daß man das Buch nie zuschlagen wollte und sich wünschte, es würde nie aufhören. Wie so ein böser, kaltherziger Mann wie er sich so realistische Figuren ausdenken konnte, daß man weinte, wenn sie starben. Als Noah am Ende von *Blaze of Heaven* von einem Taxi angefahren und getötet wurde, als er gerade wohlbehalten aus dem Krieg zurückgekehrt war, da *habe* ich geweint. Ich verstand nicht, wie ein so gemeiner und garstiger Mann wie Jefferies solche Gefühle in einem wecken konnte, um Dinge, die es gar nicht gab – die er sich ausgedacht hatte. Und da war noch etwas in dem Buch ... eine Art Sonnenschein. Es war voller Schmerz und schlimmer Sachen, aber es war auch voller Güte ... und Liebe ...«

Sie erschreckte Darcy, indem sie laut auflachte.

»Damals arbeitete ein Mann namens Billy Beck im Hotel, ein netter junger Mann, der an der Fordham seinen Abschluß in Englisch machte, wenn er nicht als Türsteher arbeitete. Wir haben uns ab und zu unterhalten ...«

»War er ein Bruder?«

»Großer Gott, nein!« Martha lachte wieder. »Bis 1965 gab es keine schwarzen Türsteher im Le Palais. Schwarze Träger und schwarze Liftboys und Garagenpersonal, aber keine schwarzen Türsteher. Wurde als nicht richtig betrachtet. Leuten mit Stil, so wie Mr. Jefferies, hätte es nicht gefallen.

Wie dem auch sei, ich fragte Billy, wie die Bücher eines Mannes so wunderbar sein konnten, wenn er selbst so ein Mistkerl war. Billy fragte mich, ob ich den Witz von dem dicken Diskjockey mit der dünnen Stimme kannte, und ich antwortete, ich wüßte nicht, wovon er spräche. Dann sagte er mir, er wüßte die Antwort auf meine Frage nicht, aber er würde mir etwas erzählen, das einer seiner Professoren einmal über Thomas Wolfe gesagt hatte. Manche Schriftsteller – und Wolfe war einer von ihnen – wären überhaupt nichts Besonderes, bis sie sich hinsetzten und einen Füller in die Hand nahmen. Er sagte, für solche Leute ist ein Füller dasselbe, was eine Telefonzelle für Clark Kent ist. Er sagte, Thomas Wolfe war wie ...« Sie zögerte, dann lächelte sie. »War wie ein göttliches Windglockenspiel. Er sagte, ein Windglockenspiel allein ist nichts Besonderes, aber wenn der Wind hindurch weht, erzeugt es die herrlichsten Töne.

Ich glaube, bei Peter Jefferies war das auch so. Er *hatte* Stil, er war mit Stil erzogen worden und hatte ihn, aber er selbst konnte nichts für diesen Stil. Es war, als hätte Gott ihn auf sein Konto eingezahlt, und er gab ihn einfach aus. Ich will dir etwas sagen, das du mir wahrscheinlich nicht glauben wirst. Als ich ein paar seiner Bücher gelesen hatte, tat er mir leid.«

»*Leid?*«

»Ja. Weil seine Bücher schön waren, aber der Mann, der sie schrieb, war häßlich wie die Sünde. Er war *wirklich* wie mein Johnny, aber Johnny war in gewisser Weise glücklicher dran, weil er nie von einem besseren Leben träumte. Mr. Jefferies träumte davon. Seine *Bücher* waren seine Träume, in denen er sich gestattete, an eine Welt zu glauben, über die er lachte und die er verhöhnte, wenn er wach war.«

Sie fragte Darcy, ob sie noch ein Bier wollte. Darcy sagte, daß sie verzichtete.

»Sag Bescheid, wenn du es dir anders überlegst. Und du überlegst es dir wahrscheinlich anders, denn jetzt kommen wir in trübere Gewässer.«

»Noch etwas zu dem Mann«, sagte Martha. »Er war nicht sexy. Jedenfalls nicht so, wie man einen Mann normalerweise sexy findet.«

»Du meinst, er war ein . . .«

»Nein, er war kein Homosexueller, kein Schwuler oder wie immer man sie heutzutage nennen soll. Er wirkte nicht sexy auf Männer, aber er wirkte auch nicht besonders sexy auf Frauen. Zweimal, vielleicht dreimal in all den Jahren, in denen ich sein Zimmer aufgeräumt habe, habe ich beim Saubermachen in den Aschenbechern im Schlafzimmer Kippen mit Lippenstift gefunden und Parfüm auf den Kissen gerochen. Einmal habe ich auch einen Lidstift im Bad gefunden – er war unter der Tür durchgerollt. Ich schätze, es waren Call-Girls (die Kissen rochen nie nach einem Parfüm, das eine anständige Frau benutzen würde); aber zwei- oder dreimal in all den Jahren ist nicht viel, was?«

»Sicher nicht«, sagte Darcy und dachte an die vielen Slips, die sie unter Betten hervorgeholt hatte, die vielen Kondome, die sie in nicht gespülten Toiletten schwimmen gesehen hatte, und an die falschen Wimpern, die sie auf und unter Kopfkissen gefunden hatte.

Martha saß ein paar Augenblicke wortlos da und hing ihren Gedanken nach. Dann sah sie auf. »Ich sag dir was!« meinte sie. »Der Mann wirkte auf sich selbst sexy! Das hört sich verrückt an, aber es stimmt. An Saft hat es ihm mit Sicherheit nicht gefehlt – das weiß ich von den vielen Laken, die ich gewechselt habe.«

Darcy nickte.

»Und er hatte immer eine Dose Hautcreme im Bad, oder manchmal auf dem Nachttisch neben dem Bett. Ich glaube, die hat er benutzt, wenn er sich einen runtergeholt hat. Damit er sich die Haut nicht wundrieb.«

Die beiden Frauen sahen einander an und fingen plötzlich an, hysterisch zu kichern.

»Bist du sicher, daß er nicht andersrum war, Liebste?« fragte Darcy schließlich.

»Ich sagte Hautcreme, nicht Vaseline«, sagte Martha, und das war zuviel; die nächsten fünf Minuten lachten die beiden Frauen, bis ihnen die Tränen in die Augen stiegen.

Aber eigentlich war nichts komisch, und das wußte Darcy auch. Und als Martha fortfuhr, hörte sie einfach zu und konnte kaum glauben, was sie hörte.

»Es war etwa eine Woche nach meinem Besuch bei Mama Delorme, vielleicht auch zwei«, sagte Martha. »Ich weiß es nicht mehr. Ist lange her, seit das alles passiert ist. Damals war ich ziemlich sicher, daß ich schwanger war – mir wurde nicht übel oder so, aber ich hatte das *Gefühl*. Nicht an den Stellen, wo man es vermuten sollte. Es ist, als wüßten das Zahnfleisch, die Zehennägel oder der Nasenrücken vor dem Rest des Körpers Bescheid, was los ist. Oder man möchte um drei Uhr nachmittags Chop Suey und sagt nicht: ›Herrje! Was soll *das* denn?‹ Aber man weiß, was es soll. Johnny sagte ich kein Wort – ich wußte, ich würde es ihm irgendwann einmal sagen müssen, aber ich hatte Angst davor.«

»Kann ich dir nicht verdenken«, sagte Darcy.

»Eines Vormittags war ich im Schlafzimmer von Jefferies' Suite, und während ich aufräumte, dachte ich über Johnny nach und wie ich ihm die Neuigkeit von dem Baby beibringen konnte. Jefferies war ausgegangen – wahrscheinlich zu einem Treffen mit seinen Verlegern. Er hatte ein Doppelbett, das auf beiden Seiten zerwühlt war, aber das hatte nichts zu sagen; er schlief immer unruhig. Manchmal war das Laken völlig unter der Matratze hervorgezogen.

Nun, ich zog den Überwurf und die beiden Decken darunter weg – er hatte niederen Blutdruck und deckte sich immer mit allem zu, was er finden konnte –, und dann zog ich das Laken ab und sah es auf der Stelle. Es war sein Saft, zumeist schon angetrocknet.

Ich stand da und sah mir das an ... oh, ich weiß nicht, wie lange. Es war, als wäre ich hypnotisiert. Ich sah ihn, wie er sich hinlegte, nachdem seine Freunde nach Hause gegangen waren; ich sah, wie er sich hinlegte und nur den Rauch roch, den sie zurückgelassen hatten, und seinen eigenen Schweiß. Ich sah ihn vor mir, wie er auf dem Rücken lag und mit Mutter Daumen und ihren vier Töchtern Sex machte. Das sah ich so deutlich, wie ich dich jetzt sehe, Darcy; ich konnte nur nicht sehen, woran er dachte, was für Bilder in seinem Kopf waren ... und wenn ich daran denke, wie er redete und wie er war, wenn er nicht seine Bücher schrieb, bin ich *froh*, daß ich es nicht gesehen habe.«

Darcy sah sie erstarrt an und sagte nichts.

»Als nächstes weiß ich nur noch, wie – dieses Gefühl über mich kam.« Sie verstummte und dachte nach, dann schüttelte sie langsam und nachdrücklich den Kopf. »Es war wie ein *Zwang*, der über mich kam. Es war, als wollte man um drei Uhr nachmittags Chop Suey oder Eis und Essiggurken um zwei Uhr morgens oder ... was hast *du* gewollt, Darcy?«

»Speckschwarte«, sagte Darcy mit so tauben Lippen, daß sie sie kaum spüren konnte. »Mein Mann ist weggegangen, bekam aber keine. Da hat er einfach eine Tüte mit gerösteten Specksnacks gekauft, und die habe ich *verschlungen*.«

Martha nickte. Und fuhr fort. Dreißig Sekunden später stürzte Darcy ins Bad, wo sie kurz mit dem Brechreiz kämpfte, und dann erbrach sie das ganze Bier, das sie getrunken hatte.

Sieh es positiv, dachte sie und tastete kläglich nach der Spülung. *So bekommst du wenigstens keinen Kater.* Und diesem Gedanken auf den Fersen: *Wie soll ich ihr wieder in die Augen sehen? Wie soll ich das nur machen?*

Wie sich herausstellte, war das kein Problem. Als sie sich umdrehte, stand Martha in der Tür des Badezimmers und betrachtete sie voll gütiger Sorge.

»Alles in Ordnung?«

»Ja.« Darcy versuchte zu lächeln, und zu ihrer grenzenlosen Erleichterung fühlte sich das Lächeln auf ihren Lippen echt an. »Ich . . . ich habe nur . . .«

»Ich weiß«, sagte Martha. »Glaub mir, ich weiß. Soll ich zu Ende erzählen, oder hast du genug gehört?«

»Zu Ende«, sagte Darcy nachdrücklich und nahm ihre Freundin am Ellbogen. »Aber im Wohnzimmer. Ich will den Kühlschrank nicht einmal mehr *sehen*, geschweige denn, die Tür aufmachen.«

»Amen.«

Eine Minute später saßen sie an entgegengesetzten Enden der schäbigen, aber bequemen Wohnzimmercouch.

»Bist du *sicher*, Liebste?«

Darcy nickte.

»Nun gut.« Aber Martha blieb noch einen Moment schweigend sitzen, betrachtete die schlaffen Hände in ihrem Schoß und sah in die Vergangenheit wie der Kommandant eines Unterseeboots, der feindliche Gewässer betrachtet. Schließlich hob sie den Kopf, drehte sich zu Darcy um und fuhr mit ihrer Geschichte fort.

»Ich habe den Rest des Tages in einer Art Benommenheit gearbeitet. Es war, als wäre ich hypnotisiert. Leute redeten mit mir, und ich antwortete ihnen, aber es war, als hörte ich sie durch eine Glaswand und spräche auch auf diese Weise mit ihnen. *Ich bin tatsächlich hypnotisiert*, habe ich gedacht, das weiß ich noch genau. *Sie hat mich hypnotisiert. Die alte Frau. Sie hat mir einen dieser posthypnotischen Befehle gegeben, wie wenn ein Hypnotiseur sagt: ›Wenn jemand das Wort Küken zu Ihnen sagt, gehen Sie auf alle Viere hinunter und bellen wie ein Hund‹, und derjenige, der hypnotisiert worden ist, macht das dann die nächsten zehn Jahre, so oft jemand Küken zu ihm sagt. Sie hat etwas in den Tee getan und mir gesagt, daß ich das tun soll. Diese wüste Sache.*

Mir war auch klar, warum sie es getan hatte. Eine alte Frau, die so abergläubisch ist, daß sie an Wasserkuren glaubt und daran, daß man einen Mann dazu bringen kann, einen zu lieben, wenn man ihm im Schlaf einen Tropfen Regelblut auf die Ferse streicht, und an Wünschelrutengehen und Gott weiß was noch alles ... wenn so eine Frau, die eine fixe Idee von natürlichen Vätern hatte, Hypnose beherrschte und einer Frau wie mir hypnotisch befahl ... nun, das zu tun, was ich getan habe ... ich glaube, dann würde sie genau das tun. Weil sie *selbst* daran glaubt. Und ich hatte ihr seinen Namen genannt, nicht? Wahrhaftig.

Damals dachte ich nicht daran, daß ich mich fast gar nicht an meinen Besuch bei Mama Delorme erinnern konnte, bis ich das in Mr. Jefferies' Schlafzimmer getan hatte. Aber in jener Nacht erinnerte ich mich.

Ich brachte den Tag hinter mich. Ich meine, ich habe nicht geweint oder geschrien oder mich gehen lassen oder so etwas. Meine Schwester Kissy hat sich schlimmer aufgeführt, als sie bei Dämmerung Wasser aus dem alten Brunnen schöpfte und eine Fledermaus herausgeflogen kam und sich in ihren Haaren verfing. Ich hatte nur das Gefühl, als wäre ich hinter einer Glaswand, und ich dachte mir, wenn das alles ist, kann ich damit klarkommen.

Als ich dann zu Hause war, wurde ich plötzlich durstig. Ich wurde durstiger als jemals zuvor in meinem Leben – mir war, als tobte ein Sandsturm in meinem Hals. Ich fing an, Wasser zu trinken. Es war, als könnte ich gar nicht genug trinken. Und ich fing an zu spucken. Ich spuckte und spuckte und spuckte. Dann kam mir der Magen hoch. Ich lief ins Bad und betrachtete mich im Spiegel und streckte die Zunge heraus, ob ich etwas sehen konnte, eine Spur von dem, was ich getan hatte, aber natürlich konnte ich das nicht. Ich dachte mir: *Na also. Geht es dir jetzt besser?*

Aber es ging mir nicht besser, es ging mir schlechter. Ich kniete vor dem Klobecken und machte dasselbe wie du eben, Darcy, nur viel länger. Ich übergab mich, bis ich dachte, ich würde ohnmächtig werden. Ich weinte und flehte zu Gott, er möge mir verzeihen, er möge dafür sorgen, daß ich aufhören konnte, mich zu erbrechen, bevor ich das Baby verlor, wenn ich tatsächlich eines in mir hatte. Und dann erinnerte ich mich, wie ich mit dem Finger im Mund in seinem Schlafzimmer gestanden hatte, ohne darüber nachzudenken, was ich tat – ich sage dir, ich konnte mich *sehen*, wie ich es tat, als sähe ich mich in einem Film. Und dann übergab ich mich wieder.

Mrs. Parker hat mich gehört und kam zur Tür und fragte, ob alles in Ordnung wäre. Das half mir etwas, mich wieder zu fangen, und als Johnny an diesem Abend nach Hause kam, hatte ich das Schlimmste überstanden. Er war betrunken und auf Streit aus. Als ich mich nicht darauf einließ, gab er mir trotzdem eins aufs Auge und ging wieder weg. Ich war beinahe froh, daß er mich geschlagen hatte, weil ich jetzt über etwas anderes nachdenken konnte.

Als ich am nächsten Tag in Mr. Jefferies' Suite kam, saß er im Pyjama im Wohnzimmer und machte sich Notizen auf einem gelben Kanzleiblock. Er hatte immer welche bei sich, mit einem roten Gummiband zusammengehalten, bis zum Ende. Als er das letzte Mal im Le Palais war und ich sie nicht sehen konnte, wußte ich, daß er bereit war zu sterben. Was mir übrigens kein bißchen leid getan hat.«

Martha sah mit einem Ausdruck zum Wohnzimmerfenster, in dem weder Gnade noch Verzeihen waren; es war ein kalter Ausdruck, der nur bedeutete, daß ihr Herz schwieg.

»Als ich sah, daß er nicht ausgegangen war, war ich erleichtert, denn es hieß, daß ich das Aufräumen verschieben konnte. Weißt du, er hatte die Zimmermädchen nicht gerne um sich, wenn er arbeitete, und es kam vor, daß er das Zimmer erst gemacht haben wollte, wenn Yvonne um drei kam.

Ich sagte: ›Ich komme später wieder, Mr. Jefferies.‹

›Machen Sie es jetzt‹, sagte er. ›Sagen Sie einfach nichts. Ich habe teuflische Kopfschmerzen und eine verdammt gute Idee. Eine Kombination, die einen umbringen kann.‹

Ich schwöre, normalerweise hätte er mich gebeten, später wiederzukommen. Mir schien beinahe, als könnte ich die alte schwarze Mama lachen hören.

Ich ging ins Bad und fing an, sauberzumachen. Ich nahm die gebrauchten Handtücher mit und räumte frische hin, wechselte das alte Stück Seife gegen ein neues aus, legte neue Streichhölzer hin, und dabei dachte ich die ganze Zeit: *Man kann niemanden hypnotisieren, der nicht hypnotisiert werden* will, *alte Frau. Was immer du mir an diesem Tag in den Tee getan hast, was immer du mir befohlen hast und wie oft du es mir befohlen hast, ich bin schlauer als du – schlauer als du, und ich spiele nicht mit.*

Ich ging ins Schlafzimmer und sah das Bett an. Ich dachte mir, es würde für mich aussehen wie ein Schrank für ein Kind, das Angst vor dem Schwarzen Mann hat, aber ich sah, daß es nur ein Bett war. Ich wußte, ich würde nichts tun, und das war eine Erleichterung. Also zog ich es ab, und da war wieder so ein klebriger Fleck, noch feucht, als wäre er erst vor einer Stunde geil aufgewacht und hätte sich dann um die Sache gekümmert.

Ich sah den Fleck an und wartete, ob ich etwas empfinden würde. Nichts. Es waren nur die Spuren eines Menschen mit einem Brief, aber ohne Briefkasten, um ihn einzustecken, wie du und ich es schon hundertmal gesehen haben. Und die alte Frau war ebenso wenig eine *Bruja*-Frau wie ich. Vielleicht war ich schwanger, vielleicht auch nicht, aber wenn, dann war es Johnnys Kind. Er war der einzige Mann, mit dem ich je im Bett gewesen war, und nichts, was ich auf den Laken dieses weißen Mannes finden konnte – oder sonstwo, was das betrifft –, konnte etwas daran ändern.

Es war ein bewölker Tag, aber in diesem Augenblick sah ich, wie die

Sonne hervorkam, als hätte Gott sein endgültiges Amen zu dem Thema gesprochen. Ich kann mich nicht erinnern, daß ich jemals so erleichtert gewesen wäre. Ich stand da und dankte Gott dafür, daß alles in Ordnung war, und während ich dieses Dankgebet sprach, kratzte ich das Zeug vom Laken – jedenfalls alles, was ich bekommen konnte –, steckte es in den Mund und schluckte es hinunter.

Es war wieder, als stünde ich außerhalb meiner selbst und sähe mir zu. Und ein Teil von mir sagte: *Du bist verrückt, daß du das machst, Mädchen, aber noch verrückter, daß du es machst, während er nebenan im Zimmer ist; er könnte jeden Augenblick hereinkommen, um ins Bad zu gehen, und dich sehen. So dick, wie die Teppiche hier sind, würdest du ihn nicht kommen hören. Und das wäre das Ende deines Jobs im Le Palais – und höchstwahrscheinlich in jedem anderen größeren Hotel in New York. Ein Mädchen, das bei so etwas erwischt wird, würde in dieser Stadt nie wieder als Zimmermädchen arbeiten, jedenfalls nicht in einem halbwegs anständigen Hotel.*

Aber das alles war mir einerlei; ich machte weiter, bis ich fertig war – zumindest bis ein Teil in mir zufrieden war –, und dann stand ich einfach eine Weile da und starrte auf das Laken. Aus dem Nebenzimmer war nichts zu hören, und ich bildete mir ein, er stünde hinter mir, direkt unter der Tür. Ich wußte, was für ein Gesicht er machen würde. Als ich noch ein kleines Mädchen war, kam jedes Jahr ein Jahrmarkt nach Babylon, und die hatten einen Mann bei sich – ich *glaube*, daß es ein Mann war –, der nicht zur eigentlichen Show gehörte. Er saß in einem Loch hinter dem Zelt, und jemand erzählte, er wäre das fehlende Glied, kein Mensch, kein Tier, und dann warf er ein Huhn hinunter. Das Monster biß dem lebenden Huhn den Kopf ab. Einmal sagte mein ältester Bruder Bradford – der vor ungefähr zwanzig Jahren in Biloxi bei einem Autounfall gestorben ist –, er wolle hingehen und das Monster sehen. Mein Vater sagte, es täte ihm leid, das zu hören, aber er hat es Brad nicht verboten, weil Brad schon neunzehn und fast ein Mann war. Er ging, und Kissy und ich wollten ihn fragen, wie es gewesen war, aber als wir sein Gesicht sahen, haben wir es gelassen. Ich war sicher, daß ich denselben Ausdruck in Jefferies' Gesicht sehen würde, wenn ich mich umdrehte und er in der Tür stand. Verstehst du, was ich sagen will?«

Darcy nickte.

»Ich *wußte*, daß er da stand, ich wußte es einfach. Schließlich nahm ich allen Mut zusammen und drehte mich um. Ich würde ihn anflehen, dachte ich, es nicht der Chefin vom Zimmerservice zu sagen – ich würde ihn auf Knien anflehen, wenn es sein mußte. Aber er war nicht da. Nur meine Schuldgefühle hatten es mir vorgegaukelt. Ich ging zur Tür und sah, daß er immer noch im Wohnzimmer saß und schneller denn je auf sein Kanzleipapier schrieb. Also ging ich zurück, machte das Bett und räumte das Zimmer auf, wie immer, aber das Gefühl, als wäre ich hinter einer Glaswand, war wieder da, und es war stärker denn je.

Ich kümmerte mich um die gebrauchten Handtücher und fleckigen Bettlaken, wie es sich gehörte – ich trug sie zur Schlafzimmertür hinaus auf den Flur. Als ich im Hotel anfing, lernte ich als erstes, daß man das Bettzeug *nie* durch das Wohnzimmer einer Suite auf den Flur bringt. Dann kam ich wieder in das Zimmer, wo er saß. Ich wollte ihm sagen, daß ich das Wohnzimmer später machen würde, wenn er nicht arbeitete. Aber als ich sah, wie er sich aufführte, war ich so überrascht, daß ich unter der Tür stehenblieb und ihn ansah.

Er ging so schnell im Zimmer auf und ab, daß der gelbe Seidenpyjama um seine Beine flatterte. Er hatte die Hände im Haar und zauste es in alle Richtungen. Er sah aus wie einer dieser versponnenen Mathematiker in den alten Cartoons der *Saturday Evening Post.* Sein Blick war wild, als hätte er einen schlimmen Schock hinter sich. Zuerst dachte ich, daß er doch gesehen haben mußte, was ich getan hatte, und sich so sehr ekelte, daß er halb wahnsinnig geworden war.

Aber wie sich herausstellte, hatte es nichts mit mir zu tun – jedenfalls glaubte *er* das nicht. Es war das einzige Mal, daß er sich mit mir unterhalten hat, abgesehen davon, daß er mich fragte, ob ich noch Schreibpapier oder ein anderes Kissen besorgen oder die Klimaanlage anders einstellen könnte. Er redete mit mir, weil er *mußte.* Etwas war mit ihm geschehen – etwas sehr Großes –, und ich hatte das Gefühl, er mußte mit jemandem darüber reden oder verrückt werden.

›Mein Kopf platzt‹, sagte er.

›Das tut mir leid, Mr. Jefferies‹, sagte ich, ›ich kann Ihnen etwas Aspirin holen . . .‹

›Nein‹, sagte er. ›Das ist es nicht. Es ist wegen diesem Einfall. Als wäre ich Forellenfischen gegangen und hätte statt dessen einen Marlin am Haken. Wissen Sie, ich schreibe Bücher, von Berufs wegen. Literatur.‹

›Ja, Sir, Mr. Jefferies‹, sagte ich. ›Ich habe zwei davon gelesen und fand sie sehr gut.‹

›*Tatsächlich*‹, sagte er und sah mich an, als wäre ich verrückt geworden. ›Nun, es ist sehr freundlich, daß Sie das sagen. Ich wachte heute morgen jedenfalls auf und hatte einen Einfall.‹

Ja, Sir, dachte ich bei mir, *du hattest wirklich einen Einfall, einen so heißen und frischen, daß du ihn auf das Laken gespritzt hast. Aber das ist nicht mehr da, also mach dir keine Gedanken darüber.* Und ich hätte beinahe laut gelacht. Aber weißt du, Darcy, ich glaube, das wäre ihm gar nicht aufgefallen.

›Ich habe ein Frühstück bestellt‹, sagte er und deutete auf den Teewagen neben der Tür, ›und ich habe beim Essen über diesen kleinen Einfall nachgedacht. Ich dachte mir, es könnte eine Kurzgeschichte werden. Es gibt da eine Zeitschrift, wissen Sie ... *The New Yorker* ... ach, vergessen Sie's.‹ Du verstehst schon, er wollte einer kleinen schwarzen Putze wie mir nicht den *New Yorker* erklären.«

Darcy grinste.

» ›Als ich mit dem Frühstück fertig war‹, fuhr er fort, ›dachte ich schon, daß es für eine Novelle reichen würde. Und dann habe ich daran gearbeitet ... ein paar Einzelheiten ausgeweitet ... und jetzt ...‹ Er stieß ein schrilles, kurzes Lachen hervor. ›Ich glaube, ich habe seit zehn Jahren keinen so guten Einfall mehr gehabt. Vielleicht noch nie. Halten Sie es für möglich, daß Zwillingsbrüder – zweieiige, keine eineiigen – im Zweiten Weltkrieg auf verschiedenen Seiten kämpften?‹

›Nun, vielleicht nicht im *Pazifik*‹, sagte ich. Ich glaube nicht, daß ich bei anderen Gelegenheiten überhaupt den Mut aufgebracht hätte, mit ihm zu reden, Darcy – ich wäre einfach nur dagestanden und hätte Maulaffen feilgehalten. Aber ich fühlte mich immer noch wie hinter Glas, oder als hätte ich beim Zahnarzt eine Dosis Novocain bekommen, deren Wirkung noch nicht ganz abgeklungen war.

Er lachte, als wäre das das Komischste, was er gehört hatte, und sagte: ›Ha-ha! Nein, da nicht, da hätte es nicht passieren können. Aber in Europa wäre es möglich gewesen. Und während der Ardennenoffensive begegnen sie einander von Angesicht zu Angesicht.‹

›Nun, möglich ...‹ begann ich, aber da lief er schon wieder im Wohnzimmer herum und wühlte mit den Händen in seinem Haar, so daß es immer zerzauster aussah.

›Ich weiß, es hört sich wie ein Melodram aus dem Orpheum an‹, sagte er, ›ein albernes Stück Kolportage, wie *Unter zwei Flaggen* oder *Der rote Schal*, aber das Konzept von Zwillingen ... und man könnte es rational erklären ... ich weiß auch schon wie ...‹ Er wirbelte zu mir herum. ›Hätte das eine dramatische Wirkung?‹

›Ja, Sir‹, sagte ich. ›*Alle* mögen Geschichten über Brüder, die nicht wissen, daß sie Brüder sind.‹

›Auf jeden Fall‹, sagte er. ›Und ich sage Ihnen noch etwas ...‹ Dann verstummte er und bekam einen seltsamen Gesichtsausdruck. Er war seltsam, aber ich wußte, was es bedeutete. Es war, als hätte er gerade gemerkt, daß er etwas Dummes machte, wie ein Mann, der sich das Gesicht eingeseift hat und plötzlich merkt, daß er einen Elektrorasierer in der Hand hält. Er unterhielt sich mit einer Niggerin, einem Zimmermädchen, über den möglicherweise besten Einfall seines Lebens – einer Niggerin, deren Vorstellung von einer guten Geschichte sich wahrscheinlich auf *The Edge of Night* beschränkte. Er hatte vergessen, daß ich zwei seiner Bücher gelesen hatte ...«

»Oder er dachte, es wäre eine Schmeichelei gewesen, um ein besseres Trinkgeld zu bekommen«, murmelte Darcy.

»Ja, das hätte zu seinem Bild von der Menschheit gepaßt wie die Faust aufs Auge. Wie dem auch sei, der Gesichtsausdruck verriet, daß ihm gerade klar geworden war, mit wem er sprach, das ist alles.

›Ich glaube, ich werde diesmal länger hierbleiben‹, sagte er. ›Sagen Sie an der Rezeption Bescheid, ja?‹ Er drehte sich herum und ging wieder auf und ab, wobei er mit dem Bein gegen den Teewagen stieß. ›Und schaffen Sie das Scheißding hier raus, ja?‹

›Möchten Sie, daß ich später wiederkomme und . . .‹ begann ich.

›Ja, ja, ja‹, sagte er, ›kommen Sie später wieder und machen Sie, was Sie wollen, aber jetzt seien Sie ein gutes kleines Mädchen und schaffen Sie alles hier raus, einschließlich sich selbst.‹

Das tat ich, und ich war in meinem ganzen Leben noch nie so erleichtert wie in dem Augenblick, als die Zimmertür hinter mir ins Schloß fiel. Ich rollte den Teewagen an die Wand. Er hatte Orangensaft und Rührei und Speck gehabt. Ich wollte gerade weggehen, da sah ich, daß auf seinem Teller ein Pilz lag, den er zusammen mit dem letzten Rest von Eiern und Speck zur Seite geschoben hatte. Ich sah ihn an, und mir war, als ginge in meinem Kopf ein Licht an. Mir fiel der Pilz in dem kleinen Plastikbehälter wieder ein, den *sie* mir gegeben hatte – die alte Mama Delorme. Ich erinnerte mich zum ersten Mal seit jenem Tag daran. Mir fiel wieder ein, wie ich ihn in der Tasche meines Kleides gefunden und wohin ich ihn gestellt hatte. Der auf seinem Teller sah ganz genau so aus – alt und runzlig und vertrocknet, als wäre es ein Giftpilz, von dem einem schrecklich elend werden kann.«

Sie sah Darcy gelassen an.

»Er hatte davon gegessen. Mehr als die Hälfte, würde ich sagen.«

»Mr. Buckley hatte an diesem Tag Dienst an der Rezeption, und ich sagte ihm, daß Mr. Jefferies seinen Aufenthalt verlängern wollte. Mr. Buckley sagte, das dürfte keine Schwierigkeiten machen, obwohl Mr. Jefferies vorgehabt hätte, schon an diesem Nachmittag abzureisen.

Dann ging ich in die Küche, unterhielt mich mit Bedelia Aaronson – hast du Bedelia eigentlich noch gekannt? – und fragte sie, ob sie heute morgen jemanden bemerkt hätte, der nicht hierher gehörte. Bedelia fragte mich, wen ich meinte, und ich sagte, ich wüßte es nicht. Sie sagte: ›Warum fragst du, Marty?‹ Ich antwortete, das würde ich lieber nicht sagen. Sie sagte, es wäre niemand hier gewesen, nicht einmal der Mann vom Lebensmittelhändler, der immer versuchte, mit dem Mädchen anzubändeln, das die Bestellungen aufgab.

Ich wollte gerade gehen, da sagte sie: ›Es sei denn, du meinst diese alte Negerdame.‹

Ich drehte mich um und fragte, was das für eine alte Negerdame gewesen sei.

›Nun‹, sagte Bedelia, ›ich denke, sie kam von der Straße herein und hat die Toiletten gesucht. Das kommt täglich ein- bis zweimal vor. Neger fragen manchmal nicht, weil sie Angst haben, daß das Hotelpersonal sie mit einem Tritt hinausbefördert; auch wenn sie gut gekleidet sind, was nicht selten vorkommt, wie du selbst weißt. Wie dem auch sei, diese arme Seele verirrte sich nach hier unten . . .‹ Sie verstummte und sah mich an. ›Alles in Ordnung, Martha? Du siehst aus, als wolltest du ohnmächtig werden.‹

›Ich werde nicht ohnmächtig‹, sagte ich. ›Was hat sie gemacht?‹

›Sie ist einfach herumspaziert und hat sich die Frühstückstabletts angesehen, als wüßte sie nicht, wo sie ist‹, sagte sie. ›Armes altes Ding! Sie war um die achtzig, keinen Tag jünger. Sah aus, als könnte ein starker Wind sie wie einen Drachen zum Himmel wehen . . . Martha, komm her und setz dich. Du siehst aus wie das Bildnis des Dorian Gray in diesem Film.‹

›Wie hat sie ausgesehen? Sag es mir!‹

›Ich *habe* dir gesagt, wie sie ausgesehen hat – wie eine alte Frau. Für mich sehen die alle gleich aus. Das einzig Besondere bei ihr war die Narbe im Gesicht. Sie verlief bis zum Haaransatz. Sie . . .‹

Aber ich hörte sie nicht mehr, denn da *wurde* ich ohnmächtig.

»Sie ließen mich früher nach Hause, und kaum war ich dort, war mir wieder zumute, als müßte ich würgen und viel Wasser trinken und wahrscheinlich wieder vor der Toilette enden und mir die Eingeweide auskotzen. Statt dessen setzte ich mich ans Fenster, sah auf die Straße hinaus und führte ein Selbstgespräch.

Was sie mit mir gemacht hatte, war keine Hypnose; das wußte ich inzwischen. Es war starker als Hypnose. Ich war nicht sicher, ob ich an Hexerei glaubte, aber sie hatte *etwas* mit mir gemacht, und was immer es war, ich würde damit fertig werden müssen. Ich konnte meine Stelle nicht kündigen, nicht mit einem Mann, der keinen Pfifferling wert war, und möglicherweise einem Baby unterwegs. Ich konnte nicht einmal darum bitten, in einen anderen Stock versetzt zu werden. Ein oder zwei Jahre vorher hätte ich das gekonnt, aber ich wußte, sie überlegten sich, ob sie mich zur stellvertretenden Aufseherin für Stock zehn bis zwölf machen wollten, und das bedeutete mehr Gehalt. Und es bedeutete, daß ich den Job wahrscheinlich wiederbekommen würde, wenn das Baby da war.

Meine Mutter hatte ein Sprichwort: *Was man nicht heilen kann, muß man ertragen.* Ich überlegte mir, ob ich wieder zu der alten schwarzen Mama gehen und sie bitten sollte, es mir wegzumachen, aber irgendwie wußte ich, daß sie das nicht tun würde – sie hatte entschieden, daß es das Beste für mich war, was sie tat, und ich habe im Laufe meines Lebens eines gelernt, Darcy, daß man Leute, die davon überzeugt sind, daß sie einem einen Gefallen tun, niemals umstimmen kann.

Ich saß da, machte mir meine Gedanken und sah auf die Straße hinaus, auf das Kommen und Gehen der Leute, und dabei döste ich irgendwie ein. Kann nicht länger als fünfzehn Minuten gedauert haben, aber als ich wieder aufwachte, wußte ich noch etwas. Die alte Frau wollte, daß ich weiter täte, was ich schon zweimal getan hatte, aber das konnte ich nicht, wenn Peter Jefferies nach Birmingham zurückkehrte. Daher ging sie in die Küche des Zimmerservice, legte ihm den Pilz auf den Teller, und er aß ein Stück davon und hatte diesen Einfall. Es wurde auch ein Monstrum von einem Buch daraus – *Boys in the Mist* heißt es. Es handelt genau von dem, was er mir an jenem Tag erzählt hatte, von Zwillingsbrüdern, einer ist amerikanischer und einer deutscher Soldat, und sie begegnen sich während der Ardennenoffensive. Es wurde sein größter Bestseller überhaupt.«

Nach einer Pause fügte sie hinzu: »Das habe ich in seinem Nachruf gelesen.«

»Er blieb noch eine Woche. Jeden Tag, wenn ich hineinging, saß er im Wohnzimmer am Schreibtisch, immer noch im Pyjama, und schrieb auf sein Kanzleipapier. Ich fragte ihn, ob ich später kommen sollte, und er sagte, ich sollte nur das Schlafzimmer machen, aber leise sein. Er sah beim Sprechen nicht einmal vom Schreiben auf. Jedesmal, wenn ich hineinging, sagte ich mir, daß ich es heute nicht machen würde, und jeden Tag war das Zeug auf dem Laken, noch frisch, und jeden Tag waren alle Gebete und Versprechungen, die ich mir selbst gab, einfach vergessen, und ich tat es wieder. Es war *nicht*, als müßte ich gegen einen Zwang ankämpfen, wobei man innere Zwiegespräche führt und schwitzt und zittert; es war vielmehr so, daß ich eine Minute blinzelte und dann feststellte, daß ich es schon getan hatte. Oder gerade *dabei* war. Oh, und jeden Tag, wenn ich zu ihm kam, hielt er sich den Kopf, als würde er ihn umbringen. Wir waren schon ein schönes Paar! Er hatte meine morgendliche Übelkeit und ich seine nächtlichen Alpträume!«

»Was meinst du damit?« fragte Darcy.

»Nachts dachte ich wirklich darüber nach, was ich tat, und ich würgte und trank Wasser und ging aufs Klo und übergab mich ein- oder zweimal. Mrs. Parker machte sich solche Sorgen, daß ich ihr schließlich sagte, ich glaubte, ich wäre schwanger, wollte aber nicht, daß mein Mann davon erführe, bevor ich ganz sicher war.

Johnny Rosewall war ein egoistischer Dreckskerl, aber ich glaube, selbst ihm wäre aufgefallen, daß mit mir etwas nicht stimmte, hätte er nicht seine eigenen Eisen im Feuer gehabt, von denen das größte der

Überfall auf den Spirituosenhändler war, den er mit seinen Freunden plante. Aber davon wußte ich natürlich nichts; ich war nur froh, daß er mich in Ruhe ließ. Das machte das Leben ein bißchen leichter.

Dann betrat ich eines Morgens Suite 1163, und Mr. Jefferies war fort. Er hatte die Koffer gepackt und war nach Alabama zurückgekehrt, um sein Buch zu schreiben und über seinen Krieg nachzudenken. Oh, Darcy, ich kann dir gar nicht sagen, wie froh ich war! Ich fühlte mich, wie Lazarus sich gefühlt haben mußte, als er erfuhr, daß er eine zweite Chance bekommen hatte. An diesem Morgen schien mir, als könnte doch noch alles gut werden, wie in einem Märchen – ich würde Johnny von dem Baby erzählen, er würde ein anderer Mensch werden, seinen Stoff wegschmeißen und sich eine feste Anstellung suchen. Er würde mir ein guter Mann und seinem Sohn ein guter Vater werden – ich war schon sicher, daß es ein Junge werden würde.

Ich ging ins Schlafzimmer von Mr. Jefferies' Suite und sah das Bettzeug, das wie immer zerwühlt war, die Decken weggekickt und die Laken zu einem dicken Ball zusammengestrampelt. Ich ging wie in einem Traum hin und zog die Decke zurück. Ich dachte mir: *Na gut, wenn es sein muß . . . aber es ist das letzte Mal.*

Aber wie sich herausstellte, hatte ich das letzte Mal schon hinter mir. Er hatte keine Spur auf dem Laken zurückgelassen. Welchen Zauber die alte *Bruja*-Frau auch immer über uns gesprochen haben mochte, es war vorbei. *Das ist gut,* dachte ich mir. *Ich bekomme das Baby, und er bekommt sein Buch, und wir sind die Magie beide los. Ich pfeife auf natürliche Väter, so lange Johnny ein guter Vater für den Kleinen wird, der unterwegs ist.«*

»Ich habe es Johnny noch am selben Abend gesagt«, sagte Martha und fügte dann trocken hinzu: »Er war nicht gerade erfreut darüber, wie du sicher schon weißt.«

Darcy nickte.

»Er hat mich etwa fünfmal mit einem Besenstiel geschlagen, und dann stand er über mir, als ich weinend in der Ecke lag, und schrie: ›Bist du verrückt? Wir bekommen *kein* Kind! Ich glaube, du hast den Verstand verloren, Weib!‹ Dann drehte er sich um und ging hinaus.

Ich lag eine Weile da, dachte an meine erste Fehlgeburt und hatte eine Heidenangst, die Schmerzen würden jeden Augenblick einsetzen, und ich würde wieder eine haben. Ich dachte an meine Momma, die mir geschrieben hatte, ich sollte ihn verlassen, bevor er mich ins Krankenhaus brachte, und an Kissy, die mir die Fahrkarte für den Greyhound geschickt und FAHR SOFORT auf den Umschlag geschrieben hatte. Als ich sicher war, daß ich das Baby nicht verlieren würde, stand ich auf, um einen Koffer zu packen und mich schleunigst aus dem Staub zu machen – auf der Stelle, bevor er zurückkam. Aber ich hatte kaum die Schranktür aufgemacht, da mußte ich wieder an Mama Delorme denken. Mir fiel ein, ich hatte ihr gesagt, ich würde Johnny verlassen, und sie hatte geantwortet: ›Nein – er verläßt *dich.* Du wirst ihn gehen sehen, so ist das. Bleib. Wirst etwas Geld bekommen. Du wirst denken, er hat das Baby weggemacht, aber das wird er nicht.‹

Es war, als wäre sie persönlich da und würde mir sagen, was ich suchen und was ich machen sollte. Ich ging an den Schrank, aber ich suchte nicht mehr nach meiner Kleidung. Ich wühlte seine durch und fand ein paar Sachen in dem verfluchten Mantel, in dem ich das Fläschchen *White Angel* gefunden hatte. Es war sein Lieblingsmantel, und ich glaube, er verriet schon alles, was man über Johnny Rosewall wissen mußte. Er war aus buntem Satin und sah billig aus. Ich verabscheute ihn. Dieses Mal fand ich kein Fläschchen Stoff. Ich fand in einer Tasche ein Rasiermesser und in der anderen einen billigen kleinen Revolver. Ich nahm die Waffe heraus und betrachtete sie, und dasselbe Gefühl wie in Mr. Jefferies Schlafzimmer kam über mich – als täte ich etwas, nachdem ich gerade aus tiefem Schlaf erwacht war.

Ich ging mit der Waffe in der Hand in die Küche und legte sie auf die kleine Arbeitsplatte neben dem Herd. Dann machte ich das Schränkchen darüber auf und tastete hinter den Gewürzen und der Teedose herum. Zuerst konnte ich nicht finden, was sie mir gegeben hatte, und eine schreckliche, lähmende Panik kam über mich. Ich hatte Angst, so wie man in Träumen Angst hat. Dann ertastete ich den Plastikbehälter und holte ihn heraus.

Ich machte sie auf und holte den Pilz heraus. Es war ein häßliches Ding, zu schwer für seine Größe und *warm.* Es war, als hielte man ein Stück Fleisch, das noch nicht ganz gestorben war. Was ich in Mr. Jefferies' Schlafzimmer gemacht habe, diese ekelhafte Sache? Ich will dir eines sagen: Ich würde lieber das noch zweihundertmal machen, als nur noch einmal diesen Pilz anzufassen.

Ich nahm ihn in die rechte Hand und hob mit der linken den billigen kleinen .32er hoch. Dann drückte ich mit der Rechten, so fest ich konnte, und spürte, wie der Pilz darin zerquetscht wurde; es hörte sich an – nun, ich weiß, das ist beinahe unglaublich –, aber es hörte sich an, als hätte er geschrien. Glaubst du, das wäre möglich?«

Darcy schüttelte langsam den Kopf. Sie hätte nicht sagen können, ob sie es glaubte oder nicht, sie wußte nur eines mit völliger Gewißheit: daß sie es nicht glauben *wollte.*

»Nun, ich glaube es auch nicht. Aber so hat es sich angehört. Und noch etwas, das du nicht glauben wirst, im Gegensatz zu mir, weil ich es gesehen habe. Er blutete. Dieser Pilz blutete. Ich sah einen Blutstrahl aus meiner Faust kommen und auf die Waffe spritzen. Aber das Blut verschwand, sobald es den Lauf berührte.

Nach einer Weile hörte es auf. Ich öffnete die Hand und rechnete damit, daß sie voll Blut sein würde, aber da war nur der zerquetschte Pilz, in den die Abdrücke meiner Finger gepreßt waren. Kein Blut auf dem Pilz, meiner Hand, der Waffe, nirgends. Und als ich gerade dachte, ich hätte mir alles nur eingebildet, zuckte das verdammte Ding in meiner Hand, und einen Augenblick sah er gar nicht wie ein Pilz aus; er sah aus wie ein winzigkleiner Penis, der noch am Leben war. Ich dachte an das Blut, das zwischen meinen Fingern hervorgequollen war, als ich ihn drückte, und mir fiel ein, wie sie gesagt hatte: ›Jedes Kind, was eine Frau bekommt, schießt der Mann aus dem Pimmel, Mädchen.‹ Er zuckte wieder – ich schwöre dir, daß es so war –, und da schrie ich und warf ihn in den Müll. Dann hörte ich Johnny die Treppe heraufkommen, schnappte die Waffe, rannte ins Schlafzimmer und steckte sie ihm wieder in die Manteltasche. Dann ging ich vollständig angezogen ins Bett, sogar mit den Schuhen, und zog die Decke bis zum Kinn hoch. Er kam herein, und ich sah, daß er nichts Gutes im Schilde führte. Er hatte einen Teppichklopfer in der Hand. Ich weiß nicht, woher er ihn hatte, aber ich wußte, was er damit wollte.

›Wirst kein Baby bekommen, Weib‹, sagte er. ›Komm hierher.‹

›Nein‹, sagte ich, ›ich werde kein Baby bekommen. Du brauchst das Ding nicht, also leg es wieder weg. Du hast dich schon um das Baby gekümmert, du wertloser Scheißkerl.‹

Ich wußte, es war gefährlich, ihn so zu nennen; er hätte wütend werden und erneut über mich herfallen können, aber ich dachte mir, vielleicht glaubte er mir gerade deshalb ... und so war es. Statt mich zu schlagen, grinste er breit. Ich kann dir sagen, ich habe ihn nie so sehr gehaßt wie in diesem Augenblick.

›Weg?‹ sagte er.

›Weg‹, sagte ich.

›Wo ist die Schweinerei?‹ fragte er.

›Was denkst du denn?‹ sagte ich. ›Wahrscheinlich schon auf dem halben Weg zum East River.‹

Da kam er herüber und versuchte mich zu küssen, um Gottes Willen. Mich *küssen*! Ich drehte mich weg, und er schlug mir auf den Kopf, aber nicht fest.

›Wirst schon sehen, daß ich es besser weiß‹, sagte er. ›Wir haben später noch genug Zeit für Kinder.‹

Dann ging er wieder weg. Zwei Nächte später haben er und seine Freunde versucht, den Spritladen zu überfallen, und sein Revolver explodierte ihm ins Gesicht und tötete ihn.«

»Du glaubst, daß du die Waffe verhext hast, nicht?« sagte Darcy.

»Nein«, sagte Martha ruhig. »*Sie* hat es getan – mit mir als Werkzeug, könnte man sagen. Sie sah, daß ich mir nicht selbst helfen würde, also hat sie mich *gezwungen*, mir selbst zu helfen.«

»Aber du *glaubst*, daß die Waffe verhext war.«

»Das *glaube* ich nicht nur«, sagte Martha gelassen.

Darcy ging in die Küche, um ein Glas Wasser zu holen. Ihr Mund war plötzlich völlig trocken.

»Das ist wirklich das Ende«, sagte Martha achselzuckend. »Johnny starb, und ich bekam Pete. Erst als ich in der Schwangerschaft nicht mehr arbeiten konnte, wurde mir klar, wie viele Freunde ich hatte. Hätte ich es gewußt, dann hätte ich Johnny vielleicht schon früher verlassen – vielleicht auch nicht. Wir wissen alle nicht, wie die Welt funktioniert, was wir auch denken oder sagen mögen.«

»Aber das ist noch nicht alles, oder?« fragte Darcy.

»Nun, *zwei* Sachen gibt es noch«, sagte Martha. »Kleinigkeiten.« Aber sie sah nicht aus, als wären es Kleinigkeiten, fand Darcy.

»Etwa vier Monate nach Petes Geburt ging ich noch einmal zu Mama Delorme. Ich wollte nicht, aber ich ging trotzdem. Ich hatte zwanzig Dollar in einem Umschlag. Ich konnte es mir nicht leisten, aber ich wußte irgendwie, daß es ihr zustand. Es war dunkel. Die Treppe wirkte noch schmaler als vorher, und je weiter ich hinaufkam, desto deutlicher konnte ich den Geruch von ihr und ihrer Wohnung wahrnehmen. Verbrannte Kerzen und trockene Tapete und den Zimtgeruch ihres Tees.

Da hatte ich zum letzten Mal das Gefühl, als befände ich mich hinter Glas. Ich ging zur Tür und klopfte. Niemand antwortete, daher klopfte ich noch einmal. Da ich immer noch keine Antwort bekam, kniete ich mich hin, um den Umschlag unter der Tür durchzuschieben. Da erklang ihre Stimme *direkt auf der anderen Seite*, als hätte sie sich auch niedergekniet. Ich hatte in meinem ganzen Leben keine solche Angst wie damals, als ihre brüchige Stimme unter dem Türspalt hervorkam – es war, als hörte man eine Stimme aus einem Grab.

›Wird ein prächtiger Junge werden‹, sagte sie. ›Wird wie sein Vater werden. Sein *natürlicher* Vater.‹

›Ich habe Ihnen etwas mitgebracht‹, sagte ich. Ich konnte meine eigene Stimme kaum hören.

›Schieb es unter der Tür durch‹, flüsterte sie. Ich schob den Umschlag halb durch, sie zog ihn vollends hinüber. Ich hörte, wie sie ihn aufriß, und ich wartete. Wartete nur.

›Das ist genug‹, flüsterte sie. ›Geh jetzt, Kleines, und komm nie wieder zu Mama Delorme zurück, hast du verstanden?‹

Ich stand auf und lief, so schnell ich konnte, hinaus.

Martha ging zum Bücherregal und kam einige Augenblicke später mit einem Buch zurück. Darcy fiel sofort die Ähnlichkeit des Schutzumschlags mit dem von Peter Rosewalls Buch auf. Es war *Blaze of Heaven* von Peter Jefferies, und der Umschlag zeigte ein paar GIs, die eine feindliche Stellung stürmten. Einer hatte eine Granate in der Hand, der andere feuerte mit einem M-1.

Martha kramte in der blauen Jeanstasche, holte das Buch ihres Sohnes heraus, entfernte das Seidenpapier, in das es eingewickelt war, und legte es behutsam neben Jefferies' Buch. *Blaze of Heaven – Blaze of Glory.* Man konnte die Gemeinsamkeiten kaum übersehen.

»*Das* war das andere«, sagte Martha.

»Ja«, sagte Darcy zweifelnd. »Sie *sehen* ähnlich aus. Was ist mit den Geschichten? Sind sie ...? Nun ...?«

Sie verstummte einigermaßen verwirrt und blickte Martha unter den Lidern hervor an. Zu ihrer Erleichterung sah sie, daß Martha lächelte.

»Du willst wissen, ob mein Junge das Buch dieses häßlichen Weißen abgeschrieben hat?« fragte Martha ohne die geringste Spur Verdrossenheit.

»Nein«, sagte Darcy möglicherweise etwas zu heftig.

»Abgesehen davon, daß beide Bücher vom Krieg handeln, haben sie nichts gemeinsam«, sagte Martha. »Sie sind so verschieden wie – nun, wie schwarz und weiß.« Nach einer Pause fügte sie hinzu: »Aber ab und zu haben sie etwas an sich, das gemeinsam zu sein scheint – etwas, das man fast greifen kann. Es ist dieser Sonnenschein, von dem ich dir erzählt habe – das Gefühl, daß die Welt eigentlich viel besser ist, als sie Leuten vorkommt, die zu klug sind, um gütig zu sein.«

»Ist es dann nicht möglich, daß dein Junge von Peter Jefferies *inspiriert* worden ist – daß er ihn am College gelesen hat ...?«

»Sicher«, sagte Martha, »ich nehme an, Peter hat Jefferies' Bücher gelesen – das ist mehr als wahrscheinlich, auch wenn es sich nur darum handelt, daß gleich und gleich sich gern gesellt. Aber da ist noch etwas, und das ist nicht so leicht zu erklären.«

Sie hob Jefferies' Roman hoch, betrachtete ihn einen Moment nachdenklich und sah Darcy dann wieder an.

»Ich habe dieses Exemplar ungefähr ein Jahr nach Peters Geburt gekauft«, sagte sie. »Es war noch lieferbar, aber der Buchhändler mußte es beim Verlag bestellen. Als Mr. Jefferies wieder einmal zu Gast war, brachte ich den Mut auf, ihn zu bitten, ob er es für mich signieren würde. Ich glaubte, er könnte mir meine Bitte übelnehmen, aber tatsächlich fühlte er sich geschmeichelt. Schau her.«

Sie schlug die Widmungsseite von *Blaze of Heaven* auf.

Darcy las das Gedruckte und verspürte ein unheimliches Gefühl von déja vu. *Dieses Buch ist meiner Mutter ALTHEA DIXMONT JEFFERIES zugeeignet, der besten Frau, die ich je gekannt habe.* Und darunter hatte Jefferies mit schwarzer Tinte, die schon zu verblassen begann, geschrieben: *»Für Martha Rosewall, die meine Unordnung aufräumt und sich nie beschwert.«* Darunter hatte er unterschrieben und *August* '61 vermerkt.

Die Worte der handgeschriebenen Widmung kamen Darcy zuerst verächtlich vor – und dann unheimlich. Aber bevor sie darüber nachdenken konnte, hatte Martha im Buch ihres Sohnes, *Blaze of Glory*, gleichfalls die Widmungsseite aufgeschlagen und neben Jefferies' Buch gelegt. Darcy las die gedruckte Widmung noch einmal: *Dieses Buch ist meiner Mutter MARTHA ROSEWALL zugeeignet. Mom, ohne dich hätte ich es nicht geschafft.* Darunter hatte er mit einem Kugelschreiber geschrieben: *Und das ist nicht gelogen. Ich liebe dich, Mom! Pete.*

Aber das las sie eigentlich nicht, sie sah es nur an. Ihr Blick wanderte zwischen der Widmungsseite vom August 1961 und der vom April 1985 hin und her, hin und her.

»Siehst du es?« fragte Martha leise.

Darcy nickte. Sie sah es.

Die dünne, schräggeneigte, irgendwie altmodische Handschrift war in beiden Büchern genau dieselbe, ebenso die Unterschriften, wenn man die Abweichungen außer acht ließ, die Liebe und Vertrautheit bewirkt hatten. Nur im Tonfall unterschieden sich die beiden handschriftlichen Zeilen, dachte Darcy, aber da waren die Unterschiede so deutlich wie die zwischen Schwarz und Weiß.

Der rasende Finger

Als das Kratzen anfing, saß Howard Mitla allein in seinem Apartment in Queens, wo er mit seiner Frau lebte. Howard war einer der weniger bekannten vereidigten Buchprüfer in New York. Violet Mitla, eine der weniger bekannten Zahnarzthelferinnen in New York, hatte gewartet, bis die Nachrichten vorbei waren, bevor sie in den Laden an der Ecke gegangen war, um einen Becher Eis zu holen. Nach den Nachrichten kam *Risiko*, eine Serie, die ihr überhaupt nicht gefiel. Sie sagte, es läge daran, daß Alex Trebec wie ein bösartiger Sektenprediger aussähe, aber Howard kannte die Wahrheit: wenn sie *Risiko* ansah, kam sie sich dumm vor.

Das Kratzen kam aus dem Bad an dem kurzen Flur, der zum Schlafzimmer führte. Howard erstarrte, als er es hörte. Es konnte kein Einbrecher oder Junkie sein; nicht bei den dicken Drahtgittern, die er vor zwei Jahren auf eigene Kosten vor allen Fenstern angebracht hatte. Hörte sich mehr an wie eine Maus im Waschbecken oder in der Wanne. Vielleicht sogar eine Ratte.

Während der ersten Fragen wartete er und hoffte, das Kratzen würde von allein wieder aufhören; aber es hörte nicht auf. Als die Werbespots anfingen, erhob er sich widerwillig von seinem Sessel und ging zur Badezimmertür. Sie stand einen Spalt offen, und von hier aus konnte er das Kratzen noch besser hören.

Mit ziemlicher Sicherheit eine Maus oder eine Ratte. Kleine Krallen, die auf dem Porzellan klickten.

»Verdammt«, sagte Howard und ging in die Küche.

In dem schmalen Zwischenraum zwischen Gasherd und Kühlschrank standen Putzgeräte – ein Mop, ein Eimer voll alter Lappen, ein Besen, an dessen Stiel eine Kehrschaufel hing. Howard nahm den Besen in die eine und die Kehrschaufel in die andere Hand. Auf diese Art bewaffnet, schritt er widerwillig wieder zurück durch das kleine Wohnzimmer zur Tür des Bads. Er beugte den Kopf nach vorne. Horchte.

Kratz, kratz, kritz kratz.

Ein leises Geräusch. Wahrscheinlich keine Ratte. Und doch beschwor sein Verstand immer wieder dieses Bild. Nicht nur eine Ratte, sondern eine *New Yorker* Ratte, ein häßliches, struppiges Ding mit winzigen schwarzen Augen, langen drahtigen Schnurrhaaren und spitzen Zähnen, die unter der V-förmigen Oberlippe hervorstanden. Eine Ratte von besonderer Art.

Das Geräusch war leise, fast unhörbar, aber trotzdem ...

Hinter ihm sagte Alex Trebec: »Dieser russische Wahnsinnige wurde erschossen, vergiftet und erwürgt – und alles in einer Nacht.«

»War es Lenin?« antwortete einer der Kandidaten.

»Es war *Rasputin*, Spatzenhirn«, murmelte Howard Mitla. Er nahm die Kehrschaufel in die Hand, mit der er den Besen hielt, dann tastete er mit der freien Hand ins Bad und machte das Licht an. Er trat ein und schritt rasch zur Wanne in der Ecke unter dem schmutzigen, drahtvergitterten Fenster. Er haßte Ratten und Mäuse, haßte alle pelzigen Tiere, die piepsten und wuselten (und manchmal bissen); aber als Junge, der in Hell's Kitchen aufgewachsen war, hatte er die Erfahrung gemacht, wenn man eine loswerden wollte, mußte man rasch handeln. Es würde ihm nichts nützen, im Sessel zu sitzen und so zu tun, als hörte er nichts; Vi hatte während der Nachrichten zwei Bier getrunken, und wenn sie nach Hause kam, würde sie zuerst das Bad aufsuchen. Wenn dann eine Maus in der Wanne saß, würde sie kreischen, daß sich das Dach hob, und dann verlangen, daß er seiner Mannespflicht nachkam. Er mußte die Maus wegschaffen, so oder so. Schnellstens.

Die Wanne war leer bis auf die Dusche; der Schlauch lag auf dem Email wie eine tote Schlange.

Das Kratzen hatte aufgehört, als Howard das Licht angemacht und den Raum betreten hatte, aber jetzt fing es wieder an. Hinter ihm. Er drehte sich um, ging drei Schritte auf das Waschbecken zu und hob dabei den Besen.

Die Faust, die er um den Stiel gekrallt hatte, kam bis zur Höhe des Kinns, dann hielt sie inne. Howard bewegte sich nicht mehr. Der Kiefer klappte ihm herunter. Hätte er sich in dem zahnpastaverschmierten Spiegel über dem Waschbecken betrachtet, hätte er funkelnde Speichelfäden, fein wie Spinnweben, zwischen seiner Zunge und dem Gaumen sehen können.

Aus dem Abflußloch des Waschbeckens ragte ein Finger.

Der Finger eines Menschen.

Er erstarrte für einen Augenblick, als hätte er bemerkt, daß er entdeckt worden war. Dann bewegte er sich wieder und tastete wie ein Wurm über das rosa Porzellan. Er kam zu dem weißen Gummistöpsel, wand sich darüber hinweg und ließ sich wieder auf das Porzellan nieder. Das Kratzen stammte nicht von den winzigen Krallen einer Maus. Es stammte von dem Nagel am Ende des Fingers, der beim Herumtasten über das Porzellan schabte. Howard gab einen heiseren, bestürzten Laut von sich, ließ den Besen fallen und stürzte zur Badezimmertür. Er verfehlte sie, prallte mit den Schultern gegen die Fliesen und versuchte es noch einmal. Diesmal schaffte er es hinaus, schlug die Tür hinter sich zu, blieb einfach stehen, drückte den Rücken dagegen und atmete keuchend. Sein Herzschlag war ein harter, tonloser Morsecode hoch oben an der Innenseite seines Halses.

Er konnte nicht lange so dagestanden haben – als er sein Denken wieder unter Kontrolle hatte, moderierte Alex Trebec seine drei Kandidaten immer noch durch die Einzelrunde von *Risiko* –, aber während er dastand, hatte er kein Gefühl für die verstreichende Zeit oder dafür, wo er sich befand und wer er war.

Was ihn wieder zu sich brachte, war der elektronische Pfeifton, der eine Risikofrage ankündigte. »Es geht um den Themenbereich Luft- und Raumfahrt«, sagte Alex. »Sie haben im Augenblick siebenhundert Dollar, Mildred – wieviel möchten Sie riskieren?« Mildred, die nicht wie der Quizmaster über ein Mikrofon verfügte, murmelte eine unverständliche Antwort.

Howard ging auf Beinen, die sich wie Pogostelzen anfühlten, von der Tür weg und ins Wohnzimmer zurück. Die Kehrschaufel hielt er immer noch in der Hand. Er betrachtete sie einen Moment, dann ließ er sie auf den Teppich fallen. Sie schlug mit einem staubigen kleinen Plumps auf.

»Das habe ich nicht gesehen«, sagte Howard Mitla mit zitternder Stimme und ließ sich in seinen Sessel fallen.

»Gut, Mildred – für fünfhundert Dollar: Dieses Testgelände der Air Force hieß ursprünglich Miroc Proving Ground.«

Howard sah zum Bildschirm hinüber. Mildred, eine unscheinbare kleine Frau, ein Hörgerät von der Größe eines Radioweckers im Ohr, dachte verbissen nach.

»Das habe ich *nicht* gesehen«, sagte er nicht mehr ganz so nachdrücklich.

»Ist es – der Luftwaffenstützpunkt Vandenberg?« fragte Mildred.

»Es ist der Luftwaffenstützpunkt *Edwards*, Spatzenhirn«, sagte Howard. Und als Alex Trebec bestätigte, was Howard Mitla längst wußte, wiederholte Howard: »Das habe ich *ganz bestimmt nicht* gesehen.«

Aber Violet würde gleich zurückkommen, und er hatte den Besen im Bad gelassen.

Alex Trebec informierte die Kandidaten – und das Publikum an den Bildschirmen –, daß das Spiel noch längst nicht entschieden sei; sie würden im Nullkommanichts wiederkommen und die zweite Runde beginnen, in der sich die Einsätze *wirklich* veränderten. Dann erschien ein Politiker auf dem Bildschirm, der die Gründe dafür aufzählte, ihn wiederzuwählen.

Howard stand widerwillig auf. Seine Beine fühlten sich jetzt wieder etwas mehr wie Beine und etwas weniger wie Pogostelzen mit Abnutzungserscheinungen an, aber er wollte trotzdem nicht ins Bad zurück.

Hör zu, sagte er zu sich, *es ist ganz einfach. Wie immer bei solchen Dingen. Du hast eine vorübergehende Halluzination gehabt. Das passiert den Leuten wahrscheinlich alle naselang. Man hört nur deshalb nicht öfter davon, weil die Leute nicht gern über so etwas reden. Es ist peinlich, wenn man Halluzinationen hat. Wenn sie darüber reden, dann fühlen sich die Leute so, wie du dich fühlen wirst, wenn der Besen immer noch da drinnen auf dem Boden liegt und Vi zurückkommt und dich fragt, was du damit machen wolltest.*

»Hören Sie zu«, sagte der Politiker im Fernsehen mit zuversichtlicher Stimme. »Wenn man der Sache auf den Grund geht, ist es ganz einfach. Entweder möchten Sie, daß ein ehrlicher, kompetenter Mann die Finanzbehörde von Nassau County leitet, oder Sie möchten einen Mann von außerhalb des Staates, einen Söldner, der noch nie ...«

»Ich wette, es war Luft in den Röhren«, sagte Howard, und obwohl sich das Geräusch, das ihn ins Bad lockte, ganz und gar nicht wie Luft in den Röhren angehört hatte, reichte der Klang seiner Stimme – vernünftig, wieder unter Kontrolle – schon aus, daß er sich mit etwas mehr Selbstvertrauen bewegte.

Und außerdem – Vi würde bald wieder hier sein. Jeden Moment.

Er stand vor der Tür und lauschte.

Kratz, kratz, kratz. Es hörte sich an, als tastete der kleinste Blinde der Welt da drinnen mit seinem Stock auf dem Porzellan herum, um die Gegend zu erkunden.

»Luft in den Röhren!« sagte Howard mit fester Stimme und riß kühn die Badezimmertür auf. Er bückte sich, ergriff den Besenstiel und zog ihn zur Tür heraus. Er brauchte dazu nicht mehr als zwei Schritte in den kleinen Raum mit dem verblaßten, ausgetretenen Linoleumboden und dem trostlosen Ausblick durch Maschendraht in den Luftschacht zu machen, und er sah entschlossen nicht ins Waschbecken.

Dann war er wieder draußen und horchte.

Kratz, kratz, kritz-kratz.

Er brachte Besen und Kehrschaufel in die kleine Nische zwischen Herd und Kühlschrank zurück, dann ging er wieder ins Wohnzimmer. Dort blieb er einen Moment stehen und sah zur Badezimmertür. Sie stand einen Spaltbreit offen, so daß ein Keil gelben Lichts in den schmalen Flur fiel.

Du solltest besser das Licht ausmachen. Du weißt, was für einen Zirkus Vi immer wegen so etwas aufführt. Dazu brauchst du nicht einmal reinzugehen. Greif einfach zur Tür hinein und dreh den Schalter.

Was aber, wenn etwas nach seiner Hand griff, während er sie nach dem Schalter ausstreckte?

Was, wenn ein anderer Finger *seinen* Finger berührte?

Was wäre *dann*, Leute?

Er konnte das Geräusch immer noch hören. Es hatte etwas schrecklich Unerbittliches an sich. Es war nervtötend.

Kratz. Kritz. Kratz.

Im Fernsehen erläuterte Alex die Spielregeln der zweiten Runde. Howard ging hinüber und drehte den Ton lauter. Dann ließ er sich wieder in seinen Sessel fallen und redete sich ein, daß er nichts aus dem Bad hörte, nicht das geringste.

Abgesehen von ein wenig Luft in den Röhren.

Vi Mitla gehörte zu den Frauen, die sich mit so zaghafter Präzision bewegen, daß sie fast zerbrechlich wirken. Aber Howard war seit einundzwanzig Jahren mit ihr verheiratet und wußte, daß sie ganz und gar nicht zerbrechlich war. Sie aß, trank, arbeitete, tanzte und machte Sex auf die gleiche Art: *con brio.* Sie kam wie ein Westentaschenwirbelsturm in das Apartment. Sie drückte eine braune Papiertüte an die rechte Seite ihres Busens und trug sie, ohne stehenzubleiben, in die Küche. Howard hörte die Tüte knistern, hörte die Kühlschranktür aufgehen und wieder zuschlagen. Als sie zurückkam, warf sie Howard den Mantel zu. »Hängst du ihn für mich auf, ja?« fragte sie. »Ich muß Pipi machen. Und wie! Yeah!«

Yeah! war eines ihrer Lieblingsworte. Es reimte sich auf »bäh«, ein Kinderwort für etwas Widerliches.

»Klar, Vi«, sagte Howard und stand mit Vis dunkelblauem Mantel auf den Armen langsam auf. Er ließ sie nicht aus den Augen, als sie zur Tür des Badezimmers eilte.

»Das E-Werk findet es toll, wenn du das Licht anläßt, Howard«, rief sie über die Schulter zurück.

»Hab ich mit Absicht gemacht«, sagte er. »Ich wußte, daß du als erstes da reingehen würdest.«

Sie lachte. Er hörte ihre Kleider rascheln. »Du kennst mich zu gut – die Leute werden sagen, wir wären verliebt.«

Du solltest es ihr sagen – sie warnen, dachte Howard, aber er wußte, daß er es nicht fertigbringen würde. Was hätte er sagen sollen? Paß auf, Vi, da kommt ein Finger aus dem Abfluß des Waschbeckens, sieh zu, daß dir der Typ, dem er gehört, nicht ins Auge sticht, wenn du dich drüberbeugst und ein Glas Wasser vollaufen läßt?

Außerdem war es ohnehin nur pure Einbildung, hervorgerufen von zuviel Luft in den Röhren und von seiner Angst vor Ratten und Mäusen.

Nachdem inzwischen ein paar Minuten vergangen waren, kam ihm das fast plausibel vor.

Dennoch stand er mit Vis Mantel auf dem Arm da und wartete ab, ob sie schreien würde. Und nach zehn oder fünfzehn endlosen Sekunden schrie sie tatsächlich.

»Mein Gott, Howard!«

Howard zuckte zusammen und drückte den Mantel fester an die Brust. Sein Herzschlag, der sich gerade wieder beruhigt hatte, fing wieder mit dem Morsecode an. Er wollte etwas sagen, aber sein Hals war wie zugeschnürt.

»Was?« brachte er schließlich heraus. *»Was ist denn, Vi? Was ist denn?«*

»Die Handtücher! Die Hälfte liegt auf dem Boden! Puh! Was ist denn hier passiert?«

»Ich weiß nicht«, rief er zurück. Sein Herz schlug heftiger denn je, und es war unmöglich zu sagen, ob das elende Gefühl in seinem Magen von Erleichterung oder Grauen herrührte. Er vermutete, daß er die Handtücher bei seinem ersten Versuch, aus dem Bad zu fliehen, vom Regal gestoßen hatte, als er gegen die Wand geprallt war.

»Hier müssen Kobolde gewesen sein«, sagte sie. »Und ich will ja nicht nörgeln, aber du hast wieder vergessen, die Brille runterzuklappen.«

»Oh – tut mir leid«, sagte er.

»Yeah, das sagst du immer«, erwiderte ihre Stimme. »Manchmal glaube ich, du möchtest, daß ich reinfalle und ertrinke. Im *Ernst*!« Ein Klappern ertönte, als sie die Brille selbst runterklappte. Howard wartete mit rasendem Herzschlag und drückte unablässig ihren Mantel an die Brust.

»Er hält den Rekord für die meisten Schläge bei einem einzigen Spiel», las Alex Trebec vor.

»War das Tom Seaver?« antwortete Mildred wie aus der Pistole geschossen.

»Roger Clemens, du Dumpfkuh«, sagte Howard.

Pffffschschsch! Die Spülung. Und der Augenblick, auf den er gewartet hatte (das war Howard gerade klar geworden), stand nun bevor. Die Pause schien endlos zu dauern. Dann quietschte der Wasserhahn mit dem roten Punkt (er wollte den Griff längst auswechseln und vergaß es immer wieder), Wasser floß in das Becken, dann wusch sich Vi eifrig die Hände.

Keine Schreie.

Natürlich nicht, weil es keinen Finger *gab*.

»Luft in den Röhren«, sagte Howard und ging, den Mantel seiner Frau aufzuhängen.

Sie kam heraus und rückte ihren Rock zurecht. »Ich hab Eis mitgebracht«, sagte sie. »Kirsch-Vanille, wie du es gewollt hast. Aber bevor wir es probieren, könntest du ein Bier mit mir trinken, Howie. Es ist eine neue Marke. *American Grain* heißt sie. Hab noch nie davon gehört, aber sie war im Angebot, darum hab ich mal einen Sechserpack mitgebracht. Vielleicht ist es ja der grainzenlose Genuß.«

»Ha-ha«, sagte er und rümpfte die Nase. Vis Hang zu Kalauern hatte er süß gefunden, als er sie kennenlernte, aber im Lauf der Jahre war es doch etwas schal geworden. Trotzdem, nachdem er seine Angst überwunden hatte, schien ein Bier genau das richtige zu sein. Aber als Vi in die Küche ging, um ihm ein Glas von dem neuen Bier zu bringen, wurde ihm klar, daß er seine Angst noch nicht überwunden hatte. Er überlegte, ob es besser war, eine Halluzination zu haben oder einen richtigen Finger aus dem Abfluß des Waschbeckens im Bad ragen zu sehen, einen Finger, der lebte und herumkroch, aber beides war nicht gerade ermutigend.

Howard setzte sich wieder in seinen Sessel. Als Alex Trebec den letzten Themenkreis der Sendung verkündete – es waren die sechziger Jahre –, mußte er an die zahlreichen Fernsehsendungen denken, in denen behauptet wurde, daß jemand, der unter Halluzinationen litt, entweder a) Epilepsie oder b) einen Gehirntumor hatte. Er stellte fest, daß er sich an eine ganze Menge erinnern konnte.

»Weißt du«, sagte Vi, die mit zwei Biergläsern ins Zimmer zurückkam, »ich mag die Vietnamesen nicht, denen das Geschäft gehört. Ich glaube nicht, daß ich sie *jemals* mögen werde. Ich finde, sie sind hinterlistig.«

»Hast du sie jemals bei etwas Hinterlistigem *erwischt*?« fragte Howard. Er selbst fand, daß die Lahs ganz ordentliche Leute waren; aber heute abend war ihm das so oder so egal.

»Nein«, sagte Vi, »das hab ich nicht. Aber das macht mich erst recht mißtrauisch. Außerdem *lächeln* sie ständig. Mein Vater hat immer gesagt: ›Traue nie einem Lächler.‹ Und er hat auch gesagt ... Howard, fühlst du dich wohl?«

»*Das* hat er gesagt?« meinte Howard – ein eher kläglicher Versuch zu scherzen.

»*Très amusant, chéri.* Du siehst leichenblaß aus. Brütest du etwas aus?«

Nein, wollte er antworten. *Ich brüte nichts aus – das wäre wohl zu milde ausgedrückt. Ich glaube, ich habe Epilepsie oder vielleicht sogar einen Gehirntumor. Würdest du da etwa von Ausbrüten reden?*

»Nur ein bißchen überarbeitet, glaube ich«, sagte er. »Ich habe dir doch von der neuen Steuerprüfung erzählt. St. Anne's Hospital.«

»Was ist damit?«

»Das ist ein Rattennest«, sagte er und mußte sofort wieder an das Badezimmer denken – an das Waschbecken und den Abfluß. »Man sollte

Nonnen nicht erlauben, Buchführung zu machen. Um ganz sicher zu gehen, müßte das eigentlich in der Bibel stehen.«

»Du läßt dich von Mr. Lathrop zu sehr herumkommandieren«, erklärte Vi ihm nachdrücklich. »Wenn du dich nicht einmal wehrst, wird das immer so weitergehen. Möchtest du einen Herzanfall haben?«

»Nein.« *Und ich will auch keine Epilepsie und keinen Gehirntumor. Bitte, lieber Gott, mach, daß es etwas Einmaliges war, okay? Nur ein geistiger Rülpser, der einmal vorkommt und dann nie wieder. Okay? Bitte? Ganz arg bitte? Mit ein bißchen Zucker drauf?*

»Auf gar keinen Fall«, sagte sie grimmig. »Arlene Katz hat erst gestern gesagt, wenn Männer unter Fünfzig einen Herzanfall haben, kommen sie nur in den seltensten Fällen wieder aus dem Krankenhaus. Und du bist erst einundvierzig. Du mußt dich wehren, Howard. Hör auf, so ein Duckmäuser zu sein.«

»Du hast wohl recht«, sagte er verdrossen.

Alex Trebec erschien wieder im Bild und forderte die letzte *Risiko*-Antwort: »Diese Gruppe Hippies durchquerte mit dem Schriftsteller Ken Kesey die Vereinigten Staaten in einem Bus.« Die Abspannmusik setzte ein. Die beiden männlichen Kandidaten schrieben emsig. Mildred, die Frau mit dem Radiowecker im Ohr, schaute ratlos drein. Schließlich kritzelte sie etwas. Sie tat es sichtlich ohne Begeisterung.

Vi trank einen kräftigen Schluck aus ihrem Glas. »He!« sagte sie. »Nicht schlecht! Und nur zwei sechsundsiebzig der Sechserpack!«

Auch Howard trank einen Schluck. Es war nichts Besonderes, aber es war immerhin naß und kühl. Es beruhigte ihn.

Keiner der männlichen Kandidaten kam auch nur in die Nähe. Mildreds Antwort war ebenfalls falsch, traf den Kern aber wenigstens teilweise. »Sind es die Merry Men?« hatte sie geschrieben.

»Merry *Pranksters*, du Träne«, sagte Howard.

Vi sah ihn bewundernd an. »Du weißt alle Antworten, Howard, ja?«

»Wenn es nur so wäre«, sagte Howard und seufzte.

Howard machte sich nicht besonders viel aus Bier, aber an diesem Abend trank er trotzdem drei Dosen von Vis neuer Entdeckung. Vi konnte sich eine Bemerkung nicht verkneifen und sagte, wenn sie gewußt hätte, daß es ihm so schmecken würde, wäre sie noch in die Apotheke gegangen und hätte ihm einen Tropf samt Kanüle gekauft. Auch ein von der Zeit geadelter Vi-Kalauer. Er quälte sich ein Lächeln ab. Eigentlich hoffte er, nach dem Bier gut einschlafen zu können. Er fürchtete, ohne ein wenig Hilfe würde er ziemlich lange wach liegen und über das nachdenken, was er im Bad gesehen – nein, sich eingebildet – hatte. Aber wie Vi oft zu sagen pflegte, Bier war voll von Vitamin P, und gegen halb neun, als sie sich schon ins Schlafzimmer zurückgezogen hatte, ging er widerwillig ins Bad, um sich zu erleichtern.

Zuerst ging er zum Waschbecken und zwang sich hineinzusehen.

Nichts.

Das war zwar köstlich (schließlich war eine Halluzination besser als ein richtiger Finger, auch wenn sie möglicherweise auf einen Gehirntumor hindeutete), aber er sah trotzdem nicht gern in den Abfluß. Das Messingkreuz, das Haare und hinuntergefallene Haarnadeln festhalten sollte, war schon vor Jahren verschwunden; der Abfluß bestand nur noch aus einem dunklen Loch, von einem Ring aus angelaufenem Stahl umgeben. Sah aus wie eine Augenhöhle.

Howard nahm den Gummistöpsel und steckte ihn in den Abfluß.

Schon besser.

Er trat zurück, klappte die Klobrille hoch (Vi beschwerte sich bitterlich, wenn er vergaß, sie runterzuklappen, wenn er fertig war, hielt es aber nie für nötig, sie wieder hochzuklappen, wenn *sie* fertig war) und stellte sich über die Kloschüssel. Er gehörte zu den Männern, die nur dann gleich pinkeln können, wenn der Druck sehr stark ist (und die in öffentlichen Toiletten überhaupt nichts zustandebringen – der Gedanke an die Männer, die hinter ihm Schlange standen, machte einfach sämtliche Schotten dicht), und jetzt tat er, was er in den wenigen Sekunden zwischen dem Zielen mit dem Instrument und dem tatsächlichen Beginn der Zielübung fast immer tat: er rezitierte im Geist Primzahlen.

Er war bei dreizehn angelangt und ließ schon fast laufen, als er plötzlich ein Geräusch hinter sich hörte: *plupp!* Seine Blase erkannte das Geräusch des Gummistöpsels, der mit Wucht aus dem Abfluß gedrückt wurde, noch vor seinem Gehirn und versagte sofort (und reichlich schmerzhaft) ihren Dienst.

Einen Augenblick später begann das Geräusch wieder – das Geräusch des Fingernagels, der leicht auf dem Porzellan kratzte, während der suchende Finger sich wand und schlängelte. Howards Haut wurde kalt und schien zu schrumpfen. Ein einziger Tropfen Urin fiel in die Schüssel, bevor Howards Penis buchstäblich in der Hand zu schrumpfen schien und sich zurückzog wie eine Schildkröte in den Schutz ihres Panzers.

Howard ging langsam und unsicher zum Waschbecken. Er sah hinein.

Der Finger war wieder da. Es war ein sehr langer Finger, aber sonst schien er normal zu sein. Howard konnte den Nagel sehen, der weder abgebissen noch abnorm lang war, und die ersten beiden Knöchel. Der Finger zuckte vor seinen Augen und tastete in dem Waschbecken herum.

Howard bückte sich und schaute unter das Becken. Die Leitung, die aus dem Fußboden kam, hatte keinen größeren Durchmesser als sieben Zentimeter. Nicht groß genug für einen Arm. Außerdem hatte sie einen doppelten Knick, wo der Siphon saß. Also woran war der Finger befestigt? Woran *konnte* er befestigt sein?

Howard richtete sich wieder auf, und einen beängstigenden Augenblick war ihm, als löste sein Kopf sich einfach vom Hals und flöge davon. Kleine schwarze Punkte tanzten vor seinen Augen.

Ich werde ohnmächtig! dachte er. Er griff an sein Ohrläppchen und zog einmal heftig daran, fest, so wie ein ängstlicher Passagier, der eine Gefahr erkennt, an der Notbremse eines Eisenbahnwaggons ziehen würde. Das Schwindelgefühl ließ nach; aber der Finger war immer noch da.

Es war *keine* Halluzination. Wie konnte es eine sein? Er konnte einen winzigen Wassertropfen auf dem Fingernagel erkennen, und darunter einen kleinen weißen Streifen – Seife, mit größter Wahrscheinlichkeit Seife. Vi hatte sich die Hände gewaschen, nachdem sie auf der Toilette war.

Es konnte *aber trotzdem eine Halluzination sein. Wäre doch möglich. Du siehst Seife und Wasser darauf, aber heißt das unbedingt, daß du es dir nicht einbilden kannst? Und hör gut zu, Howard – wenn du ihn dir* nicht *einbildest, was hat er dann hier zu* suchen? *Und wie ist er überhaupt hierhergekommen? Und wie kommt es, daß Vi ihn nicht gesehen hat?*

Dann ruf sie doch – ruf sie herein! forderte sein Verstand, widerrief die Forderung aber schon in der nächsten Mikrosekunde. *Nein! Mach das nicht! Denn wenn du ihn weiterhin siehst und sie nicht ...*

Howard kniff die Augen fest zu und lebte einen Moment in einer Welt, in der es nur rote Lichtblitze gab und seinen eigenen rasenden Herzschlag.

Als er sie wieder aufschlug, war der Finger immer noch da.

»Was bist du?« flüsterte er mit straff gespannten Lippen. »*Was* bist du? Und was machst du hier?«

Der Finger hörte augenblicklich mit seinem blinden Umhertasten auf. Er drehte sich – und deutete direkt auf Howard. Howard stolperte einen Schritt rückwärts und schlug die Hände vor den Mund, um einen Schrei zu unterdrücken. Er wollte die Augen von dem elenden, verfluchten Ding abwenden, wollte schnellstens aus dem Bad flüchten (ganz egal, was Vi denken oder sagen oder sehen mochte) – aber einen Augenblick war er wie gelähmt und konnte den Blick nicht von dem weißrosa Glied abwenden, das jetzt genau wie ein organisches Periskop aussah.

Dann krümmte sich der Finger am zweiten Knöchel. Das Ende des Fingers bog sich, berührte das Porzellan und fuhr mit seinen tastenden Erkundungen fort.

»Howie?« rief Vi. »Bist du reingefallen?«

»Komme gleich!« rief er mit irrsinnig fröhlicher Stimme.

Er spülte den einzelnen Tropfen Pipi, der in die Schüssel gefallen war, hinunter, dann ging er zur Tür, wobei er einen großen Bogen um das

Waschbecken machte. Aber diesmal *sah* er sich im Spiegel; seine Augen waren riesig, die Haut leichenblaß. Er kniff sich einmal kräftig in jede Wange, bevor er das Badezimmer verließ, das im Verlauf von einer Stunde zum schrecklichsten und unerklärlichsten Ort geworden war, den er in seinem ganzen Leben je betreten hatte.

Als Vi in die Küche kam, um nachzusehen, was ihn aufhielt, sah sie, wie Howard in den Kühlschrank schaute.

»Was suchst du da?« fragte sie.

»Eine Pepsi. Ich glaube, ich geh runter zu den Lahs und hol mir eine.«

»Zu den drei Bier und der Schüssel Kirsch-Vanille-Eis? Du wirst *platzen*, Howard.«

»Nein, keine Sorge«, sagte er. Aber wenn es ihm nicht gelang abzuladen, was sich in seinen Nieren staute, vielleicht doch.

»Bist du *sicher*, daß alles in Ordnung ist?« Vi betrachtete ihn kritisch, aber jetzt klang ihre Stimme sanfter und aufrichtig besorgt. »Du siehst nämlich schrecklich aus. Wirklich.«

»Nun«, sagte er zögernd, »im Büro grassiert die Grippe. Ich fürchte ...«

»*Ich* werde dir das verdammte Zeug holen, wenn du es unbedingt brauchst«, sagte sie.

»Nein, das wirst du nicht«, wandte Howard hastig ein. »Du bist schon im Nachthemd. Sieh her – ich brauche nur den Mantel anzuziehen.«

»Wann hast du dich das letzte Mal gründlich untersuchen lassen, Howard? Ist schon so lange her, daß ich es vergessen habe.«

»Ich seh morgen nach«, sagte er und ging in die kleine Diele, wo ihre Mäntel hingen. »Muß in einem der Versicherungsordner stecken.«

»Das *solltest* du auch! Und wenn du schon darauf bestehst, dich albern zu benehmen, nimm wenigstens meinen Schal mit!«

»Okay. Gute Idee.« Er zog den Mantel an und kehrte ihr beim Zuknöpfen den Rücken zu, damit sie nicht sah, wie seine Hände zitterten. Als er sich umdrehte, verschwand Vi gerade wieder im Bad. Er blieb einige Augenblicke in fasziniertem Schweigen stehen und fragte sich, ob sie diesmal schreien würde, aber dann hörte er Wasser ins Becken fließen. Dem folgte das Geräusch, mit dem Vi ihre Zähne üblicherweise putzte: *con brio.*

Er blieb noch einen Moment stehen, und dann verkündete sein Verstand plötzlich das Urteil mit drei nüchternen Ohne-Scheiß-Worten: *Ich werde verrückt.*

Möglich. Aber das änderte nichts an der Tatsache, daß ihm ein peinliches Mißgeschick passieren würde, wenn es ihm nicht bald gelang, eine Stange Wasser abzustellen. Immerhin war das ein Problem, das er lösen konnte – eine Tatsache, die in gewisser Weise tröstlich war. Er machte die

Tür auf und wollte hinaus, aber dann hielt er noch einmal inne und zog Vis Schal vom Haken.

Wann hast du vor, ihr von dieser jüngsten faszinierenden Entwicklung im Leben von Howard Mitla zu erzählen? wollte sein Verstand plötzlich wissen.

Howard verdrängte den Gedanken und konzentrierte sich darauf, die Enden des Schals in den Mantelkragen zu stopfen.

Das Apartment der Mitlas befand sich im dritten Stock eines achtstöckigen Hauses in der Hawking Street. Rechts, einen halben Block entfernt, an der Ecke Hawking Street und Queens Boulevard, lag Lahs rund um die Uhr geöffneter Imbiß und Lebensmittelmarkt. Howard wandte sich nach links und ging zur Ecke des Gebäudes. Dort führte eine schmale Gasse zum Luftschacht hinter dem Haus. Mülleimer standen auf beiden Seiten der Gasse. Dazwischen gab es Nischen voll Abfall, in denen Obdachlose – manche, aber keineswegs alle, Wermutbrüder – manchmal ihre unbequemen Zeitungsbetten aufschlugen. Heute abend schien sich niemand in der Gasse eingerichtet zu haben, wofür Howard ausgesprochen dankbar war.

Er trat zwischen die erste und zweite Mülltonne, zog den Reißverschluß auf und ließ einen Sturzbach los. Zuerst war die Erleichterung so groß, daß er sich trotz der Prüfungen des Abends fast gesegnet fühlte; doch als der Strahl schwächer wurde und Howard sich wieder Gedanken über seine Lage machte, stellte sich auch die Angst wieder ein.

Seine Lage war, mit einem Wort ausgedrückt, unerträglich.

Hier stand er nun und pißte an die Wand eines Hauses, in dem er eine warme, behagliche Wohnung hatte, und sah dabei ständig über die Schulter, ob er beobachtet wurde. Wenn sich ein Junkie oder Straßenräuber anschliche, solange er sich in dieser hilflosen Position befand, so wäre das schon schlimm genug, aber er wußte nicht, ob die Ankunft von jemandem, den er kannte – zum Beispiel den Fensters von 2C oder den Dattlebaums von 3F –, nicht noch schlimmer sein würde. Was konnte er sagen? Und was würde die Klatschbase Alicia Fenster Vi alles erzählen?

Als er fertig war, machte er den Reißverschluß zu und ging zum Ende der Gasse zurück. Nach einem gründlichen Blick in beide Richtungen ging er weiter die Straße entlang zu den Lahs und kaufte eine Pepsi bei der lächelnden, olivenhäutigen Mrs. Lah.

»Sie sehen heute abend blaß aus, Mr. Mit-ra«, sagte sie mit ihrem eingefrorenen Lächeln. »Füh-ren Sie sich wohl?«

»Ich glaube, ich habe mir am Waschbecken einen Virus eingefangen«, sagte er. Sie runzelte über dem Lächeln die Stirn, und erst da ging ihm auf, was er gesagt hatte. »Im Büro, meine ich.«

»Besser warm einpacken«, sagte sie. Die Runzel war wieder von ihrer beinahe ätherischen Stirn verschwunden. »Radio sagt kaltes Wetter voraus«.

»Danke«, sagte er und ging. Auf dem Rückweg zur Wohnung machte er die Pepsi auf und goß sie auf den Gehsteig. Angesichts der Tatsache, daß sein Bad offensichtlich zu feindlichem Territorium geworden war, waren Getränke das allerletzte, was er brauchen konnte.

Als er das Apartment wieder betrat, konnte er Vi im Schlafzimmer sanft schnarchen hören. Die drei Bier hatten sie rasch und ohne Umschweife erledigt. Er stellte die leere Dose auf den Tresen in der Küche, dann blieb er vor der Badezimmertür stehen. Einen oder zwei Augenblicke später legte er den Kopf an das Holz.

Kratz-kratz. Kritz-kritz-kratz.

»Elender Bastard«, flüsterte er.

Er ging zum ersten Mal ins Bett, ohne die Zähne zu putzen, seit er mit zwölf zwei Wochen Ferien im Camp High Pines verbracht und seine Mutter vergessen hatte, ihm seine Zahnbüste einzupacken.

Und lag wach neben Vi im Bett.

Er konnte das Geräusch des Fingers hören, der im Waschbecken seine unermüdlichen forschenden Runden drehte und dabei mit dem Nagel klickte und steppte. Er konnte es nicht *richtig* hören, weil beide Türen geschlossen waren, und das wußte er auch, aber er *bildete sich ein*, es zu hören, und das war genau so schlimm.

Nein, ist es nicht, sagte er zu sich. *Wenigstens weißt du, daß du es dir einbildest. Was den Finger selbst betrifft, bist du da nicht so sicher.*

Aber das war nur ein schwacher Trost. Er konnte trotzdem nicht einschlafen, und der Lösung seines Problems war er auch nicht nähergekommen. Er wußte nur, er konnte *nicht* für den Rest seines Lebens Ausreden erfinden, nur um hinausgehen und in die Gasse neben dem Gebäude pinkeln zu können. Er bezweifelte, daß ihm das auch nur noch achtundvierzig Stunden gelingen würde. Und was würde passieren, Freunde und Nachbarn, wenn er das nächste Mal ein großes Geschäft zu erledigen hatte? *Das* war eine Frage, die er noch nie in einer Runde von *Risiko* gehört hatte, und er hatte keine Ahnung, wie die Antwort darauf lauten mochte. Jedenfalls nicht in der Gasse – das zumindest wußte er ganz genau.

Vielleicht, schlug die Stimme in seinem Kopf zaghaft vor, *gewöhnst du dich an das verdammte Ding.*

Nein. Die Vorstellung war irrsinnig. Er war seit einundzwanzig Jahren mit Vi verheiratet und konnte immer noch nicht aufs Klo gehen, wenn sie auch im Bad war. Sie konnte fröhlich auf der Schüssel sitzen, pinkeln und über ihren Tag bei Dr. Stone reden, während er sich rasierte, aber für ihn war das unmöglich. Dafür war er einfach nicht geschaffen.

Wenn dieser Finger nicht von allein wieder weggeht, solltest du dich lieber auf ein paar Veränderungen einstellen, sagte die Stimme zu ihm. *Ich glaube, daß du einige grundlegende Modifikationen vornehmen mußt.*

Er drehte den Kopf und sah auf die Uhr auf dem Nachttisch. Es war Viertel vor zwei Uhr morgens. Und dann stellte er erschrocken fest, daß er schon wieder pinkeln mußte.

Er stand vorsichtig auf, schlich sich aus dem Schlafzimmer, ging an der geschlossenen Badezimmertür vorbei, hinter der es immer noch unablässig kratzte, und marschierte in die Küche. Er schob den Fußschemel vor die Spüle, stieg darauf und zielte sorgfältig ins Becken, während er ständig die Ohren spitzte, ob Vi aus dem Bett stieg.

Es gelang ihm schließlich – aber erst, als er in der Reihe der Primzahlen bei dreihundertsiebenundvierzig angelangt war. Das war ein einsamer Rekord. Er stellte den Schemel wieder an seinen Platz, schlurfte ins Bett zurück und dachte: *Ich kann so nicht weitermachen. Nicht mehr lange. Ich kann es einfach nicht.*

Er fletschte die Zähne, als er an der Badtür vorbeiging.

Als der Wecker am nächsten Morgen um halb sieben läutete, wankte er aus dem Bett, schlurfte zum Bad und ging hinein.

Das Waschbecken war leer.

»Gott sei Dank«, sagte er mit leiser, zitternder Stimme. Eine Sturmbö der Erleichterung – so groß, daß sie ihm wie eine heilige Offenbarung vorkam – wehte durch ihn hindurch. »O Gott sei D. . .«

Der Finger kam emporgeschnellt wie ein Jack-in-the-Box, als hätte der Klang von Howards Stimme ihn gerufen. Er wirbelte dreimal schnell herum, dann duckte er sich, steif wie ein irischer Setter vor der Beute. Und er deutete direkt auf Howard.

Howard wich zurück und fletschte die Oberlippe zu einem unbewußten Fauchen.

Dann krümmte sich die Fingerspitze auf und ab, auf und ab, als wollte der Finger ihm winken. Guten Morgen, Howard, wie schön, daß wir alle wieder hier sind.

»Verpiß dich«, murmelte er. Er drehte sich zur Toilette um und bemühte sich resolut, Wasser zu lassen – nichts. Er verspürte eine plötzliche Aufwallung von Wut, einen Drang, sich einfach umzudrehen und auf den garstigen Eindringling im Waschbecken einzuschlagen, ihn aus seiner Höhle zu reißen, ihn auf den Boden zu werfen und mit bloßen Füßen auf ihm herumzutrampeln. Dann klopfte es an der Tür.

»Howard?« fragte Vi verschlafen. »Bist du bald fertig?«

»Ja«, sagte er und gab sich große Mühe, mit normaler Stimme zu sprechen. Er drückte die Klospülung.

Es war deutlich, daß Vi nicht besonders darauf achtete, ob seine Stimme normal klang oder nicht, und sie interessierte sich auch kaum dafür, wie er aussah. Sie litt an einem unvorhergesehenen Kater.

»Nicht der schlimmste, den ich je hatte, aber schlimm genug«, murmelte sie, als sie an ihm vorbeiging, das Nachthemd hob und sich auf die Kloschüssel sinken ließ. Sie stützte die Stirn auf eine Hand. »*Das* trinken wir nie wieder, schönen Dank auch. American Grain, im Arsch. Jemand hätte diesen Süßen sagen sollen, daß man den Kunstdünger auf den Hopfen gibt, *bevor* er wächst, nicht hinterher. Kopfschmerzen von drei lausigen Bier! Mann! Nun – billigen Mist gekauft, billigen Mist bekommen. Besonders wenn diese merkwürdigen Lahs ihn einem verkaufen. Sei lieb und bring mir ein Aspirin, ja, Howie?«

»Klar«, sagte er und näherte sich vorsichtig dem Becken. Der Finger war wieder verschwunden. Es sah aus, als hätte Vi ihn verscheucht. Er holte das Aspirin aus dem Arzneischränkchen und nahm zwei heraus. Als er die Flasche zurückstellen wollte, sah er die Fingerspitze aus dem Abfluß ragen. Er kam nicht weiter als einen Zentimeter heraus. Wieder schien er kurz zu winken, bevor er sich erneut zurückzog.

Ich werde dich los, mein Freund, dachte er plötzlich. Dieser Gedanke wurde von einem Gefühl der Wut begleitet – reiner, unverhohlener Wut –, das ihn entzückte. Das Gefühl brach in seinen mitgenommenen, bestürzten Verstand ein wie einer dieser riesigen sowjetischen Eisbrecher, die sich fast mühelos ihren Weg durch dickes Packeis bahnen. *Ich krieg dich. Ich weiß noch nicht, wie ich es anstelle, aber ich krieg dich.*

Er gab Vi das Aspirin und sagte: »Moment – ich bring dir ein Glas Wasser.«

»Keine Umstände«, sagt Vi verdrossen und zerbiß die Tabletten mit den Zähnen. »So wirken sie schneller.«

»Aber ich wette, du verdirbst dir den Magen damit«, sagte Howard. Er stellte fest, daß es ihm überhaupt nichts ausmachte, im Bad zu sein, solange Vi bei ihm war.

»Mir egal«, sagte sie noch verdrossener. Sie spülte die Toilette. »Wie geht es dir heute morgen?«

»Nicht gut«, sagte er wahrheitsgemäß.

»Hast du auch einen?«

»Einen Kater? Nein. Ich glaube, es ist das Grippevirus, von dem ich dir erzählt habe. Mein Hals tut weh, und ich glaube, ich habe Finger.«

»Was?«

»*Fieber*«, sagte er. »Fieber wollte ich sagen.«

»Dann solltest du lieber zu Hause bleiben.« Sie ging zum Waschbekken, nahm ihre Zahnbürste vom Halter und schrubbte *con brio.*

»*Du* vielleicht auch«, sagte er. Aber er wollte nicht, daß Vi zu Hause blieb; er wollte sie an der Seite von Dr. Stone haben, während Dr. Stone Plomben setzte und Wurzelbehandlungen durchführte; aber es wäre gefühllos gewesen, nicht zumindest *etwas* zu sagen.

Sie sah im Spiegel zu ihm auf. Ihre Wangen bekamen bereits wieder etwas Farbe, ihre Augen funkelten. Vi erholte sich auch *con brio.* »An dem Tag, an dem ich mich wegen eines Katers krankmelde, an dem Tag höre ich auf zu trinken«, sagte sie. »Außerdem braucht mich der Doc. Wir ziehen einen kompletten Satz Zähne am Oberkiefer. Eine schmutzige Arbeit, aber jemand muß sie machen.«

Sie spuckte direkt in den Abfluß, und Howard dachte fasziniert: *Wenn er das nächste Mal raufkommt, hat er Zahnpasta an sich. Herrgott!*

»Du bleibst daheim und hältst dich warm und trinkst viel Flüssigkeit«, sagte Vi. Sie sprach jetzt in ihrem Oberschwesterntonfall, dem Tonfall, der sagte: *Wenn du dich nicht daran hältst, geht es dir schlecht.* »Lies etwas. Und zeig diesem Mr. Großkotz Lathrop gleich einmal, was alles nicht läuft, wenn du nicht da bist. Damit ihm endlich mal die Augen aufgehen.«

»Keine schlechte Idee«, sagte Howard.

Sie gab ihm im Vorbeigehen einen Kuß und zwinkerte ihm zu. «Deine kleine Violet weiß eben ab und zu auch mal was«, sagte sie. Als sie eine halbe Stunde später ging, um ihren Bus noch zu erreichen, sang sie fröhlich und hatte ihren Kater schon vergessen.

Nachdem Vi gegangen war, trug Howard als erstes den Schemel wieder zur Spüle und pinkelte noch einmal ins Becken. Weil Vi nicht zu Hause war, fiel es ihm leichter; schon bei dreiundzwanzig, der neunten Primzahl, kam er zur Sache.

Nachdem er *dieses* Problem aus der Welt geschafft hatte – zumindest für die nächsten paar Stunden –, ging er in den Flur zurück und steckte den Kopf zur Badezimmertür hinein. Er sah den Finger sofort, und das stimmte nicht. Es war *unmöglich*, weil er ganz hier drüben war, und das Becken hätte den Finger verdecken müssen. Aber es verdeckte ihn nicht, und das bedeutete . . .

»Was machst du, du Dreckstück?« krächzte Howard, und der Finger, der sich hin und her gedreht hatte, als wollte er die Windrichtung prüfen, drehte sich zu ihm um. Es war Zahnpasta daran, wie Howard es vorhergesehen hatte. Der Finger beugte sich in Howards Richtung – aber jetzt krümmte er sich an *drei* Stellen, und das war auch unmöglich, vollkommen unmöglich, denn wenn man zum dritten Knöchel jedes beliebigen Fingers kam, war man schon am Handrücken.

Er wird länger, stammelte sein Verstand. *Ich weiß nicht, wie das passieren kann, aber es ist so – wenn ich ihn von hier aus über den Rand des Beckens hinweg sehen kann, dann muß er mindestens neun Zentimeter lang sein – wenn nicht länger!*

Er machte die Badezimmertür leise zu und taumelte ins Wohnzimmer zurück. Seine Beine hatten sich wieder in funktionsuntüchtige Pogostelzen verwandelt. Der geistige Eisbrecher war fort, unter einer gewaltigen Last von Panik und Bestürzung zerquetscht. Dies war kein Eisberg; es war ein ganzer Gletscher.

Howard Mitla setzte sich in den Sessel und schloß die Augen. Er hatte sich in seinem ganzen Leben noch nie so allein, so desorientiert und so hilflos gefühlt. So blieb er eine ganze Weile sitzen, und schließlich entkrampften sich seine um die Armstützen des Sessels gekrallten Finger wieder. Er hatte fast die ganze Nacht hellwach verbracht. Und nun döste er einfach ein, während der wachsende Finger in seinem Bad kratzte und kreiste, kreiste und kratzte.

Er träumte, er wäre Kandidat bei *Risiko* – nicht bei der neuen Version, bei der es um viel Geld ging, sondern in der ursprünglichen Nachmittagssendung. Statt Computermonitoren hielt ein Statist hinter dem Spielbrett einfach eine Karte hoch, wenn ein Kandidat eine bestimmte Antwort wollte. Statt Alex Trebec agierte Art Fleming auf der Bühne, mit seinem pomadisierten Haar und dem irgendwie zimperlichen Armer-Junge-auf-der-Party-Lächeln. Die Frau in der Mitte war immer noch Mildred; sie hatte immer noch einen Radiowecker im Ohr, aber nun hatte sie das Haar zu einer Jacqueline-Kennedy-Frisur hochtoupiert, und anstelle ihrer Nikkelbrille trug sie ein Katzenaugengestell.

Und alles in Schwarzweiß, auch er selbst.

»Okay, Howard«, sagte Art und deutete auf ihn. Sein Zeigefinger war ein groteskes Gebilde, gut und gerne dreißig Zentimeter lang; er ragte aus der locker geballten Faust wie der Zeigestock eines Lehrers. Getrocknete Zahnpasta klebte auf dem Nagel. »Und nun wählen Sie.«

Howard sah auf das Spielbrett und sagte: »Ich hätte gern Plagen und Vipern für einhundert, Art.«

Das Quadrat mit der Aufschrift $ 100 wurde entfernt, und es erschien eine Antwort, die Art nun vorlas: »Die beste Methode, störende Finger im Badezimmerwaschbecken loszuwerden.«

»Was ist . . .« sagte Howard, und dann setzte es bei ihm aus. Ein schwarzweißes Studiopublikum sah ihn stumm an. Ein schwarzweißer Kameramann kam zu einer Großaufnahme seines schweißüberströmten Schwarzweißgesichts auf ihn zu. »Was ist . . . hm . . .«

»Beeilen Sie sich, Howard, Ihre Zeit ist fast abgelaufen«, drängte Art

Fleming und winkte Howard mit dem grotesk verlängerten Finger zu; aber Howards Kopf war völlig leer. Er würde die Frage nicht beantworten, die hundert Dollar würden von seinem Guthaben abgezogen werden, er würde ins Minus geraten, er würde ein totaler Verlierer sein, wahrscheinlich würden sie ihm nicht einmal die beschissene Ausgabe von *Groliers Encyclopedia* geben . . .

Ein Lieferwagen unten auf der Straße hatte eine laute Fehlzündung. Howard fuhr mit einem Ruck in die Höhe, der ihn beinahe vom Sessel gekippt hätte.

»Was ist ein flüssiger Abflußreiniger?« schrie er. *»Was ist ein flüssiger Abflußreiniger?«*

Das war natürlich die Lösung. Die *richtige* Lösung.

Er fing an zu lachen. Fünf Minuten später, als er den Mantel überstreifte und zur Tür hinausging, lachte er immer noch.

Howard betrachtete die Plastikflasche, die der zahnstocherkauende Verkäufer im »Happy Heimwerker«-Hardwareladen am Queens Boulevard gerade auf den Tresen gestellt hatte. Auf der Vorderseite sah er die Karikatur einer Hausfrau mit Schürze. Sie hatte eine Hand in die Hüfte gestemmt und schüttete mit der anderen einen Schwall Abflußreiniger in etwas, bei dem es sich entweder um ein großindustrielles Becken oder das Bidet von Orson Welles handeln mußte. ABFLUSS-FREI stand auf dem Etikett. *DOPPELT so wirksam wie die meisten herkömmlichen Marken! Macht Waschbecken, Duschen und Abflüsse innerhalb von MINUTEN wieder frei. Löst Haare und organische Rückstände auf!*

»Organische Rückstände«, sagte Howard. »Was genau soll das heißen?«

Der Verkäufer, ein kahler Mann mit zahlreichen Warzen auf der Stirn, zuckte die Achseln. Der Zahnstocher, der zwischen seinen Lippen herausragte, rollte von einem Mundwinkel in den anderen. »Essensreste, schätze ich. Aber ich würde die Flasche nicht neben die Flüssigseife stellen, wenn Sie verstehen, was ich meine.«

»Würde es einem Löcher in die *Hände* fressen?« fragte Howard und hoffte, daß er sich entsetzt genug anhörte.

Der Verkäufer zuckte wieder die Achseln. »Ich schätze, es ist nicht so stark wie das Zeug, das wir früher verkauft haben – das Zeug, in dem Lauge drin war –, aber das ist inzwischen verboten worden. *Glaube* ich jedenfalls. Aber Sie sehen ja, was draufsteht, oder nicht?« Er klopfte mit einem Wurstfinger auf das GIFT-Zeichen – Totenkopf und gekreuzte Knochen. Howard betrachtete den Finger sehr eingehend. Auf dem Weg zum »Happy Heimwerker« waren ihm schon eine Menge Finger aufgefallen.

»Ja«, sagte Howard. »Ich sehe es.«

»Nun, das drucken Sie nicht drauf, weil es besonders hübsch aussieht. Wenn Sie Kinder haben, sehen Sie zu, daß sie es nicht in die Finger kriegen. Und gurgeln Sie nicht damit.« Er prustete vor Lachen, und der Zahnstocher wippte auf seiner Unterlippe auf und ab.

»Nein«, sagte Howard. Er drehte die Flasche herum und las das Kleingedruckte. *Enthält Natriumhydroxid und Kaliumhydroxid. Verursacht schwere Verätzungen bei Kontakt.* Nun, das war genau richtig. Er wußte nicht, ob es ausreichen würde, aber es gab eine Möglichkeit, es herauszufinden, richtig?

Die Stimme in seinem Kopf meldete sich zweifelnd zu Wort. *Und wenn du ihn nur wütend machst, Howard? Was dann?*

Nun ... na und? Schließlich steckte er im Abfluß, oder nicht?

Ja – aber er scheint zu wachsen.

Dennoch – hatte er eine andere Wahl? Zu diesem Thema schwieg sich die Stimme aus.

»Ich dränge Sie nur ungern bei so einem wichtigen Einkauf«, sagte der Verkäufer, »aber ich bin heute vormittag ganz allein hier und muß noch ein paar Rechnungen durchgehen, also ...«

»Ich nehme es«, sagte Howard und griff nach seiner Brieftasche. Dabei fiel sein Blick auf etwas anderes – eine Auslage unter einem Schild mit der Aufschrift RÄUMUNGSVERKAUF. »Was ist das?« fragte er. »Da drüben?«

«Das?« fragte der Verkäufer. »Elektrische Heckenscheren. Wir haben letzten Juni zwei Dutzend bestellt, aber sie sind überhaupt nicht gegangen.«

»Ich nehme eine«, sagte Howard Mitla. Er fing an zu lächeln, und der Verkäufer erzählte später der Polizei, daß ihm dieses Lächeln nicht gefallen hätte. Ganz und gar nicht.

Howard legte seine Einkäufe auf den Küchentisch, als er nach Hause kam, schob die Schachtel mit der elektrischen Heckenschere aber beiseite und hoffte, daß es nicht *so weit* kommen würde. Sicher nicht. Dann las er die Gebrauchsanweisung des ABFLUSS-FREI gründlich durch.

Gießen Sie ein Viertel des Inhalts langsam in den Abfluß, und lassen Sie es fünfzehn Minuten einwirken. Wiederholen Sie den Vorgang, falls erforderlich.

Aber *so weit* würde es sicher auch nicht kommen – oder?

Um ganz sicherzugehen, beschloß Howard, *die Hälfte* der Flasche in den Ausguß zu schütten. Vielleicht sogar ein bißchen mehr.

Er mühte sich mit dem Sicherheitsverschluß ab und schaffte es schließlich, ihn abzuschrauben. Dann ging er durch das Wohnzimmer in den

Flur, die weiße Plastikflasche in der Hand, und einen grimmigen Ausdruck – den Ausdruck eines Soldaten, der weiß, daß er jeden Moment den Befehl bekommt, aus dem Schützengraben zu springen – auf seinem sonst so gutmütigen Gesicht.

Moment mal! rief die Stimme in seinem Kopf, als er nach dem Türknauf griff. *Das ist doch Wahnsinn! Du WEISST, daß es Wahnsinn ist! Du brauchst keinen Abflußreiniger, du brauchst einen Psychiater! Du mußt dich irgendwo auf eine Couch legen und jemandem erzählen, du bildetest dir ein – ganz recht, das ist genau der richtige Ausdruck, du BILDETEST DIR EIN –, daß ein Finger in deinem Waschbecken steckt, ein Finger, der wächst!*

»O nein«, sagte Howard und schüttelte nachdrücklich den Kopf. »Auf gar keinen Fall.«

Er konnte sich nicht – überhaupt nicht – vorstellen, daß er diese Geschichte einem Psychiater erzählte oder sonst jemandem. Angenommen, Mr. Lathrop bekam Wind davon? Was nicht ausgeschlossen war, möglicherweise durch Vis Vater. Bill DeHorne hatte der Firma Dean, Green und Lathrop dreißig Jahre als vereidigter Buchprüfer angehört. Er hatte Howard zu seinem Vorstellungsgespräch bei Mr. Lathrop verholfen, hatte ihm eine begeisterte Empfehlung geschrieben, hatte sozusagen alles getan, außer ihm den Job persönlich zu geben. Mr. DeHorne war inzwischen pensioniert, aber er und John Lathrop sahen sich noch oft. Wenn Vi herausfand, daß ihr Howie einen Seelenklempner besuchte (und wie sollte er so etwas vor ihr geheimhalten?), würde sie es ihrer Mutter erzählen – Vi erzählte ihrer Mutter *alles* –, und Mrs. DeHorne würde es selbstverständlich ihrem Mann berichten. Und Mr. DeHorne ...

Howard versuchte sich die beiden Männer vorzustellen – seinen Schwiegervater und seinen Boss –, wie sie in diesem oder jenem sagenhaften Club in Ledersesseln saßen, die mit kleinen goldenen Nieten verziert waren. In seiner Vision sah er sie Sherry schlürfen; die Karaffe aus geschliffenem Bleikristall stand auf einem kleinen Tischchen rechter Hand von Mr. Lathrop. (Howard hatte keinen der beiden Männer je Sherry trinken sehen, aber in diesem morbiden Hirngespinst ging es einfach nicht anders.) Er sah Mr. DeHorne – der inzwischen Ende siebzig war und soviel Diskretion besaß wie eine Stubenfliege –, wie er sich vertraulich nach vorn beugte und sagte: *Sie werden nie darauf kommen, was mein Schwiegersohn jetzt wieder treibt, John. Er ist in psychiatrischer Behandlung! Er bildet sich ein, daß aus seinem Waschbecken im Bad ein Finger herauskommt, wissen Sie. Glauben Sie, daß er Drogen nimmt oder so etwas?*

Irgendwie glaubte Howard nicht, daß es so weit kommen würde. Er glaubte, daß es zwar möglich war – wenn nicht genau so, dann doch so ähnlich –, aber wenn nicht? Er konnte *immer* noch nicht glauben, daß er zu einem Psychiater gehen würde. Etwas in ihm – zweifellos ein enger

Verwandter des Dinges, das es ihm unmöglich machte, ein öffentliches Pissoir zu benutzen, wenn andere Männer hinter ihm Schlange standen – glaubte einfach nicht daran. Er würde sich nicht auf eine Couch legen und so etwas sagen wie *Aus dem Waschbecken in meinem Bad ragt ein Finger*, damit ein Seelenklempner mit Ziegenbärtchen ihn mit Fragen bombardieren konnte. Das wäre wie *Risiko* in der Hölle.

Er griff wieder nach dem Knauf.

Dann ruf einen Klempner! schrie die Stimme verzweifelt. *Mach wenigstens das! Du mußt ihm ja nicht sagen, was du siehst! Sag ihm einfach, der Abfluß ist verstopft! Oder sag ihm, der Ehering deiner Frau ist reingefallen! Sag ihm IRGENDWAS!*

Aber der Gedanke war in gewisser Weise noch sinnloser als der, einen Seelenklempner zu konsultieren. Dies hier war New York, nicht Des Moines. Man konnte den Hope-Diamanten in seinem Abfluß verlieren und würde trotzdem eine Woche warten müssen, bis ein Klempner vorbeikam. Er hatte nicht die Absicht, die nächsten sieben Tage in Queens herumzuschleichen und Tankstellen zu suchen, an denen der Tankwart ihm, Howard Mitla, für fünf Dollar das Privileg gewährte, in einer schmutzigen Herrentoilette unter dem diesjährigen Bardahl-Kalender seine Notdurft zu verrichten.

Dann mach es schnell, sagte die Stimme und gab auf. *Mach es wenigstens schnell.*

Darauf verschmolzen die zwei Seelen in Howards Brust wieder miteinander. In Wahrheit fürchtete er, wenn er nicht rasch handelte – und bei der Sache blieb –, würde er überhaupt nicht handeln.

Und überrasche ihn, wenn du kannst. Zieh die Schuhe aus.

Howard fand, daß das eine ausgesprochen nützliche Idee war. Er setzte sie auf der Stelle in die Tat um, indem er erst den einen und dann den anderen Slipper abstreifte. Er wünschte sich, er hätte an Gummihandschuhe gedacht, falls etwas herausspritzte, und fragte sich, ob Vi noch ein Paar unter der Spüle aufbewahrte. Nicht so wichtig. Er war zum Zerreißen gespannt. Wenn er jetzt aufhörte und die Gummihandschuhe holen ging, verließ ihn vielleicht der Mut – vielleicht vorübergehend, vielleicht für immer. Er öffnete leise die Badezimmertür und schlich hinein.

Das Badezimmer der Mitlas war nie ein Raum gewesen, in dem man auf fröhliche Gedanken kam, aber um diese Tageszeit, kurz vor Mittag, war es zumindest einigermaßen hell. Die Sicht stellte kein Problem dar – aber von dem Finger war keine Spur zu sehen. Jedenfalls noch nicht. Howard schlich auf Zehenspitzen durch das Bad und hielt die Flasche fest in der rechten Hand. Er beugte sich über das Waschbecken und sah in das runde schwarze Loch in der Mitte des verblichenen rosa Porzellans.

Aber es war *nicht* dunkel. Etwas kam durch diese Schwärze heraufgeschnellt, etwas schoß durch das enge, glibberige Leitungsrohr, um seinen guten Freund Howard Mitla zu begrüßen.

»Nimm das!« schrie Howard und kippte die Flasche Abflußreiniger über dem Waschbecken aus. Blaugrüne Gallerte quoll heraus und platschte in den Ablauf, als der Finger gerade herauskam.

Die schrecklichen Folgen waren sofort zu sehen. Der Glibber floß über Nagel und Kuppe des Fingers. Der wurde toll, wirbelte wie ein Derwisch in dem engen Leitungsrohr herum und verspritzte winzige blaugrüne Fäden von ABFLUSS-FREI. Mehrere Tropfen landeten auf Howards hellblauem Baumwollhemd und fraßen sofort Löcher hinein. Die Löcher waren an den Rändern ausgefranst, aber das Hemd war ihm zu weit, daher gelangte nichts von dem Zeug auf Brust oder Bauch. Tropfen spritzten auf sein rechtes Handgelenk und die Handfläche, aber die spürte er erst viel später. Sein Adrenalin strömte nicht nur, es durchwogte ihn wie eine Flutwelle.

Der Finger schnellte aus dem Abfluß herauf – ein unmögliches Gelenk nach dem anderen. Er qualmte und roch wie ein Gummistiefel, der auf einem heißen Grill schmort.

»Nimm das! Das Frühstück ist serviert, du Dreckstück!« schrie Howard und schüttete weiter, während sich der Finger zu einer Höhe von mehr als dreißig Zentimetern aufrichtete und aus dem Waschbecken aufragte wie eine Kobra aus dem Korb eines Schlangenbeschwörers. Er hatte die Öffnung der Plastikflasche fast erreicht, als er schwankte, zu erschauern schien, plötzlich kehrtmachte und wieder in den Abfluß hinunterschoß. Howard beugte sich weiter über das Becken und sah gerade noch ein schrumpfendes Fleckchen Weiß in der Dunkelheit. Träge Rauchwölkchen schwebten herauf.

Er holte tief Luft, und das war ein Fehler, denn er atmete dabei eine Lunge voll von den Dämpfen des Abflußreinigers ein. Plötzlich wurde ihm sterbenselend. Er übergab sich krampfhaft in das Becken, und dann stolperte er immer noch würgend und hustend zurück.

»Ich hab's geschafft!« schrie er wie im Delirium. Der Gestank ätzender Chemikalien und verbrannten Fleisches machte ihn schwindlig. Dennoch verspürte er fast ein Hochgefühl. Er hatte sich dem Feind gestellt und den Feind, bei Gott und allen Heiligen, besiegt. *Besiegt!*

»He-hoo! He-deidi-hoo! Ich hab's geschafft! Ich . . .«

Das Würgen stieg wieder in ihm hoch. Er kniete halb vor der Toilette, halb fiel er hin, wobei er die Flasche Abfluß-Frei immer noch in der rechten Hand hielt, und merkte zu spät, daß Vi heute morgen sowohl Brille wie auch Deckel heruntergeklappt hatte, als sie vom Thron gestiegen war. Er erbrach sich über den rosa Plüschbezug des Deckels, dann verlor er das Bewußtsein und kippte vornüber in seinen eigenen Sabber.

Er konnte nicht lange bewußtlos gewesen sein, denn im Bad herrschte auch im Hochsommer nicht länger als eine halbe Stunde volles Tageslicht – dann hielten die anderen Häuser den Sonnenschein ab und stürzten den Raum wieder in Halbdunkel.

Howard hob langsam den Kopf und stellte fest, daß er vom Scheitel bis zum Kinn mit einem klebrigen, übelriechenden Zeug besudelt war. Aber etwas anderes nahm er noch deutlicher wahr. Ein klickendes Geräusch. Es kam von hinter ihm und näherte sich langsam.

Er drehte den Kopf, der sich wie ein zu prall gefüllter Sandsack anfühlte, langsam nach links. Dann wurden seine Augen groß.

Der Finger kam auf ihn zu.

Inzwischen war er gut und gern zweieinhalb Meter lang und wurde ständig länger. Er ragte in einem steifen Bogen, der aus rund einem Dutzend Knöcheln bestand, aus dem Becken, krümmte sich zum Boden und bildete dann, wie mit doppelten Gelenken ausgestattet, einen zweiten Bogen. Und jetzt tastete sich der Finger über den Fliesenboden klickend auf ihn zu. Die letzten fünfundzwanzig bis dreißig Zentimeter waren verfärbt und qualmten. Der Nagel hatte eine schwarzgrüne Farbe angenommen. Howard glaubte, unterhalb des ersten Knöchels den weißlichen Schimmer von Knochen zu erkennen. Der Finger wies schlimme Verätzungen auf, war aber alles andere als aufgelöst.

»Geh weg«, flüsterte Howard, und einen Augenblick hielt die ganze groteske Erscheinung mit ihren vielen Gelenken inne. Sie sah aus wie der Partyscherz eines Wahnsinnigen zur Neujahrsfeier. Dann glitt er wieder schnurgerade auf ihn zu. Die letzten sechs Knöchel krümmten sich, und die Fingerspitze wand sich um Howard Mitlas Knöchel.

»Nein!« schrie er, als sich die rauchenden Hydroxidzwillinge – Natrium und Kalium – durch seine Nylonsocken fraßen und seine Haut verätzten. Er zerrte, so fest er konnte, an seinem Fuß. Einen Augenblick lang hielt ihn der Finger fest – er war ziemlich kräftig –, aber dann konnte Howard sich befreien. Er kroch zur Tür, wobei ihm eine dicke, von Erbrochenem verklebte Haarsträhne in die Augen hing. Beim Kriechen versuchte er, über die Schulter zu sehen, konnte aber durch das verkleisterte Haar nichts erkennen. Aber seine Brust funktionierte wieder, und er stieß eine Reihe bellender, ängstlicher Schreie aus.

Er konnte den Finger nicht sehen, jedenfalls momentan nicht, aber er konnte den Finger *hören;* er folgte ihm jetzt schnell, *tiktiktiktiktik*, unmittelbar hinter ihm. Weil er immer noch versuchte, hinter sich zu sehen, prallte er mit der Schulter gegen die Wand neben der Badezimmertür. Die Handtücher fielen wieder vom Regal. Er stürzte der Länge nach hin, und sofort schloß sich der Finger um seinen *anderen* Knöchel und krallte sich mit der verätzten, qualmenden Spitze fest.

Er zog ihn in Richtung des Beckens zurück. Er *zog ihn tatsächlich zurück.*

Howard stieß ein tiefes, primitives Heulen aus – einen Laut, wie ihn seine höflichen Buchprüferstimmbänder noch nie von sich gegeben hatten – und tastete nach dem Türrahmen. Er bekam ihn mit der rechten Hand zu fassen und zerrte heftig und voller Panik. Sein Hemd rutschte aus dem Hosenbund, die Naht unter dem rechten Arm riß mit einem leisen Schnurrlaut, aber es gelang ihm, sich zu befreien, und er verlor nur das zerfetzte untere Ende einer Socke.

Er erhob sich stolpernd, drehte sich um und sah, daß der Finger wieder nach ihm tastete. Der Nagel am Ende wies jetzt einen tiefen Riß auf und blutete.

Du brauchst eine Maniküre, alter Freund, dachte Howard und stieß ein mißtöniges Lachen aus. Dann rannte er in die Küche.

Jemand klopfte an die Tür. Kräftig.

»Mitla! He, Mitla! Was geht da drinnen vor?«

Feeney, der weiter unten am Flur wohnte, ein großer, wichtigtuerischer irischer Trunkenbold. Korrektur: ein großer, wichtigtuerischer, *lärmender* irischer Trunkenbold.

»Nichts, womit ich nicht selbst fertig werde, Sie irischer Moortreter!« rief Howard, und stürmte in die Küche. Er lachte wieder und schüttelte das Haar aus der Stirn. Es verschwand, aber einen Augenblick später fiel die verklebte Strähne wieder nach vorn. »Nichts, womit ich nicht fertig werde, glauben Sie mir! Das können Sie getrost auf die Bank bringen und auf Ihr Konto einzahlen!«

» *Wie* haben Sie mich genannt?« antwortete Feeney. Seine Stimme, die bislang nur erbost gewesen war, klang nun entschieden feindselig.

»Halten Sie die Klappe!« rief Howard. »Ich bin beschäftigt!«

»Hören Sie auf mit dem Geschrei, sonst rufe ich die Polizei!«

»Hauen Sie ab!« schrie Howard. Auch ein erstes Mal. Er schüttelte das Haar aus der Stirn, und *klatsch!* fiel es wieder nach vorn.

»Ich muß mir diese Scheiße nicht von Ihnen anhören, Sie elende Brillenschlange!«

Howard fuhr sich mit den Händen durch das verklebte Haar und schüttelte sie dann mit einer seltsam gallischen Geste aus – *et voilà!* schien diese Geste zu sagen. Warmer Saft und formlose Klumpen klatschten auf Vis weiße Küchenschränke. Howard bemerkte es nicht einmal. Der teuflische Finger hatte jeden seiner Knöchel einmal umklammert, und nun brannten sie, als wären sie von Feuerringen umgeben. Auch das war Howard egal. Er griff nach dem Karton mit der elektrischen Heckenschere. Auf der Vorderseite war ein lächelnder Dad mit einer Pfeife im

Bart zu sehen, der vor einem villenähnlichen Wohnhaus die Hecke schnitt.

»Feiern Sie eine kleine Drogenparty da drinnen?« wollte Feeney auf dem Flur wissen.

»Sie sollten zusehen, daß Sie verschwinden, Feeney, sonst mache ich Sie mit einem meiner Freunde bekannt!« rief Howard zurück. Das kam ihm ungeheuer schlagfertig vor. Er warf den Kopf zurück und jodelte zur Küchendecke, wobei sein Haar, mit glitzernden Magensäften überzogen, in seltsamen Locken und Strähnen vom Kopf abstand. Er sah aus wie ein Mann, der gerade ein wildes sexuelles Erlebnis mit einer Pomadentube hinter sich hat.

»Okay, das war's«, sagte Feeney, »Das *war's*. Ich ruf die Polizei.«

Howard hörte ihn kaum. Dennis Feeney mußte sich gedulden; auf ihn, Howard, warteten größere Aufgaben. Er hatte die elektrische Heckenschere aus der Verpackung gerissen, untersuchte sie fieberhaft, sah das Batteriegehäuse und zwängte es auf.

»C-Zellen«, murmelte er lachend. »Gut! Das ist gut! Kein Problem!«

Er riß eine der Schubladen links von der Spüle auf, zog aber mit solcher Wucht daran, daß der Stopper abbrach und die ganze Schublade durch die Küche flog, gegen den Herd prallte und endlich scheppernd auf dem Linoleumboden landete. In dem allgemeinen Durcheinander – Zangen, Gemüseschäler, Reibeisen, Fleischermesser und Müllbeutelklammern – fand sich eine kleine Schatztruhe voll von Batterien, überwiegend C-Zellen und rechteckige Neun-Volt-Batterien. Immer noch lachend – es schien, als könnte er gar nicht mehr *aufhören* zu lachen – ließ Howard sich auf die Knie fallen und durchwühlte das Chaos. Es gelang ihm, sich die rechte Handfläche ziemlich schlimm an einem Tranchiermesser aufzuschneiden, bis er zwei C-Zellen gefunden hatte, aber das spürte er ebensowenig wie die Spritzer der Säure. Und weil Feeney nun endlich sein plärrendes irisches Eselsmaul hielt, konnte Howard das Kratzen wieder hören. Es kam aber nicht mehr aus dem Waschbecken, ganz und gar nicht. Der eingerissene Nagel klopfte an die Badezimmertür – oder möglicherweise auf den Boden des Flurs. Erst jetzt fiel Howard ein, daß er vergessen hatte, die Tür zu schließen.

»Wen interessiert das?« fragte Howard, dann schrie er: »WEN INTERESSIERT DAS, HABE ICH GESAGT! ICH BIN BEREIT FÜR DICH, MEIN FREUND! ICH BIN GEKOMMEN UND WÜRDE DIR IN DEN ARSCH TRETEN UND KAUGUMMI DABEI KAUEN, WENN MIR NICHT DAS KAUGUMMI AUSGEGANGEN WÄRE! DU WIRST DIR NOCH WÜNSCHEN, DU WÄRST IM ABFLUSS GEBLIEBEN!«

Er rammte die Batterien in das Fach am Handgriff der Heckenschere und drückte auf den Startknopf. Nichts.

»Leck mich am Arsch!« murmelte Howard. Er holte eine der Batterien heraus, drehte sie um und steckte sie wieder hinein. Diesmal erwachte die Klinge summend zum Leben, als er den Knopf drückte. Die Schneiden fuhren so schnell hin und her, daß sie nur als Schliere zu sehen waren.

Er ging auf die Küchentür zu, dann schaltete er das Gerät aus und lief zum Tresen zurück. Er wollte keine Zeit damit vergeuden, die Abdekkung des Batteriefachs wieder anzubringen – immerhin war er für die Schlacht gerüstet. Aber das letzte Fünkchen Vernunft in seinem Denken versicherte ihm, daß er keine andere Wahl hatte. Wenn seine Hand abrutschte, während er mit dem Ding beschäftigt war, fielen die Batterien vielleicht aus dem Fach, und was bedeutete das dann? Na klar, daß er der James-Gang mit einem ungeladenen Gewehr gegenüberstand.

Deshalb fummelte er die Abdeckung wieder drauf, fluchte, weil sie nicht paßte, und drehte sie in die andere Richtung.

»Warte ruhig auf mich!« rief er über die Schulter. »Ich komme! Wir sind noch nicht fertig miteinander!«

Endlich rastete die Abdeckung ein. Howard, die Heckenschere im Anschlag, eilte rasch durch das Wohnzimmer zurück. Das Haar stand ihm immer noch in Punk-Rock-Stacheln und Locken vom Kopf ab. Sein Hemd, mittlerweile unter einem Arm zerrissen und an mehreren Stellen verbrannt, flatterte über seinem runden Bauch. Seine bloßen Füße patschten auf dem Linoleum. Die zerfetzten Überreste seiner Nylonsocken umtanzten seine Knöchel.

Feeney brüllte durch die Tür: »Ich hab sie angerufen, Spatzenhirn! Haben Sie verstanden? Ich habe die Polizei gerufen, und ich hoffe, die Polizisten, die sie herschicken, werden auch irische Moortreter sein, so wie ich!«

»Deine Polizisten kannst du dir in deine alte braune Darmflöte schieben!« antwortete Howard, aber im Grunde war Feeney ihm völlig egal. Dennis Feeney lebte in einem anderen Universum; er war nur eine keifende, unwichtige Stimme, die über den Äther hereinkam.

Howard stand neben der Badezimmertür wie ein Polizist in einer Fernsehserie – nur hatte ihm jemand ein falsches Requisit gegeben, und deshalb hielt er statt einer 38er eine Heckenschere in der Hand. Er drückte den Daumen fest auf den hoch am Griff der Heckenschere angebrachten Startknopf. Er holte tief Luft – und die Stimme der Vernunft, zu bloßer Schlacke verbrannt, meldete sich ein letztes Mal zu Wort, bevor sie endgültig einpackte.

Bist du sicher, daß du dein Leben einer elektrischen Heckenschere anvertrauen willst, die du im Ausverkauf erstanden hast?

»Ich habe keine andere Wahl«, murmelte Howard, lächelte verkniffen und sprang hinein.

Der Finger war immer noch da, er ragte immer noch in dieser starren Kurve aus dem Waschbecken, die Howard an einen Silvesterscherzartikel erinnerte, einen von der Art, der ein furzendes, hupendes Geräusch von sich gibt und auf den ahnungslosen Gast zurollt, wenn man hineinbläst. Er hatte einen von Howards Schuhen erwischt und hämmerte damit wütend auf den Fliesenboden. So, wie die auf dem Boden verstreuten Handtücher aussahen, vermutete Howard, daß der Finger versucht haben mußte, mehrere davon zu erwürgen, bevor er den Schuh gefunden hatte.

Plötzlich fühlte sich Howard von einer unheimlichen Freude ergriffen – es war, als wäre das Innere seines schmerzenden, pochenden Kopfes plötzlich von grünem Licht erfüllt.

»Hier bin ich, du Miststück!« schrie er. *»Komm doch und hol mich!«*

Der Finger schnellte aus dem Schuh heraus, erhob sich mit einem monströsen Wogen der Gelenke (Howard konnte einige der zahlreichen Knöchel tatsächlich knacken hören) und fuhr blitzschnell durch die Luft auf ihn zu. Howard schaltete die Heckenschere ein, die zu summendem, gierigem Leben erwachte. So weit, so gut.

Die verätzte, blasenübersäte Fingerspitze schwankte vor Howards Gesicht, der eingerissene Nagel bewegte sich drohend hin und her. Howard sprang darauf zu. Der Finger machte eine Finte nach links und glitt um Howards linkes Ohr. Die Schmerzen waren erstaunlich. Howard spürte und hörte das gräßlich fetzende Geräusch, als der Finger versuchte, ihm das Ohr vom Kopf zu reißen. Er sprang nach vorne, packte den Finger mit der linken Faust und schnitt ihn durch. Die Schneiden flirrten langsamer, als die Klinge auf den Knochen stieß, das hohe Summen des Motors wurde zu einem düsteren Knurren, aber die Schere war so konstruiert, daß sie auch kleine Zweige durchtrennen konnte, daher gab es keine Probleme. Überhaupt keine Probleme. Dies war *Risiko*, dies war die zweite Runde, wo die Einsätze *richtig* in die Höhe gingen, und Howard Mitla hatte seine Einsätze gemacht. Blut spritzte wie ein feiner Dunst durch den Raum, und dann zog sich der Stumpf zurück. Howard setzte ihm nach, und die letzten fünfundzwanzig Zentimeter des Fingers hingen einen Augenblick an seinem Ohr wie ein Kleiderbügel, bevor sie herunterfielen.

Der Finger zuckte ihm entgegen. Howard duckte sich, so daß er über seinen Kopf schoß. Der Finger war natürlich blind, und das war Howards Vorteil. Er machte einen Sprung mit der Schere, eine Geste, die fast wie ein Fechtstoß aussah, und schnitt noch einmal siebzig Zentimeter von dem Finger ab. Sie fielen auf die Fliesen und blieben zuckend dort liegen.

Jetzt versuchte der Rest, sich zurückzuziehen.

»O nein, das wirst du nicht«, keuchte Howard. »Das wirst du *ganz und gar* nicht.«

Er rannte zum Waschbecken, rutschte in einer Blutlache aus, wäre um ein Haar gestürzt und konnte gerade noch das Gleichgewicht behalten. Der Finger wich in den Abfluß zurück, Knöchel für Knöchel, wie ein Güterzug, der in einen Tunnel einfährt. Howard packte ihn, versuchte ihn festzuhalten und schaffte es nicht – der Finger rutschte ihm durch die Hand wie ein geöltes, brennendes Stück Wäscheleine. Er stieß dennoch wieder mit der Schere zu, und es gelang ihm, den letzten Meter des Dinges dicht oberhalb der Stelle durchzutrennen, wo es durch seine Faust glitt.

Er beugte sich über das Waschbecken (dieses Mal hielt er den Atem an) und sah in den schwarzen Abfluß hinunter. Wieder konnte er nur eine Andeutung des fliehenden Weiß erkennen.

»Schau mal wieder rein!« schrie Howard Mitla. *»Schau nur mal wieder rein! Ich werde hier sein und auf dich warten!«*

Er drehte sich um und atmete keuchend aus. Es roch immer noch nach Abflußreiniger. Das konnte er jetzt nicht gebrauchen, schließlich hatte er noch einiges zu erledigen. Hinter dem Heißwasserhahn lag ein verpacktes Stück Dial-Seife. Howard hob es auf und warf es gegen das Badfenster. Es zerbrach das Glas und prallte von dem Drahtgitter dahinter ab. Er dachte daran, wie er das Drahtgitter angebracht hatte und wie stolz er darauf gewesen war. Er, Howard Mitla, der sanftmütige Buchhalter, hatte SICH UM DIE ALTE HEIMSTATT GEKÜMMERT. Jetzt wußte er, was es wirklich hieß, SICH UM DIE ALTE HEIMSTATT ZU KÜMMERN. Hatte er wirklich einmal Angst davor gehabt, das Bad zu betreten, weil er dachte, es könnte eine Maus in der Wanne sitzen, die er mit dem Besenstiel erschlagen mußte? Er glaubte es, aber diese Zeit – und die frühere Version von Howard Mitla – gehörten der Vergangenheit an.

Er sah sich langsam im Bad um. Ein einziges Durcheinander. Blutlachen und zwei Fingerstücke auf dem Boden. Ein drittes hing schief im Waschbecken. Ein feiner Blutfilm überzog die Wände und verunstaltete den Spiegel. Auch das Becken war mit Blut verschmiert.

»Na gut«, seufzte Howard. »Zeit zum Saubermachen, Jungen und Mädels.« Er schaltete die Heckenschere wieder ein und zerlegte die verschieden langen Teile des Fingers in Stücke, die er bequem die Toilette hinunterspülen konnte.

Der Polizist war jung und *tatsächlich* ein Ire – O'Bannion war sein Name. Als er schließlich vor der verschlossenen Wohnungstür der Mitlas eingetroffen war, stand schon eine kleine Schar von Mietern hinter ihm. Mit

Ausnahme von Dennis Feeney, der eine erboste Miene zur Schau stellte, sahen sie alle besorgt drein.

O'Bannion klopfte an die Tür, dann schlug er dagegen, und zuletzt hämmerte er.

»Sie sollten die Tür lieber einschlagen«, sagte Mrs. Janvier. »Ich konnte ihn bis in den sechsten Stock hinauf hören.«

»Der Mann ist wahnsinnig«, sagte Feeney. »Hat wahrscheinlich seine Frau umgebracht.«

»Nein«, sagte Mrs. Dattlebaum. »Ich habe sie heute morgen aus dem Haus gehen sehen, wie immer.«

»Heißt das etwa, daß sie nicht wieder zurückgekommen sein könnte, oder?« fragte Mr. Feeney verstockt, und Mrs. Dattlebaum gab auf.

»Mr. Mitter?« rief O'Bannion.

»Es heißt Mitla«, sagte Mrs. Dattlebaum. »Mit einem l.«

»O Scheiße«, sagte O'Bannion und warf sich mit der Schulter gegen die Tür. Die Tür flog auf, und er trat ein, dicht gefolgt von Mr. Feeney. »Sie bleiben hier, Sir«, wies ihn O'Bannion an.

»Von wegen«, sagte Feeney. Er sah in die Küche mit den verstreuten Utensilien auf dem Boden und den Kotzflecken auf den Schränken. Seine Augen waren klein und glänzend und interessiert. »Der Mann ist mein Nachbar. Und schließlich war ich es, der angerufen hat.«

»Es ist mir gleich, ob Sie den Anruf über Ihren privaten heißen Draht zum Commissioner durchgegeben haben«, sagte O'Bannion. »Machen Sie, daß Sie hier rauskommen, sonst können Sie mich zusammen mit diesem Mittle aufs Revier begleiten.«

»Mit*la*«, sagte Feeney und schlurfte widerstrebend zum Flur zurück, wobei er noch einmal hastig in die Küche blickte.

O'Bannion hatte Feeney hauptsächlich deshalb weggeschickt, damit Feeney nicht bemerkte, wie nervös er war. Das Durcheinander in der Küche war eines. Aber der Geruch in der Wohnung war etwas ganz anderes – ein Gestank wie in einem Chemielabor über allem, aber darunter noch etwas anderes. Er hatte Angst, der Geruch darunter könnte der von Blut sein.

Er drehte sich um und vergewisserte sich, daß Feeney wirklich hinausgegangen war – daß er sich nicht in der Diele herumdrückte, wo die Mäntel hingen. Dann durchquerte er langsam das Wohnzimmer. Als er außer Sichtweite der Schaulustigen war, schnallte er den Gurt über dem Pistolengriff auf und zog die Waffe. Er ging in die Küche und sah sich darin um. Leer. Ein Chaos, aber leer. Und . . . was klebte da an den Schränken? Er war nicht sicher, aber der Geruch . . .

Ein Geräusch hinter ihm, ein leises Schlurfen, riß ihn aus seinen Gedanken; er fuhr hastig herum und hob die Waffe.

»Mr. Mitla?«

Er bekam keine Antwort, aber das leise Schlurfen ertönte wieder. Aus dem Flur. Das hieß, aus dem Bad oder dem Schlafzimmer. Officer O'Bannion schritt in diese Richtung, hob die Pistole und richtete die Mündung zur Decke. Er hielt sie jetzt fast so, wie Howard die Heckenschere gehalten hatte.

Die Badezimmertür stand einen Spaltbreit offen. O'Bannion war ganz sicher, daß das Geräusch von dort gekommen war, und er wußte auch, daß der schlimmste Geruch von dort herüberwehte. Er duckte sich und stieß die Tür mit der Mündung der Waffe auf.

»O mein Gott«, sagte er leise.

Das Bad sah aus wie ein Schlachthaus nach einem betriebsamen Tag. Überall war Blut in scharlachroten Klecksen verspritzt. Blutlachen standen auf dem Boden, ganze Ströme waren innen und außen am Waschbekken hinuntergelaufen; da schien es am schlimmsten zu sein. Er bemerkte ein zerbrochenes Fenster, eine weggeworfene Flasche, bei der es sich um Abflußreiniger zu handeln schien (was den schrecklichen Geruch hier drinnen erklären würde) und ein Paar Herrenslipper, die ein ganzes Stück auseinander lagen. Einer war übel zerfetzt.

Und als die Tür weiter aufschwang, sah er den Mann.

Howard Mitla hatte sich, so weit er konnte, in den engen Zwischenraum zwischen Badewanne und Wand gezwängt, als er mit seiner Aufräumarbeit fertig war. Er hielt die elektrische Heckenschere in einer Hand, aber die Batterien waren verbraucht; Knochen waren doch härter als Zweige, so schien es. Sein Haar sträubte sich immer noch in wilden Strähnen. Wangen und Stirn waren blutverschmiert. Seine Augen waren weit aufgerissen, aber fast völlig leer – eine Ausdruckslosigkeit, die Officer O'Bannion an Speedfreaks und Crackheads denken ließ.

Heiliger Gott, dachte er. *Der Mann hatte recht – er HAT seine Frau ermordet. Irgendjemanden hat er jedenfalls ermordet. Aber wo ist die Leiche?*

Er schaute zur Badewanne, konnte aber nicht hineinsehen. Sie war der wahrscheinlichste Platz, aber auch der einzige Gegenstand, der nicht mit Glibber verschmiert und vollgespritzt war.

»Mr. Mitla?« fragte er. Er hatte die Waffe nicht direkt auf Howard gerichtet, aber die Mündung zeigte auf jeden Fall in seine unmittelbare Nachbarschaft.

»Ja, das ist mein Name«, antwortete Howard mit hohler, liebenswürdiger Stimme. »Howard Mitla, Buchprüfer, stehe zu Ihren Diensten. Sind Sie gekommen, um auf die Toilette zu gehen? Nur zu! Jetzt kann Sie nichts mehr stören. Ich glaube, dieses Problem habe ich aus der Welt geschafft. Vorerst jedenfalls.«

»Äh, würde es Ihnen etwas ausmachen, die Waffe wegzulegen, Sir?«

»Waffe?« Howard sah ihn einen Augenblick verständnislos an, dann schien er zu begreifen. »Die hier?« Er hob die Heckenschere, woraufhin sich die Mündung von Officer O'Bannions Waffe zum ersten Mal direkt auf ihn richtete.

»Ja, Sir.«

»Kein Problem«, sagte Howard. Er warf die Heckenschere gleichgültig in die Wanne. Die Batterieabdeckung fiel scheppernd ab. »Die Batterien sind sowieso leer. Aber ... was habe ich über die Benutzung der Toilette gesagt? Bei genauerem Nachdenken würde ich doch davon abraten.«

»Tatsächlich?« Obwohl der Mann nun entwaffnet war, wußte O'Bannion nicht, wie er weiter vorgehen sollte. Alles wäre viel einfacher gewesen, wenn das Opfer zu sehen gewesen wäre. Er überlegte sich, daß er dem Mann besser Handschellen anlegen und Verstärkung rufen sollte. Mit Sicherheit wußte er nur, er wollte aus diesem stinkenden, unheimlichen Bad heraus.

»Ja«, sagte Howard. »Bedenken Sie schließlich folgendes, Officer: eine Hand hat fünf Finger ... nur *eine* Hand, vergessen Sie das bitte nicht. Und haben Sie sich schon jemals überlegt, wieviel Löcher zur Unterwelt es in einem gewöhnlichen Bad gibt? Das heißt, wenn man die Löcher in den Wasserhähnen mitzählt? Ich bin auf sieben gekommen.« Nach einer Pause fügte Howard hinzu: »Sieben ist eine Primzahl – das heißt eine Zahl, die man nur durch eins und sich selbst teilen kann.«

»Würden Sie bitte die Hände ausstrecken, Sir?« sagte Officer O'Bannion und nahm die Handschellen vom Gürtel.

»Vi sagt, ich wüßte alle Antworten«, sagte Howard, »aber sie irrt sich.« Er streckte langsam die Hände aus.

O'Bannion kniete vor ihm nieder und legte rasch eine Handschelle um Howards rechtes Handgelenk. »Wer ist Vi?«

»Meine Frau«, sagte Howard. Seine leeren, glänzenden Augen sahen direkt in die von Officer O'Bannion. »Sie hatte nie Probleme, aufs Klo zu gehen, wenn jemand im Badezimmer war, wissen Sie. Sie hätte es wahrscheinlich auch tun können, wenn *Sie* dabei sind.«

Da dämmerte Officer O'Bannion eine groteske, aber dennoch schrecklich plausible Möglichkeit: daß dieser seltsame kleine Mann seine Frau mit einer Heckenschere getötet und ihren Leichnam dann irgendwie mit Abflußreiniger aufgelöst hatte – und das alles nur, weil sie ums Verrecken das Badezimmer nicht verlassen wollte, während er versuchte, seine Blase zu entleeren.

Er ließ die andere Handschelle einrasten.

»Haben Sie Ihre Frau umgebracht, Mr. Mitla?«

Einen Augenblick sah Howard ihn fast überrascht an. Dann verfiel er wieder in diesen unheimlichen Zustand der Apathie. »Nein«, sagte er. »Vi ist bei Dr. Stone. Er muß einen kompletten Satz Oberkieferzähne ziehen. Vie sagt, es ist eine schmutzige Arbeit, aber jemand muß sie machen. Weshalb sollte ich Vi umbringen?«

Nachdem er dem Mann die Handschellen angelegt hatte, fühlte sich O'Bannion ein wenig besser, ein wenig mehr Herr der Lage. »Nun, es sieht so aus, als hätten sie *irgendjemanden* abgemurkst.«

»Nur einen Finger«, sagte Howard. Er hielt die Hände immer noch vor sich ausgestreckt. Im Licht funkelte die Kette zwischen den Handschellen wie flüssiges Silber. »Aber eine Hand hat mehr als einen Finger. Und was ist mit dem *Besitzer* der Hand?« Howard sah sich in dem Badezimmer um, in dem es inzwischen nahezu dunkel war; Schatten machten sich darin breit. »Ich habe ihm gesagt, daß er getrost wiederkommen soll«, flüsterte Howard, »aber ich war hysterisch. Ich bin zu dem Ergebnis gekommen, daß ich . . . nicht dazu fähig bin. Wissen Sie, er ist gewachsen. Er wuchs, als er an die Luft kam.«

Plötzlich plätscherte etwas in der geschlossenen Toilette. Howard sah hin. Ebenso Officer O'Bannion. Das Plätschern ertönte wieder. Es hörte sich an, als wäre eine Forelle darin gesprungen.

»Nein, ich würde die Toilette *ganz entschieden* nicht benutzen«, sagte Howard. »Ich an Ihrer Stelle würde es mir verkneifen. Ich würde es mir verkneifen, solange es geht, und dann in die Gasse neben dem Haus pinkeln.«

O'Bannion erschauerte.

Reiß dich zusammen, Mann, sagte er streng zu sich. *Entweder du reißt dich zusammen, oder du drehst genauso durch wie der Typ da.*

Er stand auf, um in die Toilette zu sehen.

»Dumme Idee«, sagte Howard. »Eine *echt* dumme Idee.«

»Was genau hat sich hier drinnen abgespielt, Mr. Mitla?« fragte O'Bannion. »Und was haben Sie in der Toilette versteckt?«

»Was sich abgespielt hat? Es war wie – wie . . .« Howard verstummte, dann fing er an zu lächeln. Es war ein erleichtertes Lächeln, aber sein Blick wanderte immer wieder zum zugeklappten Deckel der Toilette. »Es war wie *Risiko*«, sagte er. »Tatsächlich war es sogar wie die zweite Runde von *Risiko.* Der Themenbereich ist ›Das Unerklärliche.‹ Die letzte Antwort lautet: ›Weil sie es können.‹ Wissen Sie die *Risiko-Frage*, Officer?«

Officer O'Bannion, der fasziniert war und Howard nicht aus den Augen lassen konnte, schüttelte den Kopf.

»Die letzte Frage von *Risiko*«, sagte Howard mit einer Stimme, die vom vielen Schreien brüchig und rauh klang, »die letzte Frage lautet: ›Warum passieren den nettesten Menschen manchmal die schrecklichsten Dinge?‹ *Das* ist die Frage bei *Risiko.* Wird eine Menge Nachdenken erfordern.

Aber ich habe viel Zeit. Solange ich von den – von den Löchern fernbleibe.«

Das Plätschern ertönte wieder. Dieses Mal war es lauter. Der mit Erbrochenem verklebte Toilettensitz klapperte auf und ab. Officer O'Bannion stand auf, ging hinüber und beugte sich darüber. Howard sah ihm interessiert zu.

»Letzte Runde von *Risiko*, Officer«, sagte Howard Mitla. »Wieviel riskieren Sie?«

O'Bannion dachte einen Moment darüber nach. Dann ergriff er den Deckel und riskierte alles.

Turnschuhe

John Tell arbeitete gerade etwas über einen Monat in den Tabori Studios, als er die Turnschuhe zum ersten Mal bemerkte. Die Tabori Studios waren in einem Gebäude untergebracht, das einmal den Namen Music City getragen hatte und in den Anfangstagen von Rock and Roll und Top Forty Rhythm und Blues eine Art Mekka gewesen war. Damals hätte man jenseits der Eingangshalle nie ein Paar Turnschuhe gesehen (es sei denn an den Füßen eines Botenjungen). Aber die Zeiten waren vorbei, ebenso wie die großen Hitproduzenten mit ihren Samtaufschlägen und spitzen Schlangenlederschuhen. Turnschuhe gehörten heute zur Music City-Uniform, und als Tell sie zum ersten Mal sah, zog er daraus keine negativen Rückschlüsse auf ihren Besitzer. Nun, einen vielleicht: der Typ hätte gut und gern ein neues Paar brauchen können. Sie waren weiß gewesen, als sie neu waren, aber wie sie aussahen, lag das schon lange zurück.

Mehr fiel ihm nicht daran auf, als er die Turnschuhe zum ersten Mal erblickte – in dem kleinen Raum, in dem man seinen Nachbarn so häufig nach den Schuhen einschätzt, weil man nicht mehr von ihm sieht. Tell erspähte dieses Paar unter der Tür der ersten Kabine der Herrentoilette im dritten Stock. Er ging auf dem Weg zur dritten und letzten Kabine an ihnen vorbei. Ein paar Minuten später kam er wieder heraus, wusch sich die Hände, trocknete sie ab, kämmte sich das Haar und ging wieder ins Studio F, wo er half, ein Album einer Heavy-Metal-Band namens The Dead Beats abzumischen. Zu sagen, daß Tell die Turnschuhe bereits vergessen hätte, wäre eine Übertreibung gewesen: im Grunde waren sie auf seinem geistigen Radarschirm überhaupt nicht erschienen.

Paul Jannings produzierte die Sessions der Dead Beats. Er war keine Berühmtheit, wie es die alten Bebop-Könige von Music City gewesen waren – nach Tells Ansicht war Rock and Roll nicht mehr stark genug, um solche mythischen Adelsgestalten hervorzubringen –, aber er war einigermaßen bekannt, und Tell selbst fand, daß er der beste Produzent von Rock and Roll-Platten war, den es zur Zeit in der Branche gab; nur Jimmy Iovine konnte es mit ihm aufnehmen.

Tell hatte ihn auf einer Party anläßlich der Premiere eines Konzertfilms gesehen; er hatte ihn tatsächlich von der anderen Seite des Saals aus erkannt. Das Haar wurde grau, und die scharfgeschnitten Züge von Jannings' hübschem Gesicht wirkten fast hager, aber es war unmöglich, den Mann zu verwechseln, der vor fünfzehn Jahren die legendären Tokio Sessions mit Bob Dylan, Eric Clapton, John Lennon und Al Kooper aufgenommen hatte. Abgesehen von Phil Spector war Jannings der einzige Plattenproduzent, den Tell nicht nur vom Sehen, sondern auch am einmaligen Klang seiner Aufnahmen erkannt hätte – kristallklare Akkorde, mit einem so kräftigen Schlagzeug unterlegt, daß einem das Schlüsselbein bebte. Diese Klarheit hatte man zum ersten Mal bei den Aufnahmen der Tokio Sessions gehört, aber wenn man die Höhen einblendete, hörte man den reinen Sandy Nelson durch das Unterholz pulsieren.

Tells natürliche Zurückhaltung wurde von Bewunderung übermannt, und er war quer durch den Raum zu Jannings gegangen, der gerade ungestört dastand. Er hatte sich vorgestellt und bestenfalls mit einem flüchtigen Handschlag und einigen oberflächlichen Worten gerechnet. Statt dessen hatten die beiden eine lange und interessante Unterhaltung angefangen. Sie arbeiteten in derselben Branche und kannten teilweise dieselben Leute, aber schon damals hatte Tell gewußt, daß am Zauber dieser ersten Begegnung mehr dran war als nur das; Paul Jannings gehörte zu den seltenen Mitmenschen, mit denen John Tell ohne Hemmungen reden konnte, und für John Tell grenzte es schon fast an ein Wunder, ohne Hemmungen reden zu können.

Gegen Ende der Unterhaltung hatte Jannings ihn gefragt, ob er Arbeit suchte.

»Haben Sie schon mal einen aus der Branche kennengelernt, der keine suchte?« fragte Tell.

Jannings lachte und bat ihn um seine Telefonnummer. Tell hatte sie ihm gegeben, aber nicht besonders viel in die Bitte hineininterpretiert – wahrscheinlich war es nur eine Höflichkeitsgeste des anderen Mannes, hatte er gedacht. Aber Jannings hatte ihn ein paar Tage später angerufen, ob er nicht zu dem dreiköpfigen Team gehören wollte, das das erste Album der Dead Beats mischte. »Ich weiß nicht, ob man aus Schweinsleder Seidenbörsen machen kann«, hatte Jannings gesagt, »aber solange Atlantic Records die Rechnungen bezahlt, können wir es ja versuchen und es uns dabei gutgehen lassen.« John Tell hatte keinen Grund gesehen, der dagegen sprach, und sich sofort auf das Unternehmen eingelassen.

Ungefähr eine Woche nachdem er die Turnschuhe zum ersten Mal gesehen hatte, sah Tell sie wieder. Es mußte sich um denselben Typ handeln, weil die Turnschuhe an derselben Stelle standen – unter der Tür der ersten Kabine in der Herrentoilette im dritten Stock. Keine Frage, daß es dieselben waren; weiße (weiß gewesene) Hightops mit Schmutz in den tiefen Falten. Er bemerkte eine leere Öse und dachte: *Scheinst die Augen nicht ganz offen gehabt zu haben, als du den geschnürt hast, alter Freund.* Dann ging er weiter zur dritten Kabine (die er irgendwie als »seine« betrachtete). Diesmal sah er die Turnschuhe auch an, als er hinausging, und da bemerkte er etwas Seltsames: eine tote Fliege. Sie lag vorn auf dem linken Turnschuh, dem mit der leeren Öse, und streckte die winzigen Beinchen in die Höhe.

Als er ins Studio F zurückkam, saß Jannings am Mischpult und hatte den Kopf in den Händen vergraben.

»Alles klar, Paul?«

»Nein.«

»Was ist das Problem?«

»Ich. *Ich* bin das Problem. Meine Karriere ist zu Ende. Ich bin ausgelaugt. Im Eimer. Gehöre zum alten Eisen.«

»Wovon reden Sie?« Tell sah sich nach Georgie Ronkler um, konnte ihn aber nirgends finden. Es überraschte ihn nicht. Jannings hatte in gewissen Abständen solche Anfälle, und Georgie verzog sich immer, wenn er einen kommen sah. Er behauptete, sein Karma erlaubte nicht, daß er sich auf heftige Gefühlsausbrüche einließ. »Ich weine schon bei Supermarkteröffnungen«, sagte Georgie.

»Man *kann* aus Schweinsleder keine Seidenbörsen machen«, sagte Jannings. Er deutete mit der Hand auf die Glasscheibe zwischen dem Tonstudio und dem Aufnahmeraum. Dabei sah er aus wie ein Mann, der den alten Nazigruß ausführt. »Jedenfalls nicht mit solchen Schweinen.«

»Bleiben Sie *cool*«, sagte Tell, der genau wußte, daß Jannings recht hatte. Die Dead Beats waren vier dumme Typen und eine dumme Schlampe, menschlich abstoßend und beruflich Stümper.

»Bleiben Sie doch selber *cool*«, sagte Jannings und zeigte ihm den Vogel.

»Herrgott, ich hasse Gefühlsausbrüche«, sagte Tell.

Jannings sah zu ihm auf und kicherte. Einen Augenblick später lachten sie beide. Fünf Minuten später waren sie wieder an der Arbeit.

Das Mischen – wenn man es so nennen konnte – war eine Woche später beendet. Tell bat Jannings um eine Empfehlung und ein Demoband.

»Okay, aber Sie wissen, Sie dürfen das Band erst vorspielen, wenn das Album auf dem Markt ist«, sagte Jannings.

»Ich weiß.«

»Und ich verstehe nicht, wieso Sie das *überhaupt* jemandem vorspielen wollen. Verglichen mit diesen Typen hören sich die Butthole Surfers wie die Beatles an.«

»Kommen Sie schon, Paul. So schlimm sind sie auch nicht. Und selbst wenn, es ist ja vorbei.«

Er lächelte. »Ja. Das ist es. Und sollte ich je wieder in der Branche tätig werden, rufe ich Sie an.«

»Das wäre toll.«

Sie schüttelten sich die Hände. Tell verließ das Gebäude, das einmal Music City geheißen hatte, und verschwendete keinen Gedanken mehr an die Turnschuhe unter der Tür von Kabine eins der Herrentoilette im dritten Stock.

Jannings, der seit fünfundzwanzig Jahren im Geschäft war, hatte ihm einmal gesagt, wenn es darum ginge, Bop zu mischen (er nannte es nie Rock and Roll, immer nur Bop), war man entweder alles oder nichts. Die zwei Monate nach dem Abmischen des Albums der Beats war John Tell nichts. Er hatte keine Arbeit. Er wurde nervös wegen der Miete. Zweimal hätte er Jannings fast angerufen, aber eine innere Stimme sagte ihm, daß das ein Fehler wäre.

Dann starb der Toningenieur eines Films mit dem Titel *Karate Masters of Massacre* an einem massiven Herzanfall, und Tell hatte sechs Wochen Arbeit im Brill Building (das früher, auf dem Höhepunkt des Broadway und des Big-Band-Sound, Tin Pan Alley geheißen hatte), um das Mischen abzuschließen. Es handelte sich größtenteils um rechtsfreie alte Songs aus dem Archiv – und ein paar zirpende Sitars –, aber er konnte die Miete davon bezahlen. Nach dem letzten Arbeitstag hatte Tell seine Wohnung kaum betreten, als das Telefon läutete. Es war Paul Jannings, der ihn fragte, ob er die Pop Charts in der letzten Ausgabe von *Billboard* gesehen hatte. Tell verneinte.

»Kam auf Platz neunundsiebzig.« Es gelang Jannings, angeekelt, erheitert und erstaunt zugleich zu klingen. »Von *null.*«

»Was denn?« Aber er wußte es, sobald er die Frage ausgesprochen hatte.

» ›Diving in the Dirt.‹ «

Das war der Titel eines Stücks von *Beat It 'Til It's Dead,* dem Album der Dead Beats, das einzige Stück, das Tell und Jannings auch nur entfernt als Single Material betrachtet hatten.

»Ach, die Scheiße!«

»Stimmt, aber ich habe so eine verrückte Ahnung, es wird die Top Ten schaffen. Haben Sie das Video gesehen?«

»Nein.«

»Ein Lachschlager. Größtenteils Ginger, die Sängerin der Gruppe, die in irgendeinem Bayou Schlammcatchen mit einem Typ spielt, der aussicht wie Donald Trump im Overall. Drückt etwas aus, das meine intellektuellen Freunde gern als ›vermischte kulturelle Botschaft‹ bezeichnen.« Und darauf lachte Jannings so sehr, daß Tell den Hörer vom Ohr weghalten mußte.

Als Jannings sich wieder unter Kontrolle hatte, sagte er: »Wie dem auch sei, das heißt, wahrscheinlich wird das Album in die Top Ten kommen. Vergoldete Scheiße ist immer noch Scheiße, aber eine vergoldete Empfehlung ist durch und durch Gold – verstehen Sie, was ich meine, B'wana?«

»Durchaus«, sagte Tell, zog die Schreibtischschublade auf und vergewisserte sich, ob die Kassette der Dead Beats, ungespielt, seit Jannings sie ihm am letzten Tag des Mischens gegeben hatte, noch da war.

»Was machen Sie im Augenblick?« fragte Jannings ihn.

»Einen Job suchen.«

»Möchten Sie wieder mit mir arbeiten? Ich mache Roger Daltreys neues Album. Fängt in zwei Wochen an.«

»Herrgott, klar doch!«

Das Geld war gut, aber nicht nur das; nach den Dead Beats und sechs Wochen *Karate Masters of Massacre* würde die Arbeit mit dem Ex-Sänger der *Who* sein, als käme man in einer kalten Nacht an einen warmen Ort. Wie er letztendlich auch immer als Mensch sein mochte, der Mann konnte wenigstens *singen*. Und es wäre schön, wieder mit Jannings zu arbeiten.

»Wo?«

»Wie gehabt. Tabori, im Music City.«

»Ich bin da.«

Roger Daltrey konnte nicht nur singen, er war obendrein ein hinreichend netter Kerl. Tell glaubte, daß die nächsten drei oder vier Wochen gut sein würden. Er hatte einen Job, er wurde als Coproduzent eines Albums genannt, das Platz einundvierzig der *Billboard*-Charts erreicht hatte (und die Single war auf Platz siebzehn und stieg immer noch), und er machte sich zum ersten Mal, seit er vor vier Jahren aus Pennsylvania nach New York gekommen war, keine Sorgen mehr wegen der Miete.

Es war Juni, die Bäume waren dicht belaubt, die Mädchen trugen Miniröcke, und die Welt war schön. Das empfand Tell an seinem ersten Arbeitstag mit Paul Jannings bis gegen ein Uhr fünfundvierzig. Dann betrat er die Toilette im dritten Stock, sah die weißen Turnschuhe unter der Tür von Kabine eins, und plötzlich war seine gute Laune dahin.

Es sind nicht dieselben. Es können *nicht dieselben sein.*

Aber sie waren es. Die einzelne freie Öse war der sicherste Anhaltspunkt, aber alles andere war auch gleich. *Genau* gleich, einschließlich der Stelle, wo sie standen.

Es gab nur einen einzigen Unterschied, den Tell sehen konnte: Jetzt lagen mehr tote Fliegen um sie herum.

Er ging langsam in die dritte Kabine, »seine« Kabine, ließ die Hosen runter und setzte sich. Es überraschte ihn nicht, daß der Drang, der ihn hierhergeführt hatte, verschwunden war. Er blieb dennoch eine Zeitlang ruhig sitzen und lauschte nach Geräuschen. Dem Rascheln einer Zeitung. Einem Räuspern. Verdammt, und wenn es nur ein Furz gewesen wäre.

Kein Ton war zu hören.

Weil ich allein hier drinnen bin, dachte Tell. *Abgesehen von dem Toten in der ersten Kabine.*

Die Tür wurde aufgestoßen. Tell hätte beinahe laut geschrien. Jemand ging summend zu den Pissoirs, und als da draußen Wasser zu plätschern anfing, fiel Tell eine Erklärung ein, und er entspannte sich. Es war so einfach, daß es absurd war ... und zweifellos zutreffend. Er sah auf die Uhr und stellte fest, es war ein Uhr siebenundvierzig.

Ein Mann mit festen Gewohnheiten ist ein glücklicher Mann, hatte sein Vater immer gesagt. Tells Vater war ein schweigsamer Mensch gewesen, und diese Lebensweisheit (zusammen mit: *Mach erst die Hände sauber und dann den Teller*) war einer seiner wenigen Aphorismen. Wenn feste Gewohnheiten *wirklich* Glück bedeuteten, dann war Tell, schätzte er, ein glücklicher Mann. Sein Drang, aufs Klo zu gehen, kam jeden Tag um die gleiche Zeit, und er vermutete, daß das bei seinem Freund Turnschuh genau so war, nur bevorzugte dieser eben Kabine eins, so wie Tell Kabine drei.

Müßte man an den Kabinen vorbei, um zu den Pissoirs zu gelangen, dann hättest du diese Kabine oft genug leer gesehen, und ebenso oft mit anderen Schuhen unter der Tür. Und wie groß sind die Chancen, daß eine Leiche in der Toilette unentdeckt bleiben kann, und das ...

Er überlegte, wann er zum letzten Mal hier gewesen war.

... etwa vier Monate lang, plus minus?

Unmöglich, das war die Antwort darauf. Er konnte sich vorstellen, daß die Hausmeister nicht allzu scharf darauf waren, die Kabinen zu putzen – das sah man an den vielen toten Fliegen –, aber sie mußten jeden Tag oder jeden zweiten Tag die Toilettenpapiervorräte auffrischen, richtig? Und selbst wenn man das alles unberücksichtigt ließ, fingen Tote nach einer Weile an zu riechen, nicht? Weiß Gott, dies war nicht der Platz mit dem angenehmsten Geruch auf Erden – und wenn der Dicke hier gewesen war, der für Janus Music unten arbeitete, war er beinahe unbetretbar –, aber der Gestank einer Leiche wäre doch sicher viel auffälliger. Viel *spritziger*.

Spritziger? Spritziger? *Großer Gott, was für ein Ausdruck! Und woher willst du das wissen? Du hast noch nie in deinem Leben eine verweste Leiche gerochen.*

Richtig, aber er war ziemlich sicher, daß er den Geruch erkennen würde. Logik war Logik, und feste Gewohnheiten waren feste Gewohnheiten, und damit basta. Der Bursche war wahrscheinlich Bleistiftspitzer bei Janus oder Schreiber bei Snappy Kards auf der anderen Seite des Flurs. Möglicherweise dichtete er gerade eine Grußkarte da drinnen:

Veilchen sind blau, und Rosen sind rot!
Gib zu, du dachtest, ich wäre schon tot!
Dabei sitz' ich nur immer, wie du, auf dem Pott!

Was für ein Mist, dachte Tell und stieß ein schrilles Lachen aus. Der Bursche, der die Tür aufgestoßen und ihn so erschreckt hatte, daß er beinahe geschrien hätte, war zu den Waschbecken gegangen. Jetzt hielt das plätschernde, blubbernde Geräusch, als der draußen sich die Hände wusch, kurz inne. Tell konnte sich vorstellen, wie der Neuankömmling lauschte und sich fragte, wer da in einer der Kabinen lachte, sich fragte, ob es an einem Witz lag, einem schmutzigen Bild, oder ob der Mann einfach nur verrückt war. Schließlich gab es jede Menge Verrückte in New York. Man sah sie ständig, wie sie mit sich selbst redeten und ohne ersichtlichen Grund lachten – so wie Tell gerade eben.

Tell stellte sich vor, wie Turnschuh ebenfalls lauschte, konnte es aber nicht.

Plötzlich war ihm nicht mehr nach Lachen zumute.

Plötzlich wollte er nur hier raus.

Aber er wollte nicht, daß ihn der Mann am Waschbecken sah. Der Mann würde ihn mustern. Nur einen Moment, aber das würde ausreichen, zu wissen, was er dachte. Leuten, die hinter geschlossenen Toilettentüren lachten, konnte man wahrscheinlich nicht trauen.

Klick-Klack von Schuhen auf den alten weißen, sechseckigen Porzellanfliesen, *wuuuit* der Tür, die aufgerissen wurde, *swisch*, als sie langsam wieder zufiel. Man konnte sie aufstoßen, aber das pneumatische Ellbogengelenk verhinderte, daß sie zuschlug. Das könnte möglicherweise den Mann am Empfang stören, der dort saß und Camel rauchte und die neueste Ausgabe von *Krrang!* las.

Herrgott, es ist so still *hier. Warum bewegt sich der Typ nicht? Wenigstens ein kleines bißchen?*

Aber es herrschte nur Stille, schwer und glatt und allumfassend; die Art von Stille, wie sie die Toten in ihren Särgen hören müßten, wenn sie noch hören könnten, und nun war Tell wieder überzeugt, daß Turnschuh tot war, scheiß auf die Logik, er war tot, seit *wer weiß wie lange* schon tot, er saß da drinnen, und wenn man die Tür aufmachte, würde man ein zusammengesunkenes, verwestes Ding sehen, das da saß und die Hände zwischen den Beinen baumeln ließ, man würde sehen ...

Einen Augenblick war er kurz davor zu rufen: *He, Turnschuh! Alles in Ordnung?*

Aber was wäre, wenn Turnschuh antwortete, nicht mit fragender oder erboster Stimme, sondern mit einem froschgleichen, knirschenden Krächzen? Gab es da nicht etwas, von wegen die Toten aufwecken? Von wegen . . .

Plötzlich sprang Tell auf, spülte die Toilette, knöpfte die Hose zu und zog den Reißverschluß hoch, als er schon zur Tür unterwegs war, wohl wissend, daß er sich in ein paar Sekunden albern vorkommen würde, aber das war ihm einerlei. Doch er konnte nicht anders, er mußte einen Blick riskieren, als er an der ersten Kabine vorbeikam. Schmutzige weiße, falsch geschnürte Turnschuhe. Und tote Fliegen. Eine ganze Menge.

In meiner *Kabine waren keine toten Fliegen. Und wie kommt es, daß soviel Zeit vergangen ist und er* immer noch nicht *die leere Öse bemerkt hat? Oder trägt er sie die ganze Zeit so, als eine Art künstlerisches Abzeichen?*

Tell schlug die Tür beim Hinausgehen ziemlich heftig zu. Der Mann am Empfang sah ihn mit der kühlen Neugier an, die er für gewöhnliche Sterbliche reserviert hatte (im Gegensatz zu Göttern in Menschengestalt wie Roger Daltrey).

Tell eilte den Flur entlang zu den Tabori Studios.

»Paul?«

»Was?« antwortete Jannings, ohne vom Mischpult aufzusehen. Georgie Ronkler stand daneben, betrachtete Jannings eingehend und nagte an der Nagelhaut – mehr als die Nagelhaut hatte er nicht zum Nagen, die Fingernägel existierten schlichtweg nicht mehr von der Stelle ab, an der sie sich von lebendem Fleisch und empfindlichen Nervenenden verabschiedeten. Er stand dicht neben der Tür. Wenn Jannings zu toben anfing, würde Georgie die Flucht ergreifen.

»Ich glaube, da stimmt was nicht in . . .«

Jannings stöhnte. »*Noch* was?«

»Was meinen Sie damit?«

»Ich meine die Schlagzeugspur. Die ist *total* verkorkst, und ich weiß nicht, wie man das ändern kann.« Er drückte auf einen Schalter, worauf Trommeln im Studio ertönte. »Hören Sie das?«

»Sie meinen das Snare?«

»*Natürlich* meine ich das Snare! Es ist meilenweit vom Rest der Percussion entfernt, dabei sollte es *Bestandteil* davon sein!«

»Ja, aber . . .«

»Ja aber – *verdammter, elender Mist!* Ich vertrag so eine Scheiße nicht! Vierzig Spuren hab ich hier – *vierzig gottverfluchte Spuren, um einen simplen Bop-Song aufzunehmen, und ein IDIOT von Techniker . . .«*

Aus den Augenwinkeln sah Tell, daß Georgie wie ein kühles Lüftchen verschwand.

»Hören Sie, Paul, wenn Sie den Equalizer runternehmen ...«

»Der EQ hat nichts damit zu tun ...«

»Seien Sie still, und hören Sie einen Moment zu«, sagte Tell beruhigend – etwas, das er zu keinem anderen auf der Welt hätte sagen können – und drückte einen Schalter. Jannings hörte auf zu toben und hörte zu. Er stellte eine Frage. Tell beantwortete sie. Dann stellte er eine, die Tell *nicht* beantworten konnte, aber Jannings konnte sie schließlich selbst beantworten. Und plötzlich tat sich für einen Song mit dem Titel »Answer to You, Answer to Me« ein ganzes Spektrum neuer Möglichkeiten auf.

Nach einer Weile spürte Georgie Ronkler, daß sich der Sturm verzogen hatte, und kam wieder herein.

Und Tell vergaß die Turnschuhe.

Am nächsten Abend fielen sie ihm wieder ein. Er war zu Hause, saß in seinem eigenen Badezimmer auf der Toilette und las *Die Weisheit des Blutes,* während aus den Lautsprechern im Schlafzimmer leise Vivaldi erklang (obwohl sich Tell mit dem Abmischen von Rock und Roll seinen Lebensunterhalt verdiente, besaß er nur vier Rockplatten, zwei von Bruce Springsteen und zwei von John Fogerty).

Er sah einigermaßen verblüfft von seinem Buch auf. Plötzlich war ihm eine Frage von wahrhaft kosmischer Lächerlichkeit gekommen: *Wie lange ist es her, seit du zum letzten Mal abends geschissen hast, John?*

Er wußte es nicht, dachte sich aber, daß er es in Zukunft häufiger tun würde. Es schien, als hätte sich mindestens eine seiner Gewohnheiten geändert.

Als er fünfzehn Minuten später im Wohnzimmer saß und das Buch vergessen im Schoß hielt, fiel ihm noch etwas ein: Er war heute den ganzen Tag nicht in der Toilette im dritten Stock gewesen. Um zehn waren sie über die Straße gegangen, um einen Kaffee zu trinken, und er hatte auf der Toilette des Donut Buddy gepinkelt, während Paul und Georgie an der Theke saßen, Kaffee tranken und sich über Overdubs unterhielten. In der Mittagspause hatte er im Brew'n Burger eine Pinkelpause gemacht ... und eine weitere am Spätnachmittag im ersten Stock, als er hinuntergegangen war, um Post abzugeben, die er ebensogut in den Briefkasten neben den Fahrstühlen hätte stecken können.

Mied er die Herrentoilette im dritten Stock? Hatte er das den ganzen Tag gemacht, ohne es zu bemerken? Darauf konnte er seine Reeboks verwetten. Er war ihr wie ein ängstlicher Schuljunge aus dem Weg gegangen, der einen ganzen Block Umweg in Kauf nimmt, damit er nicht am östlichen Spukhaus vorbei muß. Hatte es gemieden wie die Pest.

»Na und?« sagte er laut.

Er konnte dieses Na-und nicht präzise in Worte kleiden, aber eines wußte er genau: selbst in New York hatte es etwas Übertriebenes, wenn man sich wegen einem Paar schmutziger Turnschuhe nicht mehr in eine öffentliche Toilette wagt.

Tell sagte laut und sehr deutlich: »Das muß aufhören.«

Aber das war am Donnerstagabend, und am Freitagabend geschah etwas, das alles veränderte. Da fiel die Tür zwischen ihm und Paul Jannings ins Schloß.

Tell war ein schüchterner Mann, der nicht leicht Freundschaften schloß. In dem ländlichen Ort in Pennsylvania, wo er auf die High School gegangen war, hatte eine Laune des Schicksals ihn einmal mit einer Gitarre in der Hand auf die Bühne verschlagen – womit er selbst zu allerletzt gerechnet hätte. Der Bassist einer Gruppe mit Namen The Satin Saturns hatte sich am Tag vor einem gutbezahlten Auftritt eine Salmonellenvergiftung geholt. Der Leadgitarrist, der ebenfalls der Schulband angehörte, wußte, daß John Tell Baß und Rhythmusgitarre spielen konnte. Dieser Leadgitarrist war groß und potentiell gewalttätig. John Tell war klein, zierlich und empfindlich. Der Leadgitarrist ließ ihm die Wahl, entweder das Instrument des erkrankten Bassisten zu spielen oder es sich bis zum fünften Bund in den Arsch rammen zu lassen. Diese Androhung trug erheblich dazu bei, Tells Angst vor einem großen Publikum zu vertreiben.

Am Ende des dritten Stücks hatte er keine Angst mehr. Nach der ersten Runde wußte er, hier war er zu Hause. Jahre nach diesem ersten Auftritt hörte Tell eine Geschichte über Bill Wyman, den Bassisten der Rolling Stones. Die Geschichte berichtete, daß Wyman einmal tatsächlich während eines Auftritts eingeschlafen war – nicht in einem winzigen Club, wohlgemerkt, sondern in einem großen Konzertsaal –, wobei er von der Bühne fiel und sich das Schlüsselbein brach. Wahrscheinlich hielten die meisten Menschen die Geschichte für erfunden, aber Tell vermutete, daß sie der Wahrheit entsprach. Und er befand sich immerhin in der einmaligen Position, begreifen zu können, wie so etwas geschah. Bassisten waren die unsichtbaren Männer der Rock-Welt. Es gab Ausnahmen – Paul McCartney zum Beispiel –, aber die bestätigten nur die Regel.

Möglicherweise, weil der Job so unscheinbar war, herrschte ein chronischer Mangel an Bassisten. Als sich die Satin Saturns einen Monat später auflösten (der Leadgitarrist und der Schlagzeuger hatten wegen eines Mädchens eine Schlägerei gehabt), trat Tell der Band bei, die der Rhythmusmann der Saturns gründete, und so still und leise entschied sich der weitere Verlauf seines Lebens.

Es gefiel Tell, in einer Band zu spielen. Man stand ganz vorne, sah auf alle anderen hinunter und war nicht nur *bei* einer Party, sondern *machte* die Party; man war fast völlig unsichtbar und gleichzeitig unentbehrlich. Ab und zu mußte man ein wenig Back-up singen, aber niemand erwartete von einem, daß man eine *Rede* hielt oder so etwas.

Dieses Leben – Teilzeitstudent und Vollbandmitglied – hatte er zehn Jahre lang geführt. Er war gut, aber nicht ehrgeizig – in seinem Inneren brannte kein Feuer. Schließlich verdingte er sich in New York als Sessionmusiker, fing an, am Mischpult herumzuspielen, und fand heraus, daß ihm das Leben auf der anderen Seite der Glasscheibe noch besser gefiel. Während dieser ganzen Zeit hatte er nur einen guten Freund gefunden: Paul Jannings. Das war schnell geschehen, und Tell vermutete, daß die einzigartigen Zwänge des Jobs etwas damit zu tun hatten; aber sie waren nicht der alleinige Grund. Überwiegend, vermutete er, war ein Zusammenwirken zweier Faktoren dafür verantwortlich: seine eigene Einsamkeit und Jannings' Persönlichkeit, so stark, daß man sie fast übermächtig nennen mußte. Und bei Goergie war das nicht viel anders, wie Tell nach den Geschehnissen dieses Freitagabends klar wurde.

Er und Paul tranken etwas an einem der schwarzen Tische in McManus' Pub, unterhielten sich über das Mischen, das Geschäft, die Mets, was auch immer, als Jannings' rechte Hand plötzlich unter dem Tisch war und Tell sanft zwischen den Beinen drückte.

Tell zuckte so heftig zurück, daß die Kerze auf dem Tisch umkippte und Jannings' Weinglas überschwappte. Ein Kellner kam herüber und stellte die Kerze auf, bevor sie das Tischtuch ansengen konnte, dann ging er wieder. Tell sah Jannings mit aufgerissenen und schockierten Augen an.

»Tut mir leid«, sagte Jannings und sah aus, als *täte* es ihm leid – aber er sah auch unbekümmert aus.

»Mein *Gott*, Paul!« Mehr fiel ihm nicht ein, und das hörte sich hoffnungslos unzureichend an.

»Ich dachte, Sie wären bereit, das ist alles«, sagte Jannings. »Ich hätte wohl etwas zartfühlender sein sollen.«

»Bereit?« wiederholte Tell. »Bereit? Was meinen Sie damit? Bereit *wofür?*«

»Zu bekennen. Endlich zu bekennen.«

»Ich bin nicht so«, sagte Tell, aber sein Herz schlug heftig und schnell. Teilweise, weil er bestürzt war, teilweise aus Furcht vor der unumstößlichen Gewißheit, die er in Jannings Augen sah, aber größtenteils einfach vor Mißfallen. Was Jannings getan hatte, schloß ihn aus.

»Lassen wir es, ja? Bestellen wir einfach und tun so, als wäre es nie passiert.« *Bis du es willst*, fügten diese unumstößlich überzeugten Augen hinzu.

Oh, es ist schon passiert, wollte Tell sagen, ließ es aber. Das duldete die praktische Stimme der Vernunft nicht; sie duldete nicht, daß er Gefahr lief, Paul Jannings' berüchtigt cholerisches Temperament zu reizen. Immerhin war dies ein guter Job. Und der Job *an sich* war nicht alles. Er konnte Roger Daltreys Band in seinen Bewerbungsunterlagen noch besser brauchen als das Gehalt für weitere zwei Wochen. Er wäre gut beraten, diplomatisch vorzugehen und seine Zorniger-junger-Mann-Nummer für später aufzuheben. Außerdem – hatte er wirklich einen Grund, böse zu sein? Schließlich hatte Jannings ihn nicht vergewaltigt.

Aber das war eigentlich nur die Spitze des Eisbergs. Der Rest lief auf folgendes hinaus: er hielt den Mund, weil er das immer getan hatte. Und er machte den Mund nicht nur zu, er klappte ihn zu wie eine Bärenfalle, und sein ganzes Herz befand sich unterhalb der Bügel dieser Falle, und sein Kopf darüber.

»Na gut«, sagte er. »Es ist nie passiert.«

In dieser Nacht schlief Tell schlecht, und das bißchen Schlaf litt unter Alpträumen: einem, in dem Jannings ihn unter dem Tisch bei McManus' anfaßte, folgte ein anderer mit den Turnschuhen unter der Toilettentür. Aber dieses Mal machte Tell die Tür auf und sah Paul Jannings dort sitzen. Er war nackt gestorben, und in einem Zustand sexueller Erregung, der irgendwie auch noch nach dem Tod anhielt, nach der ganzen Zeit. Paul machte mit einem deutlichen Knirschen den Mund auf.

»Ganz recht; ich *wußte*, daß du bereit bist«, sagte der Leichnam und stieß eine Wolke grünlicher, verdorbener Luft aus, und Tell wachte auf, als er ins Laken gewickelt auf den Boden fiel. Es war vier Uhr morgens. Die ersten Spuren Helligkeit waren gerade zwischen den Klüften der Häuser vor dem Fenster zu sehen. Er zog sich an und rauchte eine Zigarette nach der anderen, bis es Zeit wurde, zur Arbeit zu gehen.

Am Samstag gegen elf Uhr – sie arbeiteten sechs Tage pro Woche, damit Daltrey seinen Termin halten konnte –, ging Tell in die Toilette im dritten Stock, um zu pinkeln. Er blieb gleich hinter der Tür stehen, rieb sich die Schläfen und sah schließlich zu den Kabinen hinüber.

Er konnte nichts sehen. Der Winkel stimmte nicht.

Dann vergiß es! Scheiß drauf! Geh pissen und hau wieder ab!

Er ging langsam zu einem Pissoir und machte den Reißverschluß auf. Es dauerte lange, bis etwas kam.

Auf dem Weg hinaus blieb er wieder stehen, neigte den Kopf wie Nipper, der Hund auf den alten Labels von RCA Victor, und drehte sich um. Er ging langsam wieder um die Ecke und blieb stehen, als er gerade unter der Tür der ersten Kabine hindurchschauen konnte. Die schmutzigen weißen Turnschuhe waren immer noch da. Das Gebäude, das einmal als Music City bekannt gewesen war, stand samstagvormittags so gut wie leer, aber die Turnschuhe waren noch da.

Tells Blick fiel auf eine Fliege gerade außerhalb der Kabine. Er beobachtete mit einer Art leerer Gier, wie sie unter der Kabinentür durch auf die schmutzige Zehenspitze eines der Turnschuhe kroch. Dort verharrte sie und fiel einfach tot um. Sie fiel in den wachsenden Berg Insektenleichen rings um die Turnschuhe herum. Tell sah ohne jede Überraschung (jedenfalls verspürte er keine), daß sich zwischen den Fliegen eine große Küchenschabe befand, die wie eine umgekippte Schildkröte auf dem Rücken lag.

Tell verließ die Herrentoilette mit ausgreifenden, schmerzlosen Schritten, und der Rückweg zum Studio kam ihm ausgesprochen seltsam vor; es war, als ginge er nicht, sondern als schwebte das Gebäude an ihm vorbei, um ihn herum, wie Stromschnellen um einen Fels.

Wenn ich wieder dort bin, sage ich Paul, daß ich mich nicht wohl fühle, und nehme den Rest des Tages frei, dachte er; aber das würde er nicht tun. Paul war den ganzen Morgen in einer gereizten, unfreundlichen Stimmung gewesen, und Tell wußte, er war teilweise (oder vielleicht ganz) der Grund dafür. Würde Paul ihn aus verschmähter Liebe feuern? Vor einer Woche hätte er über diese Vorstellung gelacht. Aber vor einer Woche hatte er auch noch geglaubt, was man ihm beigebracht hatte, als er heranwuchs: Freunde gab es wirklich, und Gespenster waren nur Einbildung. Jetzt fragte er sich, ob er diese beiden Ansichten nicht irgendwie durcheinandergebracht hatte.

»Der verlorene Sohn kehrt zurück«, sagte Jannings, ohne sich umzudrehen, als Tell die zweite der beiden Studiotüren aufmachte, die »Tote-Luft«-Tür genannt wurde. »Ich dachte schon, Sie wären da drinnen gestorben, Johnny.«

»Nein«, sagte Tell. »Ich nicht.«

Es *war* ein Gespenst, und Tell fand am Tag vor dem Abschluß der Daltrey-Abmischung – und seiner Beziehungen zu Paul Jannings – auch heraus, wessen Gespenst, aber bevor es soweit war, geschahen noch eine ganze Menge anderer Dinge. Doch im Grunde genommen waren alle nur kleine Meilensteine, so wie die an der Autobahn nach Pennsylvania, die John Tells Weg zu einem Nervenzusammenbruch kennzeichneten. Er wußte, daß es geschah, aber er konnte es nicht verhindern. Es war, als würde er nicht selbst auf dieser besonderen Straße fahren, sondern chauffiert werden.

Anfangs hatte sein Vorgehen einfach und logisch ausgesehen: dieser Herrentoilette und sämtlichen Fragen nach den Turnschuhen aus dem Weg zu gehen. Einfach nicht mehr daran denken. Das Thema abschalten.

Aber das konnte er nicht. Das Bild der Turnschuhe fiel ihm in den unpassendsten Augenblicken wieder ein und pochte in ihm wie ein alter Kummer. Er saß zu Hause und sah sich CNN oder eine alberne Talkshow im Fernsehen an, und auf einmal mußte er an die Fliegen denken oder an das, was der Hausmeister, der das Toilettenpapier wechselte, eindeutig nicht sah. Und dann schaute er auf die Uhr und stellte fest, daß eine Stunde vergangen war. Manchmal mehr.

Eine Zeitlang war er überzeugt, daß es sich um einen garstigen Streich handelte. Paul hatte es eingefädelt, und wahrscheinlich der Fettsack von Janus Music – Tell hatte häufig gesehen, wie sie sich unterhielten; und hatten sie nicht einmal zu ihm herübergeblickt und gelacht? Der Typ vom Empfang mit seinen Camels und dem toten, skeptischen Blick kam auch in Frage. Nicht Georgie, Georgie hätte das Geheimnis nicht für sich behalten können, selbst wenn Paul ihn eingeweiht hätte. Aber bei allen anderen war es denkbar. Einen oder zwei Tage dachte Tell sogar über die Möglichkeit nach, daß Roger Daltrey selbst es vielleicht einmal übernommen hatte, diese falsch geschnürten weißen Turnschuhe zu tragen.

Ihm war klar, daß das paranoide Hirngespinste waren, aber sie verschwanden auch nach dieser Erkenntnis nicht. Er befahl ihnen zu verschwinden, beharrte darauf, daß kein von Paul Jannings angeführter Kreuzzug stattfand, um ihm eins auszuwischen, und sein Verstand antwortete: *Klar, okay, klingt logisch,* und fünf Stunden später – vielleicht auch nur zwanzig Minuten – sah er die ganze Bande, wie sie unten in Desmond's Steak House saßen, zwei Blocks entfernt: Paul; der kettenrauchende Mann vom Empfang, der auf Heavy Metal und Gruppen in schwerer Lederkluft stand; vielleicht sogar der Dünne von Snappy Kards; und alle aßen Krabbencocktails und tranken. Und lachten natürlich. Lachten über *ihn*, während die schmutzigen weißen Turnschuhe, die sie der Reihe nach anzogen, in einer zerknüllten braunen Tüte unter dem Tisch standen.

Tell konnte die braune Tüte *sehen*. So schlimm war es geworden.

Aber diese kurzlebigen Hirngespinste waren nicht das schlimmste. Das schlimmste war einfach dies: Die Toilette im dritten Stock übte eine *Anziehungskraft* auf ihn aus. Es war, als wäre da drinnen ein starker Magnet und seine Hosentaschen voller Eisenspäne. Hätte ihm jemand so etwas *erzählt*, hätte er gelacht (vielleicht nur in Gedanken, wenn die Person, die erzählte, ernst gewirkt hätte), aber es war tatsächlich da, ein Gefühl wie Faszination, das er jedesmal hatte, wenn er auf dem Weg ins Studio oder zum Fahrstuhl an der Toilette vorbeikam. Es war ein schreckliches Gefühl, als würde er in einem Hochhaus auf ein offenes Fenster zugezerrt, oder als müßte er hilflos wie von außerhalb seines Körpers mit ansehen, wie er eine Pistole hochhob und den Lauf in den Mund steckte.

Er wollte es noch einmal sehen. Ihm war klar, daß ein einziger Blick ausreichen würde, ihn fertigzumachen, aber das spielte keine Rolle. Er wollte es noch einmal sehen.

Jedesmal, wenn er vorbeiging, diese geistige Anziehung.

In seinen Träumen machte er die Tür immer und immer wieder auf. Nur um einen Blick hineinzuwerfen.

Einen wirklich *guten* Blick.

Und er konnte es niemandem erzählen. Er wußte, es wäre besser, wenn er es erzählen würde; ihm war klar, wenn er jemand anderem sein Herz ausschüttete, würde die Sache ihre Form verändern, vielleicht sogar einen Griff bekommen, an dem er sie festhalten konnte. Er ging zweimal in Bars, wo es ihm gelang, mit den Männern neben sich Gespräche anzufangen. Denn Bars, dachte er, waren die Orte, wo Gespräche am billigsten waren. Tiefstpreise.

Beim ersten Mal hatte er kaum den Mund aufgemacht, als der Mann, den er sich ausgesucht hatte, eine Predigt über die Yankees und George Steinbrenner anfing. Besonders Steinbrenner schien dem Mann auf den Geist zu gehen, und es war unmöglich, den Burschen auch nur einmal auf ein anderes Thema anzusprechen. Tell gab den Versuch bald auf.

Beim zweiten Mal gelang es ihm, ein vergleichsweise beiläufiges Gespräch mit einem Mann anzufangen, der wie ein Bauarbeiter aussah. Sie unterhielten sich über das Wetter, dann über Baseball (aber der Mann war nicht verrückt nach dem Thema) und schließlich darüber, wie schwer es war, in New York einen Job zu finden. Tell schwitzte. Ihm war, als müßte er eine schwere körperliche Arbeit ausführen – vielleicht eine Schubkarre voll Beton eine Schräge hinaufschieben –, aber er hatte auch den Eindruck, als machte er seine Sache ganz gut.

Der Mann, der wie ein Bauarbeiter aussah, trank Black Russians. Tell blieb bei Bier. Er hatte den Eindruck, als würde er es ebenso schnell wieder ausschwitzen, wie er es trank, aber nachdem er dem Mann ein paar Drinks spendiert und dieser ihm ein paar Gläser bezahlt hatte, faßte Tell den Mut, aufs Thema zu kommen.

»Wollen Sie etwas wirklich Seltsames hören?« sagte er.

»Sind Sie schwul?« fragte der Mann, der wie ein Bauarbeiter aussah, bevor Tell ein weiteres Wort sagen konnte. Er drehte sich auf dem Barhocker herum und sah Tell mit liebenswürdiger Neugier an. »Ich meine, mir ist es gleich, ob Sie es sind oder nicht; aber ich glaube, ich spüre solche Schwingungen und dachte mir, ich sage ihnen lieber gleich, daß ich auf sowas nicht stehe. Klare Fronten, verstehen Sie?«

»Ich bin nicht schwul«, sagte Tell.

»Oh. Was ist dann das Seltsame?«

»Ja?«

»Sie sprachen von etwas wirklich Seltsamem.«

»Ach, so seltsam war es im Grunde auch wieder nicht«, sagte Tell. Dann sah er auf die Uhr und sagte, daß es spät würde.

Drei Tage vor dem Abschluß der Daltrey-Abmischung verließ Tell Studio F, um zu pinkeln. Neuerdings benutzte er die Toilette im sechsten Stock. Er hatte zuerst die im vierten, dann die im fünften benutzt, aber beide lagen direkt über der im dritten, und er hatte gespürt, wie der Besitzer der Turnschuhe stumm durch die Decken strahlte und an ihm zu saugen schien. Die Herrentoilette im sechsten Stock lag an der anderen Seite des Gebäudes, und das schien die Lösung des Problems zu sein.

Er ging auf dem Weg zum Fahrstuhl an der Empfangsloge vorbei, blinzelte und stand plötzlich in der Toilette im dritten Stock, wo die Tür mit einem leisen *swisch* hinter ihm zufiel, statt in der Fahrstuhlkabine. Er hatte noch nie solche Angst gehabt. Teilweise wegen der Turnschuhe, aber größtenteils, weil er entdeckte, daß ihm gerade drei bis sechs Sekunden seines Gedächtnisses abhanden gekommen waren. Sein Bewußtsein hatte zum ersten Mal in seinem Leben einfach ausgesetzt.

Er hatte keine Ahnung, wie lange er dort stehengeblieben wäre, wäre nicht plötzlich die Tür hinter ihm aufgegangen und ihm schmerzhaft in den Rücken gestoßen. Es war Paul Jannings. »Entschuldigung, Johnny«, sagte er. »Ich hatte keine Ahnung, daß Sie zum Meditieren hierher kommen.«

Er ging an Tell vorbei, ohne eine Antwort abzuwarten (er hätte auch keine bekommen, dachte Tell später; seine Zunge klebte am Gaumen fest). Es gelang Tell, zum ersten Pissoir zu gehen und den Reißverschlug aufzumachen, aber nur, weil er dachte, Paul würde seine Freude daran haben, wenn er kehrtmachte und die Toilette fluchtartig verließ. Vor gar nicht so langer Zeit hatte er Paul als Freund betrachtet – vielleicht als seinen *einzigen* Freund, jedenfalls in New York. Die Zeiten hatten sich eindeutig geändert.

Tell stand etwa zehn Sekunden vor dem Pissoir, dann betätigte er die Spülung. Er drehte sich um, ging zwei leise Schritte auf Zehenspitzen, bückte sich und sah unter der Tür der ersten Kabine hindurch. Die Turnschuhe waren noch da, sie waren mittlerweile von Bergen toter Fliegen umgeben.

Ebenso Paul Jannings' Gucci-Slipper.

Tell sah so etwas wie eine Doppelbelichtung oder einen der billigen Gespenstereffekte aus der alten *Topper*-Serie. Zuerst sah er Pauls Slipper durch die Turnschuhe; dann schienen die Turnschuhe solider zu werden, und er sah sie durch die Slipper, als wäre Paul das Gespenst. Aber selbst wenn er durch sie hindurchsah, bewegten sich Pauls Schuhe ein wenig hin und her, während die Turnschuhe an Ort und Stelle blieben, wie immer.

Tell ging hinaus. Er war zum ersten Mal seit zwei Wochen ruhig.

Am nächsten Tag tat er, was er wahrscheinlich schon von Anfang an hätte tun sollen: er lud Georgie Ronkler zum Essen ein und fragte ihn, ob er jemals seltsame Geschichten oder Gerüchte über das Gebäude gehört hatte, das Music City genannt worden war. Ihm blieb ein Rätsel, warum er nicht früher darauf gekommen war. Er wußte nur, was gestern geschehen war, schien sein Denken irgendwie geklärt zu haben, wie ein heftiger Schlag oder ein Schwall kalten Wassers. Georgie wußte vielleicht nichts, möglicherweise aber doch; er arbeitete seit mindestens sieben Jahren mit Paul und größtenteils im Music City.

»Ach, Sie meinen das Gespenst«, sagte Georgie und lachte. Sie besuchten Cartin's, ein Restaurant an der Sixth Avenue, wo mittägliche Regsamkeit herrschte. Georgie biß in sein Corned-beef-Sandwich, kaute, schluckte und trank etwas Sodawasser mit den beiden Strohhalmen in der Flasche. »Wer hat Ihnen davon erzählt, Johnny?«

»Oh, ich glaube, einer der Hausmeister«, sagte Tell. Seine Stimme klang völlig ruhig.

»Sind Sie sicher, daß Sie es nicht gesehen haben?« fragte Georgie augenzwinkernd. Das war das äußerste an Spott, was Georgie zustande brachte.

»Nein«. Und er hatte es nicht gesehen. Nur die Turnschuhe. Und ein paar tote Fliegen.

»Nun, inzwischen hat es wieder nachgelassen, aber früher hat alle Welt davon geredet – daß der Geist des Burschen spukt. Es hat ihn direkt da oben im dritten Stock erwischt, wissen Sie. Auf dem Klo.« Georgie hob die Hände, flatterte damit neben den flaumigen Pfirsichwangen, summte ein paar Töne der Titelmelodie von *Twilight Zone* und versuchte, geheimnisvoll auszusehen. Ein Ausdruck, dessen er nicht fähig war.

»Ja«, sagte Tell. »Das habe ich auch gehört. Aber der Hausmeister wollte mir nicht mehr erzählen; vielleicht hat er auch nicht mehr gewußt. Er hat einfach gelacht und ist weggegangen.«

»Das ist schon passiert, bevor ich mit Paul zusammengearbeitet habe. Paul hat mir davon erzählt.«

»Hat er das Gespenst nie selbst gesehen?« fragte Tell, der die Antwort kannte. Gestern hatte Paul *in* dem Gespenst *gesessen.* Hatte *in ihm geschissen,* um die brutale, vulgäre Wahrheit zu sagen.

»Nein, er hat immer darüber gelacht.« Georgie legte das Sandwich weg. »Sie wissen ja, wie er manchmal sein kann. Ein bißchen b-bösartig.«

Wenn er gezwungen war, etwas auch nur annähernd Negatives über jemanden zu sagen, fing Georgie stets leicht an zu stottern.

»Ich weiß. Aber vergessen wir Paul; wer war dieses Gespenst? Was ist mit ihm passiert?«

»Oh, er war nur ein Drogendealer«, sagte Georgie. »Das war 1972 oder 73, schätze ich, als Paul gerade anfing – damals war er selbst nur Mischassistent. Vor der Flaute.«

Tell nickte. Zwischen 1975 und 1980 hatte die Rockmusik-Industrie lahm in den Roßbreiten gelegen. Die Jugendlichen gaben ihr Geld für Videospiele aus statt für Schallplatten. Zum schätzungsweise fünfzigsten Mal seit 1955 verkündeten die Fachleute den Tod des Rock and Roll. Aber der erwies sich, wie schon bei früheren Gelegenheiten, als ein ausgesprochen lebendiger Leichnam. Videospiele waren plötzlich *out*; MTV erschien auf der Bildfläche; eine neue Welle Stars wurde aus England importiert; Bruce Springsteen veröffentlichte *Born in the U.S.A.*; Rap und Hip-Hop kurbelten Tanzbewegungen und Umsätze an.

«Vor der Flaute lieferten die Bosse der Plattenindustrie vor großen Konzerten persönlich in ihren Aktenkoffern Koks hinter der Bühne ab«, sagte Georgie. »Ich war damals Konzertmischer und habe es selbst gesehen. Es gab da einen Burschen – ich will seinen Namen nicht nennen, w-weil er seit 1978 tot ist, aber Sie würden ihn kennen, wenn ich ihn verriete –, der von seiner Plattenfirma vor jedem Auftritt ein Glas Oliven bekam. Das Glas war immer in hübsches Papier verpackt, mit Schleifchen und Bändern und allem. Aber die Oliven lagen nicht in Wasser, sondern in Kokain. Er tat sie in seine Drinks. Nannte sie A-a-a-abheb-Martinis.«

»Ich wette, das waren sie auch«, murmelte Tell.

»Nun, damals dachten eine Menge Leute, Kokain wäre so etwas wie ein Vitamin«, sagte Georgie. »Sie glaubten, es würde einen nicht süchtig machen, so wie Heroin, oder einem den nächsten Tag v-versauen, so wie Fusel. Und dieses Gebäude, Mann, dieses Gebäude war ein regelrechter Schneesturm. Tabletten und Pot und auch Hasch, aber Kokain war der Knüller. Und dieser Bursche . . .«

»Wie hieß er?«

Georgie zuckte die Achseln. »Weiß ich nicht. Paul hat es mir nie gesagt, und ich habe es auch nie von jemandem im Haus erfahren – jedenfalls nicht, daß ich mich erinnern könnte. Aber er war a angeblich wie einer dieser Botenjungen aus den Delikatessengeschäften, die man im Fahrstuhl mit Kaffee und Krapfen und K-kuchen rauf- und runterfahren sieht. Nur, statt Kaffee und so weiter brachte dieser Bursche Stoff. Man sah ihn zwei- oder dreimal die Woche, wie er bis ganz nach oben fuhr und sich dann nach unten vorarbeitete. Er hatte einen Mantel über dem Arm und eine Krokoledertasche in der Hand. Den Mantel trug er auch, wenn es heiß war. Damit die Leute die Handschellen nicht sahen. Aber ich schätze, manchmal haben sie sie d-d-doch gesehen.«

»Die *was?*«

»*H-H-H-Handschellen*«, sagte Georgie und spuckte Brotkrümel und Cornedbeef, worauf er sofort knallrot wurde. »Herrje, Johnny, das tut mir leid.«

»Macht nichts. Möchten Sie noch ein Sodawasser?«

»Ja, gern«, sagte Georgie dankbar.

Tell gab der Kellnerin ein Zeichen.

»Er war also ein Botenjunge«, sagte er, hauptsächlich, um Georgie wieder zu beruhigen – Georgie tupfte sich immer noch die Lippen mit der Serviette ab.

»Richtig.« Das frische Sodawasser kam, und Georgie trank davon. »Wenn er im achten Stock aus dem Fahrstuhl kam, war die Aktentasche, die er mit Handschellen am Handgelenk trug, voll Stoff. Wenn er wieder im Erdgeschoß ankam, war sie voll Geld.«

»Der beste Trick seit der Verwandlung von Blei in Gold«, sagte Tell.

»Ja, aber schließlich hat der Zauber versagt. Eines Tages hat er es nur bis zum dritten Stock geschafft. Jemand hat ihn in der Herrentoilette abgemurkst.«

»Erstochen?«

»Ich habe gehört, jemand hat die Tür der Kabine aufgerissen, in der er saß, und ihm einen Bleistift ins Auge gestoßen.«

Tell sah die Szene einen Augenblick so deutlich vor sich, wie er die zusammengeknüllte Papiertüte unter dem Restauranttisch der eingebildeten Verschwörer gesehen hatte: einen Barol Black Warrior, fein zugespitzt, der durch die Luft zischte und dann in den verblüfften Kreis einer Pupille eindrang. Der platzende Augapfel. Er zuckte zusammen.

Georgie nickte. »Schlimm, was? Aber wahrscheinlich stimmt es nicht. Ich meine, das mit dem Bleistift. Wahrscheinlich hat ihn einfach jemand erstochen, Sie wissen schon.«

»Ja.«

»Aber wer es auch getan haben mag, er *muß* einen scharfen Gegenstand bei sich gehabt haben«, sagte Georgie.

»Tatsächlich?«

»Ja. Die Aktentasche war nämlich weg.«

Tell sah Georgie an. Auch das sah er vor sich. Noch bevor Georgie ihm den Rest erzählte, sah er es vor sich.

»Als die Bullen kamen und den Burschen von der Toilette wegholten, fanden sie seine linke Hand in der S-Schüssel.«

»Oh«, sagte Tell.

Georgie sah auf seinen Teller. Es lag immer noch ein halbes Sandwich darauf. »Schätze, ich b-b-bin satt«, sagte er und lächelte unbehaglich.

Auf dem Rückweg zum Studio fragte Tell: »Der Geist dieses Burschen spukt also angeblich noch . . . wo? In der Toilette?« Und plötzlich lachte er, denn so gräßlich die Geschichte auch gewesen war, die Vorstellung von einem Gespenst, das in einem Scheißhaus spukte, hatte etwas Komisches.

Georgie lächelte. »Sie kennen ja die Leute. Anfangs haben sie das behauptet. Als ich anfing, mit Paul zu arbeiten, kamen Leute und behaupteten, sie hätten ihn da drinnen *gesehen*. Nicht *ganz*, nur seine Turnschuhe unter der Kabinentür.«

»Nur seine Turnschuhe, hm? Ein echter Heuler.«

»Ja. Darum wußte man, daß sie es sich ausdachten oder einbildeten, weil man es nur von Leuten hörte, die ihn kannten, als er noch lebte. Von Leuten, die wußten, daß er Turnschuhe trug.«

Tell, der ein unschuldiges Kind gewesen war und im ländlichen Pennsylvania gelebt hatte, als der Mord geschah, nickte. Sie waren beim Music City angekommen. Als sie durch die Halle zu den Fahrstühlen gingen, sagte Georgie: »Aber Sie wissen ja, was für ein Verschleiß in der Branche herrscht. Heute hier, morgen dort. Ich weiß nicht, ob noch jemand hier arbeitet, der damals dabei war, abgesehen vielleicht von Paul und ein paar H-Hausmeistern, und *die* haben sicher nichts bei dem Burschen gekauft.«

»Kaum.«

»Nein. Deshalb hört man die Geschichte auch kaum noch, und es *sieht* ihn auch keiner mehr.«

Sie standen vor den Fahrstühlen.

»Georgie, warum bleiben Sie bei Paul?«

Obwohl Georgie den Kopf senkte und seine Ohrläppchen purpurrot wurden, schien ihn dieser unvermittelte Themenwechsel nicht zu überraschen. »Warum nicht? Er sorgt für mich.«

Gehst du mit ihm ins Bett, Georgie? Die Frage kam ihm sofort in den Sinn, wahrscheinlich als natürliche Folge der vorherigen Frage, vermutete Tell; aber er würde sie nicht stellen. Würde es nicht *wagen*, sie zu stellen. Weil er überzeugt war, daß Georgie ihm eine ehrliche Antwort geben würde.

Tell, der es kaum über sich brachte, mit Fremden zu reden, und der niemals Freundschaft schloß – von heute vielleicht abgesehen –, umarmte Georgie Ronkler plötzlich. Georgie umarmte ihn ebenfalls, ohne zu ihm aufzusehen. Dann lösten sie sich voneinander, der Fahrstuhl kam, das Mischen ging weiter, und am nächsten Abend um Viertel nach sechs, als Jannings seine Papiere zusammensuchte (und überdeutlich nicht in Tells Richtung sah), betrat Tell die Herrentoilette im dritten Stock, um sich den Besitzer der weißen Turnschuhe anzusehen.

Als er sich mit Georgie unterhielt, hatte er eine plötzliche Offenbarung gehabt – oder vielleicht nannte man etwas so Nachdrückliches auch eine göttliche Eingebung. Es handelte sich um folgendes: Vielleicht konnte man die Geister, die einen im Leben quälten, loswerden, wenn man nur genügend Mut aufbrachte, sich ihnen zu stellen.

Dieses Mal hatte er keine Bewußtseinslücke, und er empfand auch keine Angst – nur ein konstantes, tiefes Trommeln in der Brust. Seine Sinne waren geschärft. Er roch Chlor, die rosa Desinfektionssteine in den Pissoirs, alte Fürze. Er konnte winzige Risse in der Farbe an der Wand erkennen und abgeblätterte Stellen an den Rohren. Er konnte das hohle Klacken seiner Absätze hören, als er zur ersten Kabine ging.

Die Turnschuhe waren inzwischen beinahe unter toten Fliegen und Spinnen begraben.

Zuerst waren es nur eine oder zwei. Weil sie nicht sterben mußten, bevor die Turnschuhe da waren, und die waren erst da, als ich sie gesehen habe.

»Warum ich?« sagte er deutlich in die Stille.

Die Turnschuhe bewegten sich nicht, und keine Stimme antwortete.

»Ich habe dich nicht *gekannt*, ich bin dir nie *begegnet*, ich nehme nicht einmal den Stoff, den du verkauft hast, und habe ihn nie genommen. Also warum ich?«

Einer der Turnschuhe zuckte. Die toten Fliegen raschelten wie Papier. Dann glitt der Turnschuh – es war der falsch gebundene – zurück.

Tell stieß die Kabinentür auf. Eine Angel quietschte auf angemessen gruselige Weise. Und da war er. *Geheimnisvoller Gast, bitte eintreten,* dachte Tell.

Der geheimnisvolle Gast saß auf der Kloschüssel, eine Hand lag schlaff auf seinem Oberschenkel. Er war fast genau so, wie Tell ihn in seinen Träumen gesehen hatte – mit einem Unterschied: er hatte nur eine Hand. Der andere Arm endete mit einem staubigen, scharlachroten Stumpf, an dem auch ein paar tote Fliegen klebten. Erst jetzt wurde Tell klar, daß er Turnschuhs Hosen nie gesehen hatte (und sah man nicht immer, wie sich heruntergelassene Hosen über den Schuhen stauten, wenn man unter der Tür einer Toilettenkabine durchsah? Etwas hilflos Komisches oder einfach Schutzloses oder eines aufgrund des anderen?). Er hatte sie nicht gesehen, weil sie nicht heruntergelassen waren, Gürtel zugeschnallt, Hosenschlitz geschlossen. Es waren Hosen mit weiten Aufschlägen. Er versuchte sich zu erinnern, wann Hosen mit weiten Aufschlägen aus der Mode gekommen waren, konnte sich aber nicht darauf besinnen.

Über der Hose trug Turnschuh ein blaues Flanellhemd mit einem aufgestickten Peace-Zeichen auf jeder Brusttasche. Er hatte das Haar rechts gescheitelt. Tell konnte tote Fliegen auf dem Scheitel erkennen. Am Haken an der Rückseite der Tür hing der Mantel, von dem

Georgie ihm erzählt hatte. Auf den eingesunkenen Schultern lagen auch tote Fliegen.

Er hörte ein knirschendes Geräusch, beinahe wie das, das die Tür von sich gegeben hatte. Es waren die Sehnen im Hals des Toten, wurde Tell klar. Turnschuh hob den Kopf. Dann sah er ihn an, und Tell stellte ohne jede Überraschung fest, daß das Gesicht, das ihn ansah, abgesehen von den vier Zentimetern Bleistift, die aus dem rechten Auge ragten, genau dasselbe war wie das, das er jeden Morgen im Rasierspiegel erblickte. Turnschuh war er selbst, und er war Turnschuh.

»Ich *wußte*, daß du bereit bist«, sagte er mit der tonlosen Stimme eines Mannes, der seine Stimmbänder schon lange nicht mehr benützt hat, zu sich selbst.

»Bin ich nicht«, sagte Tell. »Geh weg.«

»Ich meinte, die ganze Wahrheit zu erfahren«, sagte Tell zu Tell, und der Tell unter der Tür sah Ringe weißen Pulvers unter den Nasenlöchern des Tell, der auf dem Klo saß. Er hatte es also selbst genommen und nicht nur gedealt, so schien es. Er war hier hereingekommen, um kurz mal zu schnupfen; jemand hatte die Tür aufgerissen und ihm den Bleistift ins Auge gebohrt. Aber wer verübte einen Mord mit einem Bleistift? Vielleicht nur jemand, der das Verbrechen ...

»Oh, man könnte sagen, impulsiv begangen hat«, sagte Turnschuh mit seiner heiseren, tonlosen Stimme. »Das weltberühmte Verbrechen im Affekt.«

Und Tell – der Tell, der unter der Tür stand – begriff plötzlich ganz genau, was vorgefallen war, was Georgie auch immer denken mochte. Der Mörder hatte nicht unter der Tür durchgesehen, und Turnschuh hatte vergessen, den kleinen Riegel vorzuschieben. Zwei konvergierende Hälften eines Zufalls, die unter gewöhnlichen Umständen nicht mehr als ein »Entschuldigung« und einen hastigen Rückzug zur Folge gehabt hätten. Dieses Mal allerdings war es anders gekommen. Dieses Mal hatte es zu einem Stegreifmord geführt.

»Ich habe nicht vergessen, den Riegel vorzuschieben«, sagte Turnschuh mit seiner tonlosen, heiseren Stimme. »Er war kaputt.«

Ja, meinetwegen, kaputt. Das spielte keine Rolle. Und der Bleistift? Tell war überzeugt, daß der Killer ihn in der Hand gehalten hatte, als er die Tür der Kabine aufstieß – aber nicht als Waffe. Er hatte ihn nur gehalten, weil man ab und zu etwas in der Hand hält – eine Zigarette, ein Schlüsselbund, einen Bleistift oder Kuli, um damit herumzuspielen. Tell nahm an, daß der Bleistift wahrscheinlich in Turnschuhs Auge gesteckt hatte, noch bevor einer von beiden überhaupt wußte, daß der Mörder ihn dort hineinstoßen wollte. Und da der Killer möglicherweise ein Kunde gewesen war, der wußte, was sich in der Aktentasche befand, hatte er die Tür wieder zugemacht, sein Opfer auf der Kloschüssel sitzen lassen, das Gebäude verlassen und – nun, *etwas* geholt ...

»Er ging in ein Eisenwarengeschäft, fünf Blocks entfernt, und kaufte eine Metallsäge«, sagte Turnschuh mit seiner tonlosen Stimme, und Tell merkte plötzlich, daß es nicht mehr *sein* Gesicht war; es war das Gesicht eines Mannes, der um die dreißig war und vage indianisch aussah. Tells Haar war hellblond, und so war das dieses Mannes anfangs auch gewesen, aber jetzt war es pechschwarz und stumpf.

Und plötzlich fiel ihm noch etwas auf – es fiel ihm auf, wie einem Sachen in Träumen auffallen: Wenn Leute Gespenster sehen, dann sehen sie sie *immer* zuerst als sich selbst. Warum? Aus demselben Grund, aus dem Tiefseetaucher auf dem Weg zur Oberfläche Pausen einlegen, weil sie wissen, wenn sie zu schnell auftauchen, bekommen sie Stickstoffbläschen im Blut und leiden oder sterben möglicherweise unter Qualen.

»Die Wahrnehmung verändert sich, wenn man das Natürliche verläßt, oder nicht?« fragte Tell heiser. »Und darum war das Leben für mich in letzter Zeit so unheimlich. Etwas in mir hat sich aufgeladen, um mit – nun, mit *dir* fertigzuwerden.«

Der Tote zuckte die Achseln. Fliegen rieselten trocken von seinen Schultern. »Erzähl weiter, Klugscheißer – du scheinst ja den Kopf dazu zu haben.«

»Klar«, sagte Tell. »*Mach ich.* Er kaufte eine Säge, der Verkäufer wickelte sie ihm in eine Papiertüte, und er kam zurück. Er hat sich überhaupt keine Sorgen gemacht. Wenn jemand dich in der Zwischenzeit gefunden hätte, hätte er es gesehen, vor der Tür hätten sich die Leute gesammelt. Das wird er sich gedacht haben. Vielleicht wären sogar schon die Bullen da gewesen. Wenn alles normal aussah, wollte er hereinkommen und die Aktentasche holen.«

»Er hat zuerst versucht, die Kette durchzusägen«, sagte die heisere Stimme. »Als ihm das nicht gelang, hat er mir die Hand abgesägt.«

Sie sahen einander an. Tell stellte plötzlich fest, daß er den Toilettendekkel und die schmutzigen weißen Kacheln der Wand hinter dem Leichnam sehen konnte – dem Leichnam, der sich schließlich doch in ein echtes Gespenst verwandelte.

»Weißt du es jetzt«, fragte es Tell. »Warum du?«

»Ja. Du mußtest es jemandem erzählen.«

»Ach was – erzählen ist Scheiße«, sagte das Gespenst, und dann lächelte es ein Lächeln von so abgrundtiefer Gemeinheit, daß Tell entsetzt war. »Aber *wissen* ist manchmal ganz gut ... das heißt, wenn man noch am Leben ist.« Es machte eine Pause. »Du hast vergessen, deinen Freund Georgie nach etwas Wichtigem zu fragen, Tell. Etwas, das er vielleicht nicht so offen und ehrlich preisgegeben hätte.«

»Was?« fragte er, war aber nicht mehr sicher, ob er es wirklich wissen wollte.

»Wer damals im dritten Stock mein größter Kunde war. Wer mit über achttausend Dollar bei mir in der Kreide stand. Wer auf dem Trockenen saß. Wer zwei Monate nach meinem Tod eine Entziehungskur auf Rhode Island machte und *clean* wurde. Wer sich heutzutage nicht einmal mehr in die Nähe des weißen Pulvers wagt. Georgie war damals noch nicht hier, aber ich glaube, er kennt die Antwort auf all diese Fragen. Weil er die Leute reden hört. Ist dir auch schon aufgefallen, wie die Leute in Gegenwart von Georgie reden, als wäre er gar nicht da?«

Tell nickte.

»Und in seinem *Gehirn* stottert er nicht. Ich glaube, er weiß es wirklich. Er würde es nie jemandem sagen, Tell, aber ich glaube, er weiß es.«

Das Gesicht veränderte sich wieder, und jetzt waren die Gesichtszüge, die aus dem urschlammähnlichen Nebel flossen, feminin und fein geschnitten. Paul Jannings' Züge.

»Nein«, flüsterte Tell.

»Er bekam über dreißig Riesen«, sagte der Tote mit Pauls Gesicht. »Damit hat er die Entziehungskur bezahlt – und es blieb genügend übrig für all die Laster, die er *nicht* abgelegt hat.«

Und plötzlich verblaßte die Gestalt auf dem Toilettensitz völlig. Einen Augenblick später war sie verschwunden. Tell sah auf den Boden – auch die Fliegen waren verschwunden.

Er mußte nicht mehr aufs Klo. Er ging in das Aufnahmestudio zurück, sagte Paul Jannings ins Gesicht, daß er ein wertloser Dreckskerl war, verweilte gerade lange genug, um den Ausdruck völliger, betroffener Fassungslosigkeit auf Pauls Gesicht zu genießen, und ging dann zur Tür hinaus. Er würde andere Jobs bekommen; er war so gut in seinem Metier, daß er sich darauf verlassen konnte. Aber daß er es endlich wußte, kam einer Offenbarung gleich. Nicht die erste des Tages, aber eindeutig die beste.

Als er in seine Wohnung zurückkam, ging er direkt durch das Wohnzimmer zur Toilette. Der Drang, sich zu erleichtern, hatte sich wieder eingestellt – war sogar ziemlich dringend geworden –, aber das machte nichts; es gehörte zum Leben. »Ein Mann mit festen Gewohnheiten ist ein glücklicher Mann«, sagte er zu den weiß gekachelten Wänden. Er drehte sich ein wenig um, holte die neueste Ausgabe des *Rolling Stone*, die er auf dem Wasserkasten der Toilette liegengelassen hatte, schlug die Spalte »Aktuelles in Kürze« auf und fing an zu lesen.

Verdammt gute Band haben die hier

Als Mary aufwachte, hatten sie sich verfahren. Sie wußte es, und Clark wußte es auch, obwohl er es zuerst nicht zugeben wollte; er stellte seinen »Ich-bin-stinksauer«-Gesichtsausdruck zur Schau, bei dem sein Mund immer kleiner wurde, bis es so aussah, als verschwände er ganz. Und von »verfahren« würde Clark schon gar nicht reden; sie waren »irgendwo falsch abgebogen« – so würde er sich ausdrücken, und auch das nur widerwillig.

Sie waren am Tag zuvor von Portland aufgebrochen. Clark arbeitete für eine Computerfirma – einen der Branchenriesen –, und es war seine Idee gewesen, daß sie sich einen Teil von Oregon ansehen sollten, der außerhalb von dem freundlichen, aber langweiligen Vorort von Portland lag, in dem sie lebten, und der Software City genannt wurde. »Sie sagen, da draußen im Hinterland wäre es wunderschön«, hatte er zu ihr gesagt. »Möchtest du es dir ansehen? Ich habe eine Woche Zeit, und die ersten Versetzungsgerüchte machen bereits die Runde. Wenn wir uns das wahre Oregon nicht ansehen, werden die letzten sechzehn Monate, glaube ich, nicht mehr sein als ein schwarzes Loch in meiner Erinnerung.«

Sie hatte sich bereitwillig darauf eingelassen (die Schule war vor zehn Tagen zu Ende gegangen, und Ferienunterricht war nicht vorgesehen), und sie hatte das angenehm ziellose Catch-as-catch-can-Gefühl der Reise genossen und darüber vergessen, daß spontane Ferienausflüge häufig so endeten: Die Urlauber verfuhren sich auf einer Nebenstraße, die durch den zugewucherten Arsch der Welt führte. Vielleicht war das ein Abenteuer – man konnte es so sehen –, aber sie war im Januar zweiunddreißig geworden und fand, daß man mit zweiunddreißig für solche Abenteuer schon ein bißchen zu alt war. Ihre Vorstellung von einem schönen Urlaub war ein Motelzimmer mit Bademänteln auf den Betten und einem Fön im Badezimmer.

Gestern war es herrlich gewesen, die Landschaft so atemberaubend, daß selbst Clark ab und zu in ein für ihn ungewöhnliches Schweigen verfallen war. Sie hatten die Nacht in einem hübschen Landgasthaus westlich von Eugene verbracht, hatten nicht nur einmal, sondern zweimal miteinander geschlafen (sie war eindeutig noch nicht zu alt, um *daran* ihren Spaß zu haben), waren heute morgen nach Süden aufgebrochen und wollten in Klamath Falls übernachten. Anfangs nahmen sie den Oregon State Highway 58, und *das* war richtig, aber beim Mittagessen in Oakridge hatte Clark vorgeschlagen, nicht auf der Hauptstraße weiterzufahren, die ziemlich mit Geländewagen und Holzlastern verstopft war.

»Ach, ich weiß nicht ...« sagte Mary im zweifelnden Tonfall einer Frau, die schon viele derartige Vorschläge von ihrem Mann zu hören bekommen hat und die Folgen von einigen über sich ergehen lassen mußte. »Ich möchte mich hier draußen nicht verirren, Clark. Sieht reichlich verlassen aus.« Sie klopfte mit einem perfekt manikürten Nagel auf einen grünen Fleck auf der Karte, der die Aufschrift *Wildpark Boulder Creek* trug. »Hier steht *Wild* – und das heißt: keine Tankstellen, keine Toiletten, keine Motels.«

»Ach, komm schon«, sagte er und schob die Reste seines Geflügelschnitzels von sich. Aus der Musicbox sangen Steve Earle and the Dukes »Six Days on the Road«, und draußen, vor den schmutzigen Fenstern, vollführten ein paar gelangweilte Jungs Drehungen und Luftsprünge mit ihren Skateboards. Sie sahen aus, als schlügen sie da draußen nur die Zeit tot und warteten darauf, alt genug zu sein, um aus der Stadt verschwinden zu können, und Mary wußte genau, wie ihnen zumute war.

»Ist doch nichts dabei, Baby. Wir fahren auf dem 58er noch ein paar Meilen nach Osten ... dann biegen wir nach Süden auf die State Road 42 ab ... siehst du sie?«

»Hm-hmm.« Sie sah aber auch, daß der Highway 58 eine dicke rote Linie war, die State Road 42 dagegen nur ein dünner, krakeliger schwarzer Strich. Aber sie war vollgestopft mit Frikadellen und Kartoffelpüree und wollte nicht mit Clark und seinen Pfadfinderinstinkten streiten; im Grunde wollte sie nur noch den Sitz ihres reizenden alten Mercedes zurückklappen und ein Nickerchen machen.

»Dann«, drängte er weiter, »haben wir diese Straße hier. Sie trägt keine Nummer, wahrscheinlich ist es eine Landstraße, aber sie führt direkt nach Toketee Falls. Und von da ist es nur noch ein Katzensprung rüber zur U. S. 97. Nun – was meinst du?«

»Daß du uns wahrscheinlich in die Irre führst«, sagte sie – eine vorlaute Bemerkung, die sie später noch bedauern würde. »Aber ich denke, es besteht keine Gefahr, solange du eine Stelle findest, die breit genug ist, daß du die Prinzessin wenden kannst.«

»Amerikanischer Pioniergeist!« sagte er strahlend, zog das fritierte Geflügelschnitzel wieder zu sich heran und fing wieder an zu essen, samt geronnener Soße und allem.

»Igitt-i-gitt!« sagte sie, hielt sich eine Hand vor das Gesicht und schnitt eine Grimasse. »Wie *kannst* du nur?«

»Schmeckt gut«, sagte Clark mit so gedämpfter Stimme, daß nur seine Frau ihn verstehen konnte. »Außerdem sollte man nach Landessitte essen, wenn man auf Reisen ist.«

»Sieht aus, als hätte jemand einen Mundvoll Kautabak auf einen steinalten Hamburger gespuckt«, sagte sie. »Ich kann nur sagen: *Igitt-i-gitt!*«

Sie verließen Oakridge in bester Laune, und anfangs hatte alles reibungslos funktioniert. Der Ärger fing erst an, als sie von der S. R. 42 auf die unbezeichnete Landstraße einbogen. Clark war sicher gewesen, daß die sie in Nullkommanichts bis Toketee Falls bringen würde. Anfangs schien alles bestens zu laufen; Landstraße hin oder her, der neue Weg war viel besser als die State Road 42, die selbst im Sommer voller Schlaglöcher und Frostschäden war. Sie waren sogar ausgezeichnet vorangekommen und hatten abwechselnd neue Cassetten in den Recorder am Armaturenbrett eingelegt. Clark stand auf Leute wie Wilson Pickett, Al Green und Pop Staples. Marys Geschmack ging in eine völlig andere Richtung.

»Was findest du bloß an diesen weißen Jungs?« fragte er, als sie ihren derzeitigen Favoriten einlegte – Lou Reeds *New York*.

»Hab doch einen geheiratet, oder nicht?« sagte sie, und das brachte ihn zum Lachen.

Die ersten Vorboten des Unheils stellten sich fünfzehn Minuten später ein. Sie kamen zu einer Gabelung der Straße. Beide Wege sahen gleichermaßen vielversprechend aus.

»Ach, du Scheiße«, sagte Clark, fuhr rechts ran und klappte das Handschuhfach auf, um die Karte herauszuholen. Er studierte sie eine ganze Weile. »*Das* ist nicht auf der Karte.«

»O Mann, da geht's schon los«, sagte Mary. Sie war gerade am Eindösen gewesen, als Clark vor der unerwarteten Gabelung angehalten hatte, und jetzt war sie ein bißchen wütend auf ihn. »Möchtest du einen Rat von mir?«

»Nein«, sagte er, und es hörte sich ein wenig wütend an, »aber ich nehme an, ich bekomme ihn trotzdem. Und es *stinkt mir*, wenn du so die Augen verdrehst, falls du es noch nicht weißt.«

»Wie denn, Clark?«

»Als wäre ich ein alter Hund, der gerade unter dem Eßtisch gefurzt hat. Los doch, sag mir, was du denkst. Gib's mir. Das ist deine Chance.«

»Kehr um, solange noch Zeit ist. Das ist mein Rat.«

»Hm-hmm. Wenn du nur noch ein Schild hättest, auf dem BEREUE steht.«

»Soll das komisch sein?«

»Ich weiß nicht, Mare«, sagte er mit verdrossener Stimme, und dann saß er nur noch mürrisch da und sah abwechselnd zu der insektenverklebten Windschutzscheibe hinaus und auf die Karte. Sie waren fast fünfzehn

Jahre verheiratet, und Mary kannte ihn gut genug, um zu wissen, daß er darauf bestehen würde, weiterzufahren ... nicht trotz der unerwarteten Gabelung der Straße, sondern gerade *ihretwegen.*

Wenn es um Clark Willinghams Männlichkeit geht, macht er keinen Rückzieher, dachte sie, und dann hielt sie eine Hand vor den Mund und verbarg das Grinsen, das sich dort breit machte.

Aber sie war nicht schnell genug. Clark sah sie mit hochgezogener Braue an, und sie hatte einen plötzlichen, unbehaglichen Gedanken: Wenn sie *ihn* nach der ganzen Zeit so in- und auswendig kannte, dann kannte er sie wahrscheinlich ebensogut. »Ist was?« fragte er, und seine Stimme war etwas zu dünn. In diesem Augenblick – noch *bevor* sie eingeschlafen war, wurde ihr bewußt – war sein Mund schon schmaler geworden. »Möchtest du es mir nicht sagen, Herzblatt?«

Sie schüttelte den Kopf. »Ich hab mich nur geräuspert.«

Er nickte, schob die Brille auf die Stirn und hob die Karte, bis sie fast seine Nasenspitze berührte. »Nun«, sagte er, »es *muß* der linke Weg sein, weil er nach Süden in Richtung Toketee Falls führt. Der andere führt nach Osten. Wahrscheinlich die Zufahrt zu einer Ranch oder so.«

»Eine Straße zu einer Ranch mit einem gelben Mittelstreifen?«

Clarks Mund wurde wieder ein bißchen schmaler. »Du würdest staunen, wie betucht manche dieser Farmer sind«, sagte er.

Sie überlegte, ob sie ihn darauf hinweisen sollte, daß die Tage der Pfadfinder und Pioniere vorbei waren, aber dann fand sie, daß sie viel lieber ein kleines Nickerchen in der Nachmittagssonne machen als mit ihrem Mann streiten wollte, besonders nach der tollen Doppelnummer von gestern nacht. Und schließlich, *irgendwo* mußten sie ja rauskommen, oder nicht?

Mit dieser tröstlichen Vorstellung vor Augen und Lou Reed in den Ohren, der vom letzten großen amerikanischen Wal sang, döste Mary Willingham ein. Während die ungekennzeichnete Straße allmählich immer schlechter wurde, schlief sie unruhig und träumte, sie wären wieder in dem Café in Oakridge, wo sie zu Mittag gegessen hatten. Sie versuchte, einen Vierteldollar in die Musicbox zu stecken, aber der Münzschlitz war mit etwas verstopft, das wie Fleisch aussah. Einer der Jungen, die draußen auf dem Parkplatz herumgetobt hatten, kam mit seinem Skateboard unter dem Arm und seiner Trailblazer-Mütze verkehrt herum auf dem Kopf an ihr vorbei.

Was ist denn mit dem Ding hier los? fragte Mary ihn.

Der Junge kam herüber, warf einen flüchtigen Blick darauf und zuckte die Achseln. *Ach, nichts weiter*, sagte er achselzuckend. *Das ist nur der Kadaver von 'nem Typ, der für dich und für viele dran glauben mußte. Wir geben uns hier nicht mit Kleinigkeiten ab; wir reden von Massenkultur, Honigtörtchen.*

Dann hob er die Hand, zwickte sie in die rechte Brust – und das nicht einmal besonders freundschaftlich – und ging seines Weges. Als sie wieder zu der Musicbox zurückschaute, sah sie, daß sie sich mit Blut gefüllt hatte, in dem Dinge herumschwammen, die verdächtig wie menschliche Organe aussahen.

Vielleicht solltest du diesem Lou-Reed-Album lieber eine Pause gönnen, dachte sie, während in der Blutlache hinter dem Glas eine Schallplatte auf den Plattenteller sank und Lou anfing »Busload of Faith« zu singen.

Während Mary diesen abscheulichen Traum hatte, wurde die Straße ständig schlechter. Die schadhaften Stellen wuchsen zusammen, bis es sich nur noch um *eine einzige* Stelle handelte. Das Album von Lou Reed – ein langes – ging zu Ende und fing wieder von vorn an. Clark bemerkte es nicht. Der freundliche Gesichtsausdruck, mit dem er den Tag begonnen hatte, war gänzlich verschwunden. Sein Mund war zur Größe einer Rosenknospe geschrumpft. Wäre Mary wach gewesen, hätte sie ihn dazu gebracht, umzukehren und meilenweit zurückzufahren. Das wußte er. Und er wußte auch, wie sie ihn ansehen würde, wenn sie jetzt aufwachte und diesen schmalen Streifen verfallenden Asphalts sah – den man nur noch als Straße bezeichnen konnte, wenn man beide Augen zudrückte – und den Pinienwald, der sich auf beiden Seiten so dicht an den Weg drängte, daß der brüchige Teerbelag dauernd im Schatten lag. In der Gegenrichtung war kein Wagen mehr vorbeigekommen, seit sie die State Road 42 verlassen hatten.

Er wußte, er *sollte* umkehren – Mary wurde *stinksauer*, wenn er in so eine Scheiße geriet, und vergaß dabei jedesmal die vielen Ausflüge, bei denen er seinen Weg unbeirrbar auf unbekannten Straßen bis zu ihrem Ziel gefunden hatte (Clark Willingham war einer von den Millionen amerikanischer Männer, die fest davon überzeugt sind, daß sie einen eingebauten Kompaß im Kopf haben). Aber er fuhr weiter, anfangs noch in der störrischen Überzeugung, daß sie in Toketee Falls herauskommen *mußten*; aber zuletzt hoffte er es nur noch. Außerdem hatte er keinen Platz zum Wenden. Wenn er es ohne eine Ausweichstelle versuchte, würde er die Prinzessin bis zu den Radkappen in einem der sumpfigen Straßengräben versenken, die diesen erbärmlichen Abklatsch einer Straße säumten . . . und Gott allein mochte wissen, wie lange es dauerte und wie weit man laufen mußte, um einen Abschleppwagen hierher zu bekommen.

Schließlich kam er *doch* an eine Stelle, an der er hätte wenden können – eine weitere Gabelung der Straße –, aber er beschloß, es nicht zu tun. Der Grund war einfach. Der rechte Weg bestand aus einem Schotterpfad, auf dem Gras wuchs. Links dagegen war die Straße wieder breit, sauber asphaltiert und mit einem hellgelben Mittelstreifen versehen. Nach dem

Kompaß in Clarks Kopf führte diese Straße schnurstracks nach Süden. Er konnte Toketee Falls förmlich *riechen.* Zehn Meilen, vielleicht fünfzehn, allerhöchstens zwanzig.

Er *überlegte* aber immerhin, ob er umkehren sollte. Als er Mary später davon erzählte, sah er den zweifelnden Blick in ihren Augen, aber es stimmte. Er beschloß weiterzufahren, weil Mary sich zu regen begann, und er war überzeugt, der unebene Straßenabschnitt voller Schlaglöcher, den sie gerade hinter sich gelassen hatten, würde sie aufwecken, wenn er wendete. Und dann würde sie ihn mit ihren großen, wunderschönen blauen Augen ansehen. Nur ansehen. Das würde genügen.

Außerdem, weshalb sollte er anderthalb Stunden damit vergeuden, daß er zurückfuhr, wenn Toketee Falls nur einen Katzensprung entfernt lag? *Sieh dir diese Straße an*, dachte er. *Glaubst du, so eine Straße hört einfach auf?*

Er legte den Gang wieder ein, nahm die linke Straße, und sie hörte tatsächlich auf. Nach dem ersten Hügel verschwand der gelbe Mittelstreifen. Nach dem zweiten ging der Asphaltbelag zu Ende, sie befanden sich auf einem ausgefahrenen Feldweg, der dunkle Wald drängte sich auf beiden Seiten noch dichter heran, und die Sonne – das bemerkte Clark jetzt zum ersten Mal – sank jetzt auf der falschen Seite des Himmels abwärts.

Der Asphalt hörte so unvermittelt auf, daß Clark nicht mehr bremsen und die Prinzessin behutsam auf die neue Oberfläche befördern konnte; der harte Aufprall, der die Stoßdämpfer überforderte, weckte Mary. Sie fuhr ruckartig in die Höhe und sah sich mit großen Augen um. »Wo . . .«, begann sie, und dann, wie um dem Nachmittag die Krone aufzusetzen, wurde die rauchige Stimme von Lou Reed immer schneller, bis er den Text von »Good Evening, Mr. Waldheim« mit der Geschwindigkeit von Alvin und den Chipmunks plapperte.

»Oh!« sagte sie und drückte die Eject-Taste. Die Cassette schnellte heraus, gefolgt von einer häßlichen braunen Nachgeburt – Schlingen glänzenden Bandsalats.

Die Prinzessin fuhr in ein fast bodenloses Schlagloch, kippte hart nach links und warf sich wieder in die Höhe wie ein Klipper, der durch eine Sturmwoge schlingert.

»Clark?«

»Keinen Ton«, sagte er mit zusammengebissenen Zähnen. »Wir haben uns nicht verfahren, wir sind nur irgendwo falsch abgebogen. In einer oder zwei Minuten wird daraus wieder eine asphaltierte Straße – wahrscheinlich schon hinter dem nächsten Hügel. *Wir haben uns nicht verfahren.*«

Mary, die immer noch durch ihren Traum verstört war (obwohl sie sich nicht mehr genau daran erinnern konnte), hielt das zerstörte Band auf dem Schoß und trauerte darum. Sie überlegte sich, daß sie ein neues kaufen konnte – aber nicht hier draußen. Sie betrachtete die düsteren Bäume, die sich bis zum Straßenrand zu drängen schienen wie ausgehungerte Gäste bei einem Festbankett, und dachte sich, daß es ein langer Weg bis zum nächsten Musikladen sein würde.

Sie sah Clark an, sah seine geröteten Wangen und den Mund, der schmaler war denn je, und entschied, daß es politisch klüger wäre, die Klappe zu halten, zumindest vorläufig. Wenn sie ruhig blieb und ihm keine Vorwürfe machte, war es wahrscheinlicher, daß er wieder zur Vernunft kam, bevor dieses klägliche Zerrbild von einer Straße in einer Kiesgrube oder einem Treibsandloch endete.

»Außerdem könnte ich gar nicht wenden«, sagte er, als hätte sie genau das vorgeschlagen.

»Das sehe ich«, antwortete sie neutral.

Er sah sie an, möglicherweise streitlustig, möglicherweise auch nur verlegen und in der Hoffnung, daß sie nicht allzu wütend auf ihn war – zumindest noch nicht –, und dann schaute er wieder zur Windschutzscheibe hinaus. Jetzt wuchs auch Unkraut mitten auf der Straße, und falls ihnen *nun* ein Auto entgegenkam, würde einer zurückstoßen müssen. Und damit war der Spaß noch nicht zu Ende. Der Boden außerhalb der Spurrillen sah zunehmend unsicherer aus; die verkrüppelten Bäume schienen sich um die besten Plätze im feuchten Erdreich zu streiten.

Weder rechts noch links vom Weg waren Strommasten zu sehen. Fast hätte sie Clark darauf hingewiesen, aber dann überlegte sie sich, daß es besser sein könnte, auch darüber den Mund zu halten. Er fuhr schweigend weiter, bis sie um eine abwärts geneigte Kurve herumkamen. Er hatte wider besseres Wissen gehofft, sie würden auf der anderen Seite eine Veränderung zum Besseren sehen, aber der zugewucherte Feldweg verlief weiter wie gehabt. Dann wurde er noch ein bißchen schmaler und noch ein bißchen undeutlicher und erinnerte Clark allmählich an Straßen in den Fantasy-Romanen, die er so gern las – von Leuten wie Terry Brooks, Stephen Donaldson und natürlich J.R.R. Tolkien, dem geistigen Vater von allen. In diesen Romanen wählten die Figuren (die meistens kleinwüchsig waren und denen Haare aus den spitzen Ohren wuchsen) solche Wege trotz ihrer bösen Vorahnungen, was dann damit endete, daß sie gegen Trolle oder Gnome oder keulenschwingende Skelette kämpfen mußten.

»Clark ...«

»Ich weiß«, sagte er und schlug plötzlich mit der linken Hand auf das Lenkrad – eine knappe, hilflose Geste, die lediglich die Hupe aufquaken ließ. »Ich *weiß*.« Er hielt den Mercedes an, der mittlerweile die ganze Breite der Straße für sich beanspruchte (Straße? Verdammt, *Feldweg* wäre mittlerweile schon geschmeichelt gewesen), rammte das Automatikgetriebe in den Leerlauf und stieg aus. Mary stieg langsamer auf der anderen Seite aus.

Der Balsamgeruch der Bäume war himmlisch, und sie fand, daß die Stille, die von keinerlei Motorenlärm (nicht einmal dem fernen Dröhnen eines Flugzeugs) oder menschlichen Stimmen gestört wurde, etwas Wunderschönes hatte – aber auch etwas Unheimliches. Selbst die Geräusche, die sie hören *konnte* – das *Tu-witt!* eines Vogels im Schatten der Föhren, das Brausen des Windes, das nagelnde Rumoren des Dieselmotors der Prinzessin –, betonten nur die Mauer der Stille, die sie umgab.

Sie sah Clark über das graue Dach der Prinzessin hinweg an, und ihr Blick drückte weder Vorwürfe noch Wut aus, sondern nur ein Flehen: *Bring uns hier raus, ja? Bitte?*

»Tut mir leid, Liebes«, sagte er, und sein besorgter Gesichtsausdruck trug nicht dazu bei, sie zu beruhigen. »Ehrlich.«

Sie versuchte zu sprechen, aber anfangs kam kein Laut aus ihrem trockenen Hals. Sie räusperte sich und versuchte es noch einmal. »Was hältst du davon, zurückzustoßen, Clark?«

Er dachte ein paar Augenblicke darüber nach – der *Tu-witt*-Vogel hatte Zeit, einen Ruf auszustoßen, und bekam von irgendwo tiefer im Wald Antwort –, dann schüttelte er den Kopf. »Nur als allerletzte Möglichkeit. Es sind mindestens zwei Meilen zurück bis zur letzten Gabelung . . .«

»Heißt das, da war *noch* eine?«

Er zuckte ein bißchen zusammen, schlug die Augen nieder und nickte. »Zurückstoßen . . . nun, du siehst ja, wie schmal die Straße ist und wie schlammig die Gräben sind. Wenn wir da reingeraten . . .« Er schüttelte den Kopf und seufzte.

»Also fahren wir weiter.«

»Ich meine ja. Wenn die Straße vollkommen im Arsch ist, *muß* ich es natürlich versuchen.«

»Aber dann sind wir noch tiefer drinnen.« Bis jetzt war es ihr gelungen, und zwar ziemlich gut, fand sie, sich einen vorwurfsvollen Tonfall zu verkneifen, aber es fiel ihr immer schwerer. Sie war sauer auf ihn, sogar stinksauer, aber sie war auch sauer auf sich selbst, weil – weil sie überhaupt erst zugelassen hatte, daß es soweit kam, und weil sie ihm jetzt noch Honig um den Bart schmierte.

»Stimmt, aber ich finde die Aussicht besser, voraus eine breite Stelle zum Wenden zu finden, als die, auf diesem Scheißweg zwei Meilen rückwarts zu fahren. Wenn sich herausstellt, daß wir *doch* zurückstoßen müssen, werde ich es in Etappen machen – fünf Minuten zurückstoßen, zehn ausruhen, wieder fünf zurückstoßen.« Er lächelte kläglich. »Ein echtes Abenteuer.«

»O ja, das ist es«, sagte Mary und überlegte sich wieder, daß ihre Bezeichnung für so etwas nicht *Abenteuer*, sondern *Scheißspiel* sein würde. »Bist du sicher, daß du nicht weiterfahren willst, weil du im Grunde deines Herzens sicher bist, daß wir Toketee Falls gleich hinter dem nächsten Hügel finden werden?«

Einen Moment schien sein Mund vollkommen zu verschwinden, und sie wappnete sich für einen rechtschaffenen männlichen Wutausbruch. Dann sanken seine Schultern nach unten, und er schüttelte nur den Kopf. In diesem Augenblick sah sie, wie er in dreißig Jahren aussehen würde, und das machte ihr noch mehr Angst, als am Arsch der Welt auf einem abgelegenen Feldweg festzusitzen.

»Nein«, sagte er. »Ich glaube, Toketee Falls kann ich mir abschminken. Eine der Grundregeln beim Reisen in den Vereinigten Staaten ist, daß Straßen, bei denen nicht auf mindestens einer Seite Leitungsmasten stehen, nirgendwo hinführen.«

Also war ihm das auch aufgefallen.

»Komm schon«, sagte er und stieg wieder ein. »Ich werde versuchen, uns hier rauszubringen. Und das nächste Mal höre ich auf dich.«

Ja, ja, dachte Mary mit einer Mischung aus Heiterkeit und resigniertem Mißfallen. *Das habe ich alles schon einmal gehört.* Aber bevor er den Schalthebel von Leerlauf auf Fahren ziehen konnte, legte sie ihre Hand auf seine. »Das *weiß* ich«, sagte sie und verwandelte seine Worte in ein Versprechen. »Und jetzt bring uns aus diesem Schlamassel raus.«

»Worauf du dich verlassen kannst«, sagte Clark.

»Und sei vorsichtig.«

»Auch darauf kannst du dich verlassen.« Er schenkte ihr ein knappes Lächeln, bei dem es ihr wieder etwas besser ging, dann ließ er die Prinzessin langsam anrollen. Der große graue Mercedes, der in diesem dunklen Wald mehr als fehl am Platze aussah, kroch weiter den schattigen Weg entlang.

Sie fuhren laut Tacho noch eine Meile, und nichts veränderte sich – außer dem Weg, auf dem sie sich befanden: er wurde noch schmaler. Mary fand, daß die verkrüppelten Fichten jetzt nicht mehr wie hungrige Gäste bei einem Bankett aussahen, sondern wie morbide, neugierige Schaulustige am Schauplatz eines schlimmen Unfalls. Wenn der Weg noch schmaler werden sollte, würden sie die Zweige an den Seiten entlangkratzen hören. Der Boden *unter* den Bäumen war derweil von schlammig in sumpfig übergegangen; Mary konnte in einigen Senken Pfützen stehenden Wassers sehen, in denen Blütenstaub und Fichtennadeln schwammen. Ihr Herz schlug viel zu schnell, und zweimal ertappte sie sich dabei, daß sie an den Nägeln kaute – eine Angewohnheit, die sie in dem Jahr, bevor sie

Clark heiratete, endgültig aufgegeben zu haben glaubte. Ihr war klar geworden, wenn sie jetzt steckenblieben, würden sie die Nacht hier draußen in der Prinzessin verbringen müssen. Und es gab Tiere in diesem Wald – sie hatte sie da draußen herumlaufen gehört. Manche waren laut genug, daß es Bären sein konnten. Bei dem Gedanken, sie könnten einem Bären begegnen, während sie ihre hoffnungslos gestrandete Prinzessin betrachteten, mußte sie etwas schlucken, was sich anfühlte und schmeckte wie eine große Staubfluse.

»Clark, ich finde, wir sollten lieber aufgeben und versuchen, zurückzustoßen. Es ist schon nach drei Uhr und ...«

»Sieh mal«, sagte er und deutete nach vorne. »Ist das ein Schild?«

Sie kniff die Augen zusammen. Vor ihnen stieg der Weg zur Kuppe eines dicht bewaldeten Hügels an. Fast auf dem Gipfel stand ein hellblaues Rechteck. »Ja«, sagte sie, »das ist tatsächlich ein Schild.«

»Toll! Kannst du es lesen?«

»Hm-hmm – es steht darauf: WENN SIE BIS HIERHER GEKOMMEN SIND, SITZEN SIE ECHT IN DER SCHEISSE.«

Er warf ihr einen Blick zu, halb verdrossen, halb erheitert. »Sehr komisch, Mare.«

»Danke, Clark. Ich geb mir Mühe.«

»Wir fahren auf den Hügel rauf, lesen das Schild und stellen fest, was auf der anderen Seite liegt. Wenn wir nichts Vielversprechendes sehen, versuchen wir zurückzustoßen. Einverstanden?«

»Einverstanden.«

Er tätschelte ihr Bein, dann fuhr er langsam weiter. Der Mercedes rollte jetzt so langsam, daß sie das leise Rascheln der Gräser am Unterboden hören konnten. Mary konnte die Worte auf dem Schild jetzt wirklich lesen, aber anfangs glaubte sie, sie mußte sich irren – es war einfach zu verrückt. Aber sie kamen immer näher, und die Worte veränderten sich nicht.

»Steht da wirklich, was ich sehe?« fragte Clark.

Mary stieß ein kurzes, bestürztes Lachen aus. »Klar – aber das kann nur ein Witz sein, findest du nicht auch?«

»Ich habe das Denken aufgegeben – es bringt mich immer nur in Schwierigkeiten. Aber ich sehe noch etwas, das *kein* Witz ist. Sieh doch, Mary!«

Sechs bis acht Meter hinter dem Schild – kurz vor der Hügelkuppe – wurde die Straße deutlich breiter, sie war wieder asphaltiert und mit einem Mittelstreifen versehen. Mary spürte, wie ihr ein Stein vom Herzen fiel.

Clark grinste. »Ist das nicht *wunderschön*?«

Sie nickte glücklich und grinste.

Sie kamen zu dem Schild, und Clark hielt an. Sie lasen es noch einmal:

WILLKOMMEN IN
ROCK AND ROLL HEAVEN, OREGON
WIR KOCHEN MIT GAS! DAS WERDEN SIE AUCH!
Jaycees ▪ *Chamber of Commerce* ▪ *Lions* ▪ *Elks*

»Das *muß* ein Witz sein«, wiederholte sie.

»Vielleicht auch nicht.«

»Eine Stadt namens Rock and Roll Heaven? Ich *bitte* dich, Clark.«

»Warum nicht? Es gibt Truth or Consequences, New Mexiko, Dry Shark, Nevada, und in Pennsylvania einen Ort namens Intercourse – Geschlechtsverkehr. Warum also nicht ein Rock and Roll Heaven in Oregon?«

Sie lachte übermütig. Das Gefühl der Erleichterung war unglaublich. »Das hast du erfunden.«

»Was?«

»Intercourse, Pennsylvania.«

»Nein. Ralph Ginzburg hat einmal versucht, eine Zeitschrift mit dem Titel *Eros* von dort auszuliefern. Wegen dem Poststempel. Das FBI hat ihn nicht gelassen. Ich schwöre. Und wer weiß? Vielleicht wurde die Stadt in den sechziger Jahren von einer Gruppe radikaler Zurück-zur-Natur-Hippies gegründet. Sie sind zum Establishment geworden – Lions Club, Elks, Jaycees –, aber der ursprüngliche Name ist geblieben.« Er war völlig eingenommen von dieser Vorstellung, die er komisch und merkwürdig rührend fand. »Davon abgesehen, glaube ich nicht, daß das eine Rolle spielt. Wichtig ist nur, wir haben wieder eine schöne breite Asphaltstraße gefunden, Liebling. Das ist das Zeug, auf dem man fährt.«

Sie nickte. »Dann fahr darauf – aber vorsichtig.«

»Unbedingt.« Die Prinzessin glitt auf die Straße, die nicht aus Asphalt bestand, sondern aus einer glatten Verbundoberfläche ohne einen Flecken oder sichtbare Dehnfugen. »Vorsicht ist mein zweiter Vorname . . .«

Dann hatten sie die Hügelkuppe erreicht, und das letzte Wort blieb ihm im Hals stecken. Er trat so heftig auf die Bremse, daß ihre Gurtstraffer einrasteten, dann rammte er den Schalthebel wieder in den Leerlauf.

»Ach, du dickes Ei!« sagte Clark.

Sie saßen mit offenen Mündern in ihrem Mercedes und blickten auf die Stadt hinab.

Es war ein perfektes Juwel von einer Stadt, die sich wie ein Grübchen in ein kleines, flaches Tal schmiegte. Die Ähnlichkeit mit Bildern von Norman Rockwell und Kleinstadtillustrationen von Currier & Ives war zumindest für Mary unübersehbar. Sie versuchte sich einzureden, daß es nur an der Geographie lag; wie sich die Straße in das Tal hinabwand, wie die Stadt von dichtem, dunkelgrünem Wald umgeben war – Legionen alter, dicker Fichten wuchsen in ungebrochenem Übermaß jenseits der umliegenden Felder –, aber es war mehr als nur die Geographie, und sie vermutete, daß Clark es ebensogut wußte wie sie selber. Die Kirchtürme zum Beispiel hatten etwas allzu Gleichmäßiges an sich – einer am nördlichen Ende des Gemeindeplatzes, der andere am südlichen. Das ziegelrote Gebäude abseits im Osten mußte das Schulhaus sein, und das große weiße mit dem Glockenturm auf dem Dach und der Satellitenschüssel an der Seite das Rathaus. Die Wohnhäuser sahen allesamt unvorstellbar sauber und behaglich aus, die Art von Domizilen, wie man sie in den Schöner-wohnen-Anzeigen von Zeitschriften vor dem Zweiten Weltkrieg, etwa der *Saturday Evening Post* oder dem *American Mercury* finden konnte.

Eigentlich müßte sich aus dem einen oder anderen Kamin Rauch kräuseln, dachte Mary, und bei genauerem Hinsehen stellte sie fest, daß es auch so war. Plötzlich fiel ihr eine Geschichte aus Ray Bradburys *Mars-Chroniken* ein; sie hieß »Die dritte Expedition«, und in ihr hatten die Marsianer das Schlachthaus so geschickt getarnt, daß es wie jedermanns liebreizendster Traum von einer Kleinstadt aussah.

»Kehr um«, sagte sie unvermittelt. »Hier ist es breit genug, wenn du vorsichtig bist.«

Er drehte sich langsam um und sah sie an, und sein Gesichtsausdruck gefiel ihr überhaupt nicht. Er betrachtete sie, als glaubte er, sie hätte den Verstand verloren. »Liebling, was hast du ...«

»Es gefällt mir nicht, das ist alles.« Sie konnte spüren, wie ihr Gesicht warm wurde, blieb aber trotz der Hitze beharrlich. »Es erinnert mich an eine unheimliche Geschichte, die ich als Teenager gelesen habe.« Sie machte eine Pause. »Außerdem muß ich an das Knusperhäuschen in ›Hänsel und Gretel‹ denken.«

Er betrachtete sie immer noch mit seinem patentierten »Das kann ich nicht glauben«-Blick, und ihr wurde klar, daß er die Absicht hatte, hinunterzufahren – es war nur ein anderer Teil desselben vermaledeiten Testosteronschubs, der ihn veranlaßt hatte, von der Hauptstraße abzuweichen. Er wollte die Sache *erforschen*, bei Gott. Und er wollte selbstverständlich ein Souvenir. Ein T-Shirt aus dem Drugstore würde genügen, eines, auf dem etwas Nettes stand, zum Beispiel: ICH WAR IN ROCK AND ROLL HEAVEN, UND EINE VERDAMMT GUTE BAND HABEN DIE DA.

»Liebling ...« Es war die sanfte, zärtliche Stimme, die er zustandebrachte, wenn er versuchen wollte, sie für sein Vorhaben einzunehmen oder bei dem Versuch zu sterben.

»Ach, hör auf. Wenn du mir einen Gefallen tun willst, dann kehr um und bring uns zum Highway 58 zurück. Wenn du das machst, kannst du heute nacht wieder etwas Süßes haben. Sogar wieder doppelte Portion, wenn du das schaffst.«

Er stieß einen tiefen Stoßseufzer aus, umkrampfte das Lenkrad und sah starr geradeaus. Schließlich sagte er, ohne sie anzusehen: »Schau über das Tal, Mary. Siehst du die Straße, die auf der anderen Seite bergauf führt?«

»Ja, die sehe ich.«

»Siehst du, wie breit sie ist? Wie glatt? Wie schön asphaltiert?«

»Clark, das ist kaum ...«

»Sieh doch! Ich glaube, da fährt sogar ein wirklicher und wahrhaftiger *Bus* darauf.« Er deutete auf einen gelben Bus, der auf der Straße in Richtung Stadt rollte; seine Metallhaut funkelte heiß im Licht der Nachmittagssonne. »Das ist auch ein Fahrzeug, das wir auf *dieser* Seite der Welt nicht gesehen haben.«

»Trotzdem meine ich ...«

Er nahm die Karte, die auf der Mittelkonsole gelegen hatte, und als er sich damit zu ihr umdrehte, stellte Mary betroffen fest, daß die fröhliche, einschmeichelnde Stimme die Tatsache verborgen hatte, daß er ernstlich sauer auf sie war. »Hör zu, Mary, und hör gut zu, weil es später Fragen geben könnte. Vielleicht kann ich wenden, vielleicht auch nicht – es ist breit*er*, aber ich bin nicht so sicher wie du, ob es breit genug ist. Und der Boden sieht *immer noch* reichlich morastig aus, finde ich.«

»Clark, bitte schrei mich nicht an. Ich bekomme Kopfschmerzen.«

Er versuchte, seine Stimme zu dämpfen. »*Wenn* wir wenden können, sind es zwölf Meilen bis zum Highway 58 zurück, und zwar auf demselben beschissenen Weg, den wir gerade hinter uns haben ...«

»Zwölf Meilen ist nicht sehr viel.« Sie versuchte, überzeugt zu klingen, und sei es nur in den eigenen Ohren, aber sie konnte spüren, wie sie weich wurde. Zwar war sie wütend auf sich selbst, aber das änderte nichts daran. In ihr keimte der schreckliche Verdacht, daß Männer auf diese Weise fast *immer* ihren Willen durchsetzten – nicht, weil sie recht hatten, sondern indem sie unnachgiebig waren. Sie argumentierten, wie sie Football spielten, und wenn man dabei mitmischte, stand man am Ende der Diskussion fast immer mit blauen Flecken auf der Seele da.

»Nein, zwölf Meilen sind nicht sehr viel«, sagte er mit seiner vernünftigen Ich-versuche-dich-nicht-zu-bevormunden-Stimme, »aber was ist mit den fünfzig, die wir auf uns nehmen müssen, um dieses Waldstück hier zu umfahren, wenn wir wieder auf dem 58er sind?«

»Bei dir hört sich das an, als müßten wir unbedingt einen Zug erwischen, Clark!«

»Ich bin einfach nur sauer, das ist alles. Du wirfst einen Blick auf eine hübsche kleine Stadt mit einem netten Namen und sagst, sie erinnert dich an *Freitag der Dreizehnte, Teil* 20 oder so einen Quark, und du möchtest umkehren. Und die Straße da drüben« – er deutete über das Tal – »führt nach *Süden.* Auf dieser Straße sind es wahrscheinlich nicht einmal zehn Meilen von hier bis Toketee Falls.«

»Das hast du, soweit ich mich erinnere, auch in Oakridge gesagt – bevor wir zum Magical-Mystery-Teil unserer Reise gekommen sind.«

Er sah sie noch einen Augenblick an, dann packte er den Schalthebel. »Scheiß drauf«, fauchte er. »Wir kehren um. Aber wenn wir unterwegs einem Auto begegnen, Mary, nur einem, dann werden wir *rückwärts* nach Rock and Roll Heaven zurückstoßen. Also ...«

Sie legte zum zweiten Mal an diesem Tag ihre Hand auf seine, bevor er den Gang einlegen konnte.

»Fahr zu«, sagte sie. »Du hast wahrscheinlich recht, und ich benehme mich albern.« *Solche Rückzieher zu machen, muß einem ins gottverdammte Mark eingebrannt sein,* dachte sie. *Entweder das – oder ich bin einfach zu müde zum Streiten.*

Sie nahm die Hand weg, aber er zögerte noch einen Moment und sah sie an. »Nur, wenn du ganz sicher bist«, sagte er.

Und das war nun wirklich die Krönung von allem, oder nicht? Einem Mann wie Clark genügte es nicht, zu gewinnen; das Ergebnis mußte auch noch einstimmig sein. Sie hatte diese Einstimmigkeit oft genug bekräftigt, auch wenn ihr im Grunde ihres Herzens nicht besonders einstimmig zumute gewesen war, aber sie stellte fest, diesmal konnte sie es einfach nicht.

»Aber ich bin *nicht* sicher«, sagte sie. »Wenn du mir *zugehört* hättest, statt dich mit mir herumzustreiten, hättest du das gemerkt. *Wahrscheinlich* hast du recht, und *wahrscheinlich* benehme ich mich albern – deine Einstellung erscheint logischer als meine, das will ich gerne zugeben, und ich bin bereit, mich dir anzuschließen –, aber das ändert nichts an meiner Einstellung. Und eben darum wirst du schon entschuldigen müssen, wenn ich mich diesmal weigere, einen kurzen Cheerleaderrock anzuziehen und den ›Los, Clark, los!‹-Gesang anzustimmen.«

»Mein Gott!« sagte er. Sein Gesicht stellte immer noch diesen unsicheren Ausdruck zur Schau, mit dem er so untypisch – und irgendwie abscheulich – knabenhaft aussah. »Hast eine ziemliche Stinklaune, was, Zuckerschnütchen?«

»Kann schon sein«, sagte sie und hoffte, daß er ihr nicht ansah, wie sehr sie dieser Ausdruck verdroß. Schließlich war sie zweiunddreißig und er fast einundvierzig. Sie fühlte sich ein wenig zu alt, für jemanden das Zuckerschnütchen zu sein, und sie fand, Clark war ein bißchen zu alt, eines zu brauchen.

Dann verzog sich der umwölkte Gesichtsausdruck, und der Clark, den sie liebte – mit dem sie, davon war sie überzeugt, die zweite Hälfte ihres Lebens verbringen wollte –, war wieder da. »Du würdest in einem Cheerleaderröckchen aber süß aussehen«, sagte er und tat so, als würde er die Länge ihrer Oberschenkel abmessen. »Echt.«

»Du bist ein Dummkopf, Clark«, sagte sie, und dann mußte sie fast gegen ihren Willen lächeln.

»Ganz recht, Ma'am«, sagte er und legte den Gang der Prinzessin ein.

Die Stadt verfügte über kein Randgebiet, es sei denn, man ließ die wenigen Felder gelten, die sie umgaben. Eben noch fuhren sie eine düstere Allee mit schattigen Bäumen hinab; im nächsten Augenblick erstreckten sich ausgedehnte braune Felder auf beiden Seiten der Straße; im nächsten passierten sie hübsche kleine Häuser.

Der Ort war ruhig, aber alles andere als verlassen. Ein paar Autos fuhren träge auf den vier oder fünf Straßen, die die Innenstadt bildeten, eine Handvoll Fußgänger schlenderten auf den Gehwegen dahin. Clark hob eine Hand und winkte einem dickbäuchigen Mann mit entblößtem Oberkörper zu, der seinen Rasen sprengte und dabei eine Dose Olympia trank. Der Dicke, dessen schmutziges graues Haar ihm bis auf die Schultern hing, sah ihnen nach, hob aber selbst nicht die Hand.

Über der Main Street lag dieselbe unheimliche Norman-Rockwell-Stimmung – so ausgeprägt, daß sich fast ein Gefühl von *déjà vu* einstellte. Die Gehwege lagen im Schatten gepflegter Eichen, und das war irgendwie genau richtig. Man mußte die einzige Taverne der Stadt nicht sehen, um zu wissen, daß sie *Dew Drop Inn* heißen und daß im Inneren eine beleuchtete Uhr über der Bar Werbung für Budweiser-Bier machen würde. Die Parkplätze waren schräg; vor dem *Cutting Edge* drehte sich eine rot-weiß-blaue Barbierstange; Mörser und Pistill hingen über der Tür der Apotheke, die *Tuneful Druggist* hieß. Die Tierhandlung (in deren Schaufenster ein Schild verkündete: WIR FÜHREN SIAMKATZEN) hieß *White Rabbit*. Alles war zum Kotzen spießig. Und am spießigsten war der Stadtpark in der Ortsmitte. Über dem gigantischen Musikpavillon hing ein großes Schild an Drähten, und Mary konnte es mühelos lesen, obwohl sie noch hundert Meter davon entfernt waren. HEUTE ABEND KONZERT stand darauf.

Plötzlich stellte sie fest, daß sie diesen Ort *tatsächlich* kannte – sie hatte ihn schon viele Male spät nachts im Fernsehen gesehen. Sie konnte Ray Bradburys höllische Marsversion oder das Knusperhaus in »Hänsel und Gretel« getrost vergessen; dieser Ort hatte mehr Ähnlichkeit mit der merkwürdigen kleinen Stadt, in der sich die Helden zahlloser Folgen von *Twilight Zone* bewegten.

Sie beugte sich zu Clark und sagte mit leiser, geheimnisvoller Stimme: »Wir reisen nicht durch eine Dimension des Sehens und Hörens, Clark, sondern des *Geistes.* Sieh nur!« Sie deutete auf nichts Bestimmtes, aber eine Frau, die vor der Western-Auto-Filiale der Stadt stand, sah die Geste und warf ihr einen verkniffenen, mißtrauischen Blick zu.

»Was denn?« fragte er. Seine Stimme klang wieder gereizt, und sie vermutete, diesmal lag es daran, daß er *genau* wußte, wovon sie sprach.

»Da vorne steht ein Schild! Wir betreten jetzt die ...«

»Ach, hör schon auf, Mare«, sagte er und fuhr unvermittelt in eine freie Parklücke auf halber Höhe der Main Street.

»Clark!« kreischte sie beinahe. »Was *machst* du?«

Er deutete zur Windschutzscheibe hinaus auf ein Etablissement mit dem irgendwie gar nicht niedlichen Namen »Rock-a-Boogie-Restaurant«.

»Ich hab Durst. Ich geh da rein und kauf uns eine große Pepsi für unterwegs. Du brauchst nicht mitzukommen. Bleib nur im Wagen. Sperr alle Türen ab, wenn du willst.« Mit diesen Worten machte er die Fahrertür auf. Aber bevor er die Beine hinausschwingen konnte, hielt sie ihn an den Schultern fest.

»Clark, bitte nicht.«

Er drehte sich zu ihr um, und sie sah, daß sie sich die Bemerkung über die Twilight Zone besser verkniffen hätte – nicht, weil sie falsch, sondern weil sie richtig war. Es war wieder die alte Macho-Nummer. Er hielt nicht an, weil er es okay fand, anzuhalten; er hielt an, weil ihm diese kleine Stadt auch Angst einflößte. Vielleicht ein bißchen, vielleicht sehr, das wußte sie nicht, aber sie wußte *genau*: er würde erst dann weiterfahren, wenn er sich selbst überzeugt hatte, daß er *keine* Angst hatte, kein bißchen.

»Es dauert nur einen Augenblick. Möchtest du ein Ginger Ale oder sowas?«

Sie drückte auf den Knopf, der den Sicherheitsgurt öffnete. »Ich möchte nur nicht allein sein.«

Er warf ihr einen selbstgefälligen Ich-wußte-daß-du-mitkommen-würdest-Blick zu, bei dem sie den Wunsch verspürte, ihm ein paar Büschel Haare auszureißen.

»*Außerdem* möchte ich dir in den Arsch treten, weil du uns in diese Situation gebracht hast«, sagte sie weiter und sah erfreut, wie der selbstgefällige Ausdruck seines Gesichts in einen Ausdruck verletzter Überraschung umschlug. Sie machte die Beifahrertür auf. »Komm schon. Pinkel an den nächsten Hydranten, Clark, und dann ziehen wir Leine.«

»Pinkel ...? Mary, um Gottes willen, wovon *redest* du?«

»Getränke!« kreischte sie fast und überlegte sich die ganze Zeit, daß es erstaunlich war, wie schnell ein guter Ausflug mit einem guten Mann sich

in etwas Schlechtes verwandeln konnte. Sie schaute über die Straße und sah zwei langhaarige Jungen, die da standen. Sie tranken Olly und begutachteten die Fremden in der Stadt. Einer trug einen verbeulten Zylinder. Das Plastikgänseblümchen, das im Hutband steckte, nickte in der Brise. Auf den Oberarmen seines Gefährten wimmelte es von verblaßten Tätowierungen. Mary fand, sie sahen aus wie Typen, die nach der dritten Wiederholung der zehnten Klasse von der High School abgegangen sind, um mehr Zeit damit verbringen zu können, über die Freuden von Vergewaltigungen zu meditieren.

Seltsamerweise kamen sie ihr irgendwie bekannt vor.

Sie bemerkten ihren Blick. Der mit dem Zylinder hob die Hand und winkte ihr mit den Fingern. Mary wandte sich hastig ab und sah Clark an. »Laß uns deine kalten Getränke holen und von hier verschwinden.«

»Klar«, sagte er. »Aber du brauchst mich nicht anzuschreien, Mary. Ich meine, ich stehe direkt *neben* dir und ...«

»Clark, siehst du die beiden Typen auf der anderen Straßenseite?«

»Was für Typen?«

Sie drehte sich um und sah gerade noch, wie der Zylinderträger und der Tätowierte den Barbierladen betraten. Der Tätowierte sah über die Schulter, und Mary war zwar nicht ganz sicher, glaubte aber, daß er ihr zublinzelte.

»Sie gehen gerade in den Barbierladen. Siehst du sie?«

Clark schaute hin, sah aber nur die Tür, die wieder ins Schloß fiel und dabei das Sonnenlicht so grell reflektierte, daß einem die Tränen in die Augen traten. »Was ist mit ihnen?«

»Sie kamen mir bekannt vor.«

»Tatsächlich?«

»Tatsächlich. Aber irgendwie kann ich mir nicht vorstellen, daß Leute, die ich kenne, nach Rock and Roll Heaven, Oregon, ziehen, um lohnende, gutbezahlte Jobs als Stadtstreicher anzunehmen.«

Clark lachte und hielt sie am Ellbogen. »Komm schon«, sagte er und führte sie ins Rock-a-Boogie-Restaurant.

Das Rock-a-Boogie trug einiges dazu bei, Marys Befürchtungen zu zerstreuen. Sie hatte eine schmierige Kaschemme erwartet, nicht viel anders als die düstere (und ziemlich schmutzige) Raststätte in Oakridge, wo sie zu Mittag gegessen hatten. Stattdessen betraten sie ein luftiges, sonniges Restaurant mit dem Flair der fünfziger Jahre: blaugekachelte Wände; ein sauberer Parkettboden aus Eichenholz; Ventilatoren mit Holzblättern, die sich träge an der Decke drehten. Zwei Kellnerinnen in hellblauen Kattunkleidern, die Mary an übriggebliebene Kostüme aus *American Graffiti* erinnerten, standen neben der Edelstahldurchreiche vom Restaurant zur

Küche. Eine war jung – kaum mehr als zwanzig, wahrscheinlich nicht einmal so alt, und auf eine verwaschene Weise hübsch. Die andere, eine kleine Frau mit dichtem, zottigem rotem Haar, hatte etwas Grelles an sich, das Mary schroff und verzweifelt zugleich vorkam – und noch etwas anderes fiel an ihr auf: Zum zweiten Mal hatte Mary den deutlichen Eindruck, daß sie jemanden in dieser Stadt *kannte*.

Eine Glocke über der Tür läutete, als sie und Clark eintraten, und die beiden Kellnerinnen sahen her. »Hi«, sagte die jüngere. »Komme sofort.«

»Nee; es könnte 'ne Weile dauern«, widersprach die Rothaarige. »Wir sind schrecklich beschäftigt. Sehen Sie?« Sie deutete mit dem Arm durch den Raum, der so verlassen war, wie es nur ein Kleinstadtrestaurant sein kann, wenn sich der Nachmittag im Gleichgewicht zwischen Mittag- und Abendessen befindet, und lachte herzlich über ihren eigenen Scherz. Ihr Lachen und ihre Stimme hatten einen heiseren, brüchigen Unterton, den Mary mit Scotch und Zigaretten assoziierte. *Aber ich kenne diese Stimme*, dachte sie. *Ich könnte es beschwören.*

Sie drehte sich zu Clark um und stellte fest, daß er die Kellnerinnen, die ihr Gespräch wieder aufgenommen hatten, wie hypnotisiert anstarrte. Sie mußte ihn am Ärmel zupfen, um ihn auf sich aufmerksam zu machen, und dann noch einmal, als er die Tische an der linken Seite des Restaurants ansteuerte. Sie wollte, daß sie sich an die Theke setzten, ihre verdammten Getränke zum Mitnehmen bestellten und dann gleich wieder verschwanden.

»Was ist denn?« flüsterte sie.

»Nichts«, sagte er. »Glaube ich.«

»Du hast ausgesehen, als hättest du deine Zunge verschluckt oder sowas.«

»Einen Augenblick war mir auch so zumute«, sagte er; doch bevor sie ihn um eine Erklärung bitten konnte, hatte er seine Aufmerksamkeit der Musicbox zugewandt.

Mary setzte sich an die Theke.

»Komme sofort, Ma'am«, wiederholte die jüngere Kellnerin und bückte sich dann, um deutlicher zu hören, was ihre Kollegin mit der Whiskystimme sagte. Als Mary ihr ins Gesicht sah, vermutete sie, daß die jüngere Frau im Grunde gar nicht besonders interessierte, was die ältere zu sagen hatte.

»Mary, das ist eine tolle Musicbox!« sagte Clark. »Nur Sachen aus den Fünfzigern. Die Moonglows ... die Five Satins ... Shep and the Limelites ... LaVern Baker! Herrgott, LaVern Baker und ihr Song ›Tweedle Dee!‹ Das hab ich nicht mehr gehört, seit ich ein Junge war!«

»Spar dein Geld. Wir wollten nur Getränke zum Mitnehmen, oder?«

»Ja, ja.«

Er warf der Musicbox einen letzten Blick zu, schnaubte irritiert und kam zum Tresen zurück. Mary zog eine Speisekarte aus dem Ständer neben den Salz- und Pfefferstreuern, aber nur, um die Zornesfalte zwischen seinen Augen und die Art, wie er die Unterlippe vorschob, nicht beachten zu müssen. *Hör zu*, sagte dieses Gesicht, *ich habe uns den Weg durch die Wildnis erkämpft, während du geschlafen hast; ich habe den Büffel erlegt, gegen Indianer gekämpft, dich in diese hübsche kleine Oase in der Wüste gebracht, und was ist der Dank dafür? Du willst mich nicht einmal »Tweedle Dee« in der Musicbox spielen lassen.*

Vergiß es, dachte sie. *Wir machen uns gleich wieder auf den Weg, also vergiß es.*

Ein guter Rat. Sie befolgte ihn, indem sie ihre Aufmerksamkeit auf die Speisekarte konzentrierte. Sie harmonierte mit den Kattunkleidern, der Neonuhr, der Musicbox und dem allgemeinen Dekor (das man, obwohl bewundernswert dezent, dennoch nur als Jahrhundertmitte-Reebop bezeichnen konnte). Der Hot Dog war kein Hot Dog; er war ein Hound Dog. Der Cheeseburger war ein Chubby Checker, der viertelpfünder Cheeseburger ein Big Bopper. Spezialität des Hauses war eine belegte Pizza; die Speisekarte versprach: »Alles dabei, außer (Sam) Cooke!«

»Witzig«, sagte sie. »Papa-oh-mjam-mjam, und so weiter.«

»Was?« fragte Clark, aber sie schüttelte den Kopf.

Die junge Kellnerin kam herüber und zog den Bestellblock aus der Schürzentasche. Sie schenkte ihnen ein Lächeln, aber Mary fand, es war routinemäßig; die Frau sah müde und kränklich aus. Sie hatte einen Herpes über der Oberlippe, und ihre Augen waren ständig in Bewegung und betrachteten, so schien es, alles im Raum, nur nicht die Gäste.

»Kann ich euch helfen, Leute?«

Clark wollte Mary die Speisekarte aus der Hand nehmen. Sie hielt sie außerhalb seiner Reichweite und sagte: »Eine große Pepsi und ein Ginger Ale. Zum Mitnehmen, bitte.«

»Sie sollten den Kirschkuchen probieren«, rief die Rothaarige mit ihrer heiseren Stimme herüber. Die jüngere Frau zuckte zusammen, als sie die Stimme hörte. »Rick hat ihn gerade gebacken!« Sie sah sie grinsend an und stemmte die Hände in die Hüften. »Nun, Sie *sind* im Himmel – in Heaven –, aber Sie wissen, was ich meine.«

»Danke«, sagte Mary, »aber wir haben es wirklich eilig und . . .«

»Klar, warum nicht?« sagte Clark mit nachdenklich distanzierter Stimme. »Zwei Stück Kirschkuchen.«

Mary trat ihm gegen den Knöchel, aber Clark schien es nicht zu bemerken. Er starrte wieder die Rothaarige an, und jetzt hing sein Mund offen wie an einer ausgeleierten Sprungfeder. Die Rothaarige bemerkte seinen Blick eindeutig, aber es schien ihr nichts auszumachen. Sie hob die Arme und zerzauste lasziv ihr zotteliges Haar.

»Zwei Getränke zum Mitnehmen, zwei Stück Kuchen für hier«, sagte die junge Frau. Sie schenkte ihnen wieder ein nervöses Lächeln, während ihre rastlosen Augen von Marys Ehering über den Zuckerspender zu einem der Deckenventilatoren wanderten. »Möchten Sie den Kuchen *à la mode*?« Sie bückte sich und legte zwei Gabeln und zwei Servietten auf den Tresen.

»J...« begann Clark, aber Mary sprach rasch und nachdrücklich dazwischen. *»Nein.«*

Der verchromte Schaukasten mit dem Kuchen stand am Ende der Theke. Kaum hatte sich die Kellnerin auf ihn zubewegt, beugte sich Mary zu Clark und zischte: »Warum tust du mir das an, Clark? Du *weißt*, daß ich hier weg will!«

»Diese Kellnerin. Die da hinten steht. Ist sie ...«

»Und hör auf, sie anzustarren!« flüsterte Mary nachdrücklich. »Du siehst aus wie ein Junge, der im Klassenzimmer versucht, einem Mädchen unter den Rock zu sehen!«

Er wandte den Blick ab, wenn auch mit äußerster Anstrengung. »Ist sie nun das Ebenbild von Janis Joplin, oder werde ich verrückt?«

Mary warf der Rothaarigen noch einen Blick zu. Sie hatte sich etwas abgewendet, um mit dem Imbißkoch zu sprechen, aber Mary konnte immer noch zwei Drittel ihres Gesichts sehen, und das war genug. Sie spürte ein fast hörbares Klicken in ihrem Kopf, als sie das Gesicht mit dem Gesicht auf den Hüllen von Schallplatten verglich, die sie noch besaß – Vinylalben, die in einem Jahr gepreßt worden waren, als noch niemand einen Sony Walkman besaß und die CD in den Bereich der Science Fiction gehörte; Schallplatten, die sie inzwischen in Pappkartons verpackt und in einem staubigen Dachbodenerker weggestaut hatte; Schallplatten mit Titeln wie *Big Brother and the Holding Company, Cheap Thrills* und *Pearl.* Ihr Gesicht, ihr süßes, bezauberndes Gesicht, das zu früh alt und kantig und verletzt geworden war. Clark hatte recht; das Gesicht dieser Frau war das genaue Ebenbild der Gesichter auf diesen Platten.

Aber es war mehr als nur das Gesicht, und Mary spürte plötzlich, wie sich Angst flatternd in ihre Brust stahl und ihr Herzschlag sich auf einmal leicht und stotternd und gefährlich anfühlte.

Es war die *Stimme.*

Im Ohr ihrer Erinnerung hörte sie Janis' schrillen, anschwellenden Schrei am Anfang von »Piece of My Heart«, und sie verglich diesen Bluesschrei mit der Scotch-und-Marlboro-Stimme der Rothaarigen, so wie sie ihr Gesicht mit dem anderen verglichen hatte, und wußte, wenn die

Kellnerin jetzt anfangen würde, diesen Song zu singen, würde ihre Stimme genau so klingen wie die des toten Mädchens aus Texas.

Weil sie das tote Mädchen aus Texas ist. *Glückwunsch, Mary – du hast warten müssen, bis du zweiunddreißig warst, aber jetzt hast du es geschafft; du hast endlich dein erstes Gespenst gesehen.*

Sie versuchte Einwände gegen diesen Gedanken vorzubringen, versuchte darauf hinzuweisen, daß eine Vielzahl von Faktoren, nicht zuletzt der Streß, weil sie sich verfahren hatten, sie dazu verleitete, zuviel in eine zufällige Ähnlichkeit hineinzudeuteln; aber diese rationalen Gedanken hatten keine Chance gegen die tödliche Gewißheit in ihren Eingeweiden: sie sah ein Gespenst.

Das Leben in ihrem Körper veränderte sich plötzlich und drastisch. Ihr Herz begann zu rasen; es fühlte sich an wie eine aufgeputschte Läuferin, die im olympischen Fieber aus den Startblöcken schnellt. Sie spürte das Adrenalin, das ihren Magen verkrampfte und gleichzeitig das Zwerchfell wärmte wie ein Schluck Brandy. Sie fühlte Schweiß in den Achselhöhlen und Feuchtigkeit an den Schläfen. Aber das erstaunlichste war, wie Farbe in die Welt einzuströmen schien, so daß sich alles – die Neonbeleuchtung der Uhr, die Edelstahldurchreiche zur Küche, die kreisenden bunten Farben hinter der Fassade der Musicbox – unwirklich und *allzu* wirklich zugleich ausnahm. Sie hörte, wie die Ventilatoren über ihr die Luft durchwirbelten, ein leises, rhythmisches Geräusch wie eine Hand, die über Seide streicht; sie roch das Aroma von altem, schmorendem Fleisch, das vom unsichtbaren Grill in der Küche aufstieg. Und gleichzeitig spürte sie, daß sie nahe daran war, das Gleichgewicht auf dem Hocker zu verlieren und ohnmächtig auf den Boden zu stürzen.

Nimm dich zusammen, Frau, ermahnte sie sich. *Du hast einen Anfall von Panik, das ist alles – keine Gespenster, keine Trolle, keine Dämonen, nur ein altmodischer Anfall von Panik, wie du sie früher schon vor wichtigen Abschlußprüfungen am College erlebt hast. Du weißt, was es ist, und du kannst damit fertig werden. Niemand wird hier ohnmächtig, also nimm dich gefälligst zusammen – hast du mich verstanden?*

Sie kreuzte die Zehen in ihren flachen Turnschuhen und drückte sie zusammen, so fest sie konnte, konzentrierte sich auf das Gefühl und benutzte es, sich in die Wirklichkeit zurückzuzwingen, weg von diesem allzu grellen Platz, bei dem es sich, wie sie wußte, um die Schwelle einer Ohnmacht handelte.

»Liebling?« Clarks Stimme kam aus weiter Ferne. »Alles in Ordnung?«

»Ja, klar.« Auch ihre eigene Stimme kam aus weiter Ferne – aber sie wußte, wenn sie vor fünfzehn Sekunden versucht hätte zu sprechen, wäre die Stimme noch weiter entfernt gewesen. Sie kniff die gekreuzten Zehen immer noch fest zusammen, hob die Serviette auf, die die Kellnerin dagelassen hatte, um ihre Beschaffenheit zu ertasten – die Serviette war auch eine Verbindung zur Welt, eine Möglichkeit, dieses panische und irrationale (es *war* irrational, oder nicht? klar doch) Gefühl zu vertreiben, das sie so fest in seinem Griff hatte. Sie hob die Serviette und wollte sich die Stirn damit abwischen, als sie feststellte, daß auf der Unterseite etwas geschrieben stand – die geisterhaften Bleistiftlettern hatten den feinen Zellstoff an manchen Stellen zerrissen. Mary las die Botschaft in krakeligen Großbuchstaben:

VERSCHWINDET, SOLANGE IHR NOCH KÖNNT.

»Mare? Was ist denn?«

Die Kellnerin – die mit dem Herpes und den rastlosen, ängstlichen Augen – kam mit dem Kuchen zurück. Mary legte die Serviette auf den Schoß. »Nichts«, sagte sie ruhig. Als die Kellnerin die Teller vor ihnen abgestellt hatte, zwang sie sich, dem Mädchen direkt in die Augen zu sehen. »Danke«, sagte sie.

»Nichts zu danken«, murmelte das Mädchen und sah Mary nur einen Moment an, dann wanderte ihr Blick wieder rastlos durch den Raum.

»Wie ich sehe, hast du deine Meinung geändert, was den Kuchen angeht«, sagte ihr Mann mit seiner nervtötend überheblichen Clark-weiß-eben-doch-Bescheid-Stimme. *Frauen!* sagte diese Stimme. *Manchmal reicht es einfach nicht aus, sie zur Tränke zu führen – man muß ihnen auch noch den Kopf ins Wasser halten, damit sie begreifen, was anliegt. Gehört alles zum Job. Es ist nicht leicht, ein Mann zu sein, aber ich tue mein Bestes.*

»Sieht wirklich köstlich aus«, sagte sie und staunte selbst über den Tonfall ihrer Stimme. Sie lächelte ihn strahlend an und spürte dabei, daß die Rothaarige, die wie Janis Joplin aussah, sie im Auge behielt.

»Ich komme nicht darüber hinweg, diese Ähnlichkeit mit ...« begann Clark, und diesmal trat Mary ihm so fest sie konnte an den Knöchel, ohne Scheiß. Er sog zischend die Luft ein, und seine Augen quollen aus den Höhlen; doch bevor er etwas sagen konnte, drückte sie ihm die Serviette mit der handgeschriebenen Nachricht in die Hand.

Er neigte den Kopf. Betrachtete sie. Und Mary entdeckte, daß sie betete – wirklich betete – zum ersten Mal seit vielleicht zwanzig Jahren. *Bitte, lieber Gott, laß ihn begreifen, daß es kein Witz ist. Laß ihn begreifen, daß es kein Witz ist, weil diese Frau nicht nur wie Janis Joplin* aussieht, *sondern weil diese Frau Janis Joplin* ist, *und ich habe ein schreckliches Gefühl, was diese Stadt betrifft, ein wirklich schreckliches Gefühl.*

Er hob den Kopf, und da verließ sie der Mut. Sein Gesicht drückte Verwirrung aus und Verdruß, aber sonst nichts. Er machte den Mund auf, um etwas zu sagen ... und dann machte er ihn immer weiter auf, bis es aussah, als hätte jemand die Bolzen entfernt, die seine Kiefergelenke zusammenhielten.

Mary folgte der Richtung seines Blicks. Der Imbißkoch, in makelloses Weiß gekleidet und eine kleine Papiermütze schräg über einem Auge, war aus der Küche gekommen und lehnte mit vor der Brust verschränkten Armen an der gekachelten Wand. Er unterhielt sich mit der Rothaarigen, während die jüngere Kellnerin danebenstand und sie mit einer Mischung aus Angst und Resignation ansah.

Wenn sie nicht bald hier rauskommt, wird es nur noch Resignation sein, dachte Mary. *Oder Apathie.*

Der Koch war fast unglaublich schön – so schön, daß Mary sich außerstande sah, sein Alter zu schätzen. Wahrscheinlich zwischen fünfundzwanzig und fünfunddreißig – genauer schaffte sie es nicht. Er kam ihr bekannt vor, wie die Rothaarige. Er blickte zu ihnen herüber, wobei er ein Paar weit auseinanderliegende blaue Augen mit atemberaubend dichten Wimpern sehen ließ, lächelte ihnen kurz zu und konzentrierte sich dann wieder auf die Rothaarige. Er sagte etwas, worauf sie ein rauhes Lachen ausstieß.

»Mein Gott, das ist Rick Nelson«, flüsterte Clark. »Es kann nicht sein, es ist unmöglich, er ist vor sechs oder sieben Jahren bei einem Flugzeugabsturz ums Leben gekommen – aber er *ist* es.«

Sie machte den Mund auf, wollte sagen, daß er sich irren mußte; sie war bereit, allein die Vorstellung als lächerlich abzutun, obwohl sie selbst inzwischen felsenfest davon überzeugt war, daß es sich bei der rothaarigen Kellnerin um niemand anderen handeln konnte, als um die seit zehn Jahren tote Bluesröhre Janis Joplin. Bevor sie etwas sagen konnte, kam das Klicken wieder – das Klicken, das vage Ähnlichkeit in unbestreitbare Identifikation verwandelte. Clark hatte das Gesicht als erster erkennen können, weil Clark acht Jahre älter war, er hatte Radio gehört und *American Bandstand* im Fernsehen gesehen, als Rick Nelson noch Ricky Nelson und Songs wie »Be-Bop Baby« und »Lonesome Town« aktuelle Hits gewesen waren, keine verstaubten Artefakte, die nur noch von den Oldie-Sendern gespielt wurden. Clark hatte es als erster gesehen, aber jetzt, nachdem er sie darauf aufmerksam gemacht hatte, mußte auch sie es eingestehen.

Was hatte die rothaarige Kellnerin gesagt? *Sie sollten den Kirschkuchen probieren! Rick hat ihn gerade gebacken!*

Dort, keine zwanzig Schritte entfernt, erzählte das Opfer eines Flugzeugabsturzes dem Opfer einer tödlichen Überdosis einen Witz – und wahrscheinlich einen dreckigen Witz, ihren Gesichtern nach zu urteilen.

Die Rothaarige warf den Kopf zurück und bellte wieder ihr heiseres Lachen zur Decke. Der Koch lächelte, wobei sich die Grübchen an seinen Mundwinkeln auf reizende Weise vertieften. Und die jüngere Kellnerin, die mit dem Herpes und den gequälten Augen, sah zu Clark und Mary herüber, als wollte sie fragen: *Bemerken Sie es? Sehen Sie es?*

Clark musterte den Koch und die Kellnerin immer noch mit diesem beängstigenden Gesichtsausdruck fassungsloser Erkenntnis, und dabei war sein Gesicht so lang und hager, daß es aussah wie in einem Spiegelkabinett.

Das werden sie sehen, wenn sie es nicht schon gesehen haben, dachte Mary, *und dann verlieren wir jede Chance, die wir noch haben, aus diesem Alptraum herauszukommen. Ich finde, du solltest das Kommando über die Situation übernehmen, Mädchen, und zwar schnell. Die Frage ist, was wirst du tun?*

Sie griff nach seiner Hand, wollte sie nehmen und drücken, aber dann wurde ihr klar, daß das nicht ausreichen würde, seine erschlaffte Miene zu verändern. Statt dessen drückte sie ihm die Eier, so fest sie sich traute. Clark zuckte zusammen, als hätte ihm jemand einen Stromschlag verpaßt, und drehte sich so schnell zu ihr um, daß er beinahe von seinem Hocker gefallen wäre.

»Ich habe meine Brieftasche im Wagen gelassen«, sagte sie. Ihre Stimme hörte sich selbst für sie zu spröde und zu laut an. »Würdest du sie mir bitte holen, Clark?«

Sie sah ihn an, lächelte mit den Lippen und schaute ihm konzentriert in die Augen. Sie hatte einmal gelesen – wahrscheinlich in einem Frauenmagazin –, wenn man länger als zehn Jahre mit einunddemselben Mann zusammenlebte, schmiedete man eine telepathische Verbindung mit seinem Partner. Diese Verbindung, so der Artikel, kam einem mächtig gut zupaß, wenn der Mann seinen Boß zum Essen mit nach Hause brachte, ohne vorher anzurufen, oder wenn man wollte, daß er eine Flasche Amaretto vom Spirituosenhändler und einen Karton Schlagsahne vom Supermarkt mitbrachte. Jetzt versuchte sie mit aller Kraft, eine weitaus wichtigere Botschaft zu übermitteln.

Geh, Clark. Bitte geh. Ich gebe dir zehn Sekunden, dann komme ich hinausgerannt. Und wenn du dann nicht am Lenkrad sitzt und den Schlüssel im Zündschloß hast, dann, habe ich das Gefühl, könnten wir hier ernstlich in der Scheiße sitzen.

Und im selben Augenblick sagte eine andere Mary schüchtern: Das ist alles nur ein Alptraum, oder nicht? *Ich meine ... es ist doch einer, oder nicht?*

Clark sah sie an, und in seinen Augen standen Tränen von dem Kniff, den sie ihm verpaßt hatte ... aber wenigstens beschwerte er sich nicht darüber. Sein Blick wanderte noch einmal einen Moment zu der Rothaarigen und dem Imbißkoch, stellte fest, daß die beiden immer noch angeregt in ihre Unterhaltung vertieft waren (jetzt schien *sie* einen Witz zu erzählen), und kehrte dann wieder zu ihr zurück.

»Möglicherweise ist sie unter den Sitz gerutscht«, sagte sie mit ihrer zu lauten, zu spröden Stimme, bevor er etwas sagen konnte. »Es ist die rote.«

Nach einem Augenblick des Schweigens, der ewig zu dauern schien, nickte Clark unmerklich. »Okay«, sagte er, und sie hätte ihn für seinen netten, normalen Tonfall küssen können, »aber wehe, wenn du mir meinen Kuchen wegißt, während ich draußen bin.«

»Wenn du zurückkommst, bevor ich mit meinem fertig bin, keine Gefahr«, sagte sie und schaufelte sich eine Gabel voll Kirschkuchen in den Mund. Sie fand, daß er durch und durch nach nichts schmeckte, aber sie lächelte. Herrgott, ja. Lächelte wie die Miss New York Apple Queen, die sie einmal gewesen war.

Clark wollte gerade aufstehen, als irgendwo draußen eine Reihe verstärkter Gitarrentöne erklangen – keine Akkorde, nur offene Saitenanschläge. Clark fuhr wie von der Tarantel gestochen herum, und Mary streckte eine Hand aus und hielt ihn am Arm fest. Ihr Herzschlag, der sich gerade so schön normalisiert hatte, setzte wieder zu einem beängstigenden Sprint an.

Die Rothaarige und der Koch – sogar die jüngere Kellnerin, die glücklicherweise nicht wie eine Berühmtheit aussah – blickten beiläufig zu den Schaufenstern des Rock-a-Boogie.

»Keine Bange, Schatz«, sagte die Rothaarige. »Sie fangen gerade an, für das Konzert heute abend zu stimmen.«

»Ganz recht«, sagte der Imbißkoch. Er sah Mary mit seinen unvorstellbar blauen Augen an. »Hier in Rock and Roll Heaven ist fast jeden Abend ein Konzert.«

Ja, dachte Mary, *Logisch. Selbstverständlich.*

Eine tonlose und zugleich gottgleiche Stimme hallte über den Stadtpark, so laut, daß sie fast die Fensterscheiben zum Klirren brachte. Mary, die eine Menge Rockkonzerte besucht hatte, konnte sie fast augenblicklich in einen deutlichen Zusammenhang stellen – sie beschwor Bilder von gelangweilten, langhaarigen Roadies herauf, die auf der Bühne herumliefen, bevor die Lichter ausgingen, sich anmutig zwischen den Wäldern von Verstärkern und Mikros bewegten und ab und zu niederknieten, um Stromkabel miteinander zu verbinden.

»Test!« rief diese Stimme. *»Test-eins, Test-eins, Test-eins!«*

Wieder ein Gitarrenton, noch kein Akkord, aber fast. Dann ein Trommellauf. Dann ein schnelles Trompetenriff aus dem Refrain von Lennons »Instant Karma«, begleitet von einem leisen Grollen von Bongos. HEUTE ABEND KONZERT hatte auf dem Norman-Rockwell-Schild über dem Norman-Rockwell-Stadtpark gestanden; und Mary, die in Elmira, New York, aufgewachsen war, hatte als Kind eine Menge Open-Air-Konzerte besucht. Das waren *wirklich* Norman-Rockwell-Konzerte gewesen, bei denen die Band (Männer in Uniformen der Freiwilligen Feuerwehr statt der Band-Uniformen, die sie sich nicht leisten konnten) sich durch leicht schräge Versionen von Sousa-Märschen quälte und das lokale Barbershop Quartet (Plus Two) harmonische Stücke wie »Roll On, Shenandoah« und »I've Got a Gal in Kalamazoo« zum besten gab.

Aber *diese* Open-Air-Konzerte, hatte sie das Gefühl, standen Goya näher als Norman Rockwell.

»Ich hol dir deine Börse«, sagte er. »Iß deinen Kuchen.«

»Danke, Clark.« Sie schob sich noch einen Bissen faden Kirschkuchen in den Mund und sah ihm nach, wie er zur Tür ging. Sein Gang war ein übertriebenes Zeitlupenschlurfen, das ihren fiebrigen Augen absurd und irgendwie gräßlich vorkam: *Ich habe nicht die geringste Ahnung, daß ich mich mit zwei berühmten Leichen im selben Zimmer befinde,* sagte Clarks übertriebener Gang. *Beunruhigt – wer, ich?*

Beeil dich, wollte sie schreien. *Vergiß den Revolvermann-Gang und setz deinen Arsch in Bewegung!*

Die Glocke ertönte, und als Clark gerade nach dem Türknauf griff, ging die Tür auf, und zwei weitere tote Texaner kamen herein. Der eine, der mit der dunklen Brille, war Roy Orbison. Der mit der Hornbrille war Buddy Holly.

All my exes come from Texas – all meine Verflossenen kommen aus Texas –, dachte Mary panisch und wartete darauf, daß sie ihren Mann festhalten und wegzerren würden.

»'Tschuldigung, Sir«, sagte der Mann mit der dunklen Brille höflich, und anstatt Clark zu ergreifen, trat er beiseite und machte ihm Platz. Clark nickte, ohne etwas zu sagen – Mary war plötzlich davon überzeugt, daß er nichts sagen *konnte* –, und trat in den Sonnenschein hinaus.

Ließ sie hier drinnen allein mit den Toten. Und dieser Gedanke schien völlig logisch zu einem anderen, noch grauenhafteren zu passen: Clark wurde ohne sie weiterfahren. Dessen war sie plötzlich gewiß. Nicht, weil er es wollte, und ganz sicher nicht, weil er ein Feigling war – die Situation reichte weit über die Frage von Tapferkeit oder Feigheit hinaus, und sie vermutete, daß sie beide nur deshalb nicht schlotterten und auf den Fußboden sabberten, weil alles so schnell geschehen war –, sondern weil er einfach außerstande sein würde, etwas anderes zu tun. Das Reptil, das auf dem Grund seines Gehirns lebte und über den Selbsterhaltungstrieb zu bestimmen hat, würde einfach aus seinem Schlammloch herausgekrochen kommen und das Kommando übernehmen.

Du mußt hier raus, Mary, sagte die Stimme in ihrem Verstand – die Stimme ihres eigenen Reptils –, und der Tonfall dieser Stimme machte ihr angst. Sie klang vernünftiger, als sie klingen durfte, wenn man die Situation bedachte, und Mary ahnte, daß vernünftige Argumentation jeden Augenblick Schreien des Wahnsinns weichen würde.

Mary nahm einen Fuß von der Stange unter der Theke, stellte ihn auf den Boden und versuchte, sich dabei im Geiste schon für die Flucht zu wappnen, aber bevor sie einen Entschluß fassen konnte, legte sich eine schmale Hand auf ihre Schulter, und sie sah in das lächelnde, wissende Gesicht von Buddy Holly.

Er war 1959 gestorben, daran erinnerte sie sich aus dem Film, in dem er von Gary Busey dargestellt wurde. 1959 lag mehr als dreißig Jahre zurück, aber Buddy Holly war immer noch der schlaksige Dreiundzwanzigjährige, der wie siebzehn aussah, dessen Augen hinter der dicken Brille zu schwimmen schienen und dessen Adamsapfel auf und ab hüpfte wie ein Affe auf einem Ast. Er trug ein häßliches, kariertes Jackett und eine Schnurkrawatte, zusammengehalten von einem großen, verchromten Stierschädel. Gesicht und Geschmack eines Bauerntölpels, hätte man sagen können, aber der Zug des Mundes war irgendwie zu altklug, zu *dunkel*, und einen Moment drückte die Hand ihre Schulter so fest, daß sie die harten Schwielen an den Fingerspitzen spüren konnte – Gitarrenschwielen.

»He, Zuckerpuppe«, sagte er, und sie roch süßliches Kaugummi in seinem Atem. Ein haarfeiner silberner Riß zog sich durch das linke Glas der Brille. »*Dich* hab ich hier in der Gegend ja noch nie gesehen.«

Kaum zu glauben, daß sie noch eine Gabel voll Kuchen zum Mund führte, und ihre Hand zögerte nicht einmal, als ein Stück der Kirschfüllung auf den Teller zurückfiel. Noch unglaublicher war, daß ihr dabei ein verhaltenes, höfliches Lächeln gelang.

»Nein«, sagte sie. Sie war irgendwie überzeugt, daß sie diesem Mann unmöglich zeigen durfte, daß sie ihn erkannt hatte; wenn er das wußte, wäre jede noch so winzige Chance dahin, aus diesem Alptraum zu entkommen. »Mein Mann und ich sind einfach . . . Sie wissen schon, auf der Durchreise.«

War Clark in diesem Augenblick auf der Durchreise, hielt er sich verzweifelt an sämtliche Geschwindigkeitsbeschränkungen, während ihm Schweiß über das Gesicht lief und seine Augen panisch von der Windschutzscheibe zum Rückspiegel und wieder zurück blickten? Ja?

Der Mann im karierten Sportjackett grinste und entblößte Zähne, die viel zu groß und viel zu spitz waren. »Klar, ich weiß genau, wie das ist – ihr habt alle hü gesehen, und jetzt seid ihr auf dem Weg zu hott. Kommt das ungefähr hin?«

»Ich habe gedacht, *dies hier* wäre hott«, sagte Mary spitz, worauf die beiden Neuankömmlinge einander zuerst mit hochgezogenen Brauen ansahen und dann vor Lachen brüllten. Die junge Kellnerin sah mit ängstlichen, blutunterlaufenen Augen von einem zum anderen.

»Gar nicht schlecht pariert«, sagte Buddy Holly. »Du und dein Mann, ihr solltet aber überlegen, ob ihr nicht noch 'ne Weile hier rumhängen wollt. Mindestens bis zum Konzert heute abend. Wir bringen hier eine Wahnsinnsshow auf die Bühne, wenn ich das mal so sagen darf.« Mary entdeckte plötzlich, daß das Auge hinter dem gesprungenen Glas voll Blut war. Als Holly noch breiter grinste und dabei die Augen zu schmalen Schlitzen zusammenkniff, quoll ein Blutstropfen über das untere Lid und rann wie eine Träne an der Wange hinab. »Ist es nicht so, Roy?«

»Ja, Ma'am, das ist so«, sagte der Mann mit der dunklen Brille. »Man muß es sehen, um es zu glauben.«

»Davon bin ich überzeugt«, sagte Mary kläglich. Ja, Clark war fort. Sie war ganz sicher. Clark hatte sich davongemacht wie ein Kaninchen, und bald genug würde das Mädchen mit dem Herpes sie ins Hinterzimmer führen, wo ihr eigenes Kattunkleid und ihr eigener Bestellblock auf sie warteten.

»Von solchen Shows kann man nur träumen«, erzählte Holly ihr stolz. »Und das ist mein *voller* Ernst.« Der Blutstropfen fiel von seinem Gesicht und landete auf dem Hocker, den Clark erst vor kurzem geräumt hatte. »Bleib hier. Du wirst es nicht bereuen.« Er sah um Zustimmung heischend zu seinem Freund.

Der Mann mit der dunklen Brille war zum Koch und den Kellnerinnen gegangen; er legte eine Hand auf die Hüfte der Rothaarigen, die ihre Hand auf seine legte und lächelnd zu ihm aufblickte. Mary sah, daß die Nägel ihrer kurzen Wurstfinger bis zu den Fingerkuppen abgenagt waren. Im offenen Ausschnitt von Roy Orbisons Hemd hing ein Malteserkreuz. Er nickte und lächelte strahlend. »Sind hocherfreut, Sie bei uns zu haben, Ma'am, und nicht nur für eine Nacht – bleib zu Hause und nähre dich redlich, wie wir daheim immer zu sagen pflegten.«

»Ich werde meinen Mann fragen«, hörte sie sich sagen, und sie vervollständigte den Gedankengang: *Das heißt, wenn ich ihn je wiederseho.*

»Tu das, Zuckerpuppe!« sagte Holly zu ihr. »Genau das solltest du tun.« Dann drückte er ihr die Schulter ein letztes Mal, ging weiter und gab – war es zu glauben? – den Fluchtweg zur Tür frei. Noch unglaublicher, sie konnte den unverwechselbaren Kühlergrill und den Mercedes-Stern draußen immer noch sehen.

Buddy ging zu seinem Freund Roy und blinzelte ihm zu (wobei wieder eine blutige Träne aus seinem Auge quoll), dann gab er Janis einen Klaps hinten drauf. Sie schrie indigniert auf, und dabei flog ein Schwall Maden aus ihrem Mund. Die meisten klatschten zwischen ihren Füßen auf den Boden, aber einige blieben an ihrer Unterlippe kleben und wanden sich obszön.

Die junge Kellnerin wandte sich mit trauriger, angeekelter Miene ab und hielt sich schützend eine Hand vor das Gesicht. Und für Mary Willingham, die plötzlich begriff, daß sie wahrscheinlich die ganze Zeit nur mit ihr gespielt hatten, wurde die Flucht zu einer ungeplanten, instinktiven Reaktion. Sie schnellte wie aus der Pistole geschossen vom Hocker und rannte zur Tür.

»He!« schrie die Rothaarige. »He, Sie haben den Kuchen nicht bezahlt! Und den Kaffee auch nicht! Dies ist kein ›Freß und Flieh‹, du Fotze! Rick! Buddy! Haltet sie!«

Mary ergriff den Türknauf und spürte, wie er ihr durch die verschwitzten Finger rutschte. Hinter sich hörte sie das Trampeln näherkommender Schritte. Sie ergriff den Knauf wieder, konnte ihn diesmal drehen und zog die Tür so heftig auf, daß sie die Glocke darüber abriß. Eine schmale Hand mit Schwielen auf den Fingern packte sie dicht über dem Ellbogen. Aber jetzt drückten die Finger nicht, sie kniffen; sie spürte, wie ein Nerv gereizt wurde und der Schmerz sich wie ein dünner Draht von ihrem Ellbogen bis zur linken Seite des Kiefers zog, worauf der ganze Arm taub wurde.

Sie schwang die rechte Faust zurück wie einen kurzen Krocketschläger und traf etwas damit, das sich wie der dünne Beckenknochen über der Lende eines Mannes anfühlte. Sie hörte kurzes, gequältes Schnauben – offenbar konnten sie Schmerzen empfinden, tot oder nicht – dann lokkerte sich der Griff der Hand, die ihren Arm festhielt. Mary riß sich los, stürzte zur Tür hinaus, und das Haar stand ihr wie eine buschige Korona der Angst vom Kopf ab.

Ihr Blick erfaßte den Mercedes, der noch auf der Straße parkte. Sie segnete Clark dafür, daß er geblieben war. Und er hatte ihre *ganze* telepathische Botschaft verstanden gehabt, denn er saß am Steuer, statt unter dem Beifahrersitz nach der Brieftasche zu suchen, und er ließ den Motor der Prinzessin in dem Augenblick an, als er sie aus dem Rock-a-Boogie kommen sah.

Der Mann mit dem blumengeschmückten Zylinder und sein tätowierter Begleiter standen wieder vor dem Barbierladen und beobachteten ausdruckslos, wie Mary die Beifahrertür aufriß. Sie glaubte jetzt, daß sie den mit dem Zylinder kannte – sie besaß drei Alben von Lynyrd Skynyrd und war ziemlich sicher, daß es sich um Ronnie Van Zant handelte. Kaum war ihr das klar geworden, da wußte sie auch, wer sein illustrer Gefährte war: Duane Allman, der ums Leben kam, als sein Motorrad vor zwanzig Jahren unter einen Sattelschlepper rutschte. Er holte etwas aus der Tasche seiner Jeansjacke und biß hinein. Es überraschte Mary nicht im geringsten, daß es sich dabei um einen Pfirsich handelte.

Rick Nelson kam aus dem Rock-a-Boogie gerannt. Buddy Holly folgte ihm; mittlerweile war seine ganze linke Gesichtshälfte blutüberströmt.

»Steig ein!« schrie Clark ihr zu. *»Steig in den verdammten Wagen, Mary!«*

Sie warf sich kopfüber auf den Beifahrersitz, er setzte zurück, bevor sie auch nur einen Versuch unternehmen konnte, die Tür zuzuschlagen. Die

Hinterreifen der Prinzessin quietschten, blauer Qualm stieg von ihnen auf. Mary wurde mit halsbrecherischer Wucht nach vorne geschleudert, ihr Kopf prallte gegen das gepolsterte Armaturenbrett. Sie tastete hinter sich nach der offenen Tür, während Clark fluchte und den Schalthebel des Automatikgetriebes auf »Vorwärts« drückte.

Rick Nelson warf sich auf die graue Motorhaube der Prinzessin. Seine Augen leuchteten. Die Lippen teilten sich über unwahrscheinlich weißen Zähnen zu einem diabolischen Grinsen. Die Kochmütze war heruntergefallen, das Haar hing ihm in öligen Strähnen und Locken um die Schläfen.

»Ihr kommt zu dem Konzert!« schrie er.

»Verpiß dich!« schrie Clark zurück und trat das Gaspedal bis zum Anschlag durch. Der Dieselmotor der Prinzessin heulte auf, und der Wagen schoß nach vorne. Das Gespenst klammerte sich an der Haube fest, fauchte und grinste zu ihnen herein.

»Schnall dich an!« bellte Clark Mary an, als sie sich aufrichtete.

Sie ließ den Verschluß des Sicherheitsgurts einrasten und sah, wie das Ding auf der Haube die linke Hand ausstreckte und nach dem Scheibenwischer vor ihr griff. Es zog sich langsam daran hoch. Der Scheibenwischer brach ab. Das Ding auf der Haube sah ihn an, warf ihn weg und griff nach dem Scheibenwischer auf Clarks Seite.

Bevor es sich daran festhalten konnte, trat Clark mit beiden Füßen auf die Bremse. Mary wurde nach vorne geschleudert. Der Gurtstraffer rastete ein, und der Gurt schnitt ihr schmerzhaft in die Unterseite der linken Brust. Einen Augenblick hatte sie das schreckliche Gefühl von *Druck* in ihrem Inneren, als würden ihre Eingeweide von grausamer Hand in den engen Tunnel ihres Halses hinaufgepreßt. Das Ding auf der Haube wurde heruntergeschleudert und landete mindestens sechs Meter vor dem Wagen auf der Straße. Mary hörte ein sprödes, knirschendes Geräusch, dann bildete Blut ein sternförmiges Muster von Spritzern um seinen Kopf herum.

Sie drehte sich um und sah die anderen auf das Auto zulaufen. Janis, das Gesicht zu einer Hexenfratze von Haß und Erregung verzerrt, machte den Anfang.

Vor ihnen richtete sich der Imbißkoch so geschmeidig auf wie eine knochenlose Marionette. Das gewaltige Grinsen teilte immer noch sein Gesicht.

»Clark, sie kommen!« schrie Mary.

Er sah kurz in den Rückspiegel, dann trat er das Gaspedal wieder bis zum Anschlag durch. Die Prinzessin fuhr mit einem Ruck an. Mary konnte gerade noch sehen, wie der Mann, der auf der Straße saß, einen Arm hob, um sein Gesicht zu schützen, und sie sah noch etwas, etwas

Schlimmeres: sie sah, daß er im Schatten seines erhobenen Armes immer noch grinste.

Dann erfaßten ihn zwei Tonnen deutsche Wertarbeit und begruben ihn unter sich. Knisternde Geräusche waren zu hören; sie erinnerten sie an Kinder, die sich in einem Haufen Herbstlaub wälzten. Sie schlug die Hände auf die Ohren – *zu spät, zu spät* – und schrie.

»Mach dir keine Gedanken«, sagte Clark. Er sah grimmig in den Rückspiegel. »Wir können ihn nicht allzu schwer verletzt haben. Er steht wieder auf.«

»Was?«

»Abgesehen von der Reifenspur auf dem Hemd ist er ...« Er verstummte unvermittelt und sah sie an. »Wer hat dich geschlagen, Mary?«

»Was?«

»Dein Mund blutet. Wer hat dich geschlagen?«

Sie strich mit einem Finger über den Mundwinkel, betrachtete die rote Schliere darauf und kostete sie. »Kein Blut – Kirschkuchen«, sagte sie und stieß ein schrilles, verzweifeltes Lachen aus. »Bring uns hier weg, Clark, bitte, bring uns hier weg.«

»Worauf du dich verlassen kannst«, sagte er und konzentrierte sich wieder auf die Main Street, die breit und – jedenfalls vorerst noch – menschenleer war. Mary stellte fest, daß es trotz der Ampeln und der elektrischen Gitarren im Stadtpark an der Main Street keine Leitungsmasten gab. Sie hatte keine Ahnung, woher Rock and Roll Heaven seinen Strom bezog (nun, eine *ungefähre* Vorstellung hatte sie vielleicht), jedenfalls nicht vom Elektrizitätswerk von Oregon.

Die Prinzessin beschleunigte wie alle Diesel – nicht schnell, aber mit unerbittlicher Kraft – und ließ eine dunkelbraune Abgaswolke hinter sich zurück. Mary sah verschwommen ein Kaufhaus, eine Buchhandlung und ein Babywarengeschäft mit Namen »Rock and Roll Schlummerlied«. Sie sah einen jungen Mann mit schulterlangen braunen Locken vor der »Rock 'Em and Sock 'Em«-Billardhalle stehen, der die Arme auf der Brust verschränkt und einen Schlangenlederstiefel an die weißgetünchte Fassade gestemmt hatte. Sein Gesicht war auf eine vorwurfsvolle Weise schön, und Mary erkannte ihn sofort.

Clark ebenso. »Das war der alte Lizard King persönlich«, sagte Clark mit trockener, emotionsloser Stimme.

»Ich weiß. Ich hab ihn gesehen.«

Ja – sie sah, aber die Bilder waren wie trockenes Papier, das unter einem unbarmherzigen, gebündelten Licht, welches ihr ganzes Denken erfüllte, in Flammen aufzugehen schien; es war, als hätte das Ausmaß ihres Grauens sie in ein menschliches Vergrößerungsglas verwandelt, und ihr war klar: Sollten sie jemals hier herauskommen, würde sie keine Erinnerung an diese merkwürdige kleine Stadt behalten; die Erinnerung würde Asche sein, die vom Wind verweht wurde. So lief das selbstverständlich. Niemand konnte derart höllische Bilder sehen, derart höllische *Erlebnisse* haben und geistig gesund bleiben. Deshalb wurde der Verstand zu einem Hochofen und verbrannte jedes Bild im gleichen Augenblick, in dem es erzeugt wurde.

Und daran muß es liegen, daß sich die meisten Menschen noch den Luxus leisten können, nicht an Geister oder Spukhäuser zu glauben, dachte sie. *Wenn der Verstand auf das Irrationale und Grauenhafte gerichtet wird, so wie man das Gesicht eines Menschen der Medusa zuwendet, dann vergißt er. Er muß vergessen. Und, lieber Gott, davon abgesehen, daß ich hier raus will, wünsche ich mir nichts auf der Welt so sehr, als zu vergessen.*

Sie sah eine kleine Gruppe Menschen auf dem Vorplatz einer Cities-Service-Tankstelle an einer Kreuzung am anderen Ende der Stadt stehen. Sie hatten furchtsame, gewöhnliche Gesichter und trugen fadenscheinige, gewöhnliche Kleider.

Ein Mann im ölverschmierten Mechanikeroverall. Eine Frau in Schwesterntracht – früher vielleicht weiß, jetzt ausgewaschen grau. Ein älteres Ehepaar, sie mit orthopädischen Schuhen und er mit einem Hörgerät, so groß wie eine Cocktailtomate, in einem Ohr, aneinandergeklammert wie Kinder, die fürchten, daß sie sich in einem großen, dunklen Wald verirrt haben. Mary wußte, auch ohne daß man es ihr ausdrücklich sagte: Dies waren die *wirklichen* Bewohner von Rock and Roll Heaven, Oregon. Sie waren gefangen worden, wie eine Venusfliegenfalle Insekten fängt.

»*Bitte* bring uns hier weg, Clark«, sagte sie. »*Bitte.*« Etwas kam ihr im Hals hoch, und sie preßte die Hände auf den Mund. Aber statt sich zu übergeben, stieß sie einen lauten Rülpser aus, der ihr im Hals brannte wie Feuer und nach dem Kuchen schmeckte, den sie gerade im Rock-a-Boogie-Restaurant gegessen hatte.

»Es wird alles gut. Beruhige dich, Mary.«

Die Straße – man konnte sie nicht mehr als Main Street betrachten, weil der Ortsrand bereits zu sehen war – führte am Feuerwehrhaus von Rock and Roll Heaven an der linken und der Schule an der rechten Seite vorbei (selbst in ihrem verängstigten Zustand kam ihr eine Zitadelle des Lernens mit Namen »Rock and Roll-Grundschule« ungeheuer überzeugend vor). Drei Kinder standen auf dem Schulhof und beobachteten mit apathischen Blicken, wie die Prinzessin vorbeibrauste. Vorne machte die Straße eine Biegung um eine Bucht herum, in der ein Schild mit der Aufschrift stand: SIE VERLASSEN JETZT ROCK AND ROLL HEAVEN, OREGON. GOOD NIGHT, SWEETHEART, GOOD NIGHT.

Clark raste mit der Prinzessin, ohne abzubremsen, in die Kurve, und auf der anderen Seite versperrte ein Bus die Straße.

Es war kein gewöhnlicher gelber Schulbus; er flimmerte und waberte in hundert Farben und tausend psychedelischen Schnörkeln, ein zu groß geratenes Andenken an den Sommer der Liebe. Auf den Fenstern drängten sich Abziehbilder von Schmetterlingen und Peace-Zeichen, und noch während Clark aufschrie und auf die Bremse stieg, las sie, ohne überrascht zu sein, die Worte, die auf der Seite emporschwebten wie übervolle Luftschiffe: THE MAGIC BUS.

Clark gab sich große Mühe, schaffte es aber nicht, rechtzeitig zu bremsen. Die Prinzessin fuhr mit zehn bis fünfzehn Stundenmeilen in den Magic Bus, die Räder blockierten, die Reifen qualmten. Ein hohler Knall ertönte, als der Mercedes den buntbemalten Bus mittschiffs rammte. Mary wurde wieder nach vorne in den Sicherheitsgurt geschleudert. Der Bus schwankte ein wenig auf den Stoßdämpfern, aber das war alles.

»Zurückstoßen und wenden!« schrie sie Clark an, aber zugleich erkannte sie, daß jetzt alles vorbei war. Der Motor der Prinzessin hörte sich unregelmäßig an, Mary konnte Dampf unter der eingedrückten Haube hervorkommen sehen; er sah aus wie der Atem eines verwundeten Drachen. Als Clark den Schalthebel in den Rückwärtsgang drückte, hatte der Motor zwei Fehlzündungen, schüttelte sich wie ein alter, nasser Hund und starb ab.

Hinter sich konnten sie eine Sirene hören, die näherkam. Sie fragte sich, wer wohl der Polizeichef sein würde. Nicht John Lennon, dessen Motto Zeit seines Lebens »Mißtraut der Macht« gewesen war, und nicht Lizard King, der eindeutig zu den Billardhallen-Bösewichtern der Stadt gehörte. Aber wer dann? Spielte das überhaupt noch eine Rolle? *Vielleicht,* überlegte sie sich, *entpuppt er sich als Jimi Hendrix.* Das hörte sich verrückt an, aber sie kannte ihren Rock and Roll wahrscheinlich besser als Clark und erinnerte sich, sie hatte einmal gelesen, daß Hendrix bei der 101sten Luftlandedivision gewesen war. Hieß es nicht, daß Exsoldaten die besten Gesetzeshüter wurden?

Du verlierst den Verstand, sagte sie sich, dann nickte sie. Logisch. In gewisser Weise war das eine Erleichterung. »Was jetzt?« fragte sie Clark niedergeschlagen.

Er machte seine Tür auf, wobei er sich mit der Schulter dagegenstemmen mußte, weil sich der Rahmen ein wenig verzogen hatte. »Jetzt laufen wir«, sagte er.

»Und wozu?«

»Du hast sie gesehen; möchtest du wie *sie* werden?«

Das brachte einen Teil der Angst zurück. Sie löste den Verschluß des Sicherheitsgurts und öffnete die Beifahrertür. Clark kam um den Wagen herum und ergriff ihre Hand. Als sie sich wieder zu dem Magic Bus umdrehten, wurde sein Griff um ihre Hand auf schmerzhafte Weise fester, weil er sah, wer dort ausstieg. Ein großer Mann im offenen weißen Hemd, schwarzen Jeans und mit einer Rundum-Sonnenbrille. Das blauschwarze Haar war von den Schläfen zu einer üppigen, makellosen Frisur zurückgekämmt. Kein Zweifel – ein unglaublich, beinahe halluzinatorisch gutaussehender Mann; das konnte nicht einmal die Sonnenbrille verbergen. Die vollen Lippen teilten sich zu einem verhaltenen, zynischen Lächeln.

Ein blau-weißer Streifenwagen mit der Aufschrift POLIZEI ROCK AND ROLL HEAVEN kam um die Kurve und hielt mit quietschenden Reifen zwanzig Zentimeter vor der Heckstoßstange der Prinzessin. Der Mann hinter dem Lenkrad war schwarz, aber es war nicht Jimi Hendrix. Mary war nicht hundertprozentig sicher, aber der hiesige Gesetzeshüter mußte Otis Redding sein.

Der Mann mit der Sonnenbrille und den schwarzen Jeans stand inzwischen direkt vor ihnen und hatte die Daumen in die Gürtelschlaufen gehakt; seine Hände baumelten herunter wie tote Spinnen. »Wie geht's uns'n heute?« Auch der träge nuschelnde Memphis-Akzent war unverkennbar. »Möchte euch beide in der Stadt willkommen heißen. Hoffe, ihr könnt 'ne Weile bei uns bleiben. Städtchen sieht nicht besonders aus, aber wir sind gute Nachbarn und kümmern uns um unseren Kram.« Er streckte eine Hand aus, an der drei absurd große Ringe funkelten. »Ich bin der Bürgermeister hier. Name ist Elvis Presley.«

Dämmerung eines Sommerabends.

Als sie den Stadtpark betraten, mußte Mary wieder an die Konzerte denken, die sie als Kind in Elmira besucht hatte, und sie spürte, wie sich ein Stich von Nostalgie und Traurigkeit durch den Kokon des Schocks bohrte, in den ihr Verstand und ihre Emotionen sie eingesponnen hatten. So ähnlich ... und doch so anders. Hier gab es keine Kinder, die Wunderkerzen schwenkten; die Kinder, die da waren, rund ein Dutzend, drängten sich so weit wie möglich vom Musikpavillon fort und sahen sich mit verbissenen, argwöhnischen Gesichtern um. Unter ihnen befanden sich auch die Kinder, die sie und Clark bei ihrem fehlgeschlagenen Fluchtversuch auf dem Schulhof gesehen hatten.

Und in fünfzehn Minuten oder einer halben Stunde würde hier auch keine fröhliche Blaskapelle spielen – auf der Bühne (die Mary fast so groß wie Hollywood Bowl vorkam) waren die Instrumente und Geräte der größten – und lautesten, wenn man die Verstärker betrachtete – Rock and Roll-Band der Welt aufgebaut, eine apokalyptische Bebopkombination, die voll aufgedreht wahrscheinlich laut genug sein würde, um Fensterscheiben im Umkreis von fünf Meilen zu zertrümmern. Sie zählte ein Dutzend Gitarren auf Ständern, dann hörte sie auf zu zählen. Vier vollständige Schlagzeuge ... Bongos ... Congas ... eine Rhythmusgruppe ... runde Podeste, auf denen die Backgroundsängerinnen stehen würden ... ein wahrer Wald von Mikrofonen.

Im Park selbst waren Klappstühle aufgestellt – Mary schätzte zwischen siebenhundert und tausend –, aber sie sah nicht einmal fünfzig Zuschauer, wahrscheinlich weniger. Sie sah den Mechaniker, der jetzt saubere Jeans und ein Perma-Press-Hemd trug, neben einer Frau mit gramzerfurchtem Gesicht, die wahrscheinlich seine Ehefrau war. Die Krankenschwester saß ganz für sich allein in der Mitte einer langen, leeren Reihe. Sie hatte das Gesicht nach oben gewandt und blickte zu den ersten Sternen hinauf, die am Himmel erschienen. Mary wandte sich rasch von der Frau ab; sie glaubte, dieses traurige, sehnsüchtige Gesicht zu lange zu betrachten, würde ihr das Herz brechen.

Von den berühmteren Bewohnern der Stadt war vorerst noch nichts zu sehen. Natürlich nicht; sie hatten ihr Tagwerk allesamt hinter sich und waren jetzt hinter der Bühne, wo sie ihre Kostüme anzogen, ihre Einsätze probten und sich auf die tolle Show des heutigen Abends vorbereiteten.

Clark blieb stehen, als er ungefähr ein Viertel des grasbewachsenen Mittelgangs zurückgelegt hatte. Ein Hauch des Abendwinds zerzauste ihm das Haar; Mary fand, daß es so trocken wie Stroh aussah. In Clarks Stirn und um seine Mundwinkel waren Furchen eingegraben, die sie vorher noch nie gesehen hatte. Er sah aus, als hätte er seit dem Essen in Oakridge dreißig Pfund abgenommen. Von dem selbstsicheren Mann war keine Spur mehr zu entdecken, und Mary vermutete, daß er für alle Zeiten verschwunden war. Sie stellte aber auch fest, daß ihr das so oder so völlig gleichgültig war.

Und ganz nebenbei, wie siehst du *wohl aus, Zuckerpüppchen?*

»Wo möchtest du sitzen?« fragte Clark. Seine Stimme klang dünn und desinteressiert – die Stimme eines Mannes, der immer noch glaubt, daß er träumt.

Mary erspähte die Kellnerin mit dem Herpes. Sie saß vier Reihen weiter unten am Mittelgang und trug eine hellgraue Bluse und einen Baumwollrock. Sie hatte sich einen Pullover um die Schultern geschlungen. »Da«, sagte Mary, »neben ihr.« Clark führte sie ohne Frage oder Widerrede in die angegebene Richtung.

Die Kellnerin drehte sich zu Mary und Clark um, und Mary stellte fest, daß ihre rastlosen Augen sich zumindest heute abend beruhigt zu haben schienen; sie empfand es als Erleichterung. Einen Augenblick später stellte sie auch den Grund fest: das Mädchen war geradezu apokalyptisch high. Mary senkte den Kopf, sie wollte sich nicht mehr diesem staubigen Blick ausgesetzt sehen, und dabei bemerkte sie, daß die linke Hand der Kellnerin in einem dicken Verband steckte. Voll vagen Entsetzens stellte sie fest, daß mindestens ein Finger an der verbundenen Hand des Mädchens fehlte, wahrscheinlich zwei.

»Hi«, sagte das Mädchen. »Ich bin Sissy Thomas.«

»Hallo, Sissy. Ich bin Mary Willingham. Das ist mein Mann Clark.«

»Freut mich, euch kennenzulernen«, sagte die Kellnerin.

»Deine Hand ...« Mary verstummte, weil sie nicht wußte, wie sie fortfahren sollte.

»Das war Frankie.« Sissy sagte es mit der völlign Gleichgültigkeit eines Menschen, der auf einem rosa Pferd die Straße der Träume entlangreitet. »Frankie Lymon. Alle sagen, daß er der netteste Kerl war, als er noch lebte, und erst gemein wurde, nachdem er hierher gekommen war. Er war einer der ersten ... der Pioniere, könnte man sagen. Aber davon weiß ich nichts. Ob er vorher nett war, meine ich. Ich weiß nur, daß er jetzt gemeiner ist als Katzenscheiße. Aber das ist mir egal. Ich wünschte mir nur, ihr wärt entkommen, und ich würde es jederzeit wieder machen. Außerdem kümmert Crystal sich um mich.«

Sissy nickte der Krankenschwester zu, die nicht mehr die Sterne betrachtete, sondern zu ihnen herübersah.

»Crystal kümmert sich wirklich gut um einen. Sie flickt einen zusammen, wenn man will – in dieser Stadt muß man keine Finger verlieren, wenn man high werden will.«

»Meine Frau und ich nehmen keine Drogen«, sagte Clark; er hörte sich irgendwie überheblich an.

Sissy sah ihn einige Augenblicke wortlos an. Dann sagte sie: »Das kommt noch.«

»Wann fängt die Show an?« Mary spürte, wie der Kokon des Schocks sich auflöste, und das Gefühl gefiel ihr ganz und gar nicht.

»Bald.«

»Und wie lange dauern diese Konzerte?«

Sissy antwortete zuerst nicht, und Mary wollte die Frage schon wiederholen, weil sie glaubte, das Mädchen hätte sie entweder nicht gehört oder nicht verstanden. Aber dann sagte sie: »Lange Zeit. Ich meine, die Show wird um Mitternacht zu Ende sein, das ist immer so, aber trotzdem ... sie dauern ziemlich lang. Weil die Zeit hier anders verläuft. Kapiert? Könnte sein ... ach, keine Ahnung. Ich glaube, wenn die Jungs echt in Fahrt kommen, spielen sie manchmal ein Jahr oder noch länger.«

Kalter, grauer Frost kroch an Marys Armen und ihrem Rücken hinauf. Sie versuchte sich ein Rock-Konzert vorzustellen, das ein ganzes Jahr dauerte, aber sie konnte es nicht. *Das ist ein Traum, und du wirst wieder aufwachen,* sagte sie sich, aber der Gedanke, der so überzeugend zu sein schien, als sie im Sonnenlicht vor dem Magic Bus gestanden und Elvis

Presley zugehört hatten, verlor allmählich seine Überzeugungskraft und Glaubwürdigkeit.

»Würde euch sowieso nichts nützen, die Straße da langzufahren«, hatte Elvis zu ihnen gesagt. »Führt nirgendwo hin, nur zum Umpqua-Sumpf. Da sind keine Straßen mehr drin, nur 'ne Menge Gewürm. Und Treibsand.« Dann hatte er eine Pause gemacht, und die schwarzen Gläser seiner Sonnenbrille hatten wie dunkle Brennöfen in der Spätnachmittagssonne gefunkelt. »Und noch anderes.«

»Bären«, hatte der Polizist, bei dem es sich um Otis Redding handeln mochte, hinter ihnen gesagt.

»Bären, genau«, stimmte Elvis zu, und dann verzog er die Lippen zu dem allzu wissenden Lächeln, das Mary aus so vielen Fernsehsendungen und Filmen kannte. »Und noch anderes.«

Mary begann: »Wenn wir zu der Show bleiben . . .«

Elvis nickte nachdrücklich. »Die Show! O ja, ihr *müßt* zu der Show bleiben! Das ist echter Rock! Überzeugt euch, ob's nicht so ist.«

»Das ist die nackte Wahrheit«, hatte der Polizist bekräftigt.

»Wenn wir zu der Show bleiben . . . können wir dann gehen, wenn sie vorbei ist?«

Elvis und der Bulle hatten einen Blick gewechselt. »Nun, wissen Sie, Ma'am«, hatte der einstige King of Rock schließlich gesagt, »wir sind hier ziemlich weit draußen im Hinterland, da ist es nicht leicht, ein Publikum zusammenzukriegen . . . selbst wenn *alle* hierbleiben, nachdem sie uns erstmal gehört haben. Irgendwie haben wir gehofft, ihr würdet auch noch 'ne Weile hierbleiben. Ein paar Shows ansehen und unsere Gastfreundschaft genießen.« Er hatte die Sonnenbrille auf die Stirn hochgeschoben und einen Moment lang runzlige, leere Augenhöhlen entblößt. Dann waren Elvis' dunkelblaue Augen wieder da, die sie mit aufrichtigem Interesse betrachteten.

»Ich glaube«, hatte er gesagt, »ihr überlegt euch vielleicht sogar, ob ihr euch nicht hier niederlassen wollt.«

Inzwischen standen noch mehr Sterne am Himmel; es war fast dunkel. Über der Bühne flammten orangefarbene Spots auf, sanft wie nachtblühende Blumen, die nacheinander die Mikrofonständer beleuchteten.

»Sie haben uns Jobs gegeben«, sagte Clark mürrisch. »*Er* hat uns Jobs gegeben. Der Bürgermeister. Der wie Elvis Presley aussieht.«

»Er *ist* Elvis«, sagte Sissy Thomas, aber Clark starrte nur auf die Bühne. Er war noch nicht bereit, daran zu *denken*, geschweige denn, es zu hören.

»Mary soll morgen in der Be-Bop Beauty Bar zu arbeiten anfangen«, fuhr er fort. »Sie hat das Lehrerdiplom und ein Examen in Englisch, soll aber die nächste Zeit – Gott weiß wie lange – als Friseuse verbringen.

Dann hat er mich angesehen und gesagt: ›Wassn mit *Ihn'n*, Sir? Wassn *Ihre* Spezialität?‹ « Clark ahmte den Memphis-Akzent des Bürgermeisters übertrieben nach, und jetzt war endlich ein echter Ausdruck in den verschleierten Augen der Kellnerin zu erkennen. Mary hielt es für Angst.

»Sie sollten sich nicht lustig machen«, sagte sie. »Man kann hier Ärger kriegen, wenn man sich lustig macht.« Sie hob langsam die verbundene Hand. Clark sah sie an, seine nassen Lippen bebten, bis sie sie wieder in den Schoß legte. Dann sprach er mit gedämpfter Stimme weiter.

»Ich habe ihm gesagt, ich bin Experte für Computersoftware. Da hat er gesagt, es gibt keine Computer in der Stadt ... obwohl sie es echt zu schätzen wüßten, wenn sie ein Ticketron-Outlet oder zwei haben könnten. Dann hat der andere Typ gelacht und gesagt, unten im Supermarkt würde ein Lagerarbeiter gesucht, und ...»

Ein grellweißer Spot ging auf der Bühne an. Ein Mann in einem so ausgeflippten Sportjackett, daß der Aufzug von Buddy Holly dagegen zahm wirkte, trat in den Lichtkreis und hob die Hände, als wollte er donnernden Applaus eindämmen.

»Wer ist das?« wandte sich Mary an Sissy.

»Ein alter Diskjockey, der eine Menge dieser Shows moderiert hat. Er heißt Alan Tweed oder Alan Breed oder so ähnlich. Wir kriegen ihn kaum je zu sehen, außer hier. Ich glaube, er trinkt. Er schläft den ganzen Tag – *das* weiß ich.«

Kaum hatte das Mädchen diesen Namen ausgesprochen, zerplatzte der Kokon, der Mary beschützt hatte, und ihre letzten Zweifel zerstoben im Wind. Sie und Clark hatte es *tatsächlich* nach Rock and Roll Heaven verschlagen, in den Rock and Roll-Himmel – aber in Wahrheit war es die Rock and Roll-Hölle. Und das war nicht geschehen, weil sie beide böse Menschen waren, es war nicht geschehen, weil die alten Götter sie strafen wollten; es war geschehen, weil sie sich im Wald verirrt hatten, und sich im Wald zu verirren, das hätte jedem passieren können.

»Heute nacht steht uns eine tolle Show ins Haus!« röhrte Tweed enthusiastisch in das Mikro. *»Wir haben den Big Bopper ... Marc Bolan von T. Rex, der gerade von einem ausverkauften Konzert in der Albert Hall zurückkommt ... Jim Croce ... meinen Lieblingsstar Johnny Ace ...«*

Mary beugte sich zu dem Mädchen. »Wie lange sind Sie schon hier, Sissy?«

»Ich weiß es nicht. Man verliert leicht das Zeitgefühl. Mindestens sechs Jahre. Vielleicht auch acht. Oder neun.«

»Keith Moon von den Who ... Brian Jones von den Stones ... die niedliche kleine Florence Ballard von den Supremes ...«

Mary kleidete ihre schlimmste Befürchtung in Worte und fragte: »Wie alt waren Sie, als Sie herkamen?«

»Cass Elliot . . . Janis Joplin . . .«

»Dreiundzwanzig.«

»King Curtis . . . Johnny Burnette . . .«

»Und wie alt sind Sie jetzt?«

»Slim Harpo . . . Bob ›Bear‹ Hite . . . Stevie Ray Vaughan . . .«

»Dreiundzwanzig«, sagte Sissy zu ihr, während Alan Tweed auf der Bühne weitere Namen über den fast menschenleeren Stadtpark brüllte und die Stars herauskamen, erst hundert Stars, dann tausend, dann mehr, als man zählen konnte; er leierte die Namen der Drogentoten, der Schnapstoten, der Opfer von Flugzeugabstürzen und der Opfer von Schießereien herunter, die Namen derer, die man in Seitengassen und Swimmingpools gefunden hatte und in Straßengräben, wo ihnen Lenksäulen aus der Brust ragten und die Köpfe von den Schultern gerissen waren; er verkündete die Namen der Jungen und der Alten, aber vorwiegend waren es die Jungen, und als er die Namen Ronnie Van Zant und Steve Gaines aussprach, hörte Mary im Kopf den Text eines ihrer Songs wiederholen – *»Oooh, that smell, can't you smell that smell«*, und gewiß, jede Wette, sie spürte den Geruch; selbst hier draußen in der frischen Luft von Oregon roch sie ihn, und als sie Clarks Hand ergriff, da war es, als ergriffe sie die Hand eines Leichnams.

»Aaaaaaaalll RIIIIIIGHT!« kreischte Alan Tweed. Hinter ihm in der Dunkelheit strömten Dutzende von Schatten auf die Bühne, manche ließen sich von Roadies mit Taschenlampen den Weg leuchten. *»Seid ihr bereit für die PAAARTY?«*

Die verstreuten Zuschauer im Stadtpark gaben keine Antwort, aber Tweed schwenkte die Hände und lachte, als raste ein gigantisches Publikum vor Begeisterung. Das fahle Licht des Himmels reichte gerade noch aus, daß Mary sehen konnte, wie sich der alte Mann an den Kopf griff und sein Hörgerät abschaltete.

»Seid ihr bereit für den BOOOGIE?«

Dieses Mal *bekam* er eine Antwort – das dämonische Kreischen von Saxophonen aus den Schatten hinter ihm.

»Dann los . . . DENN ROCK AND ROLL WIRD NIEMALS STERBEN!«

Und als die Scheinwerfer nacheinander aufleuchteten und die Band den ersten Song des langen, langen Konzerts dieser Nacht anstimmte – »I'll Be Doggone« mit Marvin Gaye als Gesangssolisten –, dachte Mary: *Das fürchte ich auch. Genau das fürchte ich auch.*

Hausentbindung

Angesichts der Tatsache, daß es sich wahrscheinlich um das Ende der Welt handelte, fand Maddie Pace, daß sie ihre Sache gut machte. Sogar *verdammt* gut. Sie fand sogar, sie kam mit dem Ende von allem besser zurecht als alle anderen auf der Welt. Und sie kam eindeutig besser damit zurecht als jede andere *schwangere* Frau auf der Welt.

Kam zurecht.

Ausgerechnet Maddie Pace.

Maddie Pace, die manchmal nicht schlafen konnte, wenn sie auch nur eine einzige Staubfluse unter dem Eßzimmertisch entdeckte. Maddie Pace, die als Maddie Sullivan ihren Verlobten Jack rasend gemacht hatte, wenn sie starr über einer Speisekarte saß und sich manchmal länger als eine halbe Stunde über die Vorspeise Gedanken machte.

»Maddie, warum wirfst du nicht eine Münze?« fragte er sie einmal, nachdem sie es geschafft hatte, die Auswahl auf geschmortes Kalbfleisch oder Lammgeschnetzeltes einzuschränken, sich aber nicht endgültig entscheiden konnte. »Ich habe schon fünf Flaschen von diesem verdammten deutschen Bier getrunken, und wenn du dich nicht schnellstens entscheidest, hast du einen betrunkenen Hummerfischer *unter* dem Tisch, bevor wir etwas zu essen *auf* dem Tisch haben!«

Darauf hatte sie nervös gelächelt, das geschmorte Kalbfleisch bestellt und sich fast während der ganzen Heimfahrt gefragt, ob das Geschnetzelte nicht möglicherweise leckerer und damit besser gewesen wäre, obwohl es etwas teurer war.

Als Jack ihr einen Antrag gemacht hatte, war ihr die Entscheidung freilich nicht schwergefallen; sie hatte den Antrag – und Jack – rasch und mit großer Erleichterung angenommen. Nach dem Tod ihres Vaters hatten Maddie und ihre Mutter auf Little Tall Island vor der Küste von Maine ein zielloses, umwölktes Leben geführt. »Wenn ich den Frauen nicht sagen würde, wo sie sich bücken und die Schultern gegen das Rad stemmen müssen«, hatte George Sullivan immer wieder gesagt, wenn er einen über den Durst getrunken hatte und mit Freunden in Fudgy's Taverne oder im Hinterzimmer von Prouts Barbierladen saß, »wüßte ich nicht, was sie anfangen würden.«

Als ihr Vater an einem schweren Herzanfall starb, war Maddie neunzehn und arbeitete an Werktagen abends für einen Wochenlohn von einundvierzig Dollar und fünfzig Cent in der Stadtbücherei. Ihre Mutter kümmerte sich um das Haus – jedenfalls hatte sie es getan, wenn George sie (manchmal mit einem guten, saftigen Schlag aufs Ohr) daran erinnerte, daß sie ein Haus hatte, um das sie sich kümmern mußte.

Als die Nachricht von seinem Tod eintraf, hatten sich die beiden Frauen von stummem, panischem Mißfallen erfüllt angesehen, zwei Augenpaare, die dieselbe Frage stellten: *Was machen wir jetzt?*

Keine wußte es, aber beide waren der Überzeugung – der unerschütterlichen Überzeugung –, daß er mit seiner Einschätzung recht gehabt hatte: sie brauchten ihn. Sie waren nur Frauen, und sie brauchten ihn nicht nur, damit er ihnen sagte, was sie tun sollten, sondern auch, wie sie es tun sollten. Sie sprachen nicht darüber, weil es ihnen peinlich war, aber es war da – sie hatten nicht die geringste Ahnung, was als nächstes kommen würde. Der Gedanke, daß sie Gefangene der engstirnigen Vorstellungen und Erwartungen von George Sullivan waren, kam ihnen gar nicht erst. Sie waren nicht dumm, beide Frauen nicht, aber sie waren Frauen von der Insel.

Geld war kein Problem; George glaubte mit ganzem Herzen an den Sinn von Versicherungen, und nachdem er in *Big Dukes Big Ten* in Machias während des Bowlingturniers der Liga beim entscheidenden Wurf tot umgefallen war, erbte seine Frau mehr als hunderttausend Dollar. Und das Leben auf der Insel war billig, wenn man ein Haus besaß und seinen Garten pflegte und wußte, wie man im Herbst sein eigenes Gemüse erntete. Das *Problem* war, daß sie nichts mehr hatten, worauf sie sich konzentrieren konnten. Das *Problem* war, daß das Zentrum aus ihrem Leben verschwunden zu sein schien, als George in seinem Amoco-Bowlinghemd kopfüber über die Foul-Linie von Bahn neunzehn kippte (und der Teufel sollte ihn holen, wenn er nicht auch noch den Ersatzmann mitgebracht hätte, den seine Mannschaft zum Sieg brauchte). Nach Georges Tod wurde ihrer beider Leben zu einer unheimlich verworrenen Angelegenheit.

Als hätte man sich in dichtem Nebel verirrt, dachte Maddie manchmal. *Aber statt nach der Straße zu suchen, einem Haus, dem Dorf oder einem herausragenden Landschaftsmerkmal, wie etwa der vom Blitz getroffenen Fichte draußen an der Spitze, suche ich nach dem Rad. Wenn ich es finde, kann ich mir vielleicht* selbst *sagen, daß ich mich bücken und die Schulter dagegenstemmen soll.*

Schließlich fand sie ihr Rad: es war Jack Pace. Frauen heiraten ihre Väter und Männer ihre Mutter, behaupten manche, und wenn auch so ein Klischee nicht immer zutrifft, traf es in Maddies Fall den Kern der Sache doch ziemlich genau. Ihr Vater war von seinen Mitmenschen mit Angst und Bewunderung angesehen worden. »Verarscht George Sullivan nicht, Leute«, sagten sie. »Der schlägt euch die Nase aus dem Gesicht, wenn ihr ihn nur schief anseht.«

Das galt auch zu Hause. Er war herrschsüchtig und manchmal gewalttätig gewesen, aber er hatte auch gewußt, was er gewollt und für was er gearbeitet hatte – den Ford Pickup zum Beispiel, die Motorsäge oder die zwei Morgen Land, die im Süden an ihr Grundstück angrenzten. Pop Cooks Land. George Sullivan hatte Pop Cook bekanntermaßen als einen alten Dreckskerl mit stinkenden Achselhöhlen bezeichnet, aber das Aroma des alten Mannes änderte nichts daran, daß noch eine Menge gutes Hartholz auf diesen zwei Morgen stand. Pop wußte es nicht; er lebte seit 1987 jenseits der Meerenge, als ihm seine Arthritis ernsthaft zu schaffen machte, und George sorgte dafür, daß überall auf Little Tall bekannt wurde, was der Dreckskerl Pop Cook nicht weiß, macht ihn nicht heiß, und daß er jeden, Mann oder Frau, auseinandernehmen würde, der Licht in die Dunkelheit von Pops Unwissenheit brachte. Niemand traute sich, und so bekamen die Sullivans das Land und das Hartholz darauf. Zwar war das gute Holz innerhalb dreier Jahre restlos gefällt, aber das störte ihn nicht – Land machte sich letzten Endes immer bezahlt. Das behauptete George, und sie glaubten ihm, sie glaubten *an* ihn, und sie arbeiteten, alle drei. Ihr müßt die Schultern gegen das Rad stemmen und das Miststück *drücken*, sagte er, ihr müßt drücken, was ihr könnt, weil es sich nicht leicht drehen läßt. Und das taten sie denn auch.

Damals hatte Maddies Mutter einen Stand an der Straße zum East Head, und es kamen immer genügend Touristen, die das Gemüse kauften, das sie anbaute (auf Georges Anweisung, versteht sich), und selbst wenn sie nie »die Familie Gotrocks« waren, wie ihre Mutter sich auszudrücken pflegte, kamen sie über die Runden. Sogar in den Jahren, in denen die Hummerfischerei schlecht lief und sie ihr Geld zusammenhalten mußten, um abzahlen zu können, was sie der Bank für Pop Cooks zwei Morgen schuldeten, kamen sie über die Runden.

Jack Pace war sanftmütiger, als es George Sullivan je in den Sinn gekommen wäre, aber auch seine Sanftmut hatte Grenzen. Maddie vermutete, daß auch er mit der Zeit einmal auf sogenannte »erzieherische Maßnahmen« zurückgreifen würde – Armverdrehen, wenn das Essen kalt war, einen Klaps oder ab und zu auch eine regelrechte Tracht Prügel. Ein Teil von ihr schien es sogar zu erwarten. In den Frauenzeitschriften stand, daß Ehen, in denen der Mann das alleinige Sagen hatte, der Vergangenheit angehörten, und daß man einen Mann, der Hand an seine Frau legte, wegen Körperverletzung einsperren sollte, auch wenn es sich bei dem fraglichen Mann um den rechtmäßig angetrauten Gatten der fraglichen Frau handelte. Manchmal las Maddie solche Artikel im Schönheitssalon, aber sie bezweifelte, daß die Frauen, die diese Artikel schrieben, überhaupt eine Ahnung hatten, daß es so etwas wie die Inseln vor der Küste überhaupt gab. Little Tall *hatte* eine Schriftstellerin hervorgebracht, Selena St. George – aber die schrieb zumeist über Politik und war seit Jahren nicht mehr auf der Insel gewesen, von einem einzigen Essen am Thanksgiving Day einmal abgesehen.

»Ich werde nicht mein ganzes Leben lang Hummerfischer sein, Maddie«, sagte Jack ihr in der Woche, bevor sie heirateten, und sie glaubte ihm. Ein Jahr zuvor, als er sie zum ersten Mal eingeladen hatte (sie hatte ja gesagt, noch bevor er alle Worte hatte aussprechen können, und sie war bis zu den Haarwurzeln errötet, weil sie ihren Eifer so unverhohlen zeigte), hatte er gesagt: »Ich *hab nicht vor,* mein ganzes Leben lang Hummerfischer zu sein.« Eine kleine Veränderung – aber ein gewaltiger Unterschied. Er besuchte dreimal in der Woche die Abendschule, wobei er mit der alten *Island Princess* zum Festland und wieder zurück fuhr. Er war hundemüde, wenn er einen Tag lang Reusen geschleppt hatte, aber er ging dennoch hin und blieb gerade lange genug zu Hause, um den strengen Geruch von Hummer und Salzlake abduschen und zwei Tassen heißen Kaffee hinunterspülen zu können. Nach einer Weile, als sie merkte, daß er wirklich fest entschlossen war, machte Maddie ihm heiße Suppe, die er während der Überfahrt auf der Fähre essen konnte. Sonst hätte er nur einen der gräßlichen roten Hot Dogs zu sich genommen, die sie in der Snack Bar der *Princess* verkauften.

Sie wußte noch genau, wie sie ratlos vor den Dosensuppen im Supermarkt gestanden hatte – es gab *so viele*! Ob er Tomatensuppe mochte? Es gab Leute, die mochten keine Tomatensuppe. Tatsächlich *haßten* manche Leute Tomatensuppe, selbst wenn man sie mit Milch statt mit Wasser ansetzte. Gemüsesuppe? Truthahn? Geflügelcreme? Ihre hilflosen Blicke wanderten fast zehn Minuten über das Regal, bis Charlene Nedeau fragte, ob sie ihr behilflich sein könnte – aber Charlene sagte es mit einem sarkastischen Unterton, und Maddie vermutete, sie würde es morgen ihren Freundinnen von der High School erzählen, und sie würden in der Umkleidekabine der Mädchen darüber kichern und genau wissen, was mit ihr los war – die arme unscheinbare Maddie Sullivan, die sich nicht für etwas so Einfaches wie eine Dose *Suppe* entscheiden konnte. Wie es ihr je möglich gewesen war, sich zu entscheiden, den Heiratsantrag von Jack Pace anzunehmen, war allen ein Rätsel – aber sie wußten natürlich nichts von dem Rad, das man finden mußte, und daß man, hatte man es erst einmal gefunden, jemanden brauchte, der einem genau sagte, wann man sich gegen das verdammte Ding stemmen mußte.

Maddie hatte den Laden ohne Suppe, aber mit pochenden Kopfschmerzen verlassen.

Als sie schließlich den Mut aufbrachte, Jack nach seiner Lieblingssuppe zu fragen, sagte er: »Nudelsuppe mit Huhn. Wie man sie in der Dose bekommt.«

Ob er noch andere Sorten besonders mochte?

Die Antwort war nein. Nur Nudelsuppe mit Huhn – wie man sie in der Dose bekam. Mehr Suppe brauchte Jack Pace in seinem Leben nicht, und Maddie brauchte nicht mehr Antworten (zumindest zu diesem speziellen Thema) in ihrem Leben. Hektischen Schrittes und frohen Herzens erklomm Maddie anderntags die ausgetretenen Holzstufen zum Laden und kaufte die vier Dosen Nudelsuppe mit Huhn, die auf dem Regal standen. Als sie Bob Nedeau fragte, ob er noch mehr hätte, antwortete er, er hätte eine ganze verdammte *Kiste* davon im Lager.

Sie kaufte die ganze Kiste, was ihn so verblüffte, daß er sie ihr sogar zum Wagen hinaustrug und völlig zu fragen vergaß, warum sie *soviel* wollte – ein Versäumnis, für das ihn seine naseweise Frau und Tochter am Abend streng zurechtwiesen.

»Du solltest es mir glauben und nie vergessen«, hatte Jack damals gesagt, nicht lange bevor sie die Ringe tauschten (und sie *hatte* es geglaubt und nie vergessen). »Ich will mehr werden als ein Hummerfischer. Mein Dad sagt, ich hab nur Scheiße im Kopf. Er sagt, wenn es für meinen Alten und seinen Alten und alle anderen Alten bis zum beschissenen Garten Eden gut genug war, Reusen zu schleppen, dann wäre es auch für mich gut genug. Ist es aber nicht. Ich will was Besseres werden.« Er sah sie an, und sein Blick war streng, voller Entschlossenheit, aber es war auch ein liebevoller Blick voll Hoffnung und Zuversicht. »Ich will mehr sein als ein Hummerfischer, und du sollst mehr werden als die Frau eines Hummerfischers. Du wirst ein Haus auf dem Festland haben.«

»Ja, Jack.«

»Und ich werde keinen beschissenen Chevrolet fahren.« Er holte tief Luft und nahm ihre Hände in seine. »Ich fahre einen *Oldsmobile.*«

Er sah ihr in die Augen, als wollte er sie herausfordern, über diese übertriebene Wunschvorstellung zu lachen. Natürlich ließ sie das bleiben; sie sagte zum dritten oder vierten Mal an diesem Abend: ja, Jack. Das hatte sie im Verlauf ihres Verlobungsjahres Tausende von Malen zu ihm gesagt, und sie erwartete, daß sie es noch Millionen Male sagen würde, bis der Tod ihre Ehe schied. *Ja, Jack;* hatte es je in der Geschichte der Welt zwei Worte gegeben, die zusammen ausgesprochen so einen wunderbaren Klang hatten?

»Mehr als ein beschissener Hummerfischer, was mein Alter auch denkt, und mag er noch so lachen. Ich werde es schaffen, und weißt du, wer mir dabei helfen wird?«

»Ja«, hatte Maddie ruhig geantwortet. *»Ich.«*

Er hatte gelacht und sie in die Arme genommen. »Bist verdammt klug, meine Süße«, hatte er zu ihr gesagt.

Und so vermählten sie sich, wie es im Märchen heißt, und für Maddie *waren* diese ersten Monate – Monate, in denen sie fast überall mit dem fröhlichen Ruf »Da kommt das junge Paar!« begrüßt wurden – wie ein Märchen. Sie hatte Jack, der ihr Halt gab; Jack, der ihr Entscheidungen abnahm, und das war das beste daran. Die schwierigste Haushaltsentscheidung, die ihr in diesem Jahr abverlangt wurde, war die, welche Vorhänge im Wohnzimmer am besten aussehen würden – man konnte in dem Katalog aus *so vielen* auswählen, und ihre Mutter war ihr eindeutig keine Hilfe. Für Maddies Mutter war es schon schwierig, sich zwischen verschiedenen Sorten Toilettenpapier zu entscheiden.

Aber sonst bestand das Jahr fast nur aus Freude und Sicherheit – die Freude, mit Jack in ihrem tiefen Bett zu schlafen, während der Winterwind über die Insel hinwegstrich wie ein Messer über ein Brotbrett, die Sicherheit, daß Jack ihr sagte, was sie wollten und wie sie es bekommen würden. Der Sex war gut – so gut, daß sie manchmal weiche Knie und ein Flattern im Bauch bekam, wenn sie tagsüber daran dachte –, aber seine instinktive Art, alles zu wissen, und ihr wachsendes Vertrauen in seine Instinkte waren noch besser. Eine Zeitlang *war* es tatsächlich ein Märchen, ja.

Dann starb Jack, und es wurde unheimlich. Aber nicht nur für Maddie. Für alle.

Kurz bevor dieser unerklärliche Alptraum über die Welt kam, stellte Maddie fest, daß sie das war, was ihre Mutter stets als »trächtig« bezeichnet hatte – ein häßliches Wort, das sich anhörte wie das Geräusch, wenn man einen Hals voll Rotz herauskeuchen mußte (so jedenfalls hörte es sich für Maddie immer an). Da waren sie und Jack schon in das Haus neben dem der Pulsifers auf Gennesault Island gezogen, das von ihren Bewohnern und denen der nahegelegenen Insel Little Tall immer nur Jenny genannt wurde.

Sie hatte eine ihrer quälenden inneren Auseinandersetzungen, als ihre zweite Regel ausblieb, und nach vier schlaflosen Nächten vereinbarte sie einen Termin bei Dr. McElwain auf dem Festland. Im Rückblick war sie froh darüber. Hätte sie gewartet, ob auch die dritte Regel ausblieb, dann wäre Jack nicht einmal der eine Monat der Freude vergönnt gewesen, und ihr wären die Zuwendungen und kleinen Aufmerksamkeiten entgangen, die er ihr zukommen ließ.

Im Rückblick schien ihre Unentschlossenheit lächerlich zu sein, aber im Grunde ihres Herzens wußte sie, es hatte sie ein außerordentliches Maß an Mut gekostet, den Test machen zu lassen. Sie hätte sich gewünscht, daß ihr vormittags eindeutiger übel gewesen wäre, damit sie sicherer sein konnte; sie hatte sich danach gesehnt, daß die Übelkeit sie aus ihren Träumen reißen würde. Sie vereinbarte den Termin, als Jack bei der Arbeit war, aber es war unmöglich, sich mit der Fähre zum Festland zu *schleichen*; zu viele Leute von beiden Inseln sahen einen. Irgendwer würde Jack gegenüber erwähnen, daß er seine Frau gestern an Bord der *Princess* gesehen hätte, und dann würde Jack wissen wollen, was das zu bedeuten hatte, und wenn das Ganze nur blinder Alarm war, würde sie wie eine dumme Gans dastehen.

Aber es war kein blinder Alarm, sie trug ein Kind in sich (einerlei, daß sich das Wort anhörte, als räusperte sich jemand mit einer schlimmen Erkältung), und Jack Pace blieben gerade noch siebenundzwanzig Tage Zeit, sich auf sein Kind zu freuen, bevor eine hohe Welle ihn vom Deck der *My Lady-Love* spülte, dem Hummerboot, das er von seinem Onkel Mike geerbt hatte. Jack konnte schwimmen, und er war wie ein Korken wieder zur Wasseroberfläche geschnellt, erzählte ihr Dave Eamons kläglich, aber genau in diesem Augenblick kam eine zweite hohe Welle und schleuderte das Boot gegen ihn, und wenn Dave auch nicht mehr sagen wollte, war Maddie als Inselmädchen geboren und großgeworden und wußte Bescheid: Sie konnte das hohle Pochen geradezu *hören*, als das Boot gegen den Kopf ihres Mannes prallte und möglicherweise genau das Stückchen Hirn zertrümmerte, das dafür verantwortlich war, daß er im Dunkel der Nacht immer und immer wieder ihren Namen geflüstert hatte, wenn er in ihr gekommen war.

Jack Pace, mit einem schweren Kapuzenparka und Stiefeln bekleidet, war untergegangen wie ein Stein. Sie hatten auf dem kleinen Friedhof am nördlichen Ende von Jenny Island einen leeren Sarg begraben, und Reverend Johnson (wenn es um Religion ging, hatte man auf Jenny und Little Tall zwei Möglichkeiten: man konnte Methodist sein, und wenn einem das nicht zusagte, konnte man ein abtrünniger Methodist sein) hatte über dem leeren Sarg gepredigt wie über so vielen anderen. Der Gottesdienst ging zu Ende, und Maddie war mit zweiundzwanzig Jahren Witwe, hatte ein Brötchen im Ofen und niemanden mehr, der ihr sagte, wo sich das Rad befand, ganz zu schweigen davon, wann sie die Schulter dagegenstemmen und wie weit sie es drücken mußte.

Anfangs dachte sie daran, nach Little Tall zurückzukehren, zu ihrer Mutter, um die Zeit abzuwarten, aber das eine Jahr mit Jack hatte ihre Perspektive ein wenig zurechtgerückt, und sie wußte, ihre Mutter war hilflos – fast *noch* hilfloser als sie selbst – und deshalb fragte sie sich, ob es so gut wäre, zu ihr zurückzukehren.

»Maddie«, sagte Jack immer wieder zu ihr (er war auf der Welt tot, aber nicht, so schien es, in ihrem Kopf; in ihrem Kopf war er so lebendig wie ein toter Mann es nur sein konnte), »du kannst dich immer nur für eines entscheiden, nämlich, daß du dich nicht entscheiden kannst.«

Und ihrer Mutter ging es nicht besser. Sie unterhielten sich am Telefon, und Maddie hoffte, ihre Mutter würde ihr einfach *sagen*, sie solle nach Hause zurückkommen, aber Mrs. Sullivan konnte keinem, der älter als zehn Jahre war, etwas sagen. »Vielleicht solltest du wieder hierher kommen«, hatte sie einmal zögernd gesagt, aber Maddie konnte sich nicht einig werden, ob das *bitte komm nach Hause* heißen sollte oder *bitte nimm kein Angebot von mir an, das ich eigentlich nur der Form halber ausgesprochen habe.* Sie dachte lange, schlaflose Nächte darüber nach, was es bedeuten mochte, und brachte sich damit nur noch mehr in Verwirrung.

Dann fingen die unheimlichen Ereignisse an, und die größte Barmherzigkeit war, daß es auf Jenny nur einen kleinen Friedhof (und so viele Gräber mit leeren Särgen) gab; was ihr früher bedauerlich vorgekommen war, schien heute ein wahrer Segen zu sein. Auf Little Tall gab es zwei, beide recht groß, und deshalb schien es bei weitem sicherer zu sein, auf Jenny zu bleiben und abzuwarten.

Sie würde abwarten, ob die ganze Welt starb oder überlebte.

Wenn die Welt überlebte, würde sie, Maddie, auf das Baby warten.

Und nun, nach einem Leben passiven Gehorsams und vager Beschlüsse, die normalerweise eine oder zwei Stunden, nachdem sie aufgestanden war, wie Träume verschwanden, *kam sie endlich zurecht.* Sie wußte, es lag teilweise daran, daß sie mit einem schrecklichen Schock nach dem anderen konfrontiert wurde – angefangen mit dem Tod ihres Mannes bis zu einer der letzten Durchsagen, die die Satellitenschüssel der Pulsifers aufgefangen hatte: Ein verängstigter kleiner Junge, der zum Dienst als Reporter von CNN gezwungen worden war, verkündete, daß der Präsident der Vereinigten Staaten, die First Lady, der Außenminister und der Emir von Kuwait im Ostzimmer des Weißen Hauses von Zombies gefressen worden waren.

»Ich werde es noch einmal wiederholen«, hatte der unfreiwillige Reporter gesagt, und dabei traten die roten Pusteln seiner Akne auf Stirn und Kinn wie Stigmata hervor. Sein Mund fing an zu zucken; seine Hände zitterten unkontrolliert. »Ich wiederhole, daß ein paar Leichen gerade den Präsidenten, seine Frau und eine ganze Menge anderer politischer Großköpfe verschlungen haben, die sich im Weißen Haus aufhielten, um pochierten Lachs und Kirschtorte zu essen.« Dann hatte der Junge irre zu lachen angefangen und *»Los, Yale! Bula-Bula!«* geschrien, so laut er konnte. Schließlich rannte er aus dem Bild und ließ das Nachrichtenpult von CNN zum ersten Mal, seit sich Maddie erinnern konnte, verwaist. Sie und die Pulsifers betrachteten in schockiertem Schweigen, wie das Nachrichtenpult verschwand und ein Werbespot für Boxcar-Willie-Schallplatten begann – nicht im freien Handel erhältlich, Sie bekommen diese erstaunliche Sammlung nur, wenn Sie die Nummer wählen, die am unteren Bildschirmrand eingeblendet wird. Ein Buntstift der kleinen Cheyne Pulsifer lag am Ende des Tisches vor dem Sessel, in dem Maddie saß, und aus irgendeinem Grund nahm sie ihn und schrieb die Nummer auf, bevor Mr. Pulsifer aufstand und den Fernseher wortlos abschaltete.

Maddie sagte ihnen Gute Nacht und bedankte sich für den Fernsehabend und das Popcorn.

»Sind Sie sicher, daß es Ihnen gut geht, Maddie?« fragte Candi Pulsifer sie zum fünften Mal an diesem Abend, und Maddie sagte zum fünften Mal an diesem Abend, es ginge ihr ausgezeichnet. Sie *kam zurecht*, und Candi sagte, das *wüßte* sie, aber sie könne dennoch gerne jederzeit im oberen Schlafzimmer übernachten, das Brian gehört hatte. Maddie umarmte Candi, gab ihr einen Kuß auf die Wange, lehnte mit den zuckersüßesten Dankesworten ab, die ihr einfielen, und durfte sich endlich verabschieden. Sie war die windige halbe Meile gelaufen und stand schon in ihrer eigenen Küche, als sie feststellte, daß sie den Zettel, auf den sie die Telefonnummer gekritzelt hatte, immer noch in der Hand hielt. Sie hatte die Nummer gewählt, aber keine Antwort erhalten. Keine Tonbandstimme sagte ihr, daß im Augenblick sämtliche Anschlüsse besetzt wären oder die Nummer sich geändert hätte; kein piepsendes Freizeichen verkündete, daß die Verbindung unterbrochen war; kein Fiepen oder Tuten oder Klicken. Nur gleichgültige Stille. Da wußte Maddie mit Sicherheit, daß das Ende entweder bevorstand oder schon da war. Wenn man die Nummer nicht mehr anrufen und die Boxcar-Willie-Schallplatten, die es in keinem Geschäft zu kaufen gab, nicht mehr bestellen konnte, wenn zum ersten Mal in ihrem Leben keine Vermittlung zur Stelle war, dann war das Ende der Welt eine unumstößliche Tatsache.

Sie tastete über ihren runden Bauch, als sie vor dem Telefon an der Küchenwand stand und, ohne zu merken, daß sie laut sprach, zum ersten Mal sagte: »Es wird eine Hausentbindung werden. Aber das macht nichts, solange du dich vorbereitest und bereit bleibst, Mädchen. Du darfst nicht vergessen, daß es keine andere Möglichkeit mehr gibt. Es *muß* eine Hausentbindung werden.«

Sie wartete auf Angst, aber die stellte sich nicht ein.

»Damit komme ich sicher zurecht«, sagte sie, und diesmal hörte sie sich und ließ sich von der Überzeugung in ihren eigenen Worten trösten.

Ein Baby.

Wenn das Baby kam, würde das Ende der Welt selbst enden.

»Eden«, sagte sie und lächelte. Ihr Lächeln war reizend; das Lächeln einer Madonna. Es spielte keine Rolle, wieviel verwesende Leichen (unter denen sich auch gut und gerne Boxcar Willie befinden konnte) auf dem Antlitz der Erde herumschlurften.

Sie würde ein Baby bekommen, sie würde die Hausentbindung durchstehen, und die Möglichkeit von Eden würde bestehen bleiben.

Die ersten Berichte kamen aus einem australischen Dorf am Rande des Outback, einem Ort mit dem einprägsamen Namen Fiddle Dee. Der Name der ersten amerikanischen Stadt, in der wandelnde Tote gemeldet wurden, war möglicherweise noch einprägsamer: Thumper, Florida. Der erste Artikel darüber erschien in Amerikas beliebtester Boulevardzeitung in den Supermärkten, *Inside View.*

DIE TOTEN IN EINER KLEINSTADT IN FLORIDA ERWACHEN WIEDER ZUM LEBEN! verkündete die Schlagzeile marktschreierisch. Der Artikel begann mit der Rekapitulation eines Films mit dem Titel *Die Nacht der lebenden Toten,* den Maddie nie gesehen hatte, und leitete zu einem anderen über – *Macumba Love* –, den sie auch nie gesehen hatte. Drei Fotos illustrierten den Artikel. Bei dem ersten handelte es sich um ein Standfoto aus *Die Nacht der lebenden Toten,* das eine Gruppe, die aus der Klapsmühle entsprungen zu sein schien, vor einem Farmhaus zeigte. Das zweite stammte aus *Macumba Love* und zeigte eine Blondine, deren Bikinioberteil sich über Brüsten strammte, die so groß waren wie preisgekrönte Kürbisse. Die Blondine hielt die Hände hoch und schrie angsterfüllt in Gegenwart eines Schwarzen mit Maske. Das dritte war angeblich ein Bild, das in Thumper, Florida, aufgenommen worden war. Die unscharfe, körnige Fotografie zeigte eine Person unbestimmbaren Geschlechts, die vor einer Videospielhalle stand. Dem Artikel zufolge war die Gestalt in »die Gewänder des Grabes« gehüllt, aber es hätte sich ebensogut um jemanden handeln können, der in ein schmutziges Laken gewickelt war.

Kein Knüller. Letztes Wochenende BIGFOOT VERGEWALTIGT CHORKNABEN, diese Woche Tote, die wieder auferstanden, nächste Woche ein zwergenhafter Massenmörder.

Kein Knüller, jedenfalls solange sie nicht an anderen Orten wiederkehrten. Kein Knüller bis zum ersten Filmbericht in den Nachrichten (»Vielleicht möchten Sie Ihre Kinder bitten, das Zimmer zu verlassen«, lautete Tom Brokaws ernste Ansage): verweste Monster, unter deren trockener Haut die Knochen zu sehen waren; Opfer von Verkehrsunfällen, bei denen die Schminke des Leichenbestatters abgeblättert war, so daß man die zerfetzten Gesichter und eingedrückten Schädel sehen konnte; Frauen, deren Haar zu schmutzverklebten Bienenstöcken frisiert war, in denen Käfer und Maden herumwimmelten; Gesichter, die entweder ausdruckslos oder von einer berechnenden, idiotischen Intelligenz erfüllt waren. Kein Knüller, bis zu den ersten gräßlichen Fotos in einer Ausgabe der Zeitschrift *People,* die in Plastikfolie eingeschweißt war und mit einem Aufkleber KEIN VERKAUF AN MINDERJÄHRIGE ausgeliefert wurde.

Dann war es ein Knüller.

Wenn man einen verwesten Mann sah, der noch den schlammverklebten Anzug von Brooks Brothers trug, in dem er begraben worden war, wie er die Kehle einer schreienden Frau in einem T-Shirt mit der Aufschrift EIGENTUM DER HOUSTON OILERS zerfetzte, dann wurde einem klar, daß man es mit einem echten Knüller zu tun hatte.

Da fingen auch die Anschuldigungen und das Säbelrasseln an, und drei Wochen lang wurde die Welt vom Spektakel der beiden atomaren Supermächte, die sich auf unentrinnbarem Konfrontationskurs zu befinden schienen, von den Kreaturen abgelenkt, die aus ihren Gräbern entkamen wie groteske Falter aus verseuchten Kokons.

Es gäbe keine Zombies in den Vereinigten Staaten, verkündeten die TV-Kommentatoren in Rotchina; vielmehr handelte es sich um eine Zwecklüge, die einen unverzeihlichen Akt chemischer Kriegführung gegen die Volksrepublik China kaschieren sollte, eine gräßlichere (und vorsätzliche) Version dessen, was sich in Bhopal in Indien abgespielt hatte. Gegenschläge würden folgen, wenn die toten Genossen, die aus ihren Gräber auferstanden, sich nicht innerhalb von zehn Tagen wieder tot hinlegten, wie es sich gehörte. Sämtliche amerikanischen Diplomaten wurden des Landes verwiesen, und in mehreren Fällen wurde gemeldet, daß amerikanische Touristen totgeschlagen wurden.

Der Präsident (der bald darauf selbst zum Tagesessen der Zombies werden sollte) reagierte darauf, indem er den Spieß umdrehte. Die US-Regierung, verkündete er dem amerikanischen Volk, verfüge über unumstößliche Beweise dafür, daß die einzigen wandelnden Toten in China absichtlich freigelassen worden seien, und auch wenn der Oberpanda mit unschuldigen Schlitzaugen vor die Öffentlichkeit treten und behaupten mochte, es würden über achttausend Leichen auf der Suche nach dem endgültigen Kollektivismus herumschlurfen, verfügten *wir* über eindeutige Beweise, daß es nicht einmal vierzig waren. Die *Chinesen* hatten einen Akt – einen *heimtückischen* Akt – chemischer Kriegführung begangen und loyale Amerikaner wieder zum Leben erweckt, die kein anderes Ziel kannten, als andere loyale Amerikaner zu verzehren, und wenn diese Amerikaner – von denen einige gute Demokraten gewesen waren – sich nicht innerhalb der nächsten *fünf* Tage wieder hinlegten und tot blieben, wie es sich gehörte, dann würde Rotchina zu einem einzigen gewaltigen Bombentrichter werden.

NORAD wurde in DEFCON-2 versetzt, als ein britischer Astronom namens Humphrey Dagbolt den Satelliten entdeckte. Oder das Raumschiff. Oder die Kreatur. Oder was auch immer in drei Teufels Namen es war. Dagbolt war nicht einmal ein professioneller Astronom, sondern ein Amateursterngucker aus dem Westen Englands – niemand Besonderes, hätte man gesagt –, und doch rettete er die Welt mit ziemlicher Sicherheit vor einem thermonuklearen Schlagabtausch, wenn nicht vor einem regelrechten Atomkrieg. Alles in allem keine schlechte Arbeit für einen Mann mit einer schiefen Nasenscheidewand und einem schlimmen Fall von Schuppenflechte.

Zuerst hatte es den Anschein, als *wollten* die kampfbereiten politischen Systeme gar nicht glauben, was Dagbolt herausgefunden hatte, selbst nachdem das Royal Observatory in London seine Fotos und Daten für authentisch erklärt hatte. Schließlich jedoch wurden die Raketensilos wieder geschlossen, und die Teleskope überall auf der Welt richteten sich fast widerwillig auf den Stern Wormwood.

Die vereinte amerikanisch-chinesische Weltraummission, die den unwillkommenen Neuling erforschen sollte, startete keine drei Wochen nachdem die ersten Fotos im *Guardian* veröffentlicht worden waren, von den Lanzhou-Höhen, und jedermanns Lieblingsamateurastronom befand sich an Bord, samt gekrümmter Nasenscheidewand und Schuppenflechte. In Wahrheit wäre es schwer gewesen, Dagbolt von der Mission auszuschließen – er war weltweit zum Helden geworden, zum angesehensten Briten seit Winston Churchill. Als ihn ein Reporter am Tag vor dem Start fragte, ob er Angst hätte, wieherte Dagbolt sein seltsam rührendes Robert-Morley-Lachen, rieb sich die Seite seiner wahrhaft gigantischen Nase und verkündete: »Ich bin starr vor Angst, Junge! Durch und durch starr vor Angst!«

Und wie sich herausstellte, hatte er allen Grund, starr vor Angst zu sein. Wie jedermann.

Die letzten einundsechzig Sekunden der Übertragung von Bord der *Xiaoping/Truman* stuften alle drei beteiligten Regierungen als so gräßlich ein, daß man sie nicht veröffentlichen konnte; es gab auch kein offizielles Kommuniqué. Was selbstverständlich keine Rolle spielte; fast zwanzigtausend Techniker des Bodenpersonals hatten den Raumflug überwacht, und es schien, als hätten mindestens neunzehntausend von ihnen Aufzeichnungen davon angefertigt, als die Raumkapsel – nun, gab es wirklich einen anderen Ausdruck dafür? – gestürmt worden war.

Chinesische Stimme: Würmer! Es sieht aus wie ein riesiger Ball von Würmern . . .

Amerikanische Stimme: O Gott! Paßt auf! Es kommt auf uns zu!

Dagbolt: Es findet eine Art Ausstoß statt. Das Steuerbordfenster ist . . .

Chinesische Stimme: Leck! Leck! In die Raumanzüge, Freunde!

(Unverständliches Durcheinander.)

Amerikanische Stimme: ... und scheint sich hereinzufressen in ...

Weibliche chinesische Stimme (Ching-Ling Sung): Oh haltet es auf, die Augen ...

(Geräusch einer Explosion.)

Dagbolt: Explosive Dekompression hat stattgefunden. Ich sehe drei – äh, vier – Tote, und da sind Würmer ... überall sind Würmer ...

Amerikanische Stimme: Schutzschild! Schutzschild! Schutzschild!

(Schreie.)

Chinesische Stimme: Wo ist meine Mama? Oh Gott, wo ist meine Mama?

(Schreie. Geräusch, als schlürfte ein zahnloser alter Mann Kartoffelpüree.)

Dagbolt: Die Kabine ist voll von Würmern – jedenfalls scheint es sich um Würmer zu handeln –, was heißen soll, daß es sich *tatsächlich* um Würmer handelt, wie man feststellt –, die sich offenbar vom Hauptsatelliten – für den wir ihn hielten – abgekoppelt haben –, was heißen soll, man denkt, die Kabine sei voller schwebender Leichenteile. Diese Weltraumwürmer sondern offenbar eine Art Säure ab ...

(An dieser Stelle wurden die Schubdüsen gezündet; Dauer der Schubphase ist 7,2 Sekunden. Dies könnte ein Versuch gewesen sein, zu entkommen oder möglicherweise das zentrale Objekt zu rammen. Wie auch immer, das Manöver hat nicht funktioniert. Es scheint wahrscheinlich, daß die Schubdüsen selbst mit Würmern verstopft waren, und Captain Lin Yang – oder wer immer zu dem Zeitpunkt Befehlshaber war – hielt es für wahrscheinlich, daß die Treibstofftanks selbst als Folge dieser Verstopfung explodieren könnten. Deshalb wurde abgeschaltet.)

Amerikanische Stimme: O mein Gott, sie sind in meinem Kopf, *sie fressen mein Ge...*

(Störgeräusche.)

Dagbolt: Ich glaube, die Vernunft gebietet einen strategischen Rückzug in den Lagerraum; der Rest der Besatzung ist tot. Daran besteht kein Zweifel. Schade. Tapferer Haufen. Sogar der fette Amerikaner, der sich immer in der Nase gebohrt hat. Aber in anderer Hinsicht denke ich nicht ...

(Störgeräusche.)

Dagbolt: ... wirklich tot, denn Ching-Ling Sung – oder besser ausgedrückt, Ching-Ling Sungs abgetrennter Kopf, möchte man sagen, ist gerade an mir vorbeigeschwebt; sie hatte die Augen offen und blinzelte. Sie schien mich zu erkennen und zu ...

(Störgeräusche.)

Dagbolt: ... halte dich ...

(Explosion. Störgeräusche.)

Dagbolt: ... um mich herum. Ich wiederhole, rings um mich herum. Zuckende Wesen. Sie ... weiß irgend jemand, ob ...

(Dagbolt schreit und flucht, dann schreit er nur noch. Wieder Geräusche von zahnlosem altem Mann.)

(Ende der Übertragung.)

Drei Sekunden später explodierte die *Xiaoping/Truman.* Die Invasion vom Stern Wormwood war während des kurzen und eher jämmerlichen Konflikts von über dreihundert Teleskopen auf der Erde beobachtet worden. Als die letzten einundsechzig Sekunden der Übertragung anfingen, wurde die Raumkapsel von etwas verdeckt, das tatsächlich wie Würmer *aussah.* Am Ende der letzten Übertragung konnte man die Kapsel überhaupt nicht mehr sehen – nur eine wuselnde Masse von Wesen, die sich daran festgesaugt hatten. Augenblicke nach der endgültigen Explosion schoß ein Wettersatellit ein einziges Bild der schwebenden Trümmer, bei denen es sich teilweise sicherlich um Fetzen der Wurmwesen handelte. Ein abgetrenntes menschliches Bein in einem chinesischen Raumanzug, das dazwischen trieb, war eindeutig leichter zu identifizieren.

Und in gewisser Weise spielte nicht einmal das noch eine Rolle. Die Wissenschaftler und politischen Führer beider Länder wußten genau, wo sich der Stern Wormwood befand: über dem wachsenden Loch in der Ozonschicht der Erde. Von da schickte er etwas herunter, und es waren keine Blumensträuße von Fleurop.

Als nächstes kamen Raketen. Der Stern Wormwood wich ihnen mühelos aus und nahm anschließend seine Position über dem Loch wieder ein.

Im Satellitenfernsehen der Pulsifers standen noch mehr Tote auf und wandelten, aber jetzt mit einem gewichtigen Unterschied. Anfangs hatten die Zombies nur lebende Menschen gebissen, die ihnen zu nahe kamen, aber in den Wochen, bevor der High-Tech-Sony der Pulsifers nur noch Flimmern zeigte, versuchten die Toten *von sich aus*, an die Lebenden heranzukommen.

Es sah aus, als wären sie zu dem Ergebnis gekommen, daß ihnen *schmeckte*, in was sie da bissen.

Die letzte Anstrengung, das Ding zu vernichten, unternahmen die Vereinigten Staaten. Der Präsident genehmigte einen Versuch, den Stern Wormwood mit einer Anzahl Kernwaffen im Orbit zu vernichten, ungeachtet all seiner früheren Zusicherungen, denen zufolge Amerika nie atomare SDI-Waffen im Orbit stationiert hatte und es auch nie tun würde. Alle anderen setzten sich ebenfalls darüber hinweg. Vielleicht waren sie zu sehr damit beschäftigt, für den Erfolg des Unternehmens zu beten.

Es war eine gute Idee, aber unglücklicherweise keine erfolgreiche. Nicht ein einziges Geschoß von einem einzigen SDI-Satelliten zündete. Das machte insgesamt vierundzwanzig Versager.

Soviel zur modernen Technologie.

Dann, nach allen Schocks auf Erden *wie im Himmel*, kam die Sache mit dem kleinen Friedhof hier auf Jenny. Aber auch das schien für Maddie nicht recht zu zählen, denn sie war nicht dabeigewesen. Da das Ende der Zivilisation nun eindeutig bevorstand und die Insel vom Rest des Festlands abgeschnitten war – *glücklicherweise*, wie die Bewohner fanden –, hatten sich die alten Gewohnheiten mit unausgesprochener, aber unbestreitbarer Nachdrücklichkeit gefestigt. Inzwischen wußten alle, wie es weitergehen würde; es war nur eine Frage des Wann. Und daß man bereit war, wenn es so weit kam.

Frauen waren davon ausgeschlossen.

Natürlich war es Bob Daggett, der den Dienstplan für die Wache aufstellte. Das war nur recht und billig, schließlich war Bob seit schätzungsweise tausend Jahren Gemeinderatsvorsitzender auf Jenny. Am Tag nach dem Tod des Präsidenten (der Gedanke, daß er und die First Lady hirnlos durch die Straßen von Washington D. C. schlurften und an Menschenarmen und -beinen nagten wie Leute, die bei einem Picknick Hähnchenschlegel verzehren, kam nicht zur Sprache; das war mehr, als man ertragen konnte, auch wenn der alte Trottel und sein blondes Weibsbild *Demokraten* waren) berief Bob Daggett die erste Stadtratssitzung ausschließlich für Männer seit der Zeit vor dem Bürgerkrieg ein. Maddie war nicht dabei, aber sie hörte davon. Dave Eamons erzählte ihr alles, was sie wissen mußte.

»Ihr Männer kennt die Situation«, sagte Bob. Er sah so gelb wie ein Mann mit Gelbsucht aus, und die Leute erinnerten sich, daß seine Tochter, die noch zuhause lebte, nur eine von vieren war. Die anderen lebten anderswo – was heißen sollte: auf dem Festland.

Aber, verdammt, was das betraf, hatten sie *alle* Verwandte auf dem Festland.

»Wir haben hier eine Ruhestätte auf Jenny«, fuhr Bob fort, »und hier ist noch nichts passiert, was aber nicht heißen muß, daß auch nichts passieren *wird*. An vielen Orten ist noch nichts passiert – aber es sieht so aus, wenn's mal passiert, dann passiert es ziemlich schnell.«

Die Männer, die sich in der Turnhalle der Grundschule versammelt hatten, der einzigen Halle, die allen Platz bot, murmelten zustimmend. Alles in allem waren es etwa siebzig, deren Altersspektrum von Johnny Crane, der gerade achtzehn geworden war, bis zu Bobs Großonkel Frank reichte, der achtzig war, ein Glasauge hatte und Tabak kaute. Selbstverständlich stand kein Spucknapf in der Turnhalle, deshalb hatte Frank Daggett sich ein leeres Mayonnaiseglas mitgebracht, in das er den Saft spucken konnte. Das tat er gerade.

»Komm zur Sache, Bobby«, sagte er. »Du bewirbst dich nicht um ein Amt, und die Zeit wird knapp.«

Wieder ertönte ein zustimmendes Murmeln, worauf Bob Daggett errötete. Irgendwie gelang es seinem Großonkel immer, ihn als unfähigen Trottel hinzustellen, und wenn ihm etwas auf der Welt mehr stank, als wie ein unfähiger Trottel dazustehen, dann war es, wenn er Bobby genannt wurde. Herrgott, immerhin war er Grundbesitzer! Und er *unterstützte* den alten Furz – er bezahlte sogar seinen Scheißkautabak!

Aber all das konnte er nicht laut sagen; die Augen des alten Frank waren wie zwei Feuersteine.

»Okay«, sagte Bob brüsk. »Folgendes. Wir möchten, daß zwölf Männer Wache halten. In ein paar Minuten werde ich einen Plan aufstellen. Vier-Stunden-Schichten.«

»Ich kann verdammt viel länger als vier Stunden Wache stehen!« meldete sich Matt Arsenault zu Wort, und Davey berichtete Maddie später, Bob hätte nach der Versammlung gesagt, daß kein Wohlfahrtsempfänger wie Matt Arsenault es gewagt hätte, sich so dreist zu Wort zu melden, wenn der alte Mann ihn nicht vor allen Männern der Insel Bobby genannt hätte, als wäre er ein kleiner Junge und nicht ein Mann, drei Monate vor dem fünfzigsten Geburtstag.

»Vielleicht, vielleicht auch nicht«, hatte Bobby gesagt, »aber wir haben genug Leute, und keiner soll während der Wache einschlafen.«

»Ich werd nicht ...«

»Ich hab nicht von dir gesprochen«, sagte Bob, aber der Blick, mit dem er Matt Arsenault musterte, sagte deutlich, daß er *doch* von ihm gesprochen haben konnte. »Dies ist kein Kinderspiel. Setz dich und halt den Mund.«

Matt Arsenault machte den Mund auf, um noch mehr zu sagen, dann drehte er sich zu den anderen Männern um – einschließlich des alten Frank – und hielt klugerweise den Schnabel.

»Wer ein Gewehr hat, bringt es mit, wenn er an der Reihe ist«, fuhr Bob fort. Nachdem er Arsenault mehr oder weniger in die Schranken verwiesen hatte, ging es ihm etwas besser. »Es sei denn, es handelt sich um eine Zweiundzwanziger. Wenn ihr nichts Größeres habt, kommt her und holt euch hier eines ab.«

»Wußte gar nicht, daß die Schule eine Waffenkammer hat«, sagte Cal Partridge, woraufhin gelacht wurde.

»Jetzt noch nicht, aber sie wird eine bekommen«, sagte Bob, »weil jeder von euch, der ein Gewehr hat, das größer als eine Zweiundzwanziger ist, es hierher bringen wird.« Er sah John Wirley an, den Rektor. »Einverstanden, daß wir sie in deinem Büro aufbewahren, John?«

Wirley nickte. Neben ihm rang Reverend Johnson geistesabwesend die Hände.

»Ach, Scheiße«, sagte Orrin Campbell. »Ich hab eine Frau und zwei Kinder daheim. Soll ich sie mit nichts, um sich zu schützen, zurücklassen, wenn eine Bande von Leichen zu einem verfrühten Thanksgivingessen kommt, während ich Wache schiebe?«

»Wenn du deinen Job auf dem Friedhof erfüllst, kommt es gar nicht dazu«, erwiderte Bob mit steinerner Miene. »Einige von euch haben Pistolen. Die wollen wir nicht. Findet heraus, welche Frauen schießen können und welche nicht, und gebt ihnen die Pistolen. Wir sorgen dafür, daß sie in Gruppen zusammenbleiben.«

»Dann können sie Beano spielen«, gackerte der alte Frank, und Bob lächelte auch. Bei Gott, das war schon besser.

»Nachts sollten wir Lastwagen um den Friedhof postieren, damit wir genug Licht haben.« Er sah zu Sonny Dotson, der Island Amoco betrieb, die einzige Tankstelle auf Jenny. Sonny machte seinen Umsatz nicht mit Autos und Lastwagen – Scheiße, es gab auf der Insel kaum Platz zum Fahren, und man bekam den Sprit auf dem Festland zehn Cent billiger –, sondern mit den Hummerkuttern und den Motorbooten, die er im Sommer von seinem improvisierten Landungssteg aus vermietete. »Lieferst du das Benzin, Sonny?«

»Krieg ich Gutscheine?«

»Du kriegst deinen Arsch gerettet«, sagte Bob. »Wenn die Lage sich wieder normalisiert – falls es je dazu kommt –, wirst du wohl bekommen, was du ausgelegt hast.«

Sonny sah sich um, erntete nur verbissene Blicke und zuckte die Achseln. Er sah ein wenig verdrossen aus, in Wahrheit aber eher verwirrt, wie Davey Maddie am nächsten Tag erzählte.

»Hab nicht mehr als sechzehnhundert Liter Sprit«, sagte er. »Fast nur Diesel.«

»Wir haben fünf Generatoren auf der Insel«, sagte Burt Dorfman (wenn Burt sich zu Wort meldete, hörten alle zu; als einziger Jude auf der Insel wurde er wie ein Orakel betrachtet, das in fünfzig Prozent aller Fälle funktioniert.) »Die laufen alle mit Diesel. Ich kann Scheinwerfer aufstellen, wenn es sein muß.«

Leises Murmeln. Aber wenn Burt sagte, daß er es konnte, dann konnte er es auch. Er war ein jüdischer Elektriker, und auf den Inseln herrschte die unausgesprochene, aber nachhaltige Überzeugung, daß das die besten waren.

»Wir werden diesen Friedhof ausleuchten wie eine verdammte Bühne«, sagte Bob.

Andy Kingsbury stand auf. »Ich habe in den Nachrichten gehört, daß man diesen Kreaturen in die Köpfe schießen kann, und manchmal bleiben sie liegen und manchmal nicht.«

»Wir haben Motorsägen«, sagte Bob eisig, »und was nicht tot bleibt... nun, wir können dafür sorgen, daß es sich lebend nicht allzuweit bewegen kann.«

Das war ziemlich alles, abgesehen vom Aufstellen des Wachplans.

Sechs Tage und Nächte verstrichen, und die Wachtposten rings um den kleinen Friedhof auf Jenny kamen sich schon ein bißchen albern vor (»Ich weiß nicht, ob ich Wache schiebe oder mich zum Trottel mache«, sagte Orrin Campbell eines Nachmittags, als ein Dutzend Männer vor dem Friedhofstor standen und Crap spielten), als es passierte – und als es passierte, passierte es schnell.

Dave erzählte Maddie, daß er ein Geräusch wie das Heulen des Windes im Kamin in einer stürmischen Nacht gehört hätte, und dann kippte der Grabstein um, der die letzte Ruhestätte von Mr. und Mrs. Fourniers Sohn Michael schmückte, der mit siebzehn an Leukämie gestorben war (schlimme Sache war das gewesen, wo er doch ihr einziger Junge war, und sie waren so nette Leute). Einen Augenblick später wühlte sich eine verweste Hand mit einem moosbedeckten Siegelring der Yarmouth Academy an einem Finger aus dem Boden und krallte sich durch das hohe Gras. Dabei war der Mittelfinger abgebrochen.

Die Erde bebte (wie der Bauch einer schwangeren Frau, die dabei ist, ihre Ladung loszuwerden, hätte Dave fast gesagt; er überlegte es sich aber in aller Hast anders) wie eine große Welle, die in eine schmale Bucht rollt, und dann richtete sich der Junge auf, nur konnte man ihn praktisch nicht mehr erkennen, nicht nach zwei Jahren unter der Erde. Aus den Überresten seines Gesichts ragten Holzsplitter, sagte Davey, und Fetzen blauen Stoffs hingen in seinem Haar. »Sargfütterung«, sagte Dave zu ihr, während er auf seine unablässig knetenden Hände hinabsah. »Das weiß ich so genau, wie ich meinen eigenen Namen weiß.« Nach einer Pause fügte er hinzu: »Gott sei Dank hatte Mikes Dad nicht diese Schicht.«

Maddie hatte genickt.

Die Männer der Wache, die nicht nur eine Scheißangst hatten, sondern sich auch ekelten, eröffneten das Feuer auf den wiederauferstandenen Leichnam des einstigen Schachchampion der High School und zweiten All-Star Baseman und schossen ihn in Fetzen. Andere, in nackter Panik abgegebene Schüsse sprengten Splitter von dem Marmorgrabstein weg, und es war ein Glück, daß sich die bewaffneten Männer zu einer Gruppe zusammengefunden hatten, als die Festivitäten begannen; hätten sie sich in zwei Gruppen aufgestellt, Bob Daggetts ursprünglichem Vorschlag folgend, hätten sie sich wahrscheinlich gegenseitig erschossen. So wurde kein einziger Inselbewohner verletzt, nur Bud Meechum fand am nächsten Tag ein verdächtiges Loch im Ärmel seines Hemdes.

»War wahrscheinlich nur'n Brombeerdorn«, sagte er. »Davon gibt's jede Menge an dem Ende der Insel, wißt ihr.« Niemand widersprach, aber die Rußspuren um das Loch herum erweckten in seiner verängstigten Frau den Verdacht, daß das Hemd von einem Brombeerdorn von ziemlich großem Kaliber zerrissen worden war.

Der junge Fournier fiel um, der größte Teil blieb reglos liegen, andere Teile von ihm zuckten noch. Aber dann fing der gesamte Friedhof an zu zucken, als wütete dort ein Erdbeben – aber *nur* dort, sonst nirgends.

Das alles hatte sich etwa eine Stunde vor Einbruch der Dämmerung zugetragen.

Burt Dorfman hatte eine Sirene mit einer Traktorbatterie verbunden, und Bob Daggett drückte auf den Knopf. Innerhalb von zwanzig Minuten hatten sich die meisten Männer der Insel auf dem Friedhof eingefunden.

Und es war verdammt knapp, wie Dave Eamons sich ausdrückte, denn einige der Toten wären um ein Haar entkommen. Der alte Frank Daggett, noch zwei Stunden von dem Herzanfall entfernt, der ihn erledigen sollte, als sich die Aufregung gerade langsam wieder legte, organisierte die neu angekommenen Männer, damit sie sich nicht gegenseitig erschossen, und die letzten zehn Minuten hörte sich der Friedhof von Jenny wie ein Schießstand an. Am Ende der Festivitäten war der Pulverdampf so dicht, daß einige Männer würgen mußten. Der saure Geruch von Erbrochenem war fast stärker als der Geruch von Pulverdampf – und er hielt sich länger.

Und dennoch wanden einige von ihnen sich noch wie Schlangen mit gebrochenem Rücken – überwiegend die frischen.

»Burt«, sagte Frank Daggett, »hast du die Motorsägen?«

»Klar«, sagte Burt, und dann kam ein langer, ächzender Ruf aus seinem Mund, ein Laut, als fräße sich eine Grille in Baumrinde hinein, als er trocken würgte. Er konnte die zuckenden Leichen, die umgestürzten Grabsteine, die klaffenden Gruben, aus denen die Toten aufgestanden waren, nicht aus den Augen lassen. »Im Wagen.«

»Vollgetankt?« Blaue Venen standen an Franks uraltem, haarlosem Kopf hervor.

»Ja.« Burt legte eine Hand auf den Mund. »Tschuldigung.«

»Von mir aus kannst du dir die Därme rauskotzen, solange du willst«, sagte Frank schroff, »aber mach dich dabei nützlich und hol die Sägen. Und du ... du ... du ... du...«

Mit dem letzten »du« meinte er seinen Großneffen Bob.

»Ich kann nicht, Onkel Frank«, sagte Bob kläglich. Er drehte sich um und sah sechs seiner Freunde und Nachbarn im hohen Gras liegen. Sie waren nicht gestorben, sie waren umgekippt. Die meisten hatten ihre eigenen Verwandten aus der Erde kriechen sehen. Buck Harkness, der da drüben neben einer Espe lag, hatte zu dem Schützenkommando gehört, das seine verstorbene Frau in Fetzen geschossen hatte; er war ohnmächtig geworden, als er ansehen mußte, wie ihr verwestes, wurmzerfressenes Gehirn als widerlich grauer Matsch aus ihrem Hinterkopf gequollen war. »Ich kann nicht. Ich ka. . .«

Franks Hand, von Arthritis verkrümmt, aber hart wie Stein, schlug ihm klatschend ins Gesicht.

»Du kannst und du wirst, Freundchen«, sagte er.

Bob ging mit den anderen Männern.

Frank Daggett sah ihnen grimmig nach und rieb sich die Brust, von der pochende Wogen des Schmerzes den linken Arm hinunter bis in den Ellbogen liefen. Er war alt, aber nicht dumm; er konnte sich ziemlich gut vorstellen, was das für Schmerzen waren, und er wußte genau, was sie bedeuteten.

»Er sagte mir, daß er einen Herzschlag kriegen würde, und dabei klopfte er sich auf die Brust«, fuhr Dave fort und legte die Hand auf den Muskelwulst über der linken Brustwarze, um es vorzuführen.

Maddie nickte, um zu zeigen, daß sie verstand.

»Er sagte: ›Wenn mir was passiert, bevor dieser Schlamassel überstanden ist, Davey, dann müssen du und Burt und Orrin übernehmen. Bobby ist ein guter Junge, aber ich glaube, daß er vorübergehend den Mumm verloren hat – und du weißt ja, wenn ein Mann seinen Mumm verliert, kriegt er ihn manchmal nicht wieder zurück.‹«

Maddie nickte wieder und überlegte sich, wie dankbar sie war – wie unendlich dankbar –, daß sie kein Mann war.

»Und dann haben wir es getan«, sagte Dave. »Wir haben den Schlamassel aufgeräumt.«

Maddie nickte wieder, aber dieses Mal mußte sie dabei einen Laut von sich gegeben haben, denn Dave sagte ihr, er würde aufhören, wenn sie es nicht ertragen konnte; er würde mit Vergnügen aufhören.

»Ich kann es ertragen«, sagte sie leise. »Du wärst überrascht, wenn du wüßtest, wieviel ich ertragen kann, Davey.« Er sah sie rasch und neugierig an, als sie das sagte, aber Maddie hatte die Augen abgewandt, bevor er das Geheimnis darin lesen konnte.

Dave kannte das Geheimnis nicht, weil es niemand auf Jenny kannte. So wollte Maddie es, und dabei würde sie es bewenden lassen. Früher hatte sie, wahrscheinlich in der blauen Dunkelheit ihres Schocks, so getan, als käme sie zurecht. Doch dann geschah etwas, das sie *zwang*, zurechtzukommen. Vier Tage bevor der Friedhof der Insel seine Toten ausspuckte, sah sich Maddie Pace vor eine einfache Entscheidung gestellt: entweder zurechtkommen oder sterben.

Sie hatte im Wohnzimmer gesessen und ein Glas von dem Blaubeerwein getrunken, den sie und Jack im August des vergangenen Jahres angesetzt hatten – eine Zeit, die jetzt unendlich fern erschien –, und etwas so Abgedroschenes getan, daß es geradezu lächerlich wirkte. Sie hatte Babysachen gestrickt. Schühchen. Aber *was sonst* hätte sie tun sollen? Es sah aus, als würde ziemlich lange niemand mehr zum Wee-Folks-Babyladen im Einkaufszentrum von Ellsworth auf dem Festland fahren.

Etwas hatte ans Fenster gepocht.

Eine Fledermaus, dachte sie und sah auf. Aber die Stricknadeln erstarrten in ihren Händen. Es schien, als hätte sich da draußen in der stürmischen Dunkelheit etwas Größeres bewegt. Die Petroleumlampe war jedoch hochgedreht und spiegelte sich so sehr in den Scheiben, daß sie nicht sicher sein konnte. Sie wollte sie gerade kleiner stellen, als das Pochen sich wiederholte. Die Scheiben bebten. Sie hörte das leise Prasseln trockenen Kitts, der auf die Fensterbank fiel. Jack hatte diesen Herbst alle Fenster neu verglasen wollen, fiel ihr dabei ein, und dann dachte sie: *Vielleicht ist er deshalb zurückgekommen.* Das war selbstverständlich Irrsinn, er lag auf dem Meeresgrund, aber . . .

Sie hatte den Kopf auf eine Seite gelegt und hielt das Strickzeug reglos in Händen. Ein kleiner rosa Schuh. Ein Paar blaue hatte sie schon gestrickt. Und mit einem Mal war ihr, als könnte sie den Wind hören. Das leise Rauschen der Brandung am Cricket Ledge. Das leise Stöhnen des Hauses, wie eine ältere Frau, die es sich im Bett bequem macht. Das Ticken der Uhr in der Diele.

»Jack?« fragte sie die stumme Nacht, die nicht mehr stumm war. »Bist du es, Liebling?« Dann zerbarst das Wohnzimmerfenster, und was hereinkam, war nicht Jack, sondern ein Skelett, an dem noch einige verweste Fetzen Fleisch hingen.

Den Kompaß trug er immer noch um den Hals. Er hatte einen Bart aus Moos angesetzt.

Der Wind bauschte die Vorhänge über ihm zu einer Wolke, als er stürzte und sich dann auf Hände und Knie aufrichtete und sie aus schwarzen Augenhöhlen ansah, in denen Muscheln gewachsen waren.

Er gab Grunzlaute von sich. Dann klappte er den abgefaulten Mund auf und knirschte mit den Zähnen. Er war hungrig – aber dieses Mal würde Nudelsuppe mit Huhn nicht ausreichen. Nicht einmal die, die man in der Dose bekam.

Hinter diesen dunklen, muschelverkrusteten Löchern schwappte eine graue Masse, und ihr wurde klar, sie sah die Überreste von Jacks Gehirn. Sie blieb wie erstarrt sitzen, wo sie war, während er aufstand, mit krallenden Fingern auf sie zukam und dabei schwarze Tangflecken auf dem Teppich hinterließ. Er stank nach Salz und Tiefe. Er streckte die Hände aus. Seine Zähne mampften mechanisch auf und ab. Maddie sah, daß er die zerfetzten Überreste des schwarzrot karierten Hemdes trug, das sie ihm letzte Weihnachten bei L. L. Beans gekauft hatte. Es hatte ein Vermögen gekostet, aber er sagte immer wieder, wie warm es war; und nun sah man, wie lange es gehalten hatte, wieviel davon selbst nach der langen Zeit unter Wasser noch da war.

Die kalten Spinnweben der Knochen, die von seinen Fingern übriggeblieben waren, berührten schon ihren Hals, als das Baby in ihr strampelte – zum ersten Mal –, und da verschwand ihr erschrockenes Grauen, das sie für Ruhe gehalten hatte, und sie bohrte dem Ding eine der Stricknadeln ins Auge.

Mit gräßlichen, erstickten Geräuschen, die sich wie das Ansaugen einer Wasserpumpe anhörten, stolperte er rückwärts und krallte nach der Nadel, während der halbfertige rosa Babyschuh vor dem Loch baumelte, wo einmal seine Nase gewesen war. Sie sah, wie eine Meerschnecke aus der Nasenhöhle auf den Schuh kroch und dabei eine Schleimspur hinterließ.

Jack fiel über das Ende des Tischs, den sie kurz nach ihrer Hochzeit auf einem Flohmarkt gekauft hatten – sie hatte sich nicht entscheiden können, hatte Qualen ausgestanden, bis Jack schließlich gesagt hatte, entweder kaufte sie ihn für ihr Wohnzimmer, oder er würde der Frau, die ihn verkaufen wollte, das Doppelte des Nennpreises geben und ihn dann zu Feuerholz zerkleinern mit …

… mit der …

Er stürzte zu Boden. Dann ertönte ein sprödes, brechendes Geräusch, als seine fiebrige, mürbe Gestalt in zwei Hälften zerbrach. Die rechte Hand zog die von verwester Gehirnmasse glitschige Stricknadel aus der Augenhöhle und warf sie beiseite. Der Oberkörper kroch weiter auf sie zu. Er knirschte unablässig mit den Zähnen.

Sie glaubte, daß er zu grinsen versuchte; doch dann strampelte das Baby wieder, und sie erinnerte sich, wie ungewöhnlich müde und verdrossen seine Stimme sich an jenem Tag beim Flohmarkt angehört hatte: *Kauf ihn, Maddie, um Himmelswillen! Ich bin müde! Möchte nach Hause, was essen! Wenn du dich nicht entscheidest, geb ich der alten Vogelscheuche das Doppelte ihres Preises und mach persönlich Kleinholz aus dem Ding mit meiner . . .*

Eine kalte, klamme Hand umfaßte ihren Knöchel; vergiftete Zähne machten sich zum Biß bereit. Um sie und das Baby zu töten. Sie riß sich los und ließ ihm nur den Hausschuh. Er kaute darauf herum und spie ihn dann aus.

Als sie vom Eingang zurückkam, kroch er hirnlos in die Küche – jedenfalls seine obere Hälfte –, und der Kompaß schleifte auf den Fliesen. Er sah auf, als er sie hörte, und in seinen schwarzen Augenhöhlen schien eine idiotische Frage zu lauern. Und dann ließ sie die Axt niedersausen und spaltete ihm den Schädel, so wie er das Kaffeetischchen hatte spalten wollen.

Sein Kopf zerplatzte, Gehirn tropfte auf die Fliesen wie verdorbener Haferschleim; Gehirn, in dem sich Maden und glibbrige Meereswürmer tummelten; Gehirn, stinkend wie ein totes Waldmurmeltier, das im Hochsommer auf einer Wiese durch den Druck der Fäulnisgase zerplatzt ist.

Aber immer noch kratzten und schabten seine Hände auf den Küchenfliesen und erzeugten ein Geräusch wie Insekten.

Sie schlug zu . . . schlug zu . . . schlug zu.

Schließlich bewegte sich nichts mehr.

Stechender Schmerz fraß sich durch ihre Leibesmitte, und einen Augenblick ergriff sie eine schreckliche Panik: *Ist es eine Fehlgeburt? Habe ich eine Fehlgeburt?* Aber die Schmerzen ließen nach, und das Baby strampelte wieder, kräftiger als vorher.

Sie ging ins Wohnzimmer zurück und nahm die Axt mit sich, die inzwischen nach verfaultem Eingeweide roch.

Irgendwie war es seinen Beinen gelungen, aufzustehen.

»Jack, ich habe dich so sehr geliebt«, sagte sie, »aber das bist nicht mehr du.« Sie ließ die Axt in einem pfeifenden Bogen niedersausen. Die Klinge durchtrennte sein Becken und den Teppich und blieb tief im Holz des soliden Eichenbodens stecken.

Die abgetrennten Beine zuckten fast fünf Minuten lang hektisch, dann beruhigten sie sich. Schließlich hörten auch die Zehen auf zu zittern.

Sie trug ihn Stück für Stück in den Keller, wobei sie die Topflappenhandschuhe trug, und wickelte jedes Stück in die Isolierplanen ein, die Jack im Schuppen aufbewahrte und die sie nie weggeworfen hatte – er und die Männer warfen sie an kalten Tagen über die Reusen, damit die Hummer nicht erfroren.

Einmal umklammerte eine abgehackte Hand ihr Handgelenk. Sie stand still und wartete mit klopfendem Herzen, und schließlich ließ die Hand sie wieder los. Und das war das Ende. *Sein* Ende.

Unter dem Haus lag eine unbenutzte Zisterne – Jack hatte sie schon immer zuschütten wollen. Maddie schob den schweren Betondeckel beiseite, so daß sein Schatten auf den Sandboden fiel wie eine partielle Sonnenfinsternis, dann warf sie die Stücke von ihm hinunter und hörte jedes einzelne Plätschern. Als alle unten waren, schob sie den schweren Deckel wieder darüber.

»Ruhe in Frieden«, flüsterte sie. Dann erinnerte eine innere Stimme sie daran, daß ihr Mann *zerstückelt* in Frieden ruhte, und da fing sie an zu weinen, ihr Weinen wurde zu hysterischem Schluchzen, und sie raufte sich das Haar und zerkratzte ihre Brüste, bis sie bluteten, und sie dachte: *Ich bin wahnsinnig, ich bin wahnsinnig, so ist es, wenn man wahnsinnig ist . . .*

Doch ehe sie den Gedanken zu Ende denken konnte, war sie ohnmächtig geworden, die Ohnmacht wurde zu tiefem Schlaf, und am nächsten Morgen ging es ihr wieder gut.

Aber sie würde es nie jemandem erzählen.

Niemals.

»Ich kann es ertragen«, sagte sie wieder zu Dave Eamons und verdrängte das Bild der Stricknadel mit dem baumelnden Babyschuh, die aus der verkrusteten, zugewucherten Augenhöhle des Dinges ragte, das einmal ihr Ehemann und der Erzeuger des Kindes in ihrem Schoß gewesen war. »Wirklich.«

Und so erzählte er ihr alles, weil er es wahrscheinlich entweder jemandem erzählen mußte oder verrückt werden würde, aber er verschwieg die schlimmsten Stellen. Er sagte ihr, daß sie die Kadaver, die sich beharrlich weigerten, ins Reich der Toten zurückzukehren, mit Motorsägen zerstükkelt hatten, erzählte ihr aber nicht, daß manche Teile weiter gezuckt hatten – Hände ohne Arme, die hirnlos um sich griffen; Füße ohne Beine, die in der von Kugeln durchbohrten Erde des Friedhofs strampelten, als wollten sie weglaufen –, und daß diese Teile mit Diesel übergossen und verbrannt worden waren. Das brauchte er Maddie nicht zu erzählen. Sie hatte den Scheiterhaufen vom Haus aus gesehen.

Später hatte der einzige Feuerwehrwagen von Gennesault Island den Schlauch auf die erlöschende Glut gerichtet, obwohl kaum Gefahr bestand, daß sich das Feuer ausbreiten würde, weil ein steifer Ostwind die Funken von Jennys Küste aufs Meer hinaustrug. Als nur noch ein stinkender, verkohlter Haufen übrig war (in dem immer noch vereinzelte Zuckungen auszumachen waren wie unwillkürliche Muskelkrämpfe), ließ Matt Arsenault seinen alten D-9-Caterpillar an – Matts Gesicht über der Stahlschaufel und unter seiner verblichenen Maschinistenmütze war kalkweiß – und pflügte die ganze schreckliche Schweinerei unter die Erde.

Der Mond ging auf, als Frank Bob Daggett, Dave Eamons und Cal Partridge beiseite nahm. Er wandte sich an Dave.

»Ich wußte, daß es dazu kommen würde, und jetzt haben wir es«, sagte er.

»Was meinst du, Onkel Frank?« fragte Bob.

»Mein Herz«, sagte Frank. »Das verdammte Ding hat einen Motorschaden.«

»Aber Onkel Frank ...«

»Hör auf mit Onkel Frank dies und Onkel Frank das«, sagte der alte Mann. »Ich hab keine Zeit mehr, mir anzuhören, wie du dein Mundwerk spazierenführst. Ich hab gesehen, wie die Hälfte meiner Freunde auf dieselbe Weise gegangen sind. Ist nicht gerade ein Tag auf dem Rennplatz, könnte aber auch schlimmer sein; jedenfalls besser, als an Krebs einzugehen.

Aber jetzt müssen wir uns auch noch um diese traurige Angelegenheit Gedanken machen, und ich kann dazu nur sagen, daß ich *unten* bleiben will. Cal, halt mir dein Gewehr ins linke Ohr. Dave, wenn ich den linken Arm hebe, stemmst du deins unter meine Achselhöhle. Und Bobby, du richtest deins auf mein Herz. Ich werde das Vaterunser aufsagen, und wenn ich bei Amen angelangt bin, werdet ihr drei gleichzeitig abdrükken.«

»Onkel Frank ...« brachte Bob heraus. Er wirbelte auf den Absätzen herum.

»Ich hab dir gesagt, daß du nicht mitzureden hast«, sagte Frank. »Und *untersteh* dich, ohnmächtig zu werden, du elende Memme. Los, setz deinen Bauernarsch in Bewegung und komm her.«

Bob gehorchte.

Frank sah die drei Männer an, deren Gesichter so weiß waren wie das von Matt Arsenault, als er mit der Planierraupe über Männer und Frauen gefahren war, die er schon als Junge in kurzen Hosen gekannt hatte.

»Versaut es nicht, Jungs«, sagte Frank. Er wandte sich an alle, aber sein Blick hätte besonders auf seinen Großneffen gerichtet sein können. »Und wenn ihr es euch noch anders überlegen wollt, vergeßt nicht, ich hätte dasselbe für euch getan.«

»Halt keine Volksreden«, sagte Bob heiser. »Ich hab dich sehr lieb, Onkel Frank.«

»Du bist nicht der Mann, der dein Vater war, Bobby Daggett, aber ich hab dich auch lieb«, sagte Frank ruhig, und dann riß er mit einem Schmerzensschrei die linke Hand über den Kopf wie ein Mann in New York, der in aller Eile ein Taxi rufen will, und fing mit seinem letzten Gebet an. »Vater unser, der du bist im Himmel – *Herrgott*, tut das weh – geheiligt werde Dein Name – oh *verflucht!* – Dein Reich komme, Dein Wille geschehe, wie im Himmel also auch auf ... auf ...«

Franks erhobener Arm zitterte heftig. Dave Eamons, der den Lauf des Gewehrs in die Achselhöhle des alten Mannes drückte, beobachtete den Arm so argwöhnisch wie ein Holzfäller einen großen Baum, der Böses im Schilde führt und in die falsche Richtung fallen will. Alle Männer auf der Insel sahen zu. Große Schweißperlen hatten sich auf dem bleichen Gesicht des alten Mannes gebildet. Die Lippen waren von seinen ebenmäßigen, gelblichweißen Zähnen zurückgezogen, und Dave konnte das Polident-Mundwasser in seinem Atem riechen.

». . . auf Erden!« stieß der alte Mann hervor. »Und führe uns nicht in Versuchung, sondernerlöseunsvondembösenvonnunanbisinewigkeit-AMEN!«

Alle drei feuerten, und Cal Partridge wie auch Bob Daggett kippten um, aber Frank versuchte nie, wieder aufzustehen und zu wandeln.

Frank Daggett hatte tot *bleiben* wollen, und genau das tat er.

Nachdem Dave mit der Geschichte angefangen hatte, mußte er sie auch zu Ende erzählen, und daher verfluchte er sich, weil er überhaupt damit angefangen hatte. Er hatte von Anfang an recht gehabt; es war keine Geschichte für eine schwangere Frau.

Aber Maddie gab ihm einen Kuß und versicherte ihm, daß er seine Sache prächtig gemacht hatte, ebenso wie Frank Daggett. Dave ging ein wenig schwindlig hinaus, als wäre er gerade von einer Frau auf die Wange geküßt worden, die er noch nie gesehen hatte.

Was in einem sehr realen Sinne durchaus zutraf.

Sie sah ihm nach, wie er den Pfad hinab zum Feldweg ging, der eine der beiden Straßen von Jenny bildete, und sich nach links wandte. Er winkte zaghaft im Mondlicht, winkte müde, dachte sie, aber gleichzeitig vom Schock aufgeputscht. Sie schloß ihn in ihr Herz – wie alle da draußen. Sie hatte Dave sagen wollen, daß sie ihn liebte, und ihm einen Kuß direkt auf den Mund geben wollen, statt nur seine Wange zu streifen, aber daraus hätte er falsche Schlüsse ziehen können, obwohl er hundemüde und sie fast im fünften Monat schwanger war.

Aber sie liebte ihn *wirklich*, liebte sie *alle*, weil sie durch die Hölle gegangen waren, um dieses kleine Fleckchen Insel vierzig Meilen draußen im Atlantik sicher für sie zu machen.

Und sicher für ihr Baby.

»Es wird eine Hausentbindung«, sagte sie leise, als Dave hinter dem dunklen Umriß der Satellitenschüssel der Pulsifers verschwand. Sie sah zum Mond hinauf. »Es wird eine Hausentbindung – und es wird alles gut gehen.«

Regenzeit

Als John und Elise Graham schließlich den Weg in das kleine Dorf fanden, das wie ein Sandkörnchen in der Mitte einer fragwürdigen Perle im Zentrum von Willow, Maine, lag, war es schon halb sechs Uhr nachmittags. Das Dorf lag keine zwei Meilen von Hempstead Place entfernt, aber sie waren unterwegs zweimal falsch abgebogen. Als sie schließlich auf der Main Street anlangten, waren sie beide verschwitzt und gereizt. Die Klimaanlage des Ford hatte auf der Fahrt von St. Louis den Geist aufgegeben, und die Außentemperatur schien bei vierzig Grad zu liegen. Natürlich war es in Wirklichkeit längst nicht so heiß, dachte John Graham. Wie die Alten sagten, lag es nicht an der Hitze, sondern an der Luftfeuchtigkeit. Ihm war, als könnte man heute einfach die Hände ausstrecken und die Feuchtigkeit aus der Luft wringen. Der Himmel über ihnen war klar und strahlend blau, aber wegen der hohen Luftfeuchtigkeit dachte man, es müßte jeden Moment anfangen zu regnen. Scheiß drauf – es schien, als regnete es *schon.*

»Da ist der Laden, von dem uns Milly Cousins erzählt hat«, sagte Elise und deutete darauf.

John grunzte. »Sieht nicht gerade wie der Supermarkt der Zukunft aus.«

»Nein«, stimmte Elise vorsichtig zu. Sie waren beide vorsichtig. Sie waren seit fast zwei Jahren verheiratet und immer noch sehr ineinander verliebt, aber die Fahrt von St. Louis quer durch das Land war lang gewesen, zumal in einem Wagen mit defektem Radio und ausgefallener Klimaanlage. John hoffte sehr, daß sie den Sommer hier in Willow genießen würden (warum auch nicht, solange die Universität von Missouri die Rechnungen bezahlte), aber er glaubte auch, daß sie mindestens eine Woche brauchen würden, bis sie sich eingewöhnt und eingelebt hatten. Und wenn das Wetter derart knallheiß wurde wie jetzt, konnte man im Handumdrehen in Streit geraten. Keiner der beiden wollte so einen Start in den Sommer.

John fuhr langsam die Main Street entlang in Richtung des Einkaufszentrums von Willow. An einer Ecke der Veranda hing ein rostiges Schild mit einem blauen Adler darauf, und er begriff, daß dies gleichzeitig das

Postamt war. Im Nachmittagslicht machte der Markt einen verschlafenen Eindruck, nur ein einziger klappriger Volvo parkte neben der Werbetafel für ITALIENISCHE SANDWICHES • PIZZA • GROCERIES • ANGELSCHEINE, aber verglichen mit dem Rest der Stadt wirkte es noch relativ lebendig. Im Schaufenster blinkte eine Neonreklame für Dosenbier vor sich hin, obwohl es erst in drei Stunden dunkel werden würde. *Ziemlich radikal*, dachte John. *Ich hoffe nur, der Inhaber hat das Schild mit dem Stadtrat abgesprochen, bevor er es aufgestellt hat.*

»Ich dachte, im Sommer wäre Maine ein Ferienparadies«, murmelte Elise.

»Nach allem, was wir bisher gesehen haben, liegt Willow ein wenig abseits der Touristenrouten«, antwortete er.

Sie stiegen aus dem Auto aus und gingen die Stufen hinauf. Ein älterer Mann mit Strohhut saß auf einem Schaukelstuhl mit geflochtenem Sitz und sah sie mit listigen, kleinen blauen Augen an. Er rollte gerade eine selbstgedrehte Zigarette zusammen und ließ dabei Tabak auf den Hund krümeln, der langgestreckt zu seinen Füßen lag. Es war ein großer, gelblicher Hund ohne erkennbare Rassenmerkmale. Seine Pfoten lagen genau unter der gekrümmten Kufe des Schaukelstuhls. Der alte Mann schenkte dem Hund keine Beachtung, schien nicht einmal zu wissen, daß er überhaupt da war, aber die Kufe stoppte jedesmal einen Zentimeter über den empfindlichen Pfoten des Tieres, wenn der alte Mann nach vorne schaukelte.

Elise fand das auf unerklärliche Weise faszinierend.

»Guten Tag, die Herrschaften«, sagte der alte Mann.

»Hallo«, antwortete Elise und schenkte ihm ein zaghaftes Lächeln.

»Hi«, sagte John. »Ich bin . . .«

»Mr. Graham«, fuhr der alte Mann gelassen fort. »Mr. und Mrs. Graham. Die Hempstead Place für den Sommer gemietet haben. Hab gehört, daß Sie 'ne Art Buch schreiben.«

»Über französische Einwanderer im siebzehnten Jahrhundert«, bestätigte John. »Neuigkeiten sprechen sich hier schnell herum, was?«

»So ist es«, stimmte der alte Mann zu. »Eine Kleinstadt, Sie wissen ja.« Er steckte die Zigarette in den Mund, wo sie sich prompt auflöste; Tabakkrümel rieselten über seine Beine und über das reglose Fell des Hundes. Der Hund rührte sich nicht. »Ach, verdammt«, sagte der alte Mann und zupfte sich das aufgerollte Papier von der Unterlippe. »Die Frau will sowieso nicht, daß ich rauche. Sagt, sie hat gelesen, daß sie davon auch Krebs bekommt, nicht nur ich.«

»Wir sind in die Stadt gekommen, um ein paar Vorräte einzukaufen«, sagte Elise. »Es ist ein wunderschönes altes Haus, aber der Kühlschrank ist leer.«

»A-hm«, sagte der alte Mann. »Schön, euch kennenzulernen, Leute. Ich bin Henry Eden.« Er streckte eine arthritische Hand aus. John schüttelte sie, Elise schloß sich an. Beide ließen dabei Behutsamkeit obwalten, und der alte Mann nickte, wie um zu zeigen, daß er das zu schätzen wußte. »Ich habe Sie schon vor einer halben Stunde erwartet. Schätze, Sie sind ein- oder zweimal falsch abgebogen. Wissen Sie, für so ein kleines Kaff haben wir eine Menge Straßen hier.« Er lachte. Es war ein hohles, bronchitisches Geräusch, das in einen verschleimten Raucherhusten überging. »Wir haben eine Unmenge Straßen hier in Willow, oh, a-hm!« Und er lachte noch einmal.

John runzelte verhalten die Stirn. »Wieso haben Sie uns erwartet?«

»Lucy Doucette hat angerufen und gesagt, sie hätte die neuen Leute vorbeifahren sehen«, erklärte Eden. Er holte seinen Tabaksbeutel heraus, machte ihn auf, griff hinein und fischte eine Packung Blättchen heraus. »Sie kennen Lucy nicht, aber sie sagt, Sie kennen ihre Großnichte, Missus.«

»Ist das etwa Milly Cousins Großtante?« fragte Elise.

»Ganz richtig«, stimmte Eden zu und fing wieder an, Tabak zu zerkrümeln. Ein Teil landete auf dem Zigarettenpapier, aber der größte Teil auf dem Hund. Als sich John Graham schon fragte, ob der Hund möglicherweise tot war, hob dieser den Schwanz und furzte. Soviel zu *der* Befürchtung, dachte John. »In Willow ist praktisch jeder mit jedem verwandt. Lucy wohnt unten am Fuß des Hügels. Ich wollte Sie schon anrufen, aber weil sie gesagt hat, daß Sie sowieso hierher kämen . . .«

»Woher wußten Sie, daß wir *hierher* kommen würden?« fragte John.

Henry Eden zuckte die Achseln, als wollte er sagen: *Wohin könnte man hier sonst gehen?*

»Wollten Sie etwa mit uns reden?« fragte Elise.

»Nun, das muß ich sozusagen«, meinte Eden. Er klebte die Zigarette zu und steckte sie in den Mund. John erwartete, daß sie auch auseinanderfallen würde wie die andere. Dies alles erfüllte ihn mit einem vagen Gefühl der Verwirrung, als wäre er unwissentlich in eine ländliche Version des CIA geraten.

Irgendwie hielt die Zigarette zusammen. An einer Armlehne des Schaukelstuhls war ein rußiges Stück Sandpapier festgenagelt. Eden strich mit einem Streichholz daran entlang und hielt die Flamme an die Zigarette, die schon beim ersten Kontakt mit dem Feuer zur Hälfte abbrannte.

»Ich glaube, Sie und die Missus möchten die Nacht vielleicht außerhalb der Stadt verbringen«, sagte er schließlich.

John sah ihn blinzelnd an. »Außerhalb der Stadt? Warum sollten wir? Wir sind gerade erst angekommen.«

»Wäre aber keine schlechte Idee, Mister«, sagte eine Stimme hinter Eden.

Die Grahams drehten sich um und erblickten eine große Frau mit hängenden Schultern, die hinter der rostigen Fliegengittertür des Ladens stand. Ihr Gesicht sah über einem alten Blechreklameschild für Chesterfield Zigaretten zu ihnen heraus – EINUNDZWANZIG ERLESENE TABAKSORTEN SORGEN FÜR EINUNDZWANZIGMAL ERLESENEN RAUCHGENUSS. Sie machte die Tür auf und kam auf die Veranda heraus. Ihr Gesicht wirkte bleich und erschöpft, aber nicht dumm. In einer Hand hielt sie einen Laib Brot, in der anderen einen Sechserpack Dawson's Ale.

»Ich bin Laura Stanton«, sagte sie. »Schön, Sie kennenzulernen. Wir möchten hier in Willow nicht ungastlich erscheinen, aber heute abend ist Regenzeit.«

John und Elise wechselten verständnislose Blicke. Elise sah zum Himmel hinauf. Abgesehen von einigen kleinen Schönwetterwölkchen war er makellos blau und strahlend.

»Ich weiß, wie das Wetter aussieht«, sagte die Stanton, »aber das hat überhaupt nichts zu sagen, richtig, Henry?«

»Richtig, Ma'am«, sagte Eden und sog einmal tief an seiner zerknüllten Zigarette, dann warf er sie über das Verandageländer.

»Man kann die Feuchtigkeit in der Luft spüren«, sagte die Stanton. »*Das* ist das wesentliche, oder nicht, Henry?«

»Nun«, wandte Eden ein, »ä-hm. Und es *ist* sieben Jahre her. Auf den Tag genau.«

»Auf den Tag genau«, stimmte Laura Stanton zu.

Beide sahen die Grahams erwartungsvoll an.

»Pardon«, sagte Elise schließlich, »aber ich verstehe überhaupt nichts. Ist das eine Art lokaler Scherz?«

Diesmal wechselten Henry Eden und Laura Stanton Blicke, dann seufzten sie beide gleichzeitig, wie abgesprochen.

»Ich *hasse* das«, sagte Laura, aber John Graham hatte keine Ahnung, ob zu sich selbst oder dem alten Mann.

»Aber es muß sein«, antwortete Eden.

Sie nickte, dann seufzte sie. Es war das Seufzen einer Frau, die eine schwere Last abgestellt hat und nun weiß, daß sie sie wieder aufheben muß.

»Es passiert nicht besonders häufig«, sagte sie, »weil die Regenzeit nur alle sieben Jahre nach Willow kommt . . .«

»Am siebzehnten Juni«, warf Eden ein. »Regenzeit ist alle sieben Jahre am siebzehnten Juni. Das ändert sich nie, nicht einmal in einem Schaltjahr. Dauert nur eine Nacht, ist aber schon immer Regenzeit genannt worden. Keine Ahnung, warum. Weißt du, warum, Laura?«

»Nein«, sagte sie, »und ich wünschte, du würdest dich nicht immer einmischen, Henry. Ich glaube, du wirst senil.«

»Entschuldige bitte, daß ich noch lebe. Bin dem Tod gerade nochmal von der Schippe gesprungen«, sagte der alte Mann deutlich gekränkt.

Elise warf John einen etwas ängstlichen Blick zu. *Nehmen uns diese Leute auf den Arm?* schien er zu besagen. *Oder sind sie beide verrückt?*

John wußte es nicht, aber er wünschte sich von ganzem Herzen, sie wären nach Augusta zum Einkaufen gefahren; sie hätten an einer der Buden an der Route 17 sogar zu Abend essen können.

»Also hören Sie zu«, sagte die Stanton freundlich. »Wir haben im Wonderview Motel an der Woolwich Road für Sie ein Zimmer reserviert, wenn Sie wollen. Es ist ausgebucht, aber der Geschäftsführer ist mein Vetter, er konnte noch ein Zimmer für mich freimachen. Sie könnten morgen wiederkommen und den Rest des Sommers bei uns verbringen. Wir würden uns freuen.«

»*Wenn* das ein Witz sein soll, verstehe ich die Pointe nicht«, sagte John.

»Es ist kein Witz«, sagte sie. Sie warf Eden einen Blick zu, und dieser nickte, als wollte er sagen: *Los, weiter, hör jetzt nicht auf.* Die Frau sah John und Elise wieder an, schien sich zu wappnen, und sagte dann: »Sehen Sie, in Willow regnet es alle sieben Jahre Kröten. So. Jetzt wissen Sie es.«

»Kröten«, sagte Elise mit einer abwesenden, nachdenklichen Sagt-mir-daß-ich-das-alles-nur-träume-Stimme.

»Kröten, a-hm!« bekräftigte Henry Eden fröhlich.

John sah sich verstohlen nach Hilfe um, sollte Hilfe vonnöten sein. Aber die Main Street war völlig leer. Nicht nur leer, sondern wie *abgeriegelt.* Kein Wagen war unterwegs. Auf keinem der beiden Gehsteige war auch nur ein einziger Fußgänger zu sehen.

Wir könnten hier in Gefahr sein, dachte er. *Wenn diese Leute so verrückt sind, wie sie sich anhören, könnten wir in Gefahr sein.* Plötzlich mußte er zum ersten Mal, seit er sie in der Junior High School gelesen hatte, an Shirley Jacksons Kurzgeschichte »Die Lotterie« denken.

»Kommen Sie nicht auf die Idee, daß ich hier stehe und wie eine Verrückte rede, weil es mir Spaß macht«, sagte Laura Stanton. »In Wahrheit tue ich nur meine Pflicht. Henry auch. Sehen Sie, es *tröpfelt* nicht nur Kröten. Es ist eine *Sturzflut.*«

»Komm mit«, sagte John zu Elise und faßte ihren Arm oberhalb des Ellbogens. Er schenkte ihnen ein Lächeln, das so echt wirkte wie ein Sechsdollarschein. »War schön, Sie kennenzulernen, Leute.« Er führte Elise die Verandastufen hinunter und drehte sich dabei noch zwei oder dreimal zu dem alten Mann und der bleichen Frau mit den hängenden Schultern um. Es schien nicht geraten zu sein, ihnen ganz den Rücken zuzukehren.

Die Frau kam einen Schritt auf sie zu, woraufhin John beinahe gestolpert und von der letzten Stufe gefallen wäre.

»Es *ist* schwer zu glauben, zugegeben«, stimmte sie zu. »Wahrscheinlich halten Sie mich jetzt für ganz und gar verrückt.«

»Oh, durchaus nicht«, sagte John. Das falsche Lächeln auf seinem Gesicht reichte mittlerweile bis zu den Ohrläppchen. Grundgütiger Herrgott, warum hatte er St. Louis nur jemals verlassen? Er war fast fünfzehnhundert Meilen mit defektem Radio und ausgefallener Klimaanlage gefahren, um Farmer Jekyll und Missus Hyde kennenzulernen.

»Aber das macht nichts«, fuhr Laura Stanton fort, und der unheimliche Ernst ihrer Stimme und ihres Gesichts bewirkte, daß John vor dem Schild ITALIENISCHE SANDWICHES stehenblieb, noch sechs Schritte von dem Ford entfernt. »Sogar Leute, die davon gehört haben, daß es Frösche oder Kröten oder Vögel oder so etwas regnet, haben keine Ahnung, was sich alle sieben Jahre in Willow abspielt. Aber lassen Sie sich einen Rat geben: Wenn Sie bleiben möchten, dann sind Sie gut beraten, sich im Haus aufzuhalten. Im Haus wird Ihnen wahrscheinlich nichts passieren.«

»Aber Sie sollten die Läden schließen«, fügte Eden hinzu. Der Hund hob den Schwanz und ließ noch einen langen, stöhnenden Hundefurz, wie um den Worten Nachdruck zu verleihen.

»Nun – das machen wir«, sagte Elise leise, und dann hatte John die Beifahrertür des Ford aufgerissen und schaufelte sie förmlich hinein.

»Auf jeden Fall«, sagte er durch sein breites, erstarrtes Grinsen hindurch.

»Und besuchen Sie uns morgen wieder«, rief Eden, während John um den Ford herum zu seiner Seite hastete. »Ich glaube, morgen werden Sie sich bei uns viel, viel sicherer fühlen.« Nach einer Pause fügte er hinzu: »Das heißt natürlich, falls Sie dann überhaupt noch da sind.«

John winkte, setzte sich ans Steuer und fuhr davon.

Einen Moment lang herrschte Schweigen auf der Veranda, während der alte Mann und die Frau mit der blassen, ungesunden Hautfarbe dem Ford nachblickten, der auf der Main Street davonfuhr. Er entfernte sich mit deutlich höherer Geschwindigkeit, als er gekommen war.

»Nun, wir haben es getan«, sagte der alte Mann zufrieden.

»Ja«, stimmte sie zu, »und ich komme mir vor wie ein Arsch. Ich komme mir *immer* vor wie ein Arsch, wenn ich sehe, wie sie uns anstarren. Wie sie mich anstarren.«

»Nun«, sagte er, »es passiert ja nur alle sieben Jahre. Und es muß so gemacht werden. Weil ...«

»Weil es ein Teil des Rituals ist«, sagte sie verdrossen.

»A-hm. Es gehört zum Ritual.«

Wie um zu bekunden, daß er der gleichen Meinung war, hob der Hund den Schwanz und furzte noch einmal.

Die Frau versetzte ihm einen Tritt und drehte sich dann zu dem alten Mann um. »Das ist der stinkendste Köter in vier Ortschaften, Henry Eden!«

Der Hund erhob sich mit einem Grunzen, trottete die Verandastufen hinunter und verweilte dort gerade so lange, um Laura Stanton einen vorwurfsvollen Blick zuzuwerfen.

»Er kann nichts dafür«, sagte Eden.

Sie seufzte und sah die Straße entlang, dem Ford hinterher. »Zu schade«, sagte sie. »Sie schienen so *nette* Leute zu sein.«

»Aber *wir* können nichts *dafür*«, sagte Henry Eden und drehte sich eine neue Zigarette.

Und so hatten die Grahams ihr Abendessen zuletzt doch noch in einem Schnellimbiß am Straßenrand. Sie fanden es im Nachbarort Woolwich (»Heimat des malerischen Wonderview Motels«, stand auf dem Schild, auf das John Elise aufmerksam machte, allerdings ohne ihr ein Lächeln zu entlocken), wo sie an einem Picknicktisch unter den ausladenden Ästen einer alten Fichte saßen. Die Imbißbude bildete einen schroffen, fast unerträglichen Kontrast zu den Häusern an der Main Street von Willow. Der Parkplatz war fast belegt (die meisten Autos hatten, wie ihres, Nummernschilder aus anderen Bundesstaaten), und kreischende Kinder mit Eiscreme auf den Gesichtern spielten Fangen, während ihre Eltern herumschlenderten, nach Fliegen schlugen und darauf warteten, daß ihre Essensnummer über Lautsprecher aufgerufen wurde. Die Bude hatte eine vergleichsweise umfangreiche Speisekarte. Tatsächlich, dachte John, konnte man fast alles bekommen, was man wollte, wenn es nicht so groß war, daß es nicht in die Friteuse paßte.

»Ich weiß nicht, ob ich zwei *Tage* in dieser Stadt verbringen kann, geschweige denn zwei Monate«, sagte Elise. »Meiner Mutter Tochter hat die Nase gestrichen voll, Johnny.«

»Es war ein Witz, mehr nicht. Wie sie Einheimische eben gern mit Touristen machen. Nur sind sie hier ein bißchen zu weit gegangen. Wahrscheinlich treten sie sich deswegen gerade selbst in den Hintern.«

»Sie haben aber ausgesehen, als wäre es ihr Ernst«, sagte sie. »Wie soll ich mich nun benehmen, wenn ich dem alten Mann wieder begegne?«

»Darüber würde ich mir keine Sorgen machen – seinen Zigaretten nach zu urteilen, hat er das Alter erreicht, in dem er *jedem* zum ersten Mal begegnet. Auch seinen ältesten Freunden.«

Elise versuchte, die zuckenden Mundwinkel zu beherrschen, dann gab sie auf und prustete vor Lachen. »Du bist gemein!«

»Vielleicht ehrlich, aber nicht gemein. Ich will nicht sagen, daß er an der Alzheimerschen leidet, aber er *hat* ausgesehen, als bräuchte er eine Landkarte, um den Weg aufs Klo zu finden.«

»Was meinst du, wo alle anderen gewesen sind? Der Ort hat einen gänzlich verlassenen Eindruck gemacht.«

»Wahrscheinlich beim Bohnenessen im Grange oder bei einem Kartenspielturnier im Eastern Star«, sagte Johnny und streckte sich. »Du hast nicht viel gegessen, Liebes.«

»Liebes war nicht besonders hungrig.«

»Ich sage dir doch, es war ein *Witz*«, sagte er und nahm ihre Hände. »Sei wieder fröhlich.«

»Bist du ganz, ganz sicher, daß es nur das war?«

»Ganz, ganz. Ich meine – he, alle sieben Jahre regnet es Kröten in Willow, Maine? Hört sich an wie ein Zitat aus einem Monolog von Steven Wright.«

Sie lächelte zaghaft. »Es regnet nicht«, sagte sie, »es schüttet.«

»Ich nehme an, sie halten sich an die alte Anglermaxime – wenn du schon einen erzählst, dann aber einen mit Pfiff. Als ich ein Junge war, im Ferienlager, war es die Schnepfenjagd. Dies ist nicht viel anders. Und wenn man einmal darüber nachdenkt, ist es eigentlich gar nicht so überraschend.«

»Was?«

»Daß Menschen, die den größten Teil ihres Jahreseinkommens mit Sommergästen verdienen, eine Ferienlagermentalität entwickeln.«

»Die Frau hat sich nicht so *benommen*, als wäre es ein Witz. Ich will dir die Wahrheit sagen, Johnny – sie hat mir irgendwie angst gemacht.«

John Grahams freundliches Gesicht wurde streng und verkniffen. Der Ausdruck wirkte fehl am Platz, aber er sah auch nicht gespielt oder halbherzig aus.

»Ich weiß«, sagte er und hob ihre Verpackungen und Servietten und Plastikkörbchen auf. »Und dafür wird eine Entschuldigung fällig sein. Ein kleiner Spaß zur allgemeinen Erheiterung, dagegen ist nichts einzuwenden, aber wenn jemand meiner Frau angst macht – verdammt, sie haben sogar *mir* ein bißchen Angst eingejagt –, dann hört der Spaß auf. Gehen wir?«

»Kannst du es wiederfinden?«

Er grinste und sah augenblicklich wieder aus wie er selbst.

»Ich habe eine Spur aus Brotkrumen gelegt.«

»Wie klug du bist, mein Liebling«, sagte sie und stand auf. Sie lächelte wieder, und John war froh darüber. Sie holte tief Luft – was beim Vorderteil des blaukarierten Hemdes, das sie trug, Wunder bewirkte – und ließ sie wieder ausströmen. »Die Luftfeuchtigkeit scheint zurückgegangen zu sein.«

»Ja.« John warf ihren Abfall mit einem linken Haken in die Mülltonne und zwinkerte ihr zu. »Soviel zur Regenzeit.«

Als sie auf die Hempstead Road einbogen, war die Luftfeuchtigkeit mit Macht zurückgekehrt. John fühlte sich, als hätte sich sein T-Shirt in eine klamme Masse von Spinnweben verwandelt, die ihm an Brust und Rücken klebten. Der Himmel, an dem man inzwischen ein leichtes Abendrot sehen konnte, war immer noch klar, aber John war, als hätte er direkt aus der Luft trinken können, wenn er einen Strohhalm gehabt hätte.

Nur noch ein einziges Haus lag an der Straße, am Fuß des Hügels, auf dessen Gipfel Hempstead Place stand. Als sie daran vorbeifuhren, sah John die Silhouette einer Frau, die reglos an einem der Fenster stand und zu ihnen heruntersah.

»Nun, da haben wir die Großtante deiner Freundin Milly«, sagte John. »Sie hat uns einen Bärendienst erwiesen, als sie die Irren da unten im Laden angerufen und ihnen gesagt hat, daß wir kommen. Ich frage mich, was für Furzblasen und Klapperzähne sie sonst noch rausgeholt hätten, wenn wir ein bißchen länger geblieben wären.«

»Der Hund hatte seine eigene eingebaute Furzblase.«

John lachte und nickte.

Fünf Minuten später bogen sie in ihre eigene Einfahrt ein. Sie war mit Unkraut und Zwergbüschen zugewuchert, und John beschloß, sich *darum* zu kümmern, bevor der Sommer noch viel älter wurde. Hempstead Place selbst war ein geräumiges Farmhaus, von mehreren Generationen ausgebaut, so oft sich die Notwendigkeit – oder vielleicht auch einfach nur der Drang – zu bauen ergab. Dahinter stand eine Scheune, die durch drei verfallene Schuppen mit dem Haus verbunden war. Zwei der drei Schuppen waren im üppigen Frühsommer von duftendem Geißblatt überwachsen.

Man hatte eine atemberaubende Aussicht auf die Stadt, besonders in klaren Nächten wie dieser. John fragte sich kurz, *wie* es bei der hohen Luftfeuchtigkeit so klar sein konnte. Elise gesellte sich vor dem Auto zu ihm, dann blieben sie beide einen Moment stehen, nahmen sich in die Arme, betrachteten die Hügel, die sich in sanften Wellen bis Augusta erstreckten, und verloren sich in den Schatten des Abends.

»Wunderschön«, murmelte sie.

»Und hör doch«, sagte er.

Rund fünfzig Meter hinter der Scheune lag ein sumpfiges Stück Land. Dort ließ ein Froschchor die Stimmen ertönen und die elastischen Bänder schnalzen, die ihnen Gott aus unerfindlichen Gründen eingepflanzt hatte.

»Nun«, sagte sie, »die Frösche sind jedenfalls schon zur Stelle.«

»Aber keine Kröten.« Er sah zum klaren Himmel hinauf, an dem die Venus gerade ihr kalt brennendes Auge geöffnet hatte. »Da sind sie, Elise! Da oben! Ganze Wolken von Kröten!«

Sie kicherte.

»›Heute nacht‹«, intonierte er, »›trafen in der Kleinstadt Willow eine Kaltwetterfront von Kröten und eine Warmluftfront von Lurchen aufeinander, und die Folge war . . .‹«

Sie stieß ihn mit dem Ellbogen an. »Ach, *du*«, sagte sie. »Gehen wir rein.«

Sie gingen hinein. Und gingen gleich zu Bett.

Ungefähr eine Stunde später wurde Elise durch ein Plumpsen auf dem Dach aus dem Schlaf gerissen. Sie stützte sich auf die Ellbogen. »Was war das, Johnny?«

»Grmpf«, sagte Johnny und drehte sich auf die Seite.

Kröten, dachte sie und kicherte – aber es war ein nervöses Kichern. Sie stand auf und ging zum Fenster, aber bevor sie nach etwas suchte, das auf den Boden gefallen sein könnte, sah sie zum Himmel.

Der war immer noch wolkenlos, und inzwischen prangten eine Milliarde funkelnde Sterne da oben. Sie betrachtete sie für einen Augenblick hypnotisiert von ihrer schlichten, stummen Schönheit.

Platsch.

Sie zuckte vom Fenster zurück und sah zur Decke. Was immer es war, es war gleichfalls auf dem Dach gelandet.

»John! Johnny! Wach auf!«

»Hä? Was?« Er richtete sich auf, und sein Haar war völlig zerzaust.

»Er hat angefangen«, sagte sie und kicherte schrill. »Der Froschregen.«

»Kröten«, verbesserte er sie. »Ellie, wovon redest du . . .«

Platsch-platsch.

Er sah sich um, dann schwang er die Füße aus dem Bett.

»Das ist lächerlich«, sagte er leise und wütend.

»Was meinst du . . .«

Platsch-RUMMS! Irgendwo unten klirrte Glas.

»Oh, gottverdammt«, sagte er, stand auf und zog seine Jeans an. »Es reicht. Wirklich und wahrhaftig . . . es . . . *reicht.*«

Mehrfaches Platschen ertönte an der Seite des Hauses und auf dem Dach. Sie drängte sich ängstlich an ihn.

»Was meinst du?«

»Ich meine, daß die verrückte Frau und der alte Mann und wahrscheinlich ein paar ihrer Freunde da draußen sind und etwas auf das Haus werfen«, sagte er, »und ich werde auf der Stelle dafür sorgen, daß das ein Ende hat. Vielleicht haben sie einen Brauch, Neuankömmlingen in dieser kleinen Stadt Streiche zu spielen, aber ...«

PLATSCH! SCHEPPER! Aus der Küche.

»*GOTTVERDAMMT!*« schrie John und rannte auf den Flur hinaus.

»Laß mich nicht allein!« kreischte Elise und stürzte ihm nach.

Er schaltete das Licht im Flur an, bevor er nach unten stapfte. Leises Platschen und Prasseln ertönte nun in zunehmendem Maße auf dem Haus, und Elise konnte noch denken: *Wie viele Leute aus der Stadt sind da draußen? Wie viele müssen es sein, um das zu tun? Und was werfen sie da? In Kissenbezüge gewickelte Steine?*

John hatte das untere Ende der Treppe erreicht und trat ins Wohnzimmer. Da gab es ein großes Fenster mit demselben Ausblick, den sie vorhin bewundert hatten. Das Fenster war zersplittert. Glasscherben lagen auf dem Teppichboden verstreut. Er wollte zum Fenster gehen und etwas zu ihnen hinausrufen, zum Beispiel, daß er seine Schrotflinte holen würde. Dann betrachtete er wieder die Scherben, überlegte sich, daß seine Füße bloß waren, und blieb stehen. Einen Augenblick wußte er nicht, was er tun sollte. Dann sah er einen dunklen Umriß inmitten der Glasscherben – der Stein, mit dem eines dieser vom Inzest verblödeten Arschlöcher das Fenster eingeworfen hatte, vermutete er – und sah rot. Er wäre wahrscheinlich doch zum Fenster gelaufen, barfuß hin oder her, aber da zuckte der Stein.

Das ist kein Stein, dachte er. *Das ist eine ...*

»John?« fragte Elise. Inzwischen hallte das Haus von leisem Platschen wider. Es war, als würden sie mit großen, von Fäulnis aufgeweichten Hagelkörnern bombardiert. »John, was ist das?«

»Eine Kröte«, sagte er dümmlich. Er betrachtete immer noch die zuckende Form inmitten der Glasscherben und sprach mehr zu sich selbst als zu seiner Frau.

Er sah auf und schaute zum Fenster hinaus. Was er da draußen erblickte, verschlug ihm die Sprache. Die Hügel und der Horizont waren nicht mehr zu erkennen – verdammt, er konnte kaum die Scheune sehen, und die war keine vierzig Meter entfernt.

Die Luft war von fallenden Umrissen erfüllt.

Drei weitere kamen durch das zerschellte Fenster herein. Eine landete auf dem Boden, nicht weit von ihrer zuckenden Artgenossin entfernt. Sie landete auf einer Glasscherbe, schwarze Flüssigkeit quoll in dicken Spritzern aus dem Körper hervor.

Elise schrie.

Die beiden anderen hatten sich in den Vorhängen verfangen, die bebten und flatterten wie in einer stürmischen Brise. Einer von ihnen gelang es, sich zu befreien. Sie landete auf dem Boden und hüpfte dann auf John zu.

Er tastete mit einer Hand, die sich anfühlte, als gehörte sie überhaupt nicht zu ihm, nach der Wand. Seine Finger glitten über den Lichtschalter und drückten darauf.

Das Ding, das da auf dem scherbenübersäten Boden auf ihn zugehüpft kam, war eine Kröte, und doch auch wieder nicht. Der grünschwarze Körper war zu groß, zu wulstig. Die schwarzgoldenen Augen quollen hervor wie mißgebildete Eier. Und aus dem Maul ragte ein Bouquet großer, nadelspitzer Zähne, die fast den Kiefer ausrenkten.

Die Kröte gab ein dumpfes Krächzen von sich und sprang John an wie auf Sprungfedern. Hinter ihr fielen noch mehr durch das Fenster herein. Diejenigen, die auf den Boden gefallen waren, waren entweder verstümmelt worden oder auf der Stelle gestorben, aber viele andere – zu viele andere – benützten die Gardinen als Sicherheitsnetz und taumelten unversehrt zu Boden.

»Raus hier!« rief John seiner Frau zu und trat nach der Kröte, die – es war Wahnsinn, aber es stimmte – ihn angriff. Die Kröte zuckte nicht vor dem Fuß zurück, sondern biß mit dem Maul voll schiefer Nadeln zuerst auf und dann in die Zehen. Der Schmerz durchzuckte ihn mit quälender Heftigkeit. Ohne nachzudenken, machte er eine halbe Drehung und trat, so fest er konnte, gegen die Wand. Er spürte, wie seine Zehen brachen, aber die Kröte zerplatzte und verspritzte ihr schwarzes Blut über die Wandtäfelung, wie ein Fächer. Seine Zehen waren zu einem irren Verkehrsschild geworden, das gleichzeitig in alle Richtungen deutete.

Elise stand starr unter der Flurtür. Jetzt hörte sie überall im Haus Scheiben klirren. Nachdem sie miteinander geschlafen hatten, hatte sie eines von Johns T-Shirts angezogen; sie hielt den Kragen mit beiden Händen umklammert. Von überallher kam häßliches Krächzen.

»Raus, Elise!« schrie John. Er drehte sich um und schüttelte den blutigen Fuß. Die Kröte, die ihn gebissen hatte, war tot, aber ihre Zähne steckten immer noch in seinem Fleisch wie Angelhaken. Diesmal trat er in die Luft wie ein Mann, der einen Fußball fortkickt, und die Kröte flog endlich davon.

Der verblichene Wohnzimmerteppichboden war jetzt von aufgeblähten, hüpfenden Leibern bedeckt. Und alle kamen *auf sie zu.*

John rannte zur Tür. Er landete mit dem Fuß auf einer der Kröten; sie zerplatzte. Seine Ferse rutschte in dem kalten Glibber aus, der aus ihrem Körper herausquoll, und er wäre um ein Haar gestürzt. Elise ließ den Kragen des T-Shirts los, den sie in Todesangst umklammert hielt, und packte John. Gemeinsam stolperten sie auf den Flur hinaus; John schlug die Tür zu und erwischte eine der Kröten, die gerade heraushüpfen wollte. Die Tür schnitt sie in der Mitte durch. Die vordere Hälfte zuckte und zappelte auf dem Boden, das zahnbewehrte Maul mit den schwarzen Lippen klappte auf und zu, die schwarzgoldenen Augen glotzten sie an.

Elise schlug die Hände vors Gesicht und fing hysterisch an zu kreischen. John streckte die Hände nach ihr aus. Sie schüttelte den Kopf und schrak vor ihm zurück; das Haar fiel ihr ins Gesicht.

Das Platschen der Kröten, die auf dem Dach landeten, war schlimm, aber das Krächzen und Gurren war schlimmer: diese Geräusche kamen aus dem Inneren des Hauses – *überall* aus dem Inneren. Er dachte an den alten Mann, der auf der Veranda des Ladens in seinem Schaukelstuhl saß und hinter ihnen herrief: *Aber Sie sollten die Läden schließen.*

Herrgott, warum habe ich ihm nicht geglaubt?

Und gleich darauf: *Wie hätte ich so etwas glauben können? Nichts in meinem ganzen Leben hat mich darauf* vorbereitet, *ihm zu glauben!*

Und dann hörte er außer dem Lärm der Kröten, die draußen auf den Boden prasselten, und dem Klatschen der Kröten, die auf dem Dach zerplatzten, ein weiteres bedrohliches Geräusch: das kauende, splitternde Geräusch der Kröten im Wohnzimmer, die sich allmählich durch die Tür hindurchfraßen. Er sah förmlich, wie sie sich gegen die Angeln drückte, je mehr Kröten sie mit ihrem Gewicht bedrängten.

Er drehte sich um und sah Dutzende Kröten die Treppe herunterhüpfen.

»Elise!« Er griff nach ihr. Sie kreischte und wich vor ihm zurück. Ein Ärmel des T-Shirts riß ab. Er betrachtete den zerrissenen Stoffetzen in seiner Hand einen Moment durch und durch dümmlich, dann ließ er ihn auf den Boden fallen.

»Elise, gottverdammt!«

Sie schrie und wich zurück.

Inzwischen hatten die ersten Kröten den Boden der Diele erreicht und kamen gierig auf sie zugehüpft. Ein sprödes Klirren ertönte, als das Oberlicht über der Tür zerbrach. Eine Kröte kam hindurchgesaust, landete auf dem Teppich und blieb auf dem Rücken liegen; sie entblößte ihren fleckigen rosa Bauch und zuckte mit den Schwimmfüßen.

John packte seine Frau und schüttelte sie. *»Wir müssen in den Keller runter! Im Keller sind wir in Sicherheit!«*

»Nein!« schrie Elise ihn an. Ihre Augen waren riesige schwebende Nullen, und er begriff, daß sie sich nicht weigerte, mit ihm in den Keller zu gehen – sie weigerte sich, überhaupt etwas zu tun.

Es blieb keine Zeit für sanfte Maßnahmen oder tröstende Worte. Er packte die Vorderseite ihres T-Shirts mit der Faust und zerrte sie den Flur entlang wie ein Polizist, der einen widerspenstigen Gefangenen zum Streifenwagen schleppt. Eine der Kröten aus der Vorhut der Flut, die sich nun die Treppe herunter ergoß, machte einen gigantischen Satz und biß mit dem Mundvoll nadelspitzer Zähne in die Luft, wo eine Sekunde vorher noch Elises Ferse gewesen war.

Als sie den Flur halb durchquert hatten, begriff sie, was er vorhatte, und kam freiwillig mit. Sie gelangten zur Tür. John drehte den Knauf und zog daran, aber die Tür bewegte sich nicht.

»Gottverdammt!« kreischte er und zog noch einmal daran. Vergebens. Nichts.

»John, mach schnell!«

Sie sah über die Schulter zurück und erblickte Kröten, die auf dem Flur mit riesigen Sprüngen auf sie zukamen, gegen die verblichene rosa Tapete prallten, auf dem Rücken landeten und von ihren Artgenossen überrannt wurden.

«JOHN, BITTE! BI. . .«

Dann sprang eine und landete direkt oberhalb des Knies auf ihrem linken Schenkel. Elise schrie und packte sie, ihre Finger drangen durch die Haut in das flüssige dunkle Innere ein. Sie riß die Kröte los, und als sie die Arme hob, war das gräßliche Ding einen Moment lang direkt vor ihren Augen und mahlte mit den Zähnen wie eine kleine, aber mörderische Maschine. Elise warf die Kröte, so fest sie konnte, von sich. Sie überschlug sich in der Luft und klatschte gegenüber der Küchentür an die Wand. Dort fiel sie nicht herunter, sondern blieb am Leim ihrer eigenen Gedärme kleben.

»JOHN! OH GROSSER GOTT, JOHN!«

John Graham wurde mit einem Mal klar, was er falsch machte. Er drückte gegen die Tür, statt daran zu ziehen. Die Tür schwang auf, und er wäre fast vornüber die Treppe hinabgestürzt.

Er griff mit rudernden Armen nach dem Geländer, bekam es zu fassen, und dann stieß Elise ihn fast wieder hinab, als sie an ihm vorbei nach unten stolperte und dabei schrie wie eine Feuersirene in der Nacht.

Oh, sie wird fallen, sie kann sich nicht halten, sie wird fallen und sich das Genick brechen . . .

Aber irgendwie fiel sie nicht. Sie erreichte den festgestampften Kellerboden, brach zu einem schluchzenden Bündel zusammen und umklammerte den verletzten Schenkel.

Kröten hüpften und sprangen zur offenen Kellertür herein.

John erlangte das Gleichgewicht wieder, wirbelte herum und schlug die Tür zu. Mehrere Kröten auf der Innenseite der Tür sprangen ohne Umschweife vom Geländer, landeten auf den Stufen und fielen durch die Öffnungen der Kellertreppe. Eine weitere sprang nahezu vertikal in die Höhe, und John wurde plötzlich von irrem Gelächter geschüttelt – er sah ein Bild von Mr. Kröte von Krötenhall vor sich, der auf einer Pogostelze statt auf einem Auto saß. Immer noch lachend, ballte er die rechte Hand und schlug der Kröte damit auf dem Höhepunkt ihres Sprungs, als sie im perfekten Äquilibrium zwischen der Schwerkraft und ihrer eigenen Energie verweilte, in die pulsierende gallertige Brust. Die Kröte schoß davon in die Schatten, und John hörte ein leises *Plop!*, als sie gegen den Ofen prallte.

Er tastete im Dunkeln an der Wand entlang, bis seine Finger den Zylinder des uralten Kippschalters für das Licht fanden. Er drückte ihn hinunter, und da fing Elise wieder an zu schreien. Eine Kröte hatte sich in ihrem Haar verfangen, sie krächzte und zappelte und wand sich und biß Elise in den Hals, wobei sie sich zu etwas zusammenrollte, das wie ein übergroßer, deformierter Lockenwickler aussah.

Elise sprang auf die Füße und lief panisch im Kreis herum, wobei es ihr wie durch ein Wunder gelang, nicht über die Kartons und Kisten zu fallen, die hier unten aufgestapelt waren. Sie stieß gegen einen Stützbalken des Kellers, dann machte sie kehrt und rammte den Hinterkopf zweimal mit Wucht dagegen. Ein sämiges Platschen ertönte, schwarze Flüssigkeit spritzte herum, und dann fiel die Kröte aus Elises Haar, purzelte am Rücken des T-Shirts hinab und hinterließ schleimige Flecken.

Sie schrie, und der Schrei hörte sich so irre an, daß John das Blut gefror. Er stolperte die Kellertreppe hinunter und nahm sie in die Arme. Zuerst wehrte sie sich, dann gab sie nach. Ihre Schreie gingen allmählich in ein stetes Weinen über.

Dann hörten sie über das leise Donnern der Kröten hinweg, die auf Haus und Erdboden fielen, das Krächzen der Kröten, die durch die Kellertür gekommen waren. Sie wich vor ihm zurück und verdrehte die Augen.

»Wo sind sie?« keuchte sie. Ihre Stimme klang heiser, fast bellend, so sehr hatte sie geschrien. »Wo sind sie, John?«

Aber sie brauchten nicht danach zu suchen. Die Kröten hatten *sie* bereits ausgemacht und kamen gierig auf sie zu.

Die Grahams wichen zurück, und dabei sah John eine rostige Schaufel an der Wand lehnen. Er packte sie und schlug die Kröten, wie sie kamen, damit tot. Nur eine kam an ihm vorbei. Sie sprang vom Boden auf eine Kiste und von der Kiste auf Elise, verbiß sich im Vorderteil des T-Shirts und hing mit zuckenden Beinen zwischen Elises Brüsten.

»Bleib stehen«, herrschte John sie an. Er ließ die Schaufel fallen, ging zwei Schritte nach vorne, ergriff die Kröte und riß sie von dem Hemd weg. Die Kröte nahm einen Fetzen Stoff mit sich. Der Fetzen hing an einem ihrer Zähne, während sie sich in Johns Händen bewegte und zappelte und zuckte. Ihre Haut war warzig, trocken, aber widerlich kalt und irgendwie *lebendig*. Er ballte die Hände zu Fäusten und zerquetschte die Kröte. Blut und Schleim quollen zwischen seinen Fingern hervor.

Nicht einmal ein Dutzend der kleinen Monster hatten es tatsächlich durch die Kellertür geschafft, und die waren bald alle tot. John und Elise klammerten sich aneinander und lauschten dem gleichförmigen Regen der Kröten draußen.

John sah über die Schulter zu den tiefen Kellerfenstern. Sie waren bedeckt und dunkel, und plötzlich sah er, wie das Haus von außen aussehen mußte, unter einer Flut zuckender, zappelnder, hüpfender Kröten begraben.

»Wir müssen die Fenster verbarrikadieren«, sagte er heiser. »Ihr Gewicht wird die Scheiben eindrücken, und wenn das passiert, wird eine *Sturzflut* hereinkommen.«

»Womit?« fragte Elise mit ihrer heiseren, bellenden Stimme. »Was können wir nehmen?«

Er sah sich um und erblickte mehrere alte, nachgedunkelte Sperrholzplatten, die an einer Wand lehnten. Nicht viel, aber immerhin etwas.

»Damit«, sagte er. »Hilf mir, sie in kleinere Stücke zu brechen.«

Sie arbeiteten schnell und hektisch. Der Keller hatte nur vier Fenster, so klein, daß die Scheiben länger standhielten als die der größeren Fenster oben. Sie waren gerade beim letzten angelangt, als sie hörten, wie das Glas des ersten hinter der Sperrholzplatte zersprang – aber das Sperrholz hielt.

Sie stolperten wieder in die Mitte des Kellers; John hinkte mit seinem gebrochenen Fuß.

Vom oberen Ende der Treppe ertönte das Geräusch der Kröten, die sich durch die Kellertür fraßen.

»Was sollen wir tun, wenn sie durchkommen?« flüsterte Elise.

»Ich weiß es nicht«, sagte er – und in diesem Augenblick gab die Falltür des Kohlenschachts, der seit Jahren nicht mehr benutzt wurde, aber immer noch intakt war, plötzlich unter dem Gewicht der Kröten nach, die darauf gefallen oder gehüpft waren, und Hunderte ergossen wie ein Druckluftstrahl in den Keller.

Diesmal konnte Elise nicht schreien. Dazu hatte sie ihre Stimmbänder zu sehr überlastet.

Nachdem die Falltür des Kohlenschachts nachgegeben hatte, dauerte es nicht mehr lange für die Grahams im Keller, aber bis es vorbei war, schrie John Graham ausreichend für sie beide.

Um Mitternacht war der Wolkenbruch der Kröten in Willow zu einem gelinden, krächzenden Nieseln abgeklungen.

Gegen halb zwei Uhr morgens fiel die letzte Kröte vom dunklen

Sternenhimmel. Sie landete auf einer Fichte am See, hüpfte auf den Boden und verschwand in der Nacht. Es war wieder für sieben Jahre vorbei.

Ungefähr um Viertel nach fünf breitete sich ein erstes zaghaftes Licht über den Himmel und über das Land. Willow lag unter einem zappelnden, hüpfenden, jammernden Teppich aus Kröten begraben. Die Häuser an der Main Street hatten die Ecken und Kanten verloren; alles war abgerundet und zuckte. Das Schild am Highway, auf dem WILLKOMMEN IN WILLOW, MAINE, DEM *FREUNDLICHEN* ORT! stand, sah aus, als hätte jemand etwa dreißig Ladungen Schrot hindurchgeschossen. Die Löcher stammten von fliegenden Kröten. Das Schild vor dem Einkaufszentrum, das für ITALIENISCHE SANDWICHES · PIZZA · GROCERIES · ANGELSCHEINE warb, war umgestürzt. Kröten spielten Froschhüpfen darauf. Auf jeder Zapfsäule von Donnys Sunoco-Tankstelle fand eine kleine Krötenversammlung statt. Auf der langsam kreisenden Wetterfahne über dem Ofenladen von Willow saßen zwei Kröten wie kleine mißgebildete Kinder auf einem Karussell.

Auf dem See türmten sich Kröten auf den wenigen Flößen, die schon so früh hinausgebracht worden waren (nur die abgehärtetsten Schwimmer wagten es vor dem vierten Juli, ins Wasser des Lake Willow zu gehen, ob mit oder ohne Kröten), und die Fische wurden verrückt, weil sich soviel Futter fast in Reichweite befand. Ab und zu platschte es, wenn eine oder zwei der Kröten, die um einen Platz auf den Flößen kämpften, heruntergestoßen wurden und einer hungrigen Forelle oder einem Lachs als Frühstück dienten. Die Straßen von und zur Stadt – es waren viele für so einen kleinen Ort, wie Henry Eden gesagt hatte – waren mit Kröten gepflastert. Der Strom war vorübergehend ausgefallen; Kröten hatten die Leitungen an zahlreichen Stellen im Sturzflug durchgetrennt. Die meisten Gärten waren ruiniert, aber Willow war ohnehin keine nennenswerte Farmgemeinde. Einige Einwohner hielten mäßig große Viehherden, aber die waren für diese Nacht in Sicherheit gebracht worden. Die Milcherzeuger in Willow wußten über die Regenzeit Bescheid und wollten ihre Kühe nicht an die Scharen hüpfender, fleischfressender Kröten verlieren. Was, um Himmels willen, hätten sie den Versicherungsgesellschaften sagen sollen?

Als es über Hempstead Place heller wurde, konnte man den Teppich toter Kröten auf dem Dach erkennen; Regenrinnen, die von tieffliegenden Kröten abgerissen worden waren, eine Eingangstür, die vor Kröten zuckte. Kröten hüpften zur Scheune heraus und wieder hinein; sie verstopften die Kamine, sie hüpften lässig um die Reifen von John Grahams Ford herum und saßen in krächzenden Reihen auf dem Vordersitz wie eine Kirchengemeinde, die darauf wartet, daß der Gottesdienst anfängt. Haufenweise lagen die Kröten, überwiegend tot, an den Hauswänden. Manche dieser Haufen waren fast zwei Meter hoch.

Um 6:05 Uhr stieg die Sonne über den Horizont, und als ihre Strahlen auf die Kröten fielen, fingen sie an zu schmelzen. Ihre Haut bleichte aus, wurde weiß und dann durchsichtig. Wenig später stieg Dampf, der leicht nach Sumpf roch, von den Leibern auf, und winzige blubbernde Rinnsale liefen an ihnen herab. Die Augen fielen nach innen oder heraus, je nachdem, wie die Sonne darauf schien. Die Haut der Kröten platzte mit vernehmlichen Lauten, etwa zehn Minuten lang hörte es sich an, als knallten in ganz Willow die Sektkorken.

Danach verwesten sie ausgesprochen schnell und zerflossen zu Pfützen dampfender weißer Schmiere, die wie menschlicher Samen aussah. Die Flüssigkeit rann in kleinen Bächen vom Dach des Hempstead Place und tropfte wie Eiter von den Erkern.

Die lebenden Kröten starben; die toten zerflossen einfach zu der weißlichen Flüssigkeit. Sie blubberte verhalten und versickerte langsam in der Erde. Dampfwölkchen stiegen vom Boden auf, und eine Weile sahen die Felder von Willow aus wie der Krater eines erloschenen Vulkans.

Um Viertel vor sieben war es vorbei, von den Reparaturarbeiten abgesehen, und daran waren die Einheimischen gewöhnt.

Das schien ein geringer Preis für weitere Jahre ruhiger Blüte in diesem vergessenen Hinterland von Maine.

Um fünf nach acht bog Laura Stantons klappriger Volvo in die Einfahrt des Einkaufszentrums ein. Als Laura ausstieg, sah sie blasser und elender aus denn je. Ihr war übel; den Sechserpack Dawson's Ale hielt sie noch in der Hand, aber die Flaschen waren leer. Sie hatte einen teuflischen Kater.

Henry Eden kam auf die Veranda. Sein Hund trottete hinter ihm her.

»Schaff den Köter ins Haus, sonst mach ich auf der Stelle kehrt und fahr nach Hause zurück«, sagte Laura vom unteren Ende der Treppe.

»Er kann nichts dafür, er muß eben ab und zu seine Winde ablassen, Laura.«

»Das heißt aber nicht, daß *ich* dabei sein muß, wenn er sie abläßt«, sagte Laura. »Es ist mein Ernst, Henry. Ich habe Kopfschmerzen wie ein Tier, und heute morgen habe ich am allerwenigsten Lust, deinem Hund zuzuhören, wie er mit dem Arschloch *Hail Columbia* spielt.«

»Geh rein, Toby«, sagte Henry und hielt die Tür auf.

Toby sah mit feuchten Augen zu ihm auf, als wollte er sagen: *Muß ich wirklich? Schien hier draußen gerade interessant zu werden.*

»Geh schon«, sagte Henry.

Toby trottete wieder ins Haus, und Henry machte die Tür zu. Laura wartete, bis sie das Schloß einrasten hörte, dann stieg sie die Stufen hinauf.

»Dein Schild ist umgefallen«, sagte sie und gab ihm den Karton mit den leeren Flaschen.

»Seh ich selber«, sagte Henry. Er war heute morgen auch nicht gerade bester Laune. Das galt für die meisten Leute in Willow. Einen Krötenregen zu verschlafen war eine verflixt schwierige Angelegenheit. Gott sei dank kam er nur einmal alle sieben Jahre, sonst wäre man wahrscheinlich wahnsinnig geworden.

»Du hättest es reinnehmen sollen«, sagte sie.

Henry murmelte etwas, das sie nicht verstand.

»Was hast du gesagt?«

»Ich habe gesagt, wir hätten es nachdrücklicher versuchen sollen«, sagte Henry trotzig. »Sie waren ein nettes junges Paar. Wir hätten uns mehr Mühe geben sollen.«

Sie verspürte trotz ihrer Kopfschmerzen eine Woge der Zuneigung zu dem alten Mann und legte ihm eine Hand auf den Arm. »Es ist das Ritual«, sagte sie.

»Nun, manchmal denke ich mir, scheiß auf das Ritual!«

»Henry!« Sie zog unwillkürlich schockiert die Hand weg. Aber er wurde auch nicht jünger, vergegenwärtigte sie sich. Vielleicht setzten die Zahnräder in seinem Kopf schon ein bißchen Rost an.

»Ich fand sie *auch* nett«, sagte sie. »Aber da kann man nichts machen, Henry. Das hast du gestern abend selbst gesagt.«

»Ich weiß«, seufzte er.

»Wir zwingen sie nicht, zu bleiben«, fuhr sie fort. »Im Gegenteil. Wir warnen sie. Sie entscheiden selbst, ob sie bleiben wollen. Sie entscheiden *immer*, ob sie bleiben wollen. Sie treffen die Entscheidung selbst. Auch *das* gehört zum Ritual.«

»Ich weiß«, wiederholte er. Er holte tief Luft und verzog das Gesicht. »Ich hasse den Geruch hinterher. Die ganze verdammte Stadt riecht wie saure Milch.«

»Bis Mittag ist es vorbei. Das weißt du genau.«

»Ja, ja. Aber ich hoffe nur, daß ich unter der Erde liege, wenn es wieder soweit ist, Laura. Und wenn nicht, dann hoffe ich, daß jemand anders die Neuankömmlinge begrüßen muß, wenn die Regenzeit da ist. Ich bezahle meine Rechnungen gern pünktlich, wie alle anderen auch, aber ich kann dir sagen, mit der Zeit hat ein Mann die Kröten satt. Selbst wenn sie nur alle sieben Jahre kommen, hat ein Mann sie satt.«

»Eine Frau auch«, sagte sie leise.

»Nun«, sagte er und sah sich seufzend um, »ich finde, wir sollten gleich damit anfangen, diese Schweinerei aufzuräumen, du nicht?«

»Klar«, sagte sie. »Und weißt du, Henry, wir haben das Ritual nicht gemacht. Wir befolgen es nur.«

»Ich weiß, aber ...«

»Und es könnte sich ändern. Man kann nicht sagen, wann oder

warum, aber es könnte sein. Vielleicht war dies die letzte Regenzeit. Oder beim nächsten Mal kommt kein Fremder in die Stadt . . .«

»Sag das nicht«, entgegnete er ängstlich. »Wenn niemand kommt, verschwinden die Kröten vielleicht nicht, wenn die Sonne daraufscheint.«

»Siehst du?« fragte sie. »Jetzt siehst du es wieder von meiner Warte aus.«

»Nun«, sagte er, »es ist eine lange Zeit, oder nicht? Sieben Jahre sind eine lange Zeit.«

»Ja.«

»Aber sie *waren* ein nettes junges Paar, oder nicht?«

»Ja«, sagte sie wieder.

»Scheußliche Art zu sterben«, sagte Henry Eden mit bewegter Stimme, und dieses Mal sagte sie nichts. Nach einer Weile fragte Henry sie, ob sie ihm helfen würde, das Schild wieder aufzustellen. Laura stimmte trotz ihrer schlimmen Kopfschmerzen zu. Es gefiel ihr nicht, wenn Henry so niedergeschlagen war, besonders wegen etwas, auf das er ebensowenig Einfluß hatte wie auf die Gezeiten oder die Mondphasen.

Als sie fertig waren, schien es ihm etwas besser zu gehen.

»A-hm«, sagte er. »Sieben Jahre sind eine *verdammt* lange Zeit.«

So ist es, dachte sie, *aber sie gehen immer vorbei, und die Regenzeit kommt immer wieder, und die Fremden kommen mit ihr, immer zwei, immer ein Mann und eine Frau, und wir erzählen ihnen immer genau, was passieren wird, und sie glauben uns nicht – und was geschehen soll, nimmt seinen Lauf.*

»Komm, alter Querkopf«, sagte sie, »biet mir schon eine Tasse Kaffee an, bevor mir der Kopf platzt.«

Er gab ihr eine Tasse, und noch bevor sie fertig waren, konnte man Hämmern und Sägen im Ort hören. Sie konnten vom Fenster aus die Main Street entlangsehen, wo die Leute die Läden aufmachten, sich unterhielten und lachten.

Die Luft war warm und trocken, der Himmel blaß und dunstig blau, und in Willow war die Regenzeit vorbei.

Mein hübsches Pony

Der alte Mann saß unter dem Scheunentor, wo es nach Äpfeln roch, und schaukelte; er wollte nicht rauchen – aber nicht, weil der Arzt es verboten hatte, sondern weil sein Herz unablässig flatterte. Er beobachtete Osgood, diesen dummen Bengel, der mit dem Kopf am Baum lehnte und schnell zählte, und dann sah der alte Mann, wie er sich umdrehte und Clivey erwischte und lachte, wobei er den Mund so weit aufriß, daß der alte Mann die Zähne sehen konnte, die schon in seinem Mund verfaulten; er stellte sich vor, wie der Atem des Jungen riechen würde: wie der hintere Teil eines feuchten Kellers. Dabei konnte der Frischling kaum älter als elf sein.

Der alte Mann beobachtete Osgood, wie er sein atemloses Lachen hinauswieherte. Der Junge lachte so sehr, daß er sich zuletzt vornüberbeugen und die Hände auf die Knie stützen mußte, so sehr, daß die anderen aus ihren Verstecken kamen, um nachzusehen, was los war; und als sie ihn sahen, lachten sie auch. Sie standen alle in der Morgensonne und lachten über seinen Enkel. Und da vergaß der alte Mann, wie dringend er rauchen wollte. Jetzt wollte er sehen, ob Clivey weinen würde. Er stellte fest, daß ihn diese Frage mehr interessierte als alles andere, das in den vergangenen Monaten seine Aufmerksamkeit erweckt hatte, einschließlich seines gnadenlos schnell näherrückenden Todes.

»Gefangen!« sangen die anderen lachend. »Gefangen, gefangen, gefangen!«

Clivey stand nur da, starr wie ein Stein auf einer Wiese, und wartete darauf, daß das Spiel weiterginge, daß er »drankam« und die Peinlichkeit hinter ihm lag. Nach einer Weile ging das Spiel weiter. Dann war es Mittagszeit, und die anderen Jungen gingen nach Hause. Der alte Mann beobachtete, wieviel Clivey essen würde. Nicht viel, wie sich herausstellte. Clivey stocherte in seinen Kartoffeln, schob Mais und Erbsen von einer Seite auf die andere und fütterte den Hund unter dem Tisch mit kleinen Fleischstücken. Der alte Mann beobachtete alles interessiert, gab Antwort, wenn er angesprochen wurde, schenkte aber weder ihren noch seinen eigenen Worten besondere Aufmerksamkeit. Seine Gedanken waren bei dem Jungen.

Als der Kuchen gegessen war, wollte er, was er nicht haben konnte; er entschuldigte sich, um ein Nickerchen zu machen, verweilte aber auf halber Höhe der Treppe, weil sein Herz sich anfühlte wie ein Ventilator, in den man eine Spielkarte gesteckt hat, verweilte mit gesenktem Kopf und wartete, ob dies der letzte sein würde (zwei waren ihm schon vorangegangen), und als er es nicht war, ging der alte Mann weiter hinauf, zog sich bis auf die Unterwäsche aus und legte sich auf das gestärkte weiße Laken. Ein Rechteck aus Sonnenschein fiel auf seine magere Brust; die dunklen Schatten der Fensterstreben schnitten es in drei Teile. Er verschränkte die Hände hinter dem Kopf, döste und lauschte. Nach einer Weile glaubte er den Jungen in seinem Zimmer im Untergeschoß weinen zu hören und dachte: *Darum sollte ich mich kümmern.*

Er schlief eine Stunde, und als er aufwachte, schlief die Frau in ihrem Slip neben ihm; deshalb trug er seine Kleidung auf den Flur hinaus und zog sich dort an, bevor er nach unten ging.

Clivey war draußen, er saß auf der Treppe und warf ein Stöckchen für den Hund, der eifriger apportierte, als der Junge warf. Der Hund (er hatte keinen Namen, er war einfach nur der Hund) schien verwirrt.

Der alte Mann winkte dem Jungen zu und befahl ihm, mit ihm zum Obstgarten hinaufzugehen, und der Junge gehorchte.

Der alte Mann hieß George Banning. Er war der Großvater des Jungen, und von ihm lernte Clive Banning, wie wichtig es war, in seinem Leben ein hübsches Pony zu haben. Man mußte eines haben, selbst wenn man gegen Pferde allergisch war, denn ohne ein hübsches Pony konnte man sechs Uhren in jedem Zimmer und soviel Armbanduhren haben, daß man den Arm nicht mehr heben konnte, und wußte doch nie, wie spät es war.

Die Instruktion (George Banning gab keinen Rat, nur Instruktionen) hatte an dem Tag stattgefunden, als Clive beim Versteckspielen von diesem Idioten Alden Osgood erwischt worden war. Zu dem Zeitpunkt schien Clives Großvater schon älter zu sein als Methusalem, was wahrscheinlich um die zweiundsiebzig bedeutete. Das Haus der Bannings lag in der Stadt Troy, New York, die 1961 gerade lernte, nicht mehr »Landbezirk« zu sein.

Die Instruktion fand im westlichen Obstgarten statt.

Sein Großvater stand ohne Mantel in einem Blizzard, bei dem es sich freilich nicht um späten Schnee, sondern um frühe Apfelblüten in einer starken, warmen Brise handelte. Großvater trug seine Latzhose und ein Hemd darunter, das aussah, als wäre es einmal grün gewesen, inzwischen aber, nach Dutzenden oder Hunderten von Wäschen, zu einem unkenntlichen Oliv verblaßt, und unter diesem Hemd war der runde Ausschnitt eines Unterhemds zu erkennen (selbstverständlich mit einem Schließband; damals stellten sie die mit Knöpfen schon her, aber ein Mann wie Großvater würde bis an sein Lebensende den Unterhemden mit Schließband treu bleiben), und dieses Unterhemd war sauber, aber nicht mehr wie ursprünglich weiß, sondern zur Farbe von altem Elfenbein vergilbt, und das lag an Großmutters Leitspruch, den sie häufig wiederholte und darüber hinaus noch auf ein Wandbild im Wohnzimmer gestickt hatte (wahrscheinlich für die seltenen Anlässe, wenn die Frau nicht persönlich anwesend war, um die Weisheiten zu äußern, die geäußert werden mußten): *Trag es, trag es, gib fein acht! Paß drauf auf, sei stets bedacht! Hüte es, bewahr es fein, oder aber laß es sein!* Apfelblüten hatten sich in Großvaters langem Haar verfangen, das immer noch nur zur Hälfte weiß war, und der Junge fand, daß der alte Mann zwischen den Bäumen großartig aussah.

Er hatte bemerkt, daß Großvater sie heute bei dem Spiel beobachtet hatte. *Ihn* beobachtet hatte. Großvater saß auf seinem Schaukelstuhl am Scheunentor. Eines der Bretter quietschte jedesmal, wenn Großvater schaukelte, und da saß er, ein aufgeschlagenes Buch verkehrt herum im Schoß, die Hände darüber gefaltet, da saß er und schaukelte zwischen den verhaltenen, lieblichen Gerüchen von Heu und Äpfeln und Apfelmost. Es war dieses Spiel, das Großvater veranlaßte, Clive Banning Instruktionen über das Thema *Zeit* zu geben und ihm zu zeigen, und wie schlüpfrig sie war, und wie man fast ununterbrochen kämpfen mußte, um sie in der Hand zu behalten; das Pony war hübsch, aber es hatte ein tückisches Herz. Wenn man dieses hübsche Pony nicht ständig im Auge behielt, sprang es über den Zaun und machte sich davon, und dann mußte man sein Zaumzeug nehmen und es verfolgen, ein Ausflug, der einen mit Sicherheit durch und durch müde machen würde, selbst wenn er nur kurz blieb.

Großvater begann seine Instruktion mit der Feststellung, daß Alden Osgood gemogelt hatte. Er hätte die Augen eine ganze Minute lang an der abgestorbenen Ulme beim Hackklotz abwenden müssen, eine Zeit, die er abmessen mußte, indem er bis sechzig zählte. Damit hätte er Clivey (so nannte Großvater ihn immer, und es machte ihm nichts aus, auch wenn er dachte, daß er es mit jedem Jungen oder Mann aufnehmen mußte, der ihn so nannte, wenn er einmal älter als zwölf war) und den anderen ausreichend Gelegenheit gegeben, sich zu verstecken. Clivey hatte immer noch nach einem Versteck gesucht, als Alden Osgood bei sechzig anlangte, sich umdrehte und ihn »erwischte«, wie er – als letzte Möglichkeit – versuchte, sich hinter einem Stapel Apfelkisten zu verstecken, die achtlos neben dem Schuppen mit der Presse aufgeschichtet worden waren, wo die Maschine, die die Äpfel zu Most zerquetschte, im Halbdunkel aufragte wie ein Folterinstrument.

»Es war nicht fair«, sagte Großvater. »Du hast kein Gezeter darum gemacht, und das war richtig, weil ein richtiger Mann *niemals* ein Gezeter macht – sie nennen es Gezeter, weil es nichts für Jungen und Männer ist, die klug genug sind, es besser zu wissen, und tapfer genug, es besser zu machen. Dennoch war es nicht fair. Das kann ich jetzt sagen, weil du es vorhin nicht gesagt hast.«

Apfelblüten leuchteten im Haar des alten Mannes. Eine blieb in der Mulde unter seinem Adamsapfel haften; da haftete sie wie ein Juwel, das einmal hübsch ist, weil manche Dinge eben hübsch *sind* und gar nicht anders können, zum andern aber nicht nur hübsch, sondern um seiner Vergänglichkeit willen *wunderschön*: in wenigen Sekunden würde sie ungeduldig weggewischt werden und auf dem Boden landen, wo sie inmitten ihrer Artgenossen anonym werden würde.

Er erzählte Großvater, daß Alden *durchaus* bis sechzig gezählt hatte, wie es die Regeln verlangten, ohne zu wissen, weshalb er Partei für den Jungen ergriff, der ihn schließlich beschämte, indem er ihn nicht einmal suchen mußte, sondern einfach »erwischte«. Alden – der manchmal zuschlug wie ein Mädchen, wenn er wütend war – hatte sich nur umzudrehen brauchen, um ihn zu sehen und die mystische und unangreifbare Floskel der Niederlage zu singen: »Ich sehe Clive, ene-mene-maus und du bist raus!«

Vielleicht ergriff er nur für Alden Partei, damit er und Großvater noch nicht zurückgehen mußten, damit er sehen konnte, wie Großvaters stahlgraues Haar im Blizzard der Blüten nach hinten geweht wurde, und um das flüchtige Juwel in der Mulde am Halsansatz des alten Mannes zu bewundern.

»Klar hat er das«, sagte Großvater. »Klar hat er bis sechzig gezählt. Und jetzt schau dir das an, Clivey! Und merk es dir gut!«

Großvaters Latzhose hatte richtige Taschen – fünf im ganzen, wenn man den Känguruhbeutel im Latz mitzählte –, aber außer den Hüfttaschen gab es noch welche, die nur *aussahen* wie Taschen. In Wirklichkeit waren es Schlitze, durch die man in die Hosen greifen konnte, die man darunter trug (damals hätte die Vorstellung, daß man *keine* andere Hose darunter trug, nicht skandalös gewirkt, sondern nur lächerlich – das Verhalten von jemand, der nicht ganz richtig im Oberstübchen war). Auch Großvater trug das unvermeidliche Paar Bluejeans unter dem Overall. »Judenhosen« nannte er sie, ein Ausdruck, den sämtliche Farmer benutzten, die Clive kannte. Levis waren entweder »Judenhosen« oder einfach nur »Joozers«.

Er streckte die Hand in den rechten Schlitz des Overalls, kramte eine Weile in der rechten Tasche der Jeans und holte schließlich eine angelaufene silberne Taschenuhr heraus, die er dem unvorbereiteten Jungen in die

Hand drückte. Das Gewicht der Uhr kam so überraschend, das Ticken unter der Metallhaut klang so lebhaft, daß der Junge sie um ein Haar fallen gelassen hätte.

Er sah Großvater mit großen braunen Augen an.

»Du wirst sie nicht fallen lassen«, sagte Großvater, »und wenn doch, wird sie deshalb wahrscheinlich nicht stehenbleiben – sie ist schon öfter runtergefallen, und einmal ist jemand in einer Bierkneipe in Utica sogar schon draufgetreten, aber bis jetzt ist sie noch nie stehengeblieben. Und wenn sie stehenbleiben würde, wäre es dein Schaden, nicht meiner, denn jetzt gehört sie dir.«

»Was?« Er wollte sagen, daß er nicht verstand, konnte es aber nicht, weil er glaubte, daß er es doch begriff.

»Ich schenke sie dir«, sagte Großvater. »Das wollte ich schon immer, aber der Teufel soll mich holen, wenn ich das in mein Testament schreibe. Würde wahrscheinlich beim Notar mehr kosten, als das elende Ding wert ist.«

»Großvater ... ich ... Herrgott!«

Großvater lachte, bis er anfing zu husten. Er kippte hustend und lachend vornüber, und sein Gesicht wurde dunkelrot wie eine Pflaume. Clives Freude und Staunen lösten sich teilweise in Sorge auf. Er erinnerte sich, daß seine Mutter ihm auf dem Weg hierher immer wieder eingeschärft hatte, er dürfe Großvater nicht so sehr ermüden, weil Großvater krank war. Als Clive ihn vor zwei Tagen – vorsichtig – gefragt hatte, was ihn denn krank machte, da hatte George Banning mit einem einzigen geheimnisvollen Wort geantwortet. Erst in der Nacht nach dem Gespräch im Obstgarten, als er gerade einschlief und die Taschenuhr warm in der Hand hielt, wurde Clive bewußt, daß das Wort, das Großvater ausgesprochen hatte, »Ticker«, nicht einen gefährlichen Krankheitserreger bezeichnete, sondern Großvaters Herz. Der Arzt hatte ihm das Rauchen verboten und gesagt, wenn er etwas zu Anstrengendes versuchen würde, zum Beispiel Schnee schippen oder den Garten jäten, würde er am Ende Harfe spielen. Der Junge wußte ganz genau, was *das* bedeutete.

»Du wirst sie nicht fallen lassen, und wenn doch, wird sie deshalb wahrscheinlich nicht stehenbleiben«, hatte Großvater gesagt, aber der Junge war alt genug zu wissen, daß sie eines Tages *doch* stehenbleiben würde, weil alle Uhren und Menschen eines Tages stehenblieben.

Er blieb stehen und wartete ab, ob Großvater wieder aufhören würde, und schließlich ließen Husten und Lachen nach, der alte Mann richtete sich ein wenig auf, wischte mit der linken Hand Rotz von der Nase und schleuderte ihn beiläufig fort.

»Bist ein verdammt komischer Junge, Clivey«, sagte er. »Ich hab sechzehn Enkel, aber nur zwei, von denen ich glaube, daß sie Scheißkerle sind, und du bist keiner davon – auch wenn du auf der Liste der Anwärter stehst –, aber du bist der einzige, der mich zum Lachen bringt, bis mir die Eier wehtun.«

»Ich wollte nicht, daß dir die Eier wehtun«, sagte Clive, und darauf prustete Großvater wieder los, aber dieses Mal bekam er sein Gelächter unter Kontrolle, bevor das Husten anfing.

»Du kannst dir die Kette ein- oder zweimal ums Handgelenk schlingen, wenn dich das beruhigt«, sagte Großvater. »Und wenn du ruhig bist, wirst du vielleicht ein bißchen besser zuhören.«

Er befolgte Großvaters Rat und fühlte sich *tatsächlich* wohler. Er betrachtete die Uhr in seiner Hand wie gebannt vom lebenden Gefühl des Mechanismus, vom Sonnenstern auf dem Uhrglas, vom Sekundenzeiger, der sich in seinem kleinen Kreis drehte. Aber es war immer noch Großvaters Uhr; dessen war er ganz sicher. Und gerade als er daran dachte, wehte eine Apfelblüte über das Glas und verschwand. Das geschah in nicht einmal einer Sekunde, aber es veränderte alles. Nach der Blüte stimmte es. Es war für immer seine Uhr – so lange jedenfalls, bis einer von ihnen stehenblieb und nicht mehr repariert werden konnte und weggeworfen werden mußte.

»Nun gut«, sagte Großvater. »Siehst du den Sekundenzeiger, der sich ganz von allein dreht?«

»Ja.«

»Gut. Laß ihn nicht aus den Augen. Wenn er ganz oben ist, rufst du ›Los!‹ Verstanden?«

Er nickte.

»Okay. Wenn er dort angekommen ist, läßt du einfach los, Gallagher.«

Clive betrachtete die Uhr stirnrunzelnd und mit der Konzentration eines Mathematikers, der sich der Auflösung einer entscheidenden Gleichung nähert. Er begriff bereits, was Großvater ihm zeigen wollte, und er war auch klug genug, um zu wissen, daß der Beweis nur eine Formsache war, aber dennoch demonstriert werden mußte. Es war ein Ritual, so wie man die Kirche erst verlassen durfte, wenn der Priester den Segen gesprochen hatte, auch wenn alle Lieder auf der Tafel gesungen worden waren und die Predigt endlich, gnädigerweise, vorbei war.

Als der Sekundenzeiger in seinem eigenen kleinen Zifferblatt genau auf zwölf zeigte (*meiner*, staunte er, *das ist* mein *Sekundenzeiger an* meiner *Uhr*), schrie er »Los!«, so laut er konnte, und Großvater fing mit der geölten Hast eines Auktionators an zu zählen, der zweifelhafte Ware anpreist, die er zu Höchstpreisen losschlagen will, bevor sein hypnotisiertes Publikum aufwacht und entdeckt, daß es nicht nur getäuscht, sondern regelrecht übers Ohr gehauen wurde.

»Eins-zwei-drei, vier-fünf-sechs, sieben-acht-neun, zehn-elf«, sang

Großvater, und vor Aufregung traten die knorrigen Flecken an seinen Wangen und die dicken purpurnen Äderchen auf seiner Nase wieder deutlich hervor. Er endete mit einem triumphierenden Aufschrei: *»Neun'nfünfzig-sechzig!«* Als er das sagte, glitt der Sekundenzeiger der Taschenuhr gerade über die siebte dunkle Linie, die fünfunddreißig Sekunden markierte.

»Wie lange?« fragte Großvater keuchend und rieb sich die Brust mit der Hand.

Clive sagte es ihm und sah Großvater voll unverhohlener Bewunderung an. »Das war wirklich schnell gezählt, Großvater!«

Großvater machte mit der Hand, mit der er die Brust gerieben hatte, eine wegwerfende Geste, aber er lächelte trotzdem. »Dabei hab ich nicht halb so schnell gezählt wie dieser Bengel Osgood«, sagte er. »Ich hab die kleine Ratte siebenundzwanzig zählen hören, und ehe ich mich's versah, war er schon bei einundvierzig.« Großvater sah ihn mit seinen Augen an, deren Farbe ein dunkles, herbstliches Blau war, ganz im Gegensatz zu Clives braunen. Er legte Clive eine seiner knotigen Hände auf die Schulter. Die Hand war von Arthritis verkrümmt, aber der Junge spürte die lebendige Kraft, die noch darin schlummerte wie in den Kabeln einer abgeschalteten Maschine. »Eins mußt du dir merken, Clivey. Die Zeit hat nichts damit zu tun, wie schnell du *zählen* kannst.«

Clive nickte langsam. Er verstand nicht alles, aber er glaubte, daß er den *Schatten* des Begreifens spürte, wie den Schatten einer Wolke, der langsam über eine Wiese wandert.

Großvater griff in die Brusttasche seiner Latzhose und holte eine Packung Kool ohne Filter heraus. Offenbar hatte er das Rauchen doch nicht ganz aufgegeben, schwaches Herz hin oder her. Aber der Junge hatte den Eindruck, als hätte Großvater es drastisch reduziert, denn die Packung sah aus, als wäre sie schon weit gereist; ihr war das Schicksal der meisten Päckchen erspart geblieben, die beim Frühstück aufgerissen und um drei Uhr nachmittags zusammengeknüllt und in den Rinnstein geworfen wurden. Großvater kramte und brachte schließlich eine Zigarette zum Vorschein, die fast so krumm war wie die Packung, aus der sie stammte. Er steckte sie in den Mundwinkel, verstaute das Päckchen wieder in der Brusttasche und holte ein Streichholz heraus, das er mit einem geübten Schnippen seines dicken, gelben Altmännerdaumennagels aufflammen ließ. Clive betrachtete das alles mit der Faszination eines Kindes, das einem Zauberer zusieht, der einen Kartenfächer aus der leeren Hand hervorzaubert. Das Daumenschnippen war immer interessant, und das erstaunliche war, *daß das Streichholz nicht ausging*. Trotz des starken Windes, der unablässig über die Hügelkuppe wehte, hielt Großvater die winzige Flamme zuversichtlich in einer hohlen Hand, die es sich leisten konnte, träge zu sein. Er zündete sich die Zigarette an, und dann *schwenkte* er das Streichholz doch wahrhaftig, als hätte er den Wind durch simple Willenskraft überwunden. Clive studierte die Zigarette eingehend, sah aber keine schwarzen Rußspuren, die sich von der glühenden Spitze über das Papier zogen. Also hatten ihn seine Augen nicht getrogen; Großvater hatte die Zigarette direkt an der Flamme angezündet, wie ein Mann, der sich in einem geschlossenen Zimmer eine an einer Kerze anzündet. Es war Zauberei, schlicht und einfach.

Großvater nahm die Zigarette aus dem Mund und steckte stattdessen Daumen und Zeigefinger hinein, wobei er einen Moment aussah wie ein Mann, der seinem Hund pfeifen will oder einem Taxi. Statt dessen zog er sie angefeuchtet wieder heraus und drückte sie auf den Kopf des Streichholzes. Der Junge brauchte keine Erklärung; Großvater und seine Freunde hier auf dem Land fürchteten nur eines mehr als plötzliche Frosteinbrüche, und das war Feuer. Großvater ließ das Streichholz fallen und trat mit dem Absatz darauf. Als er aufsah und feststellte, wie der Junge ihn betrachtete, mißdeutete er seine Faszination.

»Ich weiß, daß ich es nicht tun sollte«, sagte er, »und ich werde dir nicht sagen, daß du lügen sollst, oder dich gar darum bitten. Wenn Großmutter dich frei heraus fragt – ›Hat der alte Mann da oben geraucht?‹ – dann wirst du es ihr sagen. Ich hab es nicht nötig, daß ein Kind für mich lügt.« Er lächelte nicht, aber sein verschlagener Blick erweckte in Clive das Gefühl, als wäre er an einer Verschwörung beteiligt, die liebenswert und frei von Sünde war. »Aber wenn Großmutter *mich* frei heraus fragt, ob du den Namen des Herrn unnötig in den Mund genommen hast, als ich dir die Uhr gegeben habe, dann werde ich ihr direkt in die Augen sehen und sagen: ›Nein. Er hat, so artig er konnte, danke gesagt, und *mehr nicht.*‹«

Jetzt war Clive derjenige, der prustend zu lachen anfing, worauf der alte Mann grinste und seine wenigen erhaltenen Zähne zeigte.

»Aber wenn sie *keinen von uns* frei heraus fragt, dann werden wir wohl auch nichts preisgeben müssen – oder, Clivey? Ist das in Ordnung?«

»Ja«, sagte Clive. Er war kein gutaussehender Junge und würde nie ein Mann von der Art sein, die Frauen als ansehnlich bezeichnen, aber als er lächelte, weil er den rhetorischen Klimmzug des alten Mannes voll und ganz durchschaut hatte, *war* er hübsch, zumindest einen Augenblick, und Großvater zerzauste ihm das Haar.

»Bist ein guter Junge, Clivey.«

»Danke, Sir.«

Sein Großvater stand nachdenklich da, während die Kool mit unnatürlicher Geschwindigkeit abbrannte (der Tabak war trocken, und auch wenn Großvater selbst selten paffte, zog der gierige Wind auf der Hügelkuppe ununterbrochen an der Zigarette), und Clive glaubte, der alte

Mann hätte nun alles gesagt, was er zu sagen hatte. Das tat ihm leid. Er hörte Großvater gern zu. Was Großvater sagte, setzte ihn immer wieder in Erstaunen, weil es immer wieder einen Sinn ergab. Seine Mutter, sein Vater, Großmutter, Onkel Don – sie erzählten alle immer wieder etwas, das er sich merken sollte, aber *das* ergab selten einen Sinn. Zum Beispiel »Was ein Häkchen werden will, krümmt sich beizeiten« – was sollte *das* bedeuten?

Er hatte eine Schwester namens Patty, die sechs Jahre älter war. *Sie* verstand er, aber das kümmerte ihn kaum, weil das meiste, was sie von sich gab, dumm war. Den Rest machte sie ihm mit tückischen kleinen Kniffen begreiflich. Die schlimmsten davon nannte sie »Peter-Kniffe«. Sie hatte ihm einmal gesagt, wenn er *jemals* jemandem von den Peter-Kniffen erzählen würde, würde sie ihn ermorden. Patty erzählte ständig von Leuten, die sie ermorden wollte; sie hatte eine schwarze Liste, die es mit Murder, Inc., aufnehmen konnte. Man hätte lachen mögen – das heißt, bis man sich ihr dünnes, grimmiges Gesicht einmal genauer ansah. Und man mußte sich vor ihr hüten – sie hörte sich *dumm an*, war es aber ganz gewiß nicht.

»Ich will keine Verabredungen«, hatte sie eines Abends vor nicht allzu langer Zeit beim Essen verkündet – um die Zeit, zu der die Jungen ihre Mädchen traditionell entweder zum Frühlingsball oder in den Country Club oder zum Abschlußball der High School einluden. »Mir ist es gleich, wenn ich *nie* eine Verabredung habe.« Und sie hatte alle mit aufgerissenen, trotzigen Augen über ihren dampfenden Teller voll Fleisch und Gemüse hinweg angesehen.

Clive hatte das ruhige und irgendwie unheimliche Gesicht seiner Schwester durch den Dampf spähen sehen, und dabei war ihm etwas eingefallen, das sich zwei Monate zuvor zugetragen hatte, als noch Schnee auf dem Boden lag. Er war barfuß den oberen Flur entlanggegangen, und so hatte sie ihn nicht gehört, und er hatte ins Bad gesehen, weil die Tür offen stand – er hatte nicht die geringste Ahnung gehabt, daß sich Kotzbrocken Patty darin aufhielt. Als er sie sah, blieb er wie angewurzelt stehen. Hätte sie den Kopf auch nur ein klein wenig nach links gedreht, hätte sie ihn entdeckt.

Aber sie drehte sich nicht nach links. Sie war zu sehr in Selbstbetrachtung vertieft. Sie stand so nackt wie eines der Zuckerpüppchen in Foxy Brannigans abgegriffenen *Model Delights* da, und das Badetuch lag zusammengeknüllt um ihre Füße. Aber sie war kein Zuckerpüppchen – Clive wußte es, und so, wie sie aussah, wußte sie es auch. Tränen rannen an ihren pickligen Wangen hinab. Es waren große Tränen, und es waren eine ganze Menge, aber sie gab keinen Laut von sich. Schließlich gewann Clives Überlebensinstinkt so weit die Oberhand, daß er sich auf Zehenspitzen davonschlich, und er erwähnte den Vorfall nie, am allerwenigsten gegenüber Patty selbst. Er wußte nicht, ob sie wütend geworden wäre, weil ihr kleiner Bruder ihren nackten Hintern gesehen hatte, aber er konnte sich ausmalen, wie sie darauf reagieren würde, daß er sie plärren gesehen hatte (auch wenn es sich um dieses unheimliche, lautlose Plärren handelte); dafür hätte sie ihn mit Sicherheit ermordet.

»Ich finde, Jungen sind dumm, und die meisten riechen wie ranziger Hüttenkäse«, hatte sie an jenem Frühlingsabend gesagt und sich eine Gabel Roastbeef in den Mund geschoben. Wenn mich ein Junge um eine Verabredung bitten würde, ich würde ihm ins Gesicht lachen.«

»Du wirst deine Meinung noch ändern, Punkin«, sagte Dad, der Roastbeef kaute und nicht von dem Buch aufsah, das neben seinem Teller lag. Mom hatte es aufgegeben, ihm das Lesen bei Tisch abzugewöhnen.

»Auf *keinen Fall*«, sagte Patty, und Clive wußte, daß es ihr ernst damit war. Das begriff Clive im Gegensatz zu seinen Eltern. Er war nicht sicher, ob es ihr Ernst war – *wirklich* ihr Ernst –, daß sie ihn ermorden würde, wenn er sie wegen der Peter-Kniffe verpetzte, aber er würde das Risiko nicht eingehen. Selbst wenn sie ihn nicht wirklich umbrachte, würde sie eine unauffällige Methode finden, ihm weh zu tun, da war er ganz sicher. Außerdem waren die Peter-Kniffe manchmal gar keine Kniffe; sie waren mehr so, wie Patty manchmal ihren kleinen Pudelmischling Brandy streichelte; er wußte, sie tat es, weil er böse war, aber er hütete ein Geheimnis, das er mit Sicherheit nicht preisgeben würde: diese anderen Peter-Kniffe, die streichelnden, fühlten sich irgendwie gut an.

Als Großvater den Mund aufmachte, dachte Clive, er würde sagen: *Es wird Zeit, wieder ins Haus zu gehen, Clivey*; aber stattdessen eröffnete er dem Jungen: »Ich werde dir etwas erzählen, wenn du es hören willst. Dauert nicht lange. Willst du es hören, Clivey?«

»Ja, Sir.«

»Wirklich und wahrhaftig?« sagte Großvater mit nachdenklicher Stimme.

»Ja, Sir.«

»Manchmal denke ich, ich sollte dich deinen Leuten entführen und für immer hierbehalten. Manchmal denke ich, wenn ich dich ständig um mich hätte, würde ich ewig leben, schwaches Herz hin oder her.«

Er nahm die Kool aus dem Mund, ließ sie auf den Boden fallen und trat sie unter einem Arbeitsstiefel tot, indem er den Absatz hin und her drehte und die Kippe anschließend, um ganz sicher zu gehen, unter der Erde begrub, die er mit dem Absatz aufgewühlt hatte. Als er wieder zu Clive sah, leuchteten seine Augen.

»Ich habe schon vor langer Zeit aufgehört, jemandem einen Rat zu geben«, sagte er. »Vor dreißig Jahren oder mehr, glaube ich. Ich habe aufgehört, als mir klar wurde, daß nur Narren einen geben und nur Narren einen annehmen. Aber *Instruktionen* ... Instruktionen sind etwas anderes. Ein kluger Mann gibt von Zeit zu Zeit welche, und ein kluger Mann oder Junge nimmt manchmal welche entgegen.«

Clive sagte nichts, er sah seinen Großvater nur wie gebannt an.

»Es gibt drei Arten von Zeit«, sagte Großvater, »und die sind alle real, aber nur eine davon ist *wirklich* real. Du solltest darauf achten, daß du alle kennst und sie immer unterscheiden kannst. Hast du das verstanden?«

»Nein, Sir.«

Großvater nickte. »Wenn du ›Ja, Sir‹ gesagt hättest, dann hätte ich dir den Hosenboden strammgezogen und dich zur Farm zurückgebracht.«

Clive sah auf die zertretenen Überreste von Großvater Zigarette hinunter; sein Gesicht war heiß vor Röte, und er war stolz.

»Wenn man noch ein Frischling ist, so wie du, vergeht die Zeit langsam. Nehmen wir ein Beispiel. Wenn der Mai gekommen ist, denkst du, die Schule geht nie zu Ende, weil es nie Mitte Juni wird. Ist es nicht genau so?«

Clive mußte an die Last der verschlafenen, nach Kreide riechenden letzten Schultage denken und nickte.

»Und *wenn* es endlich Mitte Juli ist und der Lehrer dir das Zeugnis gibt und dich gehen läßt, dann scheint es, als würde die Schule nie wieder *anfangen*. Stimmt das nicht auch?«

Clive dachte an den Highway der Tage und nickte so heftig, daß sein Nacken knackte. »Mann, das ist richtig! Ich meine, *Sir*!« Diese Tage. Diese vielen Tage, die sich über die Ebenen des Juni und Juli bis zum unvorstellbaren Horizont des August erstreckten. So viele Tage, so viele Sonnenaufgänge, so viele Abendessen mit Salamisandwiches und Senf und gehackten rohen Zwiebeln und Riesengläsern voll Milch, während seine Mutter mit ihrem unendlich tiefen Glas Wein im Wohnzimmer saß und sich im Fernsehen die Seifenopern ansah; so viele bodenlose Nachmittage, an denen sich einem der Schweiß in der kurzen Hecke des Bürstenschnitts sammelte und einem die Wangen hinunterrann. Nachmittage, an denen einem immer wieder auffiel, daß der Umriß des eigenen Schattens plötzlich zu einem richtigen Jungen geworden war; so viele endlose Dämmerungen, wenn einem der Schweiß auf Wangen und Unterarmen zu einem Geruch wie Aftershave austrocknete, während man Fangen oder Verstecken oder Suchen spielte; Geräusche von Fahrradketten, deren Glieder sauber über geölte Zahnräder surrten, Gerüche von Geißblatt und abkühlendem Asphalt und grünen Blättern und gemähtem Gras; Geräusche wie das Klatschen von Baseballkarten, die auf dem Gehweg ausgelegt wurden, ernste und feierliche Tauschgeschäfte, bei denen Gesichter beider Ligen den Besitzer wechselten; Kriegsrat, der in der schrägen Neigung eines Juliabends abgehalten wurde, bis der Ruf *»Cliiiiive! Abendessen!«* dem ein Ende machte; und dieser Ruf kam stets so erwartet und doch so unvermittelt wie dieser mittägliche Schatten, der gegen drei Uhr zur schwarzen Gestalt eines Jungen wurde, der neben ihm herlief – und gegen fünf war der Junge, der an seinen Fersen klebte, wahrhaftig zu einem Mann geworden, wenn auch zu einem außergewöhnlich mageren; samtfarbene Abende, an denen der Fernseher lief, das gelegentliche Rascheln von Seiten, wenn sein Vater ein Buch nach dem anderen las (er wurde ihrer nie überdrüssig; Worte, Worte, Worte, aber Dad wurde ihrer nie überdrüssig – Clive hatte ihn einmal fragen wollen, wie das sein konnte, aber er hatte nicht den Mut dazu aufgebracht); seine Mutter, die ab und zu aufstand und in die Küche ging, wobei ihr nur der besorgte, wütende Blick seiner Schwester und sein eigener, neugieriger, folgten; das leise Klicken, wenn Mom ein Glas nachfüllte, das seit elf Uhr morgens nicht mehr leer gewesen war (und dabei sah der Vater nie von seinem Buch auf, obwohl Clive vermutete, daß er alles hörte und alles wußte, auch wenn Patty ihn einen dummen Lügner genannt und ihm einen Peter-Kniff verpaßt hatte, der den ganzen Tag wehtat, als er es einmal gewagt hatte, ihr diese Vermutung mitzuteilen); das Geräusch von Moskitos, die gegen das Fliegengitter surrten, was sich, so schien es, immer viel lauter anhörte, wenn die Sonne untergegangen war; das Dekret der Schlafenszeit, so unfair und unvermeidlich, sämtliche Widerworte vergebens, noch ehe sie ausgesprochen waren; der brüske Gutenachtkuß seines Vaters, der sanftere seiner Mutter, beide zuckrig und sauer vom Geruch nach Wein; die Stimme seiner Schwester, die zu Mom sagte, sie solle zu Bett gehen, nachdem Dad in die Kneipe an der Ecke gegangen war, um ein paar Bier zu trinken und die Ringkämpfe im Fernseher über der Bar anzusehen; die Stimme seiner Mutter, die Patty sagte, sie solle sich um ihren eigenen Kram kümmern, ein Konversationsmuster, das beunruhigend war, was den Inhalt anbetraf, aber irgendwie tröstlich in seiner Vorhersehbarkeit; Glühwürmchen, die in der Dämmerung leuchteten; eine Autohupe in der Ferne, wenn er gerade in den langen, dunklen Tunnel des Schlafs hinabglitt; der nächste Tag, der derselbe wie der vorherige zu sein schien, es aber nicht war, nicht ganz. Sommer. Das war der Sommer. Und er schien nicht nur lang zu sein; er *war* lang.

Großvater betrachtete ihn eingehend und schien das alles in den braunen Augen zu lesen, schien die Worte für alles zu wissen, was der Junge selbst nie hätte aussprechen können, Worte, die nie aus ihm herauskonnten, weil sein Mund nicht imstande war, die Sprache seines Herzens zu artikulieren. Und Großvater nickte, als wollte er genau das bestätigen, und plötzlich hatte der Junge schreckliche Angst, Großvater könnte alles verderben, indem er etwas Tröstendes und Besänftigendes und Sinnloses sagte. Klar, würde er sagen. Das weiß ich alles, Clivey – weißt du, ich bin auch einmal ein Junge gewesen.

Aber das tat er nicht, und Clivey wußte, daß es dumm gewesen war, diese Möglichkeit auch nur einen Augenblick zu fürchten. Schlimmer, ohne Vertrauen. Denn schließlich hatte er es mit *Großvater* zu tun, und Großvater sagte *nie* sinnlose Scheiße wie die anderen Erwachsenen so oft. Statt dessen sprach er leise und beruhigend weiter, er sprach mit der trockenen Endgültigkeit eines Richters, der eine strenge Strafe für ein Kapitalverbrechen verkündet.

»Das ändert sich alles«, sagte er.

Clive sah zu ihm auf und mißbilligte die Vorstellung ein wenig, aber ihm gefiel die wilde Art, auf die der Wind dem alten Mann das Haar um den Kopf wehte. Er dachte, Großvater sah aus, wie der Pfarrer in der Kirche aussehen würde, wüßte er tatsächlich die Wahrheit über Gott, statt nur Vermutungen anzustellen. »Die *Zeit*? Bist du sicher?«

»Ja. Wenn du in ein bestimmtes Alter kommst – so um die vierzehn, glaube ich, wenn die beiden Hälften der Menschheit den Fehler machen, einander zu entdecken –, dann fängt die Zeit an, *wirkliche* Zeit zu sein. Die *echte* wirkliche Zeit. Sie ist nie so lang, wie sie war, oder so kurz, wie sie sein wird. So ist es nämlich, weißt du. Aber für den größten Teil deines Lebens ist sie die *echte* wirkliche Zeit. Weißt du, was das ist, Clivey?«

»Nein, Sir.«

»Dann hör dir folgende Instruktion an: Die *echte* Zeit ist dein hübsches Pony. Sprich mir nach: ›Mein hübsches Pony.‹«

Clive kam sich ein wenig dumm vor und fragte sich, ob Großvater ihn verarschen wollte (»dich an der Nase rumführen«, wie Onkel Don immer sagte), sagte aber, was er sagen sollte. Er wartete darauf, daß der alte Mann lachen und sagen würde: »Mann, dieses Mal habe ich dich aber echt an der Nase herumgeführt, Clivey!« Aber Großvater nickte nur so sachlich, daß es überhaupt nicht mehr albern war.

»Mein hübsches Pony. Das sind drei Worte, die du nie mehr vergessen wirst, wenn du so klug bist, wie ich glaube. Mein hübsches Pony. Das ist die Wahrheit der Zeit.«

Großvater holte das zerdrückte Päckchen Zigaretten aus der Tasche, überlegte kurz und steckte es wieder weg.

»Von dem Moment an, wo du vierzehn bist, bis du, sagen wir einmal, sechzig wirst, ist der größte Teil der Zeit Mein-hübsches-Pony-Zeit. Manchmal vergeht sie so langsam wie damals, als du ein Junge warst, aber das sind dann keine guten Zeiten mehr. Dann würdest du deine Seele für ein bißchen Mein-hübsches-Pony-Zeit verkaufen, ganz zu schweigen von kurzer Zeit. Wenn du Großmutter erzählen würdest, was ich dir gerade gesagt habe, würde sie mich einen Gotteslästerer nennen und mir eine Woche lang keine Wärmflasche bringen. Vielleicht sogar zwei.«

Und dennoch verzogen sich Großvaters Lippen zu einer verbitterten, reuelosen Kurve.

»Wenn ich es diesem Reverend Chadband erzählen würde, auf den die Frau so große Stücke hält, dann würde *er* die alte Leier ablassen, daß wir durch ein dunkles Glas sehen, oder den abgedroschenen Spruch, daß Gott seine Wunder auf geheimnisvolle Weise wirken läßt. Aber ich will dir was sagen, Clivey. Ich finde, Gott muß ein gemeiner Dreckskerl sein, wenn er die einzigen langen Zeiten, die ein Erwachsener hat, zu Zeiten macht, in denen man schlimme Schmerzen erleidet, zum Beispiel mit gebrochenen Rippen oder Bauchgrimmen. Dieser Gott, der macht, daß Kinder, die Nadeln in Käfer bohren, wie dieser Heilige aussehen, der so gut gewesen ist, daß die Vögel sich auf ihm niedergelassen haben. Ich muß immer daran denken, wie lang die Wochen waren, nachdem dieser Heuwender Hackfleisch aus mir gemacht hatte, und ich frage mich, warum Gott überhaupt erst Lebewesen erschaffen wollte. Wenn Er etwas gebraucht hat, um draufzupissen, warum hat er dann nicht einfach ein paar Sumachbüsche gemacht und es dabei bewenden lassen? Oder was ist mit dem armen alten John Brinkmayer, der letztes Jahr an Knochenkrebs gestorben ist?«

Letzteres hörte Clivey kaum, obwohl ihm später, während der Heimfahrt in die Stadt, wieder einfiel, daß John Brinkmayer, dem das Lebensmittelgeschäft gehörte, wie seine Mutter und sein Vater immer sagten, das Großvater und Großmutter aber immer noch als den »Kramladen« bezeichneten, der einzige Mann war, der Großvater einmal die Woche besuchen kam. Auf der langen Fahrt zurück in die Stadt fiel Clive ein, daß Johnny Brinkmayer, den er vage als einen Mann mit einer ungeheuer großen Warze auf der Stirn und der Angewohnheit, beim Laufen mit der Hand den Schritt hochzuziehen, in Erinnerung hatte, Großvaters einziger echter Freund gewesen sein mußte. Die Tatsache, daß Großmutter nur die Nase rümpfte, wenn Brinkmayers Name erwähnt wurde – und sich häufig darüber beschwerte, wie der Mann gerochen hätte –, verstärkte diesen Eindruck noch.

Derartige Überlegungen wären im Augenblick freilich unmöglich gewesen, weil Clive atemlos darauf wartete, daß Gott einen Blitz herniederfahren und Großvater niederstrecken lassen würde. Gewiß würde Er das für so eine Blasphemie tun. Niemand kam ungeschoren davon, wenn er *Gott den allmächtigen Vater* einen gemeinen alten Dreckskerl nannte oder andeutete, daß der Schöpfer des Weltalls nicht besser war als ein gemeiner Drittkläßler, den es aufgeilte, Nadeln in Käfer zu bohren.

Clive entfernte sich nervös einen Schritt von der Gestalt in der Latzhose, die nicht mehr sein Großvater, sondern statt dessen ein Blitzableiter geworden war. Jeden Moment würde ein Blitz aus heiterem Himmel niederfahren, Großvater so tot wie Hundescheiße machen und die Apfelbäume in Fackeln verwandeln, die für alle Zeiten von der ewigen Verdammnis des alten Mannes kündeten. Die Apfelblüten, die durch die Luft wehten, würden so etwas sein wie die Ascheflocken, die aus dem Ofen im Hof emporstoben, wenn sein Vater sonntagnachmittags die ausgelesenen Zeitungen der Woche verbrannte.

Nichts passierte.

Clive wartete, während seine schreckliche Gewißheit ins Wanken geriet, und als in der Nähe fröhlich ein Rotkehlchen zwitscherte (als hätte Großvater nichts Schrecklicheres gesagt als »Leck mich«), da wußte er, daß kein Blitz kommen würde. Und im Augenblick dieser Erkenntnis fand eine kleine, aber entscheidende Veränderung in Clive Bannings Leben statt. Die ungestrafte Blasphemie seines Großvaters machte ihn nicht zu einem Kriminellen oder bösen Jungen oder auch nur etwas so Harmlosem wie einem »Problemkind« (ein Ausdruck, der erst jüngst in Mode gekommen war). Aber der Nordpol seiner Überzeugungen verrutschte um eine Winzigkeit in Clives Denken, und die Art, wie er seinem Großvater zuhörte, veränderte sich auf der Stelle. Bisher hatte er dem alten Mann *zugehört*. Jetzt *schenkte er ihm Aufmerksamkeit*.

»Es scheint, als würden Zeiten, wenn man Schmerzen hat, ewig dauern«, sagte Großvater. »Glaub mir, Clivey – eine Woche mit Schmerzen, und die besten Sommerferien, die du als Kind gehabt hast, wirken dagegen wie ein Wochenende. Verdammt, wie ein Samstagvormittag! Wenn ich an die sieben Monate denke, die Johnny da lag mit diesem – diesem *Ding* in sich, diesem Ding, das seine *Eingeweide* fraß . . . Herrgott, ich sollte nicht so mit einem Kind reden. Deine Großmutter hat recht. Ich habe ein richtiges Spatzenhirn.«

Großvater sah einen Moment düster auf seine Schuhe hinab. Schließlich blickte er auf und schüttelte den Kopf, aber nicht finster, sondern mit einer brüsken, fast heiteren Unbekümmertheit.

»Ist auch alles gar nicht wichtig. Ich hab gesagt, ich würde dir Instruktionen geben, und statt dessen stehe ich hier und heule wie ein Jammerhund. Weißt du, was ein Jammerhund ist, Clivey?«

Der Junge schüttelte den Kopf.

»Vergiß es; das heben wir uns für einen anderen Tag auf.« Selbstverständlich hatte es nie einen anderen Tag gegeben, denn als er Großvater das nächste Mal sah, lag er in einem Sarg, und Clive vermutete, daß das ein wichtiger Teil der Instruktionen war, die Großvater ihm an diesem Tag gegeben hatte. Die Tatsache, daß der alte Mann nicht gewußt hatte, daß er sie gab, machte sie nicht weniger wichtig. »Alte Männer sind wie Züge auf einer Drehscheibe, Clivey – verdammt zu viele Gleise. Und darum drehen sie sich fünfmal um das verdammte Depot, bevor sie endlich reinfahren.«

»Das macht nichts, Großvater.«

»Ich will damit sagen, jedesmal, wenn ich auf einen Punkt zusteuere, lande ich woanders.«

»Ich weiß, aber dieses Woanders ist ziemlich interessant.«

Großvater lächelte. »Wenn du ein Heuchler bist, Clivey, dann aber ein verdammt guter.«

Clive lächelte zurück, und da schien sich die Düsternis von Großvaters Erinnerung an Johnny Brinkmayer aufzuhellen. Als er weitersprach, klang seine Stimme nüchterner.

»Wie auch immer! Vergiß das ganze Geplapper. Daß man lange Zeit durchlebt, wenn man Schmerzen hat, ist nur eine kleine Zugabe des Herrn. Weißt du, wie man Rabattmarken sammeln und gegen sowas wie ein Messingbarometer eintauschen kann, das man auf die Veranda hängt, oder gegen einen neuen Satz Steakmesser, Clivey?«

Clive nickte.

»Nun, so ist es mit der Zeit der Schmerzen – nur ist es mehr ein *Spott*preis als ein richtiger, könnte man wohl sagen. Das wichtigste ist, wenn man alt wird, dann wird die echte Zeit – Mein-hübsches-Pony-Zeit – zu *kurzer* Zeit. Als wäre man ein Kind, nur umgekehrt.«

»Rückwärts.«

»Genau.«

Die Vorstellung, daß die Zeit *schneller* verging, wenn man alt war, überstieg das Denkvermögen des Jungen, aber er war klug genug, das Konzept einzusehen. Er wußte, wenn eine Wippe an einem Ende hochging, mußte sie am anderen runter. Großvater, überlegte er sich, mußte vom selben Prinzip sprechen: Gewicht und Gegengewicht. *Na gut, das ist ein Standpunkt*, hätte Clives Vater wahrscheinlich dazu gesagt.

Großvater holte wieder die Packung Kools aus dem Känguruhbeutel der Latzhose, und dieses Mal zog er vorsichtig eine Zigarette heraus – nicht nur die letzte im Päckchen, sondern auch die letzte, die der Junge ihn jemals rauchen sah. Der alte Mann knüllte die Packung zusammen und verstaute sie wieder dort, wo er sie hergeholt hatte. Diese letzte Zigarette zündete er genau wie die andere an, mit derselben beiläufigen Mühelosigkeit. Er ignorierte den Wind auf dem Hügel nicht nur; er schien ihn irgendwie *auszuschalten*.

»Wann passiert das, Großvater?«

»Das kann ich dir nicht genau sagen, und es passiert auch nicht auf einmal«, sagte Großvater und befeuchtete das Streichholz wie seinen Vorgänger. »Schleicht sich irgendwie an, wie eine Katze an ein Eichhörnchen. Irgendwann einmal bemerkst du es. Und *wenn* du es bemerkst, ist es ebenso unfair wie die Art, auf die der junge Osgood gezählt hat.«

»Na gut, und *was* passiert? Wie bemerkt man es?«

Großvater klopfte Asche von der Zigarette, ohne sie aus dem Mund zu nehmen. Er machte es mit dem Daumen, indem er an die Zigarette tippte wie ein Mann, der leise auf einen Tisch klopft. Der Junge vergaß dieses leise Geräusch nie.

»Ich glaube, was man als erstes bemerkt, ist für jeden anders«, sagte der alte Mann, »aber für mich fing es an, als ich über vierzig war. Ich kann mich nicht mehr erinnern, wie alt ich genau gewesen bin, aber ich kann mich auf jeden Fall erinnern, *wo* ich war ... in Davis' Drugstore. Kennst du das?«

Clive nickte. Sein Vater nahm ihn und seine Schwester fast immer auf ein Eis dorthin mit, wenn sie Großvater und Großmutter besuchten. Sein Vater nannte sie das Fürst-Pückler-Trio, weil ihre Bestellung immer die gleiche war: der Vater nahm stets Vanille, Patty Schokolade und Clive Erdbeer. Und ihr Vater saß zwischen ihnen und las, während sie die kalte Süßigkeit langsam verzehrten. Patty hatte ganz recht, wenn sie sagte, daß man mit allem davonkam, wenn ihr Vater las, was er fast immer tat, aber wenn er sein Buch beiseitelegte und aufsah, mußte man seine besten Manieren zur Schau stellen, weil man andernfalls eins auf die Rübe bekam.

»Nun, ich war dort«, fuhr Großvater mit in die Ferne gerichtetem Blick fort und beobachtete dabei eine Wolke in Form eines hornblasenden Soldaten, die rasch über den Frühlingshimmel trieb, »um Medizin für die Arthritis deiner Großmutter zu besorgen. Es hatte eine Woche geregnet, und sie hatte ständig Schmerzen. Und auf einmal sah ich eine neue Auslage. Wäre auch kaum zu übersehen gewesen, weil sie nämlich einen halben Gang beanspruchte, so war es. Da gab es Masken und Faltdekorationen mit schwarzen Katzen und Hexen auf Besenstielen und all sowas, und da waren diese Papierkürbisse, die sie früher verkauft haben. Man bekam sie in einer Tüte, die mit einem Gummiband versehen war. Die Kinder sollten die Kürbisse aus dem Karton ausschneiden und ihren Müttern dann zu einem ruhigen Nachmittag verhelfen, indem sie sie anmalten und vielleicht die Spiele auf der Rückseite spielten. Wenn man fertig war, konnte man sie als Zierde an die Tür hangen, und wenn die Eltern des Kindes so arm waren, daß sie ihm keine Maske im Laden kaufen konnten, oder zu ungeschickt, um ein Kostüm aus dem zu machen, was sie im Haus hatten, dann konnte man das Gummiband an dem Ding befestigen, und das Kind konnte es tragen. Am Halloweenabend konnte man eine Menge Kinder mit Tüten in der Hand und diesen Kürbismasken von Davis' Drugstore vor den Gesichtern durch die Stadt laufen sehen, Clivey! Und selbstverständlich hatte er auch Süßigkeiten anzubieten. Er hatte immer sein Süßigkeitenglas auf der Theke neben der Eismaschine stehen, du weißt, welche ich meine ...«

Clive lächelte. Er wußte es.

»... aber das war etwas anderes. Das waren Süßigkeiten in Massen. Ein ganzer Lastwagen voll Fruchtgummi und Zuckermais und Wurzelbierfäßchen und Lakritzstangen.

Und ich dachte, daß der alte Davis – damals gab es wirklich einen Mann namens Davis, dem der Laden gehörte, sein Vater hatte ihn um 1910 eröffnet – nicht mehr alle Tassen im Schrank hatte. Herrgott, dachte ich bei mir, Frank Davis hat seine Halloweensüßigkeiten aufgestellt, dabei ist der Sommer noch nicht einmal vorbei. Mir ging durch den Kopf, ob ich zum Rezepttresen, wo er stand, gehen und es ihm sagen sollte, aber da sagte ein Teil von mir: He, Moment mal, George – *du* bist es ja selber, der nicht mehr alle Tassen im Schrank hat. Und damit lag ich gar nicht so falsch, Clivey, weil es *nicht mehr* Sommer war, und das wußte ich so sicher, wie ich weiß, daß wir jetzt hier stehen. Siehst du, ich möchte, daß du das begreifst – *daß ich es besser gewußt habe.*

War ich nicht schon auf der Suche nach Apfelpflückern aus der Stadt, und hatte ich nicht bereits fünfhundert Handzettel bestellt, die über die Grenze nach Kanada sollten? Und hatte ich nicht schon diesen Tim Warburton ins Auge gefaßt, der von Schenectady gekommen war und Arbeit suchte? Er hatte eine ehrliche Art an sich, und ich dachte mir, er würde einen guten Vorarbeiter abgeben, wenn die Zeit zu pflücken gekommen war. Hatte ich ihn nicht schon morgen fragen wollen, und *wußte* er nicht, daß ich ihn fragen wollte, weil er überall verbreitet hatte, er würde sich um die-und-die Uhrzeit da-und-dort die Haare schneiden lassen? Ich dachte mir: Verflixt nochmal, George, bist du nicht 'n bißchen jung, um schon senil zu werden? Ja, der alte Frank hatte seine Halloweensüßigkeiten ein bißchen früh rausgestellt, aber *Sommer*? Der war vorbei, mein guter Junge.

Ich wußte das genau, aber einen Augenblick, Clivey – vielleicht waren es auch eine ganze Reihe Augenblicke –, *schien* es Sommer zu sein, oder als *müßte* es Sommer sein, weil es eben einfach Sommer *war.* Kapiert, was ich meine? Es dauerte nicht lange, bis ich wieder im Kopf hatte, daß wir September schrieben, aber bis dahin war mir . . . du weißt schon, war mir . . .« Er runzelte die Stirn, dann sprach er widerwillig ein Wort aus, das er kannte, aber niemals in einem Gespräch mit einem anderen Farmer gebraucht haben würde, damit man ihm nicht den Vorwurf machen konnte (und sei es nur im Geiste des Gesprächspartners), er wäre überheblich. »Ich fühlte mich *betroffen.* Anders kann ich es nicht ausdrücken. Betroffen. So war es bei mir das erste Mal.«

Er betrachtete den Jungen, der ihn nur ansah und nicht einmal nickte, so sehr konzentrierte er sich. Großvater nickte für sie beide und klopfte noch einmal Asche mit dem Daumen von seiner Zigarette. Der Junge glaubte, Großvater wäre so sehr mit Nachdenken beschäftigt, daß der Wind sie praktisch ganz allein rauchte.

»Es ist, als träte man vor den Badezimmerspiegel, um sich zu rasieren, und entdeckte dabei die ersten grauen Haare auf dem Kopf. Verstehst du das, Clivey?«

»Ja.«

»Okay. Und nach dem ersten Mal ging es mit *allen* Ferien so. Man dachte, sie stellten die Sachen zu früh raus, und manchmal sagte man es sogar zu einem, aber man sagte es immer vorsichtig, damit es sich so anhörte, als wären die Ladenbesitzer habgierig. Als stimmte mit *ihnen* was nicht, und nicht mit einem *selbst.* Hast du *das* verstanden?«

»Ja.«

»Weil«, sagte Großvater, »ein habgieriger Ladenbesitzer etwas ist, das man begreifen kann – manche Männer bewundern es sogar, aber zu denen habe ich nie gehört. ›Bei So-und-so herrschen rauhe Sitten‹, pflegten sie zueinander zu sagen, als wären rauhe Sitten – zum Beispiel, wenn Metzger Radwick immer den Daumen auf die Waage drückte, wenn keiner hinsah –, als wäre das eine wirklich anständige Art, sich zu gebärden. Ich habe nie so gedacht, aber ich konnte es verstehen. Aber etwas zu sagen, wobei man denken mußte, man wäre ein bißchen versponnen im Kopf, das steht auf einem ganz anderen Blatt. Darum sagte man etwas wie ›Mein Gott, sie haben Christbaumschmuck und Lametta ausgepackt, bevor das Heu für nächstes Jahr in der Scheune ist‹, und jeder, zu dem man das sagte, erwiderte, das wäre nichts anderes als die lautere Wahrheit. Aber es war *nicht* die lautere Wahrheit, und wenn ich mir die Mühe mache und es mal nachprüfe, Clivey, dann muß ich zugeben, daß sie die Sachen jedes Jahr um dieselbe Zeit rausstellten.

Und dann passierte mir noch etwas anderes. Es kann fünf Jahre später gewesen sein, meinethalben auch sieben. Ich muß um die fünfzig gewesen sein, kurz davor oder kurz danach. Wie dem auch sei, ich wurde zum Geschworenen berufen. Lästige Sache, aber ich ging hin. Der Gerichtsdiener vereidigte mich und fragte, ob ich meine Pflicht tun würde, so wahr mir Gott helfe, und ich sagte, das würde ich – als hätte ich nicht mein ganzes Leben lang so oder so meine Pflicht getan, so wahr mir Gott helfe. Dann holte er den Schreiber heraus und fragte mich nach meiner Adresse, und ich sagte sie ihm, wie es sich gehört. Dann fragte er mich, wie alt ich wäre, und ich machte den Mund auf und wollte siebenunddreißig sagen.«

Großvater warf den Kopf zurück und lachte zu der Wolke hinauf, die wie ein Soldat aussah. Die Wolke, deren Horn inzwischen so lang wie eine Posaune geworden war, hatte inzwischen den halben Weg von einem Horizont zum anderen zurückgelegt.

»Warum wolltest du das sagen, Großvater?« Clive glaubte, daß er bis hierhin alles ziemlich gut verstanden hatte, aber jetzt kam er ins Schwimmen.

»Ich wollte es sagen, weil es mir als erstes eingefallen war! Verflucht! Wie auch immer, ich wußte, daß ich mich irrte, darum verstummte ich einen Moment. Ich glaube nicht, daß es dem Gerichtsdiener oder sonst jemandem im Gerichtssaal aufgefallen ist – es schien, als wären die meisten schon eingeschlafen –, aber selbst wenn sie so hellwach gewesen wären wie der Bursche, der gerade den Besenstiel der Witwe Brown in den Allerwertesten gerammt bekommen hat, hätte sich wahrscheinlich niemand daran gestört. War nicht anders, als wenn ein Mann vor einem entscheidenden Schlag den Schläger zweimal zur Probe schwingt. Aber Scheiße! Wenn man einen Mann fragt, wie *alt* er ist, dann ist das nicht wie ein Schlag mit dem Ball. Ich kam mir wie ein Mogler vor. In diesem Augenblick schien mir, als *wüßte* ich nicht, wie alt ich war, wenn ich nicht siebenunddreißig war. Eine Sekunde schien es, als könnte ich sieben oder siebzehn oder siebenundsiebzig sein. Dann kam ich wieder drauf und sagte achtundvierzig oder einundfünfzig oder was weiß ich. Aber wenn man nicht mehr weiß, wie alt man ist, und sei es nur für einen Moment ... *puh*!«

Großvater ließ die Zigarette fallen, trat mit dem Absatz darauf und begann das Ritual, sie zuerst zu ermorden und dann zu begraben.

»Aber das ist nur der *Anfang*, Clivey, mein Junge«, fuhr er fort, und obwohl er mit jenem irischen Akzent sprach, in den er manchmal verfiel, dachte der Junge: Ich wünschte, ich *wäre* dein Sohn. Deiner statt seiner. »Nach einer Weile schaltet die Zeit vom ersten in den zweiten, und ehe man sich's versieht, ist sie in einem höheren Gang und braust dahin, wie die Leute heutzutage auf den Autobahnen, so schnell, daß ihre Autos im Herbst das Laub von den Bäumen reißen.«

»Wie meinst du das?«

»Wie sich die Jahreszeiten ändern, das ist das schlimmste«, sagte der alte Mann verträumt, als hätte er den Jungen gar nicht gehört. »Verschiedene Jahreszeiten *sind* keine verschiedenen Jahreszeiten mehr. Man denkt, daß Mutter kaum die Stiefel und Handschuhe und Schals vom Boden geholt hat, da ist auch schon Schlammzeit, und man sollte meinen, daß ein Mann *froh* sein müßte, wenn die Schlammzeit vorbei ist – Scheiße, *ich* war immer froh darüber –, aber man ist nicht so froh, daß sie vorbei ist, wenn es scheint, als wäre der Schlamm verschwunden, noch ehe man richtig den Traktor aus dem ersten Schlammloch gezogen hat, in dem er stecken geblieben ist. Und dann denkt man, daß man gerade zum erstenmal den Strohhut für das erste Konzert des Jahres aufgesetzt hat, und da fangen die Pappeln schon an, ihr Unterkleid anzuziehen.«

Großvater sah ihn an und zog ironisch eine Augenbraue hoch, als rechnete er damit, daß der Junge um eine Erklärung bitten würde, aber Clive lächelte nur entzückt – er wußte, was ein Unterkleid war, weil seine

Mutter manchmal bis vier Uhr nachmittags nichts anderes trug, jedenfalls solange sein Vater unterwegs war und Küchengeräte und Geschirr und Versicherungen verkaufte. Wenn sein Vater unterwegs war, machte seine Mutter richtig Ernst mit dem Trinken, und das war manchmal so ernst, daß sie sich erst anziehen konnte, wenn die Sonne schon unterging. Dann ging sie manchmal aus und besuchte eine kranke Freundin und ließ ihn in Pattys Obhut zurück. Einmal sagte er zu Patty: »Moms Freundinnen werden häufiger krank, wenn Dad unterwegs ist, ist dir das auch schon aufgefallen?« Und Patty lachte, bis ihr die Tränen die Wangen herunterliefen, und sagte *ja*, das wäre ihr schon aufgefallen, auf jeden Fall.

Was Großvater gerade erzählt hatte, erinnerte ihn daran, wie sich die Pappeln irgendwie veränderten, sobald die Ferien allmählich wieder der Schule entgegengingen. Wenn der Wind wehte, ließen sie die Unterseiten ihrer Blätter erkennen, die genau die Farbe von Moms hübschestem Unterkleid hatten, eine silberne Farbe, die überraschenderweise ebenso traurig wie liebreizend war: eine Farbe, die das Ende von etwas bedeutete, von dem man geglaubt hatte, es würde ewig währen.

»Dann«, fuhr Großvater fort, »verliert man in Gedanken den Überblick. Nicht sehr – man wird Gott sei Dank nicht senil wie der arme, alte Hayden unten an der Straße –, aber es ist trotzdem eine beschissene Angelegenheit, wie man den Überblick verliert. Es ist nicht so, daß man etwas vergäße; das wäre eines. Nein, man erinnert sich schon, bringt aber alles durcheinander. Ich war doch völlig sicher, ich hätte mir den Arm gebrochen, *nachdem* unser Billy 1958 bei diesem Autounfall ums Leben gekommen war. *Das* war auch so eine beschissene Sache. Davon könnte ich diesem Reverend Chadband einmal erzählen. Billy fuhr hinter einem Kieslaster her, nicht schneller als zwanzig Meilen die Stunde, als ein Kieselstein, nicht größer als das Zifferblatt der Uhr, die ich dir geschenkt habe, von diesem Laster runterfiel, auf die Straße prallte, abhüpfte und die Windschutzscheibe von unserem Ford zertrümmerte. Billy bekam Glas in die Augen, und der Arzt sagte, er wäre auf einem, möglicherweise auf beiden blind gewesen, wenn er überlebt hätte. Aber das hat er nicht – er fuhr von der Straße runter gegen einen Leitungsmast. Der stürzte auf den Wagen, und Bill wurde geröstet wie ein tollwütiger Killer auf dem elektrischen Stuhl von Sing-Sing. Dabei war das Schlimmste, was er je getan hat, sich manchmal krankzustellen, wenn es darum ging, Bohnen zu ernten, als wir den Garten noch hatten.

Aber ich wollte sagen, wie sicher ich war, daß ich mir den gottverdammten Arm *danach* gebrochen hätte – ich hätte jeden Eid geschworen, daß ich mich erinnern konnte, wie ich mit dem Arm in der Schlinge zur Beerdigung gegangen war! Sarah mußte mir zuerst die Familienbibel und dann die Unterlagen von der Versicherung zeigen, bis ich glaubte, daß sie recht hatte; es war ganze zwei Monate vorher gewesen, und als wir Billy begruben, war der Gips schon runter. Sie nannte mich einen alten Narren, und ich dachte, ich müßte ihr eine kleben, so wütend war ich, aber ich war wütend, weil ich mich *schämte*, und zumindest hatte ich genug Verstand, das einzusehen und sie in Ruhe zu lassen. Sie war nur wütend, weil sie nicht gerne an Bill erinnert wird. Er war ihr Augapfel, das war er.«

»Mann!« sagte Clive.

»Es ist nicht so, daß man einfach blöde wird; es ist eher wie in New York, wo diese Typen mit drei Nußschalen auf der Straße stehen, und unter einer ist eine Erbse und sie wetten, daß man nicht sagen kann, unter welcher die Erbse ist, aber man selbst ist sicher, daß man es kann, und dann vertauschen sie die Nußschalen so gottverdammt schnell, daß sie einen jedesmal überlisten. Man verliert den Überblick. Und anscheinend kann man nichts dagegen machen.«

Er seufzte und sah sich um, als wollte er sich ins Gedächtnis rufen, wo sie sich genau befanden. Einen Augenblick wirkte sein Gesicht so durch und durch hilflos, daß der Junge ebenso erschrocken wie ängstlich war. Er wollte nicht so empfinden, konnte aber nicht anders. Es war, als hätte Großvater einen Verband abgenommen und dem Jungen eine Schwäre gezeigt, die ein Symptom für etwas Schreckliches ist. Etwas wie Lepra.

»Es ist, als hätte der Frühling erst letzte Woche angefangen«, sagte Großvater, »aber die Blüten werden morgen verschwunden sein, wenn der Wind weiter so bläst, und hol's der Teufel, es sieht ganz so aus, als würde er das. Man kann nicht in Zusammenhängen denken, wenn alles so schnell geht. Man kann nicht sagen: He, Moment mal, etwas langsamer, bis ich wieder alles auf der Reihe habe! Es gibt niemanden, *zu dem* man das sagen könnte. Als wäre man in einem Fahrzeug ohne Fahrer, wenn du verstehst, was ich meine. Also, was machst du nun daraus, Clivey?«

»Nun«, sagte der Junge, »mit einem hast du recht, Großvater – es hört sich an, als hätte ein Mogler die ganze Sache erfunden.«

Er hatte nicht gewollt, daß es sich komisch anhörte, aber Großvater lachte, bis sein Gesicht wieder diesen beängstigenden Purpurton angenommen hatte, und diesmal mußte er sich nicht nur bücken und die Hände auf die Knie stützen, sondern er mußte dem Jungen obendrein eine Hand um die Schultern legen, damit er nicht stürzte. Sie wären sicher beide gefallen, wenn Großvaters Husten und Keuchen nicht genau in dem Augenblick aufgehört hätte, in dem der Junge überzeugt war, das Blut müßte aus Großvaters Gesicht herausplatzen, so purpurn geschwollen war es vor Heiterkeit.

»Was bist du ein Witzbold!« sagte Großvater, als er sich endlich wieder aufrichtete. »Was bist du für *einer*!«

»Großvater? Alles in Ordnung? Vielleicht sollten wir . . .«

»Scheiße, nein, mir geht es prächtig. Ich habe in den letzten beiden Jahren zwei Herzanfälle gehabt, und wenn ich noch einmal zwei Jahre lebe, dann wird das keinen mehr überraschen als mich selbst. Aber das ist nichts Neues für die menschliche Rasse, Junge. Eigentlich wollte ich von Anfang an nur sagen, ob alt oder jung, ob schnelle oder langsame Zeit, du kannst auf dem rechten Weg bleiben, wenn du immer an dieses Pony denkst. Denn wenn du zählst und zwischen den Zahlen ›mein hübsches Pony‹ sagst, dann kann die Zeit nichts anderes sein als Zeit. Wenn du das machst, glaub mir, dann hast du das Miststück gezähmt. Du kannst nicht *immer* zählen – das sieht Gottes Plan nicht vor. Soweit zumindest stimme ich mit diesem kleinen Pisser Chadband mit seinem fettigen Gesicht überein. Aber du darfst nie vergessen, daß *du* nicht die Zeit hast; die *Zeit* hat *dich*. Sie verläuft außerhalb von dir jede Sekunde eines jeden Tages mit derselben Geschwindigkeit. Der Zeit selbst bist du scheißegal, aber das macht nichts, wenn du ein hübsches Pony hast. Wenn du ein hübsches Pony hast, Clivey, dann hast du das Miststück fest an seinem Ding-Ding und kannst alle Alden Osgoods dieser Welt vergessen.«

Er bückte sich zu Clive Banning.

»Hast du das verstanden?«

»Nein, Sir.«

»Das wußte ich. Wirst du es im Gedächtnis behalten?«

»Ja, Sir.«

Großvater Bannings Augen studierten ihn so lange, daß der Junge nervös und zappelig wurde. Schließlich nickte er. »Ja, ich glaube, das wirst du. Hol's der Teufel, wenn es nicht so ist.«

Der Junge sagte nichts. Um die Wahrheit zu sagen, fiel ihm auch nichts ein, das er sagen konnte.

»Jetzt hast du Instruktionen bekommen«, sagte Großvater.

»Ich habe keine Instruktionen bekommen, wenn ich nichts *verstanden* habe!« schrie Clive so frustriert und erbost, daß er selbst überrascht war. »Und das habe ich *nicht*!«

»Scheiß auf das *Verstehen*«, sagte der alte Mann ruhig. Er legte dem Jungen wieder einen Arm um die Schultern und zog ihn an sich – zum letzten Mal, bevor Großmutter ihn einen Monat später mausetot im Bett finden sollte. Sie wachte einfach auf, und da lag Großvater, und Großvaters Pony hatte Großvaters Zäune niedergetrampelt und war über alle Berge der Welt verschwunden.

Tückisches Herz, tückisches Herz. Hübsch, aber mit einem tückischen Herzen.

»Verstehen und Instruktionen, das sind zwei paar Schuhe«, sagte Großvater an jenem Tag unter den Apfelbäumen.

»Und was *sind* Instruktionen dann?«

»Erinnerung«, sagte der alte Mann ernst. »Wirst du das Pony im Gedächtnis behalten?«

»Ja, Sir.«

»Was hat es für einen Namen?«

Der Junge überlegte.

»Zeit – glaube ich.«

»Gut. Und was für eine Farbe hat es?«

Dieses Mal dachte der Junge länger nach. Sein Verstand erblühte wie eine Iris in der Dunkelheit. »Ich weiß es nicht«, sagte er schließlich.

»Ich auch nicht«, sagte der alte Mann und erlöste ihn. »Ich glaube nicht, daß es eine hat, und ich glaube auch nicht, daß das wichtig ist. Wichtig ist, wirst du es erkennen?«

»Ja, Sir«, antwortete der Junge wie aus der Pistole geschossen.

Ein glänzendes, fiebriges Auge zog Herz und Verstand des Jungen wie eine Klammer zusammen.

»Wie?«

»Es wird hübsch sein«, sagte Clive Banning mit unerschütterlicher Gewißheit.

Großvater lächelte. »Na also!« sagte er. »Clive hat eine kleine Instruktion erhalten, und das macht ihn klüger und ein bißchen gesegneter – oder andersrum. Möchtest du ein Stück Pfirsichkuchen?«

»Ja, Sir!«

»Was hast du dann hier oben zu suchen? Gehen wir.«

Sie gingen.

Und Clive Banning vergaß nie den Namen, nämlich Zeit, und die Farbe, nämlich keine, und den Anblick, der weder schön noch häßlich war – sondern nur hübsch. Noch vergaß er je seine Natur, nämlich tückisch, oder was Großvater auf dem Weg nach unten sagte, wo der Wind seine Worte fast davonriß: Ein Pony zum Reiten zu haben war besser, als keines zu haben, wie sehr das Wetter seines Herzens auch trügen mochte.

Entschuldigung, richtig verbunden

ANMERKUNG DES AUTORS: Abkürzungen in Drehbüchern sind einfach und existieren nach Meinung des Autors nur, damit sich Drehbuchschreiber wie Logenbrüder fühlen können. Wie auch immer, Sie sollten wissen: CU heißt *Close Up* (Nahaufnahme); ECU heißt *Extreme Close Up* (totale Nahaufnahme); INT heißt *Interior* (Innen), EXT heißt *Exterior* (Außen); B G heißt *Background* (Hintergrund); POV heißt *Point of View* (Einstellung). Wahrscheinlich haben die meisten von Ihnen das sowieso schon gewußt, richtig?

ERSTER AKT

EINBLENDEN AUF:
KATIE WEIDERMANS MUND, ECU
Sie spricht in einen Telefonhörer. Hübscher Mund; in wenigen Sekunden werden wir sehen, daß Rest von ihr ebenso hübsch ist.

KATIE
Bill? Oh, er sagt, er fühlt sich nicht besonders wohl, aber so ist er immer zwischen zwei Büchern ... kann nicht schlafen, hält jeden Kopfschmerz für das erste Symptom eines Gehirntumors ... wenn er erstmal was Neues angefangen hat, geht es ihm wieder gut.

TON, BG: DER FERNSEHER.
DIE KAMERA FÄHRT ZURÜCK. KATIE sitzt in der Telefonnische in der Küche und hält ein Schwätzchen mit ihrer Schwester, während sie verschiedene Kataloge durchblättert. Wir sollten etwas Außergewöhnliches an ihrem Telefon bemerken: es handelt sich um eines mit zwei Leitungen. Leuchtknöpfe zeigen an, welche gerade in Betrieb ist. Im Augenblick nur eine – die von KATIE. Während Katie ihre Unterhaltung fortsetzt, schwenkt die Kamera weg von ihr und durch die Küche, dann durch den Torbogen, der ins Wohnzimmer führt.

KATIE (Stimme wird leiser)
Oh, ich habe heute Janie Charleton getroffen . . . ja!
So unförmig wie ein *Haus* . . .!

Wird ausgeblendet. Der Fernseher wird lauter. Drei Kinder kommen ins Bild: JEFF, acht, CONNIE, zehn, und DENNIS, dreizehn. Es läuft *Glücksrad*, aber sie sehen nicht zu. Stattdessen streiten sie sich darum, was später eingeschaltet werden soll.

JEFF
Kommt schon! Es war sein *erstes* Buch!

CONNIE
Sein erster *Reißer*.

DENNIS
Wir sehen uns *Cheers* und *Wings* an, wie jede Woche, Jeff.

DENNIS spricht mit der Endgültigkeit, die nur ein großer Bruder aufbringen kann. »Wollen wir uns nochmal darüber unterhalten und feststellen, wieviel Schmerzen ich deinem mickrigen Körper zufügen kann?« sagt sein Gesichtsausdruck.

JEFF
Können wir es wenigstens aufnehmen?

CONNIE
Wir nehmen CNN für Mom auf. Sie hat gesagt, daß sie ziemlich lange mit Tante Lois telefonieren wird.

JEFF
Wie kann man denn CNN aufnehmen, um Gottes willen?
Das hört doch *nie* auf!

DENNIS
Das gefällt ihr ja gerade daran.

CONNIE
Und sag nicht um Gottes willen, Jeffie – du bist noch nicht alt genug, um Gottes Namen in den Mund zu nehmen, außer in der Kirche.

JEFF
Nenn mich nicht Jeffie.

CONNIE
Jeffie, Jeffie, Jeffie.

JEFF steht auf, geht zum Fenster und sieht in die Dunkelheit hinaus. Er ist stocksauer. DENNIS und CONNIE nehmen es in bester Tradition älterer Geschwister mit Vergnügen zur Kenntnis.

DENNIS
Armer Jeffie.

CONNIE
Ich glaube, er wird Selbstmord begehen.

JEFF (dreht sich zu ihnen um)
Es war sein *erstes* Buch! Ist euch denn *alles* egal?

CONNIE
Du kannst es ja morgen in der Videothek ausleihen, wenn du es unbedingt sehen möchtest.

JEFF
Die verleihen keine nichtjugendfreien Videos an Kinder, das wißt ihr ganz genau!

CONNIE (verträumt)
Sei still, da ist Vanna! Ich *liebe* Vanna!

JEFF
Dennis . . .

DENNIS
Geh Dad fragen, ob du es mit dem Recorder in seinem Arbeitszimmer aufnehmen darfst – und hör auf, so eine unerträgliche Nervensäge zu sein.

JEFF durchquert das Zimmer und streckt im Vorübergehen Vanna White die Zunge heraus. Die KAMERA FOLGT ihm in die Küche.

KATIE
. . . und als er mich fragte, ob *Pollys* Streptest positiv verlaufen ist, mußte ich ihn daran erinnern, daß sie nicht hier, sondern in der Schule ist . . . und, Herrgott, Lois, sie fehlt mir so . . .

JEFF geht auf dem Weg zur Treppe gerade vorbei.

KATIE
Würdet ihr Kinder *bitte* ruhig sein?

JEFF (verdrossen)
Sie werden ruhig sein. *Jetzt schon.*

Er geht ein wenig gekränkt die Treppe hinauf. KATIE sieht ihm einen Moment liebevoll und besorgt nach.

KATIE

Sie zanken sich schon wieder. Polly hat sie normalerweise im Griff gehabt, aber jetzt, wo sie in der Schule ist ... ich weiß nicht ... vielleicht war es doch keine so tolle Idee, sie nach Bolton zu schicken. Manchmal, wenn sie zu Hause anruft, klingt sie so *unglücklich.*

INT. BELA LUGOSI ALS DRACULA, CU

Dracula steht vor dem Tor seines Schlosses in Transsilvanien. Jemand hat ihm eine Sprechblase an den Mund geklebt, in der steht: »Hört doch! Meine Kinder der Nacht. Welch liebliche Musik sie machen!« Das Poster hängt an einer Tür, aber das sehen wir erst, als JEFF sie öffnet und das Arbeitszimmer seines Vaters betritt.

INT. EINE FOTOGRAFIE VON KATIE, CU

DIE KAMERA VERWEILT DARAUF, DANN SCHWENKT SIE LANGSAM NACH RECHTS. Wir sehen ein zweites Foto, es zeigt Polly, die in der Internatsschule ist. Ein hübsches, etwa sechzehnjähriges Mädchen. Neben POLLY steht DENNIS ... dann CONNIE ... dann JEFF.

DIE KAMERA KREIST WEITER UND FÄHRT GLEICHZEITIG ZURÜCK, so daß wir BILL WEIDERMAN sehen können, einen etwa vierundvierzigjährigen Mann. Er sieht müde aus. Er betrachtet den Textcomputer auf seinem Schreibtisch, aber seine geistige Kristallkugel scheint den Abend frei zu haben; der Bildschirm ist leer. An den Wänden sehen wir gerahmte Schutzumschläge von Büchern. Alle sind unheimlich. Ein Titel lautet *Der Geisterkuß.*

JEFF schleicht sich hinter seinen Vater. Der Teppich dämpft seine Schritte. Bill seufzt und schaltet den Textcomputer aus. Einen Augenblick später legt JEFF seinem Vater die Hände auf die Schultern.

JEFF

Buh!

BILL

Hi, Jeffie.

Er dreht sich mit dem Stuhl um und sieht seinen Sohn an, der enttäuscht ist.

JEFF

Wieso bist du nicht erschrocken?

BILL

Es ist mein Beruf, andere zu erschrecken. Ich bin abgebrüht. Stimmt was nicht?

JEFF
Daddy, kann ich mir die erste Stunde vom *Geisterkuß* ansehen, und du nimmst den Rest auf? Dennis und Connie blockieren *alles.*

BILL dreht sich wieder um und betrachtet nachdenklich den Schutzumschlag.

BILL
Bist du sicher, daß du dir *das* ansehen willst? Es ist ziemlich ...

JEFF
Ja!

INT. KATIE IN DER TELEFONNISCHE

In dieser Einstellung sehen wir deutlich die Treppe, die hinter ihr zum Arbeitszimmer ihres Mannes führt.

KATIE
Ich glaube *wirklich*, daß Jeff die kieferorthopädische Behandlung braucht, aber du kennst ja Bill ...

Die andere Leitung läutet. Das andere Licht blinkt.

KATIE
Das ist nur die andere Leitung, Bill wird ...

Aber jetzt sehen wir BILL und JEFF, die hinter ihr die Treppe herunterkommen.

BILL
Liebling, wo sind die unbespielten Videokassetten?
Ich kann im Arbeitszimmer keine finden und ...

KATIE (zu BILL)
Augenblick!

(zu LOIS)
Bleib bitte einen Moment dran, Lo.

Sie fügt sich. Jetzt blinken beide Leitungen. Sie drückt auf das obere Licht, wo der neue Anruf gerade hereingekommen ist.

KATIE
Hallo, hier Weiderman.

TON: VERZWEIFELTES SCHLUCHZEN

SCHLUCHZENDE STIMME (Filter)
Nimm ... bitte nimm ... n-n ...

KATIE
Polly? Bist du das? Was ist denn?

TON: SCHLUCHZEN. Es ist schrecklich, zum Steinerweichen.

SCHLUCHZENDE STIMME (Filter)
Bitte ... schnell ...

TON: SCHLUCHZEN ... Dann: KLICK! Die Verbindung ist unterbrochen.

KATIE
Polly, beruhige dich! Was immer es ist, es kann nicht so schlimm ...

SUMMEN DER FREIEN LEITUNG

JEFF ist ins Fernsehzimmer geschlendert und hofft, dort eine unbespielte Kassette zu finden.

BILL
Wer war das?

Ohne ihren Mann anzusehen oder ihm zu antworten, drückt KATIE wieder auf den unteren Knopf.

KATIE
Lois? Hör zu, ich ruf zurück. Das war Polly, und sie schien völlig fassungslos zu sein. Nein ... sie hat aufgelegt. Ja. Mach ich. Danke.

Sie legt auf.

BILL (besorgt)
War das Polly?

KATIE
Sie weint zum Steinerweichen. Und es hörte sich an, als wollte sie sagen »Bitte, hol mich nach Hause« ... Ich wußte, daß diese verdammte Schule nichts für sie ist ... Wie konnte ich mich nur dazu überreden lassen ...

Sie kramt hektisch auf dem kleinen Telefontisch herum. Kataloge rutschen rings um ihren Stuhl herum auf den Boden.

KATIE
Connie, hast du mein Adreßbuch weggenommen?

CONNIE (Stimme)
Nein, Mom.

BILL zieht ein zerfleddertes Buch aus der Gesäßtasche und blättert es durch.

BILL
Ich habe es. Aber ...

KATIE
Ich weiß, das verdammte Telefon im Schlafsaal ist immer besetzt. Gib her.

BILL
Liebling, beruhige dich.

KATIE
Ich beruhige mich, wenn ich mit ihr gesprochen habe. Sie ist sechzehn, Bill. Sechzehnjährige Mädchen sind anfällig für depressive Phasen. Manchmal geht es sogar so weit, daß sie ... ach, gib mir einfach die verdammte Nummer!

BILL
617 555 8641.

Während sie die Nummer wählt, GEHT DIE KAMERA AUF CU.

KATIE
Komm schon, komm schon ... nicht das Besetztzeichen ... nur dieses eine Mal ...

TON: KLICKEN. Eine Pause. Dann fängt das Telefon an zu läuten.

KATIE (mit geschlossenen Augen)
Gott sei Dank.

STIMME (Filter)
Hartshorn Hall, hier spricht Frieda. Wenn du Christine die Sex-Königin sprechen willst, Arnie, die steht noch unter der Dusche.

KATIE
Könntest du bitte Polly ans Telefon holen? Polly Weiderman? Hier spricht Kate Weiderman. Ihre Mutter.

STIMME (Filter)
Ach, du lieber Gott! Entschuldigung! Ich dachte – warten Sie bitte einen Moment, Mrs. Weiderman.

TON: DER HÖRER WIRD WEGGELEGT.

STIMME (Filter und sehr leise)
Polly? Pol? Telefon! ... Es ist deine Mutter!

INT. DIE TELEFONNISCHE AUS GRÖSSERER ENTFERNUNG, MIT BILL.

BILL
Und?

KATIE
Jemand holt sie. Hoffe ich.

JEFF kommt mit einer Kassette zurück.

JEFF
Ich hab eine gefunden. Dennis hatte sie versteckt. Wie üblich.

BILL
Gleich, Jeff. Geh fernsehen.

JEFF
Aber ...

BILL
Ich vergesse es schon nicht. Und jetzt *geh*.

JEFF geht.

KATIE
Komm schon, komm schon, komm schon ...

BILL
Beruhige dich, Katie.

KATIE (schnappt)
Wenn du sie gehört hättest, würdest du mir nicht sagen, daß ich mich beruhigen soll. Sie hat sich angehört wie ...

POLLY (Filter, fröhliche Stimme)
Hi, Mom!

KATIE
Pol? Liebes? Alles in Ordnung?

POLLY (vor Glück überschäumende Stimme)
Ob *alles in Ordnung* ist? Ich habe meine Bioprüfung mit Eins bestanden, eine Zwei für meinen Französischaufsatz bekommen, und Ronnie Hansen hat mich zum Thanksgiving-Ball eingeladen. Es ist so sehr alles in Ordnung, daß ich, wenn mir heute noch etwas Gutes zustößt, wahrscheinlich explodiere wie die *Hindenburg*.

KATIE
Du hast mich nicht gerade eben angerufen und zum Steinerweichen geweint?

Man sieht dem Gesicht von KATE an, daß sie die Antwort auf diese Frage schon kennt.

POLLY (Filter)
Herrje, nein!

KATIE
Das mit deiner Prüfung und deiner Verabredung freut mich, Liebes. Dann muß es wohl jemand anderes gewesen sein. Ich ruf zurück, okay?

POLLY (Filter)
Okay. Sag Dad einen Gruß!

KATIE
Mach ich.

INT. DIE TELEFONNISCHE, WEITERE PERSPEKTIVE.

BILL
Alles in Ordnung mit ihr?

KATIE
Bestens. Ich hätte *schwören* können, daß es Polly war, aber ... sie geht auf Wolken.

BILL
Dann war es ein schlechter Scherz. Oder jemand hat vor lauter Weinen die falsche Nummer gewählt ... »durch einen Schleier funkelnder Tränen«, wie wir Schundschreiberveteranen das ausdrücken würden.

KATIE
Es war kein Scherz, und es war keine falsche Nummer!
Es war jemand *von meiner Familie*!

BILL
Liebling, das kannst du nicht wissen.

KATIE
Nicht? Wenn Jellie anrufen und nur weinen würde, wüßtest du dann nicht, daß er es ist?

BILL (einlenkend)
Doch, möglicherweise. Wahrscheinlich schon.

KATIE hört nicht zu. Sie wählt hastig eine Nummer.

BILL
Wen rufst du an?

Sie antwortet nicht. TON: TELEFON LÄUTET ZWEIMAL. Dann:

ÄLTERE WEIBLICHE STIMME (Filter)
Hallo?

KATIE
Mom? Bist du ... (Pause) Hast du vor ein paar Sekunden hier angerufen?

STIMME (Filter)
Nein, Liebes ... warum?

KATIE
Oh ... du kennst ja diese Telefone. Ich habe mit Lois gesprochen und den anderen Anruf verloren.

STIMME (Filter)
Nun, ich war es nicht. Kate, ich habe heute in La Boutique ein bildhübsches Kleid gesehen und ...

KATIE
Wir reden später darüber, Mom, okay?

STIMME (Filter)
Kate, geht es dir gut?

KATIE
Ich muß ... Mom, ich glaube, ich habe Durchfall. Ich muß gehen. Tschau.

Sie legt auf. BILL nimmt sich zusammen, bis sie aufgelegt hat, dann bricht er in wieherndes Gelächter aus.

BILL
Oh Mann ... *Durchfall* ... das muß ich mir merken, wenn mein Agent das nächste Mal anruft ... Oh Katie, das war so *cool* ...

KATIE (schreit fast)
Das ist nicht komisch!

BILL hört auf zu lachen.

INT. DAS FERNSEHZIMMER

JEFF und DENNIS haben sich gezankt. Sie hören auf. Alle drei Kinder sehen zur Küche.

INT. DIE TELEFONNISCHE MIT BILL UND KATIE

KATIE
Ich sage dir, es war jemand aus meiner Familie, und es hat sich angehört wie . . . ach, das verstehst du nicht. Ich *kannte* diese Stimme.

BILL
Aber wenn es Polly gut geht und deine Mom . . .

KATIE (überzeugt)
Es war Dawn.

BILL
Komm schon, Liebling, vor einer Minute warst du noch überzeugt, daß es Polly war.

KATIE
Es *muß* Dawn sein. Mit Lois habe ich telefoniert, und Mom geht es gut, also *kann* es nur noch Dawn gewesen sein. Sie ist meine jüngste Schwester . . . ich hätte sie mit Polly verwechseln können . . . und sie ist mit dem Baby ganz allein da draußen in diesem Farmhaus!

BILL (erschrocken)
Was meinst du damit, allein?

KATIE
Jerry ist in Burlington! Es ist Dawn! *Dawn ist etwas passiert!*

CONNIE kommt besorgt in die Küche.

CONNIE
Mom, ist mit Tante Dawn alles in Ordnung?

BILL
Soweit wir wissen, geht es ihr gut. Reg dich nicht auf, Püppchen. Mach dir nicht unnötig Sorgen.

KATIE wählt eine Nummer und lauscht. TON: Das TUT-TUT- TUT des Besetztzeichens. KATE legt auf. BILL sieht sie mit hochgezogenen Brauen fragend an.

KATIE
Besetzt.

BILL
Katie, bist du sicher ...

KATIE
Sie ist als einzige noch übrig – sie muß es sein. Bill, ich habe Angst. Würdest du mich hinfahren?

BILL nimmt ihr den Hörer ab.

BILL
Wie war noch ihre Nummer?

KATIE
555-6169.

BILL wählt. Bekommt das Besetztzeichen. Legt auf und wählt Null.

VERMITTLUNG (Filter)
Vermittlung.

BILL
Ich versuche, meine Schwägerin zu erreichen. Die Leitung ist besetzt. Ich befürchte, es könnte etwas passiert sein. Könnten Sie sich bitte in das Gespräch einschalten?

INT. DIE TÜR ZUM FERNSEHZIMMER

Alle drei Kinder stehen stumm und besorgt da.

INT. DIE TELEFONNISCHE MIT BILL UND KATIE

VERMITTLUNG (Filter)
Wie ist Ihr Name, Sir?

BILL
William Weiderman. Meine Nummer ist ...

VERMITTLUNG (Filter)
Doch nicht der William Weiderman, der *Fluch der Spinne* geschrieben hat?

BILL
Doch, das bin ich. Wenn ich jetzt ...

VERMITTLUNG (Filter)
Oh mein Gott, ich habe das Buch *verschlungen*! Ich *liebe* alle Ihre Bücher! Ich ...

BILL
Das freut mich. Aber im Augenblick macht sich meine Frau große Sorgen um ihre Schwester. Wenn Sie vielleicht . . .

VERMITTLUNG (Filter)
Ja, das kann ich. Bitte geben Sie mir Ihre Nummer, Mr. Weiderman, für die Unterlagen. (Sie kichert)
Ich *verspreche*, daß ich sie nicht weitergebe.

BILL
Die ist 555-4408.

VERMITTLUNG (Filter)
Und die Nummer des Gesprächspartners?

BILL (sieht zu KATIE)
Äh . . .

KATIE
555-6169.

BILL
555-6169.

VERMITTLUNG (Filter)
Einen Augenblick bitte, Mr. Weiderman . . . *Die Nacht der Bestie* war übrigens auch riesig. Bleiben Sie dran.

TON: KLICKEN UND KLACKEN IN DER LEITUNG.

KATIE
Ist sie . . .

BILL
Ja. Nur . . .

Ein letztes Klicken.

VERMITTLUNG (Filter)
Tut mir leid, Mr. Weiderman, aber die Leitung ist nicht besetzt. Der Hörer ist ausgehängt. Ach, nur eine Frage – wenn ich Ihnen mein Exemplar von *Fluch der Spinne* zuschicken würde . . .

BILL legt den Hörer auf.

KATIE
Warum hast du aufgelegt?

BILL

Sie kann nicht unterbrechen. Das Telefon ist nicht besetzt. Der Hörer ist nicht eingehängt.

Sie sehen einander ratlos an.

EXT. EIN TIEFGELEGTER SPORTWAGEN FÄHRT AN DER KAMERA VORBEI. NACHT.

INT. DAS AUTO, MIT KATIE UND BILL.

KATIE hat Angst. BILL, der das Lenkrad hält, ist auch nicht die Ruhe selbst.

KATIE

Ach, Bill – sag mir, daß es ihr gut geht.

BILL

Es geht ihr gut.

KATIE

Und jetzt sag mir, was du wirklich denkst.

BILL

Jeff hat sich vorhin von hinten an mich rangeschlichen und die alte Buh-Nummer an mir ausprobiert. Er war zu Tode enttäuscht, weil ich nicht erschrocken bin. Ich sagte ihm, ich wäre abgebrüht. (Pause) Ich habe gelogen.

KATIE

Warum mußte Jerry da rausziehen, wenn er sowieso die halbe Zeit nicht da ist? Nur sie und das Baby. *Warum?*

BILL

Pssst, Kate. Wir sind fast da.

KATIE

Fahr schneller.

EXT. DAS AUTO

Er gehorcht. Der Auspuff qualmt.

INT. DAS FERNSEHZIMMER DER WEIDERMANS

Der Fernseher läuft noch, die Kinder sind noch da, aber das Herumalbern hat aufgehört.

CONNIE
Dennis, glaubst du, mit Tante Dawn ist alles okay?

DENNIS (glaubt, sie ist tot, von einem Irren geköpft)
Klar. Bestimmt.

INT. DAS TELEFON, POV VOM FERNSEHZIMMER

Hängt in der Telefonnische an der Wand, die Lichter sind dunkel, und sieht aus wie eine Schlange vor dem tödlichen Biß.

AUSBLENDEN

ZWEITER AKT

EXT. EIN ABGELEGENES FARMHAUS

Eine lange Zufahrt führt zu dem Haus. Im Wohnzimmer brennt ein Licht. Autoscheinwerfer bewegen sich die Einfahrt entlang. Das Auto der WEIDERMANS fährt vor der Garage vor und bleibt stehen.

INT. DAS AUTO, MIT BILL UND KATIE

KATIE
Ich habe Angst.

BILL greift unter den Sitz und holt eine Pistole hervor.

BILL (ernst)
Buh!

KATIE (völlig überrascht)
Wie lange hast du die schon?

BILL
Seit letztem Jahr. Ich wollte dir oder den Kindern keine Angst machen. Ich habe einen Waffenschein dafür. Komm mit.

EXT. BILL UND KATIE

BILL
Ihr Wagen ist hier.

DIE KAMERA FÄHRT mit ihnen zur Eingangstür. Jetzt können wir den FERNSEHER hören, LAUT AUFGEDREHT. BILL läutet. Wir hören es drinnen. Sie warten. KATIE läutet. Immer noch keine Reaktion. Sie läutet noch einmal, nimmt aber den Finger nicht von der Klingel. Bill schaut hinunter auf:

EXT. DAS TÜRSCHLOSS

Große Kratzer darauf.

EXT. BILL UND KATIE

BILL (leise)
An dem Schloß hat sich wer zu schaffen gemacht.

KATIE sieht hin und zuckt zusammen. BILL drückt gegen die Tür. Sie geht auf. Der Fernseher wird lauter.

BILL
Bleib hinter mir. Und verschwinde, wenn irgendwas passiert. Herrgott, wenn ich dich doch nur zu Hause gelassen hätte, Kate.

Er geht hinein. KATIE folgt ihm ängstlich, den Tränen nahe.

INT. DAWNS UND JERRYS WOHNZIMMER

Aus diesem Winkel sehen wir nur einen kleinen Ausschnitt des Zimmers. Der Fernseher ist viel lauter. BILL betritt das Zimmer mit gezückter Waffe. Er schaut nach rechts . . . und plötzlich fällt alle Spannung von ihm ab. Er läßt die Waffe sinken.

KATIE (tritt neben ihn)
Bill . . . was . . .

Er deutet mit dem Finger.

INT. DAS WOHNZIMMER

Es sieht aus, als wäre ein Wirbelsturm hindurchgefegt . . . aber nicht Einbruch und Mord sind die Ursache für das Durcheinander; nur ein gesundes, achtzehn Monate altes Baby. Nach einem anstrengendenTag, in dessen Verlauf es das Wohnzimmer auseinandergenommen hat, ist das Baby ebenso wie seine Mommy müde geworden; beide sind auf dem Sofa eingeschlafen. Das Baby liegt auf DAWNS Schoß. Sie trägt einen Walkman-Kopfhörer über den Ohren. Spielsachen – überwiegend Sesame Street und PlaySkool aus stabilem Plastik – liegen überall herum. Das Baby hat fast alle Bücher aus dem Regal gezogen. Wie es aussieht, hat es eines davon auch kräftig angenagt. BILL geht hin und hebt es auf. Es ist *Der Geisterkuß*.

BILL
Mir haben schon Leute gesagt, daß sie meine Bücher verschlingen; aber das ist lächerlich.

Er ist amüsiert. KATIE nicht. Sie geht zu ihrer Schwester, und es sieht aus, als wollte sie wütend werden ... aber sie sieht, wie erschöpft DAWN wirklich aussieht, und beruhigt sich.

INT. DAWN UND DAS BABY

Fest schlafend, wie ein Porträt Raphaels der Heiligen Jungfrau mit Kind. DIE KAMERA ZOOMT AUF den Walkman. Wir hören leise Klänge von Huey Lewis and the News. DIE KAMERA FÄHRT EIN STÜCK WEITER auf ein Telefon Marke Princess auf dem Tisch neben dem Sessel. Der Hörer ist ausgehängt. Nicht ganz; nur so weit, daß die Leitung besetzt ist und Leute zu Tode erschreckt.

INT. KATIE

Sie bückt sich und legt den Hörer richtig auf. Dann drückt sie den STOP-Knopf am Walkman.

INT. DAWN, BILL UND KATIE

DAWN wacht auf, als die Musik aufhört. Sieht BILL und KATIE verwirrt an.

DAWN (verschlafen)
Oh ... hi.

Sie stellt fest, daß sie den Kopfhörer noch aufhat; sie nimmt ihn ab.

BILL
Hi, Dawn.

DAWN (immer noch im Halbschlaf)
Ihr hättet anrufen sollen. Hier sieht's furchtbar aus.

Sie lächelt. Sie sieht strahlend aus, wenn sie lächelt.

KATIE
Wir haben es *versucht*. Die Vermittlung hat Bill gesagt, daß der Hörer ausgehängt ist. Ich habe gedacht, es wäre etwas passiert. Wie kannst du nur bei dieser lauten Musik schlafen?

DAWN
Die wirkt beruhigend. (Sieht das zerbissene Buch, das BILL in der Hand halt) Ach du liebe Zeit, Bill, es tut mir leid! Justin zahnt und ...

BILL
Es gibt Kritiker, die würden sagen, er hätte sich genau das richtige ausgesucht, um sich die Zähne dran auszubeißen. Ich will dir keine Angst machen, Hübsche, aber jemand hat sich mit einem Schraubenzieher oder sowas an eurer Eingangstür zu schaffen gemacht. Wer immer es war, er hat sie aufgebrochen.

DAWN
Herrje, nein! Das war Jerry, letzte Woche. Ich hatte uns aus Versehen ausgesperrt, er hatte seinen Schlüssel nicht dabei, und der Ersatzschlüssel lag nicht über der Tür, wo er eigentlich hingehört. Er war wütend, weil er ziemlich dringend Pipi machen mußte, und darum hat er das Schloß mit dem Schraubenzieher bearbeitet. Hat aber nicht funktioniert – es ist ein gutes Schloß. (Pause) Bis ich meinen Schlüssel gefunden hatte, hatte er sich schon in die Büsche geschlagen.

BILL
Wenn es nicht aufgebrochen wurde, wieso konnte ich dann einfach die Tür aufmachen und hereinspazieren?

DAWN (schuldbewußt)
Nun ... ich vergesse manchmal, abzuschließen.

KATIE
Du hast mich heute abend nicht angerufen?

DAWN
Himmel, nein! Ich habe *keinen Menschen* angerufen! Ich war viel zu sehr damit beschäftigt, hinter Justin herzujagen. Er wollte den Weichspüler austrinken! Dann wurde ich müde und dachte, ich setze mich ein bißchen hin und höre Musik, bis dein Film anfängt, Bill – und dabei bin ich eingeschlafen ...

Als der Film erwähnt wird, zuckt BILL sichtlich zusammen und betrachtet das Buch. Dann schaut er auf die Uhr.

BILL
Ich habe versprochen, ihn für Jeff aufzunehmen. Kommt mit, Katie, wir schaffen es noch rechtzeitig bis nach Hause.

KATIE
Augenblick noch.

Sie greift zum Telefon und wählt.

DAWN
Herrje, Bill, glaubst du wirklich, Jeff ist alt genug, sich sowas anzusehen?

BILL
Es ist Kabelfernsehen. Da schneiden sie die Blutblasen raus.

DAWN (verwirrt, aber liebenswürdig)
Oh. Das ist gut.

INT. KATIE, CU

DENNIS (Filter)
Hallo?

KATIE
Ich wollte euch nur sagen, daß es eurer Tante Dawn bestens geht.

DENNIS (Filter)
Oh! Toll. Danke, Mom.

INT. DIE TELEFONNISCHE MIT DENNIS UND DEN ANDEREN

Er sieht *sehr* erleichtert aus.

DENNIS
Mit Tante Dawn ist alles in Ordnung.

INT. DAS AUTO MIT BILL UND KATIE

Sie fahren eine Zeitlang schweigend.

KATIE
Du hältst mich für eine hysterische Irre, richtig?

BILL (aufrichtig überrascht)
Nein! Ich habe mir auch Sorgen gemacht.

KATIE
Bist du sicher, daß du nicht wütend bist?

BILL
Dazu bin ich zu erleichtert. (Lacht) Sie ist ein Wirrkopf, die gute Dawn, aber ich hab sie gern.

KATIE (beugt sich zu ihm und küßt ihn)
Und ich liebe dich. Du bist ein toller Kerl.

BILL
Ich bin der *Schwarze Mann*!

KATIE
Mir kannst du nichts vormachen, Herzblatt!

EXT. DAS AUTO FÄHRT AN DER KAMERA VORBEI. ÜBERBLENDUNG ZU:

INT. JEFF, IM BETT

Sein Zimmer ist dunkel. Die Bettdecke hat er bis zum Kinn hochgezogen.

JEFF

Versprichst du mir, daß du den Rest aufnimmst?

DIE KAMERA FÄHRT ZURÜCK. BILL sitzt auf dem Bett.

BILL

Ich verspreche es.

JEFF

Besonders gut hat mir die Stelle gefallen, wo der tote Typ dem Punkrocker den Kopf abgerissen hat.

BILL

Ach ... *früher* haben sie all diese Sachen geschnitten.

JEFF

Warum, Dad?

BILL

Nichts. Ich hab dich lieb, Jeffie.

JEFF

Ich hab dich auch lieb. Und Rambo.

JEFF hält einen Plüschdrachen von entschieden unmilitantem Aussehen hoch. BILL gibt dem Drachen einen Kuß, dann JEFF.

BILL

Nacht.

JEFF

Nacht. (Als BILL zur Tür geht) Ich bin froh, daß Tante Dawn okay war.

BILL

Ich auch.

Er geht hinaus.

INT. FERNSEHER, CU

Ein Mann, der aussieht, als wäre er zwei Wochen vor Drehbeginn bei einem Autounfall gestorben (und seitdem ununterbrochen der heißen Witterung ausgesetzt gewesen), taumelt aus einer Gruft. Die KAMERA FÄHRT ZURÜCK und zeigt BILL, der die Pausentaste des Videorecorders losläßt.

KATIE (Stimme)
Buh!

Bill sieht sich gelassen um. Die KAMERA FÄHRT WEITER ZURÜCK und zeigt KATE, die ein sexy Nachthemd trägt.

BILL
Selber buh! Ich habe die ersten vierzig Sekunden nach der Pause verpaßt. Und ich mußte Rambo einen Kuß geben.

KATIE
Bist du ganz sicher, daß du nicht wütend auf mich bist, Bill?

Er geht zu ihr und küßt sie.

BILL
Nicht einmal eingeschnappt.

KATIE
Ich hätte schwören können, daß es einer meiner Verwandten war. Weißt du, was ich meine? Einer meiner Angehörigen?

BILL
Ja.

KATIE
Ich kann das Schluchzen immer noch hören. So hilflos ... so herzzerreißend.

BILL
Kate, ist es dir jemals passiert, daß du auf der Straße jemanden erkannt und angerufen hast, und als sie sich umdrehte, war es eine völlig Fremde?

KATIE
Ja, einmal. In Seattle. Ich war in einem Einkaufszentrum und dachte, ich hätte meine alte Zimmergenossin gesehen. Ich ... oh, ich verstehe, worauf du hinauswillst.

BILL
Klar. Es gibt Leute, die sich ähnlich anhören, so wie es welche gibt, die sich ähnlich sehen.

KATIE
Aber ... *man kennt seine Angehörigen.* Jedenfalls habe ich das bis heute gedacht.

Sie legt die Wange an seine Schulter und sieht beunruhigt aus.

KATIE
Ich war so *sicher*, daß es Polly war ...

BILL
Weil du dir Sorgen gemacht hast, ob sie in ihrer neuen Schule nicht möglicherweise überfordert ist. Aber nach allem, was sie dir heute abend gesagt hat, würde ich meinen, sie kommt bestens zurecht. Findest du nicht auch?

KATIE
Doch – das kann man sagen.

BILL
Laß es dabei bewenden, Liebes.

KATIE (sieht ihn genauer an)
Es gefällt mir nicht, wenn du so müde aussiehst. Beeil dich, vielleicht hast du dann eine gute Idee.

BILL
Ich will's versuchen.

KATIE
Kommst du ins Bett?

BILL
Sobald ich das für Jeff aufgenommen habe.

KATIE (amüsiert)
Bill, diese Maschine wurde von japanischen Ingenieuren gebaut, die an rein alles denken. Sie läuft von ganz allein.

BILL
Schon, aber es ist lange her, seit ich den Film zum letztenmal gesehen habe, und ...

KATIE
Schon gut. Viel Spaß. Ich glaube, ich bin noch eine Weile wach. (Pause) Ich hab schon eine Idee.

BILL (lächelt)
Tatsächlich?

KATIE
Tatsächlich.

Sie geht hinaus und zeigt dabei eine Menge Bein, bleibt aber unter der Tür stehen, weil ihr noch etwas einfällt.

KATIE
Wenn sie den Teil zeigen, wo dem Punk der Kopf abge...

BILL (schuldbewußt)
Den schneid ich raus.

KATIE
Nacht. Und nochmal danke. Für alles.

Sie geht hinaus. BILL bleibt auf seinem Stuhl sitzen.

INT. FERNSEHER, CU

Ein Pärchen fummelt in einem Auto. Plötzlich wird die Beifahrertür von dem toten Mann aufgerissen. ÜBERBLENDEN ZU:

INT. KATIE, IM BETT

Es ist dunkel. Sie schläft. Sie wacht auf – gewissermaßen.

KATIE (verschlafen)
He, Großer ...

Sie tastet nach ihm, aber seine Seite des Bettes ist leer, die Decke noch hochgezogen. Sie setzt sich auf. Schaut auf:

INT. EINE UHR AUF DEM NACHTTISCH.

Die Uhr zeigt 2:03. Dann wechselt sie blinkend auf 2:04.

INT. KATIE

Jetzt hellwach. Und besorgt. Sie steht auf, zieht den Morgenmantel über und verläßt das Schlafzimmer.

INT. DER BILDSCHIRM DES FERNSEHERS, CU

Schnee.

KATIE (Stimme, näherkommend)
Bill? Liebling? Alles in Ordnung? Bill? ...

INT. KATIE IN BILLS ARBEITSZIMMER

Sie erstarrt und reißt entsetzt die Augen auf.

INT. BILL, AUF SEINEM STUHL.

Er ist auf eine Seite gesunken, hat die Augen geschlossen, eine Hand in seinem Hemd. DAWN hat geschlafen – BILL schläft nicht.

EXT. EIN SARG WIRD IN EIN GRAB HINABGELASSEN

PRIESTER (Stimme)

Und hiermit übergeben wir die sterblichen Überreste von William Weiderman der Erde und beten für seine Seele. »Lasset euch nicht unterwerfen, Brüder . . .«

EXT. AM GRAB

Alle Weidermans sind versammelt. KATIE und POLLY tragen identische schwarze Kleider und Schleier. CONNIE trägt einen schwarzen Rock mit weißer Bluse. DENNIS und JEFF haben schwarze Anzüge an. JEFF weint. Er hat Rambo, den Drachen, zum Trost unter einen Arm geklemmt.

DIE KAMERA FÄHRT AUF KATIE. Tränen rollen langsam ihre Wange hinab. Sie bückt sich und hebt eine Handvoll Erde auf. Wirft sie in das Grab.

KATIE

Ich liebe dich, Großer.

EXT. JEFF

Weint.

EXT. BLICK IN DAS OFFENE GRAB

Erde auf dem Sarg.

ÜBERBLENDEN ZU:

EXT. DAS GRAB

EIN TOTENGRÄBER klopft die letzte Erde fest.

TOTENGRÄBER

Meine Frau hat gesagt, sie wünschte sich, du hättest noch ein paar Bücher geschrieben, bevor du deinen Herzanfall hattest, Mister. (Pause) Ich lese lieber Western.

DER TOTENGRÄBER geht pfeifend davon.

ÜBERBLENDEN ZU:

EXT. EINE KIRCHE. TAG

UNTERTITEL: FÜNF JAHRE SPÄTER

DER HOCHZEITSMARSCH wird gespielt. POLLY, älter und strahlend vor Freude, erscheint inmitten eines prasselnden Schauers von Reis. Sie trägt ein Hochzeitskleid und geht an der Seite ihres frischgebackenen Ehemanns.

Gäste, die Reis werfen, stehen auf beiden Seiten des Wegs. Hinter Braut und Bräutigam kommen weitere Gäste. Darunter KATIE, DENNIS, CONNIE und JEFF ... alle fünf Jahre älter. KATIE ist in Begleitung eines anderen Mannes. Das ist HANK. Inzwischen hat auch KATIE wieder geheiratet.

POLLY dreht sich um und sieht ihre Mutter an.

POLLY
Danke, Mom.

KATIE (weinend)
Oh, Püppchen, nichts zu danken.

Sie umarmen einander. Nach einem Augenblick weicht POLLY zurück und sieht HANK an. Nach einem kurzen, nervösen Zögern umarmt POLLY auch HANK.

POLLY
Danke auch dir, Hank. Tut mir leid, daß ich so lange so abscheulich war ...

HANK (unbekümmert)
Du warst nicht abscheulich, Pol. Ein Mädchen hat nur einen Vater.

CONNIE (flüsternd)
Wirf ihn! Wirf ihn!

Nach einem Augenblick wirft POLLY den Brautstrauß.

EXT. DER BRAUTSTRAUSS, CU, ZEITLUPE

Dreht sich und wirbelt in der Luft.

ÜBERBLENDEN AUF:

INT. DAS ARBEITSZIMMER MIT KATE. NACHT

Die Bilder stehen noch auf dem Schreibtisch, aber der Textcomputer ist einer breiten Lampe über einem Stapel Blaupausen gewichen. Statt der Buchumschläge hängen Fotos von Gebäuden an den Wänden. Wahrscheinlich Gebäude, die HANK selbst entworfen hat.

KATE betrachtet den Schreibtisch nachdenklich und ein bißchen traurig.

HANK (Stimme)
Kommst du ins Bett, Kate?

Sie dreht sich um, DIE KAMERA FÄHRT ZURÜCK und zeigt uns HANK. Er trägt einen Morgenmantel über dem Pyjama. Sie geht zu ihm und umarmt ihn lächelnd. Möglicherweise bemerken wir ein paar graue Strähnen in ihrem Haar. Ihr hübsches Pony ist eine weite Strecke gelaufen, seit BILL gestorben ist.

KATIE
Gleich. Weißt du, eine Frau erlebt es nicht jeden Tag, daß ihre Älteste heiratet.

HANK
Ich weiß.

DIE KAMERA FOLGT, als sie vom Arbeitsbereich des Zimmers in den behaglicheren Bereich gehen. Er sieht fast genauso aus wie früher, Kaffeetischchen, Stereoanlage, Fernseher, Sofa und BILLS alter Schaukelstuhl. Den betrachtet sie.

HANK
Du vermißt ihn immer noch, was?

KATIE
Manchmal mehr, manchmal weniger. Du hast es nicht gewußt, und Polly hat nicht daran gedacht.

HANK (zärtlich)
Woran gedacht, Püppchen?

KATIE
Polly hat am fünften Jahrestag von Bills Tod geheiratet.

HANK (nimmt sie in den Arm)
Warum kommst du nicht mit ins Bett?

KATIE
Gleich.

HANK
Okay. Vielleicht bin ich noch wach.

KATIE
Hast eine gute Idee, was?

HANK
Schon möglich.

KATIE
Wie schön.

Er küßt sie, dann geht er und macht die Tür hinter sich zu. KATIE nimmt in Bills altem Sessel Platz. In der Nähe, auf dem Kaffeetischchen, liegt die Fernbedienung des Fernsehers und ein Nebenapparat des Telefons. KATIE sieht zu dem ausgeschalteten Fernseher, und die KAMERA ZOOMT auf ihr Gesicht. Eine Träne funkelt in ihrem Auge wie ein Saphir.

KATIE
Ich vermisse dich *wirklich* noch, Großer. Sogar sehr. Jeden Tag. Und weißt du was? Es tut weh.

Die Träne fällt herunter. Sie greift nach der Fernbedienung und drückt auf den Knopf EIN.

INT. FERNSEHER

Eine Werbung für Ginsu-Messer geht gerade zu Ende und weicht einem STERNENEMBLEM.

SPRECHER (Stimme)
Und jetzt wieder zum Star-Time-Film am Donnerstagabend ... *Der Geisterkuß*.

Das EMBLEM weicht einem Mann, der aussieht, als wäre er zwei Wochen vor Drehbeginn bei einem Autounfall gestorben und seitdem ununterbrochen der heißen Witterung ausgesetzt gewesen. Er taumelt aus derselben altbekannten Gruft.

INT. KATIE

Sie ist schrecklich erschrocken – fast entsetzt. Sie drückt auf den Knopf AUS auf der Fernbedienung. Der Bildschirm wird matt.

KATIEs Gesicht bebt. Sie wehrt sich gegen die bevorstehende Gefühlsaufwallung, aber der Zufall mit dem Film ist der Tropfen, der das Faß an diesem ohnedies anstrengenden Tag ihres Lebens zum Überlaufen bringt. Der Damm bricht, und sie fängt an zu schluchzen ... ein schrecklich herzzerreißendes Schluchzen. Sie greift nach dem kleinen Tischchen neben dem Sessel und will die Fernbedienung darauflegen, dabei stößt sie das Telefon herunter.

TON: DAS SUMMEN DER FREIEN LEITUNG.

Ihr tränenüberströmtes Gesicht wird plötzlich ruhig, als sie das Telefon betrachtet. Etwas dämmert darin ... ein Gedanke? Eine Intuition? Schwer zu sagen. Vielleicht spielt es auch gar keine Rolle.

INT. DAS TELEFON

DIE KAMERA ZOOMT ZU EINER ECU ... ZOOMT, bis die Pünktchen des ausgehängten Hörers wie Krater aussehen.

DAS SUMMEN DER FREIEN LEITUNG schwillt an.

WIR GEHEN IN DIE SCHWÄRZE – und hören

BILL (Stimme)
Wen rufst du an? Wen *möchtest* du anrufen? Wen *würdest* du anrufen, wenn es nicht zu spät wäre?

INT. KATIE

Sie hat jetzt einen seltsam hypnotisierten Gesichtsausdruck. Sie streckt die Hand aus, hebt das Telefon auf und tippt, scheinbar beiläufig, eine Nummer ein.

TON: DAS TELEFON LÄUTET.

KATIES Ausdruck bleibt unverändert, bis das Telefon abgenommen wird ... *und sie sich selbst* am anderen Ende der Leitung hört.

KATIE (Filter)
Hallo, hier bei Weiderman.

KATIE – unsere heutige KATIE mit den grauen Strähnen im Haar – schluchzt weiter, doch dann nimmt ihr Gesicht einen Ausdruck verzweifelter Hoffnung an. Irgendwie begreift sie, daß das Ausmaß ihres Kummers eine Art telefonischer Zeitreise ermöglicht hat. Sie versucht zu sprechen, preßt die Worte hinaus.

KATIE (schluchzend)
Nimm ... bitte nimm ... n-n. . .

INT. KATIE, IN DER TELEFONNISCHE, WIEDERHOLUNG

Vor fünf Jahren. BILL steht neben ihr und sieht besorgt drein. JEFF geht ins Nebenzimmer, um nach einer Leerkassette zu suchen.

KATIE
Polly? Bist du das? Was ist denn?

INT. KATIE IM ARBEITSZIMMER

KATIE (schluchzend)
Bitte ... schnell ...

TON: DAS KLICKEN EINER UNTERBROCHENEN VERBINDUNG.

KATIE (schreit)
Geh mit ihm ins Krankenhaus! Wenn du willst, daß er überlebt, dann geh mit ihm ins Krankenhaus! Er wird einen Herzanfall haben! Er . . .

TON: SUMMEN DER FREIEN LEITUNG

Langsam, ganz langsam legt Katie den Hörer auf. Dann, nach einem Augenblick, hebt sie ihn wieder ab. Sie spricht geistesabwesend laut. Merkt wahrscheinlich nicht einmal, daß sie es tut.

KATIE
Ich habe die alte Nummer gewählt. Ich habe die alte . . .

SCHARFER SCHNITT AUF:

INT. BILL IN DER TELEFONNISCHE, KATIE NEBEN IHM.

Er hat KATIE gerade den Hörer abgenommen und spricht mit der Vermittlung.

VERMITTLUNG (Filter, kichernd)
Ich *verspreche*, daß ich sie nicht weitergebe.

BILL
Sie lautet 555-

SCHARFER SCHNITT AUF:

INT. KATIE, IN BILLS ALTEM SESSEL, CU

KATIE (spricht zu Ende)

-4408.

INT. DAS TELEFON, CU

KATIES zitternder Finger wählt sorgfältig die Nummer, wir hören das zugehörige Klicken: 555-4408.

INT. KATIE, IN BILLS ALTEM SESSEL, CU

Sie macht die Augen zu, als DAS TELEFON ANFÄNGT ZU LÄUTEN. Ihr Gesicht ist von einer quälenden Mischung aus Hoffnung und Angst erfüllt. Wenn sie doch nur noch eine Chance bekäme, die wichtige Nachricht an den Mann zu bringen, sagt dieser Ausdruck . . . nur eine einzige Chance.

KATIE (leise)
Bitte . . . bitte . . .

TONBANDANSAGE (Filter)
Die angewählte Nummer ist außer Betrieb. Bitte legen Sie auf und wählen Sie noch einmal. Wenn Sie Unterstützung brauchen ...

KATIE legt wieder auf. Tränen laufen an ihren Wangen hinab. DIE KAMERA FÄHRT WEG und auf das Telefon hinunter.

INT. DIE TELEFONNISCHE MIT KATIE UND BILL, WIEDERHOLUNG.

BILL
Dann war es ein schlechter Scherz. Oder jemand hat vor lauter Weinen die falsche Nummer gewählt ... »durch einen Schleier funkelnder Tränen«, wie wir Schundschreiberveteranen das ausdrücken würden.

KATIE
Es war kein Scherz, und es war keine falsche Nummer! Es war jemand aus *meiner Familie*!

INT. KATIE (GEGENWART) IN BILLS ARBEITSZIMMER

KATIE
Ja. Jemand aus meiner Familie. Eine sehr nahe Verwandte. (Pause) *Ich.*

Plötzlich wirft sie das Telefon durch das Zimmer. Dann fängt sie wieder an zu schluchzen und legt die Hände vors Gesicht. DIE KAMERA VERWEILT einen Moment auf ihr, dann FÄHRT SIE ZUM

INT. TELEFON

Es liegt auf dem Teppich und sieht nichtssagend und irgendwie bedrohlich zugleich aus. KAMERA ZOOMT AUF ECU – die Löcher im Hörer sehen wieder wie Krater aus. Die Einstellung wird GEHALTEN, dann

AUSBLENDEN.

Die Zehn-Uhr-Leute

1

Pearson versuchte zu schreien, aber der Schreck raubte ihm die Stimme, und er brachte nur ein leises, ersticktes Bellen zustande – den Laut eines Mannes, der im Schlaf stöhnt. Er holte Luft, um es noch einmal zu versuchen, aber bevor er loslegen konnte, packte ihn eine Hand am linken Arm oberhalb des Ellbogens und drückte mit einem kräftigen Klammergriff zu.

»Das wäre ein Fehler«, sagte die Stimme, die zu der Hand gehörte. Die Stimme sprach kaum lauter als ein Flüstern, und sie sprach direkt in Pearsons linkes Ohr. »Ein fataler. Glauben Sie mir, es ist so.«

Pearson drehte sich um. Das Ding, das den Wunsch – nein, den Zwang zu schreien ausgelöst hatte, war inzwischen, erstaunlicherweise unangefochten, in der Bank verschwunden, und Pearson stellte fest, daß er sich umdrehen konnte. Er war von einem gutaussehenden Schwarzen in einem cremefarbenen Anzug gepackt worden. Pearson kannte ihn nicht, erkannte ihn aber. Er erkannte die meisten Mitglieder des seltsamen kleinen Stamms, den er die »Zehn-Uhr-Leute« nannte, wenn er sie sah – so wie sie, vermutete er, ihn erkannten.

Der gutaussehende junge Farbige musterte ihn argwöhnisch.

»Haben Sie das gesehen?« fragte Pearson. Er sprach mit einer schrillen, quengelnden Stimme, die mit seinem gewöhnlichen selbstbewußten Tonfall keinerlei Ähnlichkeit hatte.

Der gutaussehende junge Farbige hatte Pearsons Arm erst dann losgelassen, als er hinreichend überzeugt war, daß Pearson den Vorplatz der First Mercantile Bank von Boston nicht mit einem Ausbruch wilder Schreie erschüttern würde. Pearson streckte die Hand aus und packte den jungen farbigen Mann am Handgelenk. Es war, als könnte er noch nicht ohne die tröstliche Berührung eines anderen Menschen auskommen. Der gutaussehende Farbige versuchte nicht, ihn abzuschütteln, er betrachtete nur einen Moment lang Pearsons Hand und sah ihm dann wieder ins Gesicht.

»Ich meine, haben Sie das *gesehen*? Gräßlich! Selbst wenn es ein Make-up gewesen wäre ... oder eine Maske, die sich jemand zum Spaß aufgesetzt hat ...«

Aber es war kein Make-up gewesen und keine Maske. Das Ding im dunkelgrauen Anzug von Andre Cyr und mit Schuhen für fünfhundert Dollar war sehr nahe an Pearson vorbeigegangen, fast so nahe, daß er es berühren konnte (*Gott behüte*, wandte sein Denken mit einem hilflosen Erschauern des Ekels ein), und er wußte, daß es kein Make-up und keine Maske gewesen war. Denn das Fleisch des riesigen Auswuchses, bei dem es sich, vermutete Pearson, um den Kopf handelte, war *in Bewegung* gewesen, verschiedene Teile hatten sich in verschiedene Richtungen bewegt wie Schwaden exotischer Gase, die einen Planetenriesen umwogten.

»Lieber Freund«, begann der gutaussehende junge Farbige im cremefarbenen Anzug, »Sie brauchen . . .«

»Was war das?« unterbrach ihn Pearson. »Ich habe so etwas in meinem ganzen Leben noch nicht gesehen! Wie etwas, das man in einem, ich weiß auch nicht, in einem Gruselkabinett sehen kann . . . oder . . . oder . . .«

Seine Stimme kam nicht mehr von der üblichen Stelle in seinem Kopf. Statt dessen schien sie von irgendwo über ihm herabzuschweben – als wäre er in einen Riß oder eine Spalte im Boden gefallen, und diese schrille, quengelnde Stimme gehörte einem anderen, der zu ihm heruntersprach.

»Hören Sie, mein Freund . . .«

Und da war noch etwas. Als Pearson vor wenigen Minuten mit einer unangezündeten Marlboro zwischen den Fingern durch die Drehtür gegangen war, war der Tag verhangen gewesen – es hatte sogar nach Regen ausgesehen. Jetzt wirkte alles nicht nur grell, sondern *zu grell*. Der Rock der hübschen Blondine, die etwa fünfzehn Meter entfernt vor dem Gebäude stand (sie rauchte und las ein Taschenbuch), war so schreiend rot, daß einem die Augen wehtaten; das Gelb des T-Shirts eines vorbeiradelnden Botenjungen stach ins Auge wie der Stachel einer Wespe. Die Gesichter der Menschen traten hervor wie die Gesichter in den Aufklappbüchern, die seine Tochter Jenny so liebte.

Und seine Lippen – er konnte seine Lippen nicht mehr spüren. Sie waren taub geworden wie sonst nur nach einer großen Dosis Novocain.

Pearson drehte sich zu dem gutaussehenden jungen Mann im cremefarbenen Anzug um und sagte: »Es ist lächerlich, aber ich glaube, ich werde ohnmächtig.«

»Das werden Sie nicht«, sagte der junge Mann mit solcher Überzeugung, daß Pearson ihm glaubte, jedenfalls vorläufig. Die Hand ergriff wieder seinen Arm über dem Ellbogen, aber dieses Mal weitaus sanfter. »Kommen Sie mit, Sie müssen sich setzen.«

Auf dem breiten Vorplatz der Bank waren kreisförmige, etwa neunzig Zentimeter hohe Marmorinseln verteilt, auf denen jeweils eine Vielzahl von Spätsommer- und Herbstblumen blühten. Zehn-Uhr-Leute saßen auf den meisten dieser überdimensionierten Blumentöpfe, einige lasen, einige schwatzten, einige betrachteten den Strom der Fußgänger auf den Gehsteigen der Commercial Street, und alle taten das, was sie zu Zehn-Uhr-Leuten machte – das also, um dessentwillen auch Pearson heruntergekommen und ins Freie getreten war. Auf der Insel, die Pearson am nächsten stand, blühten Astern, deren Purpur Pearson in seinem Zustand gesteigerter Wahrnehmung wundersam leuchtend vorkamen. Der Rand der Insel war unbesetzt, vielleicht weil es schon nach zehn Uhr war und die Leute sich allmählich wieder nach drinnen begaben.

»Setzen Sie sich«, forderte der junge Farbige im cremefarbenen Anzug ihn auf, und obwohl sich Pearson größte Mühe gab, fiel er doch mehr, als er sich setzte. Eben stand er noch vor der rotbraunen Marmorinsel, und im nächsten Augenblick hatte ihm jemand die Bolzen aus den Kniegelenken gezogen, und er landete auf dem Hintern. Mit einiger Wucht.

»Und jetzt bücken Sie sich«, sagte der junge Mann und setzte sich neben ihn. Sein Gesicht war freundlich geblieben, aber in seinen Augen lag nichts Freundliches; sie glitten hastig über den Vorplatz hin und her.

»Warum?«

»Damit das Blut wieder in Ihren Kopf strömt«, sagte der junge Farbige. »Aber sorgen Sie dafür, daß es nicht so *aussieht*. Tun Sie so, als röchen Sie nur an den Blumen.«

»Für wen soll es nicht so aussehen?«

»Tun Sie es einfach, okay?« In der Stimme des jungen Mannes schwang ein verhaltener Tonfall von Ungeduld.

Pearson neigte den Kopf und atmete tief ein. Er mußte feststellen, daß die Blumen nicht so gut rochen, wie sie aussahen – sie verbreiteten ein schwaches Aroma von Unkraut und Hundepisse; dennoch glaubte er, daß sich sein Kopf ein wenig klärte.

»Zählen Sie die Bundesstaaten auf«, befahl der Farbige. Er kreuzte die Beine, schüttelte das Hosenbein aus, um die Bügelfalten zu schonen, und zog eine Packung Winston aus der Innentasche. Pearson stellte fest, daß seine eigene Zigarette fort war; er mußte sie im ersten Augenblick des Schreckens fallengelassen haben, als er das monströse Ding in dem teuren Anzug gesehen hatte, das die Westseite des Vorplatzes überquerte.

»Die Bundesstaaten«, sagte er verständnislos.

Der junge Mann nickte, holte ein Feuerzeug heraus, das wahrscheinlich längst nicht so teuer war, wie es auf den ersten Blick aussah, und zündete die Zigarette an. »Fangen Sie mit diesem an, und gehen Sie nach Westen«, forderte er.

»Massachusetts ... New York, glaube ich ... oder Vermont, wenn man der Nordgrenze anfängt ... New Jersey ...« Dann richtete er sich etwas auf und sprach mit mehr Selbstvertrauen weiter. »Pennsylvania, West Virginia, Ohio, Illinois ...«

Der Farbige zog die Brauen hoch. »West Virginia, ja? Sind Sie sicher?«

Pearson lächelte verhalten. »Ja, ziemlich sicher. Aber möglicherweise habe ich Ohio und Illinois verwechselt.«

Der Farbige zuckte die Achseln, um anzudeuten, daß das nicht wichtig war, und lächelte. »Sie wollen nicht mehr ohnmächtig werden – das sehe ich Ihnen an –, und nur darauf kommt es an. Möchten Sie eine Zigarette?«

»Danke«, sagte Pearson dankbar. Er *wollte* nicht nur eine Zigarette; er spürte, daß er eine brauchte. »Ich hatte eine, aber ich habe sie verloren. Wie ist Ihr Name?«

Der Farbige bohrte Pearson eine frische Winston zwischen die Lippen und hielt das Feuerzeug daran. »Dudley Rhineman. Sie können mich Duke nennen.«

Pearson zog heftig an der Zigarette und sah zur Drehtür, die Zugang zu den düsteren Tiefen und umwölkten Höhen der First Mercantile verschaffte. »Das war keine Halluzination, oder?« fragte er. »Was ich gesehen habe, meine ich. Sie haben es auch gesehen, richtig?«

Rhineman nickte.

»Er sollte also nicht mitbekommen, daß ich ihn gesehen habe«, sagte Pearson. Er sprach langsam und versuchte, von selbst dahinterzukommen. Seine Stimme klang wieder wie gewohnt, und schon das war eine große Erleichterung.

Rhineman nickte wieder.

»Aber wie hätte ich ihn *nicht* sehen können? Und wie konnte er es nicht wissen?«

»Haben Sie noch andere bemerkt, die sich beinahe in einen Schlaganfall hineingeschrien hätten, so wie Sie?« fragte Rhineman. »Hat irgendjemand auch nur hingesehen wie Sie? Ich zum Beispiel?«

Pearson schüttelte langsam den Kopf. Er fühlte sich nicht nur verängstigt; er fühlte sich gänzlich hilflos.

»Ich habe mich, so gut es ging, zwischen ihn und Sie gestellt, und ich glaube nicht, daß er Sie gesehen hat, aber einen Augenblick war es verdammt knapp. Sie haben ausgesehen wie ein Mann, der gerade eine Maus aus seinem Hackfleisch kriechen sieht. Sie sind in der Kreditabteilung, richtig?«

»O ja – Brandon Pearson. Tut mir leid.«

»Ich bin in der Computerabteilung. Und es macht nichts. So geht es einem meistens, wenn man seinen ersten Batman sieht.«

Duke Rhineman streckte die Hand aus, und Pearson schüttelte sie, aber sein Denken hinkte einen Schritt hinterher. *So geht es einem meistens, wenn man seinen ersten Batman sieht*, hatte der junge Mann gesagt, und nachdem Pearson das Bild des maskierten Rächers, wie er zwischen den Art-deco-Türmen von Gotham City dahinglitt, abgeschüttelt hatte, stellte er fest, daß der Ausdruck gar nicht so falsch war. Und er fand noch etwas heraus, oder möglicherweise entdeckte er es auch nur neu: Es war gut, wenn man einen Namen für etwas hatte, das einem angst machte. Die Angst wurde dadurch nicht geringer, aber man wurde bedeutend leichter damit fertig.

Nun spulte er bewußt alles, was er gesehen hatte, noch einmal vor seinem geistigen Auge ab und dachte dabei: *Batman, es war mein erster Batman.*

Er war zu der Drehtür herausgekommen und hatte nur an eines gedacht, an das, woran er immer dachte, wenn er um zehn nach unten kam – wie gut dieser erste Nikotinschub sein würde, wenn er ihn einsog. Das machte ihn zum Mitglied des Stamms der Zehn-Uhr-Leute; es war seine Version von Gebetsriemen oder tätowierten Wangen.

Zuerst hatte er festgestellt, daß der Tag seit seiner Ankunft um Viertel vor neun dunkler geworden war, und er hatte gedacht: *Wir paffen unsere Sargnägel heute mittag im strömenden Regen, die ganze verdammte Bande.* Nicht, daß ein bißchen Regen sie gehindert hätte, keineswegs; wenn die Zehn-Uhr-Leute etwas waren, dann waren sie hartnäckig.

Er erinnerte sich: er hatte den Blick über den Vorplatz schweifen lassen und einen raschen Anwesenheitsappell durchgeführt – so rasch, daß man ihn fast unterbewußt nennen konnte. Er hatte das Mädchen im roten Rock gesehen (und sich wie immer gefragt, ob ein Mädchen, das so gut aussah, auch im Heu gut sein würde); den jungen Bebop-Hausmeister vom zweiten Stock, der die Mütze verkehrtherum trug, wenn er in Klo und Cafeteria den Fußboden wischte; den älteren Mann mit dem dünnen weißen Haar und den roten Flecken auf den Wangen; die junge Frau mit der dicken Brille, dem schmalen Gesicht und dem langen, glatten schwarzen Haar. Darüber hinaus hatte er eine Reihe anderer entdeckt, die er vom Sehen kannte. Zu ihnen gehörte natürlich auch der gutaussehende junge Farbige im cremefarbenen Anzug.

Wenn Timmy Flanders dagewesen wäre, hätte sich Pearson wahrscheinlich zu ihm gesellt, aber er war nicht da, und deshalb war Pearson auf das Zentrum des Vorplatzes zugeeilt, um sich auf eine der Marmorinseln zu setzen (tatsächlich sogar die, auf der er nun wirklich saß). Dort hätte er sich in bester Position befunden, Länge und Rundung der Schenkel der kleinen Miss Rotrock abzuschätzen – zugegebenermaßen ein billiger Kitzel, aber man mußte sich mit dem begnügen, was man hatte. Er war ein verheirateter Mann mit einer Frau, die er liebte, und einer Tochter, die er vergötterte, und er war nie in die Gefahr geraten, untreu zu werden; aber seit er auf die Vierzig zuging, hatte er feststellen müssen, daß bestimmte Instinkte in seinem Blut zur Oberfläche kamen wie Meeresungeheuer. Und er fragte sich, wie ein Mann es anstellen sollte, *nicht* auf einen roten Rock zu starren und sich zu fragen, ob die Frau darunter passende Unterwäsche trug.

Er hatte sich kaum in Bewegung gesetzt, als der Neuankömmling um die Ecke des Gebäudes kam und die Stufen des Vorplatzes hinaufging. Pearson hatte die Bewegung aus dem Augenwinkel gesehen und hätte unter normalen Umständen gar nicht darauf geachtet – er hatte sich auf den roten Rock konzentriert, kurz, eng und rot wie ein Feuerwehrauto. Aber er *hatte* sich umgedreht, denn selbst aus den Augenwinkeln und mit anderen Dingen im Kopf war ihm aufgefallen, daß mit dem Gesicht und dem Kopf, der zu der laufenden Gestalt gehörte, etwas *nicht stimmte.* Deshalb hatte er sich umgedreht und sich damit für wer weiß wie viele Nächte um den Schlaf gebracht.

Die Schuhe waren in Ordnung; der dunkelgraue Anzug von Andre Cyr, solide und verläßlich wie die Tür des Banktresors im Keller, war noch besser; die rote Krawatte war vorhersehbar, aber nicht zu auffällig. Alles zusammen war die typische Kluft eines hochdotierten Bankers am Montagmorgen (wer außer einem hochdotierten Banker hätte es sich auch leisten können, erst um zehn Uhr zu erscheinen?). Erst wenn man zum Kopf kam, stellte man fest, daß man entweder den Verstand verloren hatte oder etwas vor sich sah, für das es keinen Eintrag in der *World Book Encyclopedia* gab.

Aber warum sind sie nicht weggelaufen? fragte sich Pearson jetzt, als ein Regentropfen auf seinen Handrücken und ein zweiter auf das saubere weiße Papier seiner halbgerauchten Zigarette fiel. *Sie hätten kreischend vor ihm ausreißen müssen wie vor den Rieseninsekten in den Monsterfilmen der fünfziger Jahre.* Dann dachte er: *Aber – ich bin ja auch nicht ausgerissen.*

Richtig, aber das war etwas anderes. Er war nicht ausgerissen, weil er erstarrt gewesen war. Aber er *hatte versucht* zu schreien; und sein neuer Freund hatte ihn daran gehindert, bevor er die Stimmbänder anwerfen konnte.

Batman. Dein erster Batman.

Über den breiten Schultern des diesjährigen »eminentesten akzeptabelsten Business-Anzugs« und dem Knoten der roten Krawatte von Sulka hatte ein riesiger graubrauner Kopf geschwankt, deformiert wie ein Baseball, der eine ganze Spielzeit lang Schläge hat einstecken müssen. Schwarze Linien – möglicherweise Venen – pulsierten wie eine sinnlose Straßenkarte unter der Oberfläche des Kopfes, und die Seite, an der sich das Gesicht befinden sollte, aber nicht befand (jedenfalls nicht wie bei Menschen), war mit Klumpen bedeckt, die pulsierten und zuckten wie Tumore, die ein schreckliches, halb vernunftbegabtes Eigenleben führten. Die rudimentären Gesichtszüge waren eng zusammengedrückt – ausdruckslose, runde schwarze Augen, die gierig aus der Fratze starrten wie die eines Hais oder eines aufgeblähten Insekts; mißgebildete Ohren ohne Läppchen oder Muscheln. Eine Nase hatte es nicht gehabt, jedenfalls hatte Pearson keine erkennen können, aber aus dem verfilzten Dickicht von Haaren dicht unterhalb der Augen hatten zwei Auswüchse hervorgeragt wie die Stoßzähne eines Elefanten. Das Gesicht des Dinges bestand zum größten Teil aus Mund – ein riesiger schwarzer Halbmond mit dreieckigen Zähnen. Für eine Kreatur mit solchen Zähnen, überlegte Pearson später, wäre es ein Sakrileg, das Essen kleinzuschneiden.

Sein allererster Gedanke, als er die gräßliche Erscheinung betrachtete – eine Erscheinung, die in einer makellos manikürten Hand einen Aktenkoffer von Bally trug –, war der: *Es ist der Elefantenmensch.* Aber dann wurde ihm klar, die Kreatur hatte nicht das geringste mit diesem mißgebildeten, aber doch menschlichen Geschöpf in dem alten Film zu tun. Duke Rhineman traf den Kern genauer; die schwarzen Augen und der hochgezogene Mund waren Merkmale jener pelzigen, piepsenden Tiere, die nachts Fliegen fraßen und tagsüber kopfunter an dunklen Orten hingen.

Doch all das hatte ihn nicht bewogen, es zuerst mit einem Schrei zu versuchen; dieser Drang hatte sich erst eingestellt, als die Kreatur im Maßanzug von Andre Cyr an ihm vorbeiging und die glitzernden Insektenaugen schon auf die Drehtür gerichtet hatte. In diesen ein oder zwei Sekunden war es ihm am nächsten, und da hatte Pearson gesehen, wie sich das tumorübersäte Gesicht unter den Strähnen drahtigen Haars bewegte, die daraus hervorwuchsen. Er wußte nicht, wie so etwas überhaupt möglich sein konnte, aber es *war* so – er sah es mit eigenen Augen, sah die Haut des Mannes über die knotigen Rundungen des Schädels und in Wogen über den dicken Knauf des Kiefers fließen. Dazwischen erhaschte er Blicke auf eine scheußliche rosa Substanz, über die er nicht eingehender nachdenken wollte ... aber jetzt, da es ihm wieder einfiel, schien es, als könnte er nicht mehr aufhören, daran zu denken.

Regentropfen fielen ihm auf Hände und Gesicht. Neben ihm zog Rhineman auf dem runden Marmorrand ein letztes Mal an seiner Zigarette, schnippte sie fort und stand auf. »Kommen Sie«, sagte er. »Es fängt an zu regnen.«

Pearson sah ihn mit aufgerissenen Augen an, dann zur Bank. Die Blondine im roten Rock, das Buch unter den Arm geklemmt, ging gerade hinein. Dicht auf den Fersen (und ohne sie aus den Augen zu verlieren) folgte ihr ein ältlicher Gentleman mit dem korrekt gescheitelten weißen Haar eines Magnaten.

Pearson richtete den Blick wieder auf Rhineman und sagte: »Da reingehen? Ist das Ihr Ernst? Dieses *Ding* ist da reingegangen!«

»Ich weiß.«

»Möchten Sie etwas vollkommen Verrücktes hören?« fragte Pearson und warf die eigene Zigarette weg. Er hatte keine Ahnung, wohin er jetzt gehen würde, nach Hause, vermutete er, aber er kannte einen Ort, wo er ganz eindeutig *nicht* hingehen würde, und das war die First Mercantile Bank von Boston.

»Klar«, stimmte Rhineman zu. »Warum nicht?«

»Dieses Ding sah genau so aus wie unser geschätzter Direktor Douglas Keefer – das heißt, bis auf den Kopf. Derselbe Geschmack, was Anzüge und Aktenkoffer angeht.«

»Was für eine Überraschung«, sagte Duke Rhineman trocken.

Pearson betrachtete ihn mit unbehaglichen Blicken. »Was meinen Sie damit?«

»Ich glaube, das wissen Sie bereits. Aber Sie hatten einen schweren Morgen, daher will ich es noch einmal deutlich sagen. Das *war* Keefer.«

Pearson lächelte nervös. Rhineman erwiderte das Lächeln nicht. Er stand auf, ergriff Pearsons Arm und zog ihn hoch, bis ihre Gesichter nur noch Zentimeter voneinander entfernt waren.

»Ich habe Ihnen gerade das Leben gerettet. Glauben Sie mir das, Mr. Pearson?«

Pearson dachte darüber nach und stellte fest, daß er es glaubte. Dieses außerirdische, fledermausähnliche Gesicht mit den schwarzen Augen und spitzen Zähnen leuchtete in seinen Gedanken wie ein dunkles Fanal. »Ja, ich denke schon.«

»Okay. Dann tun Sie mir den Gefallen, und hören Sie genau zu, wenn ich Ihnen jetzt dreierlei sage – werden Sie das?«

»Ich . . . ja, sicher.«

»Erstens: das *war* Douglas Keefer, Direktor der First Mercantile Bank von Boston, enger Freund des Bürgermeisters und nebenbei Ehrenvorsitzender des Komitees zur Beschaffung von Mitteln für das Bostoner Kinderkrankenhaus. Zweitens: es arbeiten noch mindestens drei weitere Fledermäuse in der Bank, eine davon auf Ihrer Etage. Drittens: Sie *werden* wieder da reingehen. Das heißt, wenn Ihnen Ihr Leben lieb ist.«

Pearson starrte ihn an und sah sich einen Moment außerstande zu antworten – hätte er es versucht, hätte er nur noch mehr von diesen erstickten, bellenden Lauten zustandegebracht.

Duke faßte ihn am Ellbogen und zog ihn auf die Drehtür zu. »Kommen Sie, Kollege«, sagte er mit seltsam sanfter Stimme. »Es fängt an, stärker zu regnen. Wenn wir noch länger hier draußen stehenbleiben, ziehen wir Aufmerksamkeit auf uns, und das können sich Leute in unserer Position nicht leisten.«

Pearson folgte Duke zuerst, aber dann mußte er daran denken, wie die schwarzen Nester der Adern an dem Kopf des Dinges gezuckt und pulsiert hatten. Dieses Bild bewirkte, daß er unmittelbar vor der Drehtür ruckartig stehenblieb. Die polierte Fläche des Vorplatzes war mittlerweile so naß, daß unter ihm ein zweiter Brandon Pearson zu sehen war, ein schimmerndes Spiegelbild, das an seinen Schuhen hing wie eine Fledermaus anderer Färbung.

»Ich ... ich glaube nicht, daß ich das kann«, sagte er mit stockender, kläglicher Stimme.

»Sie können«, sagte Rhineman. Er sah kurz auf Pearsons linke Hand hinab. »Verheiratet, wie ich sehe. – Kinder?«

»Eins. Eine Tochter.« Pearson spähte in die Halle der Bank. Die Scheiben der Drehtür waren polarisiert, deshalb wirkte der große Raum sehr dunkel. *Wie eine Höhle*, dachte er. *Eine Fledermaushöhle, voll von halbblinden Krankheitsüberträgern.*

»Möchten Sie, daß Ihre Frau und Ihr Kind morgen in der Zeitung lesen, daß die Polizei ihren Daddy mit durchschnittener Kehle aus dem Hafen von Boston gefischt hat?«

Pearson sah Rhineman mit großen Augen an. Regentropfen klatschten ihm auf Wangen und Stirn.

»Es wird so aussehen, als hätten es Junkies getan«, sagte Rhineman, »und das klappt. Es klappt *immer.* Weil sie schlau sind, und weil sie Freunde an höchster Stelle haben. Verdammt, sie sind selbst nur an den höchsten Stellen.«

»Ich verstehe Sie nicht«, sagte Pearson. »Ich verstehe *überhaupt nichts* von alledem.«

»Das weiß ich», entgegnete Rhineman. »Dies ist eine gefährliche Zeit für Sie, also tun Sie einfach, was ich Ihnen sage. Ich empfehle Ihnen jetzt, wieder an Ihren Schreibtisch zu gehen, bevor man Sie vermißt, und den Rest des Tages lächelnd hinter sich zu bringen. Vergessen Sie nicht zu lächeln, mein Freund, wie beschissen es auch werden mag.« Er zögerte, dann sagte er: »Wenn Sie versagen, ist das wahrscheinlich Ihr Tod.«

Das Regenwasser hinterließ glänzende Spuren auf dem glatten, dunklen Gesicht des jungen Mannes, und Pearson sah plötzlich, was die ganze Zeit dagewesen war – er hatte es nur wegen seines eigenen Schocks übersehen: Dieser Mann litt Todesangst, und er hatte eine Menge riskiert, um Pearson daran zu hindern, in eine schreckliche Falle zu stolpern.

»Ich kann nicht mehr hier draußen bleiben«, sagte Rhineman. »Es ist gefährlich.«

»Okay«, sagte Pearson und war selbst erstaunt, wie normal, sogar gelassen sich seine eigene Stimme anhörte. »Dann machen wir uns wieder an die Arbeit.«

Rhineman sah erleichtert aus. »Okay, Mann. Und was Sie an diesem Tag auch immer sehen mögen, lassen Sie sich ihre Überraschung *nicht* anmerken. Haben Sie das verstanden?«

»Ja«, sagte Pearson. Er verstand überhaupt nichts.

»Können Sie früher Feierabend machen, so gegen drei?«

Pearson dachte nach, dann nickte er. »Klar, ich denke, das könnte ich einrichten.«

»Gut. Wir treffen uns an der Ecke Milk Street.«

»Geht klar.«

»Sie machen das toll, Mann«, sagte Rhineman. »Sie schaffen es. Wir sehen uns um drei.« Er ging zur Drehtür und gab ihr einen Schubs. Pearson trat in das Segment hinter ihm und fühlte sich, als hätte er seinen Verstand irgendwie draußen auf dem Vorplatz zurückgelassen – das heißt, bis auf den Teil, den es schon wieder nach einer Zigarette verlangte.

Der Tag schleppte sich dahin, und alles ging gut, bis er mit Tim Flanders vom Mittagessen (und zwei Zigaretten) zurückkam. Sie traten im zweiten Stock aus dem Fahrstuhl, und da erblickte Pearson als erstes einen weiteren Batman; nur handelte es sich hierbei tatsächlich um ein Batgirl mit schwarzen Pumps, schwarzer Strumpfhose und einem exquisiten Hosenanzug aus Tweed – von Samuel Blue, vermutete Pearson. Die perfekte Macht-Kluft – das heißt, bis man zum Kopf kam, der darüber schwebte wie eine mutierte Sonnenblume.

»Hallo, Männer.« Eine süße Baritonstimme ertönte aus dem hasenschartigen Loch, das der Mund war.

Das ist Suzanne Holding, dachte Pearson. *Es kann nicht sein, aber sie ist es.*

»Hallo, Suzy-Darling«, hörte er sich sagen und dachte: *Wenn sie in meine Nähe kommt und versucht, mich zu berühren, dann schreie ich. Ich werde nicht anders können, einerlei, was mir der Junge gesagt hat.*

»Alles in Ordnung, Brand? Du siehst blaß aus.«

»Wahrscheinlich habe ich mir geholt, was eben gerade umgeht«, sagte er wieder und war erneut verblüfft, wie ungezwungen seine Stimme klang. »Aber ich denke, ich komme drüber weg.«

»Gut«, sagte die Stimme von Suzanne Holding hinter dem Fledermausgesicht und der seltsam wabernden Haut. »Aber keine Zungenküsse, bis es dir wieder besser geht. Hauch mich nicht einmal an. Ich kann mir nicht leisten, krank zu sein – am Mittwoch kommen die Japaner.«

Kein Problem, Süße – kein Problem, das kannst du mir ruhig glauben.

»Ich werde versuchen, mich zurückzuhalten.«

»Danke. Tim, würdest du bitte in mein Büro kommen und einige Auszüge mit mir durchgehen?«

Timmy Flanders legte einen Arm um die Taille des prüden Samuel-Blue-Anzugs, verbeugte sich vor Pearsons aufgerissenen Augen und hauchte einen Kuß auf das tumorverunzierte, haarige Gesicht des Dinges. *Da sieht Timmy ihre Wange*, dachte Pearson und spürte, wie seine geistige Gesundheit plötzlich ins Rutschen kam wie ein geschmiertes Tau auf einer Seilwinde. *Ihre glatte, parfümierte Wange – die sieht er, mehr nicht, und er denkt, daß er sie küßt. O mein Gott. O mein Gott.*

»Da!« rief Timmy aus und machte einen knappen Knicks vor der Kreatur. »Ein Kuß, und schon bin ich Euer Sklave, Mylady!«

Er blinzelte Pearson zu und ging mit dem Monster in Richtung ihres Büros. Als sie am Trinkbrunnen vorbeigingen, ließ er den Arm sinken, den er ihr um die Taille gelegt hatte. Der kurze und sinnlose Pfau-Henne-Balztanz – ein Ritual, das sich irgendwie im Lauf der letzten zehn Jahre in der Branche entwickelt hatte, wenn der Boss eine Frau und der Untergebene ein Mann war – war abgespielt, sie entfernten sich von Pearson als sexuell Gleichgestellte und unterhielten sich über trockene Zahlen.

Vorzügliche Analyse, Brand, dachte Pearson zerstreut, als er sich von ihnen abwandte. *Du hättest Soziologe werden sollen.* Und das wäre er auch fast geworden – tatsächlich war es sein Nebenfach am College gewesen.

Als er sein Büro betrat, stellte er fest, daß er am ganzen Körper einen klebrigen Schweißfilm entwickelt hatte. Pearson vergaß die Soziologie und wartete darauf, daß es drei Uhr wurde.

Viertel vor drei wappnete er sich und steckte den Kopf zur Tür von Suzanne Holdings Büro hinein. Der außerirdische Asteroid ihres Kopfes war über den blaugrauen Monitor des Computers gebeugt, aber sie drehte sich um, als er »Klopf-klopf« sagte, und die Haut ihres seltsamen Gesichts pochte unablässig, die schwarzen Augen betrachteten ihn mit der kalten Ausdruckslosigkeit eines Hais, der die Beine eines Schwimmers anvisiert.

»Ich habe Buzz Carstairs die Formulare Nummer vier für Firmen gegeben«, sagte Pearson. »Die Formulare für Einzelpersonen Nummer neun nehme ich mit nach Hause, wenn es recht ist. Ich habe meine Backupdisketten dort.«

»Ist das eine listige Umschreibung dafür, daß du desertieren wirst, mein Bester?« fragte Suzanne. Die schwarzen Venen wölbten sich auf ihrem kahlen Schädel; die Klumpen um ihre Gesichtszüge herum zitterten, und Pearson stellte fest, daß aus einem eine zähe rosa Flüssigkeit quoll, die wie blutiger Rasierschaum aussah.

Er zwang sich zu einem Lächeln. »Du hast mich ertappt.«

»Nun«, sagte Suzanne, »dann werden wir die Vier-Uhr-Orgie heute wohl ohne dich veranstalten müssen.«

»Danke, Suze.« Er wandte sich ab.

»Brand?«

Er drehte sich wieder zu ihr um, seine Angst und sein Ekel drohten zu einem grellweißen Frost der Panik zu erstarren, und er war plötzlich davon überzeugt, daß diese kalten schwarzen Augen ihn durchschaut hatten, und daß das Ding, das sich als Suzanne Holding verkleidete, gleich sagen würde: *Hören wir auf mit diesen Spielchen, ja? Komm und mach die Tür zu. Mal sehen, ob du so lecker schmeckst, wie du aussiehst.*

Rhineman würde eine Weile warten, und dann würde er allein dahin gehen, wo er hingehen wollte. *Wahrscheinlich,* dachte Pearson, *wird er wissen, was passiert ist. Wahrscheinlich hat er das schon früher erlebt.*

»Ja?« fragte er und versuchte zu lächeln.

Sie betrachtete ihn eine ganze Weile abschätzend, ohne ein Wort zu sagen, während der groteske Klumpen von einem Kopf über dem eleganten Hosenanzug schwankte, dann sagte sie: »Heute nachmittag siehst du etwas besser aus.« Der Mund klaffte immer noch, die Augen blickten immer noch so tot wie die einer achtlos unter das Bett eines Kindes geworfenen Flickenpuppe, aber Pearson wußte, alle anderen hätten lediglich Suzanne Holding gesehen, die einem ihrer Untergebenen bezaubernd zulächelte und genau das richtige Maß Anteilnahme Güteklasse A zur Schau stellte. Nicht gerade Mutter Courage, aber nichtsdestoweniger fürsorglich und besorgt.

»Gut«, sagte er und entschied, daß das wahrscheinlich zu zahm war. »Klasse!«

»Wenn wir dir nur noch das Rauchen abgewöhnen könnten.«

»Nun, ich versuche es«, sagte er und lachte kläglich. Das geschmierte Kabel auf der Seilwinde rutschte wieder ein Stück. *Laß mich gehen,* dachte er. *Laß mich gehen, du gräßliches Miststück, laß mich hier raus, bevor ich etwas so Verrücktes tue, daß man es unmöglich übersehen kann.*

»Du weißt, daß du dich für eine automatische Erhöhung deiner Versicherung qualifizierst«, sagte das Monster. Jetzt platzte die Oberfläche eines der kleinen Tumore mit einem fauligen, kurzen plupp!, worauf noch mehr rosa Flüssigkeit herausquoll.

»Ja, ich weiß«, sagte er. »Und ich werde ernsthaft darüber nachdenken, Suzanne. Wirklich.«

»Mach das«, sagte sie und drehte sich wieder zu dem glimmenden Monitor um. Einen Augenblick war er fassungslos und konnte sein Glück kaum begreifen. Das Gespräch war zu Ende.

Als Pearson das Gebäude verließ, regnete es in Strömen, aber die Zehn-Uhr-Leute – jetzt waren es selbstverständlich die Drei-Uhr-Leute, was freilich keinen wesentlichen Unterschied machte – hatten sich trotzdem versammelt, kauerten beieinander wie Schafe und taten, was sie nicht lassen konnten. Die kleine Miss Rotrock und der Hausmeister, der die Mütze gern verkehrtherum trug, hielten eine durchnäßte Ausgabe des *Boston Globe* über sich. Sie sahen verdrossen und feucht aus, aber Pearson beneidete den Hausmeister trotzdem. Die kleine Miss Rotrock trug Giorgio-Parfüm; er hatte es im Fahrstuhl mehrmals gerochen. Und natürlich gab sie, wenn sie sich bewegte, leise Raschellaute von Seide von sich.

Verdammt, woran denkst du? fragte er sich streng und antwortete im selben Atemzug: *Daran, nicht den Verstand zu verlieren, schönen Dank auch. Ist dir das recht?*

Duke Rhineman stand unter der Markise des Blumenladens um die Ecke, hatte die Schultern gekrümmt und eine Zigarette im Mundwinkel. Pearson ging zu ihm, sah auf die Uhr und kam zu dem Ergebnis, daß er es noch eine Zeitlang aushalten konnte. Dennoch streckte er den Kopf ein wenig nach vorne und atmete das Aroma von Rhinemans Zigarette ein. Er tat es, ohne sich dessen bewußt zu sein.

»Mein Boss gehört auch zu ihnen«, berichtete er Duke. »Es sei denn, Douglas Keefer wäre ein Monster, das gern Frauenkleider trägt.«

Rhineman grinste diabolisch, sagte aber nichts.

»Sie haben gesagt, es gibt noch drei weitere. Wer sind die beiden anderen?«

»Donald Fine. Sie kennen ihn wahrscheinlich nicht – er ist für die Sicherheit zuständig. Und Carl Grosbeck.«

»Carl – der Aufsichtsratsvorsitzende? Herrgott!«

»Ich sagte Ihnen doch«, meinte Rhineman, »sie sind nur an höchster Stelle zu finden. – *He, Taxi!*«

Er schnellte unter der Markise hervor und winkte dem braun-weißen Taxi, das wie durch ein Wunder unbesetzt durch den verregneten Nachmittag fuhr. Es schwenkte zu ihnen herüber, wobei es Wasserfontänen aufwirbelte. Rhineman tänzelte behende hin, aber Pearsons Schuhe und Hosenaufschläge wurden tropfnaß. In seinem momentanen Zustand schien das nicht besonders wichtig zu sein. Er hielt Rhineman die Tür auf; er stieg ein und rutschte auf die andere Seite durch. Pearson folgte ihm und schlug die Tür zu.

»Gallagher's Pub«, sagte Rhineman. »Das liegt direkt gegenüber von ...«

»Ich weiß, wo Gallagher's ist«, sagte der Fahrer. »Aber wir fahren erst los, wenn Sie den Sargnagel ausgemacht haben, mein Freund.« Er deutete auf das Schild über dem Taxameter. RAUCHEN IN DIESEM FAHRZEUG NICHT GESTATTET stand darauf.

Die beiden Männer wechselten einen Blick. Rhineman zog die Schultern zu dem halb verlegenen, halb verdrossenen Zucken hoch, das seit etwa 1990 zum prinzipiellen Gruß der Zehn-Uhr-Leute geworden war. Dann schnippte er ohne ein böses Wort die erst zu einem Viertel gerauchte Winston in den strömenden Regen hinaus.

Pearson erzählte Rhineman, wie geschockt er war, als die Fahrstuhltür aufging und er seinen ersten wahren Blick auf Suzanne Holding hatte werfen können, aber Rhineman runzelte die Stirn, schüttelte unmerklich den Kopf und deutete mit dem Daumen verstohlen auf den Fahrer. »Wir reden später«, sagte er.

Daraufhin versank Pearson in Schweigen und begnügte sich damit, die regenverschwommenen Hochhäuser der Bostoner Innenstadt an sich vorbeiziehen zu lassen. Er stellte fest, daß er fast übernatürlich auf die kleinen Szenen des Straßenlebens eingestimmt war, die sich vor den verschmierten Scheiben des Taxis abspielten. Besonders interessierten ihn die kleinen Gruppen von Zehn-Uhr-Leuten, die er vor jedem Bürogebäude stehen sah, an dem sie vorbeikamen. Wenn es einen Unterschlupf gab, benutzten sie ihn; wenn es keinen gab, akzeptierten sie auch das – sie schlugen einfach die Kragen hoch, hielten die Hände schützend über ihre Zigaretten und rauchten trotzdem. Pearson überlegte sich, daß mindestens neunzig Prozent der protzigen Hochhäuser, die sie passierten, inzwischen Nichtraucherzonen sein mußten, genau wie das, in dem er und Rhineman arbeiteten. Weiterhin fiel ihm ein (und dieser Gedanke kam ihm mit der Wucht einer Offenbarung), daß die Zehn-Uhr-Leute in Wirklichkeit kein neuer Stamm waren, sondern die erbärmlichen Überbleibsel eines uralten; Renegaten, die vor einem neuen Besen wegliefen, der die Absicht hatte, ihre schlechte alte Angewohnheit mir nichts, dir nichts zur Tür des amerikanischen Lebens hinauszufegen. Ihr einheitliches gemeinsames Merkmal war das Unvermögen oder der fehlende Wille, damit aufzuhören, sich selbst umzubringen; sie waren Junkies in einer ständig schrumpfenden Dämmerzone der Akzeptanz. Eine exotische gesellschaftliche Gruppe, vermutete er, die aber nicht mehr lange durchhalten würde. Er schätzte, daß die Zehn-Uhr-Leute bis zum Jahr 2020, spätestens 2050, dasselbe Schicksal ereilt haben würde wie den Dodo.

Scheiße. Moment mal, dachte er. *Wir sind nur die letzten störrischen Optimisten der Welt, das ist alles – die meisten von uns machen sich auch nicht die Mühe, den Sicherheitsgurt anzulegen, und auf dem Spielfeld würden wir mit dem allergrößten Vergnügen hinter der Home Plate sitzen, wenn sie nur dieses alberne Drahtgitter wegnähmen.*

»Was ist denn so komisch, Mr. Pearson?« fragte ihn Rhineman, und da bemerkte Pearson erst, daß er breit grinste.

»Nichts«, sagte Pearson. »Jedenfalls nichts Wichtiges.«

»Okay; flippen Sie mir bloß nicht aus.«

»Würden Sie es als ausflippen bezeichnen, wenn ich Sie bitten würde, mich Brandon zu nennen?«

»Wahrscheinlich nicht«, sagte Rhineman und tat so, als dächte er darüber nach. »Wenn Sie mich Duke nennen und wir nicht bei Bibi oder Buster oder etwas ähnlich Peinlichem landen.«

»Ich glaube, darüber brauchen Sie sich keine Sorgen zu machen. Und wollen Sie noch etwas wissen?«

»Klar.«

»Das war der erstaunlichste Tag meines Lebens.«

Duke Rhineman nickte, ohne Pearsons Lächeln zu erwidern. »Und er ist noch nicht vorbei«, sagte er.

2

Pearson fand, daß Gallagher's eine begnadete Wahl gewesen war – eine eindeutige Anomalie in Boston, mehr Gilley's als Cheers, und folglich genau der richtige Ort für zwei Bankangestellte, sich über Themen zu unterhalten, bei denen selbst ihre engsten und wohlmeinendsten Angehörigen Zweifel an ihrer geistigen Gesundheit bekommen hätten. Die längste Bar, die Pearson je gesehen hatte, außer in Filmen, erstreckte sich um eine große, glänzende Tanzfläche herum, auf der sich gerade drei Paare verträumt bewegten, während Marty Stuart und Travis Tritt harmonisch »This One's Gonna Hurt You« sangen.

In einem kleineren Etablissement wäre die Bar gerammelt voll gewesen, aber so verteilten sich die Gäste hinreichend entlang dieser erstaunlichen mahagonigetäfelten Rennstrecke, daß man tatsächlich ein wenig Abgeschiedenheit an dem Messinghandlauf haben konnte; sie brauchten sich keine Nische in den halbdunklen Niederungen des Raums zu suchen. Pearson war froh darüber. Man konnte sich zu leicht vorstellen, daß einer der Fledermausmenschen, vielleicht sogar ein Fledermauspärchen, in der Kabine nebenan saß (oder brütete) und ihrer Unterhaltung angeregt lauschte.

Nennen sie das nicht Verfolgungswahn, Alter? dachte er. *Hast aber nicht lange gebraucht, bis es soweit war, oder?*

Nein, wahrhaftig nicht, aber im Augenblick war ihm das einerlei. Er war nur froh darüber, daß er in alle Richtungen sehen konnte, während sie sich unterhielten – oder besser gesagt, während Duke redete.

»Bar okay?« fragte Duke, worauf Pearson nickte.

Es sah aus wie eine Bar, überlegte Pearson, während er Duke unter dem Schild mit der Aufschrift RAUCHER hindurch folgte, aber in Wirklichkeit waren es zwei. Ganz so wie damals, in den fünfziger Jahren, jede Theke unterhalb der Mason-Dixon-Linie eigentlich zwei gewesen waren: eine für die Weißen und eine für die Schwarzen. Und heute konnte man, wie damals, den Unterschied sehen. In der Mitte der Nichtraucherabteilung stand ein Sony-Fernseher, fast so groß wie eine Kinoleinwand; im Nikotinghetto dagegen war nur ein alter *Zenith* an der Wand festgeschraubt (auf einem Schild daneben stand zu lesen: SCHEUEN SIE SICH NICHT, UM KREDIT ZU BITTEN; WIR SCHEUEN UNS NICHT, IHNEN ZU SAGEN, SIE SOLLEN SICH VERP!!!EN). Die Oberfläche der Theke selbst war hier unten schmutziger – zuerst dachte Pearson, daß er sich das nur einbildete, aber ein zweiter Blick bestätigte das schmuddelige Aussehen des Holzes und die schwachen, überlappenden Ringe, Spuren der Geister vergangener Drinks. Und selbstverständlich herrschte der schale, abgestandene Geruch von Tabakrauch vor. Er hätte schwören können, daß er vom Barhocker hochstob, als er sich daraufsetzte, wie Popcornfürze aus einem alten Kinosessel. Der Nachrichtensprecher in dem zerkratzten, abgenutzten Fernseher schien an Arsenvergiftung zugrunde zu gehen; derselbe Typ, der weiter unten für die Gesundheitsapostel sprach, machte den Eindruck, als könnte er die fünftausend Meter laufen und anschließend noch sein Körpergewicht in kühlen Blonden stemmen.

Willkommen im hinteren Teil des Busses, dachte Pearson und betrachtete seine Zehn-Uhr-Kumpane mit einem Ausdruck resignierten Amusements. *Oh, ihr müßt euch nicht beschweren; noch zehn Jahre, dann werden sie Raucher überhaupt nicht mehr an Bord lassen.*

»Zigarette?« fragte Duke und demonstrierte damit möglicherweise rudimentäre gedankenleserische Fähigkeiten.

Pearson sah auf die Uhr, dann akzeptierte er die Zigarette und ließ sie sich mit Dukes getürkt-teurem Feuerzeug anzünden. Er machte einen tiefen Zug, genoß es, wie der Rauch in seine Luftröhre einströmte, und genoß sogar das leichte Schwindelgefühl in seinem Kopf. *Natürlich* war die Gewohnheit gefährlich und potentiell tödlich; wie konnte es bei etwas, das einen so aufgeilte, anders sein? So lief das eben in der Welt, das war alles.

»Was ist mit Ihnen?« fragte er, als Duke die Zigaretten wieder in die Tasche steckte.

»Ich kann noch eine Weile warten«, sagte Duke lächelnd. »Konnte ein paar Züge nehmen, bevor wir in das Taxi eingestiegen sind. Außerdem muß ich die Zusätzliche ausgleichen, die ich nach dem Essen geraucht habe.«

»Sie rationieren, hm?«

»Ja. Normalerweise genehmige ich mir eine nach dem Essen. Heute hatte ich zwei. Wissen Sie, Sie haben mir eine Scheißangst gemacht.«

»Ich war selbst ziemlich erschrocken.«

Der Barkeeper kam herüber, und Pearson nahm fasziniert zur Kenntnis, wie der Mann dem dünnen Rauchfähnchen auswich, das von seiner Zigarette aufstieg. *Ich bezweifle, ob ihm überhaupt bewußt ist, daß er das macht; aber wenn ich ihm den Rauch direkt ins Gesicht blasen würde, würde er wahrscheinlich über die Theke springen und mir die Fresse polieren.*

»Kann ich den Herren helfen?«

Duke bestellte, ohne Pearson zu fragen, zwei Sam Adams. Als der Barkeeper wegging, um sie zu holen, drehte sich Duke wieder um und sagte: »Halten Sie sich zurück. Es wäre schlecht, sich jetzt zu betrinken. Sogar schlecht, sich nur einen kleinen anzududeln.«

Pearson nickte und ließ einen Fünfdollarschein auf die Theke fallen, als der Barkeeper mit den Bieren zurückkam. Er trank einen kräftigen Schluck, dann zog er an seiner Zigarette. Manche Leute glaubten, daß eine Zigarette nie besser schmeckte als nach einer Mahlzeit, aber dem konnte Pearson nicht zustimmen; er glaubte von ganzem Herzen, daß nicht der Apfel Eva in Schwierigkeiten gebracht hatte, sondern ein Bier und eine Zigarette.

»Was haben Sie benutzt?« fragte Duke ihn. »Das Pflaster? Hypnose? Gute alte amerikanische Willenskraft? Wenn ich Sie so ansehe, dann schätze ich, es war das Pflaster.«

Falls das Dukes humorvoller Versuch eines Seitenhiebs gewesen sein sollte, ging es voll daneben. Pearson hatte heute nachmittag viel über das Rauchen nachgedacht. »Ja, das Pflaster«, sagte er. »Ich habe es zwei Jahre getragen, und angefangen habe ich kurz nach der Geburt meiner Tochter. Ich habe sie einmal durch das Fenster der Säuglingsstation angesehen und mir geschworen, daß ich es mir abgewöhnen würde. Es schien mir ein Wahnsinn zu sein, vierzig oder fünfzig Zigaretten täglich anzuzünden, nachdem ich gerade für achtzehn Jahre die Verantwortung für ein brandneues Menschenwesen übernommen hatte.« *In das ich mich auf den ersten Blick verliebte*, hätte er hinzufügen können, aber er hatte eine Ahnung, als wüßte Duke das bereits.

»Ganz zu schweigen von der lebenslänglichen Verantwortung für Ihre Frau.«

»Ganz zu schweigen von meiner Frau«, stimmte Pearson zu.

»Plus verschiedene Brüder, Schwägerinnen, Gläubiger, Ratenzahler und Günstlinge des Hofes.«

Pearson lachte und nickte. »Ja, Sie haben's erfaßt.«

»Ist aber nicht so einfach, wie man glaubt, was? Wenn es vier Uhr nachts ist und man nicht schlafen kann, dann sind alle frommen Wünsche schnell vergessen.«

Pearson verzog das Gesicht. »Oder wenn man nach oben beordert wird und vor Grosbeck und Keefer und Fine und dem Rest der Boys vom Aufsichtsrat Purzelbäume schlagen muß. Als ich das das erste Mal tun mußte, ohne mir vorher eine Zigarette reinzuziehen – Mann, das war hart.«

»Aber Sie *haben* aufgehört, jedenfalls eine Zeitlang.«

Pearson sah Duke ob dessen Hartnäckigkeit nur ein bißchen erstaunt an und nickte. »Etwa sechs Monate. Aber *im Geiste* habe ich nie aufgehört, verstehen Sie, was ich meine?«

»Natürlich verstehe ich das.«

»Schließlich fing ich wieder an zu paffen. Das war 1992, etwa zu der Zeit, als Meldungen auftauchten, wonach Leute, die rauchten, während sie das Pflaster trugen, Herzanfälle hatten. Können Sie sich noch daran erinnern?«

»Hm-hmm«, sagte Duke und tippte sich an die Stirn. »Ich habe ein ganzes Archiv von Raucherstories hier gespeichert, Mann, in alphabetischer Ordnung. Rauchen und die Alzheimersche Krankheit, Rauchen und Blutdruck, Rauchen und grauer Star ... Sie wissen schon.«

»Ich stand also vor der Wahl«, sagte Pearson. Er lächelte ein knappes, verwirrtes Lächeln – das Lächeln eines Mannes, der weiß, er hat sich wie ein Arschloch benommen, benimmt sich *noch* wie ein Arschloch, weiß aber eigentlich nicht, warum. »Ich konnte aufhören, zu paffen, oder aufhören, das Pflaster zu tragen. Also habe ich ...«

»*Aufgehört, das Pflaster zu tragen!*« beendeten sie den Satz im Chor, und dann brachen sie in schallendes Gelächter aus, bei dem ein geschniegelter Gast der Nichtraucherabteilung einen Moment zu ihnen herübersah, die Stirn runzelte und dann die Aufmerksamkeit wieder dem Nachrichtensprecher auf dem Bildschirm zuwandte.

»Das Leben ist schon eine beschissene Angelegenheit, was?« fragte Duke immer noch lachend und wollte in die Innentasche seines cremefarbenen Anzugs greifen. Er hielt inne, als er sah, wie ihm Pearson seine Packung Marlboro entgegenstreckte, aus der eine Zigarette herausragte. Sie wechselten noch einen Blick, Duke überrascht und Pearson wissend, und dann prusteten sie noch einmal vor Lachen. Der geschniegelte Typ in der Nichtraucherabteilung sah wieder her, diesmal mit noch deutlicher gerunzelter Stirn. Die beiden Männer bemerkten es nicht. Duke nahm die angebotene Zigarette und zündete sie an. Die ganze Sache dauerte nicht einmal zehn Sekunden, aber das reichte aus, die beiden Männer zu Freunden zu machen.

»Seit ich fünfzehn war, bis ich 1991 geheiratet habe, habe ich geraucht wie ein Schlot«, sagte Duke. »Meiner Mutter hat es nicht gefallen, aber sie war immerhin froh, daß ich kein Hasch geraucht oder gedealt habe, wie die Hälfte der anderen Jungen in unserer Straße – ich spreche hier von Roxbury, wissen Sie –, und darum hat sie nichts gesagt.

In den Flitterwochen sind Wendy und ich eine Woche nach Hawaii geflogen, und am Tag unserer Rückkehr hat sie mir etwas geschenkt.« Duke machte einen kräftigen Zug, dann blies er zwei Fächer blaugrauen Rauchs aus den Nasenlöchern. »Sie hatte es im Katalog von *The Sharper Image* gefunden, glaube ich, vielleicht aber auch in einem anderen. Hatte einen schicken Namen, aber an den kann ich mich nicht mehr erinnern; ich nannte das gottverdammte Ding immer nur Pawlows Daumenschrauben. Aber ich liebte sie wie verrückt – und liebe sie immer noch, das können Sie mir ruhig glauben –, daher hielt ich mich zurück und gab mir die größte Mühe. Und es war gar nicht so schlimm, wie ich gedacht hatte. Kennen Sie das Ding, von dem ich spreche?«

»Aber klar«, sagte Pearson. »Der Piepser. Läßt einen auf jede Zigarette ein bißchen länger warten. Lisabeth – *meine* Frau – hat mir meine vorgezählt, als sie mit Jenny schwanger war. Etwa so subtil, als fiele einem von einem Gerüst eine Schubkarre voll Beton auf den Kopf, Sie wissen schon.«

Duke nickte lächelnd, und als der Barkeeper vorbeigeschwebt kam, deutete er auf die Gläser und bestellte dasselbe noch einmal. Dann drehte er sich zu Pearson um. »Abgesehen davon, daß ich Pawlows Daumenschrauben statt des Pflasters benutzt habe, ist meine Geschichte dieselbe wie Ihre. Ich habe es bis zu der Stelle geschafft, wo die Maschine eine beschissene kleine Version des Freiheitschors oder sowas spielt, aber ich konnte die Gewohnheit nicht lassen. Sie ist schwerer zu töten als eine Schlange mit zwei Herzen.« Der Barkeeper brachte die beiden frischen Biere, dieses Mal bezahlte Duke, trank einen Schluck von seinem und sagte: »Ich muß mal telefonieren. Dauert etwa fünf Minuten.«

»Okay«, sagte Pearson. Er sah sich um, stellte fest, daß sich der Barkeeper wieder in die relative Sicherheit der Nichtraucherzone verzogen hatte (*spätestens im Jahr 2005 werden die Gewerkschaften auf zwei Barkeepern bestehen*, dachte er, *einen für die Raucher und einen für die Nichtraucher*), und wandte sich wieder Duke zu. Als er dieses Mal sprach, hatte er die Stimme gedämpft. »Ich dachte, wir wollten uns über die Batmen unterhalten.«

Duke betrachtete ihn einen Moment mit seinen dunkelbraunen Augen und sagte dann: »Das *haben* wir schon, Mann. Das *haben* wir schon.«

Und bevor Pearson noch etwas sagen konnte, war Duke in den düsteren (aber fast völlig rauchfreien) Tiefen von Gallagher's verschwunden und suchte nach der Stelle, an der die Münzfernsprecher versteckt waren.

Er war eher zehn Minuten als fünf weg, und Pearson überlegte schon, ob er vielleicht nach ihm sehen sollte, als er zum Fernseher blickte, wo der Nachrichtensprecher von einem Aufruhr berichtete, den der Vizepräsident der Vereinigten Staaten ausgelöst hatte. Der Vize hatte in einer Rede vor der NEA angedeutet, daß alle von der Regierung finanzierten Kindertagesstätten einer eingehenden Prüfung unterzogen und wenn möglich geschlossen werden sollten.

Schnitt auf ein Videoband, das am selben Tag etwas früher in einem Versammlungszentrum in Washington, D. C., aufgenommen worden war, und als die Kamera von der Totalen des einleitenden Kommentars auf eine Nahaufnahme des Vize ging, umklammerte Pearson die Bar mit beiden Händen so fest, daß seine Finger ein wenig in die Polsterung einsanken. Ihm fiel wieder ein, was Duke heute morgen auf dem Vorplatz zu ihm gesagt hatte: *Weil sie Freunde an höchster Stelle haben. Verdammt, sie sind selbst nur an den höchsten Stellen.*

»Wir führen keinen Feldzug gegen die berufstätigen Mütter Amerikas«, sagte das mißgebildete, fledermausgesichtige Monster, das auf einem Podium mit dem blauen Wappen des Vizepräsidenten stand, »und keinen Feldzug gegen die notleidenden Armen. Wir sind jedoch der einhelligen Meinung . . .«

Eine Hand wurde auf Pearsons Schultern gelegt, und er mußte sich auf die Zunge beißen, damit er nicht aufschrie. Er drehte sich um und sah Duke. Eine Veränderung war mit dem jungen Mann vonstatten gegangen – seine Augen funkelten strahlend, und er hatte feine Schweißperlen auf der Stirn. Pearson fand, er sah aus, als hätte er gerade das große Los in der Lotterie gewonnen.

»Machen Sie sowas nie wieder«, sagte Pearson, und Duke, der sich gerade wieder auf den Barhocker setzen wollte, erstarrte. »Ich glaube, mir ist gerade das Herz stehengeblieben.«

Duke schaute ihn überrascht an, dann sah er zum Fernseher. Verstehen dämmerte auf seinem Gesicht. »Oh«, sagte er. »Herrgott, das tut mir leid, Brandon. Wirklich. Ich vergesse dauernd, daß Sie erst in der Mitte des Films ins Kino gekommen sind.«

»Was ist mit dem Präsidenten?«fragte Pearson. Er bemühte sich, mit gedämpfter Stimme zu sprechen, was ihm auch beinahe gelungen wäre. »Ich schätze, ich kann mit diesem Arschloch leben, aber was ist mit dem Präsidenten? Ist er . . .«

»Nein«, sagte Duke. Er zögerte, dann fügte er hinzu: »Jedenfalls *noch* nicht.«

Pearson beugte sich zu ihm und stellte fest, daß diese seltsame Taubheit wieder in seine Lippen kroch. »Was *meinen* Sie damit, noch nicht? Was geht hier vor sich, Duke? Was sind sie? Woher kommen sie? Was tun sie, und was wollen sie?«

»Ich werde Ihnen sagen, was ich weiß«, sagte Duke, »aber vorher wollte ich Sie fragen, ob Sie mich heute abend zu einer kleinen Versammlung begleiten können. Gegen sechs? Ginge das?«

»Geht es um dies hier?«

»Logisch.«

Pearson überlegte. »Also gut. Aber ich muß Lisabeth anrufen.«

Duke sah erschrocken drein. »Aber erzählen Sie nichts von ...«

»Selbstverständlich nicht. Ich werde ihr sagen, *La Belle Dame sans Merci* möchte noch einmal ihre kostbare Präsentation durchgehen, bevor sie sie den Japanern zeigt. Das wird sie mir abkaufen; sie weiß, daß die Holding wegen der bevorstehenden Ankunft unserer Freunde vom Rand des Pazifik total außer Rand und Band ist. In Ordnung?«

»Ja.«

»Finde ich auch, aber ich komme mir trotzdem ein bißchen schäbig vor.«

»Es ist nicht schäbig, wenn Sie versuchen, die Fledermäuse, so gut es geht, von Ihrer Frau fernzuhalten. Ich meine, schließlich führe ich Sie nicht in einen Massagesalon, Bruder.«

»Wahrscheinlich nicht. Also schießen Sie los.«

»Na gut. Ich glaube, ich fange am besten damit an, daß ich Ihnen etwas von Ihrer Rauchgewohnheit erzähle.«

Die Musicbox, die in den letzten Minuten stumm gewesen war, ließ jetzt eine müde klingende Version von Billy Ray Cyrus' goldener Kitschkiste »Achy Breaky Heart« ertönen. Pearson starrte Duke Rhineman mit verwirrtem Blick an und machte den Mund auf, um zu fragen, was seine Rauchgewohnheiten mit dem Preis von Kaffee in San Diego zu tun hatten. Aber er brachte nichts heraus. Gar nichts.

»Man hört auf ... dann fängt man wieder an zu paffen ... aber man weiß, wenn man nicht aufpaßt, ist man in einem oder zwei Monaten wieder genau da, wo man angefangen hat«, sagte Duke. »Richtig?«

»Ja, aber ich verstehe nicht ...«

»Sie werden.« Duke holte ein Taschentuch heraus und wischte sich die Stirn. Als er vom Telefonieren zurückgekommen war, hatte Pearson den Eindruck gehabt, als würde er gleich vor Aufregung platzen. Dabei blieb es, aber jetzt fiel Pearson noch etwas auf: Duke hatte Todesangst. »Hören Sie mir einfach zu.«

»Okay.«

»Wie auch immer, Sie haben einen Kompromiß mit Ihrer Gewohnheit geschlossen. Einen – wie sagt man? – *modus vivendi*. Sie bringen es nicht über sich, aufzuhören, aber Sie haben festgestellt, daß das nicht das Ende der Welt ist – schließlich sind Sie kein Kokser, der ein Sklave seiner Sucht ist, und kein Säufer, der am Fusel zugrundegeht. Rauchen ist eine elende Angewohnheit, aber es gibt *wirklich* einen Mittelweg zwischen zwei oder drei Schachteln pro Tag und völliger Abstinenz.«

Pearson sah ihn mit großen Augen an, und Duke lächelte.

»Ich lese nicht Ihre Gedanken, wenn Sie das denken. Ich meine, schließlich *kennen* wir uns, oder nicht?«

»Ich denke ja«, sagte Pearson nachdenklich. »Ich hatte nur einen Moment vergessen, daß wir beide Zehn-Uhr-Leute sind.«

»*Was* sind wir?«

Und so erklärte Pearson die Zehn-Uhr-Leute und ihr Stammesverhalten (verdrossene Blicke angesichts von RAUCHEN VERBOTEN-Schildern, verdrossenes Schulterzucken, wenn man von einer akkreditierten Autorität gebeten wurde, *bitte* die Zigarette auszumachen, Sir), ihre Stammesrituale (Kaugaummi, Lutschbonbons, Zahnstocher und selbstverständlich kleine Spraydosen Binaca Mundspray) und ihre Stammeslitaneien (*Ich höre nächstes Jahr ganz bestimmt auf*, gehörte zu den häufigsten).

Duke hörte fasziniert zu, und als Pearson fertig war, sagte er: »Herrgott, Brandon! Sie haben den Verlorenen Stamm Israel gefunden! Die armen Irren sind allesamt vom rechten Weg abgekommen, weil sie Joe Camel gefolgt sind!«

Pearson lachte schallend, was ihm wieder einen erbosten, verwirrten Blick des geschniegelten Burschen in der Nichtraucherabteilung einbrachte.

»Wie auch immer, es paßt alles zusammen«, sagte Duke zu ihm. »Darf ich Sie etwas fragen – rauchen Sie noch, wenn Ihr Kind dabei ist?«

»Himmel, nein!« rief Pearson aus.

»Ihre Frau?«

»Nein, nicht mehr.«

»Wann haben Sie zum letzten Mal in einem Restaurant geraucht?«

Pearson überlegte und stellte etwas Merkwürdiges fest: er wußte es nicht. Gewöhnlich saß er, auch wenn er allein war, in der Nichtraucherabteilung und hob sich die Zigarette auf, bis er gegessen und bezahlt hatte und gegangen war. Und die Zeiten, als er tatsächlich zwischen den Gängen geraucht hatte, waren selbstverständlich schon lange vorbei.

»Zehn-Uhr-Leute«, sagte Duke mit fassungsloser Stimme. »Mann, das gefällt mir. Es gefällt mir, daß wir einen Namen haben. Und es ist *wirklich*, als würde man einem Stamm angehören. Es ist . . .«

Er verstummte plötzlich und sah zum Fenster hinaus. Ein Polizist der Stadt Boston ging vorbei und unterhielt sich mit einer hübschen jungen Frau. Diese betrachtete ihn mit einer Mischung aus Bewunderung und Sex-Appeal und bemerkte nichts von den kalten schwarzen Augen und den dreieckigen Zähnen direkt über ihr.

»Großer Gott, sehen Sie sich das an«, sagte Pearson mit gedämpfter Stimme.

»Ja«, sagte Duke. »Und es passiert immer häufiger. Jeden Tag häufiger.« Er schwieg eine ganze Weile und sah in sein halbleeres Bierglas. Dann schien er sich mühsam aus seinem Nachdenken zu reißen. »Was auch immer wir sind«, sagte er zu Pearson, »wir sind die einzigen Menschen auf der ganzen Scheißwelt, *die sie sehen.*«

»Was, *Raucher*?« fragte Pearson ungläubig. Er hätte selbstverständlich bemerken müssen, daß Duke darauf hinauswollte, aber trotzdem . . .

»Nein«, sagte Duke geduldig. »*Raucher* sehen sie nicht. *Nichtraucher* sehen sie auch nicht.« Er maß Pearson mit den Augen. »Nur Menschen wie wir sehen sie, Brandon – Menschen, die weder Fleisch noch Fisch sind.

Nur Zehn-Uhr-Leute wie wir.«

Als sie Gallagher's fünfzehn Minuten später verließen (Pearson hatte seine Frau angerufen, ihr seine erfundene Leidensgeschichte erzählt und versprochen, daß er bis zehn Uhr zu Hause sein würde), war der Regen zu einem leichten Nieseln abgeklungen, und Duke machte den Vorschlag, sie sollten ein Stück zu Fuß gehen. Nicht ganz bis Cambridge, wo ihr Ziel lag, aber so weit, daß Duke seine Ausführungen zu Ende bringen konnte. Die Straßen waren so gut wie menschenleer, deshalb konnten sie ihr Gespräch fortsetzen, ohne ständig über die Schultern sehen zu müssen.

»Es ist irgendwie wie der erste Orgasmus«, sagte Duke, während sie durch einen feinen Bodennebel zum Charles River gingen. »Wenn das einmal anspringt, zum Bestandteil des Lebens wird, ist es einfach für einen da. Hier ist es genau so. Eines Tages haben die Chemikalien im Hirn genau das richtige Gleichgewicht, und dann *sieht* man einen. Wissen Sie, ich habe mich gefragt, wie viele Menschen in dem Augenblick schlichtweg vor Schreck umgefallen sind. Ich wette, jede Menge.«

Pearson betrachtete die blutige Schliere der Ampelspiegelung auf dem glänzenden, schwarzen Asphalt der Boylston Street und mußte an den Schock seiner ersten Begegnung denken. »Sie sind so gräßlich. So abscheulich. Wie ihre Haut auf dem Kopf zu wabbeln scheint . . . Man kann es eigentlich nicht richtig aussprechen, oder?«

Duke nickte. »Stimmt, sie sind häßliche Wichser. Ich fuhr mit der Linie Rot und war auf dem Rückweg nach Milton, als ich meinen ersten gesehen habe. Er stand auf dem Bahnsteig Park Street Richtung Innenstadt. Wir sind direkt an ihm vorbeigefahren. Ein Glück, daß ich im Zug saß und von ihm weg fuhr, ich habe nämlich geschrien.«

»Was ist dann passiert?«

Dukes Lächeln war zumindest vorübergehend zu einer Grimasse der Verlegenheit geworden. »Die Leute haben mich angesehen, und dann ganz schnell wieder weg. Sie wissen ja, wie das in der Stadt ist; an jeder Ecke steht ein Verrückter und predigt, daß Jesus Tupperware liebt.«

Pearson nickte. Er wußte durchaus, wie es in der Stadt war. Jedenfalls hatte er das bis heute geglaubt.

»Ein großer, schlaksiger Rothaariger mit schätzungsweise einer Million Sommersprossen im Gesicht setzte sich auf den Sitz neben mir und packte meinen Ellbogen, etwa so, wie ich heute Ihren gepackt habe. Er heißt Robbie Delray. Von Beruf Anstreicher. Sie werden ihn heute abend bei Kate kennenlernen.«

»Wer ist Kate?«

»Buchhändlerin in Cambridge. Krimis. Wir treffen uns ein- bis zweimal wöchentlich. Nette Unterkunft. Nette Leute, die meisten jedenfalls. Sie werden schon sehen. Wie auch immer, Robbie hielt meinen Ellbogen und sagte: ›Sie sind nicht verrückt, ich habe ihn auch gesehen. Er war echt – das war ein Batman.‹ Das war alles, und was mich betraf, hätte er total high von Amphetamin sein können ... aber ich *hatte* es gesehen, und die Erleichterung ...«

»Ja«, sagte Pearson, der wieder an heute vormittag denken mußte. Sie blieben am Storrow Drive stehen, ließen einen Tanklaster passieren und überquerten dann hastig die nasse Straße. Pearson ließ sich einen Moment von einem verblassenden, aufgesprühten Graffito auf der Rückseite einer Parkbank am Fluß faszinieren. DIE AUSSERIRDISCHEN SIND GELANDET, stand da. WIR HABEN 2 IM SEAFOODRESTAURANT GEGESSEN.

»Wie gut, daß Sie heute morgen da waren«, sagte Pearson. »Das war mein Glück.«

Duke nickte. »Stimmt, Mann, so ist es. Wenn die Bats einen fertigmachen, dann machen sie einen fertig – normalerweise sammeln die Bullen die Überreste ihrer Parties in einem Abfallkorb. Haben Sie das verstanden?«

Pearson nickte.

»Und niemand weiß, daß die Opfer alle eines gemeinsam haben – sie alle hatten das Rauchen auf fünf bis zehn Zigaretten täglich eingeschränkt. Ich könnte mir denken, diese Gemeinsamkeit ist selbst für das FBI ein bißchen zu obskur.«

»Aber warum töten sie uns?« fragte Pearson. »Ich meine, wenn einer rumläuft und erzählt, daß sein Boss ein Marsianer ist, dann schicken sie normalerweise nicht die Nationalgarde los; sie sperren den Kerl in die Klapsmühle!«

»Kommen Sie, Mann, bleiben Sie ernst«, sagte Duke. »Sie haben die Schönheiten doch selbst gesehen.«

»Es ... es macht ihnen Spaß?«

»Ja, es macht ihnen Spaß. Aber damit zäumen wir das Pferd vom Schwanz her auf. Sie sind wie Wölfe, Brandon, unsichtbare Wölfe, die durch eine Schafherde streichen. Und jetzt verraten Sie mir eins – was wollen Wölfe mit Schafen, davon abgesehen, daß ihnen jedesmal einer abgeht, wenn sie eins getötet haben?«

»Sie ... was wollen Sie damit sagen?« Pearson senkte die Stimme zu einem Flüstern. »Wollen Sie behaupten, sie *essen* uns?«

»Sie essen einige Teile von uns«, sagte Duke. »Das hat Robbie Delray an dem Tag geglaubt, an dem ich ihn kennengelernt habe, und das glauben die meisten von uns immer noch.«

»Wer ist ›uns‹, Duke?«

»Die Leute, zu denen ich Sie bringe. Wir werden nicht alle anwesend sein, aber heute ist der größte Teil da. Es ist etwas im Busch. Etwas Großes.«

»Was?«

Darauf schüttelte Duke nur den Kopf und fragte: »Ist es schon so weit für ein Taxi? Wird es Ihnen allmählich zu feucht?«

Pearson wurde es feucht, aber für ein Taxi war es noch nicht so weit. Der Spaziergang hatte ihn erfrischt – aber nicht nur der Spaziergang. Er glaubte nicht, daß er es Duke sagen konnte – wenigstens noch nicht –, aber dies alles hatte definitiv eine gute Seite ... eine *romantische* gute Seite. Es war, als wäre er in eine unheimliche, aber aufregende Abenteuergeschichte für Knaben geraten; er konnte die Illustrationen von N. C. Wyeth fast vor sich sehen. Er betrachtete die Kegel weißen Lichts, die langsam um die Straßenlaternen am Storrow Drive kreisten, und lächelte verhalten. *Etwas Großes ist im Busch*, dachte er. *Agent X-2 hat sich mit guten Nachrichten aus dem unterirdischen Stützpunkt gemeldet. Wir haben das Batgift gefunden, nach dem wir gesucht haben!*

»Die Aufregung läßt nach, glauben Sie mir«, sagte Duke trocken.

Pearson drehte verblüfft den Kopf herum. Offenbar hatte Duke schon zum zweiten Mal an diesem Tag seine Gedanken gelesen.

»Wenn man Ihren Freund mit halbem Kopf aus dem Hafen von Boston fischt, werden Sie schon merken, daß kein Tom Swift vorbeikommen wird, um ihnen zu helfen, den verdammten Zaun zu weißeln.«

»Tom Sawyer«, murmelte Pearson und wischte sich Regenwasser aus den Augen. Er konnte spüren, wie er errötete.

»Sie essen etwas, das unser Gehirn erzeugt, meint jedenfalls Robbie. Möglicherweise ein Enzym, sagt er, möglicherweise eine spezielle elektromagnetische Strahlung. Er sagt, es könnte dasselbe sein, weshalb wir – jedenfalls einige von uns – sie sehen können, und daß wir für sie wie Tomaten im Garten eines Farmers sind, die sie pflücken, wenn sie denken, daß wir reif sind.

Ich wurde als Baptist erzogen und bin darum bereit, gleich zum Kern der Sache zu kommen – nichts mit dieser Farmer-John-Scheiße. Ich glaube, sie sind Seelenfresser.«

»Echt? Nehmen Sie mich auf den Arm, oder glauben Sie das wirklich?«

Duke lachte, zuckte die Achseln und sah trotzig drein – alles gleichzeitig. »Scheiße, ich weiß es nicht, Mann. Das alles tauchte etwa zum selben Zeitpunkt in meinem Leben auf, als ich überzeugt war, der Himmel wäre ein Märchen und die Hölle wären andere Menschen. Jetzt bin ich wieder total im Eimer. Aber das ist eigentlich nicht wichtig. Nur eines ist wichtig, nur eines muß man sich immer vor Augen halten, nämlich daß sie *eine Menge* Gründe haben, uns zu töten. Zuerst einmal, weil sie befürchten, wir könnten genau das tun, was wir jetzt auch tun – uns zusammenschließen, organisieren, versuchen, ihnen Schaden zuzufügen ...«

Er machte eine Pause, dachte darüber nach, schüttelte den Kopf. Dann sah er sich um und sah aus wie ein Mann, der Zwiesprache mit sich selbst hält und wieder einmal versucht, einige Fragen zu beantworten, um derentwegen er schon zu viele schlaflose Nächte verbracht hat.

»Befürchten? Ich weiß nicht, ob das richtig ist. Aber sie gehen nicht viele Risiken ein, daran kann kein Zweifel bestehen. Und an etwas anderem besteht auch kein Zweifel – sie hassen die Tatsache, daß manche von uns sie sehen können. Das hassen sie *wie die Pest.* Wir haben einmal einen gefangengenommen, und das war, als hielte man einen Sturm im Wasserglas gefangen. Wir ...«

»Einen *gefangen*!«

»Freilich«, sagte Duke und schenkte ihm ein hartes, humorloses Lächeln. »Wir haben ihn auf einem Rastplatz an der I-95 droben bei Newburyport gestellt. Wir waren zu sechst – mein Freund Robbie hatte das Kommando. Wir brachten ihn in ein Farmhaus, und als die Wirkung der Wagenladung Schlafmittel, die wir ihm verpaßt hatten, nachließ – übrigens viel zu schnell –, versuchten wir, ihn zu verhören, um bessere Antworten auf einige der Fragen zu bekommen, die Sie auch schon gestellt haben. Wir hatten ihm Handschellen und Fußfesseln angelegt; wir hatten soviel Nylonseil um ihn gewickelt, daß er wie eine Mumie aussah. Wissen Sie, woran ich mich noch am besten erinnere?«

Pearson schüttelte den Kopf. Das Gefühl, er lebte zwischen den Seiten einer Abenteuergeschichte für Knaben, war verschwunden.

»Wie er aufgewacht ist«, sagte Duke. »Es gab keine Übergangsphase. Eben war er noch völlig weggetreten, und im nächsten Augenblick war er hellwach und starrte uns mit diesen gräßlichen Augen an. Fledermausaugen. Sie *haben* nämlich Augen, wissen Sie – das ist den Leuten nicht immer ganz klar. Dieses Gerücht, daß sie blind wären, muß das Werk eines guten Presseagenten sein.

Er weigerte sich, mit uns zu reden. Kein einziges Wort. Ich glaube, er wußte, daß er diese Scheune nicht mehr verlassen würde, aber er zeigte keine Angst. Nur Haß. Mein Gott, der Haß in seinen Augen!«

»Was ist passiert?«

»Er hat die Handschellenkette zerrissen wie ein Papiertaschentuch. Die Fußfesseln waren schwieriger – wir hatten diese Klemmen aus Eisen in hohen Stiefeln, die man direkt am Boden festnageln kann. Aber das Nylonseil – er hat angefangen, es durchzubeißen, wo es über seine Schulter ging. Sie haben die Zähne ja gesehen – es war, als nagte eine Ratte eine Strohschnur durch. Wir standen alle da wie vom Donner gerührt. Sogar Robbie. Wir konnten nicht glauben, was wir da sahen. Vielleicht hatte er uns auch hypnotisiert. Wissen Sie, das habe ich mich oft gefragt, ob das nicht möglich gewesen wäre. Gottseidank hatten wir Lester Olson. Wir hatten einen Ford Econoline benutzt, den Robbie und Moira gestohlen hatten, und Lester hatte panische Angst, man könnte ihn von der Straße aus sehen. Er ging raus, um nachzusehen, und als er zurückkam und feststellte, daß das Ding sich fast befreit hatte, bis auf die Füße, schoß er ihm dreimal in den Kopf. Einfach peng-peng-peng.«

Duke schüttelte den Kopf.

»Hat ihn getötet«, sagte Pearson. »Einfach peng-peng-peng.«

Seine Stimme schien außerhalb seines Kopfes zu ertönen wie heute vormittag auf dem Vorplatz der Bank, und plötzlich kam ihm ein gräßlicher und doch plausibler Gedanke: daß es gar keine Batmen *gab*. Sie waren eine Massenhalluzination, mehr nicht, nicht viel anders, als sie Peyoteesser manchmal während ihrer Drogenversammlungen hatten. Eine Massenhalluzination, die sich auf die Zehn-Uhr-Leute beschränkte und einfach von genau der falschen Menge Tabak ausgelöst wurde. Die Leute, zu denen Duke ihn führte, hatten in dieser irren Wahnvorstellung mindestens einen unschuldigen Menschen getötet und würden wahrscheinlich weitere töten. Würden mit der Zeit *mit Sicherheit* weitere töten. Und wenn er sich nicht bald von dem Einfluß dieses verrückten Bankers befreite, wurde er vielleicht einer von ihnen. Er hatte schon zwei Batmen – Fledermausmenschen – gesehen – nein, drei, wenn man den Polizisten mitzählte, und vier mit dem Vizepräsidenten. Und das brachte das Kartenhaus wirklich zum Einstürzen, die Vorstellung, daß *der Vizepräsident der Vereinigten Staaten* . . .

Dukes Gesichtsausdruck erweckte in Pearson die Überzeugung, daß seine Gedanken ein rekordverdächtiges drittes Mal an diesem Tag gelesen wurden. »Sie fragen sich allmählich, ob wir vielleicht nicht mehr alle Tassen im Schrank haben, Sie eingeschlossen«, sagte Duke. »Ist es nicht so?«

»Natürlich ist es so«, sagte Pearson etwas schneidender, als er beabsichtigt hatte.

»Sie verschwinden«, sagte Duke einfach nur. »Ich habe *gesehen*, wie der in der Scheune verschwunden ist.«

»Was?«

»Sie werden durchsichtig, lösen sich in Rauch auf, verschwinden. Ich weiß, wie verrückt sich das anhört, aber ich könnte niemals die Worte finden, um Ihnen begreiflich zu machen, wie verrückt es war, tatsächlich dabeizusein und zu sehen, wie es passierte.

Zuerst denkt man, es kann nicht sein, obwohl es sich vor den eigenen Augen abspielt; man glaubt, man muß es träumen, oder daß man möglicherweise in einen Film hineingeraten ist, einen Film voll toller Spezialeffekte, wie die alten *Krieg-der-Sterne*-Filme. Dann riecht man etwas wie Staub und Pisse und scharfe Chilischoten in einem. Verätzt die Augen, und man möchte kotzen. Lester *hat* gekotzt, und Janet hat eine Stunde hinterher noch geniest. Sie sagte, normalerweise passiert ihr das nur bei Ambrosia und Brennessel. Wie auch immer, ich ging zu dem Stuhl, wo er gewesen war. Die Seile waren noch da, ebenso die Handschellen und seine Kleider. Das Hemd war noch zugeknöpft. Die Krawatte geknotet. Ich machte den Reißverschluß seiner Hose auf – ganz vorsichtig, als könnte sein Pimmel rausgeschnellt kommen und mir die Nase abbeißen –, aber ich sah nur seine Unterwäsche in den Hosen. Gewöhnliche weiße Boxershorts. Das war alles, aber es genügte, denn *die* waren auch leer. Ich will Ihnen was sagen, Bruder – man hat nichts Unheimliches gesehen, wenn man nicht die Kleidung von einem Typen so ordentlich in Schichten gesehen hat, ohne den Typ drinnen.«

»Verwandeln sich in Rauch und verschwinden«, sagte Pearson. »Jesus Christus.«

»Ja. Ganz am Ende hat er so ausgesehen.« Er deutete auf eine der Straßenlaternen mit ihrem hellen, kreisenden Nimbus aus Feuchtigkeit.

»Und was passiert mit . . .« Pearson war einen Moment unsicher, wie er seine Frage formulieren sollte. »Werden sie als vermißt gemeldet? Sind sie . . .« Dann fiel ihm ein, was er wirklich wissen wollte. »Duke, wo ist der *echte* Douglas Keefer? Und die *echte* Suzanne Holding?«

Duke schüttelte den Kopf. »Das weiß ich nicht. Ich weiß nur, in gewisser Weise war es der echte Keefer, den Sie heute morgen gesehen haben, Brandon, und auch die echte Suzanne Holding. Wir glauben, daß die Köpfe, die wir sehen, in Wirklichkeit gar nicht da sind, daß unser Gehirn nur das. was die Fledermäuse wirklich sind – ihre Herzen und Seelen – in visuelle Bilder übersetzt.«

»Spirituelle Telepathie?«

Duke grinste. »Sie können mit Worten umgehen, Bruder – aber man könnte es so nennen. Sie müssen sich mit Lester unterhalten. Wenn es um die Fledermäuse geht, ist er beinahe ein Dichter.«

Als er den Namen hörte, klingelte etwas in ihm, und nach einem Augenblick des Nachdenkens glaubte Pearson, daß er auch den Grund dafür kannte.

»Ist das ein älterer Mann mit dichtem weißem Haar? Sieht irgendwie aus wie ein alternder Magnat in einer Seifenoper?«

Duke prustete vor Lachen. »Ja, das ist Les.«

Sie gingen eine Weile schweigend nebeneinander her. Der Fluß rauschte geheimnisvoll rechts von ihnen vorbei, und sie konnten die Lichter von Cambridge auf der anderen Seite sehen. Pearson dachte, daß er Boston noch nie so schön gesehen hatte.

»Die Batmen haben sich vielleicht nur einmal einen Virus oder so geholt ...« begann Pearson wieder und tastete sich so an das Thema heran.

»Ja, nun, manche Leute glauben an die Virustheorie, aber ich nicht. Denn überlegen Sie mal: Sie sehen nie einen Bat*hausmeister* oder eine Batgirl*kellnerin*. Sie stehen auf *Macht*, und sie bewegen sich nur im Umfeld der Macht. Haben Sie je von einem Virus gehört, der nur reiche Leute befällt, Brandon?«

»Nein.«

»Ich auch nicht.«

»Diese Leute, mit denen wir uns treffen werden ... sind sie ...« Pearson stellte mit einer gewissen Erheiterung fest, daß er sich überwinden mußte, die nächsten Worte auszusprechen. Es war nicht gerade eine Rückkehr ins Land der Abenteuerbücher für Knaben, aber nahe daran. »Sind sie Widerstandskämpfer?«

Duke dachte darüber nach, dann nickte er und zuckte gleichzeitig die Achseln – eine faszinierende Geste, als wollte sein Körper gleichzeitig ja und nein sagen. »Noch nicht«, sagte er, »aber nach heute abend werden wir es vielleicht sein.«

Bevor Pearson ihn fragen konnte, was er damit gemeint hatte, erspähte Duke wieder ein freies Taxi, dieses Mal auf der anderen Seite des Storrow Drive, und sprang in den Rinnstein, um es herbeizuwinken. Es fuhr eine illegale U-Kurve und hielt am Bordstein, damit sie einsteigen konnten.

Im Taxi unterhielten sie sich über Sport – die nervtötenden Red Sox, die deprimierenden Patriots, die schlappen Celtics – und ließen das Thema Fledermausmenschen ruhen. Doch als sie vor einem freistehenden Holzhaus auf der Cambridger Seite des Flusses ausstiegen (KATES KRIMI-SHOP stand auf einem Schild mit einer fauchenden schwarzen Katze, die einen Buckel machte), hielt Pearson Duke Rhinemans Arm fest und sagte: »Ich habe noch ein paar Fragen.«

Duke sah auf die Uhr. »Keine Zeit, Brandon – ich glaube, unser Spaziergang hat ein bißchen zu lange gedauert.«

»Dann nur zwei.«

»Mein Gott, Sie sind wie dieser Typ im Fernsehen, der in dem schmutzigen alten Regenmantel. Ich bezweifle sowieso, daß ich sie beantworten kann – ich weiß viel weniger von alledem, als Sie zu glauben scheinen.«

»Wann hat es angefangen?«

»Sehen Sie? Genau das meine ich. Ich weiß es nicht, und das Ding, das wir gefangen hatten, wollte es uns nicht verraten. Es hat uns seinen Namen, Dienstgrad und Dienstausweisnummer nicht genannt. Robbie Delray, von dem ich Ihnen erzählt habe, hat gesagt, daß er seinen ersten vor mehr als fünf Jahren gesehen hat, als er einen Lhasa Apso auf dem Boston Common ausführte. Er sagt, daß es jedes Jahr mehr werden. Im Vergleich zu uns sind es immer noch nicht viele, aber ihre Zahl steigt . . . exponentiell? . . . ist das das Wort, nach dem ich suche?«

»Ich hoffe nicht«, sagte Pearson. »Das ist ein beängstigendes Wort.«

»Und Ihre andere Frage, Brandon? Beeilen Sie sich.«

»Was ist mit anderen Städten? Gibt es dort mehr Bats? Und andere Menschen, die sie sehen? Was haben Sie darüber gehört?«

»Davon wissen wir nichts. Sie könnten überall auf der Welt sein, aber wir sind ziemlich sicher, daß Amerika das einzige Land auf der Welt ist, wo mehr als eine Handvoll Menschen sie sehen können.«

»Warum?«

»Weil es das einzige Land ist, wo die Leute wegen Zigaretten förmlich durchdrehen. Wahrscheinlich ist es das einzige Land, in dem die Menschen glauben – und im Grunde ihres Herzens tun sie das wirklich –, wenn sie genau die richtigen Lebensmittel essen, die richtige Kombination von Vitaminen zu sich nehmen, ausreichend richtige Gedanken denken und sich die Ärsche mit der richtigen Klopapiermarke abwischen, dann werden sie ewig leben und die ganze Zeit sexuell aktiv sein. Was das Rauchen anbelangt, sind die Fronten abgesteckt, und das Ergebnis sind diese seltsamen Hybriden. Wir, mit anderen Worten.«

»Die Zehn-Uhr-Leute«, sagte Pearson lächelnd.

»Richtig. Die Zehn-Uhr-Leute.« Er sah über Pearsons Schulter. »Moira! Hi!«

Es überraschte Pearson nicht besonders, daß er Giorgio roch. Er drehte sich um und sah die kleine Miss Rotrock.

»Moira Richardson, Brandon Pearson.«

»Hallo«, sagte Pearson und ergriff ihre ausgestreckte Hand. »Kreditassistentin, richtig?«

»Das ist etwa so, als würde man einen Müllkutscher Sanitärtechniker nennen«, sagte sie mit einem fröhlichen Grinsen. Es war ein Grinsen, fand Pearson, in das ein Mann sich verlieben konnte, wenn er nicht auf sich achtgab. »Normalerweise kümmere ich mich nur um Kreditwürdigkeit. Wenn Sie einen neuen Porsche kaufen wollen, dann stelle ich fest, ob Sie tatsächlich ein Porsche-Typ sind. Natürlich nur im finanziellen Sinn.«

»Natürlich«, sagte Pearson und erwiderte das Grinsen.

»Cam!« rief sie. »Komm her!«

Das war der Hausmeister, der die Mütze verkehrtherum trug, wenn er das Klo putzte. In Straßenkleidung schien er etwa fünfzig IQ-Punkte mehr zu haben und eine erstaunliche Ähnlichkeit mit Armand Assante. Pearson verspürte einen kleinen Stich, aber keine echte Überraschung, als der Mann den Arm um Moira Richardsons begehrenswert schlanke Taille legte und ihr einen Kuß auf ihren begehrenswert kleinen Mundwinkel gab. Dann hielt er Brandon die Hand hin.

»Cameron Stevens.«

»Brandon Pearson.«

»Ich freue mich, Sie hier zu sehen«, sagte Stevens. »Heute morgen habe ich wirklich geglaubt, Sie würden es vermasseln.«

»Wie viele von Ihnen haben mich denn beobachtet?« fragte Pearson. Er versuchte, sich an zehn Uhr auf dem Vorplatz zu erinnern, stellte aber fest, daß er das nicht konnte – alles war hinter dem weißen Nebel des Schreckens verschwunden.

»Fast alle in der Bank, die sie sehen können«, sagte Moira leise. »Aber das macht nichts, Mr. Pearson ...«

»Brandon, bitte.«

Sie nickte. »Wir haben nichts anderes getan, als auf Sie aufzupassen, Brandon. Komm mit, Cam.«

Sie eilten die Stufen zur Veranda des kleinen Holzhauses hinauf und verschwanden im Inneren. Pearson konnte gerade einen flüchtigen Blick auf gedämpftes Licht erkennen, bevor die Tür wieder zufiel. Dann drehte er sich wieder zu Duke um.

»Das ist alles echt, richtig?«

Duke sah ihn verständnisvoll an. »Unglücklicherweise ja.« Nach einer Pause fügte er hinzu: »Aber etwas Gutes hat es.«

»Ach ja? Und das wäre?«

Dukes weiße Zähne blitzten in der nieseligen Düsternis. »Sie werden Ihre erste Versammlung seit wahrscheinlich zehn Jahren besuchen, bei der das Rauchen gestattet ist«, sagte er. »Kommen Sie – gehen wir rein.«

3

Das Foyer und die Buchhandlung dahinter waren dunkel; das Licht und die Stimmen kamen die steile Treppe links von ihnen empor.

»Nun«, sagte Duke, »hier sind wir. Um die Dead zu zitieren, What a long strange trip it's been – was für eine lange, seltsame Reise ist es doch gewesen.«

»Das können Sie laut sagen«, stimmte Pearson zu. »Ist Kate ein Zehn-Uhr-Mensch?«

»Die Besitzerin? Nein. Ich habe sie nur zweimal gesehen, aber ich glaube, sie ist eine überzeugte Nichtraucherin. Es war Robbies Idee, hierher zu kommen. Was Kate betrifft, sind wir die Bostoner Gesellschaft der Krimifreunde.«

Pearson zog die Brauen hoch. »Wie bitte?«

»Eine kleine Gruppe treuer Fans, die sich jede Woche treffen, um über die Werke von Raymond Chandler, Dashiell Hammett, Ross Macdonald und Konsorten zu diskutieren. Falls Sie keinen von ihnen gelesen haben, sollten Sie es vielleicht nachholen. Es kann nie schaden, wenn man vorbereitet ist. Und so schwer ist es gar nicht; manche von ihnen sind sogar ziemlich gut.«

Sie gingen nach unten, Duke voraus – die Treppe war so schmal, daß sie nicht nebeneinander gehen konnten –, und betraten durch eine offene Tür einen hell erleuchteten Kellerraum mit niederer Decke, der wahrscheinlich die gesamte Länge des umgebauten Holzhauses oben umfaßte. Etwa dreißig Klappstühle waren aufgestellt worden, und vor ihnen stand eine mit blauem Tuch verhängte Staffelei. Hinter der Staffelei stapelten sich Versandkartons verschiedener Verlage. Pearson bemerkte amüsiert ein gerahmtes Bild an der Wand, darunter ein Schild mit der Aufschrift: DASHIELL HAMMETT: HEIL UNSEREM FURCHTLOSEN VORBILD.

»Duke?« fragte eine Frau links von Pearson. »Gott sei dank – ich dachte schon, dir wäre etwas zugestoßen.«

Auch sie kannte Pearson – eine junge Frau mit ernster Miene, dicker Brille und langem, glattem schwarzem Haar. Heute abend sah sie in engen Jeans und einem T-Shirt der Georgetown University, unter dem sie eindeutig keinen BH trug, nicht ganz so ernst aus. Pearson gewann den Eindruck, sollte Dukes Frau je mitbekommen, wie diese junge Frau ihren

Mann ansah, dann würde sie Duke an den Ohren aus Kates Kellerraum zerren, ohne sich um alle Fledermausmenschen der Welt zu scheren.

»Mir geht es prächtig, Darling«, sagte er. »Ich habe einen weiteren Konvertiten zur Kirche der Versauten Fledermaus mitgebracht, das ist alles. Janet Brightwood, Brandon Pearson.«

Brandon schüttelte ihr die Hand und dachte: *Du bist doch die, die ständig geniest hat.*

»Freut mich außerordentlich, Sie kennenzulernen, Brandon«, sagte sie und lächelte dann wieder Duke zu, der unter ihrem durchdringenden Blick ein bißchen verlegen wirkte. »Gehen wir hinterher noch einen Kaffee trinken?« fragte sie ihn.

»Nun – wir werden sehen, Darling. Okay?«

»Okay«, sagte sie, und ihr Lächeln verriet, daß sie drei Jahre darauf warten würde, mit Duke einen Kaffee trinken zu gehen, wenn Duke es so wollte.

Was habe ich hier zu suchen? fragte sich Pearson plötzlich. *Das ist völliger Wahnsinn . . . wie ein Treffen der Anonymen Alkoholiker im Irrenhaus.*

Die Mitglieder der Kirche der Versauten Fledermaus nahmen Aschenbecher von einem Stapel auf einer der Bücherkisten und zündeten sich voll offensichtlicher Wonne Zigaretten an, während sie zu ihren Plätzen gingen. Pearson schätzte, daß nur noch wenige Klappstühle übrig sein würden, wenn alle Platz genommen hatten.

»Heute sind so gut wie alle anwesend«, sagte Duke und führte ihn zu zwei Stühlen in der hinteren Reihe, weit weg von Janet Brightwood, die über ihre Kaffeemaschine wachte. Pearson hatte keine Ahnung, ob das ein Zufall war oder nicht. »Das ist gut . . . passen Sie auf die Fensterstange auf, Brandon.«

Die Stange, mit einem Haken am oberen Ende, um die hochgelegenen Kellerfenster zu öffnen, lehnte an einer weißgetünchten Backsteinwand. Pearson war versehentlich dagegen getreten, als er sich gesetzt hatte. Duke packte sie, bevor sie umfallen und möglicherweise jemanden erschlagen konnte, brachte sie an einen vergleichsweise sicheren Ort, ging den Gang entlang und holte einen Aschenbecher.

»Sie *können* Gedanken lesen«, sagte Pearson dankbar und zündete sich eine an. Es kam ihm ungeheuer seltsam (aber herrlich) vor, dies inmitten einer so großen Gruppe zu tun.

Duke zündete sich auch eine an, dann deutete er auf einen hageren, sommersprossigen Mann, der neben der Staffelei stand. Der Sommersprossige unterhielt sich angeregt mit Lester Olson, der in der Scheune in Newsbury den Batman erschossen hatte, peng-peng-peng.

»Der Rothaarige ist Robbie Delray«, sagte Duke fast ehrerbietig. »Wenn man die Rollen für eine Fernsehserie besetzen müßte, würde man ihn kaum als Retter der Menschheit aussuchen, was? Aber genau das könnte er sein.«

Delray nickte Olson zu, klopfte ihm den Rücken und sagte etwas, bei dem der weißhaarige Mann lachen mußte. Dann ging Olson zu seinem Sitz zurück – erste Reihe Mitte –, und Delray begab sich zu der verhängten Staffelei.

Inzwischen waren sämtliche Stühle belegt; im hinteren Teil des Raumes, bei der Kaffeemaschine, standen sogar ein paar Leute. Angeregte und nervöse Unterhaltungen schwirrten durch den Raum wie Billardkugeln nach einem harten Eröffnungsstoß. Unter der Decke hing bereits eine Wolke blaugrauen Zigarettenrauchs.

Gütiger Himmel, die sind aufgedreht, dachte er. *Total aufgedreht. Ich wette, 1940, während des Blitzkriegs, hat in den Kellern von London dieselbe Stimmung geherrscht.*

Er drehte sich zu Duke um. »Mit wem haben Sie gesprochen? Wer hat Ihnen gesagt, daß heute nacht etwas Großes im Busch ist?«

»Janet«, sagte Duke, ohne ihn anzusehen. Er hatte seine ausdrucksvollen braunen Augen auf Robbie Delray gerichtet, der ihn einmal während einer Fahrt mit der Red Line davor bewahrt hatte, den Verstand zu verlieren. Pearson glaubte, daß er neben Bewunderung so etwas wie Vergötterung in Dukes Augen sah.

»Duke? Dies ist echt eine große Versammlung, was?«

»Für uns ja. die größte, die ich je gesehen habe.«

»Macht es Sie nervös? Daß so viele Ihrer Leute auf einem Fleck versammelt sind?«

»Nein«, sagte Duke einfach. »Robbie kann die Bats *riechen.* Er . . . *pssst,* es geht los.«

Robbie Delray lächelte, hob die Hände, und das Murmeln verstummte fast augenblicklich. Pearson sah Dukes bewundernden Gesichtsausdruck auch in vielen anderen Gesichtern. In keinem aber weniger als Respekt.

»Danke, daß ihr gekommen seid«, sagte Delray leise. »Ich glaube, wir haben endlich erreicht, worauf manche von uns schon seit fünf Jahren warten.«

Das löste spontanen Beifall aus. Delray ließ sie einen Augenblick gewähren. Schließlich hob er die Hände und bat um Ruhe. Pearson machte eine beunruhigende Feststellung, als der Applaus (an dem er sich nicht beteiligte) abklang: Er konnte Dukes Freund und Mentor nicht leiden. Wahrscheinlich, vermutete er, verspürte er eine Anwandlung von Eifersucht – seit Delray vorne seine Nummer abzog, hatte Duke ganz offensichtlich vergessen, daß es Pearson überhaupt gab. Aber er glaubte nicht, daß das alles war. Diese »Bitte-Ruhe«-Geste mit erhobenen Händen hatte etwas Arglistiges und Selbstbeweihräucherndes; es hatte etwas von der fast unbewußten Verachtung eines Politikers für sein Publikum.

Hör auf damit, ermahnte sich Pearson. *Das kannst du nicht wissen.*

Richtig, durchaus richtig, und Pearson bemühte sich, den Eindruck aus seinem Denken zu verdrängen und Delray eine Chance zu geben, und wenn es auch nur um Dukes willen war.

»Bevor wir anfangen«, fuhr Delray fort, »möchte ich Sie gern mit einem brandneuen Mitglied unserer Gruppe bekannt machen: Brandon Pearson, aus dem tiefsten, dunkelsten Medford. Bitte stehen Sie kurz auf, Brandon, und zeigen Sie Ihren neuen Freunden, wie Sie aussehen.«

Pearson sah Duke verblüfft an. Duke grinste, zuckte die Achseln und gab Pearson dann mit dem Handballen einen Schubs an der Schulter. »Los doch, die beißen nicht.«

Dessen war sich Pearson nicht sicher. Dennoch stand er mit knallrotem Gesicht auf und spürte überdeutlich die Blicke der Anwesenden, die die Hälse verdrehten, um ihn zu mustern. Besonders deutlich merkte er das Grinsen von Lester Olson – es war, wie sein Haar, irgendwie so auffällig, daß es einfach verdächtig wirken mußte.

Seine Kollegen von den Zehn-Uhr-Leuten applaudierten wieder, aber dieses Mal applaudierten sie ihm: Brandon Pearson, Banker mittleren Ranges und störrischer Raucher. Er fragte sich wieder, ob er nicht doch durch Zufall in eine Versammlung der Anonymen Alkoholiker geraten war, die ausschließlich für Psychopathen bestimmt war (ganz zu schweigen davon, daß sie von welchen geleitet wurde). Als er wieder auf seinem Klappstuhl Platz nahm, waren seine Wangen purpurrot.

»Darauf hätte ich gern verzichten können«, flüsterte er Duke zu.«

»Nur die Ruhe«, sagte Duke immer noch grinsend. »Das ist bei allen dasselbe. Und es muß Ihnen doch gefallen, Mann, oder nicht? Ich meine, Scheiße, es ist so *typisch* neunziger Jahre.«

»Es ist typisch neunziger Jahre, das stimmt, aber deshalb muß es mir noch lange nicht gefallen«, sagte Pearson. Sein Herz klopfte zu heftig, und die Röte seiner Wangen ließ nicht nach. Ihm schien sogar, als nähme sie weiter zu. *Was ist das?* fragte er sich. *Hitzewallungen? Männliche Wechseljahre?*

Robbie Delray bückte sich, unterhielt sich kurz mit der brünetten Brillenträgerin, die neben Olson saß, sah auf die Uhr, ging zu der verhängten Leinwand zurück und trat dann wieder vor die Gruppe. Mit seinem offenen, sommersprossigen Gesicht sah er wie ein Sonntagsschüler oder Chorknabe aus, der unter der Woche alle möglichen harmlosen Streiche ausheckt – Mädchen Frösche in die Blusen stecken, dem kleinen Bruder die Bettdecke wegziehen, solche Sachen.

»Danke, Freunde, und willkommen in unserer Mitte, Brandon«, sagte er.

Pearson murmelte, daß er sich freute, hier zu sein, aber das stimmte nicht – was wäre, wenn sich seine Zehn-Uhr-Brüder und -Schwestern als eine Bande besserer New-Age-Arschlöcher herausstellten? Angenommen, er dachte genau so über sie wie über die meisten Gäste, die er in Oprah sah, oder über die gutgekleideten religiösen Fanatiker, die nach dem Psalm immer ihren Auftritt im *P. T. L. Club* hatten? Was *dann*?

Ach, hör auf, sagte er zu sich. *Du kannst Duke doch gut leiden, oder nicht?*

Ja, er konnte Duke gut leiden, und er dachte sich, daß er Moira Richardson wahrscheinlich auch gut leiden können würde – das hieß, wenn er erst einmal hinter ihrem Äußeren die Persönlichkeit im Inneren entdecken konnte. Zweifellos würde er sich auch mit anderen anfreunden; er war ein geselliger Typ. Und er hatte, zumindest vorübergehend, den gemeinsamen Grund vergessen, weshalb sie sich alle hier in diesem Keller versammelt hatten: die Fledermausmenschen. Angesichts dieser Bedrohung konnte er ein paar Irre und New Ager tolerieren, oder nicht?

Wahrscheinlich.

Gut! Vorzüglich! Und jetzt lehn dich zurück, entspann dich und sieh dir die Parade an.

Er lehnte sich zurück, stellte aber fest, daß er sich nicht entspannen konnte, jedenfalls nicht völlig. Teilweise lag das daran, daß er der Neue war. Teilweise lag es daran, daß ihm ein auf diese Art erzwungener gesellschaftlicher Umgang mißfiel – er betrachtete Menschen, die ihn sofort und ohne Aufforderung beim Vornamen ansprachen, als eine Art Eindringlinge. Und teilweise ...

Ach, hör auf! Hast du es immer noch nicht kapiert? Du hast in dieser Angelegenheit keine Wahl!

Ein unangenehmer Gedanke, dem er aber nichts entgegenzusetzen hatte. Er hatte heute morgen eine Grenze überschritten, als er beiläufig den Kopf gedreht und gesehen hatte, was heutzutage *wirklich* in Douglas Keefers Kleidung steckte. Er glaubte, daß er das zumindest gewußt hatte, aber erst heute abend war ihm deutlich geworden, wie endgültig diese Grenze war und wie gering die Chance, sie jemals wieder in der Gegenrichtung zu überschreiten. Auf die *sichere* Seite.

Nein, er konnte sich nicht entspannen. Jedenfalls noch nicht.

»Bevor wir zur Sache kommen, möchte ich mich bei euch allen bedanken, daß ihr so kurzfristig gekommen seid«, sagte Robbie Delray. »Ich weiß, es ist nicht immer leicht, sich davonzumachen, ohne verwunderte Blicke zu ernten, und manchmal ist es regelrecht gefährlich. Ich glaube, es ist nicht übertrieben, zu sagen, daß wir schon verdammt viel zusammen durchgemacht haben ... durch jede Menge Hochwasser gewatet sind ...«

Ein höfliches, gemurmeltes Kichern aus dem Publikum. Die meisten schienen jedes Wort von Delray aufzusaugen.

»... und niemand weiß besser als ich, wie schwer es ist, zu den wenigen Menschen zu gehören, die tatsächlich die Wahrheit kennen. Seit ich vor fünf Jahren meinen ersten Bat gesehen habe ...«

Pearson wurde bereits unruhig und verspürte das einzige Gefühl, mit dem er heute abend nicht gerechnet hatte: Langeweile. Daß dieser seltsame Tag so zu Ende gehen sollte, mit einer Gruppe Menschen, die im Keller einer Buchhandlung saßen und einem sommersprossigen Anstreicher zuhörten, der eine Rede hielt, die wie eine schlechte Ansprache im Rotary Club klang ...

Doch die anderen schienen völlig gebannt zu sein; Pearson sah sich noch einmal um und vergewisserte sich. In Dukes Augen leuchtete selbstvergessene Faszination – ein Gesichtsausdruck, wie ihn auch Buddy, Pearsons Hund aus Kindertagen, zur Schau gestellt hatte, wenn Pearson seinen Freßnapf aus dem Fach unter der Spüle holte. Cameron Stevens und Moira Richardson hatten die Arme umeinandergelegt und betrachteten Robbie Delray mit gebannter Aufmerksamkeit. Ebenso Janet Brightwood. Ebenso der Rest der kleinen Gruppe um die Kaffeemaschine herum.

Ebenso alle, dachte er, *ausgenommen Brandon Pearson. Komm schon, Kleiner, versuch, dem Programm zu folgen.*

Aber er konnte es nicht, und auf eine merkwürdige Weise schien es, als könnte Robbie Delray es auch nicht. Pearson beendete seine Begutachtung des Publikums gerade rechtzeitig, um zu sehen, wie Delray wieder hastig auf die Uhr sah. Es war eine Geste, die Pearson nur allzu bekannt war, seit er sich in den Kreis der Zehn-Uhr-Leute eingereiht hatte. Er vermutete, daß der Mann die Minuten bis zu seiner nächsten Zigarette zählte.

Während Delray weiter schwadronierte, verloren auch einige andere das Interesse – Pearson hörte unterdrücktes Husten und das Scharren von Füßen. Delray segelte dessenungeachtet weiter und schien nicht zu bemerken, daß er im Begriff war, die Geduld seiner Zuhörerschaft zu strapazieren, geliebter Anführer der Rebellen hin oder her.

»... deshalb haben wir uns durchgeschlagen, so gut wir konnten«, sagte er gerade, »und wir haben unsere Verluste hingenommen, so gut es ging, und unsere Tränen verborgen, wie es wahrscheinlich alle zu allen Zeiten tun mußten, die in heimlichen Kriegen gekämpft haben, derweil wir stets den Glauben hegten, daß der Tag kommen wird, da das Geheimnis offenbart wird und wir ...«

Und wieder ein rascher Blick auf die Uhr ...

»... imstande sein werden, unser Wissen mit allen Männern und Frauen da draußen zu teilen, die schauen, aber nicht sehen können.«

Retter der Menschheit? dachte Pearson. *Gott steh uns bei! Der Kerl hört sich eher an wie Jesse Helms bei einem Hinhaltemanöver.*

Er betrachtete Duke und stellte erleichtert fest, daß dieser zwar immer noch zuhörte, aber auf seinem Sitz hin und her rutschte und Anzeichen erkennen ließ, daß er aus seiner Trance erwachte.

Pearson berührte sein Gesicht und stellte fest, daß es immer noch heiß war. Er drückte die Fingerspitzen auf die Halsschlagader und fühlte den Puls – immer noch rasend schnell. Jetzt lag es nicht mehr an der Peinlichkeit, daß er aufstehen und sich begaffen lassen mußte wie in der Endrunde der Wahl zur Miss America; die anderen hatten vergessen, daß er existierte, jedenfalls vorübergehend. Nein, es war etwas anderes. Und bestimmt nichts Gutes.

»... wir sind dabei geblieben und haben uns daran gehalten, wir haben die Füße bewegt, auch wenn die Musik nicht nach unserem Geschmack war ...«, laberte Delray.

Es liegt an dem, was du vorhin schon gedacht hast, sagte Brand Pearson zu sich selbst. *Es ist die Angst, daß du in eine Gruppe von Leuten hineingeraten bist, die derselben tödlichen Halluzination zum Opfer gefallen sind.*

»Nein, das ist es *nicht*«, murmelte er. Duke drehte sich mit hochgezogenen Brauen zu ihm um, worauf Pearson den Kopf schüttelte. Duke richtete seine Aufmerksamkeit wieder auf den vorderen Teil des Raumes.

Er hatte tatsächlich Angst, aber nicht davor, daß er in einen seltsamen Kult geraten war, der aus Nervenkitzel tötete. Vielleicht *hatten* die Leute in diesem Raum getötet – zumindest einige –, vielleicht *hatte* sich die Episode in der Scheune in Newburyport tatsächlich abgespielt, aber von der Energie, die für derartige Verzweiflungsmaßnahmen erforderlich war, war in diesem Raum voller Yuppies, über die Dashiell Hammett wachte, nichts zu spüren. Er spürte lediglich schläfrige Halbherzigkeit, eine Art reduzierte Aufmerksamkeit, die es Leuten ermöglichte, langweilige Ansprachen wie diese zu überstehen, ohne einzuschlafen oder aufzustehen und den Saal zu verlassen.

»Robbie, komm zum Thema!« rief ein wohlmeinender Geist aus dem hinteren Teil des Raumes, worauf nervöses Gelächter ertönte.

Robbie Delray warf einen irritierten Blick in die Richtung, aus der die Stimme erklungen war, dann lächelte er und sah wieder auf die Uhr. »Ja, okay«, sagte er. »Ich gebe zu, ich bin abgeschweift. Lester, würdest du mir kurz helfen?«

Lester stand auf. Die beiden Männer verschwanden hinter dem Stapel Bücherkartons, trugen eine große Lederkiste an Gurten nach vorn und stellten sie unmittelbar vor der Staffelei ab.

»Danke, Les«, sagte Robbie.

Lester nickte und setzte sich wieder.

»Was ist in der Kiste?« flüsterte Pearson Duke ins Ohr.

Duke schüttelte den Kopf. Er sah verwirrt und mit einem Mal ein wenig unbehaglich drein – aber längst nicht so unbehaglich, wie Pearson zumute war.

»Okay, Mac hat recht«, sagte Delray. »Ich habe mich wahrscheinlich hinreißen lassen, aber ich finde, dies ist ein historischer Anlaß. Weiter im Programm.«

Er legte eine wirkungsvolle Pause ein, dann riß er das blaue Tuch von der Leinwand. Die Leute im Publikum beugten sich auf ihren Stühlen nach vorn und bereiteten sich auf eine Überraschung vor, dann ließen sie sich mit einem kollektiven Seufzer der Enttäuschung zurücksinken. Es handelte sich um die Schwarzweißfotografie eines scheinbar leerstehenden Lagerhauses. Das Foto war so weit vergrößert worden, daß das Auge mühelos das Durcheinander von Papierfetzen, Kondomen und leeren Weinflaschen in den Ladebuchten erkennen und das Wirrwarr aufgesprühter schlauer Sprüche an den Wänden lesen konnte. Der deutlichste Spruch lautete: DIE TOHUWABOHUSCHWESTERN HERRSCHEN.

Ein flüsterndes Murmeln lief durch den Raum.

»Vor fünf Wochen«, sagte Delray eindrucksvoll, »haben Lester, Kendra und ich zwei Batmen bis zu diesem leerstehenden Lagerhaus im Stadtteil Clark Bay von Revere verfolgt.«

Die dunkelhaarige Frau mit der runden, randlosen Brille, die neben Lester Olson saß, drehte sich selbstgefällig um – und Pearson sollte der Teufel holen, wenn sie danach nicht auf *ihre* Uhr sah.

»An dieser Stelle«, – Delray deutete auf eine der abfallübersäten Ladebuchten – »trafen sie sich mit drei weiteren Fledermausmannern und zwei Frauen. Sie gingen hinein. Seither halten sechs oder sieben von uns rund um die Uhr dort Wache. Wir konnten feststellen ...«

Pearson drehte sich um und sah Dukes verletztes, fassungsloses Gesicht. Er hätte sich ebensogut WARUM WURDE ICH NICHT AUSGEWÄHLT? auf die Stirn tätowieren lassen können.

»... daß es sich dabei um eine Art Treffpunkt für die Bats in der Bostoner Gegend handelt ...«

Die Boston Bats, dachte Pearson, *toller Name für ein Baseballteam.* Und dann überfielen ihn wieder die Zweifel. *Bin ich das tatsächlich, der hier sitzt und sich diesen Irrsinn anhört? Bin ich es* wirklich?

Im Kielwasser dieses Gedankens, als hätten seine momentanen Zweifel irgendwie die Erinnerung ausgelöst, hörte er Delray wieder den versammelten Batjägern sagen, daß ihr jüngstes Mitglied Brandon Pearson aus dem tiefsten, dunkelsten Medford kam.

Er drehte sich wieder zu Duke um und flüsterte ihm leise ins Ohr.

»Als Sie mit Janet telefoniert haben – vorhin im Gallagher's –, da haben Sie ihr gesagt, daß Sie mich mitbringen würden, richtig?«

Duke bedachte ihn mit einem ungeduldigen Ich-möchte-zuhören-Blick, in dem immer noch eine Spur Betroffenheit mitschwang. »Klar«, sagte er.

»Haben Sie ihr gesagt, daß ich aus Medford stamme?«

»Nein«, sagte Duke. »Woher soll ich wissen, von wo Sie kommen? Lassen Sie mich zuhören, Brand!« Damit drehte er sich weg.

»Wir haben über fünfunddreißig Fahrzeuge beobachtet – überwiegend Luxusschlitten und Limousinen –, die dieses verlassene, abgelegene Lagerhaus besucht haben«, sagte Delray. Er wartete, bis das verdaut war, und warf noch einen hastigen Blick auf die Uhr. »Viele davon haben das Lagerhaus zehn- bis ein dutzendmal besucht. Die Bats sind zweifellos ungeheuer stolz darauf, daß sie sich so eine abgelegene Unterkunft als Versammlungsort oder gesellschaftlichen Club oder was auch immer ausgesucht haben, aber ich glaube, sie werden feststellen, sie haben sich statt dessen in einer Ecke eingesperrt. Weil ... einen Augenblick bitte, Leute ...«

Er wandte sich ab und begann eine leise Unterhaltung mit Lester Olson. Die Frau namens Kendra schaltete sich ein und bewegte dabei den Kopf hin und her, als beobachtete sie ein Tischtennisspiel. Das sitzende Publikum verfolgte die geflüsterte Konferenz mit bestürzten und verwirrten Mienen.

Pearson wußte, wie ihnen zumute war. *Etwas Großes*, hatte Duke versprochen, und nach der Stimmung zu urteilen, die herrschte, als sie eingetroffen waren, hatten alle anderen etwas Ähnliches versprochen bekommen. »Etwas Großes« hatte sich nun als ein einziges Schwarzweißfoto entpuppt, das nichts weiter als ein leerstehendes Lagerhaus inmitten eines Meers von Abfall, weggeworfener Unterwäsche und gebrauchten Gummis zeigte. Scheiße, was stimmte mit diesem Bild nicht?

Der Knüller muß in der Truhe stecken, dachte Pearson. *Übrigens, Sommersprosse, woher hast du gewußt, daß ich aus Medford komme? Glaub mir, das werde ich mir für die Fragerunde nach deiner Rede aufheben.*

Das Gefühl – gerötetes Gesicht, Herzklopfen, vor allem aber der Wunsch nach einer neuen Zigarette – war stärker denn je. Wie die Angstanfälle, die er manchmal am College gehabt hatte. Um was *handelte* es sich dabei? Wenn es nicht Angst war, was dann?

Oh, es ist durchaus Angst – und nicht nur die Angst, der einzige vernünftige Mensch in einer Schlangengrube zu sein. Du weißt, daß die Bats echt sind; du bist nicht verrückt, ebensowenig wie Duke oder Moira oder Cam Stevens oder Janet Brightwood. Aber trotzdem stimmt mit diesem Bild etwas nicht –

ganz entschieden *nicht. Und ich glaube, er ist es. Robbie Delray, Anstreicher und Retter der Menschheit. Er wußte, woher ich komme. Brightwood hat ihn angerufen und ihm gesagt, daß Duke jemanden von der First Merc mitbringt, Brandon Pearson heißt er. Und Robbie hat mich überprüft. Warum hat er das getan? Und wie hat er es gemacht?*

Im Geiste hörte er Duke Rhineman plötzlich sagen: *Weil sie Freunde an höchster Stelle haben. Verdammt, sie sind selbst nur an den höchsten Stellen.*

Wenn man Freunde an höchster Stelle hatte, konnte man jemanden in aller Eile überprüfen, oder nicht? Ja. Leute an höchster Stelle hatten Zugang zu allen richtigen Computerpaßwörtern, zu allen richtigen Unterlagen, allen Zahlen, die die richtigen Statistiken ausmachten ...

Pearson regte sich auf seinem Stuhl wie ein Mann, der aus einem schrecklichen Traum erwacht. Er streckte unwillkürlich den Fuß aus und trat wieder gegen die Fensterstange. Sie geriet ins Rutschen. Derweil wurde das Flüstern im vorderen Teil des Raums unter allgemeinem Nicken beendet.

»Les?« fragte Delray. »Würdest du und Kendra mir noch einmal helfen?«

Pearson griff nach der Stange, bevor sie umfallen und jemandem den Schädel einschlagen oder möglicherweise jemandem mit dem spitzen Haken am Ende die Kopfhaut aufreißen konnte. Er bekam sie zu fassen, wollte sie wieder an die Wand lehnen und sah dabei das Trollsgesicht, das zum Kellerfenster hereinstarrte. Die schwarzen Augen, die denen einer vergessenen Flickenpuppe glichen, sahen direkt in Pearsons blaue. Hautstreifen rotierten wie Luftschleier um einen dieser Planeten, die die Astronomen Gasriesen nannten. Die schwarzen Schlangen der Adern über dem knotigen, nackten Schädel pulsierten. Die Zähne glitzerten in dem klaffenden Maul.

»Helft mir nur mit den Schnallen an diesem verfluchten Ding«, sagte Delray vom anderen Ende der Milchstraße. Er gab ein kurzes, freundliches Kichern von sich. »Ich glaube, sie sind ein bißchen verklemmt.«

Brandon Pearson kam es vor, als wäre die Zeit wieder zum heutigen Vormittag zurückgelaufen. Er versuchte wieder zu schreien, und wieder raubte ihm der Schrecken die Stimme, und er bekam nur ein leises, ersticktes Bellen heraus – den Laut eines Mannes, der im Schlaf stöhnt.

Die endlose Ansprache.

Das sinnlose Foto.

Die ständigen Blicke auf die Uhr.

Macht es Sie nervös? Daß so viele Leute an einer Stelle versammelt sind? hatte er gefragt, und Duke hatte geantwortet: *Nein, Robbie kann die Bats riechen.*

Diesmal konnte ihn niemand aufhalten, und diesmal war seiner Anstrengung Erfolg beschieden.

»ES IST EINE FALLE!« schrie er und sprang auf die Füße. *»ES IST EINE FALLE, WIR MÜSSEN HIER RAUS!«*

Verblüffte Gesichter drehten sich zu ihm um – aber drei brauchten sich nicht zu drehen. Sie gehörten Delray, Olson und der dunkelhaarigen Frau namens Kendra. Sie hatten gerade die Schnallen bezwungen und die Truhe geöffnet. Ihre Gesichter drückten Betroffenheit und Schuldgefühle aus – aber keine Überraschung. Dieses besondere Gefühl fehlte.

»Setzen Sie sich, Mann!« zischte Duke. »Haben Sie den Verstand ver...«

Oben wurde die Tür aufgerissen. Stiefel stapften auf dem Boden in Richtung Treppe.

»Was ist hier los?« fragte Janet Brightwood. Sie sagte es direkt zu Duke. Ihre Augen waren groß und ängstlich. »Wovon *redet* er?«

»RAUS MIT EUCH!« brüllte Pearson. *»MACHT, DASS IHR VERSCHWINDET! ER HAT ES EUCH VERKEHRT HERUM ERZÄHLT! WIR SIND ES, DIE IN DER FALLE SITZEN!«*

Die Tür am oberen Ende der schmalen Treppe zum Keller wurde aufgestoßen, dann ertönten aus den Schatten die abstoßendsten Geräusche, die Pearson je gehört hatte – es war, als hörte man einem Rudel Pitbulls zu, die sich um ein lebendes Baby rauften, das in ihre Mitte geworfen worden war.

»Wer ist das?« schrie Janet. *»Wer ist da oben?«* Aber es war keine Frage in ihrem Gesicht zu lesen; ihr Gesicht wußte genau, wer da oben war. *Was* da oben war.

»Beruhigt euch!« schrie Robbie Delray in die verwirrte Gruppe von Leuten, die größtenteils noch auf den Klappstühlen saßen. *»Sie haben uns eine Amnestie versprochen! Habt ihr mich verstanden? Habt ihr verstanden, was ich gesagt habe? Sie haben mir ihr feierliches Versprechen ...«*

In diesem Augenblick barst das Kellerfenster links von dem, durch das Pearson das Gesicht des ersten Bat gesehen hatte, nach innen und ließ einen Schauer aus Glasscherben auf die fassungslosen Männer und Frauen in der ersten Reihe an der Wand niederregnen. Ein Armani-bekleideter Arm schnellte durch das Fenster und packte Moira Richardson an den Haaren. Sie kreischte und schlug nach der Hand, die sie festhielt. Eigentlich war es gar keine Hand, sondern ein Bündel von Tentakeln mit langen Chitinnägeln.

Ohne nachzudenken, ergriff Pearson die Fensterstange, schnellte vorwärts und stieß sie in Richtung des wabernden Fledermausgesichts, das zu dem zerschellten Fenster hereinsah. Der Haken drang in ein Auge des Dinges ein. Eine zähe, schwach, aber durchdringend riechende Flüssigkeit ergoß sich über Pearsons Hände. Der Batman stieß einen heulenden, wilden Laut aus – für Pearson hörte er sich nicht wie ein Schmerzensschrei an, aber er dachte sich, daß er vielleicht hoffen durfte –, dann kippte er nach hinten und zog die Fensterstange aus Pearsons Händen in die regnerische Nacht hinaus. Bevor die Kreatur endgültig verschwand, sah Pearson weißen Nebel von ihrer tumorübersäten Haut dampfen und roch einen Hauch von

(Staub Urin scharfen Chilischoten)

etwas Widerlichem.

Cam Stevens zog Moira in seine Arme und sah Pearson mit fassungslosen Augen an. Rings um sie herum standen Männer und Frauen mit denselben fassungslosen Mienen, Männer und Frauen, die erstarrt waren wie Wild im Licht entgegenkommender Scheinwerfer.

Sie sehen nicht gerade wie Widerstandskämpfer aus, dachte Pearson. *Sie sehen aus wie Schafe, die im Schurpferch gefangen sind – und der Dreckskerl von einem Judas, der sie hereingeführt hat, steht mit seinen Mitverschwörern vorn im Raum.*

Das wilde Heulen von oben kam näher, aber nicht so schnell, wie Pearson erwartet hatte. Dann fiel ihm ein, wie schmal die Treppe war – so schmal, daß zwei Männer nicht nebeneinander gehen konnten –, und er sprach ein kurzes Dankgebet, während er vorwärts drängte. Er packte Duke an der Krawatte und zog ihn auf die Füße. »Kommen Sie«, sagte er. »Wir machen einen Abgang. Gibt es hier eine Hintertür?«

»Ich ... weiß nicht.« Duke rieb sich langsam und heftig eine Schläfe wie ein Mann, der schlimme Kopfschmerzen hat. »Robbie hat das getan? *Robbie?* Das kann nicht sein, Mann ... oder doch?« Er sah Pearson ungläubig an.

»Ich fürchte doch, Duke. Kommen Sie.«

Er ging zwei Schritte Richtung Mittelgang, ohne Dukes Krawatte loszulassen, dann blieb er stehen. Delray, Olson und Kendra hatten in der Truhe gewühlt, nun schwenkten sie automatische Waffen, so groß wie Pistolen, aber mit absurd aussehenden langen Magazinen versehen. Pearson hatte außer in Filmen noch nie eine Uzi gesehen, aber er vermutete, daß es sich darum handelte. Uzis oder enge Verwandte davon. Und was, zum Teufel, spielte das überhaupt für eine Rolle? Es waren *Waffen.*

»Halt«, sagte Delray. Er schien zu Duke und Pearson zu sprechen. Er versuchte zu lächeln, brachte aber nur etwas zustande, das wie die Grimasse eines zum Tode Verurteilten aussah, der gerade informiert worden ist, daß seine Begnadigung abgelehnt wurde. »Bleibt, wo ihr seid.«

Duke ging weiter. Er stand jetzt auf dem Mittelgang, und Pearson direkt neben ihm. Andere standen auf, folgten ihrem Beispiel und drängten nach vorn, sahen dabei aber nervös über die Schultern auf die Tür zum Treppenaufgang. Ihre Augen verrieten, daß ihnen die Waffen nicht gefielen. Aber das Fauchen und Knurren, das vom Obergeschoß ertönte, gefiel ihnen noch weniger.

»Warum, Mann?« fragte Duke, und jetzt sah Pearson, daß er den Tränen nahe war. Er hielt die Hände mit den Handflächen nach außen hoch. »Warum hast du uns verkauft?«

»Bleib stehen, Duke, ich warne dich«, sagte Lester Olson mit scotchumnebelter Stimme.

»Ihr anderen bleibt auch zurück!« schnappte Kendra. Sie hörte sich ganz und gar nicht umnebelt an. Sie verdrehte die Augen, als versuchte sie, den ganzen Raum auf einmal einzusehen.

»Wir hatten nie eine Chance«, sagte Delray zu Duke. Er hörte sich flehentlich an. »Sie waren uns auf die Schliche gekommen, sie hätten uns *jederzeit* hochnehmen können, aber sie haben mir eine Abmachung vorgeschlagen. Hast du verstanden? Ich habe uns nicht verkauft; *niemals* verkauft. *Sie* sind zu *mir* gekommen.« Er sagte es mit Nachdruck, als hätte diese Unterscheidung tatsächlich eine Bedeutung für ihn, aber das hektische Blinzeln seiner Augen verkündete eine andere Botschaft. Es war, als wäre ein anderer Robbie Delray in seinem Inneren, ein besserer Robbie Delray, der emsig versuchte, sich von diesem beschämenden Verrat reinzuwaschen.

»DU BIST EIN ELENDER LÜGNER!« kreischte Duke Rhineman mit einer Stimme, die vor verletzter Qual und wütender Erkenntnis brach. Er sprang den Mann an, der ihm im Wagen der Roten Linie die geistige Gesundheit und wahrscheinlich das Leben gerettet hatte. Und dann überstürzten sich die Ereignisse.

Pearson konnte unmöglich alles gesehen haben, und doch kam es ihm so vor. Er sah Robbie Delray zögern; dann drehte er die Waffe seitwärts, als wollte er Duke mit dem Griff schlagen, statt auf ihn zu schießen. Pearson sah Lester Olson, der den Batman in der Scheune von Newburyport erschossen hatte, bevor er den Mut verlor und beschloß, sich auf eine Abmachung einzulassen, wie er das Magazin seiner eigenen Waffe an die Gürtelschnalle drückte und den Abzug betätigte. Er sah vorübergehend blaue Funken in den Lüftungsschlitzen der Waffe auftauchen und hörte ein heiseres taktaktaktak – Pearson vermutete, daß die Waffen sich so in Wirklichkeit anhörten. Er hörte, wie etwas Unsichtbares zwei Zentimeter von seinem Gesicht entfernt durch die Luft schnitt; es war, als hörte man ein Gespenst seufzen. Und er sah, wie Duke rückwärts geschleudert wurde, Blut von seinem weißen Hemd aufspritzte und den cremefarbenen Anzug besudelte. Er sah den Mann, der direkt hinter Duke gestanden hatte, auf die Knie stolpern und die Hände vor die Augen schlagen; helles Blut quoll zwischen den Knöcheln hervor.

Jemand – möglicherweise Janet Brightwood – hatte vor Beginn der Versammlung die Tür zwischen der Treppe und dem Kellerraum zugemacht; jetzt wurde sie aufgestoßen, und zwei Fledermausmänner in Uniformen der Polizei von Boston drängten herein. Die kleinen, zusammengedrückten Gesichter sahen tückisch aus den zu groß geratenen, seltsam rastlosen Köpfen.

»Amnestie!« kreischte Robbie Delray. Die Sommersprossen in seinem Gesicht zeichneten sich wie Brandmale ab.

»Amnestie! Mir wurde Amnestie zugesagt, wenn ihr alle stehenbleibt, wo ihr seid, und die Hände hochnehmt!«

Mehrere Leute – überwiegend die, die sich um die Kaffeemaschine gedrängt hatten – hoben *tatsächlich* die Hände, wichen dabei aber vor den uniformierten Fledermausmännern zurück. Einer der Bats streckte mit einem tiefen Grunzen die Hand aus, packte einen Mann vorne am Hemd und zog ihn ruckartig zu sich heran; und bevor Pearson begriff, was geschah, hatte das Ding dem Mann die Augen ausgerissen. Das Ding betrachtete einen Moment die gallertartigen Überbleibsel auf seiner seltsam mißgebildeten Handfläche, dann stopfte es sie sich in den Mund.

Als zwei weitere Bats durch die Tür in den Raum drängten und sich mit ihren schwarzfunkelnden kleinen Augen umsahen, zog der andere Polizistenbat einen Dienstrevolver und feuerte dreimal scheinbar wahllos in die Menge.

»Nein!« hörte Pearson Delray schreien. *»Nein, ihr habt es versprochen!«*

Janet Brightwood ergriff die Kaffeemaschine, hob sie über den Kopf und warf sie nach einem der Neuankömmlinge. Sie landete mit einem gedämpften metallischen Scheppern, heißer Kaffee ergoß sich über das Ding. Dieses Mal war nicht zu überhören, daß es sich um einen Schmerzensschrei handelte. Einer der Polizistenbats streckte die Hände nach Janet aus. Sie duckte sich, versuchte zu fliehen, wurde umgestoßen und verschwand plötzlich unter einem Ansturm auf den vorderen Teil des Raumes.

Jetzt barsten sämtliche Fenster, und irgendwo in der Umgebung konnte Pearson eine Sirene hören, die immer näher kam. Er sah, wie die Bats zwei Gruppen bildeten und an den Seiten des Raums entlangliefen; sie hatten es eindeutig darauf abgesehen, die panischen Zehn-Uhr-Leute in den Vorratsraum hinter der Staffelei zu treiben, die mittlerweile umgestürzt war.

Olson warf die Waffe weg, ergriff Kendras Hand und rannte in diese Richtung. Ein Batarm schlängelte sich zu einem der Kellerfenster herein, packte eine Handvoll seines theatralisch weißen Haars und zog ihn würgend und krächzend in die Höhe. Dann griff eine zweite Hand durch das Fenster, schnitt ihm mit einem fast zehn Zentimeter langen Daumennagel die Kehle durch und entfesselte einen scharlachroten Wasserfall.

Deine Zeit, Batmen in Scheunen an der Küste abzuknallen, ist abgelaufen, mein Freund, dachte Pearson angewidert und drehte sich wieder zum vorderen Teil des Raumes um. Delray stand zwischen der offenen Truhe und der Staffelei, die Waffe baumelte an seiner Hand, seine Augen waren weit aufgerissen und ausdruckslos. Als Pearson ihm den Magazingriff aus den Fingern löste, leistete er keinen Widerstand.

»Sie haben uns Amnestie versprochen«, sagte er zu Pearson. »Sie haben es *versprochen.*«

»Haben Sie wirklich geglaubt, Sie könnten Wesen vertrauen, die *so* aussehen?« fragte Pearson und schlug Delray den Griff der Waffe mit aller Kraft, die er aufbringen konnte, ins Gesicht. Er hörte etwas brechen – wahrscheinlich Delrays Nase –, und der hirnlose Barbar, der in seiner Bankerseele erwacht war, jubilierte vor Freude.

Er wollte auf einen Durchgang zwischen den gestapelten Kartons zugehen – der von den Leuten, die bereits durchgestürmt waren, verbreitert worden war –, blieb aber stehen, als er hinter dem Haus Gewehrfeuer hörte. Gewehrfeuer . . . Schreie . . . Triumphgebrüll.

Pearson wirbelte herum und sah Cam Stevens und Moira Richardson am Ende des Gangs zwischen den Klappstühlen stehen. Sie wirkten beide gleichermaßen schockiert und hielten einander an den Händen. Pearson hatte gerade noch Zeit zu denken: *So müssen Hänsel und Gretel ausgesehen haben*, nachdem sie endlich aus dem Knusperhäuschen entkommen sind. Dann bückte er sich, hob Kendras und Olsons Waffen auf und gab jedem eine.

Zwei weitere Bats waren durch die Hintertür eingetreten. Sie bewegten sich sorglos, als verliefe alles nach Plan . . . was, wie Pearson vermutete, wohl auch zutraf. Das Geschehen hatte sich inzwischen in den hinteren Teil des Hauses verlagert – dort befand sich der wirkliche Pferch, nicht hier, aber die Bats hatten weitaus mehr und anderes im Sinn, als nur Schafe zu scheren.

»Kommt«, sagte er zu Cam und Moira. »Zeigen wir es den Dreckskerlen.«

Die Batmen im hinteren Teil des Raumes merkten zu spät, daß ein Teil der Opfer beschlossen hatte, Gegenwehr zu leisten. Einer drehte sich um, vielleicht um zu fliehen, stieß mit einem Neuankömmling zusammen und rutschte in verschüttetem Kaffee aus. Beide stürzten. Pearson feuerte auf den, der noch stand. Die Maschinenpistole gab ihr irgendwie unbefriedigendes taktaktaktak von sich, und der Bat wurde zurückgeschleudert, sein widriges Gesicht zerspritzte und stieß eine Wolke stinkenden Nebels aus – es war, fand Pearson, als wären sie *tatsächlich* nur Illusionen.

Cam und Moira begriffen und entfesselten einen Wirbelsturm von Feuer auf die beiden anderen Bats, der sie an die Wand schleuderte, wo sie als substanzloser Nebel aus ihren Kleidern quollen, der, fand Pearson, fast genau so roch wie die Astern in der Marmorinsel vor der First Mercantile.

»Kommt«, sagte Pearson. »Wenn wir jetzt verschwinden, haben wir vielleicht noch eine Chance.«

»Aber ...« begann Cameron. Er sah sich um und schien langsam aus seiner Benommenheit zu erwachen. Das war gut; Pearson vermutete, daß sie alle hellwach sein mußten, wenn sie dies lebend überstehen wollten.

»Vergiß es, Cam«, sagte Moira. Sie hatte sich ebenfalls umgesehen und bemerkt, daß sie die einzigen Überlebenden, Menschen wie Bats, in dem Raum waren. Alle anderen waren zur Hintertür hinausgestürmt. »Gehen wir einfach. Ich glaube, die Tür, durch die wir reingekommen sind, ist im Augenblick der sicherste Weg.«

»Ja«, sagte Pearson, »aber nicht mehr lange.«

Er warf einen letzten Blick auf Duke, der, das Gesicht zu einem Ausdruck gequälter Ungläubigkeit erstarrt, auf dem Boden lag. Er wünschte sich, er hätte Zeit, Duke die Augen zu schließen; aber die hatte er nicht.

»Gehen wir«, sagte er, und sie gingen.

Als sie die Tür zur Veranda – und zur Cambridge Avenue dahinter – erreichten, verhallte das Gewehrfeuer hinter dem Haus allmählich. *Wieviel Tote?* fragte sich Pearson, und die erste Antwort, die ihm einfiel – *alle* –, war gräßlich, aber so plausibel, daß man sie nicht leugnen konnte. Er vermutete, daß es einem oder zwei anderen gelungen sein könnte, durchzuschlüpfen, aber sicher nicht mehr. Es war eine perfekte Falle, die still und leise um sie herum aufgebaut worden war, während Robbie Delray redete und redete, Zeit vergeudete und auf die Uhr sah – wahrscheinlich hatte er darauf gewartet, ein Signal zu geben, aber Pearson war ihm zuvorgekommen.

Wenn ich ein paar Minuten früher aufgewacht wäre, könnte Duke noch am Leben sein, dachte er verbittert. Das stimmte wahrscheinlich, aber wenn Wünsche Pferde wären, könnten Bettler reiten. Dies war nicht der Zeitpunkt für Selbstvorwürfe.

Ein Polizeibat war als Wachtposten auf der Veranda zurückgelassen worden; er blickte aber zur Straße hinüber, möglicherweise um unerwünschter Einmischung vorzubeugen. Pearson beugte sich durch die offene Tür zu ihm und sagt. »He, du häßliches Hackfleischarschloch – hast du eine Zigarette?«

Der Bat drehte sich um.

Pearson pustete ihm das Gesicht weg.

4

Kurz nach eins am nächsten Morgen rannten drei Menschen – zwei Männer und eine Frau, die zerrissene Nylons und einen schmutzigen roten Rock trug – neben einem Güterzug her, der aus dem Verladebahnhof South Station ausfuhr. Der jüngere der beiden Männer sprang behende in das offene Tor eines leeren Güterwagens, drehte sich um und hielt der Frau die Hand hin.

Sie stolperte und schrie auf, als einer ihrer hohen Absätze abbrach. Pearson legte ihr einen Arm um die Taille (er spürte einen herzzerreißenden Hauch Giorgio unter dem viel frischeren Geruch von Schweiß und Angst), lief auf diese Weise ein Stück mit ihr und rief ihr dann zu, sie solle springen. Als sie gehorchte, packte er ihre Hüften und gab ihr einen zusätzlichen Stoß. Sie ergriff Cameron Stevens' ausgestreckte Hände, worauf Pearson ihr einen letzten großen Stoß gab, damit Stevens sie an Bord ziehen konnte.

Pearson war bei seinem Bemühen, ihr zu helfen, ein Stück zurückgefallen; jetzt konnte er den Zaun, der die Grenze des Verladebahnhofs markierte, nicht weit entfernt sehen. Der Güterzug fuhr durch eine Lücke im Zaun, aber die war nicht breit genug für den Zug und Pearson; wenn er nicht schnellstens an Bord kam, würde er auf dem Bahnhofsgelände zurückbleiben.

Cam schaute zur offenen Tür des Güterwagens heraus, sah den Zaun und streckte noch einmal die Hand aus. »*Kommen Sie!*« rief er. »*Sie schaffen es!*«

Pearson hätte es nicht geschafft – jedenfalls nicht in den alten Zwei-Schachteln-pro-Tag-Zeiten. Jetzt jedoch fand er Reserven – sowohl in den Beinen, wie in den Lungen. Er sprintete auf dem tückischen, abfallübersäten Schotterwall neben den Schienen entlang, holte gegenüber dem Zug auf, hielt die Hände hoch und streckte die Finger aus, um die Hand über ihm zu erreichen, während der Zaun immer näher kam. Jetzt konnte er die Stacheldrahtschlingen sehen, die zwischen die Maschen geflochten waren.

In diesem Augenblick öffnete sich sein inneres Auge, und er sah seine Frau, die mit vom Weinen verquollenem Gesicht und roten Augen im Wohnzimmersessel saß. Er sah, wie sie zwei uniformierten Polizisten erzählte, daß ihr Mann vermißt würde. Er sah sogar den Stapel von Jennys Aufklappbüchern auf dem kleinen Tisch neben ihr. War das Wirklichkeit? Ja, in der einen oder anderen Form schon, vermutete er. Und Lisabeth, die in ihrem ganzen Leben keine einzige Zigarette geraucht hatte, würde die schwarzen Augen und Reißzähne unter den jungen Gesichtern der Polizisten nicht bemerken, die ihr gegenüber auf der

Couch saßen; sie würde auch die eiternden Tumore oder die schwarzen, pulsierenden Linien nicht sehen, die die kahlen Schädel überzogen.

Würde es nicht wissen. Würde es nicht sehen.

Gott segne ihre Blindheit, dachte Pearson. *Möge sie ewig dauern.*

Er stolperte auf den dunklen Behemoth zu, auf die orangefarbenen Funken, die von einem langsam drehenden Stahlrad emporstoben.

»*Laufen Sie!*« schrie Moira und beugte sich mit ausgestreckten Händen aus dem Güterwaggon. »*Bitte, Brandon – nur noch ein kleines bißchen!*«

»*Beeilen Sie sich, Sie lahme Ente!*« schrie Cam. »*Passen Sie auf den Scheißzaun auf!*«

Kann nicht, dachte Pearson. Kann mich nicht beeilen, kann nicht auf den Zaun aufpassen, kann nichts mehr. Will mich einfach nur hinlegen. Will einfach nur schlafen.

Dann dachte er an Duke und schaffte es, doch noch etwas Geschwindigkeit aus sich herauszuholen. Duke war nicht alt genug gewesen, um zu wissen, daß Menschen manchmal den Mut verlieren und sich verkaufen, daß manchmal sogar diejenigen das tun, die man verehrt, aber er war alt genug gewesen, Brandon Pearsons Arm zu ergreifen und damit zu verhindern, daß er durch einen Schrei sein eigenes Todesurteil unterschrieb. Duke hätte nicht gewollt, daß er auf diesem verfluchten Güterbahnhof zurückblieb.

Er schaffte einen letzten Sprint zu ihren ausgestreckten Händen, sah dabei aus den Augenwinkeln, wie der Zaun förmlich auf ihn zuzu*rasen* schien, und ergriff Cams Finger. Er sprang, spürte Moiras Hand fest unter der Achselhöhle, und dann schlängelte er sich an Bord und zog den rechten Fuß einen Sekundenbruchteil, bevor der Zaun ihn abgerissen hätte, samt Schuh und allem, ins Innere.

»Alles an Bord für eine Abenteuergeschichte für Knaben«, keuchte er, »mit Illustrationen von N. C. Wyeth!«

»Was?« fragte Moira. »Was haben Sie gesagt?«

Er drehte sich um, sah durch verfilzte Haarsträhnen zu ihnen auf, stützte sich auf die Ellbogen und atmete keuchend. »Vergessen Sie's. Wer hat eine Zigarette? Ich würde für eine *sterben.*«

Sie sahen ihn einige Augenblicke mit weit offenen Mündern an, dann fingen sie im selben Moment an, wild und wiehernd zu lachen. Das bedeutete, vermutete Pearson, daß sie ineinander verliebt waren.

Während sie sich auf dem Boden des Güterwaggons walzten, einander umklammerten und lachten, richtete sich Pearson auf und untersuchte langsam die Innentaschen seines schmutzigen, zerfetzten Mantels.

»Ahhh«, sagte er, als er mit der Hand in die zweite Tasche griff und die vertraute Form spürte. Er zog das zerdrückte Päckchen heraus und zeigte es herum. »Auf den Sieg!«

Der Güterwaggon rollte westwärts durch Massachusetts, und im Dunkel der offenen Tür glommen drei Glutpünktchen. Eine Woche später waren sie in Omaha, wo sie die Morgenstunden eines jeden Tages nutzten, nach Leuten Ausschau zu halten, die ihre Arbeitspausen selbst bei strömendem Regen im Freien verbrachten. Sie fahndeten nach Zehn-Uhr-Leuten, suchten nach Mitgliedern des »Verlorenen Stammes«, nach denen, die vom rechten Weg abgekommen und Joe Camel gefolgt waren.

Im November waren sie bereits zwanzig und trafen sich im Hinterzimmer eines leerstehenden Eisenwarengeschäfts in La Vista.

Zu Anfang des folgenden Jahres unternahmen sie ihren ersten Feldzug auf die andere Seite des Flusses, nach Council Bluffs, und töteten dreißig überraschte Bat-Banker aus dem Mittelwesten und ihre leitenden Bat-Angestellten. Das war nicht viel, aber Brand Pearson hatte gelernt, daß das Töten von Bats und das Einschränken des Zigarettenkonsums zumindest eines gemeinsam hatte: irgendwo mußte man anfangen.

Crouch End

Als die Frau endlich gegangen war, war es fast halb drei Uhr morgens. Vor dem Polizeirevier Crouch End war die Tottenham Lane wie ein schmaler, toter Fluß. London schlief – aber London schläft nie tief, und seine Träume sind unruhig.

Police Constable Vetter klappte sein Notizbuch zu, das er fast vollgeschrieben hatte, während die Amerikanerin ihre seltsame, verwirrende Geschichte erzählte. Er betrachtete die Schreibmaschine und den Stapel unbeschriebener Formulare daneben. »Bei Tageslicht wird das sehr merkwürdig aussehen«, sagte er.

PC Farnham trank eine Cola. Er schwieg lange Zeit. »Sie war Amerikanerin, richtig?« sagte er schließlich, als könnte das die Geschichte erklären, die sie erzählt hatte.

»Das kommt in die Akte«, stimmte Vetter zu und sah sich nach einer Zigarette um.« Aber ich frage mich . . .«

Farnham lachte. »Du willst mir doch nicht erzählen, daß du auch nur einen Teil davon glaubst? Komm schon, Mann! Wo gibt's denn sowas!«

»Das habe ich nicht gesagt, oder? Nein. Aber du bist neu hier.«

Farnham setzte sich ein wenig aufrechter hin. Er war siebenundzwanzig, und es war nicht *seine* Schuld, daß er von Muswell Hill im Norden hierher versetzt worden war; oder daß Vetter, der fast doppelt so alt war wie er, seine gesamte ereignislose Laufbahn im stillen, abgelegenen Londoner Stadtteil Crouch End verbracht hatte.

»Schon möglich, Sir«, sagte er, »aber – bei allem gebührenden Respekt –, ich bin trotzdem der Meinung, daß ich weiß, was ein Seemannsgarn ist, wenn ich eines sehe – oder höre.«

»Wie wär's mit einem Glimmstengel, Kollege? Spendier uns einen«, sagte Vetter mit amüsiertem Blick. »Na also! Bist ein guter Junge.« Er zündete die Zigarette mit einem Streichholz aus einer grellroten Eisenbahnpackung an, schüttelte das Streichholz aus und warf den Rest in Farnhams Aschenbecher. Er sah den jungen Mann durch eine Wolke blauen Dunstes an. Seine eigenen Tage jugendlicher Schönheit waren längst vergangen; Vetters Gesicht wies tiefe Runzeln auf, seine Nase war eine Landkarte geplatzter Äderchen. Er trank gut und gerne seine sechs Harp pro Nacht, PC Vetter. »Also glaubst du, daß Crouch End ein ruhiges Fleckchen ist, ja?«

Farnham zuckte die Achseln. Tatsächlich war er der Überzeugung, daß Crouch End ein einziger vorstädtischer Schlafsack war – sein jüngerer Bruder hätte es mit Vergnügen »ein elendes Langweil-A-Torium« genannt.

»Ja«, sagte Vetter, »ich sehe es dir an. Und du hast recht. Nachts um elf schläft hier so gut wie alles, so ist es. Aber ich habe in Crouch End eine Menge seltsamer Dinge erlebt. Wenn du halb so lange hier bist wie ich, wirst du auch deinen Teil davon erlebt haben. Hier in diesen ruhigen sechs oder acht Blocks passieren mehr seltsame Dinge als in ganz London zusammen. Ich weiß, das sind große Worte, aber glaub mir, es ist so. Es macht mir angst. Darum trinke ich meine Bierchen, dann habe ich nicht mehr so große Angst. Sieh dir einmal Sergeant Gordon an, Farnham, und frag dich, warum er mit vierzig schon schlohweißes Haar hat. Oder ich würde sagen, sieh dir Petty an, aber das ist kaum möglich, richtig? Petty hat im Sommer 1976 Selbstmord begangen. Unserem heißen Sommer. Es war . . .« Vetter schien über seine Worte nachzudenken. »Es war ziemlich schlimm in diesem Sommer. Ziemlich schlimm. Und viele von uns haben befürchtet, sie könnten durchbrechen.«

»Wer könnte wo durchbrechen?« fragte Farnham. Er spürte, wie ein verächtliches Lächeln seine Mundwinkel kräuselte, und er wußte, daß das alles andere als höflich war, aber er konnte nicht anders. Auf seine Weise faselte Vetter genau so wie die Amerikanerin. War schon immer ein bißchen merkwüdig gewesen. Wahrscheinlich der Alkohol. Dann sah er, daß Vetter ihm ebenfalls zulächelte.

»Wahrscheinlich hältst du mich für einen faselnden alten Tattergreis«, sagte er.

»Ganz und gar nicht, ganz und gar nicht«, protestierte Farnham und stöhnte innerlich.

»Du bist ein guter Junge«, sagte Vetter. »Wirst dir nicht mehr hier auf der Wache den Hintern plattsitzen, wenn du in meinem Alter bist. Jedenfalls, wenn du bei der Truppe bleibst. Wirst du bleiben, was meinst du? Kannst du dir das vorstellen?«

»Ja«, sagte Farnham. Das stimmte; er *konnte* es sich vorstellen. Er hatte vor, dabeizubleiben, obwohl Sheila wollte, daß er die Polizei verließ und sich eine Stelle suchte, wo sie seiner sicher sein konnte. Wahrscheinlich am Fließband von Ford. Bei dem Gedanken, bei Ford zu arbeiten, drehte sich ihm der Magen um.

»Das dachte ich mir«, sagte Vetter und drückte die Zigarette aus. »Geht einem in Fleisch und Blut über, richtig? Du könntest es weit bringen und brauchtest nicht im langweiligen alten Crouch End zu enden. Aber du weißt noch längst nicht alles. Crouch End ist seltsam. Du solltest ab und zu mal einen Blick ins Archiv werfen, Farnham. Oh, vieles ist ganz normal ... Jungen und Mädchen, die von zuhause ausreißen, um Hippies oder Punks zu werden, oder wie sie sich immer heutzutage nennen ... Ehemänner, die verschwinden (und wenn man einen Blick auf ihre Frauen wirft, kann man das manchmal verstehen) ... unaufgeklärte Brandstiftungen ... Straßenraub ... und so weiter. Aber dazwischen finden sich genügend Geschichten, daß dir das Blut gefriert. Und bei manchen kann einem kotzübel werden.«

»Ist das wahr?«

Vetter nickte. »Manche gleichen denen, die dieses arme amerikanische Mädchen gerade erzählt hat. Sie wird ihren Mann nie wiedersehen, das ist mal sicher.« Er sah Farnham achselzuckend an. »Glaub mir oder glaub mir nicht. Letzten Endes ist alles eins, oder nicht? Die Akte ist im Archiv. Wir nennen sie die Akte unaufgeklärter Straftaten, weil es sich besser anhört als die Flop-Akte oder die Leck-mich-am-Arsch-Akte. Schau sie dir an, Farnham. Schau sie dir an.«

Farnham sagte nichts, nahm sich aber vor, die Akte »anzuschauen«. Die Vorstellung, es könnte eine ganze Reihe Geschichten geben, wie sie das amerikanische Mädchen gerade erzählt hatte, war beunruhigend.

»Manchmal«, sagte Vetter und stibitzte noch eine von Farnhams Silk Cuts, »denke ich über Dimensionen nach.«

»Dimensionen?«

»Ja, mein guter alter Junge – Dimensionen. Science-Fiction-Autoren haben es immerzu mit Dimensionen, richtig? Schon mal Science-Fiction gelesen, Farnham?«

»Nein«, sagte Farnham. Er war zum Ergebnis gekommen, daß es sich hier um eine ausufernde Verarschung handelte.

»Was ist mit Lovecraft? Schon mal was von ihm gelesen?«

»Nie von ihm gehört«, sagte Farnham. Das letzte literarische Werk, das er zu seinem Vergnügen gelesen hatte, war ein kleiner viktorianischer Pastiche mit dem Titel *Zwei Gentlemen in Seidenknickers* gewesen.

»Nun, dieser Lovecraft schrieb ständig von Dimensionen«, sagte Vetter und nahm seine Schachtel Eisenbahnstreichhölzer zur Hand. »Dimensionen, die unseren nahe sind. Voll unsterblicher Monster, die einen Menschen wahnsinnig machen konnten, wenn er sie nur ansah. Natürlich ist das Quatsch, um den Lesern angst zu machen. Aber wenn einer von diesen Leuten hier hereingestolpert kommt, dann frage ich mich, ob *wirklich* alles Quatsch ist. Dann denke ich bei mir – wenn es still und spät in der Nacht ist, so wie jetzt –, daß unsere ganze Welt und alles, was wir als nett und normal und vernünftig bezeichnen, nichts weiter als ein großer lederner Ball voll Luft sein könnte. Und an manchen Stellen ist das Leder fast durchgewetzt. An solchen Stellen sind die Barrieren dünner. Verstehst du mich?«

»Ja«, sagte Farnham und dachte: *Vielleicht solltest du mir einen Kuß geben, Vetter – ich lasse mir immer gern einen Kuß geben, wenn ich auf den Arm genommen werde.*

»Und dann denke ich: Crouch End ist eine dieser dünnen Stellen. Albern, aber ich *habe* solche Gedanken. Zuviel Phantasie, schätze ich; das hat jedenfalls meine Mutter immer gesagt.«

»Tatsächlich?«

»Ja. Weißt du, was ich noch denke?«

»Nein, Sir – keinen Schimmer.«

»Highgate ist weitgehend in Ordnung, das denke ich – in Muswell Hill und Highgate ist es so dick zwischen uns und den Dimensionen, wie man es sich nur wünschen kann. Aber jetzt denk mal an Archway und Finsbury Park. Die grenzen an Crouch End an. Ich habe Freunde in beiden Stadtteilen, die wissen, daß ich mich für Sachen interessiere, die man scheinbar nicht vernünftig erklären kann. Verrückte Geschichten, die von, nun, sagen wir einmal, Leuten erzählt werden, die nichts davon haben, wenn sie verrückte Geschichten erzählen.

Hast du dir einmal überlegt, Farnham, weshalb diese Frau uns die Geschichte aufgetischt haben sollte, wenn sie nicht der Wahrheit entspräche?«

»Nun ...«

Vetter entfachte das Streichholz und sah Farnham darüber hinweg an. »Hübsche junge Frau, sechsundzwanzig, zwei Kinder im Hotel, Ehemann ein junger Anwalt, dem es in Milwaukee oder sonstwo ausgezeichnet geht. Welchen Vorteil hätte sie davon, wenn sie uns von Dingen erzählt, die man sonst nur in Hammer-Filmen zu sehen bekommt?«

»Ich weiß nicht«, sagte Farnham steif. »Aber es muß eine Erklärung ge ...«

»Darum sage ich mir« – Vetter schnitt ihm das Wort ab –, »wenn es so etwas wie ›dünne Stellen‹ gibt, dann könnte diese schon in Archway und Finsbury Park *anfangen*; aber die dünnste Stelle liegt hier in Crouch End. Und ich sage mir, was wäre das für ein Tag, wenn der letzte Rest Leder zwischen uns und dem, was im Inneren dieses Balls steckt, einfach durchgerieben wird? Wäre das nicht ein unglaublicher Tag, wenn auch nur die Hälfte von dem stimmt, was diese Frau erzählt hat?«

Farnham schwieg. Er war zu dem Ergebnis gekommen, daß Vetter wahrscheinlich auch an Handlesen und Phrenologie und Rosenkreuzer glaubte.

»Lesen Sie die Akte mit den unaufgeklärten Fällen«, sagte Vetter und stand auf. Als er die Hände auf den verlängerten Rücken legte und sich streckte, war ein leises Knacken zu hören. »Ich gehe ein wenig frische Luft schnappen.«

Er schlenderte hinaus. Farnham sah ihm mit einer Mischung aus Belustigung und Mißfallen nach. Vetter war tatsächlich tatterig. Außerdem war er ein Zigarettenschnorrer. Zigaretten waren nicht billig in dieser schönen neuen Welt des Sozialismus und des Wohlfahrtsstaates. Er nahm Vetters Notizbuch und blätterte die Geschichte der jungen Frau noch einmal durch.

Ja, er würde sich die Akte der unaufgeklärten Fälle anschauen.

Es gab ja sonst nichts zu lachen.

Das Mädchen – oder die junge Frau, wollte man politisch korrekt sein (und das wollten heutzutage scheinbar alle Amerikaner) – war am vergangenen Abend um viertel vor zehn ins Revier gestürzt; das Haar hing ihr in feuchten Strähnen um die Stirn, die Augen quollen aus den Höhlen. Sie zog die Handtasche am Tragriemen hinter sich her.

»Lonnie«, sagte sie. »Bitte, Sie müssen Lonnie finden.«

»Nun, wir werden unser Möglichstes tun«, sagte Vetter. »Aber Sie müssen uns verraten, wer Lonnie ist.«

»Er ist tot«, sagte die junge Frau. »Ich weiß es genau.« Sie fing an zu weinen. Dann fing sie an zu lachen – oder eher irre zu kichern. Sie ließ die Handtasche fallen. Sie war hysterisch.

Um diese Zeit und unter der Woche war das Revier so gut wie verlassen. Sergeant Raymond hörte einer Pakistanerin zu, die mit fast überirdischer Ruhe erzählte, wie ihr auf der Hillfield Avenue von einem Schurken mit jeder Menge Footballtätowierungen und einem blauen Irokesenschnitt die Handtasche geraubt worden war. Vetter sah Farnham aus dem Nebenzimmer kommen, wo er alte Plakate (HABEN SIE PLATZ IM HERZEN FÜR EIN UNGEWOLLTES KIND?) ab- und neue (SECHS REGELN FÜR SICHERES NACHTSCHWÄRMEN) aufgehängt hatte.

Vetter winkte Farnham nach vorne und hielt Sergeant Raymond, der sich augenblicklich umgedreht hatte, als er die halb hysterische Stimme der jungen Amerikanerin hörte, zurück. Raymond, der Taschendieben gern die Finger brach (»Ach, komm schon, Mann«, sagte er, wenn er aufgefordert wurde, sein gesetzwidriges Vorgehen zu rechtfertigen, »fünfzig Millionen Kümmeltürken können sich nicht irren«), war nicht der richtige Mann für eine hysterische Frau.

»Lonnie!« kreischte sie. »Oh, bitte, sie haben Lonnie!«

Die Pakistanerin drehte sich zu der jungen Amerikanerin um, betrachtete sie einen Augenblick gelassen, wandte sich wieder Sergeant Raymond zu und berichtete ihm weiter, wie ihre Handtasche gestohlen worden war.

»Miss ...« begann PC Farnham.

»Was geht da draußen vor?« flüsterte sie. Sie atmete kurz und heftig. Farnham bemerkte eine leichte Kratzwunde auf ihrer linken Wange. Sie war ein hübsches kleines Huhn mit netten Möpsen – klein, aber straff – und einer großen Wolke kastanienfarbenen Haars. Ihre Kleidung war mittlere Preisklasse. An einem Schuh war der Absatz abgerissen.

»Was geht da draußen *vor*?« wiederholte sie. »Monster ...«

Die Pakistanerin drehte sich wieder um ... und lächelte. Ihre Zähne waren verfault. Das Lächeln verschwand so schnell wie bei einem Zaubertrick, dann nahm sie das Formular für gestohlene Gegenstände, das Raymond ihr entgegenstreckte.

»Holen Sie der Dame eine Tasse Kaffee und bringen Sie sie in Zimmer drei«, sagte Vetter. »Könnten Sie eine Tasse Kaffee vertragen, Mam?«

»Lonnie«, flüsterte sie. »Ich weiß, daß er tot ist.«

»Jetzt folgen Sie einfach dem alten Ted Vetter, dann haben wir das im Handumdrehen geklärt«, sagte er und half ihr beim Aufstehen. Sie redete immer noch mit leiser, stöhnender Stimme, als er ihr einen Arm um die Taille legte und sie wegführte. Wegen des abgebrochenen Absatzes war ihr Gang unsicher.

Farnham holte Kaffee und brachte ihn in Zimmer drei, eine nüchterne weiße Zelle mit zerkratztem Tisch, vier Stühlen und einem Wasserspender in der Ecke. Er stellte den Kaffee vor sie.

»Hier, Mam«, sagte er, »das wird Ihnen guttun. Ich habe Zucker, wenn ...«

»Ich kann das nicht trinken«, sagte sie. »Ich könnte nicht ...« Und dann nahm sie die gesprungene Porzellantasse, ein längst vergessenes Souvenir aus Blackpool, in die Hände, als wollte sie sich daran wärmen. Ihre Hände zitterten schlimm, und Farnham wollte ihr sagen, sie sollte die Tasse wegstellen, bevor sie den Kaffee verschüttete und sich verbrühte.

»Ich könnte nicht«, sagte sie wieder. Dann trank sie, indem sie die Tasse immer noch mit zwei Händen hielt, so wie ein Kind eine Tasse Brühe hält. Und als sie sie ansah, war es der Blick eines Kindes – schlicht, erschöpft, flehend – und irgendwie distanziert. Es war, als hätte, was immer ihr zugestoßen war, sie durch den Schock verjüngt; als hätte eine riesige Hand vom Himmel herabgegriffen und die letzten zwanzig Jahre von ihr genommen, um ein Kind in amerikanischer Erwachsenenkleidung in diesem kleinen weißen Verhörzimmer in Crouch End zurückzulassen.

»Lonnie«, sagte sie. »Die Monster«, sagte sie. »Würden Sie mir helfen? Würden Sie mir bitte helfen? Vielleicht ist er nicht tot. Vielleicht ... *Ich bin amerikanische Staatsbürgerin!*« schrie sie plötzlich, und dann, als hätte sie etwas zutiefst Beschämendes gesagt, fing sie an zu schluchzen.

Vetter klopfte ihr auf die Schulter. »Ruhig, Mam. Ich glaube, wir können Ihnen helfen, Lonnie zu finden. Ist er Ihr Mann?«

Sie nickte immer noch schluchzend. »Danny und Norma sind noch im Hotel ... mit ihrem Babysitter ... sie werden schlafen ... und erwarten, daß er ihnen einen Kuß gibt, wenn wir nach Hause kommen ...«

»Bitte beruhigen Sie sich, und erzählen Sie uns, was passiert ist ...«

»Und *wo* es passiert ist«, fügte Farnham hinzu. Vetter sah rasch und stirnrunzelnd zu ihm auf.

»Aber das ist es ja gerade!« schrie sie. »Ich *weiß nicht*, wo es passiert ist! Ich weiß nicht einmal sicher, *was* passiert ist, ich weiß nur, es war g-gr-*gräßlich*!«

Vetter hatte sein Notizbuch zur Hand genommen. »Wie heißen Sie, Mam?«

»Doris Freeman. Mein Mann ist Lonnie Freeman. Wir wohnen im Hotel Intercontinental. Wir sind amerikanische Staatsbürger.« Dieses Mal schien es sie tatsächlich etwas zu beruhigen, als sie ihre Staatsbürgerschaft erwähnte. Sie trank von dem Kaffee und stellte die Tasse ab. Farnham sah, daß ihre Handflächen ziemlich rot waren. *Das wirst du später spüren, Süße*, dachte er.

Vetter kritzelte alles in sein Notizbuch. Dann sah er kurz zu PC Farnham, lediglich ein unauffälliges Flackern der Lider.

»Sind Sie auf Urlaub hier?« fragte er.

»Ja ... zwei Wochen hier und eine in Spanien. Wir wollten eine Woche in Barcelona verbringen ... aber das trägt alles nicht dazu bei, Lonnie zu finden! Warum stellen Sie mir diese dummen Fragen?«

»Ich versuche nur, mir ein Bild vom Sachverhalt zu machen, Mrs. Freeman«, sagte Farnham. Beide hatten, ohne es selbst zu bemerken, einen leisen, beschwichtigenden Tonfall angenommen. »Erzählen Sie uns jetzt bitte genau, was sich zugetragen hat. Mit Ihren eigenen Worten.«

»Warum ist es so schwierig, in London ein Taxi zu finden?« fragte sie unvermittelt.

Farnham wußte kaum, was er sagen sollte, aber Vetter antwortete, als wäre die Frage unter den gegebenen Umständen durchaus berechtigt.

»Schwer zu sagen, Mam. Hauptsächlich wegen der Touristen. Warum? Hatten Sie Schwierigkeiten, jemanden zu finden, der Sie nach Crouch End fahren wollte?«

»Ja«, sagte sie. »Wir haben das Hotel um drei Uhr verlassen und sind zur Buchhandlung Foyle's gefahren. Ist das beim Cambridge Circus?«

»In der Nähe, Mam«, stimmte Vetter zu. »Hübsche große Buchhandlung, oder nicht?«

»Wir hatten keine Schwierigkeit, ein Taxi vom Intercontinental zu finden ... da standen sie reihenweise. Aber als wir bei Foyle's herauskamen, nichts. Als schließlich *doch* eines anhielt, lachte der Fahrer nur und schüttelte den Kopf, als Lonnie sagte, daß wir nach Crouch End wollten.«

»Stimmt, sie können echte Arschlöcher sein, wenn es um Fahrten in die Vororte geht, bitte um Vergebung, Mam«, sagte Farnham.

»Er lehnte sogar ein Pfund Trinkgeld ab«, sagte Doris Freeman, und dabei nahm ihre Stimme einen überaus amerikanischen Tonfall der Verwirrung an. »Wir mußten fast eine Stunde warten, bis wir einen Fahrer fanden, der bereit war, uns hinzubringen. Da war es halb sechs, möglicherweise viertel vor sechs. Und da stellte Lonnie fest, daß er die Adresse verloren hatte ...«

Sie umklammerte wieder die Tasse.

»Wen wollten Sie besuchen?« fragte Vetter.

»Einen Kollegen meines Mannes. Einen Anwalt namens John Squales. Mein Mann hatte ihn noch nicht kennengelernt, aber ihre beiden Firmen waren ...« Sie machte eine unbestimmte Geste.

»In geschäftlichem Kontakt?«

»Ja, ich nehme es an. Als Mr. Squales herausfand, daß wir unseren Urlaub in London verbringen würden, hat er uns zum Dinner eingeladen. Lonnie hatte ihn selbstverständlich immer geschäftlich angeschrieben, aber seine Privatadresse auf einem Zettel notiert. Als wir in das Taxi eingestiegen waren, stellte er fest, daß er ihn verloren hatte. Er konnte sich nur noch erinnern, daß es in Crouch End war.«

Sie sah sie ernst an.

»Crouch End – ich finde, das ist ein häßlicher Name.«

Vetter sagte: »Was haben Sie dann gemacht?«

Sie fing an zu reden. Als sie fertig war, hatte sie die erste Tasse Kaffee ganz und eine zweite fast ganz leergetrunken, und PC Vetter hatte mehrere Seiten seines Notizbuchs mit seiner eckigen, derben Handschrift vollgeschrieben.

Lonnie Freeman war ein großer Mann, und als er sich in dem Taxi nach vorn beugte und mit dem Fahrer sprach, sah er auf verblüffende Weise aus wie bei ihrer ersten Begegnung während eines Basketballspiels in ihrem Seniorenjahr am College – da saß er auf der Bank, hatte den Kopf zwischen den Knien und ließ die Hände mit ihren breiten Handgelenken zwischen den Beinen baumeln. Nur hatte er damals Basketballschuhe getragen und ein Halstuch um den Hals gelegt; jetzt trug er Anzug und Krawatte. Er hatte nie an vielen Spielen teilgenommen, weil er nicht so gut war, erinnerte sie sich liebevoll. Und er verlor ständig Adressen.

Der Taxifahrer hörte sich die Geschichte von der verlorenen Adresse geduldig an. Er war ein älterer Mann, makellos in einen grauen Sommeranzug gekleidet, das genaue Gegenteil der schmuddeligen New Yorker Taxifahrer. Nur die karierte Wollmütze auf dem Kopf des Fahrers paßte nicht dazu, aber das war erträglich; sie verlieh ihm einen gewissen Charme. Draußen auf dem Cambridge Circus herrschte reger Verkehr; ein Plakat an dem Theater in der Nähe verkündete, daß *Das Phantom der Oper* seinen offenbar endlosen Siegeszug fortsetzte.

»Nun, ich mache Ihnen einen Vorschlag, Sir«, sagte der Taxifahrer. »Ich bringe Sie nach Crouch End, wir halten an einer Telefonzelle, Sie sehen nach der Adresse Ihres Gastgebers, und schon sind wir unterwegs, bis vor die Tür.«

»Das ist wunderbar«, sagte Doris aufrichtig. Sie waren seit sechs Tagen in London, und sie konnte sich nicht erinnern, jemals irgendwo gewesen zu sein, wo es freundlichere und zivilisiertere Menschen gab.

»Danke«, sagte Lonnie und lehnte sich zurück. Er legte den Arm um Doris und lächelte. »Siehst du? Kein Problem.«

»Was nicht dein Verdienst ist«, knurrte sie spöttisch-verdrossen und gab ihm einen Stoß in die Seite.

»Gut«, sagte der Taxifahrer. »Also dann, auf nach Crouch End.«

Es war Ende August, ein konstanter, heißer Wind wehte Abfall über die Straßen und zerrte an den Jacken und Röcken der Männer und Frauen, die von der Arbeit nach Hause gingen. Die Sonne ging unter, aber wenn sie zwischen den Häusern hindurchschien, konnte Doris erkennen, daß sie den rötlichen Schimmer des Abends angenommen hatte. Der Taxifahrer summte. Sie entspannte sich in Lonnies Arm – ihr schien, als hätte sie ihn in den vergangenen sechs Tagen öfter gesehen als im ganzen Jahr zuvor, und sie stellte zu ihrer großen Freude fest, daß ihr das gefiel. Sie hatte Amerika bisher noch nie verlassen gehabt, und sie mußte sich ständig daran erinnern, daß sie sich in England befand, daß sie nach *Barcelona* weiterreisen würde; Tausende sollten so glücklich sein.

Dann verschwand die Sonne hinter einer Häuserzeile, und sie verlor fast augenblicklich die Orientierung. Das war bei Taxifahrten durch London immer so, hatte sie festgestellt. Die ganze Stadt war ein einziger ausgedehnter Irrgarten von Roads und Mews und Hills und Closes (sogar Inns), und sie konnte nicht verstehen, wie sich überhaupt jemand hier zurechtfand. Als sie Lonnie tags zuvor darauf angesprochen hatte, erwiderte er, daß sich alle nur mit äußerster Vorsicht zurechtfanden – ob ihr nicht aufgefallen wäre, daß alle Taxifahrer den Stadtplan von London unter dem Armaturenbrett liegen hatten?

Dies war die längst Taxifahrt, die sie bisher unternommen hatten. Die gepflegten Stadtteile blieben hinter ihnen zurück (trotz des perversen Eindrucks, als führen sie ständig im Kreis). Sie kamen durch eine Gegend kolossaler Mietskasernen, die samt und sonders hätten leerstehen können, soviel Leben war zu sehen (nein, verbesserte sie sich gegenüber Vetter und Farnham in dem kleinen weißen Raum; sie hatte einen kleinen Jungen am Bordstein sitzen sehen, der mit Streichhölzern spielte); dann durch ein Viertel mit kleinen, heruntergewirtschaftet aussehenden Geschäften und Obstläden, und dann schienen sie – kein Wunder, daß Fahrten durch London für Ausländer so desorientierend waren – wieder in den gepflegten Stadtteilen zu sein.

»Da gab es sogar ein McDonalds«, berichtete sie Vetter und Farnham in einem Tonfall, den man normalerweise der Sphinx und den Hängenden Gärten vorbehielt.

»*Tatsächlich?*« entgegnete Vetter angemessen erstaunt und respektvoll – sie schien einen Zustand totaler Erinnerung erreicht zu haben, und er wollte diese Stimmung nicht verderben, zumindest nicht, bis sie ihnen alles gesagt hatte.

Die bessere Gegend mit dem McDonalds als Prunkstück blieb hinter ihnen zurück. Sie kamen kurz ins Freie; mittlerweile war die Sonne ein solider, orangefarbener Ball, der über dem Horizont schwebte und die Straßen mit einem seltsamen Licht erfüllte, in dem alle Fußgänger aussahen, als gingen sie gleich in Flammen auf.

»Da veränderte sich allmählich alles«, sagte sie. Ihre Stimme war ein wenig leiser geworden. Ihre Hände zitterten wieder.

Vetter beugte sich aufmerksam nach vorn. »Veränderte? Wie? Wie hat sich alles verändert, Mrs. Freeman?«

Sie kamen an einem Zeitungskiosk vorbei, sagte sie, und da stand auf einem schwarzen Brett: SECHZIG VERMISSTE BEI UNDERGROUND-HORROR.

»Lonnie, sieh dir das an!«

»Was?« Er drehte den Kopf, aber der Kiosk war schon hinter ihnen zurückgeblieben.

»Da stand: ›Sechzig Vermißte bei Underground-Horror!‹ Nennen Sie hier nicht die U-Bahn so? Underground?«

»Ja – oder ›Tube‹. War es ein Zusammenstoß?«

»Ich weiß nicht.« Sie beugte sich nach vorn. »Fahrer, wissen Sie, um was es da ging? Ein Zusammenstoß in der U-Bahn?«

»Eine Kollision, Mam? Nicht, daß ich wüßte.«

»Haben Sie ein Radio?«

»Im Taxi nicht, Mam.«

»Lonnie?«

»Ja?«

Aber sie sah, daß Lonnie das Interesse verloren hatte. Er kramte wieder in seinen Taschen (und weil er einen dreiteiligen Anzug trug, hatte er eine

Menge zu kramen) und suchte noch einmal nach dem Papierfetzen mit John Squales' Adresse.

Die mit Kreide auf das schwarze Brett geschriebene Meldung ging ihr nicht aus dem Kopf: SECHZIG TOTE BEI UNDERGROUND-ZUSAMMENSTOSS hätte es heißen müssen. Aber da stand: SECHZIG VERMISSTE BEI UNDERGROUND-HORROR. Es erfüllte sie mit Unbehagen. Da stand nicht »Tote«, da stand »Vermißte«, wie Nachrichtensprecher in den alten Sendungen immer von Matrosen gesprochen hatten, die auf See ums Leben kamen.

UNDERGROUND-HORROR.

Das gefiel ihr nicht. Sie mußte dabei an Friedhöfe, Kanalisation und schwabbelige, weiße, lärmende Wesen denken, die plötzlich aus den Schächten schwärmten und ihre Arme (oder möglicherweise Tentakeln) um die hilflosen Pendler auf den Bahnsteigen schlangen und sie in die Dunkelheit zerrten ...

Sie bogen nach rechts ab. An einer Ecke standen drei Jungen in Lederkluft neben ihren abgestellten Motorrädern. Sie betrachteten das Taxi einen Augenblick – die untergehende Sonne schien ihr fast frontal ins Gesicht –, und da sah es aus, als hätten die Motorradfahrer keine Menschenköpfe. Diesen einen Augenblick war sie davon überzeugt, daß aus den schwarzen Lederjacken die schmalen Köpfe von Ratten herausragten, von Ratten, die das Taxi mit schwarzen Augen beobachteten. Dann veränderte sich das Licht ein wenig, und sie sah, daß sie sich natürlich geirrt hatte; es handelte sich um drei junge Männer, die vor der britischen Version eines amerikanischen Süßigkeitenladens Zigaretten rauchten.

»Es geht los«, sagte Lonnie, der das Suchen aufgab und zum Fenster hinausdeutete. Sie passierten ein Schild mit der Aufschrift *Crouch Hill Road.* Ältere Backsteinhäuser drängten sich wie schlafende Matronen um sie herum und schienen mit ihren leeren Fenstern auf das Taxi herabzublicken. Ein paar Kinder fuhren mit Fahrrädern oder Dreirädern hin und her. Zwei weitere versuchten sich ohne nennenswerten Erfolg in Skateboardkünsten. Väter, die von der Arbeit nach Hause gekommen waren, saßen rauchend und redend beisammen und betrachteten die Kinder. Alles sah beruhigend normal aus.

Der Taxifahrer hielt vor einem trostlosen Restaurant, an dessen Frontfenster ein kleines fleckiges Schild ALKOHOLAUSSCHANK und ein weitaus größeres verkündete, daß man Currygerichte auch zum Mitnehmen bestellen konnte. Auf der inneren Fensterbank schlief eine riesige graue Katze. Neben dem Restaurant stand eine Telefonzelle.

»Da wären wir, Sir«, sagte der Taxifahrer. »Suchen Sie die Adresse Ihres Freundes, dann spüre ich ihn auf.«

»Okay«, sagte Lonnie und stieg aus.

Doris blieb einen Augenblick im Taxi sitzen, dann stieg sie ebenfalls aus, um die Beine ein wenig auszustrecken. Der heiße Wind wehte immer noch. Er peitschte ihr den Rock um die Knie und drückte ihr eine leere Eiscremeverpackung ans Schienbein. Sie entfernte sie mit einem Gefühl des Ekels. Als sie aufsah, schaute sie direkt durch das Fenster des Restaurants auf den großen grauen Kater. Er erwiderte ihren Blick gleichgültig mit einem Auge. Sein halbes Gesicht war während eines längst vergessenen Kampfes praktisch weggekratzt worden. Übrig blieb eine vernarbte rosa Masse, ein milchiges, trübes Auge und ein paar Fellbüschel.

Der Kater miaute sie durch das Glas hindurch stumm an.

Sie verspürte Abscheu, ging zu der Telefonzelle und sah durch eine der schmutzigen Scheiben hinein. Lonnie machte mit Daumen und Zeigefinger einen Kreis und blinzelte. Dann warf er ein Zehnpencestück in den Schlitz und sprach mit jemandem. Er lachte – lautlos durch das Glas. Wie der Kater. Sie drehte sich nach ihm um, aber jetzt war das Fenster leer. Im Halbdunkel dahinter konnte sie Stühle auf Tischen und einen alten Mann sehen, der einen Besen schwang. Als sie sich wieder umdrehte, konnte sie sehen, daß Lonnie etwas aufschrieb. Er steckte den Kugelschreiber weg, hielt den Zettel hoch – sie konnte erkennen, daß eine Adresse daraufgekritzelt war –, sagte noch ein oder zwei Worte, legte auf und kam heraus.

Er winkte triumphierend mit dem Zettel. »Okay, das war d ...« Er sah über ihre Schulter und runzelte die Stirn. »Wo ist das blöde *Taxi* abgeblieben?«

Sie drehte sich um. Das Taxi war fort. Wo es gestanden hatte, sah sie nur Bordstein und ein paar Papiere, die träge durch den Rinnstein geweht wurden. Auf der anderen Straßenseite hielten zwei Kinder einander umarmt und kicherten. Doris fiel auf, daß eines davon eine mißgebildete Hand hatte, die eher wie eine Klaue aussah. Sie war davon ausgegangen, daß sich die Nationale Gesundheitsorganisation um so etwas kümmern sollte. Die Kinder sahen über die Straße, stellten fest, daß sie sie beobachtete, und fielen einander wieder lachend in die Arme.

»*Ich* weiß es nicht«, sagte Doris. Sie fühlte sich desorientiert und ein bißchen dumm. Die Hitze, der unablässige Wind, der unablässig ohne Böen oder Flauten zu wehen schien, Licht, das alles fast wie gemalt erscheinen ließ ...

»Wie spät war es da?« fragte Farnham plötzlich.

»Ich weiß es nicht«, sagte Doris Freeman, aus ihren Erinnerungen aufgeschreckt. »Sechs, nehme ich an. Vielleicht zwanzig nach.«

»Ich verstehe, fahren Sie fort«, sagte Farnham, der genau wußte, daß der Sonnenuntergang im August selbst bei großzügigster Auslegung erst weit nach sieben einsetzte.

»Mann, was hat der bloß *gemacht?*« fragte Lonnie, der sich immer noch umsah. Es schien fast, als rechnete er damit, daß sein Zorn das Taxi veranlassen könnte, wieder zu erscheinen.

»Einfach weggefahren?«

»Vielleicht als du die Hand gehoben hast«, sagte Doris, hob den Arm und machte dieselbe Geste mit Daumen und Zeigefinger wie Lonnie in der Telefonzelle. »Vielleicht hat er gedacht, daß du ihm winkst, als du das gemacht hast.«

»Da hätte ich lange winken können, bis er wegfährt, mit zweieinhalb auf dem Taxameter«, grunzte Lonnie und ging zum Bordstein. Auf der anderen Seite der Crouch Hill Road kicherten immer noch die beiden Kinder. »He!« rief Lonnie. »Kinder!«

»Sind Sie Amerikaner, Sir?« rief der Junge mit der Klauenhand zurück.

»Ja«, sagte Lonnie lächelnd. »Habt ihr das Taxi hier gesehen? Habt ihr gesehen, wohin es gefahren ist?«

Die beiden Kinder schienen über die Frage nachzudenken. Bei dem Gefährten des Jungen handelte es sich um ein etwa fünfjähriges Mädchen mit zerzausten braunen Zöpfen, die in entgegengesetzten Richtungen von seinem Kopf abstanden. Sie kam an den Rand des Bordsteins, bildete mit den Händen ein Megaphon und schrie immer noch lächelnd zwischen den hohlen Händen hindurch zu ihnen herüber: »*Verpiß dich, Joe!*«

Lonnie sperrte den Mund auf.

»*Sir! Sir! Sir!*« kreischte der Junge und salutierte hektisch mit der mißgebildeten Hand. Dann gaben die beiden Fersengeld und verschwanden hastig um die Ecke; nur das Echo ihres Lachens blieb zurück.

Lonnie sah Doris wie vom Donner gerührt an.

»Kommt mir vor, als wären einige Kinder in Crouch End nicht besonders gut auf Amerikaner zu sprechen«, sagte er lahm.

Sie sah sich nervös um. Die Straße machte jetzt einen völlig verlassenen Eindruck.

Er legte einen Arm um sie. »Nun, Mädchen, sieht aus, als müßten wir zu Fuß weiter.«

»Ich weiß nicht, ob ich das will. Diese beiden Kinder könnten ihre großen Brüder holen.« Sie lachte, um zu zeigen, daß es ein Witz war, aber es hörte sich schrill an. Der Abend hatte eine surrealistische Wendung genommen, die ihr ganz und gar nicht gefiel. Sie wünschte sich, sie wären im Hotel geblieben.

»Wird uns nichts anderes übrig bleiben«, sagte er. »Es wimmelt nicht gerade von Taxis auf der Straße, oder?«

»Lonnie, warum sollte uns der Taxifahrer einfach so zurücklassen? Er machte so einen *netten* Eindruck.«

»Keinen blassen Schimmer. Aber John hat mir den Weg genau beschrieben. Er wohnt in einer Straße namens Brass End, einer kleinen Sackgasse, die nicht im Stadtplan verzeichnet ist.« Während er sprach, führte er sie weg von der Telefonzelle, weg von dem Restaurant, wo Currygerichte zum Mitnehmen verkauft wurden, weg von dem mittlerweile verlassenen Bordstein. Sie gingen die Crouch Hill Road entlang. »Wir biegen rechts auf die Hillfield Avenue ab, auf halbem Weg nach links, dann die erste rechts – oder war es links? Wie auch immer, jedenfalls in die Petrie Street. Die zweite links ist dann Brass End.«

»Und das weißt du alles noch?«

»Ich bin ein erstklassiger Zeuge«, sagte er tapfer, und da mußte sie einfach lachen. Lonnie hatte eine Art an sich, daß alles gleich besser zu sein schien.

An der Wand im Vorraum des Polizeireviers hing eine Straßenkarte von Crouch End, die wesentlich detaillierter war als der Stadtplan von London. Farnham ging hin und studierte sie, die Hände in den Taschen. Es war mittlerweile ausgesprochen still im Revier. Vetter war immer noch draußen – und versuchte, etwas von den Hirngespinsten aus seinem Kopf zu vertreiben, hoffte man –, und Raymond war längst mit der Frau fertig, der die Handtasche gestohlen worden war.

Farnham tippte mit dem Finger auf die Stelle, wo der Taxifahrer sich höchstwahrscheinlich abgesetzt hatte (das hieß, wenn man überhaupt etwas an der Geschichte der jungen Frau glauben konnte). Der Weg zum Haus ihres Freundes sah aus, als wäre er nicht zu verfehlen. Crouch Hill Road bis zur Hillfield Avenue, dann links in die Vickers Lane und nochmal links in die Petrie Street. Brass End, das wie ein nachträglicher Einfall von der Petrie Street abzweigte, war nicht mehr als sechs oder acht Häuser lang. Alles in allem vielleicht eine Meile zu laufen. Selbst Amerikaner sollten so weit laufen können, ohne sich zu verirren.

»Raymond?« rief er. »Bist du noch da?«

Sergeant Raymond kam herein. Er hatte Zivil angezogen und zog gerade den Reißverschluß einer leichten Popeline-Windjacke hoch. »Gerade noch, du bartloser Jüngling.«

»Laß das«, sagte Farnham, lächelte aber trotzdem. Raymond machte ihm ein bißchen angst. Ein Blick auf den unheimlichen Gesellen verriet einem, daß er etwas zu dicht an dem Zaun stand, der den Hof der guten Jungen von dem der bösen Jungen trennte. Die unregelmäßige weiße Linie einer Narbe verlief wie eine dicke Schnur von seinem linken Mundwinkel fast bis zum Adamsapfel. Er behauptete, daß ihm ein Taschendieb einmal mit einem abgebrochenen Flaschenhals fast die Kehle durchgeschnitten hätte. Er behauptete auch, daß er Taschendieben deshalb die Finger brach. Farnham dachte, daß das Scheiße war. Er glaubte, daß

Raymond ihnen die Finger brach, weil er das Geräusch gern hörte, besonders wenn sie an den Knöcheln brachen.

»Hast du eine Zigarette?« fragte Raymond.

Farnham seufzte und gab ihm eine. Als er sie anzündete, fragte Farnham ihn: »Gibt es ein Curryrestaurant in der Crouch Hill Road?«

»Nicht, daß ich wüßte«, sagte Raymond.

»Das dachte ich mir.«

»Hast du ein Problem?«

»Nein«, sagte Farnham ein wenig zu schneidend, als er an Doris Freemans verfilztes Haar und ihre aufgerissenen Augen dachte.

In der Nähe der Kuppe der Crouch Hill Road bogen Doris und Lonnie Freeman in die Hillfield Avenue ab, die von eindrucksvollen Villen gesäumt wurde – Hüllen, dachte sie, die wahrscheinlich mit chirurgischer Präzision in Apartments und möblierte Zimmer aufgeteilt worden waren.

»So weit, so gut«, sagte Lonnie.

»Ja, es ist . . .«, begann sie, und da fing das leise Stöhnen an.

Sie blieben beide stehen. Das Stöhnen kam fast direkt von ihrer Rechten, wo eine hohe Hecke einen kleinen Garten umschloß. Lonnie wollte auf das Geräusch zugehen, aber sie hielt ihn am Arm fest. »Lonnie, nein!«

»Was meinst du damit, nein?« fragte er. »Da ist jemand verletzt.«

Sie folgte ihm nervös. Die Hecke war hoch, aber dünn. Er konnte sie auseinanderdrücken und so Einblick auf ein kleines, von Blumen eingerahmtes Rasenstück bekommen. Der Rasen war stechend grün. In der Mitte war eine schwarze, rauchende Stelle – jedenfalls war das ihr erster Eindruck. Als sie wieder um Lonnies Schulter herumsah – seine Schulter war so hoch, daß sie nicht darüber hinwegsehen konnte –, erkannte sie, daß es ein Loch war vom ungefähren Umriß eines Menschen. Rauchwölkchen stiegen daraus empor.

SECHZIG VERMISSTE BEI UNDERGROUND-HORROR, dachte sie unvermittelt.

Das Stöhnen kam aus dem Loch, und Lonnie wollte sich durch die Hecke dorthin zwängen.

»Lonnie«, sagte sie, »bitte nicht . . .«

»Da ist jemand verletzt«, wiederholte er und zwängte sich mit einem spröden Reißen durch die Hecke. Sie sah, wie er auf das Loch zuging, dann schnellte die Hecke zurück, so daß sie nur noch seinen vagen Umriß erkennen konnte; er ging weiter. Sie versuchte, sich zu ihm durchzuzwängen, wurde aber zum Dank für ihr Bemühen nur von den kurzen Zweigen der Hecke zerkratzt. Sie trug eine ärmellose Bluse.

»Lonnie!« rief sie und hatte plötzlich große Angst.

»Lonnie, komm zurück!«

»Augenblick, Liebes!«

Das Haus sah sie über den Rand der Hecke hinweg gleichgültig an. Das Stöhnen dauerte fort, aber jetzt hörte es sich tiefer an – kehliger, irgendwie wonnevoll. Konnte Lonnie das nicht *hören*?

»He, ist jemand da unten?« hörte sie Lonnie fragen. »Ist da – oh! He! *Großer Gott!*« Und plötzlich schrie Lonnie. Sie hatte ihn noch nie schreien gehört, und ihre Beine schienen sich bei dem Laut in Schläuche voll Wasser zu verwandeln. Sie suchte panisch nach einer Lücke in der Hecke, einem Pfad, konnte aber nirgendwo einen erkennen. Bilder wirbelten vor ihren Augen – die Motorradfahrer, die für einen Augenblick wie Ratten ausgesehen hatten, die Katze mit dem zerkratzten Gesicht, der Junge mit der Klauenhand.

»*Lonnie!*« versuchte sie zu kreischen, brachte aber kein Wort heraus.

Jetzt waren Geräusche eines Kampfes zu hören. Das Stöhnen hatte aufgehört. Aber von der anderen Seite der Hecke ertönten feuchte Schmatzlaute. Dann kam Lonnie plötzlich durch das steife, staubig-grüne Dickicht zurück, als hätte ihm jemand einen heftigen Stoß versetzt. Der linke Ärmel seines Jacketts war abgerissen und mit Flecken einer schwarzen Substanz vollgespritzt, die zu rauchen schien, wie die Grube im Rasen geraucht hatte.

»Doris, lauf!«

»Lonnie, was ...«

»*Lauf!*« Sein Gesicht war kreidebleich.

Doris sah sich panisch nach einem Polizisten um. Nach *irgendjemandem.* Aber die Hillfield Avenue hätte sich, soweit sie sah, in einer riesigen, verlassenen Stadt befinden können. Dann schaute sie zu der Hecke zurück und stellte fest, daß sich dort etwas anderes bewegte, etwas mehr als Schwarzes; es wirkte wie Ebenholz, die Antithese von Licht.

Und es schmatzte.

Einen Augenblick später fingen die kurzen, steifen Zweige der Hecke an zu rascheln. Sie starrte wie hypnotisiert hin. Möglicherweise wäre sie ewig so dagestanden (berichtete sie Vetter und Farnham), und wenn Lonnie nicht grob ihren Arm gepackt und sie angeschrien hätte – ja, Lonnie, der nicht einmal den Kindern gegenüber jemals die Stimme hob, hatte *geschrien* –, würde sie vielleicht jetzt noch so stehen. Dastehen oder ...

Aber sie liefen weg.

Wohin? hatte Farnham gefragt, aber das wußte sie nicht. Lonnie war völlig außer sich, in einer Hysterie von Panik und Ekel – das war das einzige, das sie sicher wußte. Er umklammerte ihr Handgelenk mit Fingern wie Handschellen; dann flohen sie weg von dem Haus, das über der Hecke aufragte, und von dem rauchenden Rasen. Das wußte sie mit Bestimmtheit; alles andere war nur eine Kette vager Eindrücke.

Zuerst war es schwer gewesen, zu laufen, aber dann ging es leichter, weil sie bergab flüchteten. Sie bogen ab, dann noch einmal. Graue Häuser mit hohen Giebeln und heruntergezogenen grünen Jalousien schienen sie wie blinde Rentner anzustarren. Sie erinnerte sich, wie Lonnie das Jackett auszog, das von diesem schwarzen Glibber vollgespritzt war, und es wegwarf. Schließlich kamen sie zu einer breiteren Straße.

»Halt«, keuchte sie. »Halt, ich kann nicht mehr!« Sie drückte die rechte Hand an die Seite, die sich anfühlte, als hätte ein rotglühender Stachel sie getroffen.

Und er blieb stehen. Sie hatten das Wohnviertel hinter sich gelassen und standen an der Ecke Crouch Lane und Norris Road. Ein Schild auf der gegenüberliegenden Seite der Norris Road verkündete, daß sie nur eine Meile von Slaughter Towen entfernt waren.

Town? schlug Vetter vor.

Nein, sagte Doris Freeman. *Towen*, mit einem »e«.

Raymond drückte die Zigarette aus, die er Farnham abgeluchst hatte. »Ich gehe«, verkündete er, dann musterte er Farnham eingehend. »Mein Kleiner sollte besser auf sich achtgeben. Er hat große dunkle Ringe unter den Augen. Und dazu passende Haare auf den Handflächen, mein Schmusetier?« Er lachte laut auf.

»Schon mal von einer Crouch Lane gehört?« fragte Farnham.

»Du meinst Crouch Hill Road.«

»Nein, ich meine Crouch Lane.«

»Nie gehört.«

»Was ist mit Norris Lane?«

»Da zweigt eine von der High Street in Basingstoke ab . . .«

»Nein, hier.«

»Nein – hier *nicht.*«

Aus einem Grund, den er selbst nicht verstand – die Frau war wahrscheinlich völlig verwirrt gewesen –, blieb Farnham hartnäckig. »Was ist mit Slaughter Towen?«

»Towen hast du gesagt? Nicht Town?«

»Ja, ganz recht.«

»Nie davon gehört, aber wenn, dann, glaub mir, würde ich mich davon fernhalten.«

»Warum?«

»Weil in der alten Druidensprache ein Touen oder Towen ein Ort ritueller Opfer war – ein Ort, mit anderen Worten, wo sie einem Leber und Gedärme rausgeschnippelt haben.« Damit zog Raymond den Reißverschluß der Windjacke zu und ging hinaus.

Farnham sah ihm unbehaglich nach. *Das letzte hat er erfunden*, sagte er sich. *Was ein Holzkopf wie Sid Raymond von den Druiden weiß, könnte man auf einen Stecknadelkopf schreiben und hätte immer noch genug Platz für das Vaterunser.*

Genau. Und selbst *wenn* er diese Information irgendwo aufgeschnappt hätte, änderte das nichts an der Tatsache, die Frau war ...

»Ich muß den Verstand verlieren«, sagte Lonnie und lachte unsicher.

Doris hatte zuvor auf die Uhr gesehen und festgestellt, daß es schon viertel vor acht geworden war. Das Licht hatte sich verändert – von einem klaren Orange zu einem trüben, verhangenen Rot, das sich in den Scheiben der Geschäfte an der Norris Road spiegelte und einen Kirchengiebel auf der gegenüberliegenden Seite in geronnenes Blut zu verwandeln schien. Die Sonne war eine ovale Scheibe am Horizont.

»Was ist da hinten passiert?« fragte Doris. »Was war das, Lonnie?«

»Mein Jackett habe ich auch verloren. Und die Adresse.«

»Du hast es nicht verloren, du hast es ausgezogen. Es war ganz vollgespritzt mit ...«

»Mach dich nicht lächerlich!« schnappte er wütend. Aber seine Augen waren nicht wütend, sie waren sanft, erschrocken, abwesend. »Ich habe sie verloren, mehr nicht.«

»Lonnie, was hast du erlebt, als du durch die Hecke gegangen bist?«

»Nichts. Reden wir nicht davon. Wo waren wir?«

»Lonnie ...«

»Ich kann mich nicht mehr erinnern«, sagte er leiser. »Alles ist leer. Wir waren da ... wir hörten ein Geräusch ... dann lief ich weg. An mehr kann ich mich nicht erinnern.« Und dann fügte er mit einer ängstlichen, kindlichen Stimme hinzu: »Weshalb sollte ich mein Jackett wegwerfen? Es hat mir gefallen. Hat zu den Hosen gepaßt.« Er warf den Kopf zurück, stieß ein furchterregendes, irres Lachen aus, und da wurde Doris klar: was er hinter der Hecke gesehen hatte, mußte bewirkt haben, daß er zumindest vorübergehend ausgerastet war. Sie war nicht sicher, ob ihr nicht dasselbe zugestoßen wäre – wenn sie es gesehen hätte. Einerlei. Sie mußten hier weg. Zurück ins Hotel, wo die Kinder waren.

»Suchen wir ein Taxi. Ich will nach Hause.«

»Aber John ...«, begann er.

»*John ist mir völlig gleichgültig!*« schrie sie. »Alles ist falsch hier. Nichts stimmt, *und ich will sofort ein Taxi und nach Hause fahren!*«

»Ja, schon gut. Okay.« Lonnie strich sich mit zitternder Hand über die Stirn. »Ich verstehe dich. Das einzige Problem ist, hier gibt es keine.«

Tatsächlich herrschte überhaupt kein Verkehr auf der Norris Road, die breit und kopfsteingepflastert war. In der Mitte verliefen alte Straßenbahnschienen. Auf der anderen Seite, vor einem Blumenladen, parkte ein uralter dreirädriger Kabinenroller. Weiter unten auf ihrer Seite stand ein Yamaha-Motorrad schräg auf seinem Ständer. Das war alles. Sie konnten Autos *hören*, aber das Geräusch klang fern und diffus.

»Vielleicht ist die Straße wegen Reparaturarbeiten gesperrt«, murmelte Lonnie, und dann tat er etwas Seltsames – jedenfalls seltsam für ihn, der sonst so sorglos und selbstsicher war. Er sah über die Schulter, als hätte er Angst, daß sie verfolgt würden.

»Wir laufen«, sagte sie.

»Wohin?«

»Irgendwo. Weg von Crouch End. Wenn wir hier wegkommen, finden wir auch wieder ein Taxi.« Davon war sie mit einem Mal überzeugt, wenn auch von sonst nichts.

»Na gut.« Jetzt schien er vollauf damit zufrieden zu sein, ihr die Führerschaft bei der ganzen Sache zu überlassen.

Sie gingen die Norris Road entlang, der untergehenden Sonne entgegen. Das ferne Verkehrsgeräusch blieb konstant, es wurde nicht leiser, schien aber auch nicht näherzukommen. Es erinnerte an das konstante Brausen des Windes. Die Einsamkeit zerrte allmählich an ihren Nerven. Sie spürte, daß sie beobachtet wurden, versuchte, das Gefühl abzuschütteln, konnte es aber nicht. Das Geräusch ihrer Schritte

(SECHZIG VERMISSTE BEI UNDERGROUND-HORROR)

hallte zu ihnen zurück. Die Sache bei der Hecke spukte zunehmend durch ihre Gedanken, und schließlich mußte sie noch einmal fragen.

»Lonnie, was *war* es?

Er antwortete nur: »Ich kann mich nicht erinnern. Und ich *will* es auch nicht.«

Sie kamen an einem Markt vorbei, der geschlossen hatte – ein Stapel Kokosnüsse, die wie Schrumpfköpfe aussahen, waren am Fenster aufgeschichtet. Sie passierten eine Wäscherei, in der weiße Waschmaschinen von den verblaßten rosa Wänden abgerückt worden waren wie rechtekkige Zähne aus abgestorbenem Zahnfleisch. Sie ließen das schlierige Fenster eines alten Ladens hinter sich, vor dem ein Schild mit der Aufschrift ZU VERMIETEN stand. Etwas bewegte sich hinter den Schlieren, und Doris sah das raudige und zerkratzte Gesicht einer Katze herausschauen. Derselbe graue Kater.

Sie überprüfte ihre inneren Uhrwerke und Mechanismen und stellte fest, daß sie sich in einem Zustand langsam zunehmenden Grauens befand. Ihr war, als hätten ihre Eingeweide angefangen, langsam und träge im Bauch herumzukriechen. Und sie hatte einen scharfen, unangenehmen Geschmack im Mund, als hätte sie eine allzu kräftige Mundspülung benutzt. Im Sonnenuntergang quoll frisches Blut aus dem Kopfsteinpflaster der Norris Road.

Sie näherten sich einer Unterführung. Und es war dunkel da unten. *Ich kann nicht*, informierte ihr Verstand sie nüchtern. *Ich kann nicht da runter, da könnte alles Mögliche lauern, verlang es nicht von mir, weil ich es schlicht und einfach nicht kann.*

Ein anderer Teil ihres Verstandes fragte, ob sie es ertragen würde, den Weg zurückzugehen, vorbei an den leerstehenden Geschäften mit der wandernden Katze darin (wie hatte sie von dem Restaurant dorthin gelangen können? Sicher war es das beste, gar nicht zu fragen und nicht zu ausgiebig darüber nachzudenken), vorbei an dem unheimlichen Durcheinander der Wäscherei, vorbei am Markt der Schrumpfköpfe. Sie glaubte nicht, daß sie das konnte.

Sie hatten sich der Unterführung weiter genähert. Ein seltsam gestrichener Zug mit sechs Waggons – weiß wie Knochen – donnerte unvermittelt plötzlich darüber hinweg, eine irre Braut aus Stahl, die ihrem Bräutigam entgegenrannte. Die Räder wirbelten grelle Funkengarben auf. Sie wichen beide unwillkürlich einen Schritt zurück, aber Lonnie war es, der aufschrie. Sie sah ihn an und stellte fest, daß er sich innerhalb der vergangenen Stunde in jemanden verwandelt hatte, der ihr vollkommen unbekannt war, mit dem sie nie gerechnet hätte. Sein Haar wirkte irgendwie grauer, und obwohl sie sich einredete – mit großem Nachdruck einredete –, daß nur das Licht daran schuld war, gab das Aussehen seines Haars den Ausschlag. Lonnie war nicht in der Verfassung, umzukehren. Also – die Unterführung.

»Komm mit«, sagte sie und ergriff seine Hand. Sie packte fest zu, damit er das Zittern ihrer eigenen Hand nicht spürte. »Je eher, desto besser.« Sie ging weiter, und er folgte ihr fügsam.

Sie waren fast draußen – es handelte sich um eine ausgesprochen kurze Unterführung, dachte sie voll lächerlicher Erleichterung –, als die Hand ihren Oberarm umklammerte.

Sie schrie nicht. Ihre Lungen schienen zusammengefallen zu sein wie zerknüllte Papiertüten. Ihr Verstand wollte den Körper zurücklassen und einfach davonfliegen. Lonnies Hand glitt aus ihrer eigenen. Er schien es nicht zu bemerken. Er schlenderte auf der anderen Seite hinaus – sie sah seine Silhouette einen Moment groß und schlaksig vor den blutigen, grellen Farben des Sonnenuntergangs, dann war er verschwunden.

Die Hand, die ihren Oberarm umklammerte, war haarig wie die eines Affen. Sie zog Doris unerbittlich auf eine schwere, kauernde Gestalt zu, die an der rußigen Betonwand lehnte. Dort hing sie im doppelten Schatten zweier Betonsäulen, und Doris konnte nicht mehr als den Umriß erkennen – den Umriß und zwei leuchtende grüne Augen.

»Gib uns eine Kippe, Süße«, sagte eine heisere Cockneystimme, und Doris roch rohes Fleisch und Fritierfett und etwas Süßliches und Abscheuliches wie die klebrigen Überreste auf dem Boden einer Mülltonne.

Die grünen Augen waren Katzenaugen. Und plötzlich war sie sich auf gräßliche Weise sicher, wenn die kauernde Gestalt aus den Schatten treten würde, würde sie das trübe Auge, die rosa Wülste des Narbengewebes und die Büschel grauen Fells sehen.

Sie riß sich los, wich zurück und spürte, wie dicht neben ihr etwas durch die Luft sauste. Eine Hand? Krallen? Ein spuckendes, zischendes Geräusch ...

Dann donnerte oben wieder ein Zug vorbei. Das Dröhnen war gewaltig, ohrenbetäubend. Ruß rieselte wie schwarzer Schnee herab. Sie floh in blinder Panik und wußte zum zweitenmal an diesem Abend nicht, wohin – oder wie lange.

Die Erkenntnis, daß Lonnie verschwunden war, holte sie in die Wirklichkeit zurück. Sie war halb gegen eine schmutzige Backsteinwand gesunken und holte mit langen, keuchenden Zügen Luft. Sie befand sich immer noch auf der Norris Road (jedenfalls glaubte sie das, erzählte sie den beiden Constables; die breite Straße war immer noch kopfsteingepflastert, die Schienen verliefen immer noch genau in der Mitte), aber die verlassenen, verfallenden Geschäfte waren verlassenen, verfallenden Lagerhallen gewichen. DAWGLISH & SÖHNE, verkündete ein rußverschmiertes Schild an einem. An einem zweiten stand der Name ALHAZRED in uraltem Grün auf verblichenem Backstein. Unter dem Namen konnte sie eine Reihe arabischer Schnörkel und Krakel erkennen.

»Lonnie!« rief sie. Kein Echo, und trotz der Stille kein Hall (nein, keine völlige Stille; es war immer noch Verkehrslärm zu hören, der ein wenig näher sein mochte, aber nicht viel). Der Name, der ihren Ehemann bezeichnete, schien aus ihrem Mund zu purzeln und wie ein Stein vor ihre Füße zu fallen. Das Blut des Sonnenuntergangs war der kühlen grauen Asche der Dämmerung gewichen. Zum erstenmal kam ihr der Gedanke, daß die Nacht sie hier in Crouch End überraschen könnte – falls sie sich *tatsächlich* noch in Crouch End befand –, und dieser Gedanke weckte neuerliches Entsetzen in ihr.

Sie berichtete Vetter und Farnham, daß sie während der unbekannten Zeitspanne zwischen ihrer Ankunft bei der Telefonzelle und dem letzten Schrecken kaum nachgedacht hatte, keiner zusammenhängenden Gedankenkette fähig war. Sie hatte einfach reagiert wie ein furchtsames Tier. Und jetzt war sie allein. Sie wollte zu Lonnie, das wußte sie, aber viel mehr wußte sie nicht. Jedenfalls machte sie sich keine Gedanken, weshalb diese Gegend, die mit Sicherheit keine fünf Meilen vom Cambridge Circus entfernt war, so völlig menschenleer sein konnte.

Doris Freeman marschierte los und rief nach ihrem Mann. Ihre Stimme erzeugte kein Echo, aber ihre Schritte fanden Widerhall. Schatten fielen über die Norris Road. Der Himmel über ihr war mittlerweile purpurn. Es konnte sich um einen verzerrenden Effekt der Dämmerung handeln, oder es lag an ihrer Erschöpfung, jedenfalls schienen sich die Lagerhäuser gierig über die Straße zu beugen. Die Fenster, die vom Schmutz von Jahrzehnten – möglicherweise Jahrhunderten – verkrustet waren, schienen sie anzustarren. Und die Namen auf den Schildern wurden zunehmend merkwürdiger, regelrecht irre, auf jeden Fall aber unaussprechlich. Die Vokale standen an den falschen Stellen, die Konsonanten waren auf eine Weise aneinander gereiht, daß eine menschliche Zunge sie unmöglich bewältigen konnte. CTHULHU KRYON stand auf einem, darunter wieder arabische Schnörkel. YOGSOGGOTH lautete ein anderes. Und wieder ein anderes: R'YELEH. An eines konnte sie sich besonders deutlich erinnern: NRTESN NYARLAHOTEP.

»Wie kommt es, daß Sie sich an dieses Gestammel erinnern?« fragte Farnham sie.

Doris Freeman schüttelte langsam und müde den Kopf. »Ich weiß nicht«, sagte sie. »Wirklich nicht. Es ist wie ein Alptraum, den man vergessen will, sobald man aufwacht, aber er vergeht nicht, wie die meisten Träume; er bleibt einfach da.«

Die kopfsteingepflasterte, von Bahnschienen geteilte Norris Road schien sich in die Unendlichkeit zu strecken. Und obwohl sie weiterging – sie hätte nicht geglaubt, daß sie laufen gekonnt hätte, sagte sie, aber später tat sie es doch –, rief sie nicht mehr nach Lonnie. Sie wand sich im Griff einer schrecklichen, zerrüttenden Angst, einer so großen Angst, daß ein Mensch sie kaum aushalten konnte, ohne wahnsinnig zu werden oder tot umzufallen. Es war ihr unmöglich, ihre Angst zu artikulieren, außer in einer Form, und selbst das, sagte sie, verbreiterte nur die Kluft, die sich zwischen ihrem Verstand und ihrem Herzen aufgetan hatte. Es war, sagte sie, als wäre sie überhaupt nicht mehr auf der Erde, sondern auf einem anderen Planeten, einem so fremdartigen Planeten, daß der menschliche Verstand ihn nicht einmal ansatzweise begreifen konnte. Die *Winkel* schienen anders zu sein, sagte sie. Die *Farben* schienen anders zu sein. Die ... aber es war hoffnungslos.

Sie konnte nur unter dem verzerrten purpurnen Himmel zwischen den schiefen Gebäuden dahinwandern und hoffen, daß es einmal ein Ende haben würde.

Und es hatte eines.

Sie bemerkte zwei Gestalten, die vor ihr auf dem Gehweg standen – die

Kinder, die sie und Lonnie zuvor schon gesehen hatten. Der Junge streichelte mit seiner Klauenhand die zerzausten Zöpfe des kleinen Mädchens.

»Es ist die Amerikanerin«, sagte der Junge.

»Sie hat sich verirrt«, sagte das Mädchen.

»Hat ihren Mann verloren.«

»Ist vom Weg abgekommen.«

»Hat den dunkleren Weg gefunden.«

»Die Straße, die in den Trichter führt.«

»Hat die Hoffnung verloren.«

»Hat den Pfeifer von den Sternen gefunden ...«

»... Verzehrer der Dimensionen ...«

»... den blinden Flötenspieler.«

Die Worte sprudelten immer schneller hervor, eine atemlose Litanei, ein sausender Webstuhl. Ihr Kopf kreiste. Die Gebäude beugten sich über sie. Die Sterne waren aufgegangen, aber es waren nicht *ihre* Sterne, denen sie als Kind ihre Wünsche gesagt und unter denen sie sich als junge Frau verabredet hatte. Es waren irre Sterne in wahnsinnigen Konstellationen, und sie preßte die Hände auf die Ohren, aber ihre Hände konnten die Worte nicht abhalten, und schließlich schrie sie sie an:

»Wo ist mein Mann? Wo ist Lonnie? Was habt ihr mit ihm gemacht?«

Schweigen. Und dann sagte das Mädchen: »Er ist nach unten gegangen.«

Der Junge: »Zur Ziege mit den tausend Jungen.«

Das Mädchen lächelte – ein maliziöses Lächeln voll böser Unschuld. »Er hatte kaum eine andere Wahl, oder? Er trug das Mal. Du wirst auch gehen.«

»Lonnie! *Was habt ihr mit ...*«

Der Junge hob die Hand und sang in einer hohen, flötenden Sprache, die sie nicht verstehen konnte – aber der Klang der Worte machte Doris Freeman halb wahnsinnig vor Angst.

»Da fing die Straße an, sich zu bewegen«, schilderte sie Vetter und Farnham. »Das Kopfsteinpflaster wellte sich wie ein Teppich. Es hob und senkte sich, hob und senkte sich. Die Schienen lösten sich und flogen in die Luft – daran kann ich mich erinnern, ich weiß noch, wie sich das Sternenlicht darauf spiegelte –, und dann lösten sich die Pflastersteine selbst, anfangs einer nach dem anderen, dann ganze Gruppen. Sie flogen einfach in die Dunkelheit davon. Ein Reißen ertönte, wenn sie abhoben. Ein knirschendes Reißen – wie sich ein Erdbeben anhören muß. Und etwas wollte *durchkommen* ...«

»Was?« fragte Vetter. Er hatte sich nach vorn gebeugt und betrachtete sie mit bohrendem Blick. »Was haben Sie gesehen? Was war es?«

»Tentakel«, sagte sie langsam und stockend. »Ich glaube, es waren Tentakel. Aber sie waren so dick wie alte Banyanbäume, und es war, als bestünde jeder einzelne aus tausend kleineren ... und es waren rosa Dinger daran, wie Saugnäpfe ... nur sahen sie manchmal wie Gesichter aus ... eines hatte Ähnlichkeit mit Lonnies Gesicht ... und alle litten Qualen. Unter ihnen, in der Dunkelheit unter der Straße – in der Dunkelheit *unten* –, war noch etwas. So etwas wie *Augen* ...«

An der Stelle war sie zusammengebrochen und hatte eine ganze Weile nicht weitersprechen können, und wie sich herausstellte, gab es auch nichts mehr zu erzählen. Als nächstes konnte sie sich erst wieder deutlich erinnern, wie sie unter der Tür eines geschlossenen Kiosks kauerte. Dort würde sie vielleicht jetzt noch sitzen, sagte sie ihnen, aber sie hatte ein Stück weiter Autos fahren und den tröstlichen Schein von Natriumdampflampen gesehen. Zwei Passanten waren an ihr vorbeigegangen, und Doris hatte sich aus Angst vor den bösen Kindern tiefer in die Schatten gedrückt. Doch sie sah, daß es sich nicht um Kinder handelte; es war ein Teenagerpärchen, das Hand in Hand ging. Der Junge sagte etwas vom neuen Film von Martin Scorsese.

Sie hatte sich argwöhnisch auf den Gehweg geschlichen und war bereit gewesen, sofort wieder in das sichere Versteck der Kiosktür zu springen, aber dazu gab es keinen Anlaß. Fünfzig Meter entfernt befand sich eine einigermaßen befahrene Kreuzung mit Autos und Lastwagen, die vor einer Ampel hielten. Gegenüber lag ein Juwelierladen mit einer großen, beleuchteten Uhr im Schaufenster. Ein Stahlgitter war vor das Fenster gezogen worden, aber sie konnte die Zeit trotzdem erkennen. Es war fünf Minuten vor zehn.

Da war sie zu der Kreuzung gegangen, hatte aber trotz der Straßenlaternen und des beruhigenden Verkehrslärms ständig ängstliche Blicke über die Schulter geworfen. Sie hatte überall Schmerzen. Sie hinkte auf einem abgebrochenen Absatz. Sie hatte Krämpfe im Bauch und in den Beinen – im rechten Bein war es besonders schlimm, als hätte sie sich überanstrengt.

An der Kreuzung sah sie, daß sie irgendwie zur Hillfield Avenue und Tottenham Road gelangt war. Unter einer Straßenlaterne unterhielt sich eine etwa sechzigjährige Frau, deren graues Haar unter dem Fetzen hervorquoll, mit dem sie es zusammengebunden hatte, mit einem Mann etwa gleichen Alters. Sie sahen Doris beide an, als wäre sie eine furchteinflößende Erscheinung.

»Polizei«, krächzte Doris Freeman. »Wo ist das Polizeirevier? Ich bin amerikanische Staatsbürgerin ... ich habe meinen Mann verloren ... ich brauche die Polizei.«

»Was ist Ihnen denn zugestoßen, junge Dame?« fragte die Frau nicht unfreundlich. »Sie sehen aus, als wären Sie durch die Mangel gedreht worden.«

»Autounfall?« fragte ihr Begleiter.

»Nein. Kein ... kein ... Bitte, gibt es ein Polizeirevier hier in der Nähe?«

»Direkt an der Tottenham Road«, sagte der Mann. Er holte eine Packung Players aus der Tasche. »Möchten Sie eine Zigarette? Sie sehen aus, als könnten Sie eine brauchen.«

»Danke«, sagte sie und nahm die Zigarette, obwohl sie vor fast vier Jahren aufgehört hatte zu rauchen. Der ältere Mann mußte der zitternden Spitze mit dem Feuerzeug folgen, damit er sie anzünden konnte.

Er sah die Frau an, die das Haar mit einem Fetzen hochgebunden hatte. »Ich mache nur einen kleinen Spaziergang mit ihr, Evvie. Vergewissere mich, daß sie heil ankommt.«

»Dann komme ich auch mit, oder nicht?« sagte Evvie und legte Doris einen Arm um die Schultern. »Was ist denn passiert, junge Dame? Hat jemand versucht, Sie auszurauben?«

»Nein«, sagte Doris. »Es ... ich ... ich ... die Straße ... da war eine Katze mit nur einem Auge ... die Straße ist aufgebrochen ... ich habe es *gesehen* ... und sie sagten etwas von einem blinden Flötenspieler ... ich muß Lonnie finden!«

Sie war sich bewußt, daß sie zusammenhanglos stammelte, aber sie schien außerstande, sich deutlicher auszudrücken. Und dennoch, berichtete sie Vetter und Farnham, hatte sie *so* zusammenhanglos auch wieder nicht sein können, denn der Mann und die Frau waren vor ihr zurückgewichen, als hätte Doris geantwortet, daß sie an Beulenpest erkrankt war, als Evvie sie fragte, was geschehen sei.

Der Mann hatte etwas gesagt. »... ist schon wieder passiert«, glaubte Doris zu verstehen.

Die Frau deutete die Straße entlang. »Das Polizeirevier ist gleich da vorne. Hängen Kugellampen davor. Sie werden es schon sehen.« Damit entfernten sich die beiden raschen Schrittes. Die Frau blickte noch einmal über die Schulter; Doris Freeman sah ihre großen, glänzenden Augen. Doris ging noch einen Schritt hinter ihnen her, obwohl sie selbst nicht wußte, aus welchen Gründen. »Kommen Sie nicht näher!« kreischte Evvie schrill und machte das Zeichen gegen den bösen Blick. Gleichzeitig drückte sie sich an den Mann, der einen Arm um sie legte. »Kommen Sie ja nicht näher, wenn Sie in Crouch End Towen gewesen sind!«

Und mit diesen Worten waren die beiden in der Nacht verschwunden.

Jetzt lehnte PC Farnham unter der Tür zwischen dem Wachzimmer und dem Hauptarchiv – obwohl die Akte der unaufgeklärten Fälle, von der Vetter gesprochen hatte, mit Sicherheit nicht hier aufbewahrt wurde. Farnham hatte sich eine frische Tasse Tee gemacht und rauchte die letzte Zigarette aus seinem Päckchen – die Frau hatte sich auch mehrere genommen.

Sie war in Begleitung einer Krankenschwester, die Vetter gerufen hatte, in ihr Hotel zurückgekehrt – die Schwester würde die Nacht bei ihr verbringen und morgen früh entscheiden, ob die Frau in ein Krankenhaus mußte. Die Kinder würden ein Problem sein, vermutete Farnham, und die Tatsache, daß die Frau Amerikanerin war, garantierte Schwierigkeiten erster Klasse. Er fragte sich, was sie den Kindern erzählen würde, wenn sie morgen früh aufwachten; natürlich immer vorausgesetzt, daß sie imstande sein würde, ihnen etwas zu erzählen. Würde sie ihnen schildern, wie das große böse Ungeheuer Crouch End Town

(Towen)

ihren Daddy verspeist hatte wie ein Troll im Märchen?

Farnham verzog das Gesicht und stellte die Teetasse weg. Das war nicht sein Problem. Es ging ihn nichts an; er war nur ein Police Constable, der die ganze Sache vergessen wollte. Und er hatte die Absicht, Vetter das Protokoll schreiben zu lassen. Vetter konnte es sich leisten, seinen Namen unter diesen Haufen Irrsinn zu setzen; er war ein verbrauchter alter Mann. Er würde immer noch PC der Nachtschicht sein, wenn er seine goldene Uhr, seine Pension und seine Staatswohnung bekam. Farnham dagegen hatte Ambitionen und wollte es bald zum Sergeanten bringen, was bedeutete, daß er auf jede Kleinigkeit achtgeben mußte.

Und da er gerade von Vetter sprach, wo steckte der eigentlich? Er schnappte schon ziemlich lange frische Luft.

Farnham durchquerte das Revier und ging hinaus. Er stand zwischen den beiden Kugelleuchten und sah über die Tottenham Road. Vetter war nirgends zu sehen. Es war nach drei Uhr morgens, Schweigen lag schwer und undurchdringlich über allem wie ein Leichentuch. Wie lautete die Zeile von Wordsworth? »Das große Herz ruht still und stumm« oder so ähnlich.

Er ging die Stufen hinunter, blieb auf dem Gehweg stehen und verspürte nun doch leichtes Unbehagen. Das war selbstverständlich albern, und er war wütend auf sich selbst, weil ihn die verrückte Geschichte der Frau dermaßen beeindruckt hatte. Vielleicht *verdiente* er es, daß er vor einem harten Burschen wie Sid Raymond Angst hatte.

Farnham ging langsam bis zur Ecke und beschloß, Vetter, der von seinem nächtlichen Spaziergang zurückkam, entgegenzugehen. Aber weiter würde er nicht gehen; wenn er das Revier auch nur einen Augenblick unbeaufsichtigt ließ und dabei erwischt wurde, konnte ihn das Kopf und Kragen kosten. Er kam zur Ecke und sah sich um. Seltsam – sämtliche Natriumdampflampen in dieser Richtung schienen erloschen zu sein. Ohne sie sah die ganze Straße verändert aus. Ob man davon Meldung machen mußte? fragte er sich. Und wo steckte Vetter?

Er würde noch ein Stück weitergehen, beschloß er, und nachsehen, was hier vor sich ging. Aber nicht weit. Er durfte das Revier nicht zu lange unbeaufsichtigt lassen.

Nur ein kleines Stück.

Vetter kam keine fünf Minuten, nachdem Farnham weggegangen war, zurück. Farnham war in die andere Richtung gegangen, und wenn Vetter eine Minute früher wiedergekommen wäre, hätte er den jungen Constable einen Moment unentschlossen an der Ecke stehen sehen können, bevor er weiterging – und nie wieder gesehen wurde.

»Farnham?«

Keine Antwort, außer dem Summen der Uhr an der Wand.

»Farnham?« rief er noch einmal, dann wischte er sich den Mund mit dem Handrücken ab.

Lonnie Freeman wurde nie gefunden. Schließlich flog seine Frau (die graue Schläfen bekommen hatte) mit den Kindern nach Amerika zurück. Sie flogen mit der Concorde. Einen Monat später unternahm sie einen Selbstmordversuch. Sie verbrachte neunzig Tage in einem Sanatorium, und als sie entlassen wurde, ging es ihr schon besser. Manchmal, wenn sie nicht schlafen kann – was meistens in Nächten der Fall ist, in denen die Sonne wie ein orangeroter Feuerball untergeht –, kriecht sie in den Schrank, rutscht auf den Knien unter den hängenden Kleidern hindurch bis ganz nach hinten, und da schreibt sie mit einem weichen Bleistift immer wieder *Hütet euch vor der Ziege mit den tausend Jungen.* Irgendwie scheint es sie zu beruhigen, wenn sie das tut.

PC Farnham hinterließ eine Frau und zweijährige Zwillingsmädchen. Sheila Farnham schrieb eine Reihe wütender Briefe an ihren Unterhausabgeordneten und beharrte darauf, daß etwas vor sich ginge, daß etwas vertuscht würde, und daß ihr Bob dazu verleitet worden war, einen gefährlichen Auftrag als verdeckter Ermittler anzunehmen. Er hätte alles getan, um es zum Sergeanten zu bringen, informierte Mrs. Farnham den Abgeordneten wiederholt. Schließlich hörte der honorige Parlamentarier auf, ihre Briefe zu beantworten, und etwa zu der Zeit, als Doris Freeman, mittlerweile fast völlig weißhaarig, aus dem Sanatorium entlassen wurde, zog Mrs. Farnham wieder nach Sussex, wo ihre Eltern wohnten. Im Lauf der Zeit heiratete sie einen Mann in einer sichereren Branche – Frank

Hobbs ist Stoßstangeninspekteur am Fließband von Ford. Dazu war es nötig gewesen, daß sie sich wegen böswilligen Verlassens von ihrem Bob scheiden ließ; aber das hatte sich mühelos bewerkstelligen lassen.

Vetter ließ sich etwa vier Monate, nachdem Doris Freeman ins Polizeirevier in der Tottenham Lane gestolpert war, vorzeitig pensionieren. Er zog in eine städtische Wohnung, zwei Stockwerke über einer Geschäftszeile. Sechs Monate später fand man ihn tot auf, an einem Herzanfall gestorben, eine Flasche Harp Lager in der Hand.

Und in Crouch End, das wirklich ein ruhiger Vorort von London ist, geschehen von Zeit zu Zeit immer noch merkwürdige Dinge, und man weiß, daß Menschen sich verirren. Manche verirren sich für immer.

Das fünfte Viertel

Ich parkte die Rostlaube um die Ecke von Keenans Haus, blieb einen Moment im Dunkeln sitzen, drehte dann den Schlüssel um und stieg aus. Als ich die Tür zuschlug, konnte ich Rost von den Schwellern rieseln und auf die Straße fallen hören. Lange würde es nicht mehr so sein.

Die Waffe steckte in einem Holster und drückte meinen Brustkasten wie eine Faust. Es war Barneys .45er, und darüber war ich froh. Es verlieh der ganzen verrückten Sache einen Hauch von Ironie. Vielleicht sogar eine Art von Gerechtigkeit.

Keenans Haus war eine architektonische Monstrosität, die sich über einen Viertelmorgen Land erstreckte, nichts als schiefe Winkel und Dächer mit spitzen Giebeln hinter einem schmiedeeisernen Zaun. Wie ich gehofft hatte, hatte er das Tor nicht abgeschlossen. Vorhin hatte ich gesehen, wie er im Wohnzimmer telefoniert hatte, und eine Eingebung, der ich mich nicht entziehen konnte, hatte mir gesagt, daß er entweder mit Jagger oder dem Sarge gesprochen hatte. Wahrscheinlich dem Sarge. Das Warten war vorbei; dies war meine Nacht.

Ich ging zur Einfahrt, hielt mich dicht am Gebüsch und horchte nach ungewöhnlichen Geräuschen, abgesehen vom schneidenden Heulen des Januarwinds. Es gab keine. Es war Freitagabend, Keenans Haushälterin würde ausgegangen sein und sich auf irgendeiner Party amüsieren. Niemand zu Hause, außer diesem Dreckskerl Keenan. Der auf den Sarge wartete. Und – obwohl er es noch nicht wußte – auf mich.

Die Garage stand offen, ich schlüpfte hinein. Der ebenholzschwarze Schatten von Keenans Impala ragte vor mir auf. Ich versuchte es mit der hinteren Tür. Das Auto war ebenfalls offen. Keenan war nicht aus dem Holz, aus dem man Bösewichter schnitzt, überlegte ich mir; er war viel zu vertrauensselig. Ich stieg in das Auto, setzte mich und wartete.

Jetzt konnte ich die leisen Töne von Jazz im Wind hören, sehr leise, sehr gut. Möglicherweise Miles Davis. Keenan hörte sich Miles Davis an und hielt einen Gin Fizz in einer manikürten Hand. Wie schon für ihn.

Es wurde eine lange Wartezeit. Die Zeiger meiner Uhr krochen von halb neun auf zehn. Jede Menge Zeit zum Nachdenken. Ich dachte überwiegend über Barney nach, was nicht unbedingt eine Frage freier

Entscheidung war. Ich mußte daran denken, wie er in dem kleinen Boot aussah, als ich ihn fand – wie er zu mir aufsah und sinnlose, leise Laute von sich gab. Er war zwei Tage im Meer gedriftet und sah aus wie ein gekochter Hummer. Schwarzes Blut bedeckte verkrustet seine Leibesmitte, wo er angeschossen worden war.

Er hatte das Boot, so gut er konnte, auf die Hütte zugesteuert, trotzdem hatte er hauptsächlich Glück gehabt. Glück, daß er dorthin gefunden hatte; Glück, daß er noch eine Zeitlang sprechen konnte. Hätte er nicht mehr sprechen können, so hätte ich noch eine Handvoll Schlaftabletten gehabt. Ich wollte nicht, daß er leiden mußte. Jedenfalls nicht ohne Grund. Wie sich herausstellte, gab es einen Grund. Er hatte eine Geschichte zu erzählen, einen richtigen Hammer, und er erzählte mir fast alles.

Als er tot war, ging ich zum Boot zurück und holte seine .45er. Sie war in einem kleinen Fach versteckt und in eine wasserdichte Tasche eingewickelt. Dann schleppte ich sein Boot in tiefes Wasser hinaus und versenkte es. Hätte ich eine Inschrift über seinem Kopf anbringen können, dann wäre es das Sprichwort gewesen, daß jede Minute ein Wichser geboren wurde. Und die meisten sind mit Sicherheit nette Kerle – genau wie Barney. Stattdessen fing ich an, die Männer zu suchen, die ihn allegemacht hatten. Ich brauchte sechs Monate, bis ich Keenan gefunden und sichergestellt hatte, daß der Sarge zumindest darin verwickelt war, aber ich bin eine hartnäckige Nervensäge, und darum war ich jetzt hier.

Zwanzig nach zehn kamen Scheinwerfer die gebogene Einfahrt herauf, und ich legte mich auf den Boden des Impala. Der Neuankömmling fuhr in die Garage, dicht neben Keenans Wagen. Hörte sich wie ein alter Volkswagen an. Der schwache Motor tuckerte aus, ich konnte den Sarge leise grunzen hören, als er sich aus dem kleinen Wagen herausmühte. Das Verandalicht ging an, und ich hörte, wie eine Tür geöffnet wurde.

Keenan: »Sarge! Sie sind spät dran! Kommen Sie rein und trinken Sie etwas.«

Sarge: »Scotch.«

Ich hatte vorher schon das Fenster heruntergekurbelt. Jetzt hielt ich Barneys .45er hinaus und packte den Griff mit beiden Händen. »Stehenbleiben«, sagte ich.

Der Sarge stand auf halber Höhe der Verandatreppe. Keenan, der perfekte Gastgeber, war herausgekommen, sah zu ihm hinunter und wartete darauf, daß er ganz hinaufkommen würde, damit er ihn ins Haus begleiten konnte. Im Licht von drinnen zeichneten sich ihre beiden Silhouetten perfekt ab. Ich bezweifle, daß sie mich in der Dunkelheit sehen konnten, aber sie konnten die Waffe sehen. Es war eine große Waffe.

»Zum Teufel, wer sind Sie?« fragte Keenan.

»Jerry Tarkanian«, sagte ich. »Eine Bewegung, und ich puste ein so großes Loch in Sie, daß man dadurch fernsehen kann.«

»Sie hören sich wie ein Gauner an«, sagte der Sarge. Er bewegte sich aber nicht.

»Nur keine Bewegung. Um mehr brauchen Sie sich keine Gedanken zu machen.« Ich öffnete die hintere Tür des Impala und stieg vorsichtig aus. Der Sarge sah mich über die Schulter hinweg an, ich konnte seine kleinen Äuglein funkeln sehen. Eine Hand tastete sich am Revers seines Zweireihers Modell 1943 hoch.

»Oh, bitte«, sagte ich. »Nehmen Sie die Scheißhände hoch, Sie Arschloch.«

Der Sarge nahm die Hände hoch. Keenan hatte seine bereits oben.

»Kommen Sie die Treppe herunter. Alle beide.«

Sie kamen herunter, und als sie aus dem direkten Schein des Lichts heraus waren, konnte ich ihre Gesichter sehen. Keenan sah ängstlich aus, aber der Sarge hatte sich einen Vortrag über *Zen und die Kunst, ein Motorrad zu warten* anhören können. Wahrscheinlich war er es, der Barney abserviert hatte.

»Drehen Sie sich zur Wand um und lehnen Sie sich dagegen. Alle beide.«

Keenan: »Wenn Sie Geld wollen ...«

Ich lachte. »Nun, ich wollte damit anfangen, Ihnen Tupperware im Sonderangebot anzubieten, und hätte mich dann langsam zu den größeren Sachen vorgearbeitet, aber Sie haben mich durchschaut. Ja, mir geht es um Geld. Um vierhundertachtzigtausend Dollar, um genau zu sein. Die auf einer kleinen Insel namens Carmen's Folly vor Bar Harbor vergraben sind.«

Keenan zuckte zusammen, als wäre er angeschossen worden, aber der Sarge verzog nicht einmal seine steinerne Miene. Er drehte sich um, stützte die Hände an die Wangen und lehnte das Gewicht darauf. Keenan folgte seinem Beispiel widerstrebend. Ich tastete ihn ab und fand eine alberne kleine .32er mit einem dreizölligen Lauf. Mit so einer Waffe konnte man jemand die Mündung an die Schläfe drücken und trotzdem danebenschießen. Ich warf sie über die Schulter und hörte sie von einem der Autos abprallen. Sarge war sauber – ich war erleichtert, als ich von ihm zurücktreten konnte.

»Wir gehen ins Haus. Sie zuerst, Keenan, dann der Sarge, dann ich. Ohne Mätzchen, kapiert?«

Wir trotteten alle die Treppe hinauf in die Küche. Es war eine dieser keimfreien Küchen aus Chrom und Fliesen, die aussehen, als wären sie in einem Stück von einer Massenproduktionsanlage irgendwo im Mittelwesten ausgespuckt worden, die Arbeit von tüchtigen Methodistenarschlöchern, die alle wie Mr. Goodwrench aussehen und nach Cherry-Blend-Tabak riechen. Ich bezweifle, ob man hier jemals etwas so Vulgäres wie saubermachen mußte; Keenan machte wahrscheinlich nur einmal die Woche die Tür zu und drehte die verborgene Sprinkleranlage auf.

Ich drängte sie weiter ins Wohnzimmer, ebenfalls eine Augenweide, offenbar von einem schwulen Innenarchitekten entworfen, der seine erste große Liebe zu Ernest Hemingway nie ganz verwunden hatte. Ich sah einen offenen Kamin, fast so groß wie die Kabine eines Lastenaufzugs, einen Tisch aus Teakholz, über dem ein Elchkopf an der Wand hing, und einen Getränkewagen unter einem Gewehrregal voll erstklassiger Artillerie. Die Stereoanlage hatte sich abgeschaltet.

Ich winkte mit der Waffe zum Sofa. »Einer an jedes Ende.«

Sie setzten sich, Keenan rechts, der Sarge links. Sitzend sah der Sarge noch größer aus. Eine häßliche, eingedrückte Narbe war unter seinem etwas zu lang geratenen Bürstenschnitt zu erkennen. Ich schätzte sein Gewicht auf etwa zweidreißig und fragte mich, weshalb ein Mann von dieser Größe und dem Körperbau von Mike Tyson einen Volkswagen besaß.

Ich packte einen Sessel und zog ihn über Keenans treibsandfarbenen Teppich, bis er vor ihnen stand. Dann setzte ich mich und legte die .45er auf den Schenkel. Keenan starrte sie an wie ein Vogel eine Schlange. Der Sarge dagegen sah mich an, als wäre er die Schlange und ich der Vogel. »Was jetzt?« fragte er.

»Reden wir über Karten und Geld«, sagte ich.

»Ich weiß nicht, wovon Sie sprechen«, sagte der Sarge. »Ich weiß nur, kleine Jungen sollten nicht mit Waffen spielen.«

»Wie geht es Cappy MacFarland denn heutzutage?« fragte ich beiläufig.

Vom Sarge bekam ich keinen Scheißdreck, aber Keenan ließ seinen Korken knallen. »Er weiß es. Er weiß es!« Die Worte schossen aus ihm heraus wie Kugeln.

»Seien Sie still!« sagte der Sarge zu ihm. »Halten Sie den Mund!«

Keenan stöhnte unterdrückt. Dies war ein Teil des Szenarios, den er sich nie vorgestellt hatte. Ich lächelte. »Er hat recht, Sarge«, sagte ich. »Ich weiß es. Fast alles.«

»Wer sind Sie?«

»Sie kennen mich nicht. Ein Freund von Barney.«

»Was für einem Barney?« fragte der Sarge gleichgültig. »Barney Glubsch mit den Glubschaugen?«

»Er war nicht tot, Sarge. Nicht ganz.«

Der Sarge richtete einen kurzen, mörderischen Blick auf Keenan.

Keenan erschauerte und machte den Mund auf. »Nichts sagen«, fuhr der Sarge ihn an. »Kein einziges Wort. Sonst drehe ich Ihnen den Hals um wie einem Huhn.«

Keenan klappte den Mund hörbar zu.

Der Sarge sah mich wieder an. »Was soll *fast* alles bedeuten?«

»Alles außer den Einzelheiten. Ich weiß von dem Panzerwagen. Der Insel. Cappy MacFarland. Wie Sie und Keenan und ein Dreckskerl namens Jagger Barney umgebracht haben. Und von der Karte. Von der weiß ich auch.«

»Es war nicht so, wie er es Ihnen erzählt hat«, sagte der Sarge. »Er wollte uns leimen.«

»Er hätte keine zwei Bretter leimen können«, sagte ich. »Er war nur ein kleiner Dummkopf, der fahren konnte.«

Er zuckte die Achseln; es war, als beobachtete man ein mittelschweres Erdbeben. »Okay. Seien Sie eben so dumm, wie Sie aussehen.«

»Ich wußte schon im vergangenen März, daß Barney etwas laufen hatte. Nur was wußte ich nicht. Und eines Nachts hatte er dann eine Waffe. *Diese* Waffe. Wie haben Sie ihn kennengelernt, Sarge?«

»Durch einen gemeinsamen Freund, der mit ihm gesessen hatte. Wir brauchten einen Fahrer, der das östliche Maine und die Gegend um Bar Harbor kannte. Keenan und ich sind zu ihm gegangen und haben es ihm erzählt. Hat ihm gefallen.«

»Ich habe im Shank mit ihm gesessen«, sagte ich. »Konnte ihn gut leiden. Man mußte ihn mögen. Er war dumm, aber er war ein guter Junge. Er brauchte mehr einen Aufpasser als einen Partner.«

»George und Lennie«, höhnte der Sarge.

»Schön zu wissen, daß Sie Ihre Zeit im Knast dazu benützt haben, das zu schulen, was Sie für Ihr Gehirn halten«, sagte ich. »Wir dachten an eine Bank in Lewiston. Er konnte nicht abwarten, bis ich es ausgeklügelt hatte. Darum liegt er jetzt unter der Erde.«

»Herrje, das ist aber traurig«, sagte der Sarge. »Mir wird richtig warm ums Herz.«

Ich hob die Waffe und ließ ihn in die Mündung sehen, und für einen Augenblick war er der Vogel und ich die Schlange. »Noch so eine blöde Bemerkung, und ich jage Ihnen eine Kugel in den Bauch. Glauben Sie mir das?«

Seine Zunge schnellte mit erstaunlicher Schnelligkeit heraus, leckte über die Unterlippe und verschwand wieder. Er nickte. Keenan war starr. Er sah aus, als wollte er kotzen, traute sich aber nicht richtig.

»Er sagte mir, es wäre eine große Aktion«, fuhr ich fort. »Mehr konnte ich nicht aus ihm herausbekommen. Er brach am dritten April auf. Zwei Tage später überfallen vier Mann den Postzug Portland–Bangor vor

Carmel. Alle drei Wachen tot. In der Zeitung stand, die Diebe hätten zwei Straßensperren mit einem aufgemotzten achtundsiebziger Plymouth durchbrochen. Barney hatte einen Achtundsiebziger auf Betonböcken stehen und überlegte sich, ob er ihn für Rennen herrichten sollte. Ich wette, Keenan hat das Geld vorgestreckt, ihn in etwas Besseres und viel Schnelleres zu verwandeln.«

Ich sah ihn an. Keenans Gesicht sah wie Käse aus.

»Am sechsten Mai bekomme ich eine Postkarte mit dem Stempel von Bar Harbor; aber das hat nichts zu sagen – es gibt Dutzende kleiner Inseln da draußen, die ihre Post über das Amt von Bar Harbor weiterleiten. Ein Postboot klappert sie ab und sammelt die Post ein. Auf der Karte steht: ›Mom und der Familie geht es prächtig, das Geschäft läuft gut. Wir sehen uns im Juli.‹ Unterschrieben mit Barneys zweitem Vornamen. Ich mietete ein Ferienhaus an der Küste, weil Barney wußte, so war es abgesprochen. Der Juli kommt und geht, kein Barney.«

»Da müssen Sie schon einen Dauerständer gehabt haben, Junge, was?« sagte der Sarge. Wahrscheinlich wollte er mir nur zeigen, daß ich ihn nicht eingeschüchtert hatte.

Ich sah ihn ganz cool an. »Er tauchte Anfang August auf. Das verdanken Sie Ihrem Kumpan Keenan, Sarge. Er hat die automatische Wasserpumpe im Boot vergessen. Sie haben gedacht, mit dem Leck würde es ziemlich schnell sinken, Keenan, was? Aber Sie haben ja auch geglaubt, er wäre tot. Ich habe jeden Tag eine gelbe Decke am Frenchman's Point ausgebreitet. Meilenweit sichtbar. Leicht zu erkennen. Trotzdem hatte er Glück.«

»*Zuviel* Glück!« spie der Sarge hervor.

»Eins würde mich interessieren – wußte er vor dem Ding, daß das Geld neu und jede Seriennummer notiert sein würde? Daß Sie es drei oder vier Jahre lang nicht einmal einem Geldwäscher auf den Bahamas hätten andrehen können?«

»Er wußte es«, knurrte der Sarge, und zu meiner Überraschung stellte ich fest, daß ich ihm glaubte. »Und niemand hatte vor, den Zaster auszugeben. Auch das wußte er. Ich glaube, er verließ sich auf das Ding in Lewiston, um schnell Bargeld zu bekommen, aber worauf er sich auch immer verlassen hat oder auch nicht, er kannte die Bedingungen und sagte, er könnte damit leben. Herrgott, warum auch nicht? Nehmen wir an, wir hätten *zehn* Jahre warten müssen, bis wir die Kohle holen und aufteilen konnten. Was sind *zehn* Jahre für einen Jungen wie Barney? Scheiße, er wäre erst fünfunddreißig gewesen, und ich einundsechzig.«

»Was ist mit Cappy MacFarland? Hat Barney auch von ihm gewußt?«

»Ja. Cappy gehörte zur Vereinbarung. Ein guter Mann. Ein Profi. Er bekam letztes Jahr Krebs. Inoperabel. Und er schuldete mir noch was.«

»Also sind Sie vier zu Cappys Insel gefahren«, sagte ich. »Ein kleines, unbewohntes Ding namens Carmen's Folly. Cappy hat das Geld vergraben und eine Karte gezeichnet.«

»Das war Jaggers Idee«, sagte der Sarge. »Wir wollten so heißes Geld nicht aufteilen – die Versuchung wäre zu groß gewesen. Aber wir wollten den ganzen Zaster auch nicht einem einzelnen überlassen. Cappy MacFarland war die perfekte Lösung.«

»Erzählen Sie mir von der Karte.«

»Ich dachte mir, daß wir darauf zu sprechen kommen würden«, sagte Sarge mit einem frostigen Lächeln.

»Sagen Sie es ihm nicht!« schrie Keenan heiser.

Der Sarge drehte sich zu ihm um und maß ihn mit einem Blick, der Stahl geschmolzen hätte. »Maul halten. Ich kann nicht lügen, und ich kann nicht mauern, dank Ihnen. Wissen Sie, was ich hoffe, Keenan? Daß Sie das neue Jahrhundert nicht mehr erleben werden.«

»Ihr Name steht in einem Brief«, sagte Keenan panisch. »Falls mir etwas zustoßen sollte, Ihr Name steht in einem Brief!«

»Cappy hat eine gute Karte gezeichnet«, sagte der Sarge, als wäre Keenan gar nicht da. »Er hatte in Joliet eine Ausbildung zum Kartographen absolviert. Er schnitt sie in vier Teile. Für jeden von uns einen. Fünf Jahre später, am vierten Juli, wollten wir uns wiedersehen. Darüber reden. Vielleicht entscheiden, noch einmal fünf Jahre zu warten, vielleicht die Teile gleich zusammenzusetzen. Aber es gab Ärger.«

»Ja«, sagte ich. »So kann man es auch ausdrücken.«

»Wenn es Sie beruhigt – es war alles Keenans Spiel. Ich weiß nicht, ob Barney davon wußte oder nicht, aber so war es. Als Jagger und ich mit Cappys Boot wegfuhren, ging es Barney noch prächtig.«

»Sie sind ein elender Lügner!« keifte Keenan.

»Wer hat zwei Stücke der Karte in seinem Wandtresor?« wollte der Sarge wissen. »Sind Sie das, Alter?«

Er sah mich wieder an.

»Trotzdem war noch alles gut. Zwei Viertel der Karte genügten nicht. Und soll ich hier sitzen und behaupten, ich hätte lieber durch vier statt durch drei geteilt? Das würden Sie mir nicht glauben, selbst wenn es zuträfe. Und raten Sie mal, was dann passiert? Keenan ruft an. Sagt mir, wir müßten miteinander reden. Ich hatte damit gerechnet. Sie augenscheinlich auch.«

Ich nickte. Keenan war leichter zu finden gewesen als der Sarge – er führte ein auffälligeres Leben. Ich schätze, ich hätte den Sarge schließlich auch aufspüren können, war aber ziemlich sicher, daß das nicht notwendig war. Schräge Vögel ziehen sich an – und wenn einer davon ein Geier wie Keenan ist, fliegen normalerweise die Fetzen.

»Natürlich«, fuhr der Sarge fort, »sagt er mir gleich vorweg, ich solle nicht auf tödliche Gedanken kommen. Er sagt, er hätte Vorkehrungen getroffen, mein Name stünde in einem Brief, im Falle seines Todes zu öffnen, an seinen Anwalt. Er hatte sich überlegt, daß wir beide wahrscheinlich rauskriegen könnten, wo Cappy das Geld vergraben hatte, wenn wir drei der vier Teile der Karte zusammenfügten.«

»Und Sie hätten das Moos fifty-fifty teilen können«, sagte ich.

Der Sarge nickte. Keenans Gesicht war wie ein Mond, der irgendwo hoch oben in der höchsten Stratosphäre des Schreckens schwebte.

»Wo ist der Tresor?« fragte ich ihn.

Keenan sagte nichts.

Ich hatte mit der .45er geübt. Eine gute Waffe. Gefiel mir. Ich nahm sie in beide Hände und schoß Keenan dicht unterhalb des Ellbogens in den Unterarm. Der Sarge zuckte nicht einmal zusammen. Keenan fiel vom Sofa, rollte sich zu einem Ball zusammen, hielt sich den Arm und heulte.

»Der Tresor«, sagte ich.

Keenan heulte weiter.

»Ich schieße Ihnen ins Knie«, sagte ich. »Ich weiß es nicht aus eigener Erfahrung, habe aber gehört, daß das teuflisch wehtun soll.«

»Hinter dem Druck«, keuchte er. »Dem Van Gogh. Nicht mehr schießen, hm?« Er sah mich an und grinste ängstlich.

Ich winkte dem Sarge mit der Waffe. »Stellen Sie sich zur Wand.«

Der Sarge stand auf, drehte sich zur Wand und ließ die Arme schlaff herunterbaumeln.

»Jetzt Sie«, sagte ich zu Keenan. »Machen Sie den Tresor auf.«

»Ich verblute«, stöhnte Keenan.

Ich ging zu ihm und fetzte ihm den Kolben der .45er über die Wange, daß die Haut aufplatzte. »*Jetzt* bluten Sie«, sagte ich zu ihm. »Machen Sie den Tresor auf, sonst bluten Sie noch mehr.«

Keenan stand auf, hielt sich den Arm und blubberte. Er nahm mit der unverletzten Hand den Druck von der Wand und legte einen grauen Bürotresor frei. Er warf mir einen ängstlichen Blick zu, dann drehte er an der Skala. Er hatte zwei Fehlstarts und mußte noch einmal von vorne anfangen. Beim dritten Mal bekam er ihn auf. Einige Dokumente und zwei Stapel Banknoten lagen darin. Er kramte darin herum und förderte zwei quadratische Zettel mit einer Seitenlänge von rund neun Zentimetern zutage.

Ich schwöre, ich wollte ihn nicht töten. Ich hatte vor, ihn zu fesseln und zurückzulassen. Er war harmlos; das Mädchen hätte ihn gefunden, wenn sie von ihrer Modenschau zurückkam, oder wohin sie auch mit ihrem kleinen Dodge Colt gefahren sein mochte. Und Keenan hätte eine Woche nicht gewagt, die Nase zur Tür rauszustrecken. Aber es war, wie der Sarge gesagt hatte. Er besaß zwei. Und auf einem war Blut.

Ich schoß wieder auf ihn, dieses Mal nicht in den Arm. Er fiel um wie ein leerer Wäschesack.

Der Sarge verzog keine Miene. »Ich habe Ihnen keinen Scheiß erzählt. Keenan hat Ihren Freund angeschmiert. Sie waren beide Amateure. Amateure sind blöd.«

Ich antwortete nicht. Ich betrachtete die beiden Zettel und steckte sie in die Tasche. Auf keinem war das X, das die Stelle markierte.

»Was jetzt?« fragte der Sarge.

»Wir fahren zu Ihnen.«

»Wie kommen Sie darauf, daß mein Stück der Karte dort ist?«

»Ich weiß nicht. Vielleicht Telepathie. Und falls es nicht dort ist, gehen wir eben dahin, wo es ist. Ich habe es nicht eilig.«

»Sie wissen auf alles eine Antwort, ja?«

»Gehen wir.«

Wir gingen zur Garage zurück. Ich nahm auf dem Rücksitz des VW Platz, auf der von ihm abgewandten Seite. Seine Größe und die Abmessungen des Autos hätten einen Überraschungsangriff zum Lachschlager gemacht; er hätte fünf Minuten gebraucht, sich auch nur umzudrehen. Zwei Minuten später waren wir unterwegs.

Es fing an zu schneien, große, nasse Flocken, die auf der Windschutzscheibe klebenblieben und sich sofort in Matsch verwandelten, wenn sie auf dem Asphalt landeten. Die Fahrt war eine Rutschpartie, aber es war nicht viel Verkehr.

Nach einer halben Stunde auf der Route 10 bog er auf eine Nebenstraße ab. Fünfzehn Minuten später befanden wir uns auf einem ausgefahrenen Feldweg, wo uns auf beiden Seiten schneebeladene Pinien nachsahen. Weitere zwei Meilen später bogen wir in eine kurze, abfallübersäte Einfahrt ab.

Im begrenzten Bereich der Scheinwerfer des VW konnte ich einen baufälligen Hinterwaldschuppen mit Schindeldach und einer schiefen Fernsehantenne erkennen. Links stand ein zugeschneiter alter Ford in einem Graben. Hinten sah ich einen Abort und mehrere alte Autoreifen. Hernandos Versteck.

»Willkommen in Bally's East«, sagte der Sarge und stellte den Motor ab.

»Wenn das eine Finte ist, bringe ich Sie um.«

Er schien drei Viertel des Vordersitzes des winzigen Fahrzeugs auszufüllen. »Das weiß ich«, sagte er.

»Aussteigen.«

Sarge ging voran zur Eingangstür. »Aufmachen«, sagte ich. »Und dann bleiben Sie stehen.«

Er machte die Tür auf und blieb stehen. Ich blieb stehen. Wir blieben etwa drei Minuten lang stehen, und nichts geschah. Nur ein fettes graues

Eichhörnchen bewegte sich, kam mitten auf den Hof gesprungen und verfluchte uns in *lingua rodenta.*

»Okay«, sagte ich. »Gehen wir rein.«

Das Haus glich einer Müllhalde, welche Überraschung. Eine kahle Sechzig-Watt-Birne warf einen trüben Schimmer über das ganze Zimmer, die Schatten in den Ecken glichen ausgehungerten Fledermäusen. Zeitungen lagen kreuz und quer durcheinander. Trocknende Kleidungsstücke hingen an einer durchhängenden Leine. In einer Ecke stand ein vorsintflutlicher Fernseher Marke Zenith. In der gegenüberliegenden Ecke gab es eine windschiefe Spüle und eine wuchtige, rostige Badewanne auf Klauenfüßen. Eine Jagdflinte stand daneben. Die vorherrschenden Gerüche waren Füße, Fürze und Chili.

»Besser als obdachlos«, sagte der Sarge.

Dem hätte ich widersprechen können, ließ es aber sein. »Wo ist Ihr Teil der Karte?«

»Im Schlafzimmer.«

»Gehen wir ihn holen.«

»Noch nicht.« Er drehte sich langsam um, und sein steinernes Gesicht war verkniffen. »Ich möchte Ihr Wort darauf, daß Sie mich nicht umbringen, wenn Sie ihn haben.«

»Woher wollen Sie wissen, daß ich mich daran halten würde?«

»Scheiße, das weiß ich nicht. Ich hoffe nur, daß es mehr als nur das Geld war, was Sie auf die Palme gebracht hat. Falls es auch Barney war – wenn Sie Barneys Rechnung begleichen wollten –, das haben Sie geschafft, die ist beglichen. Keenan hat ihn umgelegt, und jetzt ist Keenan tot. Wenn Sie die Kohle auch noch wollen, okay. Vielleicht reichen drei Viertel der Karte *wirklich* aus. Und Sie haben recht – auf meinem Teil befindet sich das große X. Aber Sie bekommen ihn erst, wenn Sie mir etwas als Gegenleistung versprochen haben. Mein Leben.«

»Woher soll ich wissen, daß Sie mich nicht verfolgen?«

»Das werde ich, Junge«, sagte der Sarge leise.

Ich lachte. »Also gut. Legen Sie noch Jaggers Adresse darauf, und Sie bekommen Ihr Versprechen. Und ich werde mich daran halten.«

Der Sarge schüttelte langsam den Kopf. »Sie sollten sich nicht mit Jagger einlassen. Jagger macht Sie fertig.«

Ich hatte die .45er ein wenig sinken lassen. Jetzt hob ich sie wieder hoch.

»Na gut. Er steckt in Coleman, Massachusetts. In einer Skihütte. Reicht das?«

»Ja. Holen Sie Ihren Teil, Sarge.«

Der Sarge sah mich noch einmal eingehend an. Dann nickte er. Wir gingen ins Schlafzimmer.

Noch meehr Kolonialcharme. Auf der fleckigen Matratze auf dem

Boden wimmelte es von Streichholzbriefchen, die Wände waren mit Fotos von Frauen tapeziert, die außer einer dünnen Schicht Wesson-Öl nichts am Leibe hatten. Ein Blick in dieses Zimmer, und Dr. Ruths Kopf wäre explodiert.

Der Sarge zögerte nicht. Er nahm die Lampe vom Nachttisch und schraubte den Fuß ab. Sein Viertel der Karte steckte säuberlich zusammengerollt darin; er hielt es mir wortlos hin.

»Werfen«, forderte ich ihn auf.

Der Sarge lächelte dünn. »Sie sind ein vorsichtiger kleiner Hasenfuß, was?«

»Ich finde, das zahlt sich aus. Geben Sie auf, Sarge.«

Er warf mir das Papier zu. »Wie gewonnen, so zerronnen«, sagte er.

»Ich werde mein Versprechen halten«, sagte ich. »Sie können sich glücklich schätzen. Raus ins andere Zimmer.«

Kaltes Licht flackerte in seinen Augen. »Was werden Sie tun?«

»Dafür sorgen, daß Sie eine Zeitlang an Ort und Stelle bleiben. Bewegung!«

Wir gingen ins Wohnzimmer, eine hübsche kleine Zweierparade. Der Sarge blieb unter der kahlen Glühbirne stehen, drehte mir den Rücken zu und wartete auf den Revolverlauf, der gleich ein Delle in seinen Schädel machen würde. Ich hob gerade die Waffe, um ihm eine überzuziehen, als das Licht ausging.

Plötzlich war es pechschwarz in dem Schuppen.

Ich warf mich nach rechts; der Sarge war schon verschwunden wie ein kühler Lufthauch. Ich konnte das Poltern und das Rascheln von Zeitungen hören, als er sich mit einem Hechtsprung auf den Boden warf. Dann Stille. Vollkommene, allumfassende Stille.

Ich wartete darauf, daß meine Augen sich anpaßten, aber als es soweit war, nützte es mir nichts. Das Zimmer war ein Mausoleum, in dem tausend verschwommene Grabsteine aufragten. Und der Sarge kannte jeden einzelnen davon.

Ich wußte über den Sarge Bescheid; es war nicht schwer gewesen, Material über ihn auszugraben. Er war ein Green Beret in Vietnam gewesen, und niemand machte sich mehr die Mühe, ihn mit seinem richtigen Namen anzusprechen. Er war einfach nur der Sarge, groß und mörderisch und zäh.

Irgendwo in der Dunkelheit bewegte er sich auf mich zu. Er mußte das Haus wie seine Westentasche kennen, weil kein Laut zu hören war, kein Quietschen der Dielen, kein Fußscharren. Aber ich konnte spüren, wie er immer näher kam, wie er sich von rechts oder links anschlich oder möglicherweise etwas ganz Kitzliges versuchte und von vorne kam.

Der Griff der Waffe lag schweißnaß in meiner Hand, und ich mußte gegen den Drang ankämpfen, wild in die Gegend zu ballern. Mir war klar, daß ich drei Viertel des Kuchens in der Tasche hatte. Ich machte mir nicht die Mühe, mich zu fragen, weshalb das Licht ausgegangen war. Erst als der grelle Lichtstrahl einer Taschenlampe sich durch das Fenster hereinbohrte, als hektisches, unregelmäßiges Muster über den Boden glitt und zufällig den Sarge erwischte, der halb kauernd sieben Schritte links von mir erstarrt war. Seine Augen leuchteten grün in dem Lichtkegel, wie die einer Katze.

Er hielt ein funkelndes Rasiermesser in einer Hand, und mit einem Mal fiel mir wieder ein, wie er in Keenans Garage an seinem Revers hochgetastet hatte.

Der Sarge sagte ein Wort in den Lichtstrahl der Taschenlampe. »Jagger?«

Ich weiß nicht, wer ihn als erster erwischte. Eine großkalibrige Pistole feuerte einmal hinter dem Lichtstrahl, und ich drückte zweimal den Abzug von Barneys .45er – ein reiner Reflex. Der Sarge wurde mit solcher Wucht gegen die Wand geschleudert, daß er aus einem Schuh gerissen wurde.

Die Taschenlampe erlosch.

Ich feuerte einen Schuß auf das Fenster ab, traf aber nur Glas. Ich lag auf der Seite und überlegte mir, daß ich nicht der einzige gewesen war, der darauf wartete, daß Keenans Habgier die Oberhand gewann. Jagger hatte ebenfalls gewartet. Ich hatte zwar zwölf Schuß Munition im Auto, aber nur einen hier in der Waffe.

Sie sollten sich nicht mit Jagger einlassen, hatte der Sarge gesagt. *Jagger macht Sie fertig.*

Inzwischen hatte ich mir das Zimmer ziemlich gut eingeprägt. Ich erhob mich geduckt und schlich in eine Ecke, wobei ich über die gespreizten Beine des Sarge stieg. Dann sprang ich in die Badewanne und sah über den Rand. Kein Laut war zu hören, überhaupt keiner. Der Boden der Wanne war von abgeblätterten Flocken des Wannenrings übersät. Ich wartete.

Etwa fünf Minuten vergingen. Mir kam es wie fünf Stunden vor.

Dann wurde die Taschenlampe wieder eingeschaltet, dieses Mal vor dem Schlafzimmerfenster. Ich duckte mich, als der Lichtstrahl durch die Tür schien. Er glitt einen Moment suchend umher und wurde wieder gelöscht.

Wieder Stille. Lange, hallende Stille. Auf der schmutzigen Emailoberfläche der Badewanne sah ich alles. Keenans verzweifeltes Grinsen. Barney mit dem verkrusteten Loch im Bauch, östlich des Nabels. Den Sarge, der erstarrt im Licht der Taschenlampe stand und das Rasiermesser professionell zwischen Daumen und Zeigefinger hielt. Jagger, den dunklen Schatten ohne Gesicht. Und mich. Das fünfte Viertel.

Plötzlich ertönte eine Stimme direkt vor der Tür. Sie klang leise und kultiviert, fast damenhaft, aber nicht feminin. Sie hörte sich tödlich und verflucht kompetent an.

»He, Hübscher.«

Ich blieb still. Er würde meine Nummer nicht bekommen, ohne vorher ein bißchen zu wählen.

Als die Stimme wieder ertönte, kam sie vom Fenster. »Ich werde dich umlegen, Hübscher. Ich bin gekommen, um sie umzulegen, aber du bist mir auch recht.«

Eine Pause, während der er seine Position wieder veränderte. Als die Stimme wieder ertönte, kam sie vom Fenster direkt über meinem Kopf – dem über der Badewanne. Das Herz schlug mir bis zum Hals. Wenn er jetzt die Taschenlampe einschaltete ...

»Ich kann kein fünftes Rad am Wagen brauchen«, sagte Jagger. »Tut mir leid.«

Ich konnte kaum hören, wie er sich in die nächste Position begab. Wie sich herausstellte, handelte es sich um die Hintertür. »Ich habe mein Viertel bei mir. Möchtest du kommen und es dir holen?«

Ich verspürte einen Hustenreiz und unterdrückte ihn.

»Komm und hol ihn dir, Hübscher.« Die Stimme klang spöttisch. »Den ganzen Kuchen. Komm und nimm ihn mir weg.«

Aber das brauchte ich nicht, und ich nehme an, das wußte er. Ich hatte die Trümpfe in der Hand. Ich konnte das Geld finden. Jagger mit seinem einen Viertel hatte keine Chance.

Diesmal zog sich das Schweigen noch länger hin. Eine halbe Stunde, eine Stunde, ewig. Ewigkeit im Quadrat. Mein Körper verkrampfte sich. Draußen schwoll der Wind an, so daß es unmöglich wurde, etwas zu hören, abgesehen vom Prasseln des Schnees an den Wänden. Es war sehr kalt. Meine Fingerspitzen wurden taub.

Dann, gegen halb zwei, ein geisterhaftes Regen wie in der Dunkelheit wuselnde Ratten. Ich hielt den Atem an. Irgendwie war Jagger hereingekommen. Er stand mitten im Zimmer ...

Dann begriff ich. *Rigor mortis*, beschleunigt von der Kälte, bewegte den Sarge ein letztes Mal. Ich entspannte mich ein wenig.

In diesem Augenblick wurde die Tür aufgerissen, und Jagger stürmte herein – geisterhaft und in einem Mantel aus weißem Schnee, groß und schlaksig und schlenkernd. Ich gab es ihm, und die Kugel bohrte ihm ein Loch seitlich in den Kopf. Im kurzen Aufleuchten des Mündungsfeuers sah ich, daß ich einer Vogelscheuche ohne Gesicht in den Kopf geschossen hatte, die in die abgetragenen Hosen und das Hemd eines Farmers gekleidet war. Der Strohkopf fiel vom Besenstiel, als sie auf dem Boden aufprallte. Dann schoß Jagger auf mich.

Er hatte eine halbautomatische Pistole bei sich, und das Innere der Badewanne war wie das hohle Becken eines Schlagzeugs. Email spritzte hoch, prallte von der Wand ab, regnete mir ins Gesicht. Holzsplitter und eine leere, heiße Hülse fielen auf mich herab.

Dann preschte er los, ohne mit dem Schießen aufzuhören. Er wollte mich in der Wanne erschießen wie einen Goldfisch im Glas. Ich konnte nicht einmal den Kopf heben.

Der Sarge rettete mich. Jagger stolperte über einen großen, toten Fuß, taumelte und jagte Kugeln in den Boden statt über meinen Kopf. Dann schnellte ich auf die Knie. Ich tat so, als wäre ich Roger Clemens. Ich warf Barneys große .45er nach seinem Kopf.

Die Waffe traf ihn, hielt ihn aber nicht auf. Ich stolperte über den Rand der Wanne und wollte ihn zu Fall bringen, und Jagger feuerte zwei unsichere Schüsse links an mir vorbei.

Die vage Silhouette wich zurück und versuchte, einen besseren Stand zu bekommen, während er sich mit einer Hand das Ohr hielt, wo ihn die Waffe getroffen hatte. Er schoß mir durch das Handgelenk, und sein zweiter Schuß riß eine Furche in meinen Hals. Dann stolperte er unglaublicherweise noch einmal über die Füße des Sarge und fiel nach hinten. Er hob die Waffe wieder und jagte einen durchs Dach. Es war seine letzte Chance. Ich kickte ihm die Waffe aus der Hand und hörte das Geräusch brechender Knochen – wie nasses Holz. Ich trat ihm in den Unterleib; er klappte zusammen. Ich versetzte ihm noch einen Tritt, dieses Mal an den Hinterkopf, worauf seine Füße einen schnellen, unbewußten Tanz auf dem Holzboden ausführten. Da war er schon so gut wie tot, aber ich trat immer und immer wieder auf ihn ein, trat auf ihn ein, bis nur noch Brei und Erdbeermarmelade übrig waren, die niemand mehr identifizieren konnte, weder anhand der Zähne noch sonstwie. Ich trat nach ihm, bis ich das Bein nicht mehr schwingen konnte und meine Zehen sich nicht mehr bewegten.

Plötzlich fiel mir auf, daß ich schrie, und daß außer Toten niemand mich hören konnte.

Ich wischte mir den Mund ab und kniete über Jaggers Leichnam.

Wie sich herausstellte, hatte er gelogen, was sein Viertel der Karte anbetraf. Das überraschte mich nicht besonders. Nein, ich nehme das zurück. Es überraschte mich überhaupt nicht.

Meine Rostlaube stand noch genau da, wo ich sie zurückgelassen hatte, um den Block von Keenans Haus; aber jetzt war sie nur noch ein geisterhafter Berg Schnee. Sarges VW hatte ich eine Meile entfernt stehen gelassen. Ich hoffte, daß meine Heizung noch funktionierte. Ich war am ganzen Körper taub. Ich machte die Tür auf und zuckte zusammen, als ich mich setzte. Die Wunde an meinem Hals war bereits verschorft, aber das Handgelenk tat höllisch weh.

Der Anlasser keuchte lange Zeit, aber schließlich sprang der Motor an. Die Heizung funktionierte, und der Scheibenwischer entfernte fast den ganzen Schnee auf der Fahrerseite. Jagger hatte gelogen, was sein Viertel anbetraf, und es war auch nicht in dem unauffälligen (und wahrscheinlich gestohlenen) Honda Civic gewesen, mit dem er gekommen war. Aber ich hatte seine Adresse in seiner Brieftasche gefunden, und sollte ich sein Viertel tatsächlich brauchen, rechnete ich mir gute Chancen aus, daß ich es auch finden würde. Aber ich glaubte nicht, daß das nötig sein würde; die drei Stücke müßten ausreichen, zumal das Viertel des Sarge das mit dem X war.

Ich fuhr vorsichtig aus der Parklücke. Ich würde ziemlich lange vorsichtig sein. In einem hatte der Sarge recht gehabt: Barney war ein Dummkopf gewesen. Die Tatsache, daß er auch mein Freund gewesen war, spielte jetzt keine Rolle mehr. Die Rechnung war beglichen.

Ich hatte derweil allerhand, um dessentwillen es sich lohnte, vorsichtig zu sein.

Das Haus in der Maple Street

Obwohl sie erst fünf und damit das jüngste der Bradbury-Kinder war, hatte Melissa ausgezeichnete Augen; deshalb war es eigentlich kein Wunder, daß ihr als erstes die seltsame Veränderung auffiel, die mit dem Haus in der Maple Street vonstatten gegangen war, während die Familie die Sommerferien in England verbracht hatte.

Sie lief zu Brian, ihrem älteren Bruder, und berichtete ihm, daß oben im zweiten Stock etwas nicht stimmte. Sie sagte, sie würde es ihm zeigen, aber vorher mußte er schwören, daß er *keinem* sagen würde, was sie entdeckt hatte. Brian schwor, weil er wußte, daß Lissa vor ihrem Stiefvater Angst hatte. Daddy Lew gefiel es nicht, wenn eines der Bradbury-Kinder »Albernheiten ausheckte« (so drückte er es immer aus), und er war zu dem Ergebnis gekommen, daß Melissa der Hauptunruhestifter war. Lissa, die weder dumm noch blind war, kannte Lews Vorurteile und begegnete ihnen mit Argwohn. Tatsächlich standen alle Kinder der Bradburys dem zweiten Mann ihrer Mutter mißtrauisch gegenüber.

Wahrscheinlich stellte sich heraus, daß es überhaupt nichts war, aber Brian freute sich, wieder zu Hause zu sein, und war daher bereit, seiner Babyschwester (immerhin war er ganze zwei Jahre älter als sie) den Gefallen zu tun, zumindest für eine Weile; er folgte ihr ohne Widerrede auf den Flur im zweiten Stock, und er zog sie auch nur einmal an den Zöpfen – dieses Zöpfeziehen nannte er seine »Notbremse«.

Sie mußten auf Zehenspitzen an Lews Arbeitszimmer vorbeischleichen, dem einzigen fertig ausgebauten Zimmer hier oben, weil Lew sich drinnen aufhielt, seine Notizbücher und Papiere auspackte und ungehalten vor sich hinbrabbelte. Brians Gedanken kreisten tatsächlich darum, was heute abend im Fernsehen zu erleben war – nach drei Monaten BBC und ITV freute er sich auf eine gute amerikanische Kabelorgie –, als sie das Ende des Flurs erreichten.

Was er vor dem ausgestreckten Finger seiner kleinen Schwester sah, verdrängte alle Gedanken ans Fernsehen aus Brian Bradburys Kopf.

»Und jetzt schwör noch einmal!« flüsterte Lissa. »Erzähl es *keinem*, nicht Daddy Lew und auch sonst niemand, Hand aufs Herz.«

»Hand aufs Herz«, stimmte Brian zu und starrte das Ding immer noch an; und es verging tatsächlich eine halbe Stunde, bis er es seiner großen Schwester Laurie erzählte, die in ihrem Zimmer auspackte. Laurie hütete ihr Zimmer so eifersüchtig, wie es nur ein elfjähriges Mädchen fertigbringt, und sie machte Brian gehörig die Hölle heiß, weil er eingetreten war, ohne anzuklopfen, obwohl sie korrekt angezogen war.

»'Tschuldigung«, sagte Brian, »aber ich muß dir was zeigen. Es ist *echt* unheimlich.«

»Wo?« Sie verstaute weiterhin Kleidungsstücke in den Schubladen, als wäre ihr alles egal, als gäbe es nichts, was ein törichter kleiner Siebenjähriger sagen konnte, das sie auch nur *im geringsten* interessierte. Aber sie wußte, wenn es um Beobachtungen ging, war Brian nicht gerade auf den Kopf gefallen. Er konnte sehen, wenn etwas sie interessierte, und im Augenblick war sie interessiert.

»Oben. Zweiter Stock. Am Ende des Flurs, hinter Daddy Lews Arbeitszimmer.«

Laurie rümpfte die Nase wie immer, wenn Brian oder Lissa ihn so nannten. Sie und Trent konnten sich noch an ihren richtigen Vater erinnern, und der neue gefiel ihnen ganz und gar nicht. Sie hatten beschlossen, ihn »einfach nur Lew« zu nennen. Daß Lewis Evans dies eindeutig mißfiel – daß er es sogar entschieden impertinent fand –, bestätigte nur Lauries und Trents unausgesprochene, aber nachdrückliche Überzeugung, daß es die richtige Art war, den Mann anzureden, mit dem ihre Mutter heutzutage (bäh!) schlief.

»Ich geh da nicht rauf«, sagte Laurie. »Er hat, seit wir wieder hier sind, eine Stinklaune. Trent sagt, das wird so bleiben, bis die Schule anfängt und er wieder in seinen alten Trott fallen kann.«

»Seine Tür ist zu. Wir können leise sein. Lissa und ich waren oben, und er hat nicht mal gemerkt, daß wir da waren. Jedenfalls ist die Luft rein. Die Tür ist zu, und er führt Selbstgespräche wie immer, wenn er mit irgendwas beschäftigt ist.«

»Ich finde es widerlich, wenn er das macht«, sagte Laurie finster. »Unser richtiger Vater hat nie Selbstgespräche geführt, und er hat sich auch nicht allein in seinem Zimmer eingeschlossen.«

»Nun, ich glaube nicht, daß er sich eingeschlossen hat«, sagte Brian, »aber wenn du dir echt Sorgen machst, er könnte rauskommen, dann nimm eben einen leeren Koffer mit. Wir tun so, als wollten wir ihn in den Schrank räumen, falls er rauskommt.«

»Was *ist* denn so erstaunlich?« wollte Laurie wissen und stemmte die Fäuste in die Hüften.

»Ich zeige es dir«, sagte Brian ernst, »aber du mußt bei Moms Namen schwören, daß du es keiner Menschenseele erzählst, Hand aufs Herz.«

Nach einer Pause des Nachdenkens fuhr er fort: »Besonders Lissa darfst du es nicht erzählen, weil ich es ihr geschworen habe.«

Nun spitzte Laurie endlich die Ohren. Wahrscheinlich war es eine unwichtige Albernheit, aber sie hatte es satt, Kleidungsstücke einzuräumen. Es war echt erstaunlich, wieviel Plunder man in drei Monaten aufhäufen konnte. »Okay, ich schwöre es.«

Sie nahmen *zwei* leere Koffer mit, für jeden einen, aber ihre Vorsichtsmaßnahmen erwiesen sich als unnötig; ihr Stiefvater verließ sein Arbeitszimmer nicht. Was wahrscheinlich das beste war – wie es sich anhörte, stand er ganz schön unter Dampf. Die beiden Kinder konnten ihn herumstapfen, murmeln, Schubladen aufreißen und wieder zuknallen hören. Ein vertrauter Geruch drang unter der Tür durch – Laurie fand, daß er an verwesende Sportsocken erinnerte. Lew rauchte seine Pfeife.

Sie streckte die Zunge heraus, verdrehte die Augen und wackelte mit den Finger an den Ohren, als sie auf Zehenspitzen an seiner Tür vorbeischlichen.

Aber einen Augenblick später, als sie auf die Stelle sah, die Lissa Brian gezeigt hatte und die Brian nun ihr zeigte, vergaß sie Lew ebenso gründlich, wie Brian all die wunderbaren Sendungen vergessen hatte, die er abends im Fernsehen hatte verfolgen wollen.

»Was *ist* das?« flüsterte sie Brian zu. »Grundgütiger, was hat das zu bedeuten?«

»Keine Ahnung«, sagte Brian, »aber vergiß nicht, daß du bei Moms Namen geschworen hast, Laurie.«

»Ja, ja, schon, aber . . .«

»Sag es noch einmal!« Brian gefiel der Ausdruck in ihren Augen nicht. Es war ein *redseliger* Blick, und deshalb war er der Meinung, daß sie noch eine Bekräftigung brauchte.

»Ja, ja, bei Moms Namen«, sagte sie leichthin, »aber, Brian, heilige *Kuh* . . .«

»Und Hand aufs Herz, vergiß das nicht.«

»O Brian, du bist eine Nervensäge!«

»Egal, sag einfach Hand aufs Herz!«

»Hand aufs Herz, Hand aufs Herz, okay?« sagte Laurie. »Warum mußt du so ein Quälgeist sein, Bri?«

»Keine Ahnung«, sagte er und grinste auf eine Weise, die sie absolut haßte, »reine Glückssache, schätze ich.«

Sie hätte ihn erwürgen können; aber versprochen war versprochen, besonders wenn es im Namen der eigenen Mutter geschehen war. Deshalb hielt sich Laurie eine ganze Stunde zurück, bevor sie zu Trent ging und es ihm zeigte. Sie ließ ihn gleichfalls schwören, und ihre Überzeugung, daß er *sein* Versprechen halten würde, es keinem zu sagen, erwies sich als begründet. Er war fast vierzehn, und als Ältester hatte er keinen, dem er es erzählen konnte – es sei denn, einem Erwachsenen. Und weil ihre Mutter mit Kopfschmerzen zu Bett gegangen war, blieb nur Lew – und das war so gut wie niemand.

Die beiden ältesten Kinder der Bradburys hatten diesmal keine leeren Koffer als Tarnung mit nach oben nehmen müssen; ihr Stiefvater saß unten und sah sich den Vortrag eines britischen Kollegen über die Normannen und Sachsen (die Normannen und Sachsen waren Lews Spezialgebiet am College) auf Video an, während er seinen nachmittäglichen Lieblingsimbiß zu sich nahm – ein Glas Milch und ein Ketchupsandwich.

Trent stand am Ende des Flurs und betrachtete, was die anderen Kinder vor ihm betrachtet hatten. Er stand lange Zeit davor.

»Was *ist* das, Trent?« fragte Laurie schließlich. Auf den Gedanken, daß Trent es nicht wissen könnte, kam sie nicht. Trent wußte *alles*. Daher war sie völlig fassungslos, als er langsam den Kopf schüttelte.

»Ich weiß nicht«, sagte er und sah in den Riß hinein. »Eine Art Metall, glaube ich. Ich wollte, ich hätte eine Taschenlampe mitgebracht.« Er steckte einen Finger in den Riß und tastete. Laurie verspürte dabei vages Unbehagen und war erleichtert, als Trent den Finger wieder herauszog. »Ja, es ist Metall.«

»Muß das da drin sein?« fragte Laurie. »Ich meine, war es da drin? Vorher?«

»Nein«, sagte Trent. »Ich weiß noch, wie sie hier neu verputzt haben. Das war, kurz nachdem Mom *ihn* geheiratet hat. Da war nichts weiter da drin als Latten.«

»Was ist das?«

»Schmale Bretter«, sagte er. »Sie liegen zwischen dem Verputz und der Außenwand des Hauses.« Trent steckte den Finger noch einmal in den Riß und tastete über das Metall, das man stumpf und weiß darin erkennen konnte. Der Riß war ungefähr zwölf Zentimeter lang und an der breitesten Stelle anderthalb breit. »Außerdem haben sie eine Isolierung aufgetragen«, sagte er, runzelte nachdenklich die Stirn und steckte die Hände in die Gesäßtaschen seiner verwaschenen Jeans. »Das weiß ich noch genau. So ein rosa flauschiges Zeug, das wie Zuckerwatte ausgesehen hat.«

»Und wo ist das abgeblieben? Ich sehe kein rosa Zeug.«

»Ich auch nicht«, sagte Trent. »Aber sie *haben* es eingefüllt. Ich weiß es noch genau.« Sein Blick wanderte an dem zwölf Zentimeter langen Riß entlang. »Das Metall in der Wand ist neu. Ich frage mich, wieviel es ist und wie weit es reicht. Ist es nur hier oben im zweiten Stock, oder . . .?«

»Oder was?« Laurie sah ihn mit großen runden Augen an. Sie bekam es ein wenig mit der Angst zu tun.

»Oder es ist im ganzen Haus«, kam Trent nachdenklich zum Ende.

Am nächsten Nachmittag nach der Schule berief Trent eine Versammlung aller vier Bradbury-Kinder ein. Sie nahm einen etwas peinlichen Anfang, weil Lissa Brian beschuldigte, er habe seinen, wie sie sich ausdrückte, »feierlichen Schwur« gebrochen, worauf der zutiefst beschämte Brian seinerseits Laurie vorwarf, sie hätte die Seele ihrer Mutter in ernste Gefahr gebracht, als sie Trent das Geheimnis verriet. Er beschrieb nicht besonders deutlich, was eine Seele war (die Bradburys waren Unitarier), schien aber ganz sicher zu sein, daß Laurie die ihrer Mutter zu ewiger Verdammnis verurteilt hatte.

»Nun«, sagte Laurie, »einen *Teil* der Schuld mußt du schon selbst auf dich nehmen, Brian. Ich meine, schließlich warst du es, der Mutter ins Spiel gebracht hat. Du hättest mich bei Lews Namen schwören lassen sollen. *Der* kann ruhig in der Hölle schmoren.«

Lissa, die jung und weichherzig genug war, um *niemandem* die Hölle zu wünschen, zeigte sich von dieser Wendung des Gesprächs so beunruhigt, daß sie zu weinen anfing.

»Still jetzt, alle miteinander«, sagte Trent und drückte Lissa an sich, bis sie sich wieder beruhigt hatte. »Was geschehen ist, ist geschehen, und ich finde, es hat sich alles zum Besten gewendet.«

»Wirklich?« fragte Brian. Wenn Trent sagte, daß etwas gut war, dann wäre Brian gestorben, das zu verteidigen, keine Frage, aber Laurie hatte bei *Moms Namen* geschworen.

»Etwas so Unheimliches muß untersucht werden, und wenn wir uns noch lange darüber streiten, wer recht und wer unrecht getan hat, sein Versprechen zu brechen, dann schaffen wir es nie.«

Trent sah vielsagend zur Uhr an der Wand seines Zimmers, in dem sie sich versammelt hatten. Es war zwanzig nach drei. Mehr mußte er wirklich nicht sagen. Ihre Mutter war heute morgen aufgestanden, um Lew das Frühstück zu machen – zwei Drei-Minuten-Eier mit Vollkorntoast und Marmelade war eines seiner zahlreichen täglichen Bedürfnisse –, aber danach war sie wieder ins Bett gegangen und dort geblieben. Sie litt an gräßlichen Kopfschmerzen – Migräneanfällen, die manchmal zwei oder drei Tage ihr schutzloses (und häufig bestürztes) Gehirn quälten, bevor sie wieder für einen Monat oder so nachließen.

Sie würde sie nicht im zweiten Stock erwischen und sich fragen, was sie da zu suchen hatte, aber bei »Daddy Lew« war das wieder etwas anderes. Da sich sein Arbeitszimmer auf demselben Flur nur ein Stück von dem seltsamen Riß entfernt befand, stand fest, daß sie seiner Aufmerksamkeit – und seiner Neugier – nur entgingen, wenn sie ihre Untersuchungen in seiner Abwesenheit durchführten. Und genau das sollte Trents vielsagender Blick auf die Uhr zum Ausdruck bringen.

Die Familie war ganze zehn Tage, bevor Lew wieder mit dem Unterricht beginnen mußte, in die Staaten zurückgekehrt; doch sobald er sich wieder im Umkreis von zehn Meilen um die Universität befand, konnte er ihr ebensowenig fernbleiben wie ein Fisch dem Wasser. Er war kurz nach Mittag mit einer Aktentasche voll Unterlagen weggegangen, die er an verschiedenen historisch bedeutenden Stellen Englands gesammelt hatte. Er sagte, er wollte diese Unterlagen abheften. Nach Trents Meinung hieß das, er würde sie in eine seiner Schreibtischschubladen stopfen, das Büro abschließen und anschließend in die Dozentenlounge des Historischen Fachbereichs gehen. Dort würde er mit seinen Kumpanen tratschen – nur, hatte Trent herausgefunden, wenn man Collegeprofessor war, ging es nicht an, daß man Kumpane hatte. Man mußte sagen, daß es sich um Kollegen handelte. Auf jeden Fall war er fort, und das war gut, aber er konnte jederzeit zwischen jetzt und fünf zurückkommen, und das war schlecht. Trotzdem blieb ihnen noch etwas Zeit, und Trent wollte sie nicht mit Zank darüber vergeuden, wer wem was geschworen hatte.

»Hört zu, Leute«, sagte er und stellte zufrieden fest, daß sie *tatsächlich* zuhörten. In der Aufregung der *Untersuchung* hatten sie ihre Streitigkeiten und Vorwürfe vergessen. Außerdem bestürzte sie Trents Unvermögen, Lissas Fund zu erklären. Bis zu einem gewissen Grad teilten sie alle Brians schlichtes Gottvertrauen in Trent. Wenn Trent von etwas verwirrt war, wenn Trent fand, etwas war seltsam und möglicherweise erstaunlich, dann fanden sie das alle.

Laurie sprach für sie alle, als sie sagte: »Sag uns, was wir machen sollen, Trent – dann machen wir es.«

»Okay«, sagte Trent. »Wir brauchen ein paar Kleinigkeiten.« Er holte tief Luft und fing an zu erklären, um was es sich dabei handelte.

Als sie sich um den Riß am Ende des Flurs im zweiten Stock versammelt hatten, hob Trent Lissa hoch, damit sie mit einer kleinen Taschenlampe – es war die, mit der ihre Mutter ihre Ohren, Augen und Nasen untersuchte, wenn sie sich nicht wohlfühlten – in den Riß leuchten konnte. Sie alle konnten das Metall sehen; es war nicht so glänzend, daß es den Lichtstrahl klar reflektiert hätte; dennoch schimmerte es seidenmatt. Stahl, vermutete Trent – Stahl oder eine Art Legierung.

»Was ist eine Legierung, Trent?« fragte Brian.

Trent schüttelte den Kopf. Er wußte es selbst nicht genau. Er drehte sich zu Laurie um und bat sie, ihm den Bohrer zu geben.

Brian und Lissa wechselten einen unbehaglichen Blick, als Laurie ihm das Gerät reichte. Er stammte aus der Werkstatt im Keller, und der Keller war der einzige Ort im Haus, der noch an ihren richtigen Vater erinnerte. Daddy Lew war kein dutzendmal da unten gewesen, seit er Catherine Bradbury geheiratet hatte. Das wußten die kleineren Kinder so gut wie

Trent und Laurie. Sie hatten keine Angst, Daddy Lew könnte bemerken, daß jemand den Bohrer benutzt hatte; sie machten sich Sorgen wegen der Löcher in der Wand vor seinem Arbeitszimmer. Keiner sprach es laut aus, aber Trent sah es ihren besorgten Mienen an.

»Seht«, sagte Trent und hielt ihnen den Bohrer hin, damit sie ihn gut ansehen konnten. »Das nennt man einen Nadelbohrer. Seht ihr, wie winzig er ist? Und weil wir nur hinter den Bildern bohren wollen, brauchen wir uns wahrscheinlich keine Sorgen zu machen.«

Etwa ein Dutzend gerahmte Kunstdrucke hingen an der Wand im Flur des zweiten Stocks, die Hälfte davon hinter der Arbeitszimmertür auf dem Weg zum Schrank am Ende, wo die Koffer verstaut wurden. Bei den meisten handelte es sich um alte (und uninteressante) Ansichten von Titusville, wo die Bradburys wohnten.

»Er sieht sie nicht einmal an, geschweige denn *dahinter*«, stimmte Laurie zu.

Brian strich mit einer Fingerspitze über den Bohrer, dann nickte er. Lissa beobachtete ihn, dann ahmte sie die Geste und das Nicken nach. Wenn Laurie sagte, daß etwas okay war, stimmte es wahrscheinlich; wenn beide es sagten, konnte kein Zweifel mehr bestehen.

Laurie nahm das Bild herunter, das dem kleinen Riß im Verputz am nächsten hing, und gab es Brian. Trent bohrte. Sie standen in einem engen Kreis um ihn herum und sahen ihm zu wie Feldspieler, die ihren Werfer in einem entscheidenden Augenblick des Spiels unterstützen.

Der Bohrer verschwand mühelos in der Wand, und das Loch war so winzig wie versprochen. Das dunklere Rechteck der Tapete machte ebenfalls einen beruhigenden Eindruck. Es bedeutete, daß sich schon sehr lange niemand mehr die Mühe gemacht hatte, den dunklen Stahlstich der öffentlichen Bibliothek von Titusville abzunehmen.

Nachdem er ein dutzendmal den Griff des Bohrers gedreht hatte, hielt Trent inne, drehte anders herum und zog den Bohrer heraus.

»Warum hast du aufgehört?« fragte Brian.

»Ich bin auf etwas Hartes gestoßen.«

»Wieder Metall?« fragte Lissa.

»Ich glaube schon. Holz war es jedenfalls nicht. Mal sehen.« Er leuchtete mit dem Licht hinein und drehte den Kopf hierhin und dorthin; dann schüttelte er ihn nachdrücklich. »Mein Kopf ist zu groß. Heben wir Lissa hoch.«

Laurie und Trent hoben sie hoch, Brian gab ihr die Taschenlampe. Lissa sah einen Moment blinzelnd hinein, dann sagte sie: »Genau wie in dem Riß, den ich gefunden habe.«

»Okay«, sagte Trent. »Nächstes Bild.«

Der Bohrer stieß hinter dem zweiten auf Metall, und hinter dem dritten auch. Hinter dem vierten – sie befanden sich schon ziemlich nahe an der Tür von Lews Arbeitszimmer – verschwand der Bohrer ganz in der Wand, bevor Trent ihn herauszog. Als Lissa diesmal hochgehoben wurde, sagte sie ihnen, daß sie »das rosa Zeug« sah.

»Ja, die Isolierung, von der ich dir erzählt habe«, sagte Trent zu Laurie. »Versuchen wir es auf der anderen Seite des Flurs.«

Sie mußten auf der Ostseite hinter vier Bildern bohren, bis sie zuerst auf Latten und dann auf die Isolierung hinter dem Verputz stießen . . . und als sie das letzte Bild wieder aufhängten, hörten sie den Mißklang des Motors von Lews altem Porsche, der in die Einfahrt einbog.

Brian, der die Aufgabe bekommen hatte, dieses Bild aufzuhängen – wenn er sich auf Zehenspitzen stellte, reichte er gerade bis zum Haken –, ließ es fallen. Laurie packte es im Fallen am Rahmen. Einen Augenblick später zitterte sie so sehr, daß sie Trent das Bild geben mußte, sonst hätte sie es selbst fallengelassen.

»*Du* mußt es aufhängen«, sagte sie und wandte ihrem älteren Bruder ein erschrockenes Gesicht zu. »Ich hätte es fallenlassen, wenn ich darüber nachgedacht hätte, was ich tue. Bestimmt.«

Trent hängte das Bild auf, das Pferdedroschken zeigte, die durch den Stadtpark fuhren, und stellte fest, daß es etwas schief hing. Er streckte die Hand aus, um es geradezurücken, zog sie aber zurück, bevor seine Finger den Rahmen berührten. Seine Schwestern und sein Bruder hielten ihn für so etwas wie einen Gott; Trent selbst war klug genug, zu wissen, daß er nur ein Junge war. Aber selbst ein Kind wußte – vorausgesetzt, dieses Kind verfügte auch nur über ein halbes Hirn –, wenn etwas falsch lief, sollte man es besser in Ruhe lassen. Wenn er noch weiter daran herumspielte, würde das Bild mit Sicherheit herunterfallen und Glasscherben über den ganzen Fußboden verstreuen, und das wußte Trent irgendwie.

»Geht!« flüsterte er. »Nach unten! Fernsehzimmer!«

Unten wurde die Hintertür zugeschlagen, als Lew hereinkam.

»Aber es hängt nicht *gerade*!« protestierte Lissa. »Trent, es hängt nicht . . .«

»*Vergiß* es!« sagte Laurie. »Tut, was Trent sagt.«

Trent und Laurie sahen einander mit großen Augen an. Wenn Lew in die Küche ging und sich noch einen Happen machte, um die Zeit bis zum Essen zu überbrücken, ging vielleicht noch alles gut. Wenn nicht, würde er Lissa und Brian auf der Treppe begegnen. Ein Blick würde ihm sagen, daß etwas im Busch war. Die beiden jüngsten Kinder der Bradburys waren alt genug, den Mund zu halten, aber nicht, sich zu verstellen.

Brian und Lissa gingen schnell hinunter.

Trent und Laurie folgten langsamer und horchten. Es folgte ein Augenblick fast unerträglicher Spannung, nur die Schritte der Kinder auf der

Treppe waren zu hören, und dann bellte Lew von der Küche zu ihnen hinauf: »SEID LEISE, JA? EURE MUTTER SCHLÄFT!« *Und wenn sie das nicht aufgeweckt hat,* dachte Laurie, *wird nichts sie aufwecken.*

Spät in der Nacht, als Trent gerade am Eindösen war, machte Laurie die Tür seines Zimmers auf, trat ein und setzte sich zu ihm auf das Bett.

»Du kannst ihn nicht ausstehen, aber das ist nicht alles«, sagte sie.

»Wer-wa?« fragte Trent und zog neugierig ein Lid hoch.

»Lew«, sagte sie leise. »Du weißt, wen ich meine, Trent.«

»Ja«, sagte er. »Und du hast recht. Ich kann ihn nicht ausstehen.«

»Und du hast Angst vor ihm, oder nicht?«

Nach einer ganzen Weile sagte Trent: »Ja, ein bißchen.«

»Nur ein bißchen?«

»Vielleicht ein bißchen mehr als ein bißchen«, sagte Trent. Er zwinkerte ihr zu und hoffte auf ein Lächeln, aber Laurie sah ihn nur an, und da gab Trent auf. Sie ließ sich nicht ablenken, jedenfalls heute nacht nicht.

»Warum? Glaubst du, er könnte uns etwas tun?«

Lew schrie sie häufig an, hatte aber bisher noch nie Hand an sie gelegt. Nein, fiel Laurie plötzlich ein, das stimmte nicht ganz. Einmal war Brian, ohne anzuklopfen, in sein Arbeitszimmer gegangen, und da hatte Lew ihm den Hosenboden versohlt. Fest. Brian hatte versucht, nicht zu weinen, es letztlich aber doch getan. Und Mom hatte auch geweint, aber nicht versucht, die Prügel zu verhindern. Später jedenfalls mußte sie etwas zu ihm gesagt haben, denn Laurie hatte gehört, wie er *sie* angeschrien hatte.

Nichtsdestoweniger war es eine Tracht Prügel gewesen, keine Kindesmißhandlung, und Brian *konnte* ein Quälgeist sein, wenn er es sich in den Kopf gesetzt hatte.

Hatte er es sich an jenem Abend in den Kopf gesetzt? fragte sich Laurie jetzt. Oder hatte Lew ihren Bruder verprügelt und zum Weinen gebracht, weil er einen arglosen, kindlichen Fehler begangen hatte? Sie wußte es nicht und hatte plötzlich eine unerwünschte Einsicht, einen Gedanken, bei dem sie glaubte, daß Peter Pan recht gehabt hatte, nie erwachsen werden zu wollen: Sie war nicht sicher, ob sie es wissen *wollte.* Eines wußte sie jedenfalls mit Sicherheit: wer der *wahre* Quälgeist hier war.

Sie stellte fest, daß Trent ihre Frage nicht beantwortet hatte, und gab ihm einen Stoß. »Hat es dir die Sprache verschlagen?«

»Ich hab nur nachgedacht«, sagte er. »Schwierige Frage, weißt du.«

»Ja«, sagte sie ernst. »Ich weiß.«

Diesmal ließ sie ihn nachdenken.

»Nein«, sagte er schließlich und verschränkte die Hände hinter dem Kopf. »Das glaube ich nicht, Sprotte.« Es stank ihr, wenn sie so genannt wurde, aber sie beschloß, es heute nacht dabei bewenden zu lassen. Sie konnte sich nicht erinnern, daß Trent je so bedächtig und ernst mit ihr gesprochen hatte. »Ich glaube nicht, daß er das tun *würde*. Aber ich glaube, er *könnte* es.« Er richtete sich auf einen Ellbogen auf und sah sie noch ernster an. »Aber ich glaube, er tut Mom weh, und ich glaube, daß es jeden Tag ein bißchen schlimmer für sie wird.«

»Es tut ihr leid, was?« Plötzlich war ihr nach Weinen zumute. Warum waren Erwachsene manchmal so dumm in Dingen, die Kinder auf Anhieb durchschauen konnten? Man hätte ihnen in den Hintern treten können. »Sie wollte überhaupt nicht nach England ... und manchmal schreit er sie so an ...«

»Vergiß nicht die Kopfschmerzen«, sagte Trent nüchtern. »Die sie sich seiner Meinung nach selbst einredet. Ja, es tut ihr wirklich leid.«

»Würde sie sich je ... du weißt schon ...«

»Scheiden lassen?«

»Ja«, sagte Laurie erleichtert. Sie war nicht sicher, ob sie das Wort selbst über die Lippen gebracht hätte, und wenn ihr bewußt gewesen wäre, wie ähnlich sie, was das betraf, ihrer Mutter war, hätte sie ihre Frage selbst beantworten können.

»Nein«, sagte Trent. »Nicht Mom.«

»Dann können wir nichts tun«, seufzte Laurie.

Trent sagte so leise, daß sie ihn fast nicht hören konnte: »Ach ja?«

In den folgenden anderthalb Wochen bohrten sie im ganzen Haus kleine Löcher, wenn niemand da war, der sie sehen konnte: hinter Postern in ihren Zimmern, hinter dem Kühlschrank in der Vorratskammer (Brian konnte sich dahinterzwängen und hatte gerade noch Platz genug, den Bohrer zu halten), in den Wandschränken im Erdgeschoß. Trent bohrte sogar eines im Eßzimmer, weit oben in einer Ecke, wo immer Schatten war. Er stand dabei auf der obersten Sprosse der Haushaltsleiter, die Laurie festhielt.

Nirgends fanden sie Metall. Nur Latten.

Die Kinder vergaßen es eine Zeitlang.

Eines Tages, etwa einen Monat später, als Lew wieder den ganzen Tag unterrichtete, kam Brian zu Trent und erzählte ihm, daß im Verputz im zweiten Stock wieder ein Riß aufgetaucht war, hinter dem man Metall sehen konnte. Trent und Lissa kamen sofort mit. Laurie war immer noch in der Schule, bei einer Probe des Schulorchesters.

Wie bei der Entdeckung des ersten Risses hatte sich ihre Mutter mit Kopfschmerzen hingelegt. Lews Laune hatte sich gebessert, seit er wieder unterrichtete (was Trent und Laurie längst vorausgesehen hatten), aber er hatte am Abend zuvor einen heftigen Streit mit ihrer Mutter wegen einer Party gehabt, die er für seine Kollegen der historischen Fakultät geben wollte. Wenn die ehemalige Mrs. Bradbury eines haßte, dann war es die Rolle der Hosteß bei Fakultätsparties. Auf dieser jedoch hatte Lew bestanden, und sie hatte schließlich eingewilligt. Jetzt lag sie mit einem feuchten Handtuch über den Augen und einer Flasche Fiorinal auf dem Nachttisch im abgedunkelten Schlafzimmer, während Lew wahrscheinlich Einladungen in der Dozentenlounge verteilte und seinen Kollegen auf den Rücken klopfte.

Der neue Riß befand sich auf der Westseite des Flurs zwischen Arbeitszimmertür und Treppe.

»Bist du sicher, daß du Metall da drin gesehen hast?« fragte Trent. »Wir hatten diese Seite *überprüft*, Bri.«

»Sieh doch selbst nach«, sagte Brian, was Trent auch tat. Er brauchte keine Taschenlampe; der Riß war breiter, und es konnte kein Zweifel bestehen, daß sich Metall darin befand.

Nachdem er den Riß lange betrachtet hatte, sagte Trent, daß er unverzüglich zum Baumarkt gehen mußte.

»Warum?« fragte Lissa.

»Ich möchte etwas Gips holen. Ich will nicht, daß er den Riß sieht.« Nach einigem Zögern fügte er hinzu: »Und ganz besonders will ich nicht, daß er das Metall darin sieht.«

Lissa sah ihn stirnrunzelnd an. »Warum nicht, Trent?«

Aber Trent wußte es nicht genau. Jedenfalls noch nicht.

Sie fingen wieder an zu bohren, und diesmal fanden sie Metall hinter *allen* Wänden im zweiten Stock, auch in Lews Arbeitszimmer. Trent schlich sich eines Nachmittags mit dem Bohrer hinein, während Lew sich im College aufhielt und ihre Mutter Einkäufe für die bevorstehende Fakultätsparty erledigte.

Die ehemalige Mrs. Bradbury sah neuerdings blaß und verhärmt aus – das war selbst Lissa aufgefallen –, aber wenn eines der Kinder sie fragte, ob alles in Ordnung war, schenkte sie ihm jedesmal ein beunruhigendes, allzu strahlendes Lächeln und versicherte, es wäre ihr nie besser gegangen, alles eitel Sonnenschein, unbeschwertes Glück. Laurie, die unverblümt sein konnte, sagte zu ihr, sie sähe zu dünn aus. O nein, entgegnete ihre Mutter, Lew hat gesagt, ich wäre in England im Begriff gewesen, mich in eine Kugel zu verwandeln – das andauernde Teetrinken. Sie versuchte nur, ihre Figur zu halten, das war alles.

Laurie wußte es besser, aber nicht einmal Laurie war so unverblümt, daß sie ihre Mutter ins Gesicht hinein eine Lügnerin nannte. Wären alle vier gleichzeitig zu ihr gegangen – hätten sie sozusagen bandenmäßig überfallen –, hätten sie wahrscheinlich eine andere Version zu hören bekommen. Aber nicht einmal Trent dachte daran.

Eines von Lews Diplomen hing in einem Rahmen an der Wand über seinem Schreibtisch. Während die anderen Kinder auf dem Flur warteten und fast vor Angst vergingen, nahm Trent das gerahmte Diplom vom Haken, legte es auf den Schreibtisch und bohrte ein Loch in der Mitte der Stelle, wo es gehangen hatte. Nach vier Zentimetern traf der Bohrer auf Metall.

Trent hängte das Diplom sehr sorgfältig wieder auf –, vergewisserte sich, daß es nicht schief hing – und kam heraus.

Lissa brach in Tränen der Erleichterung aus, in die Brian sogleich einfiel; er machte einen verdrossenen Eindruck, schien aber nicht anders zu können. Laurie mußte sich größte Mühe geben, nicht auch noch anzufangen.

Sie bohrten Löcher in Abständen an der Treppe zum ersten Stock und fanden dort auch Metall. Es reichte ungefähr bis zur Hälfte des Flurs im ersten Stock und schien zur Vorderseite des Hauses hin zu wachsen. Hinter den Wänden von Brians Zimmer fand sich Metall, aber nur hinter einer Wand von Lauries Zimmer.

»Hier hat es noch nicht aufgehört zu wachsen«, sagte Laurie finster.

Trent sah sie überrascht an. »Wie?«

Bevor sie antworten konnte, hatte Brian einen Geistesblitz.

»Versuch es im Fußboden, Trent!« sagte er. »Mal sehen, ob es da auch ist.«

Trent dachte darüber nach, zuckte die Achseln und bohrte ein Loch in den Boden von Lauries Zimmer. Der Bohrer glitt ohne Widerstand ganz hinein, aber als er den Teppich vor seinem eigenen Bett zurückschlug und es da versuchte, traf er bald auf soliden Stahl – oder solides Was-auch-immer.

Dann stellte er sich auf Drängen von Lissa auf einen Stuhl und bohrte in die Decke, wobei er die Augen zukneifen mußte, weil ihm der Verputz ins Gesicht rieselte.

»Boing«, sagte er nach wenigen Augenblicken. »Auch Metall. Hören wir für heute auf.«

Laurie war die einzige, die bemerkte, wie besorgt Trent aussah.

Als in dieser Nacht die Lichter gelöscht waren, kam Trent in Lauries Zimmer, aber Laurie tat nicht einmal so, als wäre sie müde. In Wahrheit hatte keiner von ihnen in den vergangenen Wochen besonders gut geschlafen.

»Was hast du gemeint?« flüsterte Trent, als er sich neben sie gesetzt hatte.

»Womit?« fragte Laurie und stützte sich auf einen Ellbogen.

»Du hast gesagt, in deinem Zimmer wäre es noch nicht fertig gewachsen. Was hast du damit gemeint?«

»Komm schon, Trent – du bist nicht dumm.«

»Nein, das bin ich nicht«, stimmte er unverdrossen zu. »Vielleicht will ich einfach nur hören, daß du es sagst, Sprotte.«

»Wenn du mich weiter so nennst, wirst du das nie.«

»Okay. Laurie, Laurie, Laurie. Zufrieden?«

»Ja. Dieses Zeug wächst über das ganze Haus.« Sie machte eine Pause. »Nein, das stimmt nicht. Es wächst *im* Haus. Es *stiehlt* das Haus. Ist das gut genug, Mr. Schlauberger?«

»Stiehlt das Haus ...« Trent saß stumm neben ihr auf dem Bett, betrachtete das Poster von Chrissie Hynde und schien das Wort auszukosten, das sie gebraucht hatte. Schließlich nickte er und ließ das Lächeln erkennen, das sie so liebte. »Ja – das ist richtig.«

»Wie immer man es nennen will, es benimmt sich wie etwas Lebendiges.«

Trent nickte. Daran hatte er auch schon gedacht. Er hatte keine Ahnung, wie Metall etwas Lebendiges sein *konnte*, aber er sah keine andere Schlußfolgerung als sie, jedenfalls im Augenblick nicht.

»Aber das ist nicht das schlimmste.«

»Was dann?«

»Es *schleicht.*« Ihre Augen, die ernst in seine sahen, waren groß und ängstlich. »Das gefällt mir am allerwenigsten daran. Ich weiß nicht, warum es angefangen hat oder was es bedeutet, und es ist mir auch ziemlich egal. Aber es *schleicht.*«

Sie griff mit den Fingern in das dichte blonde Haar und strich es von den Schläfen zurück. Es war eine beiläufige, unbewußte Geste, aber sie erinnerte Trent auf schmerzhafte Weise an seinen Dad, dessen Haar genau dieselbe Farbe gehabt hatte.

»Ich spüre, daß etwas passieren wird, Trent, aber ich weiß nicht, was es ist, und das ist wie ein Alptraum, den man nicht loswird. Kommt es dir manchmal auch so vor?«

»Ja, ein bißchen. Aber ich *weiß*, daß etwas passieren wird. Möglicherweise sogar, was.«

Sie schnellte in eine sitzende Haltung und ergriff seine Hände. »Du *weißt* es? Was? Was ist es?«

»Ich bin nicht sicher«, sagte Trent und stand auf. »Ich *glaube*, ich weiß es, aber ich bin noch nicht bereit, zu sagen, was ich denke. Ich muß mich noch etwas umsehen.«

»Wenn wir noch mehr Löcher bohren, wird das Haus einstürzen!«

»Ich habe nicht *bohren* gesagt, ich habe *umsehen* gesagt.«

»*Wonach* umsehen?«

»Nach etwas, das noch nicht hier ist – das noch nicht gewachsen ist. Aber wenn es so weit ist, wird es sich wahrscheinlich nicht verstecken können.«

»*Sag* es mir, Trent!«

»Noch nicht«, sagte er und hauchte ihr einen raschen Kuß auf die Wange. »Außerdem – Neugier ist der Sprotte Tod.«

»Ich *hasse* dich!« schrie sie mit gedämpfter Stimme, warf sich auf das Bett zurück und zog die Decke über den Kopf. Aber es ging ihr besser, nachdem sie mit Trent gesprochen hatte, und sie schlief so gut wie schon seit einer Woche nicht mehr.

Zwei Tage vor der großen Party fand Trent, wonach er gesucht hatte. Als Ältester hätte er vielleicht bemerken sollen, daß seine Mutter erschreckend krank aussah; ihre Haut spannte sich glänzend über den Wangenknochen, ihr Teint war so blaß, daß er einen häßlichen gelben Grundton angenommen hatte. Er hätte bemerken müssen, wie häufig sie sich an den Schläfen rieb, auch wenn sie – fast in Panik – leugnete, daß sie Migräne hatte oder in der letzten Woche gehabt hatte.

Das alles bemerkte er nicht. Er war zu sehr mit Suchen beschäftigt.

In den vier oder fünf Tagen zwischen seiner nächtlichen Unterhaltung mit Laurie und dem Tag, an dem er endlich fand, wonach er suchte, durchkämmte er jeden Schrank des großen alten Hauses mindestens dreimal; den Stauraum über Lews Arbeitszimmer fünf- oder sechsmal und den großen, alten Keller fast ein dutzendmal.

Im Keller fand er es schließlich.

Was nicht heißen soll, daß er an anderen Stellen nicht auch eigentümliche Dinge gefunden hätte; das hatte er mit Sicherheit. Ein Edelstahlknauf ragte aus der Decke eines Schranks im ersten Stock. Eine gekrümmte Metallarmatur hatte die Seitenwand des Kofferschranks im zweiten Stock durchbrochen. Sie wies eine mattgraue Farbe auf – bis er sie berührte. Als er das tat, wechselte die Farbe zu einem kräftigen Altrosa, und er hörte ein leises, aber mächtiges Summen tief in der Wand. Er riß die Hand zurück, als wäre die Armatur heiß gewesen (und gleich zu Beginn, als sie die Farbe annahm, die er von den Herdplatten her kannte, hätte er schwören können, daß sie es war). Als er das tat, wurde das gekrümmte Metallding wieder grau. Das Summen hörte sofort auf.

Tags zuvor hatte er auf dem Dachboden ein Spinnennetz dünner, ineinander verschlungener Kabel entdeckt, die in einer niederen, dunklen Ecke unter dem Giebel wuchsen. Trent war auf Händen und Knien herumgekrochen, er schwitzte und machte sich schmutzig, als er das Phänomen plötzlich bemerkte. Er erstarrte auf der Stelle und beobachtete zwischen Haarsträhnen hindurch, wie sich die Kabel aus dem Nichts herauswanden (so sah es jedenfalls aus), aufeinandertrafen, sich so fest umeinanderwickelten, daß sie zu verschmelzen schienen, und sich dann weiter ausbreiteten, bis sie den Boden berührten, sich in ihn hineinbohrten und inmitten verträumter kleiner Sägemehlwölkchen verankerten. Sie schienen eine Art Stützgitter zu bilden, das aussah, als wäre es *sehr* stark und imstande, das Haus bei einer Menge Sturmböen und Stößen zusammenzuhalten.

Aber *was* für Sturmböen?

Was für Stöße?

Wieder glaubte Trent, es zu wissen. Es war schwer zu glauben, aber er glaubte, er wüßte es.

Am nördlichen Ende des Kellers gab es eine kleine Nische, weit hinter der Werkstatt und dem Heizkessel. Ihr richtiger Vater hatte sie immer den »Weinkeller« genannt, und obwohl er nur etwa zwei Dutzend Flaschen Dröhnung (bei dem Wort mußte ihre Mutter immer kichern) dort aufbewahrte, waren sie sorgfältig auf Regalen verstaut, die er selbst gebaut hatte.

Lew kam noch seltener hierher, als er die Werkstatt betrat; er trank keinen Wein. Und ihre Mutter, die mit Dad gern ab und zu ein Gläschen getrunken hatte, trank auch keinen mehr. Trent erinnerte sich, wie traurig ihr Gesicht ausgesehen hatte, als Bri sie einmal fragte, warum sie kein Gläschen Dröhnung mehr vor dem Kamin trank.

»Lew mißbilligt das Trinken«, hatte sie Brian geantwortet. »Er sagt, es wäre eine schlechte Angewohnheit.«

Die Tür zum Weinkeller war mit einem Vorhängeschloß versperrt, aber das diente nur dazu, damit die Tür nicht aufschwang und die Hitze des Heizkessels einließ. Der Schlüssel hing gleich daneben, aber Trent brauchte ihn nicht. Er hatte das Vorhängeschloß nach seiner ersten Untersuchung offengelassen, und seither war niemand hiergewesen und hatte es zugedrückt. Soweit er wußte, kam überhaupt niemand mehr in diesen Teil des Kellers.

Der saure Geruch verschütteten Weins überraschte ihn nicht im geringsten, als er sich der Tür näherte; das war nur ein weiterer Hinweis für etwas, das er und Laurie bereits wußten – die Veränderung arbeitete sich schleichend durch das ganze Haus. Er machte die Tür auf, und obwohl ihm Angst machte, was er da sah, überraschte es ihn nicht.

Metallkonstruktionen waren durch zwei der Weinkellerwände gebrochen, hatten die Regale mit ihren rautenförmigen Flaschenfächern zerdrückt und die Weinflaschen herausgeschoben, so daß sie auf dem Boden zerschellt waren.

Wie bei den Kabeln auf dem Dachboden war das, was hier wuchs (um Lauries Ausdruck zu gebrauchen), noch nicht fertig. Es entstand unter

Lichtblitzen, die Trent in den Augen wehtaten und eine leichte Übelkeit in ihm hervorriefen.

Aber hier waren keine Kabel zu sehen und keine gekrümmten Armaturen. Was im vergessenen Weinkeller seines Vaters wuchs, sah aus wie Schränke und Konsolen und Armaturenbretter. Vor seinen Augen blähten sich vage Umrisse in dem Metall auf wie die Köpfe aufgeregter Schlangen, wurden schärfer und verwandelten sich in Skalen und Schalter und Anzeigen. Ein paar Lichter waren auch zu sehen. Einige fingen sogar an zu blinken, als er sie ansah.

Ein leises Seufzen begleitete diesen Schöpfungsakt.

Trent ging einen vorsichtigen Schritt weiter in den kleinen Raum hinein; ein besonders grelles rotes Licht, beziehungsweise eine ganze Reihe davon, hatte seine Aufmerksamkeit geweckt. Er nieste beim Vorwärtsgehen – die Maschinen und Konsolen, die sich über das alte Mauerwerk schoben, hatten eine Menge Staub aufgewirbelt.

Die Lichter, die seine Aufmerksamkeit erregt hatten, waren Ziffern. Sie befanden sich unter einer Glasscheibe an einer Metallkonstruktion, die aus einer Konsole herauswuchs. Dieses neue Ding sah wie eine Art Stuhl aus, aber kaum jemand hätte bequem darauf Platz nehmen können. Jedenfalls niemand mit einem *menschlichen* Körper, dachte Trent erschauernd.

Die Glasscheibe befand sich in einer Armlehne dieses verzerrten Stuhls – wenn es ein Stuhl *war*. Und die Ziffern hatten seine Aufmerksamkeit erweckt, weil sie sich bewegten.

72 : 34 : 18

wurde zu

72 : 34 : 17

und dann zu

72 : 34 : 16.

Trent sah auf seine Uhr, die einen Sekundenzeiger hatte und ihm bestätigte, was seine Augen ihm bereits gesagt hatten. Bei dem Stuhl mochte es sich um einen Stuhl handeln oder auch nicht, aber die Ziffern unter dem Glas waren eindeutig eine Digitaluhr. Und die lief rückwärts. Ein Count down, um ganz genau zu sein. Und was würde passieren, wenn die Anzeige schließlich von

00 : 00 : 01

auf

00 : 00 : 00

wechselte – in etwa drei Tagen, von diesem Nachmittag an gerechnet?

Er war ziemlich sicher, daß er es wußte. Jeder amerikanische Junge weiß, daß zweierlei passieren kann, wenn eine Uhr, die rückwärts läuft, schließlich Zero anzeigt: entweder eine Explosion oder ein Start.

Trent überlegte sich, daß zuviel Ausrüstung vorhanden war, zuviel Technik für eine bloße Explosion.

Er glaubte, daß sich etwas in das Haus geschlichen hatte, während sie in England waren. Möglicherweise eine Art Spore, die eine Milliarde Jahre durch das Weltall getrieben war, bevor sie in den Gravitationssog der Erde geriet, durch die Erdatmosphäre schwebte wie Pusteblumen in einer leichten Brise, und schließlich in den Kamin eines Hauses in Titusville, Indiana, fiel.

Ins Haus der *Bradburys* in Titusville, Indiana.

Selbstverständlich hätte es auch etwas völlig anderes sein können, aber die Vorstellung von Sporen leuchtete Trent ein, und obwohl er das älteste Kind der Bradburys war, war er noch jung genug, um nach einer Pepperonipizza um neun Uhr abends ruhig schlafen und seinen Wahrnehmungen und Intuitionen vertrauen zu können. Und letzten Endes spielte es auch keine Rolle, oder? Eine Rolle spielte nur, was *geschehen* war.

Und natürlich, was geschehen *würde*.

Als Trent dieses Mal den Weinkeller verließ, ließ er nicht nur das Vorhängeschloß einrasten, sondern nahm obendrein noch den Schlüssel mit.

Etwas Schreckliches passierte während Lews Fakultätsparty. Es passierte um viertel vor neun, nur etwa fünfundvierzig Minuten nachdem die ersten Gäste eingetroffen waren, und Trent und Laurie hörten später, wie Lew ihre Mutter anschrie, daß sie immerhin rücksichtsvoll genug gewesen wäre, ihre Dummheit frühzeitig zu begehen – wenn sie gewartet hätte bis zehn Uhr oder so, hätten sich fünfzig oder mehr Menschen im Wohnzimmer, Eßzimmer, in der Küche und im Salon aufgehalten.

»Verdammt nochmal, was ist bloß los mit dir?« hörten Trent und Laurie ihn schreien, und als Trent spürte, wie Lauries Hand wie eine kleine, kalte Maus in seine kroch, hielt er sie fest. »Weißt du nicht, was die Leute jetzt sagen werden? Weißt du nicht, wie die Leute in der Fakultät *reden*? Ich meine, also wirklich, Catherine – das war wie etwas aus den *Drei Stooges!*«

Die einzige Antwort ihrer Mutter war ein leises, hilfloses Schluchzen; einen kurzen Augenblick verspürte Trent einen ungewollten Anflug von Haß auf sie. Warum hatte sie ihn überhaupt geheiratet? Hatte sie das nicht verdient, weil sie so eine Närrin gewesen war?

Dann schämte er sich seiner selbst, verdrängte den Gedanken, ließ ihn verschwinden und drehte sich zu Laurie um. Er sah betroffen, daß ihr Tränen über die Wangen liefen, und der stumme Kummer in ihren Augen bohrte sich in sein Herz wie eine Messerklinge.

»Tolle Party, was?« flüsterte sie und strich sich mit den Handballen über die Wangen.

»Ganz recht, Sprotte«, sagte er und nahm sie in die Arme, damit sie in seine Schulter weinen konnte und nicht gehört wurde. »Sie wird problemlos Ende des Jahres in meine Top Ten-Liste kommen.«

Es schien, als hätte Catherine Evans (die sich nie sehnlicher gewünscht hatte, wieder Catherine Bradbury zu sein) alle belogen. Sie befand sich nicht erst einen oder zwei Tage im Griff einer brüllenden Migräne, sondern seit ganzen zwei Wochen. Während dieser Zeit hatte sie so gut wie nichts gegessen und acht Kilo abgenommen. Sie hatte Stephen Krutchmer, dem Dekan der Historischen Fakultät, und dessen Frau Canapés angeboten, als plötzlich die Farbe aus allem wich und die Welt von ihr fortschwamm. Sie war schlaff vornüber gekippt und hatte ein ganzes Tablett Frühlingsrollen auf die Vorderseite des teuren Norma-Kamali-Kleides von Mrs. Krutchmer geschüttet, das diese eigens für den Anlaß gekauft hatte.

Brian und Lissa hatten den Aufruhr gehört und waren in Pyjamas die Treppe heruntergekommen, um nachzusehen, was los war, obwohl Daddy Lew ihnen – allen vier Kindern, was das betraf – strengstens verboten hatte, die oberen Stockwerke zu verlassen, wenn die Party erst einmal angefangen hatte. »Universitätsleute sehen Kinder nicht gerne bei Fakultätsparties«, hatte Lew ihnen am Nachmittag schroff erklärt. »Dabei kommt zu leicht ein falscher Ton auf.«

Als sie ihre Mutter inmitten eines Kreises kniender, besorgter Fakultätsmitglieder auf dem Boden liegen sahen (Mrs. Krutchmer befand sich nicht darunter, sie war in die Küche geeilt, um ihr Kleid mit Wasser zu behandeln, bevor die Soßenflecken einziehen konnten), hatten sie den Befehl ihres Stiefvaters vergessen und waren zu ihr gelaufen, Lissa weinend, Brian aufgeregt und erschrocken. Lissa brachte es fertig, den Ordinarius für Sinologie in die linke Niere zu treten. Brian, der zwei Jahre älter und fünfzehn Kilo schwerer war, machte es noch besser. Er stieß die Gastdozentin des Herbstsemesters, ein plumpes Baby in rosa Kleid und spitzen Pumps, in den offenen Kamin. Dort blieb sie benommen inmitten einer großen Wolke graublauer Asche sitzen.

»Mom! Mommy!« schrie Brian und schüttelte die ehemalige Catherine Bradbury. »*Mommy*! Wach auf!«

Mrs. Evans regte sich und stöhnte.

»Geht nach oben«, sagte Lew kalt. »Alle beide.«

Da die beiden nicht gehorchten, legte Lew Lissa eine Hand auf die Schulter und drückte zu, bis das Mädchen vor Schmerzen aufschrie. Seine Augen funkelten sie aus einem Gesicht an, das leichenblaß geworden war, abgesehen von roten Flecken, so grell wie billiges Rouge, auf beiden Wangen.

»Ich kümmere mich darum«, sagte er mit so fest zusammengebissenen Zähnen, daß er sie nicht einmal zum Sprechen ganz auseinander bekam. »Du und dein Bruder, ihr geht auf der Stelle nach o . . .«

»Laß sie los, du Dreckskerl«, sagte Trent deutlich.

Lew und alle Partygäste, die früh genug eingetroffen waren, um Zeugen dieser unterhaltenden Einlage zu werden, drehten sich zum Torbogen zwischen Wohnzimmer und Diele um. Trent und Laurie standen dort nebeneinander. Trent war so blaß wie sein Stiefvater, aber sein Gesicht war gelassen und beherrscht. Es waren Leute anwesend – nicht viele, aber einige –, die Catherine Evans' ersten Mann gekannt hatten, und sie waren sich später darin einig, daß die Ähnlichkeit zwischen Vater und Sohn bemerkenswert war. Es sah fast so aus, als wäre Bill Bradbury von den Toten auferstanden, um seinem cholerischen Nachfolger Paroli zu bieten.

»Ich will, daß ihr nach oben geht«, sagte Lew. »Alle vier. Das hier geht euch nichts an. Überhaupt nichts.«

Mrs. Krutchmer war ins Zimmer zurückgekommen; die Büste ihres Norma-Kamali-Kleides war feucht, aber einigermaßen frei von Flecken.

»Nimm die Hand von Lissa«, sagte Trent.

»Und geh weg von unserer Mutter«, sagte Laurie.

Nun richtete sich Mrs. Evans auf, hielt die Hände an die Schläfen und sah sich benommen um. Die Kopfschmerzen waren geplatzt wie ein Ballon; zwar war sie desorientiert und schwach, aber wenigstens ohne die Qualen, die sie die letzten vierzehn Tage erdulden mußte. Sie wußte, sie hatte etwas Schreckliches getan, hatte Lew in Verlegenheit gebracht, ihm möglicherweise sogar *Schande* gemacht, aber in diesem Augenblick war ihr das einerlei, so froh war sie, daß die Schmerzen nachgelassen hatten. Die Scham würde später kommen. Jetzt wollte sie nur nach oben gehen – ganz langsam – und sich hinlegen.

»Dafür werdet ihr bestraft werden«, sagte Lew und sah seine vier Stiefkinder in dem fast schockierten Schweigen im Wohnzimmer an. Er sah sie nicht alle gleichzeitig an, sondern nacheinander, als wollte er sich Art und Ausmaß des Vergehens eines jeden einzelnen einprägen. Als sein Blick auf Lissa fiel, fing sie an zu weinen. »Ich entschuldige mich für ihr schlechtes Benehmen«, sagte er ins Zimmer. »Meine Frau ist zu nachlässig mit ihnen, fürchte ich. Was sie bräuchten, wäre eine gute englische Gouvernante . . .«

»Seien Sie kein Esel, Lew«, sagte Mrs. Krutchmer. Ihre Stimme war sehr laut, aber nicht besonders melodisch. Sie hörte sich an wie ein Esel beim Wiehern. Brian sprang auf, nahm seine Schwester in den Arm und fing selbst an zu weinen. »Ihre Frau ist ohnmächtig geworden. Sie haben sich Sorgen gemacht, das ist alles.«

»Und das zu Recht«, sagte die Gastdozentin, die sich bemühte, ihre nicht unerhebliche Masse aus dem Kamin zu hieven. Ihr rosa Kleid war jetzt fleckig grau, ihr Gesicht rußverschmiert. Nur ihre Schuhe mit den absurden, aber rührenden Spitzen schienen verschont geblieben zu sein; dennoch sah sie aus, als hätte ihr die ganze Sache nicht das geringste ausgemacht. »Kinder *sollten* sich um ihre Mütter sorgen. Und Ehemänner um ihre Frauen.«

Als sie das sagte, maß sie Lew Evans mit einem vielsagenden Blick, aber Lew bemerkte ihn nicht; er sah Trent und Laurie nach, die ihre Mutter die Treppe hinaufführten. Lissa und Brian trotteten hinterher wie eine Ehrengarde.

Die Party ging weiter. Der Zwischenfall wurde mehr oder weniger überspielt, wie das mit unangenehmen Vorkommnissen bei Fakultätsparties immer ist. Mrs. Evans, die in den letzten Nächten nie mehr als drei Stunden geschlafen hatte, seit ihr Mann ihr die Party angekündigt hatte, schlief bereits, noch ehe ihr Kopf richtig das Kissen berührte, und die Kinder hörten, wie Lew unten ohne sie *Bonmots* zum besten gab. Trent vermutete, er war sogar ein bißchen froh darüber, daß er sich nicht mehr mit seiner schusseligen, ängstlichen Maus von einer Frau herumärgern mußte.

Er entschuldigte sich nicht ein einziges Mal, um heraufzukommen und nach ihr zu sehen.

Nicht einmal. Bis die Party vorbei war.

Als der letzte Gast gegangen war, schritt er schweren Schrittes nach oben und befahl ihr, aufzuwachen – was sie tat, gehorsam wie stets, seit sie den Fehler begangen hatte, Lew im Beisein des Pfarrers das Jawort zu geben.

Als nächstes steckte Lew den Kopf in Trents Zimmer und musterte die Kinder mit finsterem Blick.

»Ich wußte, daß ihr alle hier sein würdet«, sagte er mit einem zufriedenen kleinen Nicken. »Um Ränke zu schmieden. Ihr wißt, daß ihr bestraft werdet. Morgen. Heute abend will ich, daß ihr sofort ins Bett geht und darüber nachdenkt. Und jetzt geht in eure Zimmer. Und kein Herumschleichen mehr.«

Lissa und Brian versuchten kein »Herumschleichen« mehr; sie waren zu erschöpft, um etwas anderes zu tun, als direkt ins Bett zu gehen und zu schlafen. Aber Laurie kam trotz des Verbots in Trents Zimmer, und die beiden hörten stumm und fassungslos zu, wie ihr Stiefvater ihrer Mutter Vorhaltungen machte, weil sie die Unverschämtheit besessen hatte, bei *seiner* Party ohnmächtig zu werden; und wie ihre Mutter weinte und kein Widerwort gab, nicht einmal leise aufbegehrte.

»Oh, Trent, was sollen wir nur tun?« fragte Laurie.

Trents Gesicht war ausgesprochen blaß und still. »Tun?« sagte er. »Wir werden gar nichts tun, Sprotte.«

»Wir *müssen*! Trent, wir *müssen*! Wir müssen ihr helfen!«

»Nein, das müssen wir nicht«, sagte Trent. Ein mildes und doch irgendwie schreckliches Lächeln umspielte seine Lippen. »Das wird das Haus für uns erledigen.« Er sah auf die Uhr und rechnete nach. »Gegen viertel vor vier morgen nachmittag wird das Haus alles erledigen.«

Am Morgen wurden keine Strafen verteilt; Lew Evans war zu sehr mit seiner Vorlesung um acht Uhr über die Geschichte der Normannen beschäftigt. Das überraschte weder Trent noch Laurie, aber beide waren außerordentlich dankbar dafür. Er sagte ihnen, er würde sie sich am Abend in seinem Arbeitszimmer vorknöpfen, einen nach dem anderen, und jedem »eine Tracht Prügel« verpassen. Nachdem diese Drohung ausgesprochen worden war, marschierte er hocherhobenen Kopfes und mit fest unter den rechten Arm geklemmter Aktentasche hinaus. Ihre Mutter schlief noch, als sein Porsche die Straße entlangdröhnte.

Die beiden kleineren Kinder standen in der Küchentur, hielten einander umschlungen und erinnerten Laurie an eine Illustration aus *Grimms Märchen*. Lissa weinte. Brian hielt die Ohren steif, jedenfalls bisher, aber er war blaß und hatte purpurne Tränensäcke unter den Augen. »Er wird uns verprügeln«, sagte Brian zu Trent. »Und er prügelt *feste*.«

»Nein«, sagte Trent. Sie sahen ihn hoffnungsvoll, aber zweifelnd an. Immerhin hatte Lew ihnen Prügel *angedroht*; nicht einmal Trent würde diese schmerzhafte Demütigung erspart bleiben.

»Aber, Trent . . .«, begann Lissa.

»Hört mir zu«, sagte Trent, zog einen Stuhl unter dem Tisch hervor und setzte sich vor den beiden Kleinen verkehrtherum darauf. »Hört genau zu, damit ihr kein Wort verpaßt. Es ist wichtig, daß keiner von uns einen Fehler macht.«

Sie sahen ihn mit großen, blaugrünen Augen stumm an.

»Sobald die Schule aus ist, kommt ihr sofort nach Hause – aber nur bis zur Ecke Maple und Walnut. Habt ihr das verstanden?«

»Ja-aa«, sagte Lissa zögernd. »Aber warum, Trent?«

»Unwichtig«, sagte Trent. Seine Augen – ebenfalls blaugrün – funkelten, aber Laurie fand, es war kein humorvolles Funkeln; sie dachte sogar, daß es etwas Gefährliches hatte. »Seid einfach da. Bleibt beim Briefkasten stehen. Ihr müßt um drei Uhr da sein, *spätestens* Viertel nach drei. Habt ihr verstanden?«

»Ja«, sagte Brian für beide. »Wir haben's kapiert.«

»Laurie und ich werden schon da sein, oder wir kommen kurz nach euch.«

»Wie sollen wir das anstellen, Trent?« fragte Laurie. »Wir kommen nicht einmal vor drei Uhr aus der Schule, ich muß zur Orchesterprobe, und der Bus braucht ...«

»Wir gehen heute *nicht* in die Schule«, sagte Trent.

»Nicht?« Laurie war fassungslos.

Lissa dagegen begriff es nicht. »Trent!« sagte sie. »Das kannst du nicht machen! Das ist ... das ist ... *Schwänzen*!«

»Und höchste Zeit«, sagte Trent grimmig. »Jetzt macht ihr beide euch für die Schule fertig. Vergeßt nicht: Ecke Maple und Walnut, drei Uhr, höchstens Viertel nach. Und was immer ihr auch tut, *kommt auf gar keinen Fall nach Hause.*« Er sah Brian und Lissa so starr an, daß sie ängstlich zusammenrückten und einander wieder in die Arme nahmen. Selbst Laurie bekam es mit der Angst. »Wartet auf uns, aber wagt es nicht, das Haus zu betreten«, sagte er. »Um *nichts* auf der Welt.«

Als die kleineren Kinder gegangen waren, packte Laurie ihn am Hemd und wollte wissen, was los sei.

»Es hat etwas mit dem zu tun, was im Haus wächst, ich weiß es, und wenn ich schon schwänzen und dir helfen soll, dann solltest du mir lieber sagen, was es ist, Trent Bradbury!«

»Komm wieder auf den Teppich, ich sag es dir«, mahnte Trent. Er löste das Hemd vorsichtig aus Lauries Griff. »Und sei leise. Ich möchte nicht, daß du Mom weckst. Sie würde uns zwingen, in die Schule zu gehen, und das wäre nicht gut.«

»Was *ist* es? Sag es mir!«

»Komm mit nach unten«, sagte Trent. »Ich will dir was zeigen.«

Er führte sie in den Weinkeller.

Trent war nicht ganz sicher, ob Laurie bei dem mitmachen würde, was er vorhatte – es kam selbst ihm schrecklich *endgültig* vor –, aber sie tat es. Wenn es nur darum gegangen wäre, eine Tracht Prügel von »Daddy Lew« über sich ergehen zu lassen, wäre sie wahrscheinlich nicht dazu bereit gewesen, aber Laurie war vom Anblick ihrer bewußtlos am Boden liegenden Mutter ebenso betroffen gewesen wie Trent von der gefühllosen Reaktion seines Stiefvaters.

»Ja«, sagte Laurie sachlich. »Ich glaube, es muß sein.« Sie betrachtete die blinkenden Ziffern an der Stuhllehne. Sie lauteten jetzt:

07 : 49 : 21.

Der Weinkeller war kein Weinkeller mehr. Er stank nach Wein, das stimmte, und zwischen den zertrümmerten Überresten der Weinregale ihres Vaters lag ein Haufen zerschellter grüner Flaschen, aber sonst sah der kleine Raum aus wie eine irre Version der Brücke des Raumschiffs *Enterprise*. Skalen kreisten. Digitale Anzeigen veränderten sich, flackerten, veränderten sich wieder. Lichter blinkten und pulsierten.

»Ja«, stimmte Trent zu, »das glaube ich auch. Der Dreckskerl, sie so anzuschreien!«

»Trent, nicht.«

»Er ist ein Arsch! Ein Dreckskerl! Ein Pißkopf!«

Aber diese wüsten Schimpfworte waren nur eine andere Version davon, auf dem Friedhof zu pfeifen, und das wußten sie beide. Wenn er die seltsame Ansammlung von Kontrollen und Instrumenten betrachtete, wurde Trent fast elend vor Zweifel und Unbehagen. Er fühlte sich an ein Buch erinnert, das sein Dad ihm als Kind vorgelesen hatte, eine Geschichte von Mercer Myer, in der ein Wesen namens Briefmarkenfressender Trollusk ein kleines Mädchen in einen Umschlag gesteckt und mit der Adresse »Wen es etwas angeht« verschickt hatte. Schlug er nicht gerade vor, genau dasselbe mit Lew Evans zu tun?

»Wenn wir nichts unternehmen, wird er sie umbringen«, sagte Laurie leise.

»Ja?« Trent drehte den Kopf so schnell herum, daß ihm der Nacken wehtat, aber Laurie sah ihn nicht an. Sie betrachtete die roten Ziffern des Countdown. Die Ziffern spiegelten sich in den Gläsern der Brille, die sie zur Schule trug. Sie wirkte wie hypnotisiert und merkte nicht, daß Trent sie ansah, merkte vielleicht nicht einmal mehr, daß er noch da war.

»Nicht mit Absicht«, sagte sie. »Vielleicht würde es ihm sogar leidtun. Jedenfalls eine Weile. Ich glaube nämlich, daß er sie liebt, irgendwie, und sie ihn auch. Du weißt schon – irgendwie. Aber er wird der Grund dafür sein, daß es ihr immer schlechter gehen wird. Sie wird nur noch krank sein, und dann – eines Tages . . .«

Sie verstummte und sah ihn an, und etwas in ihrem Gesicht flößte Trent mehr Angst ein, als alles in ihrem seltsamen, veränderten, *schleichenden* Haus es vermocht hatte.

»Sag mir, Trent«, sagte sie. Ihre Hand hielt seinen Arm umklammert. Sie war sehr kalt. »Sag mir, wie wir es machen müssen.«

Sie gingen gemeinsam in Lews Arbeitszimmer. Trent wäre bereit gewesen, den Raum auseinanderzunehmen, wenn es erforderlich sein sollte, aber sie fanden in der obersten Schreibtischschublade, was sie suchten, ordentlich in einem Umschlag mit dem Vermerk ARBEITSZIMMER in Lews kleiner, ordentlicher, irgendwie hämorrhoidaler Handschrift. Trent steckte es ein. Sie verließen das Haus gemeinsam, als sie gerade die Dusche im ersten Stock hörten, was bedeutete, daß ihre Mom aufgestanden war.

Sie verbrachten den Tag im Park. Keiner sprach es aus, aber es war der längste Tag, den sie beide je erlebt hatten. Zweimal sahen sie den Streifenpolizisten und versteckten sich in der öffentlichen Toilette, bis er vorbei war. Es wäre schlecht gewesen, wenn sie als Schwänzer ertappt und zur Schule geschleift worden wären.

Um halb drei gab Trent Laurie einen Vierteldollar und brachte sie zur Telefonzelle an der Ostseite des Parks.

»Muß ich wirklich?« fragte sie. »Ich mache ihr nicht gern Angst, besonders nach der letzten Nacht.«

»Möchtest du, daß sie im Haus ist, wenn es passiert?« fragte Trent. Laurie warf den Vierteldollar ohne weitere Einwände in den Schlitz.

Es läutete so oft, daß sie überzeugt war, ihre Mom hätte das Haus verlassen. Das konnte gut sein, möglicherweise aber auch schlecht. Auf jeden Fall war es beunruhigend. Wenn sie ausgegangen war, konnte es gut sein, daß sie zurück kam, bevor . . .

»Trent, ich glaube, sie ist n . . .«

»Hallo?« sagte Mrs. Evans mit verschlafener Stimme.

»Oh, hi, Mom«, sagte Laurie. »Ich dachte schon, du wärst nicht da.«

»Ich bin wieder ins Bett gegangen«, sagte sie mit einem kurzen, verlegenen Lächeln. »Auf einmal sieht es aus, als könnte ich gar nicht genug Schlaf bekommen. Ich nehme an, wenn ich schlafe, kann ich nicht darüber nachdenken, wie schrecklich ich mich gestern abend aufgeführt habe . . .«

»Oh, Mom, du hast dich nicht schrecklich aufgeführt. Wenn man ohnmächtig wird, dann nicht, weil man es *will* . . .«

»Laurie, warum rufst du an? Ist alles in Ordnung?«

»Klar, Mom . . . nun . . .«

Trent gab ihr einen Stoß in die Rippen. Einen festen.

Laurie, die sich geduckt hatte (kleiner geworden war, schien es fast), richtete sich hastig wieder auf. »Ich habe mich beim Turnen verletzt. Nur – du weißt schon, ein bißchen. Nicht schlimm.«

»Was hast du gemacht? Du rufst doch nicht aus dem Krankenhaus an, oder?«

»Herrje, nein«, sagte Laurie hastig. »Nur das Knie angeschlagen. Mrs. Kitt hat gefragt, ob du vorbeikommen und mich früher nach Hause bringen könntest. Ich weiß nicht, ob ich damit laufen kann. Tut echt weh.«

»Ich komme sofort. Du solltest versuchen, es gar nicht zu bewegen, Liebes. Du hättest dir eine Sehne zerren können. Ist die Krankenschwester da?«

»Im Augenblick nicht. Mach dir keine Sorgen, Mom. Ich paß schon auf.«

»Bist du im Zimmer der Schwester?«

»Ja«, sagte Laurie. Ihr Gesicht war so rot wie die Seiten von Brians Radio-Flyer-Wagen.

»Ich bin gleich da.«

»Danke, Mom, Tschüs.«

Sie legte auf und sah Trent an. Dann holte sie tief Luft und ließ sie als langgezogenen, zitternden Seufzer wieder entweichen.

»Das war abscheulich«, sagte sie mit tränenerstickter Stimme.

Er nahm sie fest in die Arme. »Du hast es großartig gemacht«, sagte er. »Viel besser, als ich es gekonnt hätte, Spr . . . Laurie. Ich bin nicht sicher, ob sie mir geglaubt hätte.«

»Ich frage mich, ob sie mir je wieder glauben wird«, sagte Laurie.

»Das wird sie«, sagte Trent. »Komm jetzt.«

Sie gingen zur Westseite des Parks, wo sie die Walnut Street beobachten konnten. Der Tag war kalt und verhangen. Gewitterwolken zogen sich am Himmel zusammen, ein feuchter Wind wehte. Sie warteten fünf endlose Minuten, dann fuhr der Subaru ihrer Mutter an ihnen vorbei und brauste Richtung Greendowne Middle School, die Trent und Laurie besuchten . . . *das heißt, die wir besuchen, wenn wir nicht gerade schwänzen,* dachte Laurie.

»Sie drückt echt auf die Tube«, sagte Trent. »Ich hoffe, sie hat keinen Unfall, oder so.«

»Jetzt ist es zu spät, sich Gedanken zu machen. Komm.« Laurie faßte Trents Hand und zog ihn wieder zu der Telefonzelle zurück. »*Du* darfst jetzt Lew anrufen, du Glückspilz.«

Er warf noch einen Vierteldollar ein und wählte die Nummer der Historischen Fakultät, die er von einer Karte aus seiner Geldbörse ablas. In der Nacht zuvor hatte er kaum ein Auge zugetan, aber jetzt, da alles nach Plan lief, fühlte er sich ruhig und gelassen – so cool, daß er fast gefror. Er sah auf die Uhr. Viertel vor drei. Nicht einmal mehr eine Stunde. Donner grollte verhalten im Westen.

»Historischer Fachbereich«, sagte eine Frauenstimme.

»Hi. Hier spricht Trent Bradbury. Ich muß mit meinem Stiefvater Lewis Evans sprechen.«

»Professor Evans hält eine Vorlesung«, sagte die Sekretärin, »er ist wieder frei um . . .«

»Ich weiß, er unterrichtet moderne britische Geschichte bis halb vier. Sie sollten ihn trotzdem holen lassen. Es handelt sich um einen Notfall. Es geht um seine Frau.« Nach einer vielsagenden, berechnenden Pause sagte er: »Meine Mom.«

Es folgte ein längeres Schweigen, und Trent verspürte aufkeimende Panik. Es war, als wollte sie sich weigern oder auflegen, und das sah sein Plan ganz eindeutig nicht vor.

»Er ist im Oglethorpe, gleich nebenan«, sagte sie schließlich. »Ich werde ihn selbst holen. Ich sage ihm, er soll zu Hause anrufen, sobald er ...«

»Nein, ich warte«, sagte Trent.

»Aber ...«

»Bitte, würden Sie aufhören, Zeit zu verschwenden, und ihn holen?« fragte er und gestattete sich einen gequälten Unterton in der Stimme. Was ihm nicht schwer fiel.

»Na gut«, sagte die Sekretärin. Es war unmöglich zu sagen, ob sie mehr verdrossen als besorgt war. »Wenn du mir sagen könntest, um was für einen ...«

»Nein«, sagte Trent.

Mit einem beleidigten Schniefen entfernte sie sich.

»Und?« fragte Laurie. Sie tanzte von einem Fuß auf den anderen wie jemand, der aufs Klo muß.

»Ich muß warten. Sie holen ihn.«

»Und wenn er nicht kommt?«

Trent zuckt die Achseln. »Dann sind wir angeschmiert. Aber er wird kommen. Wirst schon sehen.« Er wünschte sich, er wäre so überzeugt, wie er sich anhörte, aber er glaubte immer noch, daß es funktionieren würde. Es *mußte* funktionieren.

»Wir haben schrecklich wenig Zeit.«

Trent nickte. Sie *hatten* schrecklich wenig Zeit, und Laurie wußte warum. Die Tür des Arbeitszimmers bestand aus solidem Eichenholz, ziemlich kräftig, aber sie wußten nichts über das Schloß. Trent wollte sicherstellen, daß Lew so wenig Zeit wie möglich blieb, diese Möglichkeit auszuprobieren.

»Und was ist, wenn er Brian und Lissie an der Ecke stehen sieht, wenn er nach Hause kommt?«

»Wenn ihm so heiß unter der Perücke wird, wie ich glaube, würde er sie nicht sehen, wenn sie auf Stelzen gehen und Leuchtkapuzen tragen würden«, sagte Trent.

»Warum geht er nicht ans *Telefon*?« fragte Laurie, und da nahm ihr Stiefvater den Hörer.

»Hallo?«

»Hier ist Trent, Lew. Mom ist in deinem Arbeitszimmer. Ihre Kopfschmerzen müssen wieder da sein, weil sie ohnmächtig geworden ist. Ich kann sie nicht aufwecken. Du solltest besser gleich kommen.«

Es überraschte Trent nicht, daß ihr Stiefvater sich zuerst wegen etwas anderem aufregte – tatsächlich war es ein fester Bestandteil seines Plans –, aber er wurde trotzdem so wütend, daß seine Finger sich weiß um den Hörer krallten.

»Meinem Arbeitszimmer? Meinem *Arbeitszimmer*? Verdammt, was hat sie da drin zu suchen?«

Trotz seiner Wut klang Trents Stimme gelassen. »Ich glaube, sie hat geputzt.« Und dann legte er den letzten Köder für den Mann aus, dem mehr an seiner Arbeit als an seiner Frau lag: »Es liegen überall auf dem Boden Papiere herum.«

»Ich komme sofort«, bellte Lew, dann fügte er hinzu: »Falls irgendwelche Fenster offenstehen, macht sie um Gottes willen zu. Es kommt ein Sturm auf.« Er legte auf, ohne sich zu verabschieden.

»Und?« fragte Laurie, als Trent auflegte.

»Er ist unterwegs«, sagte Trent und lachte grimmig. »Der Dreckskerl war so außer sich, daß er nicht einmal gefragt hat, weshalb ich nicht in der Schule bin. Komm mit.«

Sie rannten zur Kreuzung Maple und Walnut zurück. Der Himmel hatte sich inzwischen verdunkelt, der Donner grollte fast ununterbrochen. Als sie den blauen Briefkasten der US-Post an der Ecke erreichten, gingen in der Maple Street eine nach dem anderen die Straßenlaternen an, ein stetiger Marsch bergauf.

Lissa und Brian waren noch nicht da.

»Ich möchte mit dir kommen, Trent«, sagte Laurie, aber ihr Gesicht verriet, daß sie log. Es war zu blaß, und ihre Augen schwammen in unvergossenen Tränen.

»Auf keinen Fall«, sagte Trent. »Du wartest hier auf Brian und Lissa.«

Als sie die Namen hörte, drehte sich Laurie um und sah die Walnut Street hinab. Sie sah zwei Kinder, die Vesperkoffer schwenkten und auf sie zugelaufen kamen. Sie waren noch so weit entfernt, daß man ihre Gesichter nicht erkennen konnte, aber sie war überzeugt, daß es sich um die beiden handelte, und das sagte sie Trent auch.

»Gut. Ihr drei versteckt euch hinter Mrs. Redlands Hecke und wartet, bis Lew vorbeikommt. Dann kommt ihr die Straße entlang. *Aber geh nicht ins Haus und laß die beiden auch nicht.* Wartet draußen auf mich.«

»Ich hab Angst, Trent.« Jetzt liefen ihr die Tränen an den Wangen hinab.

»Ich auch, Sprotte«, sagte er und gab ihr einen flüchtigen Kuß auf die Stirn. »Aber bald ist alles überstanden.«

Bevor sie noch etwas sagen konnte, lief Trent die Straße entlang zum Haus der Bradburys in der Maple Street. Er sah im Laufen auf die Uhr. Es war zwölf nach drei.

In dem Haus herrschte eine stumme, aufgeladene Atmosphäre, die ihm angst machte. Es war, als wäre in jeder Ecke Schießpulver ausgestreut worden, und Leute, die er nicht sehen konnte, standen bereit, um unsichtbare Zündschnüre anzuzünden. Er stellte sich vor, wie die Uhr im Weinkeller unbarmherzig weiter rückte. Inzwischen stand sie bei

00 : 19 : 06.

Und wenn Lew zu spät kam?

Jetzt hatte er keine Zeit mehr, sich darüber den Kopf zu zerbrechen.

Trent rannte durch die reglose Luft in den zweiten Stock hinauf. Ihm war, als könnte er spüren, wie sich das Haus regte und zum Leben erwachte, während der Countdown dem Ende entgegenging. Er versuchte sich einzureden, daß er sich das nur *einbildete*, aber ein Teil von ihm wußte es besser.

Er betrat Lews Arbeitszimmer, riß wahllos drei Aktenschränke und Schubladen auf und warf Papiere auf den Boden. Das dauerte nur einige Augenblicke, aber er war gerade fertig, als er den Porsche die Straße entlangrasen hörte. Heute schnurrte der Motor nicht; Lew drehte ihn hoch, daß er heulte.

Trent ging aus dem Arbeitszimmer in die Schatten des Flurs im zweiten Stock, wo sie die ersten Löcher gebohrt hatten, was schon ein Jahrhundert her zu sein schien. Er steckte die Hand in die Tasche, um den Schlüssel zu holen, aber seine Hand kam leer heraus, abgesehen von einer alten, zerknüllten Essensmarke.

Ich muß ihn verloren haben, als ich die Straße entlanggerannt bin. Er muß mir aus der Tasche gefallen sein.

Er stand erstarrt und schwitzend da, während der Porsche in der Einfahrt quietschte. Der Motor verstummte. Die Fahrertür wurde aufgerissen und zugeschlagen. Lews Schritte tappten zur Hintertür. Donner grollte wie Artilleriegeschosse am Himmel, grelle Blitze zuckten durch die Dunkelheit, und irgendwo tief im Inneren des Hauses sprang ein mächtiger Motor an, stieß ein leises, gedämpftes Bellen aus und begann zu summen.

Großer Gott, oh gütiger Gott, was soll ich tun? Was KANN ich tun? Er ist größer als ich! Wenn ich versuche, ihm eins über den Kopf zu geben, wird er . . .

Er hatte die linke Hand in die andere Tasche gesteckt, und sein Gedankengang brach ab, als er die altmodischen Metallzähne des Schlüssels berührte. Irgendwann im Verlauf des langen Nachmittags im Park mußte er ihn von einer Tasche in die andere gesteckt haben, ohne es selbst zu bemerken.

Trent, dem das Herz bis zum Hals schlug, schlich den Flur entlang zum

Kofferschrank, versteckte sich darin und zog die Ziehharmonikatür fast ganz zu.

Lew kam die Treppe heraufgestürmt und bellte den Namen seiner Frau immer wieder, so laut er konnte. Trent sah ihn kommen – das Haar stand ihm in Strähnen vom Kopf ab (er mußte es sich beim Fahren gerauft haben), die Krawatte hing schief, große Schweißperlen standen auf der breiten Denkerstirn, die Augen waren zu wütenden Schlitzen zusammengekniffen.

»*Catherine*!« brüllte er und stürzte den Flur entlang zu seinem Arbeitszimmer.

Bevor er ganz drinnen war, schlüpfte Trent aus dem Schrank und lief lautlos den Flur entlang. Er hatte nur eine Chance. Wenn er das Schlüsselloch verfehlte – wenn der Schlüssel sich nicht beim ersten Mal drehte ...

Wenn so etwas passiert, kämpfe ich mit ihm, konnte er gerade noch denken. *Wenn ich nicht dafür sorgen kann, daß er allein geht, werde ich auf jeden Fall dafür sorgen, daß er mich begleitet.*

Er packte die Tür und schlug sie so fest zu, daß Staubwölkchen aus den Ritzen zwischen den Angeln stoben. Einen Blick konnte er in Lews verblüfftes Gesicht werfen. Dann steckte der Schlüssel im Schloß. Er drehte ihn, und das Schloß rastete in dem Augenblick ein, in dem Lew sich gegen die Tür warf.

»He!« brüllte Lew. »He, du kleines Aas, was machst du da? Wo ist Catherine? Laß mich hier raus!«

Der Knauf wurde vergebens hin- und hergedreht. Dann hörte das auf, aber Lew ließ ein Bombardement von Faustschlägen auf die Tür regnen.

»*Laß mich sofort hier raus, Trent Bradbury, bevor du die schlimmsten Prügel deines ganzen Lebens bekommst*!«

Trent wich langsam den Flur entlang zurück. Als seine Schultern die gegenüberliegende Wand berührten, stöhnte er. Der Schlüssel zum Arbeitszimmer, den er, ohne es zu merken, abgezogen hatte, fiel ihm aus der Hand und auf den verblaßten Läufer zwischen seinen Füßen. Jetzt, nachdem es getan war, setzte die Reaktion ein. Die Welt verschwamm vor seinen Augen, als befände er sich unter Wasser, und er mußte sich anstrengen, um nicht selbst das Bewußtsein zu verlieren. Erst jetzt, nachdem Lew eingesperrt, seine Mutter auf eine vergebliche Suche geschickt und die Kinder wohlbehalten hinter Mrs. Redlands Gartenhecke versteckt waren, wurde es ihm klar: er hatte im Grunde nie damit gerechnet, daß alles klappen würde. Daddy Lew mochte überrascht darüber sein, daß er eingesperrt war, aber Trent Bradbury war es mindestens ebenso.

Der Türknauf des Arbeitszimmers wurde kurz und ruckartig hin- und hergedreht.

»LASS MICH RAUS, VERDAMMT NOCHMAL!«

»Ich laß dich um Viertel vor vier raus, Lew«, sagte Trent mit unsicherer, zitternder Stimme, dann mußte er kichern. »Das heißt, falls du um Viertel vor vier noch *hier* bist.«

Dann, von unten: »Trent? Trent, alles in Ordnung?«

Großer Gott, das war Laurie.

»Trent?«

Und Lissa.

»He, *Trent*! Alles okay?«

Und Brian.

Trent sah auf die Uhr und stellte entsetzt fest, daß es 15 : 31 Uhr war ... und auf 15 : 32 zuging. *Angenommen, seine Uhr ging nach*?

»*Raus*!« schrie er ihnen zu und rannte den Flur entlang zur Treppe. »*Verschwindet aus dem Haus*!«

Der Flur des zweiten Stocks schien sich wie Karamel vor ihm zu dehnen; je schneller er lief, desto weiter rückte das Ende von ihm weg. Lew hämmerte gegen die Tür und stieß Verwünschungen aus; Donner grollte; und aus dem tiefsten Inneren des Hauses erklangen die noch lauteren Geräusche von Maschinen, die zum Leben erwachten.

Endlich erreichte er die Treppe und hastete hinunter, wobei sein Oberkörper den Beinen so weit vorauseilte, daß er fast gestürzt wäre. Dann schwang er sich um den Geländerpfosten und lief die Treppe zwischen erstem Stock und Erdgeschoß hinunter, wo seine Geschwister warteten und zu ihm aufsahen.

»*Raus*!« schrie er, packte sie, stieß sie zur offenen Tür und in die stürmische Schwärze draußen. »*Schnell*!«

»Trent, was ist denn los?« fragte Brian. »Was passiert mit dem *Haus*? Es *bebt*!«

Das stimmte – eine tiefe Vibration, die durch den Boden heraufdrang und Trents Augen in den Höhlen schüttelte. Mörtelstaub regnete ihm ins Haar.

»*Keine Zeit! Raus! Schnell! Laurie, hilf mir!*«

Trent riß Brian in die Arme. Laurie packte Lissa unter den Armen und stolperte mit ihr zur Tür.

Donner knallte. Blitze zuckten über den Himmel. Der Wind, der die ganze Zeit nur geheult hatte, brüllte jetzt wie ein Drachen.

Trent hörte, wie ein Erdbeben unter dem Haus anfing. Als er mit Brian zur Tür hinauslief, sah er elektrisierend blaues Licht aus den schmalen Kellerfenstern leuchten – so grell, daß er noch eine Stunde später Geisterbilder vor Augen sah (und sich überlegte, welch großes Glück er gehabt hatte, daß er nicht erblindet war). Es fiel in Strahlen über den Rasen, die fast einen soliden Eindruck erweckten. Er hörte Glas brechen. Und als er gerade zur Tür hinausstürzte, konnte er spüren, wie sich das Haus unter seinen Füßen *hob*.

Er sprang die Eingangstreppe hinunter und ergriff Lauries Arm. Sie stolperten und taumelten den Fußpfad entlang zur Straße, wo mittlerweile schwärzeste Nacht herrschte.

Dann drehten sie sich um und beobachteten, wie es passierte.

Das Haus in der Maple Street schien sich zu sammeln. Es sah nicht mehr gerade und solide aus, es schien zu wackeln wie das Comicbild eines Mannes auf Pogostelzen. Gewaltige Risse gingen davon aus, nicht nur im betonierten Gehweg, sondern auch in der Erde um das Haus herum. Der Rasen zerteilte sich zu riesigen Grasflächen, die wie Kuchenstücke aussahen. Unter dem Grün reckten sich schwarze Wurzeln nach oben, und der ganze Vorgarten schien sich auf einmal zu wölben, als wollte er das Haus halten, das er so lange geschmückt hatte.

Trent sah zum zweiten Stock hinauf, wo das Licht in Lews Arbeitszimmer immer noch brannte. Trent fand, daß das Geräusch brechenden Glases von da oben gekommen war – noch *kam* –, aber dann verwarf er den Gedanken als Einbildung – wie sollte er in dem ganzen Tohuwabohu *überhaupt* etwas hören können? Erst ein Jahr später gestand Laurie ihm, sie glaubte gehört zu haben, wie ihr Stiefvater von da oben geschrien hatte.

Das Fundament des Hauses wurde erst rissig, dann brüchig, dann zerfiel es mit einem Prasseln bröckelnden Mörtels. Gleißendes blaues Feuer loderte auf. Die Kinder schirmten die Augen ab und stolperten rückwärts. Die Maschinen heulten. Die Erde wurde in einem letzten Versuch, das Haus zu halten, in die Höhe gezogen . . . und ließ schließlich los. Plötzlich schwebte das Haus einen Meter über dem Boden auf einem Kissen grellblauen Feuers.

Es war ein perfekter Start.

Die Wetterfahne auf dem mittleren Dachfirst drehte sich wie verrückt.

Das Haus stieg zuerst langsam, aber dann beschleunigte es. Es raste auf seinem grellblauen Feuerkissen in die Höhe, und die Eingangstür schlug heftig hin und her.

»Meine Spielsachen!« plärrte Brian, und da fing Trent hysterisch an zu lachen.

Das Haus erreichte eine Höhe von dreißig Metern, schien sich auf den großen Sprung nach oben vorzubereiten, und stürmte dann den rasenden nachtschwarzen Wolken entgegen.

Und weg war es.

Zwei Schindeln schwebten wie große schwarze Blätter herunter.

»Paß auf, Trent!« rief Laurie einen Moment später und stieß ihn so hart, daß er fiel. Die gummierte Fußmatte mit der Aufschrift WILLKOMMEN klatschte dort, wo er eben noch gestanden hatte, auf das Trottoir.

Trent sah Laurie an. Laurie erwiderte den Blick.

»Die hätte dich plattgeschlagen, wenn sie auf dich gefallen wäre«, sagte sie zu ihm, »also solltest du mich besser nicht mehr Sprotte nennen, Trent.«

Er sah sie einen Augenblick ernst an, dann fing er an zu kichern. Laurie stimmte ein. Ebenso die Kleinen. Brian nahm eine Hand von Trent; Lissa die andere. Sie halfen ihm beim Aufstehen, dann standen sie zu viert nebeneinander und betrachteten das rauchende Kellerloch inmitten des aufgerissenen Rasens. Inzwischen kamen Leute aus ihren Häusern, aber die Bradbury-Kinder schenkten ihnen keine Beachtung. Genauer gesagt: die Bradbury-Kinder bemerkten überhaupt nicht, daß sie da waren.

»Mann«, sagte Brian ehrfürchtig. »Unser Haus ist abgehoben, Trent.«

»Ja«, sagte Trent.

»Vielleicht gibt es dort, wo es hinfliegt, Leute, die etwas über die Geschichte der Normannen erfahren möchten«, sagte Lissa.

Trent und Laurie legten die Arme umeinander und kreischten abwechselnd vor Freude und Schrecken. Und dann setzte der Regen ein.

Mr. Slattery von der anderen Straßenseite gesellte sich zu ihnen. Er hatte nicht mehr viele Haare, aber die wenigen klebten in dünnen Strähnen an seinem Schädel.

»*Was ist passiert?*« rief er über das Rumpeln des Donners hinweg, das jetzt ununterbrochen ertönte. »*Was ist hier passiert?*«

Trent ließ seine Schwester los und sah Mr. Slattery an. »Star Trek«, sagte er, worauf sie wieder alle losprusteten.

Mr. Slattery warf einen fragenden, ängstlichen Blick auf das leere Kellerloch, kam zu dem Ergebnis, daß Diskretion das beste wäre, und zog sich wieder auf seine Straßenseite zurück. Es schüttete immer noch wie aus Kübeln, aber er lud die Kinder der Bradburys nicht zu sich ein. Und denen war das egal. Sie setzten sich auf den Bordstein, Trent und Laurie in der Mitte, Brian und Lissa auf den Seiten.

Laurie beugte sich zu Trent und flüsterte ihm ins Ohr: »Wir sind frei.«

»Noch besser«, sagte Trent. »*Sie* ist es.«

Dann legte er die Arme um sie – wenn er sie streckte, schaffte er es gerade eben –, und so saßen sie im strömenden Regen auf dem Bordstein und warteten darauf, daß ihre Mutter nach Hause kam.

Der Fall des Doktors

Ich glaube, es kam nur ein einziges Mal vor, daß ich ein Verbrechen tatsächlich früher aufklärte als mein etwas berühmterer Freund, Mr. Sherlock Holmes. Ich sage *glaube*, denn zu der Zeit, als mein neuntes Lebensjahrzehnt begann, wurde meine Erinnerung ein wenig unsicher; jetzt, da ich mich meinem Hundertsten nähere, ist alles recht nebelhaft geworden. Es *könnte* noch ein anderes Mal gegeben haben, aber wenn, so erinnere ich mich nicht daran.

Ich bezweifle jedoch, daß ich diesen speziellen Fall jemals vergessen werde, wie verschwommen meine Gedanken und Erinnerungen auch werden können, aber ich dachte mir, ich bringe alles zu Papier, bevor Gott mir endgültig den Federhalter aus der Hand nimmt. Es kann Holmes jetzt nicht mehr demütigen, weiß Gott; er ruht seit vierzig Jahren im Grab. Ich glaube, die Geschichte ist damit lange genug unerzählt geblieben. Selbst Lestrade, der sich Holmes' bei mancher Gelegenheit bediente, ihn aber nie besonders gemocht hat, brach niemals sein Schweigen in der Angelegenheit Lord Hull – er hätte es auch kaum tun können, wenn man die Umstände bedenkt. Und selbst wenn die Umstände anders gewesen wären, bezweifle ich, daß er es gebrochen hätte. Er und Holmes mögen einander in den Haaren gelegen haben, und es ist möglich, daß Holmes tief in seinem Herzen den Polizisten tatsächlich gehaßt hat (auch wenn er eine derart niedere Empfindung selbst nie zugegeben hätte), aber Lestrade empfand einen merkwürdigen Respekt vor meinem Freund.

Es war ein nasser, kalter Nachmittag, und die Uhr hatte gerade halb zwei geschlagen. Holmes saß am Fenster und hielt die Violine in der Hand, spielte aber nicht, sondern sah schweigend in den Regen hinaus. Es gab Zeiten, besonders nach seinen Kokaintagen, da konnte Holmes bis zur Verdrießlichkeit schwermütig werden, wenn der Himmel eine Woche oder länger störrisch grau blieb, und an diesem Tag war er doppelt enttäuscht worden, denn seit der vergangenen Nacht war das Barometer gestiegen, und er hatte für spätestens zehn Uhr an diesem Morgen zuversichtlich klaren Himmel vorhergesagt. Stattdessen war dem Nebel, der in der Luft hing, als ich aufgestanden war, ein Dauerregen gefolgt.

Und wenn es etwas gab, das Holmes noch verdrießlicher machte als lange Regenperioden, dann war es, wenn er unrecht hatte.

Plötzlich richtete er sich auf, zupfte mit dem Fingernagel an einer Violinsaite und lächelte sardonisch. »Watson! Das ist ein Anblick! Der nasseste Bluthund, den Sie jemals gesehen haben!«

Es war natürlich Lestrade, der auf dem Rücksitz eines offenen Wagens saß, und dem das Wasser in die eng zusammenstehenden, grimmig stechenden Augen lief. Die Droschke war kaum zum Stillstand gekommen, da war er auch schon draußen, warf dem Kutscher eine Münze zu und eilte dann auf 221 B Baker Street zu. Er bewegte sich so schnell, daß ich dachte, er würde wie ein wütender Widder gegen unsere Tür laufen.

Ich hörte, wie Mrs. Hudson wegen seines eindeutig feuchten Zustandes und der Auswirkungen zankte, die dieser auf die Teppiche unten wie oben gleichermaßen haben konnte; doch dann stand Holmes, der Lestrade wie eine Schildkröte aussehen lassen konnte, wenn es ihm in den Sinn kam, auf, ging mit ausholenden Schritten zur Tür und rief hinunter: »Lassen Sie ihn herein, Mrs. Hudson – ich lege eine Zeitung unter seine Füße, falls er länger bleibt, aber irgendwie glaube ich, ja, ich glaube wirklich . . .«

Und dann hastete Lestrade auch schon die Treppe herauf und ließ Mrs. Hudson allein unten schimpfen. Seine Miene war hektisch, die Augen stechend, und die Zähne – vom Tabakgenuß deutlich gelb verfärbt – hatte er zu einem wölfischen Grinsen entblößt.

»Inspektor Lestrade!« rief Holmes jovial. »Was führt Sie denn an so einem Tag auf die Str . . .?«

Weiter kam er nicht. Lestrade, der vom Treppensteigen immer noch keuchte, sagte: »Ich habe Zigeuner sagen hören, daß der Teufel Wünsche gewährt. Jetzt glaube ich es. Kommen Sie sofort, Holmes, wenn Sie es versuchen wollen; der Leichnam ist noch warm, und die Verdächtigen sind alle in einer Reihe aufgestellt.«

»Sie ängstigen mich mit Ihrem Eifer, Lestrade!« rief Holmes, allerdings mit einem sardonischen Heben und Senken der Brauen.

»Spielen Sie nicht den Witzbold mit mir, Mann – ich komme im Laufschritt hierher, um Ihnen genau das zu bieten, was Sie in Ihrem Stolz sich schon hundertmal oder häufiger in meiner Gegenwart gewünscht haben: das perfekte Verbrechen in einem verschlossenen Zimmer!«

Holmes hatte in die Ecke gehen wollen, wahrscheinlich um den abscheulichen Gehstock mit dem goldenen Knauf zu holen, dem er momentan aus unerfindlichen Gründen den Vorzug gab. Jetzt wirbelte er mit aufgerissenen Augen zu unserem feuchten Besucher herum. »Lestrade! Ist das Ihr Ernst?«

»Hätte ich mit einer Fahrt in der offenen Droschke eine Lungenentzündung riskiert, wenn es nicht so wäre?« gab Lestrade zurück.

Und dann hörte ich Holmes zum ersten und einzigen Mal sagen (wenngleich ihm der Ausruf unzählige Male in den Mund gelegt worden ist): »Rasch, Watson! Das Spiel fängt an!«

Auf dem Weg zum Haus von Lord Hull bemerkte Lestrade gallig, daß Holmes auch das *Glück* des Teufels hätte; obwohl Lestrade dem Kutscher befohlen hatte zu warten, hörten wir, kaum aus unserer Unterkunft herausgekommen, jene außerordentliche Seltenheit die Straße entlangscheppern: eine leere, geschlossene Droschke in einem immer heftiger werdenden Regenguß. Wir stiegen ein und brausten wie der Wind los. Holmes saß wie immer auf der linken Seite, seine Augen waren hellwach und registrierten alles, obschon es an diesem Tag herzlich wenig zu sehen gab – so schien es jedenfalls für meinesgleichen. Ich zweifle nicht daran, daß für Holmes jede einsame Straßenecke und jedes regenüberspülte Schaufenster Bände gesprochen hat.

Lestrade lotste den Fahrer zu einer Adresse in der Savile Row und fragte Holmes, ob er Lord Hull kannte.

»Ich weiß einiges über ihn«, sagte Holmes, »aber ich hatte nie das Glück, ihn persönlich kennenzulernen. Es scheint so, als wäre mir dies nun auch nicht mehr vergönnt. Eine Reederei, nicht wahr?«

»Eine Reederei«, bestätigte Lestrade, »aber das Glück war ganz auf Ihrer Seite. Lord Hull war nach Meinung aller (auch der seiner nächsten und – ahem – liebsten Angehörigen) ein durch und durch übler Zeitgenosse, und darüber hinaus so verdreht wie das Suchbild in einem Kinderbuch. Nun, heute morgen gegen elf Uhr hörte er endgültig auf, übel und verdreht zu sein. Vor gerade ...«, er zog sein Monstrum von einer Taschenuhr aus der Tasche und sah darauf, »... zwei Stunden und vierzig Minuten hat ihm jemand ein Messer in den Rücken gestoßen, als er in seinem Arbeitszimmer saß und sein Testament vor sich auf dem Schreibtisch liegen hatte.«

»Aha«, sagte Holmes nachdenklich und zündete seine Pfeife an. »Sie glauben also, das Arbeitszimmer des unangenehmen Lord Hull wäre das perfekte verschlossene Zimmer meiner Träume, ja?« Seine Augen funkelten skeptisch durch aufsteigende Wölkchen blauen Dunstes.

»Ich glaube«, sagte Lestrade leise, »das ist es.«

»Watson und ich haben schon früher in solchen Löchern gegraben, sind aber noch nie auf Wasser gestoßen«, sagte er und sah mich an, bevor er zu seinem unablässigen Katalogisieren der Straßen zurückkehrte, durch die wir fuhren. »Erinnern Sie sich an das ›Gefleckte Band‹, Watson?«

Ich brauchte ihm nicht zu antworten. Zugegeben, auch bei diesem Fall hatten wir es mit einem verschlossenen Zimmer zu tun gehabt, aber auch mit einem Ventilatorschacht, einer Giftschlange und einem Schurken, der verkommen genug war, letztere durch ersteren kriechen zu lassen. Es war die Ausgeburt eines tückischen, brillanten Hirns gewesen, aber Holmes hatte der Angelegenheit binnen kürzester Zeit auf den Grund gesehen.

»Wie sehen die Fakten aus, Inspektor?« fragte Holmes.

Lestrade breitete sie in der knappen Sprechweise eines erfahrenen Polizisten vor uns aus. Lord Albert Hull war ein Tyrann im Geschäft und ein Despot zu Hause gewesen. Seine Frau hatte Angst vor ihm gehabt, und das offenbar zu Recht. Die Tatsache, daß sie ihm drei Söhne geboren hatte, schien seine ungestüme Art in häuslichen Fragen im allgemeinen und ihr gegenüber im besonderen keineswegs gemildert zu haben. Lady Hull hatte nur zögerlich über ihre gesellschaftlichen Beziehungen sprechen wollen, aber ihre Söhne hegten keinerlei diesbezügliche Vorbehalte; ihr Vater, sagten sie, hatte keine Gelegenheit ausgelassen, sie zu demütigen, sie zu kritisieren oder sich auf ihre Kosten lustig zu machen – und das alles in Gesellschaft. Wenn sie allein waren, schenkte er ihr praktisch gar keine Aufmerksamkeit. Außer, fügte Lestrade hinzu, wenn er sich veranlaßt sah, sie zu schlagen, was keineswegs selten vorkam.

»William, der älteste Sohn, sagte mir, sie erzählte immer die gleiche Geschichte, wenn sie mit einem geschwollenen Auge oder einem Bluterguß auf der Wange zum Frühstückstisch kam; daß sie vergessen hatte, ihre Brille aufzusetzen, und gegen eine Tür gelaufen war. ›Manchmal lief sie ein- oder zweimal pro Woche gegen eine Tür‹, sagte William. ›Ich wußte gar nicht, daß wir so viele Türen im Haus hatten.‹ «

»Aha!« sagte Holmes. »Ein fröhlicher Zeitgenosse! Und die Söhne haben ihm nie Einhalt geboten?«

»Das gestattete sie nicht«, sagte Lestrade.

»Wahnsinn!« sagte ich. Ein Mann, der seine Frau schlägt, ist ein Scheusal, eine Frau, die es freiwillig zuläßt, ist ein Scheusal und ein Rätsel.

»Aber ihr Wahnsinn hatte Methode«, sagte Lestrade. »Wahnsinn und etwas, das man ›wissende Geduld‹ nennen könnte. Immerhin war sie zwanzig Jahre jünger als ihr Herr und Meister. Überdies war Hull ein gestandener Trinker und ein noch gestandenerer Esser. Im Alter von siebzig, vor fünf Jahren, bekam er Gicht und Angina.«

»Warten, bis der Sturm vorüber ist, und dann den Sonnenschein genießen«, bemerkte Holmes.

»Ja«, sagte Lestrade, »aber das ist eine Vorstellung, die schon viele Männer und Frauen durch des Teufels Pforte geführt hat, wie man weiß. Hull stellte sicher, daß seine Angehörigen sowohl sein Vermögen wie auch die Bedingungen seines Testaments kannten. Sie waren wenig mehr als Sklaven.«

»Und das Testament war das Dokument ihrer Verpflichtung«, murmelte Holmes.

»Ganz genau, alter Junge. Zum Zeitpunkt seines Todes belief sich Hulls Vermögen auf dreihunderttausend Pfund. Er hat nie von ihnen verlangt, sich auf sein Wort zu verlassen; er ließ vierteljährlich seinen Chefbuchhalter ins Haus kommen und die Bilanz der Reederei Hull erläutern, obgleich er die Finanzen selbst in der Hand hielt und straff führte.«

»Teuflisch!« rief ich aus und dachte an die grausamen Gesellen, die man mitunter in Eastcheap oder Picadilly sehen kann, wenn sie einem ausgehungerten Hund eine Leckerei hinhalten – und sie dann selbst verschlingen und das hungrige Tier dabei zusehen lassen. Ich sollte alsbald feststellen, daß dieser Vergleich zutreffender war, als ich für möglich gehalten hätte.

»Im Falle seines Todes sollte Lady Rebecca Hull einhundertfünfzigtausend Pfund erhalten. William, sein ältester Sohn, fünfzigtausend; Jory, der mittlere, vierzig; und Stephen, der jüngste, dreißig.«

»Und die restlichen dreißigtausend?« fragte ich.

»Kleinere Vermächtnisse, Watson: für einen Vetter in Wales, eine Tante in Brittany (aber keinen Cent für Lady Hulls Verwandte), fünftausend in unterschiedlicher Verteilung für die Dienerschaft. Oh, und – das wird Ihnen gefallen, Holmes – zehntausend für Mrs. Hemphills Heim für heimatlose Katzen.«

»Sie *scherzen*!« rief ich aus, doch falls Lestrade eine ähnliche Reaktion von Holmes erwartet hatte, wurde er enttäuscht. Holmes zündete lediglich seine Pfeife wieder an und nickte, als hätte er das erwartet – das oder etwas Ähnliches. »Während am East End Babies immer noch Hungers sterben und zwölfjährige Kinder fünfzig Stunden die Woche in den Fabriken arbeiten, hat dieser Mann zehntausend Pfund einem Heim für *Katzen* vermacht?«

»Genau das«, sagte Lestrade liebenswürdig. »Mehr noch, er hätte Mrs. Hemphills heimatlosen Miezen die *siebenundzwanzigfache* Summe vermacht, wäre nicht der Vorfall heute morgen gewesen – und derjenige, der es getan hat.«

Daraufhin konnte ich nur noch keuchen und versuchen, im Kopf zu multiplizieren. Während ich zu der Schlußfolgerung kam, daß Lord Hull beabsichtigt haben mußte, seine Frau und seine Kinder zugunsten eines Tierheims zu enterben, sah Holmes Lestrade mit säuerlicher Miene an und sagte etwas, das sich für mich vollkommen *non sequitur* anhörte. »Ich werde niesen müssen, nicht?«

Lestrade lächelte. Es war ein Lächeln süßester Liebenswürdigkeit. »Ja, mein lieber Holmes! Oft und gründlich, fürchte ich.«

Holmes nahm seine Pfeife, die gerade zu seiner Zufriedenheit brannte (das konnte ich an seiner Art erkennen, sich etwas in den Sitz zurückzulehnen), betrachtete sie einen Augenblick und hielt sie dann in den Regen hinaus. Ich sah ihm fassungsloser denn je zu, wie er den feuchten, schwelenden Tabak ausklopfte.

»Wie viele?« fragte Holmes.

»Zehn«, sagte Lestrade mit diabolischem Grinsen.

»Ich hatte mir gleich gedacht, daß es mehr als dieses berühmte verschlossene Zimmer sein mußte, das Sie an einem so regnerischen Tag in einer offenen Droschke zu mir führte«, sagte Holmes giftig.

»Denken Sie, was Sie wollen«, sagte Lestrade fröhlich. »Ich fürchte, ich muß zum Ort des Verbrechens zurück – die Pflicht ruft, Sie wissen schon –, aber wenn Sie möchten, kann ich Sie und den guten Doktor hier aussteigen lassen.«

»Sie sind der einzige Mensch, den ich je kennengelernt habe«, sagte Holmes, »für dessen Humor schlechtes Wetter förderlich zu sein scheint. Ich frage mich, ob das möglicherweise etwas über Ihren Charakter sagt. Aber lassen wir das – vielleicht ist es ein Thema für einen anderen Tag. Verraten Sie mir eins, Lestrade: Wann war sich Lord Hull gewiß, daß er sterben mußte?«

»*Sterben*?« sagte ich. »Mein lieber Holmes, wie kommen Sie auf die Idee, daß der Mann glaubte ...«

»Das ist offensichtlich, Watson«, sagte Holmes. »Wie ich Ihnen schon mindestens tausendmal gesagt habe – Charakter bestimmt Verhalten. Es gefiel ihm, sie mit seinem Testament gefügig zu halten ...« Er sah Lestrade an. »Keine Treuhandvereinbarungen, nehme ich an? Keine Erbfolge?«

Lestrade schüttelte den Kopf. »Keine.«

»Außergewöhnlich!« sagte ich.

»Keineswegs, Watson; Charakter bestimmt Verhalten, vergessen Sie das nicht. Er wollte sie in dem Glauben wiegen, daß alles ihnen gehören würde, wenn er ihnen den Gefallen tat zu sterben; aber er hatte nie die Absicht, es ihnen zukommen zu lassen. Dieses Verhalten hätte seinem Charakter widersprochen. Stimmen Sie mir zu, Lestrade?«

»Durchaus«, erwiderte Lestrade.

»Dann sind wir uns bis zu diesem Punkt einig, Watson, oder nicht? Alles klar? Lord Hull weiß, daß er sterben wird. Er wartet ... vergewissert sich eindeutig, daß dieses Mal kein Irrtum vorliegt, kein blinder Alarm ... und dann ruft er seine geliebte Familie zusammen. Wann? Heute morgen, Lestrade?«

Lestrade grunzte zustimmend.

Holmes legte die Fingerspitzen unter dem Kinn zusammen. »Er ruft sie heute morgen zusammen und sagt ihnen, daß er ein neues Testament gemacht hat, das sie alle enterbt ... das heißt, abgesehen von der Dienerschaft, den wenigen entfernten Verwandten, und natürlich den Miezen.«

Ich machte den Mund auf, stellte aber fest, daß ich zu erbost war, etwas zu sagen. Das Bild jener grausamen Straßenbengel fiel mir wieder ein, die die Köter am East End mit einem Stück Fleisch oder der Kruste einer Pastete zum Tanzen brachten. Ich muß gestehen, es fiel mir nicht ein, zu fragen, ob man so ein Testament nicht vor Gericht anfechten konnte. Heute würde ein Mann ziemliche Schwierigkeiten haben, seine engsten Verwandten zugunsten eines Katzenheims auszubooten, aber 1899 war der letzte Wille eines Mannes noch unantastbar, und wenn man nicht zahlreiche Anzeichen von Wahnsinn – nicht Exzentrizität, sondern regelrechtem *Wahnsinn* – nachweisen konnte, dann war es so, daß der Wille dieses Mannes geschah, wie der Gottes.

»Wurde dieses neue Testament ordnungsgemäß beglaubigt?« fragte Holmes.

»Das wurde es«, antwortete Lestrade. »Gestern kamen Lord Hulls Notar und einer seiner Assistenten ins Haus und wurden ins Arbeitszimmer geführt. Sie blieben etwa fünfzehn Minuten dort. Stephen Hull sagt, daß der Notar einmal protestierend die Stimme erhoben hat – weswegen, das konnte er nicht sagen –, aber von Hull zum Schweigen gebracht wurde. Jory, der mittlere Sohn, war oben und malte, und Lady Hull besuchte eine Freundin. Aber Stephen und William haben sie kommen und gehen sehen. William sagte, der Notar und sein Assitent gingen mit gesenkten Köpfen, und als William sie ansprach und Mr. Barnes – den Notar – fragte, ob es ihm gut ginge und ein paar beiläufige Bemerkungen über den beharrlichen Regen machte, antwortete Barnes nicht, und der Assitent schien sich sogar zu ducken. Es war, als schämten sie sich, sagte William.«

Nun, soviel zu diesem Schlupfloch, dachte ich.

»Da wir gerade bei dem Thema sind, erzählen Sie mir von den Söhnen«, bat Holmes.

»Wie Sie wollen. Man kann guten Gewissens sagen, daß ihr Haß auf den Vater nur noch von der grenzenlosen Verachtung übertroffen wurde, die der Vater für sie empfand – obwohl mir unbegreiflich ist, wie er Stephen verachten konnte ... Nun, vergessen Sie das, ich werde alles in der richtigen Reihenfolge erzählen.«

»Ja, bitte seien Sie so gut und tun Sie das«, sagte Holmes trocken.

»William ist sechsunddreißig. Hätte sein Vater ihm eine Art Taschengeld gegeben, dann wäre er wahrscheinlich ein Prolet geworden. Da er wenig oder gar nichts hatte, verbrachte er seine Tage in verschiedenen Turnhallen und frönte dort der ›Körperkultur‹, wie man wohl heutzutage sagt – er ist ein überaus muskulöser Bursche –, und seine Nächte überwiegend in verschiedenen billigen Kaffeehäusern. Wenn er einmal etwas mehr Geld in der Tasche hatte, besuchte er höchstwahrscheinlich einen Spielsalon, wo er es schnellstens wieder verlor. Kein angenehmer Mann, Holmes. Ein Mann, der kein Lebensziel hat, kein Hobby und keinerlei Ambitionen (abgesehen davon, seinen Vater zu überleben), kann schwerlich ein angenehmer Mensch sein. Als ich ihn verhörte, hatte ich das unheimliche Gefühl, daß ich nicht einen Mann verhörte, sondern eine leere Vase, der das Gesicht von Lord Hull aufgeprägt war.«

»Eine Vase, die darauf wartete, mit Pfund Sterling gefüllt zu werden«, kommentierte Holmes.

»Jory ist ein anderer Fall«, fuhr Lestrade fort. Für ihn reservierte Lord Hull den größten Teil seiner Verachtung; er bedachte ihn von frühester Kindheit an mit so liebevollen Kosenamen wie ›Fischgesicht‹ und ›Krummbein‹ und ›Fettwanst‹. Unglücklicherweise fällt es nicht schwer, diese Namen zu verstehen. Jory Hull ist kaum größer als einen Meter sechzig, wenn überhaupt; er hat O Beine und ein bemerkenswert häßliches Äußeres. Er hat eine gewisse Ähnlichkeit mit diesem Dichter. Der Schwuchtel.«

»Oscar Wilde?« fragte ich.

Holmes maß mich mit einem kurzen, amüsierten Blick. »Ich glaube, Lestrade meint Algernon Swinburne«, sagte er. »Der meiner Meinung nach ebensowenig eine Schwuchtel ist wie Sie, Watson.«

»Jory Hull kam tot zur Welt«, sagte Lestrade. »Nachdem er eine Minute blau und still gewesen war, erklärte ihn der Arzt für tot und breitete eine Serviette über seinen mißgestalteten Körper. In einem Anfall von Heldenmut richtete Lady Hull sich auf, entfernte die Serviette und tauchte die Beine des Kindes in das heiße Wasser, das für den Geburtsvorgang hereingebracht worden war. Das Baby fing an zu schreien und sich zu bewegen.«

Lestrade grinste und zündete sich mit einer schwungvollen Bewegung ein Zigarillo an.

»Hull behauptete immer, daß dieses Eintauchen schuld an den krummen Beinen des Jungen wäre, und wenn er zuviel getrunken hatte, machte er seiner Frau deshalb Vorwürfe. Sagte ihr, sie hätte es dabei bewenden lassen sollen. Es wäre besser gewesen, Jory wäre eine Totgeburt geblieben als das zu sein, was später aus ihm geworden wäre, sagte er – ein wuselndes Geschöpf mit den Beinen einer Krabbe und dem Gesicht eines Stockfischs.«

Holmes' einzige Reaktion auf diese außergewöhnliche (und für meinen Ärzteverstand eher suspekte) Geschichte war der Kommentar, daß Lestrade eine große Vielzahl von Informationen innerhalb kurzer Zeit bekommen hatte.

»Das bringt uns zu einem Aspekt des Falles, der, so dachte ich mir, Ihnen zusagen würde, mein lieber Holmes«, sagte Lestrade, als wir mit einem Aufspritzen und einem Platschen in die Rotten Row einbogen. »Sie brauchten keinen Druck, um zu sprechen; es war eher schwierig, sie zum Schweigen zu bringen. Sie mußten viel zu lange schweigen. Und dann ist da die Tatsache, daß das neue Testament verschwunden ist. Ich habe festgestellt, daß Erleichterung die Zungen über alle Maßen löst.«

»Verschwunden!« rief ich aus, aber Holmes nahm keine Notiz davon; seine Gedanken verweilten immer noch bei Jory, dem mißgestalteten Kind.

»*Ist* er denn häßlich?« fragte er Lestrade.

»Eine Schönheit ist er nicht gerade, aber nicht so schlimm wie viele, die ich schon gesehen habe«, entgegnete Lestrade ungezwungen. »Ich glaube, sein Vater überschüttete ihn unablässig mit Schmähungen, weil ...«

». . . weil er der einzige war, der das Geld seines Vaters nicht brauchte, um seinen Weg in der Welt zu machen«, sprach Holmes für ihn zu Ende.

Lestrade war verblüfft. »Zum Teufel! Woher wissen Sie das?«

»Weil Lord Hull nichts anderes konnte, als Jory dessen körperliche Unzulänglichkeiten vorzuwerfen. Wie sehr muß es das alte Ekel geärgert haben, sich einem potentiellen Opfer gegenüberzusehen, das in anderer Hinsicht so einen dicken Panzer hatte! Einen Mann wegen seines Aussehens oder seiner Haltung zu verspotten, mag für Schuljungen oder betrunkene Raufbolde gut genug sein, aber ein Schurke wie Lord Hull war zweifellos Besseres gewöhnt. Ich gestatte mir die Vermutung, daß er seinen o-beinigen mittleren Sohn sogar ein wenig gefürchtet haben könnte. Was war denn Jorys Schlüssel zur Zellentür?«

»Habe ich das nicht erwähnt? Er malt«, sagte Lestrade.

»Ah!«

Jory Hull war sogar, wie die Bilder auf den unteren Fluren von Hull House später bewiesen, ein sehr guter Maler. Nicht großartig; das will ich damit keineswegs andeuten. Aber die Porträts seiner Mutter und seiner Brüder waren so wirklichkeitsnah, daß ich viele Jahre später, als ich zum ersten Mal Farbfotografien sah, an den verregneten Novembernachmittag des Jahres 1899 denken mußte. Und dasjenige seines Vaters, das er uns später zeigte, war möglicherweise tatsächlich ein großes Kunstwerk. In jedem Falle erschreckte es (es schüchterte fast ein) durch die Aura des Bösen, die von der Leinwand auszugehen schien wie feuchte Friedhofsluft. Vielleicht hatte Jory *wirklich* Ähnlichkeit mit Algernon Swinburne, aber das Aussehen seines Vaters – durch Auge und Hand des mittleren Sohnes festgehalten – gemahnte mich an eine Gestalt von Oscar Wilde: den beinahe unsterblichen *roué* Dorian Gray.

Seine Ölgemälde waren langwierige Angelegenheiten, aber er konnte so schnell Skizzen zeichnen, daß er manchmal an Samstagnachmittagen mit zwanzig Pfund in der Tasche vom Hyde Park nach Hause kam.

»Ich könnte mir denken, daß *das* seinem Vater gefallen hat«, sagte Holmes. Er griff automatisch nach seiner Pfeife, steckte sie aber wieder weg. »Der Sohn eines Peers, der Porträtzeichnungen von wohlhabenden amerikanischen Touristen und ihren Begleiterinnen anfertigt wie ein französischer Bohémien.«

Lestrade lachte von Herzen. »Er war *wütend* deswegen, wie Sie sich wohl denken können. Aber Jory – gut für ihn! – gab seinen Stand im Hyde Park nicht auf – jedenfalls nicht, bis sein Vater einem Taschengeld von fünfunddreißig Pfund pro Woche zustimmte. Er nannte es eine gemeine Erpressung.«

»Mir blutet das Herz«, sagte ich.

»Meines ebenso, Watson«, sagte Holmes. »Der dritte Sohn, Lestrade, rasch – wir haben das Haus fast erreicht, glaube ich.«

Wie Lestrade angedeutet hatte, hatte Stephen Hull eindeutig den triftigsten Grund, seinen Vater zu hassen. Als seine Gicht schlimmer und sein Kopf wirrer wurde, überließ Lord Hull die Geschäfte der Firma mehr und mehr Stephen, der beim Tode seines Vaters erst achtundzwanzig Jahre alt war. Die Verantwortung fiel Stephen zu, und die Schuld fiel ihm ebenfalls zu, sollte auch nur die unbedeutendste Entscheidung sich als falsch erweisen. Aber es brachte ihm keinerlei finanziellen Lohn, wenn er eine richtige Entscheidung traf und die Geschäfte seines Vaters blühten.

Lord Hull hätte eigentlich mit Wohlwollen auf Stephen schauen müssen, das einzige seiner Kinder, das Interesse und Geschick für das Geschäft mitbrachte, welches er gegründet hatte; Stephen war ein perfektes Beispiel für das, was in der Bibel als »guter Sohn« bezeichnet wird. Doch statt Liebe und Dankbarkeit zu zeigen, entlohnte Lord Hull die überwiegend erfolgreichen Unternehmungen seines Sohnes mit Spott, Argwohn und Eifersucht. In seinen beiden letzten Lebensjahren hatte der alte Mann immer öfter der Meinung Ausdruck verliehen, daß Stephen ›einem toten Mann die Pennies aus der Tasche stehlen würde‹.«

»Der T . . . l«, rief ich aus; ich konnte mich nicht mehr beherrschen.

»Lassen wir das neue Testament einen Moment außer acht«, sagte Holmes und legte wieder die Fingerspitzen zusammen, »und wenden wir uns dem alten zu. Selbst unter den Bedingungen dieses marginal großzügigeren Dokuments hätte Stephen Hull Grund zum Verdruß gehabt. Trotz seiner Arbeit, die das Familienvermögen nicht nur gerettet, sondern sogar vermehrt hatte, wäre seine Belohnung doch nur der Anteil des jüngsten Sohnes gewesen. Was sollte übrigens das Schicksal der Firma gemäß des neuen Testaments sein, das wir einmal den letzten Miezen willen nennen wollen?«

Ich sah Holmes eindringlich an, aber wie immer konnte man nur schwer sagen, ob er ein kleines *Bonmot* versucht hatte. Nach all den Jahren, die ich mit ihm verbracht hatte, und trotz aller gemeinsamen Abenteuer blieb Sherlock Holmes' Humor auch für mich ein weitgehend unerforschtes Land.

»Sie sollte dem Aufsichtsrat übertragen werden, ohne Provision für Stephen«, sagte Lestrade und schnippte sein Zigarillo zum Fenster hinaus, während die Droschke die geschwungene Zufahrt eines Hauses hinauffuhr, welches mir in diesem Augenblick überaus häßlich erschien, wie es inmitten brauner Rasenflächen im strömenden Regen stand. »Aber nachdem der Vater tot und das neue Testament unauffindbar ist, hat Stephen Hull das, was die Amerikaner einen ›Fuß in der Tür‹ nennen. Die Firma wird ihn als Geschäftsführer behalten. Das hätte sie wahrscheinlich ohnehin getan, aber jetzt geschieht es zu Stephen Hulls Bedingungen.«

»Ja«, sagte Holmes. »Einen Fuß in der Tür. Ein guter Ausdruck.« Er lehnte sich in den Regen hinaus. »Anhalten, Kutscher!« rief er. »Wir sind noch nicht fertig!«

»Wie Sie meinen, Guv'nor«, antwortete der Kutscher, »aber es ist teuflisch naß hier draußen.«

»Und Sie werden mit soviel in der Tasche von hier wegfahren, daß Sie Ihr Inneres ebenso teuflisch naß machen können wie Ihr Äußeres«, sagte Holmes. Das schien den Mann zufriedenzustellen, denn er hielt dreißig Meter vom Tor entfernt an. Ich lauschte dem Regen, der gegen die Seiten der Droschke prasselte, während Holmes sich wieder hereinbeugte und sagte: »Das alte Testament – mit dem er sie quälte – ist doch nicht verschwunden, oder?«

»Ganz im Gegenteil. Es lag auf dem Schreibtisch, dicht neben seiner Leiche.«

»Vier exzellente Verdächtige! An das Gesinde braucht man nicht zu denken – so scheint es jedenfalls. Kommen Sie rasch zum Ende, Lestrade – die letzten Umstände und das verschlossene Zimmer.«

Lestrade beendete seinen Bericht hastig, wobei er ab und zu seine Notizen zu Rate zog. Vor etwa einem Monat hatte Lord Hull einen schwarzen Fleck an seinem rechten Bein bemerkt, direkt hinter dem Knie. Der Hausarzt wurde gerufen. Seine Diagnose lautete Brand, eine ungewöhnliche, aber alles andere als seltene Folge von Gicht und schlechter Blutzirkulation. Der Arzt sagte ihm, das Bein müßte abgenommen werden, und zwar ein gutes Stück oberhalb des Infektionsherdes.

Lord Hull lachte, bis ihm die Tränen die Wangen hinabliefen. Der Arzt, der jede Reaktion außer dieser erwartet hatte, war sprachlos. »Wenn Sie mich in den Sarg legen, Knochensäbler«, sagte Hull, »dann nur mit beiden Beinen, schönen Dank auch.«

Der Arzt sagte ihm, daß er für Lord Hulls Wunsch, das Bein zu behalten, größtes Verständnis hätte, aber ohne Amputation würde er in sechs Monaten tot sein – und wenigstens zwei davon würde er unter großen Schmerzen verbringen. Lord Hull fragte den Arzt, wie seine Überlebenschancen aussehen würden, sollte er sich der Operation unterziehen. Er lachte immer noch, sagte Lestrade, als wäre es der beste Witz, den er je gehört hatte. Nach einigem Zaudern und Drumherumreden sagte der Arzt, die Chancen stünden ungefähr gleich.

»Unsinn«, sagte ich.

»Genau das sagte Lord Hull auch«, antwortete Lestrade. »Nur gebrauchte er einen Ausdruck, den man häufiger in der Gosse als in einem Salon zu hören bekommt.«

Hull sagte dem Arzt, daß er selbst seine Chancen bestenfalls eins zu fünf einstufte. »Und was die Schmerzen anbelangt, so glaube ich nicht, daß es dazu kommen wird«, fuhr er fort, »solange Opiumtinktur und ein Löffel zum Umrühren in Reichweite sind.«

Am nächsten Tag eröffnete Hull schließlich seine Überraschung – daß er daran dachte, sein Testament zu ändern. Wie genau, verriet er jedoch nicht.

»Oh?« sagte Holmes und betrachtete Lestrade mit seinen kühlen grauen Augen, die soviel sahen. »Und sagen Sie, wer war überrascht?«

»Keiner, sollte man meinen. Aber Sie kennen ja die menschliche Natur, Holmes; die Menschen hoffen immer wider jede Hoffnung.«

»Und manche treffen Vorkehrungen gegen Katastrophen«, sagte Holmes verträumt.

Heute Morgen hatte Lord Hull seine Familie in den Salon gerufen, und als alle versammelt waren, hatte er etwas getan, was nur wenigen Erblassern vergönnt ist, etwas, das für gewöhnlich von den flinken Zungen ihrer Notare erledigt wird, nachdem ihre eigenen für immer verstummt sind. Kurz gesagt, er las ihnen sein neues Testament vor, in dem er den Löwenanteil seines Vermögens Mrs. Hemphills heimatlosen Miezen überließ. In dem anschließenden Schweigen erhob er sich, nicht ohne Mühe, und bedachte sie alle mit einem Totenschädelgrinsen. Auf seinen Stock gestützt, gab er dann folgende Erklärung ab, welche ich heute noch ebenso unfaßbar abscheulich finde wie damals, als Lestrade sie uns in jener Droschke wiedergab: »So! Jetzt ist alles gut, nicht? Ja, alles ist bestens! Ihr, meine Frau und meine Söhne, habt mir vierzig Jahre lang getreulich gedient. Und nun habe ich vor, euch alle mit dem reinsten und ungetrübtesten Gewissen zu enterben. Aber faßt euch! Es könnte schlimmer sein! Wenn genügend Zeit blieb, ließen die Pharaonen, bevor sie starben, ihre Lieblingshaustiere – größtenteils Katzen – töten, damit die Haustiere sie im Nachleben willkommen heißen und sich ganz nach Laune ihres Herrn treten oder streicheln lassen konnten, und zwar ewig – ewig – ewig.« Er fing an, sie auszulachen. Er stützte sich auf seinen Stock und lachte aus seinem teigigen, vom Tod gekennzeichneten Gesicht, und das neue Testament – unterschrieben und beglaubigt, wie sie alle sehen konnten – hielt er in einer Klauenhand festgekrallt.

William stand auf und sagte: »Sir, Ihr mögt mein Vater und Urheber meiner Existenz sein, aber Ihr seid gleichzeitig das abscheulichste Geschöpf, das je auf dem Anlitz der Erde gekrochen ist, seit die Schlange Eva im Paradies verführte!«

»Ganz im Gegenteil!« gab das alte Monster immer noch lachend zurück. »Ich kenne vier, die noch abscheulicher sind. Wenn ihr mich nun entschuldigen wollt, ich habe noch wichtige Dokumente, die ich in meinem Tresor unterbringen muß – und einige wertlose, die ich im Ofen verbrennen werde.«

»Er hatte das alte Testament noch, als er sie konfrontierte?« fragte Holmes. Er schien mehr interessiert als verblüfft zu sein.

»Ja.«

»Er hätte es verbrennen können, sobald das neue unterschrieben und beglaubigt war«, überlegte Holmes. »Er hatte den ganzen vorangegangenen Nachmittag und Abend dazu Zeit. Aber er hat es nicht getan, nicht wahr? Warum nicht? Was meinen Sie zu dieser Frage, Lestrade?«

»Daß er noch nicht genug davon hatte, sie zu quälen. Er bot ihnen eine Möglichkeit – eine *Versuchung*, der seiner Meinung nach keiner von ihnen erliegen würde.«

»Vielleicht glaubte er, daß einer von ihnen ihr doch erliegen würde«, sagte Holmes. »Ist Ihnen der Gedanke nicht zumindest einmal gekommen?« Er drehte sich um und suchte mit dem momentanen Strahlen seiner brillanten – und irgendwie beängstigenden – Aufmerksamkeit in meinem Gesicht. »Oder *Ihnen*? Wäre es nicht möglich, daß ein so böser Mensch diesen Köder nur auswirft, weil er wußte, wenn einer seiner Familie – nach allem, was Sie sagten, dürfte er dabei an Stephen gedacht haben – anbiß, seine Leiden beendete und dabei erwischt wurde, würde er dafür gehängt werden?«

Ich sah Holmes in stummem Entsetzen an.

»Vergessen Sie es«, sagte Holmes. »Weiter, Inspektor – ich glaube, es wird allmählich Zeit, daß das verschlossene Zimmer in Erscheinung tritt.«

Die vier saßen in gelähmtem Schweigen da, während der alte Mann langsam und unter Mühen den Flur entlang zu seinem Arbeitszimmer ging. Kein Laut war zu hören, abgesehen vom Klopfen seines Stocks, dem angestrengten Rasseln seines Atems, dem kläglichen *Miau* einer Katze in der Küche und dem unablässigen Ticken des Pendels der Salonuhr. Dann hörten sie das Quietschen der Angeln, als Hull die Tür seines Arbeitszimmers öffnete und eintrat.

»Warten Sie!« sagte Holmes scharf und neigte sich nach vorne. »Niemand hat ihn tatsächlich hineingehen *sehen*, oder?«

»Ich fürchte, das ist nicht so, altes Haus«, antwortete Lestrade. »Mr. Oliver Stanley, Lord Hulls Kammerdiener, hörte Lord Hull den Flur entlanggehen. Er kam aus Hulls Ankleidezimmer, ging zum Geländer der Galerie und rief hinunter, ob Hull wohlauf sei. Hull schaute empor – Stanley sah ihn so deutlich, wie ich Sie jetzt sehe, alter Freund – und sagte, alles wäre in bester Ordnung. Dann rieb er sich den Hinterkopf, ging hinein und schloß die Tür des Arbeitszimmers hinter sich ab.

Als sein Vater die Tür erreicht hatte (der Flur ist ziemlich lang, und er könnte gut zwei Minuten gebraucht haben, um ohne Hilfe dorthin zu gelangen), hatte Stephen seine Benommenheit abgeschüttelt und war zur Salontür gegangen. Er beobachtete den Wortwechsel zwischen seinem Vater und dem Kammerdiener. Natürlich hatte Lord Hull ihm den Rücken zugekehrt, aber Stephen hörte die Stimme seines Vaters und beschrieb dieselbe charakteristische Geste: Hull hatte sich den Hinterkopf gerieben.«

»Könnten Stephen Hull und dieser Stanley miteinander gesprochen haben, bevor die Polizei eintraf?« fragte ich – listig, wie ich fand.

»Selbstverständlich konnten sie das«, sagte Lestrade ergeben. »Sie haben es wahrscheinlich auch. Aber es bestand kein Einvernehmen.«

»Sind Sie dessen gewiß?« fragte Holmes, aber es hörte sich desinteressiert an.

»Ja. Ich halte Stephen Hull für einen vorzüglichen Lügner, aber Stanley für einen sehr schlechten. Akzeptieren Sie meine berufliche Meinung oder nicht; ganz wie es Ihnen beliebt, Holmes.«

»Ich akzeptiere sie.«

Lord Hull ging also in sein Arbeitszimmer, das berühmte verschlossene Zimmer, und sie alle hörten das Klicken des Schlosses, als er den Schlüssel herumdrehte – den einzigen Schlüssel zu diesem *sanctum sanctorum*, den es überhaupt gab. Dem folgte ein ungewöhnlicheres Geräusch: Der Riegel wurde vorgeschoben.

Dann Stille.

Die vier – Lady Hull und ihre Söhne, die bald blaublütige Habenichtse sein würden – blickten einander schweigend an. Die Katze in der Küche miaute wieder, und Mrs. Hull sagte mit abwesender Stimme, wenn die Haushälterin der Katze keine Schale Milch gab, würde sie es wohl tun müssen; das Geschrei würde sie verrückt machen, wenn sie es noch länger anhören mußte. Sie verließ den Salon. Einen Augenblick später gingen auch die drei Söhne, ohne ein Wort miteinander zu wechseln. William ging nach oben in sein Zimmer, Stephen schlenderte ins Musikzimmer, und Jory setzte sich auf eine Bank unter der Treppe, wo er, wie er Lestrade erzählte, seit seiner frühesten Kindheit hinging, wenn er traurig war oder schwerwiegende Fragen zu überdenken hatte.

Keine fünf Minuten später ertönte ein Schrei aus dem Arbeitszimmer. Stephen kam aus dem Musikzimmer gestürzt, wo er einzelne Töne auf dem Klavier geklimpert hatte. Jory begegnete ihm vor der Arbeitszimmertür. William war bereits halb die Treppe heruntergekommen und sah sie die Tür aufbrechen, als Stanley, der Kammerdiener, aus Lord Hulls Ankleidezimmer kam und zum zweiten Mal ans Geländer der Galerie trat. Stanley hat ausgesagt, daß er sah, wie Stephen Hull in das Arbeitszimmer hineinstürmte; wie William den Fuß der Treppe erreichte und dabei beinahe auf den Marmorboden gestürzt wäre; wie Lady Hull mit einem Milchtopf in der Hand zur Eßzimmertür herauskam. Augenblicke später hatte sich der Rest der Dienerschaft versammelt.

»Lord Hull lag zusammengesunken auf seinem Schreibtisch, seine drei Söhne standen daneben. Er hatte die Augen offen, und der Ausdruck darin ... ich glaube, es war Überraschung. Es steht Ihnen wieder frei, meine Meinung nach Belieben zu akzeptieren oder abzulehnen, aber für mich sah es sehr nach Überraschung aus. In den Händen hielt er das Testament – das alte. Vom neuen war keine Spur zu sehen. Und in seinem Rücken steckte ein Dolch.«

Damit gab Lestrade dem Fahrer ein Zeichen, er solle weiterfahren.

Wir betraten das Haus zwischen zwei Constables, deren Gesichter so steinern waren wie die der Wachtposten am Buckingham Palace. Hier gelangten wir zuerst in einen sehr langen Flur mit einem Boden aus weißen und schwarzen Marmorfliesen, die schachbrettartig angeordnet waren. Er führte zu einer offenen Tür am Ende, vor der zwei weitere Constables Posten bezogen hatten: der Eingang zu dem unrühmlichen Arbeitszimmer. Links befand sich die Treppe, rechts zwei Türen: Salon und Musikzimmer, vermutete ich.

»Die Familie ist im Salon versammelt«, sagte Lestrade.

»Gut«, sagte Holmes freundlich. »Aber vielleicht dürfen Watson und ich erst den Schauplatz des Verbrechens besichtigen.«

»Soll ich Sie begleiten?«

»Vielleicht nicht«, sagte Holmes. »Wurde der Leichnam bereits entfernt?«

»Als ich zu Ihrem Hause aufbrach, war er noch da, aber er sollte mittlerweile fortgeschafft worden sein.«

»Sehr gut.«

Holmes setzte sich in Bewegung. Ich folgte ihm. Lestrade rief: »Holmes!«

Holmes drehte sich mit hochgezogenen Brauen um.

»Keine Tapetentüren, keine Geheimtüren. Zum dritten Mal, nehmen Sie mein Wort darauf oder nicht, ganz wie Sie belieben.«

»Ich glaube, ich werde warten, bis ...«, begann Holmes, und dann wurde sein Atem keuchend. Er wühlte in seiner Tasche, fand eine Serviette, die er wahrscheinlich geistesabwesend aus dem Gasthaus mitgenommen hatte, in dem wir am Abend zuvor gespeist hatten, und schneuzte sich heftig hinein. Ich senkte den Blick und sah eine große struppige Katze, die hier ebenso fehl am Platze wirkte wie einer der Bengel, über die ich vorher nachgedacht hatte; sie strich Holmes um die Beine. Ein Ohr hatte sie an den vernarbten Schädel angelegt. Das andere war verschwunden, wahrscheinlich bei einem lange zurückliegenden Straßenkampf.

Holmes nieste wiederholt und stieß mit dem Fuß nach der Katze. Sie zog sich mit einem vorwurfsvollen Blick zurück, nicht mit dem wütenden Fauchen, das man von so einem alten Kämpfer erwartet haben würde. Holmes sah Lestrade über die Serviette hinweg mit anklagenden, tränenden Augen an. Lestrade, der keineswegs zerknirscht wirkte, neigte den Kopf und grinste wie ein Affe. »Zehn, Holmes«, sagte er. »*Zehn.* In diesem Haus wimmelt es von Katzen. Hull liebte sie.« Damit entfernte er sich.

»Wie lange plagt Sie dieses Leiden schon, alter Freund?« fragte ich.

»Schon immer«, sagte er und nieste erneut. Das Wort *Allergie* war zu jener Zeit noch kaum bekannt, aber das war natürlich ganz genau sein Problem.

»Möchten Sie gehen?« Ich war ein wenig besorgt. Ich hatte einmal einen Erstickungsanfall als Folge einer solchen Aversion gesehen, zwar gegen Schafe, aber sonst in jeder Hinsicht identisch.

»Das würde ihm gefallen«, sagte Holmes. Er mußte mir nicht sagen, wen er meinte. Holmes nieste noch einmal (auf seiner normalerweise blassen Stirn erschien ein großer roter Fleck), dann passierten wir die Constables an der Tür des Arbeitszimmers. Holmes machte sie hinter sich zu.

Das Zimmer war lang und vergleichsweise schmal. Es befand sich am Ende von so etwas wie einem Seitenflügel, das Hauptgebäude breitete sich nach beiden Seiten von einem Areal aus, das jeweils drei Viertel des Wegs den Flur entlang ausmachte. Auf beiden Seiten des Arbeitszimmers befanden sich Fenster, und es war trotz des grauen, regnerischen Tages hell. An den Wänden hingen farbenfrohe Seekarten in hübschen Teakholzrahmen, dazwischen fand sich eine gleichermaßen hübsche Auswahl von Wetterinstrumenten in einem messinggefaßten Schaukasten. Dieser enthielt einen Windstärkemesser (ich vermute, daß Hull die kleinen drehbaren Schalen, die dazugehörten, auf einem Dachfirst hatte anbringen lassen), zwei Thermometer (eines zeigte die Außentemperatur, das andere die im Arbeitszimmer) und ein Barometer, dem nicht unähnlich, das Holmes zu dem irrigen Glauben veranlaßt hatte, das schlechte Wetter würde zu Ende gehen. Ich stellte fest, daß es immer noch stieg, dann sah ich nach draußen. Der Regen fiel heftiger denn je, steigendes Barometer hin oder her. Wir glauben viel zu wissen mit unseren Instrumenten und Geräten, aber ich war damals schon alt genug zu glauben, daß wir nicht halb soviel wissen, wie wir denken, und heute bin ich alt genug zu glauben, daß wir auch das nie erreichen werden.

Holmes und ich drehten uns beide um und betrachteten die Tür. Der Riegel war herausgerissen, zeigte aber einwärts, wie es sein sollte. Der Schlüssel steckte noch im Schloß.

Holmes' Augen, so sehr sie tränen mochten, waren überall gleichzeitig, erfaßten, katalogisierten, speicherten.

»Es geht Ihnen ein wenig besser«, sagte ich.

»Ja«, sagte er, senkte die Serviette und steckte sie gleichgültig wieder in die Manteltasche. »Er hat sie vielleicht geliebt, aber hier hat er sie offenbar nicht hereingelassen. Jedenfalls nicht regelmäßig. Was schließen Sie daraus, Watson?«

Meine Augen waren langsamer als seine, aber ich sah mich ebenfalls um. Die Doppelfenster waren alle mit Griffen und kleinen Messingriegeln verschlossen. Keine der Scheiben war zerbrochen. Die gerahmten Karten und die meteorologischen Instrumente befanden sich zwischen diesen Fenstern. Die beiden anderen Wände vor und hinter dem Schreibtisch, welcher das Zimmer beherrschte, wurden von Büchern eingenommen. Ich sah einen kleinen Kohleofen, aber keinen Kamin; der Mörder war auch nicht durch den Kamin gekommen wie Sankt Nikolaus, es sei denn, er wäre schlank genug gewesen, um durch das Ofenrohr zu kriechen, und mit einem Asbestanzug bekleidet, denn der Ofen war immer noch recht warm.

Der Schreibtisch stand an einem Ende dieses langen, schmalen, hell erleuchteten Zimmers; das gegenüberliegende Ende bildete eine gemütliche Bücherecke, nicht ganz eine Bibliothek, mit zwei Polstersesseln mit hoher Lehne und einem Kaffeetischchen dazwischen. Auf diesem Tischchen war ein Stapel Bücher nachlässig aufgeschichtet. Auf dem Boden lag ein großer türkischer Teppich. Falls der Mörder durch eine Falltür heraufgekommen war, hatte ich nicht die geringste Ahnung, wie er wieder unter den Teppich hätte gelangen können, ohne ihn zu verschieben – und er war *nicht* verschoben, nicht im geringsten. Die Schatten der Beine des Kaffeetischchens fielen darauf, ohne auch nur eine Andeutung von Falten zu zeigen.

»Glauben Sie es, Watson?« fragte Holmes und riß mich aus einer fast hypnotischen Trance. Etwas – etwas an diesem Kaffeetisch . . .

»Was soll ich glauben, Holmes?«

»Daß alle vier einfach aus dem Salon gingen, in vier verschiedene Richtungen, vier Minuten vor dem Mord?«

»Ich weiß es nicht«, sagte ich.

»*Ich* glaube es nicht; nicht einen Au ...« Er verstummte. »Watson! Alles in Ordnung?«

»Nein«, sagte ich mit einer Stimme, die ich selbst kaum hören konnte. Ich sank auf einen der Sessel in der Bücherecke. Mein Herz schlug zu schnell. Mir stockte der Atem. Mein Kopf pochte; meine Augen schienen plötzlich zu groß für ihre Höhlen geworden zu sein. Ich konnte sie nicht von den Schatten der Tischbeine auf dem Teppich abwenden. »Es ist ... ganz eindeutig ... nicht alles in Ordnung.«

In diesem Augenblick erschien Lestrade in der Tür des Arbeitszimmers. »Wenn Sie sich genügend umgesehen haben, H...« Er verstummte. »Was zum Teufel, ist mit Watson los?«

»Ich glaube«, sagte Holmes mit ruhiger, gefaßter Stimme, »daß Watson den Fall gelöst hat. Ist es so, Watson?«

Ich nickte. Vielleicht nicht alles, aber den größten Teil. Ich wußte, wer; ich wußte, wie.

»Steht es so mit Ihnen, Holmes?« fragte ich.

»Ja«, sagte er, »doch gelingt es mir gewöhnlich, auf den Füßen zu bleiben.«

»*Watson* hat den Fall aufgeklärt?« sagte Lestrade ungeduldig. »Pah! Watson hat schon früher Tausende von Lösungen für Hunderte von Fällen offeriert, Holmes, wie Sie sehr genau wissen, und alle waren falsch. Ich weiß noch sehr gut, letzen Sommer ...«

»Ich weiß mehr über Watson, als Sie je wissen werden«, sagte Holmes, »und dieses Mal ist er darauf gestoßen. Ich kenne diesen Ausdruck.« Er fing wieder an zu niesen; die Katze mit dem fehlenden Ohr war durch die Tür, die Lestrade offengelassen hatte, ins Zimmer gekommen. Mit einem Ausdruck auf dem häßlichen Gesicht, der auf Zuneigung schließen ließ, tappte sie direkt auf Holmes zu.

»Wenn es bei Ihnen auch so ist«, sagte ich, »werde ich Sie nie wieder beneiden, Holmes. Mein Herz zerspringt.«

»Man gewöhnt sich sogar an Einsicht«, sagte Holmes ohne die geringste Spur Eigendünkel in der Stimme. »Also heraus damit – oder sollen wir die Verdächtigen hereinbringen, wie im letzten Kapitel eines Detektivromans?«

»Nein!« rief ich voller Entsetzen aus. Ich hatte keinen von ihnen gesehen. Ich verspürte auch kein Verlangen danach. »Aber ich glaube, ich muß Ihnen *zeigen*, wie es ausgeführt wurde. Wenn Sie und Inspektor Lestrade einen Augenblick auf den Flur hinausgehen würden ...«

Die Katze war bei Holmes angelangt und sprang auf seinen Schoß; sie schnurrte dabei wie das zufriedenste Geschöpf auf Erden.

Holmes explodierte in eine regelrechte Salve von Niesen. Die roten Flecken auf seinem Gesicht, die zu verblassen begonnen hatten, traten erneut deutlich hervor. Er stieß die Katze weg und stand auf.

»Beeilen Sie sich, Watson, damit wir aus diesem verfluchten Haus fortkönnen«, sagte er und verließ dieses perfekt verschlossene Zimmer mit ungewöhnlich hängenden Schultern, gesenktem Kopf, und ohne sich umzusehen. Glauben Sie mir, wenn ich Ihnen sage, daß ein Teil meines Herzens mit ihm ging.

Lestrade lehnte an der Tür, sein feuchter Mantel dampfte ein wenig, seine Lippen verzogen sich zu einem verabscheuungswürdigen Grinsen. »Soll ich Holmes' neue Verehrerin mitnehmen, Watson?«

»Lassen Sie sie hier«, sagte ich, »aber machen Sie die Tür zu, wenn Sie hinausgehen.«

»Ich wette einen Fünfer, daß Sie unsere Zeit vergeuden, alter Freund«, sagte Lestrade, aber in seinen Augen las ich etwas anderes. Wenn ich auf seine Wette eingegangen wäre, hätte er sicher eine Möglichkeit gefunden, sich herauszuwinden.

»Machen Sie die Tür zu«, wiederholte ich. »Es wird nicht lange dauern.«

Er machte die Tür zu. Ich war allein in Hulls Arbeitszimmer – abgesehen von der Katze natürlich, die jetzt mitten auf dem Teppich saß, den Schwanz säuberlich um die Pfoten gelegt, und mich mit ihren grünen Augen ansah.

Ich suchte in meinen Taschen und fand mein Souvenir vom gestrigen Abendessen – ich fürchte, Junggesellen sind ein recht unordentliches Volk, aber abgesehen von allgemeiner Unordentlichkeit gab es noch einen anderen Grund für das Brot. Ich hatte fast immer eine Kruste in der einen oder anderen Tasche, weil ich es liebte, die Tauben zu füttern, die vor eben dem Fenster landeten, an dem Holmes gesessen hatte, als Lestrade vorgefahren war.

»Miez«, sagte ich und legte das Brot unter den Kaffeetisch – den Kaffeetisch, dem Lord Hull den Rücken zugewendet haben mußte, als er sich mit seinen beiden Testamenten hinsetzte – das garstige alte und das noch garstigere neue. »Miez-miez-miez.«

Die Katze erhob sich und trabte gemächlich zum Kaffeetisch, um die Kruste zu begutachten.

Ich ging zur Tür und machte sie auf. »Holmes! Lestrade! Rasch!«

Sie kamen herein.

»Kommen Sie hierher«, sagte ich und ging zum Kaffeetisch.

Lestrade sah sich um und runzelte die Stirn, weil er nichts sah. Holmes fing natürlich wieder an zu niesen. »Können wir dieses vermaledeite Tier nicht hinausschaffen?« stieß er hinter der Serviette hervor, die mittlerweile ziemlich durchweicht war.

»Gewiß doch«, sagte ich. *»Aber wo ist das vermaldedeite Tier?«*

Seine feuchten Augen nahmen einen erstaunten Ausdruck an. Lestrade ging auf Hulls Schreibtisch zu und sah dahinter. Holmes wußte, daß seine Reaktion nicht so heftig gewesen wäre, hätte die Katze sich am anderen Ende des Zimmers befunden. Er bückte sich, sah unter den Kaffetisch, erblickte nur Leere und die beiden untersten Reihen des Bücherregals an der Nordwand des Zimmers und richtete sich wieder auf. Hätten seine Augen nicht wie Springbrunnen geströmt, so hätte er jetzt alles sehen müssen; er stand buchstäblich direkt davor. Aber man muß Ehre geben, wem Ehre gebührt, und die Illusion war teuflisch gut. Die Leere unter dem Kaffeetisch seines Vaters war Jory Hulls Meisterwerk.

»Ich verstehe nicht . . .«, begann Holmes, aber dann kam die Katze, die Holmes eindeutig anziehender fand als eine Kruste altbackenes Brot, wieder unter dem Tisch hervor und strich ihm ekstatisch um die Knöchel. Lestrade war zurückgekommen, und seine Augen wurden so groß, daß ich tatsächlich glaubte, sie würden herausfallen. Obwohl ich den Trick durchschaut hatte, war auch ich verblüfft. Die struppige Katze schien aus dem Nichts Gestalt anzunehmen; Kopf, Körper, zuletzt der Schwanz mit der weißen Spitze.

Sie rieb sich an Holmes' Beinen und schnurrte, während Holmes nieste.

»Das genügt«, sagte ich. »Du hast deine Arbeit getan und kannst gehen.«

Ich hob die Katze auf, trug sie zur Tür (für meine Mühe mit einem gehörigen Kratzer belohnt) und warf sie mir nichts, dir nichts auf den Flur hinaus. Dann machte ich die Tür hinter ihr zu.

Holmes setzte sich. »Mein Gott«, sagte er mit näselnder Stimme. Lestrade brachte kein Wort heraus. Er wandte den Blick nicht von dem Tischchen und dem verblichenen türkischen Teppich unter seinen Beinen ab; eine Leere, die irgendwie eine Katze hervorgebracht hatte.

»Ich hätte es sehen müssen«, murmelte Holmes. »Ja . . . aber Sie . . . Wie konnten Sie *so schnell* begreifen?« Ich hörte leisesten Schmerz und Pikiertheit aus seiner Stimme heraus, verzieh ihm aber sofort.

»Deshalb«, sagte ich und deutete auf den Teppich.

»Natürlich!« stöhnte Holmes beinahe. Er schlug sich gegen die gerötete Stirn. »Idiot! Ich bin ein vollkommener *Idiot*!«

»Unsinn!« sagte ich schroff. »Mit zehn Katzen im Haus und dazu noch einer, die sie offensichtlich zu ihrem speziellen Freund erkoren hat, haben Sie wahrscheinlich alles zehnfach gesehen.«

»Was ist mit dem Teppich?« fragte Lestrade ungeduldig. »Er ist sehr schön, zugegeben, und wahrscheinlich teuer, aber . . .«

»Nicht der *Teppich*«, sagte ich. »Die *Schatten.*«

»Zeigen Sie es ihm, Watson«, sagte Holmes niedergeschlagen und senkte die Serviette in den Schoß.

Also bückte ich mich und hob einen der Schatten vom Boden auf.

Lestrade ließ sich heftig in einen Sessel fallen wie ein Mann, der einen plötzlichen Schlag bekommen hat.

»Ich habe sie immerzu angesehen, wissen Sie«, sagte ich im Tonfall eines Mannes, dem nichts anderes einfällt, als sich zu entschuldigen. Es war Holmes' Sache, zum Abschluß einer Ermittlung das Wie und Warum zu erklären. Ich sah zwar, daß er jetzt alles begriff, wußte aber, daß er sich weigern würde, in diesem Fall zu sprechen. Und ich nehme an, ein Teil von mir – der Teil, der wußte, daß ich wahrscheinlich nie wieder eine Gelegenheit haben würde, so etwas zu tun – *wollte* derjenige sein, der erklärte. Und ich muß sagen, die Katze war wirklich die Krönung; ein Zauberkünstler hätte es mit Kaninchen und Zylinder nicht besser machen können.

»Ich wußte, daß etwas nicht stimmte, aber ich brauchte einen Augenblick, bis ich es begriffen hatte. Dieses Zimmer ist ungewöhnlich hell, aber heute gießt es in Strömen. Wenn Sie sich umsehen, dann werden Sie feststellen, daß kein einziger Gegenstand in diesem Zimmer einen Schatten wirft – *abgesehen von diesen Tischbeinen.*«

Lestrade stieß einen Fluch aus.

»Es hat seit fast einer Woche geregnet«, sagte ich, »aber Holmes' Barometer und das des verstorbenen Lord Hull . . .«, ich deutete darauf, ». . . zeigten an, daß wir heute mit Sonnenschein rechnen durften. Deshalb hat er die Schatten als letztes i-Tüpfelchen hinzugefügt.«

»Wer?«

»Jory Hull«, sagte Holmes. »Wer sonst?«

Ich bückte mich und griff mit der Hand unter die rechte Ecke des Kaffeetischchens. Sie verschwand in der Luft, so wie die Katze erschienen war. Lestrade stieß einen weiteren verblüfften Fluch aus. Ich klopfte gegen die Leinwand, die straff zwischen den Vorderbeinen des Tischchens gespannt war. Die Bücher und der Teppich bewegten sich und wankten, und die Illusion, so perfekt sie gewesen war, wurde offenbar.

Jory Hull hatte das Nichts unter dem Kaffeetisch seines Vaters gemalt; hatte sich hinter das Nichts gekauert, während sein Vater das Zimmer betrat, die Tür absperrte und mit seinen beiden Testamenten, dem neuen und dem alten, am Schreibtisch Platz nahm. Und als er wieder von seinem Stuhl aufstehen wollte, war er mit dem Dolch in der Hand hinter dem Nichts hervorgesprungen.

»Er war der einzige, der eine so realistische Täuschung vollbringen konnte«, sagte ich und strich dieses Mal mit der Hand über die Leinwand. Wir alle hörten das leise, raschelnde Geräusch, das sie erzeugte, gleich dem Schnurren einer sehr alten Katze. »Der einzige, der sie malen, und der einzige, der sich dahinter verstecken konnte: Jory Hull, der nicht größer als einen Meter sechzig ist und krumme Beine und hängende Schultern hat.

Wie Holmes schon sagte, die Überraschung mit dem neuen Testament war im Grunde gar keine Überraschung. Selbst wenn der alte Mann ein Geheimnis daraus gemacht hätte, daß er die Verwandten aus dem Testament streichen wollte, hätten nur Einfaltspinsel den Besuch des Notars und, noch wichtiger, seines Assistenten, mißdeuten können. Man braucht zwei Zeugen, um ein Testament vor dem Gesetz rechtskräftig zu machen. Was Holmes sagte, daß manche Menschen Vorkehrungen gegen Katastrophen treffen, war nur allzu richtig. Eine so perfekte Leinwand wie diese läßt sich nicht über Nacht oder im Laufe eines Monats anfertigen. Sie dürften feststellen, daß er sie schon seit einem Jahr bereit hatte, sollte sie sich als notwendig erweisen . . .«

»Oder fünf«, warf Holmes ein.

»Könnte sein. Wie dem auch sei, als Hull seine Familie heute morgen im Salon zusammenrief, war Jory wahrscheinlich klar, daß der Zeitpunkt gekommen war. Nachdem sein Vater gestern abend zu Bett gegangen war, kam er herunter und brachte seine Leinwand an. Ich vermute, daß er die falschen Schatten zur selben Zeit angebracht hat. Nur – ich an seiner Stelle hätte mich heute morgen vor der Versammlung im Salon auf Zehenspitzen hier hereingeschlichen, um mir noch einmal das Barometer anzusehen und mich zu vergewissern, ob es immer noch stieg. Wenn die Tür verschlossen war, hat er wahrscheinlich den Schlüssel aus der Tasche seines Vaters entwendet und später wieder hineingetan.«

»War nicht abgeschlossen«, sagte Lestrade lakonisch. »Er machte die Tür stets zu, um die Katzen draußen zu halten, schloß aber nur selten ab.«

»Was die Schatten anbelangt, handelt es sich lediglich um Filzstreifen, wie Sie jetzt sehen können. Er hatte wirklich ein gutes Auge; sie sind fast genau dort, wo sie heute morgen um elf gewesen sein müßten – wenn das Barometer recht gehabt hätte.«

»Wenn er erwartete, daß die Sonne scheint, warum hat er dann überhaupt Schatten ausgelegt?« knurrte Lestrade. »Die Sonne hätte sie sowieso geworfen, falls Sie Ihren eigenen noch nicht gesehen haben, Watson.«

Hier war ich überfragt. Ich sah zu Holmes, der dankbar zu sein schien, *überhaupt* einen Teil der Lösung beisteuern zu können.

»Ist Ihnen das nicht klar? Das ist die größte Ironie von allem! Wenn die

Sonne geschienen hätte, wie es das Barometer vorhersagte, hätte die Leinwand die Schatten vorgetäuscht! Gemalte Tischbeine werfen keine Schatten, wissen Sie. Er wurde von Schatten an einem Tag zu Fall gebracht, an dem es keine gab, weil er fürchtete, von den fehlenden Schatten an einem Tag zu Fall gebracht zu werden, an dem das Barometer seines Vaters sagte, daß sie mit Sicherheit überall sonst im Zimmer sein würden.«

»Ich verstehe immer noch nicht, wie Jory hier hereinkam, ohne daß Hull ihn gesehen hat«, sagte Lestrade.

»Das gibt mir auch ein Rätsel auf«, sagte Holmes – der gute alte Holmes! Ich bezweifle, ob es ihm auch nur das geringste Rätsel aufgab, aber dennoch sagte er es. »Watson?«

»Der Salon, in dem sich Lord Hull mit seiner Frau und den Söhnen traf, hat eine Tür zum Musikzimmer, oder nicht?«

»Ja«, sagte Lestrade, »und das Musikzimmer hat eine Tür zu Lady Hulls Morgenzimmer, das als nächstes kommt, wenn man in den rückwärtigen Teil des Hauses geht. Gäbe es *zwei* Türen, die in Hulls Arbeitszimmer führen, wäre ich kaum so hastig zu Holmes gekommen, wie ich es getan habe.«

Das letztere sagte er in einem Tonfall schwacher Selbstrechtfertigung.

»Oh, Jory ging schon auf den Flur zurück«, sagte ich. »Aber sein Vater hat ihn nicht gesehen.«

»Verflucht!«

»Ich werde es Ihnen zeigen«, sagte ich und ging zum Schreibtisch, wo der Stock des alten Mannes noch lehnte. Ich nahm ihn und drehte mich zu ihnen um. »In dem Augenblick, als Lord Hull den Salon verließ, sprang Jory auf und rannte los.«

Lestrade warf Holmes einen verblüfften Blick zu; Holmes erwiderte den Blick des Inspektors kühl und ironisch. Ich verstand diese Blicke damals nicht, und ich dachte auch nicht weiter darüber nach, um die Wahrheit zu sagen. Ich begriff auch die weitere Bedeutung des Bildes nicht, das ich skizzierte, eine ganze Weile nicht. Ich nehme an, ich war zu sehr mit meiner Rekonstruktion beschäftigt.

»Er ging durch die erste Verbindungstür, lief durch das Musikzimmer und in Lady Hulls Morgengemach. Dann ging er zur Flurtür und sah hinaus. Wenn Lord Hulls Gicht so schlimm geworden war, daß sie zu Wundbrand führte, konnte er nicht mehr als ein Viertel des Weges über den Flur zurückgelegt haben, und das ist noch optimistisch geschätzt. Und nun hören Sie gut zu, Inspektor Lestrade; ich werde Ihnen schildern, wie ein Mann, der sein Leben lang gutem Essen und starken Getränken zugesprochen hat, dafür bezahlen mußte. Wenn Sie mir nicht glauben, dann werde ich Ihnen ein Dutzend Gichtkranke herbeischaffen, und jeder einzelne wird Ihnen genau die Symptome zeigen, die ich jetzt vorführen möchte.«

Damit hinkte ich langsam durch das Zimmer auf sie zu und stützte mich mit beiden Händen auf den Knauf des Stocks. Ich hob einen Fuß hoch, setzte ihn ab, machte eine Pause und zog den anderen nach. Ich richtete den Blick nicht ein einziges Mal in die Höhe. Statt dessen ließ ich ihn zwischen dem Stock und dem vorgesetzten Fuß hin und her wandern.

»Ja«, sagte Holmes leise. »Der gute Doktor hat ganz recht, Inspektor Lestrade. Die Gicht kommt zuerst; dann kommen Schwierigkeiten mit dem Gleichgewicht; und endlich (wenn der Kranke lange genug lebt) das charakteristische gebückte Gehen eines Menschen, der unablässig zu Boden sehen muß.«

»Jory muß gewußt haben, wohin sein Vater den Blick richtete, wenn er von einem Ort zum anderen ging«, sagte ich. »Und folglich waren die Geschehnisse des heutigen Vormittags diabolisch einfach. Als Jory das Morgengemach erreichte, sah er zur Tür heraus, beobachtete seinen Vater, dessen Blick – wie immer – auf seine Füße und die Spitze seines Stocks gerichtet war, und wußte, daß er sicher war. Er kam heraus, *direkt vor seinem ahnungslosen Vater*, und schlich einfach ins Arbeitszimmer. Die Tür, ließ uns Lestrade wissen, war nicht abgeschlossen, und selbst wenn, wie groß wäre das Risiko gewesen? Sie hielten sich drei Sekunden gemeinsam auf dem Flur auf, wahrscheinlich weniger.« Ich machte eine Pause. »Der Boden des Flurs besteht aus Marmor, nicht? Er muß die Schuhe ausgezogen haben.«

»Er trug Hausschuhe«, sagte Lestrade mit seltsam ruhiger Stimme und sah Holmes zum zweiten Mal in die Augen.

»Ah«, sagte ich. »Ich verstehe. Jory gelangte also lange vor seinem Vater ins Arbeitszimmer und schlüpfte hinter seine ausgeklügelte Bühnenkulisse. Dann zog er den Dolch und wartete. Sein Vater kam zum Ende des Flurs. Er hörte, wie Stanley zu ihm hinunterrief, und wie er erwiderte, daß es ihm gut ging. Dann betrat Lord Hull sein Arbeitszimmer zum letztenmal . . . machte die Tür zu . . . und schloß sie ab.«

Sie sahen mich beide gespannt an, und mir wurde klar, welch gottgleiche Macht Holmes in solchen Augenblicken empfunden haben mochte, wenn er anderen Dinge erzählte, die nur er selbst wissen konnte. Und dennoch muß ich wiederholen, daß es ein Gefühl ist, das ich nicht allzu oft erleben möchte. Ich glaube, der Drang nach diesem Gefühl würde die meisten Menschen verderben – Menschen mit weniger Stahl in den Seelen als mein Freund Sherlock Holmes.

»Krummbein machte sich vor dem Abschließen so klein wie möglich, weil er wahrscheinlich wußte (oder vermutete), daß sein Vater sich noch einmal genau umsehen würde, bevor er den Schlüssel herumdrehte und den Riegel vorschob. Er mag Gicht gehabt haben und ein wenig vergeßlich geworden sein, aber das heißt nicht, daß er blind gewesen wäre.«

»Stanley sagt, seine Augen waren tadellos«, bemerkte Lestrade. »Das war eine meiner ersten Fragen.«

»Er sah sich also um«, sagte ich, und plötzlich *sah* ich es vor mir; ich vermute, auch das ist bei Holmes genau so; die Rekonstruktion hatte, obschon sie auf Fakten und Schlußfolgerungen basierte, etwas Visionäres. »Er sah nichts, das ihn erschreckte, nur das Arbeitszimmer, wie es immer war, leer, abgesehen von ihm. Es ist ein bemerkenswert offenes Zimmer – ich sehe keine Schranktür, und wegen der Fenster auf beiden Seiten gibt es keine dunklen Ecken und Nischen, nicht einmal an einem Tag wie diesem.

Nachdem er sich vergewissert hatte, daß er allein war, machte er die Tür zu, drehte den Schlüssel um und legte den Riegel vor. Jory muß gehört haben, wie er zum Schreibtisch stapfte. Er muß das schwere Plumpsen und das Knarren des Stuhlpolsters gehört haben, als sein Vater sich daraufsetzte – ein Mann mit so fortgeschrittener Gicht wie er setzt sich nicht, sondern bringt sich über eine weiche Stelle und läßt sich darauffallen – und erst da wird Jory einen Blick riskiert haben.«

Ich sah Holmes an.

»Weiter, Mann«, sagte er herzlich. »Sie machen das hervorragend. Absolut erstklassig.« Ich sah, daß es sein Ernst war. Tausende hätten ihn als gefühlskalt bezeichnet, und sie wären nicht gerade im Unrecht gewesen, aber er besaß auch ein großes Herz. Holmes schützte es einfach nur besser als die meisten Menschen.

»Danke. Jory muß gesehen haben, wie sein Vater den Stock wegstellte und die Dokumente – die beiden Dokumente – auf die Schreibunterlage legte. Er ermordete seinen Vater nicht gleich, obwohl er es hätte tun können; das ist so grausam pathetisch an dieser Sache, und deshalb würde ich nicht für tausend Pfund in den Salon gehen, wo sie sich versammelt haben. Ich würde nur hineingehen, wenn Sie und Ihre Leute mich hineinzerren würden.«

»Woher wissen Sie, daß er es nicht auf der Stelle getan hat?« fragte Lestrade.

»Der Schrei ertönte mehrere Minuten nachdem der Schlüssel herumgedreht und der Riegel vorgelegt worden waren; das haben Sie selbst gesagt, und ich nehme an, Sie haben so viele Aussagen dazu, daß man es glauben kann. Und doch können es nur ein Dutzend große Schritte von der Tür zum Schreibtisch sein. Selbst für einen gichtigen Mann wie Lord Hull dürfte es nur eine halbe Minute, bestenfalls vierzig Sekunden gedauert haben, zum Stuhl zu gehen und sich zu setzen. Geben wir ihm noch fünfzehn Sekunden, um den Stock dort zu plazieren, wo Sie ihn gefunden haben, und seine Testamente auf den Schreibtisch zu legen.

Was ist dann geschehen? Was geschah in den letzten ein oder zwei Minuten, die zumindest Jory Hull wie eine Ewigkeit vorgekommen sein müssen? Ich glaube, Lord Hull saß einfach nur da und blickte von einem Testament zum anderen. Jory mußte den Unterschied zwischen den beiden deutlich sehen können; die unterschiedliche Farbe der Pergamente war ein unverkennbarer Hinweis.

Er wußte, sein Vater hatte die Absicht, *eines* davon in den Ofen zu werfen; ich glaube, er wartete ab, welches es sein würde. Immerhin bestand die Möglichkeit, daß der alte Teufel seiner Familie lediglich einen grausamen Streich gespielt hatte. Vielleicht würde er das neue Testament verbrennen und das alte wieder in den Tresor legen. Dann hätte Jory aus dem Zimmer gehen und seiner Familie sagen können, daß das neue Testament vernichtet worden war. Wissen Sie, wo er ist, Lestrade? Der Tresor?«

»Fünf der Bücher in diesem Regal schwingen nach außen«, sagte Lestrade kurz angebunden und deutete auf ein Regal in der Bücherecke.

»In diesem Fall wären sowohl die Familie wie auch der alte Mann zufrieden gewesen; die Familie hätte ihr Erbvermögen in Sicherheit gewußt, und der alte Mann wäre mit der Gewißheit ins Grab gegangen, daß er seinen Angehörigen einen der grausamsten Streiche aller Zeiten gespielt hatte ... Aber er wäre als Gottes Opfer oder sein eigenes gegangen, und nicht als das von Jory Hull.«

Und zum drittenmal dieser merkwürdige Blick, halb amüsiert und halb abgestoßen, zwischen Holmes und Lestrade.

»Ich selbst glaube, daß der alte Mann nur den Augenblick ausgekostet hat, wie ein Mann die Aussicht auf einen Drink nach dem Essen oder eine Süßigkeit nach langer Zeit der Abstinenz genießen kann. Wie dem auch sei, die Minute verstrich, und Lord Hull schickte sich an, aufzustehen, aber mit dem dunklen Pergament in der Hand, und nicht in Richtung Tresor, sondern in Richtung Ofen. Was auch immer er gehofft haben mag, Jory zögerte nicht, als der Augenblick kam. Er kam aus seinem Versteck heraus, durchquerte die Strecke zum Schreibtisch in Sekundenbruchteilen und stieß seinem Vater den Dolch in den Rücken, noch bevor dieser ganz aufgestanden war.

Ich vermute, die Autopsie wird zeigen, daß die Klinge durch die obere Herzkammer in die Lunge eingedrungen ist – das würde die Menge Blut auf dem Schreibtisch erklären. Es erklärt auch, weshalb Lord Hull noch schreien konnte, bevor er starb, und das hat Jorys Untergang besiegelt.«

»Wie das?« sagte Lestrade.

»Ein Verbrechen in einem verschlossenen Zimmer ist eine schlechte Sache, wenn man nicht vorhat, den Mord als Selbstmord auszugeben«, sagte ich und sah zu Holmes. Der nickte und lächelte, als er seine eigene

Maxime hörte. »Jory wollte auf gar keinen Fall, daß alles so blieb, wie es aussah – das verschlossene Zimmer, die verschlossenen Fenster, der Mann mit einem Messer an einer Stelle, an der er selbst es niemals hineingestoßen haben konnte. Ich glaube, er hatte nicht damit gerechnet, daß sein Vater mit einem solchen Schrei sterben würde. Sein Plan war, ihn zu erstechen, das neue Testament zu verbrennen, den Schreibtisch zu verwüsten, eines der Fenster zu öffnen und auf diesem Weg zu entkommen. Er wäre durch eine andere Tür wieder ins Haus gekommen, hätte seinen Platz unter der Treppe eingenommen, und wenn der Leichnam schließlich gefunden wurde, hätte es wie ein Raubüberfall ausgesehen.«

»Nicht für Hulls Notar«, sagte Lestrade.

»Er hätte wahrscheinlich Stillschweigen gewahrt«, sagte Holmes und fügte dann hinzu: »Ich wette, unser künstlerisch begabter Freund hatte die Absicht, noch ein paar Spuren hinzuzufügen. Ich habe festgestellt, daß die intelligentere Gattung von Mördern immer einige Spuren hinzufügt, die vom Ort des Verbrechens fortweisen.« Er stieß ein kurzes, humorloses Geräusch aus, das mehr ein Bellen als ein Lachen war, dann sah er vom Fenster neben dem Schreibtisch zu mir und Lestrade zurück. »Ich glaube, wir sind uns alle einig, daß es unter den gegebenen Umständen wie ein verdächtig motivierter Mord ausgesehen haben würde, aber selbst wenn der Notar geredet hätte, hätte man nichts *beweisen* können.«

»Mit seinem Schrei hat Lord Hull alles verdorben«, sagte ich, »wie er sein ganzes Leben lang alles verdorben hat. Das ganze Haus wurde aufgeschreckt. Jory, der in Panik geraten sein muß, stand wahrscheinlich nur da wie ein Reh in grellem Licht. Es war Stephen Hull, der den Tag rettete – zumindest aber Jorys Alibi, demzufolge Jory auf der Bank unter der Treppe saß, als sein Vater ermordet wurde. Stephen lief aus dem Musikzimmer, brach die Tür des Arbeitszimmers auf und muß Jory zugeflüstert haben, sofort mit ihm zum Schreibtisch zu gehen, damit es so aussah, als wären sie beide gleichzeitig in das Zimmer einge ...«

Ich verstummte wie vom Donner gerührt. Endlich begriff ich die Blicke, die Holmes und Lestrade gewechselt hatten. Ich begriff, was ihnen von dem Augenblick an klar gewesen sein muß, als ich ihnen das Versteck zeigte: *Die Tat konnte nicht allein ausgeführt worden sein.* Der Mord ja, aber der Rest ...

»Stephen hat ausgesagt, daß er und Jory sich vor der Arbeitszimmertür getroffen haben«, sagte ich langsam. »Daß er, Stephen, die Tür aufgebrochen hat und sie gemeinsam eingedrungen sind. Er hat gelogen, um seinen Bruder zu schützen; aber so gut zu lügen, wenn man nicht weiß, was geschehen ist, scheint – scheint ...«

»Unmöglich«, sagte Holmes, »ist das Wort, nach dem Sie gesucht haben, Watson.«

»Dann haben Jory und Stephen gemeinsame Sache gemacht«, sagte ich. »Sie haben es gemeinsam geplant, und vor dem Gesetz sind sie damit beide des Mordes an ihrem Vater schuldig! Mein Gott!«

»Nicht beide, mein lieber Watson«, sagte Holmes in eigentümlich sanftem Tonfall. *»Alle.«*

Ich konnte nur staunen.

Er nickte. »Heute morgen haben Sie bemerkenswerte Einsicht gezeigt, Watson. In Ihnen hat sogar das Feuer der Erkenntnis gebrannt, das Sie, worauf ich wetten möchte, nie wieder entfachen können. Ich ziehe den Hut vor Ihnen, mein Freund, wie vor jedem Mann, der imstande ist, seine normale Natur zu überwinden, und sei es für noch so kurze Zeit. Aber in einer Hinsicht sind Sie derselbe alte Kerl geblieben, der Sie immer waren. Sie wissen zwar, wie gut die Menschen sein können, aber Sie haben keine Ahnung, wie schlecht sie sein können.«

Ich sah ihn schweigend, fast verlegen an.

»Nicht, daß hier viel Schlechtigkeit im Spiel gewesen wäre, wenn nur die Hälfte von dem stimmt, was ich über Lord Hull gehört habe«, sagte Holmes. Er stand auf und begann, gereizt im Arbeitszimmer auf und ab zu gehen. »Wer bezeugt, daß Jory bei Stephen war, als die Tür eingeschlagen wurde? Jory natürlich. Stephen natürlich. Aber da sind noch zwei andere Gesichter in diesem Familienporträt. Eines gehört William, dem dritten Bruder. Stimmen Sie mir zu, Lestrade«

»Ja«, sagte Lestrade. »Wenn dies der Ablauf der Ereignisse ist, dann ist William auch darin verwickelt. Er sagte, er wäre auf halber Höhe der Treppe gewesen, als er sah, wie die beiden gemeinsam hineingingen, Jory ein Stückchen voraus.«

»Wie interessant!« sagte Holmes mit funkelnden Augen. »*Stephen* bricht die Tür auf – als jüngster und kräftigster muß er das natürlich tun –, also würde man erwarten, daß ihn sein Schwung als ersten ins Zimmer getragen hat. Und doch sah William, der auf halber Höhe der Treppe stand, *Jory* als ersten eintreten. Warum das, Watson?«

Ich konnte nur benommen den Kopf schütteln.

»Fragen Sie sich, wessen Zeugenaussagen – *und wessen Zeugenaussage allein* – wir hier vertrauen können. Die Antwort lautet, dem einzigen Zeugen, der nicht zur Familie gehört: Lord Hulls Kammerdiener, Oliver Stanley. Er kam rechtzeitig zum Galeriegeländer, um Stephen eintreten zu sehen, was korrekt ist, da *Stephen* allein war, als er einbrach. *William*, der auf der Treppe die bessere Sicht hatte, hat gesagt, er hätte gesehen, wie Jory vor Stephen ins Arbeitszimmer ging. William sagte das, weil er Stanley gesehen hatte und wußte, was er sagen *mußte*. Es läuft auf folgendes hinaus, Watson: Wir wissen, daß Jory bereits im Zimmer war. Da beide Brüder darin übereinstimmen, daß er *außerhalb* stand, besteht zumindest ein Einvernehmen. Aber wie Sie sagten, die reibungslose Zusammenarbeit deutet auf etwas weitaus Ernsteres hin.«

»Eine Verschwörung«, sagte ich düster.

»Ja. Erinnern Sie sich, Watson, daß ich gefragt habe, ob Sie glauben, daß alle vier einfach in dem Augenblick, als sie hörten, wie das Arbeitszimmer abgeschlossen wurde, stumm in vier verschiedenen Richtungen den Salon verließen?«

»Ja. Jetzt erinnere ich mich wieder.«

»Alle *vier.*« Er sah kurz zu Lestrade, der nickte, und dann wieder zu mir. »Wir wissen, daß Jory sofort aufgesprungen sein muß, als der alte Mann den Salon verlassen hatte, damit er vor ihm im Arbeitszimmer sein konnte, aber alle vier verbliebenen Familienmitglieder – einschließlich Lady Hull – behaupten, daß Jory sich noch im Salon aufhielt, nachdem Lord Hull die Arbeitszimmertür abgeschlossen hatte. Der Mord an Lord Hull war eindeutig eine Familienverschwörung, Watson.«

Ich war zu bestürzt, um etwas zu sagen. Ich sah Lestrade an und bemerkte einen Ausdruck in seinem Gesicht, den ich noch nie gesehen hatte und auch nie wieder sehen sollte: eine Art müder, ekelerfüllter Schwere.

»Was dürften sie erwarten?« fragte Holmes fast beiläufig.

»Jory wird ganz sicher hängen«, sagte Lestrade. »Stephen wird lebenslänglich in den Kerker wandern. William Hull könnte auch lebenslänglich bekommen, wahrscheinlicher aber zwanzig Jahre in Broadmoor, eine Art lebender Tod.«

Holmes bückte sich und strich über die Leinwand zwischen den Beinen des Kaffeetischs. Sie gab dieses seltsame heisere Schnurren von sich.

»Lady Hull«, fuhr Lestrade fort, »darf damit rechnen, die nächsten fünf Jahre in Beechwood Manor zu verbringen, den Einsitzenden besser als Syphilis-Palast bekannt; aber nachdem ich die Dame kennengelernt habe, vermute ich, daß sie einen anderen Ausweg finden wird. Ich würde auf die Opiumtinktur ihres Mannes tippen.«

»Und das alles, weil Jory Hull keinen sauberen Stich ausführen konnte«, bemerkte Holmes und seufzte. »Wenn der alte Mann die Höflichkeit besessen hätte, lautlos zu sterben, dann wäre alles gut gewesen. Jory wäre, wie Watson gesagt hat, durch das Fenster geflüchtet und hätte natürlich auch seine Leinwand mitgenommen, von seinen unglücklichen Schatten ganz zu schweigen. Statt dessen hat er das ganze Haus aufgeschreckt. Alle Diener versammelten sich und lamentierten über den toten Herrn. Die Familie war in Verwirrung. Wie elend ihr Glück doch gewesen ist, Lestrade! Wie nahe war der Constable, als Stanley ihn rief?«

»Näher, als Sie denken«, sagte Lestrade. »Er lief bereits die Zufahrt herauf. Als er zufällig gerade am Haus vorbeikam, hörte er den Schrei. Sie hatten wirklich *großes* Pech.«

»Holmes«, sagte ich und fühlte mich in meiner alten Rolle wesentlich behaglicher, »woher wußten Sie, daß ein Constable in der Nähe war?«

»Nichts leichter als das, Watson. Wenn nicht, hätte die Familie die Dienerschaft lange genug hinausgescheucht, um die Leinwand und die falschen Schatten zu verstecken.«

»Und um wenigstens ein Fenster aufzumachen, würde ich meinen«, fügte Lestrade mit einer ungewöhnlich leisen Stimme hinzu.

»Sie *hätten* die Leinwand und die Schatten nehmen können«, sagte ich plötzlich.

Holmes wandte sich mir zu. »Ja.«

Lestrade zog die Brauen hoch.

»Es lief auf eine Entscheidung hinaus«, sagte ich zu ihm. »Die Zeit reichte nur aus, *entweder* das neue Testament zu verbrennen *oder* die Leinwand wegzuschaffen ... Stephen oder Jory hätten es in den wenigen Augenblikken nach dem Aufbrechen der Tür tun können. Sie – oder, wenn wir das Temperament der handelnden Personen richtig einschätzen, *Stephen* – beschlossen, das Testament zu verbrennen und das Beste zu hoffen. Ich nehme an, sie hatten gerade noch Zeit genug, es in den Ofen zu werfen.«

Lestrade sah ihn an, dann wieder uns. »Nur ein so schlechter Mensch wie Hull konnte am Ende die Kraft gefunden haben, noch einen Schrei auszustoßen«, sagte er.

»Nur ein so schlechter Mensch wie Hull brauchte einen Sohn, um ihn zu töten«, sagte Holmes.

Er und Lestrade sahen einander an, und wieder ging etwas zwischen ihnen vor, etwas perfekt Übermitteltes, von dem ich ausgeschlossen blieb.

»Haben Sie es jemals getan?« fragte Holmes, als knüpfte er an eine alte Unterhaltung an.

Lestrade schüttelte den Kopf. »Einmal war ich verdammt nahe dran«, sagte er. »Es hatte mit einem Mädchen zu tun, und es war im Grunde gar nicht wirklich ihre Schuld. Aber ich war nahe daran. Aber – das war nur eine Person.«

»Und hier sind es vier«, gab Holmes zurück, der ihn genau verstand. »Vier Menschen, die von einem Schurken übel behandelt wurden, der innerhalb von sechs Monaten sowieso gestorben wäre.«

Jetzt endlich begriff ich, wovon sie sprachen.

Holmes richtete seine grauen Augen auf mich. »Was sagen Sie, Lestrade? Watson hat diesen Fall allein aufgeklärt, wenn er auch nicht alle Zusammenhänge erkannt hat. Sollen wir Watson entscheiden lassen?«

»Also gut«, sagte Lestrade grimmig. »Aber beeilen Sie sich. Ich möchte aus diesem verdammten Zimmer heraus.«

Statt zu antworten, bückte ich mich, rollte die Filzschatten zusammen und steckte sie in die Manteltasche. Ich kam mir sehr seltsam vor, als ich das tat; ich fühlte mich wie im Griff des Fiebers, das mich in Indien fast das Leben gekostet hätte.

»Kapitaler Bursche, Watson!« rief Holmes. »Sie haben Ihren ersten Fall gelöst und wurden am selben Tag zum Komplizen bei einem Mord, und das noch vor der Teestunde! Und hier ist noch ein Souvenir für mich – ein echter Jory Hull. Ich bezweifle, daß er signiert ist, aber man muß für alles dankbar sein, was einem die Götter an einem regnerischen Tag schicken.« Er benutzte sein Taschenmesser, um den Leim zu lösen, mit dem die Leinwand an den Beinen des Kaffeetischs befestigt war. Er arbeitete rasch; weniger als eine Minute später schob er die schmale Leinwandröhre in die Innentasche seines weiten Übermantels.

»Dies ist eine schmutzige Tat«, sagte Lestrade, aber er ging zu einem der Fenster und öffnete nach einem Augenblick des Zögerns den Riegel, der es hielt, und machte es einen Spalt auf.

»Sagen wir lieber, eine schmutzige Tat wird ungeschehen gemacht«, sagte Holmes in einem Tonfall fast erregter Fröhlichkeit. »Sollen wir gehen, meine Herren?«

Wir gingen zur Tür. Lestrade machte sie auf. Einer der Constables fragte Lestrade, ob es schon Fortschritte gab.

Bei einer anderen Gelegenheit hätte Lestrade dem Mann wahrscheinlich seine groben Gepflogenheiten demonstriert. Dieses Mal sagte er nur: »Sieht so aus, als wäre ein Einbruch zu etwas Schlimmerem geworden. Ich habe es sofort gesehen; Holmes einen Augenblick später.«

»Zu dumm!« sagte der andere Constable.

»Ja, zu dumm«, sagte Lestrade. »Aber nach dem Schrei des alten Mannes flüchtete der Dieb, bevor er etwas stehlen konnte. Machen Sie weiter.«

Wir gingen. Die Tür zum Salon stand offen, aber ich wandte den Blick ab, als wir daran vorbeigingen. Holmes sah natürlich hin; er konnte wohl nicht anders. So war er eben. Was mich betrifft, so habe ich keinen Angehörigen der Familie jemals wiedergesehen. Ich wollte es auch nie.

Holmes nieste wieder. Die Katze strich um seine Beine und miaute wonniglich. »Laßt mich hier raus«, sagte er und stob davon.

Eine Stunde später saßen wir wieder in 221 B Baker Street, ungefähr an denselben Plätzen, an denen wir gesessen hatten, bevor Lestrade vorgefahren war: Holmes am Fenster, ich auf dem Sofa.

»Nun, Watson«, sagte Holmes nach einer Weile, »was meinen Sie, wie werden Sie heute nacht schlafen?«

»Vorzüglich«, sagte ich. »Und Sie?«

»Ebenso, kein Zweifel«, sagte er. »Ich bin froh, daß ich nicht mehr in der Nähe dieser verdammten Katzen bin, das kann ich Ihnen sagen.«

»Wie wird Lestrade schlafen, was meinen Sie?«

Holmes sah mich an und lächelte. »Heute nacht schlecht. Vielleicht die ganze Woche schlecht. Aber dann wird wieder alles in Ordnung sein. Lestrade hat ein außerordentliches Talent, schöpferisch zu vergessen.«

Darauf mußte ich lachen.

»Sehen Sie, Watson!« sagte Holmes. »Das ist ein Anblick!« Ich stand auf, ging zum Fenster und war sicher, daß Lestrade wieder in einer Droschke vorfahren würde. Statt dessen sah ich, wie die Sonne durch die Wolken brach und London in ein herrliches Nachmittagslicht tauchte.

»Sie ist doch noch herausgekommen!« sagte Holmes. »Großartig, Watson! Da freut man sich, am Leben zu sein!« Er griff nach seiner Violine und fing an zu spielen, und die Sonne schien ihm ins Gesicht.

Ich sah auf sein Barometer und stellte fest, daß es fiel. Da mußte ich so lachen, daß ich mich setzen mußte. Als Holmes fragte – in gelinde gereiztem Tonfall –, was denn los sei, konnte ich nur den Kopf schütteln. Ich bezweifle ohnehin, ob er es verstanden haben würde. So arbeitete sein Verstand einfach nicht.

Umneys letzter Fall

Der Regen ist vorbei. Die Hügel sind noch grün, und im Tal jenseits der Hollywood Hills kann man Schnee auf den höchsten Bergen sehen. Die Pelzhändler bieten ihre jährlichen Ausverkaufsangebote feil. Die Hurenhäuser, die sich auf sechzehnjährige Jungfrauen spezialisiert haben, verzeichnen Hochkonjunktur. Und in Beverly Hills fangen die Jacarandabäume an zu blühen.

RAYMOND CHANDLER

Die kleine Schwester

1. Neues von Peoria

Es war einer dieser Frühlingsmorgen, die so perfekt zu L. A. gehören, daß man damit rechnet, irgendwo das kleine Zeichen für geschützte Markennamen – ® – aufgedruckt zu sehen. Die Abgase der Fahrzeuge auf dem Sunset rochen schwach nach Oleander, der Oleander war schwach mit Abgasen parfümiert, und der Himmel war so rein wie das Gewissen eines bigotten Baptisten. Peoria Smith, der blinde Zeitungsjunge, stand an seiner gewohnten Stelle Ecke Sunset und Laurel, und wenn das nicht hieß, daß Gott im Himmel wohnte und alles in der Welt ihm wohlgefällig war, dann wüßte ich nicht, was es sonst heißen konnte.

Doch seit ich heute morgen zu ungewohnter Zeit, um halb acht, die Füße aus dem Bett geschwungen hatte, schien alles ein wenig aus dem Lot geraten zu sein; ein bißchen verschwommen an den Rändern. Erst als ich mich rasierte – oder zumindest, als ich den widerborstigen Stoppeln den Rasierapparat zeigte und mich bemühte, sie damit einzuschüchtern –, wurde mir einer der Gründe dafür klar. Ich war mindestens bis zwei wach gewesen und hatte gelesen; aber ich hatte die Demmicks nicht nach Hause kommen hören, bis zu den Ohrläppchen abgefüllt und in diese kurzangebundenen Einzeiler vertieft, die offenbar die Grundlage ihrer Ehe bilden.

Und Buster hatte ich auch nicht gehört, was wahrscheinlich noch seltsamer war. Buster, der Welsh Corgi der Demmicks, hat ein schrilles Bellen an sich, das einem wie Glasscherben durch den Kopf schneidet, und er macht, so oft er kann, Gebrauch davon. Außerdem ist er von der eifersüchtigen Sorte. Er stößt jedesmal einen seiner schrillen Beller aus, wenn George und Gloria sich in den Armen liegen, und wenn sie nicht miteinander zanken wie zwei Vaudevillekomiker, liegen George und Gloria sich normalerweise *immer* in den Armen. Ich bin mehr als einmal zu Bett gegangen und habe sie kichern gehört, während dieser Köter um ihre Füße springt und sein *Kläffkläffkläff* ausstößt, und habe mich gefragt, ob es wohl schwierig wäre, einen muskulösen, mittelgroßen Hund mit einer Klaviersaite zu erwürgen. Aber letzte Nacht war es im Apartment der Demmicks so still wie im Grab. Das war seltsam, aber längst nicht weltbewegend; die Demmicks waren schon im günstigsten Fall nicht gerade das perfekte Paar mit geregeltem Lebenswandel.

Peoria Smith dagegen schien wohlauf – quietschfidel wie immer, und er erkannte mich an meinem Gang, obwohl es mindestens eine Stunde vor meiner üblichen Zeit war. Er trug ein ausgebeultes T-Shirt mit der Aufschrift *CalTech*, das ihm bis zu den Schenkeln reichte, und eine abgeschnittene Cordhose, die seine schorfigen Knie freiließ. Sein verhaßter weißer Stock lehnte achtlos an der Seite des Kartentischs, auf dem er seine Geschäfte abwickelte.

»Ah, Mr. Umney! Wie gehts dem Jungen?«

Peorias dunkle Brille funkelte im morgendlichen Sonnenlicht, und als er sich mit meinem Expemplar der *L. A. Times* in der Hand zum Geräusch meiner Schritte umdrehte, hatte ich kurz einen beunruhigenden Gedanken: es war, als hätte ihm jemand zwei große schwarze Löcher ins Gesicht gebohrt. Ich schüttelte den Gedanken erschauernd ab und dachte, es wäre vielleicht an der Zeit, den Whiskey vor dem Schlafengehen auszulassen. Entweder das, oder die Dosis zu verdoppeln.

Das Titelbild der *Times* zeigte Hitler, wie so oft in letzter Zeit. Dieses Mal ging es um Österreich. Ich dachte mir, und nicht zum ersten Mal, wie passend dieses blasse Gesicht mit der schlappen Haarsträhne auf einem Fahndungsplakat im Postamt aussehen würde.

»Dem Jungen geht's prächtig, Peoria«, sagte ich. »Dem Jungen geht es so geschmiert wie frischer Farbe an einer Abortwand.«

Ich warf ein Zehncentstück in die Corona-Zigarrenkiste auf Peorias Zeitungsstapel. Die *Times* kostet drei Cent, und auch das ist noch zu teuer, aber ich werfe seit urdenklichen Zeiten die gleiche Münze in Peorias Kleingeldkiste. Er ist ein guter Junge und bekommt gute Noten in der Schule – das habe ich letztes Jahr selbst überprüft, als er mir im Fall Weld geholfen hatte. Wenn Peoria nicht auf Harris Brunners Hausboot aufgekreuzt ware, würde ich immer noch versuchen, mit den Füßen in einem Betonklotz irgendwo vor Malibu zu schwimmen. Es wäre untertrieben zu sagen, daß ich ihm eine Menge verdanke.

Im Lauf dieser speziellen Ermittlung (Peoria Smith, nicht Harris Brunner und Mavis Weld) fand ich sogar den richtigen Namen des Jungen heraus, aber den können keine zehn Pferde aus mir herauslocken. Peorias Vater sprang am schwarzen Freitag vom neunten Stock eines Bürogebäudes in eine ewige Kaffeepause, seine Mutter ist die einzige Weiße, die in der abgewirtschafteten chinesischen Wäscherei in La Punta arbeitet, und der Junge ist blind. Muß die Welt zu alledem noch erfahren, daß sie ihm Francis angehängt haben, als er noch zu klein war, sich zu wehren? Die Verteidigung ruht.

Wenn in der Nacht zuvor etwas Saftiges passiert ist, findet man es fast immer auf Seite eins der *Times*, linkerhand gleich unter dem Knick. Ich drehte die Zeitung um und fand heraus, daß ein Bandleader kubanischer Herkunft einen Herzanfall gehabt hatte, als er mit seiner Sängerin im Carousel in Burbank tanzte. Er starb eine Stunde später im L. A. General. Ich empfand ein gewisses Mitgefühl für die Witwe des Maestro, aber keines für den Mann selbst. Meiner Meinung nach verdienen Leute, die in Burbank tanzen gehen, was sie bekommen.

Ich schlug den Sportteil auf, um zu erfahren, wie sich Brooklyn tags zuvor beim Doppel mit den Cards geschlagen hatte. »Was ist mit dir, Peoria? In deinem Schloß alles zum Besten? Zinnen und Wachttürme in gutem Zustand?«

»Klar, Mr. Umney! O Mann!«

Etwas in seiner Stimme weckte meine Aufmerksamkeit, also senkte ich die Zeitung und sah ihn genauer an. Da sah ich dann, was ein hochkarätiger Schnüffler wie ich eigentlich gleich hätte bemerken sollen. Der Junge platzte förmlich vor Glück.

»Du siehst aus, als hätte dir gerade jemand sechs Freikarten für das erste Spiel der Weltserie gegeben«, sagte ich. »Was ist los, Peoria?«

»Meine Mom hat unten in Tijuana in der Lotterie gewonnen!« sagte er. »Vierzigtausend Mäuse! Wir sind reich, Bruder! *Reich*!«

Ich schenkte ihm ein Grinsen, das er nicht sehen konnte, und raufte ihm das Haar. Sein Wirbel stand danach hoch, aber was soll's. »Mann, du kriegst die Tür nicht zu. Wie alt bist du, Peoria?«

»Zwölf, im Mai. Das müßten *Sie* doch wissen, Mr. Umney, Sie haben mir ein Polohemd geschenkt. Aber ich verstehe nicht, was das damit zu tun hat, daß ...«

»Zwölf ist alt genug, um zu wissen, daß die Leute manchmal das, was sie sich *wünschen*, mit dem verwechseln, was *tatsächlich* passiert. Mehr wollte ich damit nicht sagen.«

»Wenn Sie von Tagträumen sprechen, haben Sie recht – ich weiß *alles* darüber«, sagte Peoria und strich mit den Händen über den Hinterkopf, um seinen Wirbel wieder glattzustreichen. »Aber das ist kein Tagtraum, Mr. Umney. Es ist echt! Mein Onkel Fred war gestern nachmittag unten und hat das Geld geholt. Er hat es in der Satteltasche seines Vinnie zurückgebracht! Ich habe es gerochen! Verdammt, ich habe mich darin *gewälzt*! Es war alles auf Moms Bett ausgebreitet! Ich kann Ihnen sagen, das tollste Gefühl, das ich je hatte – vierzigtausend Mäuse!«

»Zwölf mag alt genug sein, den Unterschied zwischen Tagträumen und der Wirklichkeit zu kennen, aber es ist mit Sicherheit nicht alt genug für solche Worte«, sagte ich. Das hörte sich gut an – ich bin sicher, die Liga für Anstand und Sitte hätte es zweitausendprozentig gebilligt –, aber mein Mund lief auf Autopilot, und ich hörte kaum, was herauskam. Ich war zu sehr damit beschäftigt, ins Hirn zu bekommen, was er mir gerade gesagt hatte. Eines wußte ich mit Sicherheit: er hatte sich geirrt. Er *mußte* sich geirrt haben, denn wenn es zutraf, dann würde Peoria nicht mehr hier stehen, wenn ich auf dem Weg zu meinem Büro im Fulwider Building vorbeikam. Und das konnte einfach nicht sein.

Ich stellte fest, daß meine Gedanken zu den Demmicks zurückkehrten, die zum ersten Mal seit Anbeginn der Geschichtsschreibung keine ihrer Big-Band-Platten mit voller Lautstärke gespielt hatten, bevor sie zu Bett gegangen waren, und an Buster, der zum ersten Mal seit Anbeginn der Geschichtsschreibung nicht mit einem Bombardement von Gebell reagiert hatte, als George den Schlüssel im Schloß herumdrehte. Der Gedanke, daß etwas aus dem Lot war, stellte sich wieder ein, stärker als vorher.

Derweil betrachtete mich Peoria mit einem Ausdruck, den ich nie auf seinem ehrlichen, offenen Gesicht erwartet hätte: mürrische Gereiztheit, verbunden mit verzweifeltem Humor. So sah ein Kind einen Windbeutel an, der seine ganzen Geschichten, selbst die langweiligen, drei- oder viermal erzählt hat.

»Kapieren Sie die Nachricht nicht, Mr. Umney? Wir sind *reich*! Meine Mutter muß keine Hemden für diesen verfluchten Lee Ho mehr bügeln, und ich muß keine Zeitungen mehr verkaufen, im Winter zittern, wenn es regnet, und diesen verrückten alten Säcken in den Arsch kriechen, die bei Bilder's arbeiten. Ich kann aufhören, so zu tun, als wäre ich im Himmel, wenn mir irgendein Schwanzlutscher einen Nickel Trinkgeld gibt.«

Daraufhin zuckte ich ein wenig zusammen, aber zum Teufel – ich war kein Nickel-Typ. Ich gab Peoria tagaus, tagein sieben Cent – es sei denn, ich war so pleite, daß ich es mir nicht leisten konnte. Aber in meiner Branche gehört eine gelegentliche Dürreperiode zum Geschäft.

»Vielleicht sollten wir zu Blondie's gehen und eine Tasse Java trinken«, sagte ich. »Und über alles reden.«

»Geht nicht. Das ist geschlossen.«

»*Blondie's*? Was du nicht sagst!«

Aber Peoria konnten so weltliche Dinge wie der Coffee Shop oben an der Straße nicht irritieren. »Das Beste haben Sie noch gar nicht gehört, Mr. Umney! Mein Onkel Fred kennt einen Arzt in Frisco – einen Spezialisten –, der glaubt, daß er etwas mit meinen Augen machen kann.« Er wandte mir das Gesicht zu. Seine Lippen unter der Brille und der zu schmalen Nase bebten. »Er sagt, vielleicht liegt es doch nicht am Sehnerv, und wenn nicht, könnte man es operieren. Ich verstehe die technischen Sachen nicht, aber ich könnte wieder sehen, Mr. Umney!« Er tastete blind nach mir . . . na klar. Wie sonst hätte er denn nach mir tasten sollen? »*Ich könnte wieder sehen!*«

Er tastete nach mir, und ich ergriff seine Hände und drückte sie kurz, bevor ich ihn sanft wegschob. Er hatte Druckerschwärze an den Fingern, und mir war es nach dem Aufstehen so gut gegangen, daß ich mein neues weißes Hemd angezogen hatte. Selbstverständlich zu warm für den Sommer, aber heutzutage ist die ganze Stadt klimatisiert, und außerdem friere ich von Natur aus.

Im Augenblick allerdings war mir alles andere als kalt.

Peoria sah zu mir auf, und sein dünnes und irgendwie perfektes Zeitungsjungengesicht wirkte besorgt. Eine leichte Brise – mit Oleander und Abgasen geschwängert – zauste seinen Wirbel, und da fiel mir auf, daß ich den nur sehen konnte, weil er seine Tweedmütze nicht aufhatte. Ohne die sah er irgendwie nackt aus, warum auch nicht? *Jeder* Zeitungsjunge sollte eine Tweedmütze tragen, so wie jeder Schuhputzer eine in den Nacken geschobene Baskenmütze tragen sollte.

»Was ist denn los, Mr. Umney? Ich dachte mir, Sie würden sich freuen. Herrgott, ich hätte heute nicht zu dieser verfluchten Ecke kommen müssen, wissen Sie, aber ich bin gekommen – ich kam sogar früher her, weil ich so eine Ahnung hatte, daß *Sie* früher kommen würden. Ich dachte mir, Sie würden sich freuen, daß meine Mom in der Lotterie gewonnen hat und ich vielleicht operiert werden kann, aber Sie freuen sich nicht.« Jetzt bebte seine Stimme vor Enttäuschung. »Gar nicht!«

»Aber ja doch«, sagte ich und *wollte* mich freuen – jedenfalls ein Teil von mir –, aber das Schlimme war, er hatte so ziemlich recht. Sehen Sie, es bedeutete, daß die Welt sich verändern würde, aber die Welt *sollte* sich nicht verändern. Peoria Smith sollte genau hier stehen, jahrein, jahraus, mit seiner perfekten Mütze, die er an heißen Tagen in den Nacken schob und an regnerischen tief in die Stirn zog, so daß der Regen vom Schirm tropfte. Er sollte immer lächeln, er sollte niemals »Hölle« oder »Bockmist« sagen, aber vor allem mußte er *blind* sein.

»Sie freuen sich *nicht*!« sagte er, und dann stieß er schockierenderweise seinen Kartentisch um. Er fiel auf die Straße, Zeitungen flatterten in alle Richtungen. Sein weißer Stock rollte in den Rinnstein. Peoria hörte ihn fallen und bückte sich, um ihn aufzuheben. Ich konnte Tränen sehen, die unter seiner dunklen Brille hervorliefen und an seinen blassen, dünnen Wangen hinabrannen. Er tastete nach dem Stock, aber der war zu mir gerollt, und er suchte in der falschen Richtung. Ich verspürte plötzlich den übermächtigen Wunsch, ihn zu packen und in seinen blinden Zeitungsjungenarsch zu treten.

Statt dessen bückte ich mich, hob seinen Stock auf und klopfte ihm damit leicht gegen die Hüfte.

Peoria drehte sich wie der Blitz um und packte ihn. Aus den Augenwinkeln sah ich Bilder von Hitler und dem jüngstverstorbenen kubanischen Bandleader über den ganzen Sunset Boulevard flattern – ein Bus Richtung Van Ness schnaubte durch eine kleine Verwehung von ihnen und ließ einen bitteren Nachgeschmack von Dieselabgasen hinter sich. Mir mißfiel der Anblick dieser Zeitungen, die hierhin und dorthin flatterten. Sie sahen unordentlich aus. Schlimmer, sie sahen *falsch* aus. Durch und durch *falsch*. Ich kämpfte gegen einen erneuten Impuls, so stark wie der erste, Peoria zu packen und zu schütteln. Ihm zu sagen, daß er den ganzen Vormittag damit verbringen würde, diese Zeitungen aufzuheben, und daß ich ihn erst nach Hause gehen ließe, wenn er jede einzelne eingesammelt hatte.

Mir fiel ein, daß ich noch vor zehn Minuten gedacht hatte, dies wäre ein perfekter L. A.-Morgen – so perfekt, daß er das eingetragene Warenzeichen verdiente. Und das *war* er auch gewesen, verdammt. Wie hatte alles nur so schiefgehen können? Und wie konnte es so schnell geschehen?

Keine Antworten kamen, nur die irrationale, aber mächtige Stimme aus dem Inneren, die mir sagte, daß die Mutter des Jungen *unmöglich* in der Lotterie gewonnen haben konnte, daß der Junge *nicht* aufhören konnte, Zeitungen zu verkaufen, und daß er vor allen Dingen nicht sehen konnte. Peoria Smith mußte für den Rest seines Lebens blind sein.

Nun, es wird etwas wie ein Experiment sein, dachte ich. *Selbst wenn der Arzt in Frisco kein Quacksalber ist, und das ist er wahrscheinlich, wird es schiefgehen.*

Und so bizarr es sich anhören mag, dieser Gedanke beruhigte mich.

»Hör zu«, sagte ich, »wir sind beide heute morgen mit dem falschen Fuß aufgestanden, das ist alles. Ich will es wieder gutmachen. Gehen wir zu Blondie's, und ich spendiere dir ein Frühstück. Was meinst du, Peoria? Du kannst einen Teller Eier mit Speck verputzen und mir erzählen . . .«

»Hol dich der Teufel!« schrie er und schockierte mich damit bis in die Zehenspitzen. »Hol dich der Teufel, mitsamt dem Pferd, auf dem du hergeritten bist, du billiger Schwindler! Glaubst du, Blinde merken nicht, wenn Leute wie du wie gedruckt lügen? Hol dich der Teufel! Und laß von jetzt an die Hände von mir! Ich glaube, du bist eine Tunte!«

Das reichte – niemand nennt mich eine Tunte und kommt ungestraft davon, nicht einmal ein blinder Zeitungsjunge. Ich vergaß vollkommen, daß mir Peoria während des Falls Mavis Weld das Leben gerettet hatte; ich griff nach seinem Stock, wollte ihn ihm wegnehmen und ihm den Hosenboden damit strammziehen. Ihm Manieren beibringen.

Aber bevor ich ihn ergreifen konnte, holte Peoria aus und rammte mir den Stock in den Unterleib – tatsächlich. Ich knickte zusammen, aber noch während ich versuchte, nicht vor Schmerzen zu heulen, überlegte ich mir, daß ich Glück gehabt hatte; drei Zentimeter tiefer, und ich konnte aufhören, meinen Lebensunterhalt mit Schnüffeln zu verdienen, und stattdessen einen Job als Sopran im Dogenpalast annehmen.

Ich streckte dennoch rasch und unwillkürlich die Hand nach ihm aus, und da schmetterte er mir den Stock in den Nacken. Fest. Der Stock brach nicht, aber ich hörte ihn knirschen. Ich überlegte mir, daß ich dem Stock den Rest geben konnte, wenn ich ihn Peoria ins rechte Ohr rammte. Ich würde ihm schon zeigen, wer eine Tunte war.

Er wich vor mir zurück, als hätte er meine Gedanken gelesen, und warf den Stock auf die Straße.

»Peoria«, brachte ich heraus. Vielleicht war es noch nicht zu spät, die Vernunft noch am Rockzipfel zu erwischen. »Peoria, verdammt, was ist denn nur los mit . . .«

»Und nennen Sie mich nicht so!« schrie er. *»Mein Name ist Francis! Frank! Sie haben damit angefangen, mich Peoria zu nennen! Sie haben damit angefangen, und jetzt nennen mich alle so, und das stinkt mir!«*

Meine tränenden Augen sahen ihn doppelt, als er herumwirbelte und über die Straße rannte, ohne auf den Verkehr zu achten (zum Glück für ihn herrschte gerade keiner), und dabei die Hände vor sich ausstreckte. Ich dachte, er würde auf der anderen Seite über den Bordstein stolpern – freute mich sogar schon darauf –, aber ich schätze, Blinde müssen einen guten Satz topographischer Karten im Kopf haben. Er sprang behende wie eine Ziege auf den Gehweg, dann drehte er die schwarze Brille in meine Richtung zurück. Sein tränenüberströmtes Gesicht drückte einen irren Triumph aus, und die dunklen Gläser sahen mehr denn je wie Löcher aus. Große, als hätte ihm jemand zwei Schüsse mit einer Schrotflinte verpaßt.

»Blondie ist weg, das hab ich Ihnen gesagt!« schrie er. *»Meine Mom sagt, er ist mit dieser rothaarigen Schlampe auf und davon, die er letzten Monat eingestellt hat! Dein Pech, du häßlicher Wichser!«*

Er drehte sich um und lief in seiner seltsamen Gangart den Sunset entlang, die gespreizten Finger vor sich ausgestreckt. Leute standen in kleinen Gruppen auf beiden Straßenseiten, betrachteten ihn, betrachteten die flatternden Zeitungen, betrachteten mich.

Hauptsächlich mich, schien es.

Dieses Mal schaffte es Peoria – gut, meinetwegen Francis – bis zu Derringer's Bar, bevor er sich umdrehte und seine letzte Salve abfeuerte.

»Der Teufel soll Sie holen, Mr. Umney!« schrie er und lief weiter.

2. Vernons Husten

Ich schaffte es, mich aufzurichten und über die Straße zu gehen. Peoria, alias Francis Smith, war längst verschwunden; aber ich wollte auch die flatternden Zeitungen hinter mir lassen. Wenn ich sie ansah, bekam ich Kopfschmerzen, die irgendwie noch schlimmer waren als die Schmerzen im Unterleib.

Auf der anderen Straßenseite gaffte ich ins Schaufenster von Felt's Schreibwarengeschäft, als wäre der neue Kugelschreiber von Parker das Faszinierendste, das ich je in meinem Leben gesehen hatte (vielleicht auch wegen der Terminkalender mit den Kunstledereinbänden). Nach etwa fünf Minuten – Zeit genug, mir jedes einzelne Stück in dem staubigen Schaufenster einzuprägen – fühlte ich mich imstande, meinen Weg den Sunset entlang fortzusetzen, ohne allzu deutlich Schlagseite nach Backbord zu haben.

Fragen kreisten in meinem Kopf, wie einem im Autokino in San Pedro Insekten um den Kopf kreisen, wenn man vergessen hat, einen oder zwei Insektenstäbe mitzubringen. Ich konnte die meisten ignorieren, aber ein paar kamen durch. Erstens, was um Himmels willen war nur in Peoria gefahren? Zweitens, was um Himmels willen war in mich gefahren? Diese unbequemen Fragen stellte ich mir, bis ich an der Ecke Sunset und Travernia zu Blondie's City Eats kam, 24 Std. geöffnet, Brötchen sind unsere Spezialität; und als ich da stand, verschwanden sie mit einem einzigen Schlag aus meinem Kopf. Blondie's befand sich, seit ich mich erinnern konnte, an dieser Ecke – die Pufflouis und Nutten und Hipsters gingen da ein und aus, ganz zu schweigen von den Lesben und Junkies. Ein berühmter Stummfilmstar wurde einmal wegen Mordes verhaftet, als er aus Blondie's kam, und ich selbst hatte vor gar nicht so langer Zeit dort eine häßliche Sache abgeschlossen, als ich einen angetörnten Modeschöpfer erschießen mußte, der im Anschluß an eine Hollywooder Drogenparty drei Haschbrüder umgelegt hatte. Dort hatte ich auch der silberhaarigen Ardis McGill mit den violetten Augen Lebewohl gesagt. Den Rest der Nacht war ich durch den seltenen Nebel von Los Angeles geschlendert, der möglicherweise nur hinter meinen Augen existierte und mir die Wangen hinunterlief, als die Sonne aufging.

Blondie's geschlossen? Blondie's fort? Unmöglich, hätte man gesagt – eher wäre die Freiheitsstatue von ihrem kahlen Felsen im Hafen von New York verschwunden.

Unmöglich, aber wahr. Das Schaufenster, in dem einst eine Auswahl von Kuchen und Torten gestanden hatte, daß einem das Wasser im Mund zusammenlief, war zugenagelt, aber die Arbeit war schlampig ausgeführt, und deshalb konnte ich durch die Ritzen in den fast leeren Raum sehen. Das Linoleum sah schmutzig und kahl aus. Die vom Fett gedunkelten Blätter der Deckenventilatoren hingen herunter wie die Propeller abgestürzter Flugzeuge. Einige Tische waren noch da, auf die man sechs oder acht der altbekannten rotgepolsterten Stühle gestapelt hatte, Beine nach oben, aber das war alles – abgesehen von einigen leeren Zuckerdosen, die in einer Ecke lagen.

Ich stand da und versuchte, es in den Kopf zu bekommen, und das war, als wollte ich ein großes Sofa eine schmale Treppe hinaufbefördern. Das Leben und die Aufregungen, das nächtliche Treiben und die Überraschungen – wie konnte das zu Ende sein? Es schien nicht nur ein Irrtum zu sein, es war wie eine Blasphemie. Für mich war Blondie's die Summe aller glitzernden Widersprüche des dunklen und lieblosen Herzens von L. A. gewesen; manchmal hatte ich gedacht, Blondie's *war* L. A., wie ich es seit fünfzehn oder zwanzig Jahren kannte, nur in kleinerem Maßstab. Wo sonst konnte man morgens um neun einen Gangsterboß sehen, der mit einem Priester frühstückte, oder ein diamantenbehangenes Glamourgirl, das an der Theke neben einem Automechaniker saß, der das Ende seiner Schicht mit einer Tasse Java feierte? Plötzlich mußte ich wieder an den kubanischen Bandleader und seinen Herzanfall denken, diesmal mit weitaus mehr Mitgefühl.

Das ganze *Leben* der ruhmreichen Stadt der Verlorenen Engel – kapieren Sie das, mein Freund? Empfangen Sie diese Nachricht?

Auf einem Schild an der Tür stand WEGEN RENOVIERUNG GESCHLOSSEN, DEMNÄCHST NEUERÖFFNUNG. Aber das glaubte ich nicht. Leere Zuckerdosen, die in Ecken liegen, deuten nach meinem Dafürhalten nicht auf Renovierungsarbeiten hin. Peoria hatte recht gehabt: Blondie's gehörte der Vergangenheit an. Ich wandte mich ab und trabte weiter die Straße entlang, aber jetzt ging ich langsam und mußte meinen Kopf mit Willenskraft oben halten. Als ich mich dem Fulwider Building näherte, wo ich schon länger, als mir lieb ist, ein Büro unterhalte, überkam mich eine seltsame Gewißheit. Die Griffe der großen Doppeltür würden mit einer dicken Kette umwickelt und mit einem Vorhängeschloß versperrt sein. Die Scheiben hätten sie in verschiedenen Farben übermalt.

Und es würde ein Schild dort hängen: WEGEN RENOVIERUNG GESCHLOSSEN, DEMNÄCHST NEUERÖFFNUNG.

Als ich das Gebäude erreichte, beherrschte diese verrückte Vorstellung mein Denken beinahe zwanghaft, und nicht einmal der Anblick von Bill Tuggle, dem mürrischen CPA vom zweiten Stock, konnte sie verscheuchen. Man sagt, sehen ist glauben; doch als ich die Nummer 2221 erreicht hatte, sah ich keine Kette, kein Schild und keine Farbe auf dem Glas. Nur das Fulwider, wie immer. Ich betrat die Halle, nahm den vertrauten Geruch wahr – der mich an die rosa Würfel erinnerte, die sie heutzutage in die Pissoirs öffentlicher Toiletten legen – und sah dieselben ausgefransten Palmen über demselben verblichenen roten Fliesenboden hängen.

Bill stand neben Vernon Klein, dem ältesten Liftboy der Welt, in Kabine 2. In seiner verblichenen roten Livree und dem steifen Hut sieht Vernon aus wie eine Kreuzung zwischen dem Pagen von Philip Morris und einem Rhesusaffen, der in einen großindustriellen Dampfreiniger gefallen ist. Er sah mit seinen traurigen Bassettaugen zu mir auf, die wegen der Camel in seinem Mund tränten. Seine Augen hätten sich schon seit Jahren an den Rauch gewöhnt haben müssen; ich kann mich nicht erinnern, daß ich ihn jemals ohne eine Camel im Mundwinkel gesehen hätte.

Bill rückte ein Stück, aber nicht weit genug. Er hatte in der Kabine nicht hinreichend Platz, um weit genug zu rücken. Ich bezweifle, ob er auf Rhode Island Platz genug gehabt hätte, möglicherweise sogar in Delaware. Er roch nach einer Salami, die schätzungsweise ein Jahr in billigem Bourbon mariniert worden war. Und als ich gerade dachte, es könnte nicht schlimmer kommen, rülpste er.

»Tut mir leid, Clyde.«

»Nun, das sollte es auch«, sagte ich und fächelte die Luft vor meinem Gesicht, während Vern die Tür der Kabine zuzog und sich darauf vorbereitete, uns zum Mond zu schießen – zumindest aber in den sechsten Stock. »In welchem Abflußrohr haben Sie denn die Nacht verbracht, Bill?«

Und doch hatte der Geruch etwas Tröstliches – ich würde lügen, wenn ich sagen würde, daß es anders war. Weil es ein *vertrauter* Geruch war. Das war nur der stinkende, verkaterte Bill Tuggle, der leicht breitbeinig dastand, als hätte ihm jemand Geflügelsalat in die Unterhose gefüllt, und er hätte es gerade bemerkt. Nicht angenehm, nichts an dieser morgendlichen Fahrstuhlfahrt war angenehm, aber es war wenigstens *bekannt*.

Bill bedachte mich mit einem widerlichen Lächeln, als sich der Fahrstuhl in Bewegung setzte, sagte aber nichts.

Ich drehte den Kopf in Vernons Richtung, um dem Gestank von zu lange gegartem Buchhalter zu entkommen, aber das belanglose Gespräch, das ich anfangen wollte, blieb mir im Hals stecken. Die beiden Bilder, die seit Anbeginn der Zeit über Verns Hocker gehangen hatten – eines von Christus, wie er auf dem See Genezareth wandelte, während seine Jünger im Boot ihn fassungslos anstarrten, und eines von Verns Frau in einem wildledergesäumten Liebchen-vom-Rodeo-Kostüm und einer Frisur im Stil der Jahrhundertwende –, waren verschwunden. Was an ihrer Stelle dort hing, hätte mich nicht so schockieren sollen, zumal angesichts von Vernons Alter – aber es traf mich trotzdem wie eine Wagenladung Backsteine.

Es handelte sich um eine Karte, mehr nicht – eine einfache Glückwunschkarte, die die Silhouette eines Mannes beim Angeln auf einem See bei Sonnenuntergang zeigte. Die Zeile unter dem Kanu machte mich fertig: FRÖHLICHER RUHESTAND!

Sie hätten meine Empfindung, als Peoria mir eröffnete, er könnte vielleicht wieder sehen, glatt verdoppeln können und hätten den Kern trotzdem nicht annähernd getroffen.

Erinnerungen rasten durch meinen Kopf mit der Geschwindigkeit von Karten, die ein Glücksspieler auf dem Mississippi mischte. Einmal war Vern in das Büro neben meinem eingebrochen, um einen Krankenwagen zu rufen, als die Irre, Agnes Sternwood, zuerst mein Telefon aus der Wand gerissen und dann etwas geschluckt hatte, das, wie sie versicherte, Abflußreiniger war. Der Abflußreiniger entpuppte sich als Kristallzucker und das Büro, in das Vern einbrach, als erstklassiges Wettbüro. Soweit ich weiß, bekommt der Kerl, der es gemietet und das Schild »MacKenzie Import« an der Tür angebracht hat, seinen jährlichen Katalog von Sears Roebuck immer noch nach San Quentin nachgeschickt. Dann war da der Typ, den Vern mit seinem Hocker umgehauen hat, als er mir gerade Lüftungsschlitze in die Eingeweide schnitzen wollte; das war natürlich wieder im Fall Mavis Weld. Ganz zu schweigen von der Zeit, als er seine Enkeltochter zu mir brachte – was war *das* für ein Baby! –, als die in die Sache mit den schmutzigen Fotos verwickelt war.

Vern ging in den Ruhestand?

Das war unmöglich. Einfach unmöglich.

»Vernon?« sagte ich. »Was soll das für ein Witz sein?«

»Kein Witz, Mr. Umney«, sagte er, und als er den Lift im zweiten Stock anhielt, stieß er ein Husten aus, das er in all den Jahren, seit ich ihn kannte, noch nie von sich gegeben hatte. Es war, als hörte man Bowlingkugeln aus Marmor eine Kopfsteinpflastergasse entlangrollen. Er nahm die Camel aus dem Mund, und ich sah voller Entsetzen, daß das Ende rotgefleckt war, aber nicht von Lippenstift. Er betrachtete sie einen Moment, verzog das Gesicht, steckte sie wieder in den Mund und zog das Gitter beiseite. »*Dritter*, Mr. Tuggle.«

»Danke, Vern«, sagte Bill.

»Vergessen Sie die Party am Freitag nicht«, sagte Vernon. Seine Worte klangen gedämpft; er hatte ein Taschentuch voll brauner Flecken aus der Gesäßtasche geholt und wischte sich die Lippen damit ab. »Würde mich wirklich freuen, wenn Sie kommen könnten.« Er sah mich mit seinen Triefaugen an, und was ich darin sah, jagte mir eine Heidenangst ein. Etwas wartete direkt hinter der nächsten Kurve auf Vernon Klein, und der Ausdruck verriet mir, daß Vernon das selbst genau wußte. »Sie auch, Mr. Umney – wir haben viel zusammen durchgemacht, und ich würde mich freuen, ein Gläschen mit Ihnen zu trinken.«

»Augenblick mal!« rief ich und packte Bill, als er aus dem Fahrstuhl aussteigen wollte. »Wartet einen verdammten Augenblick, alle beide! *Was* für eine Party? Was geht hier vor?«

»Pensionierung«, sagte Bill. »Das passiert gewöhnlich irgendwann einmal, wenn man weiße Haare bekommen hat, falls Sie zu beschäftigt waren, es zu bemerken. Vernons Abschiedsparty findet am Freitagnachmittag im Keller statt. Alle im Haus werden da sein, und ich mache meinen weltberühmten Dynamitpunsch. Was ist denn los mit Ihnen, Clyde? Sie wissen seit einem Monat, daß Vern am dreißigsten Mai in Pension geht.«

Das machte mich wieder wütend, wie vorhin, als Peoria mich eine Tunte genannt hatte. Ich packte Bill an den Schulterpolstern seines Zweireihers und schüttelte ihn. »Einen Dreck weiß ich!«

Er bedachte mich mit einem knappen, gequälten Lächeln. »Einen Dreck wissen Sie, Clyde. Aber wenn Sie nicht kommen wollen, auch gut. Bleiben Sie fort. Sie benehmen sich schon seit mindestens sechs Monaten *poco loco*.«

Ich schüttelte ihn wieder. »Was meinen Sie damit, *poco loco*?«

»Total plemplem, verrückt wie eine Bettwanze, nicht mehr alle Tassen im Schrank, nicht ganz richtig im Oberstübchen, einen Sprung in der Schüssel – läutet da was bei Ihnen? Und bevor Sie antworten, möchte ich Ihnen noch sagen, wenn Sie mich noch einmal schütteln, auch nur ein *kleines bißchen*, dann explodieren meine Gedärme durch die Brust, und nicht einmal die chemische Reinigung wird *die* Schweinerei wieder von Ihrem Anzug runterbekommen.«

Er wich zurück, bevor ich es noch einmal tun konnte, selbst wenn ich es gewollt hätte, und ging den Flur entlang, wobei sein Hosenboden wie gewöhnlich irgendwo zwischen den Knien hing. Er drehte sich nur einmal um, während Vernon das Messinggitter schloß. »Sie sollten einmal Urlaub machen, Clyde. Und letzte Woche anfangen.«

»Was ist nur in Sie gefahren?« schrie ich ihn an. »Was ist in *euch alle* gefahren?« Aber die Innentür wurde geschlossen, und wir fuhren wieder hoch – dieses Mal in den sechsten. Mein kleines Stück vom Himmelreich. Vern warf seine Zigarette in den Sandeimer in der Ecke und steckte sich sofort eine frische in den Mund. Er schnippte ein Streichholz mit dem Daumennagel an, zündete den Glimmstengel an und fing sofort wieder an zu husten. Jetzt konnte ich kleine Blutströpfchen auf seinen rissigen Lippen erkennen. Ein scheußlicher Anblick. Er hatte den Blick gesenkt, starrte leer in die gegenüberliegende Ecke, sah nichts und hoffte auf nichts. Bill Tuggles Gestank hing zwischen uns wie der Geist vergangener Zechgelage.

»Okay, Vern«, sagte ich. »Was ist es, und wo gehen Sie hin?«

Vernon hatte noch nie zu denen gehört, die mit ihrer Meinung hinter dem Berg hielten, und zumindest daran hatte sich nichts geändert. »Krebs«, sagte er. »Am Samstag fahre ich mit dem Desert Blossom nach Arizona. Ich werde bei meiner Schwester wohnen. Glaube aber nicht, daß ich ihre Geduld überstrapaziere. Wahrscheinlich muß sie das Bett nur zweimal neu beziehen.« Er brachte den Fahrstuhl zum Stillstand und zog das Gitter scheppernd zurück. »*Sechs*, Mr. Umney. Ihr kleines Stück vom Himmelreich.« Er lächelte darüber wie immer, aber dieses Mal sah es aus wie das Lächeln, das man an den Totenschädeln aus Zucker unten in Tijuana sieht – am Tag der Toten.

Nachdem die Fahrstuhltür aufgegangen war, roch ich in meinem kleinen Stück vom Himmelreich hier oben etwas so Ungewöhnliches, daß ich einen Augenblick brauchte, es zu erkennen: frische Farbe. Nachdem ich es erkannt hatte, heftete ich es ab; ich hatte andere Eisen im Feuer.

»Es ist nicht recht«, sagte ich. »Das wissen Sie, Vern.«

Er richtete seine erschreckend leeren Augen auf mich. Der Tod stand darin, eine schwarze Gestalt, die flatterte und gleich unter dem wäßrigen Blau winkte. »Was ist nicht recht, Mr. Umney?«

»Sie sollen *hier* sein, verdammt! Genau *hier*! Sie sollen auf diesem Stuhl sitzen und Christus und Ihre Frau über sich haben. Nicht *das*.« Ich griff nach oben, nahm die Karte mit dem Angler, zerriß sie in zwei Teile, legte die Teile aufeinander, zerriß sie in vier und ließ sie dann los. Sie flatterten auf den verblaßten roten Teppich des Fahrstuhls wie Konfetti.

»Genau hier sein«, wiederholte er, ohne diese schrecklichen Augen von mir abzuwenden. Hinter uns hatten sich zwei Männer in farbverschmierten Overalls umgedreht und sahen zu uns herüber.

»Ganz recht.«

»Wie lange, Mr. Umney? Da Sie alles andere zu wissen scheinen, können Sie mir das wahrscheinlich auch verraten, oder? Wie lange soll ich diese verfluchte Kabine noch fahren?«

»Nun – für immer«, sagte ich, und diese Worte hingen zwischen uns – weitere Geister in dem verrauchten Fahrstuhl. Hätte man mir die Wahl zwischen diesen Geistern gelassen, hätte ich mich wahrscheinlich für Bill

Tuggles' Gestank entschieden. Aber ich hatte keine Wahl. Statt dessen sagte ich. »Für immer, Vern.«

Er nahm die Camel aus dem Mund, hustete Rauch und winzige Blutströpfchen aus und sah mich weiter an. »Es steht mir nicht zu, den Mietern Ratschläge zu geben, Mr. Umney, aber ich denke, ich gebe Ihnen trotzdem einen – schließlich ist es meine letzte Woche. Sie sollten sich überlegen, ob Sie nicht einmal einen Arzt aufsuchen sollten. Einen von der Sorte, die einem Tintenkleckse zeigen und einen fragen, was man sieht.«

»Sie können nicht in den Ruhestand, Vern.« Mein Herz schlug schneller denn je, aber es gelang mir, mit ruhiger Stimme zu sprechen. »Sie können einfach nicht.«

»Nicht?« Er nahm die Zigarette aus dem Mund – die Spitze war bereits in frisches Blut getaucht – und sah mich wieder an. Sein Lächeln war garstig. »Aus meiner Perspektive habe ich nicht gerade eine andere Wahl, Mr. Umney.«

3. Von Malern und Pesos

Der Geruch von frischer Farbe stach mir in die Nase und überlagerte sogar den von Vernons Qualm und Bill Tuggles Achselhöhlen. Die Männer in den Overalls bearbeiteten gerade eine Fläche, die nicht weit von meiner Bürotür entfernt war. Sie hatten eine Abdeckplane auf dem Boden ausgebreitet, und ihre Werkzeuge lagen darauf verteilt – Dosen und Pinsel und Terpentin. Dazu zwei Klappleitern, die die Maler flankierten wie dürre Buchstützen. Ich wollte den Flur entlanglaufen und dabei ihre sämtlichen Werkzeuge hierhin und dorthin kicken. Welches Recht hatten sie, diese alten, dunklen Wände in so einem grellen, entweihenden Weiß zu streichen?

Stattdessen ging ich zu demjenigen, der aussah, als bestünde sein IQ aus einer zweistelligen Zahl, und fragte ihn höflich, was er und sein Kollege denn hier veranstalteten. Er drehte sich zu mir um. »Nach was siehts denn aus? Ich verpasse Miss America grade einen Fingerfick, und Chick dort trägt Rouge auf Betty Grables Nippel auf.«

Ich hatte genug. Genug von ihnen, genug von allem. Ich streckte die Hand aus, packte den Klugscheißer unter der Achsel und drückte mit den Fingerspitzen auf einen besonders wüsten Nerv, der sich dort versteckt. Er schrie und ließ den Pinsel fallen. Weiße Farbe spritzte auf seine Schuhe. Sein Partner warf mir einen zaghaften Rehblick zu und machte einen Schritt vorwärts.

»Wenn du versuchst, einen Abgang zu machen, bevor ich mit euch fertig bin«, fauchte ich, »schieb ich dir den Stiel deines Pinsels so tief in den Arsch, daß man die Borsten mit einem Angelhaken suchen muß. Willst du es darauf ankommen lassen, ob ich lüge?«

Er erstarrte und blieb einfach am Rand der Abdeckplane stehen, wo er von einer Seite zur anderen sah und nach Hilfe Ausschau hielt. Es kam keine. Ich rechnete fast damit, daß Candy die Tür meines Büros aufmachen und nachsehen würde, was der Aufstand sollte, aber die Tür blieb fest geschlossen. Ich wandte meine Aufmerksamkeit wieder dem Klugscheißer zu, den ich festhielt.

»Die Frage war doch ganz einfach, mein Alter – was zum Teufel veranstaltet ihr hier? Kannst du mir das sagen, oder muß ich dir noch eine Dosis verpassen?«

Ich krümmte die Finger unter seiner Achselhöhle, um die Erinnerung aufzufrischen, und er schrie wieder. *»Wir streichen den Flur! Herrgott, können Sie das nicht sehen?«*

Ich konnte es tatsächlich sehen, und selbst wenn ich blind gewesen wäre, hätte ich es *riechen* können. Mir gefiel nicht, was beide Sinne mir verrieten. Der Flur *sollte* nicht gestrichen werden, schon gar nicht in diesem grellen, blendenden Weiß. Er sollte düster und schattig sein; er sollte nach Staub riechen und nach alten Erinnerungen. Was mit dem ungewöhnlichen Schweigen der Demmicks angefangen hatte, wurde immer schlimmer. Ich war stinksauer, wie dieser unglückliche Bursche gerade feststellte. Außerdem hatte ich Angst, aber das ist eine Empfindung, die man gut zu verbergen lernt, wenn der Beruf es mit sich bringt, daß man ständig eine Wumme im Schulterholster mit sich rumschleppt.

»Wer hat euch zwei Komiker geschickt?«

»Unser *Boss*«, sagte er und sah mich an, als hätte ich den Verstand verloren. »Wir arbeiten für den Malerbetrieb Challis Custom in der Van Nuys. Der Boss ist Hap Corrigan. Wenn Sie wissen wollen, wer der Firma den Auftrag gegeben hat, dann müssen Sie . . .«

»Das war der Besitzer«, sagte der andere Maler leise. »Der Besitzer dieses Hauses. Ein Mann namens Samuel Landry.«

Ich kramte in meiner Erinnerung und versuchte, den Namen Samuel Landry mit dem in Verbindung zu bringen, was ich über das Fulwider Building wußte, konnte es aber nicht. Ich konnte den Namen Samuel Landry tatsächlich mit gar nichts in Verbindung bringen – und doch schien er in meinem Kopf zu läuten wie eine Kirchenglocke, die man an einem nebligen Morgen aus meilenweiter Ferne hören kann.

»Ihr lügt«, sagte ich, aber ohne Nachdruck. Ich sagte es nur, um überhaupt etwas zu sagen.

»Rufen Sie den Boss an«, sagte der andere Maler. Der Schein konnte trügen; offenbar war er doch der schlauere der beiden. Er griff in seinen schmutzigen, farbverschmierten Overall und holte eine kleine Karte heraus.

Ich winkte plötzlich müde ab. »Wer, in Gottes Namen, möchte dieses Loch überhaupt gestrichen haben?«

Ich fragte nicht sie, aber der Maler, der mir die Visitenkarte geben wollte, antwortete trotzdem. »Nun, es sieht viel heller aus«, sagte er vorsichtig. »Das müssen Sie zugeben.«

»Junge«, sagte ich und ging einen Schritt auf ihn zu, »hat deine Mutter auch Kinder gehabt, die überlebten, oder hat sie nur ab und zu eine Nachgeburt wie dich zur Welt gebracht?«

»He, schon gut, schon gut«, sagte er und wich einen Schritt zurück. Ich folgte seinem besorgten Blick auf meine geballten Fäuste und öffnete sie wieder. Er sah nicht sehr erleichtert aus, was ich ihm im Grunde nicht verdenken kann. »Es gefällt Ihnen nicht – das haben Sie laut und deutlich gemacht. Aber ich muß tun, was der Boss mir sagt, oder nicht? Ich meine, verdammt, so läuft das in Amerika.«

Er sah seinen Partner an, dann wieder mich. Es war ein rascher Blick, kaum mehr als ein Blinzeln, aber in meiner Branche hatte ich ihn schon öfter gesehen; es ist ein Blick, den man sich merkt. *Laß dich nicht mit dem Burschen ein*, sagte der Blick. *Stoß ihn nicht an, tret ihm nicht auf die Füße. Er ist reines Nitro.*

»Ich meine, ich muß eine Frau und ein kleines Kind versorgen«, fuhr er fort. »Da draußen herrscht Depression, wissen Sie.«

Da kam Verwirrung über mich und ertränkte meine Wut wie ein Regenguß einen Waldbrand. *Herrschte* da draußen eine Depression? Ja?

»Ich weiß«, sagte ich, obwohl ich nichts wußte. »Vergessen wir es einfach, was meint ihr?«

»Klar«, stimmten die Maler so eifrig zu, daß sie sich wie ein halbes Barbier-Quartett anhörten. Derjenige, den ich irrtümlich für halbintelligent gehalten hatte, hielt die linke Hand tief unter der rechten Achselhöhle vergraben und versuchte, den Nerv dort wieder zu beruhigen. Ich hätte ihm sagen können, daß das eine Stunde dauern würde, möglicherweise länger, aber ich wollte nicht mehr mit ihnen reden. Ich wollte mit niemandem reden und niemand sehen – nicht einmal die ergötzliche Candy Kane, deren feuchte Blicke und geschwungene, subtropische Kurven bekanntermaßen schon hartgesottene Gossenschreier in die Knie gezwungen haben. Ich wollte nur das Vorzimmer durchqueren und mich in mein innerstes Heiligtum verkriechen. In der linken unteren Schublade lag eine Flasche Rob's Rye, und im Augenblick war mir verzweifelt nach einem Schluck zumute.

Ich ging zu der Tür mit der Ornamentglasscheibe und der Aufschrift

CLYDE UMNEY, PRIVATDETEKTIV und kämpfte dabei gegen den neu erstarkten Wunsch an, eine Dose weiße Wandfarbe – austernweiß – Marke Dutch Boy durch das Fenster am Ende des Flurs auf die Feuerleiter hinauszukicken. Ich streckte die Hand schon nach meinem Türknauf aus, als mir etwas einfiel und ich mich noch einmal zu den Malern umdrehte – aber langsam, damit sie nicht denken sollten, ich hätte einen neuen Anfall. Außerdem hegte ich die Vermutung, wenn ich mich zu schnell umdrehte, würde ich sehen, wie sie einander angrinsten und die Finger um die Ohren kreisen ließen – die Geste für Irre, die wir alle auf dem Schulhof gelernt haben.

Sie ließen die Finger nicht kreisen, hatten mich allerdings auch nicht aus den Augen gelassen. Der Halbintelligente schien die Entfernung bis zur Tür mit der Aufschrift TREPPENHAUS abzuschätzen. Plötzlich wollte ich ihnen sagen, daß ich kein schlechter Mensch war, wenn man mich näher kannte; daß es sogar einige Klienten und eine Ex-Frau gab, die in mir eine Art Helden sahen. Aber so etwas konnte man nicht über sich selbst sagen, schon gar nicht zu zwei Holzköpfen wie denen.

»Keine Bange«, sagte ich zu ihnen. »Ich werd nicht über euch herfallen. Ich wollte nur noch eine Frage stellen.«

Sie entspannten sich ein wenig. Sehr wenig.

»Nur zu«, sagte Maler Nummer zwei.

»Hat einer von euch schon mal in Tijuana gespielt?«

»*La Lotería*?« fragte Nummer eins.

»Deine Spanischkenntnisse setzen mich in Erstaunen. Ja. *La Lotería.*«

Nummer eins schüttelte den Kopf. »Mexikanische Lotterien und mexikanische Hurenhäuser sind nur was für Wichser.«

Was meinst du, warum ich dich gefragt habe? dachte ich mir, sagte es aber nicht.

»Außerdem«, fuhr er fort, »gewinnt man zehn- oder zwanzigtausend Pesos, tolle Sache. Was macht das in richtigem Geld? Fünfzig Mäuse? Achtzig?«

Meine Mom hat unten in Tijuana in der Lotterie gewonnen, hatte Peoria gesagt, und schon da hatte ich gewußt, daß etwas nicht stimmte. *Vierzigtausend Piepen ... Mein Onkel Fred war gestern nachmittag unten und hat das Geld geholt. Er hat es in der Satteltasche seines Vinnie zurückgebracht!*

»Ja«, sagte ich, »in der Gegend, schätze ich. Und sie zahlen immer so aus, oder nicht? In Pesos?«

Er betrachtete mich wieder mit diesem Blick, als wäre ich verrückt, dann fiel ihm ein, daß ich es ja tatsächlich war, und er arrangierte sein Gesicht neu. »Na, klar. Schließlich ist es ja eine *mexikanische* Lotterie. Sie können schlecht in Dollar ausbezahlen.«

»Wie wahr«, sagte ich, und in Gedanken sah ich Peorias dünnes, eifriges Gesicht und hörte ihn sagen: *Es war alles auf Moms Bett ausgebreitet! Vierzigtausend Mäuse!*

Nur, wie konnte ein blinder Junge sicher sein, um welche Summe es sich genau handelte – oder ob er sich tatsächlich in Geld wälzte? Die Antwort war einfach: gar nicht. Aber selbst ein blinder Zeitungsjunge mußte wissen, daß *La Lotería* in Pesos ausbezahlte, nicht in Dollar, und selbst ein blinder Zeitungsjunge mußte wissen, daß man vierzigtausend mexikanische Lappen nicht in der Satteltasche eines Vincent-Motorrads spazierenfahren konnte. Sein Onkel hätte einen Müllkipper der Stadt Los Angeles gebraucht, um soviel Kohle zu befördern.

Verwirrung, Verwirrung – nichts als dunkle Wolken der Verwirrung.

»Danke«, sagte ich und ging in mein Büro.

Ich bin sicher, das war für uns alle drei eine Erleichterung.

4. Umneys letzter Klient

»Candy, Süße, ich will heute niemand sehen und keine Anru ...«

Ich verstummte. Das Vorzimmer war leer. Candys Schreibtisch in der Ecke sah ungewöhnlich kahl aus, und einen Moment später wurde mir der Grund klar: der Korb mit der Aufschrift EINGANG/AUSGANG lag im Papierkorb, und ihre Bilder von Errol Flynn und William Powell waren verschwunden. Wie ihre Philco. Der blaue Bürostuhl, von dem aus Candy ihr strahlendes Lächeln herumzeigte, war unbesetzt.

Ich richtete den Blick auf den EINGANG/AUSGANG-Korb, der aus dem Papierkorb ragte wie der Bug eines sinkenden Schiffs, und einen Moment lang setzte mein Herzschlag aus. Vielleicht war jemand hier drin gewesen, hatte das Büro auseinandergenommen, Candy entführt. Mit anderen Worten, vielleicht war es ein Fall. In diesem Augenblick wäre mir ein Fall recht gewesen, auch wenn das bedeutete, daß irgendein Ganove Candy gerade eben fesselte und den Strick mit besonderer Sorgfalt über den Rundungen ihres Busens zurechtrückte. Jeder Ausweg aus dem Spinnennetz, das sich über mich gesenkt hatte, war mir willkommen.

Das Problem mit diesem Gedanken war nur: das Zimmer war nicht auseinandergenommen worden. Der Postkorb lag im Müll, richtig, aber das deutete nicht auf einen Kampf hin. Es sah vielmehr aus, als ...

Nur eines lag noch auf dem Schreibtisch, genau in der Mitte der Unterlage. Ein weißer Umschlag. Als ich ihn ansah, wurde mir mulmig. Meine Füße trugen mich trotzdem durch das Zimmer, und ich hob ihn auf. Es überraschte mich nicht, daß mein Name in Candys verschnörkelter Handschrift daraufstand; es war nur ein weiterer Teil dieses langen, unerfreulichen Vormittags.

Ich riß ihn auf, und ein einziges Schmierblatt fiel mir in die Hand.

Lieber Clyde,

ich habe mich lange genug von dir begrapschen und anmachen lassen, und ich habe deine kindischen und lächerlichen Witze über meinen Namen satt. Das Leben ist zu kurz, um es mit einem geschiedenen Detektiv in mittleren Jahren mit Mundgeruch zu verplempern. Du hattest deine guten Seiten, Clyde, aber die schlechten überwiegen allmählich, besonders seit du angefangen hast, ständig zu trinken.

Tu dir selbst etwas Gutes und hör auf.

Alles Liebe,
Arlene Cain

PS: Ich gehe zurück zu meiner Mutter in Idaho. Versuch nicht, mit mir Verbindung aufzunehmen.

Ich hielt den Brief noch einen Moment in der Hand und betrachtete ihn fassungslos, dann ließ ich ihn fallen. Ein Satz fiel mir wieder ein, während ich zusah, wie das Blatt schaukelnd in den bereits vollen Abfalleimer schwebte: *Ich habe deine kindischen und lächerlichen Witze über meinen Namen satt.* Aber hatte ich je gewußt, daß sie *nicht* Candy Kane hieß? Ich suchte in meinem Verstand, während das Papier seine trägen – und scheinbar endlosen – Hin- und Herbewegungen fortsetzte, und die Antwort bestand aus einem herzlichen und aufrichtigen Nein. Ihr Name war *immer* Candy Cane gewesen, wir hatten häufig Witze darüber gemacht, wenn wir unsere Büroanzüglichkeiten und Kabbeleien hatten, na und? Es hatte ihr immer Spaß gemacht. Uns beiden.

Hat es ihr wirklich Spaß gemacht? sagte eine Stimme aus meinem tiefsten Inneren. *Wirklich und* wahrhaftig, *oder ist das auch eines der kleinen Märchen, die du dir all die Jahre selbst eingeredet hast*?

Ich versuchte, diese Stimme zu verdrängen, was mir nach einem oder zwei Augenblicken auch gelang, aber die Stimme, die ihr folgte, war noch schlimmer. Diese Stimme gehörte keinem anderen als Peoria Smith. *Ich kann aufhören, so zu tun, als wäre ich im Himmel, wenn mir irgendein Schwanzlutscher einen Nickel Trinkgeld gibt*, sagte er. *Kapieren Sie diese Nachricht nicht, Mr. Umney?*

»Halt den Mund, Junge«, sagte ich zu dem leeren Zimmer. »Gabriel Heatter bist du nicht.« Ich wandte mich von Candys Schreibtisch ab, und dabei defilierten Gesichter vor meinem geistigen Auge wie die Fratzen einer irren Marschkapelle aus der Hölle: George und Gloria Demmick, Peoria Smith, Bill Tuggle, Vernon Klein, eine Millionen-Dollar-Blondine, die auf den Namen Arlene Cain hörte – sogar die beiden Maler waren dabei.

Verwirrung, Verwirrung, nichts als Verwirrung.

Ich trottete mit gesenktem Kopf in mein Büro, machte die Tür hinter mir zu und setzte mich an den Schreibtisch. Durch das geschlossene Fenster konnte ich leise den Verkehr auf dem Sunset hören. Ich hatte eine Ahnung, daß es für den richtigen Menschen immer noch ein so L. A.-typischer Frühlingsmorgen sein mußte, daß man irgendwo das eingetragene Warenzeichen zu sehen erwartete, aber für mich war jegliches Licht aus dem Tag gewichen, innen wie außen. Ich dachte an die Flasche Fusel in der untersten Schublade, aber plötzlich schien mir die Anstrengung zu groß, mich auch nur zu bücken, um sie zu holen. Es kam mir vor, als müßte ich den Mount Everest mit Turnschuhen besteigen.

Der Geruch frischer Farbe drang bis in mein innerstes Heiligtum. Es war ein Geruch, den ich normalerweise mochte, aber jetzt nicht. In diesem Augenblick war er für mich der Geruch von allem, was schiefgegangen war, seit die Demmicks nicht ihren Hollywood-Bungalow betraten, einander klugscheißerische Bemerkungen zuwarfen wie Tennisbälle, ihre Schallplatten mit voller Lautstärke abspielten und ihren Corgi mit ihrem endlosen Grapschen und Turteln zu hysterischen Anfällen reizten. Mir fiel klar und einfach ein – ich könnte mir denken, daß großen Menschen ihre Einfälle immer so kommen –, wenn es einem Arzt gelingen würde, den Krebs herauszuschneiden, der den Liftboy des Fulwider Building umbrachte, dann wäre der weiß. *Austernweiß*. Und er würde genau wie frische Farbe der Marke Dutch Boy riechen.

Dieser Gedanke war so ermüdend, daß ich den Kopf senken, die Handballen an die Schläfen pressen und ihn stützen mußte . . . vielleicht wollte ich auch nur verhindern, daß er explodierte und eine Schweinerei auf die Wände spritzte. Selbst als die Tür leise geöffnet wurde und Schritte im Raum zu hören waren, sah ich nicht auf. Es schien eine größere Anstrengung zu sein, als ich sie im Augenblick bewerkstelligen konnte.

Außerdem hatte ich die seltsame Vorstellung, daß ich bereits *wußte*, wer es war. Ich konnte dieses Wissen nicht erklären, aber die Schritte klangen irgendwie vertraut. Ebenso das Kölnisch, auch wenn ich den Namen nicht hätte nennen können, wenn mir jemand eine Waffe an die Schläfe gehalten hätte, und zwar aus einem einfachen Grund: ich hatte es in meinem ganzen Leben noch nicht gerochen. Wie konnte ich einen Geruch kennen, den ich noch nie wahrgenommen hatte, werden Sie sich fragen? Das weiß ich selbst nicht, Freund, aber es war so.

Und das war noch nicht das Schlimmste. Das Schlimmste war: ich war fast besinnungslos vor Angst. Ich habe schußbereiten Waffen in den Händen verrückter Männer gegenübergestanden, was schlimm ist, und

Dolchen in den Händen wütender Frauen, was tausendmal schlimmer ist; einmal war ich ans Lenkrad eines Packard gefesselt, der auf den Schienen einer vielbefahrenen Güterzuglinie geparkt worden war; ich bin sogar schon einmal aus einem Fenster im zweiten Stock hinausgeworfen worden. Durchaus ein ereignisreiches Leben, aber nichts hatte mir je solche Angst gemacht, wie mir der Geruch dieses Kölnisch und das Geräusch dieser Schritte Angst gemacht hatten.

Mein Kopf schien mindestens sechshundert Pfund zu wiegen.

»Clyde«, sagte eine Stimme. Eine Stimme, die ich noch nie gehört hatte, eine Stimme, die ich dennoch so gut kannte wie meine eigene. Ein einziges Wort, und das Gewicht meines Kopfes schnellte glatt auf eine Tonne hinauf.

»Machen Sie, daß Sie rauskommen, wer immer Sie sind«, sagte ich, ohne aufzusehen. »Wir haben geschlossen.« Aus einem unerfindlichen Grund fügte ich hinzu: »Wegen Renovierung.«

»Schlechter Tag, Clyde?«

Drückte die Stimme Mitgefühl aus? Ich fand, irgendwie ja, was alles noch schlimmer machte. Wer der Kerl auch immer sein mochte, ich wollte sein Mitleid nicht. Etwas sagte mir, daß sein Mitleid schlimmer sein würde als sein Haß.

»Nicht so schlecht«, sagte ich, stützte den schweren, schmerzenden Kopf mit den Handflächen und starrte auf meine Schreibtischunterlage, als hinge mein Leben davon ab. In die linke, obere Ecke hatte ich die Telefonnummer von Mavis Weld gekritzelt. Ich studierte sie immer und immer wieder – Beverly Hills 6–4214. Es schien eine gute Idee zu sein, die Schreibtischunterlage zu studieren. Ich wußte nicht, wer mein Besucher war, aber ich wußte, ich wollte ihn nicht sehen. Das war in dem Augenblick das *einzige*, was ich wußte.

»Ich glaube, du bist ein wenig ... sagen wir, unlauter?« fragte die Stimme, und es war tatsächlich Mitleid; bei dem Klang verkrampfte sich mein Magen zu etwas, das sich wie eine zitternde, säuregetränkte Faust anfühlte. Ein Knarren ertönte, als er auf dem Klientenstuhl Platz nahm.

»Ich weiß nicht genau, was das Wort bedeutet, aber sagen wir es meinetwegen«, stimmte ich zu. »Und nachdem wir es nun gesagt haben, warum stehen Sie nicht gleich wieder auf, Moggins, und verziehen sich? Ich denke, ich werde einen Tag krankfeiern. Das kann ich ohne großes Hin und Her, verstehen Sie, weil ich der Boss bin. Schön, wie sich manchmal alles so trefflich fügt, was?«

»Kann schon sein. Sieh mich an, Clyde.«

Mein Herzschlag wurde unregelmäßig, aber ich hielt den Kopf gesenkt und studierte weiter Beverly 6–4214. Ein Teil von mir fragte sich, ob für Mavis Weld die Hölle heiß genug war. Als ich das Wort ergriff, hörte sich meine Stimme gelassen an. Das überraschte mich, aber ich war dankbar dafür. »Vielleicht feiere ich sogar ein ganzes Jahr krank. Möglicherweise in Carmel. Ich sitze mit dem *American Mercury* auf dem Schoß da und sehe zu, wie die großen Schiffe von Hawaii einlaufen.«

»Sieh mich an.«

Ich wollte nicht, hob aber trotzdem den Kopf. Er saß auf dem Klientenstuhl, wo Mavis einst gesessen hatte und Ardis McGill und Big Tom Hatfield. Sogar Vernon Klein hatte einmal dort gesessen, als er mir die Bilder seiner Tochter zeigte, auf denen sie nichts außer einem Opiumgrinsen und dem Kostüm trug, in dem sie zur Welt gekommen war. Er saß da, und dasselbe kalifornische Sonnenlicht fiel auf seine Gesichtszüge – Züge, die ich *eindeutig* schon einmal gesehen hatte. Zum letzten Mal vor nicht einmal einer Stunde, in meinem Badezimmerspiegel. Ich hatte sie mit einer Gillette Blue Blade rasiert.

Der Ausdruck von Mitleid in seinen Augen – *meinen* Augen – war das Teuflischste, das ich je gesehen hatte, und als er seine Hand ausstreckte – *meine* Hand –, verspürte ich den plötzlichen Wunsch, mit meinem Drehstuhl herumzuwirbeln, aufzustehen und mich aus dem Fenster im sechsten Stock zu stürzen. Ich hätte es vielleicht auch getan, wäre ich nicht so verwirrt, so durch und durch verloren gewesen. Ich hatte das Wort *unmännlich* schon oft gehört – es ist ein Lieblingswort der Schundschreiber und Heulsusen –, aber dies war das erste Mal, daß ich mich selbst so fühlte.

Plötzlich wurde es dunkler im Büro. Der Tag war völlig klar gewesen, das hätte ich beschwören können, aber jetzt hatte sich eine Wolke vor die Sonne geschoben. Der Mann auf der anderen Seite des Schreibtisches war mindestens zehn Jahre älter als ich, möglicherweise fünfzehn, das Haar fast völlig weiß, während meines noch fast völlig schwarz war; aber das änderte nichts an der simplen Tatsache – wie er sich auch nennen mochte und wie alt er auch aussah, er war ich. Hatte ich gedacht, daß mir seine Stimme bekannt vorkam? Klar. So wie die eigene Stimme klingt – wenn auch nicht ganz so wie im eigenen Kopf –, wenn man sie auf Tonband hört.

Er nahm meine schlaffe Hand vom Schreibtisch, schüttelte sie so heftig wie ein Grundstücksmakler beim Verkauf und ließ sie wieder fallen. Sie landete mit einem Plop auf der Schreibtischplatte und bedeckte Mavis Welds Telefonnummer. Als ich die Finger wieder hob, stellte ich fest, daß Mavis' Nummer fort war. Tatsächlich waren *alle* Nummern fort, die ich im Lauf der Jahre auf die Unterlage gekritzelt hatte. Sie war so rein – nun, so rein wie das Gewissen eines bigotten Baptisten.

»Herrgott«, krächzte ich. »Herrgott nochmal.«

»Keineswegs«, sagte die ältere Version von mir, die auf der anderen

Seite des Schreibtischs auf dem Klientenstuhl saß. »Landry. Samuel D. Landry. Zu deinen Diensten.«

5. Ein Interview mit Gott

Obwohl ich so erschüttert war, brauchte ich nur zwei oder drei Sekunden, bis ich den Namen zuordnen konnte, wahrscheinlich weil ich ihn erst vor so kurzer Zeit gehört hatte. Laut Maler Nummer zwei war Samuel Landry der Grund, weshalb der lange, dunkle Flur zu meinem Büro bald austernweiß sein würde. Landry war der Besitzer des Fulwider Building.

Plötzlich kam mir ein verrückter Gedanke, aber diese Verrücktheit änderte nichts an der plötzlichen Hoffnung, die mich erfüllte. Sie – wer immer *sie* sein mögen – sagen, daß jeder Mensch auf der Welt einen Doppelgänger hat. Vielleicht war Landry meiner. Vielleicht waren wir identische Zwillinge, nicht verwandte Doubles, die irgendwie von verschiedenen Eltern zehn oder fünfzehn Jahre auseinander gezeugt worden waren. Dieser Gedanke erklärte die anderen seltsamen Vorkommnisse des Tages natürlich nicht, aber verdammt nochmal, ich konnte mich trotzdem daran klammern.

»Was kann ich für Sie tun, Mr. Landry?« fragte ich. Ich gab mir größte Mühe, aber meine Stimme hörte sich nicht mehr gelassen an. »Wenn es um die Miete geht, müssen Sie mir bitte einen oder zwei Tage Zeit lassen, mich sachkundig zu machen. Sieht so aus, als hätte meine Sekretärin gerade festgestellt, daß sie daheim in Kuhkaff, Idaho, etwas Dringendes zu erledigen hat.«

Landry schenkte meinem kläglichen Versuch, das Thema der Unterhaltung zu wechseln, nicht die geringste Beachtung. »Ja«, sagte er mit nachdenklicher Stimme, »ich vermute, es war der Prototyp eines schlechten Tages – und das ist meine Schuld. Es tut mir leid, Clyde – wirklich. Sie persönlich kennenzulernen ist nicht so, wie ... nun, wie ich es mir vorgestellt hatte. Überhaupt nicht. Zunächst einmal kann ich Sie viel besser leiden, als ich dachte. Aber jetzt gibt es kein Zurück mehr.« Und er stieß einen Stoßseufzer aus. Gefiel mir überhaupt nicht.

»Was meinen Sie damit?« Meine Stimme zitterte jetzt noch schlimmer, und der Anflug von Hoffnung verschwand. Sauerstoffmangel in der eingestürzten Höhle, die einmal mein Gehirn gewesen war, schien der Grund dafür zu sien.

Er antwortete nicht gleich. Statt dessen bückte er sich und faßte den Griff eines schmalen Lederkoffers, der an einem Bein des Klientenstuhls lehnte. Die Initialen S. D. L. standen darauf, und ich schlußfolgerte daraus, daß mein unheimlicher Besucher ihn mitgebracht hatte. Wissen Sie, ich habe 1934 und 1935 nicht umsonst den Preis für den »Schnüffler des Jahres« gewonnen.

So einen Koffer hatte ich in meinem ganzen Leben noch nicht gesehen – er war zu klein und schmal für einen Aktenkoffer, und er war nicht mit Schnallen verschlossen, sondern mit einem Reißverschluß. Und jetzt, da ich darüber nachdachte – so einen Reißverschluß hatte ich auch noch nie gesehen. Die Zähne waren außerordentlich winzig und sahen überhaupt nicht wie Metall aus.

Aber mit Landrys Gepäck fing das Seltsame erst an. Selbst wenn man sein unfaßbares Aussehen – wie ein älterer Bruder – außer acht ließ, sah Landry nicht wie ein Geschäftsmann aus, wie ich sie kannte, und schon gar nicht wie einer, der so reich sein konnte, daß ihm das Fulwider Building gehörte. Zugegeben, es ist nicht das Ritz, aber es liegt in der Innenstadt von L. A., und mein Klient (falls er einer war) sah aus wie ein Penner an einem guten Tag, zu dem ein Bad und eine Rasur gehörten.

Er hatte blaue Jeans an, das war eines, und ein Paar Turnschuhe an den Füßen; aber sie sahen nicht wie die Turnschuhe aus, die ich kannte. Es waren große, klobige Dinger. Eigentlich sahen sie mehr wie die Schuhe aus, die Boris Karloff zu seinem Frankenstein-Kostüm trägt, und wenn sie aus Segeltuch bestanden, dann fresse ich meinen Lieblingshut. Das Wort, das mit roten Buchstaben auf den Seiten geschrieben stand, hörte sich wie der Name eines Gerichts auf der Speisekarte in einem chinesischen Schnellimbiß an: REEBOK.

Ich betrachtete die Schreibtischunterlage, die einst mit einem Wirrwarr von Telefonnummern vollgekritzelt war, und da fiel mir auf, daß ich mich auch nicht mehr an die von Mavis Weld erinnern konnte, obwohl ich sie im vergangenen Winter tausendmal angerufen haben mußte. Das Gefühl des Grauens nahm zu.

»Mister«, sagte ich, »ich wollte, Sie würden zur Sache kommen und wieder verschwinden. Wenn ich darüber nachdenke, warum lassen Sie das mit der Sache nicht einfach weg und gehen gleich zum Verschwinden über?«

Er lächelte müde, fand ich. Das war das andere. Das Gesicht über dem schlichten weißen Hemd mit dem offenen Kragen sah schrecklich müde aus. Und schrecklich traurig. Es drückte aus, daß der Mann, dem es gehörte, Dinge durchgemacht haben mußte, die ich mir nicht einmal vorstellen konnte. Ich verspürte eine gewisse Sympathie für meinen Besucher, aber am meisten verspürte ich Angst. Und Wut. Weil es auch *mein* Gesicht war, und der Dreckskerl hatte offenbar einiges dazu getan, es zu verbrauchen.

»Tut mir leid, Clyde«, sagte er. »Kann nicht.«

Er griff nach diesem winzigen, erstaunlichen Reißverschluß, und plötzlich wollte ich als allerletztes auf der Welt, daß Landry diesen Koffer öffnete. Um ihn daran zu hindern, sagte ich: »Besuchen Sie Ihre Mieter immer in einem Aufzug wie die Typen, die ihr Leben damit verbringen, hinter dem Pflug herzulaufen? Was sind Sie, einer dieser exzentrischen Millionäre?«

»Exzentrisch bin ich durchaus«, sagte er. »Und es wird dir nichts nützen, die Sache hinauszuzögern, Clyde.«

»Wie kommen Sie darauf, daß ich ...«

Dann sprach er das aus, wovor mir graute, und löschte gleichzeitig das letzte winzige Fünkchen Hoffnung aus. »Ich kenne *alle* deine Gedanken, Clyde. Schließlich bin ich *du*.«

Ich leckte mir die Lippen und zwang mich zu sprechen; ich hätte alles getan, um ihn daran zu hindern, diesen Reißverschluß zu öffnen. Rein alles. Meine Stimme klang heiser, aber wenigstens klang sie *überhaupt*.

»Ja, die Ähnlichkeit ist mir auch schon aufgefallen. Nur das Kölnisch kenne ich nicht. Ich selbst schwöre auf Old Spice.«

Er hielt Daumen und Zeigefinger an dem Reißverschluß, zog aber nicht daran. Jedenfalls noch nicht.

»Aber es gefällt dir«, sagte er durch und durch überzeugt, »und du würdest es auch benützen, wenn du es im Rexall unten an der Ecke bekommen könntest, oder nicht? Unglücklicherweise kannst du das nicht. Es ist *Aramis*, und es wird erst in etwa vierzig Jahren oder so erfunden werden.« Er betrachtete seine seltsamen, häßlichen Basketballschuhe. »Wie meine Turnschuhe.«

»Teufel nochmal.«

»Nun, ja, ich denke, der Teufel könnte auch irgendwann ins Spiel kommen«, sagte Landry, aber er lächelte nicht.

»Woher kommen Sie?«

»Ich dachte, das wüßtest du.« Landry zog den Reißverschluß auf und nahm ein rechteckiges Ding aus glattem Plastik heraus. Es hatte dieselbe Farbe, die der Flur im sechsten Stock bei Sonnenuntergang haben würde. Ich hatte so etwas noch nie gesehen. Es stand kein Markenname darauf, nur so etwas wie eine Seriennummer: T-1000. Landry nahm es aus dem Koffer, ließ mit den Daumen die Laschen an den Seiten aufschnappen, klappte das Oberteil an Scharnieren zurück und brachte etwas ans Licht, das wie der Teleschirm in einem Buck-Rogers-Film aussah. »Ich komme aus der Zukunft«, sagte Landry. »Genau wie in einer Geschichte in einem Groschenheft.«

»Wahrscheinlicher ist, daß Sie aus dem Sunnyland-Sanatorium kommen«, krächzte ich.

»Aber nicht *genau* wie in einem Groschenheft«, sagte er und achtete überhaupt nicht auf das, was ich gesagt hatte. Er drückte einen Knopf an der Seite des Plastikgehäuses. Im Inneren des Dinges ertönte ein leises Surren, gefolgt von einem kurzen, pfeifenden Piepsen. Das Ding, das er auf dem Schoß hielt, sah wie eine seltsame Stenographenmaschine aus – und ich hatte so eine Ahnung, als wäre das gar nicht so weit von der Wahrheit entfernt.

Er sah zu mir auf und fragte: »Wie heißt dein Vater, Clyde?«

Ich sah ihn einen Moment an und widerstand dem Impuls, wieder die Lippen zu lecken. Es war noch dunkel im Zimmer, die Sonne war hinter einer Wolke verborgen, die nicht zu sehen gewesen war, als ich von der Straße hereinkam. Landrys Gesicht schien in der Düsternis zu schweben wie ein verschrumpelter Ballon.

»Was hat das mit dem Preis von Gurken in Monrovia zu tun?« fragte ich.

»Du weißt es nicht, oder?«

»Natürlich weiß ich es«, sagte ich, und ich wußte es auch. Es fiel mir nur nicht ein, das war alles – der Name lag mir auf der Zunge, wie die Telefonnummer von Mavis Weld, die BAyshore so-oder-so gewesen war.

»Wie ist es mit dem Namen deiner Mutter?«

»Hören Sie auf, Spielchen mit mir zu spielen!«

»Na gut, dann etwas Einfaches – welche High School hast du besucht? Jeder amerikanische Mann erinnert sich an die Schule, die er besucht hat, richtig? Oder das erste Mädchen, mit dem er bis zum Letzten gegangen ist. Oder die Stadt, in der er aufgewachsen ist. Bist du es in San Luis Obispo?«

Ich machte den Mund auf, aber dieses Mal kam nichts heraus.

»Carmel?«

Das hörte sich richtig an und schien völlig falsch zu sein. Mir schwirrte der Kopf.

»Oder vielleicht war es Dusty Bottom, New Mexico.«

»Hören Sie auf mit dem Scheiß!« schrie ich.

»Weißt du es? *Ja?*«

»Ja! Es war ...«

Er bückte sich. Tippte auf die Tasten seiner seltsamen Stenomaschine.

»San Diego! Geboren und aufgewachsen!«

Er stellte die Maschine auf den Schreibtisch und drehte sie um, damit ich die Worte lesen konnte, die im Fenster über den Tasten schwebten:

»San Diego! Geboren und aufgewachsen!«

Mein Blick fiel von dem Fenster auf das Wort, das in den Plastikrahmen darum herum eingestanzt war.

»Was ist ein Toshiba?« fragte ich. »Eine Beilage, wenn man eine Portion Reebok bestellt?«

»Das ist eine japanische Elektronikfirma.«

Ich lachte trocken. »Wem wollen Sie was vormachen, Mister? Die Japse können nicht einmal aufziehbares Spielzeug machen, ohne die Sprungfedern durcheinanderzubringen.«

»Jetzt nicht«, stimmte er zu, »und da wir gerade vom Jetzt sprechen, Clyde, wann *ist* jetzt? Welches Jahr schreiben wir?«

»1938«, sagte ich, dann hob ich eine halb gelähmte Hand zum Gesicht und rieb mir die Lippen. »Moment mal – 1939.«

»Es könnte sogar 1940 sein. Habe ich recht?«

Ich sagte nichts, spürte aber, wie mein Gesicht heiß wurde.

»Nicht traurig sein, Clyde. Du weißt es nicht, weil *ich* es nicht weiß. Ich habe es immer unklar gelassen. Der Zeitraum, den ich erreichen wollte, war mehr wie eine *Atmosphäre.* Wenn du willst, kannst du es *Chandlers Amerikanische Zeit* nennen. Für die meisten meiner Leser war das okay, und es machte auch vom Standpunkt des Recherchierens aus alles einfacher, weil man das Verstreichen der Zeit nie ganz in den Griff bekommt. Ist dir noch nie aufgefallen, wie oft du so etwas wie ›seit mehr Jahren, als ich mich erinnern kann‹ oder ›länger her, als ich zurückdenken will‹ oder ›als Hector noch ein Welpe war‹ sagst?«

»Nein – kann ich nicht sagen.« Aber jetzt, da er es erwähnte, fiel es mir *doch* auf. Und da mußte ich an die *L. A. Times* denken. Ich las sie jeden Tag, aber von welchem Tag stammte sie genau? Der Zeitung selbst sah man es nicht an, weil nie ein Datum im Kopf stand, nur der Wahlspruch, der lautet: »Amerikas beste Zeitung in Amerikas bester Stadt.«

»Du sagst das, weil die Zeit in dieser Welt nicht wirklich vergeht. Das ist ...« Er machte eine Pause, dann lächelte er voller Sehnsucht und seltsamem Verlangen. »Das ist einer ihrer vielen Vorteile«, sagte er.

Ich hatte Angst, aber ich habe dem Teufel schon immer auf den Kopf treten können, wenn es erforderlich war, und jetzt war es erforderlich. »Verdammt nochmal, verraten Sie mir, was hier los ist?«

»Na gut. Aber du kommst langsam selbst dahinter, Clyde. Oder nicht?«

»Vielleicht. Ich kenne den Namen meines Dad oder meiner Mom oder des ersten Mädchens, mit dem ich ins Bett gegangen bin, nur deshalb nicht, weil *Sie* ihn nicht kennen. Ist es das?«

Er nickte und lächelte, wie ein Lehrer einem Schüler zulächeln würde, der einen logischen Fehler gemacht hat und entgegen allen Erwartungen dennoch zum richtigen Ergebnis gekommen ist. Aber in seinen Augen stand immer noch dieses schreckliche Mitleid.

»Und als Sie San Diego hier mit Ihrem Spielzeug geschrieben haben und es mir gleichzeitig selbst eingefallen ist . . .«

Er nickte und ermutigte mich.

»Sie besitzen nicht nur das Fulwider Building, oder?« Ich schluckte und versuchte, den dicken Kloß in meiner Kehle loszuwerden, aber er wollte nicht weichen. »Sie besitzen alles.«

Aber Landry schüttelte den Kopf. »Nicht alles. Nur Los Angeles und einige umliegende Gegenden. Das heißt, diese Version von Los Angeles, einschließlich ihrer gelegentlichen Brüche in der Kontinuität und ihrer erfundenen Zusätze.«

»Blödsinn«, sagte ich, aber ich flüsterte das Wort.

»Siehst du das Bild an der Wand links von der Tür, Clyde?«

Ich sah es an, aber das war kaum nötig; es zeigte Washington, wie er den Delaware überquerte, und es hing schon da, als . . . nun, als Hector noch ein Welpe gewesen war.

Landry hatte seine Buck-Rogers-Stenomaschine wieder auf den Schoß genommen und beugte sich darüber.

»Tun Sie das nicht!« schrie ich und wollte ihn packen. Ich konnte es nicht. Es schien, als hätten meine Arme keine Kraft, und es schien, als könnte ich die Willenskraft nicht aufbringen. Ich fühlte mich lethargisch, ausgelaugt, als hätte ich drei Liter Blut verloren und verlor ständig mehr.

Er ließ die Tasten wieder klappern. Drehte die Maschine zu mir um, damit ich die Worte im Fenster lesen konnte. Sie lauteten: *An der Wand neben der Tür, die ins Candy-Land hinausführt, hängt unser hochgeschätzter Landesvater – aber immer ein wenig schief. So halte ich ihn in der richtigen Perspektive.*

Ich sah zu dem Bild. George Washington war fort, ersetzt durch ein Foto von Franklin D. Roosevelt. FDR grinste und hatte die Zigarettenspitze in einem Winkel im Mund, den seine Befürworter keck und seine Gegner arrogant finden. Das Bild hing etwas schief.

»Ich brauche den Laptop nicht«, sagte er. Es klang ein wenig verlegen, als hätte ich ihm etwas unterstellt. »Ich kann es auch, indem ich mich einfach konzentriere – wie du gesehen hast, als die Telefonnummern von deiner Schreibunterlage verschwanden –, aber das Notebook hilft. Wahrscheinlich weil ich gewöhnt bin, alles aufzuschreiben. Und es dann zu bearbeiten. In gewisser Weise sind Bearbeiten und Umschreiben die faszinierendsten Arbeiten unseres Jobs, weil da die letzten Veränderungen stattfinden – normalerweise geringfügig, aber oft von entscheidender Bedeutung –, die das Bild richtig realistisch machen.«

Ich sah Landry an, und als ich sprach, klang meine Stimme tot. »Sie haben mich erfunden, richtig?«

Er nickte seltsam beschämt, als hätte er etwas Schmutziges getan.

»Wann?« Ich stieß ein kurzes, seltsam krächzendes Lachen aus. »Oder ist das nicht die richtige Frage?«

»Ich weiß nicht, ob sie es ist oder nicht«, sagte er, »und ich könnte mir denken, jeder Schriftsteller würde dir ungefähr dasselbe sagen. Es passierte nicht schlagartig – da bin ich ganz sicher. Es war ein langwieriger Prozeß. Zum esten Mal bist du in *Scarlet Town* aufgetaucht, aber das habe ich 1977 geschrieben, und seither hast du dich ziemlich verändert.«

1977, dachte ich. Wahrhaftig ein Buck-Rogers-Jahr. Ich wollte nicht glauben, daß ich das erlebte, wollte glauben, daß alles ein Traum war. Seltsam. Der Geruch seines Kölnisch verhinderte, daß ich das konnte – der vertraute Geruch, den ich in meinem ganzen Leben noch nicht gerochen hatte.

Wie konnte ich auch? Es war *Aramis*, eine Marke, die mir so unbekannt war wie *Toshiba*.

Aber er fuhr fort.

»Du bist weitaus komplexer und interessanter geworden. Am Anfang warst du ziemlich eindimensional.« Er räusperte sich und betrachtete einen Moment lächelnd seine Hände.

»Wie beschissen für mich.«

Er zuckte angesichts der Wut in meiner Stimme zusammen, zwang sich aber trotzdem, wieder aufzusehen. »Dein letztes Buch war *Wie ein gefallener Engel*. Das habe ich 1990 angefangen, war aber erst 1993 damit fertig. In der Zwischenzeit hatte ich einige Probleme. Mein Leben ist interessant gewesen.« Er verlieh dem Wort einen verbitterten, häßlichen Beigeschmack. »Schriftsteller schreiben ihre besten Werke nicht in interessanten Zeiten, Clyde. Glaub mir.«

Ich betrachtete die verlotterte Pennerkleidung, die an ihm hing, und kam zum Ergebnis, daß er recht haben könnte. »Vielleicht haben Sie deshalb diesmal so grandios Scheiße gebaut«, sagte ich. »Die Geschichte mit der Lotterie und den vierzigtausend Dollar war reiner Quatsch – südlich der Grenze zahlen sie in Pesos aus.«

»Das habe ich gewußt«, sagte er gelassen. »Ich will nicht sagen, daß ich nicht ab und zu einmal Mist baue – in dieser Welt mag ich eine Art Gott sein, oder *für* diese Welt, aber in meiner eigenen bin ich ein ganz normaler Mensch. Doch wenn ich Mist baue, dann erfahren du und deine Mitmenschen es nie, Clyde, denn meine Fehler und Kontinuitätssprünge sind Teil deiner Wahrheit. Nein, Peoria hat gelogen. Ich wußte es, und ich wollte, daß *du* es auch weißt.«

»Warum?«

Er zuckte wieder die Achseln und sah unbehaglich und ein wenig beschämt drein. »Ich denke, um dich ein wenig auf meine Ankunft vorzubereiten. Darum das alles, angefangen mit den Demmicks. Ich wollte dir nicht mehr Angst machen als unbedingt nötig.«

Jeder Privatschnüffler, der die Butter aufs Brot wert ist, hat eine ziemlich gute Ahnung, wenn die Person auf dem Klientenstuhl lügt und wenn sie die Wahrheit sagt; zu wissen, wenn ein Klient die Wahrheit sagt, aber bestimmte Sachen verschweigt, ist ein selteneres Talent, und ich bezweifle, daß selbst die Genies unter uns es immer fertigbringen. Vielleicht merkte ich es jetzt nur, weil meine und Landrys Gehirnwellen im Gleichschritt marschierten; jedenfalls merkte ich es. Er sagte mir nicht alles. Die Frage war nur: sollte ich ihn darauf ansprechen oder nicht?

Was mich hinderte, war die plötzliche und gräßliche Intuition, die aus dem Nichts getanzt kam wie ein Gespenst, das aus der Wand eines Spukhauses schwebt. Es hatte mit den Demmicks zu tun. Der Grund, weshalb sie gestern nacht so still gewesen waren, war der, daß Tote keinen ehelichen Zank ausfechten – das ist eine der Regeln, auf die man sich immer ziemlich gut verlassen kann, genau wie auf die, daß Scheiße bergab fließt. Schon als ich ihm zum ersten Mal begegnet war, hatte ich eine gewalttätige Ader unter Georges großstädtischem Lack gespürt und geahnt, daß sich hinter Gloria Demmicks hübschem Gesicht und schnippischem Gebaren ein Biest mit scharfen Krallen verbergen mochte. Sie waren einfach ein bißchen zu sehr Cole Porter, um wahr zu sein, wenn Sie wissen, was ich meine. Und jetzt war ich irgendwie überzeugt, daß George endgültig durchgedreht war und seine Frau getötet hatte – und wahrscheinlich auch den kläffenden Welsh Corgi. Gloria saß möglicherweise aufrecht in der Ecke des Badezimmers zwischen Dusche und Toilette, das Gesicht schwarz, die Augen aufgerissen wie alte, trübe Murmeln, die Zunge zwischen blauen Lippen herausgestreckt. Der Hund hatte den Kopf auf ihrem Schoß liegen und einen Kleiderbügel aus Draht um den Hals gedreht, und sein schrilles Kläffen war für immer verstummt. Und George? Tot auf dem Bett mit Glorias Flasche Veronal – leer – neben sich auf dem Nachttisch. Keine Parties mehr, kein Jitterbug bei Al Arif, keine aufregenden Oberschichtsmorde in Pam Desert oder Beverly Glen. Sie kühlten gerade ab, lockten Fliegen an, wurden blaß unter ihrer modischen Swimmingpoolbräune.

George und Gloria Demmick, die in der Maschine dieses Mannes gestorben waren. Die im *Kopf* dieses Mannes gestorben waren.

»Wenn Sie mir keine Angst machen wollten, haben Sie Ihre Aufgabe beschissen gelöst«, sagte ich und fragte mich sofort, ob er sie überhaupt besser hätte lösen können. Stellen Sie sich mal folgende Frage: Wie bereitet man jemanden darauf vor, Gott kennenzulernen? Ich wette, selbst Moses wurde ein wenig heiß unter der Kutte, als der Busch zu brennen anfing, und ich bin nichts weiter als ein Schnüffler für vierzig pro Tag plus Spesen.

»*Wie ein gefallener Engel* – das war die Geschichte mit Mavis Weld. Der Name Mavis Weld stammt aus einem Roman mit dem Titel *Die kleine Schwester.* Von Raymond Chandler.« Er sah mich mit dieser besorgten Unsicherheit an, in der eine Spur Schuldbewußtsein mitschwang. »Es ist eine *Hommage.*« Er sprach die erste Silbe so aus, daß sie sich auf Rom reimte.

»Schön für Sie«, sagte ich, »aber der Name des Burschen sagt mir nichts.«

»Natürlich nicht. In deiner Welt – das heißt in meiner Version von L. A. – hat Chandler nie existiert. Trotzdem habe ich alle möglichen Namen aus seinen Büchern in meinen verwendet. Im Fulwider Building hatte Philip Marlowe, Chandlers Detektiv, sein Büro. Vernon Klein ... Peoria Smith ... und selbstverständlich Clyde Umney. Das war der Name des Anwalts in *Playback.*«

»Und so etwas nennt man *Hommage?*«

»Genau.«

»Wenn Sie das sagen; mir scheint es ein neues Wort für schlichtes Abschreiben zu sein.« Aber es war ein komisches Gefühl, zu wissen, daß mein Name von einem Mann, von dem ich nie gehört hatte, in einer Welt, von der ich nicht einmal träumte, erfunden worden war.

Landry besaß den Anstand, zu erröten, senkte den Blick aber nicht.

»Na gut; vielleicht habe ich ein bißchen gewildert. Ich habe auf jeden Fall Chandlers Stil nachgeahmt, aber da war ich nicht der erste. Ross Macdonald hat es in den fünfziger und sechziger Jahren auch getan, Robert Parker in den siebziger und achtziger Jahren, und die Kritiker haben sie dafür mit Lorbeerkränzen geschmückt. Außerdem hat Chandler selbst von Hammett und Hemingway gelernt, ganz zu schweigen von Pulp-Autoren wie ...«

Ich hob die Hand. »Lassen wir den Literaturunterricht und kommen wir zu des Pudels Kern. Es ist verrückt, aber ...« Mein Blick wanderte zu dem Bild von Roosevelt, von dort zu der unheimlich leeren Schreibtischunterlage, und von dort wiederum zu dem hageren Gesicht auf der anderen Seite des Schreibtisches, »... aber sagen wir mal, ich glaube es. Was machen Sie hier? Weshalb sind Sie gekommen?«

Aber ich wußte es bereits. Ich verdiene meinen Lebensunterhalt als Detektiv, aber die Antwort darauf kam aus meinem Herzen, nicht aus dem Kopf.

»Ich bin deinetwegen gekommen.«

»Meinetwegen.«

»Ja, tut mir leid. Ich fürchte, du wirst dein Leben auf eine neue Art und

Weise betrachten müssen, Clyde. Als ... nun, sagen wir einmal, als ein Paar Schuhe. Du ziehst sie aus, und ich ziehe sie an. Und wenn ich die Schnürsenkel gebunden habe, gehe ich weg.«

Na klar. Selbstverständlich. Und plötzlich wußte ich, was ich tun mußte – das einzige, was ich tun *konnte.*

Ihn wegschaffen.

Ich verzog das Gesicht zu einem breiten Lächeln. Einem Erzählen-Sie-mir-mehr-Lächeln. Gleichzeitig zog ich die Beine unter den Stuhl und bereitete mich darauf vor, ihn über den Schreibtisch hinweg anzuspringen. Nur einer von uns konnte dieses Büro verlassen, soviel stand fest. Und das würde ich sein.

»Ach *wirklich?*« sagte ich. »Wie faszinierend. Und was wird aus mir, Sammy? Was wird aus dem Privatschnüffler ohne Schuhe? Was passiert mit Clyde ...«

Umney, das letzte Wort sollte mein Nachname sein, das letzte Wort, das dieser aufdringliche, dreiste Störenfried in seinem Leben zu hören bekam. In dem Augenblick, wenn ich es aussprach, würde ich springen. Das Problem war, die Telepathie schien in beiden Richtungen zu funktionieren. Ich sah einen erschrockenen Ausdruck in seinen Augen, dann machte er sie zu und verzog den Mund vor Konzentration. Er bemühte die Buck-Rogers-Maschine gar nicht erst; wahrscheinlich wußte er, daß er keine Zeit dazu haben würde.

»›Seine Enthüllungen wirkten auf mich wie eine Art lähmende Droge‹«, sagte er im leisen, aber tragenden Tonfall eines Mannes, der rezitiert, nicht nur spricht. »›Jegliche Kraft schwand aus meinen Muskeln, meine Beine fühlten sich wie zwei Spaghetti *al dente* an, und ich konnte nur in meinen Sessel zurücksinken und ihn ansehen.‹«

Ich sank in meinem Sessel zurück, meine Beine unter mir wurden schlaff, ich konnte ihn nur ansehen.

»Nicht besonders gut«, sagte er leutselig, »Aber Stegreifimprovisation war nie meine Stärke.«

»Sie Dreckskerl«, sagte ich kläglich. »Sie elender Hurensohn.«

»Ja«, stimmte er zu. »Das bin ich wohl.«

»Warum tun Sie das? Warum stehlen Sie mein Leben?«

Da blitzten seine Augen zornig auf. »*Dein* Leben? Du weißt es besser, Clyde, auch wenn du es nicht einsehen willst. Es ist ganz und gar nicht dein Leben. Ich habe dich erfunden; ich habe an einem regnerischen Tag des Jahres 1977 angefangen und bis in die Gegenwart weitergemacht. Ich habe dir dein Leben gegeben, daher steht es mir zu, es dir auch wieder zu nehmen.«

»Sehr nobel«, höhnte ich, »aber wenn Gott in diesem Augenblick herunterkommen und *Ihr* Leben auseinandertrennen würde wie schlechte

Nähte an einem Schal, könnten Sie meinen Standpunkt vielleicht ein bißchen besser verstehen.«

»Schon gut«, sagte er, »Sie haben wohl recht. Aber warum streiten? Mit sich selbst zu streiten, das ist wie mit sich selbst Schach zu spielen – ein faires Spiel führt jedesmal zu einem Remis. Sagen wir einfach, ich tue es, weil ich es kann.«

Plötzlich war ich etwas ruhiger. Ich befand mich auf vertrautem Gelände. Wenn sie einen in der Hand hatten, mußte man sie zum Reden bringen und dafür sorgen, daß sie weiterredeten. Das hatte bei Mavis Weld funktioniert, und es würde auch hier funktionieren. Sie sagten Sachen wie: *Nun, ich denke, es kann nicht schaden, wenn Sie es erfahren* oder *Was kann es schon anrichten?*

Mavis' Version war elegant gewesen: *Sie sollen wissen, Mr. Umney – ich möchte, daß Sie die Wahrheit mit in die Hölle nehmen. Sie können sie dem Teufel bei Kaffee und Kuchen erzählen.* Es spielte eigentlich keine Rolle, was sie sagten; so lange sie redeten, schossen sie nicht.

Immer dafür sorgen, daß sie redeten, darauf kam es an. Man mußte sie am Reden halten und hoffen, daß die Kavallerie rechtzeitig eintraf.

»Die Frage ist, warum *wollen* Sie es?« fragte ich. »Es ist doch sicher nicht üblich, oder? Ich meine, seid ihr Schriftsteller normalerweise nicht zufrieden, die Schecks zur Bank zu bringen, wenn sie kommen, und euren Angelegenheiten nachzugehen?«

»Sie versuchen, mich am Reden zu halten, Clyde. Oder nicht?«

Das traf mich wie ein Schwinger in die Magengrube, aber ich hatte keine andere Wahl, als es bis zum Ende durchzuspielen. Ich grinste und zuckte die Achseln. »Vielleicht. Vielleicht auch nicht. Wie auch immer, ich will es wirklich wissen.« Und das war nicht gelogen.

Er sah noch einen Moment unsicher drein, bückte sich und strich über die Tasten in seinem seltsamen Plastikkoffer (ich spürte Krämpfe in Beinen und Eingeweiden, als er sie berührte), dann richtete er sich wieder auf.

»Ich denke, es kann nicht schaden, wenn Sie es erfahren«, sagte er schließlich. »Immerhin, was kann es schon anrichten?«

»Nicht das geringste.«

»Du bist ein kluger Junge, Clyde«, sagte er, »und du hast ganz recht – Schriftsteller tauchen nur selten ganz in die Welten ein, die sie geschaffen haben, und falls doch, dann ausschließlich in ihren Köpfen, während ihre Körper in einem Irrenhaus vegetieren. Die meisten von uns geben sich damit zufrieden, einfach nur Touristen im Land der Phantasie zu sein. Bei mir war das auf jeden Fall so. Ich bin kein schneller Schreiber – ich glaube, ich habe dir gesagt, daß das Schreiben immer eine Tortur für mich war –, aber ich schaffte fünf Bücher mit Clyde Umney in zehn Jahren, und jedes war etwas erfolgreicher als das vorherige. 1983 kündigte ich meinen Job als Bezirksleiter einer großen Versicherungsgesellschaft und wurde freier Schriftsteller. Ich hatte eine Frau, die ich liebte, einen kleinen Jungen, der jeden Morgen die Sonne aus dem Bett kickte und sie jeden Abend wieder zu Bett brachte – jedenfalls kam es mir so vor –, und ich glaubte nicht, daß das Leben noch besser werden könnte.«

Er veränderte die Haltung auf dem dickgepolsterten Klientenstuhl, nahm die Hand weg, und ich sah, daß die verbrannte Stelle von Ardis McGills Zigarette auf der Armlehne ebenfalls verschwunden war. Er stieß ein bitterkaltes Lachen hervor.

»Und ich hatte recht«, sagte er. »Es konnte nicht mehr besser werden, aber viel, *viel* schlechter. Und es wurde schlechter. Etwa drei Monate nachdem ich mit *Wie ein gefallener Engel* begonnen hatte, fiel Danny – unser kleiner Junge – im Park von der Schaukel und schlug sich den Kopf an. Hat sich ausgeknockt, um deine Wortwahl zu gebrauchen.«

Ein flüchtiges Lächeln, in jeder Hinsicht so bitter und kalt, wie sein Lachen gewesen war, huschte über sein Gesicht. Es kam und ging so schnell wie der Kummer.

»Er hat stark geblutet – du hast genügend Kopfverletzungen gesehen und weißt, wie sie sind –, und Linda hatte schreckliche Angst, aber die Ärzte waren gut, und wie sich herausstellte, war es nur eine Gehirnerschütterung; sie stabilisierten ihn und gaben ihm einen Liter Blut als Ersatz für das, das er verloren hatte. Vielleicht war es nicht nötig – und das quält mich –, aber sie taten es. Das echte Problem war nicht sein Kopf, weißt du; es war dieser Liter Blut. Er war mit AIDS infiziert.«

»Bitte?«

»Das ist etwas, das du nicht kennen kannst, und dafür solltest du deinem Gott danken«, sagte Landry. »Es existiert zu deiner Zeit noch nicht, Clyde. Es taucht erst Mitte der siebziger Jahre auf. Wie Aramis.«

»Was macht es?«

»Es zerstört das Immunsystem, bis alles zusammenbricht wie ein Kartenhaus. Dann kommt jeder Virus, der da draußen herumfliegt, von Krebs bis Windpocken, herbeigestürzt und feiert eine Party.«

»Großer Gott!«

Sein Lächeln kam und ging wie ein Krampf. »Wie du meinst. AIDS ist primär eine sexuell übertragene Krankheit, aber ab und zu taucht sie auch in Blutkonserven auf. Man könnte sagen, mein Kind hat den Hauptgewinn in einer sehr unglücklichen Version von *La Lotería* gewonnen.«

»Das tut mir leid«, sagte ich, und es war mein Ernst, obwohl ich vor diesem dünnen Mann mit dem müden Gesicht schreckliche Angst hatte. Ein Kind wegen so etwas zu verlieren – was konnte schlimmer sein?

Wahrscheinlich gab es etwas – es gibt immer etwas –, aber man mußte sich setzen und darüber nachdenken, richtig?

»Danke«, sagte er. »Danke, Clyde. Wenigstens ging es bei ihm schnell. Er fiel im Mai von der Schaukel. Die ersten purpurnen Flecken – Kaposi-Sarkom – traten kurz vor seinem Geburtstag im September auf. Am achtzehnten März 1991 starb er. Vielleicht mußte er nicht so sehr leiden wie viele andere, aber er litt. O ja, er litt.«

Ich hatte nicht die geringste Ahnung, was ein Kaposi-Sarkom war, beschloß aber, nicht zu fragen. Ich wußte auch so schon mehr, als ich je wissen wollte.

»Du verstehst vielleicht, warum ich mit deinem Buch etwas langsamer war«, sagte er. »Oder nicht, Clyde?«

Ich nickte.

»Aber ich machte weiter. Hauptsächlich, weil ich glaube, daß etwas zu erfinden eine heilsame Wirkung hat. Vielleicht *muß* ich das glauben. Ich versuchte auch, mein Leben weiterzuführen, aber es ging alles schief damit – es war fast, als wäre *Wie ein gefallener Engel* eine Art böser Fluch, der mich in Hiob verwandelt hatte. Meine Frau verfiel in schwere Depressionen nach Dannys Tod, und ich war so besorgt um sie, daß ich die roten Flecken kaum bemerkte, die ich an den Beinen und an Bauch und Brust bekam. Und den Juckreiz. Ich wußte, es war kein AIDS, und am Anfang war das das Einzige, das mich interessierte. Aber die Zeit verging, und es wurde immer schlimmer. – Hast du jemals Gürtelrose gehabt, Clyde?«

Dann lachte er und schlug sich mit der Hand auf die Stirn – eine Was-bin-ich-für-ein-Narr-Geste –, bevor ich den Kopf schütteln konnte.

»Natürlich nicht – du hast nie mehr als einen Kater gehabt. Gürtelrose, mein Schnüfflerfreund, ist ein komischer Name für ein schreckliches chronisches Leiden. In meiner Version von Los Angeles steht ziemlich gute Medizin zur Verfügung, um die Symptome zu lindern, aber das half mir nicht viel; Ende 1991 litt ich Qualen. Teilweise lag das natürlich an allgemeinen Depressionen wegen Dannys Schicksal, aber vor allem lag es an den Schmerzen und dem Juckreiz. Das gäbe einen interessanten Buchtitel für die Geschichte eines gepeinigten Schriftstellers ab, glaubst du nicht? *Die Schmerzen und der Juckreiz oder Thomas Hardy in der Pubertät.*« Er stieß ein schroffes, geistesabwesendes Lachen aus.

»Wie Sie meinen, Sam.«

»Ich sage, es war eine Zeit in der Hölle. Natürlich ist es jetzt leicht, Witze darüber zu machen, aber zu Thanksgiving des Jahres war es kein Witz – ich schlief höchstens drei Stunden pro Nacht, und an manchen Tagen war mir, als wollte mir die ganze Haut vom Körper kriechen und davonlaufen wie der Pfefferkuchenmann. Wahrscheinlich habe ich darum nicht gemerkt, wie schlimm es mit Linda wurde.«

Ich wußte es nicht, *konnte* es nicht wissen ... und doch wußte ich es. »Sie hat Selbstmord begangen.«

Er nickte. »Im März 1992, am Jahrestag von Dannys Tod. Das ist jetzt über zwei Jahre her.«

Eine einzige Träne rann an seiner runzligen, vorzeitig gealterten Wange hinab, und ich hatte den Eindruck, als wäre er verdammt schnell gealtert. Es war eine irgendwie niederschmetternde Erkenntnis, daß ich von so einer Billigversion von einem Gott erschaffen worden war, aber es erklärte auch einiges. Zum Beispiel meine Unzulänglichkeiten.

»Das genügt«, sagte er mit einer Stimme, die von Wut ebenso wie von Tränen verzerrt wurde. »Kommen wir zur Sache, wie du sagen würdest. In meiner Zeit sagen wir *Mach endlich hin,* aber das läuft auf dasselbe hinaus. Ich schrieb das Buch zu Ende. An dem Tag, als ich Linda tot im Bett fand – wie die Polizei später Gloria Demmick finden wird, Clyde –, hatte ich hundertneunzig Manuskriptseiten fertig. Ich war an der Stelle, an der du Mavis' Bruder aus dem Lake Tahoe fischst. Drei Tage später kam ich von der Beerdigung nach Hause, warf den Textcomputer an und machte mit Seite hunderteinundneunzig weiter. Schockiert dich das?«

»Nein«, sagte ich. Ich wollte ihn fragen, was ein Textcomputer sein könnte, überlegte dann aber, daß das nicht nötig war. Das Ding auf seinem Schoß war selbstverständlich ein Textcomputer. Mußte einer sein.

»Da bist du ganz entschieden in der Minderheit«, sagte Landry. »Es schockierte die wenigen Freunde, die ich noch hatte, und zwar gewaltig. Lindas Verwandte waren der Meinung, ich hätte nicht mehr Gefühl als ein Warzenschwein. Ich hatte nicht die Kraft, zu erklären, daß ich nur versuchte, mich selbst zu retten. Ich scherte mich nicht drum, wie Peoria sagen würde. Ich klammerte mich an mein Buch wie ein Ertrinkender an einen Rettungsring. Ich klammerte mich an *dich,* Clyde. Meine Gürtelrose war immer noch schlimm, und das verlangsamte mein Tempo – bis zu einem gewissen Ausmaß hielt es mich *draußen*, sonst wäre ich vielleicht schon früher hier eingetroffen, aber es hielt mich nicht auf. Als ich das Buch fertig hatte, ging es mir ein wenig besser – jedenfalls körperlich. Aber als ich es fertig hatte, verfiel ich ebenfalls in Depressionen. Ich ging das Manuskript in einer Art Benommenheit durch. Ich verspürte so ein Gefühl des Bedauerns ... des *Verlustes* ...« Er sah mich direkt an und sagte: »Ergibt das alles überhaupt einen Sinn für dich?«

»Es ergibt einen Sinn«, sagte ich. Und auf eine verrückte Weise war es tatsächlich so.

»Es waren noch eine Menge Tabletten im Haus«, sagte er. »Linda und ich ähnelten den Demmicks in vieler Hinsicht, Clyde – wir waren fest davon überzeugt, daß Chemikalien das Leben besser machen konnten, und ich war manchmal nahe dran, zwei Händevoll zu nehmen. Ich dachte dabei nicht an Selbstmord, sondern daran, daß ich Linda und Daniel einholen würde. Daß ich sie einholen würde, solange ich noch Zeit hatte.«

Ich nickte. Das hatte ich bei Ardis McGill gedacht, als ich sie drei Tage nachdem wir bei Blondie's *Tüdel-dü* zueinander gesagt hatten, mit einem kleinen blauen Loch mitten in der Stirn auf jenem vollgestopften Dachboden gefunden hatte. Selbstverständlich war er es gewesen. In meiner Welt war Sam Landry, der müde Mann mit den Pennerhosen, für alles verantwortlich. Der Gedanke hätte verrückt wirken müssen, und das tat er auch; aber er kam mir immer normaler vor.

Ich stellte fest, daß ich gerade noch genügend Kraft in mir hatte, den Stuhl zu drehen und zum Fenster hinauszusehen. Was ich sah, überraschte mich nicht: der Sunset Boulevard und alles um ihn herum war erstarrt. Autos, Busse, Fußgänger, alle hatten einfach in der Bewegung angehalten. Das da draußen war die Welt in einem Kodak-Schnappschuß, und warum auch nicht? Ihr Schöpfer hatte keine Zeit, sie vollständig zu beleben, jedenfalls im Augenblick nicht; er steckte immer noch im Mahlstrom seines eigenen Kummers. Verdammt, ich konnte von Glück sagen, daß ich noch atmete.

»Also, was ist passiert?« fragte ich. »Wie sind Sie hergekommen, Sam? Darf ich Sie so nennen? Stört es Sie?«

»Nein, es stört mich nicht. Ich kann dir aber keine befriedigende Antwort geben, weil ich es selbst nicht genau weiß. Ich weiß nur eins mit Sicherheit – jedesmal, wenn ich an die Tabletten dachte, dachte ich an dich. Speziell dachte ich: Clyde Umney würde so etwas nie tun, und er würde jeden verachten, der es tut. Er würde es den Ausweg von Feiglingen nennen.«

Ich dachte darüber nach, fand es zutreffend und nickte. Bei jemandem, der einem schrecklichen Schicksal ins Auge sah – Vernons Krebs oder dem unfaßbaren Alptraum, der den Sohn dieses Mannes getötet hatte –, würde ich vielleicht eine Ausnahme machen, aber die Flatter machen nur wegen Depressionen? Das war etwas für Memmen.

»Dann dachte ich: ›Aber das ist Clyde Umney, und Clyde ist nur eine Erfindung ... nur eine Ausgeburt deiner Phantasie.‹ Doch dieser Gedanke hatte keinen Bestand. Die Dummköpfe dieser Welt – vor allem Politiker und Anwälte – machen sich über die Phantasie lustig und glauben, daß nichts real ist, wenn man es nicht rauchen oder streicheln oder spüren oder ficken kann. Das glauben sie, weil sie selbst keine Phantasie haben und nichts von ihrer Macht wissen. Ich wußte es besser. Verdammt, ich sollte es auch besser wissen – mit meiner Phantasie verdiene ich seit zehn Jahren die Brötchen und bezahle die Hypothek.

Gleichzeitig wußte ich, ich konnte nicht weiter in der Welt leben, die ich als ›die wirkliche Welt‹ betrachtete, womit wir wahrscheinlich alle ›die einzige Welt‹ meinen. Da wurde mir klar, ich konnte nur noch an einen Ort gehen und mich zu Hause fühlen, und wenn ich dort ankam, konnte ich nur eine einzige Person sein. Der Ort war hier – Los Angeles in den dreißiger Jahren. Und die Person warst du.«

Ich hörte wieder das leise Surren seiner Maschine, drehte mich aber nicht um.

Teilweise, weil ich Angst davor hatte.

Und teilweise, weil ich nicht mehr wußte, ob ich es noch konnte.

6. Umneys letzter Fall

Unten auf der Straße, sechs Stockwerke tiefer, war ein Mann erstarrt, der den Kopf halb gedreht hatte, um die Frau an der Ecke zu beobachten, die gerade in den Bus Nummer achtundfünfzig Richtung Innenstadt einstieg. Sie hatte vorübergehend ein wunderschönes Bein entblößt, und der Mann bewunderte es. Ein Stück weiter die Straße hinab hielt ein Junge einen fadenscheinigen alten Baseballhandschuh hoch, um einen Ball zu fangen, der erstarrt über seinem Kopf in der Luft hing. Und knapp zwei Meter über der Straße schwebte wie ein Geist, den ein drittklassiger Swami bei einer Jahrmarktsséance beschworen hatte, eine der Zeitungen von Peoria Smiths umgestürztem Tisch. Unglaublicherweise konnte ich selbst von hier oben die beiden Fotos erkennen: Hitler oberhalb des Falzes, der jüngst verstorbene kubanische Bandleader darunter.

Landrys Stimme klang wie aus weiter Ferne.

»Zuerst dachte ich, das bedeutet, daß ich den Rest meines Lebens in einer Irrenanstalt verbringen und denken würde, ich wäre du, aber das hätte mich nicht gestört, weil ja nur mein *Körper* in der Klapsmühle eingesperrt wäre, verstehst du? Doch allmählich wurde mir klar, daß es wesentlich mehr sein könnte ... daß es eventuell eine Möglichkeit gab, wie ich ... nun ... ganz überwechseln konnte. Und weißt du, was der Schlüssel war?«

»Ja«, sagte ich, ohne mich umzudrehen. Das Surren seiner Maschine ertönte wieder, und plötzlich flatterte die Zeitung, die in der Luft hing, auf den erstarrten Boulevard. Einen oder zwei Augenblicke später rollte ein alter DeSoto ruckartig über die Kreuzung Sunset und Fernando. Er stieß mit dem Jungen zusammen, der den Baseballhandschuh trug, woraufhin er und die DeSoto-Limousine verschwanden. Aber nicht der Ball: er fiel auf die Straße, rollte halb in den Rinnstein und erstarrte wieder.

»Tatsächlich?« Er hörte sich überrascht an.

»Ja. Peoria war der Schlüssel.«

»Stimmt genau.« Er lachte, dann räusperte er sich – beides nervöse Geräusche. »Ich vergesse immer wieder, daß du ich bist.«

Das war ein Luxus, über den ich nicht verfügte.

»Ich habe an einem neuen Buch herumgemacht, aber das führte zu nichts. Ich habe bis Sonntag sechs verschiedene Entwürfe für Kapitel eins geschrieben, bis mir etwas Interessanteres einfiel: Peoria Smith konnte dich nicht leiden.«

Da wirbelte ich hastig herum. »Was Sie nicht sagen!«

»Ich dachte mir, daß du es nicht glauben würdest, aber es stimmt, und irgendwie hatte ich es schon immer gewußt. Ich will nicht schon wieder Literaturunterricht erteilen, Clyde, aber ich kann dir eines über mein Metier verraten – Geschichten in der ersten Person zu schreiben, ist eine vertrackte Angelegenheit. Es ist, als käme alles, was der Autor weiß, von seiner Hauptperson, wie eine Reihe von Briefen oder Berichten aus einem weit entfernten Kampfgebiet. Es kommt äußerst selten vor, daß der Schriftsteller ein Geheimnis hat, aber in diesem Fall hatte ich eines. Es war, als wäre dein kleiner Abschnitt des Sunset Boulevard der Garten Eden ...«

»Ich habe noch nie gehört, daß ihn jemand *so* genannt hat«, bemerkte ich.

»... und es gab eine Schlange darin, die ich sah und du nicht. Eine Schlange namens Peoria Smith.«

Draußen wurde die erstarrte Welt, die er meinen Garten Eden nannte, noch dunkler, obwohl der Himmel wolkenlos war. Das Red Door, ein Nachtclub, der angeblich Lucky Luciano gehörte, verschwand. Einen Augenblick lang war da nur ein Loch, wo er gewesen war, und dann entstand ein neues Gebäude – ein Restaurant namens Petit Déjeuner mit einem Fenster voller Farne. Ich sah die Straße hinauf und stellte fest, daß noch andere Veränderungen vonstatten gingen – neue Häuser ersetzten alte mit lautloser, unheimlicher Schnelligkeit. Das bedeutete, meine Zeit wurde knapp; ich wußte es. Unglücklicherweise wußte ich noch etwas – wahrscheinlich hatte ich in der verbleibenden Zeit keine Chance mehr. Wenn Gott einem ins Büro spaziert kommt und sagt, daß ihm dein Leben besser gefällt als Sein eigenes, was hat man da schon für Möglichkeiten?

»Ich vernichtete die verschiedenen Fassungen des Romans, den ich zwei Monate nach dem Tod meiner Frau angefangen hatte«, sagte Landry. »Das fiel mir leicht – es waren armselige, verkrüppelte Versuche. Und dann fing ich einen neuen an. Er trägt den Titel ... kannst du ihn erraten, Clyde?«

»Klar«, sagte ich und wirbelte herum. Es erforderte meine ganze Kraft, aber was dieser Penner meine »Motivation« nennen würde, war gut.

Sunset Strip ist nicht gerade die Champs Elysées oder der Hyde Park, aber er ist meine Welt. Ich wollte nicht mit ansehen, wie er ihn zerstörte und so wieder aufbaute, wie er ihn haben wollte. »Ich vermute, Sie haben ihn *Umneys letzter Fall* genannt.«

Er sah mich gelinde überrascht an. »Da vermutest du richtig.«

Ich winkte mit der Hand. Es war ein Kraftakt, aber ich schaffte es. »Wissen Sie, ich habe 1934 und 1935 nicht umsonst den Preis ›Schnüffler des Jahres‹ gewonnen.«

Darüber mußte er lächeln. »Ja. Der Satz hat mir immer gut gefallen.«

Plötzlich haßte ich ihn – haßte ihn wie die Pest. Wenn ich die Kraft hätte aufbringen können, über den Schreibtisch zu hechten und ihm den Hals umzudrehen, hätte ich es getan. Und das sah er mir an. Das Lächeln verschwand.

»Vergiß es, Clyde – du hättest keine Chance.«

»Warum verschwinden Sie nicht einfach von hier?« knurrte ich ihn an. »Warum machen Sie sich nicht dünne und lassen einen arbeitenden Menschen in Ruhe?«

»Weil ich es nicht kann. Ich könnte es nicht einmal, wenn ich es wollte. Aber ich will es auch nicht.« Er sah mich mit einer seltsamen Mischung aus Zorn und Flehen an. »Versuch es von meiner Warte aus zu sehen, Clyde ...«

»Habe ich eine andere Wahl? Hatte ich je eine?«

Das überhörte er. »Hier ist eine Welt, in der ich nie älter werde, ein Jahr, in dem alle Uhren rund achtzehn Monate vor Ausbruch des Zweiten Weltkriegs stehengeblieben sind, in dem die Zeitungen immer drei Cent kosten, in dem ich so viele Eier und rotes Fleisch essen kann, wie ich will, ohne mir Sorgen wegen meines Cholesterinspiegels machen zu müssen.«

»Ich habe nicht die geringste Ahnung, von was Sie reden.«

Er beugte sich ernst nach vorn. »Nein, natürlich nicht! Und genau darum geht es, Clyde! Dies ist eine Welt, in der ich *wirklich* den Job haben kann, von dem ich als kleiner Junge träumte – ich kann Privatdetektiv sein. Ich kann um zwei Uhr morgens mit einem schnellen Auto herumbrausen, ich kann Schießereien mit Gangstern veranstalten – und weiß, daß sie sterben können, aber ich nicht –, und ich kann acht Stunden später neben einer wunderschönen Sängerin aufwachen, während die Vögel in den Bäumen zwitschern und die Sonne in mein Schlafzimmerfenster scheint. Die klare, wunderschöne Sonne Kaliforniens.«

»Mein Schlafzimmerfenster liegt nach Westen«, sagte ich.

»Nicht mehr«, antwortete er gelassen, und ich spürte, wie ich die Hände auf den Stuhllehnen zu kraftlosen Fäusten ballte. »Siehst du, wie wunderbar es ist? Wie perfekt? In dieser Welt werden die Leute wegen einer dummen, würdelosen Krankheit namens Gürtelrose nicht halb verrückt vor Juckreiz. In dieser Welt werden Menschen nicht grau, geschweige denn kahl.«

Er sah mich gleichgültig an, und in diesem Blick sah ich keine Hoffnung für mich. Überhaupt keine Hoffnung.

»In dieser Welt sterben geliebte Söhne nie an AIDS, und geliebte Ehefrauen nehmen nie eine Überdosis Schlaftabletten. Außerdem warst *du* immer der Außenseiter hier, nicht ich, wie du es selbst auch immer gesehen haben magst. Dies ist *meine* Welt, die aus meiner Phantasie geboren wurde und durch meine Bemühungen und Ambitionen bestehen bleibt. Ich habe sie dir eine Zeitlang geliehen, das ist alles. Und jetzt hole ich sie mir zurück.«

»Erzählen Sie mir noch, wie Sie hergekommen sind, würden Sie das wenigstens tun? Ich möchte es wirklich wissen.«

»Das war ganz leicht. Ich nahm sie auseinander, angefangen mit den Demmicks, die nie mehr als eine lausige Imitation von Nick und Nora Charles waren, und baute sie nach meinem Ebenbild neu auf. Ich habe alle geliebten Nebenrollen herausgenommen, und jetzt entferne ich alle alten Örtlichkeiten. Mit anderen Worten, ich ziehe dir Faden für Faden den Teppich unter den Füßen weg, und darauf bin ich nicht stolz, aber ich *bin* stolz auf die Willenskraft, die dazu erforderlich ist.«

»Was ist in Ihrer eigenen Welt mit Ihnen passiert?« Ich hielt ihn immer noch hin, aber jetzt nur noch aus Gewohnheit, so wie ein altes Pferd an einem verschneiten Morgen den Weg in den Stall zurückfindet.

Er zuckte die Achseln. »Wahrscheinlich tot. Oder vielleicht habe ich tatsächlich einen Körper hinterlassen – eine leere Hülle –, der katatonisch in einem Sanatorium sitzt. Aber ich glaube nicht, daß es so ist – dies alles hier scheint zu real zu sein. Nein, ich glaube, ich habe es vollkommen herübergeschafft, Clyde. Ich glaube, zu Hause suchen sie nach einem verschwundenen Schriftsteller . . . und haben keine Ahnung, daß er im Speicher seines eigenen Textcomputers verschwunden ist. Und um die Wahrheit zu sagen, es ist mir im Grunde auch völlig egal.«

»Und ich? Was wird aus mir?«

»Clyde«, sagte er, »das ist mir auch egal.«

Er beugte sich wieder über seine Maschine.

»Nicht!« sagte ich schneidend.

Er sah auf.

»Ich . . .« Ich hörte das Zittern meiner Stimme, versuchte es zu unterdrücken, mußte aber feststellen, daß ich es nicht konnte. »Mister, ich habe Angst. Bitte, lassen Sie mich in Ruh. Ich weiß, das da draußen ist gar nicht mehr meine Welt – verdammt, hier drinnen auch nicht –, aber es ist die einzige Welt, die ich auch nur annähernd gekannt habe. Lassen Sie mir, was noch davon übrig ist. Bitte.«

»Zu spät, Clyde.« Wieder hörte ich dieses unbarmherzige Bedauern in seiner Stimme. »Schließ die Augen. Ich mache, so schnell ich kann.«

Ich versuchte, mich auf ihn zu stürzen – versuchte es, so verbissen ich konnte. Ich bewegte mich kein Jota. Und was meine Augen betraf, ich stellte fest, daß ich sie gar nicht schließen mußte. Alles Licht war aus dem Tag gewichen, in dem Büro war es so finster wie in einem Kohlensack.

Ich spürte mehr, wie er sich über den Schreibtisch zu mir beugte, als daß ich es sah. Ich versuchte zurückzuweichen und mußte feststellen, daß ich nicht einmal das konnte. Etwas Trockenes und Raschelndes berührte meine Hand, und ich schrie.

»Ganz ruhig, Clyde.« Seine Stimme kam aus der Dunkelheit, von überall her. *Logisch,* dachte ich. *Schließlich bin ich nur eine Ausgeburt seiner Phantasie.* »Das ist nur ein Scheck.«

»Ein . . . Scheck?«

»Ja. Über fünftausend Dollar. Du hast mir das Geschäft verkauft. Die Maler werden heute abend, bevor sie gehen, deinen Namen von der Tür kratzen und meinen anbringen.« Er hörte sich verträumt an. »Samuel D. Landry, Privatdetektiv. Klingt hervorragend, oder nicht?«

Ich versuchte zu flehen, aber auch das konnte ich nicht. Selbst meine Stimme ließ mich im Stich.

»Mach dich bereit«, sagte er. »Ich weiß nicht genau, was passieren wird, Clyde, aber es passiert jetzt. Ich glaube nicht, daß es weh tun wird.« *Aber selbst wenn, wäre es mir egal* – das war der Teil, den er unausgesprochen ließ.

Das leise Summen kam aus der Schwärze. Ich spürte, wie mein Stuhl unter mir schmolz, und plötzlich fiel ich. Landrys Stimme fiel mit mir, rezitierte im Einklang mit dem Klicken und Klappern seiner futuristischen Stenomaschine, rezitierte die beiden letzten Sätze eines Romans mit dem Titel *Umneys letzter Fall.*

» ›Und so verließ ich die Stadt, und wo ich schließlich landete – nun, Mister, ich glaube, das ist meine Angelegenheit. Finden Sie nicht auch?‹ «

Unter mir war ein gleißendes grünes Leuchten zu sehen. Ich fiel darauf zu. Bald würde es mich verschlingen, und bei dem Gedanken verspürte ich nur Erleichterung.

» ›ENDE‹ «, dröhnte Landrys Stimme, und dann fiel ich durch das grüne Licht, es schien durch mich, *in* mir, und Clyde Umney existierte nicht mehr.

Lebwohl, Schnüffler.

Das alles geschah vor sechs Monaten.

Ich erwachte auf dem Boden eines düsteren Raumes, hatte ein Summen in den Ohren, richtete mich auf die Knie auf, schüttelte den Kopf, um einen klaren Gedanken zu fassen, und sah zu dem grünen Leuchten auf, durch das ich gefallen war wie Alice durch den Spiegel. Ich sah eine Buck-Rogers-Maschine, die der große Bruder derjenigen sein konnte, die Landry mit in mein Büro gebracht hatte. Grüne Buchstaben leuchteten darauf, ich rappelte mich auf, damit ich sie lesen konnte, und kratzte dabei mit den Fingernägeln geistesabwesend über die Unterarme:

Und so verließ ich die Stadt, und wo ich schließlich landete ... nun, Mister, ich glaube, das ist meine Angelegenheit. Finden Sie nicht auch?

Und darunter, in Versalien und zentriert, noch ein Wort:

ENDE.

Ich las es noch einmal, und dann kratzte ich mit den Fingern über den Bauch. Ich tat es, weil etwas mit meiner Haut nicht stimmte, das nicht gerade schmerzhaft war, aber auf jeden Fall nervtötend. Kaum hatte ich daran gedacht, stellte ich fest, daß dieses unheimliche Gefühl von überall kam – vom Halsansatz, den Oberschenkeln, dem Schritt.

Gürtelrose, dachte ich plötzlich. *Ich habe Landrys Gürtelrose. Ich spüre den Juckreiz, und ich habe ihn nur deshalb nicht gleich erkannt, weil ...*

»Weil ich vorher noch nie einen Juckreiz hatte«, sagte ich, und dann fügte sich auch der Rest zusammen. So schnell und fest, daß ich tatsächlich schwankte. Ich ging langsam zu einem Spiegel an der Wand, bemühte mich, meine seltsam kribbelnde Haut nicht zu kratzen, und wußte, ich würde eine ältere Version meines Gesichts sehen, ein Gesicht mit Runzeln wie ausgetrocknete Bachbetten und von einem Schopf weißen Haars gekrönt.

Jetzt wußte ich, was passiert, wenn Schriftsteller irgendwie das Leben einer Figur übernahmen, die sie geschaffen hatten. Es handelte sich doch nicht exakt um Diebstahl.

Mehr um einen Tausch.

Ich stand da und betrachtete Landrys Gesicht – *mein* Gesicht, nur um fünfzehn Jahre gealtert –, und spürte meine Haut kribbeln und jucken. Hatte er nicht gesagt, daß seine Gürtelrose besser wurde? Wenn dies besser war, wie hatte er das Schlimmere ertragen können, ohne völlig den Verstand zu verlieren?

Ich befand mich natürlich in Landrys Haus – das jetzt mein Haus war –, und im Bad neben dem Arbeitszimmer fand ich die Medizin, die er gegen die Gürtelrose nahm. Meine erste Dosis nahm ich nicht einmal eine

Stunde, nachdem ich auf dem Boden unter seinem Schreibtisch und der summenden Maschine auf dem Schreibtisch erwacht war, und es war, als hätte ich statt seiner Medizin sein Leben geschluckt.

Als hätte ich sein ganzes Leben geschluckt.

Heute gehört die Gürtelrose der Vergangenheit an, kann ich glücklicherweise sagen. Vielleicht hat sie einfach ihren Lauf genommen, aber ich denke gern, daß der alte Kampfgeist von Clyde Umney etwas damit zu tun hat. Clyde war sein ganzes Leben lang nicht einen einzigen Tag krank gewesen, wissen Sie, und obwohl ich in diesem abgehalfterten Körper von Sam Landry immer Schnupfen zu haben scheine, soll mich der Teufel holen, wenn ich mich davon unterkriegen lasse. Und seit wann hat es geschadet, wenn man ein wenig positives Denken betrieb? Ich glaube, die korrekte Antwort darauf lautet: noch nie.

Aber ich habe eine schlimme Zeit durchgemacht, und die erste unangenehme Überraschung erfolgte keine vierundzwanzig Stunden, nachdem ich in diesem unvorstellbaren Jahr 1994 aufgewacht war. Ich suchte in Landrys Kühlschrank nach etwas Eßbarem (am Abend zuvor hatte ich mich über sein Black Horse-Bier hergemacht und stellte jetzt fest, daß es meinem Kater nicht schaden konnte, wenn ich etwas zu äße), als plötzlich Schmerzen in meine Eingeweide schnitten. Ich glaubte, ich müßte sterben. Es wurde schlimmer, und da *wußte* ich, daß ich sterben würde. Ich fiel auf den Küchenboden und versuchte, nicht zu schreien. Einen oder zwei Augenblicke später geschah etwas, und die Schmerzen ließen nach.

Ich habe fast mein ganzes Leben lang den Ausdruck »scheißegal« verwendet. Das hat sich seit jenem Morgen geändert. Ich säuberte mich, dann ging ich die Treppe hinauf und wußte, was ich im Schlafzimmer finden würde: nasse Laken auf Landrys Bett.

Die erste Woche in Landrys Welt verbrachte ich hauptsächlich mit Toilettentraining. In meiner Welt ging natürlich nie jemand aufs Klo. Oder zum Zahnarzt, was das anbetraf; an meinen ersten Ausflug zu dem, dessen Adresse in Landrys Rolodex stand, möchte ich gar nicht denken, geschweige denn darüber sprechen.

Doch gelegentlich gab es auch einen Lichtblick in dieser Dunkelheit. Zunächst einmal brauchte ich in dieser verwirrenden, düsenbetriebenen Welt von Landry nicht auf Jobsuche zu gehen; seine Bücher verkaufen sich offenbar nach wie vor ausgezeichnet, und ich habe keine Schwierigkeiten, die Schecks einzulösen, die mit der Post kommen. Meine Unterschrift und seine sind natürlich identisch. Und was mögliche moralische Bedenken betrifft – daß ich nicht lache! Diese Schecks sind für Geschichten über *mich*. Landry hat sie nur geschrieben; ich habe sie erlebt. Verdammt, ich habe die fünfzigtausend allein dafür verdient, daß ich auch nur in Reichweite von Mavis Welds Krallen gekommen bin.

Ich rechnete damit, daß ich Probleme mit Landrys Freunden bekommen würde, aber ein hochkarätiger Schnüffler wie ich hätte das eigentlich besser wissen müssen. Würde jemand mit echten Freunden allen Ernstes in eine Welt verschwinden wollen, die er auf der Bühne seiner eigenen Phantasie geschaffen hatte? Unwahrscheinlich. Landrys Freunde waren seine Frau und sein Sohn, und die waren tot. Es gab Verwandte und Nachbarn, aber die schienen mich für ihn zu akzeptieren. Die Frau auf der anderen Straßenseite wirft mir von Zeit zu Zeit verwirrte Blicke zu, und ihre Tochter weint, wenn ich auch nur in ihre Nähe komme, obwohl ich schon den Babysitter für sie gemacht habe (jedenfalls *behauptet* sie das, und warum sollte sie lügen?), aber das macht nichts.

Ich habe sogar mit Landrys Agenten gesprochen, einem Mann aus New York namens Verrill. Er will wissen, wann ich mit einem neuen Buch anfangen werde.

Bald, sage ich ihm. Bald.

Ich bleibe weitgehend drinnen. Ich habe keine Lust, die Welt zu erforschen, in die Landry mich gestoßen hat, nachdem er mich aus meiner eigenen vertrieb; ich sehe bei den wöchentlichen Ausflügen zur Bank und dem Lebensmittelladen mehr, als ich will, und ich habe mich keine zwei Stunden, nachdem ich herausgefunden hatte, wie man sie bedient, mittels dieser schrecklichen Fernsehmaschine umgesehen. Es überraschte mich nicht mehr, daß Landry diese ächzende Welt mit ihrer Last von Krankheiten und sinnloser Gewalt verlassen wollte – eine Welt, in der nackte Frauen in den Schaufenstern von Nachtclubs tanzen und Sex mit ihnen einen umbringen kann.

Nein, ich verbringe meine Zeit weitgehend drinnen. Ich habe jeden seiner Romane noch einmal gelesen, und jedesmal war mir, als blätterte ich die Seiten eines heißgeliebten Albums durch. Und selbstverständlich habe ich mir beigebracht, seinen Textcomputer zu benutzen. Der ist nicht wie die Fernsehmaschine; der Bildschirm sieht ähnlich aus, aber mit dem Textcomputer kann man die Bilder erzeugen, die man *selbst* sehen will, weil sie alle aus dem eigenen Kopf stammen.

Das gefällt mir.

Sehen Sie, ich habe mich vorbereitet – habe Sätze ausprobiert und wieder verworfen, wie man Teile eines Puzzles ausprobiert. Und heute morgen habe ich ein paar geschrieben, die richtig klingen – jedenfalls fast richtig. Möchten Sie sie hören? Okay, los geht's:

Als ich zur Tür sah, erblickte ich einen ausgesprochen betrübten und niedergeschlagenen Peoria Smith, der dort stand. »Ich glaube, ich habe Sie beim letzten Mal ziemlich mies behandelt, Mr. Umney«, sagte er. »Ich bin gekommen, um zu sagen, daß es mir leid tut.« Es waren mehr als sechs Monate vergangen, aber er sah unverändert aus. Und ich meine unverändert.

»Du trägst immer noch deine Brille«, sagte ich.

»Ja. Wir haben die Operation versucht, aber es hat nicht geklappt.« Er seufzte, dann grinste er und zuckte die Achseln. In dem Augenblick sah er wieder wie der Peoria aus, den ich immer gekannt hatte. »Aber was soll's, Mr. Umney – blind zu sein, ist gar nicht so schlimm.«

Es ist nicht perfekt; klar, das weiß ich. Ich war Detektiv, jetzt bin ich Schriftsteller. Aber ich glaube, man kann fast alles, wenn man nur will, und wenn man dahin geht, wo der Hund begraben liegt, dann ist es auch nur eine andere Art von Schlüssellochgucken. Größe und Form des Textcomputerschlüssellochs sind ein wenig anders, aber es ist trotzdem noch so, als sähe man in das Leben anderer Leute und meldete dann den Klienten, was man gesehen hat.

Ich bringe es mir aus einem ganz einfachen Grund bei. Ich will nicht hier sein. Sie können es als L. A. 1994 bezeichnen, wenn Sie wollen; ich nenne es die Hölle. Die gräßlichen Tiefkühlgerichte, die man in einer Kiste namens »Mikrowelle« kocht, die Turnschuhe, die wie Frankensteins Pantoffeln aussehen, die Musik im Radio, die sich anhört, als garte man Kühe bei lebendigem Leib in einem Dampfkochtopf; es ist ...

Nun, es ist einfach *alles.*

Ich will mein Leben zurück. Ich will alles wieder so, wie es war, und ich glaube, ich weiß, wie ich es anstellen muß.

Sie sind ein trauriger, diebischer Dreckskerl, Sam – darf ich Sie noch so nennen? –, und Sie tun mir leid ... aber nur bis zu einem gewissen Punkt, denn das entscheidende Wort hier ist *diebisch.* Meine anfängliche Meinung zu diesem Thema hat sich durchaus nicht geändert, sehen Sie – ich bin immer noch nicht der Meinung, daß die Gabe, etwas zu erschaffen, auch zum Stehlen berechtigt.

Was machen Sie in diesem Augenblick, Sie Dieb? Speisen Sie im Petit Déjeuner, das Sie geschaffen haben? Schlafen Sie neben einer atemberaubenden Puppe mit perfekten, straffen Brüsten, die Mord auf den Ärmel ihres Negligés gestickt hat? Fahren Sie sorglos nach Malibu? Oder lehnen Sie sich einfach nur im Schreibtischstuhl zurück und erfreuen sich Ihres schmerzfreien, geruchsfreien und scheißefreien Lebens? Was machen Sie?

Ich habe mir das Schreiben beigebracht, das ist meine Beschäftigung, und nachdem ich es heraus habe, glaube ich, daß ich zunehmend besser werde. Ich kann Sie schon fast sehen.

Morgen werden Clyde und Peoria ins Blondie's gehen, das neu eröffnet hat. Diesmal wird Peoria Clydes Einladung zum Frühstück annehmen. Das ist der zweite Schritt.

Ja, ich kann Sie schon fast sehen, Sam, und bald werde ich es. Aber ich glaube nicht, daß Sie mich sehen werden. Erst wenn ich hinter Ihrer Bürotür hervorkomme und Ihnen die Hände um den Hals lege.

Diesmal geht niemand nach Hause.

Kopf runter

Anmerkung des Autors: Ich melde mich hier zu Wort, mein Dauerleser, um darauf hinzuweisen, daß dies keine Geschichte ist, sondern ein Essay – fast ein Tagebuch. Es erschien erstmals im *New Yorker* im Frühjahr 1990.

S. K.

»Kopf runter! Nimm den Kopf runter!«

Es ist bei weitem nicht die schwierigste Aufgabe im Sport, aber jeder, der es einmal versucht hat, wird Ihnen bestätigen, daß es schwierig genug ist: mit einem runden Schläger einen runden Ball genau in der Mitte zu treffen. So schwierig, daß die Handvoll Männer, die es gut können, reich, berühmt und zu Leitfiguren erhoben werden: die Joe Cansecos, die Mike Greenwells, die Kevin Mitchells. Für Tausende von Jungen (und nicht wenige Mädchen) sind es ihre Gesichter (nicht das Gesicht von Axl Rose oder Bobby Brown), auf die es ankommt; ihre Poster nehmen an Zimmerwänden und Spindtüren Ehrenplätze ein. Heute bringt Ron St. Pierre einigen dieser Jungen – Jungen, die Bangor West Side beim Turnier des Distrikts 3 der Little League repräsentieren werden – bei, wie man den runden Ball mit dem runden Schläger trifft. Im Augenblick arbeitet er mit einem Jungen namens Fred Moore, während mein Sohn Owen danebensteht und sie eingehend beobachtet. Er ist der nächste, den St. Pierre sich vorknöpfen wird. Owen hat breite Schultern und ist kräftig gebaut, wie sein alter Herr; Fred sieht in seinem hellgrünen Trainingsanzug fast schmerzhaft zerbrechlich aus. Und er macht keinen guten Kontakt.

»*Kopf runter, Fred!*« schreit St. Pierre. Er steht auf halbem Weg zwischen dem Hügel und dem Schlagmal eines der beiden Spielfelder der Little League hinter der Colafabrik in Bangor; Fred steht fast ganz hinten am Schutzgitter. Der Tag ist heiß, aber weder Fred noch St. Pierre lassen erkennen, daß ihnen die Hitze zu schaffen macht. Sie konzentrieren sich auf das, was sie tun.

»Laß ihn *unten*!« schreit St. Pierre noch einmal und führt einen kräftigen Wurf aus.

Fred schlägt unter dem Ball durch. Das blecherne Aluminium-auf-Rindsleder-Geräusch ist zu hören – ein Geräusch, wie wenn jemand mit einem Löffel auf eine Blechtasse schlägt. Der Ball trifft gegen das Schutzgitter, prallt ab und fliegt ihm fast an den Helm. Beide lachen, dann holt St. Pierre einen neuen Ball aus dem roten Plastikeimer neben sich.

»Mach dich bereit, Freddy!« ruft er. »Kopf runter!«

Maines Distrikt 3 ist so groß, daß er zweigeteilt ist. Die Mannschaften von Penobscot County bilden die eine Hälfte, die von Aroostook und Washington County die andere. All-Star-Jungen werden aufgrund ihrer Leistungen ausgewählt und aus allen Mannschaften der Jugendliga zusammengeholt. Die zwölf Mannschaften im Distrikt 3 spielen in gleichzeitigen Turnieren. Gegen Ende Juli tragen die beiden übriggebliebenen Mannschaften es untereinander aus, um den Distriktchampion zu bestimmen. Diese Mannschaft repräsentiert dann Distrikt 3 beim Spiel um die Meisterschaft des Bundesstaates, und es ist lange her – achtzehn Jahre –, seit es eine Mannschaft aus Bangor einmal bis ins Turnier des Bundesstaates geschafft hat.

Dieses Jahr werden die Meisterschaftsspiele in Old Town ausgetragen, wo die Kanus gebaut werden. Vier der fünf Mannschaften, die dort spielen, werden wieder nach Hause reisen. Die fünfte wird Maine beim Eastern-Regional-Turnier vertreten, das dieses Jahr in Bristol, Connecticut, stattfinden wird. *Danach* kommt selbstverständlich Williamsport, Pennsylvania, wo die Weltserie der Jugendliga stattfindet. Die Spieler von Bangor West scheinen selten an solch schwindelerregende Höhen zu denken; sie sind schon froh, wenn sie nur Millinocket schlagen, ihren ersten Gegner beim Penobscot County-Wettbewerb. Die Trainer freilich dürfen träumen – sie sind sogar fast *verpflichtet* zu träumen.

Dieses Mal nimmt Fred, der Witzbold der Mannschaft, den Kopf tatsächlich runter. Er schlägt den Ball auf der falschen Seite der ersten Mal-Linie zu Boden, etwa zwei Meter im Aus.

»Paß auf«, sagt St. Pierre und holt einen anderen Ball. Er hält ihn hoch. Der Ball ist verschrammt und schmutzig und voller Grasflecken. Dennoch ist es ein Baseball, und Fred betrachtet ihn respektvoll. »Ich werde dir jetzt einen Trick zeigen. Wo ist der Ball?«

»In Ihrer Hand«, sagt Fred.

Saint, wie Dave Mansfield, der Chefcoach der Mannschaft, ihn nennt, läßt ihn in den Handschuh fallen. »Und jetzt?«

»In Ihrem Handschuh.«

Saint dreht sich zur Seite; seine Wurfhand gleitet in den Handschuh. »Und jetzt?«

»In Ihrer Hand, glaube ich.«

»Du hast recht. Also achte auf meine Hand. Achte auf meine Hand, Fred Moore, und warte darauf, daß der Ball herauskommt. Du achtest auf den Ball. Auf sonst nichts. Nur auf den Ball. Ich sollte nicht mehr als ein Schemen für dich sein. Warum solltest du auch mich sehen wollen? Interessiert dich, ob ich lächle? Nein. Du wartest darauf, wie ich werfe – seitwärts oder drei Viertel oder über den Kopf. Wartest du?«

Fred nickt.
»Siehst du her?«
Fred nickt wieder.
»Okay«, sagt St. Pierre und geht wieder in seine Wurfübungshaltung.
Dieses Mal schlägt Fred den Ball souverän: eine harte, sinkende Gerade ins rechte Feld.
»*Ausgezeichnet*!« ruft St. Pierre. »Das war *ausgezeichnet*, Fred Moore!« Er wischt sich den Schweiß von der Stirn. »Nächster Schläger!«

Dave Mansfield, ein kräftiger, bärtiger Mann, der mit einer Fliegersonnenbrille und einem offenen T-Shirt mit der Aufschrift College World Series (ein Glücksbringer) auf dem Feld erscheint, bringt zum Spiel Bangor West gegen Millinocket eine Papiertüte mit. Sie enthält sechzehn Wimpel in verschiedenen Farben. BANGOR steht auf jedem; das Wort ist auf einer Seite von einem Hummer und auf der anderen von einer Pinie flankiert. Jeder Spieler von Bangor West, der namentlich durch Lautsprecher aufgerufen wurde, die an den Maschen des Grenzzauns hängen, nimmt einen Wimpel aus der Tüte, die Dave für ihn offenhält, läuft über das Innenfeld und gibt ihn seinem Gegenspieler.

Dave ist ein lauter, rastloser Mann, der Baseball und die Kinder liebt, die in dieser Liga spielen. Er glaubt, daß die All-Star Little League zwei Zwecken dient: Spaß zu haben und zu gewinnen. Beides ist wichtig, sagt er, aber am wichtigsten ist, es in der richtigen Reihenfolge zu tun. Die Wimpel sind kein schlauer Trick, um den Gegner zu verunsichern, sondern nur ein Gag. Dave weiß, daß die Jungen beider Mannschaften sich an dieses Spiel erinnern werden, und er möchte, daß jeder Junge aus Millinocket ein Souvenir hat. So einfach ist das.

Die Spieler aus Millinocket scheinen von dieser Geste überrascht zu sein; sie wissen nicht genau, was sie mit den Wimpeln anfangen sollen. Doch dann beginnt ein Tonbandgerät Anita Bryants Version des »Star-Spangled Banner« abzuspielen. Der Fänger von Millinocket, der fast unter seiner Montur erstickt, löst das Problem auf einmalige Weise: er hält den Wimpel von Bangor über sein Herz.

Nachdem die Nettigkeiten erledigt sind, leitet Bangor West ein rasantes und offensives Spiel ein; der Endstand ist Bangor West 18, Millinocket 7. Aber die Niederlage entwertet die Souvenirs nicht; als Millinocket mit dem Mannschaftsbus abreist, ist der Unterstand der Besucher leer, abgesehen von einigen Dixie-Bechern und Eisstielen. Die Wimpel – jeder einzelne – sind fort.

»Schlag *zwei!*« brüllt Neil Waterman, der Field Coach von Bangor West. »Schlag *zwei*, Schlag *zwei!*«

Es ist der Tag nach dem Spiel gegen Millinocket. Sämtliche Mannschaftsmitglieder erscheinen zum Training, aber es ist noch früh. Ermüdungserscheinungen werden sich breitmachen. Davon kann man ausgehen: Eltern sind nicht immer bereit, ihre Pläne für den Sommer aufzugeben, damit die Kinder nach der regulären Spielzeit noch in der Little League spielen können, und manchmal haben die Kinder selbst die Tretmühle des Trainings satt. Manche fahren lieber Fahrrad, üben mit ihren Skateboards oder hängen einfach nur in den öffentlichen Anlagen herum und halten nach den Mädchen Ausschau.

»Schlag *zwei!*« brüllt Waterman. Er ist ein kleiner, kompakter Mann in Khakihosen und mit einem Bürstenschnitt à la Joe Coach. Im wirklichen Leben ist er Lehrer und Basketballcoach am College, und in diesem Sommer versucht er, den Jungen beizubringen, daß Baseball mehr mit Schach gemeinsam hat, als viele von ihnen für möglich halten. Man muß sein Spiel kennen, sagt er ihnen immer wieder. Ihr müßt wissen, wen ihr unterstützt. Am wichtigsten ist aber, ihr müßt immer wissen, wer in jeder Situation euer Schlagmann ist, und den müßt ihr treffen können. Er versucht geduldig, ihnen die Wahrheit zu vermitteln, die den Kern des Spiels bildet: daß es mehr im Kopf als mit dem Körper gespielt wird.

Ryan Iarrobino, Mittelfeldspieler von Bangor West, feuert ein Geschoß zu Casey Kinney am zweiten Mal. Casey visiert einen unsichtbaren Läufer an, dreht sich und wirft ein zweites Geschoß zum Schlagmal, wo J. J. Fiddler den Wurf entgegennimmt und den Ball zu Waterman zurückwirft.

»Doppelspielball!« ruft Waterman und legt Matt Kinney (nicht mit Casey verwandt) einen vor. Matt spielt heute beim Training den Shortstop. Der Ball macht einen komischen Schlenker und scheint ins linke Feld zu zielen. Matt schlägt ihn herunter, hebt ihn auf und leitet ihn zu Casey am zweiten weiter; Casey wirbelt herum und wirft ihn Mike Arnold zu, der auf dem ersten steht. Mike bringt ihn zu J. J. am Schlagmal.

»Okay!« ruft Waterman. »Gute Arbeit, Matt Kinney! *Gute Arbeit*! Eins-zwei-eins! Du deckst, Mike Pelkey!« Beide Namen. Immer beide Namen, um Verwechslungen vorzubeugen. In der Mannschaft wimmelt es von Matts, Mikes und Jungen namens Kinney.

Die Würfe werden makellos ausgeführt. Mike Pelkey, Werfer Nummer zwei von Bangor West, ist genau da, wo er sein soll, er deckt den ersten. Das ist ein Spielzug, an den er nicht immer denkt, aber diesmal schon. Er grinst und trottet zum Hügel zurück, während Neil Waterman sich bereit macht, die nächste Kombination vorzugeben.

»Das ist die beste All-Star-Mannschaft der Little League, die ich seit Jahren gesehen habe«, sagt Dave Mansfield ein paar Tage nachdem Bangor West Millinocket geschlagen hat. Er wirft sich eine Handvoll Sonnenblumenkerne in den Mund und fängt an zu kauen. Die Hülsen spuckt er beim Reden beiläufig aus. »Ich glaube nicht, daß sie zu schlagen ist – jedenfalls nicht in dieser Abteilung.«

Er verstummt und sieht zu, wie Mike Arnold vom ersten zum Schlagmal losstürmt, einen Übungswimpel schnappt und zur Tüte herumwirbelt. Er winkelt den Arm an – dann hält er den Ball. Mike Pelkey steht immer noch auf dem Hügel; diesmal hat er vergessen, daß es seine Aufgabe ist, zu decken, und die Tüte ist ungedeckt. Er wirft Dave einen raschen, schuldbewußten Blick zu. Dann läßt er ein sonniges Grinsen sehen und macht sich bereit, es noch einmal zu versuchen. Nächstesmal wird er es richtig machen, aber wird er auch während eines Spiels daran denken?

»Selbstverständlich können wir uns selbst schlagen«, sagt Dave. »So passiert es normalerweise.« Dann bellt er mit lauter Stimme: »*Wo warst du, Mike Pelkey? Du solltest das erste decken!*«

Mike nickt und stapft hin – lieber zu spät als gar nicht.

»Brewer«, sagt Dave und schüttelt den Kopf. »Brewer auf ihrem Spielfeld. Das wird hart. Brewer ist *immer* hart.«

Bangor West macht Brewer nicht gerade dem Erdboden gleich, aber sie gewinnen ihr erstes »Auswärtsspiel« ohne große Anstrengung. Matt Kinney, Werfer Nummer eins der Mannschaft, ist in Bestform. Er ist alles andere als überwältigend, aber sein Fastball macht einen kurzen, schlangengleichen Schlenker; außerdem verfügt er über einen bescheidenen, aber wirkungsvollen Wechselball. Ron St. Pierre sagt immer wieder gern, daß jeder Little-League-Werfer in Amerika überzeugt ist, er hat einen irre angeschnittenen Ball drauf. »Was sie für eine angeschnittene Kurve halten, ist normalerweise dieser große Schlenker«, sagt er. »Ein Schläger mit etwas Selbstdisziplin könnte das arme Ding kaltmachen.«

Matt Kinneys angeschnittener Ball beschreibt allerdings tatsächlich eine Kurve, und heute abend wächst er über sich selbst hinaus und schafft acht. Wichtiger ist, er hat nur vier Walks. Walks sind der Fluch im Leben eines Coach der Little League. »Sie bringen einen um«, sagt Neil Waterman. »Die Walks bringen einen jedesmal um. Absolut keine Ausnahme. Sechzig Prozent aller Schläger haben bei Spielen der Little League durch Walks Punkte gemacht.« Nicht in diesem Spiel: zwei der Schläger von Kinneys Walks werden am zweiten abgefangen; die beiden anderen stranden. Nur ein Schläger von Brewer landet einen Treffer: Denise Hewes, Centerfield, schafft ihn in der fünften, wird aber am zweiten gestoppt.

Nachdem das Spiel sicher in der Tasche ist, schenkt Matt Kinney, ein ernster und fast unheimlich beherrschter Junge, Dave ein seltenes Lächeln, bei dem er glänzende Zahnspangen entblößt. »Die konnte *treffen!*« sagt er fast ehrfürchtig.

»Warte, bis du Hampden siehst«, sagt Dave trocken. »Da treffen sie *alle.*«

Als sich die Mannschaft von Hampden am 17. Juli auf dem Spielfeld von Bangor West hinter der Colafabrik sehen läßt, beweisen die Spieler ziemlich schnell, daß Dave recht hatte. Mike Pelkey ist recht gut und hat sich wesentlich besser unter Kontrolle als beim Spiel gegen Millinocket, aber er ist für die Jungen von Hampden ziemlich schnell zu durchschauen. Mike Tardif, ein kompakter Junge mit einem verblüffend schnellen Schläger, haut Pelkeys dritten Wurf über den linken Spielfeldzaun, sechzig Meter entfernt, und ermöglicht so einen Homerun in der ersten Runde. Hampden schafft zwei weitere Runs in der zweiten und führt mit 3 : 0 gegen Bangor West.

In der dritten allerdings legt Bangor West los. Hampdens Würfe sind gut, Hampdens Schläge sind ehrfurchtgebietend, aber Hampdens Feldspiel, besonders das Innenfeldspiel, läßt einiges zu wünschen übrig. Bangor West bringt drei Treffer zustande, zusammen mit fünf Fehlern und zwei Walks, und verbucht sieben Runs. So wird in der Little League am häufigsten gespielt, und sieben Runs sollten eigentlich genügen, aber diesmal genügen sie nicht; der Gegner läßt nicht locker und schafft zwei in seiner Hälfte der dritten Runde und zwei weitere in der fünften. Als Hampden am Anfang der sechsten dran ist, liegen sie nur noch drei zurück, 10 : 7.

Kyle King, ein Zwölfjähriger, der diesen Abend für Hampden angefangen hat und in der fünften zum Fänger wurde, beginnt die sechste mit einem Doppel. Dann schafft es Mike Pelkey, Mike Tardif auszuschalten. Mike Wentworth, der neue Werfer von Hampden, entscheidet sich für einen tiefen, kurzen Wurf. King und Wentworth rücken auf einen verfehlten Ball vor, sind aber gezwungen zu halten, als Jeff Carson es zum Werfer zurückschafft. Das bringt Josh Jamieson ins Spiel, eine der fünf Homerun-Bedrohungen von Hampden, mit zwei drinnen und zwei draußen. Er repräsentiert den Run zum Unentschieden. Mike, obwohl sichtlich erschöpft, mobilisiert letzte Kraftreserven und schaltet ihn bei einem Eins-zwei-Wurf aus. Das Spiel ist vorbei.

Die Kinder stellen sich auf und verabschieden sich in gewohnter Weise, aber es wird deutlich, daß Mike nicht der einzige Junge ist, den das Spiel geschlaucht hat; mit hängenden Schultern und gesenkten Köpfen sehen sie alle wie Verlierer aus. Bangor West steht nun mit 3 : 0 im Spiel der

Gruppe, aber der Sieg ist ein Zufallstreffer, die Art von Spiel, die die Little League zu einem so nervenaufreibenden Erlebnis für Zuschauer, Coaches und die Spieler selbst macht. Bangor West, normalerweise sicher im Feld, hat heute abend an die neun Fehler verbucht.

»Ich konnte die ganze Nacht nicht schlafen«, murmelt Dave am nächsten Tag beim Training. »Verdammt, wir waren die schlechtere Mannschaft. Wir hätten dieses Spiel verlieren müssen.«

Zwei Abende später hat er noch etwas, weswegen er düster in die Zukunft schauen kann. Er und Ron St. Pierre fahren die sechs Meilen nach Hampden und sehen zu, wie Kyle King und seine Kameraden gegen Brewer spielen. Es handelt sich nicht um eine Erkundungstour; Bangor hat gegen beide Clubs gespielt, und beide Männer haben sich ausreichend Notizen gemacht. Was sie wirklich sehen wollen, gibt Dave offen zu, ist, daß Brewer Glück hat und Hampden aus dem Weg räumt. Dazu kommt es nicht; was die beiden Männer zu sehen bekommen, ist kein Baseballspiel, sondern ein Übungsschießen.

Josh Jamieson, der im Clinch mit Mike Pelkey unterlegen war, schlägt einen Homerun über alles hinweg ins Trainingsfeld von Hampden. Und Jamieson ist nicht der einzige. Carson schafft einen, Wentworth schafft einen, und Tardif schafft zwei. Der Endstand ist Hampden 21, Brewer 9.

Auf der Rückfahrt nach Bangor kaut Dave Mansfield eine Menge Sonnenblumenkerne und sagt wenig. Er rappelt sich nur einmal auf, als er den alten grünen Chevy auf den Parkplatz neben der Colafabrik steuert. »Dienstagabend hatten wir Glück, und das wissen sie«, sagt er. »Wenn wir am Donnerstag da runterkommen, werden sie auf uns warten.«

Die »Diamanten« auf denen die Mannschaften von Distrikt 3 ihre Dramen über sechs Runden spielen, haben alle dieselben Abmessungen, plus minus ein paar Zentimeter hier und ein Spielfeldtor dort. Die Coaches haben alle das Regelwerk in den Gesäßtaschen und machen regen Gebrauch davon. Dave betont immer wieder, es kann nicht schaden, sich zu vergewissern. Das Innenfeld mißt an jeder Seite 27,45 Meter, ein Quadrat, das mit der Spitze auf dem Schlagmal steht. Das Schutzgitter, verlangen die Regeln, muß mindestens sechs Meter vom Schlagmal entfernt sein, um dem Fänger wie auch einem Läufer am dritten eine faire Chance bei einem verfehlten Ball zu geben. Die Zäune müssen sechzig Meter vom Mal entfernt sein. Auf dem Spielfeld von Bangor West sind es sogar dreiundsechzig bis zum Mittelpunkt. Und in Hampden, der Heimat von Schlagwundern wie Tardif und Jamieson, sind es eher dreiundfünfzig.

Die starrste Strecke ist auch die wichtigste: die Entfernung zwischen dem Wurfmal und dem Mittelpunkt des Schlagmals. Vierzehn Meter –

nicht mehr und nicht weniger. Wenn es darum geht, sagt nie jemand: »Ach, das kommt so ungefähr hin – belassen wir es dabei.« Die meisten Mannschaften der Little League leben und sterben mit dem, was sich auf den vierzehn Metern zwischen diesen beiden Punkten abspielt.

Die Spielfelder des Distrikt 3 unterscheiden sich in anderer Hinsicht beachtlich, und ein rascher Blick sagt einem für gewöhnlich sofort etwas darüber, wie eine Gemeinde dem Spiel gegenübersteht. Das Spielfeld von Bangor West ist in schlechtem Zustand – kläglicher Beweis dafür, daß die Stadt es regelmäßig übergeht, wenn der Etat für Freizeitanlagen verteilt wird. Der Untergrund besteht aus einem sterilen Ton, der sich, wenn das Wetter schlecht ist, in Suppe verwandelt und in Beton, wenn die Sonne scheint, wie in diesem Sommer. Durch Bewässerung ist der größte Teil des äußeren Felds einigermaßen grün, aber das Innenfeld ist hoffnungslos. Struppiges Gras wächst an den Linien, aber der Bereich zwischen Schlag- und Wurfmal ist fast völlig kahl. Das Schutzgitter ist verrostet; verfehlte Bälle und Fehlschläge verschwinden gelegentlich durch große Löcher zwischen Boden und Maschendraht. Zwei große, hügelige Dünen verlaufen durch das rechte und das Mittelfeld. Diese Dünen sind sogar zu einem Vorteil für das Heimteam geworden. Die Spieler von Bangor West lernen, die Abpraller von ihnen zu spielen, so wie die Red Sox lernen, Abpraller vom Green Monster zu spielen. Gastspieler hingegen müssen ihre fehlgeschlagenen Bälle nicht selten bis zum Zaun jagen.

Das Spielfeld von Brewer, das zwischen dem dortigen IGA-Lebensmittelladen und einem Marden's Discount Store eingequetscht ist, muß sich den engen Platz mit der wahrscheinlich ältesten und rostigsten Spielplatzausrüstung in Neuengland teilen; die kleinen Brüder und Schwestern sehen sich das Spiel von den Schaukeln aus verkehrt herum an, Köpfe unten, Füße in der Luft.

Das Bob Beal-Feld in Machias mit seinem pockennarbigen Innenfeld voller Kieselsteine ist wahrscheinlich das schlechteste aller Spielfelder, die Bangor West dieses Jahr besuchen wird; Hampden mit dem ordentlich gemähten Außenfeld und dem schönen Verbundinnenfeld ist wahrscheinlich das beste. Mit dem Picknickbereich hinter dem Zaun des Mittelfelds und einer Snackbar mit öffentlichen Toiletten sieht der Diamant von Hampden hinter der dortigen VFW-Halle wie das Spielfeld reicher Kinder aus. Aber der Schein kann trügen. Die Mannschaft setzt sich aus Kindern von Newburgh und Hampden zusammen, und Newburgh ist immer noch eine Gegend kleiner Farmen mit Milchwirtschaft. Viele dieser Kinder fahren in alten Autos mit Spachtelmasse um die Scheinwerfer herum und mit Draht befestigten Stoßstangen zu den Spielen; sie haben Sonnenbrand, den sie sich bei der Feldarbeit geholt haben, nicht am Swimmingpool des Country Club. Stadtkinder und

Landkinder. Wenn sie ihre Trikots anhaben, spielt es keine Rolle mehr, wer was ist.

Dave hat recht: die Fans von Hampden-Newburgh warten. Bangor West hat den Titel der Little League von Distrikt 3 zuletzt 1971 gewonnen; Hampden hat noch nie einen Titel gewonnen, und viele dortige Fans hoffen, daß dies das Jahr sein wird, trotz der vorherigen Niederlage gegen Bangor West. Die Mannschaft von Bangor spürt zum ersten Mal, daß sie unterwegs ist; sie sieht sich einer großen Zahl heimischer Fans gegenüber.

Matt Kinney fängt an. Hampden kontert mit Kyle King, und das Spiel gerät rasch zur seltensten und interessantesten Form eines Treffens der Little League, zu einem echten Werfer-Duell. Am Ende der dritten Runde steht es Hampden 0, Bangor West 0.

Zu Beginn der vierten Runde erntet Bangor zwei unverdiente Runs, als Hampdens Innenfeld wieder versagt. Owen King, der erste Baseman von Bangor West, kommt an den Schläger mit zwei drinnen und einem draußen. Die beiden Kings, Kyle von der Mannschaft aus Hampden und Owen von der Mannschaft Bangor West, sind nicht verwandt. Das muß man nicht eigens erwähnen; ein Blick genügt. Kyle King ist etwa einen Meter sechzig groß. Owen King überragt ihn mit einem Meter siebenundachtzig. Die Größenunterschiede der Little League sind so extrem, daß man sich wie das Opfer einer Halluzination vorkommt.

Bangors King klopft einen kurzen Bodenball. Ein maßgeschneidertes Doppelspiel, aber der Shortstop von Hampden bringt ihn nicht sauber ins Feld zurück, und King, der seine rund zweihundert Pfund mit Höchstgeschwindigkeit zum ersten schleppt, schafft die Reihe. Mike Pelkey und Mike Arnold schaffen es zum Schlagmal.

Ende der fünften Runde trifft Matt Kinney, der gelaufen ist, Chris Witcomb, Nummer acht in Hampdens Reihenfolge. Brett Johnson, Schläger Nummer neun, jagt einen zu Casey Kinney, dem zweiten Baseman von Bangor West. Wieder ist es ein maßgeschneiderter Doppelspielball, aber Casey gibt auf. Seine Hände, die automatisch nach unten gezuckt sind, erstarren zwölf Zentimeter vom Boden entfernt, und Casey wendet das Gesicht ab, um es vor einem möglichen Abpraller zu schützen. Das ist der häufigste aller Spielfehler der Little League, und gleichzeitig der verständlichste; es ist ein Akt reiner Selbsterhaltung. Der betroffene Gesichtsausdruck, den Casey Dave und Neil zuwirft, als der Ball ins Mittelfeld rollt, vollendet diesen Teil des Balletts.

»Macht nichts, Casey! Nächstes Mal!« bellt Dave mit seiner rumpelnden, selbstsicheren Yankeestimme.

»Neuer Schläger!« ruft Neil, der überhaupt nicht auf Caseys Miene achtet. »Neuer Schläger! Ihr müßt euer Spiel kennen! Wir liegen immer noch vorne. Macht ein Aus! Konzentriert euch nur darauf, ein Aus zu machen!«

Casey entspannt sich langsam wieder, fügt sich wieder ins Spiel ein, und dann fangen jenseits des Spielfeldzauns die Hupen von Hampden an zu tröten. Einige gehören Autos neuer Modelle – Toyotas und Hondas und wendigen kleinen Dodge Colts mit Aufklebern wie USA RAUS AUS NICARAGUA und SPALTET HOLZ, KEINE ATOME auf den Stoßstangen. Aber die meisten Hupen von Hampden sitzen in älteren Autos und Pickups. Viele dieser Pickups haben rostige Türen und FM-Konverter, die unter Armaturenbrettern festgebunden sind, und Campingaufbauten über den Ladeflächen. Wer sitzt in diesen Fahrzeugen und hupt? Niemand scheint es zu wissen – nicht mit Sicherheit. Es handelt sich nicht um Eltern oder Verwandte der Spieler von Hampden; die Eltern und Verwandten (dazu ein ansehnliches Kontingent eiscremeverschmierter kleiner Brüder und Schwestern) sitzen auf den Tribünen und drängen sich am Zaun auf der Seite des dritten Mals des Diamanten, wo sich der Unterstand der Mannschaft von Hampden befindet. Möglicherweise handelt es sich um Einheimische, die gerade von der Arbeit kommen – Jungen, die angehalten haben, um sich einen Teil des Spiels anzusehen, bevor sie sich in der VFW-Halle nebenan ein paar Alks reinziehen – oder die Geister der vergangenen Little League von Hampden, die sich nach der Flagge der Bundesstaatsmeisterschaft sehnen, die ihnen so lange vorenthalten blieb. Das zumindest könnte wahrscheinlich sein; die Hupen von Hampden haben etwas Unheimliches und zugleich Unausweichliches an sich. Sie tröten harmonisch – hohe Hupen, tiefe Hupen, ein paar von kümmerlichen Batterien angetriebene Nebelhörner. Mehrere Spieler von Bangor West drehen sich unbehaglich nach dem Lärm um.

Hinter dem Backstop bereitet sich ein lokales Fernsehteam darauf vor, ein Videoband über das Spiel für den Sportteil der Elf-Uhr-Nachrichten zu drehen. Das führt zu etwas Unruhe in der Zuschauerschaft, aber nur wenige Spieler auf der Bank von Hampden scheinen es zu bemerken. Matt Kinney jedenfalls nicht.Er konzentriert sich völlig auf Matt Knaide, den nächsten Schläger von Hampden, der mit seinem Aluschläger Marke Worth einmal auf seinen Sportschuh klopft und sich dann auf den Platz des Schlägers begibt.

Die Hupen von Hampden verstummen. Matt Kinney beginnt sein Aufwärmen. Casey Kinney fällt auf seine Position östlich des zweiten Mals zurück und hält den Handschuh gesenkt. Sein Gesicht drückt aus, daß er nicht die Absicht hat, sich noch einmal abzuwenden, falls ihm der Ball erneut zugespielt werden sollte. Die Läufer von Hampden stehen erwartungsvoll am ersten und zweiten Mal. (In der Little League gibt es kein Wegführen von der Tüte.) Die Zuschauer an den gegenüberliegenden Seiten des Diamanten sehen gespannt her. Ihre Unterhaltungen verstummen. Baseball ist am besten (und dies ist wirklich ein sehr gutes Spiel, für das man gerne Eintritt bezahlen würde), wenn es sich um eine Partie ruhiger Pausen mit kurzen, kontrapunktierten Ausbrüchen handelt. Die Fans spüren jetzt, daß einer dieser Ausbrüche bevorsteht. Matt Kinney rafft sich auf und wirft.

Knaide schlägt den ersten Wurf über das zweite Mal, ein Treffer, und jetzt steht es 2 : 1. Kyle King, Hampdens Werfer, geht zum Schlagmal und jagt einen flachen, heulenden Linienball direkt zum Hügel. Er trifft Matt Kinney am rechten Schienbein. Der unternimmt einen instinktiven Versuch, den Ball ins Feld zu bringen, der bereits Richtung Loch zwischen dem dritten Mal und dem Short gerollt ist, als Matt merkt, daß er verletzt ist, und zusammenklappt. Jetzt sind die Schlagmale besetzt, aber im Moment interessiert das keinen; in dem Augenblick, als der Linienrichter die Hand hebt und eine Auszeit signalisiert, stürmen sämtliche Spieler von Bangor West zu Matt Kinney. Hinter dem Mittelfeld tröten die Hupen von Hampden triumphierend.

Kinney ist blaß und hat eindeutig Schmerzen. Ein Eisbeutel wird aus dem Erste-Hilfe-Set gebracht, das sich in der Snackbar befindet, und nach ein paar Minuten kann er aufstehen und vom Spielfeld hinken, indem er die Arme um Dave und Neil legt. Die Zuschauer applaudieren laut und teilnahmsvoll.

Owen King, der einstige Mann am ersten Mal, wird zum neuen Werfer von Bangor West, und der erste Schläger, dem er gegenübersteht, ist Mike Tardif. Die Hupen von Hampden lassen ein kurzes, erwartungsvolles Blöken ertönen, als Tardif das Spielfeld betritt. Kings dritter Schlag landet als Irrläufer am Schutzgitter. Brett Johnson schafft seine Runde; King läuft vom Wurfmal zum Schlagmal, wie man es ihm beigebracht hat. Im Unterstand von Bangor West singt Neil Waterman, der den Arm noch um Matt Kinneys Schulter gelegt hat: »Deckung-Deckung-DECKUNG!«

Joe Wilcox, der erste Fänger von Bangor West, ist dreißig Zentimeter kleiner als King, aber außerordentlich schnell. Am Anfang seiner All-Star-Saison wollte er nicht fangen, und es gefällt ihm immer noch nicht, aber er hat gelernt, damit zu leben und in einer Position hart zu werden, die sehr wenige kleine Spieler lange überleben; selbst in der Little League ähneln die meisten Fänger menschlichen Panzern. Zu Beginn des Spiels hat er einen fehlgeschlagenen Ball auf erstaunliche Weise mit einer Hand erwischt. Jetzt schnellt er in Richtung Backstop und streicht die Gesichtsmaske mit einer Hand beiseite, während er mit der anderen gleichzeitig den abprallenden Ball schnappt. Er dreht sich zum Mal um und wirft zu

King, während die Hupen von Hampden zu einem Chor wilden – und, wie sich herausstellt, verfrühten – Triumphgeheuls anschwellen.

Johnson hat abgebremst. Sein Gesichtsausdruck gleicht auf kaum faßbare Weise dem von Casey Kinney, als dieser Johnsons fest geschlagenen Bodenball durch das Loch schießen ließ. Es ist ein Ausdruck großer Angst und Bestürzung, der Ausdruck eines Jungen, der sich plötzlich wünscht, anderswo zu sein. *Irgendwo* anders. Der neue Werfer blockiert das Mal.

Johnson setzt zu einem halbherzigen Ausfall an. King nimmt den Wurf von Wilcox entgegen, wirbelt mit überraschender, behender Anmut herum und berührt den hilflosen Johnson mühelos. Er geht zur Werferplatte zurück, wischt sich den Schweiß von der Stirn und bereitet sich darauf vor, Tardif noch einmal gegenüberzutreten. Hinter ihm sind die Hupen von Hampden wieder verstummt.

Tardif schneidet einen zum dritten Mal hin an. Kevin Rochefort, Bangors Mann am dritten Mal, macht als Reaktion darauf einfach einen Schritt nach vorne. Es ist ein einfacher Spielzug, aber sein Gesicht drückt schreckliches Mißfallen aus, und erst als Rochefort vor einem problemlosen Ball erstarrt, merkt man richtig, wie sehr die ganze Mannschaft durch Matts Verletzung erschüttert wurde. Der Ball landet in Rocheforts Handschuh und fällt wieder heraus, weil Rochefort – dem Freddy Moore und dann die ganze Mannschaft den Spitznamen Roach Clip gegeben haben – ihn nicht festhalten kann. Knaide, der zum dritten Mal vorgestoßen ist, während sich King und Wilcox um Johnson gekümmert haben, ist schon unterwegs zum Schlagmal. Rochefort hätte Knaide mühelos aufhalten können, wenn er den Ball gefangen hätte, aber wir haben es hier, wie bei großen Baseballturnieren, mit einem Spiel von Wenns und Zentimetern zu tun. Rochefort fängt den Ball nicht. Stattdessen macht er einen Fehlwurf zum ersten. Mike Arnold hat dort übernommen, und er ist einer der besten Feldspieler der Mannschaft, aber niemand hat ihn mit Stelzen ausgestattet. Derweil stürmt Tardif zum zweiten Mal. Das Werferduell ist wieder zu einem klassischen Spiel der Little League geworden, und jetzt brechen die Hupen von Hampden in eine Kakophonie der Freude aus. Das Heimteam hat die Laufschuhe an, und der Endstand ist Hampden 9, Bangor West 2. Dennoch kann man zwei positive Dinge mit nach Hause nehmen: Matt Kinney ist nicht schwer verletzt, und als Casey Kinney in einer späteren Spielrunde wieder eine tolle Chance bekam, versagte er nicht und machte das Spiel.

Nachdem das letzte Aus vermerkt wurde, trotten die Spieler von Bangor West in ihren Unterstand und setzen sich auf die Bank. Es ist ihre erste Niederlage, und die meisten werden nicht gut damit fertig. Manche werfen die Handschuhe verdrossen zwischen die schmutzigen Turnschuhe. Manche weinen, andere scheinen den Tränen nahe zu sein, niemand sagt etwas. Nicht einmal Freddy, Bangors Chefpossenreißer, hat an diesem verhangenen Abend in Hampden etwas anzumerken. Hinter dem Zaun des Mittelfelds tröten einige der Hupen von Hampden immer noch fröhlich.

Neil Waterman ist der erste, der etwas sagt. Er sagt den Jungen, sie sollen die Köpfe heben und ihn ansehen. Drei tun das bereits: Owen King, Ryan Iarrobino und Matt Kinney. Etwa der halben Mannschaft gelingt es, seinem Wunsch zu folgen. Mehrere andere jedoch – darunter Josh Stevens, der das letzte Aus gemacht hat – scheinen sich ausgesprochen für ihre Fußbekleidung zu interessieren.

»Nehmt die *Köpfe* hoch«, sagt Waterman wieder. Diesmal sagt er es lauter, aber nicht unfreundlich, und jetzt schaffen es alle, ihn anzusehen. »Ihr habt ziemlich gut gespielt«, sagt er leise. »Ihr seid erschüttert worden, und das war ihr Vorteil. Kommt vor. Das heißt aber nicht, daß sie besser sind – das werden wir erst am Samstag herausfinden. Heute abend habt ihr nur ein Baseballspiel verloren. Die Sonne wird morgen wieder aufgehen.« Sie regen sich verhalten auf der Bank; das alte Sprichwort hat seine tröstende Wirkung offenbar noch nicht verloren. »Ihr habt heute abend gegeben, was ihr konntet, und mehr wollen wir nicht. Ich bin stolz auf euch, und ihr könnt auch stolz auf euch sein. Es ist nichts passiert, weswegen ihr die Köpfe hängen lassen müßtet.«

Er macht Dave Mansfield Platz, der seine Mannschaft betrachtet. Als Dave das Wort ergreift, ist seine sonst so laute Stimme noch leiser als die von Waterman. »Wir wußten schon, als wir hierhergefahren sind, daß sie uns schlagen mußten, oder nicht?« fragt er. Er spricht nachdenklich, fast so, als führte er ein Selbstgespräch. »Hätten sie es nicht getan, wären sie draußen. Am Samstag kommen sie auf unser Feld. Da müssen *wir* sie schlagen. Wollt ihr das?«

Jetzt sehen sie alle zu ihm auf.

»Ich möchte, daß ihr nicht vergeßt, was Neil zu euch gesagt hat«, sagt Dave mit dieser nachdenklichen Stimme, die keine Ähnlichkeit mit seinem Bellen auf dem Spielfeld hat. »Ihr seid ein Team. Das bedeutet, ihr habt euch gern. Ihr habt euch gern – ob ihr gewinnt oder verliert –, weil ihr ein Team seid.«

Als diesen Jungen zum ersten Mal gesagt wurde, sie müßten sich gernhaben, wenn sie auf dem Spielfeld sind, haben sie unsicher darüber gelacht. Jetzt lacht keiner. Nachdem sie gemeinsam die Hupen von Hampden über sich ergehen ließen, scheinen sie zu verstehen, zumindest ein bißchen.

Dave betrachtet sie noch einmal, dann nickt er. »Okay. Nehmt eure Sachen.«

Sie nehmen Schläger, Helme, Fangausrüstung und stopfen alles in

Säcke aus Segeltuch. Als sie bei Daves altem, grünem Pickup angelangt sind, lachen einige sogar schon wieder.

Dave lacht mit ihnen, aber auf der Heimfahrt lacht er nicht. Heute nacht scheint die Fahrt lang zu sein. »Ich weiß nicht, ob wir sie am Samstag schlagen können«, sagt er mit derselben nachdenklichen Stimme. »Ich will es, und *sie* wollen es, aber ich weiß nicht. Hampden hat jetzt Mo auf ihrer Seite.«

Mo ist selbstverständlich das Moment, der Schwung – diese mythische Kraft, die nicht nur einzelne Spiele bestimmt, sondern ganze Spielzeiten. Baseballspieler sind auf jeder Spielebene launisch und abergläubisch, und die Spieler von Bangor West haben aus unerfindlichen Gründen eine kleine Plastiksandale zu ihrem Maskottchen gewählt – Überbleibsel der Puppe eines jungen Fans. Diesen absurden Talisman haben sie Mo getauft. Sie stecken ihn bei jedem Spiel in den Maschendrahtzaun des Unterstands, und die Schläger berühren ihn nicht selten verstohlen, bevor sie das Schlagmal betreten. Nick Trzaskos, der normalerweise für Bangor im linken Feld spielt, hatte Mo zwischen den Spielen zu hüten. Heute abend hat er zum ersten Mal vergessen, den Talisman mitzubringen.

»Nick sollte am Samstag besser an Mo denken«, sagt Dave grimmig. »Aber selbst wenn er daran denkt ...« Er schüttelt den Kopf. »Ich weiß einfach nicht.«

Spiele der Little League kosten keinen Eintritt; das verbieten die Bestimmungen ausdrücklich. Stattdessen geht ein Spieler während der vierten Runde mit dem Hut herum und sammelt Spenden für Ausrüstung und Wartung des Spielfelds. Am Samstag, als sich Bangor West und Hampden zum letzten Spiel der Little League von Penobscot County gegenüberstehen, kann man das erwachte Interesse am Schicksal der Mannschaft durch einen einfachen Vergleich ermitteln. Beim Spiel Bangor–Millinocket kamen 15,45 Dollar zusammen; als der Hut während der fünften Spielrunde des Spiels gegen Hampden zurückkommt, läuft er fast über vor Münzgeld und zusammengeknüllten Dollarscheinen. Die Einnahmen belaufen sich insgesamt auf 94,25 Dollar. Die Tribünen sind besetzt, an den Zäunen drängen sich die Zuschauer, der Parkplatz ist belegt. Die Little League hat eines mit fast allen sportlichen und geschäftlichen Aktivitäten in Amerika gemeinsam: nichts weckt das Interesse mehr als Erfolg.

Es fängt gut an für Bangor – sie führen mit 7 : 3 am Ende der dritten Runde –, aber dann fällt alles zusammen. In der sechsten Runde verbucht Hampden sechs Runs, die meisten ehrlich. Bangor West bricht nicht zusammen, so wie nach Matt Kinneys Verletzung in Hampden – die Spieler lassen die Köpfe nicht hängen, um Neil Watermans Ausdruck zu gebrauchen. Aber als sie zu Beginn der sechsten Runde an den Schläger kommen, liegen sie mit einem Spielstand von 14 : 12 zurück. Das Ausscheiden ist in reale, greifbare Nähe gerückt. Mo befindet sich an seinem üblichen Platz, aber Bangor West ist immer noch drei Aus vom Ende seiner Saison entfernt.

Ein Junge, dem man nach der 9 : 2-Niederlage von Bangor West nicht sagen mußte, er solle den Kopf nicht hängenlassen, war Ryan Iarrobino. Er machte in diesem Spiel zwei von dreien, spielte gut und verließ das Spielfeld mit dem Wissen, daß er gut gespielt hatte. Er ist ein großer, ruhiger Junge mit breiten Schultern und einem dunkelbraunen Haarschopf. Er ist einer der natürlichen Athleten der Mannschaft von Bangor West. Matt Kinney ist der andere. Die beiden Jungen sind krasse Gegensätze, was die Statur betrifft – Kinney ist schlank und immer noch recht klein, Iarrobino groß und muskulös –, aber sie haben eines gemeinsam, das bei Jungen ihres Alters ungewöhnlich ist: sie vertrauen auf ihre Körper. Die meisten anderen der Truppe von Bangor West, wie begabt sie auch sein mögen, betrachten ihre Füße, Arme und Hände als Spione und potentielle Verräter.

Iarrobino ist einer der Jungen, die irgendwie mehr *da* wirken, wenn sie sich zu einem Wettkampf angezogen haben. Er ist einer der wenigen Jungen der Mannschaft, der einen Helm aufsetzen kann und damit nicht aussieht wie ein Trottel mit dem Kochtopf seiner Mutter auf dem Kopf. Wenn Matt Kinney auf dem Hügel steht und einen Ball wirft, scheint er genau zur rechten Zeit am rechten Ort zu sein. Und wenn Ryan Iarrobino in die rechte Schlägerbox tritt und mit dem Ende des Schlägers einen Moment auf den Werfer deutet, bevor er ihn hochhält, an die rechte Schulter, scheint auch er genau da zu sein, wo er hingehört. Er wirkt schon, bevor er sich auf den ersten Schlag vorbereitet, wie gemalt: man könnte eine perfekte Linie von der Schulter zur Hüfte ziehen und weiter bis zum Knöchel hinab. Matt Kinney ist dafür geschaffen, Basebälle zu werfen; Ryan Iarrobino ist dafür geschaffen, sie zu schlagen.

Letzte Chance für Bangor West. Jeff Carson, dessen Homerun in der vierten Runde das Spiel entscheidend beeinflußte, und der zuvor Mike Wentworth auf der Werferplatte für Hampden ablöste, wird jetzt gegen Mike Tardif ausgewechselt. Er sieht sich als erstes Owen King gegenüber. King macht drei und zwei (und schwingt wild zu den Zäunen bei einem Schlag in den Dreck), dann landet er einen Wurf gerade noch drinnen für einen Walk. Roger Fisher folgt ihm zum Mal und wirft-trifft für den stets geselligen Fred Moore. Roger ist ein kleiner Junge mit indianischen dunklen Augen und dunklem Haar. Er sieht wie ein leichter Gegner aus, aber der Eindruck kann täuschen; Roger hat eine Menge Kraft. Heute jedoch ist er zu aufgeregt. Er schlägt ins Aus.

Auf dem Feld drehen sich die Spieler von Hampden und sehen sich an. Sie sind nahe dran, und das wissen sie. Hier ist der Parkplatz so weit entfernt, daß die Hupen von Hampden kein Faktor sind; ihre Fans müssen sich mit gewöhnlicher Unterstützung begnügen. Zwei Frauen mit den purpurnen Mützen von Hampden stehen hinter dem Unterstand und umarmen einander fröhlich. Mehrere andere Fans sehen wie Läufer aus, die auf den Knall der Startpistole warten; es ist klar, daß sie in dem Augenblick auf das Feld stürmen wollen, wenn ihre Jungen Bangor West endgültig des Platzes verwiesen haben.

Joe Wilcox, der kein Fänger sein wollte und es schließlich doch sein mußte, hämmert einen einzelnen ins linke Feld. King stoppt am zweiten Mal. Auftritt Arthur Dorr, der rechte Feldspieler von Bangor, der das älteste Paar hoher Turnschuhe der Welt trägt und den ganzen Tag noch keinen Treffer hatte. Diesmal schafft er einen, aber direkt auf den Shortstop von Hampden, der sich kaum zu bewegen braucht. Der Shortstop wirft den Ball zum zweiten Mal und hofft, daß er King aufhalten kann, aber er hat kein Glück. Trotzdem sind zwei raus.

Die Fans von Hampden brüllen weiter aufmunternd. Die Frauen hinter dem Unterstand hüpfen auf und ab. Jetzt tröten einige Hupen von Hampden irgendwo, aber sie kommen ein wenig früh, und das weiß man schon, wenn man in Mike Tardifs Gesicht sieht, der sich die Stirn abwischt und den Ball in den Handschuh rammt.

Ryan Iarrobino betritt die rechte Schlägerbox. Er verfügt über einen schnellen, fast natürlichen Schwung; selbst Ron St. Pierre kann daran nicht mehr viel verbessern.

Ryan schlägt Tardifs ersten Wurf, den schwersten des Tages – er landet mit einem Knall wie ein Pistolenschuß in Kyle Kings Handschuh. Dann vergeudet Tardif einen außerhalb. King bringt den Ball zurück, Tardif meditiert kurz und wirft dann einen flachen Fastball. Ryan sieht ihn, und der Linienrichter pfeift ab. Der Ball hat die äußere Ecke gestreift – vielleicht. Der Linienrichter sagt es jedenfalls, und das ist das Ende.

Jetzt sind die Fans beider Mannschaften verstummt, ebenso die Coachs. Alle sind raus. Jetzt dreht es sich nur noch um Tardif und Iarrobino vor dem letzten Schlag der letzten Runde, die eine dieser beiden Mannschaften spielen wird. Vierzehn Meter zwischen den beiden Gesichtern. Aber Iarrobino achtet nicht auf Tardifs *Gesicht.* Er achtet auf Tardifs *Handschuh*, und irgendwo kann ich hören, wie Ron St. Pierre zu Fred sagt: *Du wartest darauf, wie ich werfe – seitwärts oder drei Viertel oder über den Kopf.*

Iarrobino wartet, wie Tardif werfen wird. Als Tardif sich in Position begibt, kann man leise das *Tock-tock-tock-tock* von Tennisbällen auf einem Platz in der Nähe hören, aber hier findet man nur Stille und die schwarzen Schatten der Spieler, die auf dem Boden liegen wie aus schwarzem Papier ausgeschnittene Silhouetten, und Iarrobino wartet darauf, wie Tardif werfen wird.

Er wirft ihn über die Schulter. Und plötzlich setzt sich Iarrobino in Bewegung, beide Knie und die linke Schulter neigen sich leicht, der Aluminiumschläger ist nur eine Schliere im Sonnenlicht. Das Geräusch von Aluminium auf Rindsleder – *Klink*, als schlüge jemand mit einem Löffel auf eine Blechtasse – ist diesmal anders. Ganz anders. Kein *Klink*, sondern ein *Krunsch*, als Ryan trifft, und dann ist der Ball in der Luft und zischt über das linke Feld hinaus – ein langer Schuß, der eindeutig hoch, weit und sauber im Sommernachmittag verschwindet. Der Ball wird später fünfundachtzig Meter vom Schlagmal entfernt unter einem Auto hervorgeholt werden.

Das Gesicht des zwölfjährigen Mike Tardif drückt fassungslose, wie vom Donner gerührte Ungläubigkeit aus. Er wirft einen raschen Blick in seinen Handschuh, als hoffte er, den Ball immer noch darin zu finden, als wäre Iarrobinos dramatischer Weitschlag nur ein böser Traum gewesen. Die beiden Frauen hinter dem Unterstand sehen einander vollkommen fassungslos an. Zuerst gibt keiner einen Ton von sich. In diesem Augenblick, bevor alle anfangen zu brüllen und die Spieler von Bangor West aus ihrem Unterstand stürmen, Ryan am Schlagmal erwarten und förmlich über ihn herfallen, als er eintrifft, sind nur zwei Menschen ganz sicher, daß es tatsächlich passiert ist. Einer ist Ryan selbst. Als er das erste Mal passiert, hebt er die Hände an die Schultern – eine kurze, aber nachdrückliche Geste des Triumphs. Und als Owen King das Mal beim ersten von drei Runs passiert, die das Ende der All-Star-Saison von Hampden bedeuten, wird es auch Mike Tardif bewußt. Er steht zum letzten Mal als Little Leaguer auf der Werferplatte und bricht in Tränen aus.

»Man darf nicht vergessen, sie sind erst zwölf«, sagt jeder der drei Coachs das eine oder andere Mal, und jedesmal, wenn es einer sagt – Mansfield, Waterman oder St. Pierre –, haben die Zuhörer den Eindruck, als müsse er sich selbst daran erinnern.

»Wenn ihr auf dem Spielfeld seid, haben wir euch gern, und ihr müßt euch selbst gern haben«, sagt Waterman den Jungen immer wieder, und im Kielwasser von Bangors 15 : 14-Sieg gegen Hampden, als sie alle einander wirklich gern hatten, lachen die Jungen nicht mehr darüber. Er fährt fort: »Von jetzt an werde ich hart mit euch sein – sehr hart. Wenn ihr spielt, werdet ihr nichts als uneingeschränkte Zuneigung von mir bekommen. Aber wenn wir trainieren, werden einige von euch herausfinden, wie laut ich schreien kann. Wenn ihr etwas vermasselt, müßt ihr euch setzen. Wenn ich euch sage, ihr sollt etwas tun, und ihr tut es nicht, müßt ihr euch setzen. Die Erholungspause ist vorbei, Freunde – alle aus dem Pool raus. Jetzt fängt die harte Arbeit an.«

Ein paar Abende später landet Waterman beim Training einen Schlag nach rechts. Der amputiert im Vorbeifliegen fast Arthur Dorrs Nase. Arthur war vollauf damit beschäftigt, sich zu vergewissern, daß sein Hosenschlitz zu ist. Oder er hat die Schnürsenkel seiner Keds inspiziert. Oder sonst einen Scheiß.

»*Arthur*!« brüllt Neil Waterman, und angesichts dieser Stimme zuckt Arthur mehr zusammen als beim dichten Passieren des Balls. »*Komm hierher!* Auf die Bank! *Sofort!*«

»Aber ...« fängt Arthur an.

»Hierher!« brüllt Neil zurück. »Du bist raus!«

Arthur stapft mürrisch fort, Kopf gesenkt, und J. J. Fiddler nimmt seinen Platz ein. Ein paar Abende später verpaßt Nick Trzaskos seine Chance zu schlagen, als er es nicht schafft, zwei Würfe bei fünf Versuchen zu treffen. Er sitzt mit flammenden Wangen allein auf der Bank.

Machias, der Sieger von Aroostook County/Washington County, steht als nächstes auf dem Terminkalender – eine Serie von zwei aus drei, und der Sieger wird Champion des dritten Distrikts. Das erste Spiel soll auf dem Feld von Bangor stattfinden, hinter der Colafabrik, das zweite auf dem Bob-Beal-Feld in Machias. Das letzte Spiel soll, falls erforderlich, auf neutralem Boden zwischen den beiden Städten stattfinden.

Wie Neil Waterman versprochen hat, macht das Coachteam nur noch in Zuspruch, sobald die Nationalhymne gespielt wurde und das erste Spiel beginnt.

»Macht nichts, noch kein Schaden angerichtet!« ruft Dave Mansfield, als Arthur Dorr einen langen Schuß nach rechts falsch einschätzt und der Ball hinter ihm landet. »Mach jetzt ein Aus! Bauchspiel! Mach einfach ein Aus!« Niemand scheint genau zu wissen, was »Bauchspiel« ist, aber da es darum zu gehen scheint, Ballspiele zu gewinnen, sind die Jungen rückhaltlos dafür.

Es ist kein drittes Spiel gegen Machias nötig. Bangor West bekommt beim ersten schon starke Würfe von Matt Kinney zu sehen und gewinnt 17 : 5. Das zweite Spiel zu gewinnen ist nur deshalb etwas schwerer, weil das Wetter nicht mitspielt: ein sommerlicher Platzregen spült den ersten Anlauf davon, und die Mannschaft von Bangor West muß die Reise von hundertachtundsechzig Meilen nach Machias zweimal auf sich nehmen, um zu siegen. Schließlich kommt es zu dem Spiel; am neunundzwanzigsten Juli. Mike Pelkeys Familie hat den Werfer Nummer zwei von Bangor

West mit nach Disney World in Orlando genommen; Mike ist der dritte Spieler, der aus der Mannschaft ausscheidet, aber Owen King übernimmt leise die Vertretung, wirft einen fünffachen Treffer und befördert acht ins Aus, bevor er müde wird und in der sechsten Runde an Mike Arnold übergibt. Bangor West gewinnt mit 12 : 2 und wird Little League Champion des dritten Distrikts.

In solchen Augenblicken ziehen sich die Profis in ihre klimatisierten Umkleideräume zurück und gießen einander Champagner über die Köpfe. Das Team von Bangor West geht ins Helen's, das beste (möglicherweise auch einzige) Restaurant in Machias, um mit Hot Dogs, Hamburgern, literweise Pepsi und Bergen von Pommes frites zu feiern. Wenn man sie so sieht, wie sie miteinander lachen, miteinander herumtollen und durch ihre Strohhalme Papierbällchen aus Servietten aufeinander schießen, kann man nicht umhin, zu denken, daß sie bald ausgelassenere Wege zu feiern entdecken werden.

Aber im Augenblick ist es vollkommen okay so – sogar riesig. Sie sind nicht überwältigt von dem, was sie geschafft haben, wirken aber ungeheuer erfreut, ungeheuer zufrieden und durch und durch *voll da*. Falls sie diesen Sommer einem Zauber unterliegen, dann wissen sie es nicht, und bisher war noch niemand so unfreundlich, ihnen zu sagen, daß es so sein könnte. Im Augenblick gönnt man ihnen die fritierten Köstlichkeiten von Helen's, und diese einfachen Freuden reichen aus. Sie haben das Turnier ihrer Division gewonnen; die Bundesstaatsmeisterschaft, wo größere und bessere Mannschaften aus den dichter besiedelten Regionen des Bundesstaats sie wahrscheinlich wegpusten werden, ist noch eine Woche entfernt.

Ryan Iarrobino hat sein Tank Top wieder angezogen. Arthur Dorr hat Ketchup auf der Wange verschmiert. Und Owen King, der Furcht in die Herzen der Schläger von Machias gesät hat, indem er ihnen beim Stand 0 : 2 mit einem mächtigen seitlichen Fastball kam, blubbert vergnügt Luftblasen in sein Glas Pepsi. Nick Trzaskos, der unglücklicher als jeder Junge auf Erden aussehen kann, wenn es nicht so läuft, wie er sich das wünscht, sieht heute abend überglücklich aus. Und warum auch nicht? Heute abend sind sie zwölf, und sie sind Sieger.

Nicht, daß sie einen von Zeit zu Zeit nicht selbst daran erinnern würden. Auf halbem Weg von Machias zurück, nach dem ersten Ausflug, der wegen Regens buchstäblich ins Wasser fiel, fängt J. J. Fiddler an, sich unbehaglich auf dem Rücksitz des Autos zu winden, in dem er fährt. »Ich muß mal«, sagt er. Er umklammert sich selbst und fügt bedrohlich hinzu: »Mann, ich muß echt schlimm. Ich meine richtig doll.«

»J. J. bringt es!« ruft Joe Wilcox vergnügt. »Paßt auf! J. J. wird das Auto überfluten!«

»Halt den Mund, Joey«, sagt J. J. und rutscht wieder auf dem Sitz hin und her.

Er hat sich den denkbar schlechtesten Augenblick für seine Eröffnung ausgesucht. Die vierundachtzig Meilen lange Strecke zwischen Machias und Bangor ist zum überwiegenden Teil ein Musterbeispiel für Leere. An diesem Abschnitt der Straße gibt es nicht einmal eine anständige Baumgruppe, in der J. J. für ein paar Augenblicke verschwinden könnte – nur Meile für Meile offene Wiesen, durch die die 1A ein kurvenreiches Band schneidet.

Als die Blase von J. J. gerade ALARMSTUFE ROT meldet, taucht glücklicherweise eine Tankstelle auf. Der Assistant Coach fährt rein und tankt auf, während J. J. zur Herrentoilette flitzt. »Mann!« sagt er und streicht sich die Haare aus den Augen, als er zum Auto zurückkommt. »Das war knapp!«

»Du hast was auf der Hose, J. J.«, sagt Joe Wilcox beiläufig, und alle brechen in wilde Lachsalven aus, als J. J. nachsieht.

Am nächsten Tag, während der Rückfahrt nach Machias, enthüllt Matt Kinney, warum die Zeitschrift *People* für Jungen der Little League so faszinierend ist. »Ich bin sicher, daß irgendwo eine drin ist«, sagt er und blättert eine Ausgabe durch, die er auf dem Rücksitz gefunden hat. »Fast in jedem Heft ist eine drin.«

»Was? Wonach suchst du?« fragt Kevin Rochefort, der dritte Baseman, und sieht Matt über die Schulter, während Matt die Berühmtheiten der Woche überblättert, die er kaum eines Blickes würdigt.

»Die Brustuntersuchungsanzeige«, erklärt Matt. »Man kann nicht alles sehen, aber man sieht eine Menge. Da ist sie!« Er hält die Zeitschrift triumphierend hoch.

Vier weitere Köpfe, die alle eine rote Baseballmütze von Bangor West tragen, drängen sich sofort um das Heft. Zumindest ein paar Minuten liegt diesen Jungen nun nichts ferner als Baseball.

Das Turnier um die Meisterschaft der Little League des Staates Maine beginnt am 3. August, gerade vier Wochen nachdem für die beteiligten Mannschaften die All-Star-Spiele angefangen haben. Der Staat ist in fünf Distrikte unterteilt, und alle fünf entsenden Mannschaften nach Old Town, wo das diesjährige Turnier stattfindet. Die Teilnehmer sind Yarmouth, Belfast, Lewiston, York und Bangor West. Alle Mannschaften außer Belfast sind größer als das All-Star-Team von Bangor West, und Belfast soll angeblich über eine Geheimwaffe verfügen. Ihr Werfer Nummer eins ist das diesjährige Wunderkind des Turniers.

Die Auswahl des Turnierwunderkinds ist eine jährliche Zeremonie, ein kleiner Tumor, der sich allen Versuchen widersetzt, ihn zu entfernen.

Dieser Junge, der Kid Baseball getauft wird, ob er die Ehre will oder nicht, gerät nun in das zuvor gemiedene Rampenlicht und wird zum Gegenstand von Diskussionen, Spekulationen und, unweigerlich, Wetten. Außerdem ist er in der wenig beneidenswerten Situation, daß er nun allen möglichen aufgeputschten Gerüchten gerecht werden muß, die in Umlauf sind. Ein Turnier der Little League ist schon unter normalen Umständen eine Belastung für einen Jungen; wenn man aber ins Turnier geht und feststellen muß, daß man irgendwie zur Legende geworden ist, ist das meistens zuviel.

Das diesjährige Objekt von Mythen und Diskussionen ist Belfasts Stanley Sturgis. In seinen zwei Auswärtsspielen für Belfast hat er dreißig Spieler ins Aus schicken können – vierzehn bei seinem ersten und sechzehn bei seinem zweiten Spiel. Dreißig Treffer in zwei Spielen wären in jeder Liga eine eindrucksvolle Statistik, aber um Stanley Sturgis' Leistung wirklich zu verstehen, muß man sich vergegenwärtigen, daß ein Spiel der Little League nur aus sechs Runden besteht. Das bedeutet, 83 Prozent der Rauswürfe, die Belfast mit Sturgis auf der Platte verbuchen konnte, waren Treffer mit dem Ball.

Dann ist da York. Sämtliche Mannschaften, die zum Knights-of-Columbus-Feld in Old Town kommen, um am Turnier teilzunehmen, haben ausgezeichnete Erfolge vorzuweisen, aber York, ungeschlagen, ist der klare Favorit für ein Ticket zum Eastern Regional. Keiner der Spieler ist ein Gigant, aber einige sind über einen Meter fünfundsiebzig groß, und ihr bester Werfer, Phil Tarbox, bringt einen Fastball, der bei manchen Würfen über siebzig Stundenmeilen erreicht – nach den Maßstäben der Little League herausragend. Die Spieler von York kommen, wie Yarmouth und Belfast, in speziellen All-Star-Uniformen und dazu passenden Schuhen, in denen sie wie Profis aussehen.

Nur Bangor West und Lewiston kommen in Zivil – was bedeuten soll, in Hemden unterschiedlicher Farbe, die die Namen der Sponsoren der regulären Spielzeit tragen. Owen King trägt das Orange der Elks, Ryan Iarrobino und Nick Trzaskos das Rot von Bangor Hydro, Roger Fisher und Fred Moore das Grün der Lions und so weiter. Die Mannschaft von Lewiston ist gleichermaßen angezogen, aber da wurden die Spieler immerhin mit passenden Schuhen ausgerüstet. Verglichen mit Lewiston wirkt die Mannschaft von Bangor, die eine Vielzahl von ausgebeulten grauen Jogginghosen und Straßenschuhe trägt, recht exzentrisch. Aber im Vergleich mit den anderen Mannschaften sehen sie regelrecht aus wie Lumpensammler. Niemand, abgesehen vielleicht von den Coachs von Bangor West und den Spielern selbst, nimmt sie besonders ernst. Im ersten Bericht über das Turnier widmet die Lokalzeitung Sturgis von Belfast mehr Platz als der gesamten Mannschaft von Bangor West.

Dave, Neil und Saint, das seltsame, aber überraschend tüchtige Gespann, das die Mannschaft so weit gebracht hat, beobachten Belfast bei ihren Innenfeld- und Schlagübungen, ohne etwas zu sagen. Die Jungen von Belfast sehen in ihren neuen purpurfarbenen und weißen Uniformen toll aus – Uniformen, die bis zum heutigen Tag noch kein Fleckchen Spielfelddreck gesehen haben. Schließlich sagt Dave: »Nun, endlich haben wir es wieder einmal bis hierher geschafft. Soviel haben wir erreicht. Das kann uns keiner mehr nehmen.«

Bangor West kommt aus dem Distrikt, in dem das Turnier dieses Jahr stattfindet, und die Mannschaft muß erst spielen, wenn zwei der fünf Mannschaften ausgeschieden sind. Das nennt man einen »Abschied in der ersten Runde«, und im Augenblick ist das der größte, möglicherweise aber auch der einzige Vorteil, den die Mannschaft hat. In ihrem eigenen Distrikt haben sie wie Champions ausgesehen (abgesehen von dem einen gräßlichen Spiel gegen Hampden), aber Dave, Neil und Saint wissen nur zu gut, daß sie es hier mit einem vollkommen anderen Niveau von Baseball zu tun haben. Ihr Schweigen, als sie am Zaun stehen und Belfast beim Training beobachten, spricht diesbezüglich Bände.

Im Gegensatz dazu hat York bereits Anstecknadeln »Distrikt 4« bestellt. Anstecknadeln auszutauschen ist eine Tradition bei Regionalturnieren, und die Tatsache, daß sich York bereits einen Vorrat davon zugelegt hat, erzählt eine interessante Geschichte. Die Nadeln besagen, daß York die Absicht hat, in Bristol mit den Besten der Ostküste zu spielen. Die Nadeln besagen, sie glauben nicht, daß Yarmouth sie aufhalten kann; oder Belfast mit ihrem Wunderkind; oder Lewiston, die über die Verliererschiene in die Endausscheidung der Abteilung zwei gekommen sind, nachdem sie ihr erstes Spiel mit 15 : 12 vermasselt hatten; oder, am allerwenigsten, vierzehn durch und durch deprimierte Zimperliesen aus dem Westen von Bangor.

»Zumindest bekommen wir eine Chance zu spielen«, sagt Dave, »und wir werden versuchen, daß sie nicht vergessen, daß wir hier waren.«

Aber zuerst haben Belfast und Lewiston ihre Chance zu spielen, und nachdem der Boston Pops eine aufgezeichnete Version der Nationalhymne heruntergehechelt hat und ein bekannter Schriftsteller aus der Gegend den obligatorischen ersten Wurf tun durfte (er segelt bis ganz zum Backstop), geht es los.

Sportreporter aus der Gegend haben eine Menge Druckerschwärze zum Thema Stanley Sturgis verbraucht, aber Reporter werden nicht auf dem Spielfeld geduldet, wenn das Spiel angefangen hat (eine Situation, die durch einen Fehler bei der Ausarbeitung der Regeln entstanden ist, wie viele zu glauben scheinen). Nachdem der Linienrichter den Mannschaften das Zeichen gegeben hat, Ball zu spielen, muß Sturgis feststellen, daß er auf sich allein gestellt ist. Die Reporter, die Sachverständigen und die gesamte aufgekratzte Fangemeinde von Belfast befinden sich ausnahmslos auf der anderen Seite des Zauns.

Baseball ist ein Mannschaftssport, aber in der Mitte des Diamanten steht nur ein Spieler mit einem Ball, und nur ein Spieler mit einem Schläger am tiefsten Punkt des Diamanten. Der Mann mit dem Schläger wechselt, aber der Werfer bleibt – es sei denn, daß er nicht mehr kann. Heute ist der Tag, an dem Stan Sturgis die grausame Wahrheit eines Turnierspiels herausfinden muß: früher oder später findet jedes Wunderkind seinen Meister.

Sturgis hat in seinen beiden letzten Spielen dreißig Spieler rausgeschickt, aber das war Distrikt 2. Heute spielt die Mannschaft Belfast, ein rauher Haufen aus Lewistons Elliot Avenue League, und die sind etwas vollkommen anderes. Sie sind nicht so groß wie die Jungen aus York und beherrschen das Feldspiel nicht so reibungslos wie die Jungen aus Yarmouth, aber sie sind zäh und hartnäckig. Carlton Cagnon, der erste Schläger, verkörpert den nagenden, beißenden Geist der Mannschaft. Er entscheidet sich für die Mitte, stiehlt das zweite, wird am dritten geopfert und vollendet den Lauf dann mit einem gestohlenen Ball, der von der Bank hereingeworfen wird. In der dritten Runde, beim Stand 1 : 0, erreicht Gagnon wieder das Mal, diesmal durch Entscheidung eines Feldspielers. Randy Gervais, der dieser Pest in der Aufstellung folgt, schlägt zu, aber bevor er ihn erwischen kann, läuft Gagnon mit einem fehlgeschlagenen Ball zum zweiten Mal. Er macht einen Punkt durch einen Zwei-raus-Treffer von Bill Paradis, dem Spieler am dritten Mal.

Belfast bringt in der vierten einen Run zustande und kann kurz ein Spiel daraus machen, aber dann fegt Lewiston sie und Stanley Sturgis ein für allemal weg, indem sie zwei in der vierten und vier weitere in der sechsten Runde verbuchen. Der Endstand ist 9 : 1. Sturgis hält elf auf, vergibt aber auch sieben Treffer, während Carlton Cagnon, Lewistons Werfer, acht ausschaltet und nur drei Treffer zuläßt. Als Sturgis am Ende des Spiels das Feld verläßt, sieht er deprimiert und erleichtert zugleich aus. Für ihn sind Trubel und Aufregung vorbei. Er kann aufhören, für Schlagzeilen in der Lokalzeitung zu sorgen, und wieder ein Kind sein. Sein Gesicht läßt erkennen, daß er darin einige Vorteile erkennt.

Später schlägt York in einem Zweikampf der Giganten dann Yarmouth. Danach gehen alle nach Hause (oder im Falle der Gastspieler in ihre Motels oder Häuser der Gastgeberfamilien). Morgen, Freitag, wird Bangor West spielen, während York darauf wartet, dem Sieger in der Endausscheidung gegenüberzutreten.

Der Freitag ist heiß, neblig und wolkenverhangen. Schon im ersten Frühlicht sieht es nach Regen aus, und etwa eine Stunde bevor Bangor West und Lewiston einander gegenübertreten sollen, fängt es tatsächlich an zu regnen – eine Sintflut. Als diese Art Wetter in Machias anfing, wurde das Spiel sofort abgesagt. Hier nicht. Dies ist ein anderes Feld – das Innenfeld besteht aus Rasen, nicht aus Sand –, aber das ist nicht der einzige Faktor. Das Endspiel wird im Fernsehen übertragen. Dieses Jahr haben sich zum ersten Mal zwei Sender bereitgefunden, das Finale des Turniers landesweit am Samstagnachmittag zu übertragen. Wenn das Halbfinale zwischen Bangor und Lewiston verschoben wird, bedeutet das Probleme mit dem Zeitplan, und selbst in Maine, selbst im amateurhaftesten Amateursport, bringt man eines nicht durcheinander, nämlich den Zeitplan der Medien.

Daher werden die Mannschaften von Bangor West und Lewiston nicht weggeschickt, als sie das Feld betreten. Stattdessen sitzen sie in Autos oder drängen sich in kleinen Gruppen unter der bonbonfarben gestreiften Plane des zentralen Unterstands. Sie warten darauf, daß das Wetter besser wird. Und warten. Und warten. Selbstverständlich macht sich Rastlosigkeit breit. Viele dieser Kinder werden bei wichtigeren Spielen dabei sein, bevor ihre sportliche Laufbahn zu Ende ist, aber bisher ist es für sie alle das wichtigste; sie sind zum Zerreißen gespannt.

Schließlich hat jemand einen Geistesblitz. Nach einigen raschen Telefonanrufen fahren zwei Schulbusse von Old Town vor dem nahegelegenen Elks Club vor, die gelb im strömenden Regen leuchten, und die Spieler werden zu einer Rundfahrt zur Kanufabrik und der hiesigen James-River-Papiermühle abgeholt. (Die Firma James River hat die meiste Werbezeit bei der bevorstehenden Übertragung des Endspiels gekauft.) Keiner der Spieler sieht besonders glücklich aus, als sie in die Busse steigen; als sie zurückkommen, hat sich daran nichts geändert. Jeder Spieler hat ein kleines Kanupaddel bekommen, etwa die richtige Größe für eine gut gebaute Elfe. Geschenk der Kanufabrik. Keiner der Jungen scheint zu wissen, was er mit diesem Paddel anfangen soll, aber als ich später nachsehe, sind alle fort, genau wie die Wimpel von Bangor nach dem ersten Spiel gegen Millinocket. Gratissouvenirs – guter Tausch.

Und es sieht aus, als würde das Spiel doch noch stattfinden. Irgendwann – wahrscheinlich während die Little Leaguers zugesehen haben, wie die Arbeiter von James River Bäume in Klopapier verwandeln – hat es aufgehört zu regnen. Das Feld ist einigermaßen abgelaufen, Werferplatte und Schlagmal sind mit Quick-Dry behandelt, und jetzt, kurz nach drei Uhr nachmittags, riskiert eine wäßrige Sonne ihren ersten Blick zwischen den Wolken hindurch.

Die Mannschaft von Bangor West ist niedergeschlagen und lustlos von ihrem Ausflug zurückgekommen. Niemand hat bisher einen Ball geworfen oder einen Schläger geschwungen oder ist ein einziges Mal angelaufen, aber alle machen schon einen müden Eindruck. Die Spieler traben zum Übungsfeld und sehen einander nicht einmal an; Handschuhe baumeln achtlos an Händen. Sie gehen wie Verlierer, und sie reden wie Verlierer.

Anstatt ihnen einen Vortrag zu halten, läßt Dave sie in einer Reihe antreten und beginnt seine Version des Aufwärmens mit ihnen. Wenig später tollen die Spieler von Bangor miteinander herum, pfeifen, versuchen zirkusreife Fänge, stöhnen und keifen, wenn Dave einen Fehler anprangert und jemand ans Ende der Reihe schickt. Als Dave fast bereit ist, das Aufwärmen abzubrechen und sie zu Neil und Saint zum Spieltraining zu bringen, tritt Roger Fisher aus der Reihe, hält sich den Handschuh an den Bauch und bückt sich. Dave geht sofort zu ihm, und sein Lächeln verwandelt sich in eine Maske der Besorgnis. Er will wissen, ob mit Roger alles in Ordnung ist.

»Ja«, sagt Roger. »Ich wollte das nur haben.« Er bückt sich noch ein bißchen tiefer, seine dunklen Augen blicken stechend, pflückt etwas aus dem Gras und gibt es Dave. Es ist ein vierblättriges Kleeblatt.

Bei Spielen der Little League wird das Heimteam immer durch das Werfen einer Münze bestimmt. Dave hat dabei immer ungewöhnliches Glück gehabt, aber heute verliert er, und Bangor West wird zur Gastmannschaft. Aber manchmal erweist sich sogar Pech als Glück, und dies ist so ein Tag. Der Grund dafür ist Nick Trzaskos.

Die Fähigkeiten der Spieler haben sich während der sechswöchigen Saison verbessert, aber in manchen Fällen hat sich auch ihr Verhalten gebessert. Nick hat trotz seiner erwiesenen Meriten als Verteidiger und seinem Potential als Schläger ganz hinten auf der Bank angefangen; seine Angst davor, zu versagen, hat ihn als Spieler disqualifiziert. Nach und nach hat er mehr Selbstvertrauen bekommen, und jetzt ist Dave bereit, es mit ihm zu versuchen. »Nick ist endlich dahintergekommen, daß die anderen ihm nicht die Hölle heiß machen, wenn er den Ball fallenläßt oder gestoppt wird«, sagt St. Pierre. »Für einen Jungen wie Nick ist das eine gewaltige Veränderung.«

Heute wirft Nick den dritten Wurf des Spiels tief ins Mittelfeld. Es ist ein harter, aufsteigender Linienball, über den Zaun und fort, noch ehe der Mittelfeldspieler auch nur eine Chance hat, sich umzudrehen und hinzusehen, geschweige denn hinzulaufen und ihn zu fangen. Als Nick Trzaskos das zweite Mal umrundet und in den Homerun-Trab verfällt, den diese Jungen alle so gut aus dem Fernsehen kennen, wird den Fans hinter dem Backstop ein seltener Anblick zuteil: Nick grinst. Und er überquert das Schlagmal, wo seine überraschten, glücklichen Mannschaftskameraden über ihn herfallen; da fängt er sogar an zu lachen. Als er den Unterstand betritt, klopft Neil ihm auf den Rücken, und Dave Mansfield nimmt ihn kurz und heftig in die Arme.

Nick hat das zu Ende geführt, was Dave mit seinem Aufwärmen angefangen hat: Die Mannschaft ist hellwach und bereit für etwas *Action.* Matt Kinney gibt einen Eröffnungsball zu Carl Gagnon, der Pest, die mit der Demontage von Stanley Sturgis angefangen hat. Gagnon gelangt durch Ryan Strettons Opfer zum zweiten, rückt nach einem Fehlschlag zum dritten vor und macht durch einen neuerlichen Fehlschlag einen Punkt. Es ist eine fast unheimliche Wiederholung des ersten Schlags gegen Belfast. Kinneys Selbstbeherrschung ist heute nicht sehr gut, aber Gagnon bringt den einzigen Run fertig, den die Mannschaft von Lewiston zu Anfang bewerkstelligen kann. Das ist ihr Pech, denn Bangor ist am Ende der zweiten mit Schlagen dran.

Owen King legt mit einem weiten Wurf los; Arthur Dorr läßt einen folgen; Mike Arnold kommt ins Ziel, als Jason Auger, der Fänger von Lewiston, Arnolds Schlag fängt und zum ersten Mal fehlwirft. King kann durch diesen Fehler einen Punkt machen und bringt Bangor West mit 2 : 1 in Führung. Joe Wilcox, Bangors Fänger, macht sich einen Innenfeldtreffer zunutze. Nick Trzaskos schlägt beim zweiten Mal zu, und das bringt Ryan Iarrobino auf das Schlagmal. Beim ersten Mal hat er danebengeschlagen, aber jetzt nicht. Er verwandelt Matt Noyes ersten Wurf in einen erstklassigen Homerun, und nach eineinhalb Runden ist der Spielstand Bangor West 6, Lewiston 1.

Bis zur sechsten Runde ist es ein echter Glückstag für Bangor West. Als Lewiston zum – wie die Fans von Bangor hoffen – letzten Mal an den Schläger kommt, liegen sie mit 9 : 1 Punkten zurück. Die Pest, Carlton Gagnon, fängt an und schafft es durch einen Fehler. Der nächste Schläger, Ryan Stretton, schafft es auch durch einen Fehler. Die Fans von Bangor, die ausgelassen gejubelt haben, schauen ein wenig unbehaglich drein. Es ist schwer zu verlieren, wenn man mit acht Punkten führt, aber nicht unmöglich. Diese nördlichen Neuengländer sind Fans der Red Sox. Sie haben es schon viele Male gesehen.

Bill Paradis verschlimmert das Zittern und Zagen noch, indem er scharf in die Mitte schlägt. Gagnon und Stratton schaffen den Durchgang. Der Punktestand ist jetzt 9 : 3, Läufer auf dem ersten, keiner draußen. Die Fans von Bangor schlurfen mit den Füßen und sehen einander nervös an. *Nachdem das Spiel so weit fortgeschritten ist, kann uns doch keiner mehr den Sieg streitig machen, oder*? fragt ihr Blick. Die Antwort lautet: Aber klar kann man das. In der Little League kann alles passieren, und nicht selten passiert es auch.

Aber diesmal nicht. Lewiston macht noch einen Punkt, und das war's.

Noyes, der dreimal gegen Sturgis geschwungen hat, schwingt heute zum dritten Mal, und endlich ist einer draußen. Auger, Lewistons Fänger, schlägt den ersten Wurf hart zum Shortstop, Roger Fisher. Roger hat zu Anfang der Runde den Ball von Carl Gagnon vergeigt und so die Tür geöffnet, aber diesen erwischt er mühelos und schaufelt ihn zu Mike Arnold, der ihn zu Owen King am ersten Mal weitergibt. Auger ist langsam, und King hat lange Arme. Das Ergebnis ist ein Spiel mit dem Endstand 6 : 4 : 3-Doppelspiel. In der maßstabsgetreuen kleinen Welt der Little League, wo die Schlagmalpfade nur zwei Meter lang sind, sieht man nicht oft Doppelspiele, aber Roger hat heute ein vierblättriges Kleeblatt gefunden. Das könnte durchaus der Grund sein, wenn man einen dafür suchen will. Welchem Umstand man es auch immer zuschreiben will, die Jungen von Bangor haben wieder ein Spiel gewonnen, 9 : 4.

Morgen sind die Giganten von York an der Reihe.

Es ist der 5. August 1989, und im Bundesstaat Maine spielen nur noch neunundzwanzig Jungen Baseball in der Little League – vierzehn in der Mannschaft von Bangor West und fünfzehn in der Mannschaft von York. Der Tag ist eine fast perfekte Kopie des vergangenen: heiß, dunstig, regnerisch. Das Spiel soll pünktlich um 12.30 Uhr anfangen, aber der Himmel öffnet wieder seine Schleusen, und um elf sieht es so aus, als würde – müßte – das Spiel abgesagt werden. Es regnet wie aus Kübeln.

Aber Dave, Neil und Saint gehen kein Risiko ein. Keinem hat die niedergeschlagene Stimmung gefallen, in der die Jungen gestern von der Stegreifrundfahrt zurückgekommen sind, und sie haben nicht vor, eine Wiederholung zuzulassen. Heute will sich niemand auf das Aufwärmen oder ein vierblättriges Kleeblatt verlassen. *Falls* es zu einem Spiel kommt – und das Fernsehen ist eine mächtige Motivation –, dann um alle Murmeln. Die Sieger fahren nach Bristol; die Verlierer fahren nach Hause.

Daher wird die behelfsmäßige Karawane der Lieferwagen und Kombis, die von Coachs und Eltern gefahren werden, am Feld hinter der Colafabrik versammelt, und die Mannschaft wird zehn Meilen zur Turnhalle der University of Maine gefahren, einer scheunenähnlichen Anlage, wo Neil und Saint mit ihnen trainieren, bis die Jungen schweißgebadet sind. Dave hat vereinbart, daß die Mannschaft von York die Turnhalle ebenfalls benutzen darf, und als die Mannschaft von Bangor in den verhangenen Tag hinausgeht, läuft das Team aus York in seinen adretten blauen Trikots ein.

Um drei Uhr hat der Regen nachgelassen, es tröpfelt nur noch vereinzelt, und die Bodencrew bemüht sich verzweifelt, das Feld in einen spielbaren Zustand zu bringen. Fünf behelfsmäßige Fernsehplattformen wurden auf Stahlgerüsten rings um das Spielfeld herum aufgebaut. Auf dem nahegelegenen Parkplatz steht ein riesiger Laster mit der Aufschrift MAINE BROADCASTING SYSTEM LIFE REMOTE. Dicke Kabelstränge, die mit Isolierband zusammengehalten werden, führen von den Kameras und der Kabine des Sprechers zu diesem Lastwagen zurück. Eine Tür steht offen; viele Monitore flimmern im Inneren.

York ist noch nicht von der Turnhalle zurück. Die Jungen von Bangor West fangen an, außerhalb des linken Feldzauns zu werfen, damit sie etwas zu tun haben und die Nervosität verbannen können; aufwärmen müssen sie sich nach der schweißtreibenden Stunde, die sie gerade in der Turnhalle verbracht haben, sicher nicht. Die Kameraleute stehen auf ihren Türmen und beobachten, wie die Bodencrew versucht, das Wasser wegzuschaffen.

Das äußere Feld ist in einem passablen Zustand, die unbewachsenen Teile des Innenfelds wurden geharkt und mit Quick-Dry behandelt. Das größte Problem ist das Stück zwischen dem Schlagmal und der Werferplatte. Dieser Teil des Spielfelds wurde vor dem Turnier frisch angesät, und die Wurzeln konnten noch nicht Fuß fassen und eine natürliche Drainage bilden. Die Folge ist eine schlammige Schweinerei vor dem Schlagmal – eine Schweinerei, die sich bis zur dritten Baselinie erstreckt.

Jemand hat eine Idee – eine Inspiration, wie sich herausstellt –, die darauf hinausläuft, daß ein großer Teil des verwundeten Innenfelds entfernt wird. Während das geschieht, trifft ein Lastwagen von der High School von Old Town ein, zwei Rinsenvacs von Industriegröße werden entladen. Fünf Minuten später saugt die Bodencrew buchstäblich die untere Schicht des Innenfelds ab. Es funktioniert. Um 15.25 Uhr legen die Männer der Bodencrew Rasenstücke wie Teile eines großen grünen Puzzles aus. Um 15.35 knödelt sich eine hiesige Musiklehrerin, die selbst Gitarre spielt, durch eine atemberaubende Version des »Star-Spangled Banner«. Und um 15.37 macht sich Roger Fisher von Bangor West, der statt des abwesenden Mike Pelkey den Anfang macht, endlich warm. Hat Rogers Fund vom Vortag etwas damit zu tun, daß Dave ihn heute anfangen läßt, statt King oder Arnold? Dave legt lediglich den Finger seitlich an die Nase und lächelt weise.

Um 15.40 Uhr betritt der Linienrichter das Feld. »Schick ihn her, Fänger«, sagt er forsch. Joey gehorcht. Mike Arnold visiert den unsichtbaren Läufer an, dann schickt er den Baseball auf seine kurze Reise durch das Innenfeld. Ein Fernsehpublikum, das von New Hampshire bis zu den Küstenprovinzen von Kanada reicht, sieht zu, wie Roger nervös an den Ärmeln seines grünen Jersey und des grauen Hemdes zupft, das er darunter trägt. Owen King wirft ihm den Ball vom ersten Mal aus zu. Fisher nimmt ihn und hält ihn an die Hüfte.

»Spielen wir Ball«, fordert der Linienrichter – eine Aufforderung, die Linienrichter seit mittlerweile fünfzehn Jahren an Spieler der Little League richten – und Dan Bouchard, Fänger und erster Schläger von York, betritt die Box. Roger begibt sich in Position und bereitet sich darauf vor, den ersten Wurf des Meisterschaftsspiels des Jahres 1989 zu machen.

Fünf Tage zuvor:

Dave und ich fahren das Wurfteam von Bangor West nach Old Town. Dave möchte, daß sie wissen, wie sich die Werferplatte anfühlt, wenn sie hierherkommen, um richtig zu spielen. Nachdem Mike Pelkey fort ist, besteht das Team aus Matt Kinney (dessen Triumph über Lewiston noch vier Tage in der Zukunft liegt), Owen King, Roger Fisher und Mike Arnold. Wir kommen spät los, und als die vier Jungen der Reihe nach werfen, sitzen Dave und ich im Besucherunterstand und sehen den Jungen zu, während das Licht langsam aus dem Sommerhimmel entweicht.

Auf dem Hügel wirft Matt Kinney J. J. Fiddler einen harten, angeschnittenen Ball nach dem anderen zu. Im Unterstand des Heimteams, auf der anderen Seite des Diamanten, sitzen die drei anderen Werfer, die fertig mit Aufwärmen sind, zusammen mit einigen Mannschaftskameraden, die mitgefahren sind. Ich bekomme zwar nur Bruchstücke der Unterhaltung mit, aber immerhin so viel, daß ich weiß, es geht hauptsächlich um die Schule – ein Thema, das im letzten Monat der Sommerferien immer häufiger zur Sprache kommt. Sie sprechen von einstigen und künftigen Lehrern und geben die Anekdoten weiter, die einen wichtigen Bestandteil ihrer vorpubertären Mythologie bilden: die Lehrerin, die im letzten Monat vor den Ferien durchgedreht hat, weil ihr Sohn in einen Autounfall verwickelt war; der irre Coach der Grundschule (bei ihnen hört er sich wie eine tödliche Mischung aus Jason, Freddy und Leatherface an); der naturwissenschaftliche Lehrer, der angeblich einmal ein Kind so heftig gegen ein Spind gestoßen hat, daß es das Bewußtsein verlor; die Pausenaufsicht, die einem Geld für das Vesper gibt, wenn man seines vergessen hat oder einfach nur sagt, man habe es vergessen. Es sind Apokryphen der Junior High School, gewichtige Sachen, und sie erzählen sie voller Begeisterung, während die Dämmerung näherrückt.

Zwischen den Unterständen ist der Baseball ein weißer Streifen, da Matt ihn unablässig wirft. Sein Rhythmus ist eine Art von Hypnose. Nehmen, ausholen, werfen. Nehmen, ausholen, werfen. Nehmen, ausholen, werfen. J. J.s Schläger kracht bei jedem Kontakt.

»Was werden sie mitnehmen?« frage ich Dave. »Wenn dies alles vorbei ist, was werden sie mitnehmen? Was, meinen Sie, hat es für sie verändert?«

Daves Gesichtsausdruck ist überrascht und nachdenklich. Dann dreht er sich um, sieht zu Matt und lächelt. »Sie werden einander mitnehmen«, sagt er.

Das ist nicht die Antwort, die ich erwartet habe – ganz im Gegenteil. Heute stand ein Aufsatz über die Little League in der Zeitung – einer dieser nachdenklichen Artikel, die man normalerweise in der Inseratenwüste zwischen Todesanzeigen und Horoskopen findet. Er faßte die Ergebnisse eines Soziologen zusammen, der ein Jahr lang Little Leaguers untersucht und dann ihren weiteren Lebensweg noch kurze Zeit weiterverfolgt hat. Er wollte wissen, ob das Spiel tatsächlich bewirkt, was Befürworter der Little League immer behaupten – das heißt, so altmodische amerikanische Wertvorstellungen wie Fair Play, harte Arbeit und den Wert von Teamgeist zu vermitteln. Der Bursche, der die Untersuchung durchgeführt hatte, behauptete, daß es irgendwie schon so wäre. Aber er wies auch darauf hin, daß die Little League das *individuelle* Leben der Spieler kaum veränderte. Unruhestifter in der Schule blieben Unruhestifter, wenn der Unterricht im September wieder anfing; gute Schüler waren immer noch gute Schüler; der Klassenclown (sprich: Fred Moore), der sich Juni und Juli freinahm, um ernsthaft Little League zu spielen, war nach dem Labor Day immer noch der Klassenclown. Der Soziologe hatte Ausnahmen gefunden; außergewöhnliches Spiel bewirkte manchmal außergewöhnliche Veränderungen. Aber im großen und ganzen, hatte der Mann herausgefunden, kamen die Jungen ungefähr so heraus, wie sie hineingegangen waren.

Ich vermute, meine Verwirrung angesichts von Daves Antwort liegt darin begründet, daß ich ihn kenne – er ist ein beinahe fanatischer Befürworter der Little League. Ich bin sicher, er hat den Artikel gelesen, und ich war davon ausgegangen, er würde den Schlußfolgerungen des Soziologen widersprechen und meine Frage als Sprungbrett dazu nutzen. Stattdessen hat er eine der abgedroschensten Floskeln des Sports von sich gegeben.

Auf der Platte wirft Matt weiterhin härtere Bälle denn je zu J. J. Er hat die mystische Stelle gefunden, die Werfer den »groove« nennen, und wenn es sich auch nur um ein formloses Training handelt, um die Jungen mit dem Spielfeld vertraut zu machen, will er nicht aufhören.

Ich frage Dave, ob er das etwas deutlicher erklären kann, aber ich tue es in einer schüchternen Weise und hege fast die Befürchtung, daß ich einen bis dahin unvermuteten Haupttreffer voller Klischees lande: Eulen fliegen nicht bei Tage; Sieger verlieren nie, und Verlierer siegen nie; benutz es, verlier es nicht. Vielleicht sogar, Gott steh uns bei, ein knappes Hmmmmm, Baby.

»Sehen Sie sich das an«, sagt Dave, immer noch lächelnd. Etwas in diesem Lächeln erweckt den Eindruck, als läse er meine Gedanken. »Sehen Sie genau hin.«

Ich gehorche. Etwa ein halbes Dutzend sitzt auf der Bank, sie lachen immer noch und erzählen Geschichten aus dem Krieg an der Junior High School. Einer klinkt sich gerade so lange aus der Unterhaltung aus, um Matt Kinney zu bitten, einen Angeschnittenen zu werfen, und Matt tut ihm den Gefallen – einen mit einer besonders wüsten Drehung. Die Jungen auf der Bank lachen und johlen alle.

»Sehen Sie sich die beiden an«, sagt Dave und deutet auf sie. »Einer kommt aus gutem Hause. Der andere aus einem nicht so guten.« Er wirft ein paar Sonnenblumenkerne in den Mund, dann deutet er auf einen anderen Jungen. »Oder der da. Er wurde in einer der schlimmsten Gegenden von Boston geboren. Glauben Sie, er würde einen Jungen wie Matt Kinney oder Kevin Rochefort kennen, wenn die Little League nicht wäre? Sie wären in derselben Klasse, würden auf dem Flur nicht miteinander reden, hätten nicht die geringste Ahnung, daß der andere überhaupt lebt.«

Matt wirft einen weiteren angeschnittenen Ball, und zwar so gemein, daß J. J. nichts damit anfangen kann. Er rollt bis zum Backstop, und als J. J. aufsteht und hinterhertrottet, fangen die Jungen auf der Bank wieder an zu jubeln.

»Aber dies verändert das alles«, sagt Dave. »Diese Jungen haben zusammen gespielt und zusammen die Distriktmeisterschaft gewonnen. Manche stammen aus wohlhabenden Familien und einige aus Familien, die so arm sind wie Kirchenmäuse, aber wenn sie das Trikot anziehen und die Kreidelinie überschreiten, lassen sie das alles auf der anderen Seite zurück. Gute Noten in der Schule helfen einem nicht zwischen den Kreidestrichen, auch nicht, was die Eltern tun oder was sie nicht tun. Was sich zwischen der Kreide abspielt, ist einzig und allein Sache der Kinder. Und darum kümmern sie sich selbst, so gut sie können. Der ganze Rest ...« Dave macht eine wegwerfende Bewegung mit einer Hand. »Wird alles zurückgelassen. Und das wissen sie selbst auch. Sehen Sie sie nur an, wenn Sie mir nicht glauben – der Beweis ist genau hier.«

Ich sehe über das Spielfeld und erblicke meinen eigenen Jungen und einen von denen, die Dave erwähnt hat; sie sitzen nebeneinander, stecken die Köpfe zusammen und unterhalten sich ernsthaft über etwas. Sie sehen einander erstaunt an, dann fangen sie an zu lachen.

»Sie haben zusammen gespielt«, wiederholt Dave. »Sie haben Tag für Tag zusammen geübt, und das ist wahrscheinlich noch wichtiger als die Spiele selbst. Und jetzt kommen sie ins Turnier des Bundesstaates. Und sie haben sogar eine Chance, es zu gewinnen. Ich glaube nicht, daß sie gewinnen werden, aber das ist unerheblich. Sie werden dabeisein, und das genügt. Selbst wenn Lewiston sie in der ersten Runde vom Platz fegt, genügt es. Weil es etwas ist, das sie zwischen diesen Kreidelinien gemacht haben. Daran werden sie sich erinnern. Sie werden sich daran erinnern, wie das gewesen ist.«

»Zwischen der Kreide«, sage ich, und plötzlich kapiere ich – der Groschen fällt. Dave Mansfield *glaubt* diesen alten Stuß. Nicht nur das – er kann es sich leisten, daran zu glauben. In den großen Ligen mögen solche Klischees hohl sein, wo jede Woche ein anderer Spieler wegen Doping disqualifiziert wird und jeder Talentsucher Gott ist, aber dies sind nicht die großen Ligen. Hier singt Anita Bryant die Nationalhymne über alte PA-Lautsprecher, die mit Draht am Maschendrahtzaun hinter dem Unterstand befestigt wurden. Hier zahlt man keinen Eintritt, sondern legt etwas in den Hut, wenn er herumgereicht wird. Natürlich nur, wenn man will. Keines dieser Kinder wird nach der Saison Fantasy-Baseball mit übergewichtigen Geschäftsleuten in Florida spielen, bei Nostalgieveranstaltungen teure Baseballkarten signieren oder für zweitausend Dollar pro Nacht den Chicken Circuit abklappern. Wenn alles frei ist, deutet Daves Lächeln an, dann müssen sie die Klischees zurückgeben. Man kann wieder an Red Barber, John Tunis und den Jungen aus Tomkinsville glauben. Dave Mansfield glaubt daran, wenn er sagt, daß die Jungen zwischen der Kreide gleich sind, und er hat ein Recht darauf, das zu glauben, weil er und Neil und Saint die Kinder geduldig so weit gebracht haben, daß *sie* es glauben. Sie glauben es; ich sehe es ihren Gesichtern an, als sie im Unterstand auf der anderen Seite des Diamanten sitzen. Das könnte der Grund sein, weshalb Dave Mansfield und alle Dave Mansfields überall im ganzen Land das Jahr für Jahr tun. Es ist ein freier Durchgang. Nicht zurück in die Kindheit – so funktioniert das nicht –, aber zurück in einen Traum.

Dave verstummt einen Moment, denkt nach und läßt ein paar Sonnenblumenkerne auf der Handfläche hüpfen.

»Es geht nicht ums Gewinnen oder Verlieren«, sagt er schließlich. »Das kommt später. Es geht darum, wie sie dieses Jahr auf dem Flur aneinander vorbeigehen werden, oder meinetwegen auch bald in der High School, wie sie einander ansehen und wie sie sich erinnern. In gewisser Weise werden sie sehr lange zu der Mannschaft gehören, die 1989 die Distriktmeisterschaft gewonnen hat.« Dave sieht hinüber in den Halbschatten des Unterstands beim ersten Mal, wo Fred Moore gerade über etwas mit Mike Arnold lacht. Owen King sieht grinsend von einem zum anderen. »Es geht darum, zu wissen, wer die Mannschaftskameraden sind. Die Leute, auf die man angewiesen war, ob man wollte oder nicht.«

Er beobachtet die Jungen, die vier Tage, bevor ihr Turnier anfangen soll, lachen und scherzen, dann hebt er die Stimme und sagt Matt, er soll noch vier oder fünf werfen und es dann gut sein lassen.

Nicht alle Coachs, die beim Münzenwerfen gewinnen – wie Dave Mansfield am 5. August zum sechsten Mal bei neun Spielen der Nachsaison –, entscheiden sich für ein Heimspiel. Einige (der Coach von Brewer zum Beispiel) halten den sogenannten Heimspielvorteil für reinen Aberglauben, besonders bei einem Turnier, bei dem keine Mannschaft tatsächlich auf ihrem Heimfeld spielt. Die Argumentation dafür, bei einem entscheidenden Spiel das Gastteam zu sein, sieht folgendermaßen aus: Am Anfang des Spiels sind die Jungen beider Mannschaften nervös. Diese Nervosität kann man ausnutzen, so die Argumentation, indem man zuerst schlägt und die Feldpartei genügend Walks und Fehler machen läßt, so daß man selbst Oberwasser bekommt. Wenn man zuerst schlägt und vier Runs verbuchen kann, führen diese Theoretiker weiter aus, hat man das Spiel in der Tasche, noch ehe es richtig angefangen hat – was zu beweisen wäre. Das ist eine Theorie, der sich Dave Mansfield nie angeschlossen hat. »Ich will meine vertraute Umgebung«, sagt er, und damit ist das Thema für ihn erledigt.

Aber heute liegt der Fall ein wenig anders. Es handelt sich nicht nur um ein Turnierspiel, sondern um ein *Meisterschafts*spiel – sogar ein Meisterschaftsspiel, das im *Fernsehen* übertragen wird. Und als Roger Fisher seinen ersten Wurf an allem vorbei als Ball eins donnert, ist das Gesicht von Dave Mansfield das eines Mannes, der inbrünstig hofft, daß er keinen Fehler gemacht hat. Roger weiß, daß er zweite Wahl ist – daß Mike Pelkey an seiner Stelle stehen würde, wenn er nicht gerade unten in Disneyworld Goofy die Hand schütteln würde. Aber er unterdrückt sein Zittern in der ersten Runde so gut, wie man es erwarten kann, vielleicht sogar ein bißchen besser. Er steigt nach jedem Return des Fängers – Joe Wilcox – vom Hügel herunter, studiert den Schläger, zupft an seinen Hemdsärmeln und läßt sich so viel Zeit, wie er braucht. Aber er weiß, wie wichtig es ist, den Ball im untersten Viertel der Schlagzone zu halten. Die Besetzung von York ist von Kopf bis Fuß mit *Power* vollgepackt. Wenn Roger einen Fehler macht und einen unter die Augen des Schlägers schießt – besonders eines Schlägers wie Tarbox, der so kräftig schlägt, wie er wirft –, wird alles im Handumdrehen verloren sein.

Trotzdem verliert er den ersten Schläger von York. Bouchard trottet zum ersten, begleitet vom hysterischen Jubel der Fans von York. Der nächste Schläger ist Philbrick, der Shortstop. Der haut den ersten Wurf zu Fisher zurück. In einem Spielzug, wie sie manchmal Ballspiele entscheiden, beschließt Roger, zum zweiten zu gehen und den ersten Läufer aufzuhalten. Bei den meisten Spielen der Little League ist das eine fragwürdige Vorgehensweise. Entweder macht der Werfer einen Fehlwurf ins Mittelfeld oder ermöglicht dem ersten Läufer so, zum dritten Mal vorzustoßen, oder er muß feststellen, daß sein Shortstop nicht rübergelaufen ist, um das zweite zu decken. Aber heute klappt es. St. Pierre hat den Jungen ihre Verteidigungspositionen eingebleut. Matt Kinney, der heutige Shortstop, steht genau da, wo er sein soll. Und Rogers Wurf geht genau dahin, wo er hingehen soll. Philbrick erreicht das erste, aber Bouchard ist raus. Diesmal bekunden die Fans von Bangor West johlend ihre Zustimmung.

Das Spiel beseitigt die Nervosität von Bangor West fast völlig und verleiht Roger Fisher etwas dringend benötigtes Selbstvertrauen. Phil Tarbox, der erfolgreichste Schläger von York und zugleich ihr Werfer-As, vermasselt einen tiefen Wurf außerhalb der Wurfzone. »Schnapp ihn dir das nächste Mal, Phil!« ruft einer der Spieler von York von der Bank. »Du bist es einfach nicht gewöhnt, so langsam zu werfen!«

Aber Schnelligkeit ist nicht das Problem, das die Schläger von York mit Roger haben; es ist die Lage. Ron St. Pierre hat die ganze Spielzeit über das Evangelium des tiefen Schlags gepredigt, und Roger Fisher – Fish, wie die Jungs ihn nennen – war ein stummer, aber außerordentlich aufmerksamer Zuhörer der Ballseminare von Saint. Daves Entscheidung, Roger zum Werfer und zum letzten Schläger zu machen, sieht ziemlich gut aus, als Bangor am Anfang der ersten Runde an den Schlag kommt. Ich kann mehrere Jungen sehen, die Mo berühren, die kleine Plastiksandale, als sie den Unterstand betreten.

Selbstvertrauen – der Mannschaft, der Fans, der Coachs – ist eine Eigenschaft, die man auf unterschiedliche Weise messen kann. Aber welchen Maßstab man auch immer anlegt, York befindet sich auf der langen Seite. Die heimischen Cheerleaders haben ein Transparent an den Pfosten der Anzeige aufgehängt; YORK GEHT NACH BRISTOL, lautet dieses überschwengliche Fan-O-Gram. Und dann sind da diese Anstecker vom Distrikt 4, alle fertiggestellt und zum Verkauf bereit. Aber der deutlichste Beweis für das große Selbstvertrauen des Coach zeigt sich an seinem ersten Werfer. Alle anderen Clubs, einschließlich Bangor West, stellten in der ersten Runde ihren Top-Starter auf. Ihre Maxime war: wer keine Verabredung hat, kann nicht beim Abschlußball tanzen. Gewinnt man den Auftakt nicht, braucht man sich über das Finale keine Gedanken zu machen. Aber der Coach von York verstieß gegen diese Maxime und stellte seinen Werfer Nummer zwei, Ryan Fernald, im ersten Spiel gegen Yarmouth auf. Er schaffte es – um Haaresbreite –, als seine Mannschaft Yarmouth mit 9 : 8 schlug. Das war haarscharf, aber heute sollte es sich auszahlen. Er hat Phil Tarbox für das Finale aufgehoben, und auch wenn Tarbox technisch gesehen nicht so gut ist wie Stanley Sturgis, hat er einen Vorteil, den Sturgis nicht hat. Phil Tarbox ist *furchteinflößend*.

Nolan Ryan, wahrscheinlich der größte Fastballwerfer, der jemals Baseball gespielt hat, erzählt gern die Geschichte von einem Turnierspiel der Babe Ruth League, bei dem er geworfen hat. Er traf den ersten Schläger der gegnerischen Mannschaft am Arm und brach ihn ihm. Den zweiten Schläger traf er am Kopf, spaltete den Helm des Jungen und machte ihn einige Augenblicke bewußtlos. Während der zweite Junge versorgt wurde, ging Schläger Nummer drei aschfahl und zitternd zu seinem Coach und flehte den Mann an, ihn nicht schlagen zu lassen. »Und ich kann es ihm nicht verdenken«, fügte Ryan hinzu.

Tarbox ist kein Nolan Ryan, aber er wirft hart, und er weiß: Einschüchterung ist die Geheimwaffe des Werfers. Sturgis warf ebenfalls hart, hielt den Ball aber tief und an der Außenseite. Sturgis war höflich. Tarbox wirft gerne hoch und fest. Die Jungen von Bangor West haben es dahin gebracht, wo sie heute sind, indem sie den Schläger geschwungen haben. Wenn es Tarbox gelingt, sie einzuschüchtern, nimmt er ihnen die Schläger aus der Hand, und dann ist Bangor am Ende.

Nick Trzaskos schafft es heute nicht einmal annähernd zu einem Eröffnungshomerun. Tarbox schafft ihn mit einem dichten Fastball, bei dem sich Nick aus der Box ducken muß. Nick dreht sich ungläubig zum Linienrichter am Schlagmal um und macht den Mund auf, um zu protestieren. »Kein Wort, Nick!« plärrt Dave vom Unterstand. »Komm einfach wieder hierher!« Nick gehorcht, aber sein Gesicht hat wieder den vorherigen verschlossenen Ausdruck angenommen. Im Unterstand wirft er den Schutzhelm verdrossen unter die Bank.

Tarbox will heute versuchen, bei allen außer Ryan Iarrobino hoch und fest zu schlagen. Iarrobinos Fähigkeiten haben sich herumgesprochen, und nicht einmal Tarbox, der so selbstsicher wirkt, will ihn herausfordern. Er bedient Ryan flach an der Außenseite und zwingt ihn schließlich zu einem Walk. Ebenso Matt Kinney, der Ryan folgt, aber jetzt spielt er wieder hoch und fest. Matt hat ausgezeichnete Reflexe, die er braucht, um nicht getroffen zu werden. Als er mit dem ersten Mal belohnt wird, ist Iarrobino bereits am zweiten – dank eines Fehlschlags, der Zentimeter an Matts Gesicht vorbeigepfiffen ist. Dann mäßigt sich Tarbox ein bißchen, bringt das Aus für Kevin Rochefort und Roger Fisher und beendet die erste Runde.

Roger Fisher arbeitet weiter, langsam und methodisch, zupft zwischen den Würfen an seinen Ärmeln, sieht zum Innenfeld und beobachtet gelegentlich sogar den Himmel; vielleicht sucht er UFOs. Bei zwei dran und einem draußen sprintet Eastes, der durch einen Walk herkam, nach einem Wurf, der Joe Wilcox aus dem Handschuh prallt und zu Boden fällt, in Richtung des dritten Mals los. Der Ball wartet auf Estes, als er ankommt, und er trottet zum Unterstand zurück. Zwei draußen; Fernald ist im Spiel bis zum zweiten gekommen.

Wyatt, Yorks Schläger Nummer acht, dribbelt an der rechten Seite des

Innenfelds entlang. Der Ball wird zusätzlich durch den aufgeweichten Boden gebremst. Fisher stürzt sich auf den Ball. Ebenso King, der erste Baseman. Roger packt ihn, dann rutscht er im feuchten Gras aus und *kriecht* mit dem Ball in der Hand auf den Bag zu. Wyatt schlägt ihn mühelos. Fernald schafft es nun bis zum Schlagmal und verbucht so den ersten Run des Spiels.

Falls Rogers zusammenbricht, sollte man erwarten, daß es genau hier passiert. Er checkt sein Innenfeld und untersucht den Ball. Er scheint zum Wurf bereit zu sein, dann steigt er von der Werferplatte. Seine Ärmel, scheint es, entsprechen doch nicht seinen Erwartungen. Er läßt sich Zeit damit, sie zu richten, während Matt Francke, der Schläger von York, in der Schlagbox alt und schimmlig wird. Als Fisher endlich wirft, hat er Francke praktisch in der Tasche, der einen einfachen Hopser zu Kevin Rochefort am dritten schlägt. Rochefort wirft weiter zu Matt Kinney und zwingt Wyatt. Dennoch hat York erstes Blut gewittert und führt 1 : 0 am Ende von anderthalb Runden.

Bangor West verbucht in der zweiten Runde keine Runs, aber sie machen trotzdem Punkte gegen Phil Tarbox. Der kräftige Werfer von York ging am Ende der ersten Runde hocherhobenen Hauptes vom Hügel. Nachdem er in der zweiten Werfer war, stapft er mit gesenktem Kopf davon, und einige seiner Mannschaftsgefährten sehen ihn unbehaglich an.

Owen King, der in Bangors Hälfte der zweiten Runde als erster schlägt, läßt sich von Tarbox nicht einschüchtern, aber er ist ein großer Junge und viel langsamer als Matt Kinney. Nachdem er die volle Zählung hat, versucht Tarbox, ihn drinnen zu treffen. Der Fastball fliegt hoch und einwärts – zuviel von beidem. King wird heftig unter der Achselhöhle getroffen. Er fällt zu Boden und hält sich die verletzte Stelle, ist zunächst zu erschrocken, um zu weinen, hat aber eindeutig Schmerzen. Schließlich kommen die Tränen, nicht viele, aber aufrichtige. Mit seinen einssiebenundachtzig und über zweihundert Pfund ist er so groß wie ein Mann, aber dennoch erst zwölf und nicht daran gewöhnt, von Fastbällen mit über siebzig Stundenmeilen getroffen zu werden. Tarbox sprintet sofort von der Werferplatte zu ihm; sein Gesicht ist eine Maske aus Sorge und Zerknirschung. Der Linienrichter, der sich bereits über den gestürzten Spieler beugt, winkt ihn ungeduldig fort. Der Sanitäter, der hinzueilt, würdigt ihn nicht einmal eines Blickes. Die Fans allerdings schon. Die werfen ihm alle möglichen Blicke zu.

»Nehmt ihn raus, bevor er noch jemanden trifft!« ruft jemand.

»Nehmt ihn raus, bevor jemand *wirklich schwer* verletzt wird!« fügt ein anderer hinzu, als wäre ein Fastball in die Rippen keine wirklich schwere Verletzung.

»Verwarnen Sie ihn, Linienrichter!« fällt eine dritte Stimme ein. »Das war ein absichtlicher Fehlwurf! Sagen Sie ihm, was passiert, wenn er das noch einmal macht!«

Tarbox schaut zu den Fans, und einen Augenblick sieht dieser Junge, der noch vor kurzem eine gelassene Selbstsicherheit gezeigt hat, sehr jung und sehr unsicher aus. Er sieht tatsächlich fast so aus wie Stanley Sturgis, als das Spiel Belfast-Lewiston sich dem Ende näherte. Als er zum Hügel zurückgeht, rammt er den Ball frustriert in den Handschuh.

Derweil hat man King auf die Füße geholfen. Nachdem er Neil Waterman, dem Sanitäter und dem Linienrichter klargemacht hat, daß er im Spiel bleiben will und es auch kann, stapft er zum ersten Mal. Die Fans beider Lager spenden ihm donnernden Applaus.

Phil Tarbox, der selbstverständlich nicht die Absicht hatte, den ersten Schläger des Spiels zu treffen, demonstriert auf der Stelle, wie erschüttert er ist, indem er einen direkt in die Mitte zu Arthur Dorr befördert. Arthur, der zweitkleinste Junge der ersten Aufstellung von Bangor West, akzeptiert dieses unerwartete, aber willkommene Geschenk, indem er es weit ins rechte Mittelfeld wirft.

King startet durch, sobald er das Krachen des Schlägers hört. Er umrundet das dritte Mal und weiß, er kann keinen Punkt machen, hofft aber, er kann den Wurf auf sich lenken, der Arthur am zweiten Mal sichern wird, und dabei wird der nasse Boden zu einem Faktor. Die Seite des Diamanten am dritten Mal ist immer noch naß. Als King versucht abzubremsen, rutschen die Füße unter ihm weg, und er landet auf dem Hintern. Tarbox ist an der Reihe, aber er will keinen Wurf riskieren und setzt stattdessen King nach, der klägliche Anstrengungen unternimmt, wieder auf die Füße zu kommen. Zuletzt hebt der größte Spieler von Bangor nur die Arme zu einer ausgiebigen, rührenden Geste: *Ich gebe auf.* Dank des rutschigen Bodens hat Tarbox jetzt einen Läufer auf dem zweiten, und einer ist raus, statt zwei auf dem zweiten und dritten und keinen draußen. Das ist ein gewaltiger Unterschied, und Tarbox demonstriert sein neu gestärktes Selbstvertrauen, indem er Mike Arnold direkt anvisiert.

Beim dritten Wurf zu Joe Wilcox, dem nächsten Schläger, trifft er ihn direkt am Ellbogen. Diesmal sind die erbosten Schreie der Fans von Bangor West lauter und haben einen bedrohlichen Unterton. Mehrere richten ihren Zorn auf den Linienrichter am Schlagmal und fordern, daß Tarbox aus dem Spiel genommen wird. Der Linienrichter, der die Situation voll und ganz versteht, macht sich nicht einmal die Mühe, Tarbox zu verwarnen. Der betroffene Gesichtsausdruck des Jungen, als Wilcox benommen zum ersten Mal joggt, sagt ihm wahrscheinlich, daß das nicht nötig ist. Aber der Manager von York muß herauskommen, den Werfer beruhigen, das Offensichtliche aussprechen: *Du hast zwei draußen, und das erste Mal war sowieso offen. Kein Problem.*

Aber für Tarbox *ist* es ein Problem. Er hat in dieser Runde zwei Spieler verletzt, beide so sehr, daß sie weinten. Wenn das kein Problem wäre, müßte er sich auf seinen Geisteszustand untersuchen lassen.

York nimmt drei einzelne zusammen und macht zwei Punkte am Ende der dritten Runde, womit es einen Vorsprung von 3 : 0 schafft. Wären diese Runs, die redlich verdient sind, in der ersten Runde gekommen, hätte Bangor ernste Probleme bekommen, aber als die Spieler ans Schlagen kommen, machen sie einen eifrigen und aufgeregten Eindruck. Es gibt kein Gefühl, als wäre das Spiel verloren, keine Atmosphäre der Niederlage.

Ryan Iarrobino ist der erste Schläger von Bangor zu Beginn der dritten Runde, und Tarbox begegnet ihm vorsichtig – zu vorsichtig. Er hat angefangen, mit dem Ball zu zielen, daher sind die Ergebnisse vorhersehbar. Beim Stand von 1 : 2 brettert er Iarrobino eins auf die Schulter. Iarrobino dreht sich um und schlägt einmal mit dem Schläger auf den Boden – ob aus Schmerz, Frustration oder Zorn, ist schwer zu sagen. Wahrscheinlich alles zusammen. Die Stimmung der Zuschauer läßt sich viel leichter lesen. Die Fans von Bangor springen auf und stoßen wütende Schreie gegen Tarbox und den Linienrichter aus. Auf der Seite von York sind die Fans still und bestürzt; das ist nicht das Spiel, das sie erwartet haben. Als Ryan zum ersten Mal antrabt, sieht er zu Tarbox hinüber. Es ist ein kurzer Blick, aber deutlich genug: *Das ist das dritte Mal, du. Sieh bloß zu, daß es das letzte Mal war.*

Tarbox spricht sich kurz mit seinem Coach ab, dann dreht er sich zu Matt Kinney um. Sein Selbstvertrauen ist erschüttert, und sein erster Schlag zu Matt geht fehl, was darauf hindeutet, daß er in diesem Spiel ebensowenig weiter werfen möchte, wie sich eine Katze ein Schaumbad wünscht. Iarrobino schlägt den Wurf des Yorker Werfers Dan Bouchard zum zweiten mit Leichtigkeit. Tarbox macht einen Walk für Kinney. Der nächste Schläger ist Kevin Rochefort. Nach zwei fehlgeschlagenen Versuchen gibt Roach auf und überläßt Phil Tarbox die Chance, sein Grab noch ein bißchen tiefer zu schaufeln. Das tut er, indem er Kevin einen Walk machen läßt, nachdem dieser das 1 : 1 herbeiführen konnte. Tarbox hat jetzt mehr als sechzig Würfe in nicht einmal drei Runden gemacht.

Roger Fisher geht ebenfalls 3 : 2 mit Tarbox, der sich jetzt fast ausschließlich auf weiche Bälle versteift; er scheint sich überlegt zu haben, wenn er noch einmal einen Spieler trifft, dann will er ihn nicht hart treffen. Fish findet keinen Platz, die Male sind voll. Tarbox weiß das und geht ein kalkuliertes Risiko ein, schneidet wieder einen an und glaubt, daß Roger in der Hoffnung auf einen Walk losstürmen wird. Roger schnappt stattdessen gierig danach und donnert ihn zwischen das erste und zweite für einen Base-Treffer. Iarrobino läuft los und macht Bangors ersten Run. Owen King, der Spieler, der den Schläger hielt, als Phil Tarbox mit seiner Selbstzerstörung anfing, ist der nächste Schläger. Der Coach von York, der vermutet, daß sein As diesmal noch weniger erfolgreich gegen King sein wird, hat genug gesehen. Matt Francke kommt ihn ablösen, und Tarbox wird zum Fänger von York. Als er sich hinter dem Mal duckt, sieht er resigniert und erleichtert zugleich aus. Francke trifft keinen, kann das Bluten aber nicht beenden. Am Ende der dritten Runde hat Bangor nur zwei Treffer vorzuweisen, führt aber vor York mit 5 : 3.

Es ist jetzt die fünfte Runde. Graue Feuchtigkeit hängt in der Luft, und das Spruchband YORK GEHT NACH BRISTOL an der Anzeigetafel hängt traurig durch. Die Fans machen auch einen traurigen Eindruck und werden zunehmend nervöser. Geht York *wirklich* noch nach Bristol? *Nun, angeblich müßten wir es*, sagen ihre Gesichter, *aber dies ist die fünfte Runde, und wir liegen immer noch zwei Runs zurück. Mein Gott, wie konnte es so früh schon so spät werden?*

Roger Fisher kreuzt weiter, und am Anfang der fünften schlägt Bangor die anscheinend letzten Nägel in den Sarg von York. Mike Arnold fängt mit einem einzelnen an. Joe Wilcox opfert Werfer-Läufer Fred Moore dem zweiten, und Iarrobino doppelt von Francke und macht mit Moore einen Punkt. Das bringt Matt Kinney auf die Werferplatte. Nach einem fehlgeschlagenen Ball rückt Ryan zum dritten vor, Kinney schlägt einen leichten Bodenball kurz, aber der prallt vom Handschuh des Innenfeldspielers ab, und Iarrobino beendet den Run.

Bangor West nimmt das Feld im Triumph, sie führen mit 7 : 3 und müssen nur noch drei Spieler rausbringen.

Als Roger Fisher auf die Werferplatte tritt und sich York Ende der sechsten stellt, hat er siebenundneunzig Würfe hinter sich und ist ein müder Junge. Das demonstriert er sofort, indem er den Schläger Tim Pollack einen Durchmarsch machen läßt. Dave und Neil haben genug gesehen. Fisher geht zum zweiten Mal, und Mike Arnold, der sich zwischen den Runden aufgewärmt hat, spurtet zum Hügel. Normalerweise ist er ein guter Werfer, aber heute ist nicht sein Tag. Möglicherweise Nervosität oder der nasse Boden der Werferplatte hat seine normalen Bewegungsabläufe verändert. Er bringt Francke dazu, daß er rausfliegt, aber dann macht Bouchard einen Walk, Philbrick verdoppelt und Pollack, der Läufer, rennt zu Fish, macht einen Punkt, und Bouchard wird am dritten Mal aufgehalten. Für sich genommen, bedeutet Pollacks Run nichts. Wesentlich ist aber, daß York jetzt Läufer auf dem zweiten und dritten Mal hat, und der Läufer, der möglicherweise den Einstand schafft, kommt zum Mal. Der Läufer, der möglicherweise den Einstand schafft, ist jemand, der ein ganz persönliches Interesse daran hat, einen Treffer zu landen, ist er doch der Hauptgrund dafür, daß York nur zwei Aus-Spieler von der Vernichtung entfernt ist. Der Läufer, der möglicherweise den Einstand schafft, ist Phil Tarbox.

Mike bringt den Stand auf 1 : 1, dann wirft er einen Fastball genau die Mitte der Platte entlang. Im Unterstand von Bangor West zuckt Dave Mansfield zusammen und hebt eine Hand als abwehrende Geste zur Stirn, während Tarbox zu seinem Schlag ansetzt. Das harte Knallen ist zu hören, als Tarbox die schwierigste aller Baseballaufgaben bewerkstelligt: er trifft den runden Ball genau mit dem runden Schläger.

Ryan Iarrobino startet in dem Augenblick durch, in dem Tarbox den Treffer landet, aber er läuft viel zu früh. Der Ball geht sechs Meter über den Zaun, prallt von einer Fernsehkamera ab und springt ins Spielfeld zurück. Ryan sieht ihm fassungslos nach, während die Fans von York durchdrehen und die ganze Mannschaft von York aus dem Unterstand stürzt, um Tarbox in Empfang zu nehmen, der einen Homerun über drei Male geschafft und sich auf spektakuläre Weise rehabilitiert hat. Er tritt nicht auf das Schlagmal, er *springt* darauf. Sein Gesicht zeigt einen Ausdruck überwältigter Zufriedenheit. Er wird von seinen ekstatischen Mannschaftskameraden umringt; auf dem Rückweg zum Unterstand berühren seine Füße kaum den Boden.

Die Fans von Bangor sitzen stumm da und sind von dieser unerwarteten Wendung völlig vor den Kopf gestoßen. Gestern, gegen Lewiston, hat Bangor mit dem Desaster geflirtet; heute wurden sie in seinen Armen ohnmächtig. Mo hat wieder die Seiten gewechselt, und die Fans befürchten, daß es diesmal endgültig ist. Mike Arnold bespricht sich mit Dave und Neil. Sie sagen ihm, er soll zurückgehen und hart werfen; es ist nur ein Einstand, das Spiel ist noch nicht verloren, aber Mike ist eindeutig ein niedergeschlagener, unglücklicher Junge.

Der nächste Schläger, Hutchins, schlägt einen leichten Doppelhüpfer zu Matt Kinney, aber Arnold ist nicht der einzige, der erschüttert ist; der sonst so verläßliche Kinney vergeigt den Ball, und Hutchins legt los. Andy Estes übergibt zu Rochefort am dritten, aber Hutchins rückt mit einem Fehlwurf zum zweiten vor. King schnappt Matt Hoyts Abpraller zum dritten Aus, und Bangor West ist aus dem Schneider.

Die Mannschaft hat zu Beginn der sechsten eine Chance, es zu erledigen, aber dazu kommt es nicht ganz. Sie gehen eins-zwei-drei gegen Matt Francke, und auf einmal ist Bangor West in seinem ersten Spiel der Nachsaison auf einem Gleichstand von 7 : 7 gegen York.

Beim Spiel gegen Lewiston hat sich das schlechte Wetter mit der Zeit gebessert. Heute nicht. Als Bangor West das Feld Ende der siebten übernimmt, wird der Himmel immer dunkler. Es geht jetzt auf achtzehn

Uhr zu, und selbst unter diesen Umständen sollte das Feld noch klar und ziemlich hell sein, aber es kommt Nebel auf. Wenn jemand, der nicht dabei war, ein Videoband des Spiels ansehen würde, würde er denken, daß etwas mit den Kameras nicht gestimmt hat; alles sieht lustlos, stumpf und unterbelichtet aus. Fans in Hemdsärmeln auf den Mittelfeldtribünen werden zu körperlosen Köpfen und Händen; im Außenfeld kann man Trzaskos, Iarrobino und Arthur Dorr nur an den Hemden erkennen.

Kurz bevor Mike zum ersten Wurf der siebten Runde ansetzt, rempelt Neil Dave mit dem Ellbogen an und deutet zum rechten Feld. Dave bittet sofort um eine Auszeit und läuft hin, um nachzusehen, was mit Arthur Dorr los ist, der gebückt dasteht und den Kopf fast zwischen den Knien hat.

Arthur sieht überrascht zu Dave auf, als dieser näherkommt. »Alles in Ordnung«, sagte er als Antwort auf die unausgesprochene Frage.

»Und was machst du dann, um Gottes willen?« fragt Dave.

»Ich suche nach vierblättrigen Kleeblättern«, antwortet Arthur.

Dave ist zu fassungslos oder zu amüsiert, dem Jungen eine Standpauke zu halten. Er sagt Arthur nur, daß es vielleicht besser wäre, danach zu suchen, wenn das Spiel vorbei ist.

Arthur sieht sich nach dem schleichenden Nebel um, bevor er sich wieder Dave zuwendet. »Ich glaube, dann ist es zu dunkel«, sagt er.

Nachdem das mit Arthur geklärt ist, kann das Spiel weitergehen, und Mike Arnold macht seine Sache ausgezeichnet – wahrscheinlich weil er es mit den von Ersatzspielern wimmelnden Trümmern der Yorker Aufstellung zu tun hat. York macht keinen Punkt, und Bangor steht am Anfang der siebten mit einer erneuten Siegeschance da.

Und sie sind nahe dran, genau das zu schaffen. Mit besetzten Malen und zwei draußen, schlägt Roger Fisher einen harten Ball hoch zur ersten Baselinie. Matt Hoyt steht aber bereit, ihn zu nehmen, und die Mannschaften wechseln wieder die Seiten.

Philbrick fliegt zu Nick Trzaskos und eröffnet die achte Runde, und dann kommt Phil Tarbox wieder. Tarbox ist noch nicht mit Bangor West fertig. Er hat sein Selbstvertrauen wiedererlangt, sein Gesicht ist gelassen, als er Mikes ersten Wurf für einen gerufenen Schlag entgegennimmt. Er schwingt nach dem nächsten, einem ziemlich dezenten Wechselball, der von Joe Wilcox' Beinschutz abprallt. Er tritt aus der Box, kauert mit dem Schläger zwischen den Knien und konzentriert sich. Das ist eine Zen-Technik, die der Coach von York den Jungen beigebracht hat – Francke hat es auf der Werferplatte mehrmals gemacht, wenn es eng wurde –, und diesmal klappt es auch bei Tarbox, mit etwas Hilfe von Mike Arnold.

Arnolds letzter Wurf zu Tarbox ist ein Kurvenball genau auf Augenhöhe des Schlägers, genau da, wo Dave und Neil gehofft hatten, daß heute kein Schlag landen würde, und Tarbox sahnt ab. Er schlägt ihn tief ins linke Feld und hoch über den Zaun. Da oben ist kein Kameraaufbau, der den Ball aufhalten könnte; er verschwindet im Wald, und die Fans von York sind wieder auf die Füße gesprungen und singen »Phil-Phil-Phil«, während Tarbox das dritte Mal umkreist, die Linie entlangrennt und hoch in die Luft springt. Er springt nicht auf das Schlagmal; er *durchbohrt* es.

Und zunächst sieht es nicht aus, als wäre das alles. Hutchins hämmert einen einzelnen die Mitte entlang und kommt durch einen Fehler zum zweiten. Estes folgt dem, indem er einen zum dritten schlägt, und Rochefort wirft schlecht zum zweiten. Glücklicherweise wird Roger Fisher von Arthur Dorr unterstützt, der einen zweiten Run verhindert, aber jetzt hat York Spieler auf dem ersten und zweiten und nur einen draußen.

Dave ruft Owen King als Werfer hinein, und Mike Arnold geht zum ersten. Nach einem Fehlschlag, bei dem die Läufer auf das zweite und dritte vorrücken, hämmert Matt Hoyt einen auf den Boden zu Kevin Rochefort. In dem Spiel, in dem Bangor West Hampden unterlag, gelang Casey Kinney ein Comeback, er konnte das Spiel machen, nachdem er einen Fehler begangen hatte. Rochefort schafft das heute auch, und mit Macht. Er nimmt den Ball, dann hält er ihn einen Moment und vergewissert sich, daß Hutchins nicht zum Schlagmal lósprescht. *Dann* wirft er quer über den Diamanten zu Mike und schafft den langsam laufenden Matt Hoyt um zwei Schritte. Wenn man die Belastung bedenkt, die die Jungen ausstehen mußten, ist das ein unglaublich gerissener Spielzug. Bangor West hat sich wieder erholt, und King erledigt Ryan Fernald – der einen Homerun über drei Male gegen Yarmouth erzielte – perfekt, indem er seinen unheimlich wirkungsvollen seitlichen Wurf einsetzt, um einen Fastball über die Schulter zu werfen. Fernald schleppt sich erschöpft zum ersten, und die Runde ist zu Ende. Am Ende von siebeneinhalb führt York mit 8 : 7 vor Bangor. Sechs von Yorks RBIs gehören Philip Tarbox.

Matt Francke, der Werfer von York, ist so müde, wie Fisher es war, als Dave schließlich beschloß, ihn gegen Mike Arnold auszuwechseln. Der Unterschied ist, Dave *hatte* einen Mike Arnold und hinter Mike noch einen Owen King. Der Coach von York hat niemanden mehr; er hat Ryan Fernald gegen Yarmouth verheizt, so daß er heute nicht werfen kann, und jetzt bleibt nur noch Francke, für alle Zeiten.

Er fängt die achte ziemlich gut an und befördert King ins Aus. Arthur Dorr kommt als nächster, einer für vier an diesem Tag (ein Doppel von Tarbox). Francke, der inzwischen eindeutig zu kämpfen hat, aber ebenso eindeutig entschlossen zu sein scheint, das Spiel zu beenden, geht voll mit Arthur, dann legt er einen vor, der weit außerhalb liegt. Arthur läuft zum ersten Mal.

Mike Arnold kommt als nächster. Es war nicht sein Tag auf der Platte, aber diesmal macht er seine Sache am Schlagmal gut und legt einen perfekten Schlag vor. Er hat nicht die Absicht, zu opfern; Mike schlägt für den Mal-Treffer und schafft ihn beinahe. Aber der Ball ist nicht bereit, in dem nassen Fleck zwischen Werferplatte und Schlagmal zu sterben. Francke schnappt ihn, sieht zum zweiten Mal und entscheidet sich dann für das erste. Jetzt sind zwei Männer draußen und ein Läufer auf dem zweiten. Bangor West ist ein Aus vom Ende entfernt.

Joe Wilcox, der Fänger, ist der nächste. Beim Stand von 2 : 1 schlägt er eine Granate an der ersten Baselinie entlang. Matt Hoyt packt ihn, aber einen Augenblick zu spät; er erwischt den Ball keine fünfzehn Zentimeter im Aus, und der Linienrichter am ersten Mal steht sofort bereit und notiert es. Hoyt, der sich bereit gemacht hat, zum Hügel zu laufen und Matt Francke zu umarmen, gibt statt dessen den Ball zurück.

Nun ist der Stand von Joey 2 : 2. Francke steigt von der Platte, sieht starr in den Himmel und konzentriert sich. Dann stellt er sich wieder darauf und wirft einen hoch und außerhalb des Schlagbereichs. Joey geht ihm trotzdem nach, sieht nicht einmal hin und schwingt den Schläger in Selbstverteidigung. Der Schläger bekommt Kontakt mit dem Ball – reines Glück – und hüpft ins Aus. Francke zieht wieder die Konzentrations-Nummer ab, dann wirft er – knapp ins Aus. Ball drei.

Jetzt kommt möglicherweise der Wurf des Spiels. Es *scheint* ein hoher zu werden, ein Wurf, der das Spiel beendet, aber der Linienrichter befiehlt Ball vier. Joe Wilcox stapft mit einem leicht ungläubigen Ausdruck zum ersten Mal. Erst später, beim Abspielen der Zeitlupenwiederholung des Videobands, kann man erkennen, wie richtig und wie gut die Anweisung des Linienrichters war. Joe Wilcox, der so nervös ist, daß er den Schläger bis zum Augenblick des Wurfs in den Händen dreht wie einen Golfschläger, stellt sich auf Zehenspitzen, als der Ball angebraust kommt, und aus diesem Grund erscheint er ihm brusthoch, als er das Mal passiert. Der Linienrichter, der sich überhaupt nicht bewegt, läßt das ganze nervöse Zappeln von Joe unberücksichtigt und trifft eine gewichtige Entscheidung. Die Regeln schreiben vor, daß man die Schlagzone nicht verkleinern darf, indem man sich duckt. Aus demselben Grund darf man sie nicht vergrößern, indem man sich streckt. Hätte sich Joe nicht auf die Zehenspitzen gestellt, wäre Franckes Wurf in Höhe des Halses gekommen. Und darum wird Joe nicht zum dritten Ausgeschiedenen, der das Spiel beendet hätte, sondern zu einem weiteren Baseläufer.

Eine der Fernsehkameras war auf Yorks Matt Francke gerichtet, als dieser seinen Wurf machte, und sie hat ein bemerkenswertes Bild aufgezeichnet. Die Videowiederholung zeigt, wie Francke strahlt, als der Ball einen Sekundenbruchteil vor dem Schlag wegschmiert. Er hebt die Wurfhand zum Salut des Siegers. In diesem Augenblick geht er nach rechts, zum Unterstand von York, und der Linienrichter verdeckt ihn. Als er einen Moment später wieder zu sehen ist, stellt er einen unglücklichen und ungläubigen Ausdruck zur Schau. Er widersetzt sich dem Urteil nicht – den Kindern wird beigebracht, das während der regulären Spielzeit nicht zu machen, aber nie, nie, *niemals* während eines Meisterschaftspiels –, doch als er sich darauf vorbereitet, den nächsten Schläger einzuweisen, scheint Francke zu weinen.

Bangor West hat überlebt, und als sich Nick Trzaskos dem Mal nähert, springen sie auf die Füße und fangen an zu schreien. Nick hofft eindeutig auf eine Freifahrt, und er bekommt eine. Francke macht bei fünf Würfen einen Walk mit ihm. Es ist heute der elfte Walk durch einen Werfer von York. Nick stapft zum ersten, lädt die Male, und Ryan Iarrobino kommt herein. Immer und immer wieder lief es in solchen Situationen auf Ryan Iarrobino hinaus, und jetzt wieder. Die Fans von Bangor West sind aufgesprungen und johlen. Die Spieler von Bangor drängen sich am Unterstand, haben die Finger in den Maschendraht gekrallt und beobachten alles ängstlich.

»Ich kann es nicht glauben«, sagt einer der Fernsehkommentatoren. »Ich kann das Drehbuch dieses Spiels nicht glauben.«

Sein Partner wirft ein: »Nun, ich will dir was sagen. Wie auch immer, das ist das Ende, das sich beide Mannschaften für das Spiel gewünscht haben.«

Noch während er spricht, bietet die Kamera einen garstigen Kontrapunkt zu der Bemerkung, indem sie sich auf das betroffene Gesicht von Matt Francke konzentriert. Das Bild zeigt deutlich, daß das der Linksaußen von York am *allerwenigsten* gewollt hat. Warum sollte er auch? Iarrobino hat zweimal verdoppelt, zwei Walks gemacht und wurde von einem Wurf getroffen. York hat ihn nicht ein einziges Mal aufhalten können. Francke wirft hoch und ins Aus, dann flach. Es sind sein hundertfünfunddreißigster und hundertsechsunddreißigster Wurf. Der Junge ist erschöpft. Chuck Bittner, der Manager von York, ruft ihn zu einer kurzen Besprechung zu sich. Iarrobino wartet, bis diese Besprechung vorbei ist, dann tritt er wieder vor.

Matt Francke konzentriert sich, legt den Kopf zurück und schließt die Augen; er sieht aus wie ein Vogeljunges, das darauf wartet, gefüttert zu werden. Dann rafft er sich auf und setzt zum letzten Wurf der Spielzeit der Little League von Maine an.

Iarrobino hat die Konzentrationsphase nicht mitverfolgt. Er hält den Kopf gesenkt und achtet nur darauf, wie Francke werfen wird, wobei er den Ball nicht einmal aus den Augen läßt. Es ist ein Fastball, flach und auf die Außenkante des Schlagmals gerichtet. Ryan Iarrobino duckt sich ein wenig. Die Spitze des Schlägers wirbelt herum. Er erwischt ihn voll, und als der Ball aus dem Park ins tiefe rechte Mittelfeld fliegt, reißt er die Arme über den Kopf und beginnt einen köstlichen Steptanz an der Linie zum ersten Mal entlang.

Auf dem Hügel senkt Matt Francke, der zweimal kurz davor war, sein Spiel zu gewinnen, den Kopf; er will nicht hinsehen. Und als Ryan das zweite Mal umrundet und zum Homerun ansetzt, scheint er endlich zu begreifen, was er getan hat, und er fängt an zu weinen.

Die Fans sind hysterisch; die Sportreporter sind hysterisch; sogar Dave und Neil scheinen fast hysterisch zu sein – sie blockieren das Mal und müssen Platz machen, damit Ryan es berühren kann. Er umrundet das dritte, passiert den Linienrichter dort, der immer noch einen erhobenen Zeigefinger in die Luft streckt und einen Homerun signalisiert.

Hinter der Werferplatte nimmt Phil Tarbox die Maske ab und kehrt den Feierlichkeiten den Rücken zu. Er stampft einmal mit dem Fuß auf und verzieht das Gesicht in hilfloser Frustration. Er geht aus dem Bereich der Kameras hinaus und verläßt damit auch die Little League endgültig. Nächstes Jahr wird er in der Babe Ruth League spielen, und wahrscheinlich gut, aber für Tarbox wird es keine Spiele wie dieses mehr geben, auch nicht für einen anderen der Jungen. Dieses ist, wie man so sagt, in die Geschichte eingegangen.

Ryan Iarrobino lacht, weint, hält sich mit einer Hand den Helm auf dem Kopf und deutet mit der anderen zum grauen Himmel empor, hüpft hoch, landet auf dem Mal und springt dann noch einmal – direkt in die Arme seiner Mannschaftskameraden, die ihn im Triumphzug davontragen. Das Spiel ist vorbei; Bangor West hat 11 : 8 gewonnen. Sie sind Meister der Little League von Maine des Jahres 1989.

Ich sehe zum Zaun auf der Seite des ersten Mals, und da bietet sich mir ein bemerkenswerter Anblick: ein Wald winkender Hände. Die Eltern der Spieler drängen sich am Maschendrahtzaun und greifen darüber hinweg, um ihre Söhne zu berühren. Viele Eltern sind ebenfalls in Tränen ausgebrochen. Die Jungen tragen alle dieselben Mienen fassungsloser Glückseligkeit zur Schau, und sämtliche Hände – Hunderte, scheint es –, winken ihnen zu, wollen berühren, wollen gratulieren, wollen umarmen, wollen *fühlen*.

Die Jungen achten nicht auf sie. Umarmen und Drücken kommen später. Zuerst ist noch etwas zu erledigen. Sie stellen sich in einer Reihe auf und schütteln den Jungen von York die Hände, wobei sie sich in ritueller Weise am Schlagmal überkreuzen. Die meisten Jungen beider Mannschaften weinen jetzt, manche so sehr, daß sie kaum gehen können.

Dann, in dem Augenblick, bevor die Jungen von Bangor zum Zaun gehen, wo alle Hände noch winken, umringen sie ihre Coachs und knuffen sie und sich selbst in freudigem Triumph. Sie haben durchgehalten und ihr Turnier gewonnen – Ryan und Matt, Owen und Arthur, Mike und Roger Fisher. In diesem Augenblick jubeln sie einander zu, und alles andere wird eben warten müssen. Dann laufen sie zum Zaun, zu ihren weinenden, jubelnden, lachenden Eltern, und die Welt dreht sich wieder ganz normal weiter.

»Wie lange sollen wir noch spielen, Coach?« fragte J. J. Fiddler Neil Waterman, nachdem Bangor gegen Machias den Sieg davongetragen hatte.

»J. J.«, antwortete Neil, »wir werden spielen, bis uns jemand aufhält.«

Die Mannschaft, die Bangor West schließlich aufhielt, war Westfield, Massachusetts. Bangor West spielte am 15. August 1989 in der zweiten Runde der Eastern Regional Little League-Ausscheidung in Bristol, Connecticut, gegen sie. Matt Kinney warf für Bangor West und bestritt das Spiel seines Lebens, er traf neun, machte fünf Walks (einen absichtlich) und vermurkste nur drei Schläge. Bangor West dagegen landete nur einen Treffer bei Tim Laurita, dem Werfer von Westfield, und der gehörte, durchaus vorhersehbar, Ryan Iarrobino. Der Endstand war 2 : 1, Westfield. Bangors einziger RBI in dem Spiel ging auf das Konto von King bei einem Walk um die Male. Der spielentscheidende RBI ging auf das Konto von Laurita, ebenfalls ein Walk um die Male. Es war ein verdammt gutes Spiel, ein Spiel für Puristen, aber es reichte nicht an das gegen York heran.

In der Profiwelt war es ein schlechtes Jahr für Baseball. Ein sicherer Anwärter für die Ruhmeshalle wurde auf Lebenszeit vom Spiel ausgeschlossen; ein Werfer im Ruhestand erschoß seine Frau und nahm dann sich selbst das Leben; der Commissioner erlitt einen tödlichen Herzinfarkt; das erste Spiel der Weltserie seit zwanzig Jahren, das im Candlestick-Park ausgetragen werden sollte, mußte abgesagt werden, weil ein Erdbeben Nordkalifornien erschütterte. Aber die Profispiele machen nur einen kleinen Teil des Baseball aus. An anderen Orten, in anderen Ligen – der Little League zum Beispiel, wo es keine freien Agenten, keine Gehälter und kein Eintrittsgeld gibt –, war es ein gutes Jahr. Der Gewinner des Eastern Regional-Turniers war Trumbull, Connecticut. Am 26. August 1989 schlug Trumbull Taiwan und gewann die Weltserie der Little League. Es war das erste Mal seit 1983, daß eine amerikanische Mannschaft die Williamsport-Weltserie gewann, und das erste Mal seit vierzehn Jahren, daß der Sieger aus der Region kam, in der Bangor West spielt.

Im September wählte die Sektion Maine der Baseballföderation der Vereinigten Staaten Dave Mansfield zum Amateurcoach des Jahres.

August in Brooklyn

Für Jim Bishop

In Ebbets Field wächst Fingergras
(wo Alston wirkte), Reihe für Reihe
wenn sich die Achse des Tages ins Zwielicht dreht,
sehe ich sie noch, mit dem grünen Geruch
vom gerade gemähten Gras des Innenfelds,
schwer zum dunkelnden Ende des Tages:
im Schein der Flutlichter des rechten Felds,
die gerade eingeschaltet wurden, schon
von Falterschwärmen bedrängt
und von Käfern der Nachtschicht;
unten trinken alte Männer und dienstfreie Taxifahrer
große Becher Schlitz auf den Sitzen zu 75 Cent.
Flatbush, so real wie die samtenen Straßen von Harlem,
wo im Juni '56 der Jive in die Jukes kommt.
In Ebbets Field ist das Innenfeld geschlossen,
die Sitze verlassen, Reihe für Reihe
Hodges duckt sich über dem ersten, Handschuh ausgestreckt,
um den Wurf von Robinson am dritten zu fangen,
die Schlägerboxen schweben im Geisterlicht
dieses himmelvollen Freitagabends
(Mantle schaffte früh einen Run; Flatbush liegt 2 zurück).
Newcombe stapft früh zu den Duschen durch einen Regen
von Popcorn und Zeitungsschlagzeilen.
Carl Erskine ist dran und wirft hart, aber
Johnny Podres und Clem Labine wärmen sich auf,
falls er zu spät in Form kommt;
das kann er, wissen Sie, das können alle.
In Ebbets Field kommen und gehen sie
und spielen ihre Runden, Schlag für Schlag.
Auszeit wird im Dämmer der fünften verlangt;
jemand hat ein Bier nach Sandy Amoros im rechten geworfen,
er spießt den leeren Becher wortlos auf
und gibt ihn einem Platzwart, der Mail Pouch kaut,

während anonyme Fans saftige Brooklyner Vokale brüllen,
die Pest auf ihre beiden Häuser.
Pee Wee Reese geht westlich des zweiten auf die Knie,
Campanella gibt das Zeichen;
mit geschlossenen Augen sehe ich alles,
rieche heiße Würstchen und 8 Uhr-Schmutz
sehe die himmlischen Schattierungen des Abends,
sie schwimmen wie Engel über dem Stadion am Firmament,
während Erskine ausholt und flach einwärts wirft.

Der Bettler und der Diamant

Anmerkung des Autors: Diese kleine Geschichte – in der ursprünglichen Form eine Hindu-Parabel – wurde mir erstmals von Mr. Surendra Patel in New York City erzählt. Ich habe sie frei bearbeitet und möchte mich bei allen entschuldigen, die sie in der ursprünglichen Form kennen, in der Lord Shiva und seine Frau Parvati die Hauptpersonen sind.

Eines Tages kam der Erzengel Uriel mit betretenem Gesicht zu Gott. »Was bekümmert dich?« fragte Gott.

»Ich habe etwas sehr Trauriges gesehen«, antwortete Uriel und deutete dann zwischen seinen Füßen hinunter. »Da unten.«

»Auf Erden?« fragte Gott lächelnd. »Oh! Da unten ist kein Mangel an Traurigkeit. Nun, laß uns sehen.«

Sie beugten sich gemeinsam nach vorn. Tief unten sahen sie eine zerlumpte Gestalt, die langsam eine Landstraße am Rand von Chandrapur entlangschlurfte. Sie war sehr mager, diese Gestalt, Arme und Beine mit Schwären bedeckt. Hunde jagten ab und zu bellend hinter dem Mann her, aber der Mann schlug nicht einmal mit dem Stock nach ihnen, wenn sie ihn in die Fersen bissen; er schlurfte einfach weiter und belastete dabei überwiegend das rechte Bein. Einmal drängte eine Schar hübscher, wohlgenährter Kinder aus einem großen Haus; sie warfen Steine nach dem zerlumpten Mann, als der ihnen seine leere Schale entgegenstreckte.

»Geh weg, du häßlicher Kerl!« rief eines von ihnen. »Geh weg in die Felder und stirb!«

Darauf brach der Erzengel Uriel in Tränen aus.

»Aber, aber«, sagte der liebe Gott und klopfte ihm auf die Schulter. »Ich habe gedacht, du wärst aus stärkerem Holz geschnitzt.«

»Ja, sicher«, sagte Uriel und trocknete sich die Augen. »Es ist nur so, daß der Mann da unten alles zu verkörpern scheint, was jemals mit den Söhnen und Töchtern der Erde schiefgegangen ist.«

»Gewiß, das tut er«, antwortete Gott. »Das ist Ramu, und das ist seine Aufgabe. Wenn er stirbt, wird sie ein anderer übernehmen. Es ist ein ehrenvoller Job.«

»Möglich«, sagte Uriel und bedeckte erschauernd die Augen, »aber ich kann es nicht ertragen, ihm dabei zuzusehen. Sein Leid erfüllt mein Herz mit Dunkelheit.«

»Dunkelheit ist hier oben nicht erlaubt«, sagte Gott, »darum muß ich etwas unternehmen, um zu ändern, was sie in dir hervorgerufen hat. Sieh her, mein guter Erzengel.«

Uriel hob den Blick und sah, daß Gott einen Diamanten in der Hand hielt, der so groß war wie ein Pfauenei.

»Ein Diamant dieser Größe und Qualität wird Ramu für den Rest seines Lebens ernähren, und seine Nachkommen bis ins siebte Glied«, sagte Gott. »Es ist der kostbarste Diamant auf Erden. Nun ... mal sehen ...« Er beugte sich auf Händen und Knien nach vorne, hielt den Diamanten zwischen zwei Wattewölkchen und ließ ihn fallen. Er und Uriel sahen ihm nach und warteten, bis er mitten auf die Straße fiel, auf der Ramu unterwegs war.

Der Diamant war so groß und schwer, daß Ramu, wäre er ein jüngerer Mann gewesen, zweifellos gehört hätte, wie er auf der Straße aufschlug. Aber in den letzten Jahren hatte sein Gehör arg nachgelassen, ebenso wie seine Lungen, sein Rücken und die Nieren. Nur sein Augenlicht war noch so gut wie mit einundzwanzig Jahren.

Als er die Steigung der Straße hinaufging, ohne den riesigen Diamanten zu bemerken, der glänzend und funkelnd im dunstigen Sonnenschein auf der anderen Straßenseite lag, seufzte Ramu tief; dann blieb er stehen und stützte sich auf seinen Stock, als das Seufzen in einen Hustenanfall überging. Er klammerte sich mit beiden Händen an seinem Stock fest und versuchte, des Anfalls Herr zu werden, und als er gerade nachließ, brach der Stock – der alt und trocken und fast ebenso verbraucht war wie Ramu selbst – mit einem trockenen Knacken, und Ramu fiel in den Staub.

Da lag er, sah zum Himmel empor und fragte sich, weshalb Gott so grausam war. »Ich habe alle überlebt, die ich am meisten liebte«, dachte er, »aber nicht die, die ich hasse. Ich bin so alt und häßlich geworden, daß die Hunde hinter mir herbellen und die Kinder Steine nach mir werfen. Ich hatte in den letzten drei Monaten nur Abfälle zu essen, und seit zehn Jahren oder mehr kein anständiges Mahl mehr mit Freunden oder mit der Familie. Ich bin ein Wanderer auf dem Antlitz der Erde, ohne Heimat; heute nacht werde ich unter einem Baum oder in einem Gebüsch schlafen, ohne Dach, das den Regen abhält. Ich bin mit Schwären bedeckt, mein Rücken tut weh, und wenn ich Wasser lasse, sehe ich Blut, wo kein Blut sein sollte. Mein Herz ist so leer wie meine Bettelschale.«

Ramu stand langsam auf, merkte nicht, daß keine sechzig Schritte entfernt ein trockener Erdhaufen den größten Diamanten der Welt vor seinem noch scharfen Blick verbarg, und er sah zum Himmel empor. »Herrgott, ich bin arm dran«, sagte er. »Ich hasse Dich nicht, aber ich fürchte, Du bist nicht mein Freund oder überhaupt eines Menschen Freund.«

Nachdem er das gesagt hatte, ging es ihm ein wenig besser, und er schlurfte weiter, wobei er nur einmal innehielt, um das längere Stück seines zerbrochenen Stockes aufzuheben. Im Weitergehen schalt er sich wegen seines Selbstmitleids und seines undankbaren Gebets.

»Denn ich habe doch einiges, wofür ich dankbar sein muß«, führte er aus. »Zunächst einmal ist der Tag ausgesprochen schön, und selbst wenn ich in vielerlei Hinsicht gebrechlich bin, ist mein Augenlicht doch noch makellos. Man stelle sich nur vor, wie schrecklich es wäre, wäre ich blind!«

Um sich das vorzustellen, kniff Ramu die Augen fest zu und schlurfte weiter, wobei er den abgebrochenen Stab wie ein Blinder vor sich hielt. Die Dunkelheit war schrecklich, erstickend und verwirrend. Bald hatte er keine Ahnung mehr, ob er noch in dieselbe Richtung ging wie vorher, oder ob er von der einen auf die andere Straßenseite wanderte und bald im Straßengraben landen würde. Der Gedanke, was in diesem Fall aus seinen alten, brüchigen Knochen werden könnte, machte ihm Angst, aber er hielt die Augen dennoch fest zugekniffen und stapfte weiter.

»Das ist genau das Richtige, um dich von deiner Undankbarkeit zu heilen, alter Mann!« sagte er zu sich. »Du wirst den Rest des Tages damit verbringen, zu bedenken, daß du zwar ein Bettler bist, aber zumindest kein *blinder* Bettler, und du wirst glücklich sein!«

Ramu fiel weder auf der einen noch auf der anderen Seite in den Straßengraben, aber er schwenkte doch zum rechten Straßenrand, als er die Kuppe der Steigung erreicht hatte und auf der anderen Seite wieder hinunterging, und so ging er an dem riesigen Diamanten vorbei, der funkelnd im Staub lag; sein linker Fuß verfehlte ihn um nicht einmal fünf Zentimeter.

Etwa dreißig Meter weiter schlug Ramu die Augen auf. Grelles Sonnenlicht strömte in sie ein und schien auch in sein Herz zu strömen. Er sah glücklich zum staubigen blauen Himmel auf, über die staubigen gelben Felder, über den Silberstreif der Straße, auf der er dahinwanderte. Er verfolgte lachend den Weg eines Vogels von einem Baum zum nächsten, und obwohl er sich nicht ein einziges Mal umdrehte und den riesigen Diamanten nicht sah, der hinter ihm lag, hatte er seine Schwären und den schmerzenden Rücken vergessen.

»Danke, Gott, für mein Augenlicht!« rief er. »Zumindest dafür hab Dank, Gott! Vielleicht finde ich etwas Wertvolles auf der Straße – eine alte Flasche, die auf dem Basar etwas einbringt, oder vielleicht sogar eine Münze –, doch selbst wenn nicht, werde ich mich ausreichend umsehen. Danke, Gott, für mein Augenlicht! Danke, Gott, daß es Dich gibt!«

Damit setzte er seine Wanderschaft zufrieden fort und ließ den Diamanten hinter sich zurück. Da griff Gott hinunter, hob ihn auf und legte ihn wieder unter den Berg in Afrika, wo Er ihn hergeholt hatte. Wie als verspäteten Einfall (sofern Gott überhaupt verspätete Einfälle haben kann) brach Er einen Eisenholzast aus dem Buschland und ließ ihn wie den Diamanten auf die Straße bei Chandrapur fallen.

»Das ist der Unterschied«, sagte Gott zu Uriel. »Unser Freund Ramu wird den Ast finden, und er wird ihm für den Rest seines Lebens als Stab dienen.«

Uriel sah Gott (soweit überhaupt jemand – selbst ein Erzengel – dieses flammende Gesicht ansehen kann) unsicher an. »Hast Du mir eine Lektion erteilt, o Herr?«

»Ich weiß es nicht«, antwortete Gott. »Habe ich?«

Anmerkungen

Nicht lange nachdem ich *Skeleton Crew* veröffentlicht hatte, meinen letzten Erzählungenband, sprach ich mit einer Leserin, die mir versicherte, wie gut er ihr gefallen hätte. Es war ihr gelungen, die Geschichten einzuteilen, sagte sie – jeden Abend eine, etwa drei Wochen lang. »Aber die Anmerkungen am Ende habe ich ausgelassen«, sagte sie und behielt mich dabei scharf im Auge (ich glaube, sie hielt es für möglich, daß ich mich dieses schrecklichen Affronts wegen auf sie stürzen würde). »Ich gehöre zu den Leuten, die nicht wissen wollen, wie der Zauberer seine Tricks bewerkstelligt.«

Ich hatte Besorgungen zu erledigen und wollte mich nicht auf eine lange, hitzige Diskussion einlassen; deshalb nickte ich nur und versicherte ihr, das wäre durchaus in Ordnung. Aber heute morgen habe ich keine Besorgungen zu machen und will zwei Dinge ein für allemal klarstellen, wie unser alter Freund aus San Clemente immer zu sagen pflegte. Erstens: Es ist mir gleich, ob Sie die nachfolgenden Anmerkungen lesen oder nicht. Es ist Ihr Buch, und meinetwegen können Sie es beim Pferderennen auf dem Kopf tragen. Zweitens: Ich bin *kein* Zauberer, und dies sind *keine* Tricks.

Das soll nicht heißen, daß beim Schreiben keine Magie im Spiel wäre; ich glaube in der Tat, daß es so ist, und daß sie sich besonders üppig um erzählende Literatur rankt. Paradox ist nur dies: Zauberer haben nicht das geringste mit Magie zu tun, wie die meisten bereitwillig zugeben werden. Ihre unbestreitbaren Wunder – Tauben aus Taschentüchern, Münzen aus leeren Gläsern, Seidenschals aus leeren Händen – bewerkstelligen sie durch ständige Übung, geschickte Ablenkungsmanöver und Taschenspielertricks. Ihr Gerede von den »uralten Geheimnissen des Orients« und »den vergessenen Legenden von Atlantis« ist nur Beiwerk. Ich vermute, im großen und ganzen werden sich Bühnenzauberer mit dem alten Witz über den Ortsfremden identifizieren können, der einen New Yorker Beatnik fragt, wie er zur Carnegie Hall kommt. »Üben, Mann, üben«, antwortet der Beatnik.

Dasselbe gilt auch für Schriftsteller. Nachdem ich seit zwanzig Jahren Unterhaltungsliteratur schreibe und von den intellektuellen Kritikern als

Schundschreiber abgetan werde (die Intellektuellen scheinen Schundschreiber zu definieren als »Schriftsteller, dessen Werk von zu vielen Leuten geschätzt wird«), kann ich nur bestätigen, daß handwerkliches Können dazugehört, daß der häufig nervtötende Vorgang von Niederschreiben, Umschreiben und nochmaligem Umschreiben erforderlich ist, um gute Arbeit hervorzubringen, und daß harte Arbeit das einzige akzeptable Training für diejenigen unter uns ist, die ein gewisses Talent besitzen, aber wenig oder gar kein Genie.

Dennoch hat der Job seine Magie. Sie macht sich am häufigsten bemerkbar, wenn dem Schriftsteller eine Story einfällt, für gewöhnlich als Bruchstück, aber manchmal auch im ganzen (wenn das passiert, ist es ein bißchen so, als würde man von einer taktischen Atombombe getroffen). Der Schriftsteller kann hinterher schildern, wo er sich befand, als das passierte, und welche Elemente dazu beigetragen haben, daß ihm die Geschichte eingefallen ist, aber der *Einfall selbst* ist etwas Neues, eine Summe, die größer ist als ihre Teile, etwas, das aus dem Nichts entstanden ist. Es ist, um Marianne Moore zu zitieren, eine echte Kröte in einem imaginären Garten. Sie brauchen also keine Angst davor zu haben, die nachfolgenden Anmerkungen zu lesen, weil Sie denken, ich würde die Magie zerstören, indem ich Ihnen verrate, wie der Trick funktioniert. Echte Magie kennt keine Tricks; wenn es um echte Magie geht, gibt es nur Geschichte.

Natürlich ist es möglich, eine Geschichte zu verderben, bevor man sie gelesen hat. Wenn Sie also zu den Leuten gehören (zu den *gräßlichen* Leuten), die den Zwang verspüren, die letzten Seiten eines Buches zuerst zu lesen – wie ein eigensinniges Kind, das seinen Schokoladenpudding vor dem falschen Hasen essen will –, dann fordere ich Sie an dieser Stelle auf, sofort damit aufzuhören. Sonst werden Sie den schlimmsten aller Flüche erleben: Entzauberung. Für alle anderen nun eine kurze Schilderung, wie einige der Geschichten in *Alpträume* zustandegekommen sind.

»Dolans Cadillac«: Ich glaube, die Gedankengänge, die zu dieser Geschichte geführt haben, sind ziemlich eindeutig. Ich tuckerte an einer dieser scheinbar endlosen Baustellen vorbei, an denen man eine Menge Staub, Teer und Abgas einatmet, dasitzt und schätzungsweise neun Jahre lang das Heck desselben Kombi mit demselben Stoßstangenaufkleber ICH BREMSE AUCH FÜR TIERE vor sich sehen muß. Nur war das Auto vor mir in diesem Fall ein großer grüner Cadillac Sedan DeVille. Als wir uns im Schrittempo an einem gewaltigen Loch vorbeibewegten, in dem riesige Abwasserrohre verlegt wurden, dachte ich mir, das weiß ich noch: *Da würde selbst ein Cadillac reinpassen.* Einen Augenblick später hatte ich den Einfall zu »Dolans Cadillac« festgehalten und ausgearbeitet, und kein Element der Erzählung wurde auch nur um ein Jota verändert.

Was nicht heißen soll, daß die Geschichte eine leichte Geburt war; das war sie eindeutig nicht. Ich bin noch nie so sehr von technischen Einzelheiten eingeschüchtert – sogar fast erdrückt – worden. Um Ihnen einen, wie es in *Das Beste* immer heißt, »persönlichen Einblick« zu geben: ich betrachte mich gerne als literarische Version von James Brown (dem selbsternannten »schwerstarbeitenden Mann im Showbusiness«), bin aber ein ausgesprochen fauler Strick, wenn es um Recherchen und technische Einzelheiten geht. Ich bin immer wieder von Lesern und Kritikern wegen meiner diesbezüglichen Schwächen angeschossen worden (am zutreffendsten und demütigendsten von Avram Davidson, der für die *Chicago Tribune* und das *Magazine of Fantasy & Science Fiction* schrieb). Als ich »Dolans Cadillac« schrieb, wurde mir klar, daß ich mich diesmal nicht einfach durchmogeln konnte, weil der gesamte Aufbau der Geschichte auf wissenschaftlichen Einzelheiten, mathematischen Formeln und physikalischen Gesetzen beruht.

Hätte ich diese niederschmetternde Erkenntnis früher gehabt – und nicht erst, nachdem schon 15 000 Worte der Geschichte von Dolan, Elizabeth und ihrem Mann zu Papier gebracht waren –, dann hätte ich »Dolans Cadillac« zweifellos in die Schublade für unvollendete Geschichten gesteckt. Aber ich fand es *nicht* früher heraus, und ich wollte *nicht* aufhören, und daher tat ich das einzige, was mir einfiel: ich rief meinen großen Bruder an und bat um Hilfe.

Dave King ist das, was man selbst in Neuengland als ein Wunderkind bezeichnet, mit einem nachgewiesenen IQ von über 150 (Spuren von Dave werden Sie in Bow-Wow Fornoys genialem Bruder in »Das Ende des ganzen Schlamassels« finden), der wie eine Rakete durch die Schule fegte, das College mit achtzehn abschloß und gleich danach als Mathelehrer an der Brunswick High anfing. Viele seiner Algebrastudenten waren älter als er. Dave war der jüngste Mann, der je im Bundesstaat Maine in den Stadtrat gewählt wurde, und er hatte es mit fünfundzwanzig oder so schon zum Town Manager gebracht. Er ist ein echtes Allroundtalent, ein Mann, der über alles etwas weiß.

Ich schilderte meinem Bruder am Telefon meine Probleme. Eine Woche später bekam ich einen Brief von ihm und öffnete ihn niedergeschlagen. Ich war sicher, daß er mir die Informationen geschickt hatte, die ich brauchte, aber ich war gleichermaßen sicher, daß sie mir nichts nützen würden; die Handschrift meines Bruders ist absolut unlesbar.

Zu meinem Entzücken fand ich eine Videocassette. Als ich sie einlegte, sah ich Dave an einem Tisch voller Sand sitzen. Unter Zuhilfenahme mehrerer Matchbox-Autos erklärte er mir alles, was ich wissen mußte, einschließlich der wunderbar geheimnisvollen Dinge über die Flugbahn. Außerdem wies Dave mich darauf hin, daß mein Protagonist schwere Maschinen benutzen mußte, um Dolans Cadillac zu begraben (in der ursprünglichen Version hatte er es von Hand gemacht), und erklärte mir genau, wie man diese großen Fahrzeuge kurzschließt, die unser Straßenbauamt immer an verschiedenen Baustellen herumstehen läßt. Diese Information war überaus nützlich – sogar ein bißchen *zu* nützlich. Ich habe sie gerade so abgeändert, daß absolut nichts passieren wird, sollte jemand das in der Story geschilderte Rezept ausprobieren wollen.

Eine letzte Anmerkung zur Geschichte: als sie fertig war, gefiel sie mir nicht. Ich *verabscheute* sie. Sie wurde nie in einer Zeitschrift veröffentlicht; sie verschwand in einem Karton mit »Schlechten alten Sachen«, den ich im Flur hinter meinem Arbeitszimmer stehen habe. Ein paar Jahre später schrieb mir Herb Yellin, der als Chef von Lord John Press wunderschöne limitierte Ausgaben auf den Markt bringt, ob er nicht eine limitierte Ausgabe einer Geschichte von mir machen könnte, im Idealfall einer unveröffentlichten. Weil ich seine Bücher liebe, die klein, prächtig ausgestattet und nicht selten ziemlich exzentrisch sind, begab ich mich in den »Flur des Untergangs«, wie ich ihn nenne, und kramte in meinen Kisten, um etwas Geeignetes zu finden.

Ich stieß auf »Dolans Cadillac«. Und wieder einmal hatte die Zeit ihr Werk getan – sie las sich viel besser, als ich sie in Erinnerung hatte, und als ich sie Herb schickte, stimmte er begeistert zu. Ich nahm einige geringfügige Veränderungen vor, und sie erschien bei Lord John Press in einer Auflage von etwa fünfhundert Exemplaren. Für die vorliegende Ausgabe habe ich sie noch einmal überarbeitet und meiner Meinung nach so gut hinbekommen, daß sie hier den Auftakt bilden kann. Wenn überhaupt, handelt es sich um eine Art archetypische Horrorstory mit einem verrückten Erzähler und jemandem, der bei lebendigem Leib in der Wüste begraben wird. Aber diese spezielle Geschichte ist eigentlich gar nicht mehr meine; sie gehört Dave King und Herb Yellin. Danke, Freunde.

»Kinderschreck«: Diese Geschichte stammt aus der gleichen Zeit wie die meisten meiner Geschichten in *Nachtschicht* und wurde erstmals in *Cavalier* veröffentlicht, wie fast alle Stories in dieser Sammlung aus dem Jahre 1978. Sie wurde damals nicht aufgenommen, weil Bill Thompson, mein Lektor, der Meinung war, das Buch würde »unhandlich« werden; das ist ein Ausdruck, mit dem Lektoren ihren Autoren manchmal sagen, daß sie etwas kürzen müssen, weil der Preis für das Buch sonst in den Himmel steigt. Ich entschied mich dafür, eine Story mit dem Titel »Graue Masse« aus *Nachtschicht* herauszunehmen. Bill entschied sich für »Kinderschreck«. Ich fügte mich seiner Entscheidung und habe die Geschichte noch einmal gründlich gelesen, bevor ich sie hier aufgenommen habe. Sie gefällt mir sehr gut – irgendwie erinnert sie an den Bradbury der späten vierziger und frühen fünfziger Jahre, den schlimmen Bradbury, der über Killerbabies, aufsässige Leichenbestatter und andere Dinge schrieb, die nur ein Gruftwächter lieben kann. Anders ausgedrückt, »Kinderschreck« ist ein grimmiger, böser Witz ohne jeden sozialen Wert. Das gefällt mir an einer Geschichte.

»Der Nachtflieger«: Manchmal kommt es vor, daß eine Nebenrolle in einem Roman die Aufmerksamkeit des Schriftstellers auf sich zieht und nicht mehr loslassen will, weil sie darauf besteht, daß sie noch mehr zu sagen und zu tun hat. Richard Dees, der Protagonist von »Der Nachtflieger«, ist eine solche Nebenrolle. Er tauchte erstmals in *Dead Zone – Das Attentat* (1979) auf, wo er Johnny Smith, dem übersinnlich begabten Helden des Romans, einen Job als Hellseher bei seiner gräßlichen Zeitschrift anbietet, dem Regenbogenblatt *Inside View*. Johnny warf ihn von der Veranda seines Vaterhauses, und das sollte eigentlich sein Ende sein. Aber hier ist er wieder.

Wie viele meiner Geschichten fing auch »Der Nachtflieger« als bloßer Gag an – ein Vampir mit einem Pilotenschein, wie amüsant *modern* –, aber sie wuchs so, wie Dees wuchs. Ich verstehe meine Figuren ebenso wenig, wie ich Leben und Herzen der Menschen verstehe, die mir tagtäglich begegnen, aber manchmal stelle ich fest, daß man sie *entwerfen* kann, wie ein Kartograph seine Karten entwirft. Als ich an »Der Nachtflieger« arbeitete, sah ich einen vollkommen entfremdeten Mann vor mir, einen Mann, der irgendwie die schrecklichsten und verwirrendsten Züge unserer angeblich freiheitlichen Gesellschaft im letzten Viertel des Jahrhunderts zu verkörpern schien. Dees ist der essentielle Ungläubige, und seine Begegnung mit dem Nachtflieger am Ende der Geschichte ruft uns die Zeile von Giorgios Seferis ins Gedächtnis, die ich in *Brennen muß Salem!* verwendet habe – die mit der Säule der Wahrheit, die ein Loch hat. In diesen letzten Jahren des zwanzigsten Jahrhunderts scheint das nur allzu wahr zu sein, und »Der Nachtflieger« handelt weitgehend davon, wie ein Mann dieses Loch entdeckt.

»Popsy«: Ist der Großvater des kleinen Jungen dieselbe Kreatur, die am Ende von »Der Nachtflieger« von Dees verlangt, daß er seine Kamera öffnet und den Film vernichtet? Wissen Sie, irgendwie glaube ich, daß er es ist.

»Es wächst einem über den Kopf«: Eine Version dieser Geschichte erschien Anfang der siebziger Jahre in einer Literaturzeitschrift der Universität von Maine unter dem Titel »Marshroots«, aber die Version in diesem Buch ist erheblich verändert. Als ich die Erstfassung las, wurde mir klar, daß die alten Männer in Wirklichkeit die Überlebenden des Debakels waren, das am Ende von *In einer kleinen Stadt* geschildert wird. Der Roman ist eine schwarze Komödie über Habgier und Besessenheit; hier handelt es sich um eine etwas ernstere Geschichte um Geheimnisse und Krankheit. Sie scheint mir ein passender Epilog zu dem Roman zu sein. Außerdem war es schön, einigen meiner Freunde in Castle Rock zum letzten Mal wiederzubegegnen.

»Zueignung«: Seit ich vor Jahren einen inzwischen verstorbenen berühmten Schriftsteller kennenlernte, dessen Namen ich hier nicht nennen möchte, und von ihm angewidert war, plagt mich die Frage, weshalb manche überaus begabten Menschen persönlich solche Arschlöcher sind – busengrapschende Sexisten, Rassisten, arrogante Eigenbrötler oder einfach grausame Streichespieler. Ich will nicht sagen, daß die *meisten* begabten Menschen so sind, aber ich habe genügend kennengelernt, die es sind – einschließlich dieses zweifellos großen Schriftstellers –, daß ich mich frage, warum. Diese Geschichte wurde als Versuch geschrieben, mir die Frage teilweise selbst zu beantworten. Der Versuch ging schief, aber wenigstens gelang es mir, mein eigenes Unbehagen zu formulieren, und in diesem Fall schien mir das ausreichend zu sein.

Es ist keine besonders politisch korrekte Story, und ich glaube, viele Leser – die von denselben verläßlichen alten Schreckgespenstern und Geisterbahndämonen in Angst versetzt werden wollen – werden erbost darüber sein. Ich hoffe es; ich betreibe diesen Job jetzt schon eine ganze Weile, aber ich denke, daß ich noch nicht reif bin für den alten Schaukelstuhl. Bei den Erzählungen in *Alpträume* handelt es sich überwiegend um Geschichten, die Kritiker gerne als »Horrorstories« bezeichnen (und damit abtun), und die Horrorstory soll eine Art böser Kettenhund sein, der beißt, wenn man ihm zu nahe kommt. Ich glaube, dieser beißt. Soll ich mich dafür entschuldigen? Glauben Sie, daß ich es sollte? Ist nicht das – die Möglichkeit, daß Sie gebissen werden – einer der Gründe, aus denen Sie sich überhaupt für dieses Buch entschieden haben? Ich glaube schon. Und wenn Sie mich als Ihren lieben Onkel Stevie betrachten, eine Art Rod Serling für das Jahrhundertende, dann werde ich mich noch mehr bemühen, Sie zu beißen. Anders gesagt, ich möchte, daß Sie jedesmal ein bißchen Angst bekommen, wenn Sie meinen Salon betreten. Ich möchte, daß Sie unsicher sind, wie weit ich gehe oder was ich als nächstes tun werde.

Nachdem ich das nun alles gesagt habe, möchte ich noch eines hinzufügen: wäre ich wirklich der Meinung, »Zueignung« müßte verteidigt werden, dann hätte ich es gar nicht zur Veröffentlichung angeboten. Eine Geschichte, die nicht imstande ist, sich selbst zu rechtfertigen, *verdient* es nicht, veröffentlicht zu werden. Martha Rosewall, das bescheidene Zimmermädchen, gewinnt die Schlacht, nicht Peter Jefferies, der große Schriftsteller, und das sollte dem Leser eigentlich ausreichend klarmachen, wem meine Sympathien gelten.

Oh, noch etwas. Heute glaube ich, daß diese Geschichte, die ursprünglich 1988 veröffentlicht wurde, eine Vorstudie für den Roman *Dolores* (1992) ist.

»Der rasende Finger«: Zu meinen liebsten Geschichten haben immer diejenigen gehört, in denen etwas passiert, weil es eben passiert. In Romanen und Filmen (abgesehen von Filmen, in denen Typen wie Arnold Schwarzenegger oder Sylvester Stallone auftreten) muß man immer erklären, *warum* etwas passiert. Ich will Ihnen etwas verraten, Freunde und Nachbarn: Ich *hasse* es zu erklären, warum etwas passiert, und meine diesbezüglichen Versuche (beispielsweise die dürftige Theorie von LSD und daraus resultierenden Veränderungen der DNS, die Charlie McGees pyrokinetische Fähigkeiten in *Feuerkind* erklärt) sind nicht besonders gut. Im wirklichen Leben hat nur weniges das, was Filmproduzenten einen »roten Motivationsfaden« nennen – ist Ihnen das auch schon aufgefallen? Ich weiß nicht, wie es bei Ihnen ist, aber mir hat nie jemand eine Gebrauchsanweisung für das Leben gegeben; ich wurstle mich einfach durch, so gut ich kann, und weiß, daß ich nicht lebend herauskommen werde, versuche aber, bis dahin keine allzu große Scheiße zu bauen.

In Kurzgeschichten kann es sich der Autor manchmal noch leisten, zu sagen: »So ist es passiert. Frag nicht, warum.« Die Geschichte des armen Howard Mitla ist so eine, und ich finde, seine Bemühungen, mit dem Finger fertig zu werden, der während einer Quizsendung aus dem Waschbecken seines Badezimmers auftaucht, sind eine durchaus zutreffende Metapher dafür, wie wir mit den bösen Überraschungen fertigwerden, die das Leben für uns alle bereithält: Tumoren, Unfällen, gelegentlichen alptraumhaften Zufällen. Es ist nun einmal das Privileg der Fantasy-Story, die Frage zu stellen: »Warum stoßen guten Menschen böse Dinge zu?« Die Antwort lautet: »Frag nicht.« In einer Fantasy-Story scheint uns diese düstere Antwort sogar zufriedenzustellen. Das könnte letzten Endes der wichtigste moralische Aktivposten des Genres sein: im besten Fall kann es ein Fenster (oder ein Beichtstuhlgitter) zu den existentiellen Aspekten unseres sterblichen Daseins öffnen. Das ist nicht gerade das Perpetuum mobile – aber es ist auch nicht schlecht.

»Verdammt gute Band haben die hier«: Mindestens zwei Geschichten in diesem Buch handeln von einem Ort, den die Protagonisten als »seltsame kleine Stadt« bezeichnen. Dies ist eine; »Regenzeit« ist die andere. Manche Leser werden glauben, daß ich die »seltsame kleine Stadt« ein- oder zweimal zu oft besucht habe, und manche werden Ähnlichkeiten zwischen diesen beiden Stories und einer früheren Geschichte bemerken, »Kinder des Mais«. Es *gibt* Ähnlichkeiten, aber heißt das, daß »Band« und »Regenzeit« Anfälle von Selbstimitation sind? Das ist eine schwierige Frage, die jeder Leser und jede Leserin für sich selbst beantworten muß. Meine Antwort lautet nein (*logisch*, was sollte ich sonst sagen?).

Für mich ist es ein großer Unterschied, in traditioneller Form zu arbeiten oder sich selbst zu imitieren. Nehmen Sie zum Beispiel den Blues. Es gibt tatsächlich nur zwei klassische Gitarrenläufe für den Blues, und diese beiden Läufe sind im Grunde gleich. Und jetzt beantworten Sie mir folgendes: John Lee Hooker spielt fast alles, das er je geschrieben hat, in der Tonart E oder der Tonart A, aber heißt das, daß er mit Autopilot fliegt und immer und immer wieder dasselbe macht? Viele Fans von John Lee Hooker (ganz zu schweigen von Bo Diddley, Muddy Waters, Furry Lewis und anderen Größen) würden das verneinen. Es kommt nicht auf die *Tonart* an, in der man *spielt*, würden diese Blues*aficionados* sagen; es kommt auf die Seele an, mit der man *singt*.

Hier ist es genauso. Es gibt bestimmte Archetypen der Horror-Geschichte, die wie Hochebenen in der Wüste aufragen. Die Geschichte vom Spukhaus; die Rückkehr aus dem Grab; die seltsame kleine Stadt. Dabei geht es eigentlich gar nicht darum, um was es geht, wenn Sie das verstehen; wir haben es hier im weitesten Sinne mit einer Literatur der Nervenenden und Muskelrezeptoren zu tun, und deshalb geht es im Grunde nur um das, was Sie fühlen. Hier dachte ich mir – das war der Aufhänger der Geschichte –, wie unheimlich es doch ist, daß so viele Rocker jung oder unter wüsten Umständen gestorben sind; das ist der Alptraum eines Statistikers. Viele jüngere Fans betrachten die hohe Sterblichkeitsrate als romantisch, aber wenn man wie ich die Sache von den Platters bis zu Ice-T mitverfolgt hat, dann sieht man die dunklere Seite, die Seite der kriechenden Schlange. Das wollte ich hier ausdrücken, auch wenn ich der Meinung bin, daß die Geschichte erst auf den letzten acht Seiten so richtig rockt und rollt und swingt und tanzt.

»Hausentbindung«: Das ist wahrscheinlich die einzige Geschichte in diesem Band, die als Auftragsarbeit geschrieben wurde. John Skipp und Craig Spector (*Das Licht im Abgrund, The Bridge* plus mehrere andere ausgezeichnete Romane) hatten die Idee, eine Anthologie von Geschichten zusammenzustellen, die der Frage nachgehen, wie die Welt aussehen würde, wenn die Zombies aus George Romeros *Zombie*-Trilogie sie regierten. Dieses Konzept brannte in meinem Kopf ab wie eine Wunderkerze, und diese Geschichte, die vor der Küste von Maine spielt, ist das Ergebnis.

»Mein hübsches Pony«: Anfang der achtziger Jahre bemühte sich Richard Bachman, einen Roman mit dem Titel *Mein hübsches Pony* zu schreiben. Der Roman sollte von einem Auftragskiller namens Clive Banning handeln, der eine Gruppe gleichgesinnter Psychopathen zusammenstellen und eine Reihe mächtiger Unterweltbosse bei einem Hochzeitsempfang umbringen soll. Banning und seine Bande sind erfolgreich und verwandeln das Hochzeitsfest in ein Blutbad, aber dann werden sie von ihren Auftraggebern übers Ohr gehauen und erledigen sie einen nach dem anderen. Der Roman sollte von Bannings Versuchen handeln, der Katastrophe zu entkommen, die er ausgelöst hatte.

Das Buch war eine schlechte Arbeit, die in einer unglücklichen Zeit entstand, als vieles, was bis dahin ausgezeichnet für mich gelaufen war, mit Donnerhall in sich zusammenfiel. Richard Bachman starb in dieser Zeit und hinterließ zwei Fragmente: einen nahezu vollständigen Roman mit dem Titel *Machine's Way* unter seinem Pseudonym George Stark, und sechs Kapitel von *Mein hübsches Pony*. Als literarischer Nachlaßverwalter von Richard Bachman machte ich aus *Machine's Way* einen Roman mit dem Titel *Stark* und veröffentlichte ihn unter meinem eigenen Namen (nicht ohne Bachman zu erwähnen). *Mein hübsches Pony* wanderte in den Müll – abgesehen von einer kurzen Reminiszenz, in der Banning, während er darauf wartet, seine Attacke auf den Hochzeitsempfang zu starten, sich daran erinnert, wie sein Großvater ihm von der dehnbaren Natur der Zeit erzählte. Als ich diese Reminiszenz fand – wundersam vollständig, fast eine eigenständige Kurzgeschichte –, da war mir, als hätte ich eine Rose auf einem Schuttplatz gefunden. Ich pflückte sie dankbar. Wie sich herausstellte, war sie einer der wenigen guten Texte, die ich in einem ausgesprochen schlimmen Jahr geschrieben habe.

»Mein hübsches Pony« wurde ursprünglich in einer überteuerten (und meiner bescheidenen Meinung nach allzu üppig ausgestatteten) Ausgabe des Whitney Museum veröffentlicht. Später erschien sie in einer etwas zugänglicheren (aber meiner bescheidenen Meinung nach immer noch überteuerten und zu üppig ausgestatteten) Ausgabe bei Alfred A. Knopf. Und hier ist sie nun, poliert und ein wenig klarer gehalten, wie sie wahrscheinlich von Anfang an hätte sein sollen – nur eine weitere gute Geschichte, ein bißchen besser als manche, nicht ganz so gut wie andere.

»Entschuldigung, richtig verbunden«: Wissen Sie noch, wie ich zu Anfang dieses Buches von *Ripley's Believe It or Not!* gesprochen habe? Nun, »Entschuldigung, richtig verbunden« steht diesem Thema sehr nahe. Der Einfall zu diesem Fernsehdrehbuch kam mir eines Abends, als ich ein Paar Schuhe gekauft hatte und mich auf dem Nachhauseweg befand. Es war, glaube ich, ein »visueller« Einfall, weil die Fernsehausstrahlung eines Films hier eine so große Rolle spielt. Ich habe es fast so, wie es hier erscheint, in zwei Sitzungen geschrieben. Mein Agent an der Westküste, der die Filmverträge aushandelt, hatte es Ende der Woche. Anfang der darauffolgenden Woche las es Steven Spielberg für *Amazing Stories*, eine Fernsehserie, die er damals in der Produktion hatte (die aber noch nicht ausgestrahlt worden war).

Spielberg lehnte es ab – sie wollten *Amazing Stories*, die etwas optimistischer waren, sagte er –, und deshalb ging ich damit zu meinem langjährigen Freund und Mitarbeiter Richard Rubinstein, der gerade eine Serie mit dem Titel *Tales from the Darkside* im Fernsehen laufen hatte. Ich will nicht gerade sagen, daß Richard verächtlich schnaubt, wenn es um ein Happy End geht – ich denke, er mag ein gutes Ende, wie alle anderen auch –, aber er scheute auch nie vor etwas Traurigem zurück; immerhin war er der Mann, der aus *Friedhof der Kuscheltiere* einen Film gemacht hat (ich glaube, *Friedhof der Kuscheltiere* und *Thelma und Louise* sind seit Ende der siebziger Jahre die einzigen Hollywood-Filme, die mit dem Tod der Hauptpersonen enden).

Richard kaufte »Entschuldigung« an dem Tag, an dem er es gelesen hatte, und ging eine oder zwei Wochen später schon in die Produktion. Einen Monat danach wurde es ausgestrahlt – als Auftakt einer Saison, wenn mich mein Gedächtnis nicht im Stich läßt. Das war eine der schnellsten Umsetzungen vom Schreiben bis zum Senden, die ich kenne. Bei der vorliegenden Version handelt es sich übrigens um meine erste Fassung, die ein bißchen länger ist als das endgültige Drehbuch, das aus Budgetgründen nur zwei Dekorationen haben durfte. Ich habe es hier als Beispiel für eine andere Art des Geschichtenerzählens eingefügt ... anders, aber ebenso gültig wie alle anderen.

»Die Zehn-Uhr-Leute«: Im Sommer des Jahres 1992 schlenderte ich durch die Innenstadt von Boston und suchte nach einer Adresse, die ich nicht fand. Schließlich fand ich das Haus doch, nach dem ich gesucht hatte, aber vorher fand ich diese Story. Meine Suche spielte sich gegen zehn Uhr morgens ab, und mir fielen Gruppen von Leuten auf, die sich vor jedem schicken Hochhaus drängten – Gruppen, die keinen soziologischen Sinn ergaben. Da standen Zimmerleute neben Geschäftsmännern, Hausmeister pafften mit elegant frisierten Frauen in Managerkleidung, Botenjungen vertrieben sich die Zeit in der Gesellschaft von Chefsekretärinnen.

Nachdem ich mich etwa eine halbe Stunde über diese Gruppen gewundert hatte – *Ganfalloons*, wie sie sich Kurt Vonnegut nie hätte träumen lassen –, fiel der Groschen: für eine bestimmte Klasse amerikanischer Stadtbewohner hat die Sucht die Kaffeepause zur Zigarettenpause gemacht. Die teuren Bürogebäude sind inzwischen fast ausschließlich Nichtraucherzonen, während das amerikanische Volk eine der erstaunlichsten Kehrtwendungen des zwanzigsten Jahrhunderts vollzieht; wir gewöhnen uns unsere alte, schlechte Angewohnheit ab, und zwar ohne Fanfarenstöße, und die Folge davon sind einige sehr seltsame Nischen soziologischen Verhaltens. Diejenigen, die sich weigern, ihre schlechte Angewohnheit aufzugeben – die Zehn-Uhr-Leute des Titels –, bewohnen solche Nischen. Die Geschichte ist einzig und allein als kurzweilige Unterhaltung gedacht, aber ich hoffe, sie sagt etwas über eine Woge der Veränderung aus, die zumindest vorübergehend wieder einige Aspekte der »getrennt-aber-gleich«-Einrichtungen der vierziger und fünfziger Jahre hervorgebracht hat.

»Das fünfte Viertel«: Wieder Bachman. Oder vielleicht auch George Stark.

»Das Haus in der Maple Street«: Erinnern Sie sich an Richard Rubinstein, meinen Freund, den Filmproduzenten? Er schickte mir die erste Ausgabe von Chris Van Allsburgs *The Mysteries of Harris Burdick*. Richard legte einen Zettel mit seiner spitzen Handschrift bei. »Das wird dir gefallen«, stand darauf, sonst nichts, und mehr mußte auch nicht darauf stehen. Es gefiel mir *wirklich*.

Das Buch gibt vor, eine Reihe von Zeichnungen, Überschriften und Bildlegenden des geheimnisvollen Mr. Burdick zu enthalten – die Geschichten selbst sind nicht dabei. Jede Kombination von Bild, Titel und Legende ist eine Art Rorschachtintenklecks, der möglicherweise eher einen Index für das Denken des Lesers/Betrachters liefert, als Mr. Van Allsburg beabsichtigt hatte. Eines meiner Lieblingsbilder zeigt einen Mann mit einem Stuhl in der Hand – er ist eindeutig bereit, ihn als Keule zu benutzen, sollte es erforderlich sein –, der einen seltsamen und irgendwie *organischen* Wulst unter dem Wohnzimmerteppich ansieht. »Zwei Wochen sind vergangen, und es ist wieder passiert«, lautet die Bildunterschrift.

Wenn man meine Meinung über Motivation kennt, sollte eigentlich einleuchten, weshalb mich so etwas fasziniert. *Was* ist nach zwei Wochen wieder passiert? Ich glaube nicht, daß das wichtig ist. In unseren schlimmsten Alpträumen gibt es nur Pronomen für das Ding, das uns bis ins Erwachen verfolgt, schwitzend und vor Grauen und Erleichterung zitternd.

Meiner Frau Tabitha hat *The Mysteries of Harris Burdick* auch gefallen, und sie schlug vor, daß jedes Mitglied unserer Familie anhand von einem der Bilder eine Kurzgeschichte schreiben sollte. Sie hat eine geschrieben, ebenso unser jüngster Sohn Owen (damals zwölf). Tabby nahm das erste Bild in dem Buch; Owen entschied sich für eines in der Mitte; ich wählte das letzte. Ich habe meine Geschichte mit freundlicher Genehmigung von Chris Van Allsburg in dieses Buch aufgenommen. Eigentlich ist nicht mehr dazu zu sagen, abgesehen davon, daß ich eine entschärfte Version der Geschichte in den letzten drei oder vier Jahren mehrmals vor Dritt- und Viertkläßlern gelesen habe, und denen scheint sie sehr gefallen zu haben. Ich glaube, am meisten spricht sie hier die Vorstellung an, daß sie den bösen Stiefvater in die unendliche Weite schicken können. *Mich* jedenfalls hat das angesprochen. Die Geschichte ist vorher noch nie veröffentlicht worden, was hauptsächlich an ihrem verworrenen Ursprung liegt, und ich freue mich, daß ich sie hier präsentieren kann. Ich wünschte nur, ich könnte auch die meiner Frau und meines Sohnes vorstellen.

»Umneys letzter Fall«: Ein *Pastiche* – offensichtlich –, und aus ebendiesem Grund gleich nach »Der Fall des Doktors«; aber diese Geschichte ist ein wenig ambitionierter. Ich bewundere Raymond Chandler und Ross Macdonald glühend, seit ich sie am College entdeckte (und ich finde es lehrreich und ein wenig beängstigend, daß Chandler immer noch gelesen und diskutiert wird, die hochgelobten Lew-Archer-Romane von Ross Macdonald aber außerhalb des kleinen Kreises von *Livre noir*-Fans kaum mehr bekannt sind), und ich glaube, es war die Sprache dieser Romane, die meine Phantasie so angestachelt hat; sie eröffnete eine vollkommen neue Methode zu sehen, die Herz und Verstand des einsamen jungen Mannes, der ich damals war, über die Maßen ansprach.

Es war ein Stil, der tödlich einfach nachzuahmen war, wie ein halbes Hundert Romanciers in den letzten zwanzig oder dreißig Jahren festgestellt haben. Ich habe mich lange Zeit von dieser Chandlerschen Sprache ferngehalten, weil ich keine Verwendung für sie hatte; ich hatte nichts im Tonfall von Philip Marlowe zu sagen, das *auf meinem Mist* gewachsen wäre.

Eines Tages fand ich dann doch etwas. »Schreibt über das, was ihr kennt«, sagen die weisen alten Männer zu uns armseligen Nachfolgern von Sterne und Dickens und Defoe und Melville, und für mich heißt das

Unterrichten, Schreiben und Gitarrespielen – wenn auch nicht notwendigerweise in dieser Reihenfolge. Was meine eigene Laufbahn-in-der-Laufbahn des Schreibens über das Schreiben betrifft, muß ich an einen Ausspruch denken, den Chet Atkins einmal eines Abends über *Austin City Limits* von sich gegeben hat. Nachdem er eine oder zwei Minuten vergeblich seine Gitarre zu stimmen versucht hatte, sah er zum Publikum auf und sagte: »Ich habe ungefähr fünfundzwanzig Jahre gebraucht, um herauszufinden, daß ich darin nicht besonders gut bin, und da war ich zu reich, um einfach wieder aufzuhören.«

Dasselbe gilt für mich. Es scheint mein Schicksal zu sein, immer wieder in die seltsame kleine Stadt zurückzukehren – sei ihr Name nun Rock and Roll Heaven, Oregon; Gatlin, Nebraska; oder Willow, Maine – und ebenso scheine ich immer wieder zu dem zurückkehren zu müssen, was ich tue. Die Frage, die mich quält und nervt und die nie ganz verschwindet, ist die: Wer bin ich, wenn ich schreibe? Und wer sind *Sie*? Was genau spielt sich hier ab, und warum, und spielt es eine Rolle?

Mit dieser Frage im Hinterkopf setzte ich meinen Sam-Spade-Hut auf, zündete mir eine Lucky an (heutzutage metaphorisch gesprochen) und fing an zu schreiben. »Umneys letzter Fall« ist das Ergebnis, und diese Geschichte gefällt mir von allen in diesem Band am besten. Es ist eine Erstveröffentlichung.

»Kopf runter«: Meine ersten bezahlten schriftstellerischen Gehversuche waren Sportberichte (eine Zeitlang war ich die gesamte Sportredaktion der wöchentlichen *Lisbon Enterprise*), aber das machte den vorliegenden Essay nicht einfacher. Meine Verbindung zum All-Star-Team von Bangor West, als die Mannschaft ihren unerwarteten Aufstieg zur Bundesstaatsmeisterschaft begann, war entweder reiner Zufall oder Schicksal, je nachdem, wie man zur möglichen Existenz einer höheren Macht steht. Ich neige zur Theorie der höheren Macht, aber wie auch immer, ich war nur dabei, weil mein Sohn der Mannschaft angehört. Dennoch erkannte ich ziemlich schnell – schneller als Dave Mansfield, Ron St. Pierre oder Neil Waterman, glaube ich –, daß etwas Ungewöhnliches geschah oder bevorstand. Ich wollte eigentlich nicht darüber schreiben, aber irgend etwas sagte mir, daß ich darüber schreiben *sollte*.

Meine Arbeitsmethode, wenn ich mich nicht in meinem Element fühlte, ist brutal einfach: Ich nehme den Kopf runter und laufe, so schnell ich kann und so lange ich kann. Das habe ich hier auch getan, habe Dokumentationen gesammelt wie eine durchgedrehte Beutelratte und einfach versucht, mit der Mannschaft Schritt zu halten. Etwa einen Monat lang war das so, als lebte ich in einem dieser abgedroschenen Sportromane, die viele von uns heimlich an langweiligen Nachmittagen im

Klassenzimmer gelesen haben: *Go Up For Glory, Power Forward* und gelegentliche Lichtblicke wie John R. Tunis' *The Kid from Tomkinsville.*

Schwer oder nicht, »Kopf runter« war die Gelegenheit eines Lebens, und noch ehe ich fertig war, hatte Chip McGrath vom *New Yorker* die beste essayistische Arbeit meines Lebens aus mir herausgelockt. Dafür danke ich ihm, aber am meisten bin ich Owen und seinen Mannschaftskameraden zu Dank verpflichtet, die die Geschichte erst ins Rollen brachten und mir dann erlaubten, meine Version davon zu veröffentlichen.

»August in Brooklyn«: Paßt selbstverständlich zu »Kopf runter«; aber ich habe einen besseren Grund, es fast an den Schluß dieses umfangreichen Buches zu setzen: es ist dem ermüdenden Käfig des fraglichen Ruhms seines Schöpfers entkommen und hat unabhängig von ihm ein eigenes, stilles Leben geführt. Es wurde mehrmals in verschiedenen Anthologien über Baseball-Kuriosa nachgedruckt und scheint dabei jedesmal von Herausgebern ausgewählt worden zu sein, die nicht die geringste Ahnung davon hatten, wer ich angeblich bin und was ich angeblich tue. Und das gefällt mir wirklich.

Okay; stellen Sie das Buch ins Regal und geben Sie auf sich acht, bis wir uns wiedersehen. Lesen Sie ein paar gute Bücher, und wenn einer Ihrer Brüder oder eine ihrer Schwestern fällt, und Sie sehen es, helfen Sie ihm oder ihr auf. Schließlich könnten *Sie* nächstes Mal derjenige sein, der Hilfe braucht – oder ein bißchen Hilfe, um den dreisten Finger aus dem Abfluß zu verjagen, was das betrifft.

16. September 1992 Bangor, Maine

Dean R. Koontz

Das Versteck

Hideaway

Roman

400 Seiten, geb.

Eigentlich war Hatch Harrison schon mausetot. Aber im Krankenhaus gelingt das Unglaubliche: die Rückkehr ins Leben, allerdings mit furchtbaren Folgen. In entsetzlichen Alpträumen muß er die Untaten eines psychopathischen Mörders miterleben. Als schließlich seine Familie ins Visier des visionären Doppelgängers gerät, stellt Harrison sich zum entscheidenden Showdown in einer längst verlassenen Geisterbahn

Stephen King

Dolores

Roman

352 Seiten, geb.

Hinter der Kulisse des idyllischen Little Tall Island offenbaren sich ungeahnte menschliche Abgründe. Zwei Frauen führen Krieg. Die reiche, skrupellose Vera, krank und ans Bett gefesselt, schikaniert Dolores, ihre Haushälterin auf unerträgliche Weise, bis sie eines Tages im Fieberwahn einen tödlichen Fehler begeht . . .

Laura Grimaldi

Tod einer Anwältin

Roman

320 Seiten, geb.

Der schreckliche Mord an der streitbaren Anwältin Corinna Lotus Martini gibt mehr als nur kriminalistische Rätsel auf. Was als normaler Mordfall beginnt, entwickelt sich schon bald zu einem bissigen Gesellschaftsroman, der jedes klassische Schuldverständnis auf den Kopf stellt. In der flirrenden Sommerhitze Mailands entspinnt sich ein Psychodrama, in dem die Rollen immer mehr ineinander zu verfließen scheinen.